제임스 조이스
〈피네간의 경야〉
해설집

James Joyce
Guide to
Finnegans Wake

밤의 미로

김종건(고려대 명예교수) 지음

Guide to Finnegans Wake
to make unreadable readable
Allmazifull Night
by Chong-keon Kim

어문학사

【195】

"살리노긴 역域 곁을, 아찔어슬렁대는, 어머마마여, 어찔대는발걸음의 아나 리비아" (아나리피 강의 소리는 이 장을 종결짓나니, 이어 독자를 다음의 8장인 아니 리피 강에로 인도한다.)

셈이 생명장生命杖을 치켜들자 벙어리가 말하도다.

-"꽉꽉꽉꽉꽉꽉꽉꽉꽉꽉꽈!"

그러나 우리는 다음 장면으로 향하기 전에, 숀의 "사골"(deathbone)【193.29】과 셈의 잇따르는 "생장"(lifewand)【195.5】에 잠시 발걸음을 멈추어야 한다. "사골"은 오스트레일리아 원주민의 고안으로, 활어活語(living speech)를 죽이는가 하면, "생장"은 예술가(셈)의 손안에서 느릅나무와 돌로부터 말言 또는 강가의 빨래하는 아낙들을 불러낼 수 있다: "죽음은 가고 생자는 전율하니. 그러나 생生은 행차하고 농아聾啞는 말하다!"【595.1-2】"조용히 할지라, 오 빨리! 그에게 입 다물도록 말할지라! 느릅나무의 저 잎들을 침묵하게 할지라!"【100.35-36】(틴달 137-8 참조)

wottle at his feet to stoke his energy of waiting, moaning feebly,
in monkmarian monotheme, but tarned long and then a nation
louder, while engaged in swallowing from a large ampullar, that
his pawdry's purgatory was more than a nigger bloke could bear,
hemiparalysed by the tong warfare and all the shemozzle, (*Daily
Maily, fullup Lace! Holy Maly, Mothelup Joss!*) his cheeks and
trousers changing colour every time a gat croaked.

How is that for low, laities and gentlenuns? Why, dog of the
Crostiguns, whole continents rang with this Kairokorran low-
ness! Sheols of houris in chems upon divans, (revolted stellas
vespertine vesamong them) at a bare (O!) mention of the scaly
rybald exclaimed: Poisse!

But would anyone, short of a madhouse, believe it? Neither of
those clean little cherubum, Nero or Nobookisonester himself,
ever nursed such a spoiled opinion of his monstrous marvellosity
as did this mental and moral defective (here perhaps at the
vanessance of his lownest) who was known to grognt rather than
gunnard upon one occasion, while drinking heavily of spirits to
that interlocutor *a latere* and private privysuckatary he used to
pal around with, in the kavehazs, one Davy Browne-Nowlan, his
heavenlaid twin, (this hambone dogpoet pseudoed himself under
the hangname he gave himself of Bethgelert) in the porchway of
a gipsy's bar (Shem) always blaspheming, so holy writ, Billy, he
would try, old Belly, and pay this one manjack congregant of
his four soups every lass of nexmouth, Bolly, so sure as thair's a
tail on a commet, as a taste for storik's fortytooth, that is to
stay, to listen out, ony twenny minnies moe, Bully, his Ballade
Imaginaire which was to be dubbed *Wine, Woman and Water-
clocks, or How a Guy Finks and Fawkes When He Is Going Batty*,
by Maistre Sheames de la Plume, some most dreadful stuff in a
murderous mirrorhand, that he was avoopf (parn me!) aware
of no other shaggspick, other Shakhisbeard, either prexactly
unlike his polar andthisishis or procisely the seem as woops
(parn!) as what he fancied or guessed the sames as he was him-
self and that, greet scoot, duckings and thuggery, though he was
foxed fux to fux like a bunnyboy rodger with all the teashop

177

저자 연구의 잔적

호우드 성(Howth Castle): 1177년 이래, 성 로랜스 가족의 집으로,
현재의 성은 1564년 건립되었으며, 18세기에 재건되었다.
호우드 반도의 더블린 만﹅ 북쪽에 위치한다. 〈피네간의 경야〉의 첫 구절에서
"호우드 성과 주원"으로서 등장하며, 또한 제부 1장에서 프랜퀸과
반 후터 백작의 일화의 세팅이기도 하다.

위클로 군의 서부 평원을 유유히 흐르는 리피 강: 세계 문학 사상
〈피네간의 경야〉에 실린 리피 강보다 더 애정 있게 묘사된 강도 드물 것이다.

더블린의 중심가 입구에 있는 애국자 오코넬 동상, 리피 강가에 있다.

더블린 거리에 서 있는 조이스의 입상

일러두기

01 James Joyce, *Finnegans Wake*(London: Faber & Faber, 1939)를 저본으로 하고, Penguin Books 1999년판을 참고함.

02 각 부(Book)와 장(Chapter)은 I, II와 1, 2의 기호로 하고, 원전에 없는 것으로 번역문의 기호는 저자가 독자의 편의를 위해 첨부함.

03 2012년에 출판된 〈번역 원본〉과 〈주석본〉(고려대 출판부) (약 1만 7천개)은 모두 역자의 것으로 필요에 따라 번역 원문에 삽입함.

04 난외의 본문 중의 부호는 〈더블린 사람들〉(D), 〈젊은 예술가의 초상〉(P), 〈율리시스〉 (U)를 첨부했으나, 〈피네간의 경야〉의 부호는 모두 생략함.

05 【 】안의 숫자는 원문의 페이지를 뜻함.

06 꺾쇠표([ ]) 안의 문장 및 구절은 독자의 설명을 위한 보조문임.

07 원서의 이탤릭체는 진한 명조체로 표기함.

08 저자의 무수한 造語, 凝縮, 解體, 再構成은 漢字 그대로 지속함.

09 모든 주는 저자의 것이며, 후주로 처리함.

10 인용 비평가의 명칭은 아래처럼 약기함.

    평자들: 제임스 조이스(JJ), 차처 매인 도래(HCE), 아나 리비아 플루라벨(ALP), 셰익스
    피어(S), 밀턴(M), 단테(Da), 호머(H), 아서턴(A), 골던(G), 틴달(T), 글라신(Gl), 맥휴
    (Mc), 엡스테인(E), 비숍(B), 괴테(Go), 비코(V), 피그노리(F), 〈복원판 피네간의 경야〉
    데니스 로즈(DR), 시머스 딘(D), 브루노(Br), (김재남)

저자의 머리말

　독자더러 21세기에 가장 살아남을 것 같은, 20세기의 20개의 산문 작품들의 이름을 대도록 요구하면, 많은 지적 애호가들은 제임스 조이스의 〈율리시스〉나 〈피네간의 경야〉를 포함하도록 "강요당할" 것이다. 이 작품들은 전대미증유의 걸작들이요 난해 작품들로서, 여기 본서의 저자(필자)는, 이를테면, "강요당함"을 느낄 것이거니와, 왜냐하면 이들 작품들의 선택이야말로, 예컨대, 프루스트의 걸작인, 〈잃어버린 시간을 찾아서〉나, D.H. 로렌스의 〈아들과 연인〉, 혹은 토마스 만의 〈마의 산〉의 선택처럼 드물게 동시적일 것이기 때문이다.

　조이스의 〈율리시스〉와 〈피네간의 경야〉는 극히 이질적이요 어려운 책들인지라, 읽히기보다 자주 감탄받을 것이요, 읽히거나 감탄받을 때라 할지라도 드물게 끝까지 읽히거나 감탄받을 것이다. 전자의 경우를 위하여 여기 저자(역자)는 과거 반세기 이상을 그것의 번역과 해석에 헌신해 왔다. 그것은 애초에 서울대 대학원에서 영국의 조지 레이너(George Rainer) 교수의 지도로 이루어졌다. 그리하여 그것의 4차에 걸친 번역과 연구서들이 이미 오래전에(1968-2017) 세상에 나와 있다.

　〈피네간의 경야〉의 경우에도, 〈율리시스〉에 이어, 진실한지라. 역자가 이 작품을 처음 공부하기 시작한 것은 1971년 미국의 털사 대학 대학원에서 네덜란드의 조이스 학자인, 리오 크누스(Leo Knuth) 교수의 지도로 이루어졌다. 지금부터 40여 년 전의 일이다. 이 작품은, 처음 시작부터, 〈율리시스〉와는 비교도 안 될 정도로, 난해한 것이었다.

　그리하여 이번에 필자는 "밤의 미로"의 기록이라 할 〈피네간의 경야〉를 그것의 이해를 위하여 가능한 쉬운 해석의 본질로 이끌려고 노력한다. 그는 작품의 계몽적 소개뿐만 아니라, 텍스트 내의 한 각성적 논평을 가지고, 독자들에게 20-21세기 문학의 위대한 작품들의 하나인, 〈피네간의 경야〉에 유익한 요지를 제공할 것이다. 그의 희망인즉, 그의 사랑의 노동이 독자들로 하여금 이 거대하고 복잡한 작품의 미로의 탐닉 속으로 한껏 빠지게 하리라. 그리스 신화에서 클리트 섬의 미노스 왕이 미노타우로스(Minotaur)를 감금하려고 다이달로스더러 만들게 한 이 신기한 미궁(labyrinth) 말이다!

조이스의 〈피네간의 경야〉야말로 그것의 혁명적 서술 문체는 말할 것도 없고, 60여개의 언어들 및 5-6만 어휘로 쓴, 인간의 변화무쌍한 밤의 세계에 접근하려는 조이스의 오랜 끈질긴 시도(결국은 성공했거니와)로서, 이는 전체 서구 문학 전통의 축소된 형태로서의 비법한 성취이요, 극복하기 극히 힘든 난해한 작품이다. 이 책은 흔히 일반 독자들이나, 문학 전공자들에게 "읽기 힘든 책"이요, 거의 "읽을 수 없는 책"(unreadble book)으로 알려져 있다. 이 "밤의 미로"(Allmazifull Night)가 품은 백과사전적 지식과 언어 기교 및 유희는 인간의 성(섹스)과 꿈의 어두운 지하 세계를 마법적으로 불러낸다. 그의 해독을 위해 저자(역자)는 오랫동안(1971-2017) 문자 그대로 세상모르고 허우적거리며 살았다.

조이스의 낮의 작품인, 〈율리시스〉는 1904년 6월 16일(목) 하루 동안 아일랜드의 유대인 광고 외무원인, 리오폴드 블룸(Leopold Bloom)(호머의 현대적 영웅)이 더블린 시내에서 갖는, 그의 "블룸즈데이"(Bloomsday) 하루의 편력인데 비하여, 그의 최후의 마법적 걸작 〈피네간의 경야〉는 주인공 H.C. 이어위커(Earwicker)가 1938년 3월 20일(일) 하룻밤, 즉 "이어위크나이트"(Eearwicknight)에 더블린 외곽에 있는 채프리조드의 자신의 주막(Bristole)에서 꿈꾸는 얽히고설킨 기록으로, 그의 1일 야夜의 몽상은 1001야화마냥, 문자 그대로 "아라비안나이트"의 꿈의 기록인 것이다. 그것은 비록 극히 난해한 작업일지라도, 지극히 재미있기에 손에서 쉽사리 뗄 수가 없다.

〈피네간의 경야〉는 질서 있는 서사敍事나 이야기 줄거리가 없으며, 꿈, 즉 인간의 무의식을 기록한 아수라장 같은 만국어의 언어적 유희(linguistic punning)의 작품이다. 그것은 동서고금의 기담奇談들이 겹겹이 그 아래 쌓이고 묻혀있다. 대부분의 비평가들은 그를 소설로서 사료할지라도, 어떤 이들에게 시詩자체로서, 다른 이들에게 심오한 몽마夢魔의 기록으로 알려져 있다. 이러한 사고思考의 기록을 위해 조이스는 여러

언어들을 동원한다. 그가 동원하는 언어 수나 종류는 셰익스피어, 일명 사옹沙翁의 그
것을 몇 갑절 능가하거니와, 조이스는 자기 자신을 그의 라이벌—아마도 최대의 라
이벌로 보았다.

초기 〈피네간의 경야〉 학자들 중 하나인, 아서턴(James S. Atherton)은 쓰기를, "[그들
의] 시합에 있어서 그(조이스)의 주된 결함은 자신의 작품(〈피네간의 경야〉)을 감상할 수
있는 대중을 발견하는 그의 무능력에 있다"하고 핀잔했다. 다시 말해, 조이스는 셰익
스피어의 37개 연극을 읽고 즐길 템스 강변의 대중의 인기를 발견할 무능력에 있다
고 했다. 그런데도 조이스는 셰익스피어야말로 그에게 분명히 "상점주"(Shopkeeper)
【539】인 격이었다. 그것은 가장 있을 법한 표현인지라, "**대지大地와 구름에 맹세코 하
지만 나는 깔깔 새 강둑을 몹시 원하나니, 정말 나는 그런지라, 게다가 한층 포동포
동한 놈을!**"【201.5】. 여기 〈피네간의 경야〉의 평가에서 조이스가 푸념하는 분명한 경
박성(flippancy)은 무시될 수 있으리라. 그가 여기 말하는 것이란, 셰익스피어의 템스
강가의 대중에 의해 감상되는 만큼, 자신도 리피 강의 남쪽 둑의 대중을 위해 감상되
기를 바라는 것이다.【A 163】

〈피네간의 경야〉의 해독은, 누에고치의 은사銀絲 풀기로서, 앞서 주인공 HCE가
그 일의 맡은 주역인지라, 그는 더블린의 주점 주인이요, 그의 아내와 그의 아이들,
특히 쌍둥이 아들들인, 솀(Shem)과 숀(Shaun)(그들의 이름은 다양하게 변용을 거듭하거니와)
에 그의 사고思考의 중심을 둔다. 현대의 작가 조이스는, 옛 로마의 시인, 오비디우스
(Ovid)처럼, 그의 〈피네간의 경야〉에서 스스로 변신(Metamorphoses)의 전통을 잇거니
와, 그는 작품의 등장인물들을 일련의 복잡다기한 변용으로 이끈다. HCE (그의 별명
인, "차처매인도래"(此處每人'到來)(Here Comes Everybody)는 모든 인물을 대신하거니와, 〈성
서〉의 아담, 전설의 험프티 덤프티(Humpty Dumpty)(땅딸보), 신화의 동양지재 피네간
"Bygmester Finnegan", (그들 모두는 어떤 종류의 추락과 변용을 거듭하거니와) 역사의 아서
왕, 웰링턴 공작 등으로, 이들은 모두 봉기와 추락의 대상으로서, 작동한다. 나아가,
이어위커 부인인, ALP(Anna Livia Plurabelle) 역시 알파적 인물로서 〈성서〉의 이브, 성
처녀 마리아, 기내비리 여왕, 시바의 여왕 그리고 다수 여성 인물들의 원칙으로, 〈율
리시스〉에서 스티븐이 독백하는 상응 인물이다.

애덤 캐드먼의 신부新婦며 조력자: 헤바, 나체의 이브. 그녀는 배꼽을 갖지 않았다. 눈여겨 잘 보라. 통桶처럼 부푼, 티 없는 배[腹], 독피犢皮를 팽팽하게 늘여 만든 둥근 방패, 아니, 동방과 불멸의, 영원에서 영원으로 지속하는, 쌓아올린 백곡白穀의 더미. 죄의 자궁子宮.【U 32】

HCE와 ALP 내외의 쌍둥이 자식들인, 셈(Shem)과 숀(Shun)은 상호 경쟁의 원칙들이 되고, 외적이요, 내적 실체로서, 그들의 부친의 성격을 대변하는 서로 상반된 면모를 분담한다. 그들은 문학과 역사의 모든 경쟁적 형제로 아우러지는바―〈성서〉의 가인과 아벨, 요셉, 피터와 마이클 및 악마 등등―그들의 "정의(Justius)"와 "자비"(Mercius)의 양대 경쟁은 인류의 역사, 종교와 신화의 상대적 실체로서 군임 한다. 또한, 〈신약〉의 이른바 4대가들인, 마태, 마가, 누가 및 요한은 조이스의 책에서 응축어로, "마마누요"(Mamanuyo)가 되는지라, 이들 모두는 4복음적 대가들이다. 이들은 조이스의 책에서, 셰익스피어의 수많은 인유들처럼, 밤하늘의 별처럼, 도처에 흩뿌려져 있다. 조이스는 〈피네간의 경야〉에서 그 어느 때보다 한층 복잡한 유형의 신화와 전설을 즐기는지라, 더블린을 추락한 낙원과 연관시키며, 작품에서 아일랜드와 그의 역사적 편린들이 세계의 역사적 및 지리적 그들과 비교되고 비유되고 있다.

조이스는 그의 〈피네간의 경야〉에서 언어의 다층적 의미를 한층 광범위하게 장난친다. 〈피네간의 경야〉의 수수께끼 같은 언어의 표면 아래, 모든 시대의 전통적 작가들과 철학자들이 다루는 학문의 주제들이 묻혀있다. 이제 우리는 21세기 문화적 포스트모더니즘의 새 시기에 접어들었다. 이는 또한 〈피네간의 경야〉에 몰두해야할 시기임을 입증한다. 더불어, 그것은 포스트모더니즘의 텍스트로서, 우리 앞에 새로운 연구 과제로서 자리한다. 그리하여 우리에게 〈율리시스〉의 연구와 더불어, 또 다른 시간의 중압감에 짓눌릴 판이다. 〈피네간의 경야〉의 연구는 요원하기만 하다.

지금부터 전전에, 필자는 〈피네간의 경야 이야기〉(Tales from Finnegans Wake)(서울, 어문학사 2015)라는 찰스 램(C. Lamb) 류類의 반 해설적, 반 비평적 연구서를 출간했거니와, 이번의 〈밤의 미로: 피네간의 경야 해독〉(Allmazifull Night: Readings of Finnegans Wake) 또한, 필자의 지난 날 〈피네간의 경야〉의 한국어 개역서와 함께, 이는 그와 더불어 출판한 〈피네간의 경야 주해〉(Annotations to Finnegans Wake)(고려대 출판부, 2012)의 보조적 부산물이다. 이러한 추론은 〈피네간의 경야〉 지식의 백과사전 성을 가능한 많이 해독하기 위해서요, 이는 기존의 〈주해〉의 주석들을 공제한 채, 페이지마다의 해설을 재록再錄한 것으로, 본문과 주해서의 자매본(companion book)으로 독자에게 유익하게 역役하리라. 여기, 특히, 플로리다 대학의 엡스테인(Epstein) 교수로부터 참신한 지식을 차용한바 큼을 밝힌다.

이는 또한 국립 더블린 대학의 맥휴(McHugh) 교수가 저작한 〈피네간의 경야의 주석본〉(*Annotations to Finnegans Wake*)(1980)을 주축으로, 여타 〈피네간의 경야〉 학자들의 본문 해독을 위한 지식을 동시에 동원한 것이다. 총체적 노트의 항목은 대략 17,000항에 달한다. 독자는 텍스트를 읽기 위해 항목들의 하나하나의 지식을 필요로 하거니와, 여기 지식은 역자가 과거 번역 과정에서 터득한 지식들도 수 없이 끼어있다. 텍스트의 막연한 총체적 지식에 앞서, 여기 이러한 방계적傍系的(lateral) 지식이 절대적으로 필요 불가결함을 동시에 강조하는 바다.

본 연구서는 작품에 대한 간단한 안내 (특수한 내용과 심지어 단어들의 진찰)처럼 보일지라도, 그것의 이해를 위해 많은 지식이 동원되었다. 그리하여 독자는 그 결과로 누구나 주인공 이어위커(HCE)의 주점酒店에 쉽게 들어가, "이봐요, 주인 양반, 여기 술 한 잔 따르시오" 하고 주문할 수 있으리라.

〈피네간의 경야〉는 조이스의 생시에 대중의 감수를 받지 못했다. 불여의하게도, 오늘의 대중으로부터도 잘 감수되지 못하는 실정이다. 작가는 작품의 출판 뒤로 친구들로부터 많은 재정적 도움을 받아야 했다. 오늘의 독자들도 마찬가지다. 그러나 조이스는 이따금 홀로 〈피네간의 경야〉로 하여금 잠자도록 말했음에 틀림없다. "잠잘지라"(Let Sleepth)【555.01】. 그리하여 언젠가는, 회환回還의 불사조처럼, 재의 무더기로부터 솟아, 모두에게 감수되고, 비코(Vico)의 새로운 환의 무덤에서 나와 재생의 〈햄릿〉처럼 인식되리라. 그땐 그것은, 마침내, 인문학의 또는 문학의 애호가들에 의해 쉽사리 읽히고, 즐기고, 감상되리라. 이에 호응하려 아래 조의시성嘲意市性(Joycity)의 글을 읽어보자.

그리하여 위쪽 세로로 베어 쨈 깔 지푸라기의 선 및 큰 소리의 사다리 미끄러짐과 함께, 오랜 셈 장지葬地와 야벳 재귀향再歸鄕, 햄릿 인문학까지 그들로부터 봉기하게

할지니. 잠잘지라, 어디 황지荒地에 혜지慧智가 있단 말인고?【114】

　〈피네간의 경야〉의 연대기적 흐름의 개관은 작품의 총체적 작성 및 형태를 대체적으로 관찰하고, 이해하는, 적어도, 한 가지 방도를 제공한다. 모든 독자들은 그것의 뉘앙스 및 초점의 진전과 이러한 변화의 行行들을 따르거나 논하면서, 작품의 처음부터 끝까지 다 읽을 시간, 스태미나 또는 의향을 갖지 못할 것이다. 비록 그렇다하더라도, 우연한(보통의) 독자는, 이러한 보다 큰 디자인의 그 어떤 중요한 것을, 극소로, 독력으로, 여전히 경험할 수 있을 것인지라—왜냐하면 〈피네간의 경야〉의 최단最短의 접촉은 우리를 공상 전동장치 속으로 집어넣거나, 당황스런 자기-상실, 어의적 회복, 그리고 작품을 통해 상세히 기록된 자기 개안開眼의 재각성의 과정을 내적으로 유인하기 십상이기 때문이다. "여기 차처 매인 도래"(Here Comes Everybody)에 관한 작품인, 다시 한 번, 〈피네간의 경야〉야말로, 경험들의 가장 공동의 그리고 가장 암담한 것을 탐구하리니, 그리하여 그것은 미래로 더 많은 사람들이 즐길 수 있고 당연히 그래야 할 책이다.

　이제 〈피네간의 경야〉에 대한 푸념을 끝마치려 한다. 선량한 독자여, 그대는 조이스의 최후 난해작 〈피네간의 경야〉를 어떻게 읽어야만 하는 가고 질문할 것인가? 우리는 답하리니, 즉, 수동적으로, 어떤 좋은 책처럼, 너무 빠르지 않게, 너무 느리지 않게, 그렇다고, 그대가 한 개의 단어 혹은 여러 개의 단어들을 이해할 수 없다고 하여 멈추지 말지니. 즉, 그대는 모든 것을 다 이해하기를 기대하지 않을지로다. 그대 자신이 아이로서 울타리에 기댄 채, 저 아래 진행되는 성인의 조롱을 듣는 것으로 상상하라. 그대는 언어, 즉, 밤의 언어를 배우고 있도다. 아침이 다가오리니, 그러면 미지의 구름이 걷기 시작하리라. 〈피네간의 경야〉는 그것의 암당성과 박식의 엄청난 명성에도 불구하고, 아주 통상적 독자를 위한 것임을 명심할지니. 천하유근만사성天下唯勤萬事成할지라!

　거듭 강조하거니와 〈피네간의 경야〉의 특징은 언어의 다의적 중첩을 풀면 풀수록 더 많은 의미와 해독이 가능하다. 첫 번째 단계로 필자가 전번에 출간한 〈피네간의 경야 이야기〉가 재차 그리고 누차 그 손쉬운 역을 할 것이다. 그 해독을 위해 많은 부록을 본서에 첨가했다. 이번의 〈피네간의 경야: 밤의 미로〉는 한층 심원한 것으로, 예를 들면, 색다른 언어 해석을 비롯하여, 조이스와 베켓과의 관계, 아인스타인의 "신과학", 〈피네간의 경야〉 연구의 원조라 할 틴달(컬럼비아 대학)의 휴머니즘 해석, 에드먼드 엡스타인(플로리다 대학)의 성적(sexual) 해석을 권말에 첨가했다. 특히, 이번 연구에 사용한 교재는 최근 새로 출판된, 데니스 로스(Danice Rose)와 존 오한론(John O'Hanlon)에 의해 편집되고, 새로운 서문 및 발문을 단 〈복원된 피네간의 경야〉(The Restored Finnegans Wake)의 펭귄판에 도움을 많이 받았는지라, 이를 위해 1986년에 출간된, 가블러의 〈율리시스〉 개정판이 크게 비교가 되었다.

2017년 4월
저자 김종건

차례

저자의 머리말	11
장들의 개요	21
이야기의 골격	25

I부 양친들의 책

1장 안개 낀 아침, 그리고 두 우화들	31
2장 HCE-그의 별명과 평판	90
3장 HCE-그의 재판과 유폐	113
4장 HCE-그의 서거와 부활	144
5장 ALP의 선언서	175
6장 수수께끼-선언서의 인물들	202
7장 문사	252
8장 여울목의 빨래하는 아낙네들	282
주	311

II부 아들들의 책

1장 아이들의 시간	371
2장 학습시간 — 삼학과 사분면	430
3장 축제의 여인숙	484
4장 신부선과 갈매기	584
주	615

III 부 사람들의 책

1장 대중 앞의 숀   635

2장 성 브라이드 학원 앞의 존   686

3장 심문 받는 욘-숀에 관한 심리 고고하적 심문   740

4장 HCE와 ALP-그들의 심판의 침대   855

주   907

IV 부 회귀

1장 회귀   935

주   1041

부록   1047

도움의 말   1049

조이스 연보   1073

추천 참고서   1077

장들의 개요

I부

I-1장
소개ー웰링턴 박물관ー편지의 발견ー아일랜드의 선사시대ー뮤트와 쥬트ー후터 백작과 프랜퀸 이야기ー추락ー피네간의 경야ーHCE의 소개(등장)

I-2장
HCE의 이름ー부랑당 캐드와의 만남ーHCE 스캔들에 대한 부랑당의 이야기 전파ー퍼시 오레일의 민요

I-3장
이어위커의 스캔들의 각본 이야기가 텔레비전 및 방송으로 보도되다ーHCE의 경야ーHCE의 범죄와 도피의 보고ー법정 심문ーHCE 매도되다ーHCE 침묵한 채 잠들다ー핀의 부활의 전조

I-4장
네이 호반 속 HCE의 매장ー심판 받는 페스티 킹ーHCE 방면되다ー그의 사기가 노정되다ー편지가 요구되다ーALP가 소개되다

I-5장
ALP의 선언서ー편지의 해석ー켈즈의 책ーALP 서술되다

I-6장
라디오 퀴즈ー다양한 인물들과 장소들에 관한 12가지 퀴즈ー숀과 셈ー묵스(여우)와 그라이프스(포도)ー브루터스와 케이시어스

I-7장
문사 셈의 초상ー그의 저속성, 비겁성, 술 취한 오만ー표절자 셈ー그의 거소와 유령 잉크병ー정의(자스티스ー숀)와 자비(머시어스ー셈)

I-8장

아나 리비아 플루라벨의 소개 - 리피 강둑의 빨래하는 두 아낙네의 잡담 - 어둠의 다가옴 - 아낙네들, 돌과 나무로 변신하다

II 부

II-1장

믹, 닉 및 매기의 익살극 - 글루그와 3가지 수수께끼 - 글루그와 추프 - 아이들의 경기 끝 - 취침 전 기도

II-2장

야간 학습 - 셈, 숀 및 이씨 - 문법, 역사, 편지 쓰기, 수학 - 침공의 아일랜드 - 돌프와 케브 - 에세이 숙제 - 양친들에게 아이들의 밤 편지

II-3장

주막의 HCE - 양복상 커스와 노르웨이 선장의 이야기 - 바트와 타프. 버클리가 소련 장군을 사살한 이야기를 말하는 텔레비전 - 코미디언들 - 4노인 복음자들이 HCE를 괴롭히다 - HCE에 대한 사건 - 장례 경기 - HCE. 술 찌꺼기를 마시고 잠에 빠지다

II-4장

트리스탄과 이졸데의 항해 - 4복음 자들에 의한 연애 장면 염탐 - 미녀 이졸트(이씨)의 찬가

III 부

III-1장

한밤중 침대의 HCE 및 ALP - 우편배달 숀 - 회견 받는 숀 - 개미와 베짱이의 대결 - 숀이 셈을 헐뜯다 - 숀은 자신이 문사인 셈과 동일 능력자로서 주장하다 - 통 속의 숀이 강을 따라 흘러가다 - 이씨가 숀에게 사랑의 작별을 고하다

III-2장

죤으로서의 숀 - 브라이드 학원의 소녀들을 위한 설교 - 죤과 이씨 - 죤에 대한 이씨의 연애편지 - 죤이 대이브를 소개하다 - 횬으로서의 죤

III-3장

4명의 노인들에 의해 심문 받는 욘(Yawn) - 심문과 집회 - 욘을 통한 ALP의 목소리가 HCE의 신중함을

토론하다—HCE의 소생과 증언—HCE가 건립한 도시 및 ALP을 정복한데 대한 그의 자랑

III-4장

양친 포터—마태, 마가, 누가 및 요한의 염탐—밤이 새벽에로 이울다—셈의 아우성이 양친을 깨우다—HCE 및 ALP의 구애의 4자세—수탉의 울음, 새벽의 도래

IV 부

IV-1장

회귀—신기원의 여명—케빈의 축하—공포된 HCE의 경솔—재현된 범죄의 장면—뮤트(셈)와 쥬바(숀)—성 패트릭 성자와 켈트 현자(버클리) 간의 논쟁—ALP의 편지—ALP의 최후의 독백

이야기의 골격(Skeleton Key)

William Tindall의 〈피네간의 경야〉의 구조는 4부로 이루어진다. 이는 Vico의 역사의 4단계를 대변하거니와 제I부는 신의 시대(divine age), 제II부는 영웅의 시대(heroic age), 제III부는 인간의 시대(human age), 그리고 제IV부는 회환(*ricorso*)의 시대로 대별된다.

〈피네간의 경야〉의 이야기는 한마디로 주인공이 갖는 공원의 죄의식과 함께, 그를 둘러싼 인류 역사상 인간의 탄생, 결혼, 죽음, 및 부활을 다룬다. 그것은 하나의 지속적인 추상의 이야기로, 작품을 통하여 재삼재사 반복되는 꿈의(환상적)기록이다.

그것은 사실상 두 개의 문제들을 함유한다―즉, "추락은 무엇인가" 그리고 "그것의 결과는 무엇인가." 주인공 이어워커(HCE)는 과거 더블린 외곽의 피닉스 공원에서 한때 저지른 (도덕적)범죄 행위 때문에 잠재의식적으로 끊임없이 고심하고 있거니와, 이는 더블린의 거의 모든 사람들에게 구전되어 왔으나, 그런데도 이는 별반 근거 없는 스캔들이다. 이는 HCE의 무의식을 통하여 한결같이 그를 괴롭히는 아담의 원죄와 같은 것이다. 스캔들의 내용인즉, 더블린의 피닉스 공원의 무기고 벽(Magazine Wall) [영국 병사들이 구축한 화약고 벽] 근처의 숲속에서 2소녀들이 탈의하고 있는 동안 (배뇨의 목적을 위해), HCE가 그것에 자신의 관음증적觀淫症的 엿봄을 행사함으로써, 스스로의 나신(수음을 위해?)을 들어낸다는 내용이다. 한편 방탕한 3군인들이 이 엿보는 HCE를 엿보거나, 그의 행실을 가로 막는다. 〈성서〉에서 부친 노아의 나신을 훔쳐보는 그의 아들 같은 3군인들은 또한 죄인의 증인들이 된다. 그의 속옷, 엿봄, 방뇨 및 노출이 자신의 몰락의 죄의식 속에 한결같이 부동함으로써, 이 밤의 무의식은 돌고

도는 환중환環中環을 거듭한다.

〈피네간의 경야〉의 확정된 개요나 이야기의 줄거리는 사실상 불가능하다. 왜냐하면, 그의 언어적 복잡성과 다차원적 서술전략은 너무나 많은 수준과 풍부한 의미 및 내용을 지녔기 때문에, 단순한 한 가지 줄거리로 유효적절하게 함축될 수 없다. 어떠한 작품의 개요든 간에, 그것은 필연적으로 선발 적이요 축소적인지라, 여기 〈피네간의 경야〉의 개요 또한 그의 다층적 복잡성 때문에 가일층 그러할 수밖에 없다.

〈피네간의 경야〉의 사실적 및 표면적 이야기는 저녁에 시작하여 새벽에 끝난다. 〈율리시스〉가 더블린의 한낮(1904.6.16)(목)의 이야기이듯, 이는 더블린의 한밤의 이야기이(1938.2.21)(월)다. 아버지와 어머니 그리고 3아이들; 그들 더블린 사람들은 시의 외곽에 있는 피닉스 공원의 가장자리인 리피 강가에 살고 있다. 아버지 H.C. 이어위커는 멀린가 하우스(Mullingar House) 또는 브리스톨(Bristol)이라 불리는 한 주점을 경영하고 있다. 그는 "모든 사람"(Everyman) 격으로, 자신이 갖는 잠재의식 또는 꿈의 무의식이 이 작품의 주맥을 이룬다. 그의 아내 아나 리피아 플루라벨(ALP)은 딸 이씨(Issy, 이사벨)와 2쌍둥이 아들인, 셈(Shem)과 숀(Shaun)의 어머니이다. 늙은 죠(Joe)는 주점의 잡부요, 노파 케이트(Kate)는 가정부로서, 주점에는 12명의 단골손님들이 문 닫을 시간까지 술을 마시거나 주위를 서성거리고, 그 밖에 몇몇 손님들도 주점 안에 있다. (이 주점은 "사자死者"라는 별명을 지니고 있거니와, [〈더블린 사람들〉의 마지막 이야기 제목이기도]술 취한 주객들이 주점을 뛰쳐나오자, 때마침 달려오는 거리의 전차에 치어 죽기 일쑤이기 때문이다.)

날이 저물고, 고원의 동물원 짐승들이 잠자기 위해 몸을 웅크릴 때쯤, 3아이들은 이웃의 어린 소녀들과 함께 주점 바깥에서 놀고 있다. 그들이 경기를 하는 동안 2쌍둥이 형제들인 셈과 숀은 이웃 소녀들의 호의를 사기 위해 서로 싸운다. 여기 소녀들은 당연히 잘 생긴 아우 숀을 편든다.

저녁 식사가 끝난 뒤, 이들 아이들은 이층으로 가서 숙제를 하는데, 여기에는 산수와 기하학 과목도 포함된다. 쌍둥이들의 경쟁은 계속되지만, 누이동생 이씨는 한결같이 홀로 남는다. 아래층에는, 이어위커가 손님들에게 술을 대접하거나 그들과 잡담을 하는 동안, 라디오가 울리고 텔레비전이 방영되기도 한다. 마감 시간이 되어, 손님들이 모두 가버리자, 그는 이미 얼마간 술에 취한 채, 손님들이 남긴 술 찌꺼기를 마저 마시고 이내 잠에 떨어진다.

한편, 누군가가 주점 안으로 들어오기 위해 문을 두들기며, 주인을 비방하고 욕한다(술을 더 팔지 않는다고). 가정의 잠부인, 케이트가 그 소리에 잠이 깨어, 속옷 차림으로 아래층으로 내려가자, 거기 주인 나리가 마룻바닥에 쓰러져 있음을 발견한다. 이때 그는 그녀에게 함구하도록 명령한다. 이어 그는 이층 침실의 아내에게로 가서, 사랑을 하거나, 하려고 애쓴다. 아내는 옆방에서 잠자고 있는 한 울먹이는 아이(솀)를 위안하려고 자리에서 일어난다. 딸 이씨는 잠을 계속하지만, 쌍둥이들은 그들의 양친을 엿보는 듯하다.

닭이 울자 이내 새벽이 다가오고, 리피 강은 끊임없이 바다를 향해 흘러간다. 이어 위커 내외는 곧 더블린 만의 북안北岸에 위치한 호우드 언덕[우리나라 제주도의 '일출봉'과 유사한]으로 아침 산보를 떠날 참이다. 아나는 그녀의 의식 속에 강이 되어 노부老父인 바다 속으로 흘러 들어간다.

James Joyce
Guide to Finnegans Wake

I부
양친들의 책

I부 1장 안개 낀 아침, 그리고 두 우화들 【3-29】

소개

웰링턴 박물관

편지의 발견

아일랜드의 선사시대

뮤트와 쥬트

후터 백작과 프랜퀸 이야기

추락

피네간의 경야

HCE의 소개(등장)

작품은 순환적이라 할지라도, 이 장은 마지막 장이 개략이듯 전반적 소개이다. 비코의 환의 첫 기간에 중심을 둔 채, 첫째 장은, 창세기, 인류학, 고고학, 및 헤브라이어 및 아라비아어가 함축하듯, 원시적인 것 및 종교적인 것에 관여한다. 우화와 상형문자는 알맞은 방법이다. 그러나 각 시대가 다른 시대들을 함유하듯, 소재와 방법도 함께 다른 시대들을, 또한, 함유한다. 바벨탑은 쉽사리 'Woolworth Building'이 되고, 인간의 추락은 벽가壁街의 주식의 추락이 된다. 모든 사물들과 시대들은 여기 이웃들이요, 모든 인간의 언어들이다.

제I부 1장은 다섯 부문으로 나누어지는데, 첫째는, 모든 주제들의 인유적(암시적) 견해에 이어, 인간의 추락과 경야(깨어남)와 관계한다. 둘째는 공원의 탄약고, 워털루 전투, 및 역사의 가족 중심적 과정과 관계하고, 셋째는 뮤트와 쥬트의 이야기, 크론타프 전투 및 쓰레기 더미를 포함하며, 넷째는 프랜퀸 우화이요, 다섯째는 사자死者에 대한 연설이다. 모든 이러한 사건들은 중요하다. 그러나 대부분의 독자들은 3개의 우화들, 웰링턴과 리포리움, 뮤트와 쥬트, 및 프랜퀸에 의해 매료된다.

천둥(우뢰)은 100개의 문자 어에 의해 선언된 채3., 추락의 이야기는 팀 피네간 (HCE), "동양지재" 또는 입센의 건축 청부업자로서 시작한다. 탑을 건립하면서, 그는 사다리로부터 추락한다. 그의 경야는 친구들과 친척들이 참가하고 그의 부활이 민요에 따라 진행된다. 죽은 건축가는 호우드 언덕(Howth Hill)으로부터 탄약고 벽(Magazine Wall)까지 뻗은, 잠자는 거인이 된다. 한 마리 연어인, 주인공 HCE는 성채城砦로서 그의 생존자들에 의해 탐식되는데, 그 이유인즉, 이 "뇌룡어형雷龍魚型"은 예수-하느님의 우뢰 어魚이기 때문이다. 아담, 예수, 추락자 및 창조자로서, 피네간은 피네간일 것이다【4-7】.

탄약고 벽은, 거기 잠자는 거인의 진흙 발을 뻗은 채, 3군인들과 2유혹 소녀들이 출몰하는 곳, "여기 그토록 스스로 깔깔대는 모습을 드러내는 두 과백過白의 촌녀들, 미녀들!" 웰링턴 촌변은 "매력적인 수류水流의 촌지村地"이라. 웰링턴 기념비와 합세하며, 탄약고 벽은 박물관이 되나니, 그를 통해, 문지기, 케이트(kate)는 우리를 안내한다. "팁"(Tip)은 박물관이 더미임을 의미한다.

케이트의 안내 여행은 워털루의 역사, 독일어를 말하는 웰링턴-HCE에 결국 달하고, 2소녀들("지니들")과 3군인들 또는 이어위커 가족의 구성원을 패배시킨다. (독일어는 일반적으로 아버지 및 프랑스어는 어머니를 함축한다.) 행동을 동반하는, 많은 전투들 및 축구 경기는 이 가족의 갈등을 확장한다. 아버지는 자신이 이길 것을 생각한다【8-10】. 전투 뒤에, 한 마리 새(ALP)는 그들을 쇄신하기 위해 단편들을 주서 모은다. 전투의 티끌로부터 암탉의 편지가 도래한다【10-13】. 갈등과 부활의 이 과정은 기원 1132년에서 566년으로 그리고 이어 기원 556에서 1132년으로의 모든 역사의 그것이다. 역사는 AD (대홍수 이전)으로부터 AD(대홍수 이후)까지의 이어위커의 가족에 중심을 둔다. 평화가 갈등을 따르는지라【13-15】, 그리고 평화 다음으로 또 다른 갈등이 다가오고, 이는 크론타프(Clontarf)의 전장에서 뮤트(Mutt)와 쥬트(Jute)의 그것이나니, 거기 브라이언 보루(Grian Boru)는 침입자 덴마크 인들을 패배시켰다.

뮤트(Mutt)와 쥬트(Jute)(셈과 손, 애란 인괴 덴마크의 침입자)는 너무나 원시적인지라, 통신이 어렵다. 뮤트(귀-시간)와 쥬트(눈-공간)는 귀에 말하고 눈에 말하기를 실패한다. 쥬트는 흙더미에 관한 뮤트의 시적 토론에 의해 너무나 "설경舌驚한지라" 이 흙더미는 박물관과 대등하여, 무덤이요 창고이다. "알파베드" 흙더미는 문학인지라, 그것은, 문자와 같은 갈등의 부스러기에서 나타나며, 부스러기 그것 자체이다. "Futhorc"(더욱이)는 룬 문자의 알파벳이다【15-20】.

플렌퀸(Franquean) 이야기【21-23】는 ALP의 견해에 의하면 가족 갈등의 그것이다. 그녀는 잘 반 후터(Jarl van Hoother)(호우드의 백작으로서 HCE를 그녀의 수수께끼로서 좌절시시고, 그를 패배시킨다. 3번을 가고 오고하면서, 마치 동화에서 마냥, 이 자는 이어위커의 쌍둥이 아들들을 반대자들로 개종하기 위해 그들을 훔친다. 힐러리(Hilary)(경쾌한 셈)는 트리스토퍼(Tristopher)(슬픈 손)가 되고, 트리스토퍼는 힐러리가 된다. "인형" 또는 이사벨은 꼭 같이 남는다. 이어위커의 문에 기대어 그녀의 기지를 행하면서(배뇨하면서), 플렌퀸(Frabquean)은 강의 세 탐측探測을 취한다. 마크 트웨인(애란 출신의 미국 소설가)의 존재가 그녀를 뮤즈 여신으로, 기지機智의 수호자로 만든다. 과연, 그의 요술과 측심의 결과는 "porthery"(시, 항아리, 문지기의 결합)이다. 좌절된 이어위커는 주막에서 배설하고 추락하지만, 이 "행복 죄인"의 행복한 추락은 더블린 시를 그것의 모토로 장치한다. 더모트와 그라니아 및 그래이스 오말리(O'Malley)의 전설에 대한, 그리고 구교와 신교의 갈등에 대한 언급들은 이러한 친근한 이야기들을 보편화한다.

죽은 피네간에 대한 언설은 이 장을 결론짓는다【24-29】. "편히 쉴지라. 이제 편은 아니나니." 그대의 가족은 그대 없이 행복하도다, 하고 피네간의 경야의 모든 애도자들은 말한다.

〈피네간의 경야〉의 유명한 첫 문장은 거꾸로 흐르는 리피 강을 보여주나니, 바다로부터 멀리, 그리고 더블린만 속으로 되돌아간다【3.1-3】. 모든 것이 역으로 가고 있는지라, 유명한 성당인, "아담과 이브즈"는 이제 "이브와 아담즈"가 된다. 우리는 "우리를 회환回還의 넓은 비코 촌도村道로 하여 호우드(H) 성(C)과 주원周圓(E)까지 귀환하게 하도다. 회환回還의 넓은 비코 촌도村道는 모퉁이를 돌고, 시간은 멈춘다. 조이스의 희곡(commedia)은 이제 밤의 지옥과 연옥 다음으로, 우리를 만사의 시작, ALP와 HCE와 합체하여 아침의 파라다이스에로 운반한다. 이제 우리는 부드러운 아침과 대면하나니, ALP는 마지막 장에서—거의 불가시不可視와 함께, 안개 낀 아일랜드의 아침을 환영한다. 더블린 만에 관해 우리가 보는 모든 것이란 해수海水의 면面이라 아무런 모습들이 없는 얼굴이다. [이러한 얼굴은 나그네가 더블린 만을 따라 남쪽으로 뻗은 비코 가도를 통해 안개 속에 아련하다.] 시간은 아직 시작하지 않았다. 그것은 거의 200페이지 동안 다시는 시작하지 않으리라. 책의 첫 부는 내용의 동등한 좌표와 극적 등장인물들이다. 책의 제I부의 8개의 장들은 이야기를 공간화한다. 그들은 나중의 책들의 통어적通語的(syntagmatic) 시간의 전형적典型的(paragmatic) 제시를 마련한다. 이제 우리는 아직(혹은 재차) 점령하지 않은 모든 만물들을 통달通達 받는다.

리피 강이 상류에로 물러가자, 다른 사건들이 역순으로 출현한다. 트리스탄 경에 대한 언급[3.4]으로 시작하는 첫 페이지의 단락은 아직 일어나지 않는 개략을 마지막부터 처음까지의 사건들을 보여준다. 이 장에서 두 개의 우화—위링턴 뮤즈방과 프랜퀸 우화—은 가족의 역사를 역으로 제시한다. 즉, 윌링턴 뮤즈방은 부친의 전도顚倒와 옛 가족의 파괴를 보여준다. 그리고 프랜퀸 우화는 부모의 만남과 가족의 설립을 보여준다. 여기 이러한 제I부 제1장의 우화들의 제시에서, 파괴가 창조를 선행한다. II.3의, 작품의 〈시간〉 부분에서, 터무니없는 소재가, 가족의 파괴(소련 장군의 사살 이야기)에 뒤따른 채, 가족의 창조의 이야기(노르웨이 선장과 양복상의 딸의 이야기)와 함께, 자연적 질서로서 나타난다.

책의 〈시간〉 부분에서, 가족의 창조와 파괴의 자연적 질서는 천진한 아이들의 언쟁과 유희하는 아이들의 게임 그리고, 하나하나 차례로, 성적 지식의 획득과 함께 출발한다. 그들 속내의 이러한 힘과 더불어, 그들은 성숙의 점까지 성장하거니와 그러자 그때 그들은 가족의 보다 오랜 권력을 교체交替로서 위협한다. 성숙한 아이들은 곧장 오랜 권력을 빼앗는다. 아들들이 합동하고, 새로운 힘이 동방에서 이글거리며 솟거나, 견딜 수 없도록 밝은 백의白衣를 입은 백마를 탄다. 나의 테니스 챔피언의 아들" 하고 [214.27], 늙은 세탁부들 중 하나가 말한다. 아들(son)/태양(sun)은 딸? 신부新婦 이솔드의 새 애인, 트리스탄이 되며, 그들은 새 가족의 주물공鑄物工이 된다.

그러나 책의 첫 페이지에서, 트리스트람 경의 단락은 전체 이야기의 모든 중요한 요소들을 예언한다(아래 항목들은 여기 비평가 에프스테인[Epstein]의 〈피네간의 경야 안내〉 비평서의 것들임을 밝힌다.[27])

i. 트리스탄 경, 성적으로 유능한 젊은 영웅, 위대한 애인, 미래의 아버지는, 애란 해상으로부터, 솟는 태양처럼, 그의 음경 전쟁, 옛 권력의 성공적 전쟁과 이솔데의 정복을 위한 성공적 전쟁을 위해 재차 도착한다.

ii. 거의 성숙한 영웅의 바위(음낭)는 스스로 과장되게, 성장하기 시작하는지라—이는 영웅의 완전한 성숙의 예비적 상태이다.

iii. 한 가닥 먼 곳의 불火로부터의 목소리가 영웅을 성숙에로 부른다. 이는 II, 1에서 셈에 의한 마술적, 성적 지식의 취득을 예견하는지라, 그러자 이때 그는 시적 및 성적 힘의 탐색에서 지옥의 불을 방문한다.

이러한 명랑한 약혼녀들, 배우자가 승낙된 채, 그들은 자신들의 왕자연然하고 단정연然한 주 천사[추프]와 함께 그들의 의측意側 위로 왈츠 춤을 추고 있었나는지라…, 불쾌한 녀석 같으니, 문자로 하여금 파거破去하게 할지라! 나(I)는 여성인사女性人士로다. 오(O), 목적격성目的格性의. 당신은 유일단수격唯一單數格이도다【239.28-251.32】.

셈의 탐색은 성공적이다. II.1.의 종말에서 그는 자신의 누이를 자신의 지식으로 감염시켰다. 그녀는 자신의 부친의 성적 힘에 관한 불결한 노래를 노래하고, 그 때문에【256.33-257.28】벌을 받는다. 그러나 이제 그녀는, 셈과 함께, 성숙의 변방에 있다. II.2에서. 셈은 그들의 양친들의 성적 지식을 대면하도록 손을 노략질 한다. 그러자 모든 세 아이들은 양친에게 죽음으로 그들을 위협하는 불결한 밤의 편지를 보낸다.

iv. 한 어린 양¥이 장님의 늙은 아비를 들어 받는다. 젊은 소년은 모세가 하느님의 그것을 보았듯이(〈엑서더스〉【33.23】, 그리고 햄이 노아의 그것을 보았듯이)〈창세기〉【9.22】, 남신男神의 친밀한 부분을 본다. 셈이 야망을 성숙으로 득하다니 바로 이 점에서다.

v. 쌍둥이 자매는 아이들의 경기에서 그들의 형제들을 야유하는지라, 그것은 결국 성숙으로 인도하는 경기이다.

전체 책은 여기, 역의 순서로서, 강어귀의 물이, 역시제逆時制 양상으로, 상류上流를 지속하듯, 개략되었다.

내용의 역표逆表에 이어, 우리는 10개 철자의 천둥소리들을 듣는지라, 이러한 천둥 어語들은 비 오는 날씨의 불안한 밤을 기록한다. (천둥소리의 내용에 관한 확장된 논평을 위해 비평가 McLuhan을 참작하라.) 〈피네간의 경야〉를 통털어 각자는 100개의 철자이요, 최후의 것은 101의 철자를 포함함으로써, 총체적으로 1,001개이다. 이는 밤에 관해 이야기되는 또 다른 이야기에 대한 언급으로, 〈아라비안 나이트〉의 이야기들 수자이다. 날씨는 바로 이른 아침에 어느 정도 밝아지고, 다음날 월요일은 단지 안개 낀 것으로, 아일랜드의 표현을 사용하여 "흐린"(soft) 아침이다【26】.

첫 천둥 어語 다음으로, 우리는, 솟는 조류에 의하여 안개로 둘러친 호우드 언덕 (Hill of Howth)까지 되돌아간다. 우리는 거기 매장된 위대한 영웅의 어떤 역사가 주어지는지라—원죄의 인간인, 아담 카드몬의 [〈율리시스〉 3장에서 스티븐의 샌디마운트 해변의 독백을 참고하라.] 부왕 아담이 있다. 그의 크기와 그의 즐거운 "만흥장례"(funferal)가, 알코올과 그의 추락의 환경을 위한 강한 기호로서, 서술된다. 우리는 능보凌堡에로 밀접하게 움직이고, 그것에 들어가도록 초대된다. 능보는 안개로부터 불쑥 나타나는데, 우리가 곧 알게 되듯, 지금까지 살아온 모든 사람들의 모든 인생 이야기들이—인간성의 아카식(Akasic) 기록— 거대한 뭉치로 부침浮沈 한다.

이제 우리는 〈피네간의 경야〉에서 두 위대한 우화들의 첫 문지방에 있다. 가족의 창조와 파괴의 과정은 두 구근球根의 이야기들에 의하여 상징화되었는지라, 그들은 〈피네간의 경야〉를 통하여 무수한 형태들에서 메아리 친다. 이전처럼, 걸맞게 뮤즈의 방은 프랜퀸 우화인, 창조의 우화를 선행한다.

우리는 인간의 역사의 토루土壘 속으로 삼투하거나, 윌링던 뮤즈의방 속의 파괴의 커다란 비밀을 발견하리라.

[주제의 서술]

아래 페이지마다의 해설과 비평은 이야기 자체의 근본적 연쇄를 답습하는 것으로, 첫 페이지의 4문단들은 〈피네간의 경야〉에 있어서 서곡 격이요 〈성서〉의 "창세기"의 첫 시편들을 암시한다. (〈젊은 예술가의 초상〉의 첫 페이지 및 〈율리시스〉의 "사이렌" 장의 첫

한 페이지 반이 전체 작품의 소우주이며 오페라의 서곡 격으로, 뒤따르는 본문의 주제들을 함축하듯). 암흑의 단계에서 그리고 우주적 배경 막을 하고, 지상의 장면들과 인물들이 창조의 드라마로서 출현한다. 풍경 자체가 길을 탐색하여 행동하기 시작하고, 원초의 여명 속에 우리는 강과 산을 아련히 포착한다. (예를 들면, 더블린을 둘러싼 산들 가운데 가장 높은 산은 슈가롭(Sugarloaf) 산인데, 이는 〈피네간의 경야〉에서 뿐만 아니라【208.07】, 〈율리시스〉에서 블룸(Bloom)과 몰리(Molly)의 독백들 속에, 그리고 "시민"(Citizen)으로부터의 블룸의 도피를 축하는 봉화烽火의 산정으로 언급된다【U 281】.

아래 〈피네간의 경야〉의 첫 4구절【3-4】의 언어적 분석은, 작품의 모든 등장인물들과 이야기 줄거리 및 주제들의 배자적胚子的 에너지를 담고 있다. 조이스는 이미 그의 〈율리시스〉의 "칼립소" 장에서 몰리 블룸(Molly Bloom)을 통해 선보인 "윤회(metempsychosis)"의 원리를 여기 〈피네간의 경야〉에서 최대한 광범위하고도 가장 활발하게 개발하고 있는 셈이다. 〈피네간의 경야〉의 가장 복잡한 이 서곡에서 조이스는 주인공(HCE)을 얼마간 인간적으로 묘사하는 반면, 그를 추락한 자(팀 피네간, 험프티 덤프티, 노아, 아담 등), 초기 건축가, 경야 제의 시체, 한 마리 물고기, 풍경 속에 매장된 한 거인, 웰링턴 공작 및 호우드 백작 및 호우드 언덕 등으로 교환함으로써 그의 윤회의 원리를 수립한다.

〈피네간의 경야〉의 첫 시작은, 앞서 이미 언급한 것과 같이, 작품의 종말과 연결됨으로써 작품의 대주제(leitmotif)인 비코의 역사 순환의 그것과 일치한다. 여기 첫 문장은 작품의 끝 문장과 연결된다.

———

【3】 강은 달리나니,[1] 이브와 아담 성당[2]를 지나 해안의 변방으로부터 만灣의 굴곡까지, 우리를 회환回還의 넓은[3] 비코 촌도村道[4]로 하여 호우드(H) 성(C)[5]과 주원周圍(E)까지 귀환하게 하도다.

첫 문단에서 작품의 공간(space)의 주제가 묘사되는데, 이는 더블린 시내를 서에서 동으로 관류하는 리피(Liffey) 강이요, 이 강은 위크로우(Wicklow) 산에서 발원하여, 더블린 만灣에 당도하고, 호우드 언덕을 감돈다. 여기 리피 강이 관류하는 더블린과 그 주원은 이어 풍경 자체가 행동으로 이어진다.

강은 달리나니(riverrun): 이 합성 어구는 소문자로 시작하여, 작품의 최후 문장의 단어의 연속이요, 두 단어의 결합은 강의 연속적 흐름을 암시한다. 강은 리피 강이요, 강의 순환은 비코의 순환적 역사관으로 "끝은 시작과 만나다"(Extremes meet) (《율리시스》 제6장의 장례마차 속 블룸의 독백 참조)라는 원리다. (이러한 순환 운동은 강이 바다로, 증기로, 구름으로, 비로, 그리고 다시 강으로의 순환, 및 도시, 더블린 및 새로운 원리 하의 재건을 의미한다.) 비코의 역사의 묵주성黙珠性은 온통 끝에서 시작으로 다시 시작한다. "강은 달리나니"는 《피네간의 경야》의 순환 계획에 대한 단서 이상의 것으로, 이는 작품 자체의 본질을 특징짓는다. 이 작품에 있어서, 공간과 시간은 유동적인지라, 의미들, 인물들, 및 어휘의 한결같은 유동성 속의 조해潮解를 낳는다. 윤회의 주인공(영웅)은 사방에 산재하는바, 연어 연못을 그늘 지우는 느릅나무 속에, 강 위에 떨어지는 그늘 속에, 잔물결 아래의 연어 속에, 잔물결에 비치는 태양 빛 속에, 태양 자체 속에, 나아가 만물 속에, 군림한다.

우리는 움직이고 있는 무한한 은유에 민감한 채, 작가 조이스는 《피네간의 경야》의 첫 문장에 지시된 장소의 구성(the composition of place)에 초점을 맞춤으로써, 우리의 이론을 시작할 수 있다. 특히, "강은 달리나니"는 더블린의 리피 강이야말로, 그것의 강둑에 위치한 "아담과 이브즈"(Adam and Eve's) 성당(더블린 중심부의 현존하는 대표적 지형 이정표)를 지나 흐른다. 이 성당의 명칭은 여기 텍스트에서 비코의 역사의 회귀의 역순인 *recorso-corso*를 암시한다. 아담과 이브는 인류 역사의 시초에 서 있거니와, 고로 그들은 《피네간의 경야》의 시초에 위치하고, 그들의 성(섹스)은 양극, 에덴, 인간의 추락, 그리고 부활의 약속을 암시한다. "강은 달리나니"는 또한 시간의 강을 암시하는 바, 그 위에서 세상만사는 탄생한다.

해안의 변방으로부터 만灣의 굴곡까지【3.1】

위의 구는 아일랜드의 해안선의 지형을 커버하는지라, 리피 강의 하구로부터 더블린만灣의 파도가 부딪히는 그곳 호우드 언덕의 깊은 굴곡까지 뻗음을 말한다. 해안의 변방은 아름다운 섬(본토) 자체의 수줍은 몸짓으로, 그는 만의 물결의 강습强襲을 초대하는바, 이는 작품의 주된 취지로서 부각되는 유혹(seduction)의 주제다. 재차, 호우드 헤드岬(Howth Head)를 한결같이 부딪치는 더블린만의 해수는, 자연적 레벨에서, 방어자들(아일랜드 백성들)의 머리를 계속적으로 연타하고 집적이는 끊임없는 외래의 침입자들을 대표한다.

우리를 회환回還의 넓은 비코 촌도村道로 하여【3.2】

　여기 작가는 "회환"(recirculation)이란 글자 속에 비코의 회귀(recorso)의 주제를 선언하는데, 이는 피네간의 환생(부활)으로, 형이상학적 회전축을 의미한다. 여기 "비코"(vicus)라는 단어는 거리나 길을 의미하지만, 동시에 이탈리아어로, 순환 이론의 철학자인 비코(Giambattista Vico) 자신이다. "Commodius"는 부패의 최초의 상징인 Commodus 황제 시절인 로마의 역사에로 우리를 되돌려 놓는다. 최근 발간된 D. 로스의 〈피네간의 경야〉 결정본은 "commdious"로 개정했으니, 지금까지 비평자들을 아연하게 만들거니와, 이는 또한 우리의 현재의 문명을 파괴에로 인도하는 넓고 평탄한 길을 암시하기도 한다.

　(비코의 신화를 일별하면. 18세기 이탈리아의 역사 철학자 비코는 그의 저서 〈새 과학〉(La Scienza Naova)에서 인류의 역사는 1. "신권 정치 시대"(the theocratic age; the divine age; corso) 2. "귀족 정치 시대"(the aristocratic age; heroic age) 3. "민주 정치 시대"(the democratic age; human age), 그에 잇따라 4. "혼돈의 시대"(chaotic age)로 4대별 된다. 그리하여 "혼돈의 시대"가 지나면, 다시 "재再신권 정치 시대"(recorso)로 회귀 한다고 주장한다. 다시 말하면, 이는 1. 에덴동산의 시대, 이집트, 암흑기, 로마 몰락과 종교의 시대, 수렵시대 2. 군주와 전쟁의 개시, 결혼, 가족 제도의 시작 3. 도시, 법률, 정부의 수립, 관례 4. 카오스의 부활 직전의 단계를 각각 대표한다. 조이스는 이러한 비코의 역사 순환 설을 인간의 탄생, 결혼, 죽음, 부활의 인간사와 병행하게 함으로써, 그의 〈피네간의 경야〉의 하부 구조(substructure) 또는 배경 막(backdrop)으로 삼고 있다 (이는 〈율리시스〉의 호머 신화의 배경 구조와 대응하거니와). 이 개념은 또한 조이스의 작품에서, 부部와 부, 장章과

장, 문단과 문단, 심지어 단일 단어와 단어 속에서도, 그 주제와 내용이 윤회적 환중환環中環(cycle within cycle)을 이룸으로써, 작품의 무수한 구조적 주전원(epicycle)을 형성한다. (미국의 극작가 와일더(Thornton Wilder)는 그의 희곡인 〈우리 마을〉(Our Town)과 〈가까스로〉(The Skin of Our Teeth)에서 조이스의 〈피네간의 경야〉의 작품 구조로부터 크게 힘입었다. 조이스의 비평가들인 J.Campbell과 H.M. Robinson은 한때 와일더의 표절성剽竊性을 크게 논란한 바 있다)(The Review of Literature) New York. XXV([3-4]. 참조).

호우드(H) 성(C)과 주원周圍(E)까지 우리를 귀환하게 하도다.【3.3】

위의 구절은 주인공의 명칭(Here Comes Everybody)의 두문자인 HCE를 함유하는데, 더블린 성城(Dublin Castle)은 더블린만灣을 굽어보는 높은 곶岬에 위치한다(오늘의 관광 명소). 호우드 언덕(이 명칭은 head인, 덴마크어의 "hoved"에서 유래하며, "hoaeth"로 발음된다). 호우드는 더블린의 북쪽 9마일에 있는 바위 언덕으로 더블린만의 북쪽 첨봉尖峰[horn]을 형성한다. 〈율리시스〉와 〈피네간의 경야〉에서 이는 빈번한 문학적 지지地誌 및 작품의 구조적 배경을 이룬다. 예를 들면, 〈율리시스〉 나우시카 장의 초두와 말에서 이야기의 배경 막이 되고, 장말에서 잠자는 거인으로 의인화 한다. 블룸과 몰리가 처음 만난 곳도 이곳 호우드 언덕이요, 아나 리비아가 〈피네간의 경야〉의 종말에서 HCE를 부추겨 산보에 나서려는 곳도 호우드 언덕이다【619-28】. 이는 또한 가로누운 한 전설적 거인의 두개골(현존)로서 널리 알려져 있거니와, 이 곳 위에 핀 맥쿨의 보초들이 바다로부터의 침입자들을 경계하며 서 있었다. 수세기 뒤에, 당시 앵글로 노르만 왕인 헨리 2세는 아일랜드를 정복했는데, 현재의 호우드 성은 당시 침략자의 무리들 중의 하나인 알머릭 트리스트람(Almeric Tristram) 경에 의하여 건립되었다. 때는 아서 왕의 로맨스적 전성기의 세기였으며, 그와 더불어 트리스트럼 또는 트리스탄과 이슬트(Iseult) 또는 이솔데(Isolde)의 이름들과 서로 얽혀있다. 잇따르는 구절은 이를 묘사한다.

사랑의 재사才士, 트리스트럼 경卿, 단해短海 너머에서부터, 그의 남근반도고전男根半島孤戰을 휘투再揮鬪하기 위하여 소小 유럽의 험준한 수곡首谷 차안此岸의 북아 모리카에서 아직 재착再着하지 않았으니【3.4-6】.

위의 구절의 기본 의미인즉, 사랑의 재사才士인 (viola d'amore는 음악 악기이기도) 트리스트람 경은, Saint George's Channel(동아일랜드 해)을 횡단하여, 그의 전쟁을 재차 수행하기 위해, 노드 브리타니로부터 아직 재착再着 하지 않았는바, 이 브리타니는 험준한 유럽의 아일랜드 편에 위치한다. (전설적 트리스트람 [Malory's Sir Trstram]은 브리타니에서 젊음을 보냈고, 콘월(Cornwall)에로 그리고 거기서 그의 숙부 마크(마크) 왕을 위하여 이솔트를 다리려 아일랜드에로 돌아왔다). 전쟁은 "남근반도"(penisolate)로 명명되고 있으며, 이는 "남근(penis)의 최근(late) 전쟁(war)"을 암시한다. 이 말은 "pen筆 + isolate 孤獨"으로도 읽힐 수 있거니와, 건장한 외향인外向人에 의해서가 아니라, 문필의 외롭고 내성적 인간에 의하여, 펜-필筆(즉 문사, 즉 주인공 셈)로서 수행되는 전쟁을 암시한다. 트리스트람이란 인물은 서로 싸우는, 정반대의 인물들로 나중에 분할된다. 마지막으로, 만일 우리가 이를 "반도 전쟁"(peninsular war)으로 읽는다면, 우리는 앵글로-아일랜드 더블린인인, 웰링턴의 최초 공작, 웰슬리(Arthur Wellesley)를 상기하는데, 그는 반도전쟁에서 나폴레옹과 그의 최초의 대전을 수행했었다.

트리스트럼의 죄 많은 사랑의 주제의 여운과 더불어, 조이스는 〈피네간의 경야〉의 중요한 악기의 현絃들의 하나를 대담하게 두들기고 있는 셈이다. 트리스트럼과 이솔트의 전설은 잘 알려져 있거니와, 그것의 유형은 HCE에 완전하게 적합하다. 그는 자신이 브리타니(브리타니 여인인, 제2의 이솔트로 비유되는 매혹적인 딸, 조이스의 이씨)을 갖는다. 한편 그의 아내(아나 리비아 프루라벨)의 변용들 중의 약간에서 그녀는 아일랜드의 이솔트와 아주 동일하다. 두 여인들에 의하여 정신적으로 분열된 채, 남자는 보다 연소한 대표자들에 의하여 유혹되고 파괴되지만, 그는 힘을 모아, 그의 상처야말로, 자신이 사랑하기를 결코 멈추지 않는, 연장자로서, 치유 받는다. 여기 작품에 암시되는 HCE의 가슴에 쐐기를 박는 이러한 투쟁은 낭만적 사랑의 중세기적 혁신 이래 서구 세계의 남자들을 괴롭혀 왔던 모호한 죄 의식의 현현顯顯(epiphany) 바로 그것이기도 하다.

이상에 언급된 사랑과 전쟁의 이중적 기미는 앞으로 전개될 〈피네간의 경야〉의 삼투적滲透的 주제가 될 것이다. 핵심적 변화들과 변조들은 단순한 진술을 망가트려 불협화와 조화의 좌절된 퇴적이 된다. 사랑은 모호하고—전쟁 또한 모호하게 될 것인즉, 두 상극의 형제들인 셈과 숀 간의 그리고 그들의 그림자 격인 바트(Butt)와 타프(Taff)간, 및 뮤트(Mutt)와 쥬트(Jute)의 갈등을 계속적으로 노출하는데, 이들 쌍은 웰링

턴과 나폴레옹, 시저와 브루터스, 시그트리그(Sigtrygg)와 브라이넌 보루((브라이안 보루)
의 역사적 인물들이요, 그들은 버클리(Buckley)와 러시아 장군의 인물로 절묘하게 대
조된다. 많은 외형들 아래, 이러한 사랑과 전쟁의 주제는 우주를 회전하게 하는 양극
화된 에너지의 한결같은 생명의 표현이다.

  "North Amorica"는 북아메리카(North America)를 암시한다. 잇따르는 구절은 바다
너머의 신세계에 대한 소명을 개발하는 바, 이 신세계를 향하여 저들 아일랜드인들은
영국의 찬탈자들로부터 피난처를 찾아 도피했으며, 수많은 기민한 아일랜드 사람들
은 그곳의 개척의 땅에서 돈과 위신을 얻었다.

> 오코네 유천流川에 의한 톱소야(정정頂톱장이)의 암전岩錢이 그들 항시恒時 자신들의 감
> 주수甘酒數를 계속 배가倍加(더블린)하는 동안 조지아 주洲, 로렌스 군郡의 능보陵堡까지
> 자신외自身外 과적過積하지 않았으니,【3.7-9】

  아주 기묘하게도, 아메리카의 조지아(Georgia) 주의 Laurens 군(카운티)을 통하여 흐
르는 Oconee라는 유천이 있으니, 이 흐름의 양 둑에 군청 소재지 Dublin이 위치한
다(오늘날 아메리카에는 수많은 아일랜드의 인명들과 지명들이 그대로 현장에 명명되고 있다). 이리하
여 더블린의 아메리카판 복사가 Oconee 강변의 더블린인 셈이다. "Oconee"라는 말
은 아일랜드 인들의 비애의 부르짖음인 '오코네'(ochene)와 유사한데, ((율리시스)의 밤
의 환각 장면에서 '이빨 빠진 늙은 할멈'은 이 비탄의 소리를 지른다. "아이고! 아이고! 비단결 같은 암
소.(Ochone! Ochone! Silk of the kine!)"【U 486】. 이는 의심할 바 없이 미국을 향해 많은 아
일랜드인들이 그의 조국을 떠날 때 부르짖는 비탄의 소리일 것이다.

  위의 구절을 통해 수많은 암시들이 메아리친다. 예를 들면, 〈톰 소여의 모험〉(The
Adventures of Tom Sawyer)는 헉 핀(Huck Finn) 및 아일랜드의 미국 이민자 작가 마크 트
웨인(Mark Twain)과 연관된다. 여기 작품에서 두 사람이 통나무를 톱질 할 때 한 사람
은 통나무 위쪽에 서고, 다른 사람은 아래쪽 구덩이에 들어가 톱질을 한다. 이 이미지
는 서로 상반된 형제들(솀과 숀)에 대한 생각을 불러일으키는지라, 위쪽의 톱장이는 성
공을 거두는 자이다. 그의 "암전"(rocks)은 금전의 속어로서, "서로 부풀어" 수를 배가
한다. "doublin"은 "Doubling all the time"이란 모토이기도 하다. 그런고로, 바위들

의 증가는 Lawrence 군에서 재산의 번영으로 변용 하는 셈이다. 이 지역의 시민들은 "조르지오스"(gorgios)라 불리고, 이들은 톰 소여의 암전의 열매이다. 또한 "조르지오"(Gorgio, 조이스의 아들 이름이기도)는 집시 언어로, "비[比]-집시" 또는 "애송이"란 의미이다.

암전은 이제 "음낭"陰囊을 의미한다. 여기 "mumper"는 number와 함께, "Mum"은 아메리카 발견의 해인 1492년에 최초로 주조酒槽된 강하고 감미로운 맥주이다.

이 응집된 구절의 암시인즉, HCE의 한 성공한 아들은 그의 부친이 그이 이전에 그러했듯, 동방에서 서방으로 이민한다. 아메리카에 정주하면서, 그는 많은 자손을 낳고, 그들에게 성실한, 심지어 막대한 재산을 유증 한다. 출산과 번영에 대한 생각은 "그들 항시恒時 자신들의 감주수卅酒數를 계속 배가〈더블(린)〉하는 동안"이란 표현으로 수행되는데, 이는 원초적으로 "항시 그들의 수를 배가하면서"로 읽힐 수 있다.

위의 구절은 아메리카와 마찬가지로, 아일랜드, 분명히 앵글로-노르만 정복 시대의 아일랜드를 언급한다. 당시의 더블린의 주교는 Lawrence O'Toole이었다. 여기 더블린 군(카운티)은 Lawrence's County였을 것이다. 나아가, 성 Lawrence의 후원 하에 그의 승리를 기리기 위하여, 호우드 성의 건립자인, Almeric Tristam 경은 그의 가족 명을 Lawrence로 바꾸었다.

> 뿐만 아니라 원화遠火로부터 혼일성混一聲이 나 여기 나 여기 풀무하며 다변강풍多辯强風 패트릭을 토탄세례土炭洗禮 하지 않았으니,【3.10-11】

위의 구절에서 근본적 언급은 성 패트릭(Patrick) 및 아일랜드에 대한 그의 기독교 전파에 관한 것이다. "원화"는 성 패트릭에 의해 점화된 기독교의 불이요, 이 성인은 토탄 건초 더미, 즉 아일랜드 자체를 세례한다(tauftauf). "taufen"은 독일어로, "세례하다"를 뜻하며, 이는 우리에게 성 패트릭의 정신적 스승인, 튜턴 민족의 성 저마니커스(Germanicus)였음을 상기시킨다. 지하의 한 가닥 불로부터 처녀 여인의 목소리가 솟는 지라, 이 처녀는 여신 브리지트(Brigit)로, 그녀는 세례를 받자 성 Bridget가 되었다. "나 여기 나 여기"하고 그녀가 원주민어原住民語로 말하는데, 이는 "나 여기 있소, 나 여기 있소(mishe, mishe)"라는 의미로, 그녀의 인물을 모든 존재, 즉 ALP의 모성의 실체로서 단언함을 의미한다. 정신적 비유의 수준에서. 성 패트릭은 HCE요, 지금은 영원한 생명의 핵核으로 어머니 아일랜드를 비옥하게 하는―영원한 침입자이다. 토탄화土炭火는 성 패트릭의 연옥煉獄의 전설적 기적에 관해 언급이다. 그가 땅 위에 하나의 환環을 그리자 화염 속에 대지가 열린다. 이 불 속으로 그의 가장 열성적 개종자들이 내려간다. "패트의 연(옥)"(Pat's Purge)은 〈피네간의 경야〉에서 여러 번 나타난다. "thuartpeatrick"은 windy patrick이란 어원으로, 사도의 바람센 말들에 의한 토탄 불 같은 신앙을 지닌 패트릭의 반응을 의미한다.

　　또한 아직도, 비록 나중의 녹육鹿肉이긴 하나, 한 양피요술사羊皮妖術師 파넬이 얼빠진 늙은 아이작을 축출하지 않았으니,【3.12】

이 구절은 우리로 하여금 〈성서〉의 〈구약〉 야곱과 에서의 형제 전쟁으로 되돌리거니와, 여기서 그의 장남을 축복하기를 바라는 아버지 이삭은 그의 차남의 간계奸計의 표적이 된다. 이 구절은 다음과 같이 읽혀질 수 있다. 야곱은, 녹피鹿皮로 가장한 채, 그의 눈먼 노부를, 아직 속이지 않았다. 또한 "butt(표적)"과 "이삭"의 단어들의 병치에는 아일랜드의 지방적 암시가 숨어 있다. 이삭 Butt는 1877년에, 보다 젊은 파넬의 음모를 통해 아일랜드 국민당의 영도로부터 추방당했으며, 그리하여 파넬 자신이 권력을 장악했다. "녹육"(venissoon)이란 말은 〈성서〉 이야기의 양피羊皮(goat venison)를 의미할 뿐만 아니라, 잇따른 서술에서 드러나듯, 스위프트-바네사의 연애 주제를 예고한다. "kidscad"는 kid와 scad(trick)의 합성어요, 소년으로서 파넬은 "Butthead"으로 불렸으며, 그는 얼빠진 이삭 바트를 영도력에서 추방했다.

　　아직도, 비록 베네사 사랑의 유희에 있어서 모두 공평하였으나, 이들 쌍둥이 에스터 자매가 둘 하나의 나단조와 함께 격하게 노정激怒情하지 않았나니라.【3.13】

"Nathandjoe"는 둘로 쪼개진 Jonathan의 글자 수수께끼로서, 이 수석 사제는 그의 두 젊은 소녀들인 스텔라와 바네사에 의하여 사랑에 깊이 함몰랬었다. 사랑의 공허한 유희에 모두들 함몰할지라도, 이들 멋들어진 자매들은 아직 그들의 대리부代理父

인, 둘 하나, 즉 현명한 나단과 정절의 요셉과는 격정激情하지 않았다. "sosie sesthers wroth"는 또한 Susanah, Esther 및 Ruth의 이름들의 변용으로, 이들은 한 노인의 젊은 소녀들과의 사랑을 뜻하며, 〈성경〉의 이야기들에 나오는 여주인공들이다. "in vanessy"는 Inverness를 암시하는데, 이는 셰익스피어의 멕베드의 성城의 이름으로, 멕베드는 세 마녀들(The Three Weird Sisters)의 간계에 의하여 유혹 당한다.

> 아빠의 맥아주麥牙酒의 한 홉(펙)마저 제햄 또는 쉐으로 하여금 호등弧燈에 의하여 발효하게 하지 않았나니,【3.13】

우리는 노아가 땅을 경작하고 포도를 심기 시작할 때, 홍수의 방주가 멈춘 후의 한 순간을 생각한다. 포도주를 마시면서, 그는 술기운에 취하게 되고 그의 아들 햄(Ham)에 의하여 나신裸身으로 발각된다. 그러나 셈(셈)과 야벳(Japhet)인 다른 두 아들은 자신들의 어깨에 망토를 걸치고, 뒤돌아 가 그들의 부친의 나신을 덮어준다. 위의 구절은 부친-거세去勢라는 주제의 취지로, 자식들에 의한 부친의 교체交替로서 해석 될 수 있을 것이다. 세 이름들인 셈, 야벳 및 햄은 〈피네간의 경야〉의 주인공인 이어위커 가문의 셈과 숀의 이중성을 함축하는 것으로 요약될 수 있다. 포도주 대신에 마취제 음료는 맥주로서, 이는 독일-켈트 족의 유형에 합치한다.

> 그리하여 눈썹무지개의 혈동단血東端이 수액면水液面 위에 지환指環처럼 보였을지라.【3.14】

그리하여 동방(혈동단)을 향해 무지개가 바다의 표면 위에 그의 반사를 던지는 것이 목격되었으리라. 이 무지개는, 하느님의 약속과 인간의 희망의 증표로서, 그의 미美의 7가지 색깔들과 함께, 〈피네간의 경야〉의 지배적 이미지들 중의 하나이다. 그것은 하느님의 분노와 인간의 공포의 신호인, 뇌성과 균형을 이룬다. "rory"는 아일랜드의 고왕(High King)인 오코노(Rory O'Connor)를 함축하는데, 당시 정복자 헨리 2세의 눈썹이 동쪽 수평선 위로 솟았다. 이 얼굴은 노아 시절의 무지개가 그랬던 것처럼, 신시대의 도래를 의미했다. Regenbogen은 독일어의 무지개요, ringsum은 around의 뜻이다.

추락(Fall)의 주제는 〈성서〉의 "창세기"에서 아담의 죄와 그의 추방에서 보듯, 우리를 참된 인간으로 바꾸고 인간 생활의 끝없는 상속을 시작하는 최초의 사건이다. 그러나 여기 추락은 〈성서〉나 밀턴(Milton)의 〈실낙원〉(Paradise Lost)에서가 아니라, 그보다 훨씬 이전의 고대 아일랜드 신화의 팀(Tim) 피네간의 추락이다(비록 다른 여러 추락들이 그와 혼성되긴 해도). 그리하여 최초의 추락은 여기 팀이 벽을 쌓는 과정에서 일어난다.

추락墜落(바바번개개가라노가미나리리우우뢰콘브천천둥너론투뇌뇌천오아호나나운스카운벼벼락락후후던우우크![3.15]

여기 "추락"(The fall)과 그에 수반된 "추락"의 기다란 다음 철은 〈피네간의 경야〉의 추진적推進的 충동을 경험하게 한다. 사다리 아래로 떨어지는 피네간의 육체의 "쾅" 소리에 의해 야기되는 음향은 하느님의 분노의 소리인, 비코의 뇌성과 동일시되는 바, 이는 고대의 영겁永劫을 종결하고 새로운 역사의 환의 시작을 의미한다. 여기 뇌성의 다음 철에는 여러 나라의 뇌성의 언어들이 혼성되어 있다. 예를 들면, 일본어의 "kamiminari…"도 끼여있다.

한때 벽협가壁狹街 노부老父의 (추락)이 일찍이 잠자리에서 그리고 나중에 이어 줄 곧 모든 기독교의 음유시인을 통하여 재차 들리도다.[3.16]

"노부"(Old Parr)는 Shropshire(잉글랜드 중서부의 주) 출신인 Thomas Parr의 별명으로, 그는 152세가 되도록 살았으며, 그의 심한 음란성으로 비난을 받았다. "Parr"(어린 연어, 불어의 pe're)와 "wallstrait"는 현대 세계의 주식 시장가市場價의 홍성과 쇄락에 대한 각본이다. 이 노부의 추락은 에덴동산의 아담, 벽으로부터의 피네간 및 피닉스 공원의 HCE의 추락을 각각 의미한다. christian ministrelsy (Christy Minstrels)은 흑인으로 분장하여 흑인의 노래를 부르는 흑인 악단이다.

이벽離壁의 저 위대한 추락은 이토록 짧은 고지告知에 고대의 견실인堅實人[6] 피네간의 마활강魔滑降을 야기했나니. 기피자의 육봉구두[7]가 신속하게 비문객을 그의 땅딸보 발가락을 탐하여 한껏 서쪽으로 보내는지라. 그리하여 그들의 상향통행징수문소[8]가 공원 밖의 노크 언덕[9]에 있나니 그곳에 오렌지 당원들은 최초 더블린 인이 생엽 리피 (강)을 사랑한 이래 목초 위에 무위도식 한 채 누워 있었도다.【3.18-24】

여기 우리는 말들의 어괴語塊, 우주란宇宙卵인, Humpty Dumpty, ("어미 거위"의 동요집에 나오는 커다란 계란 모양의 인물)의 추락과 해체의 암시를 주목 할 것이다. "마활강"(pftjschute)의 "활강"(chute) (parachute. 낙하산 참조)은 떨어지는 유성의 '쉬' 소리로, 프랑스어의 chute(fall), 루시퍼 마왕의 지옥으로의 추락을 암시한다. (더블린 풍경에서 추락한 거인의 시체 해부의 지적地跡을 답사하기 원하는 독자는 호우드 언덕의 정상에서 거인의 머리를, 그리고 피닉스 공원의 묘지의 노크 언덕[Knock]에서 그의 위로 뻗은 발가락들을 지금도 탐색할 수 있을 것이다). "The Solid Man"은 W.J.Ashcroft의 암시로서 더블린의 음악당 연주자이다. "toes" 피네간의 다섯 발가락. 이 공원에는 오렌지 당원들(침입자들)이 최초의 더블린 사람이 아나 리피 강을 사랑한 이래 그린(녹초)(Green)에 휴식하기 위해 누워 있었다.

【4-5】천국의 전쟁 및 피네간의 소개
【4】전쟁의 세대와 그 종결, 죽음과 부활. 의지자와 비의지자, 석화신과 어신. 야만인들의 싸움, 태초의 개골개골 개구리들의 울음은 끝난 나니, 창칼과 도당들, 백의대, 살인, 전쟁의 파풍의 잠성, 그의 벽의 몬지 속에 등을 뻗은 간음주의자의 아비(피네간), 하늘의 무지개의 출현, 그는 넘어졌어도, 피닉스(부활의 언덕)마냥 소생할지니. 재에 묻힌 느티나무처럼 재생과 부활이 있으리라.

여기야말로 의지자意志者와 비의지자非意志者, 석화신石花(굴)神 대對 어신魚神[10]의 무슨 차지타지此志他志 격돌의 현장 이람![11] 브렉케크 개골 개골 개골! 코옥쓰 코옥쓰 코옥쓰![12] 아이 아이 아이! 아이고고! 그곳에는 켈트족의 창도槍刀 도당들이 여전히 그들의 가정과 사원들을 절멸하고[13] 혹족或族들[14]은 투석기와 원시의 무기로 두건두頭巾頭의 백의대白衣隊로부터 전도식인적顚倒食人的 본능을 창출하고 있었도다【4.1-7】.

위의 구절에서 우리는 거인(피네간)의 위로 솟은 발가락 주변에, 오스트로고스

(Ostrogoth) (이탈리아에 왕국을 세운, 동東고트족; 493-555이 비지고스(Visigoth)(서西고트족)와 싸웠을 때, 그들은 로마 제국의 황혼기의 그것과 비유되고, 굴이 물고기와 싸우는 대홍수의 혼돈과 비유되며, 아리스토파네스(Aristophanes)(아테네의 시인, 희극 작가; B.C. 448-380) 풍風의 개구리가 어둠 속에서 합창하는, 하계下界의 무질서로 각각 비유되는, 소요가 창궐함을 읽는다. 분명히 전체 구절은 고성 소요의 그리고 원시적 전투의 장면이다. 초기의 용사들이 서로 죽이려 하고 있다. 이는 "격돌", "창도 도당들", "혹족들", "두건두의 백의대"와 같은 어휘들로 드러난다. 그러나 여기 용사들은 누구인고? 그들은 "의지자" 대 "비의지자" 갖지 않은 자 대 가진 자, 침입자들 대 원주민들이다. 이 구절은 또한 로마의 추락을 상징하며, 초기의 아일랜드의 종교적 싸움들에 대한 언급들이다.

"석화신石花(굴)神 대對 어신魚神"은 Ostrogoth 족 대 Visigoth 족을 암시하거니와, 또한 갑각류甲殼類(조개, 굴)를 먹는 자들에 대한 언급은 아일랜드 해안에서 이전에 어류를 먹는 자들에 대한 언급이다. "대對"(gaggin)는 독일어의 "gegen"으로, 영어의 "against"란 말인 동시에, 이는 정복이야말로 피 정복자의 공성 망치로 공격한 다는 개념을 갖는다. "브렉케크 개골!… 코옥쓰쓰!… 아이!… 아이고고!" 등은 Aristophanes 희곡, 〈개구리〉(The Frogs)에서 차용한 것으로, 이러한 초기의 다툼들이 발생했던 습진 늪의 지층을 암시한다. 비유적으로, 이 구절은 원시인간의 홍수 이후의 싸움들(post-Flood battles)을 넌지시 비춘다. "Ualu"와 "Quaouauh"는 앞서 애란어인 "ochene"처럼 웨일스 말의 "비탄"을 뜻한다.

"mathmaster"에서 Math는 앵글로색슨어의 "목 베다" 또는 "자르다"의 뜻이요, 산스크리트어의 "절멸하다"라는 의미다. 그것은 또한 힌두어의 "hut"(오두막) 및 "monastery"(사원)을 뜻한다. 따라서 이 단어는 총체적으로 "인간을 목 자르고, 그들의 가정과 사원을 절멸함으로써 제압한다"는 뜻이 된다. 여기 이처럼 한 개의 단어 속에 수많은 의미들을 함축한다.

"Badellaries; Malachus Micgranes"(창도 도당들). 이는 초기 부족 전쟁에 함몰된 켈트 부족들과 그 가족들을 뜻한다."catapelting the camibalistics out of…"(전도식인적顚倒食人的 본능을 창출하고 있었도다). 이 구절에서 "catapelting"은 "catapult"(투석기) 및 "pelting"(연타)를 암시하며, "cam- ibalistics"의 첫 음절인 "cam-"은 "왜곡되고 전도

된"이란 켈트어이다. 전체 단어 속에 야만적 육식적肉食的 행사와 탄도彈道라는 이중적 함축의숨蓄意가 담겨있다 할 것이다. 따라서 이 문장의 전반적 함축의는 "흑족들은 그들의 경쟁 때문에 투석기와 원시적 무기들의 수단으로 전도된 식인종적 본능을 창출하다"라는 뜻이 된다.

"Whoyteboyce of Hoodie Head"(두건두頭巾頭의 백의대白衣隊): "White-boys"(백의대). 이들은 18세기 아일랜드의 토지개혁 등을 주장한 비밀 결사 당원들로서, Ku Klux Klan (큐쿨럭스콜랜) 3K 단團(the invisible Empire. Knights of Ku Klux Klan) (1915년 미국 태생의 신교들에 의하여 결성된 비밀 결사로서, 구교도, 유태인, 동양인을 배척하는 운동 전개)의 모습을 띤, 머리에 두건을 쓰고 날뛰던 종교적 광신도들의 무리이다. "Hoodie Head"는 또한 아마도 the Hill of Howth를 암시하리라.

> 창칼 투창시도投槍試圖 그리고 총포의 붕 파성破聲. 신토神土의 혈아족血兒族이여, 두려운지고! 영광혈루여榮光血淚여, 구하소서! 섬뜩한, 각누覺淚가 무기소武器訴하면서. 살살외무殺殺外無라. 애종哀鐘, 애종. 무슨 우연살인偶然殺人, 무슨 공포空砲와 환기換氣의 붕괴! 무슨 선풍鮮風의 종교 전쟁에 의한 무슨 진부한 건축물을 파풍破風 했던고!
> 【3.6-8】

Assiegates and boomeringstroms: "assiegates"의 첫 두 개의 음절들은 프랑스어의 assi' eger, 즉 "포위 공격"(besiege)을, 그리고"assegai", 즉 창(spear)을 각각 의미한다. 단어의 나머지 부분인 "gates"(문)를 모두 합하면, "도시와 성문을 포위 공격하기 위하여 창과 투창으로 시도하다"가 된다. "boomeringstroms"는 "boomerangs"(부메랑, 긁어 부스럼, 자업자득) 및 대포 소리를 암시한다. "Strom"은 스칸디나비아어로 "whirlpool"(소용돌이)를 의미하는데, 이는 사람을 죽음으로 끌어내린다는 암시. Sod's brood, be me fear!: "Sod"는 Old Sod(고토양古土壤) 또는 아일랜드이다. "아일랜드의 아이들이여, 나는 그대들을 걱정하도다, 또는 나는 그대들을 두려워하도다"가 된다."Sod's brood"는 "God's blood"(하느님의 피)를 암시하기도 한다.

Sanglorians, save!(영광 혈루여, 구하소서!): "sanglorians"의 첫 음절인 sang은 프랑

스어로서 "피"(blood)를 의미하며, 같은 단어의 첫 두개의 음절은 "sanglo"로서, 이는 sanglot와 같은 음으로, 재차 "sob"(흐느낌)를 의미하는 프랑스어이다. 따라서 분명히, 이 단어의 복합의複合意는 피와 눈물의 부대적 의미를 공유한다. 그럼 무엇을 위한 피와 눈물인가가 문제다. 이는 "glori"(영광)을 위한 것으로, 이 단어는 "sanglorians"의 바로 중간에 끼어 있다. "save"는 "hail"을 뜻하는, 라틴어의 salve로서 해석되거나, "protect"를 뜻하며, 영어의 "save"로 해석할 수 있다. 전체 표현은 호격呼格으로 이루어져 있다. "영광을 위하여 피와 눈물로 싸우는 자여, 나는 그대를 환영하도다." 또는 "save"(기원)의 양자택일의 번역을 사용하면. "하느님이시여 영광을 위하여 피와 눈물로 싸우는 그대를 보호 하소서!"가 된다.

조이스는 자신의 표현 속에 언제나 기호(antimony) 또는 상반의미(contradiction)를 탐색하는지라, 같은 단어들 속에 두 개의 반대되는 의미를 함축하기 일쑤다. 이리하여, 아일랜드의 역사상 같은 암담한 전쟁들에서 많은 "피와 눈물"이 있을지라도, 영광은 별반 없었다. 앞서 sanglorians의 첫 음절 sans은 프랑스어로서 영어의 "without"를 뜻한다. 그런고로 여기 조이스는 아이러니하게도 다음처럼 말할 가능성이 아주 짙다. "영광 없이 피와 눈물로 싸운 그대."

Arms apeal with larms: Larm[e]s는 프랑스어의 "tear"란 말로, 비애의 주제를 반복한다. Larm은 "noise"의 독일어요, 전쟁의 소요를 의미한다. "Killykillkilly, a toll, a toll"은 nothing but killing으로서, 살외무殺外無. 이는 꽁지 이외에 무無까지 죽자 살자 싸우는 두 킬케니(Kilkenny)의 고양이들에 대한 유머러스한 절반-언급이다. "Toll"은 죽은 영웅들을 위한 종鐘의 애성哀聲을, 또한 생명의 값진 희생을 각각 암시한다. "atoll"은 산호도를 의미하며, 아일랜드는 물론 산호의 섬이다. "A toll, a toll"은 "a-tall, a-tall"이란 아일랜드의 속어를 메아리 한다.

What chance cuddleys: "Cuddleys"는 "cudgels"(곤봉, 몽둥이)를 암시한다. 몽둥이에게 무슨 기회 있으랴! 이 말은 유약柔弱함의 함축어로, 유약자에게 무슨 기회가 있으랴? 또는 "cuddle"(꼭 껴안다)(겁내어)를 암시한다. 피코의 거인들의 무법의 태도 속에 우연한 사랑의 짝 직기를 위해 무슨 기회가 있으랴. "what cashels aired and ventilated!" "Cashel" 성당 혹은 성당 건물들의 그룹을 에워싸는 원형 벽을, 그리고 석조 건물을 의미한다. 지명 사전(Louis O. Mink의 *A Finnega's Wake Gazetteer* 등)을 뒤져 보건대, 우리는 인구 3천명의, 티퍼래리(Tipperrary) 군의 Cashel의 바위의 기저에, 3백 피드 높이에 성당, 성곽과 탑의 유적이 있음을 찾아낸다. 따라서 총체적으로 번역하건대, 이 구절은 "이들 종교 전쟁들에 의해, 무슨 성당 벽들이 붕괴되었으며, 무슨 신선한 바람이 진부한 종교의 기관들을 통해 불었던고!"가 된다.

무슨 유혹녀들이 무슨 면대면面對面 사죄신부들에 의해 죄혹罪惑되었던고! 무슨 허위 딸꾹 야곱의 뒤죽박죽 잡성雜聲으로 그들의 간초모干草毛를 위한 무슨 진감眞感을!
【4.9-10】

what bidimetoloves: "Bid-me-to-loves"(나를-사랑-으로-청하다)는 유혹녀(temptress)이요, "togotetabsilvers…"는 "teet-tete absolvers"(면대면의 사죄신부들)의 합성어를 뜻한다. "teg"는 암사슴 또는 여인이요, "goat"(수사슴)는 음란한 동물이다. 만사는 너무나 뒤죽박죽인지라 하느님의 말을 전하는 설교자들은 매음녀들을 죄로 인도하도다. "목소리는 야곱의 목소리로되, 손은 에서의 손이로다." 생득권의 찬탈자를 축복하기 전에 이삭의 말은 콩 수프로 배 가득 부른, 건초 발(hayfoot) 짚발(strawfoot)의 메아리와 엉킨다. 여기 hayfoot와 strawfoot는 서로의 적대 형제들을 의미한다.

오 여기 여기 어찌하여 간음주의자姦淫主義者들의 아비父가 등을 뻗고 암혼暗昏을 만났던고 그러나 (오 나의 빛나는 별들과 육체여!) 어찌하여 최고천最高天이 부드러운 고시告示의 공시호示무지개를 부채질하여 다리 놓았던고! 그러나 과존過存 현존現存? 이슬트? 정말 그대 확실한고?【4.14】

감음주의자들의 아버지(The father of fornications): 원초적 인간(아비)은 먼지(죽음의 상징)를 만났는지라, 그러나 그의 부활의 약속의 신호인, 무지개가 이제 출현한다. 그 약속은 여기 이슬트의 이름 및 주제와 연관되는데, 그녀는 〈피네간의 경야〉에서 이중적 역할을 행사하는 바, 그 첫째 것은 모든 아비(all-father)[萬父]를 추락으로 유혹하는 것이요, 둘째는 소생된 유물을 수집하여 분배하는 것이다. 어머니로서, 그녀는 그의 물질을 수령하여 그녀의 아이들 속에 그걸 재생할 것이다. 매력 있는 처녀로서, 그녀는 기대와 절망의 수줍은, 지분거리는 유희로서, 그(아비)에게 재차 손짓하는 무지개 격이다. 여기 화자는 이슬트에게 그녀의 역할을 다짐한다.

과고過古의 참나무 이제 그들은 토탄 속에 모두 넘어졌나니 그러나 재灰 쌓인 곳에 느릅나무 솟는도다. 비록 그대 남근추락男根墜落했어도, 그대 재기再起해야 하나니. 그리고 종말은 당장은 없으려니 게다가 목하目下의 몰락은 경칠 속세의 불사조재생不死鳥再生을 가져오리라.【4.14-16】

여기 우리 앞에 이슬트의 이미지와 무지개-희망의 주제와 프랑스어, 환(cycle)의 주제가 다가온다. 과거의 참나무들은 토탄 속에 넘어졌는지라, 하지만 그 회진이 놓여 있던 곳에 느릅나무들이 대신 솟아난다. "비록 그대 남근추락 했어도, 그대 재기해야 하나니"에서 남근적(phallic) 언어유희는 인생의 륜輪에 대한 프랑스 풍자가인 라블레의(Rabelaisian) 익살스런 기벽奇癖을 제공한다. 종말은 전혀 없을지니, 분명한 "종국"(Finish)은 피닉스-재탄再誕으로 전환할지라, 마치 에덴동산인 피닉스 공원에서의 추락이 부활의 기적을 낳듯이.

이상의 석의적釋義的 해석(exegetical analysis)에서, 3가지 위대한 순간들이 이들 최초의 4개 문단의 과정을 통하여 제시되었는데, 1. 추락 2. 경야 3. 부활이 그들이다. 첫째 것은 뇌성과 "마활강"(pftjschute)의 주제와 연관되고, 둘째 것은 인류 역사의 싸움과 사랑, 셋째 것은 하늘의 신호(무지개), 느릅나무, 음경과 피닉스로 각각 연관된다. 추락은, 심오한 의미에서 선사 시대적이요, 부활은 시간의 종말에서 일어날 것이다. (이상의 4개의 서문적 단락들에 대한 해석은 주로 J. 캠벨과 H. M. 로빈슨으로부터 따온 것이다【24-35】).

【4.17-5.4】 피네간의 소개

원시의 거인 피네간의 소개. 그는 자유의 벽돌공(free mason)으로, 살았고 사랑했고, 일했다. 그는 강둑에 건축물을 쌓았고, 술을 마셨고, 애니녀-피조물을 사랑했고, 마천루를 쌓고 그 높이를 계산했도다.

그리하여 그의 바벨탑 꼭대기 저쪽 불타는 관목灌木을 모두 합하여, 도도한고승걸작물滔滔漢高僧建築傑作物의 통산通算 에스카레이트로 히말라야 산정 및 총계를, 덜커덕거리는 노동구勞動具 든 바쁜 노동자들 및 버킷을 든 총총叢叢 타인들과 함께, 산정算定했도다.【5.3】

피네간 가家의 문장紋章: 문장과 이름을 지닌 최초의 자. 거인촌의 주연 폭음자. 그의 문장인즉. 가문의 푸른빛 꼭대기, 두 처녀들과 수산양, 태양을 상징하는 방패와 궁술가. 그것의 전설. 핀 씨 그대는 역시 피네간 씨. 아침에는 포도주, 저녁에는 식초. 다시 벌금을 물게 되는 그대는 문장과 이름을 지닌 최초의 자이지만, 추락의 우愚를 범한 자라. (여기 그에 대한 서술은 다분히 조롱조이다).

목요일의 비극(추락)을 초래한 이유: 그에 관한 루머. 그를 비난하는 코러스. 증거는 평가 불가. 아마도 벽돌 또는 뒤 경내의 벽의 붕괴 때문이리라. 소문은 천일야화 격. 그러나 아담이 이브의 사과를 씹듯, 한 가지 분명한 것이란, 아침거리의 별별 고함 소리 그리고 소음들에 의해 정신을 잃은 채, 도시의 굴뚝 매연에 의해 반 질식된 채, 사다리에서 떨어진 피네간, 그리고 그가 뒤로 운반되도다.

【6】(경야의 현장) 내용은 〈피네간의 경야〉(대중가요)에 그 바탕을 두고 있다. 피네간은 사다리에서 떨어지고, 우리는 그의 경야 제에 참가하도다. 그곳 울혈의 아우성. 음울한 12명의 시민들, 그의 서거를 탄식하면서, 그를 눕히나니. "맥쿨, 맥쿨, 왜 그대는 사멸했는고? 그의 발치에는 위스키 병, 그의 머리 위에 창세주라."

"만세!" 그 광경은 똑같은지라. 장면이 해체된다. 언덕의 윤곽은 경야의 윤곽을 통해 나타난다. 이에 피네간의 형체山는 풍경의 그것으로 바뀐다. 엎드린 그를 살필지라. 채프리조드에서 베일리 등대까지 그는 뻗었나니. 그를 애통하는 만풍. "먼지투성이 깡깡이"(dusty fidelios). 세익스피어의 〈심벌인〉(Cymbeline)에서 Imogen은 Fiedele이란 이름의 소년으로 분장한다. 여기 같은 연극의 노래로부터 유명한 글줄의 암시가 있다.

황금 소년들과 소녀들도/굴뚝 청소부들처럼, 모두 먼지가 되다"Golden lads and

girls all must./As chimney sweepers, come to dust) **[IV.ii.262-63]**.

아래 구절은 〈피네간의 경야〉의 제I부 1장 "피네간의 추락"을 묘사한 장면**[6.13-28]**으로, 그의 모체(matrix)에 대한 어의적 분석(exegetical analysis), 해설 및 번역, 언어의 취지를 단적으로 보여 준다. 〈피네간의 경야〉어는 여러 단어의 중첩重疊, 응축凝縮(compression)의 특징을 갖는다.

i. 모체(matrix)

Shize? I should shee! Macool, Macool, orra whyi deed ye diie? of a trying thirsty mournin? Sobs they sighdid at Fillagain's chrissormiss wake, all the hoolivans of the nation, prostrated in their consternation and their duodismally profusive plethora of ululation. There was plumbs and grumes and cheriffs and citherers and raiders and cinemen too. And the all gianed in with the shoutmost shoviality. Agog and magog and the round of them agrog. To the continuation of that celebration until Hanandhunigan's extermination! Some in kinkin corass, more, kankan keening. Belling him up and filling him down. He's stiff but he's steady is Priam Olim!

ii. 어의적語義的 분석(exegetical analysis)

(위 단락의 어의적 분석은 1973년 미국 털사 대학 대학원에서 Leo Knuth 교수의 지도 아래 행해진, 필자를 위시한 일군의 연구자들에 의한 공동 작업임을 여기 밝힌다.)

Shize: sighs(탄식하다), size(크기), Jesus(예수), jeez(저런, 어마나), Scheiss(독일어: 분糞) schist(편암片巖)

I should shee: say, see, shee(게일 어: 무덤), sidhe(게일 어: 요정)

Macool: Finn MacCool(전설적 애란 용사)

orra: oh(감탄사), arrah(애란어: 아, 저런) ora(서반아어: 황금)

whyi deed ye diie?: Why did you die?(왜 그대는 사멸했는고), "피네간의 〈피네간의 경야〉"민요 구절 및 성서의 패러디: "나의 하나님, 왜 당신은 저를 왜 버리시나이까?"(마태: 27.46)

of a trying: 〈성서〉의 예수 재판과 십자가형 및 HCE의 재판

thirstay mournin?: Thursday morning(목요일 아침), Thursday mourning(목요일의 비탄), thirsty mourning(목마른 비탄), Thor's day(북구 뇌신의 날), "I thirst(나는 목타도다)" (예수의 소리)(요한: 19.28)

Sobs they sighdid: did sigh(한숨깃다), they sighed, sighted(목격했다)

Fillagain's: Finnegan, fill again(다시 채우다), Phil(the Fluter, 피리 부는 필) again

chrissormiss: Christmas, chrism(성유, 유아의 세례 복), crism-consecrated(성유성화聖油聖化), Chris(Christoper, Christ), miss(여인)

wake: 〈피네간의 경야〉, cake(과자), vaka(북구어: Virgil, 성 요한 전야축제), awake(잠에서 깨다), 항적航跡

all of the hoolivans: hooligans(깡패), 속요: "Miss Hooligan's Christmas Cake" (all) do one's Sullivan(게일어: 눈이 멍든, 혹안黑眼의)

of the nation: "A Nation Once Again"(민족이여 다시 한 번)(애란의 노래 구절)

their consternation: 놀람, 경악, constellation(별자리), constermare(라틴어: 엎드리다)

and their duodismally: doubly dismal(이중으로 음울한), duodecimal(12진법의) (〈피네간의 경야〉의 12애도자들, 12국민들, HCE 주점의 12단골손님들, 12유태 종족들, 예수의 12제자들)

profusive plethora: profusive(풍부한) + effusive(분출하는, 과장된);

plethora: 다혈증, 〈피네간의 경야〉 향연의 넘치는 대접

ululation: 넘치는 비탄, 포효

There was plumbs and grumes and cheriffs and citherers and raiders and cinemen: "Miss Hooligan's Christmas Cake"를 만드는데 필요한 재료들: plums(서양자두), prunes(말린 자두), cherries(버찌), citrons(레몬), 불수감佛手柑), raisins(건포도), cinnamon(육계肉桂, 계피); trademen-plumbers(상인-배관공), grooms(하인), sheriffs(집달리), citerers(악사), raiders (bandits, 군인), cinema men(영화인), Chinamen(중국인), sin men(죄인)의 일그러진 형태들

gianed: giant(거인), chimed(종을 울렸다)

shoutmost: shoutingmost(최 고함치는), "And the all…shoviality: Phil the Fluter's Ball"(피리 부는 필의 무도회) 곡의 가사의 한 줄

shoviality: shoving(pushing, 미는); joviality(쾌활)

Agog and magog: a-gog(당황한), Gogmagogs 언덕(케임브리지 근처, 요정 Granta를 사랑한 변신된 거인으로 사료됨). God 및 Magog: 런던, Guildhall에 있는 Gog 및 Magog 목재 상木材像, 문지기들로 봉사한 포로 거인들. 〈성서〉의 구약: 북부의 고군古軍, 신약: 아마게돈의 반군叛軍

the round of them agrog: 1. round: whole 2. agrog: 음주, 당밀주. 목마른 3. groggy (dizzy 아찔한)

Hanandhunigan's: he and she again(덴마크어: han=he, hun=she), Han(동) and Hun(북) again(서); 중국의 한漢왕조(B.C. 207 -A.D. 220); HanHungarian, Attila가 영도하는 아시아 유목부족들, 한 왕조에 항거함. Han(한족)은 질서, Hun(훈, 흉노, 4-5세기경 유럽을 휩쓴 아시아 유목민)은 무질서로 특징됨.

kinkin: 종족(kindred), cinn(게일어: 두頭, 주主된), kin(스코틀랜드어: kind(종류), caoin(게일어: 비탄), Kincora(1014년 크론타프에서 덴마크 인들을 패배시킨, Brian Boru의 집)

corass: chorus, cora(독일어: 소녀)

kankan: cancan(춤, 무용의 일종)

keening: wailing, lamenting

Belling him and filling him down: Belling: 나팔꽃 모양으로(bell-mouthed)하다. 종鐘모양으로 하다. 사냥개 짖는 소리를 내다. 조문객들이 시체를 주柱세우고 그를 주입酒入하다. filling him down: 그를 세우고, 목구멍에 비어를 붓다. 그를 매장하다 (burying him)

stiff: 죽은, 뻗은, 죽도록 마신, 단단한

steady: 술 취하지 않은, 의지할 수 있는, 부동의

Priam Olim: Priam: 트로이의 최후 왕, 호머의 등장인물로서 50명의 아들들과 50명의 딸들을 갖다; Brian O'Linn(최초로 옷을 입은 애란의 민요 속의 영웅)과 함께 하다.

iii. 해설(explication)

이 장면은 사다리 위로 벽돌(hod)을 운반하던 Tim Finnegan이 술에 만취되어 현기증을 일으키고 땅에 떨어져 죽는 현장이다. 그러자 한때 "버젓한 사나이"의 〈피네간의 경야〉제가 여기서 시작된다. 참석자들은 비탄과 축하를 겸하면서, 사자 역시 〈피네간의 경야〉의 축제를 즐기도록 그를 침석寢石과 높은 단壇 위에 바쳐진다. 〈피네간의 경야〉에 참석한 12조문객은 예수의 12제자요, "Miss Hooligan's Christmas Cake"란 장송곡에 나오는 12조객들이기도 하다. 그들은 또한 "Phil the Fluter's Ball"과 "Briam D'Lynn"이란 조곡弔曲도 함께 부른다. 조객들과 친구들이 즐거이 사자의 몸에 위스키를 뿌린다. 이 구절에는 종교(〈성서〉, 창세기, 예수, 그의 재판, 성유성화聖油聖化, 성 요한, 묵시록, 시편)를 비롯하여, 문학(셰익스피어), 천문학(성좌), 무용, 노래(베토벤), 역사(한 족, 훈 족, Briam Boru), 민요, 신화(뇌신, 트로이, 켈트), 전설(용사) 등의 여러 은유들이 독일어, 프랑스어, 스페인어, 스코틀랜드어, 중국어, 덴마크어, 이탈리아어, 라틴어, 북구어, 게일어 등의 언어들에 의하여 응축된 채 서술되고 있다.

iv. 그의 한어역韓語譯 (Korean translation)

분탄糞嘆? 나는 응당 보리라! 맥크울, 맥크울, 저주래詛呪來라, 그대는 왜 사행死行했는고? 고행하는 갈신渴神목요일 조조弔朝에? 피네간의 크리스마스 〈피네간의 경야〉케이크에 맹세코 그들은 애목탄식哀目嘆息하나니, 백성의 모든 흑안 건달들, 그들의 경악과 그들의 울중첩鬱重疊된 현기眩氣에 찬 울다혈鬱多血의 탄포효嘆咆哮 속에 엎드린 채. 거기 연관하부煙管下夫들과 어부들과 집달리들과 현악사絃樂士들과 연예인들 또한 있었나니라. 그리하여 모두들 극성極聲의 환희에 종세鐘勢했도다. 현란과 교란 및 모두들 환環을 이루어 만취했나니. 저 축하의 영속永續을 위하여, 한부흉부漢夫兇婦의 멸종까지! 혹자或者는 킨킨 소녀코러스, 다자多者는, 칸칸 애가哀歌라. 그에게 나팔입을 만들어 목구멍 아래위로 술을 채우면서. 그는 빳빳하게 뻗었어도 그러나 술은 취하지 않았도다, 프리엄 오림!

v. 화자는 우리로 하여금 추락한 피네간을 엿볼 기회를 포착하도록 권고한다. 핀네간은 바로 산山인지라. 이러한 형태의 기호가 풍경 속으로 묻히자, 그를 총체적으

로 개관하기 위해 우리는 한 걸음 물러서야 한다. 그는 (호우드 언덕 격으로) 조용히 뻗어 있다. 협만峽灣에서 협강峽江, 바람의 오보애가 그를 애통한다. 애니의 피리 같은 장단격長短格이 그를 깨운다. 대식가 앞의 식전 기도. 추락한 노아老兒(피네간), 관보棺褓 퍼는 노파. 생선, 빵과 술이 관대棺臺 주위에. 그러나 모두가 술을 들이키며 음식(그의 백분[화] 같은 육체의 성체 음료와 음식)에 이齒를 들이박는 순간, 보라, 우리의 한 복판에서 그는 살아진다. 경야의 장면이, 용암溶暗(deout)처럼, 녹아 없어진다.

피네간은 이런 식으로 식탁(관대)에서 살아졌지만, 우리는 확신하거니와. 우리 자신의 시대에 있어서 사람들은 여전히 숭어魚 가득한 리피 강의 가장자리에 그(피네간)가 잠들 때의 윤곽을 들어낸 뇌룡어雷龍魚를 볼 수 있을지니. 그는 죽지 않았고 단지 동면하는지라. 그는 잠 속에 코를 골며, 그의 가시 금작화 덤불 덮인 머리를 안개 속에 돌멩이처럼 저 멀리 꼿꼿이 세우고 있나니, 이것이 호우드 언덕. 그의 진흙 발은 피닉스 공원의 매가진(탄약고) 벽壁(Magazine Wall)의 토루土壘, 그가 지난번 넘어진 곳에 있도다. 거기 그의 아내 ALP(리피 강)가 동석하니, 거기 세 군인들이 매복한 채 매기녀들(두 소녀들)을 염탐하도다.

"그러나 보라, 그대가 그의 거품 사주詐酒를 꿀꺽 잔 들이키고 백(화)분白花粉의 저 어신척魚身脊에 이빨을 침장沈葬하려 하자": 이는 셰익스피어의 Falstaff이 먹고 마시는 행동의 많은 연관들 중 첫째이다. "Sir Toby Belch" 또한 〈피네간의 경야〉에 많이 등장한다. "flowerwhite bodey"는 그리스도의 육체인, 성체 빵이다. "behold him"은 조이스의 단시短詩 〈저 소년을 보라〉(Ecce homo)를 연상시킨다. 그는 foodstuff를 사기(fraud)로서 언급한다. 그리스도처럼, Falstaff는 〈헨리 4세〉 1부에서 "죽음"으로부터 일어난다.

【6-7】 풍경이 HCE와 ALP를 예고하다

그러자, 이 경야에서 음식과 술은 금지이라. 우리는 죽은 성인 거인 피네간의 살에 이빨을 꽂을 기회가 없기에, 그의 시체는, 호우드 언덕애서부터 채프리조드까지 뻗는, 더블린의 풍경으로 녹아들기 때문이다. 하지만 우리는, 피닉스 공원의, "위링턴 뮤즈의 방", 또는 웨링턴 박물관을 방문함으로써, 그가 대표하는 영웅적 과거를 개관할 수 있다. 그것은 마치 저 우화적 건물 안에 숨겨진 채, 전쟁의 요소들, 형제의 갈등이 어느 정도 화해하는 듯하기에, 투쟁의 발전기가 창조의 목적으로 봉사하기 위해 이루어진 듯하다. 과부인 노파(케이트), 그녀의 일은 그녀의 죽은 주인의 흩뜨러진 조각들을 쓸어 모으는 일로서, 우리를 안내하는 타당한 사람이다. "뮤즈의 방" 바깥에, 우리는 그녀가, 영웅적 과거의 단편들을 피네간의 상속자들인 우리를 먹이기 위해 쪼아 파는, 한 작은 새로 변용하는 것을 보고 놀라지 않는다. 그리고 여기 과거의 거대한 창조물인, 도시 자체가 있다.

【8.8-10.23】 위링턴 뮤즈방의 우화

조이스는 1926년 여름에 워털루의 전장을 방문했다. 전장의 현장에서, 몬트 성의 진 바로 뒤에, 안쪽 벽들 위에 그것의 높이를 표사하는 디오라마(투시와)를 포함하는 실린더 모양의 건물이 당시 있었다. 워털루 디오라마에로의 방문은 조이스에게 부친과 아이들 간의 결정적 전투를 위한 경치를 마련했다.

뮤주의 방의 우리의 안내원은 노파인, 케이트로서, 그녀는 뒤에 HCE의 주점애서 하녀로서 봉사한다. 조이스에서 노파들은 과거의 부수주의자들이요―〈더블린 사람들〉에서 첫 이야기의 "자매들"을 생각한다. 그리고 마지막 이야기의 "죽은 사람들"에서 몰칸 자매들. 그리고 〈젊은 예술가의 초상〉 제5장의 4월 6일의 일기에서 "분명히 그녀는 과거를 기억한다. 린치는 모든 여인들이 그러한다고 말한다. 〈피네간의 경야〉의 I.8의 여울목에서 빨래하는 여인들은 그들이 리넨을 빨래하는 가족의 모든 비밀을 노정한다.

〈피네간의 경야〉의 모든 노파들은 늙고 불모 자가 되는 젊고 비옥한 여인들의 나머지들이다. 여기 케이트는 가족의 지친 생식자뿐만 아니라 건물의 문지기요, 그들의 비밀이 노정될 판이다. 인생의 경비자로서, 그녀는 우리의 모자母子들이 건물 속으로 들어가는 것을, 그리고 우리의 신발이 나오도록 염려하도록 경고한다.

월던 뮤즈방의 우화―가족의 힘의 상실의 기초적 우화―는 힘이 보다 오랜 세대에서부터 볼 때, 젊음으로 바뀌기 시작할 때의 순간의 예상을 상징적 형태로 부여한다. 이 우화의 상관관계를 작품의 전반적 구조에로 이해하기 위하여, 우리는 가족의 힘의 변화상 근원의 한층 나중의 "사실적" 설명을 그리고 보다 오랜 세대가 처음 부식하기 시작하는 III부의 에피소드를 여기 주석 달아야 한다. 거기 아이들은 부친의 하부 절반을, 앞과 뒤, 보도록 대접 받으며, 그들은 그들 자신의 하부절반의 힘을 이해하기 시작한다.

이러한 발현發現의 "사실적" 설명은 원초적인 외상적外傷的 사건의 기초적 이야기 인지라, 그것은 III.4.【558.32-571.34】에서, 훨씬 나중에 발생한다, 포터 가족의 나이 많은 양친은 아이들의 싸움으로부터 고함 소리에 의하여 각성한다. 솀-제리는 아몽夜蒙으로 놀랐는지라, 아마도 그중 하나에서 부친은 이이들을 위협하고 파괴된다. 내외 는 아이들에게 돌진하나니, 포터 씨는 급하게도 그의 파자마의 하의를 입는 걸 생략 한다. 반쯤 잠이 깬 제리—그가 위링턴 우화에서 불리듯, "사시동"斜視童(seeboy)【10.4-5.20】은 햄(Ham)이, 노아인 자신의 부친의 음경을 보았듯 그의 부친의 음경을 본다. 모친은 그러자 부친이 제리가 그를 볼 수 있다고 경고하자, 고로 포터 씨는 상황을 더 욱 악화하기 위해 선회한다. 즉, 그의 작은 딸 역시 잠깬 채, 그의 성숙한 남성 음경을 본다. 털북숭이의, 짐승 같은 음경은 성숙과 남성의 성질을 그녀로 하여금 생각하게 하는지라, 그것은 젊음에 의해 늙은이의 교체交替의 전 과정을 시작한다.

이 외상적 사건은 〈피네간의 경야〉의 상징적 구조의 위대한 양을 마련한다. 부친 의 전후 견해의 서술은 피닉스 공원과 캐드의 만남의 이야기에서 일어난다. 숲 속에 서 그들 자신을 노출하는(혹은 소변보는) 그들 자신들을 불손하게 들어내는, 어떤 소녀 들에게 자기 자신을 노출하는, HCE에 관해 그리고 세 군인들이 그를 항문 성교(비역) 하려는, 그리고 그를 등에 총 쏘려는, HCE의 공포에 관해 스캔들 적 소문의 모든 기 원이 있다. 피닉스 공원의 에피소드는 아침의 가정에서 그들의 전후 배면의 현실적 과시에 궁극적으로 기초한 채, 뮤즈의 방 워털루의 전쟁에서 작전을 재생산 한다. 뮤 즈의 방에서, 부친은 아들들에 도전하고, 그의 거대한 남근과 더불어 그들 위에 "발 화"發火하는지라. 그때 소녀들은, 불손한 전시展示에 의하여, 그들 위에 불붙이도록 그 의 남근적 준비물 주위를 맴돌도록 유혹한다. 그 점에서 성숙한 아들들은 폭탄을 가 지고 혹은 그들 자신의 남성성男性性의 발로에 의하여 뒤로부터 그를 파괴한다.

【8.1-8】이는 우리의 산총山塚 무더기를 즐길 수 있는 곳, 이제는 석벽石壁 워린스톤 국립 박물관 [공원의 박물관 변신], 더불어, 얼마간의 녹지 거리에, 울울창창한 산림 사 이, 매력적인 수류水流의 촌지村地 그리고 여기 그토록 스스로 깔깔대는 모습을 드러내

는 두 과백過白의 촌녀들, 미녀들! [두 처녀들] 관찰자들 [독자-길손은 쥐 제방 속으로 무료 허장許場 받는도다. 웨일즈인 및 애란 병사, 단지 1실링! [입장료] 근위대의 회춘 환자 노병은 그들의 궁둥이 종種을 아장아장 아장장 붙일 자리 [병약자 용 좌석]를 발견하는지라. 그녀의 통과 열쇠 공급을 위하여, 관리여 케이트 여사(박물관 안내원-HCE가의 하녀의 변용)에게 공급되다. 짤깍!

이제 경야의 장면은 내부 세계 속으로 물러가고, 시간과 공간이 재현한다. 위의 구절 종말에서 읽듯, 독자는 팀(tim) 혹은 핀(Finn)을 둘러싼 풍경의 조감도인-더블린에 참여한다. 그것은 또한 Waterloo요, 앞서 4페이지의 남은 전장戰場의 풍경이다. 이 지역은 아주 신선하고 매력적인지라, 채프리조드 및 루칸(Lucan)(리피 강상의 더블린 근교),은 〈피네간의 경야〉에서 이는 이따금 이씨와 두 이솔트와 연결되며, 통상 "Lucalizod"로서의 채프리조드와 연관될 수도 있다. 주위의 녹화장綠化場 복판에, 피네간의 송장送葬을 비롯하여, 모든 전쟁들의 잔여물들이 보관된 Wellingstone 박물관이 있다(그 내용인즉, 잇따른 제8장의 아나 리비아의 쓰레기 부대의 형태를 띤다). 이들은 두 개의 백촌白村들인 두 아름다운 매기 처녀들을 닮았다. 박물관의 여성 문지기 미스 케이트한테서 열쇠를 받아, 박물관 안으로 들어가 관람할 수 있으며, 거기 병약자들, 상이용사들을 위한 좌석도 마련되어 있다.

이제 피닉스 공원의 웰링턴 박물관 장면 및 박물관 속의 사물들의 복잡한 서술—웰링턴 기념비 자체(이는 밤사이 솟아난 버섯일수도). 백납으로 기념된 박물관 내부의 고대 전쟁 장면들. 케이트 양(안내원)의 출현. 입장 시 모자 조심 경고. 워털루(Waterloo) 전투의 기념품들, 한 쌍의 나폴레옹의 제니들(신령녀들-유혹녀들) 전략편람戰略便覽을 읽는 척하는 그들. 안내 양(케이트)이 밀초, 사진, 현실효室, 또는 두 제니들을 지적한다. 사격 연대들의 잡성들 및 전투의 연무가 혼돈된 장면들을 통해 한 위인 및 두 유혹녀 그리고 세 군인의 편재하는 이야기를 드러내기 시작한다. 공작과 제니들 사이에 왕래하는 특전 전보들도 눈에 띤다. 여기 박물관은 영원한 형제 갈등뿐만 아니라, 기록된 역사 군대 그리고 외교적 만남들, 교환들 및 배신들을 상징하는 다양한 메모들을 보유하는 일종의 유물함으로서 간주되어야 한다.

이것은 그들의 수제手製 전성술본戰星術本을 읽는 척 가장하는 밀집 모의 두 신령녀神靈女(Jinnies), 전쟁터의 메신저들-유혹녀들]인지라 한편 그들은 웰링던 비하碑下에서 그들의 하의下衣 전변戰便 [용변 보는 3소녀 격]하나니. 이 신령녀는 그녀의 손으로 구애驅愛하는지라 그리고 이 신령녀는 그녀의 머리칼을 흑윤黑潤하나니 그리고 엘링던意行者(의행자)은 그의 체구를 발기勃起하지요. 이것은 거대한 웨링던의 납제臘製 기념비, 기적약상奇蹟藥像이 이들 신령녀의 양 측면에 암입暗立하고 있어요. 원통 직경 6마력. 짤깍!(Phew!)【8-10】.

잇따른 15페이지【9-23】에서, 추락한 피네간의 모든 충만, 모든 사양飼養, 수면睡眠 존재의 지리적 및 역사적, 다양한 증거들이 펼쳐진다. 풍경이 재삼 개관될 뿐만 아니라, 인류 역사, 즉 현대사【8-10】, 중세사【13-14】, 선사先史【15-20】의 특별한 메아리들이 개관되기도 한다. 또한 민속의 몇몇 단편들【20-23】, (희극적, 희가극적), 우리 자신의 뒷마당에 있는 쓰레기 더미들【19】, 우리의 시선이 그들 각자를 바라보자, 그들은 약간 해체되고, 괴기한 피네간 내부의 한 두 특징들을 노정한다.

【8-10.22】 Wellingdone 박물관 방문

【9】 케이트 양의 안내 계속. 앞서 공작과 지니들(신령녀들, jinnies) 간의 특별 전보를 나르는 자는 나我-베르기(베르기에)(me Belchum)(그들의 메신저)이다. 첫째, 지니들로부터 온 급보로서, 그들은 유혹녀들인 지라, 웰링턴을 안달하게 만든다. 웰링턴은 지니들의 옆구리를 만원경을 통해 염탐한다―그와 지니들 간의 치정 관계의 설명. 전보를 나르는 나-베르기 사자의 설명. 12마일 암소 피화皮靴를 신은 그녀. 나폴레옹(리포레옹, 위링던)과 웰링턴(그는 웨링던 등으로 변용을 거듭)은 서로 모욕적 행위를 교환한다. 케이트 안내원의 전시물들의 소개 계속. 웰링턴의 외침. "브람! 브람!" 이어 신령녀의 절규. "습뢰襲雷! 산양이여 핀란드 양羊을 탈피할지라!" 추방 병들을 향해 달려가는 신령녀들, 그 밖에 전시된 은 쟁반, 상표, 등등. 도망치는 지니들. 그들에게 망원경을 휘두르는 웰링턴.

월링던 뮤즈의 방 우화, 또는 월링던은 이 외상적, 신기원의 시작 및 신기원의 종말 사건을 상징적인 형태로 말한다. 우리는 인생의 전쟁의 디오라마(diorama)(실경)實景

으로 들어간 뒤에, 군대의 상세함을 보기 시작한다. 처음에 우리는 단지 정적 전리품, 전쟁의 일련의 기념품들만을 본다—러시아 총, 프랑스의 총, 프루시아의 깃발, 프루시아의 깃발을 파괴했던 총알, 황소를 포화했던 프랑스의 탄약, 나폴레옹의 삼각모, 그리고 마침내 군복의 7가지 품목으로 완성한 윌링던, 그는 자기 자신의 초상을 본다. 우리는 또한 그의 크고 넓은 모마帽馬를 부여받는다. 어디서 그 인간이 끝나고 모마가 시작하는지 말하기는 분명히 어렵다. 그는 분명히 거대하게 성적 용모이다. 나중에, 이는 III부 4장에서 아이들에 의해 현실적 그림으로 보여주는 부친의 용모이다. 웰링턴 공작에 언급하는 것 말고도, 윌링던의 이름은 아주 암시적인지라[이름의 변용], 첫 음절의 "will"은 성적 힘을 지닌 엘리자베스의 의미를 띠는가하면, 아마도 음경 자체를 지시한다. 윌링던은 성적으로 유력한 피조물이요, 그리하여 그는 우리가 보듯, 그들이 자신들의 성숙한 힘을 성취할 때 그의 아들들에 의하여, 역설적으로 "willing to be done," Killer가 된다.

그러나 아이들은 무엇인가? 3사내들과 2소녀들이 있다. 〈피네간의 경야〉를 통해 3과2는 각각 남성 및 여성의 성적 준비물을 상징한다. 2개의 음량과 생식기는 3개로 합쳐지고, 여성은 순형脣形과 유방이다.

원초적 전략 다음으로, 전쟁의 행위가 시작한다. 처음에 우리는 생사生死로서 혹은 탄생의 운화의 살아있는 시궁창 속에 엎드린 새 꼬마 나폴레옹의 소년들을 본다. 그들은 켈틱 유래의 새 대영 연대의 구성원으로서 신분화身分化한다. 이들 연대들의 모든 셋은 워털루의 실질적 전투와 떠받힌 심한 상실로서 장쾌하게 봉사한다. 이러한 연대의 모든 군인들은 충군蟲群을 닮았다.

여기 야수野獸의 알프스(Delian alps)【8.28】가 현장에 합세한다. 이름이 암시하다시피, 그들은 그녀의 델타 성적 상징을 가진. 아나 리비아, 어머니이다. 그녀는 그들의 아버지인, 윌리던으로부터 2소년들을 보호하려고 애쓴다(〈젊은 예술가의 초상〉 첫 페이지를 참고하라).

그러자 갑자기 우리는 2소녀들, 제니들(les jeunes)을 보는데, 그들은 암시적 겉치레를 치면서 만능의 부친으로부터 그들의 형제들을 구하려고 시도한다. 분명히 위릴던은 납제鑞製 기념비(Sexcaliber)(피닉스 기념비의)를 지니는 바, 이는 프랑스의속어로서 "수음"을 의미한다【8.34-36】. 사실상, 아일랜드의 Rosse 백작에 의해 건립된 기념 만원

경처럼, 그것은 윌링던을 흥분시키는 소녀들인지라, 부친의 남근은 거대하게 뻗어 있다. 이는 〈율리시스〉의 '키르케' 장면의 리오폴드 블룸을 흥분시키거나, 제임스 조이스 자신을 위한 욕망의 지고물至高物과 아주 닮은 듯하다. 주연위장主演偽裝(Les jeunes)은 독일식 텍스트에서 격분적 메시지를 보내는지라【9.5-6】. 그의 아내가 남편으로 하여금 자신이 워털루 전투에서 전쟁하는 동안을 위해 건립한 판자를 경고하는 것이다. ―"친애하는 아더"(당신). 우리는 승리하리라, 당신의 아내는 어떠해요? 이만 총총.

나-베르기의 단短 셔츠 앞섶에 교차 된 엷고 붉은 선들로 씌어진 급보지요. 맞아, 맞아, 맞아요! 도약자 아더. 두려움을 공恐할지라! 전야시戰野視를 두려워하는 그대의 작은 아시(웰링턴의). 포옹의 행위. 곁잠. 이것은 웨링던을 전선으로 보내는 신령녀들의 책략이었지요. 그래그래 그녀. 그래 봐요!【8.4-7】

[아래 이야기는 Epstein 교수의 것이다.【32】 그때 위링던은 그의 기마병에게 소년들에게, 무서운 효과로, 발포發砲하도록 명령한다. 소년들을 구하기 위하여, 소녀들이 도망치며, 의심을 품은 윌링던에게 그들의 속옷을 보여준다. 후자의 기념할 망원경을 이전보다 한층 멀리 뻗는다. 전략은 성공한다. 윌링던은 소년들을 좇기 위해 맴도는지라, 소년들이 그들의 기회를 본다. 소년들 가운데 제일 적은 아이인, 음경의 웰스 멘인 대비가 두 다른 소년들 아래 몸을 굽이고 있었었는지라, 이제 분노와 힘 속에 일어나기 시작한다. 다른 두 소녀들은 그들의 싸움을 잊은 채, 합세한다. 두 음낭들이 남근성의 데이비(Davy)와 합동하자, 모든 세 사람은 폭탄을 그들의 아버지의 크고 넓은 말에 던지려고 준비한다. 그러나 폭탄의 내관에 불이 없는지라, 아제 죽을 생각의 월링던은 그의 성냥 곽을, 완전히 곧곧, 발기한, 저주의 데이비에게 건네준다. 데이비는 불킨 폭탄을 위링던의 크고 넓은 말에게 던지자, 저 크고 넓은 말의 궁둥이로부터 권위의 나포레온 모자를 불어 날려버린다. 이것은 경기에서 정곡正鵠을 찌른 것이다! 부친의 힘은 다음 세대로 통과한다.

상징적으로, 전형적 가족 싸움에서 부친은 언제나 항복하기 마련이다. 만일 그가 그렇지 못하면, 한 세대로부터 다음으로의 세속의 발전적 과정은 결코 일어나지 않는다. 〈더블린 사람들〉에서, 부성의 권위에 의하여 이 항복, 힘의 완고한 보존의 결핍인지라, 그것은 모든 이야기들의 마비의 근원이다. 〈젊은 예술가의 초상〉과 〈율리시스〉에서, 스티븐은 그의 세대에서 모든 "부친들"의 힘에 대항하여 싸우고, 궁극적으로 "나통"魔刀의 고함소리로서 승진勝進한다.

뮤즈의 방의 우화의 종말에서, 우리는 "피우!"(Phew!)【10.24】라 부르짖으면서 뮤즈의 방을 퇴진한다. (나폴레옹은 자신이 사망한 것을 알았을 때 안도의 "피우"를 외쳤다.) 우리는 호우드 언덕을 떠났으며, 이제 작은 새 한 마리가 풍경 주위를 나르는 것을 본다【12.9】. 다른 말로, 토루는 이른 아침 안개로부터 나타나고, 어떤 더 많은 풍경이 가시적이다. 또한 두 인물들아 가시적인지라, 뮤트(Mutt)와 쥬트(Jute)의 이름을 띠나니, 그들은 우리가 본 바 토루 내에서 무엇이 일어났는지 토론한다【15.-18.16】.

우리의 배향背向의 여행에서 우리는 더블린만을 따라 허리를 굽히며, 도시를 향해 서향으로 고개를 돌린다. 강의 진흙 바닥에서, 알파벳의 문자들이 형성하기 시작한다. 우리는 안개의 시계 내에 더블린 시를 착지着地하는 바, 그것은, 모든 그것의 과오에도 불구하고, 가족생활을 위한 명성이다. 우리는【21.5-23.15】에서 가족생활의 창조의 우화, 프랜퀸의 우화에 봉착할 판이다.

【10】 계속되는 케이트 양의 안내. "모자"와 "말"의 클라이맥스 및 전투의 끝【10.1-22】. 그(웰링턴)를 관찰하는 3군인들. 그들 중의 하나는, 골난, 힌두 사나이(Shimar Shin). 갑자기 웰링턴이 오물로부터 나폴레옹의 절반모折半帽를 집어 올려, 그것을 그의 백마의 궁둥이에 걸친다(최후의 웰링턴의 유회). 그 인도 사나이를 조롱하기 위해 흔드는 말의 궁둥이와 모자. 후자는 몹시 성이 나서 외마디 고함과 함께 껑충. 이어 사나이는 성냥 곽을 찾아 폭파 뇌관에 불을 질러, 웰링턴의 백마의 뒤 꽁지에서 절반모를 날려버린다. 이제 험프리(웰링턴)와 그의 말馬은 구별할 수 없을 정도로 융합. 교전(웰링턴과 세 군인들 간의)은 종결. 케이트의 박물관 안내역과 여로 끝. 관광객들을 문밖으로 안내하는 케이트 양.

여기 박물관의 내용 서술을 통해 핀 (또는 HCE)의 공원의 성적, 분비적, 관음적 특성이 드러난다. 전쟁의 몬지 속에 반쯤 잃어버린 인물들과 조밀하게, 소란스런 박물관 장면이 그의 개인적 죄를 역사의 과정을 통하여 영웅의 이미지로 확대한다. 〈피네간의 경야〉의 절반【338-55】을 향하여, 한층 짙고, 한 진탕한 에피소드, 즉, Sevastopol

에서의 소련 대장의 이야기가, 이 피와 눈물의 주제의 발전을 절정으로 올려놓을 것이다. 전쟁의 거친 몬지 속에, 생은 그것의 가장 수치스런 비밀―즉, 공원에서의 HCE의 죄를 폭로한다.

프랑스 제왕인 나포레옹(Lopoleums): 그는 "three lipoleum boyne"로 불리는 바, 즉 나폴레옹 I, II, III세를 가리킨다. "boyne"(Boyne강)(아일랜드의 Waterloo)에서 윌리엄 III 세에 의하여 패배한 그를 아일랜드인들과 결합시키는지라, 결국 그는 소년들의 신분으로 강등된다.

하이에나 히네시(hiena hinnessy): Mr Dooley의 친구요 프랑스 브랜디의 상표, 그는 또한 3Lipoleum들 중의 하나. 이것은 히네시로부터 섬광과 맞싸우는 입술 노래의 둘리(Dooley)로서, 그는 아일랜드의 희극배우요, 그의 친구인 Hennessy에게 사람들과 사건들에 관해 평한다.

둘리의 신중성
1916

조이스는, 스위스의 영국 영사관 당국의 견해로, 세계 1차 대전 동안, 모욕적이게 도 중립적이었다. 그는 1915년 6월 말까지 오스트리아의 트리에스테에 머물었고, 당시, 억류를 피하기 위해서, 그는 스위스로 갔다. 그는 자신이 전쟁에 가담하지 않을 것이요, 그것을 지키는데 어려움이 없다는 말을 오스트리아 관리에게 보냈다. "둘리의 신중성"(Dooleysprudence)은 양면을 가진 그의 평화주의자의 노여움을 반영한 다. 그것의 고독한 망명자를 옹호함은 〈성직〉을 회상시키거니와, 그러나 여기 〈율 리시스〉에 있어서처럼 예술가는 보통 사람이요, 영웅적 수사슴이 아니다.

．．．．．．．．．．．．．．．．．．．．．．．．．．．．．．．．．．．．．．

모든 용감한 국민들이 전쟁으로 달려갈 때
바로 그 일급의 케이블카를 타고 점심을 먹으려 집으로 가서,
혼자서 캔트로프 콘포츠를 즐겁게 먹으며,
지구의 지배자들의 소란스런 전황戰況 발표를 읽을 자 누구리오?

그건 둘리 씨,

둘리 씨,

우리의 조국이 여태 알았던 가장 냉정한 녀석,

"그들은 동전과 달러를

훔치기 위해 외출하도다,"

둘리-울리-울리-우 씨가 말하도다.

교회 가기를 거절하는 괴상한 녀석은 누구리오

교황과 승려와 교구목사가 그 가련한 자를 궁지에 내버려두고,

그들의 군중에게 모든 인간의 영혼을 구하는 유일한 방법을

가리킨 이래,

덤덤탄彈으로 인간의 육체를 꿰뚫고 있었으니?

그건 둘리 씨,

둘리 씨,

우리의 조국이 여태 알았던 가장 유순한 사나이,

"누가 주전론자主戰論者 예수로부터

우리를 해방하랴"

둘리-울리-울리-우 씨가 기도하도다.

샴의 경찰 위험 또는 문제에 대해

조금도 상관하지 않는 유순한 철학자는 누구리오

영국의 타르가 인생의 샘의 물임을 믿지 않다니

그리고 산 위의 독일인의 복음을 벌컥벌컥 들이켜지 않을지니?

그건 둘리 씨,

둘리 씨,

우리의 조국이 여태 알아온 가장 관대한 두뇌,

"모세의 저주를
그대의 양쪽 집 위에"
둘리-울리-울리-우 씨가 부르짖도다.

법전, 형법과 토지대장의 페이지를 가지고
긴 담뱃대에 불을 댕기는 유쾌한 바보는 누구리오
그리고 왜 대머리 법관들이 다른 이의 머리카락으로 만든 토가복과 가발을 법으로
꼭 입고 써야 하는지를 이상히 여기다니?

그건 둘리 씨,
둘리 씨,
우리의 조국이 여태 알았던 가장 멋진 바보,
"그들은 폰티우스 빌라도로부터
의상을 **빼앗은지라**"
둘리-울리-울리-우 씨가 생각도다.

자신이 완전한 돼지로 행동하는 자라 말하는 자는 누구리오
그가 한 마리 개를 위해 소득세와 면허세를 지불하기 전에
그리고 그가 우표를 핥을 때 미소 짓는 조롱으로 주시하나니
왕 혹은 제왕의 얼굴 혹은 일각수의 주둥이를?

그건 둘리 씨,
둘리 씨,
우리의 조국이 여태 알았던 가장 거친 개으름뱅이
"오 나의 가련한 배腹
그의 궁둥이의 고무질!"
둘리-울리-울리-우 씨가 신음하도다.

국가에 경례하지 않으려는 평온한 신사는 누구리오?

혹은 나버콘도네소 혹은 프롤레타리아트를 섬기나니

그러나 인간의 모든 아들은 충분히 할 일을 가지리라 생각하도다

인생의 흐름 아래로 자신의 개인 카누를 첨벙첨벙 노 젓기 위해?

그건 둘리 씨,

둘리 씨,

우리의 조국이 여태 알았던 가장 현명한 인간

"가련한 유럽이 산보하는지라

도살장으로 가는 면양마냥"

둘리-울리-울리-우 씨가 한숨짓도다.

힌두 쉰(정강이) 쉬마(Hinndoo Shimar Shin): 3 Lipoleums, 3군인들, 여기 박물관 에피소드에서 Hinn Doo는 2군인들인 Hinnessy와 Dooley의 이름들의 일부분으로 형성된다.

【10.25】 이제, 우리는 박물관에서 촌변村邊으로 향하는지라, 전쟁 뒤의 묵묵한 들판. 주위에는, 경야에서 시민들의 변신된 복사물들인, 12마리 작은 좀도둑의 새들이 있다. 여기 앞서 관리 여인 케이트 양은 한 마리 새의 변형으로, 유물들을 모으면서, 황혼을 통해 움직인다(마치 과부가 된 이집트 신화의 이시스(Isis)가 그녀의 기억나지 않는 남편 오시리스(Osiris)의 흐트러진 뼈의 편린들을 모으듯이). 29개의 창문이 있는 그녀의 작은 집이라. 그곳은 카나리아 새들이 모여드는 곳. 노 황제(문지기)가 또한 거기 누워 있다.

그곳 안에서 우리는 얼마나 더운 시간을 보냈는고. 그러나 여기 이 근공近空은 얼마나 살한殺寒한고! 우리는 그녀가 하지何地에 사는지 무지無知나니 그러나 그대는 도깨비-불[15]에 대하여 아나 하자何者에게 말해야 하도다! 그것은 한 달(28일) 및 한 개의 풍창風窓 촛불 켜진 소옥小屋[16]이라. 고지저지高地低地, 고고의 저저지低底地. 그리고 가수

加數하여 29기수奇數로다.[17] [창문의 수] 그리고 또한 이토록 계리季理다운 날씨라니! 필트 사구변砂丘邊 주변, 가변무향可變無向스런 변덕 풍風의 왈츠 춤이라 그리고 온갖 고갈된 야산암野山岩(만일 그대가 50을 점치면 나는 4를 더 탐探하리니) 위에 저기 울락 부락 혼색조混色鳥, 한 도소조逃小鳥, 두 귀소조貴小鳥, 셋 밀어소조密語小鳥, 넷 호소조扈小鳥, 다섯 일락소조逸樂小鳥, 여섯 추족소조追足小鳥, 일곱 무명소조無名小鳥, 여덟 먹이 소조小鳥, 아홉 애성소조哀聲小鳥, 열 도취소조陶醉小鳥, 열하나 기의소조奇衣小鳥, 열두 십이지조十二指鳥 울락부락조鳥들 [무두 12마리 새들]이 군집하는지라. 황량조야荒凉鳥野의 고원 전야高原戰野! 그의 일곱 적방패赤防稗 아래, 노황제老皇帝(핀)가 가로누워 있나니.[18] 그의 발가락은 전치前置. 우리의 비둘기들 쌍들이 북北벼랑을 향해 날도다.

〈햄릿〉에서 "지저지高地低地, 고高의 저지하低地下"(Downadown, High Downadown)라고 미친 오필리아는 말한다. "묘석은 젖고 하고 노래 부루셔야 해요. 그분은 지하에 파묻혀 버렸으니 말이에요"(감재남 831 참조) (You must sing 'A-down, a-down, and you call him a-down-a)(〈햄릿〉【IV.v.170】) 여기 이씨(Issy)에 의해 인도된 29소녀들이—딸의 모습에 대한 언급의 타당한 문맥이—토론되고 있다.

황량조야荒凉鳥野의 고원전야高原戰野!(A verytableland of bleak- bardfields!): 죽어가는 Falstaff을 서술하는 논쟁의 여지가 많은 글의 메아리로, 본래 "푸른 들판의 탁자"(table of green field)로서 수락된다. 〈피네간의 경야〉의 다른 곳에서, 조이스는 셰익스피어의 원고, 표절, 오독, 등에 있어서 강한 흥미를 나타낸다.

【11】 (케이트 양) 3마리 까마귀들의 패주敗走, 퍼덕인다. 거기 "울락 부락 혼색조"가 여기 쪼아 먹으며, 저기 주워 먹는다. 우리는 그녀를 미처 보지 못했나니, 그녀는 이제 수줍은 새, 만사가 고요할 때, 밖으로 나오지 않기에. 그녀는 미신적인지라, 잡음, 천둥 및 번개를 두려워한다. 그러나 오늘 밤은 정전. 그녀는 마부의 램프를 빌려, 찾아낼 수 있는 모든 "버려진 물건들"을 부대負袋에 담는다. 써버린 탄약통, 구두와 병들, 쇄골과 견갑골, 지도, 동전 등등, 새가 들판에서 발견하는 모든 것을, 그녀는 이 모든 것을 그녀의 부대에 담그거니와 "키스와 함께. 교차交叉 키스. 십자 키스, 키스 십자十字. 삶의 끝까지. 아멘.

(얼마나 관대하고 미가 넘치며 얼마나 참된 아내 그녀인고…) 이렇게 그녀(케이트 혹은 ALP 혹은 암탉)는 역사적 선물들을 후기 예언적 과거로부터 훔쳐, 미래를 준비한다. 우리로 하여금 모두 귀족의 상속자들 및 가마솥의 아름다운 귀부인들을 당당하게 만들기 위해서이다. 그리하여 역사의 과정 — 희랍(남근)은 홍하고 트로이(바지)는 망하리(벗겨지리). 그것이 인생! 그녀(ALP)의 망태기에는 한 통의 편지(제5장에서 암탉이 진흙 속에서 파낸)와 함께 이들 주은 선물들이 들어 있는 바, 이들은 모두 제8장에서 그녀의 아이들에게 나누어진다.

【12】 젊은 영웅들과 여걸들은 가고 오고, 그러나 그녀(케이트 또는 ALP)는 상관하지 않나니. 그녀는, 비록 금전을 탐낼지라도, 밤의 의무를 기억하리라. 대지가 홍수 밑에 놓일지라도, (ALP의 아내로서의 의무) 그녀는 성냥불 키고… 한 생업을 추구하리로다. 권태를 계속 혹 날려 보내기 위해. 그리고 심지어 낭군 험프티(HCE)가 추락한다 해도, 조반 자를 위하여 계란이 마련되어 있으리. 바싹 바싹 빵 껍질 있는 곳, 차즙 또한 마련하리라… (이 "버려진 물건들"을 수집하는 여인은 앞서 추락 후의 향연을 펼치는 늙은 할멈이요, 이 껍질은 흩어져 놓여있는 주인공 험프티(Humpty)의 단편들로서, 그녀는 늙은이의 몸체에서 할 수 있는 것을 모아, 미래의 세대를 위하여 봉사하며, 그들을 지니고, 운반할 것이다.)

(더블린 풍경) ALP가 호기好奇 넘치는 일에 착수하고 있는 동안, 독자는 여기 다른 언덕들뿐만 아니라 여러 개의 매거진 구릉丘陵들을 볼 수 있나니, 코크 언덕 혹은 아버 언덕 혹은 서머 언덕 혹은 콘스티튜숀 언덕이요, 그 밖에 오라프 한길 그리고 아이브아 한길을 개관할 수 있도다. 이들 언덕들은, 브르짓 경기와 성 패트릭 경기와 함께, 그(핀네간-HCE)가 둘러 앉아, 자신의 가슴 위에 경기를 하고 있는 보다 작은 세대의, 너무나 많은 소년들 및 소녀들을 닮았다 — 그(핀네간-HCE)의 존재는 그들을 사랑하도록 독려하리라. 그리하여 이 어린 선량한 더블린 시민들은, 번철 위의 물고기 마냥, 모두 생애를 위해 사방에 부산을 떨며, 존재를 위한 변명을 꾸리고 있도다. 그는 메가진 월(Magazine Wall)("화약고 언덕")까지 뻗어 누워 있다.

【13-15】 아일랜드의 선사시대 — 침입자들
【13】 위 구절의 피닉스 장면의 묘사와 함께, 아래 첫 단락은 영국의 아일랜드 점령

에 대한 위사僞史(엉터리로 꾸민 역사)를 언급한다. "그래 이것이 더블린인지라!"

(더블린의 생과 사) 얼마나 매력적이냐! 풍경은 우리에게 그(HCE)의 말쑥한 여인숙의 얼룩 벽 위에 퇴적된 판화, 당신은 그(HCE)를 볼지니, 이 비범하고 세계 속에 하나가 된, 성, 박물관, 여인숙 등. 들어요, 당신 무기고 곁에, 무리들의 음악과 웃음소리를ㅡ "펌펌….." 만낙滿樂 장음과 함께. "장면은 탐광기"探光器(optophone)에 의해 우리에게 소리로서 변형되어 다가온다. 마적의 수금竪琴에 귀를 기울여요. 경야의 그들(소리들)은 올라브(ollave)의 불협화음으로 영원히 울릴지라. 여기 폭포 소리와 경야의 통곡 소리 역시 하나, 그들은 영원히 하나가 되리라…하나의 영원한 역사. "아일랜드적 음의音義를 시별施別 할지라…위사로다."

한때 조나단 스위프트는 "붉은 대추가 하양도록 빼는"【U 124】식민자들(영국인들)의 땅(아일랜드)에 새워진 군대의 구조물(메가진 월, 탄약고)의 무모성에 대해 한 가지 해학시를 쓴 바 있거니와, 여기 〈피네간의 경야〉의 구절에서 우리는 그의 운시韻詩의 메아리를 엿볼 수 있나니, 아래 더블린 시의 아름다운 묘사.

위사僞史![19]

고로 이것이 여속如屬블린[더블린]?

쉿(H)! 주의(C)! 메아리영토英土(E)![20]

얼마나(H) 매력적으로(C) 절묘한지고(E)! 그것[더블린]은 그대에게 우리가 그의 불결한 주가酒家[HCE의 술집]의 얼룩 벽을 취찰醉察하곤 하던 퇴적된 묘판화墓版畫[21]를 상기시키나니. 그들은 그랬던고? (나는 확신하나니 초콜릿 색 마술 상자를 지닌 저 싫증나는 성당 사기 도박꾼, 미리 미첼[22]이, 귀담아 듣고 있는지라) 글쎄다, 인카 몽마夢魔의 고인돌을 매장하곤 했던 헤진 묘벽墓壁의 잔해殘骸[23] 우리 그랬던고? (그는 단지 제이 존재진存在盡의 청자廳者, 파이어리 파릴리[24]로부터 경쾌한 하프를 탄주하는 척 하는 가장자假裝者일 뿐이라)[피네간-HCE] 그것은 잘 알려진 거로다. 스스로 탐견探見하여 새 옛 표적을 볼지니. 더브(린). 잘 알려진 청광聽光器(W.K.O.O)[25] 듣는고? 화약고 벽 곁에. 펌펌 펌펌.[26] [당신은 무리들의 음악과 웃음소리를 들을지라] 장엄한 만낙장음萬樂葬音[27]과 함께. 펌펌 펌펌. 탄주彈奏하는 이 탐광기探光器[28]를 들어볼 지라! 위트스톤의 마적魔笛[29] 그들은 영천永川히 흘러갈지니. 그들은 아이보[30]를 들으려고 귀를 기울일지니. 그들은 영원히 싸울지니, 합시코드 불화협음은 오라브[31]를 위해 영원 신성이[32] 그들의 것일지라.

이제 장면은 4사가史家들(마태, 마가, 누가, 요한)(4복음서의 저자들)에 의해 쓰인 역사에로 바뀐다. 그들은 도시의 연대기인 최고 청본靑本을 썼는지라, 그 속에 4대사물이 들어 있다. 이들 4대사물(four things. f.t.)은 아일랜드의 역사인 4사건들(num, Duum, Triom, Quodlbu)—연중 유태인의 축제들로 비유되는 Adar, Tamuz, Marchessvan, Sukketh 에로 감소되고, 다시 개인의 4사건들로 축소된다. 즉 1. 노인(HCE)의 등혹(서력 1132) 2. 가련한 노파(ALP)의 한 짝 구두(서력 556) 3. 버림받은 처녀(이씨)(서력 556) 4. 우편낭 보다 덜 강한 펜筆(손, 셈). 이러한 전형적 인물들의 특징은, 바람이 연대기의 페이지들을 넘길 때마다 나타나는지라, 우리는 다양한 세월 동안 그 항목들(엔트리)을 읽어 왔도다. (서력 1132)이로다. "그들 자신의 연대기"(annals of themselves). 고로 만사는 진행되나니, 이로부터 분명한 것은, 역사는 가족의 역사요, 모든 역사의 분쟁은 가족의 그것이라, 그런고로 사건들의 모든 행위들과 환들은 연대기들 자체처럼 통과하도다.

　【14】 서력 566년. 이때 구리 발髮의 한 처녀[이씨의 암시]가 심히 구슬퍼하는 일이 발생 했도다, (얼마나 슬픈지고!) 왠고하니 그녀의 총아인 인형이 불살귀殺鬼의 부실한 양 귀비에 의해 강탈당했기 때문이다.

　서력 1132년. 두 아들이 호남好男과 마파魔婆에 이르기까지 단시에 태어나다. 이들 아들들[HCE의 쌍둥이의 암시은 자신들을 캐디[Caddy-셈]와 프리마스[Primas-손]로 불렀나니. 프리마스는 신사 보초였고, 모든 양인良人들을 훈련시켰다. 캐디는 주점에 가서 일편평화—編平和의 소극을 썼나니. 더블린을 위한 불결 어화語話였도다.

고대 역사의 저 단편 속에 우리는 후기 영웅적 이야기의 인물들이 꿈틀거리기 시작함을 보나니, HCE, 그의 아내, 그의 딸, 그의 쌍둥이 아들들이라. 해는 1132년, 추락【32】과 귀환【11】의 시간이요, 이는 우리(절반은 여자)와 언제나 함께하도다. 아일랜드의 거인은 외국의 침입자(가족인, 하지만 용사는 아니고)에 의해 대치되리라. 우리는 먼 과거로부터 어스름히 들리는 다음의 대화의 단편 속에 죄를 더듬적거리는 HCE를 식별도다. ["주저(hasitancy)"라는 말은 파넬에게 죄를 씌우는 위조를 우리에게 상기시킨다. 그러자, HCE는 비영웅적 영웅의 새로운 형태로서—가변적이요, 불륜의 성적 욕망을 죄지은 자이지만, 여전히 자신 속에 지도력을 지닌 남자로다. 그는 아직 도착하지 않았으나, 우리는 여기 그의 아련한 도래의 암시를 부여받는다.]

기원전 1132 및 기원전 566과 연관된 실질적 역사의 사건들은 작은 순간들의 것이다. 다른 특수한 사건들 보다 분명히 한층 중요한 것은 숫자 자체들의 서로에 대한 상관관계이다.

역사상 이들 서력들 566년과 1132년 사이에 일어난 일들이란 자신의 족자를 들고 도망친 필경사, 큰사슴의 공격, 천국의 천둥(벼락), 곱사 등 화란인의 꽝 부닥침이라. 당시 필경사의 처벌, 한 기생 오라버니의 금고 탈취에 대한 대가 등등의 사건들이 있었다.

[아일랜드의 선사시대의, 평화의, 꽃의, 목가적 및 연애의, 시대적 묘사가 잇따른다.] 이제 모든 저 장정과 편력, 대책大冊에서 목가국牧歌國에로 눈을 쳐들고, 아일랜드 풍경의 장면으로 향할지라.

자 이제 모든 저 장정長征과 편력 또는 분노 또는 울혈의 세월 뒤에, 청본靑本[33]의 대책大冊으로부터 암흑의 우리의 귀와 눈을 쳐들지니 그리하여, (볼지라!), 얼마나 평화롭게 애란적愛蘭的으로, 모든 황혼 짙은 사구砂丘와 광휘의 평원이 우리 앞에 우리의 애란 자연국自然國을 보여주고 있는고! 지팡이 든 목자가 석송石松 아래 기대어 쉬고 있나니; 어린 두 살 수사슴이 자매 곁으로 환송된 녹지 위에 풀을 뜯고 있는지라; 그녀의 요동치는 경초鏡草 사이 삼위일체 샘록(클로버)이 저속함을 가장假裝하도다; 높은 하늘은 상시 회색이라. 이리하야, 또한, 당나귀의 해 동안. 수곰과 발인髮人[34]의 쟁기질 이래 수레국화가 볼리먼에 계속 피어 머물고 있었나니라.

【15】아일랜드의 선사 시대의 풍경과 경치. 사향 장미… (두 입술)튤립… 감미로운

동심초… 요정 희색으로 물들이는 5월 골짜기…용사들의 종족을 오가고…이교도들은 기독교인들과 싸우고…하지만 금발 처녀들은 금발 미남들을 찾고, 흑 부인들은 경쾌남輕快男과 대화하고, 그리하여 그들은 서로 엎치락뒤치락, 그리하여 이제, 밤, 과거의 그것처럼, 대담하고 예쁜 화녀들은 그들을 꺾도록 수줍은 애인들을 초대하고 있나니…

고대 세월의 흘러감. 그들의 언어들과 함께 바벨탑은 공허해 왔나니…그들은 존재했고 사라졌도다. 인간들은 미련한 흉한兇漢들이었고… 다우의 앵무새들이었도다. 사내들과 금발 소녀의 사랑. 당신 키스해 줘요, 이 천한 케리 돼지?. 그리하여 그들은 서로 군락群落했나니. 그리고 그들 스스로 추락했도다…세월의 흐름.

이제 여행가요 안내원(또는 원주민 뮤트)(셈)은 먼 언덕 위에 한 가닥 불을 식별한다. 그 깜박이는 빛 속에 한 인물(쥬트)(손)이 아련히 나타난다.

【16-18】 뮤트(Mutt)와 쥬트(Jute). Clontarf 전쟁을 설명하다

【16】 이제 한 사람으로 합체된 이 안내자요 여행객은 둔하고, 엿보는 약간 소심한 도인島人인 뮤트(Mutt)(셈 격)의 형태를 하고 화광火鑛 속으로 들어간다. 해외에서 온 이 둔감한 이방인은 짙은 혀짜래기 말투로 가슴을 치며, 독일어로 자기 자신을 쥬트(Jute)(손 격)에게 소개한다. 뮤트는 이 야인野人을 처음에는 프랑스어로, 이어 덴마크어로, 영어로, 앵글로색슨어로 교신하려고 애쓰지만 소기의 목적을 달성하지 못한다. 그에게는 1014년 톨카 강(tolkatiff)에서 발생했던, 거기 피의 개울이 더블린만으로 흐르는, 클론타프 전쟁에 관하여 몇 마디 강한 동사動詞를 교환하는 것이 중요하리라. 톨카 강(Tolka)에서 덴마크 인들을 패배시킨 브라인 보루(브라이안 보루)의 그것을 점유한다.

아래 구절은 뮤투(셈, 술꾼)와 쥬트(손) 간의 대화를 커버한다. 쥬트는 뮤트에게 말더듬이 이유를 묻자, 후자는 그가 (클론타프)의 전투 뒤로 그렇게 되었다고 말한다. 그는 또한 자신이 브라이안 보루(HCE의 변형이기도)를 기억하자, 분노로 떨게 되었다고 설명한다. 그는, 정신을 회복하고, 쥬트에게 그 자(HCE)는 "동란주점同卵酒店에서 수란秀卵되었다"(추락되었다)라고 말한다. 이제, 아첨하며, 쥬트는 역사적 및 풍경의 관점에로

주의를 환기시키고, 금전으로 뮤트의 비위를 맞추려고 시도한다. 그는 뮤트에게 인사를 하고, 다시 만날 것을 약속하고, 현장을 떠나려 한다. 험프티 덤프티가 추락한 곳은 바로 이 지점이다.

안내원이요 여행자는, 이제 하나로 합체하고, 둔하고, 응시하는, 약간 소심한 도민島民인, 뮤트의 형태로 화광火光에 들어갔었다. 해외로부터 온 쿵쿵거리는 낮 선자가, 짙은 그리고 때때로 더듬거리는 말투로, 자신의 가슴을 치며, 독일 말투로 스스로를 소개한다.

쥬트―그대!
뮤트―뮤크(아주) 락樂이도다.
쥬트―그대 귀머거리?
뮤트―약간 어렵도다.
쥬트―하지만 그대 귀 벙어리 아닌고?
뮤즈―아니. 단지 모방 화폐 전달자.
쥬트―뭐라? 그대 어찌 불평인고?
뮤트―난 단지 말 말더듬이도다.

【17】여기 또한 선사시대의 장면. 앞서 HCE가 추락한 곳은 여기 강가라, 이곳은 군주 마르크 1세의 자리이기도. 뮤트가 말하는 이해하기 힘든 방언에 구애되어, 쥬트는 그곳을 떠나려한다. "숙명이면 그대 만날지라." 뮤트는, 그러나 우연한 친구(쥬트)에게 그로 하여금 시간을 보내고, 그들 앞의 삭막한 조국의 해안을 보도록 요구한다. 쥬트는 HCE가 마차의 쓰레기를 그곳에 비웠기 때문에 맞아 죽었다고 믿고 있다. 뮤트가 동의한다. 그러자 그들 앞에 바이킹의 땅이 펼쳐진다. 그 옛날 호우드 언덕 위의 저기 낡은 여옥旅屋에서 이 피닉스 공원까지 빙하가 덮여있었다. 두 종족이 여기서 합류했는지라, 백감족白甘族과 흑염족黑鹽族. 그들은 대적하며 서로 싸웠다. 그들은 이제 모두 무덤 속에. 부풀은 고대의 토루土壘가 그들 모두를 삼켜버렸는지라. 여기 흐름이 합류하고, 다시 갈라졌다. 여기 밝음이 어둠으로 대치되었다. 이제 이 땅이 무수한 사자死者들로 덮였음을 볼지라. 끝없이 파도가 이 해안을 강타해 왔었다. 인간들은 마치

폭풍 속의 눈보라처럼 여기 추락했는지라. 뮤트가 설명을 계속 한다. 여기 수많은 사람들은 잠드나니, 대인 곁에 소인…

【18-20】 알파벳과 숫자의 발전

【18】 (선사 시대의 계속) 잠깐 침묵! 뮤트의 설명. 우리의 이 땅은 벽돌 먼지가 아닌, 순환의 부토. 그건 비옥하나니. 풍부한 문자의 나라, 옛 성들이 상존 하는 땅. 이어 뮤트, 불쑥 말을 끊으며, 쉬 소곤대는 소리로, 더블린에 찻삯을 청한다. 쥬트는 그의 빈번한 한탄의 간투사, "조용, 하우, 무엇"등으로, 그를 초조하게 기다린다. 뮤트의 계속되는 말. 여기 옛 거인들이 살던 곳, 바이킹족의 무덤들. 그는 쥬트에게 그의 정보에 놀랐는지 묻자, 후자는 쇼크를 받았다고 한다. 뮤트, "자네 놀랐는고, 쥬트 그대?" 쥬트, "눈을 번개로 얻어맞은 기분."

고대의 모습들이 사라진다. 그러나 여전히 선사 시대. 우리는 뮤트의 것이 아닌, 어떤 박식한 투사가, 한 작은 그룹의 여행자들을 안내하는, 그의 손가락을 따른다. 우리는 가장 먼 과거의 유물들의 땅을 살핀다. 선생-안내자 왈. "만일 이 점토에 새겨진 알파벳에 흥미가 있다면" "허리를 구부려요" 여기 무슨 기호들인고! 여러 혼성족의 이야기들. 우리는 초기 하이델베르크 인간의 선사시대에 있었는지라, 당시 거인들은 땅을 배회했고, 또는 개화기 불타佛陀가 눈을 뜨고 세계를 거닐었는지라!

이어 알파벳 철자의 형성에 대한 서술이 뒤따른다. "(구부려요) 만일 그대가 초심初心이라면(abc), [알파벳에 흥미가 있다면], 이 점토본粘土本이 마치 〈피네간의 경야〉인양 —점토요, 철자 덩어리에 대하여, 얼마나 신기한 증표인 고 (제발 구부려요), 이 알파벳으로 된! 그대는 화독話讀 할 수 있는고…. 그의 세계를? [worlds]. 〈율리시스〉의 마사의 word와 world의 혼돈처럼….

지구 주민이 생생히 이를 생서生書에 기록하도다. 기묘한 그리고 그것은 계속 진동하나니. [이들 원시의 가공물-알파벳을 생각하라] 솥뚜껑, 끌, 귀 모양 보습 날, 농경의 저 황소마냥, 쟁기의 목적은 사시사철 지각地殼을 파석破析하고, 앞 골 쪽으로, 뒷벽 쪽으로. [모두 진흙에 박힌 기호 및 문자들]

【19】 이어 알파벳과 숫자의 진전

그리고 이제 우리는 초기 책들의 기원을 공부할지라. 그들은 조상들로부터 메시지를 아들딸들에게 전달하나니, 이는 최후의 심판일까지 우리와 함께 하리라.

[문자 모양]

도끼 1격擊 도끼 2격 도끼 3격, 도끼와 닮았나니. 1곁에 1과1을 차례로 놓으면 동상同上의 3이요 1은 앞에. 2에 1을 양養하면 3이라 그리고 동수同數는 뒤에. 커다란 보아 왕뱀으로부터 시작하여 삼족三足 망아지들 그리고 그들의 입에 예언의 메시지를 문 야윈 말들. [이하 책들의 기원] 그리하여 아이들의 100중량 비발효성非醱酵性 무게의 일기日記… 정말이지 당시 공무空無의 나날에 아직도 황무지에는 누더기 종이紙뭉치 조차 없었으니 그리고 강산强山 필筆(펜)(축사畜舍)은 생쥐들을 놓칠세라 여전히 신음했도다. 만사가 고풍에 속했나니라….

"정주자定住者와 반反 정주자 및 후기회전근後期回轉筋반정주자 [모두 후손들]의 견지에서 도대체 어떻게 전개될 그리고 무슨 목적을 띤 두서없는 꼬불꼬불 이야기인고!"(What a meanderthalltale to unfurl and with what an end in view of squattor and anntisquattor and postpronentisquattor!)【19.25-27】

【20】 그리하여 두 소녀, 세 군인, HCE 및 ALP, 모든 딸들과 아들들에 의해 책은 정독되도다. 모든 말들은 한 개의 뼈나 자갈 같은 기호로 시작, 먼 세월 동안 전해 오도다. 그리고 영원히 존재하리니, 여기 화자의 설명. 모든 단어들은 세월을 통하여 언제나 변하는 형태들과 상호의 의미들의 과정으로 전수되도다. 그런고로 우리는 독서를 위해 일생을 요구하는 책의 용광로 속에 얼마나 많은 의미들이 총체적으로 있는지를 단지 추측하기 위해 모험할지라.

별별 이야기들. 예를 들면, 그대의 이야기들을 당장 볼지니. 만사는 이야기 할 수많은 이야기들과 함께 움직이고 있도다. 2를 감시했던 1의 이야기는 3에 의해 붙들렸는지라. 그리하여 마을 전체를 이야기하게 하도다. 늙은 아내와 40아이들, 노아와 그의 난봉꾼, 정중한 남자와 경박한 여인, 불까기에 알맞은 황금남아들, 천진한 소녀가 사내로 하여금 행실을 갖게 하는 별별 이야기들… "왠고하니 당시는 굴렁쇠가 높이 뛰던 시대였기에. 노아 야남野男과 비개 아내에 관하여; 정중한 가남家男과 경박녀 [이브, Alp, 푸랜퀸 등]에 관하여; 또는 불(알) 까기를 원하는 황금 청년들에 관하여; 또는 난처녀亂處女가 사내를 행사토록 하는 것에 관하여.

[그 밖에 각양각색의 이야기들] 악혼무인惡婚舞人[35]인 그는 그녀의 프리스큐 미무美舞와 그녀의 미체무美體舞의 미도迷途에 의하여 미혹迷惑 당했나니. 오월 요정이라…[36]

【21-23】 후터 백작과 프랜퀸 이야기

프랜퀸의 우화는 가족의 창조에 관한 아이들의 즐거운 이야기이다. 이 야기는 월링던 뮤쥬의 방에서 가족의 파괴 뒤에 일어난다. 우화는 더블린에 한층 가까운 리피 강의 해안에서 알파벳 철자의 산물로서 소개된다. 주인공과 여주인공이 두문자의 선언 뒤로, 즐거운 이야기는 시작한다. 프랜퀸의 우화는 기초적으로 간단하다. 상처 입은, 혼수의 잘 반 후터인 호우드 백작은 마루에서 놀고 있는 그의 두 아들들과 그의 딸과 함께, 그의 열쇠 채워진 성 안에 숨어있다. 프랜퀸과 여왕이 나타나고, 성이 채워진대 골인난지라, 한 개의 수수께끼를 묻자, 답을 얻지 못한다. 그러자 아들들 중 하나 트리스토퍼(솀)를 훔쳐 황야에로 도망친다. 그녀는 트리스토퍼의 슬픈 성격을 즐거운 것으로 바꾸는지라, 마치 조이스 자신이 예술의 완전한 양상을 코믹으로 한때 결정했듯이. 당시 그는 우울한 스티븐 대덜러스로부터 코믹 성격의 리오폴드 블룸과 H.C. 이어위커에로 초점을 바꾸었다.

Grace O'Malley는 엘리자베스 I세 때의 아일랜드의 여 해적이다. 그녀의 아일랜드 이름은 Granuaile인지라, 〈율리시스〉에 그렇게 철자되어 있다. 【324】 혹은 Cathleen Ni Houlihan으로 아일랜드의 명칭이기도 하다. 이리하여 Grace는 소년-아이들을 약탈 하는 여인이요, 아마도 뮤즈 여신 격이다. 헤브라이어로 "Anna"는 "grace"를 의미하고, "gracewife"는 산파(midwife)이다. "Grace"는 〈더블린 사람들〉의 이야기들 중 하나로서, 이 이야기는 단테의 〈신곡〉처럼 구조되었는지라, 3단계에서 중년 남자가 지옥, 연옥, 천국을 통해 움직인다. Jarl von Hoother는 그의 세 상승하는 상태를 지니며, 더블린의 시장 각하로 임하기도 하다.

아일랜드의 전설에서 Grace는 Howth 성으로 항해했으며 암살을 요구했다. 호우드 백작은 그가 만찬 중이라 그녀를 거절한다. 골아 난 그녀는 그의 어린 상속자를 납치했지만(Jiminies를 보라), 백작이 자신의 문이 식사 시에 언제나 열려있도록 약속할 때까지 그를 돌려주지 않는다.

Grace, 즉 프랜퀸은 유혹녀이요, 창녀이며, 매혹자, 두 꼬마 Jiminies의 신분을 훔쳐, 혼성한다. 〈피네간의 경야〉를 통해서 그녀는 Isolde, Grania, Guinevere와 같은 여인들을 합성하고, 그들은 "부친"으로부터 젊은 남자들을 훔친다. 여기 〈피네간의 경야〉의 프랜퀸 이야기에서【21-23】그녀는 Tristopher 및 Hillary 쌍둥이의 성질을 혼돈할 뿐만 아니라, 그들의 부친의 성질을 변경하고, 고독의 죄로부터 그를 자유롭게 하고, 소극성으로부터 행동으로 그를 소환하며, 그는 Finn이 Grania를 전복하듯이 그녀를 행동으로 전복시킨다.

프랜퀸의 일화는 가족의 창조에 관한 즐거운 아이들의 이야기이다. 이 이야기는 위링던 뮤즈방에서 가족의 파괴 다음으로 일어난다.

우화는 더블린 가까이의 리피 강의 해안에서 알파벳 문자의 움직임의 생산으로 소개된다. 그것은 음악적 반주를 지닌다【21.3-4】.

나는 그걸 하고 있어요. 들을지라(H). 사방 모퉁이의(c) 탄원을(e)! 그리고(A) 기러기 거문고 곡(l)을 영창류吟唱流할지라(p).

HCE/ALP로 철자되면서 프랑스의 뿔 나팔은 남성적 양상으로 "entreats"를 불고 하프가, 종달새처럼, 여성의 터치로서 연주되는 경쾌한 멜로디로서 불어낸다. 영웅과 여걸의 두 분자의 이러한 발음 다음으로, 경쾌한 이야기가 시작한다.

【21】[후터 백작과 프랜퀸 니야기 시작] 그것은 밤에 관한 이야기[37] 늦은, 그 옛날 장시長時에, 고古석기 시대에[38] 당시 아담은 토굴거土掘居하고[39] 그의 이브 아낙 마담[40]은 물 젖은 침니沈泥 비단을 짜고 있었나니, 당시 야산거남夜山巨男[아담][41]은 매웅우每雄牛이요 저 최초의 늑골강도녀肋骨江盜女[갈비뼈를 훔친 이브], 그녀는 언제나 그의 사랑을 탐하는 눈에 자도현혹自道眩惑[이브의 유혹]하게 했는지라, 그리하여 매봉양남每棒羊男

은 여타 매자계청녀每雌鷄請女와 독애獨愛를 즐기며 과세過歲했나니, 그리고 반 후터 백작은 그의 등대가燈臺家에서 자신의 머리를 공중 높이 빛 태웠는지라, 차가운 손[42]으로 스스로 수음유락手淫遊樂[수음]했도다.

별별 이야기 중 아일랜드 전설인, 호우드 성의 성주 후터 백작의 이야기가 시작 된다. 그 내용인즉, 백작은 외로운 홀아비(수음을 즐기며)요, 그의 두 쌍둥이 아들 및 한 딸과 함께 성에 살고 있다. 엘리자베스 1세 때의 아일랜드의 해적인, 그래이스 오말리(여주인공 프랜퀸)는 여왕을 배알하고 귀국 도중, 하룻밤의 여숙(旅宿)을 위해 호우드 성의 문간에 멈춘다. 당시 백작의 가족들은 저녁 식사 중인지라, 성문이 닫히고, 그녀는 문전에서 무례하게 박대당한다. 그러자 이에 대한 화풀로, 그녀는 첫 번째로, 성의 꼬마 상속자(트리스토퍼)를 납치하여, 코노트에 있는 그녀 자신의 성으로 도망친다. 그녀는 백작이 식사 중 그녀를 위해 호우드 성문이 결코 닫히는 일이 없도록 엄숙히 약속할 때까지 소년을 되돌려 주기를 거절한다. [현재의 내용에서 사건들은 수정과 함께, 동화의 모습을 띠며, HCE의 가족 모형 하에, 3번에 걸쳐 하나하나 열거된다] 그녀는 1차 후터의 아들을 납치한 뒤, 얼마 후에 재차 되돌아온다.

그녀 적의敵意의 나리 그래이스 오말리-프랜퀸는 지미 트리스토퍼를 유괴하고 음사陰沙의 서부 황야 속으로 우주雨走, 우주, 우주 했도다 [비雨. 〈성서〉의 노아의 홍수 암시]. 그리고 반 후터 백작이 그녀를 뒤쫓아 부드러운 비둘기 소리로 휴전보休戰報를 쳤나니. 멈춰요, 도적이여 멈춰 나의 애란愛蘭 정지停止로 돌아와요. 그러나 그녀는 그에게 전서답戰誓答했나니. 무망無望이로다. 그렇게 어딘가에 낙천사落天使의 한 가닥 미애성美哀聲이 들렸도다. 그리고 프랜킨은 세탑世塔튜라몽에 40년의 만보漫步를 위해 떠났나니…. 그렇게 한 다음 그녀는 우주雨走 또 우주하기 시작했는지라, 그런데, 맙소사, 그녀는 쌍둥이를 그녀의 앞치마에 싼 채, 늦은 밤에, 또 다른 시간에, 반 후터의 백작 댁에 다시 되돌아왔던 것이다.

【22】프랜퀸의 두 번째 및 세 번째 유괴. 프랜퀸이 되돌아오자, 거기 마루 위에 버둥거리는 유아(딸-히랄리), 프랜퀸의 두 번째 수수께끼, 후터는 그녀를 거절한다. 문이

다시 그녀의 면전에서 닫히고, 고로 그녀는 트리스퍼를 내려놓고, 이번에는 딸을 낚아챈 뒤, 서부로 도망친다. 후터 백작이 그녀에게 고함을 치지만, 그녀는 막무가내다. 다시 그녀는 후터 백작 댁에 되돌아온다.

> 그들의 첫 유아기의 우유아愚乳兒 [힐라리]는 찢어진 침대보 위 아래쪽에 있었나니, 형제자매, 서로 비꼬면서 그리고 기침하면서. 그리고 프랜킨은 창백한 재[후터 백작]를 붙잡고 다시 불을 환히 켜자 붉은 수탉이 구계丘鷄 볏으로부터 훨훨 포화砲火인양 날랐도다. 그리고 그녀는 사악재[후터 백작] 앞에서 그녀의 수습행水濕行[배뇨의 암시]을 행하며, 가로 대: 넝쿨 자者 마르크어⁴³, 왜 나는 두 줌의 주두酒豆처럼 닮아 보일까요? 그러자: 폐분閉糞(저주)!하고, 사악자가 온건녀溫乾女에게 수답手沓하며, 말하는지라.

【23】후터 백작은 프랜퀸의 면전에서 문이 다시 닫히도록 명령한다. 이에 천둥 같은 문 닫는 소리 "(퍼코드허스크운란 바그그루오야고크골라용그롬그램미트그훈드허스루마스우나라디딜리패이티털리버물루나크쿠넌!)"와 함께, 두 사람 사이의 화해가 이루어진다. 여기 마을 사람들의 화평이 이루어지는지라, 이는 모두 민속적 이야기이다.

프랜퀸 민속 이야기는 앞서 풍경과 박물관 흔적들을 여기서 종결짓는다. 뮤트와 쥬트의 선사시대, 탐욕의 신 루지어스(Mammon Lujius)의 청본靑本의 중세기적 고지告知, 웰링턴 박물관의 비교적 최근 역사, 경치의 전반적 개관, 어떤 퇴비 더미 그리고 민속적 이야기의 환상들, 이들 모두는 공통적 토대의 확실한 증후들을 지녔었다. 우리는 풍토의 특색을 통하여 경야의 장면이 재현하는 것을, 처음에 암암리에, 이어 한층 강하게, 여기 읽는다.

프랜퀸 우화는, 모든 멋진 우화처럼, 3가지로 이루어진다. 사실상, 그것은 세월을 통하여 아이들의 이야기들을 특징짓는 모든 기법들을 통합한다. 그 조직은 수정 같다. 평행이 처음부터 끝까지 나타난다. 그것은 전통적 시초로서 시작한다. 그것은 고석기시대의 오래오래 전 밤의 이야기다【21.5】.

다음으로 우리는 호우드 백작에게로 소개되는데, 이때 그의 두상頭狀이 강조된다【21.10-11】. 나중에 우리는 족장의 엉덩이를 추켜본다【21.34-36】. 그리고 최후로 우리는 중간 시야에서 그의 엉덩이를 본다【22.22-23】.

이야기는 아이들의 이야기의 고풍스런 모습으로, 엄격한 3가지 형식으로 이야기된다. 프랜퀸 그녀 자신은 3가지 방식의 위장偽裝으로 나타나는바, 이들은 그녀의 수수께끼를 3가지 단계, 즉 재치로, 보다 재치로, 최고의 재치로 이루어진다【21.15-19. 22.2-6, 26-30】. 3단계는 또한 꽃들로 기록되는 바, 즉 프렌퀸이 집는 붉은 장미와 흰 장미 그리고 무색의 장미이다. 무색의 장미는 이상적 미의 플라토닉 장미를 의미한다. 장미는 시인들, 특히 젊은 예이츠에 의하여 세속적 생활의 덧없는, 영원의 미를 상징적으로 나타내는 덧없는 생활의 일시적 미의 상징으로서 광범위하게 사용된다【21.16-17, 22.3-4, 27-28】.

우화의 주제는, 가족의 파괴가 최초의 우화의 의미, 윌링던 뮤즈의 방의 의미이듯, 가족과 도시의 수립樹立이다. 우화는 애국가로서 끝나는데, 그것은 "별이-빤짝이는 깃발"을 아주 닮은 소리를 낸다. 추장은, 그가 마치 야곱의 하느님인양 바다를 향해 말한다. 이리하여 "멀리 그대는 흐르리라."【23.11-12】육지가 마침내 더블린만 아래에서부터 나타나고 있다. 그러자 가족의 상관관계가 앞으로 항해하는 국가의 가족선家族船의 요소들로서, 서술된다. 프랜퀸은 아들을 통재하고, 소년들은 평화를 지키며, 부친은 가족선을 띠우도록 돈을 벌 참이다【23.12-14】. 이리하여 도시민盜市民의 전도 농담全都弄談은 소촌도疏村都 전체를 평복平福하게 만들었나니라(Thus the hearsomeness of the burger felicitates the whole of the polis)【23.14-15】.

오 행복불사조 죄인이여![44] 무無는 무로부터 나오나니[45](O foenix culprit! Ex nickylow malo comes mickelmassed bonum.) 구능됴凌, 소천小川, 무리 지은 사람들, 숙사宿舍를 정하고, 자만하지 않은 채. 가슴 높이 그리고 도약할지라! 구능 없으면 이들은 옛 노르웨이 전사戰土 또는 애란 태생에게 그들의 비법秘法을 내뿜지 못하리로다. 왜 그대는 침묵하는고, 응답 없는 혼프리[HCE- 피네간의 추락 가체巨體-촌변의 윤곽-호우드 언덕]여!

위의 시市의 모토는 "시민의 복종은 국가의 건강이다"으로서, 조이스는 더블린의 시민들은 역시 그들 자신의 선善을 위하여 모두 복종한다고 생각했지만, 도시 거주자가 되는 상속의 자유의 한계는 도시의 질서와 영원에서 본질적 요소임을 부정할 수 없었다. 조이스는 위대한 "Haveth Childers Everywhere"의 시詩에서 III.3의 시민 생활의 기본 구조의 스스로의 충분한 초상彫像을 제시할 것이다.

프랜퀸 우화의 종말 다음, 우리는 부친의 토루를 재삼 살피거니와, 이는, 4노인들의 바쁜 충고 아래, 호기심 많게도 부질없다. 갑자기 토루는, 그의 딸의 무도 행위에 대한 노령의 언급에 의하여 야기되는, 분노와 음란한 자극 속에 작물을 수확한다. 그러나 4노인들은 부친의 역할이 아일랜드의 해안에의 새로운 도착, 가족으로 완전한 바이킹 족에 의해 역할 되는 토루를 재확신 하거니와, 그의 두문자는 HCE임에 틀림없다.

【23-24】추락-뇌성

이어지는 추락에서 재생의 약속 이야기. 이는 천국으로부터 구원의 약속과 친부親父의 값진 독생자가 인간에게 하강함을 의미한다. 악마의 악행으로부터 성수태고지(Annunciation)의 큰 은혜로 나아간다. 주인공 HCE와 ALP의 산山-강江 상태의 광경─촌락의 개관─추락 죄인(피네간)의 거체─그이 곁의 작은 시내, 그의 아내(그녀)─입술로 그를 핥으나니─감지할 수 없을 정도로 그는 재현하는지라─파도가 돌출의 구릉(호우드잠자는 거인)을 강타하도다─영원한 후손들─그리하여 우리의 생명의 샘, 빵─피뢰침도 선박도 숨바꼭질하는 아이들도 없을지니.

【24】[만부萬夫 핀네간에 관한 이야기] 그는 이마에 땀 흘려 빵을 얻었나니. 그는 용폭남-해방자-고자질쟁이, 그가 다시 깨어날 수 있기를 기원할지니, 그대는 나(피네간)의 결혼을 넘두리하는고? 그대 나의 죽음을 아이고 외칠 것인고? 내가 경야할 것이기에?

그대[피네간-HCE]는 나의 결혼을 위하여 (주酒)푸념하는고, 그대는 신부新婦 및 화상花床을 갖고 왔는고, 그대는 나의 종언終焉을 위해 아이고 외칠 것인고? 경야? **생명주**squeadbaugham! [이때 누군가가 고함을 지른다].

악마로부터 가련한 영혼들이여! 그대 내[피네간]가 주사酒死했다고 각주覺酊했던고? [민속 곡인 〈피네간의 경야〉의 가사 패러디]

자 이제 공안空安하라, 선량한 핀 애도哀悼 씨氏, 나리. 그리고 연금年金 받는 신紳처

럼[46] 그대의 휴한休閑을 취하구려. 그리고 해외로 나돌아 다니지 말지라. 확실히 그대
는 단지 히아리오포리스[47]에서 길을 잃게 될 터인즉 이제 카페라베스터[48]에서 그대의
길은 갤버리 땅, 북부 암브리안[49]과 오분묘五墳墓[50] 및 비척비척 공습도空襲道[51] 및 무어
암자[52] 뒤로 꼬불 꼬부라져 있나니 그리고 아마도 문외門外의 안개 이슬로 그대의 발을
필경 적시게 되리로다. [고이 잠자라, 피네간. 곤경에 빠지지 않도록, 이제는 만사가
변했도다].

이 장의 나머지는, 이제 핀모어(Finnimore)가 된 죽은 피네간에 관한 연설이다. 12신
사들이 그(피네간)를 급히 붙들어 눕히고, 도로 잠자도록 위안 한다. 왜냐하면 새롭고
번영의 세계가 그의 서거의 사실 위에 건설되었기 때문이다. 늙은 실체를 도로 이겨
행동하도록 하기 위해서는 엄청난 재난이 뒤따를 것인지라.

"wake"란 말은 또 다른 의미를 띤다. 위에서 보듯 누군가가 애란 말로 위스키[생강
주!]를 위친다. 그러자 피네간은 전혀 사자가 아닌 듯 자기 자신을 노정한다. 이는 물
론, 조문객들을 즐겁게 하기 위해서지만, 불행이도 그들은 새로운 시대에 몸을 맡겨
야 하는바, 거기에는 신들과 거인들은 일종의 골칫거리이다. 신성시대가 끝나고, 귀
족 시대가 시작하려한다. 새로운 지배자[HCE의 암시]ー"공복空腹백년 전쟁의 서식
지의 경내에 임의의 크고 장대한 소년수사슴이 대령한지라"ー는 바다 너머로부터 이
미 도착했다ー"거룻배의 선체 속에 쿵캉 캉쿵 억지로 방향 틀며."이제 할 수 있는 모
든 것이란 피네간으로 하여금 재차 자리에 누워 잠자도록 권유하는 것이라. 그에게
할 일은 없으니, 그리고 집에서 걱정할 일은 아무것도 없도다ー만사는 염려될지니.
그러자 그를 잠재우고 연금 받는 신인양 편히 지내게 하라.

【25-29】 안절부절못한 피네간. 현 시대에 관해 듣다.
【25】 피네간-당신의 명성 & 그에 대한 찬가, 우리를 위해 행한 당신의 멋진 일들에
대한 명성…. 사람들은 당신을 훌륭하고 값진 이름으로 부를지니…편히 쉴지라…세
상에 당신 같은 분은 없으리라…. 우리는 그대-피네간에게 공물을 나르리라. 사람들
은 그대의 기억을 존경하며, 그대 이름을 따서 명명할지라. 그대의 명성은 연고마냥
퍼지리라. 여기 화자[4대가들]은 피네간을 2인칭 또는 3인칭으로 교변하여 부르리라.

그대[피네간]에게 선물을 운반하면서, 우리 그렇잖은고, 피니안 당원들? 그리고 우리가 그대를 아까워하다니 우리의 타액唾液이 아닌지라, 그렇잖소, 드루이드 중들이여? 그대는 당과 점에서 사買는 초라한 소상小像들이나, 피안염가물避眼廉價物들, 피안물避眼物들은 아니나니⋯. 하지만 그[3인칭]의 피네간는 그랬나니, 그대[2인칭]의 피네간는 대포유자大砲遊者(G.O.G)!(Game Old Gunne!)[그대는 대포 같은 자!] 그는 이제 사멸한 몸이라 우리는 그의 타당성의 통의痛義를 쉽게 발견할 수 있지만, 그의 위대한 사지四肢, 불타佛陀의 엉덩이에, 타스카의 백만촉안百萬燭眼이 모이런 대양大洋을 잇따라 뻗치는 동안, 그의 최후 장거리 장휴長休와 함께 평화 있을지니!⋯. [그대의 위력은] 어떤 왕도 어떤 열왕列王, 취왕醉王, 가왕歌王 또는 조왕弔王도 아니나니. 그대는 열두 개 구쟁이들이 환위環圍할 수 없었던 느릅나무를 넘을 수 있으며, 리암[고왕들의 대관식이 그 위에서 행해지는 타라의 대관석]이 저버린 숙명석宿命石을 높이 들어올릴 수 있었도다.

【26】 (4대가(연대기가)들의 피네간에게 행한 타 일음) 그대(피네간)가 저 마차 쓰레기를 부려 놓았던 곳에 우리 있나니. 그대의 형태는 성좌 속의 윤곽이라⋯불안하지 말지라. 그대는 정중히 매장될지니. 선인船人들의 봉분封墳이여, 고이 잠드소서!

만사(지난 일상사)는 옛날 그대로 (그대 없이도) 착착 진행되고 있도다. "그리고 소맥小麥은 다시 고개를 들고, 거기씨앗이 새삼 맺히고 있도다. 소아들은 학교 정규 레슨에 참가하고, 선생, 주저아躊躇兒와 함께 봉니사업封泥事業을 판독하고 곱셈으로 식탁들을 뒤엎고 있나니. 만사는 책을 향하고 그리하여 결코 말대꾸하는 법이 없는지라."

[더블린에는 만사 옛날 그대로] 만사는 똑 같이 진행되고 있나니 혹은 그렇게 우리 모두에게 호소하는지라, 여기 오랜 농가에서. 성소聖所 위에 온통, 나쁜 악취를 나의 인후염 숙모에게 토하구려. 조반을 위한 뿔 나팔, 주식을 위한 종 그리고 만찬의 차임 벨. 벨리 1세가 황皇이 되고, 그의 의관議官들이 만 도鳥의 정식 회연裝飾會宴에서 만났을 때처럼 인기 있나니. 진열장에는 똑 같은 상점 간판. 야곱 공장의 문자 크랙커 그리고 닥터 티블 점店의 버지니움 코코아 및 모母 해구점海鳩店의 조청(시럽) 이외에 에드워즈 점의 건조 수프 레일리-교구목敎區牧이 공그라졌을 때[53] 미트肉 한 잔을 마셨나

니. 석탄은 모자라지만 정원의 이탄을 우리는 다량 가졌는지라. 그리고 소맥小麥은 다시 고개를 들고, 거기씨앗이 새삼 맺히고 있도다. 소아들은 학교 정규 레슨[54]에 참가하고, 선생, 주저아躊躇兒와 함께 봉니사업封泥事業[55]을 판독하고 곱셈으로 식탁들을 뒤엎고 있나니. 만사는 책을 향하고 그리하여 결코 말대꾸하는 법이 없는지라,

【27】(HCE의 가족들의 일상사) 케빈(손)은 귀염둥이, 악마가 젤리(솀) 놈 속에 이따금 들어가고, 헤티(이씨)는 마리아의 아이, 에씨 샤나한은 스커트를 내리고 방탕하여, 래너즈 점에서 1야 2회 춤을 추는지라. 구경 가면 그대의 심장이 도락하리라.

마지막 노래와 무용의 도락 뉴스에 늙은 거인(팀 피네간)은 강하게 꿈틀거리는지라, 4대가들이 그를 육체적으로 제지시킨다.

이제 안락할지라, 그대 점잖은 사나이[피네간]여, 그대의 무릎과 함께 그리고 조용히 누워 그대의 명예의 주권主權을 휴식하게 할지라! 여기 그를 붙들어요, 무정철한無情鐵漢 에스켈이여[56], 그리고 하느님이시여 그대를 강력하게 하옵소서! 그것은 우리의 따뜻한 강주强酒인지라, 소년들, 그가 코를 훌쩍이고 있다오. 디미트리우스 오프라고난이여[57], 주정천식酒酊喘息을 위한 저 치료약의 코르크 마개를 막을 지로다! 사과왕호司果王號를 물에 띄우는 포토벨로 미항美港 이래 그대는 충분히 술에 침취沈醉했었는지라. 영원히, 평화를! 그리고 착항着港할지라 그대, 영구히! 결코 마녀를 겁내지 말지니![58] 여기 잠들라. 권무港霧하는 곳, 거기 해악害惡이 서식하는 곳, 거기 신괴神怪가 계속 방사하는 곳, 오 잠잘지라! 제발 그러할지라!

나(화자)는 가족, 하녀, 하인, 머슴에게 눈을 붙이고 있도다. 낡은 시계의 테이프는 감겨져 있고, "선미외륜船尾外輪"이 힘차게 굴러가도다.

【28】[핀을 대신할 그대의 마님에 대한 긴 이야기] 아일랜드 여왕 같은 그녀…그대 편히 쉴지라…

이어 4대가들은 핀을 대신할 사나이의 도착을 알리는 주요 뉴스를 터트린다. 영웅적, 태평의, 거인적 시절은 지나갔나니. 새 가족의 사나이가 도착했는지라, 바로 HCE

로다.

　　현관에서 그대[HCE]의 마님을 보았도다. 마치 애란 여왕을 닮았나니. 정頂, 아름
다운 것은 바로 그녀 자신[ALP]이라, 역시, 말해 무엇 하랴!…. 그녀는 당시 몹시 새롱
거리거나 하지만 날개를 치듯 퍼덕거렸는지라. 그녀는 노래 반주도 할 수 있고, 최후
의 우편이 지나 가버릴 때 추문醜聞[HCE의 공원의 죄]을 경호敬好하는도다. 감자 캐비
지 혼성주와 애플파이를 든 다음 저녁 식사를 위해 40분의 겉잠을 잘 때 콘서티나 풍
금과 카드놀이 시간 보내기를 좋아하여, 모슬린 천 의자에 단정히 앉아 있나니, 그녀
의 이브닝 월드지를 읽으면서….

　　【29】 피네간 대신 HCE가 자리하다
　　내가 듣듯, 밀매密賣 주점[59] 시장市長 나리[HCE] 또는 다과월계수多果月桂樹처럼 번
성하면서, 필사적으로 뱃전 쪽에 펄럭 사死 늘어지고 (헐거이!) 그러나 깨 나무 가지를
1야드 장長 들어올린 채 (좋아!) 바람 부는 쪽으로 (치행사癡行師[60]를 위해!), 양조장자釀造場
者[61]의 굴뚝 높이 그리고 곰熊 바남[62]의 쇼 현장만큼이나 아래 넓게; 어깨의 분담分擔으
로 영류瘿瘤하여 침잠沈潛한 채, 그는 이토록 조부 나비蟲인지라, 불 파리인, 저림(곤경)
속의 두창痘瘡 아내[63] [ALP] 그리고 세 이虱같은 꼬마 별아別兒들[64],
　　우리의 노범자老犯者는 천성으로부터 겸저謙低하고, 교우적交友的이며 자은적自隱的
이었는지라, 그것을 그대는 그에게 붙여진 별명을 따라 측정할지니, 수많은 언어들의
채찍질 속에, (악을 생각하는 자에게 악을!) 그리하여, 그를 총괄하건 대, 심지어 피자彼者피자彼
者의 모세 제오경第五經인, 그는 무음無飮하고 진지眞摯한지라, 그(H)는 이(e)이라 그
리하여 무반대無反對로 (E)에든버러[65] 성시城市에 야기된 애함성愛喊聲에 대해 궁시적窮
時的으로 (C)책무責務지리라.

　　우화의 주제는, 바로 가족의 파괴처럼, 가족과 도시의 수립의 주제야말로 윌링던
뮤쥬의 방의 첫 우화의 의미였다. 족장族長은, 마치 그가 욥(Job) 기의 하나님인 것인
양, 바다를 향해 말했는지라, "이리하여 멀리 그대는 흐르고"【23.11-12】, 육지는 마침
내 더블린 만 아래로부터 나타나도다. 이어 가족 관계는 서술되나니, 마치 국가의 가

족선家族船의 요소들이 앞쪽으로 멀리 떠나듯. 즉 프랜퀸은 딸을 통제할 것이요, 아들들은 평화를 지킬 것이며, 부친은 가족선을 띄우기 위해 돈을 벌지라【23.12-14】. 배, 파도와 바람은 모두 배를 앞쪽으로 보내기 위해 행동하도다.

"돈을 마련하기 위한 족장의 책임은 가족사家族事의 선풍颱風을 소개하지만, 애란의 속어로" "선풍하도다"(raise the wind)는 "돈을 버는 것을" 의미한다. "돈을 버는" 족장의 책임은 가족사의 선풍을 소개할 뿐만 아니라, "돈을 버는" 애란 속어에서 역시 돈을 버는 것을 의미한다. 가족 관계가 정해진 다음, 가족선은 그것의 항해를 시작하고 우화는 더블린의 시의 모토로서 끝나니라【23.14-15】, 그것은 시민의 복종은 국가의 건강임을 선언하도다. 조이스는 생각했거니와, 더블린의 시민들은 모두 자신들의 선을 위해 복종할 뿐만 아니라, 도시 거주자가 됨에 있어서 상속된 자유의 한계를 부정될 수 없도다. 조이스는 III부 3장에서 도시 생활의 기초적 구조의 충분한 초상을 제시할지니, 재차 위대한 Haveth Childers Everywhere 시詩에서 그러하다.

프랜퀸 우화의 종말 뒤에, 우리는 재차 양친의 토루土壘를 살피거니와, 그것은 4복음 노인들의 바쁜 충고 아래, 이상하게도 불식不息하도다. 갑자기 토루는, 노령들의 딸의 무도 행위에 대한 언급에 의해 성나고 야기된 채, 격노하고 호색적으로 자란다. 그러니, 4노인들은 양친의 역할이 토루에 의해 재확인 될 것이요, 그의 두문자는 HCE, 그리고 에덴동산에서 유명한 분노를 위해 그것은 〈피네간의 경야〉의 II 및 III에서 애란 해안의 새로운 도착, 가족과 더불어 완성된 바이킹에 의해 수행되리라.

I부 2장 HCE-그의 별명과 평판【30-47】

HCE의 이름

부랑당 캐드와의 만남

HCE 스캔들에 대한 부랑당의 이야기 전파

퍼시 오레일의 민요

조이스는 이를 "HCE의 장"이라 불렀다. 그것의 중심적 에피소드인 HCE의 캐드 (Cad)와의 만남과 그들의 영웅적 갈등은 "나의 책의 기초이다"라고 작가는 말했다(〈서 간문〉【396】).

이어워커의 이름과 그의 추정상의 비행에 대한 기원이 열리는 부분을 구성한다. 오스카 와일드(Wilde)처럼 어떤 흉행이 가능하듯, HCE는 한 "커다란 백색의 모충"(big white caterpillar)이다【31-34】. 고원에서, 웰링턴 기념비 근처 그리고 탄약고 벽에서 멀지 않은 곳에, 죄 지은 이어워커는 파이프를 문 어떤 캐드(Cad)라는 자를 만나는데, 후자는 그날의 시간을 묻는다【35】. HCE는 늙었고, 캐드는 젊다. 젊은이가 노인에게 그날의 시간을 물을 때, 질문은 물러날 시간을 함축하면서, 불길할 수 있다. 질문을 비난으로 받아들이고, 말더듬이의 이어워커는, "양피를 외측으로, 자신의 오버코트를 어깨 아래 운반하면서," 불필요하게도 자신의 무구無垢를 항변한다. 그리하여 놀란 캐드는 집으로 아내인, 바레니스 멕스웰턴―아니 로우리스 (또는 ALP)에게로 간다. 분명히, 그의 아버지의 만남을 통하여, 젊은이는 자신의 아버지의 자리를 취한다. 이는 아버지, 아들, 및 다시 아버지의 옛 이야기이다.

험담은 의미심장한 만남의 이야기를 퍼트린다. 필리 텀스턴, 위니 위저(경마 정보원), 트리클 톰, 프리스키 쇼트리, 피터 크로란, 오마라, 밀디우 리사, 그리고 나머지 자들,

이들은 황당한 태도로 변하고, 서로 합하나니, 다른 이름들에 의하여 변장된, 가족의 오직 구성원들이다【38-40】. 호스티와 두 동료들, 소문에 영감 받은 채, 도시(모든 도시들)를 가로질러, "버젓한 인물" 또는 HCE 그이 자신에 의해 합세된다. 그들은 HCE의 추락에 관한 한 가지 민요 또는 "굴뚝새(rann)"를 작곡한다. "굴뚝새, 굴뚝새, 모든 새들의 왕" 이 민요는 성 스티븐의 날에 의식적儀式的으로 희생된 굴뚝새(wren)와 결합한다. 문학적 언급들이 민요 문학을 마찬가지로 음악으로 증명한다【41-44】.

이러한 창조를 선언하는 추락에 대한 100개의 문자 어는 방취防臭(방귀)를 의미한다. "그건 동행 하도다, 그건 윙윙거리고 있도다"(It's cumming, it's brumming)는, Cambronne의 낱말에 대해 언급하면서, 민요―과연 모든 문학―는 배설물(똥), 심지어 소포클레스, 셰익스피어, 단테, 및 모세이다. 모든 배설물은 모든 추락이 창조적이듯 비옥하다. 그럼으로, 까다로운 독자는, 모두 어찌할 바 몰라, "악의 배설물"에 고통 받으리라.

작곡가 호스트(Hosty)(솀)는 (주점의) 주인이요, hostie(성찬의 프랑스어), hostis(적敵 또는 사탄의 라틴어)이다. 한 마디로, 호스티는 부자父子, HCE와 솀의 결합으로, 후자는 그와 결합함으로써 아버지를 대신한다. 부르주아와 망명 시인의 결합은, 〈율리시스〉의 블룸과 스티븐의 그것처럼, 창조적이다. 이어위커-솀은 이어위커에 관해 민요를 작곡하고, 노래한다. "퍼시 오레일의 민요"(The Ballad of Persse O'Reilly) (perce-oreille는 집게벌레의 프랑스어)는 HCE의 천성, 추락 및 부활에 대한 최고의 설명들 중의 하나이거니와, 이는 〈피네간의 경야〉의 축도이지만, 그러나 〈피네간의 경야〉의 그 밖에 거의 모든 것과 같다.

【30-32】HCE의 내력과 명칭

【30】HCE의 명칭, 별명, 또는 명예의 칭호에 대한 기원. 이에 관에 많은 믿기 힘든 이론들. 혹자는 그를 성년군촌(Sidlesham)의 최초의 가족으로, 타자는 그를 헤릭(Herick) 또는 이릭(Erick)에 정착한 바이킹의 후예로 추단한다. 최고의 권위 있는 서적, 〈탈무드의 전설집〉(Hofed-ben -Edar)에 의하면, 이 노 정원새[HCE]는 어떤 찌든 안식

일 오후, 추락 이전의 낙원 평화 속에, 그의 집 뒤 쟁기질을 하고 있는 동안, 왕이 여우 사냥하려 출타하는 이야기를 들었도다. 그의 가신家臣의 분명한 충성심 이외 모든 것을 잊어버린 채, 그 대노大老의 정원사[HCE]는, 마녀(H) 추적제追跡祭(C)의 전야(E), 폭도가暴徒家인, 고해원古海員 호텔의 뒷마당에서 구근球根을 캐기 위하여 자신의 쟁기를 뒤따름으로써 추락전墜落前의 낙원 평화 속에, 어느 혹서酷暑의 안식일 오후 그의 적수 목赤樹木 아래 일광을 절약하고 있었던 바, 당시 폐하[국왕]는, 한 마리의 여가애호餘暇愛好의 호견狐犬이, 역시 걷는 발걸음으로, 한 떼의 스파니엘 여견女犬들 곁을 그를 따라 뒤따르고 있던 공도상公道上에서, 스스로 휴지休止하여 즐거움을 누리도록 사환에 의해 일러 받았도다…. 험프리 또는 하롤드 나리[HCE]는 말馬에 멍에 또는 안장을 채우려고 머물지 않은 채, 열안熱顔 그대로 비틀비틀 밖으로 걸어 나갔나니…. 그의 주막의 전원前園에로 급히 서들면서, 자귀풀 차양 모, 법의法衣 밴드, 태양 스카프 및 격자무늬 어깨걸이, 골프용 반바지, 가죽 각반 및 향이회香泥灰와 함께 진사辰砂 불독 붉은 신발을 신고…

【31】 Chevy Eve(사냥 전야)에 William Conk(William 1세, 웰링턴)는 그의 두 군인들과 함께 여우 사냥을 나섰는지라, 도중에 Adam's 주점에서 아담 주를 마시기 위해 머문다. 그러자 왕은 도중에 방축 길의 구혈(구멍)들(pot-holes)이 있는 이유를 묻는지라, 청년 시절부터 원시遠視인 각하는 그 대신 침턴(Humphrey, HCE)의 집게 벌레잡이 장대를 고기잡이 낚시 대로 오인하고, 거기 달린 인공 비어飛魚의 미끼에 관해 묻는다. 수부 왕은 아담 남주男酒를 꿀꺽한 뒤, 자신의 선조로부터 물러 받은 유머와 기질에 몰입하며, 그의 두 수행원들에게 고개를 돌려, 만일 적혈赤血 형(친 형제)(HCE) 자신이 한 집게 벌레잡이 임이 왕에게 알려지면 얼마나 그가 노발대발할 것인지를 말한다(그의 노발대발을 비웃기라도 하듯, 우리는 노변 나무의 살랑거림 속에 웃음소리를 들을 수 있는지라, 돌맹이 속에 반응하는 침묵을 느낄 수 있도다). 그러나 이제 우리는 이러한 이야기가 사실인지, 아니면 한갓 도로상의 분糞 덩어리인지를 알아보아야 한다. "그것들은 **가능**과 **불가능** 간의 무녀철자巫女綴字 속에 우리가 읽는 그들의 실숙명實宿命의 사실들인고? 도로상의 분糞 덩어리는 아닌고?"

【32-33】HCE의 기호記號 및 그의 게이어티 극장의 〈왕실의 이혼〉 극의 공연 관람

【32】HCE는 산山(그의 기호, sigla)이요, 그는 노상에서 말을 한 것은 왕 자신이 아니라, 분리불가의 Shahrazad 및 Dunyazad 자매들이라는 불식시켜야 할 과오(궤변)가 있는지라. 어쨌거나, 저 역사적 날짜가 있은 뒤로, 지금까지 발굴된 모든 서류에 의하면, HCE라는 기호(sigla)를 지니고 있다는 커다란 사실이 들어 났도다. 그리고 그는 근처 마을의 악한들에게 언제나 선량한 Dook Umphrey 및 그의 동료들에게 Chimbers(경종)으로 알려졌는바, 대중은 그를 이러한 문자의 의미로서, 〈여기 매인도래每人到來〉(사방에 있는 자)(here Comes Everybody)라는 별명을 동등하게 부여했도다. 과연, 그는, 극장의 어전 공연 좌석 ("자신의 부왕 부스 좌석")으로부터, 중간 막간에 "보헤미안 아가씨" 및 "킬라니의 백합"으로부터 선곡選曲들을 밴드가 연주하는, 정열 문제극인, 〈왕족의 이혼〉을 보기 위해 오페라 하우스에 모인 관중들을 태평하게 쳐다볼 때마다, 그는 언제나 당당한 인물로 보였도다.

【33-35】HCE의 불륜에 관한 루머 및 비방

【33】[HCE가 앉아 있는 극장 묘사]

왕사롱 모를 쓴 HCE, 그는 나포레온 무한세無限世(the Nth)요. 무대 농담 꾼, 희극 배우, 민중 선조. 그의 멋진 치장…이어지는 무대 장면의 연상…그의 상습 특정 응급석. 기호 "HCE"의 다른 사악한 해석인즉.

(그[HCE]의 왕王사롱 모帽는 거기 맥캐이브와 컬런 대주교[66]의 붉은 의식용 두건頭巾보다는 덜 두드러진 채[67] 천정 높이 부포형浮泡型[68]을 하고 있는지라.) 그리하여 거기에, 진정한 나포레온 무한세無限世[69] 우리의 세계무대의 실질적인 농담꾼이요 자기 자신 스스로 은퇴한 천재의 드문 희극배우, 모든 시대의 이 민중 선조先祖[HCE][70]가 앉아 있었는지라, 그이 주변의 총체적 가족에 둘러싸인 채, 그의 모든 목, 목덜미 그리고 어깨 죽지 전체를 식혀주는 넓게 펼쳐진 불변의 두건과 함께, 옷장에는 셔츠에서 완전히 뒤로 제겨진 색동 장식의 턱시도 재킷[71] 멋진 타이틀이 붙은 정장 야회복, 세탁된 연미복의 먼 구석구석 모든 점까지 풀을 먹이고, 극장 배석陪席 및 초기 원형극장의 대리석정大理石頂의 옷장. 작품은 이러했나니. 램프를 쳐다봐요. 배역은 이러한지라.[72] 시계 밑을 봐요. 귀부인 관람석.

망토는 그대로 둬도 좋아요. 무대 정면석, 무도석과 하층 배후 구역, 입석 외 만원. 상습 특정 응급석.

　　그를 어떤 그리고 모든 극악이 가능한 한 마리 커다란 백색의 모충毛蟲[73]으로서 분명히 상상하고, 그들의 상황을 수정한 채, 그 대신, 그[HCE]가 한때 민중의 공원[74]에서 웰저 척탄병을 괴롭혔다는 익살맞은 오명 하에 놓여 있었음을 은근히 비쳤도다. 헤이, 헤이, 헤이! 호크, 호크, 호크![75] 초원의 목양신과 화신花神은 그와 같은 작은 옛 농담을 사랑하는지라. 탁월한 각하요 장구한 무악총독無惡總督의 존재성을 통한, 대청결심성大淸潔心性의 거인 H.C. 이어위커의 기독성基督性을 알고 사랑했던 여하 자에게, 예외함정例外陷穽 속의 난고難苦를 비색鼻索하는 한 정욕탐색자로서 그를 단순히 암시함은 특별히 전말전도顚末顚倒 된 이야기로 울릴 지로다. 그러나 진실, 예언자의 턱수염에 맹세코, 우리로 하여금 억지로 덧붙여 말하게 하는 것은, 언젠가 (혹시! 혹시!) 어떤 경우의 얽힌 치정관계가 있었다고 이야기되는지라, 때때로 믿어마지 않는 바, 그 누군가가 만일 그가 존재하지 않으면 잇달아 그를 고안할 필요가 있으렷다.[76]

　　【34】그의 암담한 기록과 더불어 물이 새는 고무바닥 운동화를 신고 덤브링[77] 주위를 비틀비틀 걷고 있었다는 만담이 있었나니, 그리하여 그[HCE]는 최고 낭만적이게도 익명으로 잔존殘存했었는지라 그러나 (그를 아브딜라[78] 연어 노공老公으로 부르기로 하거니와) 서술된 바에 의하면, 불침위원회不寢委員會의 감시용사監視勇士의 제의로 말론 부서府署[79]에 배속되고 그리하여 수년 뒤에, 심지어 혹자惑者는 한층 큰 소리로 외치거니와, 동명인, 공포의 이 지휘자[HCE]는, 호킨즈 가街 건너 암대구岩大口 지역[80], 성당 묘지의 고가古家[81] 혹처或處 간이식 주점에서 자신의 최초 월과식月果食 차례[82]를 기다리고 있었을 때, 착석한 포식주의자飽食主義者 같은 자들에게 외관상 낙두落頭했도다 (생명이여 있으라! 생명이어!).[83] 비천한卑賤漢 로우 같으니,[84] 그대 금발의 거짓말쟁이, 젠장 그대 저 나시장裸市場[85]의 몰골이라 그리하여 집에 묵고 있던 저 여인[86] [ALP]이 가정상家庭上 이들의 창자를 오손汚損 하는지라! 저 한 뒷박[87]의 식사에는 정말이지 한 차車 가득한 즐거움이 있도다. 비방이라, 그것이 제 아무리 혹독한들 내버려둘지니, 우리의 선량하고 위대하며 비범한 남원인南原人[88]인 이어위커, 어떤 경건한 작가가 그를 칭했듯, 저

동질포同質胞의 사나이[89]를 결코 그보다 더 심한 어떤 야비성으로 유죄 판결할 수 없었으니, 어떤 산림 감찰원들 또는 사슴지기들[90], 그런데 그날 자신들의 옥수수의 혼주魂酒를 탕진했던 일을 감히 부정하지 않았던 그들, 감시자들에 의한 제언에 의하면, 그가 반대편 동심초 우거진 우묵한 계곡[91]의 삼림 속에서 한 쌍의 아리따운 하녀들에게 비신사연非紳士然한 비행卑行[HCE의]을 행사하다니, 또는 두 화장복자化粧服者요 바늘 꽃이 여인들이 그렇게 탄원한 바, 온통 천진天眞스런 자연의 여신이 석조夕潮와 동시에 그리고 거의 같은 시각에 그들 양자兩者[두 여인]를 그곳에 보냈는지라[용변을 위해], 그러나 그들의 공포된 비단모緋緞毛의 증언을 조합한 결과, 거기 순결의 의혹이 전혀 없나니, 씨줄에서 날실까지, 가시적으로 차이를 나타내는 바, 이 사건의 본질적 특성에 관한 세부 요점에 대하여, 녹림鹿林 또는 녹육장鹿肉場(차지인借地人이 처녀 신부를 탐색하는 녹림장綠林場) 지기들[92]의 최초의 범죄는 명백히 부주의한 것이요 그러나, 그의 가장 넓은 의미에서, 이러한 희석상황稀釋狀況을 수반하는 부분적 노출이 성 스위틴[93]의 이변異變의 여름처럼, 때가 (이제 샤론 들장미여!)[94] 그것을 유발 할 성숙한 시기였도다.

【35-36】 HCE 공원에서 부랑아 Cad의 만남

【35】 사람들이 그 이야기를 말하는지라(염화칼슘[95]과 채수성採水性 스펀지가 만들 수 있는 것과 같은 흡수성의 한 화합물[꾸민 이야기]), 어느 복행질풍福行疾風의 4월 13불길일不吉日[96] 아침 (우연히 드러난 바, 이 날은 인류의 혼란[97]에 종속된 환생일歡生日 소송과 권리를 최초로 수락하는 그의 기념일일지니), 수많은 세세월歲歲月 그 비행이 있은 후, 모든 창조의 시련을 겪은 저 친구 [HCE]가, 호림虎林의 도장道杖에 몸을 버팀 한 채, 그의 탄성 고무제의 인도 군모軍帽와 대형 벨트 및 수피대獸皮袋와 그의 청광淸光 퍼스티언 직織 벨벳 그리고 철기병 장화[98] 및 대마大麻 각반 그리고 고무 제의 인버네스 외투[99]로 무장하고, 우리의 최고로 큰 공원[피닉스 공원]의 광장을 가로질러 파도처럼 활보하고 있었을 때, 그는 어떻게 파이프를 문 한 부랑아를 만났던고. 후자는, 성냥 없는 루시페린(발광자發光者)[흡연을 위한 반딧불-발광 성냥]으로, (그는, 필경, 꼭 같은 밀짚모자를 쓴 채, 그 근처를 계속 배회하고 있었으니, 한층 촌락村樂한 신사처럼 보이려고 자신의 어깨 아래 양피 뒤집은, 오버코트를 지니고 놀랍게도 금주의 맹세를 경쾌하게 행하고 있었으니) 뻔뻔스럽게 그에게 다가와 말을 거는지라: 자 이리 오구려 기네스 술고래 바보 양반 오늘 기분이 어떠하쇼?[100] (당시 흑소지黑沼地[101]의 근사한 댁은-안

녕-하시오-라는 인사로서, 우리의 몇몇 노령老齡들이 아직도 전율적으로 회상하듯)[102] 묻나니, 자신의 시계는 늦은지라, 닭 우는소리로 짐작이 간다면, 시계가 친 것이 지금 몇 시인지 자신에게 말해줄 수 있는지를. 주제[97 참조는 분명히 피해야 마땅했도다. 분저주糞咀呪는 명석하게 죽여야 했나니.[103] 저 박차적拍車的 순간의 이어위커는, 근본적 자유의 원칙에 입각하여, 육체적 생명의 지고의 중요성을, 남살적男殺的 및 여살적女殺的으로[104] 인식하면서 (가장 가까운 원조중계援助中繼[성당의 종소리는 성 패트릭 기사일騎士日[105]과 페니언 당의 봉기[106]를 봉봉 알리는 것이라) 그리하여 바로 그때, 그가 느낀 바, 유두총탄에 낀 채, 대호對壕로부터 자신이 영원 속으로 던져지는 것을 불원不願하여, 멈춰 섰나니, 총 빼는 솜씨가 날쌔게도, 그리하여, 더할 나위 없이, 자신이 기분 깃발 꼭대기임에 답하여, 공유주의公有主義에 의한 우리의 것, 사유권[107]에 의한 자신의 것인, 쟈겐센 제[108]의 유산탄榴散彈 수장水葬 시계[109]를 자신의 총포銃包에서 꺼냈는지라,

【36-38】 Cad의 식사 및 음료

【36】 이[생강젓가락]는, 산酸, 염鹽, 당糖 및 고苦의 혼합체로서, 우리가 알기로, 그는 골骨, 근筋, 혈血, 육肉, 및 력力을 위해 사용해왔거니와,[110] 반면에, 그[HCE]를 반대하는 확실한 비난이, 사실 모건 조간신문[111]에 서술되듯, 부유 지역에 알려진 것이란, 고대의 삼두사三頭蛇[112]보다 한층 동同 및 몇 도度 하위인 향사鄕土 형태의 한 피조물[캐드]에 의하여 과거 이루어져 왔다는 것이다. 그[HCE]의 말흠을 한층 크게 옹호한다면 (그것은, 묘하게도 한 가닥 유명한 구절을 예상케 하는 것으로, 지금까지 내내 구어체에서 의식상儀式上의 음률을 지닌 문어체로 재구성되어 왔는지라, 로마 시민법에 따라, 그리고 수 실링의 현상금, 무료 우편의, H.C. 이어위커의 부가적 전언으로서 알려진 개정판으로 노아 웨브스터[113]에 의한 연속적인 해설로부터 동시 고착된 것이나니), 저 아마발亞麻髮의 거인[HCE]은 자신의 시간 측정기[114]를 쿵쿵 고고鼓鼓 두들겼는지라 그리하여, 그것의 발생사[115]의 현장인, 원접圓接한 홍수야洪水野[피닉스 공원] 위에, 그의 팔꿈치의 오금밖에 부저착付箸着된 베를린 모毛[116]의 한 짝 장장갑長掌匣을 끼고, 이제 꼭 바로 서서, (최고대最古代의 구비신호口碑信號에 의하면 그의 몸짓의 의미인즉: E![117]라) 32도 각도에서 자신의 도전에 응하는 상대로서 그의 **철공작鐵公爵**[118]의 과성장過成長한 이정석里程石[119] 쪽을 향해 가리켰나니 그리하여 한 격현재隔現在의 휴식 뒤에 엄숙한 감정의 화염火炎으로 단언했는지라: 아아 악수하구려, 도-동지!

【37】 그것은 하이델베르크 남시男屍 동굴[120] 윤리의 현저하게도 후기사춘기적 초하수성超下垂性 호르몬 질형質型과 관계가 있는지라. 그의 전방경사모前方傾斜帽를 쳐들었나니, 자신 과욕적으로 감사하며, 좋은 조조선야粗朝善夜의 인사를 발한거인發汗巨人[121][HCE]에게 악행했는지라, 그리하여 분별 있는 햄[122]처럼, 미묘한 상황 속의 무한한 재치를 가지고 그의 위기주제危機主題의 과민한 성질을 고려하면서, 받은 황금[123]과 그날의 시간에 대하여 그에게 감사했나니 (그것은 동시에 하느님의 시계인 부엉이였음이 적지 아니 놀라게 했도다) 그리고, 그의 공사주工事主[124][HCE]에게, 그리고 자신은 도금 틈새의 균열자龜裂者로서, 상대를, 그가 누구이든 간에, 그의 진부한 허언虛言의 대상으로 인사하려는 겸허한 의무에 입각하여, 사체死體의 계량사실計量事實로서, 시체屍體에 예배하는, 자신의 일에 힘썼던 것이니 (두피頭皮와 머리비듬의 소구小丘가 그의 족적足跡을 빛내고 있는지라 토심兎心만 있다면 우리는 그를 추견追犬할 수 있으리니) 자신의 믿음직스런 코고는 개犬와 우아優雅 언어적, 자신의 영원한 반성어反省語로 동반된 채 말했나니: "나는 당신을 만났구려, 새여, 너무 늦게, 또는 만일 아니면, 너무 온충溫蟲이여, 너무 일찍이": 그리하여 우태자愚怠者[125]에 대한 감사와 함께 그의 제2구어로서 반복 말했나니, 마치 쩩쩩쩩 황혼에 악마 두루이드와 심수해深睡海 사이[126] 쩩쩩쩩 황혼에 시인들의 쪽쪽쪽 속삭이는 시각 직전에, 저 꼭 같은 석여夕夜에, 그가 기억하기 거의 힘든 큰 시간 노동자의 많은 금지된 언어들처럼, 그때 석양조夕陽潮와 기념물이 차례탄 몰[127]을 따라 다 같이 다정하게 손잡고, 대 운하와 왕 운하[128]의 조용한 검은 속삭임을, 나, 나, 난봉꾼 사나이처럼 흐르나니, 울타리에 기어, 기어오를 때, 수많은 유설柔舌의 익살스런 말에 응답하는 보다 부드러운 입맞춤, 동행자[HCE]는 예나할 것 없이 묵언黙言한 채, 한편, 갈색의 褐色衣의 성녀城女를 살피거나, 노란[129] 북면北面 위로 쇠똥을 뿌리면서, 그캐드는 모세 모자이크의 율법[130]을 조심스런 개선심改善心으로 그의 **노석爐石** 주변에 침 뱉었는지라, 실례를 무릅쓰고, 애란의 타어唾語로, **모우쉬 호** 홀[131] 그러나 애란-서구 직계의[132] 양장관념良裝觀念을 지닌, 두드러진 존경하올 연계자連繫者인, 그는 올 바른 행실을 알고 있었으니,

【38-42】 Cad의 이야기. 소문이 사방에 퍼지다

【38】 그리하여 캐드는 이 행복한 도피에 임하여, 그날 저녁 황혼에 저녁 식탁에 앉

아, 지고의 허세를 부리며, '98년 피닉스-양조'[133]로 흥분된 채, 얼굴이 암흑계화된 채 [134] 그가 회상 할 수 있는 한 HCE의 이야기를 그의 아내에게 반복하며, 피닉스 양조와 그랜드 특산 강주[135], 피스(尿) 흑맥주의 코르크를 코로 들이쉬고 있었나니, 그는 야옥남의 고별인지라.

우리의 부랑당(캐드)의 아내(예쁜이 맥스웰턴)는 말에는 빠른 귀를 지녔는지라, 111의 타인들 사이, 공원의 만남의 남편 이야기를 엿듣고, 그녀의 평상시의 예모로, 한 잔의 차茶를 앞에 놓고, 그녀의 특별 사제에게 그걸 다시 끄집어냈나니. 그러자 빈센트 당원으로 변장한, 이 승정 브라운 씨는, 이 비밀문서의 약간 개정된 판을 도청하고, 이를 다시 어떤 필리 써스톤이란 자의 귀에로 흘러 보냈도다. "어떤 필리 써스톤이란 자의 루비 붉은 중이中耳를 묵묵히 뚫고 들어갔나니, 그는 전원과학田園科學과 정음성正音聲 윤리학의 평교사요 근장近牀한 사나이."

【39】그의 약 40의 중반 나이에 질풍의 볼도일[136]의 전격적인 경마주야競馬走野에서, 안전 및 건전 도박을 위한 성직자다운 내기를 하는 동안 (W.W.는 전 프로그램을 통해 제일 인기마)[137] 전국 및 더블린 상보지詳報紙의 경마 사건 난欄[138]의 모든 정보통에 의하여 쉽사리 기억할 수 있는 어느 일부日附에, 퍼킨 호號와 파울 호號,[139] 귀마貴馬와 천마賤馬의 복식경기, 당시 클래식 격려승용마상패激勵乘用馬賞牌가 섬세마사纖細馬紗의 옷 입은 두 밀고자에 의하여 포승捕勝당했는지라, 목과 목 나란히, 8과 1, 그건 사실이잖은고, 색 망아지 볼드 보이 크롬웰 호號로부터, 주장主將 차프래인 브론트의 사슴 암 망아지 세인트 달라그,[140] 경마 콕슨에 의한 예민한 스타트 후, 무정체無正體의 3번기수, 목 부러질 위험 경주에서, 감사하게도, 위대한 꼬마, 토실토실 꼬마, 당당한 꼬마, 위니 위저어![141] 그대는 그들 모두의 가장 위대한 기수騎手로다! 그대는 결코 스피드를 낼 수 없는 진흙 속에 그리고 인기모人氣帽를 쓴 채, 우리의 경칠 놈의 마녀들을 이제까지 제압했던 다른 어떤 환상幻像 중량급과는 확실히 같지 않은 참가자였도다.

그것은 두 지독스런 땜장이 놈들(습한 겨울은 악역惡疫이 지나고, 주우走雨는 가고 오고 그리하여 잔디 거북의 목소리가 우리의 땅에 넘쳐 들리나니)[142] 그중 한 놈, 트리클 톰[143]의 이름으로 돼지 치료인 케호, 돈넬리 앤 팩칸함 점店[144] 돼지 다리 절도 형기刑期를 겪은 뒤 바로 탈옥했는지라, 그리고 그 자신의 혈유血乳 형제 프리스키 쇼티, (그는 상호 고약하게도 거북살스런지라, 둘은 땅딸보요 장난꾸러기) 폐선廢船에서 나온, 한 정보 염탐꾼으로, 그들 둘 다 몹시도 가난하여, 쇠지레의 금조金鳥 사냥을 위하여 도깨비 파운드 금화 또는 우연한 크라운 금화를 찾아 사방 공술에 취해 나돌아 다녔나니, 한편 그 해항자海港者는 미동美童의[145]의 고함을 지르며, 혹의黑衣의 교구 목사가 자신의 법어法語를 사용하고 있는 것을 (이봐요, 이봐 등) 이청耳聽 했는지라, 아담 tm 씨의 사건[HCE의 사건]에 관하여 그에 관한 모든 일요신문에 실려 있는 것에 코를 비비적거리며 푸른 안경에 비친 십장什長 동료와 더불어 자기 자신 몸에서 콜록콜록 소리를 내며 소문을 퍼트리고 있었도다.

지금까지 언급된 이 트리클 톰은 그에 앞서 소마군小馬郡[146]의 땅에서 자신이 일상적인 거칠고 조잡하게 자주 드나들던 장소에서 얼마 기간동안 부재했던 것이니 (그는, 사실상, 공동의 하숙집에 자주 드나드는 것을 상습으로 삼았는지라, 그곳에서 그는 취중에 어이 잘 만났다 하는 자로,[147] 낯선 타인의 침대 속에서 빨간 벗은 상태로 잠을 잤던 것이니) 그러나 경기야競技夜에는, 압견옥鴨犬屋, 경무앵초옥輕舞櫻草屋, 브리지드 양조옥釀造屋, 웅계옥雄鷄屋,[148] 우편배달부 뿔피리옥屋, 소노인정少老人亭[149] 그리고 생각나면 언제든지 마셔도 좋아 술집[150], 컵과 등자옥鐙子屋[151]에 의하여 공급된, 지옥화주地獄火酒, 적색주赤色酒,[152] 불 독 주, 부루 악주惡酒, 값에 상당하는 술[153], 영국 정선약초주精選藥草酒의 다양한 술을 마신 뒤에 곤드레만드레가 되었던 바,

【40】그들은 몸집이 작은 현금 포목상의 집행인 피터 크로란(해고되다), 고정주소 불명의 전 개인 비서, 오마라[154] (지역적으로 곰팡이 리사[155]로 알려진)인지라, 그리하여 후자는 빙도氷島 둑[156]의 출입구에서 집 없는 가정성性無家庭性의 모포毛布 아래, 남자의 무릎 혹은 여자의 가슴보다 사늘한 숙명석宿命石[157]을 베개 삼아, 우스꽝스럽게도, 며칠 밤을 보냈는지라, 그리고 호스티(너절하지 않는 이름)[158]라는, 한 흉성凶星의 해변 뜨내기 악사인, 그는, 뿌리도 없이 긁힌 자국도 없이, 자신이 자학심연自虐深淵의 가장자리 독버섯 위에 어떻게 착상着床하고 있는지를[159] 의심하면서, 최고로 굶주린 채[160], 총체적으로 모든 일에 우울함을 지니고, (밤의 바텐더여, 그대는 녀석에게 야녀夜女의 야耶밀크를 봉사했도다!) 자신의 지푸라기 임시 침대 위에 삼杉 빛 머리카락을 굴리고 있었으니, 그가 나라 안에서 어떻게든지 자신이 사랑하고, 스스로의 신분을 밝히는, 갖은 수단 방법[161]을 고안하면서, 어떤 녀석의 자동 권총을 가지고, 사교적으로 도망쳐, 달키 다운레어리 및 브릭

루키 전차 괘도[162]에서 떨어진, 어딘가에 외륜外輪 무허가 주점에 체류할 희망에 잠기는지라, 거기서 그는 똑 바로 몸을 던져, 자살해自殺害의 머리를 두 푼짜리 자신의 몸에서 사지砂地 높이까지 일발백중 병탄瓶彈의 평화 및 평온 속에 날려버릴 수 있을 것[자살의 시도]인즉, 그는 자신이 아는 모든 것을 시험한 연후에 마담 그리스틀[163]의 귀부인의 도움으로 패트릭 단 경卿의 병원[164]에서 나와, 험프리 저비스 경卿의 병원[165]을 거쳐, 아데레이드 마타병원馬唾病院[166]의 세인트 케빈[167]의 침대 속으로 들어가려고 [입원하려고] 18월력 이상 동안 애를 썼나니.

【41】 바넬[168] (당시 지표면의 삼맥로三麥路와 휴식소는 이 승차시의 상하로선면上下面路線面 그리고 정유소 아래로 그곳 우리의 2페니 반페니 수도선首都線[169]이 조정하는 저들 선로들 및 종착점들과 기묘하게 상응하는지라), 궁형弓形 제금提琴[170]의 쿵쿵 북소리 방향으로, 울부짖듯 신음하거나 청승맞게 윙윙 노래하며, 경잡輕雜하게, 육중하게, 재치 있게 그리고 파도치게, 아피(a), 리피(l), 희롱하며(p), 축인祝人 성왕聖王 핀넬티[171]의 신하들의 세이歲耳를 달랬나니, 그리하여 그들은 자신들의 벽돌 가정 속에 그리고 그들의 향기로운 딸기 침대[172]에서 밀봉인蜜蜂人, 달콤한 레벤더인人 또는 보인산産의 싱싱한 연어의 부르짖음을 거의 무시하며[173], 소요 로라트리오[174]의 이 오래 기다리던 메시아[175]의 보다 큰 상찬을 위하여 그들의 깐깐한 입을 온통 벌린 채, 달코코콤한[176] 잠을 단지 반쯤 보내고 가인歌人의 정말로 감탄할 위치僞齒를 메울 성찬식탁盛饌食卓[177]의 목적을 위하여, 전당포업의 시설에 잠시 머문 뒤, 그리고 쿠자스 가도[178]의 호객여숙에 장기 체류하는지라, 섯 잠깐, 1000 또는 1이 아닌 국정國定 리그 거리, 대음정大音亭 자유구 경내에 있는 성 세실리아[179] 교구의 올드 스코츠 홀 주막[180], 즉, 그리프스 가격[181]에 의하여, 그라스톤 주수상主首相 상像[182]의 위치에서 멀지 않은 곳에, 선언자의 (어쩌면 스트워드 왕조 최후[183]의)의 행진에서 행진을 시작하여,[184] 거기서, 이야기는 구불구불 뻗어가나니,

【42-44】 호수티의 미요 제작
【42】 술에 곤드레만드레 낭비벽의 트리오는 또 다른 녀석[호스티]과 합세했는지라[그들 4중주重奏]―내일―응모하면 그만 이라는―의도―변종變種의 무심하고 변덕스런 자, 그는 막 모독주급冒瀆週給을 탔겠다,[185] 쳇, 그리하여 모든 하찮은 허풍쟁이들 (누

가 명사名詞를 이야기하랴?) 저 저주할 변덕쟁이 녀석에 의하여 대접된 깜짝이야, 깜짝이야[186] 하는 모습으로 흥분제주興奮劑酒를 마시고, 그런 다음 어제를 그저 축하하기 위하여 수사슴 오찬에다 몇 잔을 더 곁들이고, 그들의 화료火料 촉진의 우정으로 얼굴이 달아오른 채, 그 악한들이 특허 구내로부터 빠져 나왔나니, (브라원호스티을 선두로, 꼬마 개인 비서. 전前-전-집행리[오마라]가 모수帽手로 그들의 슬픈 후미에 마치 귀부인의 편지 추신처럼 뒤따라: 난 돈이 필요해요. 제발 송送)하라, 그들의 옷소매에다 자신들의 웃음소리 새어나는 입술을 훔치면서, 어떻게 약세弱勢 졸장부들이 자신들의 전쟁 찬가를 널리 전반적으로 외쳤던고[187] (주곡酒曲을 연주할지라, 주가酒歌를 연주할지라.)[188] 그리고 작율사자作律詞者의 세계는 한 가닥 이른바 민요(발라드)를 위하여 한층 풍요로운 이유를 지녔나니, 그의 발라드 찬가자讚歌者에게 노래하는 지역구락사회地域俱樂社會의 세계야말로, 이 세계가 지금까지 설명해야 했던 가장 비열한 말더듬이지만 가장 매력적 화신인 그의 속요를 지구의 곡도曲圖 위에 올려놓았던 공헌에 대하여 빚을 지고 있도다 [세상에 빚진 호스티의 발라드 제작].

이 〈퍼스 오레일의 발라드〉는 소란의 리비아 강과 곱사 등 호우드 언덕에서 처음 유출하여, 입법자의 기념비의 그림자 아래에서 만백성의 모임에로 처음 노래되었도다. 그리하여, 별별 사람들에게 노래되었나니, 리피 강변 사람들…카트퍼스 거리 출신의 젊은 더블린 꺽다리 사내들에서부터, 분주한 직업적 신사에 이르기까지, 긴 구레나룻을 기른 일단의 사내들에게로 흘러갔도다.

【43】 이 민요는 별의별 사람들에게로 전파된다.

흄 가街[189]로부터 그들의 세단 의자 차를 타고 식사(미사)하러 가는 귀부인들, 미끼로 유혹 당한 짐꾼들, 모세 정원의 인근 클로버 들판으로부터[190] 온 얼마간의 방랑하는 얼간이들,[191] 스키너의 골목길에서 온 한 축성신부祝聖神父,[192] 벽돌 쌓는 사람들, 아낙과 개와 함께, 훈련된 물결무늬의 견모絹毛 입은 한 여인, 몇몇 아이들을 손잡은 나이 먹은 망치 대장장이,[193] 한판 승부의 곤봉 놀이꾼들,[194] 졸중풍卒中風 걸린 적지 않은 수의 양羊들,[195] 두 푸른 옷의 학자,[196] 록스의 심프손 병원[197]에서 나온 네 파산당한 나리들, 진드기 안문眼門에서 터키 커피와 오렌지 과즙[198]을 여전히 맛보고 있는 한 배불뚝이

사내와 한 팔팔한 계집, 피터 핌 및 폴 프라이 그리고 다음으로 엘리엇 그리고, 오, 앗
킨슨,[199] 그들의 연금 수령자의 도토리 물집으로부터 지옥의 기쁨을 고통하며 사냥을
위한 말 타기의 어처구니없는 다이애나 여기수女騎手들을 잊지 않은 채, 라마羅馬 부활
제를 곰곰이 생각하는 성직자 단의 특별주의 속죄주의자,[200] 삭발 문제[201] 그리고 묵도
견제黙禱牽制의 희랍 합동 동방교도東方教徒들,[202] 그들을 쿵하고 내던지다, 레이스 주름
장식,[203] 창문에서 머리가 한 개 혹은 두 개 혹은 세 개 혹은 네 개,[204] 그리고 기타 등등
몇몇 착한 노인들에 이르기까지, 그리하여 그들은, 숙부소전당포叔父所典當鋪에서 금
주의 맹세를 한 후에 몸에 즙액이 들어갔을 때, 분명히 주액의 마력 하에 있었는지라,
양복점 태리[205]의 항적航跡으로부터 한 아름다운 소녀,

그리하여 저 민요(발라드)는, 프로방스 인의 황홀한 보격步格으로, 공백의 부전지에
찰필擦筆 인쇄되어, 두필 된 채, 델빌의 무빙霧氷 출판사에서 사인私印되어, 바람의 장
미와 질풍의 나부낌에 따라 샛길에서, 아치 도로로부터 격자 창문에까지, 합중국의
다섯 푸른 족원足原州을 빠져—델라니 씨(델라 씨?)가 고상 품종의 모자로부터 꺼낸, 피
리(곡)에 덧붙여, 휘날렸나니……

【44-47】 퍼시 오레일의 민요

I부 2장은 HCE의 루머에 관한 것이다. 아래 정보와 지식의 대부분은 Epstein 교수
저의 "Guide"에서 따온 것이다【37-39】. 그의 지식은 저자가 여태 수취한 것들 중 최
고의 하나이다.

〈피네간의 경야〉의 다음 7개의 장들에서 조류는 여전히 강으로 흘러 들어오고,
우리 독자가 더블린 만으로부터 더블린 시 속으로 갔을 순간, 우리의 도시 생활인
HCE, 그의 아내 ALP, 그리고 그의 아이들에 관해 많이 배운다. I부 6장에서 우리는
그들 모두를 밤의 퀴즈에 대한 답들 속에서 보게 될 것이다. 그러자 I부 7장에서 손에
의해 셈에게 가해진 비난의 과격한 조류에 이어, 해조海潮는 회전하기 시작하고, 외향
으로 흐르기 시작하며, 우리는 마침내 〈시간〉 서술을 위해 시작할 준비를 갖춘다.

I.2에서 우리는, 비교적 명확한 페이지들의 HCE의 초기 생활과 그가 어떻게 자신
의 이름을 득했는지 알게 된다. 분명히 윌리엄 왕은 그의 사냥에서 멈추고, 충실한 농

노인, 험프리 또는 하롤드를 목격하는지라, 후자는, 꼭대기에 단지를 매단 낚시 대를 들고, 왕을 배알하러 밖으로 나간다. 왕은, 단지가 집개벌레를 잡기 위한 도구임을 알고 흥미로운 채, 그의 백성 중 하나가 장난기의 술집단골로서, 더블린 속어로 "집개벌레잡이"라는 편지에 당당한 장난을 저지르는지라. 여기서 우리의 주인공의 이름은 이어위커이다.

거의 즉시, 루머가 3군인들과 2소녀들을 포함하여, 피닉스 공원에서 어떤 종류의 스캔들에 중심을 맞춘 채, HCE에 관해 퍼지기 시작한다. III.4에서 기초 장면의 첫 상세한 증후가 나타나기 시작함은 바로 여기로서, 그것은 이곳 윌링던 에피소드에서 상징적 형태를 취한다. 이 "현실적" 장면은, 거기 HCE가 우연히도 그의 아이들에게 자신의 앞뒤 나신裸身을 보이거니와, 장면은 여기서 긴 불미한 이야기에로 변형하고—그의 딸을 향한—숲 속에서 2소녀가 방요 하는 것을 엿보고 있을 순간 공원의 3군인들로 인해 잠복함으로써, 스스로 친족상간적 감정의 죄과의 공포에 의해 충격을 받는다.

이 공원의 이야기는 2형제들인, Treacle Tom과 Frisky Shorty【43.14-21】에 의하여 더블린 사람들에게 전달되거니와, 이는【43.14-21】 또한, "국민은 응시凝視를 원하도다"【43.21-22】라는 민족주의자의 노래 가사를, 한때 그들이 파넬과 그랬듯이, 위인의 스캔들스런 생활을 보기 원하는 애국적 대중의 호색적 흥미와 연결시킨다. 가십은, 거친 목판화와 더불어 흑백으로 프린트 된 채, 컴퍼스의 모든 점들에로 바람을 타고 퍼진다. 그것은 마침내 이름이 Hosty인, 쌍스런 민요 제작자의 귀에 도달한다. Hosty는 불결하나, 대단히 인기가 있으며, 그는 군중들로 하여금 자신의 "퍼시 오레일리의 민요"(Ballad of Persse O'Reilly)를 듣도록 이끈다. (여기 *perce-oreille*는 프랑스어로 "집개벌레"라는 뜻이다.)

민요의 멜로디는 귀에 익은 음률인, "베니스의 카니발"(Carnival of Venice)을 닮았으나, 한 가지 심각한 차이를 가진 것인즉, 그것은 A major 장조長調로 시작하고, A minor(단조)에로 조절되며, A modal(선법)旋法으로 끝난다. 즉, 멜로디가 아래쪽으로 슬럼에 빠지며, 인간의 추락을 반영하는지라, 그리하여 민요의 음률이 민요의 주인공이 도망간 성서의 가인(Cain)으로서 두 번 동일시된다.

민요는 처음 "운시"(rann)—아일랜드 말로 verse—로서 언급되지만, "도망치는" 여기 죄인 HCE【44-7】의 비상飛翔을 가져온다. 호수티는 민요를 소년들과 소녀들, 스커트와 바지에 언급하고【44.8】, HCE의 연약한 성적 욕망을 조롱한다.

【44】 그리고 시편[발라드]은 오래된 통행료 징수문徵收門 곁에 영창詠唱되었도다. 그리하여 시편은 잔디밭 주변을 운주韻走하나니, 바로 호스티가 지은 운시로다.

이것은 호스티가 지은 운시(rann)로서, 구두口頭된 채. 소소년들 그리고 소소녀들,[206] 스커커트와 바바바지, 시작詩作되고 시화詩化되고 우리의 생명의 이야기를 돌石 속에 식목植木하게 하소서. 여기 그 후렴에 줄을 긋고. 누구는 그를 바이킹족으로 투표하고, 누구는 그를 마이크라 이름 지으니, 누구는 그를 린 호湖와 핀인人으로 이름 붙이는 한편, 다른 이는 그를 러그[207] 버그 충蟲 단[208] 도어鰤魚, 렉스 법法, 훈제 연어, 건[209] 또는 권으로 환호하도다. 혹자는 그를 아스(수곰)라 생각하고, 혹자는 그를 바스,[210] 콜, 놀[211] 솔, 윌(의지), 웰, 벽壁으로 세례하지만 그러나 나는 그를 퍼스 오레일이[212]라 부르나니 그렇잖으면 그는 전혀 무명 씨氏로 불릴지라. 다 함께. 어라, 호스티에게 그걸 맡길지니, 서릿발의 호스티, 그걸 호스티에게 맡길지니, 왜냐하면 그는 시편에 음률을 붙이는 사나이인지라, 운시韻詩, 운주韻走, 모든 굴뚝새의 왕이여.[213] 그대 여기 들었? (누군가 정말) 우리 어디 들었? (누군가 아니) 그대 여기 들었는고? (타자는 듣는고) 우리는 어디 들었? (타자는 아니) 그건 동행하도다, 그건 윙윙거리고 있도다! 짤깍, 따가닥! (모두 탁) (크리카락각락악로파츠랏쉬아뱃타크리퍼픽크로티그라다그세미미노우햄프루디아프라디프콘프코트!)[214]

주인공의 많은 익명들은 그러자 호스티에 의하여 세밀화된다. 민요의 주인공의 이름들의 어떤 것은 다음과 같다. 바이킹(Viking), 핀(Finn), 러그(Lug), 켈틱 태양신, 하느님을 위한 슬래브 단어들을 식충食蟲의 집게벌레와, 브그(Boogg), 입센의 보이그(Boyg), 취리히 에서 매 6월에 세크셀루트에서 피터 긴트(Peter Gynt)의 귀향을 훼방 노는 자기 의문의 구름과 함께, 결접結接한 버그(Bug). 우리는 또한, 단 로프(Dan Lop), 조이스 가족의 조상인, 다니엘 오코넬을 위한 단을 만나는지라, 고로 그들은 언제나 믿었나니, 그리고 그는 위대한 정치적 및 성적 발전가로서, 해방자요 많은 불법의 아이들의 아버지였도다. 여기 그는 "벌레"의 폴란드 어인 lop와 함께 결합하는지라, 전체는 자전거와 차들의 고무 타이어의 발명가였다. 우리는 또한 HCE가 발명가인, 법

(law)의 렉스(Lex)와 만난다. 렉쓰(Lex)라니, 핀 맥쿨의 지혜의 연어, *lax* 혹은 *lachs*는 몇몇 독일 언어의 "연어"이다. 건(Gnnn) 혹은 귄(Guinn)은 "포砲"(guns)의 상음(overtone) 을 지닌 핀(Finn)과 대등한 말인, 권(Gunn) 혹은 귄(Guinn)이라. 아스(Arth)는 아서 왕 혹 은 아서 웰스리, 웰링턴 공작, 바스(Barth) 혹평 받은 순교자, 그리고 바소로뮤의 대낮 대학살의 성인聖人, 정치적 및 종교적 폭동의 처참한 행위. 놀(Noll), 올리버 크롬웰, 쏠 (Soll), 태양. 월(Will), 욕망을 위한 엘리자베스 조의 단어, 의자(will), 음경 그것 자체의 성적 욕망, 그리고 쇼펜하우어의 내재의지內在意志, 인류와 역사의 창조적 및 파괴적 힘. 그리고 최후로 월(Wall), 험프티 덤프티(땅딸보)의 벽을 암시한다.

호스티를 격찬하기 위한 거대한 군중 폭발【44.15-17】에 이라, 군중은 노래가 시작 되자 초조하게 묻는다. 컨덕터의 지휘대에로 오르는 호스티의 광경포착, 군중은 박수 갈채를 시작한다【44.19】. 어떤 과열성의 박수치는 광대가 겪는 유리잔 박살나는 소리 가 그의 맥주잔을 떨어뜨리다【44.19-20】. 이어 군중의 박수갈채가 생생하게 어두자음 群語頭字音群과, 크레센도로 그리고 박수갈채의 피날레가 조이스에 의해 위대한 예술 로 포착되는 100개 철자의 천둥에 의해 생생하게 운반된다―초창기의 박수부대, 이 어 박수의 최초의 뭉치, 이어 박수치고 있는 손들의 뭉치 표면, 이어 클라이맥스에서 갈채의 솔기 없는 소음, 이어 박수의 사장死藏하는 솔로, 그리고 마침내 한 두 혹은 둘 의 개인들의 최후 몇몇 박수【44.20-21】들이다.

민요 자체는 HCE에 대한 과격한 해학(세타이어)인지라, 그는, 그것이 선언한바, 그 의 양 어깨 위에 많은 다른 인물들의 죄를 나르나니, 그들 가운데 올리브 크롬웰, 아 일랜드 인들에 대한 사악한 짐승 ("크롬웰"이라 말함은 아일랜드가 이스라엘의 "히틀러"라고 말 하는 것을 닮았도다), 피임구의 조달자들, 가톨릭 대중을 위한 스캔들. 금주주의자들, 음 주 사랑의 더블린 사람들의 스캔들. 종교 개혁자들, 신교도 증오자의 더블린 사람들 의 스캔들(HCE는 나중에 앵글리칸으로서 동일하다), 부정한 가게 상인들, 그리고 현대 세계 의 모든 상인들, (특히 아메리카인[HCE]은 추잉껌을 조달한다) 스칸디나비아인들. 철학자들, 소크라테스의 궁극적 운명에 대한 언급, 저급한 간통자들【47.8】의 "회전자"(rotorious) 는 프랑스 어의 roturier, 저급한 시골뜨기로부터 파생하도다. 술 취한 노아인, 그리고 마침내 아담과 가인이라.

군중은 HCE의 매장을 박수갈채하고, 민요의 연주동안 두 번 폭거暴擧하며, 결국 호스티를 소포클레스, 셰익스피어, 단테, 그리고 모세【47.19】 동등으로 칭찬하는 동안 감정으로 질식한다. 최후자는 호스티를 모세 5경의 익명의 저자로서 동등시한다. HCE는 〈성서〉의 가인으로 이중 신분을 가지며, 민요는 우울하게 끝난다.

이리하여 제2장을 통해 지금까지 지식은, 모든 증거의 조심스런 재검토와 평가가 있은 뒤, 우리의 영원한 H.C. 이어위커의 초기 역사를 서술해 왔나니, 즉 심해로부터의 그의 도착, 한 인자한 왕의 목하目下의 집행관이요 열쇠의 봉지자로서, 그가 즐긴 신뢰의 위치, 그의 기호(siglum), HCE의 이상한 존재, 극장에서의 그의 민속부民俗父다운 엄청난 위엄 등등. 그러자 은총으로부터의 추락에 대한 루머와 다양한 이야기들의 주도면밀한 연구가 잇따르고, 이어 공원에서 한 부랑자(캐드)의 불행한 만남, 그리하여 후자는 그에게 돈과 시간을 요구하고, 이에 커다란 신경질적 반응 속에, HCE는 자신의 전소 과거에 대한 요구되지 않은 방어를 혀짤배기로 토로한다. 부랑자는 자신의 아일랜드의 가난한 노변으로 돌아가, 거기서 그의 아내에게 그가 그 위인爲人 [HCE]의 자기 방어를 재연한 것을 들려준다. 그와 함께, 억압된 이야기는 이른바 사회적 무의식이라 불리는 것의 깊이—즉, 도시의 제시적提示的 밑바닥에 깔려있는 빈곤과 실패의 빈민굴까지 함몰한다. 캐드의 아내로부터 이야기는 의심 많은 사제에게로 흘러가고, 그는 돌이켜 악한과 취한에 의하여 염탐 당한다. 악한은 그 이야기를 간이 숙박소에서 토로하고, 거기서 세 사람의 영락零落 자들이 그것을 주서든다. 이어, 잡종의 주막 지인들의 도움으로, 호스티 작의 무례한 발라드(민요)의 형태로서 넓은 세계에로, 온통 퍼져나간다. 우리는 작품의 나중에 HCE가 그 일로 인해 한 대중 선거에서 패함을 알게 된다.

위의 복합어(프랑스어, 러시아어, 독어, 이탈리아어, 라틴어, 애란어 등등)로 된 천둥소리는 운집한 군중들의 뇌성 같은 박수 소리인지라, 쏟아지는 비의 소리를 무색하게 한다.

【45】 민요의 가사와 음악은, 모두 14개의 연(stanza)으로 이루러졌는지라, 어떻게 땅딸보(HCE)가 추락하여 피닉스 공원의 무기고 벽의 그루터기 곁에 크롬웰처럼 추락했는지를 말한다. 그의 동료 더블린 사람들을 대변하면서, 호스티(작사가)는 민요 도중 이어위커에 관해 상당한 것을 폭로한다. 험티 덤티(험프리)는 한때 성의 왕, 무기고 벽 곁에, 그의 곱사 등, 투구와 온통, 굴러 떨어졌는지라. 이제 그는 걷어차인 몸, 썩은 방

풀 잎 마냥, 그리고 그는 그린 가街로부터 마운트조이 형무소에로 보내질지라. 확실히 그는 대중을 위한 피임, 공개적 사랑과 종교 개혁 등으로 그들을 괴롭히는 모든 음모의 아빠였나니. 내 가서 그를 보석 보증하리라. 그의 투우는 그의 뿔에 좌우되도다. 그러나 만사는 변했는지라. 우리는 모두를 위하여 세일즈맨이 마련한, 춉스(화물), 채어즈(의자), 추잉검, 차이나의 침실을 이미 갖추었도다.

> 그대는 들은 적이 있는고, 험티 덤티라는 자
> 그가 어떻게 굴러 떨어졌는지 우르르 떨어져
> 그리하여 오로파 구김살 경卿처럼[215] 까부라져
> 무기고武器庫 벽[216]의 그루터기 곁에,
> (코러스) 무기고 벽의
> 곱사 등, 투구와 온통?
>
> 그는 한때 성城[217]의 왕이었는지라
> 이제 그는 걷어차이다니, 썩은 방풀 잎마냥
> 그리하여 그린 가街[218]로부터 그는 파송될지라, 각하의 명을 따라
> 마운트조이 감옥[219]에로
> (코러스) 마운트조이 감옥에로!
> 그를 투옥하고 즐길지라.
>
> 그는 모든 음모의 아아아빠, 우리를 괴롭히기 위에
> 느린 마차와 무구無垢의 피임避姙을 민중을 위해
> 병자에게 마유馬乳, 매주 7절주節酒 일요일,
> 공개空開의 사랑과 종교 개혁으로,
> (코러스) 그리하여 종교 개혁,
> 형식상 끔찍한.
>
> 아아, 왜, 글쎄, 그는 그걸 다룰 수 없었던고?

내 그를 기어이 보석하리라, 나의 사랑하는 멋진 낙농꾼,

카시디 가家[220]의 충돌 황소를 닮았나니

모든 그대의 투우鬪牛[221]는 그대의 뿔에 있도다.

(코러스) 그의 투우는 그의 뿔에 있도다.

투우는 그의 뿔!

(반복) 만세 거기, 호스티, 서릿발의 호스티, 저 서츠 갈아

입을지라,

시에 운을 달지라, 모든 운시의 왕이어!

말더듬이, 말더듬쟁이!

우리는 이미 가졌었나니, 초오 초오 춥스(거룻배)[222], 체어즈(의자),

츄잉 검, 무좀 그리고 도자기 침실을,

이 연軟 비누질하는 세일즈맨[223]에 의해 만인을 위해 마련되도다.

【46】 그는 험프리 사기詐欺 에라원이라 자신을 별명 짓나니, 그토록 화려한 호텔 구내에 아늑하게 앉아, 그러나 곧 우리는 모닥불 태워 없애리라, 모든 그의 쓰레기, 물건들. 그땐 그는 더 이상 공술에 빠지지 못하리니. 달콤한 악운이 파도를 타고 우리의 섬을 향해 당도했도다. 저 날쌘 망치 휘두르는 바이킹의 범선 그리고 골(Gaul)의 저주를, 에브라나 만灣이 그의 검은 철갑선을 보았던 날에. 험프리는 노르웨이 낙타요, 늙은 대구, 때가 정원의 선수鮮水를 푸는 동안, 우리의 중량重量 이교도 험프리는, 처녀에게 구애했도다.

작은 경탄인 그(H)는 사기(C) 에라원(E)일지라, 우리의

사내들이

그를 별명짓었나니, 침프던이 처음 자리를 잡았을 때

(코러스) 그의 버킷 상점[224]과 함께

하부 버겐웨이 구릉지이.

너무나 아늑하게 그는 누워 있었나니, 화려한 호텔 수내에서,

그러나 곧 우리는 모닥불 태워 없애리라,

그의 모든 쓰레기, 장신구 및 싸구려 물건들

그리하여 머지않아 보안관 크랜시[225]는 무한 회사를 끝장낼지니

집달 리의 쿵 문간 소리와 함께,

(코러스) 문간에 쿵쾅

그땐 그는 더 이상 놀며 지내지 못하리니.

상냥한 악운이 파도를 타고 우리의 섬을 향해 밀려 왔도다.

저 날쌘 망치 휘두르는[226] 바이킹 범선

그리고 에브라나[227] 만灣이

그의[험프리의] 검은 철갑선[228]을 보았던 날에, 담즙의 저주를,

(코러스) 그의 철갑선을 보았나니.

항구의 사장沙場에.

어디로부터? 풀백 등대[229]가 포효하도다. 요리 반 페니[230], 그[험프리]는

호통 치나니, 달려올지라, 아내와 가족이 함께

편 갈 맥 오스카 한쪽 정현正弦 유람선 엉덩이[231]

나의 옛 노르웨이 이름을 택할지니

그대[험프리] 오랜 노르웨이 대구大口처럼

(코러스) 노르웨이 낙타 늙은 대구

그[험프리]는 그러하나니, 과연.

힘 돋을지라, 호스트, 힘 돋을지라, 그대 악마여!

운시와 함께 분발할지라, 운시에 운을 달지라!

때는 정원의 선수鮮水 푸는 동안이었나니

혹은, **육아경**育兒鏡[232]에 의하면,
동물원의 원숭이를 감탄하는 동안[233]

우리의 중량重量 이교도 험프리
대담하게도 처녀에게 구애했도다.
(코러스) 하애하구何愛何求, 그녀는 어찌할고!
장군[험프리]이 그녀의 처녀정處女精을 빼앗았나니!

【47】 HCE는 자신 얼굴을 붉혀야 마땅하다, 간초두乾草頭의 노 철학자여, 왠고하니 그런 식으로 달려가 그녀의 꼭지를 제압하다니. 젠장, 그는 우리의 홍수기洪水期 전 동물원의 목록 중의 핵심. 웰링턴 기념비 곁에 그의 하마河馬 궁둥이가 요동치도다. 그때 그 비역장이가 바지 혁대를 풀어 내렸으니 (HCE의 공원의 스캔들), 그리하여 그는 수발총병에 의해 죽도록 매 맞도다. 그의 아내가 그를 녹지에서 붙들었을 때 그는 바퀴벌레를 잡고 있었는지라. 우리는 그 스칸디 무뢰한의 용감한 아들을, 우인牛人 마을에 악마와 덴마크인人들과 다 함께 매장하리라. 그리하여 아무도 그를 부활하게 하지 못할지니, 가인(캐인) 같은 자(HCE)를 부활하게 할 수 없는지라.

그는 자신을 위해 얼굴을 붉혀야 마땅하니, 간초두乾草頭의 노철학자,
왠고하니 그런 식으로 달려가 그녀를 올라타다니.
젠장, 그는 목록 중의 우두머리[234]라
우리의 홍수기洪水期 전 동물원의
(코러스) 광고 회사. 귀하.
노아의 방주, 운작雲雀처럼 착하도다.

그는 흔들고 있었도다, 웰링턴 기념비 곁에서
우리의 광폭한 하마 궁둥이를
어떤 비역장이가 승합 버스의 뒤 발판[바지 혁대]을 내렸을 때
그리하여 그는 수발총병爆發銃兵에 의해 죽도록 매 맞다니,

(코러스) 엉덩이가 깨진 채.

녀석에게 6년을 벌할지라.

그건 쓰디쓴 연민이나니 무구빈아無垢貧兒들에게는

그러나 그의 정처正妻를 살필지라!

저 부인이 노 이어워커를 붙들었을 때

녹지 위에는 집게벌레 없을 것인고?[235]

(코러스) 녹지 위에 큰 집게벌레,

여태껏 본 가장 큰.

소포크로스! 쉬익스파우어! 수도단토! 익명 모세![236]

이어 우리는 게일 자유 무역단과 단체 집회를 가지리라,

왠고하니 그 스칸디 무뢰한의 용감한 아들[HCE]을 펫장 덮기 위해.

그리하여 우리는 그를 우인牛人 마을[237]에 매장하리라

악마와 덴마크 인들과 다 함께,

(코러스) 귀머거리 그리고 벙어리 덴마크인들

그리고 그들의 모든 유해遺骸와 함께.

그리하여 모든 왕의 백성도 그의 말馬들도[238]

그의 시체를 부활하게 하지 못하리니

코노트 또는 황천에는 진짜 주문呪文 없기에[239]

(되풀이) 가인(캐인) 같은 자를 일으켜 세울 수 있는.

이상의 호수티의 민요 설명은 두 소녀들에 관한 사건과 세 척탄병들과의 사고(공원의 스캔들)는 분명하다. 운시는 한때 존경받던 HCE의 추락을 개시한다, 마치 파넬처럼 그의 선량한 이름은 조롱과 비방의 진흙을 통해 끌려가고, 그는 천민이요 〈성서〉의 가인 같은 존재가 된다.

"퍼시 오레일리의 민요"는 〈피네간의 경야〉의 위대한 셋-피스들(예술작품) 중의 하나로, 자세한 분석을 받을 만하다. 이 에피소드에서 조이스는 인기 있는 대중 사건의 면밀한 묘사를 그린다.

위의 연聯에서 HCE의 아들들은 금기들(taboos)의 금기를 어긴 것에 대해 공격을 받는지라, 이는 특히 남색(항문 강간인, 남성 호모섹스의 근친상간)이다. 〈민요〉에서 죄 지은 척 탄병들은 군인들/아들들로서, 그들은 피닉스 공원애서 사건 동안 부친에 반항한다.

이어위커의 스캔들의 각본 이야기가 텔레비전 및 방송으로 보도되다

HCE의 경야

HCE의 범죄와 도피의 보고

법정 심문

HCE 매도되다

HCE 침묵한 채 잠들다

핀의 부활의 전조

호스티의 운시는 현저한 만회挽回(회복)를 지녔다. 물론, 이 모든 것은 오래전에 발생했는지라, 루머로부터 사실을 추출하기는 어렵지만, 한갓 가장 복잡한 재판이 있었고, 그 재판에서 모든 종류의 거짓 증언이 4재판관들(4노인들) 앞에 혼성된 증언을 행했음은 분명하다. 소문에 의하면, "웃음 짓는 자"(ALP—아나 리비아 플루라벨—HCE의 아내)에 의해 서명된 한 통의 편지가 하인을 변호하지만, 그것은 편지에 담긴 것을 우리가 발견할 수 있기까지는 오랜 시간이 걸리리라. 한편, 불상한 이어위커는, 비방에 자유롭지 못한 채, 감옥에서 쇠진해졌다. 어떤 독일인 기자, 헤르 배트래펜더라는 자가, '아담의 추락' 으로 터무니없는 범죄를 부풀렸다. 한 미국의 방문객이 HCE를 어떤 몹쓸 이름들로 불러 되었다.

———

【48-50】 민요 가수 및 관련자들. 시간이 지나자 나쁜 종말에 이르다

【48】괴귀무怪鬼霧 속의 가시성 속에 산양들, 언덕 고양이의 자웅혼성에 관해 그대 혼돈하는지라! 거기 저 하이버니아 왕국(라틴어의 아일랜드)에서 운영막雲煙幕이 방사되기 때문이도다. 그런데도 민요를 들은 모든 자는, 과거에 존재하지 않았던 것인양, 오늘날도 이제 더 이상 존재하지 않는도다. 그들이 인생으로부터 어떻게 사라졌는지 생각할지라-〈집게벌레 전설집〉(Earwigger Saga)에 실린 사람들- 이 전설집은, 비록 상하 시종 다 읽을지라도, 모두 엉터리 뒤범벅이요. 호스티에 관한 어떠한 종말도 알려지지 않는다.

이 장의 대의大儀인즉, 소굴에로 도망간 HCE의 사냥이라. 호스티가 그의 흉부로부터 커다란 고음의 C를 가진 Cain의 이름에 맞춰 결론내자, 군중들은 감탄의 부르짖음을 터트린다【48.1】. 호스티의 체스트 (흉부) C에 의해 대중으로부터 그리고 그 속의 아일랜드의 많은 테너들로부터 충만한 인후의 테너 고음의 C에 의해 산울림한다. 추방된 공기의 커다란 볼륨이 독가스를 뿜어낸다【48.5】. 다른 더블린 사람들-오하라, 폴 호란, 소디드 샘, 랑리, 산 브라운 신부-파드레 돈 브루노, 피쉬린 필과 같은 즐겁지만 악평의 가수들과 휘파람 부는 이들이 노래를 부른다.

부르짖음에 놀란, 우리의 영웅은 도피하기 시작한다. 그의 비상飛翔은 한 "박해 받은 자의 피난지"(a regifugium perseculorum)【51.31】로서 서술된다. 구문은 죄인들의 피난처(refugium peccatorum)에 기초한다. 그러나 조이스는 regifugium이란 말 속에 그의 형제들의 싸움과 셈 및 숀의 궁극적 화해와 더불어, 또한 시의 건립자요, 죄인 왕을 소중히 보호한다.

"피난처"(regifugium)란 말은 로마의 초기 시절부터 지극히 고대의 의식적儀式的 용어이다. 이 의식에서 연왕年王(Year-King), Frazer의 Eniautos-Daemon,은 다산의 여신의 낭자로서 마술적 및 정치적 권력의 자신의 해를 마감한다. 기술적으로, 그는 보통 거세에 의하여 어떤 비참한 모습으로 희생당하거나, 그의 인민의 조사받지 않은 범죄들을 속죄하는 것으로 상상된다-마치 예수 속죄양처럼.

그러나 초기의 연왕延王들은 그들이 오히려 자신들의 힘을 잃지 않으며, 어떤 고통스런 양상으로 희생당하리라 결정한 것 같다. 그런고로, 헌신적 희생은 "왕의 비상"(regifugium)으로 들어가리라. 그 속에서 그는 "전혀 무인無人"을 의미하는 이름을 스스로에게 주었는지라, 그로부터 그는 신년의 의식 뒤로 새 왕으로서 출현했거니와, 이 재탄再誕의 왕은 한 여인의 양 다리 사이에서부터 출현하고, 새로 태어난 아이처럼 소리를 지르면서 의만擬娩을 받는다.

성서적 가인과 아벨 이야기는 이러한 종교적 콤플렉스의 지극히 초기의 예를 마련할지니, 왜냐하면 "아벨"(havel)은 헤브라이어로 아벨이라, 이는 "무의미, 단지 숨결"을 의미하기 때문이다. 가인(Cain)은 자기 자신에게 한 가지 이름을 줌으로써 그의 생명과 권능을 보존하는 연왕의 초기 예가 될 수 있었으리라만, 그 이름은 본질적으로 "스크린 뒤의 사람에게 주의를 기울이지 않는다"를 의미한다. 혹은 아마도, 로마의 전통에 알맞게, 도망 왕은 자기 자신에게 로무러스(Romulus)라는 이름을 부여하는데, 이는 "작은 레머스"(small Remus)를 의미하거니와, 즉, 실재 왕의 무미한 그림자를 뜻한다. 가인과 로무러스의 두 쌍의 경우에 있어서, 도피 왕은 아벨의 살해 다음의 가인인, 그의 형제의 피 위에 도시를 세웠다. 그리고 로무러스는 그의 부하들이 그들의 벽을 세우고 있었을 때 그가 질투조로 부하들을 조롱했기 때문에, 그의 부하들이 레머스를 살해한 다음 로마를 건립했다.

여기 이 가장 고대의 의식은 더블린에서 거행된다. 도시 인구, 호스티의 민요에 의해 열린 그들의 눈은 추적에 합세함으로써 조이스의 "피난처"(regifugium)에 그들의 역을 행한다【52.18-19】. 더피 왕의 광경은, 그의 7특별한 의상 단편들로서【52.23-31】, 더블린에서 고대의 나날을 화자에게 상기시킨다【53.1-6】. 옛날의 이 소명에 호응하여, 한 가닥 목소리가 이 구절이야말로 "포도"捕盗(Prigged)【53.6】이었음을 부르짖는다. 이 구절은 과연 표절당한 것이다. 그것은 조이스 자기 자신으로부터인즉, 〈젊은 예술가의 초상〉 제IV장에서 한 예술가로서 서품식의 의식 동안 더블린에서 과거의 스티븐의 계시에 기초하고 있다.

한 줄기 베일에 가려진 듯한 햇볕이 강으로 만灣을 이룬 회색의 수면을 아련히 비추었다. 멀리 유유히 흐르는 리피 강의 흐름을 따라 가느다란 돛대들이 하늘에 반점을 찍고, 한층 더 먼 곳에는, 아련한 직물 같은 도시가 안개 속에 엎드려 있었다. 인간의 피로처럼 오래된, 어떤 공허한 아라스 천위의 한 장면처럼, 기독교국의 제7도시第

七都市의 이미지가 무궁한 대기를 가로질러, 식민시대에 있어서보다 덜 오래지도 덜 지치지도 굴종을 덜 견디지도 않은 듯, 그에게 드러났다【P 167】.

〈피네간의 경야〉의 풍경을 통해서 우리는 우리의 후향後向 여정에서 더블린의 도시 이내에 있기에, 거기 쌍스런 군중들은 그들의 죄 많은 임금 뒤로 추적의 고함소리를 지르며 합세하다니 우연의 일치가 아니다.

【49】 3스캔들 전파자들의 짧은 일생

(i) 종말이 알려지지 않은 호스티에 대한 호출이라, 빈노의 호스티(Hosty)는 크리미아 죄전罪戰의 종결 시에 군적에 입적했는바 그리하여, 아일랜드의 백마인 타이론의 기병대에 입대했으나, 그러자 울지 원수와 잠시 군대에 복무한, 그는 (그들 중의 한 전파자) 그의 부친에게 편지를 그리고 그의 모친에게 진짜 초콜릿을 급송하고, 그 후로 그는 자신의 딸과 함께 절멸했다는 거다. (ii) 불쌍한 노 폴 호란(Paul Horan)은, 더블린의 정보지에 의하면, 요양원에 투원되었었다. 이 호란은 오라니(Orani)라는 이름으로 순회 공연단의 단역 인으로, 즉석에서 장역長役을 지속할 수 있었던 모양이다. (iii) 치사한 샘, 즉 **Treacle Tom**은 돼지 도둑(그의 혈유형血乳兄은 Frisky Shortly, 경마 정보 제공자)이다. 이들 양자는 전파자-죄수들로서, 그는 인생의 성석를 겪은 뒤, 어느 만성절의 밤에 만취되어 거멸去滅했다는 거다. 그는 족충簇蟲에 의하여 넘어져 저승의 바다 속으로 골인되었으니, 침낭투자로서 피彼 교수絞首된, 해랑 급의 동료였느니라. 죽음에 임하여 다음과 같이 선언한 것으로 전하도다. "나의 몽극은, 이제 진실로 실현되었노라! 이제 나의 자아충동自我衝動 100겹으로 하여금 식별 불능한 저 신분 속에 재융합하게 하소서…"

【50-52】 HCE가 옛 이야기를 말하도록 요청받다─발라드의 소문을 퍼트린 다양한 사람들의 혼성

【50】 거기 빵구이들과 육남肉男푸주한들[240] 그들은 우리를 괴롭히는 걸 멈추어야 하겠거니와 (그러나 이 점에서 비록 그의 투계鬪鷄의 박차拍車 시발 쇠 발톱 돌격으로 우리로 하여금 준비하도록 했을지라도 우리는 결국 종미終尾에 겨자 삽입에 의하여 거의 악취통입惡臭桶入되고 마나니)[241]

이 두드러진 갈색(브라운)의 촛대 주株는 노란[242]을 화편和片 속에 녹여 버렸도다! **정말 그랬도다.** 비록 그는 드루리오[243] 연극이 성미에 맞지 않을지라도, 예언자인, 그녀의 아내 랭리[244]가, 누구든 그의 수레바퀴 살에 창살을 끼워 넣는 장난꾸러기 못지않은 12자者 중 최고 품위자로, 이 지구 신면辛面으로부터, 사라졌나니, (그러한 소란 속에도 그는 성구성당聖鳩聖堂(카롬네킬러)의 사밀소私密所로부터[245] 노출된 유용한 모든 프랑스의 책장들[246]을 홈쳤는지라) (그리하여 그 책의 어머니[247]가 먼지떨이 총채를 가지고 그녀의 피막皮膜위에 남은 그의 말살 행위의 자국을 말끔히 털어 버렸나니), 그[랭리는, 너무나 전적으로 무無초라하게, 스스로 저 별로星 세계평원에로 해월海越했는지라, 사색을 자극하여 거반 의견을 다음과 같이 생각할 정도라, (왠고하니 랭리였을지 모를 저 레비[248]자는 정말로 이교주의의 상습 범행자 아니면 보우텐의 음악당 자원 연예인[249]이었을지 모르기 때문에), 즉 저 룸펜 놈[250] (그는 다량의 유머레스크 표일곡飄逸曲을 소유했거니와) 자신의 흥미 주거지를 그의 최 암흑의 최고 내심지內心地[251]까지 이전했었도다. **정말 그랬도다.**[252] 재차, 만일 상 브라운 신부, 입담 센 허풍선이들 중 저 최고 괴짜에게 차茶와 토스트를 대접하는 자인 그가, 돈 브루노 어부御夫요, 서부 스페인의 여왕에게 참된 위안자, 존경하올 신부神父, 신심회 감독, 저 소화양호消化良好의 부副탁발승, 나안裸顔의 카르멜 교도[253]라면, (우리 가운데 오직 어느 누구든 극희極稀 존경하올 그리고 명예로울 존사인 우애교도友愛教徒 노란모어 신부[254]을 기억하도다), 그의 맥박 치는 설교단의 죄인협회의 여女 요정 가수들은 (로마 가톨릭도처판到處版 참조) 운 좋게도 너무나 열성적으로 애착을 품게 되었나니 그리고 괘씸한 당나귀 녀석[캐드], 그는 자신의 냄비 걸이 마냥 언제나 한쪽으로 쓰고 있던 모자에 복권 티켓을 왕실 종복모從僕帽처럼 아주 빈번히 화식華飾하고[255] (만일 여왕 페아陛雅가 그를 보았더라면 그녀는 카나리아 발작(분노) 소리를 질렀으리라!) 그리하여 그의 뜨겁게 썻은 탁도卓刀를 가진 (자신의 포켓 속에 근심의 점을 용케 숨기면서) 배임 행위를 절반 사적으로 유죄선고 받았는지라, 퇴비언덕[256]의 저 속물[캐드], 족히 수년 동안의 퇴물退物 원숙자圓熟者, 저 적문자赤文字의 아침 또는 오월오五月午의 목요일에 장군[HCE]에 의하여 우연히 마주치다니 그리하여 그들은 그랬던고? **과연 그랬도다.**

[신분상의 한층 어려운 문제] 부라운 신부가 노란이라면, 아마도 양자는 존경하는 신심회의 감독 및 불쾌한 당나귀는 목요일 장군에 의해 만난, 파이프를 문 속물일지

라. 여기 재차 부르노의 철학에 의한 상호 반대되는 신분의 합치, 즉 앞서 발라드(민요)에 관련된 식별 불능한 신분의 재 융합을 언급한다. 발라드에 관련된 인물들은 그 밖에도 많다. 랭리(Langley)는 이 지구 표면에서 사라졌나니, 룸펜 놈, 그의 흥미자의 주거지를 자신의 최암흑의 최고 내심까지 이전했도다. 다시, 우리는 신분의 한층 어려운 문제에 마음 쏟는지라, 만일 서로 대응의 자들이라면, 나안(裸顔)의 카르멜 교도는, 족히 수년 동안의 퇴물退物의 원숙자이라, 저 적문자의 아침 또는 오월 오후의 목요일에 장군에 의하여 우연히 마주친, 똥 더미 같은 속물(캐드 놈)이도다.

피털린 필(Phishlin Pil)은 소문을 퍼트릴 때 운을 자랑하다니, 그것은 우행인지라 그리하여 염해鹽海 곁의 호텔로 가는 자가 누구든 간에 우리가 할 수 있는 것이란 전무소無,라, 왜냐하면 그는 두 번 다시 바다를 결코 보지 못할 것이기에.

【51-58】 잇따른 페이지들에서 우리는 캐드(Cad)의 신분 변화들을 고정하거나, 서로 구별하기 퍽 난해하다. 앞서 장에서 열거된 소문난 적대자들의 긴 행렬【35-44】은 단일 변덕스런 개성, 즉 브라운-노란 씨의 그것으로 융합하는 징후를 보인다. 그리고 이 자는 나아가 희생자인 HCE 자신의 얼마간의 특징을 갖고 있음이 발견된다. 한층 나아가, HCE는 이제까지 모습을 조금 변경하기 시작했다. 그는 얼마 전 장군【50】으로 불리기 시작했다. 최후로 서로의 만남은 그들이 처음 그랬던 것처럼 더 이상 아주 분명하지가 않다. 독자는 〈피네간의 경야〉의 나머지 부분을 통하여 장면과 인물의 일관되지 못한 변화를 예리하게 관찰하지 않으면 안 된다. 홍수를 이룬 소문들은 증거를 흐리게 하고, 이야기를 많은 다른 것과 혼합하며, 개성들을 분할시키거나, 그들을 다시 조립하고, 세기들과, 나라들, 영웅들과, 악한들 그리고 시제들을 커다란 웅덩이 속에 뒤엉키게 한다.

누가 누구였는지 그리고 누가 누구인지가 공개된 의문으로 남는다. 왜냐하면 정상적인 인간의 인상학은 세월의 경과에 따라서 변하기 때문이다. 그러자, 서술 가운데 불쑥 나타나는 영국 정원의 인물의 신원이 비상하게도 의미심장한 것으로 남는다. 암시된 당사자는, 비록 그의 몸차림은 아주 HCE에 기원된 말들로서 서술되긴 하지만, 물론 이는 캐드 자신이다. 그는 아이들에게 자신의 원주민 어語인 아일랜드 말로, 그가 HCE에게 그랬던 것처럼, 말을 건다. 그의 HCE와의 만남에 대한 세목과 말들에 대한 회상은, 비록 그가 이야기의 진행에 있어서 본질적인 연쇄를 대표하고 있음을 독자가 이해할지라도, 오식 투정이다. 여기 그가 왜 영국으로 도피했는지가 토론되지 않은 채 남는다.

【51】 최초의 발라드(민요)가 햇빛을 본 이래 세월이 오고 갔나니, 당시 참호용 방수복 입은, 비에 젖은 3기숙학교의 학생들이 비속으로 담 너머의 한 사나이(캐드)에게, 거인(HCE)과 2하녀들 그리고 3군인들에 관한 귀신 이야기를 자신들에게 재차 말해줄 것을 요구했다. 이 이야기꾼이 누구였는지 말하기는 불가능하다. 왜냐하면 그는 크게 변모했으며, 그의 이전 자신은 세월로, 그가 가꾼 턱수염은 말할 것 없고, 성장한 사마귀, 주름살 등으로, 여러 층 아래 잘 감추어졌었기 때문이다. 이야기의 요구는 어느 비오는 일요일 그 당사자(웨일스의 기미를 지녔지만 그의 말투로 보아 아일랜드의 원주민)에게 행해지는 바, 그는 한 박해받은 자의 피난지인 영국의 남동부의 허세를 부린다. 당시 그는 얼마 전에 채워진 빈 맥주병을 따르는 주말의 여가 동안, 한 대의 담배를 피우기 위해 몇 분 동안 그곳에 머물렀다. 이어 그는 자리에서 벌떡 일어났나니, 그의 연발 권총에 화약을 재장하고 시계를 조정한 다음, 톨가 강으로부터 멀리, 조용한 영국의 정원에, 우리 조부의 신화적 복장을 한, 우리의 원부遠父를 게름쟁이 3인(3군인들) 앞에 불러낸다. 늙은 HCE는 자신의 "방물장수"의 오래된 이야기를 재서술하도록 그들로부터 도전 받는다.

외투벽外套壁 흠뻑 젖은 상의를 입은 무상無償 기숙학교의 놈팡이들, 윌, 콘 및 오트[3꼬마 학생들]에 의해 요청 받아, 그들에게, 불와(의지), 푸와(가능) 및 더와(의무)를 그들에게 문 너머로 말했나니, 방물方物장수, 2목도리 여인들 그리고 그들의 웅피熊皮 귀신 외투를 입은 3독신자들의 거의 믿을 수 없는 야모夜冒의 저 어침상魚寢床 망亡괴담을! [이상 HCE의 스캔들]

【52-55】 [이어위커의 "천진한" 번안이 필름으로, TV로 및 방송으로 전파되다]
【52】 그러나 도전은 공원의 만남의 특징과 비슷하며, 잇따르는 몇 페이지들의 과정동안, 현대의 술집 인물(HCE)은 고대 영웅으로부터 보존되는 것이 점진적으로 어

려워진다. 그는 자신이 공원의 죄로부터 방어하기 위해 일어섰던 바로 그 사나이 (HCE)의 화신이다. 그러나 이제 텔레비전이 등장하여, 전송 화話를 대신하고, 화자가 사나이(HCE)를 우리로 하여금 보도록 서술한다. 첫째 험프리의 턱 가리개, 그의 매듭 타이, 그의 엘버 산產 팔꿈치 외투, 새로 기선을 두른 생강색色의 바지, 대례용 석판 색 우산, 그의 웰링턴 야외 털옷 그리고 손에 낀 수장手掌. 그런 다음, 서술자는 우리의 곧 태어날 제2의 양친, 즉 HCE에 대한 감동적인 장면을 교묘히 묘사한다.

【53】 이제 서술은 우리에게 대기를 가로질러 TV를 통해 마치 작가 오스카 와일드 (Oscar Wilde)의 아름다운 초상의 풍경을 닮은 장면들처럼 가시청하도록 다가온다. (이 러한 서술자의 묘사는 〈젊은 예술가의 초상〉 에서 스티븐이 돌리마운트 해변에서 어깨 너머로 바라보는 더블린의 풍경의 한 장면과 유사한지라, 이는 셈의 도적-표절 행위인 셈이다)【P 167】. 그것[서술]은 마치 와일드 미초상美肖像257의 풍경을 닮은 장면들 또는 어떤 어둑한 아라스 직물 위 에 보여 지는 광경, 엄마의 묵성黙性처럼 침묵한 채, 기독자식基督子息의 제77번째 종 형제의 이 신기루 상像이 무주無酒의 고古 애란 대기를 가로질러 북구北歐의 이야기에 있어서 보다 무취無臭하거나 오직 기이하거나 암시의 기력이 덜하지 않은 채 우리에 게 가시청可視聽되도다(표도剽盜!).258

[이어 TV는 피닉스 공원 장면을 방영한다.] 그리고 거기 징글징글 이륜마차를 타 고, 캐드(Cad)가 그리스도 교도들에게, 성자 대 현자, 저 몰락과 융성의 험프리 전설 담, 공원의 저 본래의 만남의 장면을 말할지니. 자 볼 지라! 피닉스 공원의 나무 정享, 돌石. 평화피자 참나무, 만종의 시간, 담황색 사슴들의 부드러운 울음소리를. 그러자 얼마나 화사하게 그 위대한 캐드(공원의 놈팡이)가 그의 프록코트에서 상어 가죽의 담 배 지갑 (모조품!)을 꺼냈던고! 그리하여 그는 여송연을 HCE에게 팁으로 주다니, 그가 갈색의 경칠 것을 한껏 빨아 마시도록 청하면서, 하바나(여송연)의 기분 속에 반시간을 몽땅 보냈도다.

[세월의 흐름] 과연, 시간의 모든 변화에도 불구하고, 무엇이 윌리엄 왕의 흥興과 크 롬웰의 망亡을 일어나게 했는지 말하는 것은 극히 어려운 일이다.

【54】[역사의 흥망성쇠의 방영] 몰락, 봉기, 기립, 소년들, 시간의 모든 변화와 함께, 과거에 일어난 것을 아는 것은 어려운 일, 윌리엄 왕은 흥하고 크롬웰은 망하고, 인물들은 사라졌지만, 우리는 기억을 그대로 발견하나니, 어디에? 지사의 딸 안. 모두 죽.었.는.고! 종말, 끝장이라 아니면 소리 없이 잠자는고? 그대의 혀로 맛을 볼지라! **경청**!

[역사의 흥망성쇠와 함께 세계 도처의 별별 언어들] 그대 들어라, 바벨탑의 언어들을, 터키의 모슬렘 사람들, 불가리아 여인들…등, 언제나 그대는 이들이 카사콘코라 (평화의 집)의 황량하고 구리 정문을 통과할 때 떠드는 그들의 말을 들으리라. 남자들, 소년들, 소녀들, 모슬렘, 불가리아, 노르웨이, 러시아 의회 의원들.

[그리하여, 라디오를 통해 들려오는 HCE의 생생한 말투를 들어라!] 그는 악어의 눈물로, 자신에게 주의를 환기시킨다. 그대는 허언의 대가를 알고 싶은고? 매기여, 그대의 밤의 소설을 챙길지라! 주막 주인 [HCE]는 다시 마이크로 복귀하여, 자신의 주막과 신용장이 소용 있을 것임을 선언한다.

나의 객숙客叔과 암소상의 신용장은 저 인접한 기념 제작물[웨링턴 기념비]처럼 아주 정당하게 개방되어 있을지라, 저 위생적 지구의 앞에, 위대한 교장님의 미소 앞에! (맹세하는 바), [라디오 광고의 소리를 통하여, 우리는, 자신의 상품들이 웰링턴 기념비처럼 참되고 진실함을 그리고 시간의 시작 이래 그렇게 해 왔음을 전 우주로 하여금 목격하도록 요구하는, HCE의 목소리를 듣는다. "위대한 교장님의 미소"(the Great Schoolmaster's. Smile!) 는 이러한 우주적 상인을 시인하는 하느님 자신의 용안이다.

【55.3-55.10】위대한 교장님의 미소 앞에 맹세코![259](글쎄 꾸민 이야기가 아니나니) 미소하라!
아투레우斗[260]의 댁宅은 진짜 먼지로 추락하도다. (남성 트로이, 여성 트로이! 메로머어 조우 弔友들이여!)[261] [옛일의 예중] 소택지 훼니아나[262]의 협잡꾼들처럼 고조병枯凋病에 평균복수平均復讐[263]하면서도, 그러나 사골死骨은 재도기再跳起하느니라.[264] 인생이란, 그가 한 때 스스로 이야기했는 바, (그의 전기광傳記狂은, 사실상, 당장은 아니라도, 뒤에, 그를 사슴고기처럼

죽이나니) 일종의 경야經夜, 생시든 사시든 간에, 그리하여 우리의 (빵을 버는)생업의 침상 위에는 우리의 종부種父의 시곡체屍穀體[생중사, 사중생]가 놓였는지라, 이는 법에 의한 세계의 설립자공자의 암시가 모든 자궁태생남녀의[265] 흉전胸前을 가로질러 적절하게 써 놓을 글귀로다.[266]

그러나 그것은, 더블린이 세계-도시 속에 보편화 된지라. 우리는 시민들이 모두 평화를 사냥할 때 몇 가지 다른 언어들의 고함소리들을 듣나니, 그들의 의회議會들에서 각자—4가지가 언급된다. 그들은 ulema, sobranje, storthing, duma이라, 그리고 궁극적으로 세계의 의회요, 국민들의 연맹이다. 조이스는 이를 Casaconcordia[54.8-10] (House of Peace)이라 이름 짓는다. 조이스는 〈피네간의 경야〉는 영어로 쓰이지 않았다고 주장하는 그들 미래파의 비평가들에게 암암리에 답하는지라. 그는 말하고 있나니, "만일 그대가 범세계적 잡탕을 듣고 싶지 않으면, 여기 그것이 있도다"(If you really want to ear a cosmopolitan mishmash, here it is).

(여기 구절[54.7-19]은 *Gargantua and Pantagruel*(파리 잡지 참조)에 의해 영감을 받은 것이다. (파리, 〈서간문〉 III, 139). 여기 언어들은 독일어, 이태리어, 중세 영어, 바스크어, 네덜란드어, 서반아어, 고대 덴마크어, 히브루어, 희랍어, 란틴어, 프랑스어, Lanternese어 및 유토피아어 등이다.

커다란 스캔들이 퍼진다. Casaconcordia의 소동이 뉴스를 세상에 퍼트린다. 위인 (HCE)의 추락이 계속 퍼진다[55.3-5]. 우리의 아버지, 우리 모두의 조상, 우리 모두의 부친은 시체이다. 그러나 역시 곡물을 닮았다. 그것은 "시곡체"屍穀體(cropose)이다. 그는 다시 일어나리라[55.7-8]. 추락의 이야기는 과연 슬프다. 그것은 돌石의 눈으로부터 끌어내리라[55.20-22]. 우리의 영웅은 〈더블린 사람들〉의 모습으로 마비된 채, 여인 풀먼의 잠자는 차에 실려 밤을 통해 여행한다. HCE는 밤을 통해 시간의 강 위에 ALP에 의해 운반된다.

【55-58】 여객들의 HCE의 추락에 관한 개관

【55】 [여객들이 공원을 지나며 계절의 순환을 바라본다.] 아투레우스[희랍 신화에서 불운의 집의 건립자 아가멤논의 아버지]의 집은 진흙 속에 추락하도다. 인생이란

일종의 생사 순환의 경야, 우리의 생업의 침상 위에는 우리의 종부種父의 시곡체屍穀體가 놓였는지라, 공원의 장면은, 거듭되고, 결코 망각될 것은 아니도다. 세기의 후반에 사건-탐색자들(학교 학생들) 중의 하나인, 은퇴한 이전 세관 관리가, 풀먼 마차를 타고 지나가며 그의 창문을 통하여, F.X. 코핑거(Coppinger)인, 고古 성자 프란시스 제비에르의 사촌에게 HCE의 스캔들 이야기를 반복한다. 나아가, 여행자들, 자신들이 피닉스 공원의 거목 주위를 도는 동안, 계절의 순환 자체를 위인(HCE)의 생애에 대한 은유적 서술로서 바라본다. 모두들, 이 이야기[HCE의 스캔들]의 3판을 들으면서, 그들 역시 시간과 공간의 커다란 심연을 가로질러 운송되고 있음을 상상할 수 있다.

【56】 그리고 여객들은 그 숙명적인 능변의 선동자 HCE에 관한 그의(사촌-안내자) 황혼의 환기적換氣的 서술을 귀담아 듣는지라, 그들을 수세기에 걸쳐 이식된 것을 상상하게 한다. 이 선동자(HCE)는 비단 모자를 쓰고, 해마수염에, 그의 손이 저 과성過成의 연필(웰링턴 기념비)을 향해 뻗었나니, 한편 그것(기념비)의 변명적辨明的 용모 위에, 로랜드의 종鐘이 울리자, 자신의 시샘을 억제하려는 그의 비애의 얼굴에는 주름살 투정이라, 관棺 명패 위에 한 줄기 햇빛이 고소하듯 비치도다. 여행자가 어디를 쳐다보든 간에, 어떠한 세기에 어떠한 경치에도, 그는 그림자를 인식하고, HCE 속에 원초적으로 의인화된 인생-발동자의 메아리를 듣는다. (그이 "언제나 능변적 선동자"는 그의 영웅이야말로 모든 곳에 그리고 다양하게 굴절된 생명력임을 암시하는 조이스의 방법인 것이다). [이 구절의 흐름인 즉, 나그네가, 어떤 세기의 어떤 경치를, 어떻게 보든, 그는 HCE 속에 원초적으로 의인화된 생명-발동자의 그림자를 인지하고 그 메아리를 듣는다.]

…언제나 복화술적複話術的 선동자煽動者[HCE]는, (염해안鹽海岸 암초 너머 큰 파도의 포효咆哮처럼 크지는 전혀 않으나!) 비단 음영陰影 모帽를 쓰고, 해마海馬수염에, 수연水煙 치솟는 일몰을 배경으로… 그의 인간 살해자人間 殺害者의 총을 휘두르는 손을 저 과성過成의 연필[웨링턴 기념비]을 향해 뻗었나니,
옛날 원시에, 우리의 나그네(HCE), 어떤 북방 시인 아니면 방황 시인이 자신의 12궁도의 유사증표(주막의 간판)에다 그의 눈을 지친 의지로 치켜들었을지니, 거기 여숙에는 자기를 위하여 여인들과 함께, 밀주와 차 그리고 감자 및 연초 및 포도주가 산

적되어 있음을 동경하듯 알고, 이어 반쯤 미소를 짓기 시작하도다.

그러나 실용적인 화자는 HCE의 미소의 원인이 무엇인지 묻는다. 그는 누구에 대해 미소하는고? 그는 누구의 땅에 서 있는고, 하처(영국의 정원)는 누구의 것인고? 그건 평탄한, 소굴, 화원, 다옥? 그건 곤봉놀이꾼의 시골, 인어의 도시 또는 환락의 땅, 그가 어디에 서 있을지라도, 시간과 사조思潮는 모든 이정표들을 변형시키리라.

【56.20-30】 여객-시인은 주옥의 간판에 그의 지친 눈을 든다. 거기 차와 침대 그리고 위스키가 나그네를 기다린다.

오래 같지는 않으나 과건립過建立의 여숙旅宿시기에 먼, 친구 없는, 우리의 나그네 [267], 반 디몬의 육지[268]로부터, 어떤 게으른 북방 시인 아니면 방황 시인이 자신의 12궁도宮圖의 유사증표類似證票[HCE 자신의 주점 간판]에다 그의 둔탁한 속물의 눈을 지친 의지로 치켜들다니, 그리하여 [거기에] 병목, 쨍그렁 컵, 짓밟힌 구두, 뗏장 흙, 야생 금작화, 캐비지 잎사귀,[269] 기다랗게 꾸불꾸불 말린 대구를 처다보며, 거기 앤절의 집[270]에 자신을 위하여 지껄일 가치 있는 여인들과 함께 밀주와 차茶 그리고 감자 및 연초 및 포도주[271]가 산적되어 있음을 동경하여 알도다: 그리하여 의문擬門에 전의미소前擬微笑를 비공식적으로 의시작擬始作하는지라 (무의미! 우울만憂鬱晩 씨[HCE]의 모자를 통해서 그 주어진 순간에 불어 닥칠 아주 경풍驚風스런 소식보消息報는 그리 많지 않았도다!)[272]

【57.16-19】 HCE의 범죄의 특성이 단지 막연히 인식된다. 결국 원죄의 짐 아래서 고통당한 인간은 모든 범죄가 가능하다. 여기 상징적 주제가 소개된다【55.3-4】. 윌링턴 뮤즈방 이래로, 3은 성숙한 남성 성기이다. 한편 2는 여성의 음문을 의미한다. 3과 2는 성숙한 아이들의 성을 상징한다. 고로 HCE의 판사들과 집행관들은, 우리가 II.3에서 볼 듯이 그의 아이들이다.

존사 Dodgson씨로서 우리의 주인공의 멋진 묘사 다음으로, 루이스 캐롤(Lewis Carroll)은,앨리스의 유아 성욕적 비전을 명상하면서【57.23-30】, 우리는 더블린의 루머와 가십의 바다를 출항한다. 사악한 더블린의 입들은 그를 사지에서 사지로 찢는다 【58.6-7】. "사초莎草가 다가왔고, 시기猜忌가 보았고, 담쟁이 넝쿨이 정복했도다."

[세월의 흐름] "보라! 볼지라! 사람들은 자신들이 그[HCE]를 사지분열四肢分裂 했을 때 그이 위에 푸른 나무 가지를 흔들었도다. 그의 난행고행難行苦行 및 종행終行 및 주행呪行 및 멸행滅行을 위하여. 비명과 아우성, 심연의 탄식과 함께. 한결같이, 시무룩한 살리번이여! 마네킹 소변아小便兒여 멈춰!"

【57】 HCE가 어디에 서 있던지 간에 세월은 모든 이정표들을 변형시킨다. 하지만 우리는 위치를 측정하기에 충분한 지시봉을 발견할 수 있다. 그들은 선조요, 2개의 복숭아들, 낮게 누워있는 3차이나 멘들이라, 우리는 바로 한 유령을 찾는 희망으로 여기 앉아 있으리라. 들어라! 4노인들과 그들의 당나귀를! [여기 최초로 늙은 4연대기자들 (chroniclers)이 그 모습을 드러낸다. 우리가 풍요로운 역사적 풍경을 명상하며 앉아 있자, 그들의 목소리가 우리에게 다가온다. 현재의 페이지들을 통하여, 우리가 모든 종류의 증거의 단편들의 뭉치를 개관하려고 애쓸 때, 이미지들은 우리가 눈앞에 빠르고, 혼돈 된 연속으로 달린다. 여기 이 페이지들은 엄격한 주의와 아주 느린 독서를 요구하거니와, 4노인들은 윌리엄 브레이크(Blake)의 나중 비전들인 4조아 대(Four Zoas)의 대응물들이다.]

그들은 조아 대로부터 각기 답한다. "나"하고 얼스터 출신의 자가 말한다, "그리고 그것을 자랑하도다." "나"하고 먼스터 출신의 자가 말한다, "신이여 우리를 도우소서!" "나"하고 라인스터 출신의 자가 말한다, "그리고 무無를 말할지라." "나"하고 코노트 출신의 자가 말한다, "그리고 그에 관해 무엇을?" "히 하우" 당나귀가 운다. 그러자, 모두 함께, 4늙은 귀신 목소리들이 선언한다. "그(HCE)가 추락하기 전에 그는 하늘을 채웠나니; 개울이 그(HCE)를 휘감았도다. 우리는 당시 단지 흰개미에 불과했고, 개미-더미를 거산巨山으로 실감했는지라, 그리고 우리를 저기, 경이로서 갑작 놀라게 한 것은 돼지 무리간의 꿀꿀우르르소리였도다."

마담 투소드(Tussaud)[런던의 밀랍 세공을 건립한 여인(1760-1850)], 특히 그녀의 '공포의 방'으로 유명하다. 〈피네간의 경야〉에서 뮤즈의 방은 밀랍 세공이요 케이트가 안내자이거니와]의 밀랍 인형 박물관에 그(HCE)는 완전히 노출되어 있는지라, 그곳에 그가 가운을 걸치고, 성직자의 안락한 습관 속에 앉아, 온후한 태양 광선이 하계下界

속으로 스머드는 것을 살피면서, 감상적 눈물이 그의 감로의 뺨을 주름 지으려 하고, 꼬마 빅토리 풍의, 작별의 기미가, 아아 그의 나긋한 손에 의해 강요되었도다.

【57.16-19】 그(HCE)의 범죄들의 특성은 단지 막연히 감지되나니, 결국, '인간'은, 원죄의 짐 밑에 고통하면서, 모든 범죄들이 가능하다. 3-2의 상징적 주제기 여기 소개된다. 윌링던 뮤즈의 방 이래 우리는 보아왔거니와, 3은 성숙한 남성 성기의 숫자이요, 반면에 2는 여성의 음소를 의미한다. 3-과-2는 성숙한 아이들의 성적임을 상징하거니와, 고로 HCE의 판사들과 처형자들은, 우리가 II.3에서 볼 것이거니와, 그의 아이들이다.

이리하여 과연 우리가 소유한, 비사실非事實[공원의 죄]이 우리의 확실성을 입증하기 위해서는 너무나 불명확하게도 그 수가 적은지라, 각투표脚投票에 의한 증거 제공자들이 너무나 신뢰 불능할 정도로 수리불능修理不能하나니 거기 그의 조합인揭合人들은 외관상 기형적 3인조三人組이긴 하나 그의 심판 능력자들은 분명히 마이너스 2인조二人組인 거다 [죄의 심판 부재].

【58.6-7】 종경하올 도지슨(Dodgson) 씨로서 우리 영웅의 즐거운 그림 다음으로, 루이스 캐롤(Lewis Carroll)은 앨리스의 유아성욕적(pedophilic) 비전에 관해 명상하거니와 【57.23-29】, 우리는 더블린의 루머와 가십의 바다를 재상 명상한다. 사악한 더블린의 입들은 사지에서 사지에로 그를 사지분열四肢分裂시켰다.

그러나 한 가지는 확실한지라, 즉 잇따른 겨울 전에 HCE는 대법원 법정에서 엄숙히 재판을 받았도다. 한편 잡담 가家[평민들의 험담 가]에서, 그는 마찬가지로 재판을 받았으나, 형刑을 선고받았도다.

【58】 HCE의 재판
폐하법정(법률)은, 진짜 증거가 빈약함에도 불구하고, 그(HCE)를 단죄했으니. 사제들은 그들이 그를 사지분열 했던, 그의 푸른 가지들을 그이(HCE) 위에 흔들었도다. 그 후 얼마 동안 시간이 흘렀는지라, 아우성과 신음 및 한숨과 함께, 12선량한 시민들

(HCE 주막 단골들)이 원초적 피네간의 경야의 전통적 향연을 그를 위해 행사한다. 노파가 식탁을 펼치도다. 럼주와 쉐리주와 사이다와 니거스 포도주와 또한 시트론 음료를 홀짝이도다. 그러나 보라! 애탄하는 신들에 맹세코! 이어위크(HCE)의 잊을 수 없는 나무 그림자가 종잡을 수 없는 먼 과거의 아일랜드 남녀들의 혼잡 뒤에 아련히 떠오른다.

【58.21-61.27】 잇따른 부분. 거리의 더블린 사람들 20명이 갖는 HCE에 대한 인터뷰

1. 3군인들이 진술하기를. HCE를 백합 코닝햄, 들판으로 함께 가자고 최초로 스프를 가지고 유혹한 자가 Lili Coninghams이라고. 여기, 여인은 유혹녀이다.

2. 영국의 여배우. 우리의 다가오는 백쓰홀(Vauxhall)(런던)의 공연 여배우들 중의 하나인, 그녀는 런던 서단의 미장원에서 거울을 앞에 놓인 채 회견한다. 그녀 가로대, 전반적으로 HCE를 무지개, 아서, 가인, 아담, 그리스도, 탑의 건립자로서 연관시킨다. 그녀는 그러나 한 가지 위대한 말: "대정원연회"(goddinportty)(god in pot; good in poetry)(조이스의 놀라운 신조어)을 갖고 있으니, 이 말은 아담과 그리스도 및 홍망을 효과적으로 결합하며, 에덴동산의 가던 파티 및 항아리(potty)의 하느님 혹은 영성체(Eucharist)를 암시한다. 그녀는 HCE가 기독남의 난초 초상화를 받게 되기를[용서 받기를] 희망하는데, 이는 사파세계가 그동안 그에게 너무 불친절했기 때문이라 말한다.

3. 한 대화 심리학자(entychologist)가 '딕터본'(속기용 녹음기)에게 진술하기를, 이어위커는 선사시대의 인물이요, 그의 펜네임은 properismenon(우연화실체대명인偶然話實體代名人)이라.

4. 그린타룩의 성 케빈 7성당 출신인, 한 청소부 왈, 우리는 방금 HCE의 혼인무효소송과 그의 귀로부터 들은 것을 그 자신의 한패 친구들 사이에 선전하고 있던 참이었다는 것. 간과 베이컨, 스테이크와 돼지콩팥 파이를 먹으면서, 이 청소부는 HCE를 시멘트 연와공이라 힐난한다.

5. 한 마차몰이꾼은 강한 견해를 취했는지라. 그는 자신의 애마愛馬, "진저 재인"을 물로 씻고 있었거니와, HCE를 애란 각자라 부르며, 그가 말한 바를 재록再錄하면 이러하다,

애란각자愛蘭覺者[HCE]는 사생활에 있어서 단지 한 사람의 평밀매당원平密賣黨員에

불과하지만 모든 대중들이 말하는 바, 애란 합법제會法制에 의하여 그는 의회의 명예를 지니도다 그이야말로 애란 합법제會法制에 의해 의회의 의석을 차지하는 것이 마땅하다고 말한다.

6. 한 아이스카피어(유명한 국재적 요리사 및 식도락)는 HCE(Humpty Dumpty)에게 민감하게 호의를 보이며, 말했나니, "**나의 간**肝**을**, 자 그럼 약간의 오블렛을, 그래요, 아가씨! 맛있어요, 나의 간肝을! 당신이 계란을 스스로 깨야 해요, 봐요, 내가 깨요, 그래, 그놈이 프라이팬에 앉아 있어, 확실히!"

7. 한 사람의 발한인發汗人(60이 넘어), 그는 숨을 헐떡였는지라, "정보를 수집할 시간이 없을지니, 그런 마 플란넬 바지를 입은 그 사내가 담을 기어올라 초인종(도어 벨)을 눌렀던 거야."

(이하 HCE의 범죄에 대한 행인들과의 거리의 회견 계속)

탕 그리고 쿵 그리고 탕쿵 재차, (발사 첫 사격, 후퇴 산탄총병兵散彈銃兵! 군인조교! 작센 봄의 향연273을 위해!) 셋 팀프슨 기관총,274 자유 병사들, 냉천군冷川軍275의, 수탉 수프와 두식頭食. 경비병들이, 몽고메리 가街276에 산보하고 있었도다(그들을 용서하세요, **여러분 제발**, 네?). 한 목소리가, 한쪽 광측廣側에서, 의견을 성언聲言하고 (**용서하세요!**), 고개를 끄덕이며, 모든 편 야영자들이 진술했는지라 (**여러분 제발, 네?**). 저 숙명의 복수일福水日에, 둘이 들판으로 함께 가자고 그에게 암시함으로써, 그[HCE]를 수프 유혹乳惑한 자가, 그 최초의 여인, 백합 코닝햄이라, 가련한 현상유지의 자, 사나운 친 아비, 분노(롯)의 분憤나는 분고문대糞拷問臺의, 병사 팻 마친슨이 **뒤쪽으로** 실토했도다. (**간단히!**) 이리하여 음악 희극277에 만족한 자들. 잠시 휴식 중인 우리의 다가오는 백쓰(런던) 홀의 공연 2. 여배우들 중의 하나가 (그녀는 유명한 무대 발성자에 의하여 휴지통 싯톤278으로 불렸거니와) 서단西端의 미장원에서 회견되었도다. 그녀의 버찌 자단목紫丹木얼굴에 필경 가일층 염홍적艶紅的으로 보이면서,

(더블린의 적선지대인 몽고메리 가를 거니는 3군인들은, "우린 3살의 군인들"의 옛 노래의 운에 맞추

어, 칸닝햄의 백합인, 첫째 여인을 유혹한다【58.28-30】. Lily는 Lilith이라, 성경학자들이 "창세기" 1장에서 남녀의 창조의 당황한 설명을 행하도록 고안되었나니, "창세기" 2장에서 이브의 독립적 창조가 뒤따른다. 3학자들이 창조한 여인은 그녀의 이름이 아카디언의 "폭풍"이라 이름 지었던 바빌론의 악마를 따서 Lilith라 불리었다. 경국, 그녀는 너무나 단언적인지라 아담을 위한 "조우"遭遇가 될 수 없다. 그녀는 심지어 성적 상위로 가장하기를 원했다! 그녀는 황야에 몰려 쫓겨나고, 한층 더 유순한 파트너인, 이브에 의해 상속된다.

이어 "fuck-all"이란 영어의 익명을 지닌 "달콤한 패니 아담즈"가 등장한다. 그녀는 위대한 사라 시돈즈의 쪼기 포켓판으로서 한때 언급되었던, Mrs. F…A….로서, 그녀의 저서 〈이상한 필요〉(Strange Necessity)에서 조이스의 〈율리시스〉를 공격한 Rebecca Wet의 익명이다. West는 그녀의 미장원에서 인터뷰 당했거니와, 그녀의 막역한 친구에게 자신은 HCE가 레몬의 화환을 받기를 희망한다고 말한다, 여우女優는 첨언하기를, 세상은 〈성서〉의 가인이 제거되기를 바란다고【59.9-10】. 마지막으로 스캔들 판版인 〈뉴욕 그래픽〉은 킹 마크-이솔데 이야기를 픽업하여 그와 더불어 도망처, "물레"(reel) 세계로부터 하리우드 뮤지컬 속으로 들어갔는지라, I.7의 종말에서 시작하는 필름 사운드의 예상인, 필름 펄럭임【65.34】으로 종결한다.

HCE는 관 속에서, 혹은, 마비적 더블린 말로, 가사적假死的 생기의 상태에서 피난처를 찾는다. 한 독일의 기자(Herr Betreffender), 여기 관가棺家에로 그를 추적하여, 만일 그가 세상에 그의 죄를 고백하지 않으면 그를 육체적 상해傷害로서 위협한다【69.30-73.28】. 그러자, Herr Betreffender는 111개의 무례한 욕설로 그(HCE)를 고함치고, 돌멩이 세례로서 공격을 퍼붓는다.

조이스는 아마도 1880년 2월 2일자의 오래된 신문인 〈더블린 이브닝 매일〉 속에서, 서부 킬데어의 로버트스타운의 사건을 설명하는 이 에피소드의 원전을 발견했으리라.

킬데어 주의 격노라 할, 다니엘 도미니칸은 농부 맥콘 가家에 밤늦게 귀가하여, 과부인 맥콘 부인의 창문을 통하여 18개의 돌멩이를 던졌는지라. 아이는 침실을 떠나야했도다. 도미니칸은 계속 고함을 질렀으니, "넌 아일질랜드 씨에게 가서 마차 속 땅한 에이커에 3파운드를 주지 못할지라. 이제 죽음을 당하지 못했는고? 악마가 그대를 죽일지라!"

【60】 8. 한 철도 술집 여인의 견해인즉. "저 사나이를 감옥에 감금하다니 그건 심홍수치深紅羞恥인지라."

9. 한 무역국원貿易局員(B.O.T). "키티 타이렐이 그대를 자랑할지라"가 그의 대답이었다. 그는 HCE를 옹호한다.

10. 하의下衣 입은 딸들, 그들은 속삭였나니. "타봉목각자打棒木脚者!" 그들은 HCE를 옹호한다.

11. 브라이안 린스키. 그 무례 저주자는, 그의 대규석大叫席에서 심문받았는지라, 고성 허풍선이 같으니, 그리하여 멋진 말대답을 했거니와, 가로대. "저들 두 암캐들[공원의 두 처녀들]은 피박皮縛되어야 하도다, 굴견窟犬 같으니!" 그는 HCE를 옹호한다.

12. 어떤 순교 지망자, 당시 석쇠 위에서 고통을 당하자, 그는 의심할 바 없는 사실을 노출했나니, 가로대. "석가모니가 성사수여파문聖事授與破門의 강력한 걸쇠로 공포恐怖되어 그의 면허목엽免許木葉 및 그의 그림자 속에 피신한 요정들과 더불어, 보살목菩薩木 아래 망고 요술을 하고 있는 한,[279] 쿡쓰 해항海港[280] 전역에 싸움이 있으리로다." 그는 HCE를 옹호한다.

13. Ida Wombwell Wombwell. 17세의 신앙 부활론자인, 그녀는 HCE를 비난한다. "저 수직인垂直人(HCE)은 한 인비인人非人이도다! 그러나 당당한 수인獸人이라! '카리규라(Caligula!)'(로마의 제왕)로다!" 이 여인이 여기 "척탄병"과 공원의 다른 "자들"에 관해 말하는 것은 적절한 듯 보인다.

14. 단르 마그라스 씨, 대척적對蹠的(정반대의) 제본가製本家 왈. "오늘은 분투하고, 내일은 성숙한지라." 그는 반전反轉과 부활에 관심을 보인다.

15. Captain Boycott. 그는 예이츠, 그의 망토, 그리고 그의 조이스와의 만남에 관심을 갖는다. "너무 일찍 봉逢한지라, 투우사여!"

16. 그리고 Dan Meiklejohn은 독선적 단언으로 유명했나니. **필요한 변화가 적시에**. 그는 예이츠의 망토와 함께 하겠다고 교황의 칙서를 발표한다.

17. Dauran's lord ('코 훌쩍이 염병자染病者') 및 Lady Morigan. 그들은 ("아첨내기") 서로 같은 편이 되어 인사하고, 서로의 견해에 굴복하고 탈당한다. 한편 불결한 신참新參들(세 군인들)은 그들의 바지 섶을 풀고 두 창녀들은 자신들의 짧은 팬티를 끌어내린다.

【61-62】 HCE의 도피 보고

【61】 (xviii) Sylvia Silence.[281] 소녀 형사로서, 정보를 공급받자, 가로대, 그녀의 수줍고 졸리는 독신자의 구국[282]에서 사건[HCE의 범죄]의 몇몇 사실들에 관한 정보를 제공받았을 때, 존 다몽남多夢男[283]의 마구간을 조용히 내려다보면서, 그녀의 정말로 진짜 안락의자에 기대앉아, 자신의 모음사母音絲로 역은 음절들을 통하여 정휴靜休롭게 질문하는지라. 당신 여태 생각해본 적이 있는가요, 기자 양반, 순수한 땀의 위대성이 그[HCE]의 비객담悲客談이었음을? 그럼에도 불구하고 이 행위에 대한 저의 사료思料된 태도에 의하면, 현안의 심판이 있을 때까지, 1885년 형사법 개정안 제11조 32항에 따라, 이 행위에 있어서 뭔가 반대 항項이 있을지라도, 그 자는 충분한 벌금을 물어야 마땅한지라.

18. 자아리 질크. 이어위커가 파넬처럼, 글래드스턴에 의하여 부대 속에 부당하게 가두어졌다고 생각한다.

19. 자리 질크(Jarley Jilke) 자아리 질크[284]는 자신이 젤시(마을)까지 집으로 갈 수 없기 때문에 부루퉁하기 시작하고 있었으나 이렇게 말을 끝내는 것이었도다: 그 자[HCE]는 자신의 나들이 옷 대신에 그를 털갈이 돕는 부대를 입고 있도다.[285]

20. 해수병 월터 미거. 그는 2소녀들인, 퀘스터와 푸엘라(공원의 2소녀들), 그리고 키사즈 골목 아래 저들 3북 치는 자들(공원의 군인들)에 관하여 뭔가를 말한다. 2개의 손가락 단추를 두고 맹세하거니와, HCE는 비난받기 십상이라. "자신의 바지의 포위공격으로…. 그 뒤에 그 밖에 누군가가 있는지라."

이상 열거된, 이러한 우화가 다른 것과 관계가 있는 것인고? 이제 모든 것이 견문되고 이어 망각되는 것인고? 그것이 가능 했던고, 우리는 간절히 바라거니와, 너무나 다양화한 불법행위들이 수행되었는지라 그러나 한 가지 분명한 사실인즉, HCE는 제7장의 도시(더블린), 우로비브라(Urovivla)로부터 도망했던 것이다.

【62】HCE, 피난의 도시에로 도주하다. 그곳 사람들이 그를 수군대다. HCE는 침묵의 망사를 걸치고 모하메드처럼 도주했나니, 갑의 바이킹 오시에서, 그리하여, 죽음의 담해咳害 병에서 벗어나 자신의 정명을, 교황요정과 결합하기 위해. 황무지 땅, 그 속에 그의 사도적 나날은 지고천상으로부터 뇌성 치는 신자의 풍부한 자비에 의하여 장구할지라. 이 땅은 그러나 농노추녀자가, 그를 해치다니, 가련한 도피자(HCE), 애란-낙원전기의 망명자들이, 험프리 쿠푸 대왕지사(HCE)를 매도하기 위해, 그들의 고유의 죄를 확인시키려 했도다. 결국, 그의 관심은 과오국의 원초적 공포의 공황에 굴복하고 말았다. (필경!)

[HCE: 불행한 피난자, 도시에로 도피, 그의 굴복적 공포] 그의 피난의 애보루愛堡壘, 그곳에 (만일 우리가 속인들 그리고 그들의 설명을 믿는다면), 아트리아틱[286]의 격노한 질풍을 넘어, 걸인대장과 단의端衣을 바꿔 입으며,[287] 밤의 알토(최고음)의 음향 아래 침묵의 망사를 걸치고 모하메드처럼 도주했나니,[288] 고승선孤乘船한 채, 바다의 한 마리 갈까마귀 마냥, (자비하소서, 불타마佛陀魔여!)[289] 그이 석가자釋迦子여[290] 어디메뇨!) 노갑老岬의 바이킹 오시汚市[291]에서, 살인 속죄 속에 망각하기 위해 그리하여, 죽음의 탐해병探海病에서 벗어나 신의 전섭리前攝理에로 재혼수再婚需 속에 재생묘再生錨하면서,[292] (만일 그대가 건화주建畵主를 찾고 있으면[293] 무비톤[294] 기법에 귀를 깊이 몰두할지라!) 자신의 정명定命을, 손바닥과 덫골무 마냥, 교황요정教皇妖精과 결합하기 위해. 내[HCE]의 내자內子를 위하여 나는 그대에게 호양互讓을 지니며 나의 남편대男便帶를 조이고 나는 그대를 목 조르는도다.[295] 황무지 땅,[296] 노사망우수勞使忘憂樹의 땅, 비애우수悲哀憂愁의 땅, 에머렐드 조명지照明地,[297] 목농인牧農人의 초지, 그 안에 약속의 제4의 율법[298]에 의하여 그[HCE]의 사도적使徒的 나날은 지고천상至高天上으로부터 뇌성치는 신자神者의 풍부한 자비에 의하여 장구長久할지니,[299] 중얼중얼 불평하고, 그에게 대항하여 봉기하고 그들 속에 존재했던 모든 것과 더불어, 특허권자들 및 일반 거주자들, 시장市場으로서 다시茶市까지, 농노추녀자農奴追女者들이, 그를 해치다니, 가련한 도피자[HCE], 혼비백산魂飛魄散하여

육체적으로 추종하면서, 마치 자신이 그들을 위한 오저주呪呪로 이루어진 듯, 부패를 재빨리 이해하는 자들, 신성한 국민의 불부패不腐敗의 모든 성자들,[300] 보통의 또는 애란-낙원전기樂園前期[301]의 망명자들, 붉은 부활 속에 그를 매도하기 위해 고로 모두들 그 자, 최초의 파라오 왕, 험프리(H) 쿠푸(C) 대왕지사大王知事(E)[302]에게, 그들의 고유의 죄를 확인시키려 했도다. 일이란 모든 사람들 그리고 대부분의 경우를 위하여 뻣뻣한 윗입술을 가지고 말하도록 가르치는지라 우리가 알고 있는 저 인간은 싸울 기회가 거의 없었으나 그런데도 불구하고 그이 또는 그의 것 또는 그의 관심은 과오국過誤國의 원초적 공포의 공황에 굴복하고 말았던 것이로다. (파라오 필경!)[303]

지금까지 거의 15페이지【48-62】에 걸쳐 이야기는 문제들의 커다란 혼돈 속에 빠져 왔었는바, 모두는 문제의 사건들이 아주 옛날에 발생했다는 사실의 결과 때문이다. 민요(발라드)를 들었거나 노래한 사람들은 다 살아졌다. 먼 날의 저 인물들은 합체하기 마련이다. 그들은 자신들보다 나중 세기들을 번성시켜왔던 자들의 모습들을 통하여 재현하는 듯하다. 예를 들면, 그 거구의 신사(HCE)의 문제가 있으니, 이는 주점의 세 논다니들에 의하여 도전 받는데, 그들은 위인과 두 소녀 그리고 세 군인의 이야기를 다시 지루하게 이야기하려 한다. 과연, 원시 시대에 있어서 아비父의 존재는 역사의 그리고 당대의 장면의 모든 특징을 통하여 인식될 수 있다. 그는 현대 의회의 바벨탑 속에, 있을 법한 신임장을 제출하는 말주변 좋은 라디오의 목소리 속에, 여행자들 무리에 의하여 방문된 풍경들 속에, 살아있다. 그리하여 우리는 거리의 그 사나이에게 질문할 때, 우리는 모든 이, 주인과 귀부인으로부터 창녀와 청소부에까지, 그 위대한 이야기의 옳고 그름을 알고 기꺼이 판단함을 발견한다.

이제, 우리는 암시적이요 불분명한 전시展示들의 얽힘에서 갑자기 뒤져 나오는 듯, 그리하여 잠시 비교적이요 직접적 이야기를 따르는지라, 이는 한 우연한 만남, 체포와 감금(투옥)의 이야기이다. 우연한 만남은 두 가지 각본들로 우리에게 다가오고, 그리하여 우리는 그들 사이에서 판단해야 한다. 전체 사건은 한 미국의 돈 많은 멋쟁이 남자의 그것을 닮고 있는지라, 고로 우리는 사랑의 보금자리 스캔들의 영화 각본을 보기 위해 잠시 멈춘다. 그리고 역사는 두 가지 신비스런 에피소드들, 즉 어떤 편지의 등기 및 관棺의 사라짐에 의하여 복잡해진다. 마지막으로, 우리는 문제의 두 여인의 불행한 보다 나중 역사들을 따를 것이다. 그럼에도, 모든 이러한 복잡성들을 통하여, 이야기(HCE 스캔들)는 비교적 원활하게 진행될 것이요, 우리는 주인공의 진행을 한 걸음 한 걸음 알 수 있도록 연구할 수 있을 것이다.

이야기는, 기묘하게도, 이상하게 친근한 기미를 띤다. 우리가 심리의 심연 속에 우리는 그것을 우리 자신의 것으로 인식한다. 마치 〈이집트의 사자의 책〉에서처럼, 거기 우리는 꿈 같은 풍경을 통하여 염라대왕의 왕좌에로 영혼의 여행을 떠난다. 고로, 여기, 여행자는 특별히 이 사람 또는 저 사람이 아니요, 인간, 다시 말하면, 우리 자신인 것이다(캠벨 및 로빈슨 73 참조).

[필름 등장. 공원에서 캐드의 만남의 재연] [HCE의 도피 후의 장면. 장면은 런던으로 바뀐 듯] 진짜 우리는 읽나니, 예를 들면, 수요장일水曜葬日의 흥행(쇼)이 있던 다음, 이 키 큰 사나이(HCE)는 의심스런 짐을 혹처럼 등에 지고, 로이의 모퉁이 촌도에서 늦게 귀가하고 있었을 때, 방망이 키스 연발 권총에 맞부딪쳤는지라, 다음과 같은 말에 직면했도다. "당신은 피격 당했소, 나리." 그런데 그(HCE)는 몇 소녀들 중의 한 사람 또는 다른 사람을 두고, 그 재공격자와 서로 시샘해 왔었다.

【63-64】 캐드의 문간의 노크

앞서 매복자(캐드의 암시)는 이 키 큰 사나이(HCE)가 무엇 때문에 꾸러미를 지녔는지에 대해 날카롭게 질문했나니, 이에 오직 그의 응답인즉, 그거야말로 그 매복자가 짐작할 수 있는 일인지라, 주중, 찜 더위에 우물에 가서 자신이 소나기 샤워가 가능한 것인지 보라는 것이었다. 그러나 사건의 이러한 설명은 아주 비실非實한 것인지라, 왜냐하면 그것은 사실들과 일치하지 않기 때문이다. 우리는 물을 수 있을지니, 왜 이 아벨 보디(유능체) (공격자 또는 캐드)가 문간에 있었던가? 그건 어떤 소녀와 연관되었던가? 혹은 그의 12방의 권총을 폭파하여, 보안관의 출입을 강요했던가? 그는, 자신이 푸주헌의 푸른 블라우스를 입고, 술병을 소유한 채, 어둠 뒤에, 바로 문간에서, HCE의 절제문 출입구 통로에서 경비에 의해 체포되었다고, 진술했다.

【63.20】 다섯째로, 저 비열한(캐드)의 진술은, 애란어를 중얼거리면서,[304] 자신이 너

무나 많이 한껏 마셨는지라, 그는 문간의 기둥에 부딪쳐 넘어졌으니, 그것을 모충주로 착오했던 것이다. 하지만 그는 심부름꾼 또는 남자 하인인, 베한(구두닦이)(HCE의)을 부르기 위해, 우량품종의 스타우트 맥주병을 곤봉 문에다 대고 쳤으니, 그러자 모리스 베한은 재빨리 신을 신고 달려 내려왔는지라, 손에 점등을 든 채. 녀석[캐드-공격자]은 크게 영광스럽게도 너무나 많이 비열객주卑劣客酒 또는 혈굴주穴掘酒[305]를 한껏 마셨는지라, 악마화주가惡魔火酒家, 지옥 앵무새 집, 오렌지 나무 옥屋, 환가歡家, 태양옥, 성양聖羊 주막[306] 그리고, 마지막으로 들먹이지만 결코 못하지 않는, 라미트다운의 선상 호텔[307]에서, 자신이 백사白糸와 흑사黑糸를 분간할 수 없었던 아침 순간 이래[308] 주께서 마리아[309]에게 선포한 천사의 만종晚鐘에 이르기까지 음주하고, 그리하여 그의 머리에 암소의 보닛을 달고, 그는 단지 덜커덩 필떡 문석門石의 부두에 부딪혀 넘어지다니, 그것을 그는 최순수평화가능最純粹平和可能의 의도로서 모충毛蟲 기둥으로 착오했던 것이다.

【64】 그리하여 HCE 주막의 하인(베한)은 더블린까지 바위 많은 도로 위를 총소리에 매료되어, 잠의 황무지에서부터 아래층으로 내려오다니, 파마 왕의 폭음 인양 그를 잠의 심연으로부터 깨울 정도로 질문을 받자, 자신은 눈먼 돼지로부터 해머 소리 그리고 멀링캔(Mullingcan) 여숙旅宿 역사상 그가 결코 들어보지 못한, 그와 같은 어떤 소리에 의해 잠에서 깨었다고 선언했도다. 두들기는 바벨 소리는 그를 외국 악사들의 악기소리 또는 폼페이의 최후의 날들을 상기시켰는지라. 나아가, 이 타곡은 이층에 잠자던 젊은 우녀(ALP)를 필사적으로 끌어 내려왔나니, 그녀는, 넘실거리는 해마海馬濤를 세목洗目하고 있었도다.[여기 [ALP는 세탁녀] 백白하얗게.

【64.22-65】 탈선. 영화 여담
[탈선: 영화 여담] 잠깐만. 관념(영원)의 적기適期의 시간 잠간, 마스켓 총병銃兵들이여! 아토스, 포토스 및 아라미스[310] 여러분, 아스트리아 양讓[311]은 점성가들에게 맡길지니 그리고 성자들의 사랑과 케빈 천국의 창영예槍榮譽를 위하여 범대지汎大地에 용골龍骨을 철썩 찰싹 뒤집을지라.[관념의 세계에서 현실 세계로 눈 돌릴지라] 그리고 물레(선蔴)(릴)實 세계를 굴러내게 할지라, 물레實 세계, 물레實 세계를![312] 그리고 만일 그

대가 실實의(릴) 크림을 맛보려거든, 그대의 연홍녀煙紅女들, 백설白雪과 적장미赤薔薇[313]
[현실의 여인들를 모두 부를지라! 자 이제 딸기 놀음[현실적 재미-잇따른 정사의 필름
장면을 위해! 쏜아, 쏜아요! **이면**裏面**에 여인이 있도다!** 여락인女落人! 여여락인!][314] [여
인들은 근심을 야기할지니("**이면에 여인이 있도다!**") 매거진 벽으로부터의 "영락인" 처럼]

[건강 광고문] 자 올지라, 저 커다랗고 불망각不忘却의 머리를 지닌 보통사람, 그리
하여 저 지긋지긋한 나배어안裸背魚顔의 경멸할 마킨스키 집사여[315], 질문무용자質問無
用者 또는 타자. 그대의 집사양각執事羊脚이 지나치게 끌어당겨진 나머지 근육이 뻣뻣
해지고 있도다[고된 생을 영위하는 자들의 암시]. 맥주병의 노아 비어리[316]는 개암나무
가 암탉이었을 때 1천 스톤의 무게였나니. 이제 그녀의 지방脂肪은 급락하고 있도다.
그런고로, 잡담부대雜談負袋여, 그대 것인들 안 될게 뭐람? 왜 개화기가 최고인지 열아
홉 가지 달콤한 이유가 있도다. 양 딱총 나무는 푸른 아몬드를 위하여 추락하나니, [건
강의 악화]

【65】 이어 인기 있는 특집 만화(필름)가 뒤따르다.

내용인즉, 얼치기 돈 많은 영감과 두 젊은 여인들인 1호 및 2호와 즐기는 춘사 장
면. 그는 그녀에게 맹세하나니 그녀야말로 자신의 봉밀 양孃이요, 저 아래 서쪽 보증
된 행복의 애소에서 즐거운 시간을 나누리라. 영감은 야단법석 떨기만, 그녀는 진정
현금이 든 옷장 소식을 듣고 싶나니, 그리하여 그녀의 로빈슨에게 바지를 사줄 수 있
고, 아티, 버티, 또는 필경 찰리 챤스에게 허세부리리라. 그러나 얼치기 영감은 제2호
의 살구 궁둥이에도 몹시 반해 있었으니, 세 사람 모두 진짜로 행복하게 느낄 수 있으
련만, 그건 A.B.C.처럼 간단한지라, 만일 그들 모두가 한 척의 배에 탄다면 엎어지고
자빠지고 카누 키스를 할 수 있을 것인고? 흥미 끝(Finny)(finn + funny).

【66-67】 잃어버린 편지와 도난당한 관棺

【66】 그러나 계속되는 문의들. [한 가지 예: 수상한 편지] 도대체 여태껏 존재할 것
인고. 다음날 아침 우편 조합원의 (공식 상으로, 스코틀랜드 서간 유한회사의, 집배원이라 불리는
지라) 이상한 운명이라니, (극맹조劇猛鳥라 고명高名되는 이 사나이[317][집배원가, 말하자면, 표백의
본질에서부터 라벤더 짜기에 이르기까지, 혼混처녀아가씨들의 끈적끈적 둔부臀部 주변을 쫓아다니는 방

탕실아放蕩失兒, 일곱 가지 다단계의 잉크로 쓰인, 세원부洗願婦[ALP]를 입증하는 모든 고부랑 단지형 및 굽은 냄비 형 필체의, A 소파당笑派黨 여불비례 餘不備禮의 표제로 썩어지고 소환부召喚付의 연필 적跡된, 성실 가톨릭교도 S.A.G.[318][솀]의 추신追伸과 함께, 서西중앙국(WC), 더블엔, 낙원베리의 하이드 및 치크[HCE]에게 한 통의 거대한 행운의 연쇄 봉투를 손으로 건네주는 일이? 마자르어語[319]의 돌입과 함께 아실언兒失言으로 쓰여 질 것은 무엇이든, 그것이 검은 것이 희게 보이며 흰 것이 검은 것을 보호하고, 엄격급조嚴格急調와 쾌락동침자快樂同寢者[320] 간에 사용된 저 솀의 쌍둥이[321] 혼용어법混用語法으로, 항시 첨필添筆될 것 같은고? 그것은 우리에게 밝아질 것인고, 밤마다, 그리하여 우리는 스스로의 곤궁에 뛰어들 것인고?[322] 글쎄, 그건 방금 일지도 모를 일, 기적奇蹟이, 그리하여 그건 불시에 닥쳐오도다. 키잡이(콕스)[323]의 아내인, 재차 한(Hahn) 부인,[324] 오엔 K.[325]와 함께, 하하사何何事가[326] 일어났는지를 보기 위해, 그녀에 잇달아, 그 일속에 그녀[암탉]의 부리를 찌르면서, 언제나 그리고 영원히, 잡동사니 단편들로 가득한 이 키리 바시 섬島[327]의 작은 배낭 주머니를 헤르메스 주柱[328]의 저 조형제助兄弟의 올챙이 배腹라 할, 기둥-우체통 속에 사시사철 영원히 잠든 채 숨어있을 것인고?

관棺[다른 여담의 예], 환상가의 예술의 승리, 최초의 일별지一瞥枝에 당연히 수금手琴으로 간주되나니 (자발 우부牛父를 주발 금조琴祖와 또는 일방一方을 투발 동철공에사銅鐵工藝師[329]와, 모든 삼체三體들이 바로 발명되었을 당시 이들을 서로 삼별三別하기란 힘든 일인지라), 이는 최거最去 서부[330]의 유명 가家인, 이츠만 및 조카 가구상[331]의 재고품 창고에서 옮겨왔던 것인 바, 그는 만사의 자연적 과정에 있어서 모든 필요의 서술을 지닌 장례 필수품을 계속 공급하고 있도다. 하지만, 왜 [관은] 필요했던고? 과연 그건 필요했나니 (만일 그대가 현금을 갖고 있지 않으면 부조腐鳥 같은 기분이 들지 않겠는고!) 왜냐하면 설혼가雪婚可의 화미장華美裝 무도회에서 함께 경기競技하는 그들의 백합 볼레로 옷옷 걸친 말쑥한 여러 신부新婦들 또는 신부를 위해 그리고

【67-68】 두 유혹녀들의 소멸

【67】 언제나 그대와 당장 경합하는 그대의 강직한 신랑들을 위해, 이제 우리의 이 단말마적 죽음의 세계에서, 그 밖에 무엇이, 죽음의 경고와 유해에로 그들로 하여금 당장 되돌아오도록 하랴.

[그러나 HCE의 체포의 이야기로서, 마침내, 진행된다. 그 사나이에 대한 대중의 의견을 광고한 다음【50-62】, 마스크 쓴 공격자와 그의 만남의 보고를 살피고, 그의 가짜 만남의 보고를 엉터리로 거절한 다음에【62-63】, 당국은 마침내 자신의 주거의 문에 꽝 부딪친데 대한 그의 체포의 이상한 이야기를 가능한 사실로서 받아들인다【63-64】. 이 이야기의 탐구는, 그러나, 한 미국의 비유【64-66】에 의해, 그리고 봉투와 관棺의 사라짐의 의심스런 개념【66-67】에 의해, 꺾인다. 이들은 다음 장의 과정동안 나중에 재현할 것이요, 심지어 사소한 책임에 대한 HCE의 공식적 채포 전에, 분관할 수 없는 암탉-아내의 소문(편지)이 날뛰고 있으며, 격노한 대중은 이미 그 위대한 사내를 무덤 속에서 볼 채비를 하고 있다는 추론을 분명히 정당화하리라【67】. 현재의 장의 나머지는 불시의 목격자가 순경의 증언을 전복시키는, HCE의 대중 재판의 스케치【67】에 대한, 이어 공원의 삽화에서 두 유혹녀들의 나중 역사의 짧은 개관【69-71】에 대한, 마지막으로 어떻게 HCE가 자기 자신의 보호를 위해 궁극적으로 투옥되고, 그의 밀실의 문을 통해 솔직히 모욕당하는지에 대한 설명에 이바지 할 것이다【69-73】. 결론적 구절은 이러한 고대의 사건의 증거로서 운명의 최후 순간까지 지탱할 케른(돌무덤)에 관해 말한다【73-74】].

【67】특별 순경, 키다리 랠리 토브키즈가 술 취한 이어위커의 체포에 대해 당해當該 이관吏官 앞의 증인석에서 서약하기를, 그는 푸른 셔츠를 입은 한 괴상망측한 자와 부닥쳤는지라. 이 푸주한은 리머릭 소재 식료품 공급 상인 오토 샌즈 & 이스트먼을 대신하여 얼마간의 양 갈비 고기 덩어리와 육즙을 배달한 후에, 모든 법에 위배되게도 폐구문閉口門[HCE의 주점의]을 마구 걷어찼던 거다. 문간에서 도전받자, 이 육인肉人은 순경에게 단순히 말했나니. "나는, 맹세코, 필립스 경사! 말하자면, 그는 완전히 취해있었소. 그러나 이 순간 순경 키다리 랠리 토브키즈는 어떤 맥파트랜드(육인의 가족)라는 자에 의하여 예의 있게 제지당했는지라, 후자는 그가 무릎 깊이 과오에 빠져 있다고 선언했도다. 이에 키다리 랠리 토브키즈의 용안이 추락했도다.

【67-68】두 유혹녀들의 출현
이제 (문제의) 다른 면에로. 그리하여 금후 이러한 낙타 등背의 사나이(HCE)는 스커

트 자락의 저들 골풀 계곡의 두 여걸들에 의하여, 자극되었다. (1) 한 사람의 루피타 로레트는 앞서 그녀가 사랑하는 모든 평온한 생활과 함께 그 후 곧 불의의 발작 속에 산탄주酸炭酒를 마셨는지라 그리하여 얼굴이 창백해졌나니, (2) 한편 그녀의 다른 사랑의-자매인 얼룩진 비둘기인, 루펄카 라토우시의 출현이라,

【68】 어느 날 그녀가 쌍안경의 사나이들을 위하여 옷을 벌거벗었으니, 이 밤의 여인은 애정을 애무하며, 자신의 여분의 호의를 재빨리 펼치거나, 대접하거나, 팔다니, 건초 더미에서 혹은 장물 은닉처에서 혹은 특별 목적의 푸른 보리밭에서 집시풍의 저꼭 같은 뜨거운 진수성찬을 오스카의 위사衛士(HCE)에게 접시 가득 대접했던 것이로다. 그 자(HCE)는, 그녀의 행각을 도 래 미 파 솔 라 시 도의 무지개 빛의 고성으로 잘못 소인하지 않았던고? 그녀(ALP)와 HCE의 정겨운 정사 장면이라, 그녀는 소아시아의 사나이를 재주넘기(성교)에로 재삼 유혹하지 않았던고? 그녀는 제공하고, 그는 주저하고, 눈은 갈망하고, 지난날의 그녀의 목소리를 듣나니, 그러나 대답은 없었도다.

【69-71】 마감 시간 뒤 주점의 잠긴 문간에서 한 중서부인이 HCE를 욕하다.
【69】 (이제 벽혈의 문제, HCE의 잠긴 대문에로 돌아가거니와) 옛적에 한 개의 벽이 있었으니. 아르런드(Aaarlund) 해年의 금속 또는 분노가 있기 전이었는지라. 또는 마魔 성냥불을 켜면 아직도 볼 수 있었도다. 당시 돌쩌귀 문이 하나 별도로 있었으니, 한편 그 강건 낙천가(HCE)는 저 두옥을 매입하고 확장했는지라, 자신의 잔여생계를 위하여 현장에 사과문을 달았는바, 당나귀들을 멀리하기 위하여 철개 문이, 그의 충실한 문지기에 의하여 채워졌으니, 아마 그를 안에 연금 보호하기 위해서였으리라.
어떤 북부 세숙자賈宿者(오스트리아 기자)가 하기 숙소인, 대목통大木桶 주점 32호 [HCE 주막의]에 머물렀다.

【69.30-36】 [투숙 기자] 오, 그건 그렇다 손치더라도, 우리 소소한 이야기에 관해 부대負袋자랑하건대,[332] 지나간 일과 연관하여 언제나 기억해야 하나니, 다름 아닌 북부 세숙자賈宿者인, 해당자씨氏[333]가 있었는지라, 그보다 전에, 그의 여름 혈숙소穴宿所를 외탐外探하여, 해구鮭區 (연어 눈의 새먼 어魚들이 당시 오렌지 단식을 멈추고 있던 곳)의 대목통부

람주점大木桶付濫酒店 32호(불결자의 무료숙 분동分棟)[334]에 참호塹壕하는, 타조국鴕鳥國 출신의 한 상업상담원 (제기랄, 녀석은 유럽 중앙유마사中央油磨師처럼 분연噴煙을 뿜고 있었으니),

【70】 HCE의 주옥에 머물고 있는 이 유럽 대합중국인은 주당 11실링의 회오금悔悟金을 방세로 지불하고 있었다. 그리하여 애란 신화의 파괴 어를 독일 방언으로 교환하면서, 아담 추락사건에 관한 그의 르포르타주를 정기 간행물 지인, 〈**프랑프르트 신문**〉을 위해 송고했다. 그런데 누군가 그의 양모 바지를 몰래 뒤졌는지라, 손해의 보상(500 파운드)을 요구했다. 또한 그는 닫힌 주막 문간에 어떤 노크 소리가 그를 괴롭힌다고 독일어로 말했다. 장본인은 중서부 출신(미국인)의 어떤 논 팡이로 HCE의 주막이 술을 팔지 않는다고 마구 욕하나니. 이 노변 강탈 범은 주의를 끌기 위하여 HCE의 열쇠구멍을 통하여 우는 시늉을 하며, 자신이 멍키 렌치를 가지고 HCE의 멀대같은 대가리에 도전하겠다고 했도다. 그러면서 그는 더 많은 술을 요구하며, HCE에게 11시 30분부터 오후 2시까지 욕설을 계속 퍼부었던 것이다.

【71.10-71.16】 이 부분에서 111개의 모욕은 HCE에게 모순 당착적이지만 사악하게 퍼부어졌다. HCE와 ALP의 결합에서 11명의 아이들이 있기에, 튜토닉 고함 자는 아나 리비아의 아이들의 모든 이를 위한 대변자이라—그리하여 아이들은 II.3의 사형私刑 부분에서 HCE에게 공격의 돌팔매질과 공격의 예상을 관리하고 있다.

그러나, 집안의 저 조용한 남자(HCE)는 공격자(앞서 미국인)의 고함에 요지부동, 밖으로 나기지 않고, 수동적으로, 얼굴이 약간 창백한 채, 손에는 보온병을 쥐고, 축벽築壁 뒤 온실 속에, 태평하게 앉아 있는지라, 그러자 그는 공격자가 자기(HCE)에게 퍼붓는 비방 명의 긴 일람표를 다음과 같이 편집했도다.

첫날밤 사나이, 밀고자, 오래된 과일, 황색 휘그당원, 검은 딱새, 황금 걸음걸이, 소지沼地 **곁의 가인**佳人, **나쁜 바나나지기 당나귀, 요크의 돼지, 우스꽝스런 얼굴, 배고티의 모퉁이 충돌자, 버터 기름, 개방대길자**開放大吉者, **가인과 아벨, 아일랜드의 여덟 번째 기적,**[335] **돈 마련자, 성유인**聖油人, **살인자 월상안**月狀顔, **서리 발**髮 **날조자, 심야 일광자**日光者,[336] **성전박리자**聖典剝離者,[337] **주간 주농**酒農, **절름발이**

폭군 터머, 푸른 점토한粘土漢, 다시전茶時前의 취한醉漢, 오락 사진 독자. 청각 장애
자, 괴골怪滑 착한 오리의 축복을 생각하라, W.D.의 은총,[338] 더블린의 지껄이 만
灣, 그의 아비는 월색가月索家[339]요 어미는 잔소리꾼, 베일리의 탐조등,[340] 예술가 등
등……

【72】[계속되는 HCE에 대한 비방 명들….] 그러나 개인의 자유를 무정부적으로
존중하여, HCE는 한마디 쐐기 말에 응답하지 않나니…. 그러나 사나이는, 만일 자신
의 가공할 의도를 정말로 수행한다면, 스스로 무슨 짓을 했을지도 모를 심각성을 잠재
의식을 통하여 정찰하면서, 얼마간 술이 깬 다음 그의 언어의 쐐기를 끄도다.

【73】당나귀-부랑자 물러가다
그 자는 현장을 재빨리 물러나며, 이어위커로 하여금 밖으로 나오도록 타이른 다
음, 그의 사내꼭두각시 목소리로 열대적 갈매기 둔주곡, 작품 XI, 32번에서 최초의 영
웅시체 2행구를 연주하면서, 그리하여, 그의 밴드 묶음을 어깨에 메고, 연못 또는 간
척지 위에 똑뚝땅땅 낙수 물, 아침의 필라델피아 빵을 원하면서,[341] 그의 미끄럼 속에
후방으로, 장애물 항港[342]의 구부정한 걸음걸이로 진행했나니 (힐리여, 너마저)[343] 농아회
관[344]의 방향으로, 배천背川의 독신자족獨身自足[345]의 달빛 어린 골짜기 속에, 약 1천년
또는 1천 1백년[346] 비틀비틀 사라져 갔도다.[부랑아의 퇴장] 아듀(안녕)그대여汝!

그리하여 이렇게, 대성채大城砦(HCE의 주막) 주변의 부랑자의 포위 속의 저 최후의
단계가 종말을 고하도다.

【74】HCE가 잠들자, 핀(Finn)의 예견되는 부활
어떤 핀. 어떤 핀 전위前衛![347], 그는[HCE] 대지면大地眠으로부터 경각儆覺할지라, 도
도한 관모冠毛의 느릅나무 사나이, 오—녹자綠者의 봉기(하라)[348]의 그의 찔레 덤불 골짜
기에, (잃어버린 영도자들이여)[349] 생生할지라! 영웅들이여 돌아올지라! 그리하여 구릉과
골짜기[350]를 넘어 주主풍풍파라팡나팔 (우리를 보호하소서!), 그의 강력한 뿔 나팔이 쿵쿵
구를지니,[351] 로란드여, 쿵쿵 구를지로다.[352]

왠고하니 저들 시대에[353] 그의 오신悟神은 전찬가全贊家 아브라함[HCE]에게 물으리라 그리고 그그를 부르리라: 총가總家아브라함이여! 그리하여 그는 답하리라: 뭔가를 첨가할지라.[354] 윙크도 눈짓도 않은 채. **하느님 맙소사, 당신은 제가 사멸했다고 생각하나이까?**[355] 그대의 녹림綠林이 말라 갔을 때 침묵이, 오 트루이가여[356] 그대의 혼매축제魂賣祝祭의 회관 속에 있었으니, 그러나 다시 고상래도高尙來都콘스탄틴노플[357]의 우리 범황凡皇[부활의 HCE]이 그의 장화長靴를 신고 스웨터를 걸칠 때 다환多歡의 소리가 밤의 귀에 다시 울릴지니.[358]

빈간貧肝?[359] 고로 그걸로 조금! 그[Finn-HCE]의 뇌흡腦吸은 냉冷하고,[360] 그의 피부는 습濕하니, 그의 심장은 건고乾孤라, 그의 청체혈류靑體血流는 서행徐行하고, 그의 토吐함은 오직 일식一息이나니,[361] 그의 극사지極四肢는, 무풍無風 핀그라스, 전포인典鋪人 펜브룩, 냉수 킬메인함 그리고 볼드아울에 분할되어, 지극히 극지極肢로다 [쇠약하도다]. 등 혹은 잠자고 있나니. 라스판햄[362]의 빗방울 못지않게, 말言은 그에게 더 이상 무게가 없도다. 그걸 우리 모두 닮았나니. 비雨. 우리가 잠잘 때. (비)방울. 그러나 우리가 잠잘 때까지 기다릴지라. 방수防水. 정적停滴[방울].

그 뒤로 HCE에 관해 아무 것도 들리지 않았다. 그러나 그가 시야에서 살아졌어도, 그는 대지 면으로부터 그의 강력한 뿔 나팔에 맞추어 다시 깨어나리라. 찔레꽃들 속의 한 그루 느릅나무 마냥 핀(Finn)처럼 부활하리라.

왠고하니 그날에는 모두들 그의 하느님의 부름에 다시 운집하리라. 언덕과 골자기에 그의 강력한 뿔 나팔이 다시 울리리라. 그의 하느님은 그를 부를지니. HCE는 라틴어로 물으리라. "하느님 맙소사, 당신은 제가 사멸했다고 생각하나이까?"(Animadiabolum mene credidisti mortuum?) 오늘 침묵이 그대의 회당에 있으나, 다환多歡의 소리가 밤공기 속에 울리리로다. [HCE는 스웨터를 걸치고 장화長靴를 신고, 자신이 다시 부활하여 관棺 곁에 앉아 있으리라.]

1.3의 마지막 단락은, 커다란 시적 힘을 가지고, 가벼운 비雨아래 잠자는 더블린인 및 가사假死의 HCE를 다룬다. 단락의 종말은 정교한지라, 피리어드(구독 점)들은 빗방울의 음률과 차가 서서히 멈추고 정지하기 시작하자, 그것의 잠자는 동작을 파괴한다【74.13-19】. 말(단어)들은 라스파남의 고사리 위의 빗방울 보다 더 이상 HCE에게 무게

가 없으리라. 그의 간肝은 빈약한고? 조금도 그렇지 않다. 그는 여전히 살아 있고, 하지만 가사상태에 있다. 그의 두뇌는 차가운 포리지(오토 밀 죽)일지라, 그의 찌꺼기는 젖어 있고, 그의 심장은 계속 쿵쿵거리며, 혈조血槽는 움직이는 지라, 그의 숨결은 그의 코를 통해 단지 훅훅거리나니, 그의 사지는 차고—모두 가사의 상징들이라. 그의 바깥 외곽外廓은 그의 육체적 상태를 표현하나니—핑글라스(그는 이빨이 없거나 혹은 무無 엄니여라). 펨브록(그는 그가 가진 모든 것을 저당 잡혔나니), 킬메인함(그는 동상凍傷이라), 보도일(그는 부엉이처럼 대머리라)이다. 그러나 그의 풀만 침대 차([55.19-20] 참조)는 어느 날 멈출지니. 강은 바다에로 되돌아갈 것이요, 혼수昏睡의 아일랜드 인들은 깨어나리라, 그들이 1916년에 그랬듯이.

한편 그동안 그(HCE)는 잠자도다. 그는 죽지 않았으니. 그의 두뇌는 빈혈이요, 차가운 호흡, 그의 벨트는 축축하다. 그의 심장은 거의 무도無跳라. 그의 혈액 순환은 느리고. 그의 땀은 거의 정지 상태. 그의 사지는 무력無力. 등 혹은 졸고 있도다. 그는 잠자나니. 그의 두뇌는 우건雨乾이라.

[HCE는 여기 잠의 모든 생리적 효과를 노출한다. 그가 잠들자, 그는 도시(리버풀, 더블린)를 닮았다. 낱말들은 더블린의 하수를 씻어 내리는 빗방울마냥 그를 씻어 내린다. 핀그라스, 펜브르크, 킬메인함 그리고 볼드로일의 빗방울들.

여기 뒤이은 제3장의 두드러진 특징은 주인공의 인물과 그의 적대자들이 서로 융합되는 경향이다. 우리는 이미 【50-51】에서 그러한 논지를 주목해왔거니와, 거기서 스캔들을 퍼트린 많은 등장인물들은 어떤 브라운-노란(Brown-Nolan)이란 인물 속에 융합한다. 이는 인물 자체 또한 HCE와의 유합癒合의 위협을 들어낸다. 평화의 관리인 "순경 키다리 키다리 랄리토브키즈"【67】는 자신의 주변에 많은 HCE의 모습을 지니고 있으며, 불청객 미국인【70-73】은 이 장의 마지막 3개의 문단들을 통하여 HCE와 단순히 구별되지 않음을 주목해야 할 것이다. 유럽 대륙의 기자 역시【69-70】 고목古木의 가지에 불과하다. 요약컨대, 우리가 곧 읽게 되듯, 적대자들은 하나의 같은 천성의 양명으로, 그들은 "반대의 유합癒合(the dialectical process of opposites)에 의한 재결합으로 극화된다."(철학자 브루노의 원리)

I부 4장 HCE―그의 서거와 부활 【75-103】

네이 호반 속 HCE의 매장

심판 받는 페스티 킹

HCE 방면되다

그의 사기가 노정되다

편지가 요구되다

ALP가 소개되다

HCE는, 감방 속에 누어, 방문 미국인의 비난을 귀담아 들으면서, 그를 거기 있게 한 반역 및, 특히 두 소녀들에 관해 많이 생각했음에 틀림없다. 그러나 세월은 그를 관 속에 가두고, 그를 수중 묘(말하자면, 네이 호 아래) 속으로 매장할 시간이 왔음을 알린다. HCE는, 그러나 피네간을 닮지 않았나니, 즉 그는 오래 누워있지 않으리라. "시대의 소환봉사를 따를지니, 추락 후의 봉기를"【78】 곧 그의 매장된 에너지가 표면으로 솟아나기 시작하고, 싸움과 다툼 속에, 그의 쌍둥이 아들들의 상호 적의 속에 으르렁대는 분쟁이 현시된다. 영웅 자기 자신은 눈에 띄지 않았으니, 그는 "연어도안의 연어처럼 모든 이러한 총체적 시간 동안, 비밀리에, 자기 자신의 잘못 달린 궁둥이 지방脂肪을 먹고 지냈음이" 사료된다【79】.

과부 케이트 스트롱(경야의 생활에서 주막의 늙은 청소부)이 HCE가 살아있을 때의 옛 시절의 장대한 이야기를 말 한다. 피닉스 공원의 추락의 이야기들은 재활하거니와, HCE는 법정에 페스티 킹(Festy King)의 이름으로 나타난다. 그의 아들 중, 솀은 그에게 반대 증언을 행하나, 심판관들로서, 4노인들은 "노란 브르노"의 판결―공동의 원천에서 파생한 반대는 결과적으로 화해한다는 교리―을 선언한다. 솀은 술로 악취를 토하고, 28월력-소녀들은(법정의 변호인들로서) 부르짖나니, "익살문사 [문사-솀] 피할지라!"【93】.

그러나 오래전 사라진 애비 HCE는 어떠한고? 4심판관들은 법정의 간방에서 그의 옛날의 죄에 관해 회상한다. 그러나 곧 뉴스는 그가, 자신의 소굴을 떠나 해외로 배회하고, 사냥 당하지 않는 간계의 여우로서, 재차 자유의 몸으로 해외에 떠돌고 있음을 알린다. HCE는 파넬(Parnell)로서 나타나는지라, ("주저자躊躇者들의 전리품, 주저의 철자"(the spoilnof hesitants, the spell of hesitency)【97】 그는, 그토록 많은 애란 인들이 믿듯, 정말 죽지 않았으며 다시 되돌아오리라(그의 위명[僞名]들 중의 하나는 "여우"이다).

마지막으로, 그러나 그를 구하는 자는 ALP이나니, 위대한 죄인의 아내요 과부인지라, 여인들은 그녀로부터 그에 관해 소식 듣기를 원한다. 장말은 죽은 주인의 위대한 이름의 부활자요, 영원한 여인-강江인, 그녀의 칭찬의 찬가로서 끝난다.

제4장은 음악적 조곡組曲(suite), 혹은 장시長詩의 그것처럼 6개의 운동 또는 운절韻節(strophe)로 구성된다. 변전變轉 혹은 설명을 첨가함은 여기 저기 부분들의 질서를 분명히 할 것이다. 현대의 시인들은 강도强度(intensity)를 위하여 변전을 무시하는데, 조이스 역시 그러한 이유 때문에 ─왜냐하면 〈피네간의 경야〉는 산문시와 다르지 않기 때문이다─그리고 또한 꿈의 효과 때문에 그들을 무시했다. 양립 불가성(incompatibles)의 갑작스런 병치(juxtaposition)와 음률 및 음운의 갑작스런 전환은 그의 계획된 효과를 위해 그이 자신이 필요로 했던 것이다.

제4장의 6부분들은 이러한 연속(sequence)을 갖는다. 1. 짧은 소개【75-76】 2. 죽음과 매장에 대한 긴 명상【76-80】 3. 캐드의 또 다른 이야기【81-86】 4. 4재판관들 앞에서 행해지는 이어위커의 재판【86-96】 5. 여우 사냥 및 망명으로의 도피【96-101】 6. ALP 및 강에 대한 찬가【101-02】.

이 부분들 가운데, 전체 구도에 있어서 최후의 것이 가장 중요하다. 왜냐하면 비코에게 보다 조이스에게 더 중요했던 비코의 4번째 시대는 3시대들인 신성, 영웅, 및 인간의 순환 뒤에 역류(reflux)의 시기이기 때문이다. 죽음과 매장은 부활을 요구한다.

밤의 공포는 새벽과 희망, 더 많은 희망을 요구한다. 여기 6번째의 음절에서 ALP는 말(word)의 양 의미에 있어서 HCE를 "경야"할 것이다. 그녀의 살아있는 강의 양 둑에는 불결한 옷들을 빨래하고 재생하는 여인들이 있다. 숫자 111은 부활을 의미하며 ALP의 "wee"【103.6】는 〈율리시스〉에서 몰리 블룸의 "Yes"와 대동소이하다. 〈피네간의 경야〉에서 반전反轉에 의해 신호되는, 부활은 이 장을 통하여 풍부하다. 예를 들면, 1132는 3211이 되거니와 이러한 "반전"은 대문자를 포함하는데, HCE는, 뒤집혀 ECH가 된다. 히아신스(hyacinth)는 이 장의 꽃인지라, 왜냐하면 히아신서스 (Hyacinthus)는 프레이저(Frazer)의 죽음과 부활의 신들의 하나이기 때문이다.

이제 HCE는 잠이 든 채, 자신의 죽음과 장지葬地를 꿈꾼다. 여기 잊혀진 관이, "유리 고정판별 널의 티크 나무 관"으로 서술되어, 나타난다. 이 장의 초두에서, 미국의 혁명과 시민전쟁을 포함하여, 다양한 전투들에 대한 암시가, 묵시록적 파멸과 새로운 시작의 기대들을 암시한다. 부수적인 혼돈(카오스)은 비코 역사의 "회귀(recorso)"에 해당함으로써, 새로운 시대를 예시한다. 그러나 새로운 시대는 아직 발달 중에 있다, 왜냐하면 과부 케이트 스트롱 (제1장의 공원의 박물관 안내자)이 독자의 주의를 "피닉스 공원의 사문석蛇紋石 근처의 오물 더미"에로 되돌려 놓으며, 사실을 있는 그대로 자세히 설명하기 때문이다. HCE가 불한당 캐드와 만나는, 앞서 사건의 각본이 뒤따른다.

비난받는 페스티 킹(HCE의 분신) 및 그의 공원의 불륜 사건에 대한 심판을 비롯하여, 그에 대한 혼란스럽고 모순된 증거를 지닌 4심판관들의 관찰이 잇따른 여러 페이지를 점령한다. 목격자들은, 변장한 킹 자신을 포함하여, 그에게 불리한 증언을 행한다. 그의 재판 도중 4번째 천둥소리가 울리며, 앞서 "편지"가 다시 표면에 떠오르고, 증인들은 서로 엉키면서, 신원을 불확실하게 만든다. 4심판관들은 사건에 대하여 논쟁지만 아무도 이를 해결하지 못하고 결론에 도달하지 못한다. 그에 대한 불확정한 재판이 끝난 뒤에, HCE는 개들에 의하여 추종 당하는 여우처럼 도망치지만, 그에 대한 검증은 계속 보고된다. 이어 우리는 ALP와 그녀의 도착에 주의를 집중하게 되나니. "고로 지여신地女神이여 그녀에 관한 모든 걸 우리게 말하구려." 마침내 그녀의 남편에 대한 헌신과 함께 그들 내외의 결혼에 대한 찬가로 이 장은 종결된다.

이어위커가 감방인 지옥의 번뇌를 겪는 동안, 그의 강제된 체류가 고려된다. 이는 HCE의 재판과 유폐가 그리스도의 십자가형과 매장으로 의도된 인상을 띠는 것으로,

이 감방은 앞에서 집, 주막, 오두막, 호텔, 전화박스로 변형되었거니와, 이제 이는 집 우리, 이어 텐트, 이어 방앗간으로 서술된다. 뒤에, 그것은 티크나무 관으로, 이어 그것 자체가 탄광으로 바뀌는 무덤이 된다.

────

【75】 포위된 HCE. 꿈을 꾸다

[우리의 영웅(HCE)은 그가 앞 장말의 불청객인 미국인의 비방을 견디고 있는 저 시간 동안, 무엇을 꿈꾸고 있었던고?]

동물원의 사자가 나일 강의 수련을 꿈꾸듯, 주점의 울타리에 갇힌 혼수 상태의 이어위커는 첫째로, 그를 영락시킨 "오염되지 않은 백합꽃들"(공원의 처녀들)을 꿈꾸었으리라. 둘째로, 아마도 그는 맥열麥熱과 수확의 들판, 거기 황금곡물을 예견(후견)했으리라. 셋째로, 그(HCE)는, 저 "언어 부상자"(wordwounder) [앞서 부랑자-캐드, 이齒에 합당한 엔겔 자者, 그는, 땅 뱀의 교활 자의 이름을 지니며, 누계淚界의 어디서나 반점斑點 배복으로 기어다니는 자, 돼지 노예, 무릎 꿇는 자가, 밀크, 음악 또는 기혼의 오도誤途된 여인들을 찾아 포위하는 동안(11시 30분부터-오후 2시까지 3시간 반) "흑안黑顔의" 양떼가 아닌, 자신의 탁월한 왕조의 조상으로 밝혀지기를 기도했으리라. 고로 여기 HCE는 한 유혹녀로서 그의 딸에 관한 친족상간적 꿈을 꾸나니, 자기 자신과 그녀의 형제들을 유혹한다.

이렇게 HCE의 사후의 명성을 서술하는 구절들의 짙은 편린들이 뒤따른다. 더 많은 합법적 진흙이, 메칠 알코올의 술꾼인, Festy King(익명 하의 문사 솀)과 이름이 Peggar라는 증인의 환락의 올빼미 그리고 West Pointer, 혹은 Wet Pinter(양자는 분명히 취객들이요, 그자들은 우리의 주인공의 이름을 한층 어둡게 하거니와)의 논평 동안에, HCE에게 던져진다【84.28-93.21】. 그러자 Festy King은 스탠드를 떠난다. 손은 예의 있게 라틴어로 묻는다, "Quomodo vales hodie, atrate generose?"(오늘 건강은 어떻소, 오 고결한 털보 양반, 고상한 암탕나귀 신사?)【93.6-7】. 이는 〈피네간의 경야〉 동안 한 형제가 다른 형제에게 하는 인사들 중의 하나이다. 술 취한 솀이 커다란 방귀 소리로 응답한다【93.7-8】. 솀은 몸집의 중하반부이요, 이 공허한 논평은 전적으로 그의 성격에 알맞다. 법정의 28숙녀 변호사들, 작은 소녀들처럼 솀의 자매들이 "셰임(수치)(Shames"의 행동의 불쾌 속에 화해하며, 7개의 언어들의 번안으로 그에게 "수치"의 코러스를 터트린다. 한편 그의 부친에 대한 불결한 이야기들에 대해 그에게 큰 목소리로 비평한다【93.19-21】.

화자가 HCE의 생활이 Artha kama dharma moksa, 인생에 대한 힌두 서술의 4요소들, 그리고 이어 HCE의 인생에 관한 열쇠에 대한 시詩의 정신(산스크리트의 Kavya)를 맡는다【93.22-23】. 이 어구는 또한 "HCE의 역사에 대한 열쇠를 위한 케이트에게 술 찌꺼기를 묻는다." 그녀는 월링던 뮤즈방의 전장戰場을 통해 여행자들을 안내하며, 그녀는 인민들에 의해 유증된 역사의 정신처럼 작동하자, 한편 4노인들이 아카데미의 역사를 대표한다.

4노인들은 그들의 특별히 오도된 편린들을 HCE의 이야기에 헌납한다【94.23-97.28】. 그들을 위해, 그의 관 속의 HCE의 여정은 한결같이 추적追跡을 따르는 여우 사냥을 피하는 시도를 구성한다【107.28】. 그들은 그가 자살을 범할 인생의 스캔들과 가능성에 관해 명상을 계속한다【97.29-100.36】.

HCE의 이야기는 일시적으로 지친다. 여기 조이스는 커다란 변혁을 두는바, HCE의 기다란 고통의 아내 ALP가 권고로서 소개된다, "그녀에 관해서 우리에 말할지라!"【101.2】.

ALP는 빨랐던가?(Was she fast) 【101.1】. 여인들이 의아해한다. ALP는 빠름과 변화의 정신이요, 그녀는 과연 "빠르나니." 자유로이 움직이고, 비도덕적이다. 이 장의 템포는 정적靜的 HCE에 관한 자유로이 움직이는 논평을 뒤쫓아 입수한다. 조수潮水가 회전할 때, 시간은 계속 달린다. 정보를 위한 코러스의 소동【101.2-4】이 I.8의 시작을 미리 메아리 한다. 코러스는 HCE와 ALP 그리고 버클리에 의한 그의 가능한의 살인에 관해 만사를 알기를 원하자, 그들은 러시아 장군의 이야기에서 그를 사살한다.

ALP는 아담의 고노苦勞하고도, 고통苦痛하는 아내로서 서술되는 가하면, 그녀의 남편의 가신家臣이 그를 그녀의 앞가슴으로 끌어낼 때, 그의 노동 속에 그를 지지하며, 그를 옹호하며, 그의 죄를 잊으려고 애쓰며, 그녀 자신의 건강을 희생하며, 모든 그의 중얼거리는 아기들을 모역母役하며, 111명의 아이들을 탄생시키며, 그를 최초로 탄생한다. 그녀는 자신의 모성母性을 위한 무거운 대가를 지불했다. 그녀의 이빨은 위치僞齒로서, 인기 있는 언술言術인즉, "한 아이를 위한 한 이빨"【101.34】은 해산解産 동안 가련한 여인들의 칼슘 고갈이요, 칼슘의 다른 증후인, 그녀의 두발이 빠진다. 그녀는 남편에게 아이들을 부여하고, 그의 추락 뒤로 그를 추수追隨하며, 그에게 경야를 부여했다. 그녀는 그와 달릴지니, 마침내 그녀는 대양에서 종지終止하고―이는 책(작품 〈피네간의 경야〉의 바로 종말의 예시豫示여라【101.31-102.7】. 아일랜드의 시골을 통한 그녀의 지그재그 길, 그녀의 멋진 의상 그리고 그녀의 40개의 보닛들은 빠르고-흐르는 산문으로 서술된다. 서술의 종말에서, 그녀는 독사의 충실한 머리를 묶게기 위해 그녀의 잠자는 남편을 부른다【102.8-17】. 즉, 세계에 대한 그녀의 편지의 주제는 마침내 IV부에서 현현된다.

화자는 우리 모두의 위대한 어머니인, Morandmor(grandmother)를 포함하는 덴마크어 및 또한 그녀가 우리에게 가일층 노정하는 지시, "빌라의 노틀담"으로서 그녀를 위해 변호하는 것을 우리에게 간청한다【102.18-19】. 우리는 HCE의 토루土壘를 매수하지 말도록 일러 받거니와, 투탄카멘의 저주가 그것 위에 있다! ALP는 그녀의 머리카락/상속자가 "그녀의 금발이 그녀의 등 아래 매달리고 있었다네"의 음률 속에, 그녀에게 매달리거나 혹은 그녀의 등에 매달림으로써 서술되는지라, 이 노래는 천진난만한 상실에 관한 노래이다【102.22-24】.

HCE의 가정생활은 스캔달스러운지라, ALP를 우리는 곧 알게 되고, 거리로부터 예쁘고 작은 무지개 소녀들을 그에게 선사하는지라, 그들과 더불어 그는 자신의 힘을 쏟는다. 인생은 ALP의 개체 속에, 인류에 다색의 세계를 선사하나니, 그것은 태양이 솟아, 지구에 색깔을 회복할 때, 성 패트릭에 의해 잇따르는 IV부에서 옹호된다【102.25-28】.

이어위커 가문의 슬픈 일상은 명료하게 스케치되는지라, 즉 오늘을 싸우면서, 오늘밤 키스하고, 그리고 영원히 고통을 장구長久하도다. 그러나 누가 그녀의 과부담誇

負擔의 남편에게 충분한 뜻이 있으랴! 그러나 그의 아내, 그녀의 육체는 그의 아이들의 분만으로 파괴되었나니.

ALP를 소개하는 이 장은 오랜 음악당의 노래 〈"트리니티 교회에서 나는 나의 운명을 만났다네"〉의 조이스의 번안에서 끝나는바, 이 노래는 그의 아내가 약간의 돈을 가졌다고 생각하는, 결혼에 유혹된 한 남자의 고통을 서술하는 바, 그는 자신의 귀까지 빚에 쪼들린 자기 자신을 발견하고, 울부짖는 아이들에게 둘러싸인다. ALP는 HCE에게 그녀의 999년의 임차권을 팔았고, 그녀의 육체와 그녀의 아름다운 머리카락으로 그를 유혹했다. 그는 그녀의 미끼를 삼켰다. 여기 아일랜드 橋에서 조수의 회전과 진짜 서술적 시간은 예상된다. 아담은 이브에 의해 유혹되었다. 추락한 인간은 시간이 귀까지 차고, 가시적 및 가청적 세계의 "추적의 고함소리"(그리고 구유속애 울부짖는 아이들)는 제임스 조이스가 예술적 제시를 위해 그의 일생의 작업으로서 택했던 세계이다【102.32- 103.70】

이 장은 여울애서 세탁부들을 예상하는 사랑스런 변천과 I.8에서 목석木石의 소명, 망명자들의 성서적 시편 137인, "바빌론 강가에서"의 음률에 맞추어 종결된다【103.9- 12】.

　　　　【76】 (네이 호반의 매장) 왠고하면, HCE에게 평소 최고의 욕망이 있나니, 그것은 시민들의 범죄 계층을 사회에서 제거하고, "도시의 행복을 안정시키는 일이라"(그는 〈율리시스〉의 밤의 환락 장면에서 블룸-더블린 시장, 대통령 각하마냥, 시민의 운명을 개량할 원대한 야심을 피력한다).

[HCE의 수중 묘] 이제 만사는 완료. 앞서 〈피네간의 경야〉 66페이지에 언급된 도둑맞은 관이 불쑥 재현한다. 꾀 많은 보수적 대중이, HCE의 시체가 비육체화(부패)되기 전에, 네이 호반의 모형으로, 그들의 잠정적인 영묘를 하나 그에게 선사한다. 호반은 아주 상한 생선의 북새통 상태에 있었다. 그것은 고대의 수목과 갈색의 이탄 수 물결로 풍요로웠는지라, 마치 헝가리의 다뉴브 강의 하상河床 속의 최초의 저주받은 훈족마냥. ("그들[물결]의 누비이불이 그의 이수면利水面의 몸 위에 경쾌하게 하소서!"). [다뉴브 강을 여행하는 오늘의 나그네는 〈피네간의 경야〉의 이 구절과 연관하여, 그 수려한 풍광

에 얼마나 마음 설렐 건고!]

　[수중 영묘는] 최고인지라. 이 존재했던 지하의 천국, 또는 두더지의 낙원, HCE의 관은 아마도 또한 쟁기등대의 역위逆位었나니, 밀 수확을 양육하고 관광 무역을 기승 氣勝하기 위해 의도되었던 것인지라.

　　【77】 (HCE의 수중 탈출) 우리의 수중의 성주(HCE)는, 수뢰의 방법에 의하여, T.N.T.를 발명하고, 자신의 대중 무덤을 폭파했나니, 그의 방패 판막에 동여 묶은 개 량된 암모니아의 양철 깡통으로 광원光源과 접촉했는지라, 케이블에 융합하여, 배터리 퓨즈 상자 속으로 누그러뜨렸도다. 그런 다음, 콘크리트 제의 방부성 벽돌과 회반죽 으로 조심스럽게 그 자리를 메웠나니. 그 일이 끝나자, 건축 청부업자 HCE 자신은 칠 소탑七小塔으로 은퇴했나니, 대중 추가공익 위원회, 등으로 하여금, 자신에게 아담 비 가의 미사여구를 새긴 한 개의 석판을 그의 집 문간에 세우도록 선사하게 했는데, 그 내용인즉. "친애하는 태형 주여, 오인吾人은 그대와 단절하나니, 거去하도다!"[그 뒤로 HCE는 자신의 수중 묘를 T.N.T.로 폭파한 뒤, 탈묘脫墓하고 그곳에 비명碑銘을 달다.]

　　(HCE의 지상 묘 구축) 그러나 그는 자신이 살 자기 자신의 지상의 무덤을 노령을 대비 하여 스마트하게 세웠도다. 무덤은 대중의 공여 물들, 지상의 부로서 지원받았나니, 장례의 잡동사니들이 그가 편히 살 수 있도록 마련된 무덤 속으로 뒤따랐도다. HCE, 이는 그가 장차 그의 풍요로운 인생을, 노쇠 전 고령에, 예상된 죽음 속에 보낼 수 있 도록, 새로 마련된 무덤 분지로다.

　　그러나 그건 집과 온갖 가재점家財店이도다! [HCE가 새로 마련한 지상의 무덤 분 지] 전시관展屍棺, 권시포卷屍布, 선매善買작별 관가포棺架布, 유골 단지, 고성高聲 구리 제품, 코담배 갑, 밀주 통, 눈물단지, 모자 상자, 향수배香水盃, 구토기嘔吐器, 건강 증진 훈제 소시지와 연육의 돼지 족발을 함유하는, 식욕을 위한 소금 부대, 그리하여 그 일 에 대해서, 그래요 과연, 그의 유리 석묘石墓의 장식을 위한 별별 하종何種의 토장土葬 잡품들, 만일 이러한 조건체條件體의 연쇄를 충족하건대,[363] 당연하게 뒤따르나니, [이 상 새 집을 위한 비축 물들-대중의 증여 물들] 아아, 정상적인 과정 속에, 소요중인간逍

遙重人間 저 세계 일주자—周者[HCE]가, 지금까지 이러이러한 난경難境을 겪은 뒤,

【78】 수중 묘의 HCE, 지상으로의 귀환

그러나 세월의 소환을 따를지니, 추락 후의 봉기를. 그리하여 성자(HCE)는 그곳 무덤으로부터 충전된 채, 그의 하부계의 모든 비밀의 지층들을 통하여 번식하면서, 그의 지상의 보고(표면)에로 다시 돌아오도다.

〈성서〉의 암살된 가인(Cain)처럼 사람들은 HCE를 핀(Finn)의 마을에 매장하도록 설득했는지라. 그러나 수중 묘 속의 그는 단지 3개월 동안밖에 있지 않았나니, 그러자 그때 부패(작용)(HCE의 시체의)가, 소년들이 행진하듯, 터벅, 터벅, 터벅 다가오기 시작했도다. 번개가 뻔적이자 홍수가 터졌나니. 그리고 문간에 머스캣 총알을 쏘는 소리가 났도다. 켈트베리아의 양 진영(신 남부 아일랜드와 구 얼스터, 청군과 백안군) 간에, 교황 찬성 또는 교황 반대의 문제로 전쟁이 있었는지라, 모든 조건의 신분을 지닌 사나이들은 그들의 전쟁 밑바닥을 향해 끌렸던 것이다. 그들은 양 켈트의 캠프로부터 왔는지라, 혹자는 영양의 결핍으로, 타자는 방어를 위해 포박된 채, 왜냐하면 영원(하느님)은 매번 그들 쪽에 있기 때문이라. 그러자 그 늙은 유령(HCE)은 무덤 속의 오랜 기근으로부터 해방되어, 이전의 비만의 망상과 함께 그를 속이는 평원의 어둠을 이용하여 도망쳤도다. [여기에 발생하는 미국 혁명과 미국 시민전쟁을 포함하는, 다양한 전투들【78.15-79.26】의 암시들은 종말에 묵시록적 멸망과 새로운 시작의 예시를 암시한다. "시대의 소환봉사를 따를지니, 추락 후 봉기할지라"【78.7】. J. 캠벨과 H. 모튼 평자들은 이를 평하기를. HCE의 죽음에 따르는 전쟁들은 피네간의 경야에 소란한 떠듦과 아들들의 형제 싸움과 대응한다는 것.

【79-81】 케이트 스트롱(Kate Strong), 하역부, 그녀의 피닉스 공원의 퇴비더미 및 옛 시절의 회상

【79】 (그동안 HCE는 연어나 자신의 등 혹을 먹고 지내다.) HCE의 반대자들 사이에 의혹이 맴돌고 있었는데, 그이야말로, 요리사-청소부(케이트)가 말했나니, 그 자는 연어(자기 자신 연어이거니와)를 먹어치운 것으로 알려져 있었다. 또한 이러한 총체적 시간 동안 비밀리에 자기 자신의 등 혹의 지방을 먹고 지냈다.

이 구절에서 HCE의 선사시대가 종결된다. 보드빌(버라이어티 쇼)의 핀 맥쿨처럼, 그는 추락으로 고통 받고, 사자獅子로서 드러눕게 되어, 한 가지 소음의 싸움이 생존자들 사이에 우르릉대는 동안 짙은 혼수(coma) 속에 남는다. 그는 아마 재생할 것이 기대된다. 당시는 이교도, 첫 도시의 철기시대, 그때 비너스 양孃들은 사방에 킥킥킥 웃어대며 유혹하고 사내들은 허황된 너털털웃음을 분출했도다. 사실, 어느 오전 또는 오후를 막론하고 사랑은 자유요 변덕스러운지라. 한 숙녀가 심지어 한번에 한 쌍의 우신愚紳을 총애하도다. 그리고 사방에서 즐기나니.

케이트 스트롱(하역부)은 저들 불결 시절 동안 더블린 도시를 알고 있던 넝마주이-과부(미망인)로서, 우리를 위해 한편의 생생한 소로 화畵를 그리다. 그녀는 사방에 냄새나는 쓰레기와 함께, 암석의 가정 연然한 오두막에 살았다. 그리고 이 과부는 거의 모든 폐품 청소를 행했도다.

【80】 (하녀 케이트 스트롱과 그녀의 피닉스 공원 서술, 그녀는 공원에 있는 쓰레기 더미의 옛 시절을 회상한다.) 그녀가 선언하는 바, 거기에는 저들 오랜 당시의 묘지도의 밤에, 어떤 채석 포장의 대피로도 없는지라, 그녀는 피닉스 공원의 사문석 근처에 HCE 가문의 오물을 버렸도다. 당시에, 그곳은 "미천美泉한 성소"로 불리었으나, 뒤에 "페트의 정화장淨化場"[아일랜드의 암시]으로 세례되었다. 그녀는 그곳을 선택했는지라, 왠고하니 그 근처 일대는 온통 과거의 복잡한 장식무늬였기에. 화석 발자국, 신발자국, 등등이 진화적 서술을 연속적으로 산적하고 있었기 때문이다. 이를테면, 모신母神에 대한 욕정을 갈망하는 연애편지를 감추기 위하여, 이보다 더 정교한 장소가 있을 것인고. 당시-그곳은 분명히 4프로메테우스의 손들에 의하여, 최초로 화해의 아기가 감미로운 땅의 요람 속에 눕혀졌도다. [편지가 나중에 발굴되는 패총더미는 여기 피닉스 공원에 위치한다. 만부萬夫와 그의 여인은 우렛소리가 들렸을 때 여기서 사랑을 하고 있었다.]

지고자(하느님)가 말한 곳은 분명히 여기(쓰레기 더미)였나니! 거기 그의 혼례의 독수리들이 포획의 부리를 날카롭게 다듬던 곳. "있는 대로 있게 하라" 하느님은 말하나니, "그분의 조야한 말言을 좇아. 그곳은 마치 우리 노아 시대의 기억을 위한 망각의 홍수가 물러가듯 했도다. 해신 포세이돈 파동자波動者가 혈석血石을 씻던 곳. 그대 거기 저 녀석과 무엇을 하고 있는고, 그대 불결한 말괄량이? 그대의 조상이 갔던 길을 갈지라, 거기 부화 매장 도로!" [이 목소리는, 짙은 사투리와 함께, 만부와 케이트 스트롱이 그들의 무모함을 끝내고 안주하도록 명령한다.] 그리하여 젠장! 모두들 뒤져 나갔나니! 재빨리 전교생들이 그들의 허리띠를 뒤로 세차게 휘날리며, 쏟아져 나간 곳.

이리하여 뇌성 치는 신기원의 나날에 대한 케이트의 짧은 스케치가 종결된다. 그것은 위대한 비코의 회귀, 또는 인간의 숙명의 길을 뜻하는 시초의 순간이었다. 우리는 이제 잠시 동안, 저 뇌성의 교훈과 이 길을 생각하기 위해 멈추어야 한다.

【81-85】 HCE-Cad의 만남의 재서술

【81】 (피닉스 공원 내의 길) 그래요, 불가시성不可視性이 불가침不可侵이라면 인접도隣接道[피닉스 공원, HCE의 집 근방의 도로]는 가시성. 그리하여 우리는 그의 곡물을 게다가 침범하지 않는도다. 모든 흙탕 부지敷地를 볼지라! 고도로古道路! 만일 이것이 한니발364의 보도步道라면 그것은 헤르클레스365의 작업이나니. 그리하여 수십만의 굶주리며 허기진 자들[노예]이 노역奴役한 길인지라. 영묘靈廟가 우리 뒤에 놓여있고 (오 지가스 거인, **만인의 부父!**) 그리하여 브라함과 안톤 헬메스366가 통과하는 전차 궤도를 **따라** 단층을 이룬 그들의 십만 환영의 이정표가 있나니! 합승 버스에 의한 무극無極 속세의 경탄驚歎 탐색이라. 전속력으로(아멘). 그러나 과거가 우리에게 이 여로를 현정現贈했도다. 그러니 여기가 오코넬 가街입니다! 비록 우은폐지雨隱蔽地라도, 그대는 여마차은폐旅馬車隱蔽로다. 그리하여 만일 그이가 어떤 로미오367가 아니라면 그대는 모자를 가리비로 꾸며도 좋을지니. 성 피아클의 성당에서 저기 훨씬 위쪽으로! [전진!] 정지!

그래요, 우리는 주위의 불가시적인 것을 모두 쓰러뜨릴 수는 없는 일이다. 주위의 모든 흙탕 부지를 볼지라! (하느님은 대홍수를 보냈나니) 그리고 우리는 게다가 그의 곡물을 침범할 수 없었다. 거기에는 우리를 길에로 나아가게 하는 힘이 있다. 만일 이것이 한니발의 길이라면 그것은 헤르쿨레스의 작업이나니. 그리하여 수십만의 굶주리며 허기진 자들이 노역한 길인지라. [이제 우리는 이 공도公道를 따라서 우리의 현재의 위치를 생각하도다. 그 영묘가 우리 뒤에 놓여있고, 우리 앞에는 이정표들이 서 있는지라. 끝없는 세계가, 아멘. 과거가 우리에게 도로의 선물을 주었나니. 그런고로, 자유인, 오코넬에게 경례하라. 우리는 성 피아클의 성당에 도착했도다. 정지!

[이제 장면의 변화]

여기 우리는 공원의 유명한 만남의 장면에 있다. 그런고로 우리는 새로운 정보를 수집하는 것이 가능하리라. 우리는 고대의 이야기를 생각하기 위해 공도의 이 지점에 멈추나니, 그러나 모든 모험은 또 다른 역할로 이제 가장하고 있도다. HCE는 죽었고 사라졌다. 그의 이야기는 그의 아들들의 모습을 통하여 다가온다.

【81-93】 (잇따른 페이지들은 〈피네간의 경야〉 제II부의 장들을 지배할 솀과 숀의 싸움들의 전조)
【81-84】 (캐드와 HCE의 새로운 만남의 또 다른 각본)
우리는 보다 먼 증거를 위해 어설픈 탐색을 시작한다. 우리는 갑자기 재판에 다시 출석하고 있음을 알거니와, 이는 애란의 대중에 의하여 심문 당하는 HCE의 것이 아닌, 고발자로서 솀과 함께 숀의 재판이다.

여기 저 저택 바로 곁에, 리피 강과 조류가 서로 상교하는 곳, 그곳에 참으로 토착적 담력을 지닌, 공격선수(캐드)가 대항자(HCE)와 교전했나니, 그를 그 자는 짙은 폭우 속의 박애주의자, Oglethorpe 또는 그가 어떤 유사함을 지닌 어떤 지겨운 놈으로 오인했거니와, 그의 모독적 언어를 사용하여 HCE를 멋지게 관속에 눕혀 주겠노라고, 그가 지녔던 장방형의 막대기를 쳐들었도다. 그 쌍자 놈들은 분명히 상당한 시간 동안 분쟁했나니라.

【82】 (공원의 부랑자 캐드의 HCE로부터의 돈 빌림) HCE와 캐드 양자는 책 창고 주변에서 격투한다. 그들의 난투 과정에서 키다리 종타자鐘打者(HCE)는, 휴대할 수 있는 증류기를 갖고 있던 난쟁이(캐드)에게 말한다. "나를 가게 할지라, 도주監酒여! 난 당신을 잘 알지 못하도다." 얼마 있다가, 음료를 위한 휴식을 취한 뒤, 그 동등한 사내(캐드)가 욕지거리로 물었나니. "6빅토리아 15비둘기의 금액을 타인으로부터 이전에 날치기 당

하지 않았는지?" 그러자 이내, 얼마간의 의견 충돌과 조롱 뒤에, 그 자는 그의 동료에게 10파운드를 빌려줄 수 있는지, 그는 이전에 소매치기 당한 금액을 되갚고 싶다고 덧붙인다. 이에 타자(HCE)는 말을 떠듬거리며 분명히 대답한다. "난 정직하게 그만한 돈은 갖고 있지 않지만, 4실링 7페니 만한 돈을 선불할 수 있으리라" 하고 대답한다.

【83】 (캐드의 HCE로부터의 재 이별) 이 굶주린 포남砲男(캐드)은, 놀랍게도, 이상할 정도로 침착해지며, 그러나 자신은 그에게 언젠가 선행을 행사하고 싶은지라. 이어 여러 주점들에서 미리 마실 모든 위스키에 만족하며, 자신 떠나기를 청한다. 그는 생선 주를 한껏 들이키고, 형제 사이에 행사하는 포옹의 친구례親口禮 혹은 발진發疹의 입맞춤을 교환했나니, 조약을 태양 신 앞에 비준한 다음 그의 얼굴을 모스크 바 방향으로 돌리고 그곳을 떠났도다.

【84】 (HCE, 경찰에 사건을 보고하다) 그는 모스코 방향으로 돌리며 (우리는 이점에서 누가 공격자이며, 누가 공격을 당한 자인지 결정하기 위해 그를 개관해야만 한다), 여기 두 신분들은 행동만큼 불확실하다. 공격받는 사람으로서의 캐드-HCE인지? 또는 공격자로서의 HCE-캐드인지? 나귀등 교橋를 건너 도망쳤는지라, 피어러지와 리틀혼(소각小角) 사이의 어딘가 리알토 대리석 교에서 어떤 적대 폭자暴者와 함께 어떤 까마귀의 깃털 뜯기 시간 약속을 지키기를 의지했도다. 한편 이 가련한 낙오자(HCE)는 그 발생사를 경찰에 보고했나니, 머리의 어떤 (피의) 세제洗劑 또는 발효액醱酵液이 보여지기를 바라는 것인지라, 그의 얼굴은 포유동물의 피로서 온통 덮여져 있었나니, 그러나 한편 그의 상체는 강타에도 불구하고 뼈 한 톨, 한줌 전혀 상하지 않았다.

그의 얼굴의 백지白地가 자신의 성격의 심각성의 확증으로서 대각선으로 적십자된 비태아적非胎兒的 포유동물의 피로서 온통 덮여져 있었는지라 그리하여 더군다나 그는 자기방어 도전 속에 콧구멍, 입술, 귀 바깥날개 및 입천장에서 피를 흘리고 있었으니, (그걸 멈추게 하라!) 한편 그의 멋쟁이 머리에서 자신의 모자광帽子狂의 얼마간 머리카락이 콜트 식[상표] 자동 권총에 의하여 뽑혀져 있었는지라, 하지만 그렇잖고 그의 총체적 건강은 중용中庸처럼 보였으니, 최고의 행운으로 입증되다시피 그의 시상체屍

傷體 속에 206개의 뼈와 501개의 근육 중 하나도 그의 강타에도 불구하고 전혀 상마傷馬되지 않았도다.

작금, 우리는 이제 점진적으로 앞서 캐드와의 싸움의 더 많은 증거를 찾아 몰래 나아가며, 우리 조부의 정치적 경향 및 도시 추적의 문제에 당도하도다.

【85-90】 공원의 불륜에 대한 재판상의 Festy King (HCE의 도피)

1. 그의 신보 및 바트 교의 대중 의자 착석 2. Festy King의 등단

i. 앞서 페이지에서 HCE의 태평양 항해 식의 추적에 관하여― a. 그는 공중의 잔디 도道, 피닉스 공원의 웰링턴 공원 도를 따라, 산보와 순회에 열중하고 있었다 b. 그가 공원에서 캐드 놈에 의하여 잘못 매복된 채 습격 받았을 때, 그는, 괴롭힐 의향 없이, 바트 교橋의 나변裸邊의 어떤 대중 의자(재판정의 의자)에 앉을 찰나였다.

ii. 대서양 항해 식의 추적에 관하여― 진항 속도가, 범죄 수수께끼의 해결을 위해 거의 이루지 못했으니, 당시, 어떤 Festy King[숀]이란 자가, 소인訴因의 전혀 부적절하게 꾸며진 기소장 하에, 알코올에 취한 채, 배일리 재판소의 피고석에 끌어내어졌다.

그러나 대서양과 페니시아 고유지固有地[피닉스 공원]로 되돌아가거니와. 마치 그것이 누구에게도 충분하지 않은 것마냥, 그러나 만일 있다면, 약간의 진항進航 속도가, 소위 범죄라는 수수께끼[HCE의 죄의 미스터리]를 해결함에 있어서 이루어졌나니, 어떤 오명汚名의 밀주 제조 지역의 심장부에 있는 색슨인들의 오랜 혼지混地 메이요[368]에서 연설을 한, 당시 타르 및 깃털 산업과 오랜 그리고 명예롭게 연관된 한 가족의, 마아맘[369]의, 한 아이, 페스티 킹[370]이, 마르스 신역神曆 3월 초하루[371]에, 양兩 소인訴因의 전혀 부적절하게 꾸며진 기소장起訴狀 하에 (각자의 주야평분시晝夜平分時의 견지에서, 차자此者의 유약幽藥은 타자他者의 독약인지라)[372], 옛 배일리 재판소에 결과적으로 구인되었나니, 즉 보자면, 그의 가슴바디 작업복으로부터 나무비둘기를 날려 보내며 그리고 전야戰野에서 그의 군세軍勢 사이에 얼굴을 찌푸리고 있었는지라. 개정開廷!, 개정! 그 죄수[페스티 킹[HCE]는, 메틸알코올에 침잠沈潛된 채, 불음不飮 피고석에 나타났을 때, 커스[373]의 코르덴 코 만화 얼굴처럼, 명특허明特許롭게도 신찬화神饌化되어,[374] 얼룩 외에도, 째진 곳 그리고 헝겊 조각, 그의 야전夜戰 셔츠, 짚 바지 멜빵, 스웨터 및 순경의 허수아

비 바지를 입고, 모두 진짜와 어긋나게 (그는 투옥 시[375]에 자신의 웨일스 만灣[376] 제製의 맞춤복을 고의적으로 온통 찢어버렸는지라),

【86】 갑자기 우리는 HCE가 피닉스 공원에서 무슨 짓을 했던 간에, 그가 자신이 런던 소재의 **Old Bailey**의 재판 현장에 있음을 목격한다. 왕관 재판소(The Crown)는 일명 쇠 지렛대(Crowbar), 킹(King-HCE)이, 굴뚝 청소부로 의인화하면서, 자신을 분장하기 위해 이탄 습지의 진흙을 얼굴에 문질러 발랐나니, 그리하여 타이킹페스트(Tykingfest)와 지레쇠(Rabwore)(페스티 킹과 크로우 바의 혼성)의 가명 하에, 한 마리 순종 돼지와 한 잎 하아신스卉와 함께, 어느 목뇌일木雷日 이항의 시장(재판소)에 갔음을 증명하려고 시도했다…(PC. Robert[경관]= King=HCE]는 증언한다) 재판의 모임은, 그 애란의 명칭이로 하여금 얼굴에 자신의 형 덴마크인처럼 보이도록 하려고 소집했는지라, 대홍수에도 불구하고, 많은 수의 사람들이 출석한, 분명히 산만한 종류의 것이었도다.

(아래 놀랄 만한 증언이 이비인후의 증인 W.P.에 의하여 주어진다. 그는 심문 받는 동안 하품하는 것을 언짢게도 법정으로부터 경고 받도다.)

【87】 여기 W.P.(현장 목격자, 그의 주소는 00번)가 증언한다. 그는 그 역사적인 날의 에피소드를 기억하는 것이 기쁘다고 진술한다. 한가지 일이, 그가 진술한 바, 그와 자신의 두 동료(공원의 3군인들)을 심하게 감동시켰는지라, 어떻게 하야신스 오도넬 학사(미상의 인물로, 페스티 킹, 페거, 아마도 부활자 및 해방자, 셈 역이 쇠스랑의 일부를 가지고, 아름다운 녹지 위에서, 24시의 시각에, 두 노왕들인, 노도질풍과 노호비탄 2세를 단도직입적으로 패부, 패배, 패자 및 패살 하려고 애썼는지, 쌍 왕들은 저능아들인데다가, 주소 부재 소식불통이라.) 그 시간이래, 이들 소송당사자들(왕들) 사이에, 한 여 종업원을 두고 반목이 있었고, 자질구레한 싸움들이 끊이지 않았다는 거다. 이들 당사자들이, 그는 말했나니, 그들의 여성 족들에 의하여 부추김(유혹)을 당했다고 하자, 방청석에서부터 야유와 부르짖음이 쏟아졌다. 그러나 반대심문에서, 그 3자 (어도넬과 2왕들, 또는 공원의 3군인들) 간의 매복이 어제, 어디서 있었는지, 날씨가 몹시 어두웠다는 사실이 암암리에 스며 나왔다.

【88】따라서 B. A. Hyacinth O'Donnell [혼성자, mixer]는 다음과 같이 무뚝뚝하게 대질심문을 받는다

증인(HCE)은 가청적可聽的-가시적可視的-가영지적可靈知的-가식적可食的 세계가 자신을 위해 존재했던 자들 중의 하나인고? 이 왕이요 작업복인의 직무에 있어서 포함되는 무리들의 이름들에 관해서 확신했던고? 어찌 저 녹안의 괴자(HCE)는 문학사(B.A.)를 득했던고? 오도넬의 이름은 무엇인고? 모든 그의 이름들의 접두 철자들을 총 합하면 Here Come Everybody가 되는고? [결국 여기 심문 받는 인물인, 수수께끼의 O'Donnell은 Earwicker인 셈] 따라서 계속되는 그(HCE)에 대한 심문이 이어지거니와, 대질 2페이지 뒤에 100개의 철자로 된 창녀 어(whore word)[4번째 천둥 소리로 끝나는데, 이에 그(HCE)는 "you have it alright" (그대 옳소 [올 라이트]라고 답한다).

흑주黑酒. 그리고 공중제비 비둘기 다리와 더불어, 재천명再闡名 된 총總 휄밍함(H)엘베갯머리(E) 루터(R) 그버트 왕(E) 크룸월(C) 오딘(O) 맥씨머스(M) 에스메(E) 색쓴인(S) 이사아(E) 벨게일 추장(V) 북구왕北歐王(E) 루퍼렉트(R) 이와라(Y) 벤틀리(B) 오스먼드(O) 디사트(D) 북구세목北歐世木(Y)이 되는고? [오도넬의 명칭]. (이상 18접두 철자의 총화)

[Here Comes Everybody] 성스러운 성인 에펠 탑에 맹세코, 당當 불사조여! 수선일水仙日과 벙어리 장면(심해) 사이에 있었던 것은 재차 차드의 마그놀이었던고? [검사의 계속적인 심문] 두 아탐정兒探偵이 그[죄인-HCE]의 황소 모습에 워워 갑작 놀랐으나 그의 바위의 갈라짐은 삼림森林의 일시 몸을 웅크린 3사악한 벤쿠버인시[공원의 3군인들] 때문이었음이, 그대는 확실한고?

【89】이어지는 HCE에 대한 기다란 복잡 모호한 재판상의 반대 신문이라. 검사와 증인(B.A. 오도넬) 간의 의견교환은 문답이 엇갈린다. 당시 그의 상태에 대한 어떤 설명을? 그는 러시아인이었던고? 술에 취했던고? 그가 말한 것은 무엇이었던고? 그의 종교는 무엇인고? 그런고로 그(HCE-죄인)는 대중으로부터 쫓겨났나니, 그랬던고? 권력은 그 자신이었는지라. 왕자는 원칙적으로 자신의 신분을 노출시켜서는 안 되는고? 뭘 기대하는고? 그 밖에 HCE의 특성과 신문의 연속.

그리하여 그[HCE]는 얼마나 나이 머먹였는? 그는 팔리어語의 연구에 의독意督했나니[377] 두 획劃의 사필寫筆로 의미하는 것은 오검 문자[378]의 매듭 실 장식 아니면 편의 삼모형三帽型의 사닥다리 형型 중 어느 의미였던고? 지표면의 덤불 아래의 퇴절두腿節頭는 히스의 황야를 통하여 뱀을 미끼로 물방아 도랑까지 꾀리라. 팔a 새b 색소c 지화指話 문자d 인종e 요새 필경? 확실한 그리고 사람에게 편리한 조탈프손과 마찬가지로. 가짜 이아쑨,[379] 그런 다음, 돼지새끼거위로서? 교황의 명령에 따라, 고양이 꼬리처럼 진실하게[380] 이거 참 놀라운 일? 실법實法으로 진사실眞事實로. 그러나, 왜 이러한 손수건 요술희롱이[381]

【90-92】Pegger Festy는 폭력 행위를 거부하고, Issy의 사랑을 얻다

【90】 (심문과 증언의 연속) 한갓 싸움이 있었던고? 검사[오도넬]와 증인의 교환이 지금까지 서로 엇갈려 왔다. 서로의 의견 교환은 신분만큼 어렵다. 그러나 반대 심문은 마침내 어딘가 다다르며, 3군인들과 2여 간청자들의 문제를 불러일으킨다【90.3-16】. 그 열애하는 쌍은 한 사람 또는 단지 2실망한 여 간청자들이었던고? 한 형제 전쟁은 벽의 구멍과 관계가 있었던고? 어떻게 하여 이러한 만사가 마침내 그에게 당장 타격을 가했던고? 그러나 재판은 문제의 새로운 국면에 봉착했나니, 이때 이러한 질문들에 대한 대답으로 4번째 천둥이, 퍼시 오레일리에 대한 언급의 앞서 3번째 것과 연결되어【44】, 100개 문자의 창녀어娼女語의 엉뚱한 질문으로 끝난다. [이는 이번에 공원의 그의 아버지의 격투하는 소리를 통해 아들들 중의 하나에 의해 들린다.] 그러자 B.A. 오도넬 증인(HCE)이 대답한다. "그대는 온당하도다"(You have it alright)【90.34】.

【91】 페스티 킹(이제는 페거 페스티-솀[Pegger Festy, Shem])-피고가 자신의 통역자에 의해 통역된 게일어로, 자기 자신을 변호한다. 그는, 몇몇 배심원들의 요구에 얼굴의 진흙이 벗겨지자마자, 그가 훔치거나, 돌을 던지지 않았다고 자기 자신을 선언한다. (참석자들은 피고가 왜 아일랜드를 떠났는지 알고자 하거니와,) 만일 그가 자신의 세례 전후에서부터 저 축복의 시간까지 누구에게 손가락질을 했다면, 막대에 의해 멸할 것이요, 피차 세상의 빛을 보거나 생애에 있어서 위스키의 맛을 결코 볼 수 없을지라. 여기, 그는 홍분 속에 카스티아어 (스페인의 표준어)를 터트리며, 러시아 말로 고함을 지른다. "만사형

통, 건강강복!"(Xaroshie, zdrst!) 해방된 페스티 킹-셈은 이어 그의 기만을 노정하고, 소녀들에 의해 모욕당한다.

【92】 홀의 사람들로부터 박장대소가 터져 나오고, 거기에 페스티 자신이 합세한다.

말뚝박이(Pegger)[숀 격]의 종료의 들뜬 폭소는 거나한 맥주들이(Wet Pinter)[증인 셈 격]의 비조悲調와 산뜻하게 경쟁했나니 마치 그들은 **이것과 저것** 상대물의 동등인양, 천성의 또는 정신의 동일력同一力, **피타자**彼他者**로서**, 그것의 피자피녀彼子彼女[382]의 계시啓示에 대한 유일의 조건 및 방법으로서 진화되고, 그들의 반대자의 유합癒合에 의한 재결합으로 극화極化되는도다.

그리고 여기 위대한 법이, 다시 말해, 노란 브루노의 위대한 법, 즉 공통의 아비에 의하여 생성되는, 반대 형제의 역사적 양극을 뒷받침하는 법이 존재한다. 법은 다음과 같다. (i) 직접적 반대(opposites), 그들은 공통의 힘에 의하여 생성되기 때문에, 그들의 상호의 반감(antipathy)의 병합에 의한 재회(reunion)를 위해 양극화된다. (ii) 그럼에도, 반대(opposites)로서, 그들의 상호의 숙명은 분명히 갈라져 있기 마련이다. [예를 들면, 이 법정에서, "말뚝박이"와 "맥주들이"의 대조적 경험들을 살펴보라]. 말뚝 박이(숀)의 진술이 종료되자마자, 바의 여급들이, 그 매료적인 청년에게, 찬사를 보내고, 그의 곱슬머리에 히아신스 꽃을 꽂으며, 그리고 그의 양 뺨에 키스를 제공하면서, 그의 주위를 퍼덕이며 아첨한다. 그리고 그는 한 사랑스런 윤녀潤女를 맹목적으로, 말없이, 무미하게, 연모하는 듯하다.

그리하여 4명의 최고 대법관들(4대가들)이 모두 함께 그들의 가발을 맞대고, 평결을 발표한다.

【93】 이들 대법관들은 노란 브루노(Nolans Brumans) (의지의 반대)의 관례적 평결을 공포한다. 이어 킹(피고 페스티-킹-HCE 격)은, 자신이 알고 있던 모든 영어를 살해한 연후에, 면죄 받아 재판소를 떠났다. 그는 자기 자신 진희의 신사임을 입증하기 위해 성자들에게 바지의 검은 헝겊조각을 자랑스럽게 내보이면서, 스위스 호위병의 교황청 관리자를 향해 인사했다. "오늘 건강은 어떻소 문사 셈?" 그러자 그 상대자는 포도주

냄새나는 파열음성을 가지고 응답했도다. 이어 우편배달 남자(손의 모습)를 사랑하는 28명의 여인들은, 자신들의 짧은 팬티를 잡아끌면서, 킹-익살 문사(솀의 모습)를 피할지라! 그들은 안전하게 저 새침데기(솀)를 음주 주옥에로 축구蹴球하자, (거기 그대의 참된 비너스의 아들, 에서[Esau]처럼 겁 많게도) 그는 그 속에 문 걸고 앉았는지라(동물원의 사자처럼), 한편 처녀들이 문간을 통해 그에게 모욕을 집규集叫하도다. 빨赤치恥! 주치朱恥! 노黃치恥! 초綠치恥!(마치 아이들의 게임 장면에서처럼 (II부1장 참조).

화자는 어떻게 HCE의 생활이, 인생의 힌두어 서술의 4요소들인, Artha kama dharma moksa에 의해 정의되는지에 대해 논평한다. 그리고 이어 HCE의 인생에 대한 열쇠를 위해 시詩의 정신(산스크리트어의 *kavya*)를 묻는다【93.22-23】. 그런고로 만사 끝났도다. 아다雅舾 칼마(쾌락) 달마本性 막사解脫 [인생의 사종(four ends)에 대한 산스크리트의 전통적 형식] 이들은 4대가들을 암시하며, 그들은 케이트(H.C. 이어워커 댁의 하녀)에게 편지를 제시하도록 요구한다. 그러자 재판소의 장면에 이어, 케이트가 그녀의 쓰레기(잡동사니)(편지와 더미)를 들고 다시 나타나는데, 그녀는 앞서 박물관에 열쇠를 공급했던 케이트 스트롱이다. "편지! 파지!" 눈썹 필화, 입술 점 화필에 관하여. 수많은 인기 있는 시들과 노래들, 녹지의 결혼식으로부터 경쾌녀輕快女들에 이르기까지, 그녀의 편지의 모든 내용이 노정된다.

어두운 로자 골목길로부터 한 가닥 한숨과 울음, 방종한 레스비아로부터 그녀의 눈 속의 빛, 외로운 꾸꾸 비둘기 발리로부터 그의 노래의 화살, 숀 켈리의 글자 수수께끼로부터 이름에 얼굴 붉힘, 나는 살리반 그로부터 저 트럼펫의 쿵쿵 소리인지라,[383] 고통 하는 더필인 그로부터 그녀 식의 기다림,[384] 캐슬린 매이 버논으로부터 그녀의 필경 공정한 노력,[385] 가득 찬 단지 커런으로부터[386] 그의 스카치 사랑의 매크리모毋, 찬송가 작품 2번 필 아돌포스로부터 지친 오,[387] 곁눈질하는 오, 떠나는 자 사무엘 또는 사랑하는 사무엘[388]로부터 저 유쾌한 늙은 뱅충맞이 할멈[389] 또는 저 싫증나는 빈둥쟁이, 팀 핀 재삼再三의 연약한[390] 부족部族으로부터 그의 유령에 대한 힘의 상실,[391] 녹지의 결혼 식[392]으로부터 경쾌녀들[393]…【93.27-36】.

【94-96】 4노인 판사들이 사건을 다시 개작하고, 과거를 논하다. 이하 편지 속에 묻힌 주제들

그들의 간명한 배열은 전체 작품의 총계이다. 작품의 나머지는 그들의 재배치로서, 리듬, 의미 및 음의 다른 패턴 속에, 조이스는 그의 한정된 소재들을 무한정하게 질서화하거나 무질서화한다. 이를 테면, 자신의 어리석은 여인[ALP]에 의하여 구조된 충실한 남자[HCE]의 이야기, 불난 관가棺家처럼 탁탁 우지끈대면서. 꼭대기에서 울먹이는 느릅나무가 얻어맞자 신음하는 돌멩이에게 말했다. 바람이 그것[편지]를 찢었나니, 파도가 그것을 지탱했고, 갈대가 그것에 관해 글 썼는지라, 말구종이 그와 함께 달렸도다. 손이 그것을 찢고 전쟁이 거칠어갔다. 암탉이 그것을 시탐試探하고 궁지가 평화를 서약했다. 그것은 교활로서 접혀지고, 범죄로서 봉인되고, 한 창녀에 의해 단단히 묶여지고, 한 아이에 의해 풀렸도다. 그것은 인생이었으나 정당했던고? 그것은 자유로웠으나 예술이었던고? 그것은 엄마를 즐겁게 만들었고 자매를 너무나 수줍게 그리고 셈 한데서 약간의 빛을 문질러 없앴나니 그리고 손에게 약간의 수치를 불어 넣었도다. 하지만 편지 속에는 비애가 있나니. 두 소녀들은 한발과 함께 기근을 얽어매고, 왕은, 자신의 왕좌 속에 삼중고三重苦를 고찰하도다. 아하, 과일을 두려워할지라, 그대 겁 많은 다나 이드 딸들아![희랍 신화. 첫날밤에 남편들을 모두 살해함] 한 개 사과, 나의 사과 그리고 둘에 차茶, 둘과 둘 그리고 셋, 아니야 아아 우리는 슬프도다! 아몬드 눈을 한 무화과나무 한 쌍, 한 오래된 과일 딱딱한 호박, 그리고 익살맞은 세 모과나무 열매들. 핀핀 핀핀, 자 내게 말해요, 내게 말할지니, 그럼 내게 말할지라! 그것은 무엇이었던고?

(그리고 대답은 달리나니) 알(파)로부터 오(메가)까지!

그건 무엇이었던고?

알(파)·········.!

?··················O! 【94.20-23】[394]

(4심판관들의 거위 같은 재잘거림) 그런고로 그대가 지금 거기 있듯 그들이[4판관들]이 거기 있었나니, 그때 만사는 끝나고, 그들이, 그들의 판사실 주변에 착석하여, 그들의

연방 재판소의, 기록 보관실에, 랄리[순경]의 주최 하에, 그들의 법의 오랜 전통적 테이블 주변에 앉아, 모두 재차 같은 것을 되풀이 말한다. 마치 다수 아테네 소론 입법자들처럼 총동일건재삼總同一件再三을 상담하기 위해. [편지는] 더할 나위 없이 진실로 메마른지라. [판관들] (법의 음주를 통인痛忍하며. "킹[King-중인]의 에빌린(증언)에 따라… 신에 맹세코 그리하여 책에 키스하다….") 그들 4사람과 그들의 당나귀. [그들은 재잘댄다] 그들 네 사람 그리하여 법정에 감사하나니 이제 모두들 사라졌도다. "그런고로 포트 주酒를 위하여 포트(항구)를 통과. 안녕. 아멘." "불결한 아빠 늙은 어릿광대를 기억할지라?" 그들 중 하나가 묻나니. 두 장미 전쟁 전?….

【95】 그리하여 오몰라 아녀阿女들과 그 오브리니 해장미녀海薔薇女들 (28소녀들)이 HCE를 빈정대며 조롱하도다. "안녕하세요, 야단법석, 북 씨? 날 임신시켜 봐요! 아하 실례!" 확실히, 난 그를 정말 냄새 맡을 수 있는지라, H2CE3 (HCE)를! 젠장 나는 그 백면의 카퍼인스의 냄새 발린 목소리, 그의 천둥치는 큰 갈색의 캐비지를 폭폭 불어 내는! 저 애송이를 누구보다 오래전에 냄새 맡았도다. 나는 당시를 유념하는지라, 그 적두의 아가씨(ALP)와 나 자신이 시카모어 골목길 아래 연애하면서 멋진 더듬기 놀이를 했었지, 무성림茂盛林의 시원한 천초萑草의 땅거미 속 뒹구는 키스 침대에서. 팜파스 대초원의 나의 향기, 그녀가 말하나니 (나를 뜻하며) 그녀의 아래쪽 하계광下界光을 끄면서 말이야, 그러자 나는 저 등치 큰 양조인의 트림과 친교를 돈후히 하기보다 그대의 청결한 산 이슬의 값진 한 묶음을 조만간 가질지로다.

(4심판관들의 수풀 속의 옛 사건들에 대한 개관) 그리하여 그들은 이야기를 계속했나니, 사병남四瓶男들[395], 분석자들이[396], 기름을 바르듯 그리고 다시 핥듯, 그녀의 누구이전에 및 어디이후에 그리고 어떻게 그녀가 고사리 속에 멀리 사라졌던고 그리고 어떻게 그가 귀 속에 집개벌레처럼 그리하여 바스락거리는 소리 및 지저귀는 소리 및 삐걱거리는 소리 및 찰칵하는 소리 및 한숨 소리 및 칠하는 소리 및 쿠쿠 우는 소리 및 그(쉿!) 그 천격이별泉隔離別 소리 및 그 (하!) 바이 바이 배척 소리 그리고 수녀복修女腹 광장 주변에 그 당시 (쭉) 살거나 잠자리하거나 욕설하거나 말을 타곤 하던 스캔들 조작자들과 순수한 암반인들. 그리하여 숲속의 모든 봉우리 새들[397]. 그리고 웃음 짓는 나귀 멍

청이에 관하여,

【96】(HCE. 재판 뒤 여우 사냥하듯 추적당하다) [4심판관들의 계속되는 이야기 및 다툼과 화해] 그리고 이어 채프리조드 곁의 오래된 집에 관하여. 그리고 언덕 위의 백합전음百合顚音 지저귀는 자와 아홉 코르셋 성자들의 닐 부인, 노老 마크 왕 그리고 용남勇男들과 친애하는 애장경愛裝卿에 관하여, 그리고 낡은 구습으로, 훨씬 이전에 만사는 진행하는지라, 그들 네 사람들이, 신부神父 담소 자 하에 퇴각하도다. 그러자 이어 그의 대담한 선도금과 두 쾌활한 자매들에 관하여—엿볼지라! [갑자기 4자들의 의견이 벌어진다.] "당신은 거짓말쟁이, 실례!" 한 사람이 말한다. "난 그렇지 못해요. 그리고 당신은 달라요!" 둘째가 말한다. 그리고 그들에 대한 치안 방해를 주장하는 랄리 톰킨, 그들에게 주고받는 호양互讓을 청하면서. 그리고 만사 잊을지라. [그러자 그들은 악수와 또 다른 음주로서 재차 화해한다.] 아 저런! 그녀의 친절 페팅과 000000000오우랑(오렌지 당)의 그리운 옛 시절의 형태에 관하여 다투다니 그것 너무 지나치도다. "그럼, 됐어, 렐리. 그럼 악수할지라. 그리고 더 따를지라. 재발. 아멘 [렐리에 의한 그들의 화해]

(제4장의 여기까지 HCE의 초기 생애와 죽음의 전모가 결론 난다.) 그의 별명과 명성, 그의 재판과 유폐의 괴상한 초기 이야기들이 네이 호반의 밑바닥의 갑작스런 매장으로 결론났다. 이러한 사라짐에 따라, 전쟁들의 카오스가 모든 언덕 위에 터졌다. 루머가 짙은 황혼 전투 속에 그의 재현에 관해 퍼진다. 이어 과부 케이트가 고대의 우뢰성의 날을 서술하는데, 당시 그녀(ALP)와 늙은 남편은 그들의 이총泥塚에서 방해를 받았다. 그들의 아들들인, 손과 셈은 그들의 고통 받는 부친의 유명한 역사를 재행하는 것이 발견되었다. 마담 모(케이트)의 편지가 모든 뉴스와 함께 아직 밝혀지지 않고 있음이 알려졌다. 그러자 4노인들은 위대한 옛 시절에 대하여 계속하며 떠들어댄다.

[만사가 끝난 듯하다.] 여기 〈피네간의 경야〉의 모든 주제가 타진되었다. 하지만 꿈의 환은 거의 시작되지 않고 있다. HCE는 자신의 생애를 아직 거의 열지 않았다. 경야의 것들이 그의 출발에 조화를 이루는 순간, 그는 무덤에서 살아졌으며, 잡히지 않은 채 어딘가 있으리라는 뉴스가 퍼진다. 무수한 그리고 아주 혼돈된 보고들이 그의 부활을 서술한다.

[이것이 학구에 새롭고 극히 어려운 문제를 야기시킨다. HCE는 어떻게 되었는고?]

【96.26】 글쎄?

4재판관들은 확고한 신분을 회피함으로써, 우리의 조상 HCE을 구할 수 있을 것이라 결론 내린다. 우리기 지금까지 수집해온 이러한 증거가 믿을 만한 것이 못될지 모른다. 어떤 천문학자의 성도의 설계가 천국의 미지의 혜성들을 지금까지 밝혀왔듯이, 또는 세계의 모든 언어들이 어떤 만화가의 말더듬이 버릇의 뿌리에서부터 진화해 왔듯이, 진리를 밝히지 못했을지 모른다. 그런데도 가장 건전한 감각은 이제 우리의 조상이 이토록 시치미를 땜으로서, 그의 자손을 구했음을 주장한다. HCE의 도피는 마치 여우의 그것을 닮았다. 모든 혈종의 총견銃犬들이 뿔 나팔과 함께 그의 냄새를 맹렬히 추적한다.

【97】 (이어위커는 사냥개들에 의하여 쫓기는 한 마리 여우가 된다.) 그의 소굴로부터 그는 험프리 추장追場을 가로질러, 하얀 야인(노란), 똑딱 심장 가슴 바디를 댄 전장 월동 복 차림을 하고, 자신의 북구옥北歐屋을 향해 도망친다. 어떤 귀머거리 여우, 노호한 레이나드 여우가 그를 숨기는지라, 니케여신에게 그는 구원되었다. 그는 광명촌光明村과 갑문촌閘門村 등 마을을 빠져, 재차 대배총까지 돌진했다. 그는 발정의 저 언덕에서, 최후로 실취失臭된 채, 이어 거의 절망 속에, 기적적으로 까마귀에 의해 비육되고, 한결같이 반추하며, 거기서 사냥개들이 급히 그를 은가隱家 시켰도다. 폭거, 폭악 그리고 폭책이 그를 애써 찾지만 헛되었도다.

그러하나 주저자躊躇者들의 전리품, 주저의 철자.[398] 그의 취득取得이 그[HCE]를 회색灰色시키다니. 킥킥 돌 튀기 너덜너덜꽁지라, 강저强躇의 소침銷沈잔물결의, 헤이헤이헤이헤이 한 움추리는촌뜨기기.[399]

집의회集議會의 사나이들이 중얼댔도다. 레이놀드[400][HCE]는 느리나니!

그[HCE]의 은신처에서 한 가닥 암담한 소리가 들렸다. 혹자는 그의 나날을 걱정하고, 무슨 일이 일어났는지 들먹이려고 애썼다. 그건 그의 하품이었나? 그건 그의 위장이었도다. 그가 트림을 했나? 그의 간장을 탓했는지라. 그건 북받침이었나? 그의 영상영상으로부터. 썰매? 그를 나를지라, 오 주여! 〈퍼거스 뉴스레터〉지에서는 그가 자살을 했다는 거다. 그의 쌍둥이 아들들이 공회광장에 전시되었고, 딸(이씨)이 모두의 환호 속에 그에게서 태어났다는, 등등.

【98】 (HCE의 죽음과 재현에 관한 만연된 루머들【97-100】-추방-망명의 주제들) 커다란 강타성이 있었도다. 그러자 넓은 황야가 조용해졌나니. 한 가지 보고. 침묵. 그 자(HCE)는 다시 도망쳤는고? 들리는 바에 의하면, 그는 화란의 저底 탱크, 궁둥이 배, 핀란디아 나선 기선을 타고 밀항하여 정박했나니, 그리하여 대 아세아의 코네리우스 마그라스의 육체를 지금도 점유하고 있는지라, 그곳에서 그는 극장의 티코로서 벨리 댄서를 괴롭혔는가 하면, 한편으로 그는 거리 문간의 아라브인人으로서 헌금을 도와 달라고 했도다. 또 다른 루머는 그가 조물주에 의해 소환되어 폐기되었고, 어떤 악명 높은 사병死病에 걸렸다는 것. 또는 재삼, 그는 백합지百合池의 한복판을 향해 걸어 들어가다니 자살하려 하자, 그때 낚시꾼들의 조수가 그를 구했는지라. 그리고 재삼 들리는 바에 의하면, 우산가의 한 친절한 노동자인, 휘트록 씨가 그에게 한 토막의 나무 막대를 건네주었다는 것. 그런데 모두가 말하고자 하는 바는, 그들 양자가 서로 무슨 이야기를 했는지, 나무 막대가 무엇을 의미했는지 알기를 바랐도다. 그는 "위윙거리는 전선" "잼 항아리" "펼쳐진 박쥐우산" "경련을 일으킨 바삭바삭 태운 돼지고기"등, 추방된 "연필각개"로서 암시된다.

【99】 HCE는 빙글 빙글 빙글 돌고 있었다. 다시 도르니 그는 풀린 채 자유로이 어디나 있을 수 있었다(비코의 순환처럼). 소문을 위한 때였나니, 그가 한 변장한 살찐, 비만의 전 수녀, 지가스타로 분장하고, 승합 귀가 버스를 탄 채 방자한 품행으로 주의를 끌었는지라. 언젠가 전신 킬트 스커트, 모피 쌈지, 넥타이, 피 묻은 방한 외투가 화상 형제의 동굴 근처에서 발견되었다. 그리하여 사람들은 무슨 짐승이 그를 그토록 게걸스레 먹어치웠는지를 생각하고 몸에 치를 떨었다. 발키리가 그에게 손 신호했도다. 소년들이 말한 바, 그의 분홍석 협문來門에, 잉크 칠한 이름과 칭호가 못질되어 새겨져 있었나니, "비겨나라. 구걸 맘티! 엉덩이 럼티를 위해 자리를 비우라! 명령에 따라,

니켈 마魔의 병마개 놈아." 그리하여 진짜 모살이 있은 듯했나니, 그를 파멸시킨 것은 맥마혼 도당들. 과연 많은 유지자들이 D. 브랜시의 3-주간지, 〈토요 산뇌散腦 후後석 간〉[401]의 여러 부수를 대부하여, 그가 진짜로 죽었는지 확인하려 했으니,

【100】육로이든 수로이든 진짜로 그가 종멸(HCE의 자살)했는지를. 도양지渡洋誌 (transoceanic)의 케이불이 그를 후자로 선언했도다! 그는 바토로뮤(남태평양)의 심해 속에 수數 리그 아래 바다 밑 관 안에 누워 있다고 알리나니.
이러한 케이블 소식은 뉴스보이의 속보로 이어진다.

경분警糞! 주청注廳! 경청傾聽! 총독이 흑약돈黑若豚 교녀校女들을 방문하다. 피니스 항원港園에서 세 애란모자愛蘭冒子가 스칸디나비아 거인을 만나다. 타독주녀打毒酒女(바나나여)가 탕蕩폭도[402]인 그녀의 통부비농桶富卑農으로부터 (통)발리홀리(욕설)를 탕 터트렸다.[403]

그리고 HCE가 떠난 뒤에, 그의 후계자가 선출되었도다. 구원받지 못한 방랑인 HCE의 자살적 살인이 있은 다음날 아침, 그 교황청의 탑의 제7박공으로부터 새 교황(New HCE)의 선출을 알리는 연기의 솟음이 보이며, 지속의 성스러운 빛이 사원의 탑 속에 빛났다.

그러나 그들의 명석한 당대 소인小人들은 그럼에도 불구하고, 마치 뱀이 저 참나무 아래 비버(해리海狸)의 공작公爵 위로 미끄러져 내려오듯,[404] 구원받지 못한 방랑인[HCE] 의 자살적 살인의 이튿날 아침, (그대는 아마도 연어로 유명한 파틴[405] 석회석장石灰石場의 방향성芳 香性 수지樹脂의 포프라 나무로부터 이종異種의 어떤 호박액琥珀液[406]의 삼출滲出을 보았으리라) 길道 그 리고 장엄莊嚴 전나무[407]가 외쳤도다! 아니야, 고상 전나무여? 그의 회오悔悟를 탄원하면 서 9시 15분 우리의 백전상왕百戰上王[408]의 자색의 버터 탑塔[409]의 제7박공[410]으로부터 정 각에 교황무류教皇無謬의 화문전火門栓의 연기가 맹분출猛噴出[411]하는 것을 보았노라.

교황의 신비성은 무엇인고? 바티칸의 저 죄수(옛 교황)가 고작해야 한 스톤의 수수

께끼(우화)였음을, 존재할 공허의 한갓 조야한 숨결, 또는 공간 세계 저편의 현실에 대한 열쇠였음을 생각하지 않도록 하라. 왜냐하면 열 두 동료들 가운데 아무도 4차원 입방체로서 HCE의 존재의 신뢰성을 거의 의심하지 않았기 때문이다. 저 성전의 주인은 루머보다 더 중요한 존재요 아무도 4차원 입방체(8개의 입방체로 둘러친 규칙적인 다면체, 즉, 널리 알려지듯 베드로의 바위에 적용될 수 있는 것과 같은 단순한 3차원의 말로서 이해될 수 없는, 4차원의 숫자)로서 그의 존재의 엄연한 현실을 거의 의심하지 않았나니라.

【101-103】 여인들이 ALP를 안내하다

【101】 그러나 여인들이 듣기를 원하는 것은 ALP의 이야기였다.

지금까지의 HCE의 추적에서 ALP에 대한 찬가에로 여기 변전한다. 1백번의 끝 문장과 101의 첫 문장. "오 빨리! 그에게 입 다물도록 말할지라! 느릅나무의 저 잎들을 침묵하게 할지라! 산란散亂한 여인들이 의아疑訝했나니. 그녀[ALP]는 빨랐던고?"(앞서 HCE- Reynard는 "slow"인데 반해【97.28】. 앞서 남자들(4대가들)은 여우 레이놀드(HCE)가 느리다고 생각했다. 여기 여인들은 ALP의 이야기가 무엇인지 듣고자 한다. 그들이 듣고 싶은 것은 HCE와 ALP의, 그의 추락과 그녀의 부활에 관한 뉴스이다.)

HCE의 이야기는 일시적으로 지쳤다. 여기 조이스는 커다란 변전(transition)을 두었다. HCE의 긴-고통스런 아내, ALP는, "그녀에 관해 우리에게 모든 걸 말하라"라는 권고로서, 소개된다【101.2】. ALP는 빨랐던가, 여인들은 의아해한다【101.1】. ALP는 급변과 변화의 정신이요, 그리하여 그녀는 과연 "빨랐으리라", 자유로이 움직이며 부덕하게. 장의 템포는 정적인 HCE에게 애도의 논평 뒤에 만난다. 조류가 변하자, 시간은 바른 길로 달릴 것이요, 급한 변화는 이재부터 산문을 특수화하리라. 정보를 위한 코러스의 아우성【101.2-4】은 I.8의 시작의 이전 메아리를 마련한다. 코러스는 HCE와 ALP 그리고 버클리에 의한 그의 가능한 살인에 관해 만사를 알기 원하는지라, 후자는 러시아의 장군의 이야기에서 그를 사살했다.

ALP는 아담의 노동하고, 고통 하는 아내로서 서술되고, 그녀의 남편의 가정의 노예로서—그가 처음 태어났을 때, 그를 산고 속에 견디며, 그를 옹호하며, 그의 범죄를 잊으려고 애쓰며, 모든 그의 종알대는 아가들을 산파하며, 그녀의 모든 건강을 희생하여 111 아이들을 낳는도다.

그녀는 자신의 모성을 위해 심한 대가를 지불했도다. 그녀의 이빨은 위치胃齒로서, 남편에게 아이들을 제공하고, 그의 추락 뒤로 그를 픽업하고, 그에게 경야經夜를 주었다. 그녀는 그녀 자신이 대양에서 종결될 때까지 그와 달릴리라, 즉 이는 작품의 종말의 바로 예고이나니【103.31-1-2.7】. 애란의 촌변을 통한 꼬부랑 길, 그녀의 멋진 의상과 그녀의 40 보닛들은, 빠른 산문의 흐름으로 서술된다. 서술의 종말에서, 그녀는 그녀의 잠자는 남편을 불러, 독사의 충실한 머리를 찌그르트리는지라, 이는 세계에 대한 그의 편지의 주제로서, IV부에서 최후로 노정된다.

ALP는 그녀의 머리카락, 무구의 상실의 노래인, "그녀의 등 뒤에 매달린 머리카락"으로서 서술된다. HCE의 가정생활은 스캔들스럽다. ALP는 그에게 거리의 예쁜 꼬마 "무지개 소녀들"을 선사하자, 그들과 더불어 그는 자신의 힘을 소모란다. 인생은, ALP의 개성 속에, 인류에게 잡색의 생활을 제시하자, 그것은, 태양이 솟고, 대지에 색깔을 복원할 때, 성 패트릭에 의해, IV부에서 옹호된다【102.25-28】.

이어위커 가문의 애상적 매일의 생활은 분명히 스케치되는지라, 오늘은 싸우고, 오늘 밤은 키스하고, 영원한 세울 동안 고통한다. 하지만 그의 아내 말고 누가 그녀의 과중한 남편아이들을 변호하랴, 그녀의 육체는 그의 이이들을 양육하는데 파괴되는데도【102.28-30】.

ALP를 소개하는 이 장은 옛 음악당의 조이스의 번안인, "트리니티에서 나는 나의 운명을 만났다내"로서 끝나는지라, 그것은 결혼으로 유혹되는 한 사나이의 고통을 서술하는바, 그는 자신의 아내가 얼마간의 돈을 그러나 귀까지 빚으로 싸임을 발견하고, 우짖는 아이들로 감싸임을 발견한다. alp는 HCE에게 그녀의 999년의 임차권을 팔고, 그를 그녀의 육채와 그녀의 아름다운 머리카락으로 그를 유혹한다. 그는 즐거운 한때를 가졌다. 여기 아일랜드 교에서 조수의 회전을 갖는바, 진짜, 서술적 시간 속을 돌입이 예상된다. 아담은 이브에 의해 유혹된 나니, 즉, 추락한 남자는 그의 귀까지 시간과 제임스 조이스가 예술적 제시로서 자신의 일생의 작업으로서 선택한 세계의 가청적 세계의 "추적의 고함 소리에 휘말린다【102.32-103.7】.

이 장은 개울의 세탁부들을 예상하는 아름다운 변전과, 망명자들의 성서적 시편,

"바빌론의 강가에서"의 시편 137의 리듬에 맞추어, I.8.에서 돌과 나무의 소명으로 닫힌다.

그녀에 관해 우리에게 모든 걸 말하라! 전쟁은 끝났도다. 마을을 배회하는 건달들, 시골의 여인들 및 채프리조드의 나머지 사람들이, 모두 그녀에 관해 모든 걸 말할 것을 요청한다. 음음 음음! 소녀들은 누구였던고? 그건 유니티 무어 또는 에스테라 급急 또는 바리나 요정 또는 어떤 제4여인이었던고? 버클리와 소련 장군에 관하여, 누가 그를 때렸다고? 그러나 때린 자는 버클리 자신이었음이 알려져 있거니와 그에게 얻어맞은 자는 러시아의 장군이다. 그래! 그래! [여기 공원의 모험은 앞으로 버클리와 러시아 장군의 에피소드와 연결된다]. ALP에 대한 뉴스가 더 중요하다. 그녀는 위대한 대지모(Great Mother). 여기 잇단 제8장의 세탁녀들의 "tell us"는 "tellus"로서, 〈율리시스〉의 "Gea- Tellus"【606】인 몰리 블룸이 된다. 저 작은 여인, 그녀의 무구無口의 얼굴 및 아내로서의 그녀의 반려자, 그에게 한층 가까운 자, 그녀는 남편에게 이른 아침의 최초의 따뜻한 피조물이로다.

제발 모든 걸 우리에게 말할지라. 우린 모든 것에 관해 듣고 싶기에. 그런고로 지地여신이여 우리에게 그녀에 관해 모든 걸걸 말하구려. 우리처럼 그녀가 숙녀답게 보이는 이유 또는 어쩐지 저쩐지 그리고 사내[HCE]는 그들 자신 신들처럼 창문을 닫았는지 어떻지[HCE의 스캔들]? 주석註釋들과 질문들, 내보內報들과 대답들, 웃음과 고함, 위와 아래. 자 피차에게 귀를 기울여요 그리고 그들을 눕히고 그대의 장미의 잎들을 펼칠 지라. 전쟁은 끝났나니. ……그녀의 무구無口의 얼굴 및 그녀의 비구적非久的 파마 물결의 상부가 자신 아내로서의 반려, 그에게 한층 가까운 자, 모든 이 보다 한층 귀여운 여女, 그[남편 HCE]를 위한 이른 아침의 최초의 따뜻한 피조물, 가주家主의 여 노예, 그리고 모든 맥카비 가家의 아들들의 소곤소곤 조모[ALP]….

【102】 I부 4장은 여기 ALP에 대한 칭찬의 페이지로 종결되거니와, 그녀는 이제 영광스런 기억 속에 그녀의 주인의 죄에 찌든 이름을 갱생하기 위해 노력하지 않으면 안 된다. ALP는 HCE를 대중의 처형으로부터 구하려고, 강력한(성적으로) 부친의 위치까지 그를 회복하려고 시도한다.

그녀는 그대의 허벅지보다 젊은 머리카락을 가졌나니, 나의 애자여 그의 추락 후에 그에게 덧문을 달아준 그리고 여유 없이 그를 깨워준 그리고 예예가인(Cain)양주良酒를 준 그리고 그를 유능 아벨(Abel)[412]로 만든 그리고 그의 노아[413] 코의 양쪽 호孤에 광휘여 은光輝黎銀을 달아 준 그녀[ALP], 대양大洋의 도움으로, 마침내 그를 찾아 쉬지 않고 달릴 그녀, 그녀는 진주원부眞珠遠父의 바다를 찾아 그의 거대성巨大性의 빵 부스러기를 감춘 뒤 추구할지 모를 어떤 시각까지, (척척, 착착, 축축!) 앞으로 나아갔나니, 붉은 산호 낡은 부표浮漂세계를 소철燒鐵하고, 성가신 명의로, 우르릉 소리를 위하여, 그녀의 기차 속에 촌변村邊을 억지 끌어들이면서, 여기서 떠들 썩 저기서 떠들 쿵 흥겨워하며, 그녀의 루이 14세 풍의 애란 사투리[414]와 함께 그리고 그녀의 물 여과기의 부산 대는 소리 그리고 그녀의 작은 볼레로 목도리 그리고 그 밖에 그녀의 머리장식을 위하여 20곱하기 2배의 환상적 곱슬머리 타래, 그녀의 눈 위의 안경, 그리고 귀 위의 감자[415] 고리 그리고 파리 아낙풍風의 런던 내기 코를 타乘는 서커스 십자가, X마스 날로부터 허풍 떠는 아치형 말안장, 성당 경내의 딸랑딸랑이 장애물 경주 일요일 종鐘예배를 짤랑짤랑 울렸나니. 홀로, 그녀의 자투리 가방 속에 페로타[416] 구르는 전당 물, 주교모형主教帽型 장기 말 및 요기妖氣 장난감들과 더불어, 어적어적 씹는 자(H), 크림수프 뒤집어 쓴 (C), 능숙자, 각하(E)를 위하여, 비방사자誹謗蛇者의 머리통을 짜부라뜨려 놓기 위해.[417]

외적外的 외소外疎한 외인外人이여[HCE], 고여신모古女神母[ALP][418]를 간청할지라! **도회都會의 성모(노틀담)여**, 그대의 향유열어심香油熱御心의 자비를! 엽차葉茶를 초월한 정원사[419]의 영광, 친親 약사藥士의 맥아어麥芽語. 그에게 턱없이 큰 빵 쪽을 쌓지 말지니. 그리하여 그를 휴식하게 할지라, 그대 여로자旅路者, 그리하여 그로부터 어떤 묘굴 토墓掘土도 빼앗지 말지니! 뿐더러 그의 토총土塚을 오손하지 말지라! 투탕카멘 왕王의 사독死毒이 그 위에 있도다.[420] 경계할지라! 그러나 거기 작은 숙녀가 기다리나니,[421] 그녀의 이름은 ALP로다. 그리하여 그대는 동의하리라. 그녀는 그녀임에 틀림없도다. 그녀의 적애금발積愛金髮이 그녀의 등 아래 매달려 있기에,[422] 그는 후궁처첩後宮妻妾들 [28무지개녀들]의 난리亂離 사이에 그의 힘을 소모했는지라. 적赤 귀비貴妃 등자橙子, 황천하黃川河, 록綠, 청수부靑水婦, 남감藍甘, 자화紫花. 그리하여 같은 또래 그따위 귀부인들처럼 그녀는 무지개 색깔 유머의 기질을 지녔지만 그럼에도 잠시 그녀의 변덕을 위한 것 그러나 그는 한 가지 처방을 신조전新造錢했도다.[423] 낮에는 티격태격, 밤에는 키스키스쪽쪽 그리고 오랜 세월 내일을 사랑으로 애태우다니. 그땐 아이들-로-불구不具된 자 이외에 땀-으로- 쓰러지는 자를 변호할 자 누구리오?[424]

[그녀는] 그에게 999기期의 그녀(ALP)의 임차권賃借權을[425] 팔았나니,

다발 머리 그토록 물감 새롭게 무두질 않은 채,

우자愚者[HCE]여, 위대한 이사기한易詐欺漢이여, 그걸 꿀꺽 몽땅

삼켰도다.

대구낭자大口囊者는 누구였던고?

항문우자肛門愚者!

【103】 마지막 운시는 음악과 결혼에 대한 언급으로, 노래인, "나는 트리니티 성당에서 나의 운명을 만났다네."(At Trinity Church I met my Doom)의 패러디요, 물고기, 강의 간퇴조도교干退潮渡橋, 오랜 임차권, 밑바닥(bottom), 추락 및 아가들의 견지 등에서 혼인을 축하한다. Woe 직전의 끝 단어인, "우리(wee)"는 긍정적 의미에서 〈율리시스〉의 몰리 블룸의 마지막 "이예스(yes)"에 못지않으리니, 이는 보기보다 한층 격려적이다. 왜냐하면 우리의 환環에서 wee는 woe를 그리고 woe는 wee를 상오 가져오기 때문이다.

도교島橋[426](Island Bridge)에서 그녀는 조류潮流를 만났다네.

아타봄, 아타봄, 차렷아타봄봄봄!

핀은 간조干潮를 갖고 그의 에바는 말을 탔나니.

아타봄, 아타봄, 차렷아타봄봄봄!

우리는 여러 해 추적의 고함소리에 만사 끝이라.

그것이 그녀가 우리를(wee) 위해 행한 짓!

슬픈지고![427]

또한 최후의 단락은 타당하게도 〈성서적〉이요 호마적(Homeric)이다. "Nomad"는 율리시스(Ulysses)가 될 수 있으리라. "Naaman"은 호머적 "No Man"일 뿐만 아니라,

또한 〈성서〉의 벤자민(야곱의 막내아들)의 아들이다. 아무도 (no man) 생명의 강인 요단 강을 비웃지 않게 하라. sheet, tree 및 stone은 제8장의 빨래하는 아낙들을 예고한다. bibbs 및 Babalong은 아이들에 의한 재생을 암시하지만, 그러나 〈성서〉의 시편 137절로부터의 "바빌롱₤의 강"은 시인이요, 조이스의 당대인 및 동료인, T.S. 엘리엇의 〈황무지〉의 "달콤한 테임스 강이여, 조용히 흘러라, 내 노래 끝날 때까지"(182행)를, 그리고 이는 우리의 망명을 암시하기도 한다.

무광자無狂者[HCE]가 네브카드네자르[428]와 함께 배회할지라도 그러나 나아만[429]으로 하여금 요르단을 비웃게 할지로다! 왠고하니 우리, 우리는 그녀의 돌 위에 자리를 폈는지라 거기 그녀[ALP]의 나무에 우리의 마음을 매달았도다. 그리하여 우리는 귀를 기울었나니, 그녀가 우리에게 훌쩍일 때, 바빌롱 강가에서.[430]

이 장의 최후의 장은 엘리엇의 "초월런적 희망"(transcendental hope)을, 조이스의 "긍정적 비전"(affirmative vision)을 각각 함축한다. 이러한 밝은 종말은 모더니즘 문학의 대표적 개념이기도 하다. 오늘날 포스트모더니즘의 대표적 작품인, 〈피네간의 경야〉는 전세기 모더니즘의 전철을 그대로 답습하는 셈이다.

I부 5장 ALP의 선언서【104-125】

ALP의 선언서

편지의 해석

켈즈의 책

ALP 서술되다

문서의 의미【104-125】는 다음의 것들을 포함한다.

i. 초조焦燥(비 인내)에 대한 주의【108】

ii. 봉투에 관한 사항【109】

iii. 편지가 발견 된 장소의 언급【110】

iv. 발견자 Biddy에 관하여【110-111】

v. 편지의 내용【111】

vi. 편지의 상태【111-12】

vii. 편지 분석을 위한 다양한 형태(역사적, 본문의, 프로이트적, 막스적, 등등)【114-16】

viii.〈켈즈의 책〉(The Book of Kells)【119-24】

편지

【104-125】비코의 성스러운 시대

앞서 네 장들의 첫째 환은 문서상 강으로서 끝난다. 두 번째 환은, 첫째 것을 만나면서, 문서상, 강으로 시작한다. 이 문장은 제I장의 첫 문장을 상기시키기 때문에, 고로 제IV부의 마지막 문장은 작품의 마지막 문장을 예측하게 한다. 제5장은, 조이스가 말하듯, 〈서간문〉【105】일반적으로, 〈피네간의 경야〉의 "가장 쉬운" 부분으로 사료된다. 그리하여 세상의 이 판단은 충분히 안전한 듯하다.

두 번째 환은, 그것이 첫째의 것처럼 아버지의 추락의 위대한 시대 이내에서 움직이는 바, 그의 가족, 그의 아내 및 아이들과 보다 아버지와 덜 관련하는 듯하다. 그러나 추락한 아버지는 가족 인이요, 여기 그를 둘러싸는 것이 있다. 여기 그의 추락을 원인되게 하는 것이 있다.

주님의 기도의 패러디인, 열리는 문장은 귀부인의 기도이다. 왜냐하면 뮤즈, 생활력 및 복수성의 아내로서, 그녀는 그이처럼 중요한지라, 덜 존경스럽지 않지 않다. 주님과 귀부인은 존경할 패러디로서 결합하듯, 크리스천과 모슬렘 또한 그렇다. 왜냐하면 "총미자總迷者, 영생자永生者, 복수가능성複數可能性의 초래자인, 아나모母의 이름"은 어떤 것을 시작하기 위한 모슬렘 공식이 있기 때문이다. 모든 것은 여기 또 다른 성스러운 시대, 심지어 "그녀의 무제無題의 모언서母言書"를 위한 제목에 알맞기 때문이니, 이는 일종의 연도連禱로서 이바지한다【104-07】. ALP의 모언서 또는 편지 자체는 〈피네간의 경야〉의 또 다른 총화를 마련한다. 각 제목은 그것의 양상들의 하나이다.

한 학자가, 편지에 관해 강의하면서, 그것을 하나의 로세타의 돌멩이처럼, "변화무쌍 형型의 도표" 또는 "문서의 다면체"로 생각한다. 누가, 하고 그는 직업적 비공식으로 묻는지라, "아무튼 그 경칠 것을 썼단 말인고?" 그것은 "지식의 전리품으로 적재된 지나치게 고통 받는 삭벌기지削伐機智었던고"—안경 쓴 조이스처럼 누군가? 잃어버린 편지에 대한 사려는, 마치 바지가 그들이 가린 것과 떨어져 명상할 수 없듯, 고로 텍스트는 문맥에서 떨어져 판단되어서는 안 됨을 암시한다【107-09】.

한 마리 암탉이 편지를 흙더미에서 파냈다. 그러나 풋내기, 케빈은 그것을 발견했다고 주장한다. 타인들이 행한 것에 대해 언제나 주장을 앞지른다는 의미에서, 숀은 셈이 그러한 만큼 사기꾼이다.

비록 분명히 단순할지라도, 편지의 텍스트는 확실에서 거리가 멀다. 우리는, 편지가, 보스턴으로부터 정월 31일 무명의 자에게 보내진 채, 한점의 차 방울에 의해 서명된 것을 알고 있다. 흙더미 속에 오랫동안 묻혀 있었기에 텍스트를 해쳤었다. 분명히 마이클 신부, 매기, 쌍둥이, 과자와 반 호텐 코코아에 관하여, 편지는 그것이 무엇에 관한 것인지에 관하여 우리에게 어떤 의문을 남긴다.

단순성과 암담성의 결합은 학자들에 대한 도전이요, 그리하여 그들은, 나머지 장동안, 다양한 훈련에 의해 수수께끼를 해결하려고 시도한다. 프로이트 학자들【115】및 마르크스주의자들【116】, 고문서학자들, 금석학자金石學者들, 언어학자들, 및 아마도 인식론 자들이 있다. 서류상의 각 시도는 건전하고 각각은 부당하다. 어떤 이들은 그것을 〈켈즈의 책〉의 "퉁크" 페이지에 비유한다. 분명히, 이러한 박학 자들은 〈피네간의 경야〉의 설명을 시도하는 자들과 그럴 듯한지라, 조이스는 그의 비평가들을 조롱하고 있다.

선입견으로부터의 거리와 자유는 여기 일반 독자들에게 한 가지 이익을 제공한다. 우리는 편지가 이어위커 가족과 관계하고 있음을 추단한다. 마이클 신부는 HCE이요, 종말에 "4십자 키스들"은 아마도 비코의 제도이리라. ALP에 의해 받아쓰게 되고, HCE에게 서술된 채, 편지는 문사 셈에 의해 쓰이고, 우체부 숀에 의해 배달된다. 편지는, 우리가 추단한대로, 〈피네간의 경야〉의 축도요, 그것처럼, 동시에 단순하고 좌절적이다. 그러나 분명히, 우주는 그러한지라, 거기 우리는 될 수 있는 한 처세하기 마련이다.

제I부 제1-4장은 아버지에 속했다. 제I부 제5-8장은 그의 모든 것을 포용하는 반려자인, ALP의 그것이다. 현재의 5장은 그녀가 쓴 편지, 늙은이를 기억하는 "모언서"에 이바지한다. 연구는, 세상의 어머니로서, 그녀에 대한 아름다운 기도와 함께 열리는데, 그것은 힌두 인물 마야("복수가능성複數可能性의 초래자"), 성처녀의 가톨릭적 인물(육체를 이루는 말씀의 보지자), 리피 강의 조용히 흐르는 물인, 어머니-여걸인 ALP, 그리고 퇴비더미에서 편지를 파내는 경이로운 작은 암탉, 베린다(Berinda 혹은 Biddy)의 특징들을 하나의 인물 속에 결합한다. 그녀에게 행해지는 기도 속의 "우리의 아버지"의 메아리들을 주목할지니, 우리가 아버지의 사랑의 분담자가 되는 것은 그녀를 통해서이다.

【104】이 장은 아나 리비아에 대한 즐거운 기도로서 열린다. 이는 두 위대한 종교—이슬람의 알라 신과 기독교도의 주님에 대란 기도의 연합이요, 양자는 위대한 강江의 신들과 우리 모두의 어머니에 대해 언급한다.

총미자總迷者, 영생자永生者, 복수가능성複數可能性의 초래자인, 아나모母의 이름으로.[431] 그녀의 석양에 후광 있을지라, 그녀의 시가時歌가 노래되어, 그녀의 실絲강이 달릴지니, 비록 그것이 평탄치 않을지라도 무변無邊한 채![432]

지상지고자至上至高者를 기술기념記述記念하는 그녀의 무제無題의 모언서母言書가 무관절無關節의 시대에 많은 이름[HCE의 이름들 및 편지의 타이틀]을 통해 왔었도다.

―――――

【104-107】ALP의 무제無題의 모음서를 위해 주어진 이름들의 3페이지에 달하는 일람표

【104】 여기 조이스는 ALP의 다기多岐의 모음서(Mamafesta)【104-7】에 부여되는 이름들의 3페이지에 달하는 긴 목록을 공급한다(312항). 이는 세계의 어머니인 ALP에 대한 아름다운 기도로서 열리는데, 하나의 개성 속에, Ma' ya' 의 힌두교 인물, 성처녀의 가톨릭적 인물, 어머니-여걸인 ALP, 리피 강의 조용히 흐르는 물결, 그리고 퇴비더미를 파헤치는 작은 암탉인, 베린다-하녀 또는 암탉-Belinda의 특징들을 결합한다. 우리는 그녀에게 행해진 기도 속에 드러난 "우리의 아버지"의 메아리들을 주목할지라. 우리가 "아버지"의 사랑의 분담자들이 되는 것은 그녀를 통해서이다. 여기 ALP의 HCE에 대한 그녀의 헌신이 무엇이든 간에, 연도連禱의 역할에 있어서 아나는 HCE의 죄와 추락으로 강박되어 있다.

"한 번 깨묾을 위해 생득명生得皿을 팔다"(Buy Birthplate for a Bite).

이 구절은 〈성서〉의 야곱과 에서의 주제(및 생득권), 그리고 셰익스피어의 리처드 3세의 부르짖음, "말을 위해서는 나의 왕국도"의 결합으로, 〈피네간의 경야〉의 거듭되는 주제를 의미한다.

【105】 외면상으로, 여기 기록된 항목들은 다양한 시간들과 장소들의 다수의 사람들이 이웃의 암탉이 근처 쓰레기 더미에서 파낸, 상실된 기호를 지닌 오손되고 거의 읽을 수 없는 편지를 위해 제시한 이름들이다. 이 이름들은 한 학구적 학자-안내인에 의하여 수집되고 편집된 것으로 제시된다.

이 장은 아니 리비아에 대한 즐거운 소명으로 열리는지라, 그것은 두 위대한 종교에 대한 소명들의 협동한다. 【104.1-3】 양자는 위대한 강의 신과 우리 모두의 어머니에게 강설講說했었다.

그녀의 죄지은 남편에 관한 세계에 대한 아나 리비아의 편지는 작품의 최후의 IV부에서 대낮의 햇빛이 하늘을 채우듯 설명되거니와, 사실상 〈피네간의 경야〉 그것 자체로서, 책의 오른쪽과 왼쪽의 가장자리에서 그녀의 두 아들 사이를 흐르는 산문의 강이요, 필경사인 셈에 의해 주어지는 언어들이며, 그녀의 다른 아들인, 우체부 숀에 의해 독자에게 배달되는지라, 책은 종이, 잉크 그리고 아교로 이루어진 물리적 산물들이다.

세계에 대한 이 편지는 그녀의 주인 남편을 칭찬하는 여성의 모언서(Manifesto) 【104.4】이다. ALP의 편지는 과거에 많은 이름들이 주어졌다. 대부분은 투명하거니와, 위대한 힘을 지닌 영웅(주인공)과 그의 길고도-인내하는 아내의 사랑과 결혼에 대한 언급한다.

몇몇 이름들은 부수적 평론을 갖는다. 【104.8】에서 한 가지 언급이 있는지라, 그것은 아나의 한결같은 부활에 대한 희랍어인, *anastasis*와 이탈리아어의 *stessa*가 있다. "방주여 동물원을 볼지라"(For Ark see Zoo)【104.19-20】라는 문장은 많은 공명을 지닌 최상의 4단어-시詩이다. 그것은 단지 백과사전적 교차 언급이 아니다. 그것은 전체 문화사를 포괄한다. 방주(ark)와 동물원(zoo) 간의 차이는, 방주에서, 동물들은 그들의 궁극적 구원을 위해 포위된다. 동물원에서, 그들은 타인들의 취미를 위해서 만이 구금된다. 이 구를 위하여, 예이츠의 시 "서커스 동물들의 방기放棄"(The Circus Animals. Desertion)는 단서를 마련한다. 그의 시에서, 서커스 동물은 상징주의자 시인의 통제되고 훈련된 정서를 대변하는지라, 그는 상징적 제도에 대한 그의 단지 자연적 정열 위로 솟으려고 애를 쓴다. 조이스의 4단어 시에서 방주에 보존된 자연적 정열은 현대 세계의 동물원에서 현대 심장의 공허한 계략 속으로 질식된다.

【105.11-12】에서 조이스는 한 거인, 한 무서운 창조물의 내적 독백을 토하는바, 아나에 대한 HCE의 사랑을 표현한다.

"그는 설명할 수 있도다"(He Can Explain)【105.14】는 또 다른 경제시經濟詩이다. 주제는 아담을 가리키는 에덴동산의 이브로서, 원죄를 설명하기 위해 HCE의 두문자로 지시된다.

또한 【105.14】에서, 조이스는 지리적 착상을 창조하는바, 두 위대한 애인인 ALP와 HCE는 앞서의 지적처럼 아프리카의 두 위대한 호수인 Victoria Nyanza와 Albert Nyanza인양 나란히 누워 있는 것으로 묘사되고 있다.

【105.16-17】 인간의 슬픔은 usque ad mortem으로 나타난다.

【106】 이 일람표에서 문학적 은유를 탐색하기란 어렵지 않다. 앞서 이미 지적한대로 〈성서〉와 셰익스피어와 함께, 그 밖에도 작품을 통하여 수없이 넘나드는 스위프트(Swift), 트웨인(Mark Twain) 및 길버트(J.T. Gilbert)(〈더블린의 역사〉(History of Dublin)의 저자, 1854)와 A. 설리반과 버나드(F Burnard) 작인 〈상자와 키잡이〉(Box and Cox의 저자들)가 그중 대표적이다. 인기 있는 노래들과 경야의 주제들을 탐색하는 일 또한 어렵지 않는바, 즉 트리스탄(트리스트람), 버클리, 〈여우와 포도〉(Mookse와 Gripes) 등. 일람표는 【104.24; 105.33】으로, 3등분으로 각각 할당된다.

【107-125】 편지 원고의 음미.

【107】 이 목록은 다음과 같은 광고로서 결론짓는다.

명예 신사 이어위커, L.S.D 그리고, 그 뱀蛇(괴수여!)에 관한 최초 및 최후의 유일한 설명인즉. 한 친애하는 남자와 그의 모든 음모자들이 어떻게 그들 모두가, 숨은 병사들인 이어위커와 한 쌍의 단정치 못한 처녀에 관하여 루카리조드 주변 사방에

소문을 퍼트리며, 붉은 병사들에 관하여 거짓 고소하며, 온갖 있을 수 없는 소문을 명백히 드러내면서, 그를 추락시키려고 갖은 애를 썼는지에 관한….【107.1-7】

이 서술적 카탈로그에서, 위의 구절은 그녀의 남편을 위해 그의 적들에 대한 그녀의 방어를 총괄한다. 이 구절은 또한 ALP의 남편의 공격자들에 대한 그녀의 분노야말로 최후의 IV부의 종말의 편지로서 확장된 형식으로 나타나거니와, 이는 전체 이야기의 면모를 자세히 말해준다.

이 장의 나머지【107.8-125.23】는 〈피네간의 경야〉를 읽는 방법을 제시한다.

조이스는 여기 놀라운 세목으로, 〈피네간의 경야〉의 현대적(modern), 후기현대적(postmodern) 그리고 유전적 비평(genetic criticism)을 계속 예언한다.

교수는 모언서의 제목들을 기록한 다음, 이제 그것의 날짜와 장소의 기원, 그것의 상황적 사실들 및 그것의 가능한 의미와 의미들을 수립하는 아주 어려운 문제를 대담하게 해결하려고 시도한다. (원고의 주도면밀한 연구는 우리로 하여금 태고의 그랜드 드라마의 세팅과 캐스트가 되었음에 틀림없는 그림을 재건축하게 할 것이다.) 그러나 이것은 결코 단순하고 3차원적 작업이 아니다. 본래의 편지는 주석, 학구적 평설, 가정된 본래의 저자에 의한 설명, 심리적 분석들 마르크스적 논평, 및 양피지 사본의 탐색 속으로 확산하는데, 마침내 우리는 눈 아래, 한편의 편지가 아니고, 발효성의 인물들, 장소들 및 생각들을 보는지라, 이를 조이스는 〈티베리우스적 이중사본〉(Tiberiast duplex)(Tiberus: 로마 제2대 황제)【123】이라 부른다. 그 변화무쌍한 도표(편지), 그 자체는 문서의 다면체이다. 비록 그것(편지)은 무식한 독자에게 단지 하나의 갈겨쓴 난필인양 보일지라도, 내구력이 있는 학도에게 식물에서 식물로 나비 (바네사)를 추구하는 영원한 키메라-사냥꾼을, 그들의 상반된 모순들이 제거되고, 하나의 견실한 누군가에로 융합시키는, 개성적 복수성을 드러낼지라, 편지 원고에 대한 이러한 거대한(과장된) 기록은 스위프트의 〈걸리버 여행기〉의 거인국인적(Brobdinagian) 및 〈율리시스〉의 외눈박이의(Cyclopean) 과장문체(gigantic style)를 닮았다. "그 변화무쌍 형型의 도표 그 자체는 문서의 다면체로다"(The protei- form graph itself is a polyhedron of scripture) 도표(graph)로서 서술된, 편지의 텍스트는 퇴비더미에서 암탉에 의하여 발굴되었는지라, 〈율리시스〉의 '프로테우스'

장에서, 샌디마운트 해변의 스티븐 데더러스를 상기시킨다. "이 무거운 모래는 조수와 바람이 여기까지 쌓아올린 언어이다"【U 3.36】. 나이브한 정신분석적 비평가들의 다양한 암시들이 있다. 이를테면, 저 일련의 정신분석이 의미하는 바가 무엇이든, "님프 결혼태의 바로 성 모자이크"【107.13-14】 같은 것이다. 그러나 사건의 혼돈처럼, 편지는 궁극적으로 가족 문제 그리고 전반적 사회에서 가족 조직의 효과에 관한 것처럼 보인다. 가족의 상관관계는 어떻게 인간 사회가 세대에서 세대로 선악을 통해서 밀고 나아가는지를 결정한다【107.32-35】.

【107.36-108.1】 그러자 우리는 묻노니, 누가 경칠 편지를 썼단 말인가?

대답을 주는 대신에, 화자는 민감하게도 독자가 갖는 "인내"를 추천하거니와 【108.8-10】, 여기 "인내"의 몇 가지 예들이 부여된다.

> 이제 인내[433], 그리하여 인내야말로 위대한 것임을 기억할지라, 그리하여 그 밖에 만사를 초월하여 우리는 인내 밖의 것이나 또는 외에서 이루어지는 것은 무엇이든 피해야 하도다. 공자[434]의 중용의 덕 또는 잉어 독장簞長의 예의범절편[435]을 통달하는 많은 동기를 여태까지 갖지 않았을 통뇌痛腦의 실업중생에 의하여 사용되는 한 가지 훌륭한 계획이란 그들 스코틀랜드의 거미[436] 및 엘버펠드(E)의 지원知源 개척하는(C) 계산마計算馬(H)[437]와 합동하는 브루스 양 형제[438]에 의한 그들의 합병의 이름들로 소유되는 인내의 모든 감채기금減債基金[439](투자)을 바로 생각하는 것일지라.

【108】 (편지 원고에 대한 경고) (편지)는 직입으로, 착석한 채, 쌍벽에 기대어, 냉동 하에, 깃촉 또는 첨필尖筆의 사용으로, 두 홍행자의 틈에 끼어 혹은 삼륜차에 아무렇게나 던져져, 비를 맞거나 혹은 바람에 휘날린 채, 지식의 전리품으로 쌓여 지나치게 고통 받는 예단기지叡斷機智에 의해 쓰였단 말인고?

우리는 이들 박식한 부정자否定者들을 알고 있는지라, 다음과 같이 그들에게 대답하는지라. 구체적인 기호들이 단순히 없기 때문에, 그러한 페이지가 그러한 시기 혹은 그러한 부분들의 산물이 될 수 없었다고 결론짓는 것은, 마치 의문부가 단순히 없기 때문에, 한 저자가 타 저자들의 구어들을 체질적으로 남용할 수 없다고 결론짓는 듯, 부당하도다.

아마도 편지는 라디오 방송의 산물일이라【108.22】. 조이스는 그러자 인용부를 위하여 프랑스 스타일의 대시를 대신할 그의 자신의 실연實演을 옹호한다. 단순히 전도된 콤마(쉼표)의 부재는 저자가 타자들의 단어들을 훔칠 수 없음을 의미하지 않는다【108.29-36】.

【109】편지 봉투에 관하여

다행히도 그러한 문의에 대하여 또 하나의 은어가 있도다. 그 어떤 녀석—40 둘레의 편평한 앞가슴을 하고, 약간 비복肥腹의 어떤 비열한 사내가, 아주 매일 시時하는 스탬프 찍힌 주소의 봉투를 여태껏 충분히 쳐다보았단 말인고? 뭐니뭐니 해도 우리는 봉투를 가지고 있도다. 그것은 확실히, 그것이 무엇을 함유하고 있는지에 대해서 거의 드러내지 않는도다. 명백히 그것은 하나의 바깥 껍데기임에 틀림없었도다. 그것의 용모는 천진한 얼굴일 뿐이다. 그것은 아무리 나태 또는 나성懶性이 그것의 뚜껑 아래 뒤집어쓰고 있을지라도, 민간 복 또는 군복을 오직 노출하기 마련인 것이다. 그런데도 봉투의 의미를 무시한 채, 그것의 내용만으로 수립된 필경사의 심리상태에만 집중한다는 것은, 건전한 의미에서 해가 되는 것이요, 마치 어떤 녀석이 방금 소개 받은 숙녀를, 그녀가 오랫동안 진화적 의상衣裳의 품목들을 입고 있다는 사실을 무시한 채, 그녀의 날 때 그대로의 알몸뚱이, 그녀의 통통한 나신裸身만을 마음에 생생하게 떠올리는 것과 마찬가지도다.

화자는 또 다른 접근을 암시하는바, 〈피네간의 경야〉의 현대적 및 유전적 비평을 자주 사용한다. 텍스트를 조사하지 말지니—그 대신 텍스트의 기원과 배리背理(paralogism)의 기원을 살필지라【109.1-36】.

【110-111】편지가 발견된 곳, 발견자 암탉, Biddy.

【110】여기 화자(교수손)는 몇몇 실증적 사실들을 독자적으로 말한다. 그리고 그렇게 함에 있어서 그는 우리로 하여금 "저 엄숙한 낄낄 인人 오월행자 우연희사偶然稀士"(Mahaffy. O 와일드의 은사)가 "아일랜드에서는 불가피한 것은 결코 일어나지 않으며, 예기치 않은 것이 언제나 일어나도다"(In Ireland the inevitable never happens, the unexpected always)를 기억하도록 청하는지라. 장소는 바로 Lucalizod(Lucali + Chaplizod), 거기 과연, 독누곡毒淚谷이 있나니,—비록 아리스토텔레스의 또는 성경의 주제를 성가시게 찾아가는 이는 아무도 독창성을 위한 Mahaffy의 원리를 칭찬하는데 탈선하지 않을 것이거니와, 여기 우리의 원고에 열거된 사건들이 발생했음에 틀림없는지라. 그 이유인즉, 이러한 사건들이 전적으로 불가능한 것이라 할지라도, 그들은 일어났을지 모를 그것들과 필경 닮았는바, 결코 일어나지 않았던 어떤 다른 것들이 언제나 필경 일어나는 것과 마찬가지이기 때문이다.

(편지가 발견된 시기) 한겨울이 가까운 거리에 있었나니, 빙의氷衣의 와들 후들 전율하는 한 꼬마(Biddy Belinda)(암탉)가 저 치명의 패총(쓰레기 더미) 또는 지저깨비 공장 또는 나중에 오렌지 밭으로 바뀐 황마잠림 (약기하건대 똥 더미)—당시 어느 총림주민의 휴일에 오렌지 껍질을 예기치 않게 던진 곳— 위에서 이상하게 행동하고 있는 한 마리 냉계冷鷄를 관찰했나니. 그러자 다른 예쁜 꼬마 Kevin(손)이 자기 자신의 발견이라 그것을 속임으로써 그의 아버지의 찬동을 구했도다.

【111】 편지의 내용
그 문제의 새鳥(암탉)는 도란 가家의 베란다였나니, 12시각에 헤집어 찾은 것이란, 모든 이러한 요철현세를 위한 크기의 편지지처럼 보였나니라. 편지의 내용인즉. 보스턴(매사추세츠)으로부터 선편으로 발송되어, 그에게 매기(Maggy)의 행운 & 가화만사복을 서두 서술했나니, 반 호우텐 제 온유溫乳의 불행, 총선거, 그리고 가련한 마이클 신부의 만홍장례 등등; 그것은 커다란 포옹과 키스…매기 그대 안녕 & 곧 건강 소식 있기를 희망하오 & 자 이제 여불 비례 등으로 끝났도다. 한 점의 다오점茶汚點(편지의 결구점)이 리디아 무감고뇌 언급의 고대 애란 농민 시詩의 진정한 유품으로서 종료 표식 종지부를 찍었도다.

편지의 구절은 조이스의 아내 노라(Nora)의 문체를(Brenda Maddox 저, 〈노라〉 전기 참조), 〈율리시스〉에서 밀리(Milly)의 편지【U 54】 및 몰리(Molly)의 문장을, 그리고 한 점 얼룩, 종지부는 〈율리시스〉의 제17장 말의 그것을【U 607】 닮았다.

친애하는 매기…가정에는 만사형통이라…열이 온유를 변질했도다…총 선거…귀
여운 얼굴…타고난 신사…아름다운 케이크 선물…감사해요 크리스틴…가련한 마이
클 신부의 훌륭한 장례…잊지 말지니…인생의…매기 안녕…매기 &…다시 소식 듣기
를 희망하며…글쎄…&이제 끊어야해…쌍둥이에게 안부를… ● (다오점).

X X X X X…

추서… [편지의 끝머리]

【111.25】 왜 그럼 어떻게?

한 점의 다오점茶汚點 [편지의 차茶오점-종지부] (여기 동양사기한凍梁詐欺漢[440]의 과부주의
性過不注意性이, 범상凡常처럼, 페이지를 서명했도다), 아지랑이 급히-허둥-지둥-끝맺음으로 알
려진 저 리디아 귀부인을 닮은 무감고뇌어급無感苦惱語級[441]의 고대 애란 농민 도기시陶
器詩의 진정한 유품[다오점][442]으로 순간의 박차拍車(얼떨결에) 위에 그것을 종료 표식終
了標識했도다.

글쎄, 어떤 사진술자가 그대에게 말할지니, 만일 한 필 말馬의 원판(음화)이 건조되
는 동안 용해해버린다면, 그대가 진정 얻는 것이란, 마행적馬幸的 대가물과 용해유백
마溶解乳白馬의 일그러진 대괴大塊로다. 찰칵. 글쎄, 이것은 과거에도 우리의 서신에서
틀림없이 발생했던 것이라, 오렌지 향의 이총泥塚의 심장부에서 열거熱居함이, 말하자
면, 음화를 부분적으로 소인하게 했나니, 가까운 몇몇 특징으로 하여금 심히 그걸 부
어오르게 하기 마련이라.

분명히 편지는 보스턴(매스)으로부터 작가의 친지들 사이의 결혼 및 장례를 전하
는 친애하는 매기【111.10-11】에게의 통신이었다. 그리고 그것은 쌍둥이에 대한 친애
하는 안부로, 서명 대신에, 하나의 커다란 다오점茶汚點으로 끝난다. 편지는 보기보다
가일층 중요한지라, 매사추세츠에 의해 대표되는 서信書처럼 보인다. 그것은 "보스타
운"(Boss's town)으로부터 온 것이다. 그것은 또한 〈피네간의 경야〉 그것 자체인지라,
"종경하올"(Reverend)로 시작하여 "그"(the)로 끝난다. 즉, "강은달리나니"(ruverun)【3.1】
가 작품의 첫 자요, 마지막은 "그"인 것이다【628.16】. 그것은 "차"를 의미하는 다양한

단어들에 충분히 가깝다. 편지의 가장 풍만한 판본은, IV부에서, 사실상 "친애하는 존경하올 각하"(Dear Reverend Majesty)에게 말을 건다【615.12-13】.

기운을 돋워요, 조이스는 직접적으로 혼란된 독자에게 연설한다. 그대는 숲속에서 길을 잃었다고 느끼는고? 에즈라 파운드는 조이스에게 비동정적 어떤 것을 말했으리라.

그럼, 왜 화자가 묻나니, 편지의 표면이 그토록 혼돈된 것인고? 만일 한 필匹 말馬의 사진 원판陰畵(음화)이 건조되는 동안 우연히도 아주 용해溶解해버린다면, 글쎄, 그대가 진정 획득하는 것이란, 글쎄, 모든 종류의 마행적馬幸的 대가물對價物[443]과 용해유백마溶解乳白馬의 덩어리의 양화적洋畵的으로 괴기하게 일그러진 대괴大塊일지로다【111.28-29】.

【112】(편지의 상태) 우리는 암탉이 보았던 만큼 많이 보기 위해 훨씬 뒤로 물러서서 갖는 렌즈의 차용이 필요하다. 찰칵.

[계속 되는 HCE의 편지의 상태] 독자는 길을 잃은 듯이 느끼고 있는고? 원기를 돋울지라! 저 4복음자들이 정평 있는 아랍어의 번역물을 소유할 수 있을지니, 그러나 심지어 집시-학자일지라도 그 옛날 그리운 암탉 부대로부터 쏘시개 조각들을 여전히 쓸 수 있으리로다.

그러니 우리는 낙관적으로 작은 암탉을 따르도록 하세 (그녀가 어떤 단서에로 우리를 인도하리라는 희망으로), 왠고하니 여 필자(ALP)의 사회-과학적 감각은 종鐘처럼 건전하기에. 그녀는 평범한 여자요, 단순한 사실을 쓰고, 느끼고…그녀가 바라는 모든 것이란 HCE에 관한 하느님의 진리를 말하는 것이도다. 암탉(비디 도란)이 문학을 본 이래, 편지가 다시는 그 자체가 아닐 것이라는 우울한 믿음은 정당하지 않도다. 사실상 여성의 황금시대가 다가올지라!

그리고 그녀는 오직 한 조각 면화 이불일지 모르나니, 난쟁이 여 폐하, 예술의 여 거장, 그러나 그녀의 편지는 어떤 발칙스런 소문은 아니도다. 그녀는 철사鐵獅의 심장을 지녔나니! 그녀는 바람의 방향을 따르리라. 그러나 얼마나 많은 그녀의 독자들이…

【113】그녀(ALP)가 라틴어와 그리스어 및 다양한 합성 어휘의 치장된 현혹으로, 그

리고 장대한 남자들과 그들의 행실에 대한 불평의 공격으로, 정신이 나가지 않았음을 얼마나 많은 독자들은 실감하랴? 자만한 농담을 경고하거나 하는 듯, 터지는 뇌성. 팅팅크록굴곡리썬모든목장육십일의라이센스그이둘레그녀덤그매거킨킨칸칸다운마음보는덧문[5번째 뇌성: 편지에 대한 자만과 농담의 경고], 신사 숙녀 여러분! 그녀가 바라는 모든 것이란 그이(HCE)에 관한 진실을 말하는 것이로다. 그이는 인생을 충분히 보았음에 틀림없나니, 흑백으로. 그이 속에 세 남자(공원의 군인들)가 있었도다. 난잡한 소녀들과 춤추는 행실은 그의 유일한 약점이었도다. 그러나 그것은 단지 오랜, 고담일 뿐, 어떤 이졸테와 어떤 트리스탄의, 텐트 말뚝과 도망치는 친구에 의해 밝혀진 산사나이의, 어떤 제노바 남男 대 어떤 사슴 베니스의, 그리고 왜 케이트가 납세공 진열관을 전담하는지의 이야기들일 뿐.

그러나 이제, 우리 모두 제발, 이 허튼 소리는 그만둘지니. 다른 사람들이 말한 것을 듣는 것으로 끝나게 할지라. 보이도록 남아 있는 것은 모두 스스로 보도록 할지라.
나는 즐기려고 무척이나 애쓰는, 한 사람의 일꾼이요, 그대는 전제 경찰을 죽이려 감언하려는 한갓 사회적 기둥이라.

【114-116】편지의 다양한 분석: 역사적, 본문의, 프로이트적, 마르크스주의적 등등.
【114】우리는 눈 대 눈을 볼 수 없도다. 하지만 누구든 주목하지 않을 수 없는 것은 글 행들의 절반 이상이 북남쪽으로 달리는지라, 한편 다른 것들은 서동쪽으로 향하고 있나니. 이러한 십자교차는 기독이전이긴 하지만, 그러나 필 서예에 대한 저 자가생 자두나무의 사용은 야만으로부터 미개주의에로의 분명한 진전을 보여주는지라. 그러나 저쪽 방향으로 끝에서 끝까지 씀으로서, 되돌아오며 그리고 끝에서 끝까지 이쪽 방향에서 쓰다니, 의미를 발견하기 어렵도다. 어디 황지에 혜지慧智가 있단 말인고?

그러나 저쪽 방향으로 끝에서 끝까지 씀으로서, 되돌아오며 그리고 끝에서 끝까지 이쪽 방향에서 쓰다니 그리하여 위쪽 세로로 베어 쩬 깔 지푸라기의 선線 및 큰 소리의 사다리 미끄러짐과 함께, 오랜 셈 장지葬地와 야벳 재귀향再歸鄕, 햄릿 인문학까지 그들로부터 봉기하게 할지라[444] 잠잘지라, 어디 황지荒地에 혜지慧智가 있단 말인고?[445]

다른 점은, 사용된 본래의 원료에 첨가하여, 원고(서류)는 토속감미의 물질의 융합으로 더러워져 있었도다. 마지막으로, 다시 그 오점의 종지부는 필자복잡고정관념의 신분들을 수립함에 있어서 대단히 중요하도다. 왜냐하면 보인 전투 전후에는, 편지를 언제나 서명하지 않는 것이 습관이었기에.

【115】 모든 단어, 문자, 필법, 종이 공간은 그 자체의 완전한 기호인 한, 무엇이든 서명하는 이유가 있단 말인고? 왜냐하면 모든 부호, 그의 개인적 촉각, 정장正裝 또는 평복의 습관, 동작은, 자신을 위한 호소에의 반응에 의하여, 그 자체의 완전한 기호이기에. [이제 사랑의 문제에로 불쑥 전환한다.] 말쑥한 핑크 복 입은 꽃봉오리 창녀가 자신의 자전거에서 공중제비 놀이로 땅에 퉁겨 떨어지니, 분 교구 목사의 영구 수단 복 방房의 중앙 구에 몸채로 그리고 저리 쿵! 그러자 신부는 여느 성유 봉지자가 그러하듯[마치 앞서 Grace O'Malley의 유희에 대한 Jar van Hoother처럼(전출: 21)] 그 처녀의 가장 상처 입은 곳을 만지나니, 심지어 가장 사소한 표면적 증후에도 깊은 정신 분석적인 취의가 있도다. (신)부父는 언제나 동물원적 관계가 아닌지라, 심지어 가장 천진한 외형이야말로 커다란 본능적 욕구(libido)의 충동을 감출 수 있도다. 그런고로 프로이트적―융의 견지에서, 그건 종이가 행사할 수 있는 인간적인 작은 이야기이나니,

우리는 텍스트가, 결국, 예술가의 초상임을 들은 다음에【114.32】, 우리는 친족상간(incest)의 길고 탁월한 프로이트식 분석에 소개되는지라, 그것은 언제나 HCE의 죄지은 마음에 있도다. 즉, 우리 무서운 늙은 정신신경증 환자들 혹은 정신분석자들은 우리의 젊은 엘리스들(Alices)의 악한 마음들의 비전을 우울하게 수행해 왔는지라, 당시 그들은 그것을 아직 억제할 수 없었다【115.21-23】. "아버지"의 개념은 이러한 과열의 늙은 남색꾼들에 의하여, 독자들 및 고자질장이의 열렬한 흥미에로 탐색된다【115.24-28】. 즉, 우리의 아버지들은 우리를 위해 음식을 마련하지만 우리를 역시 죽이나니. 결국, 젊은 소녀들은 모성 관계에 반대하듯, 부성 쪽의 친족과 섹스를 더 좋아하리라. 조이스는 여기 HCE의 희망 찬 견해를 제시하는바, 즉 그의 딸은 오히려 그녀의 형제들과 더불어 보다 오히려 그와 더불어 섹스를 더 즐기리라.

【116】그러나 탐색되어야 할 사회학적 우화(비유)가 또한 있도다. 우리는 **나는 옥장군玉將軍이었나니**의 페이지를 읽었고 한 작품의 사회적 내용을 인식하는 것을 배웠도다. 그런고로, 우리는 "마이클 신부"야말로 옛 정체政體를 의미하고, "마가렛"이 사회 혁명을 의미하며, "케이크(과자)"는 "당黨의 기금"을 의미함을 알도다. 그리고 "친애하는 감사"는 또한 국민적 감사를 의미함을 알도다. 말하자면, 우리는 혁명에 관한 한두 가지를 알도다. [그러나 소녀와 바텐더(술집 지배인)의 경우로 되돌아가거니와] 만일 우리가 "매춘부"를 누구든 문앞에 서서 윙크하는 자로, 그리고 "바텐더"를 강주强酒를 공급하는 자로 해석한다면, 우리는 또한 기억해야만 하나니, (a) 본국의 제일 자와 타 외국의 말자 사이에 재주넘기 하는 많은 사슬 줄이 있을 수 있음을, (b) 게다가 결혼 케이크의 아름다운 존재가 마이크(Mike)(손)로 하여금 그의 쌍둥이 형제 닉(Nick)(셈) 속에 지옥의 미움을 쳐 넣도록 하기에 아주 충분할 것이요, (c) 매기(Maggy)의 차茶는 타고난 신사로부터 일종의 격려임을 여기 교수(안내자)는 프로이트로부터 마르크스(Marx)에로 나아가는데, 후자의 접근에 의하여 미카엘(Michael) 신부와 매기(Maggy)는 "사회 혁명"에서 배우 역을 하는 듯하다. 말하자면, 가능한 해석이 아무리 복잡할지라도, 우리는 단순하고, 간단한 사실들을 놓쳐서는 안 되도다.

만사에는 시간과 장소가 있는 법. 예를 들면, 만일 침실의 언어가 우리 대중의 관리(직원)들에 의해 설파된다면, 그들의 실천이 어디에 있을 것인고? 그리고 다른 한편으로, 만일 피타고라스적 박식의 긴 말들이 내밀의 부부들에 의하여 끙끙거려진다면, 인류 그 자체는 어디에 있을 것인고? (편지에 쓰인 단어들의 선택으로서, 손(교수)은 친족상간(incest) 및 다른 호색에 관해 말하면서, 작가의 순수하게 탈선적인 유사-정신병적 분석 속에 함몰한다. 편지는, 그가 주장하는 바, 매춘부나 바텐더에 관한 것일 수 있으나, 분명히 우리는 이러한 말들에 의해 무엇을 이해하는고? 단어들의 의미가 일상의 의미들과 다른, 특수화된 어휘는, 이를테면, 변호사에게처럼 저자에게 타당한 것인고, 그렇지 않은고?)

고로 존재해 왔나니, 사랑이라. 그것은 존재했고, 존재하고, 존재하리라. 마멸과 눈물과 세월에까지.

【117】 (사랑의 이야기) 사랑은 비코, 브루노의 불가피한 과정으로 인도하는지라, 그것은 반복되는 4겹의 환環들의 모든 단계로 통해 존속하도다. 고로 우리는 그것에 관해 무엇을 할 것인고? 불은 바람을 격하고 땅을 물대나니. 이것이 상실과 재득再得의 운명이라. 그걸 어찌 하리요?

만일 젊음이 단지 안다면! 만일 단지 세월이 할 수 있다면. 그것(사랑)이야말로 고고古古의 이야기! 그것은 모든 언어의 모든 역사책들의 이야기로다. 그것은 첨가의 기호로, 인공 보편어로, 이런저런 말로 이야기되어지도다. 버릇 없는 꼬마 소녀가 처음 그를 흥분시킨 이래, 사내는 그의 이탄 불이 여태 활활 타 왔는지라. 수천 수백만 년 동안 사업은 사업이요, 그리하여 사람들은 이러 저러한 원인을 위해 고함쳐 왔으니, 4시대가 지나, 그들의 풍화와 그들의 결혼과 그들의 매장과 그들의 자연도태의 이 고古세계의 서간(편지)이 마치 접시 위의 차茶 한 잔처럼, 우리에게 유증되어 왔도다.

비록 우리가 전체의, 어느 구句의 또는 어느 단어의 해석을 의심할지라도, 우리는 그것의 신빙성에 대해 부질없는 의심을 허풍떨지 말지니.

【118】 우리는 편지의 진지한 저작권과 단번의 권위에 관하여 어떤 부질없는 의혹을 의심해서는 안 되도다. 하여간에, 어떻게든 그리고 어디서든, 어떤 자가, 편지를 온통 써 두었는지라, 그리하여 여기 자 봐요, 하지만 한층 깊이 생각하는 자는 이것이야말로 솔직히 "그곳에 그대가 있다는 사실이" 모든 가능한 현상에 의하여 조건 지워진 서술임을 마음속에 언제나 간직할지라.

왜냐하면, 편지와 아무튼 연관된 모든 사람, 장소 및 사물은 세월의 모든 부분을 움직이고 변화시키고 있도다. 그것은 단지 얼룩과 오점이 아닌지라. 단지 그렇게 보일 뿐이도다. 그리하여, 확실히, 우리가 심지어 만사를 보여주기 위하여 종잇조각을 소유하고 있음을, 이 늦은 시간에, 그리고 우리가 많은 부분을, 비록 그것의 단편일지라도, 무심하게 읽고 있는 것을 생각하면, 우리는 진실로 감사히 여겨야 마땅하리라.

【119-24】 〈켈즈의 책〉 및 천둥의 개시.

[이하 편지의 필체] 그 이유인즉, 저 호피狐皮 호악취狐惡臭를 토하는 저 호농狐農 호녀狐女의 호금후각狐禽嗅覺을 가지고, (노목蘆木446의 노주老柱가 노재난노災難의 노재해虜災害를

요구하나니) 그[편지]를 음미하는 자는 저러한 분노의 회오리 채찍 끝을 경탄하도다; 저러한 너무나도 세심하게 빗장으로 잠겨진 또는 폐색閉塞된 원들; 하나의 비非완료의 일필一筆 또는 생략된 말미의 감동적인 회상; 둥근 일천 선회의 후광, 서문에는 (아하!) 지금은 판독불가의 환상적 깃털비상飛翔, 이어위커의 대문자체 두문자를 온통 티베리우스적으로[447] 양측 장식하고 있나니: 즉 좌절의 성유聖油 삼석탑三石塔[448] 기호 E가 되도록 하는 중명사中名辭는, 그의 약간의 주저(hecitence) 뒤에 헥(Hec)으로서 최종적으로 불리웠나니, 그것은, 시계 반대 방향으로 움직여, 약자로 된 그의 칭호를 대변하는지라, 마찬가지로 보다 작은 △은, 자연의 은총의 상태의 어떤 변화에 부응하여 알파 또는 델타로 다정하게 불리나니, 단 혼자일 때는, 배우자를 의미하거나 아니면 반복동의어적反復同義語的으로 그 곁에 서는지라: (하지만 그 일에 관한 한, 우리는 지나支那의 원주圓周들로부터 들은 이래,[449] 어찌하여 암탉이 제2 제8 제12의 첫째 다섯째 넷째를 한 두 순간 뚝딱 뿐만 아니라—양쯔강揚子江[450] 홍콩 32[451]—전년적全年的으로 제20번째 빼기 제9번째의[452] 여타 제30번째를 뒤쫓는지, 우리 자신의 세속적 432[453]와 1132와는 각각 무관하게도, 전자는 시골 여인숙으로, 후자는 뒤집힌 다리橋로 해석해도 되지 않겠고, 승법乘法은 전방의 십자로의 표시로, 그걸 뭐랄까 냄비 고리는 가족 교수대絞首臺로, 늙은 사감언유혹자四甘言誘惑者는 악마惡馬의 들판으로, 어차피 티茶(T)자는 어느 날의 밀회소로, 그리고 그의 한쪽 잃은 모양새는 화성원火星原[454]의 애란음모지愛蘭陰謀地에로 나아가는 전암全暗의 오솔길로, 그건 어떤고?) 내장內臟의 확고한 독백남獨白男;[455] 관대한 혼란, 그를 위해 누군가 몽둥이를 비난하고 더 많은 자들이 검댕을 비난하나니 그러나 그에 대하여 달갑지 않게도 그들의 캡 모帽와 함께 비뚤어진 요수尿水 피이(P)는 이따금 스스로 꼬리 달린 큐(Q)로 해석되지 않거나[456] 또는 아주 왕왕 그들의

【119-24】〈켈즈의 책〉및 천둥의 개시

그리하여 이제 모든 것이 다 지나가버렸나니, 익사의 손이 그러하듯 그에 매달릴지라, 만사는 한 시간의 다음 1/4 이내에 이럭저럭 조금씩 분명해지기 시작할 것임을 희망하세나.

[조이스는 여기 이 구절에서, 에드워드 설리반(Edward Sullivan) 경의 〈켈즈의 책〉(*Book of Kells*)에 대한 소개와 분석의 언어 및 글을 모방한다【119-24】. (설리반 경 1852-1928은 아마도【618】에 재등장하는 인물로, 거기 Sully는 "직업상 훌륭하고 멋진 도화인賭靴人"(a rattling fine bootmaker)으로 불린다【618.30】. 또한 Glasheen 여사(교수)는 〈톰의 인명록 1907〉(*Thom's 1907*)을 들어, 그가 A.T. Sullivan임을, 그리고 더블린의 "제책자"(bookbinder)임을 기록한다(Glasheen 274 참조).

설리반은 〈켈즈의 책〉 (그에 의해 서술되고, 24편의 색도판으로 채색된 책, 1933년 런던판)에 대한 그의 연구를 다음과 같은 서술로서 시작한다.

그것의 기이하고 당당한 미美: 그것의 차분하고 무금無金의 색채; 그것의 두려움 없는 디자인의 놀라운 정교성; 둥근 와선渦線의 깨끗하고, 흔들림 없는 굴곡; 그것의 미로적 장식을 통한 예술적 풍요 속에 요동치는 사형蛇型의 점고적漸高的 파동; 그것의 텍스트의 강하고 읽기 쉬운 소문자; 그것을 이룬 지칠 줄 모르는 경의와 인내의 노동; 이들 모두가 〈켈트의 책〉을 이루기 위한 합체이나니, 이 고대의 아일랜드의 한 권을 세계의 유명한 원고들 가운데 불멸의 탁월성의 위치까지 고양시켰도다…(Campbell & Robinson 101-102 참조).

그리고 조이스는, 약간 침식되어, 암탉에 의해 퇴비더미에서 발굴된, 그의 편지의 각본을 다음과 같이 서술한다.

【120】화자(손 또는 교수)는 우리의 주의를 위해 비범한 기호(siglum)를 골라내는지라: "k": 우리의 고양이: "b": 우족牛足의 꿀벌: "e": 십자로 엇갈린 희랍어: "g": 아두목자阿頭目字; "w": "저러한 왕좌 개방 이중여二重汝": "f": 성마른 안절부절못하는 싱숭생숭" "바로 고래 알卵마냥"(very like a whale's egg): (〈햄릿〉에서 Polonius의 "very like a whale"【III.ii.367】참조). "전대미증유의 **만흥장례**"에 관한 이 중요한 구절은, 〈피네간의 경야〉의 변화무쌍한 특질을 서술하는 바, 이는, 마치 햄릿과 포로니우스(Polonius)가 관찰한 구름모양, 많은 모습들을 띤다. 이 구절은, 타당하게도, 〈율리시스〉 제3장의 스티븐에 의하여 인용되고. "아 바로 고래 같은 이야기"(Ay, very like a whale)【U 34】, 잇따른 〈피네간의 경야〉 제10장에서 이씨의 각주: "유령 애란의 대단히 고래 같은 예언"(Wherry liked the whakes prophet)(307 F2)으로 재생된다.

【121.33-36】[이어지는 편지 기호의 설명]

그의 크로디우스[457]의 형제처럼, 말하는 것을 중단할 가치가 있겠는고?―파피루스 사본[458] 전역全域에 걸쳐 개정부改正符로서 페이지 위를 활보하나니, 한 가지 관념을 흥분 모색하는 F는 생각에 잠기며, 엽용어葉用語 사이에, 수척하니, 마름모무늬의 창 가장자리에 낙담한 듯 서있나니, 월계수 건엽乾葉의 바스크 웃옷[459]을 그의 삼지창 단추 주변으로 온통 나풀거리며, 얼굴 찡그린 발걸음, 이리 저리 몸을 급히 흔들며, 낱말들을 여기, 저기, 내던지면서, 혹은 억압되어 말대꾸하며, 어떤 반정지半停止의 암시와 더불어, F, 그의 구두끈을 질질 끌고 있도다; 우리의 원시 양친兩親의 **실동어實同語**[460] 앞의 호기好奇스런 경고의 신호 (극히 순수한 형언난색물形言難色物, 여담이지만, 때때로 야자나무 꼬리 잘린 수달피, 한층 이따금 가인 애플(사과)[461]의 상록속常綠屬[462] 과화엽果花葉 그를 고문서 학자들은 **초가지붕의 새는 구멍 또는 모자 구멍을 통해 통입**通入**하는 애란 섬 사나이**로 부르나니, 잇따르는 단어들은 욕망된 어떠한 순서로도 받아들일 수 있는지라, 아란 섬[463] 사나이 모자[464]의 구멍孔, 그를 통한 그의 공孔을 속삭이나니 (여기 재통再痛하며 음의音義와 의음義音을 다시 통족痛族하게 하도록 재시再始할지라); 저따위 도도한 경사진 무점無點의 첨예尖銳(H)는 쉽사리 가장 희귀한 문구에 속하는지라, 우리가 절반 속을 돌입하는 교통 규칙을 무시하고 횡단하는 눈眼(아이)(i)의 대부분의 경우처럼,[465] 머리, 몸뚱이 또는 꽁지가, 연결되지 않은 채, 잼 속에 언제나 취醉하여(jim),[466] 나리, 실벌레線처럼 무근경無根莖이라: 저따위 솔직한 그러나 변덕스런 졸때기들의 천진난만한 노출증: 저 이상한 이국적 뱀처럼(S) 구불구불한, 우리의 성서聖書로부터 너무나 타당하게도 추방당한 이래,[467] 코크 말馬 위의 한 우두右頭의 백여인白女人을 보려는 듯[468] 방금 젖은 바람개비 날개를 변덕스럽게 뻗은 채, 그리하여 그것은, 언제나 한층 길고 더더욱 침울하게 그의 무적의 오만무례 속에, 필자의 손의 필압하筆壓下에, 우리의 눈앞에 나선형으로 사리를 풀며 도마뱀처럼 부푼 듯 하나니; **포다티스 영창조**咏唱調[469]와 같이 흑黑 예술적으로 자기음향기自己音響器 아하 하아 및 은어둔주곡隱語遁走曲으로 된 십포성十砲聲처럼 소요騷擾아리아성적聲的인 아연무향기啞然無響器 오호 오호를 조각함에 있어서 그토록 그려진 몰골스런 무음악가성無音樂家性: 날짜에서부터 연호年號 및 시대명의 신중한 생략으로, 이는 우리의 필경사가 억제의 미美를 적어도 파악한 것처럼 보일 때의 유일한 시간; 최후의 것과 최초의 것과의 불안정한 접합[470] 차선次善의 롤빵과 함께 장대한 스타일의 묘굴墓掘[471]의 집시 방랑자의 교배交配 (하나의 삽입으로: 이러한 우적우적 씹는 모습은 버터 바른 빵 족속의 사본문헌 속에서만 나타나는지라 ― 고전사본 IV, 파피루스 지紙 II, 조반서朝飯書 XI, 중식서中食書 III, 만찬서晚餐書 XVII, 석식서夕食書 XXX, 충만서充滿書 MDCXC: 즉 훈고학자訓詁學者들은 걸신들린 듯 사자死者의 조종弔鐘을 머핀 빵장수의 종鐘으로[472] 잘못 들었나니): 네 개의 원근법 묘사의 &들

【122】[이어지는 편지 기호의 설명] 그 아래로 우리는 속기 필경사의 따뜻하고 부드럽고 짧은 팬츠를 모든 저러한 혼접년混雜年을 가로질러 독력으로 각조견刻彫見 및 느낄 수 있나니: 호격呼格의 쇠퇴, 그로부터 그것은 시작되나니 그리하여 대격對格의 구멍, 그 속에 그것은 스스로 끝나도다; 한때 사랑 받은 숫자曲를 회상시키는 저 영웅시적英雄詩的 고뇌의 실어증失語症은 슬리퍼에 의해 슬슬 미끄러지며 자기 자신을 잘못 호칭하는 총체적 기억 상실증에로 인도하나니: 즉 다음의 것은 저러한 아르(ars) 전신戰神[473] 르르ㄹ르라(R)! 저것들은 모두 전법적戰法的[474]이니, 솥땜장이[475]와 괴골怪骨을 뜻하는 고승高僧의 비밀문자요, 전리품과 함께 정전停戰을 위한 우리의 신성 축제 기도, **모물루스 왕을 위해 기도하세**[476]로부터 적혈수赤血手로 쟁탈한 것이니, 그리하여 사원寺院도 없을 뿐만 아니라 로즈(노루)의 양조장이 불타버린 이래 밤의 괴화怪火의 잔을 쭉 들이켜지도 않고,[477] 성전聖殿의 뾰족탑으로부터 무례하게 집꾼에 의하여 루비 흑옥黑玉 4행의[478] 아주 근접한 범위 안에까지 아래로 던져졌나니, 그러나 단지 매일 주사위 통 던지기 같은 지그지그 작작 상하 움직이는(성교하는) 자들 사이에, 빵 강타,[479] 왕땅 6으로 나는 인도하나니, 우린 마음 상하도다, 젠장, 그리고 거기 그대를 위하여 여자가 있는지라, 나리, 그녀를 왕창 해치울지라, 멋진 여여인, 그녀의 왕새우 머리 타래까지 빨갛게 물들이고, 건방진 계집, 왕창 찰싹, 하느님 맙소사 오마라[480]가 녀석의 붉은 얼굴의 노악한老惡漢 윌리엄 왕[481]과 시비를 걸다니. 가만, 왕창 해치워버려, 하느님 젠장 그리고 그대의 것은 그가 없는 다른 곳이요 도금賭金 으뜸 패 중 내 것은 승勝끗 5일지니, 왕창, 그를 위해 자신의 왕 돼지의 키스 입에 자위自慰를, 왕사자王使者 K.M.[482] 오마라 카이얌 그대는 어디에 있는고?; 그러자 (왼쪽 복도 모퉁이 아래로 건너오나니) 그로부터 세 번의 **열정적 키스** 또는 보다 짧고 보다 적은 **입맞춤**이 지나치게 세심되게 문질러 지워진 십자가형의 추신, 〈켈즈의 책〉의 음침한 **툰크** 페이지를 분명히

발문跋文하고 있는지라 (그리하여 그의 시야에서 놓쳐서는 안되나니, 거기 정확하게 십자장미를 위한 3인조의 후보자들이 성구聖鳩납골당의 가장자리 화관에 자신들의 차례를 기다리나니,[483] 자신들의 세 투표함 속에 배기排氣된 채, 그러자 이러한 고수絞首 위원들(심사 위원들)을 위하여 별리別離되어, 거기(셋) 두 사람은 누구에게든 충분하리니, 노 마태 자신[484]으로 시작하여, 그가 명료함을 가지고 당시 크게 서술했듯이, 당시 이래 말하는 사람들이 한 사람을 상대로 말할 때, 제삼자가 암담하게 이야기되어지는 사람일 때는 두 사람이 친구라고 이야기하는 습관 속으로 빠져드는 것과 마찬가지인지라, 그리하여 만일 당시 매수포옹자買收抱擁者가 누구든 간에 당시 사건의 진전에 따라서 그의 (또는 필경 그녀의) 혀 놀림과는 정반대로 기록되었다면, (저 마지막 진설적脣舌的인[485] **열정적 키스**가 **입맞춤**으로 읽힐 수 있으리라); 그리하여 치명적 축소소침縮小銷沈의 경사체傾斜體의 지겨운 갈겨쓰기, 불완가不完可한 도덕적인 맹목의 확실한 증거라;

【123】 모든 저러한 사각四脚 엠(M)[486]의 과다성過多性, 초과수성超過數性: 그리고 왜 친애하는 신神을 크고 짙은 디(d)로 철자하는고(왜, 오 왜, 오 왜?): 준결승의 무미건조한 엑스(X)와 현명한(와이즈)(y) 형태; 그리하여, 18번째로 또는 24번째로,[487] 그러나 적어도, 모리스 인쇄자에 감사하게도,[488] 최후로 모든 것이 제트(z) 완료되어, 그의 최후의 서명에 첨가된 장식체의 페네로페적的 인내,[489] 한 개의 뛰는 올가미 밧줄에 의해 꼬리 붙은 732획수劃數나 되는 책 끝에 달린 간기刊記(판권 페이지)—이리하여 좌우간 모든 이런 것에 경이로워 하는 누구인들, 저러한 상호분지相互分枝의 오검 문자[490] 같은 상내만류上內滿流하는 성性(섹스)의 둥근 덮개 마냥 덮고 있는 여성의 리비도(생식본능)가, 굽이쳐 흐르는 남성 필적의 획일적인 당위성에 의하여 준엄하게 통제 받고 쉽사리 재차 독려督勵되는 것을 보도록 열렬히 추공追攻하지 않으리요?

다프-머기(농아자)[교수], 그런데 그는 이제 아주 친절한 배려에 의하여 인용될 수 있으리라(그의 초음파광선통제超音波光線統制에 의한 음상수신감광력音像受信感光力은 명암조종가明暗調整價가 칼라사진애호 유한주식회사로부터 마이크로암피아 당 1천 분의 1전錢에 제조되는 것과 동시에, 오히려 조금도 늦지 않을 가까운 장래에 기록을 달성할 수 있나니), 이러한 종류의 무작위 낙천적인 제휴提携(파트너십)[491]를 율리시수적栗利匙受的 또는 사수적四手的 또는 사지류적四肢

類的 또는 물수제비뜨기적的 또는 점선통신點線通信의 모스적的 혼란이라 최초에 불렸나니 (색소폰관현악음운론적 정신분열생식증의 연구에 관한 어떤 기선관념機先觀念[492] 제24권, 2-555 페이지 참조), 충분한 정보의 관찰에 잇따라, 달인達人으로부터 수마일 떨어져 짧은 혀의 (말 없는) 퉁-토이드[493] 의하여 이루어졌는지라 (반무의양심半無意良心의 마굴턴 파派의 교사教唆들[494] 간間의 후기욕구좌절後期欲求挫折, 도처, 참조) 즉 저 비극적 수부[495]의 (자두 흡입 모형 삼각 상사모相似帽 소매상의) 여러 이름들과 대중적으로 연관된 잘 알려지지 않은 베스트셀러의 순환항해기巡航航海記의 경우에 있어서, 제이슨[496] 순항의 조류에 의한 맥퍼슨즈 오시안[497] 순찰로부터의 카르타고 해사보고海事報告[498]가, 교묘하게도 뒤집혔는지라 그리하여 맵시 있게도 매화每話- 일흥一興-그 자체의-다양多樣(버라이어티)한 에게 해海 12군 도식群島式 베데커 여행안내서[499]로서 재출판 되었나니, 이는 숫 거위의 간 지름을 그대의 암 거위가 노략질하듯 만족스럽게 희망할 수 있었도다.

티베리우스트 이중사본二重寫本[500] 가운데서 인물들의 무과오無過誤의 신분이 가장 교활한 방법으로 밝혀졌도다. 본래의 서류는 한노 오논한노[501]의 인내불가의 원본으로 알려진 것 속에 있었나니, 말하자면, 그것은 어떤 종류의 구두점의 표시도 드러내지 않았느니라. 그런데도 왼쪽 페이지를 미광에 비쳐 보건대, 이 모세 신서新書[502]는 우리 세계의 최고광最古光의 말없는 질문에 가장 두드러지게 반응했나니 그리하여 그의 오른쪽 페이지는

【123.11】 여기 교수는 〈피네간의 경야〉에서 빠져나와, 〈율리시스〉에로 들어간다. 그러나 편지가 모든 문학, 특히 조이스의 작품들일진데, 안 될게 뭐람? 숫자 732는 〈율리시스〉의 최초판의 최종 페이지이다. "페네로페적" "뛰어넘는 올가미 밧줄"(leaping lasso) 및 "libido"는 〈율리시스〉의 몰리(Molly)를 상기시킨다. "율리시스적," "카르타고적 해사보고" "Jason" "노수부"등은 Ulysses-Bloom(블룸)의 항해에 관여한다【123.16-32】. 한편, Tung-Toyd(Jung-Freud)는 믿어지지 않을 정도로 짧은 혀[tongue-tied]의 영역으로 되돌아가면서, 교수는 Sexophonology 및 "Semiuncon-science"에 대한 독일 연구를 들먹이는데, 이는, 아마도, 이 문맥에서, 〈율리시스〉의 "키르케"(Circe) 장면을 언급하는 듯하다. 독일의 〈율리시스〉 연구는 유명하고, absgps 대학의 가블러(Gable) 교수는 작품의 교정판을 편집한 장목인으로 유명하다.

원고 속에 명명된 사람들(그들은 티베리우스트 이중사본[Tiberian duplex]의 사람들로 불렸거니와)의 신분이 가장 교활한 방법으로 밝혀졌도다. 본래의 서류는 어떤 종류의 구두점의 표시도 드러내지 않았다. 그런데도, 미광에 비쳐 보건대, 이 모세 신서는 "그것이 예리한 도구에 의하여 생겨난 찔린 다수의 상처와 엽상葉狀의 깊이 베인 자국에 의하여 날카롭게 파여져 있을 뿐 구독句讀되지 않았다는 (대학어감大學語感으로) 신랄한 사실을 누출했도다."[Tiberius는 기원 14-37년, 그리스도의 사명과 십자가 처형의 시기에, 로마 황제였다. 고전적 로마 판테온(만신전)의 살아있는 대표로서, 그는, 말하자면, 여전히 현미경적 배자胚子의 상태에서 기독교의 신학에 의해 이미 지위를 빼앗겼다. 조이스는 역사의 이 순간을 아들이 아버지를 대신하는 상징으로 선택했다. 우리는 또한 "Oedipus complex"와 "beriast duplex" 사이의 유희를 느낀다.]

편지는 이제 "Morses(Moses)"인, 유태인의 법률가, 예언자의 구속으로부터 영도된다. 그의 〈모세의 책〉(*The Book of Moses*) (접신론의 연구)은 신서(new book)인지라, 우리가 보았듯, 그것에는 구두句讀點이 없다. 그럼 그것은 어떻게 "Tiberiast duplex"가 될 수 있담? Tiberian은 헤브라의 성경을 구두句讀 하는 제도(방법)이다. 하지만 원고의 구멍들은—어떤 교수가 아침식사 때 포크로 쑤신 것—종지부와 코마 역을 행사한다. Brotfessor Prenceguest인, "빵 먹는 자"는 성체(Host)의 수취인이다【123.30-124.18】. HCE는 손님의 수취인이요, 주점의 주인이다.

"자두 흡입 모형 삼각 상사모相似帽 소매상"(our plumsucked pattern of shapekeeper), 문맥상으로, 조이스는 자신의 작품들이 타자들로부터의 차용이나 표절임을 인정하고 있다. 호머의 "ulykkhean" "wretched mariner"를 비롯하여, 그의 이야기의 형태는 또한 셰익스피어에 모형을 두고 있기도 하다. 잇따른 행은 조이스의 작품을 Ossian에 대한 Macpherson의 표절과 비유된다. 〈제이슨 순항의 조류에 의한 맥퍼슨의 오시안 순찰로부터〉(*From MacPerson's Oshean Round By the Tides of Jason's Cruise*).

【124】편지는 예리한 도구에 의하여 다수의 찔린 상처와 깊이 베인 자국에 의하여 날카롭게 파여져 있음이 증명되었다. 이러한 종이 상처는, 4가지 형태인지라, "정지" "제발 정지" "정말 제발 정지" 그리고 "오 정말 제발 정지"를 각각 의미한다.—런던 경찰국(Scotland Yard)의 조사가 지적한 바에 의하면→그들은, 정중한 형교수兄教授의, 포

크 형型 ∧에 의해, "유발되고"; 조반―식―탁에서 시간의 개념을 소개하기＝위해 [평면(?) 표면 위에] 종지부로! 고古 영英(원문 그대로) 공간에?! 그러나 이러한 주제에 대하여 다음과 같은 사실이 설립하는지라, 형 교수 프렌더게스트가 자신이 깊이 공경하는 선조의 정신에 스스로 엄청난 분노를 터뜨렸을 것이 아닌가하고 의심 받았도다. 그리하여 메모는 깨끗하고 간결한 곳에는 어디나 4잎 클로버(토끼풀) 또는 사열박편四裂箔片 장식의 찌르기(잽)가 한층 많이 나타나는지라, 이들은 암탉 마님에 의하여 그녀의 퇴비더미 위에서 뚫린 구멍 때문에 자연히 나타난 지점들임이 탐색되었다. 그 결과, 사색가들은, 둘과 둘이 합쳐지고, 그러자 수치스럽게도 한 가닥 탄식이 얌전한 입을 떼어놓았던 것이다. 아멘. 메모는 우리의 열정에 대한 감사와 함께, 영구히 어불비례. 추신편追伸片이라.[편지의 결구]

　　그 뒤로, 그대 4노인들인, 퀴즈 좋아하는 주말 방문객을 위해, 그대의 이해하기 힘든, 저 녀석(HCE)에 대한 수수께끼의 사소한 필요가 뒤따랐나니…

　　【125】 방문객에게 퀴즈를 위한 사소한 필요: 엊 소리 속의 총 발사, 뒤죽박죽 속의 지리멸렬 및 망토 벗은 오취자午醉者의 아들놈 전하全何의 문제를 가지고. 그러나 어찌 우리는 아들 중의 아들[503]이 자신의 무지 속에 한 가지(일) 없이[504] 그의 노령으로 스스로 대양사회大洋社會[505]를 떠났다는 이야기를 듣지 못했도다. 털코 맥후리 형제.[506] 그리하여 그는 매번 그랬나니, 저 아들놈, 그리고 다른 때, 그날에도 그리고 내일도[507] 비참기분자悲慘氣分者(디어메이드)[508]가 그 이름이니, 시편서집詩篇書集의 필자[509]요, 친우의 마구착자馬具着者[510] 그리고 그는 한 가지 욕구 때문에 동료로 변신하나니.[511] 딸들[512]은 뒤따라가며 그[편지]를 쓴 필경사-셈를 찾고 있는지라, 아름다운 목을 한 톨바[513]의 호남자들이[514] 토티 아스킨즈[515]의 한 노령자를 위한 군무병軍務兵 모집이라. 형식상으로 타모자他母者와 혼동된 채. 아마 콧수염을 기르고 있을지도. 그대 글쎄, 경락輕樂의 존경스런 얼굴을 하고? 그리고 오르락내리락 사다리를 가지고 무급 당구장을 사용하다니? 비록 집배원 한漢스[516]는 아닐지라도 그[HCE]가 가졌다면 단지 얼마간의 작은 라틴 웃음일 뿐 그리고 별반 그리스 오만 없이[517] 그리고 만일 그가 자신의 부싯돌 같은 충돌 구근球根에 의해 번민하지 않는다면, 그가 유머를 가질 수 있는 한, 정말이지, 그리고 이섹스 교橋처럼 정말로,[518] 갖게 되리라. 그리하여 맹세코 떠버리 험담이 아니나니, 나

는 선언하거니와, 정말이지! 천만에! 모두들 아주 안도하게도, 비상처대학鼻傷處大學[519]의 소나기 화花의 농율목弄栗木 사이의 저 캑캑 턱을 한 원숭이의 자아自我 반가설半假設은 호되게 추락되고 말았는지라, 저 밉살스런 그리고 여전히 오늘도 불충분하게 오평誤評 받은 노트 날치기 (분糞, 채, 수치, 안녕하세요, 나의 까만 양만? 또 봐요!)[520] 문사 셈[521]에 의해 그의 방이 점령당했도다.

이 장은, 첨가하건대, 원고의 고문서적(paleographic) 조사와 토론으로 결론난다. 다음 작업은 텍스트에 명기된 사람들, 그들이 불리는 대로, "Tiberiast duplex"의 사람들의 신분을 밝히는 일이다. 본 장의 결론에 나타난 암시대로, 이 작업은 4대가(Four Old Masters)에게 남겨질 것이다. 그들은 습관적으로 HCE의 주막의 주말 방문객들에게 수수께끼로서 퀴즈 하는 버릇을 갖는다.

이 장의 결구【124.36-125.22】는 작가들과 〈피네간의 경야〉 주제들에 대한 언급의 잡탕으로 마감된다. 〈복음〉(복음서들의 번역자인, St. Jerome을 비롯하여), 〈성서〉의 Solomon과 그의 〈아가〉(Song of Songs), 시인 싱(Synge)(강음과 율동으로), 애란 전설의 Dermot와 Grania(그들의 Fenian circle에서 산문담의 주제들), 셰익스피어, 피터(Walter Peter) Bruisanose College(옥스퍼드 대학), 3"Totty Askinses" 등등. 이들 언급들과 인유들의 대부분은 노아와 그들의 아들들을 대신하여, 문사인 셈으로 인도된다. 그리고 그의 도피의 "퀴즈"(quizzing)【124.36】는 다음 제6장으로 인도된다.

그럼, 그들이 말해야 하는 것에 귀를 기울일지니, 독자는 다음과 같은 일련의 12수 수수께끼들이 4괴짜 지방 노인들에 의하여 소유된 퀴즈들일 뿐만 아니라, 교수에 의해 그의 학급에 제안되는 1종의 시험이란 사실을 곧 인식할 것이다. 과연, 우리의 학자-안내자는 4노인 역사가들의 집합적 인물에 합체하도록 계속 위협하고 있다. 마지막으로, 퀴즈는 이교적 켈트의 그리고 게르만적 시인들의 커다란 수수께끼 게임을 암시한다. 많은 이야기들은 주먹으로가 아니라 수수께끼로서 서로 투쟁하는 신들에 의해 해설될지니…

예를 들면. 그(HCE)는 어디로 사라졌던고? 그러나 우리는 한 아들이 자신의 무지 속에 가진 것 없이 노령으로 스스로 대양 사회(oceanic society)를 떠났다는 이야기를 듣지 못했다.

필경사(셈)의 이름은 Diremood (Dermot), 그리고 그는 어떤 dearmate (Diarmait)의 친족이라. 딸들은 그것(편지)을 받아 쓴 필경사를 찾아 모두들 밖으로 나왔는지라, 그 (HCE-셈)는 콧수염을 달고 있을 것인고? 그리고 사다리를 가지고 무급 당구장을 오락 가락 했을 것인고? 아니야! 그는 단지 약간의 유머를 가졌나니! 모두가 안도하게도, 아무튼, 그는 사라졌는지라, 그의 방은 밉살스런 노트 날치기 문사文士 셈의 것에 의 해 점령되었도다.

재재차로, 최후의 결론은 지금까지의 이야기의 총화로서, 종합 토론의 개요인, 노 아의 아들, 솔로몬 왕, 시인 싱, 셰익스피어, 옥스퍼드 대학, 〈성서〉의 "아가들이" 개 략적 내용이다. 그러나 이 구절은 "셈 문사"로서 그의 방은 이러한 자료들로 가득 차 있다. 다시 이는 편지의 필자가 셈으로, 그의 총괄(epitome)임을 의미한다.

재재재차로, 마지막 구절에서, 우리는 편지의 단어들의 원천으로 인도된다. 4노인 들(Mamalujo)은 암시하기를, 편지는 노아가 술 취하여 잠잘 때 아들 햄(Ham)이 그의 음 경을 본다. 그러나 햄은 손 우체부이라, 그는 편지를 쓰지 않고 날랐다. 그는 성처녀 마리아로부터 성(섹스)을 삼간다. 그는 감정적으로 순수하지 않을지라도, 정절貞節의 상징이다.

그러나 이 말은 또한 그의 냄새나는, 술을 사기 위한 돈을 벌기 위해 글을 쓰는, 셈 에 대한 손의 불만을 암시한다. 앞서 그리고 뒤따르는 장들에서 부친의 약점은 아마 도 햄일지니, 그는 그의 아버지의 연대기를 썼었으리라. 필경사는 셈이니, 미남 손은 이번에 셈에게 연관하여 러시아어로 "안녕, 나의 암담한 양반"(Kak vuy pozhivavyetye, moy cherny gospodin?) (How do you do today, my dark sir?)하고, 소개한다(91 참조).

이처럼, 이 소련어의 구절은, 천만에, 세상에 그녀의 남편에 관해 아나 리비아의 편 지의 실질적 평가절하의 아들인, 필경사 셈에 관한 것인지라, 그는 미남 자식인, 손의 어두운 아들, 셈에 대한 언급과 연결되는 구문에 의해 소개되도다. 그러나 이 구절은 또한 손의 냄새나는 형(제)에 대한 불만을 암시하나니, 후자는 단지 술을 사기위한 돈 을 벌기 위해 글을 쓴다.

아이들의 자라나는 탁월성은 이곳 I.5장에서 시작하고, 뒤따르는 2장들은 리피 강 의 조류의 회전을 향해 2아들에 의해 촉진된 채, 서술은 시간상으로 앞으로 움직일 때의 점까지 나아간다.

그러나 우리는 I.7까지 직접 전진하지 않은 채, 밤의 퀴즈 장인 I.6으로 개입한다. 우리는 그런고로 드라마의 모든 인물들이 크게 상세히 제시되며, 그 속에서 필경사 셈은 2번째로 소개되리라. 여기 이 장의 마지막 구절【124.35-125.23】의 내용을 개관하건대, 대략 8항에 달한다:

1. 편지 문구의 source의 총괄.
2. 4 OLdMen은 Ham(부친 Noah의 성기 염탐)에 의해 쓰였다.
3. Ham이 앞뒤 장에서 부친의 연대기를 쓴 것이 드러났기 때문.
4. 그러나 천만에! 배달부는 숀이다.
5. 숀은 pure 하지 않을지라도 Chaste하다.
6. Anna의 편지를 쓴 것은 셈이다.
7. 셈은 숀의 말로 언제나 소개된다. 이번에는 소련 말로!
8. 이 말은 그러나 술을 사기 위해 글을 쓰는 셈에게 하는 숀의 불만이다.

I부 6장 수수께끼―선언서의 인물들 【126-168】

라디오 퀴즈

다양한 인물들과 장소들에 관한 12가지 퀴즈

숀과 셈

묵스(여우)와 그라이프스(포도)

브루터스와 케이시어스

여기 퀴즈 장은 연극의 허세로서 열린다. 그러자 퀴즈의 2참가자들, 질문자와 대답자는 동일시된다, 12질문들이 필경사 셈에 의해 주어지고, 우체부 숀에 의해 대답된다. 우리는 그런고로 밤의 퀴즈인 I.6에로 진행하는 바, 그 속에서 드라마의 모든 인물들이 커다란 상세로서 제시되는 지라, 그 속에서 필경사(셈)는 두 번째로 소개된다.

〈피네간의 경야〉의 또 다른 총괄이라 할, 이 장은 조키트(셈)에 의해, 존 제임슨 및 노래를 위한 편지배달자인 숀, 또는 아버지, 자식들 및 정령의 창조적 무리를 위해, 마련된 일종의 퀴즈로서 문제를 제시한다. 12개의 질문들이 존재함은 배심원의 "12 소유격자들" 이제는 사도들의 합동을 암시한다. 자연적으로 이들 질문들은 작품 그 것자체와 마찬가지로, 더블린과 가족의 구성원들을 포함한다. 수수께끼 질문들은 수수께끼 혹은 모호한 답들을 야기한다.

질문(수수께끼) 1 【126-39】: 이는 HCE와 핀 맥쿨과 관계하고, 아트라스, 단 오코넬과 리챠드 크루크백처럼 "생명보다 한층 큰" 자의 또 다른 서술을 마련한다. 우리의 "지고의 신화발기자"인, 그는 "최고의 교각건축자" 혹은 아담이다.

질문(수수께끼) 2【139】: ALP를 알맞은 음률로 서술한다.

질문(수수께끼) 3【139-40】: 주점의 간판은 더블린의 표어(모토)이다.

질문(수수께끼) 4【140-41】: 더블린에 관한 수수께끼.

질문(수수께끼) 5【141】: 잡역부 또는 주점 보이를 위한 광고가 조(Joe)에 의해 답해진다.

질문(수수께끼) 6【141】: 케이트(Kate)와 그녀의 "패총 이름" 팁.

질문(수수께끼) 7【142】: 이는 그들의 이름이 함축하듯, 12고객들 혹은 사도들을 소개한다. "tion"으로 끝나는 단어들은 12의 기호이다.

질문(수수께끼) 8【142-43】: 이는 "매기들" 혹은 28소녀들에 관한 것이다.

질문(수수께끼) 9【143】: "말의 모든 개화의 파노라마"에 관하여, 그것은 〈피네간의 경야〉의 서술이요, "충돌만화경"이다.

질문(수수께끼) 10【143-48】: 이사벨에 관하여, 이는 스위프트, 트리스탄 및 "내부의 소설을 지닌" 〈새 자유 여인〉(또는 〈젊은 예술가의 초상〉이 출판되었던, 〈에고이스트〉지)에 대한 언급들로 개량된다. 그녀는 28급우들을 갖는다. 그녀의 관심은, 그녀의 아버지의 것처럼, "기적약" 또는 속옷이다. "나는 그저 소녀일 뿐이니," 그녀는 말한다.

질문(수수께끼) 11【148-68】: 이는 길고, 매력 있는 대답을 야기한다. 셈의 질문은, "애란의 망명자"의 음운적 패러디로서, 탁월한 전문가, 존즈(Jones) 교수의 변장으로 숀에 의해 대답된다. 시간에 월등한 공간을 증명하려고 애쓰면서, 그는 자신의 논쟁을 처음에 추상적으로, 이어 우화로서, 그리고 마지막으로 역사로부터의 예에 의하여, 제시한다.

엄청나게 박식한 채, 강연자는 아인스타인, 베르그송, 공간 숭배자인 윈덤 루이스, 인류학자 레비브류얼(Levy-Bruil), 그리고 "질"(talid)과 "양"(qualis)의 논쟁의 자기 면을 수립하는 질량론(quantum theory)을 들먹인다. 그는 마침내 "분糞하도다!"하고 노老 캠 브론(Cambronne)과 함께 부르짖는다. 이러난 "중간급"의 생도들에 도달하면서, 그는 추상에서부터 우화에로 하강하지 않으면 안 된다. 그러나 "여우와 포도"(the Moose and the Gripes)의 우화는 불만족스러움을 증명한다. 왜냐하면, 예술의 어느 작품처럼, 예술가의 의도를 초월하기 때문이다. 포도-시간에 대한 여우-공간의 승리를 나타내도록 기획된 채, 우화는 공간-시간의 승리 또는 이들 변질된 적대자들의 결합으로 끝난다. 뒤에【472】 그들의 결합은 물리학자들의 "대 연속체"(grand continuum)이다.

"옛날 옛적 한 공간 속에"(Eins within a space) 첫째 문장은 〈젊은 예술가의 초상〉의 그것을 패러디한다. 심지어 여기 "Eins"는 시간과 공간을 결합한다. 교황 안리안 IV 세(니콜라스 브레익스피어)와 아일랜드인의 잇따른 이야기는 〈율리시스〉의 병원 장면에서 황소의 우화를 회상시키고. 여우(묵스)(포도를 탐색하는 여우)는 교황이다. 베드로는 돌石이요, 로마는 raun 또는 독일어의 공간이다. 우우하고 울어대는 개구리마냥, 여우는 애란을 찾아 출발하는지라, 거기 그는 그의 나무로부터 매달린 신 포도를 발견한다. 이들 적대자들의 영웅적 다툼은 손과 셈 간의 어떤 중요한 것이다. 포도가 때때로 여우가 됨은 우리가 기대하는 바다. 왜냐하면 양 적대자들은 HCE의 부분들이요, 그는, 여우로서, 사냥꾼 및 사냥물—이것, 저것, 또는 모든 것이다.

누보레타(Nuvoletta), 작은 구름은, 화해를 실패하면서, 눈물처럼 강 속에 추락한다, 그녀의 "이혼명泥婚名은 미시스리퍼였기에." 왜냐하면 이사벨은 "도누跳淚"인지라. 여우와 포도는, 강둑에서 빨래를 행한 뒤에, 빨래하는 아낙들에 의하여 같은 버킷 속에 끝내기 위해 결집한다. 단지 느릅나무와 동맹이 그리고 강만이 남는데, 왜냐하면 이들은 영원히 계속하기 때문이다. 싸우는 반대자들의 그리고 그들의 화해의 브루노가 이 사건을 관장함은 귀담아 듣고 있는 생도에 의하여 입증된다. 애초에 브루노 노란 인, 그는, 종국에 노란 브루노이다.

불만스런 교수는, 여전히 그의 "현금푼돈"(cashdime) 문제 (시간은 돈인지라)에 의지意志한 채, 유추를 맞추기 위해 이제 역사에로 방향을 튼다. 브르러스와 카시우스의 역사【161-67】는 정치학, 기하학 밀 음식 이요, 브르러스는 버터 그리고 카시우스는 치즈이란 견지에서 숀과 셈의 싸움을 갱신한다. 그들의 아버지(시저)를 살해한 다음에, 브루투스와 카시어스(아들들)는 싸우기 시작한다. 그들의 누이동생, 마가래나, 누보레타의 성공적 상속자는 안토니를 소개함으로써 평화를 가져오는 바, 그는 A를 첨가함으로써 B와 C의 "이등변 삼각형"에서 삼각형을 만든다. 삼각형 A B C는 군인들의 삼두정치요, HCE 또는 재차 공간 시간과 동등하다. 두 소녀들은 시간의 짧은 공간 동안 편화를 즐긴다.

메러스 제니어스(Menus Genius)(순수한, 불변의 숀)로부터 카래우스 카시우스에로의 성마른 편지는 창조적 능력을 확신한다. 숀은 "정복正覆 질서에 의한 의식어儀式語" 【167】를 알고 있다.

질문(수수께끼) 12 【168】: 그와 그것의 대답은 모호한 라틴어로 된다. "*Esto?*"는 명령문인 동시에 의문문이다. "*Sacer*"는 단수인 동시에 복수요, 우리는 꼭 같은(same)이요, Shem임을 의미한다. 이 대답은 다음 장을 소개한다.

교수는 티베리우스트 이중사본二重寫本(Tiberiast duplex: 그리스도가 그 아래서 십자가형에 처해지다. "Tiberian"은 〈성경〉 발음법이기도)의 전체 문제에 관해 그의 학급을 살핀다. 이 장은 〈피네간의 경야〉의 주된 인물들과 주제들의 편리한 일람표를 공급한다.

이 장에서 숀은 셈이 내는 수수께끼에 답한다. 그의 대답은 우수하며, 여기, 과연 뒤따르는 〈피네간의 경야〉의 III부 3장에서처럼, 그는 질문들에 답할 뿐만 아니라, 타자들의 목소리로 대답한다. 정말이지 그는 혀에 대한 성령의 재능(the Holy Spirit's gift)을 지녔다. 이리하여, 비록 말하는 자가 그이라는 사실을 우리가 알지라도, 실지로 나타나는 것은 각각의 경우에 주체를 대응하는 목소리다. 이씨(Issy)의 질문에 그녀 자신이 대답하는가 하면, 케이트의 경우에 그녀 자신이 대답한다. 그리고 그들이 말하는 것은 실지로 묻는 질문에 대한 직접적 대답이 아니고, 오히려 개인적 진술이다.

셈이 제기하는 최초의 가장 긴 질문(약 13페이지)은 그것의 세목에 있어서 두드러진다. 첫 질문의 형태는 앞서 ALP의 무언서【104-07】 및 방호문자防護文字의 비방문(HCE에 대한 아메리카인의 110개의 비방명)【71-72】에서 사용된, 프랑스 작가 라블레 풍風의 카탈로그이다. HCE에 중심을 둔 채, 이러한 카탈로그는 그에 관한 의견으로 구성되고 있다. 이제, 셈의 의견은 숀의 대답으로 확증된다. 질문은 HCE에 중심을 두고 있으나, 이제는 아들들에 중심을 맞춘다. 셈이 묻는 것은 누구인가, 둘도 없는 신비적 건축청부업자요, 대신관大神官(pontifex maximus)과 더불어, 그가 나열하는 긴 목록의 축제를 가져온다. 그것은 무엇인가, 그는 알고 싶어 하는지라, 이것인가, 저것인가, 그리고 다른 것인가. 셈이 묻는 인물은 물론 HCE이요, 그를 서술함에 있어서 셈은 실질적으로 모든 것을 포용하기 위해 과장하는바, 그는 HCE를 인간을 비롯하여, 산, 신화, 괴물, 나무, 도시… 신, 여우, 청어 등, 세목의 많은 것과 비유함으로써, 우리의 웃음을 자아낼 정도이다. 그리하여 독자는 〈피네간의 경야〉에서 주어진 경이적 질문을 통독하도록 초대받는지라, 여기에는 절대적 이야기 줄거리의 복잡성이 없으며, 〈율리시스〉의 〈키클롭스〉 장면의 과장법(gigantism)에 의한 목록의 일람표와 유사하다.

라디오 키즈 프로그램에서 숀은 셈의 질문들에 답한다. 첫 번째 질문에서, HCE는 서사적 영웅 Finn MacCool의 신원에 대한 것이다. 이 거대한 질문들은 397부분을 이루는데, 이는 마구 구성되지 않았으며, 나무로부터 돌로 진행한다.

이 거대한 질문의 과정에서 HCE는, 다른 물건들 가운데, 도시인, 도주인, 백화점 주인, 인색 보스, 호디니로서, 무덤으로부터 부활한 도망자, 재무관, 괴테, 더블린, 동면 및 기타의 화산, 도시 계획자 및 도시 건축가, 산맥, 에즈라 파운드, 바이킹 침입자, 아일랜드의 고왕, 윌리엄 왕의 동상 (〈더블린 사람들〉의 "죽은 사람들"에 서술되거니와), 다수 하밀턴들, 니커버커 신부, 벽 건축가 및 불안한 좌자坐者(험티 덤티) 등이다. 이 부분은 우리에게 HCE에 관해 많이 말하는데, 그중 약간은 너무나 중요하여 논평이 확실하다. Epstein 교수는 397개 부분들(parts)[세미콜론(;)으로 분할된 채]의 모든 요소들의 의미에 대해 독자가 작업하도록 맡긴다【E 291】.

———

【126】첫째 질문【126.10-139.13】그래서?

누군가 그대를 오늘 밤 알지 못하는 고, 게으른(셈) 그리고 신사(숀)?

(여기 졸린 말로, 앞서 I부 제5장 말에 약속된 퀴즈의 시작, 셈은 HCE에 관해 편지 운반자인 숀을 퀴즈

한다.)

책의 거대한 영웅, HCE가 Finn MacCool의 가면으로 등장한다. 메아리-대답. 주신主神은 불결림不潔林 속에 있는지라, 그를 불러낼지니!

손은 이 밤의 퀴즈에서 그 내용을 약弱 110%로 평가한다. 그는 12개의 수수께끼 가운데 3개를 오해하고 4개를 올바르게 대답한다.

[첫 번째 질문]【126.10-39.13】. 여기 서사적 영웅 Finn MacCool -HCE의 신분을 확약한다. 무슨 신화발기자神話勃起者요 극대 조교자造橋者가 자신의 두부담豆腐談을 통하여 유카리 왕사목王蛇木 또는 웰링턴 기념비보다 한층 높이 솟은 최초의 자者였던고?; 그녀(아내-Liffey-ALP)가 겨우 졸졸 흐를 때, 그이(남편-HCE)가 나화裸靴로, 리피 강속으로 걸어 들어갔나니, 그의 호우드 사구砂丘에 회유녹모懷柔綠帽를 쓰고; 알버트 제製 시곗줄을 그의 선체대출자(네덜란드인)의 비만 위로 엄숙하게 자랑해 보이도다; 거기 그의 최초의 핥아먹기 사과가 떨어졌을 때, 그는 새로운 (뉴)톤 무게를 스스로 생각했나니;

이하 첫째 질문【126.10-139.13】의 내용을 약설하면,

이 거대한 질문은 마구잡이식으로 구성되지 않았다. 질문은 나무에서부터 돌로 나아간다. 첫째 구는 지상의 가장 큰 나무들의 3개에 대한 언급으로—오스트레일리아의 푸른 고무나무, 아프리카의 비오바브 나무, 그리고 아메리카의 세퀘이아 거목—최후의 구는 벽돌과 돌들에 관한 언급이다【139.11-13】. 이리하여 첫 질문은 우리를 '나무'(생나무인, 셈을 운동의 주축으로)에서 '돌'(정적 원칙인 숀)으로, 둘은 궁극적으로 '나무돌'(Tristan)로, 애인으로, 그리하여 그는 마찬가지로, 셋째 군인, 그리고 부친의 파괴자, 그리고 또한 그의 상속자, 비옥의 창조적 원칙이 된다.

거대한 질문 과정에서 HCE는, 다른 것들 사이, 도시인으로서 현현하는 바, 탈주자, 백화점 주인, 인색한 보스로. 무덤으로부터 부활한 도피자 호우드, 자산가, 괴테, 더블린, 화산으로, 동면자冬眠者, 도시 계획자 및 도시 건설자, 산맥, 엘리엇, 파운드, 바이킹 침입자, 아일랜드의 고왕, 윌리엄 왕의 동상(〈죽은 사람들〉에 언급된), 많은 해밀턴인들, 니커보커 부친, 벽 건설자 그리고 불안한 벽 좌자座者(험피 덤피), 등.

【126.19】: HCE는 몇 명 또는 7소녀들(아마도 무지개 소녀들)을 가지며, I.8에서 볼 수 있듯, 그녀의 남편을 위한 조달자요, 그녀의 남편을 위해, 소녀들을 그와 침대에로 가도록 유혹한다. 인생의 여신으로서, 아나 리비아는 인류에서 무지개의 모든 색깔로 조명된, 세속적 인생의 외모를 제공한다.

【127.2-3】: HCE는 여기 가재요, HCE의 갑각류의 질은 그가 가재의 껍질을 먹을 수 있는 유일한 사람임을 나중에 APL의 논평으로 설명한다.

【127.8-9】: HCE는 그의 들판에 석탄을 발견했는지라, 그리고 또한 이끼(moss)가 자란다(roses). 이 말은 나폴레옹의 언급을 감춘다. Moss roses는 꽃받침과 줄기에 이끼의 성장을 가진 다양한 장미이다. 꽃의 받침은 3날개로 되었던 바, 수탉모를 닮았다—나폴레옹의 모자처럼.

【127.11-12】: 여기 우리는 조이스에 의한 사회적 불의에 관한 탁월한 논평이 있는바, 그는 사회 문제에 관해 직접적으로 드물게 논평한다. Harrods, Barkers, Shoolbred 및 Whiteley는 런던의 백화점의 이름들이다. 조이스는 망한 작은 상인들처럼 드물게 언급한 채, 빈자들과 항의자들에 대항하는 소유자들을 암시하고 있다.
할 일, 신문 읽기, 흡연, 식탁 위의 큰 컵 정렬, 식사하기, 향락, 등등, 등등, 향락, 식사하기, 식탁 위의 큰 컵 정렬, 흡연, 신문 읽기, 할 일.

【128.6-7】: 더블린에 대해 언급하거니와, 이는 이름이 벌레를, 그리고 도시가 쇠똥의 형태를 하고 있음을 암시한다. "편안한 순간의 초식류草食類 같은 모습을 한 벌레처럼 보이는 단어들의 선형어구船型語句들 같다."

【128.7-13】: 이 구절은 III.3에서 도시의 건축자로서 HCE를 묘사하는 위대한 Haveth Childers Everywhere를 예상한다. 그러나 그의 도시들은 어떤 심각한 결함을 지닌 위대한 창조물들이다. 그의 도시들의 먼지와 오점은 폐결핵과 기침을 격려하고, 자동차들로부터의 공기 오염은 방귀의 결과와 유사하다. 여인들은 빈곤으로 창

녀가 된다. HCE의 도시 거주자들은 약간 병기를 느끼는지라(마치 영국의 20세기 소설가 알도스 헉슬리(Huxley)가 그의 〈앤틱 해이〉(*Antic Hay*)에서, 현대의 도시에 사는 사람들은 보다 건강하게 살기 위해 특허 약을 재조해야 한다고 말했듯이).

HCE의 아이들에 대한 관계에 관한 중요한 서술인즉, "먹보"(eatupus) 콤플렉스를 가진 HCE는 더블린의 도시요, 거인 식인종 신인 사턴인지라, 그는 자신의 아이들을 삼켰기 때문이다.

【129.17-18】: HCE의 산山 같은 천성은 Andes 및 Alleghanies에 대한 언급으로 반영된다. 그러나 산으로서 그의 위엄은 Samuel Lover 작 1842년의 소설 〈핸디 앤디〉(*Handy Andy*)의 코믹 주인공의 과율過律에 의해 감소된다. "Dumping your hump"는 번연(Bunyan) 작의 〈천로역정〉(*Pilgram's Progress*)에 대해 언급하는바, 이 작품 속애 주인공 Christian은 그가 천국의 도시에로 여행에 출발하자 이내 원죄의 늪에 빠진다.

【130.19-20】: HCE의 영웅으로서의 냉소적 초상은 아마도 Aeneas(버질의 주인공)일지니, 그의 적들을 통해서 그의 길을 해킹하거니와, 적들은 라틴어의 과시적 대명사에 의해 대표된다. 여기 또한 난해한 희랍 서사시의 언급이 있는바, 〈오디세이아〉의 테레머커스에서 오디세우스의 친지와 더불어, 집 안의 불실한 처녀들을 서까래에 매어 케이블로 목매어 처형했던 사건이다.

【131.31-35】: 에즈라 파운드의 탁월하고 애정적 초상이라, 그는 가장 소극적 및 혼돈된 두 발을 가지고, 그리고 커다란 발의 캥거루 파운드의 도약하는 태도로 공자의 〈*Analests*(선집)〉 및 다른 차이나 문학을 번역하고 있다.

혼공자混孔子의 영웅두발英雄頭髮 522의 가장 소통笑桶스런 통모桶帽를 지녔는지라 그리하여 그의 토실토실 뚱뚱한 지나支那 턱 523은 마치 타이 성산지聖山地 524 주변의 걸음마 발의 캥거루를 닮았도다; 그는 리튬광鑛 525과 적색조赤色調의 가스탱크처럼 지구형地球型[HCE는 지구]인지라 그리하여 그는 열의 세 곱절 윤상輪狀의 나이였나니,

【135.36】: 해충으로서의 HCE, 곤충처럼 기어 다니니. 그러나 그 말은 영문학에서 가장 우스꽝스럽고 교권 반대적 구절 중의 하나에 대한 언급을 포함한다. "Sagarts" 는 애란어로 승정이다. 〈캔터베리 이야기〉의 '잠의 여신'에서, Chaucer는 수사의 궁극적 운명을 정의하는바, 지옥의 악마의 둔부에서 그러하다. (시인에게, T.S. 엘리엇과는 반대로, 그의 〈캔터베리 이야기〉에서 "4월은 가장 아름다운 달이다.")

【136.2-4】: "한쪽 입술을 그의 무릎까지 그리고 심장의 한쪽 소맥박小脈搏을 그의 주름에; 그의 문지기는 강력한 악력握力을 그리고 그의 빵 구이들은 광백廣白의 은혜를 지니나니." 단테의 결절점結節点에 대한 풍부한 언급이라, HCE의 위치는 단테의 〈지옥〉【D 34.55-63】에서 3두의 루시퍼의 중앙 머리의 입에서 유다의 위치를 가장 분명히 메아리 한다. 브루투스와 카시어스는 다른 두 머리에 있으나, 가장 큰 고통은 유다를 위해 구한다.

> 입 속 마다에—그는 그것을 어금니처럼 사용했도다—
> 이빨을 갈며 그는 죄인을 조각조각 뜯었다,
> 고로 그는 3자에게 즉시 많은 고통을 가져왔도다.
> ....
> 가장 고통을 겪어야 하는 영혼은 거기에,
> 나의 거장을 말했도다. "유다 이스가리옷—"
> 그의 머리 안에서, 그는 자신의 다리를 바깥으로 흔드나니.

【127】 "모든 종류의 추적소追跡所로부터 HCE는 최고-주主-도피자인지라;…그러나 그가 섹시 남男 프란킷처럼 역役하자 모두들 그를 우우 아아로 놀리니, 그는 나귀 마냥 매매 울도다. 수잔 여차 여차 그리고 탐색에 의한 이 도시의 수상쩍은 건달 여인에 대한 일당…그러한 날들이 있었으니 HCE는 그들의 영웅이었도다…" "고리 등굽은 유령공幽靈公 나귀에 그가 단정히 앉지 않을 때 명사名士 취객들의 희롱과 향연이라 그러나 그가 섹시 남男 프란킷처럼 역役하자 모두들 그를 우우 아아 놀리니 그의 나귀 마냥 매매 울도다"(Dook Hookbackcrook upsits hia ass booseworthies jeer and junket but they boos him oos and baas his ass when he lukes like Hunkett Plunkett). 여기 HCE는 "Crookback" 으로 알려진, 등 혹을 지닌 셰익스피어의 리처드 3세처럼, 한사코(by hook and by crook) 일하는, 기만적 공작인 셈으로, 〈율리시스〉 제9장에서 그는 "등 굽은 리처드"(Richard Crookback)【U 172】 및 "리처드, 등 굽은 창부의 자식"(Richard, a whoreson crookback)【U 174】에 대해 언급한다. 비평가 Fritz Senn에 따르면, 이 구절의 나머지는 무대의 아 마추어 광狂인 Luke Plunkett에 의해 더블린의 왕립 극장에서 공연된 〈리처드 3세〉 의 유명한 19세기 공연에 대한 언급이란 것(AWN, o.s. 1 Mar. 1962 참조). "명사 취객 들"(booseworthies), 이들은 주점의 음주자들 및, Plunkett 공연에 조소하며 웃는 더블린 의 관중의 결합이다.

이 장에서 질문들에 대한 숀존즈처럼 그의 정신분석적 축면을 노정하는 바, 존즈 (Jones)는 〈햄릿과 오이디푸스〉(Hamlet and Oedipus)를 썼다. 햄릿처럼, 셈 역시, 존즈에 따르면, 오이디푸스 콤플렉스를 지니며, "광기 속에 조리"(metheg in midness)【32.05】를 갖는다. (〈율리시스〉 제8장에서 블룸의 피우포이(Purefoy)에 대한 언급 참조), "감리교의 남편. 강 기 속에서고 조리"(Methodist husband. Method in madness)【U 132】.

"그가 진지할 때 소녀들은 숨은 쥐 놀음을 하나니"(plays gehamerat when he's ernst). "그 가 진지할 때 햄릿을 공연하도다"(plays Hamlet when he's esrnest). 이는 〈햄릿과 오이디 푸스〉(Hamlet and Oedipus)를 쓴 존즈(Earnest Jones)(이 장의 Jones 교수에 해당)에 대한 언급일 수도 있다.

【128】(계속되는 HCE의 속성들) "그이(HCE) 자신의 불알 오케스트라 반주에 맞추어 누 란에서 오브루노의 음경무를 춤출 수 있나니; 기독교凡 산파 국제 자연회의 앞에 참석 하고, 내국 재난 회의의 연구 총회 앞에 견착고見着固하도다; 진미리珍味吏의 앙트레 요 리를 만들어 감미와 신미 사이에 요리를 끝마치나니… 예보를 예롱豫弄하고, 예견물豫 見物을 예감하며 예람회藝覽會에서 언쟁의 예흥자藝興者로다; 남아를 가지려고 희망하 는 계처鷄妻를 위하여 하나의 거대석巨大石 광장을 세우고자 365개의 우상을 일소했 나니… 초기 영국의 추적 상표를 보이자 금잔화 창문이 많은 죄금박광罪金箔光을 지닌, 하나의 만화경, 두 개의 눈에 띄는 석수반石水盤 그리고 세 개의 대단히 볼 가치 있는 성물聖物 안치소라…"

"상인 근성의 누군지 전혀 짐작이 가지 않는 사람으로 하여금 그가 신사 행세를 하기보다는 오히려 공작 행세를 하고 싶어 하도록 만들었나니"(made the man who had no notion of shopkeepers feel he'd rather play the duke than play the gentleman). HCE는 리처드 3세 역을 오히려 좋아했거니와, 그 이유인즉, 그는 세익스피어를 잘 알지 못하기 때문이다. "shopkeeper"는, "Daunty, Gouty and Shopkeeper"(단테, 괴테, 및 세익스피어)처럼, 세익스피어를 의미한다. 영국 국민 시인은 타당한 "가게지기"(Shopkeeper)인지라, 왜냐하면 영국은, 나폴레옹에 따르면, "가게 주인들의 국민"(nation of shopkeepers)이기 때문이다.

【129】 (이어지는 HCE의 속성들) "세방교細房橋[526]에서 알을 품었으나 바같에서 병아리 사출했나니; 시주始酒로 시작하여,[527] 감주甘酒 싸움으로[528] 결말 지었나니라… 해요지 海要地(시포인트), 부두구埠頭丘(키호우드), 회도灰島(애쉬타운), 서계鼠鶏(랫헤니)[529]로다; 시종 장관으로부터 독립하여, 로마의 규칙을 인정하면서; 우리는 유즈풀 프라인(유용한 청송)에서 그대의 농장을 보았도다, 돔날, 돔날; 홈랜드 치즈처럼 악취 피우고 아이슬란드의 귀처럼 보이나니…아야니의 최고最古의 창조자로 체력-끝-까지 자기를 자랑하며… 갈까마귀 놓친 것을 비둘기자리天가 발견했도다[530]를 깔보았나니…"

【130】 (계속되는 HCE의 속성들) "가볍게 다리 들어올리는 놈들은 웃는 얼굴로 앞쪽에서부터 그에게 향香을 피우는 반면 촌스럽게 이마 숙이는 놈들은 맨 끝까지 투덜대며 그를 저주하나니; 여소녀汝少女와 여소년汝少年 간에 석야의 섬광閃光이라…자양물자滋養物者, 시주施主, 시골뜨기, 소요 억제자… 파종용播種用으로 충분히 종자를 뿌리지만 은밀히 하녀들에게 구혼하도다… 하루 벌어 하루살이 말하는 것을 배우게 되자 드디어 눈을 감고 이란어耳蘭語를 말할 수 있었나니… 촌뜨기 경칠 복사뼈를 통해 자신의 길을 텄으나 마침내 거기서부터 서까래에 목매도다…A1 등급은 최상급이지만 그의 뿌리는 조잡하도다; 자신이 건포도(이성)의 사용을 측정했던 당시 백포도주 비커 큰 컵과 겨누기 위해 청년으로서 배불리 마시고 동전 던지기하던 시절, 닭 목 깃털 딸기를 부채꼴로 채웠나니…"

【131】 (이어지는 HCE의 속성들의 일람표) "자신에게 스케이트 법을 가르쳤으며 추락하는 법을 배웠도다; 분명히 불결하지만 오히려 다정하나니; 살인으로, 추장들을 사방방어四方防禦 치료했도다; 오스트만 각하,[531] 써지 패디쇼[532]; 두목으로 너무 많이(둘) 주인 노릇하고, 자신의 자식 파리스에게 프리아모스 아비[533] 노릇하도다; 피니언 당원들의 제 일자, **최후의 왕**[534] 어떤 낙자落者 (웰)리엄이 웨스터민스터에서 그를 저버릴 때까지 스쿤 족의 그의 타라 왕[535]은 무류無謬를 지속했나니; 그가 우리를 탈가면脫假面하기 위해 사울처럼 노櫓 저었을 때 그의 자리에서부터 축출되어 불타佛陀 베스트로부터 역병[536]처럼 우리의 폭독爆毒한 궁지에로 운반되었도다; 석냥 두頭를 포플러나무줄기에 데고 생물에 불붙이나니; 매를 창처럼 꽂자 번개를 없앴도다.[537]

【132】 (이어지는 HCE의 속성들의 일람표) "우리는 졸리는 아이로서 그이(HCE)와 통하나니, 우리는 그로부터 생존 경쟁자로서 벗어나도다…그의 삼면석두三面石頭가 백마고지 위에서 발견되었나니 그리하여 그의 찰마족적擦摩足跡이 산양의 초원에 보이도다…처음 그는 래글런 가도를 쏘아 쓰러뜨리고 그 다음 그는 말버러 광장을 갈기갈기 찢었나니; 시골뜨기로 우리의 갈지자 걸음이 그가 사랑하는 루버 강江에 방수하게 했을 때 쿠름레크 고원高原과 크롬말 언덕은 그의 널리 이름 날린 발받침이었도다… 그는 그 자신의 순주殉酒로 경음鯨飮했으나 그녀는 코르크 주酒를 조금 시음試飮했나니 그리하여 연어魚로 치면 그는 일생동안 몸속에 먹은 것이 올라오고 있었도다; 자 자어서, 서둘러요, 월귤나무(혁클베리) 그리고 그대 톱장이(톰 소여), 산지기여…"

"그(HCE)는 소모전의 한 독일병사요, 돌아온 한 자살제왕自殺帝王이라; 호소하는 파도 속 용해하는 산山 위의 열풍에 몸을 불태우도다"(a hunnibal in exhaustive conflict, an otho to return; burning body to aiger air). 부왕 햄릿의 유령으로서의 Hannibal-HCE (여기 h.e.c.), 그리하여 그의 불타는 육체(즉, 연옥에서)는, 그가 햄릿과 호레이쇼가 보는 밤에, 엘시 노의 "살을 에는 열풍"【I.iv.2】에로 돌아온다. 〈율리시스〉의 스티븐은 샌디마운트의 아침 산보에서 이러한 호레이쇼 류의 바람을 경험한다. "살을 꼬집는 격렬한 바람"(nipping nad eager air).

【133】 (계속되는 HCE의 속성들) "환각, 악몽 자, 심령 체心靈體…오른쪽 화상畵像에, 그

는 털 복숭이 목의 곡선으로 부어올라 있고, 왼쪽 화상에, 선원들 사이 등압선等壓線 모양 작은 파이 속에 배급되어 있나니; 혹자는 그가 해독害毒되었는지를 묻는가 하면, 혹자는 그가 얼마나 많이 남기고 죽었는지를 생각하도다; 전前-정원사 (대산맥인大山脈人)가, 배아적胚芽的 존재물을 공급하면, 탐욕의 장미에 (진드기의) 작은 호스 역을 하리라; 팽팽한 범포와 갑판 배수구가 물을 뒤집었어도 그러나 애장품愛臟品 유견포油絹布가 그의 방수포 역할을 하나니; 그는 환락을 부두(K) 여인들한테서 취하고, 형사들(G)을 고용했도다…그가 건널 뱃전에 닻을 내리자, 그는 제2의 제왕, 곶岬에 밧줄을 풀고, 재양틀紡績(방적)의 갈고리를 푸나니 그리고 그는 판자 및 벽토로다…"

【134】 (계속되는 HCE의 속성들) "그의 인디언 이름은 하파푸시소브지웨이(사방의 젖먹이)이요 그의 성姓 산술상의 수는 북두칠성이도다; 첨봉주尖峰州에서는 무기를 들고 뱀장어 구區에서는 낚시 줄을 팽개쳤나니 비코의(惡의) 순환으로 움직이나 동일同—을 재탈피再脫皮 하도다…청춘의 부드럽고 밝은 무쌍의 소녀들이 멋진 비단 옷차림의 경쾌한 꽃다운 젊은 여인들을 가슴속에 품는 것을 만족하는 반면, 심히 욕설하는, 강한 냄새 품기는 불규칙적인 모양의, 사나이들은 활동적인, 잘생기고 멋진 몸가짐의 솔직한 눈매의 소년들을 싹 없애 버리려 하다니 너무 불쾌한 일인지라…청춘의 부드럽고 밝은 무쌍의 소녀들이 멋진 비단 옷차림의 경쾌한 꽃다운 젊은 여인들을 가슴속에 품는 것을 만족하는 반면, 심히 욕설하는, 강한 냄새 품기는 불규칙적인 모양의, 사나이들은 활동적인, 잘생기고 멋진 몸가짐의 솔직한 눈매의 소년들을 싹 없애 버리려 하다니 너무 즐겁지 않은 일인지라."

"스크린 은막의 거들의 버팀대를 상대로 주제 역을 얼레 연출했으나 심지어 한층 더한 직함職銜 뿐인 자들, 릭, 대이브 및 발리에 의하여 등 굽은 자로서 세트로부터 속열續列되었도다"(in Silver on the Screen but was sequenced from the set as Crookback by the even more titulars, Rick, Dave and Barry). 누가 은막에서 셰익스피어의 리처드 3세(등 굽은 자)역을 했던고? 어느 어중이떠중이(Tom, Dick 또는 Harry)도 아니요, 실지로 어떤 Larry라는 자—Laurence Oliver, 즉, 조이스는 무대 역사상 가장 유명한 셰익스피어의 배우들 중 셋을 여기 이름 대거니와, 그들은 Richard Crookback의 아마도 3가장 유명한 초상들로서 리처드 3세역을 행했다. 셰익스피어 시절에, Richard Burbage가 리처드 역에서 최초의 히트를 쳤으며, 18세기에, David Garrick이 Drury Lane에서 1741-1776 동안 리처드 역을, 19세기에 아일랜드의 배우 Barry Sullivan이 20년 이상 리처드 3세 역을 각각 했다.

【135】(이어지는 HCE의 속성들의 일람표) "모서리 담벼락에서 너무나 실쭉하게 도표를 그리고 있었으며, 여왕은 나무 그늘 정자에서 현기를 느껴 모피로 덮힌 채 축 늘어져 있는가 하면, 하녀들은 정원의 산사나무 사이에서 자신들의 긴 양말을 구두신고 있었나니, 뒤쪽 경비가 밖에서 뚜쟁이 질(허식!)을538 하고 총요銃尿하도다. …친애하는 신사(E) 기지남奇智男(H) 성주城主(C)는 우리의 유람遊覽으로 일광욕락日光浴樂했나니 그리하여 비조非早의 여름을 만병초꽃 언덕에서부터 뒤돌아보고 있도다; 종과실種果實의 해발海拔 위로 그리고 두과번성지대痘科蕃盛地帶 밖에 있나니…풀膠과 가위로 세워질 수 있었지라, 오랜 고리가… 마음을 자물쇠로 채울 때…그는 그녀를 닮으리라;539 야간 급행열차가 그의 이야기를, 그의 전선電線의 보표譜表 위에 참새 곡曲의 노래를 노래하나니; 그는 이虱들과 함께 기고, 사제들과 함께 떼를 짓도다…"

【136】(이어지는 HCE의 속성들) "그는 스메르 표의문자 '시市' 형型의 집을 건립했는지라, 그가 건립한 집에 자신의 정명定命을 위탁했도다540; 야구야野鳩野 위의 나는 모습의 갈까마귀 문장紋章541을 지니나니; 그가 웅계雄鷄, 공작새, 개미, 우목인牛牧人, 금우궁金牛宮, 타조, 몽구스 족제비 및 스컹크로서 그의 요리녀에게 나타났을 때 후광을 그의 시종으로부터 강탈했도다;542 경박한 쇄기 풀로부터 애일 주酒(오래된) 나이의 맥주를 짜냈나니; 그의 찬가讚歌를 위하여 오두막집 위에 지붕을 얹고,543 인사을 위하여 냄비에 닭을 넣었도다; 심부름꾼이 되었다가 이어 파노라마 사진 검열사가 되었다가 이어 정원사제庭園司祭544가 되었노라; 그를 술에 젖어 살게 했던 폭음, 그를 비틀거리게 했던 병형病型; 여전히 토끼마냥 화제를 갑자기 바꾸지만 그런데도 양羊처럼 약 올리도다; 포켓북의 우편선, 간격남間隔男 총포 밀수자545…

【137】(이어지는 HCE의 속성들의 일람표) "그의 칭호를 추측하는 자가 그의 행동을 추착推捉하도다; 살肉과 감자, 생선 및 감자튀김; 교활(윌리스리)의 교묘한 농작弄爵; 포옹복

抱擁腹(헉베리)의 환장한歡葬漢(관); 뻐꾹 뻐꾹 뻐꾸기; 판사 사실私室에서 방청하고 고문 당했나니; 벤치와 함께 숙박宿泊하자 베혜倍惠요, 비녹탄悲鹿彈 배산背散이면 박혼예고 博婚豫告라; 천국태아胎芽하고(h), 혼돈태아胎兒하니(c), 대지탄아誕兒로다.(e); 그의 부친은 필경 초근超勤으로 깊이 쟁기질하고 그의 모친은 정당한 분담을 산고産苦했음이 여하간 분명하도다; 메거진 무기고武器庫의 족적足迹, 작열사灼熱沙에 의해 낙마落馬된 사령관; 급조急造 소방대의 명예대장長, 경찰과 친근하도록 보고되었나니; 문은 아직도 열려 있고; 옛 진부한 목 칼라가 유행을 되찾고 있도다…송진 나무로 그의 파이프를 불 댕기고 그의 신발을 잡아끌기 위해 견인마牽引馬를 세稅내도다; 하녀의 괴혈병을 치료하고, 남작男爵의 종기를 파괴하나니; 마분磨紛을 팔도록 요구받고 나중에 침실에서 발견 되었도다; 그의 정의正義의 의자, 그의 자비의 집, 그의 풍요의 곡물 및 그의 산적한 보리麥를 갖나니…"

【138】(이어지는 HCE의 속성들의 일람표) "그의 고령苦靈은 끝났을지 모르나 그의 원령怨靈은 지금부터 다가오려니…그는 아름다운 공원에 서 있는지라, 바다는 멀지 않고 X, Y 및 Z의 절박한 도회들을 쉽사리 손에 닿도다… 다리우스의 귀먹은 귀를 방금 신의 철저히 격노한 자에게 계속 돌리는도다; 돌출부를 핵 움직여 인간을 만들고 다수 동전 속에 조폐하나니; 그는 그리운 내 집이여 스위트 홈에 귀가할 때 6시의 푸딩 파이를 좋아하는도다; 월광주月光酒과 수치지불羞恥支拂 샴페인에서 흑맥주와 병술에 이르기까지 생모험生冒險의 모든 시대를 통하여 살아 왔는지라; 윌리엄(틸의) 1세(선견先見), 헨리히(오장이) 노인, 찰스(공격) 2세(약탈자), 리처드(영장자令狀者) 3세(극모棘毛)…"

"그의 고령苦靈은 끝났을지 모르나 그의 원령怨靈은 지금부터 다가올지니; 우리의 배를 할퀴는 바다가재(새우)잡이 통발(항아리)"(his troubles may be over but his doubles have still to come; the lobster pot that crabbed our keel). HCE에 대한 이 예언은 셰익스피어의 멕베드에 대한 마녀들의 예언에 기초를 두고 있는 듯하다. "이중, 이중, 고역과 고통…"(Double, double, toil and trouble…)(IV,i,10ff). 여기 마녀들의 부글부글 끓는 가마솥은 "바다 가제 잡이 통발"을 의미한다.

【139】(이어지는 HCE의 속성들의 일람표) "그(HCE)는 추락하기 전에 떠듬적거리는지라

경각經覺하자 전적으로 미치는도다… 진주조眞珠朝의 아침에는 쾌활(팀)하고 애도의 밤에는 무덤(툼)이라; 그리하여 자신의 돌차기 놀이를 위하여 표석의 바빌론에 최고의 빵 구이 벽돌을 지녔나니, 자신의 힘 빠져 흔들거리는 희벽稀壁의 결핍으로 목숨을 잃을 것인고? 그자는 누구? "

"자연의 일촉一觸에 베일 가린 세계를 재차 녹질綠質하고"(with one touch of nature set a veiled world agrin).[546] "온 세계 사람은 하나의 공통점을 가진다"(One touch of nature makes the whole world kin).

여기 이 행은 HCE의 공원의 범죄에 대해 언급하는지라, 이는 모든 세계를 킬킬거리게 그리고 잡담하게 한다. 아마도 이는 범죄가 단지 자연의 일촉一觸일 뿐으로, HCE는 자연의 부름에 응하고, 요尿또는 소련 장군처럼 분糞를 행사했도다.

대답. 핀 맥쿨(HCE).

[두 번째 질문] 숀의 어머니에 관하여

(2번째 셈의 질문) 그는 Mike(숀)(아나의 널리 여행하는 아들)의 어머니에 관해 말한다. 1. 그대의 모母는 그대의 외출을 알고 있는고? 2. 그대의 모는 그대가 Mike 혹은 Michael임을 알고 있는고? 3. 그대의 속삭임은 그대의 마이크로폰에 어울리는고?

(답). Father Prout(1804-66), PS. Mahoney의 펜네임, 아일랜드 예수회원, 경운시의 작가) 〈샤논의 종〉(The Bells of Shandon)의 음률에 맞추어.

내가 나의 눈을 세계의 도시들로부터 집쪽으로 돌릴 때,
나의 효심은 자만심으로 위대한 노 주교를 바라보나니,
수다스런 밤, 그의 곁에 그의 마님과 함께.

숀은 그의 어머니께 위의 사랑의 노래를 가지고 이 사악한 질문에 응답한다. 숀

의 어머니에 대한 노래는 본질적으로 코믹한 것이다. 그럼에도 불구하고, 그것은 예술의 유창한 작품이요, 그것은 손의 어머니에 대한 그의 사랑을 보인다. 노래의 취지인즉, 손이 그의 도시의 창조자요, 다리의 건설자, 그리고 벽의 건축자인 아버지로부터 그의 눈을 돌릴 때, 그는 그의 다변의 어머니요, 강으로서, 그녀의 남편 곁에서 잠자는 여인을 보는 것이다. 그녀의 속삭임은 바로 배우자 Lkshmi의 목소리가 잠자는 Vishnu로 하여금 우주를 창조하기 위해 부르듯, 강력하고 자극적인 힘을 소유한다. 만일 그녀의 싸우기 좋아하는 아들들인, 솀과 손—그들은 강의 양안兩岸을 대표하거니와, 그녀의 희롱대는 모습을 보나니, 그들은 자신들이 서로 도약하고, 화해한다. 강의 양 둑은 II.2.에서 화해할 것이다【287.18-292.32】. 작품을 통해, 바로 그 점에서, 어머니는 그녀의 양 둑을 포옹하고 연합된 쌍을 성적 파트너로서 환영한다. 그것은 Hammurabi와 Clesiastes가 HCE의 3두문자들 중 2개를 가지고 시작하는 이유인지라, 두 소년들이 결합할 때, 그들은 자신들의 길이 순탄할 것이요, 일단 그들이 새로운 아버지가 되기 위해, "위링던의 뮤즈의 방의 대이비"인, 제3의 "군인"을 생성한다.

여기 손은 그의 부모와 관계한다. 앞서 첫째 질문의 중요 부분은 HCE로서, 그는 도시들의 건설자요, 손은 거기 그를 "조교자"(시장) 및 성곽축사로 불렀다. 여기 그의 어머니는 "강강영원江江永遠히, 그리고 밤. 아멘!"도시를 통해 흐르는 불결한 리피 강이다. "그녀의 프랜퀸 장난치기"는 요尿의 프랜퀸을 마음에 떠올리고, "도교적 조망"은 손의 근시안을 기쁘게 한다.

[세 번째 질문]【139-140】. 3번째 수수께끼는 주옥酒屋(HCE의 Mulligar House)에 관한 모토의 탐색으로, 어느 표제標題(타이틀)가 초막집을 위한 가장 적당한 대용표어代用標語인고? 그것은 행복의 추(타)락 석탄왕자로石炭王子爐(felix 및 피닉스 죄인)도 아니요 퇴조초원退朝草園 구능대丘陵帶(Epso Downs, Eblana, Dublin)도 아니다…

게다가 **그건 과금미래관**過今未來館**도 아니요 빛을 가져오는 자에게?**(Erat Est Erit noor Non nichi sed luciphro?)

손의 대답인즉, 그대의 비만, 오 시민이여, 우리의 구球의 경사를 타격하도다! 이는 분명히 그가 오해하고 잘못 답하는 질문이다【126.7-8】. 질문은 Inn을 위한 많은 호텔 이름들을 마련하지만, 숀은 더블린의 도시의 슬로건의 화려한 번안을 가지고 대답한다. 분명히, 도시와 세계의 모든 것은 숀의 가정이다. 여기 우리는 조이스 가족의 전기적 세목을 볼 수 있는지라, 그들은 자신들의 생활 동안 내내 차옥借屋 속에서 살았다. 말하자면, 세계는 그들의 호텔이었다. 조이스는 각자의 경관景觀을 방해하는, 호텔 간판의 생생한 그림을 마련하거니와, Grand Hotel과 Splendid는 Grahot와 Spletel로서 나타난다.

[네 번째 질문]【140.8】

아일랜드의 4 주요 도시를 다룬다.

두 음절 및 여섯 철자로 된 애란의 수의도首議都는? (셈은 숀에게 아래 4가지 암시를 준다.)

a. 세계에서 가장 광대한 대중 공원

b. 세계에서 가장 고가高價의 양조釀造 산업

c. 세계에서 가장 확장적擴張的 과밀過密 인구 공도公道

d. 세계에서 가장 애마적愛馬的 신음神飮의 빈민구貧民口

그리고 그대의 abcd 초심자의 응답을 조화調和 하건대?

숀의 대답, 4노인들이 대변하는 아일랜드의 4주州

a. 델파스(트) 벨파스(트) (얼스터)

b. 도(코)크 (먼스터)

c. 뉴브리드(더블린)(라인스터) (조지 왕조의 집들, Mansion House[시장 관저], 공작의 잔디밭, 제임스 문주門酒). 파워 위스키, 오코네의 더블린

d. 달왜이(골왜이)(코노트) (스페인의 유산과 그의 연어)

이하 4노인들은 필경, 앞으로 닥쳐올 〈피네간의 경야〉 제3부 3장(15장)에서 HCE가 숀을 통해 4노인들에게 말하듯, 그를 통해 이야기한다.

질문에 개략된 더블린의 약간의 세목들에 관한 다른 비평가들의 논전이 있지만, 질문의 4대답자들은, 비록 그들의 조국을 통일하는 문제들에 관해 약간 혼란된 것이 있을지라도, 모두 애국적 애란인들이다.

4노인들 중 각자는 그것의 특별한 메달을 가지고, 애란의 특별한 방언으로 그의 자신의 주를 칭찬한다. 연약한 노인 우자들의 각자는 아일랜드의 여신인, 이씨에 대한 사랑을 선언한다.

*abcd*로 된, 4설명의 조화는 조이스의 가장 위대한 승리들 중의 하나이다. 4노인들은 종의 링을 놀이하려고 시도하지만, 그들은 금전에 관한 극심한 싸움판 이외 아무 것도 들리지 않은 양 너무나 비협동적이다. 그리하여 그것은, 조이스의 견해로, 왜 주들이 가시적 나라로 연합할 수 없는 이유이다.

[다섯 번째 질문]【141】Earwicker의 잡역부 Sigurdsen에 관하여

【141】 a, b, c, d. Shandon의 종鐘의 음률은 이들 답들을 종결시킨다. 질문 2의 대답에서, Shandon의 종은 아나 리비아와 연관된다. 그녀야말로, 그들의 반대를 제거하고, 하나의 위대한 누구에로 모든 차이를 포섭하고 재조합한다. 이어 그녀야말로 "촉수가능성의 초래자"【104】로서, 분명히 새로운 형태로 모든 것을 재차 생산하리라. "평등하게게게게!"(여기 손은 나귀의 울음으로 4노인의 답변들을 조화한다.)

이는 주점의 잡부雜夫에 대한 일종의 광고이다. 손의 대답은 "Pore ole Joe!"로서, Behan(남자 하인의 이름들 중의 하나)이다. (아일랜드 의회의 최후 화자인 Stephen Foster의 노예?)

이 질문은 많은 덴마크의 말들이 포함되는데, 그러나 의미는 분명하다. 즉 그는, 자신의 의견으로, 과로의 집안 하인이다. 작품의 나중에 색커슨으로 불린 채, 이 하인은, 아마도 II.3에서【370.26-371.1】털이 텁수룩하고, 힘이 쎄기 때문에, 셰익스피어 시절의 유명한 곰으로【U 9, 154】명명되었다. 그는 바의 도약자요, 그리하여 그는 아이들의 도당이 자신들의 부친을 공격하기 위해 주점 계단을 돌진할 때 질서를 지키기를 시도한다.

색커슨의 이름은 또한, 바이킹 족의 후예인, 의사 조지 시거선(1838-1925)을 상기시키거니와, 의사요, 애란 어의 번역자, 그리고 〈율리시스〉에서 애란 문학 운동의 유명하고 아주 겁 많은 비평가이다【U 9, 158】. 명성에 의해, Dr. 시거슨은 그의 분노를 야

기한 문학 운동의 사람들에게 자주 곰처럼 보였다.

대답: 세빈노細貧老 죠 녀석!⁵⁴⁷

[여섯번째 질문]【141-42】케이트-노파 청소부에 관하여
손의 대답. 그녀 자신 또는 노파. 그녀의 "tip" (박물관 장면8.의 모음 전환(ablaut)인 "tok, tik, tuk, tek,, tak"을 포함한다. "누가 구즈베리 거위 복주腹酒의 최후의 것을 취음醉吟했는고, 누가 킬케니 고양이가 썩은 살코기 토막을 훔치도록 내버려두었는고?"

"베이컨 담당 또는 마부 역"(bacon and stable hand)인 그녀는. 마부조역(stablehelp) 또는, 아마도, 양국의 작가 Francis Bacon 및 날조자의 마부 역이다. 전설에 의하면, 세익스피어는 젊었을 때 런던의 극장 청중을 위하여 말을 몰랐다 한다. 이리하여, 이 구는 "Bacon 또는 셰익스피어"를 의미한다(이 내용은 〈율리시스〉의 〈도서관 장면〉의 일화의 일부이기도). 케이트 질문의 끝인【141.28-29】"마이나 가의 흑자"란, 음유 시가를 상기시키거니와 그것은 또한 〈율리시스〉에 인용된다【U 15. 362】. (그것은 또한 야간 변경된 채, 노래 "나는 철로 길에서 일해왔다네"의 부분이 되었다). 노래는 1840년대 너무나 유명했기 때문에 영국과 애란의 흑 고양이들은, 예를 들면 〈이상한 나라의 애리스〉나 〈거울을 통하여〉에서 아리스의 고양이처럼, 다이나로 자주 명명되었다.

【142】여섯 번째 질문에 대한 대답의 연속
그리고 누가 구스베리의 마지막을 먹었던고? 그리고 누가 그것을 거기에 남겼던고? 그리고 누가 이것을 여기에 남겼던고? 그리고 누가 고양이로 하여금 살코기 토막을 훔치게 했던고?

[일곱 번째 질문]【142.8-29】12시민의 신분에 관하여
우리의 시민 사교국의 저들 합동 구성 회원들은 누구인고?(12선량한 시민들[주점의 단골손님들]은 누구인고?) 그들은 더블린 12지역 출신의 거주자들. 그들은 또한, Jamesy Mor 또는 Jamkes MacCarty를 포함하여, 모두 12사도들이도다.
그들은 12단골손님들로, "-ation"으로 끝나는 12단어들을 말하거니와, 이들은 또

한 12사도들과 1년 12개월의 애란 상당어구들로, 더블린의 12지역과 '아이리시 대일 구성원들'(mmbers of the Irish Dail)과 같다. 그들은 더블린의 주점내서 특히 불리는 것처럼, 대중의 의견을 대표한다. 질문의 대답이 "the Morphios"임은 그들이 자신들의 의견에서 가변적이요, 대부분 졸리기 때문이다.

숀의 대답. 애란수인愛蘭睡人들(The Morphios)! (잠자는 자들. 인생인 꿈을 여전히 꿈꾸는 자들, 아직 깨어나지 않은 자들 등). Morphios = Murphy(애란 인의 대명사) + Morpheus(잠과 꿈의 신) + W.B. Murphy(《율리시스》 15장에서 허언虛言의 노 수부)【511】 참조).

[여덟 번째 질문]【142.30-143.2】 Maggies 처녀들의 신분 확인. 그들은 어떠한고?
III.2에서 약 28보태기 1의 작은 월녀月女들로, 성 브라이드 야간학교 학생들이다.
숀의 대답; 질문 maggies(소녀들)에 관한 것이요, 그들은 암탉의 편지에서 Maggy-이사벨을 상기시킨다. 그들은 사랑하며 싸우나니, 그들은 웃으며 사랑하나니, 그들은 울며 웃음 짓나니, 그들은 냄새 맡으며 우나니, 그들은 미소하며 냄새 맡나니…그들 매기녀들은 28명의 소녀들이요, 29번째인 이사벨과 함께 "사랑의 도피의 해"(elope year)의 달(month)인 셈이다. 이사벨은 암탉의 병아리들의 하나인 "나의-마음의-달콤한 피크"(Peek -at-my -Heart)(노래 제목의 패러디)로, 윤년에 그녀의 남자를 뜯고, 다가올 수년 동안 그를 쫀다. 3군인들이 HCE의 모습이요, 그들의 총화이듯, 28소녀들은 ALP의 양상이요 투영이다. 이들은, 마치 그들의 집체集體처럼, "찾으며 감사하는지라."
대답의 다음 부분은 14개의 연관된 단어들을 포함하거니와, 이는 루이스 캐럴 (Lewis Carroll)의 말의 사다리(words ladder) 게임에 기초한다. 거기 각 단어는 이전 단어의 한 문자를 바꿈으로써 형성된다. 여기 단어들은 "born"으로부터 "come"으로 나아간다【142.35-143.1】. 연쇄는 어떤 부정(不淨)의 요소들을 함유하는지라, 즉 "rile"과 "rule"과 "ruse"는 꼬마 소녀들의 간계와 지배하는 의지를 암시한다. 꼬마 소녀들은 부분 사탕이요 부분 양념, 부분 사랑과 아름다움, 부분 위험이다.
이씨 그녀 자신은, 29번째 소녀요, 윤녀로서, 대답의 바로 끝에 나타난다 ㅡ"하지만 윤년, 고오치 및 넷4. 이 다가오고" ㅡ마치 책략과 간계에 의한 사랑과 지배를 위해 남자를 집는다. "Sweet Peg-od-My-Heart"는 한 남자를 더 집는다네. 게다가, "Peg o'

My Heart"란, 옛 노래에 대한 언급 이외에, 행은 이씨의 사랑에 의해 느껴지는 혼용된 기쁨과 고통을 함유한다. 조이스 자기 자신은 그의 딸, 루시아를, 특히 그녀의 만년에 명상할 때, 이러한 혼용된 낙樂과 고苦를 자주 느꼈다.

[아홉 번째 질문]【143】만일 한 인간이, 자신의 일무日務 때문에 피로하여, 그의 연발하는 이야기가 상기할 희망항봉希望港峰의 광경을 부여받는다면, 이러한 자가, 그의 여인 곁에 누워있는 동안, 무엇이 중대하며, 왜 그것이 쌓이는지, 어찌하여 선자가 악자 속으로 녹아드는지, 솟는 수액, 떨어지는 나뭇잎, 소녀 머리 주위의 후광, 자궁 속의 씨름꾼들, 그의 색깔들과 함께 무지개를 즉시 볼 수 있을 것인고? 그런 다음 무엇을 저 성찰자星察者는 자기 자신 보는 척 하려고 할 것인즉, 잠자는 자는 HCE의 모든 이야기를 상상할 수 있는고, 위대한 경관이 무엇을 가장 가까이 닮을 것인고?

"정확한 꿈의 배후에 소음 (덴)마크의 어느 캐밀롯 궁전의 왕자처럼 불운하여"(as hapless behind the dreams of accuracy as any camelot prince of dinmurk). 덴마크의 왕자, 햄릿과, 저 영원의 잠 속에 꿈이 가져올 그의 공포의 암시라니.

여기 "그의 역사(history + HCE의 story)의 과정의 파노라마"는 비코의 환에 의해 "재순환"하면서, 밤을 새벽까지 탐험하도다. 반대(opposites)의 갈등은 밤의 관측자들을 혼동시키나니, 그러나 무지개가 화해를 갖고 오는지라. 아마도 "이시적 광경"이 이 "파노라마"를 냄새 맡을 수 있도다. 눈에 약간 그리고 부분적으로 혼란된 채, 손은 질문자(셈)가 마음속에 "충돌 만화경"을 갖고 있다고 생각한다. 손은 보기보다 과오가 있지 않다. 양자는, 환속에 틀 짜인 채, 만일 "이시적 관경"이 있다면, 상대가 즐길 수 있는, 몇몇 요소들의 끊임없는 재배치를 제공하리라.

한 인간이 낮의 일에 지쳐, 잠 속에서 코펜하겐의 한 광경, 거기 그것의 역사의 파로나마를, 거기 역사의 과정에 행사된 사건들과 그들의 변화를 볼 수 있을지니, 마치 비전이 밤사이 수많은 세목들을 결합, 이산시키듯, 전체 및 부분의 의미를 파악하고 정적인 및 동적인 것들을 식별할 수 있을 것인고? 요약컨대, 이러한 몽상가는 보는 척할 것인고?

여기 손의 대답. 한 가지 충돌만화경!(A collideoscape!) [〈피네간의 경야〉의 만화경]

[열 번째 질문]

"pepette"의 연애편지. 한 젊은, 거절당한 애인에 의해서처럼, 이씨-이사벨(이슬트)에게 행한 질문. 동경 이외에 무슨 쓰린 사랑이; 짧은 불타는 것 이외 무슨 우리의 사랑이? 그것은 환環의 종말에서 끝나리라.

손의 대답. (윤녀 자신으로부터. 분명히 그녀는 자신의 상상 속에, 그녀의 인형을 통해서 또는 편지 속에, 어색하고, 시적, 수줍은 소년에게 말을 걸면서 그의 경상鏡像(mirror-image) 앞에 앉아 있으며, 그의 생활의 다른 "그녀"를 알고 있는 척하고 있도다. 재삼, 그녀는 스위프트에게 대답하는 스텔라(스텔라)이요, 그녀의 말들을 통해서, 스위프트-스텔라 편지들의 애칭과 사이비 어버이다운 애정이 흐른다. 나는 아는지라, 페핏(pepette), 물론, 이봐요, 그러나 잘 들을지라, 귀미貴味! 그대는 얼마나 정교한 손을 가졌는고. 그대 천사, 만일 그대가 손톱을 물어뜯지 않으면, 나 때문에 부끄럽게 생각하지 않다니 놀랄 일이 아닌고, 맹세코 그대는 최고급 페르시아의 크림을 사용하는지라, 사랑과 가정 꾸미기는 노변과 불의 은유로서 암시된다.

또한, 손의 기다란 대답【143-48】은 앞서 우리에게 화토火土를 불태우는 Pranquean을 상기시킨다【21-24】. 이는 손과 이사벨과의 대화 형식을 취한다.

"옛 희망봉항希望峯港"(old hopeinhaven). 코펜하겐과 같은, 잃어버린 덴마크의 영혼들의 항구인, 천국(Heaven)에 있어서의 햄릿의 희망. 이는 햄릿 독백에서 "미 발견된 땅"(ndiscovered country)에 반대된다.

"모든 경쟁천競爭川이 모든 바다에로, 재악수再握手하며, 오 맙소사! 흔들어 없어지는지"(all the rivals to allsea, shakeagain, O disaster! shakealose). 조이스(Joyce)는, 아마도 "나라 안의 최고의 장면"(shake scene)인, 셰익스피어(Shakespeare)의 경쟁자이다. "나라 안에서 가장 위대한 진경(shakescene)의 영광 보다 한층 귀중하오"(dearer than his glory of greater shakescene in the country)【172 참조】.

"보라색은 물이 들고!"(Violet's dyed!). 오필리아(Ophelia)와 포로니우스(Polonius)의 죽음에 대한 언급, 그녀의 죽음 전에 그녀는 말한다. "거기 대이지 꽃이 있어요. 나는 당신에게 약간의 바이올렛 꽃을 드리겠어요, 그러나 그들은 시들고 말지요"(There's a daisy. I would give you some violets, but they withered)【IV.v.182】.

【144】 (이사벨은 자신의 거울-이미지 앞에 앉아, 자신과 대화를 나눈다) "pepette"(스위프트의 스텔라 격)의 계속되는 연애편지 내용. "그처럼 빤짝이게 하려고 크림을 사용하는지라…. 그의 모든 다른 14명의 풀백의 레슬링 선수들 혹은 헐링 스타들 혹은 그들이 무슨 타관인他關人 이든 간에, 오너리 경卿 댁에서 나를 지분거리며, 볼도일 난형卵型 지역 경마장에서 에그 및 스푼 경기에 이기자 곧장 승배라니…"

【145】 (이씨의 거울과의 대화) "…비록 내가 지독한 토탄녀土炭女라 할지라도 나는 논단이 아가씨가 아니로다. 물론 나는 알아요, 예쁜이여, 그대는 학식 충만하고 본래 사려 깊은 애인지라, 야채를 몹시 우호友好하나니, 그대 냉기의 고양이를 동경하는지라! 제발 묵침默沈하고 나의 묵약黙約을 받아 들여요! 새끼 대구여, 뱀, 고드름 같으니! 나의 생리대가 확실히 더 큰 구실을 하지요! 누가 그대를 울누鬱淚 속에 빠트렸는고. 이 봐요, 아니면 그대는 먹물 든 지푸라기 같은 자인고? 자아내는 눈물이 그대의 자존심의 문을 스쳐버렸단 말인고? 내가 클로버를 밟았기 때문에, 이봐요? 그래요, 미나리아재비 풀이 내게 말했나니, 나를 끌어안을지라, 젠장, 그럼 내가 그대에게 키스하여 생명을 되돌려줄 터이니, 나의 최애最愛복숭아…"

【145.24】 환희歡喜 무도 병의 음악과 함께 칙스피어[548] 점店의 더 많은 당과시糖菓詩 또는 영혼의 마당[549]으로부터의 탄성. 내가 영혼의 불멸을 믿는다고? 오, 글쎄 사랑의 질식 그리고 최려자最麗者 생존[550] 말인고? 그래, 우린 집에서 이따금 한담을 갖지요. 그리고 나는 소설 게재의 저 신新 자유부인[551]에 열중한지라 주당 한 번 나 자신을 개량하지요. 나는 지방세 납부 여인(돼지 여인)에 의한 여승복餘僧服 착의남着衣男 때문에 언제나 포복절도하지요. 하지만 나는 가능한 한 기도일과서祈禱日課書로다. 유황녀硫黃女를 근절하고 그에게 우리의 생명의 속박을 부여하게 할지라. 그건 드라큘라[552]의 야

출야出夜이나니.

위의 구절의 내용인즉, 셰익스피어의 시, 사랑의 갈등, 적자생존, 여성주의(페미니즘), 여성 소설, 귀부인으로 변장한 남자, 소등 및 저주 그리고 *Dracula*를 쓴 애란 작가 Bram Stoker 등. Grasheen 교수는 이 구절이 "만일 당신이 엘리자베스 1세가 정말로 남자였음을 주장하고, 익살극을 Bram Stoker이 썼음을 안다면, 한층 이해할 수 있게 될 것이라" 지적한다(Glasheen 272 참조).

【146】그녀의 경상鏡像(mirror-image) 앞에 앉아, 계속 수줍은 소년에게 말을 거는 요녀-이씨

나의 튤립 꽃의 밀회자여,[553] 저 뻐끔뻐끔 파이프처럼 나를 뒤에서 습격하는, 저 뽐내는 대버란[554] 같으니. 얼마나 뻔뻔스러운지고! 그는 저녁의 제의실祭衣室이 바로 그 때문에 있다고 생각하지요. 성직자의 마음속의 저 희망은 얼마나 허망한고. 그 자는 아직도 간음술姦淫術을 추구하나니, 그의 마음의 저 색 바랜 헌 가운이 미인 수우로 하여금 자신의 얼굴을 잊게 할 수 있다고 믿는지라![555]……. 그 이유는 단지 내가 고슴도치 심술쟁이 소녀이기 때문이니, 그대 나의 꿈의 애남자愛男子, 그리고 돌아다니는 늙은 가마우지 새가 아니기 때문이라, 나의 튤립 꽃의 밀회자여, 저 뻐끔뻐끔 파이프처럼 나를 뒤에서 습격하는, 저 뽐내는 대버란(Daveran) 같으니. 얼마나 뻔뻔스러운지고! 그는 저녁의 제의실祭衣室이 바로 그 때문에 있다고 생각하지요…그대의 입口을 나 쪽으로 움직여요, 한층, 최귀자最貴者여[556], 한층 더! 나를 기쁘게 하기 위해, 보寶여. 그건 안돼요, 나는 할 것 같지 않아요! 쉬! 아무 것도! 어딘가 한 가닥! 바이 바이! 나는 파리蠅로다! 들을지라, 예성銳聲을, 보리수 아래. 그대 알다시피 거목巨木은 모두 묘중석墓重石에 기대있지요. 모두들 쉿 주저하고 있어요. 대노인大老人(글래드스턴)이여![557], 그래 쩩쩩 쩍적 쩟쩟, 지저귐, 미카엘의 애색愛色을 위하여! 작은 통문通門, 내가 먼저, 실례 그리고…"

이상의 이사벨의 대화에서 트리스탄과 Isolde, Dermont, Granis는 HCE를 마크 왕, Finn과 각각 유추시킨다.

【147】 여기 이씨는 거울과 스스로 면-대-면(tete-a tete)의 대화를 즐긴다. 그녀는 성당 종소리를 듣고, 각 종소리에 안성맞춤의 이름을 붙여 부른다. "그리고 온통 성聖 호랑가시나무. 그리고 어떤 것은 겨우살이나무와 성聖 담쟁이. 헛기침! 애햄! 에이다, 벳, 셀리아, 데리아, 에나, 프레타, 길다, 힐다, 아이타, 제스, 캐티, 루, (내가 그들을 읽자 확실히 나로 하여금 기침 나게 하다니) 마이나, 니파, 오스피, 폴, 여왕, 연련憐루스, 오만傲慢루시, 트릭스, 기근饑饉우나, 벨라, 완다, 후대厚待쓰니아, 야 바, 즐마, 포이베 여신, 셸미. 그리고 미(나)!" [이씨에게 담쟁이 교회의 종의 울림은 사순절, 금식, 사면을 생각하게 한다]. 그녀는 립스틱을 조심할지라. "Cloce your, notmust look!" 내버려둬요, 모두 4명의 구애자들! 술꾼들 11명을 합쳐 모두 12명의 의용군 병사들이 되지요. (여기 연인들은 새들로 비유된다.) 20마리 급조級鳥들,[558] 그들이 시집을 가자 모든 노래하기 시작했도다. 빙빙 세상 선회하는 명랑한 비둘기들이 비행飛行하리로다. 닫을지라 그대의… 보아서는 안 되나니! 자 벌릴지라, 예쁜이, 그대의 입술을, 접접, 나의 귀여운 다링, 그대는 그걸 좋아하는지, 침묵의 자? 그대는 즐기나요, 이 꼭 같은 귀여운 나를, 나의 인생을, 나의 사랑을?

【148】 (계속되는 이씨의 거울과의 대화) "쉬쉬쉬! 그처럼 시작하지 말아요, 그대 비열한!…브린브로우의 저주할 오래된 불충不忠의 송어 강江에 다시 또 다른 또는 그 밖의 괴상한 생선이 있는지라, 동서 고트족族이여 우리를 축복하사 그녀를 용서해 주소서!… 그대는 결코 모든 우리의 장비長悲의 생활에서 한 소녀에게 의접衣接해 말하지 않았던고? 천만에! 심지어 매시녀魅侍女에게도?"[Charmer maid. 이는 조이스에게 노라를 불러오고, 그녀를 위해 그는 〈실내악〉(Chamber Music)을 헌납했다. 그녀는 Finn's 호텔의 청소부(chamber maid)요, Finn's는 HCE의 주점이 된다.] "얼마나 경탄자연然한고! 물론 나는 그대를 믿어요, 나 자신의 사랑에 빠진 거짓말쟁이, 그대가 내게 말할 때. 나는 단지 살고, 오 나는 단지 사랑하고 싶을 뿐! 들어요, 잘 들을지라! 나는 알아야만 하도다! 결코 그처럼 언제나 혹은 애류愛流의 얼굴을 나는 기억할 수 있나니, 그대가 나를 잘 조사할 수도! 나의 무비無比의 그리고 짝의 모든 전백全白의 생애에 있어서 결코. 아니면 언제나 이 시간의 신금단辛禁斷의 열매를 위하여! 나의 백성白性으로 나는 그대에게 구애하고 내가 그대를 묶었던 나의 비단 가슴 숨결을 묶나니! 언제나,

요염한 자여, 더 한층 사랑하는 이여! 언제까지나, 그대 최애자最愛者여! 쉬쉬쉬쉬! 행운의 열쇠가 다할 때까지. 웃음소리!" [George Colman 작 〈사랑은 자물쇠 장수를 조롱한다〉(*Love Laughs ay Locksmith*)의 패러디(【U 298】 참조).]

[열한 번째 질문]【148.33】

【148-152】 (Jones 교수의 dime-cash 문제) Jones 교수(손)에게 행해진 질문. 이 질문은 Thomas Campbell(영국의 시인; 1777-1844) 작의 "애란의 망명자"(The Exile of Erin)란 시의 음률에 붙여져 있다. 다음은,비평가 Atherton이 지적하듯, 그 첫 절이다【A 240 참조】.

> 애란의 가련한 망명자가 바닷가에로 내려왔다네.
> 그의 도복에는 이슬이 짙고 싸늘한지라;
> 황혼이 다가오자 그는 조국을 위해 한숨짓도다.
> 바람 부는수로 곁을 홀로 배회하려고.
> 그러나 낮의 별이 그의 눈의 슬픈 애정을 끌었는지라,
> 왜냐하면 별은 대양의 조국의 섬 위에 솟았기에,
> 거기 한때 그의 젊은 감정의 흐름 속에,
> 그는 애란의 대담한 찬가를 노래했도다.

만일 한 가련한 안질 환자 (조이스 자신, 솀처럼)가 자신의 혼을 구하려고 애처롭게 교수에게 청한다면, 만일 주색과 노래를 좋아하는 이 후안무치한厚顔無恥漢이 그의 불멸의 영혼을 구하려고 한다면, 존경하올 신사(손)는 상관할 참인고? (질문은 손에게 솀이 자신의 영혼을 구하는데 있어서 그를 도울 것인가를 묻는다).
"빤짝이는 길에서 주리엣 보석을 다 준 데도. 그들의 은하수의 별들을 다 준다 해도. 천만에!" 여기 이씨가 손에게 말한다.

【149】 손의 대답. 천만에(No), 허사虛謝! 그래 그대는 나를 감상주의자로 생각하는고, 바보 혹은 타락자로? 여기 솀, 아일랜드 출신으로 가련한 망명자가 그의 불멸

의 영혼을 구하도록 그에게 간청하면, 그는 그렇게 할 것인가라는 질문에, 숀은 단호하게 "No"라고 대답한다. 이를 논박하기 위해 그는 베르그송(Bergson)(프랑스의 철학자; 1859-1941)의 "현언술言"(sophology)과 아인슈타인(Einstein)(독일 태생의 물리학자; 1879-1955)의 "상대성 원리"(Relativity Theory)의 망가진 개념을 도입한다. 그러나 그의 성공은 현안을 혼돈시키는데 있다. "한결 더 그것을 측추적測鎚的으로 설명하거니와" 그는 선언하기를, "그 언어 형식은 단지 대리비문代理悲門 격이로다. 질과 양"(The speechform is a mere sorrogate…. the quality and tality).[559]

열한 번째 질문의 내용

【148-152】. Jones 교수의 dime-cash의 문제
【152-159】. Mookse와 Gripes
【161-168】. Burrus와 Caseous

여기 교수는 자신이 거절하는 정교한 정당성을 장황하게 설명하는 것이 필요하다고 느낀다. 결과는 이른바 "푼돈-현금 문제"(Dime-Cash Problem)에 대한 아주 학구적인 토론으로, 이 문제에 관한 다른 학자들의 작품들에 대한 세심한 주의 및 보다 덜 학식이 있는 청중을 위하여, 포함된 원칙을 설명하기 위한 일화들을 갖는다. 논의는 교수의 괄호적括弧的 언사들에 의해 암담해진다. 그는 자신의 영역을 위해 모든 학식을 취하고, 자신의 학급을 그의 영역의 논증으로 좌절시킬 경우를 포착한다. 결과로서, 그는, 적어도 민감한 관심의 출현에 대하여 그들을 자주 도로 꾸짖거나 모욕하지 않을 수 없다. 교수는, 공원의 저녁 황혼에서 부랑자와의 만남에 대한 학구적 재 서술을 정교하게 제시하면서, 우리를 이러한 만남의 주제로부터 유혹의 새로운 견해에로 인도한다. 나아가, 그는 제2의 유혹의 유형(셈-숀-이슬트 윤곽의 그것)과 제1의 그것(HCE와 ALP의 그것)과의 상호 연관성을 한 걸음 한 걸음 애써 드러낸다.

이 푼돈-현금(다임-캐시)dime-cash 문제에 관해 그는 언급했거니와, (a) 견자犬子(베르그송)의 현화법賢話法은, 순전히 푼돈-현금[그것이 그것이요, 둘 다는 마찬가지라]의

충동에 의하여 분명히 자극되는 반면, 그의 현금 대 현금의 숨바꼭질의 특징이 없지도 않은지라, (b) 이러한 특징은 아름다운 대모代母인, 행운 양(Miss Fortune)으로부터 차용한 것이니, (c) 그러한 논쟁은 실지로 아인슈타인의 누구-누구 및 어딘가의 가발이론假髮理論의 우스꽝스런 조롱화嘲弄化(패러디)일 따름이다. 다시 말하거니와, 그 언어 형식은 단지 대리비문代理悲門 격이요, 반면에 질質(quality)과 양量(tality)은 문門들이 그러하듯 상호적으로 약탈문掠奪門이요 사취문詐取門이로다. HCE처럼 말을 더듬거리면서, 존즈 교수는 "dime-dime"의 문제가 그의 "cash-cash"의 특징이 아님을 인정 한다―왜냐하면 시간은 돈인지라―그러나 이와 같은 속인들―Bergson, Einstein, *Recherche* [Proust], Miss Fortune, Peggy Guggenheim 혹은 Gertrude Stein―그들은 모두 유태인들―은 장점이 없다. 손의 즉답은 부분적으로 루이스(Wyndham Lewis)에 의하여 촉진되는 바, 후자는 그의 저서 〈시간과 서부인〉(*Time and Western Man*)에서 조이스의 작품들, 특히 그의 〈율리시스〉를 극히 시대-편중적(time-oriented)이라 혹평한 바 있다. 이에 조이스는 그의 〈서간문〉【1.257-8】에서 "천만에(No)"라고 단호히 대답한다.

여기 교수가 주장하는 바, 혹자는 "talis"(유량)를 쓰고, 혹자는 "qualis"(유질)을 쓰기에, 비록 양자는 본래 같은 것의 의미로, 많은 사람들에 의하여 혼용되는 단어들이긴 하지만, 우리는 양자간을 엄격히 구별해야 한다는 것이다. Gerald Griffin은 *Ralis Qualis* 및 *The Collegians*를 쓴 아일랜드의 저자로, 후자는 보우시콜트 작의 〈아리따운 아가씨〉(*Colleen Bawn*)의 토대가 되었다.

【150】 이러한 유량類量과 유량의 많은 것을 보아 오고 있는고? 낙친밀樂親密한 뜻으로: 그대는 아이리시의 3인들을 투숙할 용의가 있는고? 아니면 그대가 숙녀식자淑女食者를 은밀히 발끝으로 유혹했을 때 그녀가 아마 뜻밖에도 임시 고용했을지 모르나니: 미안하지만 접시를? 이러한 유량류類量類의 모모 씨氏,[560] 검劍을 삼키는 자, 그는 하늘의 컵자리天[561]에 있는 꼭 같은 유량모모씨類量類某某氏로, 필분쇄자筆粉碎者,[562] 아니 천만에! 누가 그의 적당한 마일[563]을 달리는 자인고? 혹은 이는 아마도 보다 분명한 예例이나니. 만성적 가시荊 병病의 결정화決定化된 경우에 관한 최근의 후기와권파後期渦卷派[564]의 적충류적滴蟲類的 작품 혹평에서, 학질에 관하여 강의를 행한 어떤 공개강사公開講師, 그 자는 형식의 문제에서 자신의 가위 천리안, 예절박사[565]를 시험하고 있었나

니, 차용借用한 질문인즉: 왜 그러한 시자是者는 **유량유질類量類質인고?** 그이에 대하여, 힘의 비대자肥大者로서, 건대健帶의 사고박사思考博士[566]인, 그는 술잔을 비우고 있었나니, 냉배冷杯로서 재배대구再杯對句했도다: 한편 그대 짐승의 창녀 자식 같으니! (이러 이러한 유량類量은 본래 꼭 같은 것을 의미하거니와, 적평適評컨대: 유질類質이라.)

이러한 유량類量(talis)(space-손)은 본래 꼭 같은 것을 의미하나니, 적평適評건대. 유질類質(qualis)(time-셈)이라. 예를 들면, 거지의 말에서 애걸하는 태도는 단지 허식으로, 실지로 발생시는, 사정에 따라서는, 번갈아 명백한 폭력이거나 아니면 노골적 으름장으로, 그리하여 이는 같은 것에 대한 설명일 뿐이다. 그러나 교수(손)는 부적符籍(talismen)(불가사이)에 대한 생각을 혼성해 왔나니. "이러한 자"및 저 "검劍을 삼키는 자, 하늘의 컵자리天에 있는 꼭 같은 유량모모씨類量類某某氏를 두고 하는 말이라."(혼성 풍자-연출가 및 T.S. 엘리엇-조이스의 언어들을 꿀꺽하는 자). 파운드(Ezra Pound)와 루이스(W. Lewis)의 "와권파"(Vorticism)(본래 소용돌이로 그림을 구성하는 미래파; 데카르트 등의 우주 물질의 와동설渦動說)은 "만성적 가시箹 병病"(chronic spinosis)을 조사해 왔도다.

【149.34-150.13】 이제까지—Jones(손) 교수는 꿈속에서 강연하고 있기에—찬성과 불찬성을 분리하기 힘들다. 그러나 조이스의 불찬성은, 이러한 아카데믹한 혼성에서 출현하면서, 모든 반-유태인들(anti-Semites)의 불찬성을 대변한다.

그러나 문제는 또 다른 각도에서 접근할 수 있다. 아마도 그는 자신이 의미하는 바를 인류학적 은유로 설명할 수 있을 것이다. 반-유태인인 존즈는 인류학자 Levi-Bruhl를 (W. Lewis와 함께) 공격하는데, 후자는 시간, 신화 및 꿈을 연구한 후에 **왜 나는 이교 신사처럼 태어나지 못하고 왜 나는 나 자신의 식료품에 대하여 방금 그토록 말할 수 있는고** (천지창조 기원 5688년[A.D. 1928년]에, 무화과나무 및 창세부創世父, 유다페스트에 의해 출판 됨)를 썼다. 여기 "Jericho"(Jerry)와 "Canvantry"(Kevin)에 관한 언급은 유태인과 반-유태인의 이 불일치를 쌍둥이들의 싸움으로 만든다. 그러나 반-유태주의는 단지 한갓 정신 착란일 뿐이다. "공간적" 존즈는 그의 눈을 "야생夜生 기구"인 텔레비전을 통해서 그의 타당한 구球에로 되돌린다. 그는 또한 우연과 고유의 관계성을 토론했는지라, 종교사宗敎史에 대한 어떤 결론을 끌어낸다. "총의總意에 의하여" 인간의 시초, 하강 및 종말은 암음暗淫 속에 **일시적으로** 두루 말려 있도다. 하지만, 그는, 이러한 현상적現象的 존재의 사건들을 통찰하면서, "나는 나 자신의 최대의 공간적 광대성廣大性을 나 자신의 타당하고 가장 친근한 우주(집)로서 쉽사리 믿을 수 있도다"라고 계속 말한다【150.15-36】.

【151】 그리하여 그는 세계의 기묘한 신조(iths)의 수가 분명히 한 쌍의 흙덩이(바보)의 상호 강타에 의하여 증대되어지지 않음을 발견한다. Levy-Bruhl's 교수의 이러한 토론에 이어, 우리는 때(시간)와 어디(장소)에 대한 그의 관련에 있어서 "모든 것"(the All)에 관한 어떤 결론을 끌어낼 수 있을 것이다. 그리고 이러한 결론은 현안 문제들에 직접적으로 적용될 수 있을 것인즉. (a) 누더기 걸친 낭만가가 갈망하는 것 그리고 우리의 **연민**憐憫을 끈덕지게 조르는 것은 순수한 시간 낭비인 것이다. 그이 그리고 그의 같은 족속은 언제나 우리와 함께 하며, "**언제**"(시간)를 되돌아본다. (b) 그러나 교수의 주장에 의하면, 한 사람의 "언제"는 다른 사람의 "때"가 아니나니. 한편, "모든 것"은 전쟁에 있어서처럼 사랑에 있어서 "언제"가 아니요, "**어디**"(장소)이다. 나의 예술이 치솟는 한 국면에서 그대는 천둥을 만날 것이요, 나는 내게 어울리는 "어디"에서 번성할 것이며, 그는 한편으로 그에게 어울리는 "어디"에 있을 것인지라. 그것은 "언제"의 문제가 아니요, "어디"의 문제이다. 여기 셈은 "언제"와, 손은 "어디"와 연관되고 있다.

【152】 심지어 Jones 교수도 인식하다시피, "언제" 대 "어디"의 제의된 변호辯護가 혼돈 속에 빠진다. 그의 반의 "중이급中泥級 학생들"에게 이를 한층 분명히 설명하기 위하여, 그는 자신의 지금까지의 논의를 포기하고, "여우와 포도"(the fox and the grapes)에 관한 이숍(Aesop) 우화(이야기)를 예로 든다. Jones 교수는 포도와 그들이 매달린 나무를 시인하지 않지만, 그의 "거기 나는 진실에 집착하여 기어오르는 나무"는 그를 자신이 비난하는 포도처럼 보이겠음 만든다. 그러나 반대물(opposites)은 포도가 나무에서 자라는 이 꿈속에서 위치가 바뀐다. 그리하여 그의 학생들 중의 하나인 Bruno Nolan은 우화의 끝에서 Nolan Browne이 된다.

여기 나(Jones)의 설명은 그대들(반 학생들)의 이해를 필경 초월할 것이기 때문에, 나는 중이급 학생들을 설교해야 할 때 빈번히 내가 사용하는 한층 부가적 방법으로 복귀해야 할 것 같으니라. 그대들은 말 많은, 한 무리의 장난꾸러기들임을 상상할지라. 그리하여 그대, 브루노 노우란이여, 잉크병으로부터 그대의 혀를 뺄지라! 그대들 가운데 아무도 자바 어語를 알지 못하기 때문에, 나는 오랜 우화 작가가 지은 비유 담인, "쥐여우(서호鼠狐묵스)(숀)와 포도사자葡萄獅子(그라이프스)(솀)의 나의 번안을 선사할 참이로다. 사실들을 귀담아 들을지라!"

【152.4-159.23】 이하 이어지는 "묵스"와 "그라이프스"의 기다란 이야기

이 우화에서, 자기 자신도 몰래, 숀의 이여기는 꼬마 누이인, 누보레타와 더불어 헛되이 끝나나니, 그녀는 두 형제들을 달래려고 헛되이 애쓴다. 이것은 숀이 의도했던 결말이 아니요, 그러나 자신이 그의 형이 "뿌리 언어"(root language)의 원천인지라 결과적으로 생산해야 하는 결말이다.

우화는 또한 이야기의 어떤 다른 기초적 요소를 소개하거니와 '돌과 나무'로서, 그리고 강의 두 강둑으로서 두 형제이다. 거기에는 모든 그들의 경제적 및 정치적 함축의가 있다. 반항적 묵스인, 숀은 강의 오른 둑 위의 돌에 앉아 있고, 무정부자요 예술가인 그라이프(포도)인, 솀은 외쪽 둑의 나무에 대달려 있다. 나무와 돌은 목석木石이라, 젊은 애인인, 트리스탄이다. 그녀의 두 아들들에로의 강의 흐름은 우화에서 예시豫示된다.

이 즐거운 구절에서, 묵스와 그라이프스의 작은 자매인, 뉴보레타(아타리아어의 "작은 그름")는 그녀 자신의 작은 구름 위에서【158-13】 형제들의 갈등을 관찰하고 있다. 그녀는 그녀의 형제인 숀이 군대의 포즈로서 그의 지팡이인, "배상"杯上을 외치자 행복하고, 그의 마디 무릎을 가진 다른 형제, 솀이 자기 자신을 우행하자 슬프다. 재차 주목할지니, 그의 어깨를 지닌 절반 상(top half)은, 숀이요, 솀은 절반 하이다.

이씨/뉴보레타는 두 형제를 화해하려고 애쓰지만, 그것은 젖은 세팅의 모두 사랑의 헛수고이다【177.23】. 마침내 그녀가 울기 시작하자, 눈물이 대지에 떨어지고, 개울이 되나니, 그것은 강을 이룬다. 강 자체는, 검은 옷으로 가장한 여인으로, 강의 각 둑으로 오고, 그녀의 아들들을 모으는지라, "시간이여, 언제나 구르는 흐름이여, 그녀의 아들들을 모두 나를지라." 우리는 두 아들의 아나 리비아의 친족상간적 포옹을 볼 것이요(II.2, 그러자 텍스트의 강폭은 오른쪽 및 외쪽 가장자리에서 그녀의 아들들의 논평을 포용하기 위해

넓어지도다.

이제 여기 존즈(Jones)는 시간에 편중된 일들을 행하자, 싫증을 느껴 공간을 사랑하는 자기 자신의 우화를 시작한다. 〈젊은 예술가의 초상〉의 서두에서처럼, "옛날 옛적, 한 음매소 한 마리가 살았대요." 우리는 우화를 통독함에 있어서, 쥐여우(Mooke)는 숀 타입이요, 포도사자(Gripes)는 셈 타입으로, 이들은 각자 또는 일련의 직접 또는 간접적 반(상)대물들에 의하여 조심스럽게 얽힌다. "운처녀雲處女"(Novoletta)는 이씨 타입, 이 우화에 그녀는 또한 나타나며, 이들 상대 물과 그녀 자신이 연관된다. 여기에 구술되는, 상호 얽히는 객관적 상관물(objective correlatives)의 일람표를 작성하면 다음과 같다(Rose & O'Hanlon 96 참조).

위의 일람표에서 Mock Turtle 및 Griffon은 루이스(Lewis)의 〈이상한 나라의 엘리스〉(*Alice in Wonderland*)에서의 상관물이요, Mookse는 영국 헨리 2세 왕과 Nicholas Breakspear(교황 Adrian 4세)의 결합이다. 교황 Adrian은 영국 태생으로, "칭찬자"(*Laudabiliter*)로 시작되는 교황의 칙서(bull)를 왕에게 보낸 것으로 전하는데, 이는 왕이 아일랜드를 점령하고, 아일랜드 성당이 로마 성당과 합동해야 하는 하느님의 의지를 수행한다는 것을 암시한다. (이 칙서(황소)는 〈율리시스〉의 산과 병원 장면에서 의학도들의 생생한 방담 구절 속에 등장한다【U 321】. Grapes는 헨리 왕의 침공 시(서기 1171년)의 더블린 주교인 Lawrence O'Toole이다.

우화는 이의 아주 분명한 주제들을 모두 한데 묶어 총괄한다. 그리고 이는 강둑에 마르도록 널어놓은 옷가지들에 관한 동화 이야기처럼, 시간과 공간 간의 싸움의 비유이다.

"신사 숙녀 여러분!"

"옛날 옛적 한 공간에 한 쥐여우(묵스)가 살았대요. 그 자는 너무 외로운지라, 근사한 차림을 한 연후에, 시름 많은 세상의 최악 속에 악성惡性이 어쩐지 보기 위하여 향도로부터 산책을 시발했대요."

【152.31-36】그가 자신의 부父의 검劍,[567] 그의 **깨진 창**을 가지고 시발하자, 그는 허리띠를 둘러찼나니, 그리고 그와 더불어 자신의 양다리와 타르 용골 사이에, 한때 우리의 유일 허풍창虛風槍[568]으로, 그는 철꺽철꺽 소리를 냈는지라, 나의 찰랑이는 생각에 맞추어, V 자宇 발가락에서 삼정두三釘頭까지, 한 치 한 치(철두철미) 한 사람의 불멸의 자.[569]

그[손]가 자신의 무효병원無酵餠院[570]으로부터 다섯 쌍雙 파섹 거리를 거의 독답獨踏하기도 전에, 일광日光 가등주街燈柱[571]의 갈림길에서

【153】그(묵스-손)는 자신이 소지沼池처럼 보이는 개울과 우연히 마주쳤도다. 그리하여 개울이 달리자 마치 어느(A) 활기찬(L) 졸졸 소용돌이(P)처럼 물방울 똑똑 떨어졌나니. **"아이**我而**, 아이, 아이! 아**我, **아! 작은 몽천**夢川**인 나는 그대를 사랑하지 않는도다!"**

그러자, 개울의 피안에 느릅나무의 가지로부터 매달려있는 자가 포사餔獅 그라이프(셈) 말고 누구란 말인고?

【153.20】아드리안(그것이 쥐여우 묵스-의 이제의 가명인지라)은 오리냑 문화[572]의 근접 속에 그라이프스[셈]와 면-대-면面-對-面을 정착靜着했도다. 그러나 총總 쥐여우 묵스야말로 틀림없이 우울감종憂鬱感終으로 향했나니, 마음은 몹시도 만근도萬根道, 동서험준도東西險峻道 또는 황무자수로荒蕪者水路로 향했는지라, 로마 공방空房을 통해 방랑주중放浪走中하면서.[573] 그[손]는 한 개의 돌石을 보았나니, 단독으로 거기 하나, 그리고 이 돌 위에 베드로 충좌充座하나니, 그것을 그는 아주 교황전후도적敎皇前後倒的으로[574] 채우는지라 그리하여 그것의 최충最充 토리왕당王黨[575]에로 풍토순화에 의하여 그리고 더욱 이 거기서 그의 만용가능자萬溶可能者에 관한 그의 무류無謬 회칙통달回勅通達,[576] 우최서방憂最西方의 성무주교聖務主教, 및 그가 언제나 함께 산보하는 자수정 반점의 직입장直立杖과 함께, **헌신**獻神**이라**[577] 그의 프르세 직인어부織人漁夫의 엉터리 부대負袋[우편부대], **무구자**無垢者 **벨루아**,[578] 그의 매일방每日方의 첨가충당添加充當된 전대纏帶의 회화수집繪蒐集[579]에 턱과 볼을 맞댄 채, 왠고하니 그가 한층 더 오래 살면 살수록 그는 더

넓게 그것을 사유思惟했기에, 족쇄, 총액 및 획금獲金을 희생하며, 그는 흠탐자欠探者 리오 6세[580]에게 통야좌행通夜座行하는 코터스 5세 및 퀸터스 6세 및 식스터스 7세[581]의 최초 및 최후의 예언자연豫言者然 속복사俗複寫처럼 보였도다.

【154】그라이프는 투덜대는 목소리로 묵스에게 인사한다. 나는 그대를 만나니 정말이지 축불길락祝不吉樂할지로다.

그라이프스가 날카로운 목소리로 그에게 시간과 뉴스를 알리도록 요구한다.
─나의 집게손가락에 물어볼지라, 하고 쥐여우 묵스가 급히 대답했도다. 이것이 바로 내가 그대와 함께 해결할 **아드리안 찬**讚의 나의 의도로다. 그대는 포기했는고?
그대는 그에게 대답한 저 목소리를 들었어야 했도다! 얼마나 **작은 목소리인고**!.
─나는 그에 관해서 방금 생각하고 있었는지라, 사랑하는 묵스여, 하지만, 나는 그대에게 결코 넘겨 줄 수 없도다. 그라이프스가 호소하듯 말했도다. 나의 관자놀이는 나 자신의 것이라. 뿐만 아니라, 그대가 누구의 의상을 입고 있는지를, 나는 결코 말할 수 없을지라…

"모두 통틀어"(allsall allinall). 여기 HCE는 부왕 햄릿과 동등시되고 있다. 햄릿은 그의 부왕에 대해 이렇게 말한다. "어느 모로 보나 통틀어 대장부였지. 다시 또 그런 분을 뵈올 수 있을라고(He was a man, take him for all in all, / I shall not look upon his like again) (I.ii.187-88). 〈율리시스〉에서 "all in all"은 셰익스피어를 서술하기 위해 사용된다. "진리는 중용이야," Eglinton이 단언한다. "그는 유령이요 왕자지. 그는 통틀어 모두란 말이야. 제1막의 소년은 제5막의 성숙한 남자야. 통틀어 모두"(The truth is midway, Eglinton affirmed, He is ghost and the prince. He is all in all)【U 174】.

【155】─**그대의** 관자놀이, 나의 공간은 사자 같은 심장의 인간들에게 언제나 열려 있도다. 그리하여 나는 그대가 인치씩(조금씩) 교살 당하는 것으로부터 구하는 것은 나의 임시변통 밖임을 유감스럽게도 선포하노라. 나의 옆구리는 모부母婦의 댁宅처럼 안전한지라, 나는 그대에게 반증할 수 있나니. 나는 그대에게 12권을 걸겠노라. 묵스는

(그라이프스를 구할 수 없음을 증명하기 위해) 그의 보석으로 점철된 직입봉直入捧을 천장까지 들어올렸다. 니크라우스(그라이프스)를 전적으로 소멸하기 위하여 그것을 증명했도다. 그리고 카폰의 교사집教史集 그리고 책의 다른 모든 권위로서 그는 철두철미하게 그것을 재증명했나니.

들어올리면서, 자신의 일별에 유리한 점수를 주기라도 하듯, 자신의 보석 점철된 직입봉直入捧을 총總신비의 천장까지, 그묵스는 몇몇 이른바 섬광위성연閃光衛星然한 것에서부터 혈청광血靑光, 매이플즈[582] 위의 일단一團의 귀리 맥麥죽 성군星群, 테레사가街의 성聖 루시아 광光 및 성聖소피아 바랫 사원[583] 앞의 정광停光(스톱사인)을 행운타幸運打했는지라[584], 그는 희랍어, 라전어 및 소장미회어蘇薔薇會語의[585] 그의 양피지 교권敎卷의 수數타스 여餘를, 그의 모충毛蟲의 전각前脚 사이, 불충不充의 단배單杯속에 집적集積했나니, 그리하여 그의 증거證據 광교정쇄廣校訂刷에 좌착수座着手 했도다. 그는 그것을 대체일백大體一百 33회 증명했는지라, 그리하여 **놀랍게도, 그대 알지라**, 니크라우스를 전적으로 소멸하기 위하여 (그런데 니크라우스 아로피시어스쉠는 한때 포도사자 그라이프스의 교황유언의 후광명後光名이었나니).[586]

【156】묵스(로마 가톨릭)와 그라이프스(아이리시 가톨릭) 간의 신학적 차이: 그때 어떤 다른 순서로 분리되는 그런 순서로가 아니고, 타他의 33 및 100회, 이항투시화二項透視畵[587] 그리고 포에니 음경포陰莖怖 벽전필壁戰筆[588]과 남藍잉크, 잉골즈비 전설[589] 및 책략, 굴렁쇠의 법칙과 편의의 화훈花訓 및 과즙, 폰티어스 빌라도 총독[590]의 사법전司法典과 육六(환患) 비책鼻冊 잡실雜室의 모든 미이라 원고총집原稿總集 및 미판尾版 사활호서詐猾狐書의 장章들의 교활에 관한 장章들에 맹세코.[591]

쥐여우鼠狐 묵시우스가 사실상과 반사실상(모순당착)을 공표하고 있는 동안, 무뢰한 그라이포스는 자신의 주교좌속성을 단성이설 하는데 거의 성공했도다. 그러나 비록 그는 자신의 근육나성筋肉裸性을 묘사하고, 자신의 성령의 전진행렬에 대한 스스로의 안식을 종합하기를 해결했을지라도, 이내 그의 성당 권위자들은 그의 교황 절대무류의 교의가 상호 이견임이 발견되었는지라, 그리하여 그는 자신의 논공자들로부터 말발굽 질을(해고) 당했던 것이다. 그는 성부, 성자 및 성령의 관계에 대한 로마적 해석

보다는 오히려 동방적인 것을 따르기를 바랐노라.

[이하 양 형제간의 대결]

　　―1천년이 지나면, 오 그라이프스여, 그대는 세상에 대해 맹목하리라, 묵스가 도언
徒言했도다.

　　―1천년 뒤에, 그라이프스가 즉답했나니. 그대는, 오 묵스여, 그대는 한층 더 염아
厭啞하리라.

　　―오인吾人은 계곡 선녀選女에 의하여 최후의 최초로서 선택될지로다, 자신의 멋진
영국식 옷 재단을 뽐내며, 묵스가 관술觀述했나니. [환약(필), 비세액鼻洗液(유향성), 아미
맨(군인) 옷 재단, 대大영국적, 마치 붕괴 아치교형의 여행자처럼..]

　　―오悟등(나)은, 하고 사회 질서의 비참한 적대자인, 그라이프스가 혼백했나니, 심
지어 최초의 최후가 될 수 없으리라, 오등은 희망하는지라. [불견나의 매복자, 사회적
및 사업 성공에 대한 잔혹한 적敵!…]

【157】 그리하여 그들은 서로 아전 투구했는지라, 아스팔트 역청瀝靑이 피사스팔티
움 내광耐鑛592을 타욕睡辱한 이래 여태껏 칼을 휘두른 최황량자最荒凉者와 함께 **맹견과
독사**593.

　　―단각환자單角宦者!(Unuchorn!: eunuch, unicorn, *It un corno!*: fuck you)

　　―발굽자者!(Ungulant!: *I* chorn, horn)

　　―포도형자葡萄型者! (Uvuloid!: *L* ungula, hoof, claw)

　　―위스키잔자盞者!(Uskbeak!: *L* Angl usqebaugh, whiskey)

그리하여 우우자牛愚者가 배구자排球者(발리볼)를 응수했도다.

운처녀雲處女 뉴보레타가, 16하미광夏微光594으로 짠, 그녀의 경의輕衣를 걸치고, 난
간성欄干星 너머로 몸을 기대면서 그리고 어린애처럼 자신이 할 수 있는 모든 걸 귀담
아 들으면서, 그들 위를 내려보고 있었도다. 견상자肩上者[묵스가 믿음 속에 그의 보장
步杖을 고공高空으로 쳐들었을 때 그녀는 얼마나 경쾌驚快했던고 그리고 무릎마디 자者

가 의혹 속에 자구원自救援의 (사도) 바울 맥脈을 연기演技하고 있었을 때 그녀는 얼마나 과운폐過雲蔽 했던고! 그녀는 혼자였나니. 모든 그녀의 운료雲僚들은[595] 다람쥐들과 함께 잠들고 있었도다. 그들의 뮤즈 여신, 월月 부인은, 28번의 뒤 계단을 문지르면서 (달의) 상현上弦에 나와 있었나니. 신관부信管父, 저 스칸디정갱이 어魚인, 그는 바이킹의 불결 블라망주[596]를 대양식大洋食하면서, 북삼림北森林의 소다 객실에 일어나 앉아 있었나니라. 비록 그 천체天體가 그의 성좌와 그의 방사放射[597]와 함께 사이에 서 있었건만, 운처녀 뉴보레타는 그녀 자신을 반성하며 귀를 기울이고 있었으니, 그리하여 그녀는 묵스로 하여금 그녀를 치켜 보도록 하기 위해 그녀가 애쓰는 모든 것을 애썼는지라 (그러나 그는 너무나 무류적無謬的으로 원시遠視였나니). 그리하여 그라이프스로 하여금 그녀가 얼마나 수줍어하는지를 듣도록 하기 위해 (비록 그는 그녀를 유의하기 위한 **자신의 존체存**體에 관하여 너무나 지나치게 이단제도적異端制度的으로 심이心耳스럽기는 했지만,[598] 그러나 그것은 모두 온유溫柔의 증발습기蒸發濕氣의 헛수고에 불과했나니라.[599] 심지어 그녀의 가장假裝된 반사反射인 운요녀雲妖女, 뉴보류시아까지도, 그들이 자신들의 영지靈知를 그들의 마음에서 떼어내도록 할 수 없었나니, 왜냐하면 용맹신앙勇猛信仰의 숙명[600]과 무변無邊 호기심을 지닌 그들의 마음이 태양 헤리오고브루스(H)의 광도량廣度量 콤모더스(C) 및 극한極漢 에노바바루스(E)[601] 및 경찰 추기경이다 뭐다 그들이 행한 것이 무엇이든 그들의 파피루스 문서文書[602]와 알파벳 문자원부文字原簿들의 습본濕本이 말한 것을 가지고 비밀협의중秘密協議中이었기 때문인지라[603] 마치 그것이 그들의 와생식渦生息인양! 마치 그들의 것이 그녀의 여왕국女王國을 복제분리複製分離할 수 있는 양! 마치 그녀가 탐색 진행을 계속 탐색하는 제3의 방녀放女가 되려는 양! 그녀는 자신 사방의 바람이 자신에게 가르쳐 준 매력 있고 쾌력快力 있는 방법을 온통 시험했도다. 그녀는 **작은 브르타뉴의 공주**마냥[604] 그녀의 무성색광霧星色光의 머리칼을 바삭 뒤로 젖혔나니 그리하여 그녀는 작고 예쁜 양팔을 마치 콘위리스-웨스트 부인[605]처럼 토실토실 둥글게 하고 아일랜드 제왕의 여왕의 딸[606]의 포즈의 이미지의 미美처럼 그녀의 전신 위로 미소를 쏟았나니 그리하여

【158】(이씨의 화회의 실패) 그러나 달콤한 마돈나여, 그녀(이씨)는 자신의 국화꽃의 가치를 플로리다까지 운반하는 것이 나을 뻔 했도다. 왠고하니 묵스는 전혀 흥미가 없는데다가, 그라이프스는 망각 속에 함몰되었기 때문이라.

―나는 알았도다, 하고 그녀는 한숨지었나니. 거기 남태男態있도다.

[강가의 갈대 묘사] 그림자가 제방을 따라 구르기 시작했나니, 회혼灰昏에서 땅거미 에로. 갈대의 속삭임. "저 바로 유약柔弱한 유녀遊女의 유랑流浪거리는 유연柔軟의 한숨 에 유착癒着하는 나귀의 유탄柔嘆마냥 유삭遊爍이는 유초遺草들[607]… 오 미다스 왕의 갈 대 같은 귀耳여[608]. 쥐여우 묵스는 눈을 가졌으나 들을 수가 없었나니…" 그라이프스는 귀를 가졌으나 잘 볼 수가 없었도다. 그러나 여전히 무(서鼠)는 서여명鼠黎明이 다가오 면 심연深淵에 관하여 사고하고 포匍는 운運를 충만하며 도망가게 되리라.

더욱이, 이슬이 내리기 시작했도다!

[황혼의 그림자] 오오, 얼마나 때는 회혼灰昏이었던고! 아베마리아의 골짜기부터 초 원에 이르기까지, 영면永眠의 메아리여! 아 이슬별別! 아아 로별露別이도다! 때는 너무 나 회혼인지라 밤의 눈물이 떨어지기 시작했나니, 처음에는 한 방울씩 그리고 두 방울 씩, 이어 세 방울 그리고 네 방울씩, 마침내 다섯 그리고 여섯 일곱 방울, 왜냐하면 피 곤한 자들은 눈을 뜨고 있기에, 우리가 그들과 함께 방금 눈물 흘리듯. 오! 오! 오! 우 산으로 비를!

【158. 24】 그러자 그때 저기 방축에로 무외관無外觀의 한 여인(ALP)[609]이 내려 왔나 니, 그리고 거기 누운 묵스를 그러모았는지라. 여기 중대한 한 여인이 방축에로 내려 왔나니, 그리고 신지身枝로부터 그라이프스를 끌어내렸도다. (우화의 견지에서, 이들 여인 들은 전장에서 전사한 영웅을 나르는, 밴지, 켈트의 발키리 신녀이요, 잇따르는 제8장에서 전개될 문맥의 견지에서 보아, 그들은 나무 가지에 매달린 푸주한의 앞치마와 돌 곁에 널린 호텔 시트를 나르는 빨래하는 두 아낙들이다. 두 여인들은 리피 강의 둑에서 나무와 돌멩이 곁에 재차 그들의 세탁물을 하얗게 빨리라).

"아 이슬별別! 아아 로별露別이도다!"(Ah dew! Ah dew!). (셰익스피어의 견지에서. Nuviletta-오필리아의 고별사는 부왕 햄릿 유령의 그것처럼 꼭 같다. "안녕, 안녕, 나를 기억할지 라"(Adieu, adieu, adieu Remember me)【I.v.91】.

【159】그리하여 이제 남은 것은 단지 한 그루 느릅나무와 한 톨의 돌멩이 뿐. 그리고 노보레타, 운녀 아씨.

그런 다음 뉴보레타는 그녀의 가련한 긴 생애에서 마지막으로 반성했나니 그리고 그녀는 모든 그녀의 부심浮心들을 하나로 만들었도다. 그녀는 난간성欄干星 위로 기어 올랐느니라, 그녀는 아이처럼 침울한 소리로 부르짖었나니, 한 가지 경의輕衣가 훨훨 휘날렸도다. 그녀는 사라졌나니. 그리하여 과거에 한 가닥 개울이었던 그 강 속으로 거기 한 방울 눈물이 떨어졌는지라, 왠고하니 때는 윤년누閏年淚였기 때문이도다. 그러나 강은 얼마 가지 않아 그녀 위로 곱들어 달렸도다.

뉴보레타-오필리아는, 그녀의 거절당함에 의해 상심한 채, 눈물을 흘리고, 강 속으로 녹아든다. 셰익스피어의 줄리엣과 오필리아 역시 자살을 감행하는지라, 사랑으로 죽음에 몰린 채. 특히 그녀는 오필리아와 평행을 이루나니, 그녀 또한 남자들에 의해 거절당하고, 강물에 빠져 익사한다.

(여기 교수의 우화는 끝난다)

"갈채금지喝采禁止, 제발! 신사 숙녀 여러분!
노란 브라운, 그대는 이제 교실을 떠나도 좋으나니."

(교수는 논의를 계속한다) 그는, 필시 오히려 복잡한 형태일지라도, 본질적으로 실질적인 생활양식을 발전시키는데 실패한 남자에 대한 사건을 전개한다. 그의 첫 요점은, 비록 거지(솀)가 비애의 인물로 보일지라도, 그는 실질적으로 과분하고, 심지어 위험한 인물로서, 적당히 견뎌나갈 수 있을 것이라는 것이다. 그의 둘째 요점은 사나이의 전체 세계관이 열세의 형태로서 외향적 태도보다는 내향적인 것이라는 것이다. 철학자 칸트 (Kant)는 '시간'을 내적 감정의 형태로, '공간'을 외적 감정의 그것으로 부른다. 문제의 걸인은, 말하자면, 당대의 장면으로부터 끌려 들어간 '시간' (솀)의 기호 아래 사는 사람으로서, 과거 세월에 관한 퇴보적 명상 속에 함몰되어 있는데, 이런 종류의 내성內省은 불가피하게도 그를 단지 개인적 활력의 국면 속에 한정한다. 그러나 교수는 '공간' (숀)의 기호 아래 사는지라, 세계의 실재성에 항거하는 자신의 능력을 재

며, 자기 자신과 사물을 최대한 이용한다. 그는 실재성에 대한 건전하고 효과적 상관 관계는 자아뿐만 아니라 총체와 타협하는 길이라 단언한다.

앞서 우화에서, 낭만적 묵스의 완고하고 엄청나게 성공적 스타일은 켈트적 그라이프스의 한층 신비적이요, 비교적으로 암묵적 및 정치적으로 비효율적 스타일과 대조적이었다. 그리하여 비록 우화 자체는 묵스의 성취를 다소 아이러니하게 다루었을지라도, 교수는 자신의 형이상학을 위한 하나의 논의로서, 그리고 자기 자신의 미덕에 대한 증거의 존재로서, 자신의 재능을 분명히 의도했도다.

우화의 결론에서, 운녀雲女인, Nuvoletta가 출현했다. 그녀의 건지에서, 다투는 두 남성 중 아무도 그녀의 천성의 호소에 대한 타당한 응답을 주지 못한다. 그녀의 문제는 잇따른 페이지들 동안 조가비 하녀인 Margareen 대 2포진한 형제들인, Burrus 및 Caseous (butter 및 Cheese, Brutus 및 Cassius, 숀 및 솀)의 상관관계에 대한 교수의 토론으로 전개될 것이다. 교수는 의심할 바 없이 숀보다 솀 타입인 동료에게 대항하는 기분으로 그의 논의로 되돌아간다.

"나"(교수손)는 보다 위대한 사람이요, 교수는 선언하나니, 멍청이 저 사내(솀)보다 한층 가치 있는 사람이라. 그럼에도 불구하고 "나"는 그(솀)에게 동정을 느끼나니, 그가 대양의 한복판 어딘가, 106번째 주민이 되어 소도小島 근처에서 살게 되기를 희망하도다.

나의 천개두뇌天蓋頭腦의 과소비세過消費稅를 심지어 부담한 나 자신의 천부의 이량理量에 대하여 그대에게 이제 성공적으로 설명했는지라 나는 천재에 의한 일구一口 이상을 보상받을 가치가 있는 경우임을 확신하도다. 나는 나의 언제나 헌신적인 친구요 빵덩어리절반세련자洗練者[610]인 그노코비치(멍청이)[솀]에 대하여 심정深情을 느끼노라. 친애하는 보옥寶玉! 친애하는 소호小狐! 마전시馬展示! 나는 저 사나이가 지독히도 무책호기적無責好奇的이지만 아주 지겹도록 예민하기 때문에 나 자신의 설교대說敎臺처럼 사랑할 수 있는지라 그리하여 나는 성 메토디우스적 조리성條理性[611]과 노결奴結해야만 하도다. 나는 그[솀]가 트리스탄 다 쿤하[612] 땅, 전술도[613]의 야군여단夜軍旅團[614]을 지휘하는 은둔자처럼 가서 살기를 바라노니, 그곳에서 그는 106번番째 주민이[615] 되어 부접근가도接近不可島 근처에서 살게 되리라.[616] (그 마호가니 목木의 집림지集林地[617]는, 파도 곁을, 내게 상기시키나니, 이 노출된 광경은 비록 그 자체의 우산형雨傘型을 갈송渴松하며 그의 음지陰地를 깨끗하게 보존하기 위하여 진봉사목류眞奉仕木類(마가목))

【159.24-160.34】이상에서 교수는 시간과 공간의 문제를 성공적으로 설명한 뒤에, 일종의 뒤범벅 속에 빠지나니. Balaklava (흑해에 면한, 크림 전쟁의 옛 싸움터) 전투와 테니슨(Tennyson) 류의 "경경기병의 공격" 다양한 나무들, 4주를 대면하는 4노인들, 그리고 얼마간의 에스페란토 어군語群들【160.29-32】을 혼성하는 바, 이러한 논의의 분열은 그의 정신적 혼란과 근심을 나타내는 듯하다. 아마도 그의 학구적 성공은 조숙했는지라, 그의 우화는 "박약심薄弱心의(feebleminded)" 자들을 위한 것이요, 잇따르는 현금-푼돈(Case-Dime)의 문제와 치즈(Cheese)에 대한 역사의 예가 그의 우화의 실패를 보상하리라.

【160】그것의 나무들로 노출된 이 지역(솀이 갈 먼 대양의 고도)은 무진장 속하屬下에 응당 분류되어져야 하나니, 마치 그것이 '커라의 사냥터'(Curraghchasa) 안에 있는 산사 나무들처럼 너무나도 거기 확무성적擴茂盛的인지라, 루베우스의 피나코타 화랑에 우리가 소개되어질 때까지 누구에게나 오두막집 장대처럼 플라타너스 목木 평명平明하게 응당 보이나니, 그러나 그 최대의 개인목個人木이 동東(E) 코나(C) 구릉丘陵(H)과 같은 올리브 소림疏林에 속에 늘 푸른 아카시아 나무 및 보통의 버드나무와 그곳에 뒤엉켜 있나니) 솀(He)은 생각의 변화를 위하여 응당 떠나야 하도다! 만일 나 자신(I) (교수孫)이 현재의 내가 아니라면, 나 자신 그를 배웅하도록 택하리니, 나의 출판물을 표절한 나족裸足의 강도 놈 같으니.

【160.25】[4대가들] 그대 제발 이리 올지니, 합체하여 조용히 속삭일지라. 늙은 4연대기자들이 나를 엿듣고 있도다. 빌파스트, 월쉬, 필립 더브연암淵岩 그리고 권골서拳骨西 위스트 씨氏라. (이하 에스페란토 어) 미지자未知者는 작은 카펫 곁에 있나니. 그는 자기 방에서 글을 읽고 있도다. 때때로 공부 중, 때때로 어깨를 나란히. 오늘은 별고 없는지, 나의 흑발의 신사?(Sgunoshooto estas preter la tapizo malgranda Lilrgas sl si en sia chambro, Kelkefoie kelkefoje srumpas shultro. Hudian Kiel vi fartas mia nigia sinjoro?) 그리하

여 내가 그대에게 도달하려고 노규努叫하고 있는, 흥미의 예점銳点에서 보아, 그대가 그들을 우화체구로 느낄 수 있듯이 그들 4사람은 모두 박약 심이도다.

【161】 나의 독자는 교수 Ciondolone(이탈리아어의 *ciondolone*에서)의 가설적 걸인乞人의 목적이 단지 현금-푼돈(cash-dime)보다 더 나을 것이 없음을 내가 어떻게 증명했는지를 회상하리라, 왜냐하면 그에게는 푼돈(dime)은 현금(cash)이기 때문이다. 그러나 실질적인 현금 제도의 조건 하에, Burrus와 Caseous가 서로 아직 풀리지(해결) 않는 한, 나는 그대의 호주머니 속의 동전을 가지지 않나니 혹은 가질 수 없는지라, 마치 내가 마음속에 지닌 문제의 반半을 그대가 가지지 않거나 혹은 가질 수 없듯이. (이 이상스런 서술인즉, 비록 인간은 셈의 시간 철학의 사이비 신비적 견해로 보아, 결국 하나일 수 있지만, 그러나 그들이 공간 세계에 존재하는 한, 서로 멀어지기 마련이도다. 쌍둥이 형제인, Burrus와 Caseous는 계란이 자궁에서 쪼개지기 전, 과연 동일체였도다. 그러나 그들이 이제는 서로 분리되어 있도다. 그리고 현재의 상황 하에서, Burrss는 Caseous의 부富의 생각을 나눌 수 있고, 따라서 후자가 조금도 더 가난하게 되지 않을지라도, Caseous에게 Burrus의 현금의 어려운 공간 뭉치(금괴)를, 꼭 같은 식으로, 나누기를 기대하는 것은 불합리하도다.)

　　Burrus 및 Caseous, 양자는 어떤고? Burrus는 한 진정한 제일자(손)요, Caseous는 그의 정반대(셈)이라. 그것은 우리가 습관적으로 읽고 있는, 옛, 옛 이야기, 마침내 폐부廢父가 가게 문을 닫고─우리의 옛 일단이 공동탁公同卓의 샐러드 그릇 주변에 집결할지로다. 방풍나물 교구목사, 파슬리植 애송이 및 그의 타임의 지승枝僧, 한 다스의 시민들, 및 28 꼬마 아씨들, 예쁜 Lettucia, 그대 그리고 나. (저 코르크 마개를 비뚤어 빼지 말지라, 쇼트여!) 이 복잡한 문제를 그대들이 가능한 잘 이해하도록 돕기 위해, 나는 다음의 배열을 완료했도다.

【162】 연장年長의 급비생[618](셈)은 나이로 지쳤는지라, [카시어스-셈]은 (폭군들, 왕시해王弑害야말로 그대에게는 너무나 벅찬 일!)[619] 나이로 견딜 수 없게 되었나니, (그러나 진명塵命의 소극 작곡가는 난작亂爵이 들어오는 곳에 그와 같은 왕자의 제1막으로서 이 피아노 취臭의 효과를 방출함으로써 천둥 고鼓의 과오를 범하는지라.) 일종-의-구촌도살九寸刀殺 당하고,[620] 지체 없이 제거되었나니 (이 군인-저자-초당번番超當番은 그의 토리 공동왕당주의公同王黨主義에도 불구하고 바로 저들

남연해취南軟海吹의 거품자者들[621] [쌍둥이 형제] 중의 또 다른 한 사람이라.)

쌍둥이들은 재현再現이란 딱지로 등장하도다. 그들 중 Caseous(셈. 치즈)는 자신이 기사騎士라고 생각하며 아일랜즈 아이(Ireland's Eye)속의 푸른 티끌을 식별할 수 있다고 생각한 반면, Burrus(숀)는 풍착豊着한 원두圓頭의 머리를 가졌나니. 자신의 로프터 골프 채(웃음) 속의 모든 자국 아래 다량의 지혜를 가졌도다. 귀공자 차림을 했을 때(젊었을 때)의 Burrus(숀. 버터)는 휴무 중의 왕이요 영원한 홍담興談이라! 그리하여 그는 얼마나 유쾌하고 원숙한 외관을 지녔던고! 언제나 그들을 중재하는 것은 여동생 이씨(마가린)이라!

【163】 Burrus(숀·버터)는 단지 버터와 벌꿀을 먹었는지라, 악을 거부하고 선을 택할 방법을 알 수 있으리라. 이것은 우리가 아이 시절에 왜 놀이를 배워야 했던지를 역시 설명하나니. **꼬마 한스는 한 조각의 버터 바른 빵, 나의 버터 바른 빵! 그리고 야곱은 그대의 햄 샌드위치라! 그래! 그래! 그래!**

여기, 그대에게 꼭 보여주기 위한, Casdeous(셈-치즈) 자신이 있나니, 형 부스러기, 순생純生 치즈. "치즈저咀!"그대는 불평하는지라, 그리하여 나는 말해야 하나니 그대 전혀 잘못이 없음을, 고로 그대 보다시피, 우리는 자신들의 좋은 것과 싫은 것을 도피할 수 없나니. 그리하여 박애주의자들이, 나는 아는지라, 이 순간, 일시적 탄원을 촉진함. 나는, 그러나 우리는 반감反感에 대하여 관용해야 함을 나는 단지 결론 지으리라. 이제 나는 잠시 몸을 돌려, 내가, 다음의 것들을 이해한다고 최후 보증 이해되지 않기를, 선언 해야겠다. (a) 저 여인숙주의 쿠사누스 곡학曲學(궤변), 즉, 꼭대기의 회전이 날렵하면 할수록 밑바닥의 지름이 건전하다는 것; 또는 (b) 저 신애자神愛者의 노라누스 이론, 즉, 계란이 전벽계상全壁界上으로 안가락安價落하는 동안 Bure(버터)가 Brie(치즈) 이상으로 고가高價하게 될 것이라는 사실. (c) 이러한 양兩 지방脂肪의 한층 큰 경제적인 나선螺線 전기분해를 위한 실크보그 제製의 치즈 강전기强電機. (단일 유상액乳狀液인 밀크로부터 버터와 치즈를 양분하는 이 기계는 비유적으로 세계의 과정 자체를 대표하는지라, 이는 Hegel의 변증법에서 종綜신테제(synthesis) 종합에서 정正테제(thesis)과 반反안티테제(antithesis)를 가져오는지라.) 나는 여기 후자의 문제를 이제 나 자신 좀 더 근접하게 들여다볼 공간을 찾지 않으면 안 되겠도다.

【164】셈, 숀, 이씨의 출현. 한편, 나(존즈 교수)는 우리의 사회적 위부胃腑(식욕)의 이러한 두 산물(버터와 치즈)이 어떻게 상호 양극화하는지를 보여준 뒤라, 나의 토론을 계속할지니. 두 남극男極이, 일방一方은 타방의 동화動畵요 타영他影은 일방의 스코티아暗影(암영)로, 포진布陣하면서, 그리하여 두 남성 간에 우리의 비배분非配分된 중명사中名辭를 부족한 듯 두루 찾으면서, 우리는 초점이 될 한 여성을 허탐적虛探的으로 원해야 함을 느끼나니. 그리하여 우리가 하계에서 자주 만나게 될 유녀乳女, M(agnetism)磁氣性이 이 단계에서 유쾌하게도 나타나는지라, (여기 Nuvoletta 또는 Margareen, margarine의 zero로서 역할) 그리하여 그녀는 어떤 정확한 시간에 우리에게 그녀 자신을 소개하나니, 그 시각을 우리는 절대적 영시零時(제로)(그녀는 시간의 시작 전에 나타나는지라, 사실, 그녀의 존재는 세계 과정의 시작에 대한 전前 조건이니)라 부르기로 다시 동의할지로다. 그리하여 자신의 농부農父의 회灰나귀를 찾으러 갔던 Kish의 아들인, Saul (〈성서〉, 〈사무엘 상〉 이스라엘 초대 왕)마냥, 우리는 우리 자신의 회전 나귀들을 타고 점잖게 귀향하여 마가린을 만나게 되는도다. (버터와 치즈의 갈등을 마가린의 중재로, 어떤 면에서 그녀는 버터와 치즈를 혼성하기 위한 "실크보그製의 치즈강전기"(Silkebjorg tyrondynamon) 격인 셈이라).

그러나 이러한 버터-치즈-마가린의 혼성은, 교수가 "치생내악恥生內樂"[shamebred music] (음식의 양념 격)-모발-가수 및 충고에로 탈선하는 동안, 연기되도다. 이제 가장 순수한 서정주의의 기간이 다가오는지라. 즉 카시어스에 의해 노래되는 비탄의 노래요, 부르스에 의한 희망의 노래로다. 그런데, 여담이지만, 음악에 관해 말하면, 모발문화毛髮文化의 과학은 우리에게 금발 사이 은실의 출현에 관해 분명히 설명할 수 있도다. 나는 이 정보의 단편을 표피表皮 양讓에게 제공하고 있나니 그리하여 환생모 군君의 주의를 끌게 할 의도로다. 그리고, 재차 여담이지만, 또 다른 한편의 충고. 미숙한 가수는 공간 요소—말하자면, 아리아를—시간-요소—템포에 종속시킴으로써 우리의 보다 현명한 귀를 계속 괴롭히는지라. 나는 나의 유념자留念者들 가운데 아직도 있을지 모를 어느 미탄未誕의 가수로 하여금 그녀의 일시적 횡격막을 마음 편히 잊어버릴 것을 충고하노라.

【165】그리하여 귓불을 위한 빠른 **성문폐쇄**聲門閉鎖와 더불어 롤라드 요리곡料理曲을 공격하도록, 그런 다음, 그녀가 눈을 감고, 그녀의 입을 열며, 내가 그대에게 보낼 수 있는 것이 무엇인지 보도록, 충고하고 싶은지라. 여기 음악과 음식의 뻗친 비유는 나의 진짜 B장조 버터 서정시인(Burrus)과 함께 음악적으로 끝난다. 조이스는 교수보다 더 한층 자신의 〈실내악〉을 좋아하는지라, 그의 작품의 모든 비평가들처럼, 잘못된 한 아카데미 비평가(T.S. 엘리엇)를 관대하게 대함에 틀림없다.

이제 문학적 여담을 마친 다음에, 교수는 Burrus, Caseous 및 Merge에로 되돌아간다. 나는 나중에 도회 홀의 음향상音響上의 그리고 관형건축적管絃建築的 처리에 관하여 한 마디 말을 해야 하려니와, 그러나 당장 부루스(버터)와 카시어스(치즈)를 추구하고, 그들의 이등변 삼각형의 한 단段 또는 두 단을 오르는 것이 나로서는 아주 편리하리라. 이제 나의 그림 스타일의 모든 감탄자는 마가린에 대한 나의 무광택 채색화를 보아 왔나니 (그녀는 자매와 너무나 닮았는지라, 그들 양자의 의상은 유사類似로다!), 그녀를 나는 "한 무침여인無針女人의 당화當畵"(The Very Picture of a Needless -woman)라고 제목을 달았도다. 마음의 변화를 그린 초상화의 이러한 풍속도는 확실히 여성의 덤불森林 혼魂을 환기시키나니, 그런고로 나는 도동跳動의 왈라비 캥거루 또는 콩고 산産의 상오리(꽁지)의 정신적 첨가에 의한 총체적 착상을 완성하기 위하여 그것을 체험적 희생자에게 위탁하도다. 그러나 이루어져야 할 요점은 이러하나니. 그녀의 탁월한 마가린의 사다리꼴 입방 초상을 구성하는 그 모자 상자는, 우리가 이제 B-C 점증도漸增圖(climactogram)라 부를, 상술한 유사고립 2등변을 또한 의미하나니,(아마도 다음 도표는, 방금 B-C 점증도로 불리는 Marge와 동일한, Burrus와 Caseous의 유사고립 2등변과 유사할 것이다). (?) 사다리 꼴; ALP의 완전 삼각형의 도안과 비교하라【239】. 그리하여 그들은 남성들의 봄春 유행(스프링 모드)을 암시하거니와, 이러한 유행은 제삼시신기第三始新期에로 그리고 정치적 진화의 **경이 상자**에로 우리를 되돌려 놓도다. 이런 종류의 상자들은, 한 개 당 4페니의 값어치에 불과하지만 그러나 나는 현재 새로운 공정工程을 발명 중이거니와, 그 후로 그들은 비용의 소량으로 심지어 Margrees녀의 최연소자에 의하여 현재 생산될 수 있도다.

【166】심지어 마가린 녀女들 중 최연소자에 의하여, 그녀가 자리를 잡아 착석하고

글쎄 미소라도 지으면, 한편의 그들 진짜 각가殼價에로 환원 될 수 있으리라.

이제 나(교수)는 저 젊은 여성 마가린의 크기를 제법 터득했도다. 그녀의 전형은 어느 대중의 공원에서든 만날 수 있는 것으로, 또는 영화관에서 또는 배수구 가장자리에서 아가엄마의 아장아장 걸음마와 함께. (스마이스-스마이즈 가家는 현재 두 하녀를 지니나니 세 남아를 열망이라, 한 사람의 운전사, 한 사람의 사밀주자사密酒者 및 한 사람의 교비서敎秘書를.)

[교수의 또 다른 탈선. 이러한 탈선은 꿈의 원리이기도] (배수구 가장자리의 아기로 말하면, 나는 펄스 군어린 조이스을 면접面接히 관찰하고 있거니와, 그녀의 "작은 꼬마"가 혹시 교육부하敎育部下의 중등 교사가 아닌가 의심하는 이유를 가졌기 때문이라. 그는 그 젊은 여인에 의해 그녀의 한층 남성적 개성을 감추려고 공공연하게 이용당하고 있나니. 그러나 모어성母女性의 타당한 분만 및 배뇨태아排尿胎兒의 교육을 위한 나의 단일해결單一解決은 이 부추기는 말괄량이 여인을 내가 부추길(자극할) 때까지 우선 연기해야만 하겠노라).

마가리나(클레오파트라) 그녀는 부루스를 극히 좋아하는지라, 하지만 그녀는 치즈 또한 아주 좋아 하도다. 부루스와 카시어스가 그녀의 지배를 위해 다투고 있는 동안, 그녀 자신을 회피적인 안토니어스와 뒤엉키게 함으로써 입장을 복잡하게 만드나니. Antonius는 Burrus와 Caseous의 테제-반테제(thesis-anrithesis) 양극을 위해 남성 형을 종합하기 위한 첨가로서 나타나도다. 이 혼합적 요소는, Burrus의 그리고 Caseous의 특성들이 조직적으로 결합된, HCE (또는 ALP)의 그것을 재서술한다. 기하학적 우화의 관점에서, Antonius는 삼각형을 완료하며, 보다 나이 많은 인물의 패턴에 대한 그로부터 파생된 아이들의 그것과의 등가等價를 이룬다.

【167】이 이탈리아 이민(Antonius)[622]은 모든 천공류穿孔類의 정제淨濟된 치즈(손)에 개인적 흥미를 끌어안은 듯이 보이는지라 동시에 그는 버터 요리하는 시골뜨기 촌놈처럼 조야 하는 척 하도다. (이제 전체 논의 대 결론이 다가온다.) 이 안토니우스(A)-부루스(B)-카시어스(C) 삼자三者 그룹은 유질(코리스)과, 앞서 【149-150】언급한 소위 유량(타리스)上上의 유량을 등식화等式化하는 것으로 이야기되어질 수 있도다(즉, x대 y와의 관계는 y 대 z의 관계와 같다. talis는 qualis이요 tantum은 quantum이다). 이를 구별하지 못하다니, 이것이 어느 바보이든, 그의 한 쪽은 지독히도 녹색이요 저쪽은 놀랍게도 청색이라, 속이고, 그대가 착의着衣시키기를 좋아하는 이유인지라, 그것은 나의 탐색안探索眼[623]에는 한

거만한 바보 천치처럼 보이도다.

천만에! A(ntonius)는 B와 C를 올림포스 산을 폭풍우 일도록 할 수 있게 한다. [숀은 셈에 대한 자신의 본래의 반응("천만에!" No!)【149】을 반복함으로써, 장광설의 대답을 결론짓는다.] (나는 그대를 도울 수 없도다!) 지금까지 12번 나(숀)는 그걸 말해 왔는지라. 나의 불변의 말言은 신성하도다. 말言은 나의 아내이니, 그리고 비나니 만종조晩鐘鳥(마도요)여, 우리의 예혼禮婚을 영관榮冠되게 하소서! 혀가 이름 대는 곳에 정의正義가 있도다! 외국인(Antonius)에 대해 언제나 선을 그을지라! 자신의 영혼에 입법자를 갖지 않은 저 사내(셈)는 말言법法에 의한 정복으로 두려워하지 않고 있도다. "순수한 천재(버터) 대對 부식腐蝕한 카시어스(치즈)!" 여기 숀의 셈에게 보내는 편지는 연설을 마감한다. 모세(Moses)의 그것처럼, 돌에 각인된 법전을 불러내며, 순수한 천재(숀)는 "부식된 치즈"(셈)보다 훌륭한 작가, 〈율리시스〉의 변화무쌍한 스티븐 데덜러스가 되기를 요구한다. 숀의 "불변의 말言"(nchanging Word)은 "정복正覆의 질서에 의한 의식어儀式語"(the rite word by the rote order)를 의미한다. 11번째 질문의 음률에로 되돌리면서, 존즈(숀) 교수는 마침내 그것을 답한다. 만일 구걸하는 망명자가 자기 자신의 형제인들, 그는 그들을 돕지 않겠노라고.

이 안토니우스(A)-부루스(B)-카시어스(C) 삼자三者 그룹(This Antonius- Burrus-Caseous grouptriad). "세 아들" ─Antony, Brutus 및 Cassius의 Earnest Jones의 오이디푸스 이론의 3각 관계, 이들은 부父의 인물을 전복한다.

"순수한 천재(버터) 대對 부식腐蝕의 카시어스(치즈)! **죽는 자, 그대에게 경례하도다!**"(Merus Genius to Carepos Caseous! *Moriture, te salutat!*). 이 행은 순수한 천재인 숀(존즈)-Burrus-Brutus에 의한 부패하는 치즈-Cassius-셈에게 행해지는 죽음의 위협처럼 보인다.

【168】그리하여 그[셈]는 결코 스스로 비육肥肉된 적이 없으며 머리를 세탁하기 위해 자신의 고국 땅을 떠나다니, 당시 그의 희망은 끈 달린 장화 속에[624] 자신의 고뇌를 털어 버리려 했기에, 만일 그가, 한 거만한 파지갑破紙匣의 방랑자[625]로서, 하늘이 그들의 물꼬지(파산)의 심술을 분출하고 있었을 때, 우리의 방주方舟 **무소위험호無騷危險號**

에서 한 입을[626] 걸식乞食하기 위해, 나의 해안에 다가왔을 때[627], 나 자신과 맥 야벳[628]은, 사두마차四頭馬車[629]를 탄, 그를 족출足出할 것인고?—아아!—만일 그가 나 자신의 유흥형제乳胸兄弟, 나의 이중애二重愛, 나의 단편증인單偏憎人이라 한들, 우리가 꼭 같은 화로에 의하여 빵 육育되고 꼭 같은 소금에 의하여 서명탄署名誕되었다 한들, 우리가 꼭 같은 주인으로부터 금탈金奪하고 꼭 같은 금고를 강탈당했다 한들, 우리가 한 침대 속에 던진 채 한 마리 빈대에 의하여 물렸다 한들[630], 동성색남同性色男이요 천개동족天蓋同族, 궁둥이와 들개, 뺨과 턱이 맞닿아,[631] 비록 그것이 그걸 기도하기 위해 나의 심장을 찢는다 한들, 하지만 나는 두려운지라 내가 말하기 증오할지니!

[열두 번째 질문] **성聖저주받을 것인고?**[632]

대답: **우린 동동同同(세머스, 수머스)!**[633]

위의 열두 번째 최후의 질의응답은 〈12동표銅標〉sacer esto(*salt be accursel*)(*Law of the 12 Tables*)의 구절에서 연유하고, 이는 셈의 질문이기 때문에, 숀이 셈의 목소리로 대답해야 한다. 그는 "우리는 Shem, same(동등)"이라는 의미로 대답한다. 이 4개의 단어들은 간단한 라틴어처럼 보이나, 그 해석이 모순당착적이다. "Semus sumus!"는 단복수 동형이라, "I am Shem", "We are the same"으로 해석의 모호성을 낳는다.

종국에, 숀은 셈을 철저하게 거역한다. 비록 숀은—셈 자기 자신에 의해, 아마,—그와 그의 형제는 단단히 묶여 있음을 억지로 인정할지라도, 숀은, 비록 그들이 가슴의 형제이요, 빵과 소금마냥 밀접하게, 비록 그들이 호가드(Hogarth, 1697-1764)(영국의 화가 및 조각가)의 나태한 도제徒弟요 부지런한 도제일지라도, 그들이 같은 침대에서 잠자고, 같은 빈대에 의해 물릴지라도, 셈에 대한 그의 책임을 거부할지라【168.6-10】. 숀은 밀턴(Milton) 작의 시 〈리시다스〉(*Lycidas*)에서 이를 메아리 한다.

왠고하니 우리는 같은 동일 언덕 위에서 양육되고,

우물과, 그늘과 개울에 의해 같은 무리로 먹힐지니(PL 23-24).

만일 그들이 같은 가족의 신사요, 궁둥이와 들개【168.10-11】로서, 숀은 타락한 형제를 전적으로 거절할지라.

여기 숀은 공포와 증오로 가득 찬 멋진 음률의 과시로서 마감한다. 여전히, 셈에 대한 분노의 거역일지라도, 숀은 암암리에 그의 하위 절반을 가진 그의 궁극적 연관을 인정한다. 다음 질문과 대답, 그리고 다음 장에서, 숀의 셈에 대한 밀접한 친근은 분명히 확약된다.

또한, 셈 자기 자신에 관련하거니와, 문제 "Sacer esto?"는 11번째 질문의 라틴어 XIII를 메아리하고, "Are yoy *sacer*?"를 의미하는 듯하거니와, 그런데도 *Sacer*는 다소 모호하다. 그것의 본래의 한 라틴어의 의미에서, "그것은 신들의 특별한 다룸을 위해 양보할 정도로" 너무나 정성스러움을 의미한다. 그것은 의미상으로 남태평양의 "금기"(taboo)에 가깝다.

그러나, 여기 숀에 대한 셈의 질문이 있다. 셈은, 그의 형제와 더불어, 그의 당황스런 하부 절반과 함께, 그의 불용不溶의 관계 속으로 숀을 부추긴다. "Sacer esto?"는, "우리 양자는 부친에 대한 공격을 명상하다니, 극한 금기, 이토록 지극한 범인들인가?" 부르러스와 카세우스—즉, 브루투스와 카시어스—로서 그들의 이전의 유죄는 그것의 범죄의 양상을 갖는다. 부르터스와 카시어스는 로마 제국의 건립자인, 주리어스 시자에 대한 그들의 암살을 위해, 단태의 마왕 루시퍼의 양 측면의 입들이기도 하다. 양자는, 유다와 함께, 최악의 범죄자요 죄인이다. 셈은 숀에게 그들의 공동의 범죄를 인정하도록 요구하고 있는 것처럼 보인다.

우리 독자들은 숀의 대답인—"Semus sumus"【168.14】의 상관관계를 인정한다. 즉, "우리는 셈이도다." 그러나 이러한 인정을 확장함은 너무나 복잡한지라, 조이스는 그것을 분리된 한 장으로 보존했었다.

문사 셈의 초상

그의 저속성, 비겁성, 술 취한 오만

표절자 셈

그의 거소와 유령 잉크병

정의(자스티스-손)와 자비(머시어스-셈)

셈과 손에 관해 공통적으로 아이러니하게도, 조이스는 한 젊은이로서 셈의 이 정교한 초상에 심히 익살스럽다―마치 거리두기를 위해 요구되는 노력이 안락을 위해서 거의 너무나 엄청나듯. 작가는 그의 최선을 다하는지라, 그러나 〈젊은 예술가의 초상〉에 대한 조용한 아이러니는 한층 유쾌하다.

이 장은 또 다른 스티븐 데덜러스(Stephen Dedalus)를 노정한다. "구유의 어떤 신"을 위한 그의 "예술을 위한 예술" 속에 자기 자신을 취하면서, 셈은 또한 섬기기를 거부한다. 스티븐처럼, 그는 딱딱하고, 기식자요 자만의 희생자이다. "자신의 에고(ego) 속에 망명한 자아"【184】로서, 이 이단적 무법자는, 그를 양육한 4거장들을 포기하면서, "내년이內年耳의 독견獨見【182】" 속에 "자기 자신의 비예술적 초상"을 글로 갈긴다. "장우장長雨裝 속의"【176】 이 초상들은 〈더블린 사람들〉【186-87】, "그의 이클레스 가街의 그의 무용無用한 율리씨栗利氏스의 독서 불가한 청본靑本"【179】인, 〈율리시스〉 그리고 〈피네간의 경야〉 또는 자신이 그를 위해 자신의 생득권을 팔았던, "짓이긴 감자, 몽타주 뭉치들"【183】을 포함한다. 자기 자신의 엷은 피부 위에 자신의 배설물로 만든 잉크로 쓰인 채, 이들 포절 물들은 "판권"에 의해 보호되지 않은 "외설적 물건"이다.

이 야생의 거위는 조이스처럼, 베리츠 학교에서 글을 가르치는, 절반 장님이다. 그러나 조이스의 생활의 세목은 셈을 조이스로 만들지 않는다. 셈은 블룸이나 HCE를 만들기 위하여 그의 손의 측면을 결합해야 하는 조이스의 측면이다. 조이스는 한 예술가와 마찬가지로 한 부르주아이다. 셈이 〈율리시스〉를 쓸 수 있는 것은 단지 HCE와 결합한 후이다. 더욱이, 셈의 〈피네간의 경야〉는, 조이스의 것처럼, 개인적인 것으로부터 우주적인 것에로, 그이 자신의 피부로부터 "총육자에 공동인" 것에로 솟는다【186】.

셈은 손의 견해 또는 세계의 그것보다 조이스의 견해에 대해 조이스의 견해보다 덜하다. 그것을 구체화하면서, 순경 시스터센(조, 숀 및 스태니슬로스의 결합)은 자기 자신을 그의 형의 옹호자로 지명한다【186】. 정의가 되면서, 손은 그의 형 자비를 비난한다【187-93】. "엿볼지라"하고 손 스태니슬로스 정의가 말한다. "사골"을 흔들면서, 이 검열관은 위대한 "No"를 대표한다【193】. 그의 "생장"生杖(lifewand) 또는 창조자의 지팡이를 치켜들면서, 셈은 ALP의 갑작스런 침입에 의해 함축되듯 "Yes"를 말한다【194-95】. "아들들은 투쟁했는지라" 그녀는, 이러한 싸우는 자들이 HCE 속에서 결합해야 하는 것을 알면서, 인지한다.

개성에 관한 강조는 비코의 인간 시대에 타당한 듯하다. 셈이 개화됨은 그가 진짜 언어보다 "깡통에 든" 언어를 더 좋아함으로서 입증된다【170】. 리피 강의 커다란 연어인, HCE는, 그의 생존자들에 의해 성찬聖餐으로 소진消盡된 채, 그것 자체이요, 〈피네간의 경야〉는 그의 물고기 이야기이다. 아마도, 물론, 〈피네간의 경야〉는 깡통 또는 물고기로서, 또한 물고기 및 물고기 낚기의 깡통 넣기이다. 플럼트리(Plumtree)의 통조림 고기를 생각하라.

〈피네간의 경야〉 제7장은 손에 의한 셈에 대한 서술에 전적으로 할애된 자리로서, 여기서 손은 예리한 편견으로 그의 쌍둥이 형제 셈을 성토하는데, 이 부분은 대체로 두 단원으로 대별될 수 있다. 제1부【169-187】; 제2부【187.24-195】. 제1부에서 손은 셈에 관해 말하거나, 아마도 그에 관해 글을 쓴다. 제2부에서 손은 자신의 전기적 접근을 포기한 채, 7개의 중요 범주로 나누어, 셈에게 그의 범죄를 직접 비난한다.

첫째 부분에서, 손은 셈의 은퇴 시까지의 생활을 다루고, 둘째 부분에서 셈이 은퇴한 감방 속의 그의 존재를 계속 취급한다. 셈은 어머니의 총아요, 손은 아버지의 총아이다. 셈은, 과연, 어머니의 편지를 실질적으로 쓴데 대해 책임이 있는 필경사이다.

그는, 사실상, 독자가 즉각적으로 식별할 것이거니와, 조이스 자신의 초상이기도 하다. ALP는 앞서 〈피네간의 경야〉 I부 제5장에서 그녀의 모언서母言書들의 하나에서 보듯, 시인(솀)에 의하여 자극된 뮤즈 여신 격이다. 그러나 시인은 자신의 운시들을 순수이 발명하는 것이 아니라, 유년시절의 추억들이 숨어 있는 심리적 깊은 층들 속에서 그들의 소재들을 찾는다. ALP의 꿈의 수수께끼 같은 영감하에 쓴, 시인-솀의 신서信書(편지)의 언어는 영혼에 깊이 뿌리박고 있을지라도, 잠깨어 있는 감식안鑑識眼에는 총체적으로 분명하지 않다. 따라서 그의 동료들에 의해 두려움을 당하고, 원망 받은 채, 이 어머니의 아이는 그의 형제 숀이 단지 비참과 죄를 보는 곳에서 그의 즐거움을 찾아야 하는 운명이다.

Tindall 교수가 지적하다시피, 〈율리시스〉와 〈피네간의 경야〉의 망명 저자인, 문사 솀은 일종의 문제아이다. 조이스는 언제나 자기 자신의 초상들을 제작하고 있지만, 그러나 그들의 대부분은, 종류에 있어서 조이스-솀의 이 초상과를 달리하면서, 아이러니와 다른 방책들에 의하여 거리감을 두거나 통제하고 있다. 너무나 거리감이 있는지라, 스티븐은 솀과 전혀 같지 않다. 블룸(Bloom)과 이어위커(Earwicker) 역시, 그들 또한 자기-투영이지만, 개관적이요, 독립적이다. 무거운—거의 지겨울 정도로—조이스가 솀을 다루는 익살은, 아이러니나 또는 코미디에 대한 대용품이 아니라, 포용하는 저자와 그의 포용당하는 창조물을 분리하는데 실패한다. 〈젊은 예술가의 초상〉에서 스티븐(Stephen)은 이런 종류의 예술을 "서정적"(lyrical)이라 부른다. 즉, "예술가가 자신의 이미지를 자기 자신과 직접적 연관 속에 두는 것."

제7장은 숀에 의해 행해지는, 당혹스런, 반항적, 그리고 아이로의 형 솀에게 기다란 욕설의 흐름으로 열린다【169.1-186.18】. 숀은 너무나 분노한지라, 텍스트는 비상하게도 이해하기 분명하다. 독자는 이 장에서 별로 고통이 없다. 장광설의 과정에서 우리는 양 형제들에 관해 그리고 그들 사이의 구조적 관계를 많이 알게 된다.

이 장은 조수潮水의 회전으로 끝나는지라, 작품은 뒤쪽으로 흐르기를 멈추고 앞쪽으로 흐르기를 시작한다. 그러나 처음에 솀과 숀은, 다른 것들 사이에, 리피 강의 왼쪽과 오른쪽 둑뿐만 아니라 ALP의 허벅다리 사이에 있다. 그리고 그들은 강이 그녀의 애인인, 바다에로 흐를 때 그것의 긴 오르가즘이 시작한다.

셈과 숀은 남성 육체의 하부 절반과 남성 육체의 상부 절반이요, 모든 면에서 극의 정반대에 있다. 조이스 자기 자신은 인간 육체의 모든 면에서 그들의 대가를 부여함에 있어서 용감한 주장에도 불구하고, 그의 자신의 육체와 그의 자신의 하부에 대한 생각에 불안을 가졌다. N. Montgomery(아마도 더블린의 재사才士 및 검열관)는 한때 보도했거니와, 조이스는 "그의 보다 어두운 쪽, 그의 하부의 행동, 그의 저부와 불경한 생각을 감수할 수 없었다. 우리 모두는 동물이다. 그러나 조이스는⋯그것을 감수하려 하지 않았다." 이 장이 펼칠 때, 어떤 상반들이 분명해진다. 셈과 숀의 극적極的 반대의 약간은 다음과 같이 대비된다(⟦E 83⟧ 참조).

———

【169-170】 셈의 초상

【169】 아래 숀이 다루는 셈의 특징들

—셈이 쉐머스의 약자略字이듯이 젬은 야곱의 조기어嘲氣語로다.[634] 그가 토착적土着的으로 존경할 만한 가문 출신임을 확신하는 여전히 몇몇 접근할 수 있는 완수자頑首者들도 있는지라.(그는 청침수靑針鬚 및 공포의 철사발鐵絲髮[635]의 가계家系 사이의 한 무법자요 그리고 대장, 각하, 사師 수림鬚林 씨氏[636]의 그의 가장 먼 결연結緣 가운데 한 인척이었나니) 그러나 오늘의 공간의 땅에 있어서 선의의 모든 정직자正直者라면 그의 이면 생활이 흑백으로 쓰일 수만은 없음을 알고 있도다. 진실과 비 진실을 함께 합하면 이 잡종은 실제로 어떻게 보일는지 한 가지 어림으로 짐작할 수 있으리라.

셈의 육체적 꾸밈새는, 보기에, 손도끼형의 두개골,[637] 팔자형八字型의 종달새 눈, 전공소孔의 코, 한쪽이 소매까지 마비된 팔, 그의 무관두無冠頭에는 42가닥의 머리털, 그의 가짜 입술까지 메가게거 양羊의[638] 커다란 턱에 매달린 섬유사纖維絲 3가닥(돈남豚男의 아들), 오른쪽보다 한층 높은 잘못된 어깨, 온통 귀, 천연 곱슬곱슬한 인공 혀, 딛고 설 수 없는 한쪽 발, 한 줌 가득한 엄지손가락, 장님 위胃, 귀머거리 심장, 느슨한 간, 두 개 합쳐 5분의 2의 궁둥이, 그에게는 너무 무거운 14스톤 무게의 끈적끈적한 불알, 모든 악의 남근⋯【169】

【170-75】 셈의 우주에 관한 첫 수수께끼 및 그의 저속함에 대하여

【170】 셈은 모든 꼬마 동생들과 자매들 가운데 우주의 최초의 수수께끼를 자주 말했나니. 묻기를, 사람이 사람이 아닌 것은 언제지? 그리고 과거로부터 작은 선물인, 신감辛甘의 야생 능금을 상賞으로 제공하면서. 모두들 답을 추측하려고 애를 쓰지만, 모두 다 틀렸도다. 그런고로 셈 자신이 그들에게 자기 자신의 올바른 해결을 주었는지라. 그것은 자신이 한 사람의 가假셈 일 때,라고 했도다. 여기 이러한 예술가적 평가를 아이러니컬하게 감수하면서, 셈은 자기 자신을 한 "가짜"(Sham)라고 부른다.

(셈의 저속성) 그는 한 가짜 인물이요 한 저속한(low) 가짜이며 그의 저속함은 그가 먹기를 선택한 물건들에서 분명했나니. 그리하여, 리피 강에서 여태 작살로 잡은 새끼 연어보다 통조림 연어를 더 좋아했도다. 그리하여 여러 번 되풀이 말했거니와, 어떠한 정글 산産의 파인애플도 깡통으로부터 그대가 흔들어 낸 염가품처럼 맛이 나지 않았나니, 그대의 인치 두께 후라이-스테이크 또는 희제점希帝店의 뜨거운 양고기도 결코.

셈은 사악한 모든 것으로 비난 받는다. 그는 불결하고, 다른 말로, Dionysian으로 집단적 무의식에 몰입하고 숀의 Apollonian인 판단적 개인주의를 영오한다. 사실상, 두 형제의 주된 작용은 육체의 두 상하 반분半分을 대표한다. 숀은 청결한 강체로서, 지적이며, 또한 성적 학대적(sadistic)이요, 탐욕적이다. 셈은 육체의 절반 하체로서, 두 다리는 그가 전투에서 도피할 때 사용한다. 숀은 우체부로 세상을 통해 걸어 다니지만, 자신의 발의 고통을 한결같이 불평한다.

셈의 육체는 반항적 숀에 의하여 서술된다. 숀은 셈의 21개의 육체적 특징을 기록한다. 소녀들은 그의 불결한 남새를 맡으며, "Posse!"라 부르짖는지라, 이 말은 프랑스어로 "찐득찐득 검은 구두장이 놈"이란 뜻으로, 미국말인 "yuck!"와 동의어이다.

【171】 석판 위의 육향적肉香的 압흉육鴨胸肉은 맛이 나지 않을지라도! 고古 열성국熱誠國의 장미소薔薇燒 비프도!639 그는 그것을 손에 근촉近觸할 수 없었나니. 그대의 시식인屍食人의 남인어男人魚가 우리의 처녀 채식주의자의 백조를 좋아하게 될 때 무슨 일이 일어날지 알겠는고? 그는 심지어 여흉노 자신과 도망을 쳤고 한 원속자遠贖者가 되었나니, 가로되, 자신은 광莊일랜드의 쪼개진 작은 완두콩을 주무르는 것보다 유럽에서 편두의 요리640를 통하여 얼렁뚱땅 지내는 것이 훨씬 빠를 것인지라. 언젠가 무無

희망적으로 무원無援의 도취 상태에서 저들 반역자들 가운데, 저 어식자魚食者는 원圓 시트론 껍데기를 한쪽 콧구멍으로 들어올리려고 경투競鬪했을 때, 딸꾹질을 하면서, 자신의 성문폐쇄聲門閉鎖와 함께 자신이 가진 습濕결함에 의하여 분명히 즉발卽發 당했나니, 그는 시트론의, 키스드론의 향기에 의하여 영원히 유화流花마냥 코카 번화繁花했는바, 레바논의, 레몬과 더불어, 산 위의, 옹달샘의 삼목을 닮았기 때문이로다. [641]

　　(셈의 계속되는 저속함) 저 저속함은 이 불결한 작은 까만 집게벌레한테서 스며 나왔는지라, 그리하여 어떤 카메라 소녀가 스냅 사진으로 찍으려 하자, 이 총-카메라를 두려워하는 비급자는 지름길을 택하여 도망치려 했도다.

【172】 셈은 도망쳐 꽃장수 가게인, 파타타파파베리 속으로 달려 들어갔나니, 그곳 여점원은 그의 걸음걸이로 보아 그가 사악하고 방탕한 자임을 당장 알아 차렸던 것이다.
　　(손 자신의 기질과 셈의 이질적 것의 홍보)
　　[존즈는 색 다른 고깃간입니다. 최최고! 그의 간肝 또한 고가高價요, 공전空前특수품! 최최최고! 이상 홍보함]

　　여기 존즈(손)의 광고에서 보듯, 그는 빵 구이 (셈-고기 혐오가)와는 완전히 다른 고깃간 푸주인이다. 그는, 〈율리시스〉 제1장에서 멀리건이 스티븐에게 그러하듯, 속물안俗物眼(Philistine eye)으로 셈을 본다. 손은 푸주인으로 보여지는지라(마치 셈이 빵구이로처럼), 셈은 시인 셰익스피어이나니, 손은 그의 부친 존(John) 셰익스피어로, 후자는 전하는 바에 의하면 푸주인 백정이었다. 〈율리시스〉 제9장에서 비평가 Abrey는 그의 연구서 〈짧은 인생〉(Brief Lives)에서, 존 셰익스피어는 백정이었음을 주장한다. 마치 〈율리시스〉의 도서관 장면에서 스티븐 데덜러스가 존 셰익스피어를 그렇게 언급했듯이. "그렇지 않고야 어떻게 오브리의 마부요 무대 호출계가 벼락부자가 될 수 있었겠소? (How else could Aubrey's ostler and callboy get rich quick?)"【168】.

　　[이어지는 셈의 속성] 그때쯤에 누구든 어렴풋이 느끼고 있었으니, 셈은 일찍이 꼴 사나운 모습으로 바뀔 것이요, 유전적 폐결핵(T.B.)으로 발달하여, 한 호기好機에 녹초

가 될 것이라. 솀이 자살한다는 것은 전혀 사실이 아니다. 한때 그는 형제에게 도움을 위해 전보를 쳤나니, 뭔가 도와 다오, 무화자無火者. 그리고 답신을 받았나니. 그는 돌연히 퇴짜 당했도다. (솀의 전보는 그 자체에 있어서 〈피네간의 경야〉의 하나의 작은 주제이다. 전보는 언제나 금전 요구를 수반하는지라, 조이스/스티븐의 또 다른 특징으로, 그는 파리에서 같은 편지를 가족(어머니) 및 동생 스태니슬로스와 교환했다)【35 참조】.

"그는 방랑시인적 기억력에서 저속했도다"(he was in his bardic memory low). 솀은 시인의 기억을 갖고 있다. 그리하여 그는 방랑시인의 기억을 불경으로 지니기 때문에, 비천하다. 여기 숀은 솀이 민족시인 셰익스피어의 기억을 무시함을 비난한다. 글쎄 이봐요, 여러분, 그(솀)는 저속했나니. 미묘한 토막 뉴스가 자신에게 던져지기라도 하면, 항시 그는 그의 이웃 사람의 이야기의 모든 토막을 보축實蓄하고 있었는지라.

【173】[솀의 계속되는 저속성] 솀은 자신의 청각자의 외측外側의 이각耳覺에 연필을 근착根着하고, 그에게 사순절을 깨닫게 하고는 저 타미르어語 및 사미탈어642 회화의 갈채에 동조했던 모든 인텔리겐치아들에게 말하기 시작하는지라, 자신의 전체 저속한 천민賤民의 어중이떠중이643 존재에 대한 전필생의 돼지 이야기를, 지금은 사멸한 자신의 조상들을 비방하면서 그리고 그의 명성을 띤 조상인 포파 어에 관하여 커다란 궁둥이 나팔 포砲를 (꽝!) 한 순간 타라 쿵644 울리며 칭찬하나니, 힘미쉼미 씨氏, 예(잉크 스탠드)를 들면, 광기에 접변接邊하는 세심성을 가지고, 자신이 오용한 모든 다른 외국의 품사의 다양한 의미를, 그리하여 이야기 속의 모든 다른 사람들에 관하여 비위축적 온갖 허언을 위장 전술하는지라,

"광기狂氣에 접변接邊하는 세심성細心性을 가지고"(with a meticulosity bordering on the insane). 숀은 여기 솀(조이스)의 광기狂氣, "조리의 광기"(madness in method) (블룸의 Mr Purefoy에 대한 언급)【U 132】를 비난한다. 이는 이 장에서 여러 번 중에서, 최초로 그가 솀의 광기를 비난하는 대목이다.

【174】물론, 전의식적前意識的으로, 그들이 그(솀)와 관여한 단순한 기초645와 역병 및 독기毒氣에, 마침내 그러한 장광설의 암송으로, 기만되지 않는 자 그들 가운데 하나

도 없었도다. 그(솀)는 직설적이요 싸움과 같은 그 어떠한 것이든 싫어했는지라. 그리하여 그 어떤 논의를 중재하기 위하여 자신이 소환 당했을 때마다, 저 낙인찍힌 무능자는 최후의 화자의 모든 말에 동의하고, 이어 자신의 관심을 다음의 논자에게 초점을 맞추었도다.

어느 허리케인 폭풍의 밤[646] 그런고로, 그가 라이벌 팀에 의하여, 더블린을 통과하여 반흠리 씨[647]의 집으로부터 축구 당하자, 그들은 그를 도로 럭비 하는 대신에, 집을 향해 질주하는 것이 낫다고, 생각했는지라. 그런데 이러한 우정은 단지 밉살스럽게도 완전한 저속에서 나온 것이었으니. 거기에는 한 가닥 희망이 있었도다.

"생석회자生石灰者 대對 느리광이 탐지자의 라이벌 팀"(rival teams of slowspiers counter quicklimers). 아마도, 이러한 축구 경기 팀들의 이름을 빌린, "shake-speare"라는 이름의 유희인 듯. 아무튼, 형제들, 천사들(Michael) 및 악마들(Nick) 간의 이 대결은 즐거운 결과와 스코어로 끝난다. "모든 성인聖人들이여 악마를 타打할지라! 미카엘이여 악마에게 골을!"(All saints beat Belial! Mickil Goals to Nichil!)【175.05】. 경기는 영국과 애란 간의 것인지라, 왜냐하면 셰익스피어는 영국의 국민 시인이요 "생석회자들"(quicklimers)은 애란 백성을 뜻하기에, 그들은 파넬의 눈 속에다 생석회를 던졌다. 조이스는 "파넬의 그늘"(The Shade of Parnell)이란 논문에서, "Castlecomer의 시민들이 그의 눈 속에 생석회를 던졌는지라…1년 이내에 그는 심장 파열로 죽었다"라고 썼다)(〈비평문〉(Critical Writings),【227-28】참조).

【175】 그(솀)를 가엾게 여기고 용서할 한 가닥 희망이 있었나니, 그러나 저 평민은 생래의 저속함 때문에, 몸을 빠뜨리며 마침내 사라져 버렸던 것이로다. 손은 책을 통하여 청교도(영국의)의 공포를 들어낸다. 〈피네간의 경야〉의 이 부분을 통해, 조이스는 육체의 한층 남우세스러운 특징들을 드러내거니와, 그러나 살피건대, 조이스는 "분비적 강박관념"(cloacal obsession)(H)G. Well의 말)을 지니는 것과는 거리가 멀다. 〈젊은 예술가의 초상〉에서 분糞과 요尿에 대한 언급은 별로 없으며, 단지 한 번의 취臭뿐이다. 〈율리시스〉에서, 조이스는 배변, 수음, 방취의 인간 행동을 포함시키려고 애를 쓰는가 하면, 몰리의 경우에 수음을 언급한다. 그런고로 조이스는 인간 육채의

한층 당혹스런 행동에 대한 언급을 삼가려한다.

(승리의 노래[축구 행진곡]인 이 행진 곡 가사는 앞서 〈피네간의 경야〉의 *Recorso* 문단3)과 "퍼스 오에일리의 민요"【44】의 결합 및 수식어로 이루어져 있다. 그것은, 세계의 길을 위한 갈채와 함께, 지금의 낯익은 주제들을 개관한다. 세계의 양친과 뇌성, 나폴레옹과 웰링턴, 토루와 침입자, 불의 목소리와 세례자, 사탄의 추락, 아담의 추락, 벽으로부터의 땅딸보(Humpty Dumpty)의 추락, 산과 시내, 경야 장면, 유혹녀들, 4노인 및 12사내.

이하 셈의 축구 행진곡(여기 축구 경기의 노래는 다분히 "무단절"(segue)로 이루어진다.

여하저如何處의 전 세계가 그의 아내를 위해 그 자신을 편든 적은 아직 없었도다;

여하처 가련한 양친이 벌레, 피血와 천둥에 대하여 종신형을 선포한 적은 없었나니 코카시아 출신의 제왕[648]이 지금까지 천사天使영국에서 아서 곰[649]을 강제 추방한 적은 없었도다;

색슨족과 유대 족이 지금까지 언어의 흙무덤 위에서 전쟁을 한 적은 없었도다;

요부妖婦의 요술요술妖術妖術이 지금까지 고高 호우드 언덕의 히스 숲에 불[650]을 지른 적이 없었도다;

....

"들을지라! 들을지라! 그들의 빗나간 오해를 위해! 퍼스-오레일의 민요를 지저귈지라."

숀은 회상하기를, 셈은 결코 천진한 다른 이이들과 여태껏 놀 수 없는지라. 오 운명이여! 깜둥이들은 저 교활한 놈과 함께 경기를 결코 하지 않았나니, 우리가 다이나와 늙은 조우와 함께 놀던 저 옛 경기들인즉.

【175-177】게임들 & 전쟁과 봉기 동안의 셈의 비속성
【176】(게임들) **모자 돌리기, 소굴의 여우 사냥, 깨진 병, 편치에게 편지 쓰기, 최고 급품 당과점, 헤리시 그럼프 탐험, 우편 배달부의 녹크, 그림 그리기? 솔로몬의 묵독**

黙讀, **사과나무 서양 배 종자**種子, **내가 아는 세탁부, 등등**(이는 엄격하게 사실이 아닌지라, 셈은 잇따른 황혼의 장([II.1]에서 모든 종류의 경기를 행한다).

【176.19】(올-스타 전의 일요일-셈의 도피-그의 비겁함) 그런데 악명으로 알려져 있는 바, 저 일요일에, 올스타전이 분노하고 환영의 아일랜드의 눈이 그들의 등에 단도를 어떻게 내려쳤는지를. 이 야비 한은 파자마의 고약한 발작 속에 마치 자신의 벌거숭이 생명을 위하여 토끼 새끼처럼, 도망쳤나니, 마을의 모든 미녀들의 냄새에 의하여 추적당했는지라 그리고, 일격을 가하지도 않은 채. 그의 잉크 병전瓶戰의 집 속에 홀로 코르크 마개처럼, 요 가리개 아래 뭉크러져, 틀어박힌 채. 셈은 앞서 장면【93.11】에서도 같은 대우를 받는지라, 거기서 30감減 2의 모든 옹호 여인들[무지개 처녀들]은 메아리 속에, 전규戰叫에 자신들의 짧은 팬티를 잡아당기면서 왈. 익살 문사를 피할지라! 안전하게 그리고 건전하게 저 여성적女性敵의 파리 교구민 새침데기를 (어찌 감히 그가!) 즉흥적으로 당장 귀가토록, 모든 잘못된 여성 증여자들에게, 그가 아주 감사하게도, 성聖 비둘기에 맹세코, 음주전飮酒戰의 음침거옥陰沈居屋에로[셈의 거소] 축구蹴球시켰나니, 거기 (왠고하니 그대의 진짜 사슴고기 조달자에서처럼 그는 친親사슴마냥 밑바닥으로부터 비둘기 수줍어했기에, 사실 자신이 괴롭힘 당하듯 진흙의 통조痛鳥처럼, 그 속[동물원]에 폐좌閉坐했는지라).

【177-179】 셈, 문학적 재능에 대한 그의 취중 자만. 셈, 전쟁을 모험하자, 총에 직면함을 알다.

【177】 온수병으로 그의 기다림의 정력을 불 피우기 위하여 무장하고, 연약하게 신음하면서, 수도사마리아 풍風의 순단주제純單主題로, 그러나 경찰 엄청나게 길고도 잇따라 큰 소리로 민족이라니,[651] 한편 큰 확잔擴盞로부터 꿀꺽꿀꺽 마시기에 종사했는지라, 그의 부父 페트릭의 연옥[652]은 네덜란드 검둥이[653]가 견딜 수 있는 이상의 것으로, 비밀결사 전투[654]와 모든 노호에 의하여 반신 불구된 채, (**견총**絹寵**으로 넘치는, 매모**每**母 소消마리아여! 천모신**天母神, **성 아뻬마리아여!**)[655] 그의 뺨과 바지가 총소리 멈출 때마다 매번 색깔을 바꾸고 있었도다.[656]

평신도 및 신수녀神修女 여러분,[657] 저 저속에 대하여 어떠하나이까? 글쎄, 십자포도十字砲徒의 개놈에 맹세코,[658] 전소 대륙이 이 몽고 고도[659]의 저속으로 쌩쌩 울려 퍼졌나니! 소파 위에 슈미즈 속옷 바람으로 누운 수묘數墓[660]의 요녀들,[661] (반란의 저녁 별들이 그들을 옴짝달싹 못하게 하여)[662] 비늘 불경어不敬魚의 적나라한 (오!) 언급에 소리쳤나니. 악운어惡運魚여!

셈은 그 뒤로 대중의 시선을 피했는지라, 그러나 어느 누구, 그걸 믿겠는고? 네로 제帝 또는 노부키조네 황皇 자신도 이 정신적 및 도덕적 결함자보다 더 퇴락한 견해를 키워 본 자 없었나니. 이 자야말로 어느 경우에 푸념을 터뜨린 것으로 알려졌거니와, 한편 독주를 심하게 마시면서, 그가 카페 다방에서, 함께 벗 삼아 오곤 했던 **쾌남아요** 개인 비서인, 저 대화자에게. 집시 주점의 현관 입구에서, 어떤 노란-브라운이란 자와 함께, 게다가, 비록 그가 자신에 부닥친 모든 다방의 사자들과 함께, 교활하게 당할지라도 그는 자신과 맞설 그 어떤 다른 피수자彼鬚者(셰익스피어)도 의식하지 않았는지라.

"그의 건족乾足(부父페트릭의) 연옥은 네덜란드 검둥이가 견딜 수 있는 이상으로"(his pawdry's purgatory was more than a nigger bloke could bear). 셈이 갖는 "우리의 부친"의 연옥은, 어떤 기간 동안 연옥의 밤거리를 숙명적으로 헤매는, 부왕 햄릿의 유령을 암시한다. 〈햄릿〉〈율리시스〉의 도서관 장면에서 스티븐이 〈햄릿〉과 부친 및 연옥을 결합하는 장면이 나온다. "아홉 개의 생명들이 그의 부친의 단 하나의 생명 때문에 박탈당하고 말지요. 연옥에 있는 우리의 친부 말이요. 카키복의 햄릿 같은 자들은 총 쏘기를 주저하지 않지요"(Nine lives are taken off for his father's one, Our Father who art in purgatory. Khaki Hamlets don't hesitate to shoot)【154】.

【178】 호면狐面 대對 호면 호사狐詐 당했다 하더라도, 그(셈)는 악惡한 비卑한 패敗한 애哀한 광狂한 바보의 허영虛榮의 (곰)시장의, 루비듐 색色의 성 마른 기질을 가진 정신 착란증 환자인지라, 모든(샛길) 영어 유화자幽話者를 둔지구地球 표면 밖으로, 싹 쓸어 없애 버리려고 했도다(이 구절은 〈젊은 예술가의 초상〉【P 211-14】과 〈율리시스〉(밤의 환각 초두)에서 스티븐의 친구 린치와의 대화를 상기시킨다).

그(셈)가 저 피비린내 나는, 시위턴의 날을 경험한 철저한 공포에 이어, 비록 마을의 모든 문설주가 짙은 피로 얼룩진데도, 우리의 저속한 황량자荒凉者 셈은 음매음매 양ᄅ의 담력을 결코 갖지 못했는지라. 한편 그밖에 모든 사람들은 애국 시집의 코러스를 찬가하며, 도섭徒涉하고, 그리고 여성들은 돌층계를 밟고 지나갔나니, 진창 너머로 세워진 일곱 뼘 넓이의 **무지개 색교**色橋**를** 가로지르는 동안, 셈은 천인공노의 난동 뒤에 참된 화해가 전진하고 있는지 후진하고 있는지를 그의 망원경을 통해 찾아낼 희망으로, 혼자 나돌아 다녔도다.

【179-80】 테너 가수로서의 셈

【179】 (셈의 싸움 뒤의 모험 외출) 그가 한 자루 총에 직면하다. 그가, 어떤 미지의 싸움꾼에 의해 다루어진, 불도그 모형의, 불규칙적 권총의 탄약통을 눈을 깜박이며 들여다보는 자신의 광학적 매력을 얻었나니, 그리하여 그가 자신의 뻔적이는 주둥이를 드러냈더라면, 건방진 놈들이 그를 암담하게 하고, 쏘도록 특파되었으리라.

　　이것은 존공경적尊恐敬的, 고가락高歌樂의, 박식한, 신고전적, 7인치 대문자의 문자나 팔의 연도連禱를 설명하는 것이요, 이를 그 자는 너무나 귀족적으로 사랑한 나머지 자신의 이름 뒤에다 필사했던 것이니라. 그의 둔녹색鈍綠色 소굴의 깊은 울혈사이의 이 반미치광이가, 이클레스 가의 그의 무용한 율리씨栗利氏스[663]의 독서불가한 청본靑本, **암삭판을,**[664] (심지어 지금도 무단 삭제의 권위자요 검열자, 최판이最判異 경卿, 포인대鋪因代 젠크 박사는 한숨짓나니, 그건 되풀이될 수 없노라고!) 읽는 척하는, 몸서리치는 광경을, 언제라도 볼 수 있다면, 정말 흥미진진할 것이요, 일진풍에 3매씩 넘기면서, 자신이 실수한 고급 피지 위의 모든 대大기염이야말로 이전의 것보다 더 화사한 영상이었다고, 거울을 들여다보며 크게 기뻐하며, 즐거이 혼자 떠들고 있었나니, 이.를.테.면, 영원토록 무료의 바닷가 장미 종 오막 집, 자유로운 숙녀의 가봉 양말, 흰푸딩블라망주과자 및 한번 씹어 10억 가치의 육기통 바다 굴과 함께 하수구 가득한 황금화색黃金貨色의 양주, 만원 오페라 하우스(대사자臺詞者) 좌석 이외에는 발붙일 틈이 없는 그리고 더욱이나 구경꾼의

【180-182】 다양한 유럽의 수도들에서, 위조자로서 셈의 생애, 비열자로 추방되다.

【180】 (구경꾼의 행렬) 열광적인 귀족 여인들, 그때, 당치도 않게, 글쎄, 모두의 청주자

聽衆者들에 의하면, (테너 가수로서의 셈) 그는 **에린**愛隣**의 다정하고 가엾은 클로버**를 최고 음부로 노래했나니, 바리톤 맥그라킨 보다 무한히 훌륭한지라, 삼각모를 쓰고 그의 모자에 세 깃털을 꽂고(이는 더블린의 앤티언트 극장(Antient Theatre)에서의 조이스 자신의 노래 경연의 경험을 설명하는 듯하거니와, 고먼Gorman의 전기 참조)【G 121-22】. 그러나 음울한 빛, 혀舌 위의 찌꺼기, 눈眼 속의 취기醉氣, 목 메임, 단지 술병의 대주大酒, 손바닥의 가려움, 구슬픈 방귀 소리, 비애의 탄식, 덧없는 분노다 뭐다 하여, 그는 주당 한 개 이상의 단어를 기억하는데 어려움을 겪었도다. 자네 그걸 피할 수 있는고?

【180.34】 하지만 이 대살수자는 자기 자신에게 홀로 강한 어조로 크게 자만하곤 했는지라 당시 아我부친은 왕뱀 건축가였으며 어이자舌는 고전어 법률학도였나니,[665] 맹세코, 흑판을 가지고 교정해 보였는지라.

【181】 셈은 자신이 젊었을 때, 어떻게 그가, 수도에서 정착하고 계층화했던, 한층 세련된 가족들로부터 걷어채었는지를, 대부분의 경우 그의 냄새 때문에 그들의 경내에서 자신이 추방당했는지를 자랑했는지라. (그의 냄새는 부엌때기-하녀들이 반대하는 것이라, 수채에서 솟아나는 오물 냄새와 유사하도다.) 그가 얼마나 교묘하게 어느 날 자기 자신의 개인적 이익을 주는 엄청난 위조 수표 (〈피네간의 경야〉)를 공공연하게 입 밖에 내기 위해 그들의 모든 다양한 스타일의 서명을 복사하는 방법 이외에 자신이 도대체 무엇을 했다고 생각하는고, 그리하여 마침내, 더블린의 주방파출부연합회 및 가조家助의 가정부 모임이 그를 투저投底하고 걷어 차냈도다.

유럽의 다양한 수도들에서 불결자로 쫓겨난 채, 날조자로서의 셈의 생애라니, 숀은 그들에게 셈의 구직 광고를 아래처럼 쓴다.

[본本 제임즈는 폐기된 여성 의상을, 감사히 수취하거니와, 모피류 잠바, 오히려 퀼로트 제의 완전 1착 및 그 밖의 여성 하의류 착의자着衣者들로부터 소식을 듣고, 도시 생활을 함께 시발하고자 원함. 본 제임즈는 현재 실직 상태로, 연좌하여 글을 쓰려함.[666] 본인은 최근에 십시계명十時誡命의 하나를 범했는지라 그러나 여인이 곧 원조하려함. 체격 극상, 가정적이요, 규칙적 수면. 또한 해고도 감당함. 여불비례. 서류 재

중. 유광계약流廣契約.]

(이는 앞서 존즈(손)의 광고와 대조되거니와【172】; (〈율리시스〉제17장의 블룸 자신의 광고와 비교하라.) "어떠한 대중의 광고가 떠나간 자의 행방불명을 일렀는가? 현상금 5파운드, 이클레스 가 7번지 자택으로부터 상실, 유괴 또는 실종된, 40세가량의 행방불명의 신사…"【U 598】.

【181.34】"우리는 파산 당한 우울증 환자, 본명 비열한이, 정말로, 얼마나 실질적으로 서속徐俗했는지에 관한 주식을 심지어 추산하기 시작할 수 없도다. 얼마나 많은 사이비 문체의 위광偏狂이"(One cannot even begin to post figure out a sstatuesquo ante as to how slow in reality the excommunicated Drumcondriac, nate Hamis, really was).

【182-184】 셈의 거처

【182】 얼마나 다수의 사기가, 쓴 양피지의 사본이, 그의 표절자[667]의 펜에서부터 몰래 흘러 나왔는지를 누가 말할 수 있으랴? (표절자로서의 셈) 얼마나 소수 또는 얼마나 다수의 가장 존경받는 대중적 사기가, 얼마나 극다수의 신앙심으로 위조된 거듭 쓴 양피지의 사본이, 그의 표절자의 펜에서부터 이 병적 과정에 의하여 첫째로 몰래 흘러 나왔는지를 누가 말할 수 있으랴?

그건 그렇다손 치더라도, 그러나 그것의 페이지의 1인치 이내에 마왕폭적魔王暴的으로 그것이 뒹구는 그의 비영계적鼻靈界的[668] 광휘의 환상적 빛이 없었더라면 (그는 이따금씩 그것에 접촉하려 했으니, 비성悲性 속의 자신의 공포에 질린 붉은 눈을,[669] 그의 광성狂性 속의 비어리츠[670]에 의하여)

유령의 잉크병(Hunted Inkbottle)으로 알려진 셈의 집은, 무無번지, 아일랜드의 아시아, 문패 위에 "폐쇄"(SHUT)라는 필명이 붙어있고, 그곳 밀세실에서 그는 납세자들의 비용으로 인생행로를 추구하고 (채프리조드의 Martin 가에는 오늘날"잉크병"(inkbottle)이란 집이 있다. 그것은 잉크병 모양을 하고 정면에는 창문이 없음으로서 매력을 더한다. 셈의 설명에 따르면, 그는 HCE의 주막(Bristole 또는 Malinger's) 맞은편 정반대 방향에 사는지라, 양 위치는 피닉스 공원의 맨 바깥 변경에 있다).

【183】 셈의 믿을 수 없을 정도의 불결한 집이라니, 그의 소위 잉크 집은 쓰레기와 오물 및 IOU로 가득 찬 쥐 농장이다【182.30-184.10】. 숀은 셈의 방귀 습관을 일종의 죄로 불렀다. 숀은 셈의 개인적 습관을 후자의 내적 수치의 외적 사인으로서 판단한다.

셈의 집은 순수한 쥐 농장의 오물을 위한 심지어 우리의 서부 바람둥이(플레이보이)의 세계에서까지, 가장 최악의 곳이라. 구린내 나고 잉크 냄새를 품기 나니, 부필자腐筆者에 속하는 아주 잡동사니이기 때문이라. 맙소사! 거기 잠자리 소굴의 충적토 마루와 통음성通音牲의 벽, 직립부直立部 재목 및 덧문은 말할 것도 없고, 다음과 같은 것들이 초췌하게 산문화散文化되어 있나니; 여학생의, 젊은 귀부인의, 젖 짜는 여자의, 세탁녀의, 점원 아내의, 즐거운 과부의, 전前수녀의, 부副 여승원장의, 프로 처녀의, 고급 매춘부의, 침묵 자매의, 챠리 숙모의, 조모의, 장모의, 양모의, 대모의 양말대님.

여기 셈의 가구와 부스러기에 대한 조이스의 유명한 백과사전적, 자연주의적 사실주의(naturalistic realism) 또는 사실주의적 자연주의(vice versa)의 품목은 〈더블린 사람들〉, 〈죽은 사람들〉의 식탁 묘사에서, 그리고 〈율리시스〉의, 특히 〈키클롭스〉 장과 〈이타카〉 장에서 흔하다. 예. 블룸(블룸) 거실의 서랍 내용물의 기록 참조【U 551-2】.

【184】 셈, 부엌의 계란 요리

【184】 이들 셈의 집안의 잡물들, 그 속에서 선회하는 회교수사, 튜멀트, 우뢰의 아들, 자의自意의 망명자(셈)의 신분을 볼 수 있는 충분한 가망성이 있으려니, 불가피한 환영幻影에 의하여 피골까지 오일공포午日恐怖된 채, 파손, 격동, 왜곡, 전도顚倒를 통한 실내악(chambermade music)으로 자기 자신의 신비를 필요 비품으로 필서하고 있는 그이.

(부엌에서 계란 요리하는 셈) 그는 한 사람의 자진 시종인지라, 고로 그는 자기 자신을 위하여 계란 요리를, 그의 주 특기는 용광로(화장실 속에 위치하는지라, 죄인의 마왕적 천성은 이러한 골방을 위해 다른 필요가 없기에) 속의 계란, 더 많은 계란, 한층 더 많은 계란 요리인지라…

【185-186】셈. 자신의 배설물로 잉크를 제조하다

【185】 손은 그의 형의 습관을 넘어 자신의 격변을 낭만적 예술가가 되는 보다 큰 죄에로 뻗는다. 손은 셈을 궁극적으로 낭만적 예술가로서 생각하는 것 같다, 셈 자신의 인생은 자시의 예술을 위한 물질을 마련하고, 셈 자신의 육채와 육체의 분비액은 자기의 창조를 위한 물리적 자료를 마련한다. 셈은 자신의 피부 위에 자기 자신의의 인분과 요尿를 가지고 잉크를 만들었다.

셈의 육체적 양피지는 은유인지라, 즉, 조이스는 한때 말했는바, 그는 자신의 예술에 합당하지 않는 어떤 것을 만날 수 없다. 그의 피부 위에 쓰인, 그이 자신의 인생은 그의 예술의 모든 것을 위한 자료를 마련했다. 스티븐이 〈율리시스〉의 도서관 장면에서 말하듯, "저 괴상한 천재를 지닌 인간에 대한 그의 자신의 이미지는 물질적 및 도덕적, 모든 경험의 표준이다【U 9.432-33】. 조이스는 자신이 좋아하는 작가 중의 하나인, 궁극적 낭만적 바이런으로부터 말을 끌어낸다(〈차일드 하롤드 필그리미지〉 캔토, 16운시). 셈이 그 위에서 자기 자신의 신비를 쓰고 있는 가구【184.9-10】는 감정에 의하여 감식되는 세계의 물질로서, 이는 스티븐 데덜러스가 〈젊은 예술가의 초상〉에서 자신의 예술의 물질로서 택하는 "야채 세계"이다.

설교단 독재자들(라틴어를 쓰는 추기경들)이, 그들의 법률 고문들의 자극을 따라, 셈에게 모든 양지羊脂 양초와 자치적 문방구를 보이콧했을 때, 셈은 자신의 기지의 소모로서 자신의 목적을 위하여 합성 잉크와 감응지感應紙를 제조한다. 어떻게? 이 질문에 대한 대답은, 로마의 라틴어(영어로 인쇄하기에는 너무나 저속한, 추기경들의 언어) 속에 잠시 숨겨 두기로 할지니, 그런고로 자기 자신의 조잡한 언어로 읽지 않은 영국 국교도는 바빌론 여인의 이마 위의 분홍색 낙인을 바라보고도 그 자신의 경칠 뺨의 핑크 색을 느끼지 못하리라.

잇따른 라틴어 문구는 고립된 자(셈)가 손으로 그리고 손속에 자기 자신의 인분人糞(똥)을 가지고 지워지지 않는 잉크에로 변조시키는 연금술 (카타르시스적,배변적 행위)의 작용을 서술한다.

다음의 한어韓語 역은 Grace Florian McInerey 수녀에 의해 이루어진 라틴 원어의 번안에 기초한 것이다(Fargnoli & Gillespie 254 참조).

이하 영어의 한어 역

　첫째로 이 예술가, 탁월한 작가는, 어떤 수치나 사과도 없이, 생여生與와 만능萬能의 대지에 접근하여 그의 비옷을 걷어 올리고, 바지를 끌어내린 다음, 그곳으로 나아가, 생래生來의 맨 궁둥이 그대로 옷을 벗었도다. 눈물을 짜거나 낑낑거리며 그는 자신의 양손에다 배설했나니. (지극히 산문적으로 표현하면, 그의 한 쪽 손에다 분糞[똥]을, 실례!) 그런 다음 검은 짐승 같은 짐을 풀어내고, 나팔을 불면서, 그는 자신이 후련함이라 부르는 배설물을, 한때 비애의 명예로운 증표로 사용했던 항아리 속에 넣었도다. 쌍둥이 형제 메다드와 고다드에게 호소함과 아울러, 그는 그때 행복하게 그리고 감요甘饒롭게 그 속에다 배뇨했나니, 그동안 "나의 혀는 재빨리 갈겨쓰는 율법사의 펜이로다"로 시작되는 성시聖詩를 큰 소리로 암송하고 있었나니라. (소변을 보았나니, 그는 후련하도다 말하는지라, 면책免責되기를 청하나니), 마침내, 혼성된 그 불결한 분糞을 가지고, 내가 이미 말한 대로, 오리온의 방향芳香과 함께, 굽고 그런 다음 냉기에 노출시켜, 그는 몸소 지워지지 않는 잉크를 제조했도다(날조된 오라이언의 지워지지 않는 잉크).

　위의 구절은 일종의 말 대구로서, 성처녀(BVM)("명예로운 그릇")의 연도 및 〈불가타 〈성서〉(Vulgate)(4세기에 된 라틴어 역의 〈성서〉), 〈시편〉 44.2의 성구들의 혼성으로 이루어진다. 그의 인분의 배합(아일랜드 스튜)은 자신의 계란 요리에 첨가된 메뉴이다.

　그런 다음, 경건한 이네아스,[671] 소란한 대지각 위에, 부름에 응하여, 그가 24시간적으로[672] 자신의 비천성非天性의 육체에서부터 불확실하지 않는 양의 외설물을 생산하도록 강요하는 번개 치는 칙령[673]에 순응하여, 오우라니아 합중성국合衆星國의 판권권板權權에 의하여 보호되지 않는[674] 혹은 그에게 양도 당하고 죽음 당하고 분糞칠 당하고, 이러한 이중염안二重染眼과 함께, 열혈에로 인도된 채, 철광석에 마늘 산액(청흑靑黑 잉크)[675]이라, 그의 비참한 창자를 통하여, 야하게, 신의스럽게, 불결하게, 적절하게, 이

러시아 온건파 사회 당원 에소우[676] 멘쉬아비크[677] 및 철두철미한 연금술사는 손에 넣을 수 있는 유일한 대판지,

조이스는 예술가의 자기 이미지로부터 창조한 예술작품의 성질을 분명히 서술한다. 그것은, 우리가 생각하듯—그리고 손이 분명히 생각하듯—이기적, 무용하게 개인화한 초상이 아니다. 예술가는, 자기 자신의 육체 위에 자기 자신에 관해 글을 쓰고, 현재시제로 텍스트를 생산하면서, "우연변이의"(transaccidentated【186.1-5】…자기 자신을 반영한다. 조이스의 신조어 우연변의는 "성변 화된"(transubstantiate)에 모델을 두고 있거니와, 제임스 조이스의 실질적인 육체가 어떻게 낱말들과 그의 작품의 종이로 변했는지를 보여준다. 이는 조이스의 "물질(물체)"이 그것의 "우연"(accidents)—그것의 감각의 현실—그러나 그것의 본질이 아닌 것으로 변하는가이다. 조이스는 자기 자신의 죽음과 잇따른 생애를 예견한다. 그의 "물질(물체)"은 한때 육과 혈을 생동하게 했으나, 1941년 1월 13일에, 제임스 조이스의 우연변이가 그의 작품의 육과 혈이 잉크, 종이, 아교로 변형시켰다. 이러한 의미에서, 우연변이 된 제임스 조이스는 여전히 우리와 함께하며, 작품의 낱낱이 남아 있는 한 존재할 것이다. 손은 우리에게 제임스 조이스의 불멸의 물리적 상대물인—잉크, 종이, 아교 및 현겁을 우리에게 공급한다. 셈은 그녀의 남편, HCE에 관한 그의 어머니 ALP의 노래로부터 받아쓰기에 의하여 끌어내듯, "분리한"(dividual)(분할된) 단어들 자체를 마련한다.

조이스는 또한 생생한 메타포를 마련하는지라, 이는 예술가의 이 궁극적이요 낭만적 저의를 설명한다. 예술가의 작품들은 자기 자신의 이미지의 투사인지라, 그리하여 그의 작품들의 물질은 그의 자신의 생활로부터 얻으며, 여기서 조이스는 자기 자신으로부터 전적으로 심지어 종이 및 잉크를 얻음으로써 예술가에게 보여준다. 셈은 출판자들에 의해 종이와 잉크를 거절당하는지라, 이들은 〈더블린 사람들〉을 거절한 한 다스 가량의 손들에 의하여 조이스 자신의 경험으로부터 얻은 것이다. 예술가는 그런고로 자기 자신의 육체의 피부로부터 양피지를 그리고 그의 요尿와 분糞으로부터 잉크를 마련한다.

그러나 예술가는 육체적으로 그리고 정신적으로, 자기 정의의 이 고통스럽도록 느린 신랄한 대가를 지불한다. 즉, 그의 자신은 "유감스럽게도 도리안 그레이가 되었

다"【186.6】. 조이스의 구절, "지나가지 않을 각 낱말"은 〈성서〉(〈마태복음〉【24.35】, 〈마가
복음〉【13.31】, 〈누가 복음〉【21.33】를 인용하지만, 조이스는 그것을 문자 그대로 의미하는지라— 그의 낱
말은 자신의 작품들의 육체적 낱낱이 견디는 한 남을 것이다.

【186-187】 셈. 순경 Sackerson이 그를 군중으로부터 구하기 위해 체포하다.

【186】 셈은 연속 현재시제現在時制의 외피外皮로서 모든 결혼성가聲歌를 외치는 기
분형성의 환윤사環輪史 [이는 〈피네간의 경야〉 예술의 특성과 목적]를 천천히 개필改
筆해 나갔나니. 그런고로 아마도 셈의 납화蠟畵를 잉크로 생각했던 금발의 순경은 자
신의 심도深度는 없어도 요점에 있어서는 명석했도다.

(셈. 그를 대중으로부터 구하기 위하여 순경 Sackerson [Tindall에 의하면. 그는 Joe + 셈 + Stanislus
의 하성 명이라 또는 〈더블린 사람들의 "자매"[(Sisters)이라이 그를 체포하다.) 그것은 바로 소심한
순경 Sistersen이었나니, 그리하여 그는 셈을 구하기 위해 근처의 파출소에서 분견되
었는지라, 그는 매이요 군, 노크메리 마을의 생수단만종집회위원실 근처에서, 어느
저녁 한 풋내기를 뜻밖에 만나다니, 당시 그 자(셈)는 한 음녀로부터 돌아오던 길에 (그
는 머기트 소녀라는 내의명內衣名을 지닌, '무지개'라는 자신의 교활녀와 흑처에서 귀여운 비둘기 놀이를
늘 즐기곤 했는지라.) 길모퉁이 가장자리에서 오락가락하고 있었도다. (이 단락은 조이스의
단편집인 〈더블린 사람들〉의 이야기의 제목들의 인유로 기록되고 있다).

셈에 관한 약점들에 관한 손으로부터의 첫 욕설 뒤에, 암암의 힘들이 나타난다.
【186.9】에서 이러한 힘을 대표하는, 〈피네간의 경야〉의 한 순경이 자신의 경내에서
나쁜 평판의 예술가에 놀란다. 〈더블린 사람들〉의 마비된 주민들에 대한 언급으로
가득한 구절에서 순경은 예술가에 의해 위협되어 왔던 마비된 질서를 재건하려고 노
력한다. 셈은, 술 취하고 감상적이라, 그는 단지 그의 어머니에게 흑맥주를 집으로 가
져오려고 (혹은 그의 어머니의 음부에 습기를 생산하려고) 애쓰고 있었다고 주장한다. 비밀 어
인 "어머니"는 순경에 의해 "살인"으로 들렸거니와, 대중 잘서의 독일 경호를 전적으
로 격분시킨다【187.13,15】.

【187-93】 JUSTIUS [정의, 손]가 MERCIUS [자비, 셈]를 꾸짖다

【187】 정의(Justius)(손)가 자비(Mercius)(셈)를 혹평한다【187-193】. 셈은 당시 잽싸게

안으로 몸을 피했나니. 저 경호원(순경)은, 그 자에 관하여, 술 취한 채, 자신이 이해할 수 없었던 것들을 일러 받았을 때, 이 참사에 관해 오후 내내 깜짝 놀랐는지라, 나아가, 셈이 똥과 오물의 인간적 결과물을 두고, 자신의 어머니를 위하여 2갤런의 맥주를 운반하고 있는 것이라 주장했을 때, 가일층 놀랐도다.

우리는 아무도 그들을 이해할 수 없도다! 그러나 이러한 검은 저속성은 충분하나니! 우리는 자비 또는 정의 속에서 (가긍히 여겨), 햄(Ham) 각하의 끝없는 갈증을 토론하면서, 여기 우리의 나머지 존재를 멈추는 일 없이 계속할지라.

이제, 상호, 손 같은(손like) 순경과 그의 셈 같은(셈like) 죄인의 인물들을 통하여, 정의(Justice)(손)와 자비(Mercy)(셈)의 두 신분이 현시顯示 된다. 손은, 셈에 '관해' 단지 말하는 것으로 만족하지 않은 채, 이제 그에 '대고' 직접 말한다.

"자비 또는 정의에 있어서"(in mercy or justice). 잇따른 8페이지에 해당하는 단락에서 정의(Justius)의 합법적 힘을 지닌 손과, 자비(Mercius)로서의 셈 간의 대결을 함유한다. 여기 현제의 갈등은 셰익스피어의 〈베니스의 상인〉에서 사이록(Shylock) 과 포샤(Portia)의 역을 분한다.

정의(손) (피타자彼他者에게). 완력(브루노)은 나의 이름이요 도량은 나의 천성이라, 나는 이 새鳥를 타뇌打腦할 것이요 아니면 나의 총은 붕대繃帶되고 말리라.

[손이 셈에게 직설적으로] 앞으로 설지라, 무국無國의 부인否人[678]이여, 조롱할지라, 나(손)는, 비록 쌍둥이이지만, 나를 움직일지라, 내가 웃도록, 그대(셈)가 영원히 후퇴하기 전에! 셈,[679] 나는 그대의 모든 우행愚行을 알고 있도다. 도대체 그 동안 어디에 있었던고…

【188】 그대(셈)의 지난 침대유寢臺濡(몽정)의 고백이래? 나(손)는 그대 자신을 감추도록 충고하나니, 소박하고 담소한 고백도를 가질지라. 어디 보세. 그대의 배후는 몹시 어두워 보이도다.

우리 찰도察禱할지라. 그대는, 이 축복 받은 섬에서 성스러운 유년 시절부터 양육되었나니, 이제, 정말이지, 그대는 신들과의 피안에서 한 쌍의 이배심二倍心이 되고 말았는지라, 아니, 그대는 의심스런 영혼의 진공 위에 그대의 분열된 왕국을 수립했도다.

그러면 그대는 구유 속의 어떤 신을 위하여 그대 자신 신봉하는고, 여女셈이어, 그대가 섬기지도 섬기게 하지도 않을 건고? 그리고 여기, 그대의 수치를 음미하는 동안 나는 나 자신의 순결을 위해 두려워해야만 하도다. 그대의 탄생의 땅을 재 식민하고 굶주린 머리와 화난 수천의 그대의 자손을 계산해야 하나니.

【189】계속되는 손의 셈에 대한 비난

실패의 수 없는 계기들 가운데서, 궤변가여, 그대의 공신양친公神兩親의 겸현謙賢한 소원을 지연시켰나니 (왜냐하면, 그대가 말했듯이, 나는 논박할지라) 그대의 탈선의 악의에다 첨가하면서, 그래요, 그리고 그의 특성을 변형시키면서, (글쎄 나는 그대를 위해 그대의 신학을 읽었나니) 나의 침체성의 엉큼한 환락들[680]—미약媚藥의 사랑[681], 울화로 야기된 밀회, 펜마크스[682]의 작은 평화—을 감동성感動性, 감발성感發性, 감수성感受性 그리고 감음성感淫性, 어떤 집사 생활에 대한 그대의 러보크의 다른 공포의 환락들[683]과 교체하면서, 눈에 띌 정도로 소침해 있을 때, 무방어의 종이 위에, 심지어 그대의 사시안적 변명을 돌출하면서 그리고 그것으로 우리의 통 방울 사바계娑婆界의 기왕의 불행을, 낙서탈격落書奪格으로, 첨가하다니!

그대의 겸현謙賢한 소원을 지연시켰나니 그리고 심지어 그대의 변명 혹은 죄과들(improperia)을 기록하면서, 그대의 탈선의 악의에다 첨가했도다—사바계의 불행을 더하여!—애녀愛女들만큼 많은 남성, 여러 에이커에 걸쳐 그대 주위와 근처에 운집한, 무수한 교육받은 여인들과 함께, 그대의 주연을 스스로 소유하려고 분투하면서, 번뇌부煩惱父의 모든 딸들을 위한 비애의 단 하나의 자식인 그대, 저 자연의 매듭을 위하여 묵묵히 찰관察觀하다니, 그것은 한 가닥 노래와 함께, 처녀들이 그들에게 주기 위해 탐하는, 결혼반지와 함께, 성취하기에 너무나 단순한 것일지라. 그대는 자신의 음울한 환희들을 세계의 다른 즐거움들에 첨가했도다.

【189.28】사육死肉의 콧방귀 뀌는 자, 조숙한 모굴인, 선어善語의 가슴 속 악의 보금자리를 탐색하는 자, 그대, 그리고 우리의 철야제에 잠자고 우리의 축제를 위해 단식하는 자, 그대의 전도된 이성을 지닌 그대는 태깔스럽게 예언해 왔나니, 그대 자신의

부재에 있어서 한 예언 야벳이여,[684] 그대의 많은 화상과 일소日燒와 물집, 농가진의 쓰림과 농포膿疱에 대한 맹목적 숙고에 의하여, 저 까마귀 먹구름,[685] 그대 음영의 후원에 의하여, 그리고 의회 띠까마귀의 복점에 의하여, 온갖 참화를 함께 하는 죽음, 동료들의 급진폭사화急進暴死化, 기록의 회축화灰縮化, 화염에 의한 모든 관습의 평준화,

"펜마크스의 작은 평화"(small peace in ppenmark). 예술가의 세계는 작은 위안인지라, 거기 명성(펜의 마크, 표적)은 도래渡來에 있어서 느리고, 덴마크의 상태에 있어서처럼 부패한 상항이라(〈햄릿〉의 입장).

【190】 그러나 인생이 가일층 예측불가 하면 할수록, 더 낳을지니, 그대(솀)의 이두泥頭의 둔감에 결코 자극을 주지는 못할 터인즉. 그대가 팔꿈치에 더 많은 힘을 주면 줄수록 사발의 죽은 한층 딱딱해지고, 그대의 아일랜드의 새로운 스튜가 더 근사한 냄새를 풍길지니(노력하면 더 많은 결과를).

손은 솀이 기네스 맥주회사의 직을 받아들이지 않는 데 대해, 그리고 성직자가 되지 않는 데 대해 비난한다. 그리하여 어떤 업을 행해야 하나니…어떤 번뇌의 성무시간 동안 (성직자 역할은 그대 자신의 독차지) 매년 한 주 이러이러한 급료로 (기네스 맥주 회사는, 내가 상기하건대, 그대에게는 바로 애찬愛餐이었나니),

구유로부터 그대는 한때 자라龜 보고 놀란 가슴 소댕 보고 놀라는 식이나니,[686] 우리와 꼭 같이, 우리의 길이長만큼, 홀로 모퉁이의 망아지와 함께, 그곳에 그대는 대학살의 신앙심 깊은 알메리아 인사들처럼 인기가 있었거니와,[687] 그리하여 그대는 내가 그대의 아래쪽에 파라핀 등유의 훈연기燻燃器를 들고 있을 때 나의 코트 자락에다 불을 댕겼는지라(나는 희망하거니와 연통 청소는 깨끗이).

총알에 맞고 안 맞고는 팔자소관, 솀은 해외로 도망했는지라, 그대의 고부랑 6문짜리 울타리 층계 위에 앉아 있는 오도출구의 아일랜드 이민 격이라.

【191】셈은, 마성적 음경의 지식을 가지, 또한 실로 깊은 그리고 값진 언어를 소유한다. 우리가 보아 온대로, 손은 정서적으로 그리고 예술적으로 한정된다. 그가 셈을 모욕하는 언어가 필요로 할 때, 그는 타당한 말들로 셈에게 요구해야 한다.

【191.1-4】한 무無장식술기의 프록코트 돌팔이 도사道師,[688] 그대는 세익수비어 "Scheekspair"의 웃음[689]을 위해 그대는 그런 별명으로 나의 것을 꼭 도와주려는고? 삼 셈족(반 삼족森族)의 우연 발견능자發見能者,[690] 그대(감사, 난 이걸로 그대를 묘사할거라 생각하나니) 구주아세화歐洲亞世化의 아포리가인阿葡利假人 같으니![691]

여기 발생하는 이름에서 "Scheekspair"는 육체의 하부의 쌍 궁둥이(Cheeks)에 대한 가장 큰 문학적 창조주(셰익스피어)의 합체이다. 후부 절반의 창조적 작용은 궁극적으로 "성대한, 생식의, 생식기의 특질)(generous, gentory, genital natire)의 부분이다. 셈의 육체의 반분에서 음경과 음분陰糞의 지역과 함께, 그는 불결하고 당혹스럽다. 그는, 조이스와 〈율리시스〉의 리오폴드 블룸처럼 피학대 음란증적(masochistic)이다.

(손은 셈과 연관하여, 이제 피네간, HCE, 입센의 건축청부업자의 겸손을 생각하는데, 후자의 연극의 마지막 페이지들은 추락의 주제에 대해 설명을 돕는다.) 손은 말한다. "우리의 환상건축가들의 저 위대한 대지부大地父, 거부巨父, 중산계급 주主에게 무슨 일이 일어났는지 기억할지라, 그리고 그는 겸손했던고?"

"세익수비어洗益收婢御의 웃음대신에"(for the laugh of Scheekspair). "셰익스피어 웃음(및 생명)을 위하여; 다른 쪽 뺨을 돌리는 예수의 사랑을 위하여." 이는 여기 정의-자비의 대결의 구절에서 특별히 타당한지라, 왜냐하면 자비로서 셈은 손의 비난에, 그리고 그의 사장死杖의 일진풍—陣風에 다른 뺨을 돌리기 때문이다. 문맥에서, 손-정의는, 셈-자비에게, 단지 시인詩人만이 할 수 있듯, 그에게 정당한 말을 발견하는데 도울 것을 요청하고 있다. "그대[셈]는 세익수비어洗益收婢御의 생애의 웃음을 위하여 그런 별명으로 나를 꼭 도와주려는고?"(Will you for the laugh of Scheekspair just helf mine with the epithet?).

"저 타자, 무구자無垢者, 머리에서 발까지, 나리, 저 순결의 자"(that other, Immaculatus, from head to foot, sir, that pure one). 손-스태니슬로스는 쌍둥이 중에서 순결한 자로, 그

리고 HCE를 닮았다. 이리하여, 그는 "머리에서 발까지"(cap-a-pe)로서 또한 언급된다. "무장한 채, 나의 주여, 머리에서 발까지"(Armed, My lord, from head to foot.)(〈햄릿〉【I.ii.228】).

【192】숀은 셈에게 말한다. 저 이단주의자 마르콘에 무슨 일이 일어났는지 기억하라고. 두 별리처녀別離處女들 그리고 얼마나 그는 저 로시야露視野의 골레라 임질녀들을 거추장스럽게 총살했는지를 기억하라고. 저 어우 씨氏, 저 늑대 양孃 및 저 수사修士 그리고 모리슨 가家의 처녀 상속인에 관해 여태껏 들은 적이 있는지, 응, 그대(셈) 주절대는 원숭이여?

(셈의 시주施主에 대하여) 사치 속의 꾀병자, 너(여기 셈은 2인칭으로 불린다)가 빌리고 구걸한 모든 물건들을 너의 저속함이 어떻게 처분했는지, 궁색하게 지낸 척 하면서 말이야. 우리의 예측할 수 있는 우일雨日에 대비하여 저 작은 부양浮揚 둥우리 란卵은 어디에 있는고? 그건 사실이 아닌고?

"(명성은 취침과 경야經夜 사이 네게 오리라) 그리고 유월절 안식준일安息準日과 꼬끼오 수탉이 단막單幕을 위해 울 때까지 누워 있도록 내버려둘지라"(me would come to you twixt a sleep and a wake) (and leave to lie till Paraskivee and cockcock crows for Danmark).

위의 구절은 조이스, 예수, 햄릿 및 셰익스피어에 대해 언급한다. 명성은 조이스에게, 잠(〈율리시스〉에서, 몰리와 블룸의 잠)과 〈피네간의 경야〉 사이에, 결국 늦게 올지니. 비록 그가 3일째 부활할지라도, (수탉은 그리스도의 잠과 경야 사이에 베드로에게 세 번 운다) 예수처럼, 조이스는 그의 예술을 위해 십자가형을 당한 순교자이다. 거기 햄릿 역시 죽음, 잠, 경야 및 꿈의 생각으로 분투한다. 재灰로부터 자신의 명성의 잇따른 경야에 대한 조이스의 예언은 다음 I부 제8장의 시구에서 다가온다. **나아의 관절 파괴자, 나의 5월의 벌꿀, 나의 최후 12월까지의 천치가, 그의 겨울잠에서 깨어나 옛날처럼 나를 꺾어 누르도록【201.11】.**

【193-95】그의 아우의 공격에 응답하여, 셈은 Mercius(자비)로서 대답한다. 셈의 감

작은 청각이다. Mercius는 시각을 너머 청각을 옹호하지 않는다. 그는 세계의 완전한 재시에서 양 감각들을 포함하지 않는다. Justius의 자기중심적 통렬한 비난과는 달리, Mercius의 거대한 문장【193.31-195.4】은, 방출된 그리고 방출되고 있는 액체의 오르가즘-협주곡은 개인적 셈의 방어가 아니고, 오히려 양 형제의 관대한 초상을 제공한다. 청각은, 시각과는 달리, 유사한 과정이다. 즉, 그것은 계속적으로 작동한다. 청각적 자극에 의해 야기되는 공기의 진동은 계속적인 파장을 형성하거니와, 그것은 그것의 전환애서 Corti의 기관 속에, 내이內耳의 흐름의 계속적인 것 속에 교대交代를 야기한다. 내이의 머리카락 같은 구조는 그때 소리의 계속적인 파도에 반응하고 두뇌에 신호를 보낸다. 손이 Justius로서 시각적 세계를 옹호적으로 수치화 하는 반면, 광대한, 용서의 Mercius는 실實/물레 세계의 투영을 시각적인 것과 청각적인 것으로 결합시킨다.

개골개골 꽉꽉은 실질적으로 아나 리비아 장의 첫 소리, I부의 마지막 장의 "0"를 발음하는 사도이다. 아나 리비아 플루라벨 장은 실지 세계의 그림자진 황혼이요, II부와 시작하는 실질적 서술을 제시한다.

음향 역시 바다에로 강의 흐름의 시작을 기록한다. JUstius와 Mercius의 연합에서 리피 강은 바다 조류와 더불어 성적 리듬을 위해 매일 두 번씩 조류하고 흐르는지라, 이는 그녀의 남편-아버지-아들과의 한결같은 세속적 교접이다. 이러한 진행의 시작을 기록하고 원인이 되게 하기 위해. Mercius는 "그의 생장을 치켜들자 벙어리들은 말한다"【195.5】. 즉, justius에 의해 창조된 정물 사진들은 Mercius에 의해 창조된 소리 궤도와 동행하고, 소리 영화를 구성하기 시작한다. 볼타 시네마의 소유주였던 조이스는 필름 투사에 관해 많이 알고 있었다. 〈피네간의 경야〉의 참된 서술은 필름이요, 그는 1927년에 시작하여, 세계를 둘러 싼 수천의 시네마들의 벽들을 투사했었다.

세계는 〈시간〉 서술에서 생산될지니, 그것은 세계를 생산하기 위해 협동하는 형제들과의 음향 필름이다. 그들의 어머니와 친족상간적 교접은 단지 〈피네간의 경야〉의 종말로 끝난다. 셈과 손의 결합된 감각=소리와 시각은 III부의 과정에서 세계를 생산한다. 결합은 셈과 손의 경함을 예고하는지라, 이는 결국 새 부친을 생산하리라.

너(셈)는 졸부들 사이에서 너의 과중방종過重放縱을 탕진하거나 호텐토트인人의 다

불인多佛人 사람들을 너의 빵 껍질로 위통胃痛하게 했도다.

이리 와요, 열성가 군君, 너의 귓속의 가위 벌레를 내가 말해 줄 때까지. 그건 비밀이나니! 나는 그걸 가로등 쇼로부터 얻었는지라. (손은 셈더러 거울 속에 그의 자신의 얼굴을 보도록 그리고 그가 미쳤음을 알아차리도록 타이른다. 그리고 셈에게 부르짖는다). 너는, 셈(위선자)이여. 너는 미쳤도다.

손이 사골死骨(죽은 자)(오스트레일리아의 마물[魔物])을 가리키자 산 자들이 조용하다— 즉, 모든 움직이는 현실이 조용한 사진들의 연속으로, 마치 활동사진의 필름처럼, 응결한다. 손의 사골은 자신의 해골이라, 그곳에 분노한 형제의 분석은 셈의 문제를 통제할 수 있는 이미지들로 파열한다. 시작하려는 영화에서, 손은 일연의 정물靜物 사진을 창조하고, 시간 속에 투영될 때, 계속적인 시각적 현실의 환영을 구성한다.

자비(셈) (피자彼者의) 가로되. 신이여, 당신과 함께 하소서! (셈은 자기 자신 부르짖는다). 나의 실수, 그의 실수. (그러나 그는 손에 대한 비난을 터뜨리기도 한다). 너를 낳은 자궁과 내가 때때로 빨았던 젖꼭지에 맹세코, (그는 이어 자기 자신을 배신과 비겁으로 고발한다). 천민이여, 식인食人의 가인(Cain)이여! 지금까지 존재하지 않았던지 또는 내가 존재할 것인지 아니면 너가 존재할 생각이었는지 모든 존재성에 대한 감각으로 마음이 오락가락한 채, 광란무狂亂舞와 알코올 중독증의 한 검은 덩어리가 내내 되어 왔던 너(손).

"이리 와요, 열성가 군君, 너의 귓속의 가위 벌레를 내가 말해 줄 때까지…쉬黙! 너는, 셈(위선자). 숙肅! 너는 미쳤도다"(Come here, Herr Studiosus, till I tell you a wig in your ear…Sh! 셈, you are. Sh! You are mad). 손은 셈에게 가위벌레의 독을 그의 귓속에 부어넣을 때, "잘 듣도록!"(List!) 요구한다. 그는 우체부 손에 의해 시작하고, Hosty의 노래처럼, 귀에서 귀로 퍼진 비밀을 말한다, 손-Polonius는 마침내 셈의 귀 구멍에 비밀을 속삭인다. "쉬 너는 미쳤도다!" 여기 광기에 대한 가장 직접적인 비난이 있다.

"자비[셈] (그 자신에 관하여)…나의 실수, 그의 실수, 실수를 통한 왕연王緣!"(Mercius(of hisself)…My fault, his fault, a kingship through a fault!). 손-정의의 비난에 대한 셈-자비의 대답은 죄의 인지이다. (그는 자신을 가인이라, 다음 글줄에서 부르거니와). 이 고백은 리처드 3세의 "말, 말, 말을 위해서는 나의 완국도"(A horse, a horse, my kingdom for a horse) (〈리처드 3세〉)【V.v.7,13】와 영어의 confession인 "through a fault, through my fault, through my most grievous fault"로 번역되는, 가톨릭의 참회(Confiteor)인, "Mea *culpa, mea culpa, mea maxima culpa*"의 혼합이다. 이 〈피네간의 경야〉장의 자비와 정의는 〈베니스의 상인〉의 문맥에서 출현한다.

【194】 (셈의 자기 옹호) 볼지라, 너(손) 거기, 카스몬과 카베리[692](대조적 형제) 나(셈)의 여전히 무치無恥스런 심정의 가장 깊은 심연深淵 속에 여汝 청년靑年의 나날이 내 것과 영혼성永混成하나니,[693] 이제 혼자가 되는 종도終禱의 시간이[694] (지금까지 행해진 모든 것은 심지어 시작하기 전에[695] 아직도 재차 거듭해야 하기 때문이라.)

【194.12】 그건 재난의 초탄初誕의 그리고 초과初果인 너를 위한, 낙인찍힌 양羊이여, 쓰레기 종이 바스켓의 기구器具인 나를 위한 것이나니, 천둥과 우뢰리언[696]의 견성犬星의 전율에 의하여, 너는 홀로, 아름다운 무마無魔의 돌풍에 고사된 지식의 나무,[697] 아아, 유성석流星石으로 의장된 채[698] 그리하여 성 독백어星獨白語, 동굴지평인처럼 빤짝이며, 무적無適의 부父의 아이, 될지라, 내게 너의 비밀의 탄식의 침상[699], 암음의 석탄굴 속에 눈에 띄지 않은 채 부끄러워하는 자,[700] 단지 사자死者의 목소리만[701]이 들리는 최하최외最下最外의 거주자, 왜냐하면 너는 내게서 떠나 버렸기에, 왜냐하면 너는 나를 비웃었기에, 왜냐하면, 오 나의 외로운 유독자여, 너는 나를 잊고 있기에!, 우리의 이갈색모泥褐色母가 다가오고 있나니, 아나 리비아, 예장대禮裝帶, 섬모, 삼각주,[702] 그녀의 소식을 가지고 달려오는지라, 위대하고 큰 세계의 오래된 뉴스, 아들들은 투쟁했는지라, 슬슬슬프도다! 마녀의 아이는 일곱 달에 거름 걷고, 멀멀멀리! 신부新婦는 펀체스타임 경마장[703]에서 그녀의 공격을 피하고, 종마는 총總레이스 코스 앞에서 돌을 맞고, 두 미녀는 합하여 하나의 애사과哀司果를 이루고, 목마른 양키들은 고토故土를 방문할 작정이라, 그리하여 40개의 스커트[704]가 치켜 올려지고, 마님들이, 한편 파리슬膝 여인은 유행의 단각短脚을 입었나니, 그리고 12남男은 술을 빚어 철야제를 행하는 법을 아나니,[705] 그대는 들었는고, 망아지 쿠니여? 그대는 지금까지, 암 망아지 포테스큐여? 목짓으로, 단숨에, 그녀의 유천流川고수머리를 온통 흔들면서, 걸쇠 바위가 그녀의 손가방 속에 떨어지고, 그녀의 머리를 전차표[706]로 장식하고, 모든 것이 한 점으로 손짓하고 그러자 모든 파상, 고풍의 귀여운 엄마여, 작고 경이로운 엄마, 다리 아래 몸을 거위 멱감으며, 어살을 종도鐘跳하면서, 작은 연못 곁에 몸을 압피鴨避하며,

배의 밧줄 주변을 급주하면서, 탤라드의 푸른 언덕⁷⁰⁷과 푸카 폭포⁷⁰⁸의 연못(풀) 그리고 모두들 축도祝都 브레싱튼⁷⁰⁹이라 부르는 장소 곁을 그리고

"아름다운 무마無魔의 돌풍에 고사枯死된 지식의 나무"(windblasted tree of the knowledge). 지식과 선악의 에덴의 나무와 〈멕베드〉의 "황야"(blasted heath)(*Macbeth* 【I.iii.77】의 결합이 여기 있다【193.31-194.24】. 이 구절은 〈멕베드〉에 관한 많은 언급들이 있다.

【195】 "살리노긴 역域⁷¹⁰ 곁을, 아찔어슬렁대는, 어머마마여, 어쩔대는발걸음의 아나 리비아." (아나·리피 강의 소리는 이 장을 종결짓나니, 이어 독자를 다음의 8장인 아니 리피 강에로 인도한다.)
"셈이 생명장生命杖을 치켜들자 벙어리가 말하도다."⁷¹¹

그러나 우리는 다음 장면으로 향하기 전에, 숀의 "사골"(deathbone)【193.29】과 셈의 잇따르는 "생장"(lifewand)【195.5】에 잠시 발걸음을 멈추어야 한다. "사골"은 오스트레일리아 원주민의 고안으로, 활어活語(living speech)를 죽이는가 하면, "생장"은 예술가(셈)의 손안에서 느릅나무와 돌로부터 말䪲 또는 강가의 빨래하는 아낙들을 불러낼 수 있다. "죽음은 가고 생자는 전율하니, 그러나 생生은 행차하고 농아聾啞는 말하다!"【595.1-2】. "조용히 할지라, 오 빨리! 그에게 입 다물도록 말할지라! 느릅나무의 저 잎들을 침묵하게 할지라!"【100.35-36】(Tindall.【137-8】참조).

-꽉꽉꽉꽉꽉꽉꽉꽉꽉꽉꽉꽉꽈!

"-꽉꽉꽉꽉…" (i) David Norris 설. 이 최후의 말은 조이스의 놀라운 필치이다. 그것은 강의 바닥에서 태어난 오리들의 목소리이다. 그러나 그들은 이 이상한 작품의 수수께끼인양, "무엇무엇무엇"을 "꽉꽉"대는 프랑스어를 말하는 유식한 오리들이다 (Norris.156).
(ii) McHugh 교수 역시 이를 오리의 울음소리(quack)(꽥꽥 소리)로 해석한다 (McHugh.195). (iii) Danis Rose 및 John O'Hanlon은 최후의 이 결구를 "빗소리"로 해

석한다(Rose.112). (iv) "병어리가 말하는 것"은 "—꽥꽥꽥꽥꽥꽥꽥꽥꽥꽥꽥꽉꽈!"으로—
개울의 꽐꽐대고, 졸졸거리는 미친 듯한 소리이다"(Cheng.96).

다음으로 v. Epstein 교수는 〈시간의 강〉(The River of Time)을 논한다【90】. 텍스트
에 대한 셈의 창조에 반응하여, 시간과 현실의 강은 하류로 흐르기 시작한다. 셈의
Mercius로서 복잡한 대답은 한 페이지 반에 이르는 최고의 부분을 택한다. "내"(I)가
"너"(You)와 혼성하는 대명사들의 10행의 폭발 다음으로, 마침내 "우리"(we)가 출현
한다. 이어 거대한 문장의 주어와 술어가 선언하기를, 그것은 **양자**에게 인지라, "마
미"(mummy)가 다가오도다, 즉 낱말의 모든 의미가 "다가오도다"【194.12,14,17,22】. 이
러한 친족상간적 행위에서, 두 아들은(하류를 향하며) 오른쪽 둑(숀)과 왼쪽 둑(셈)인지
라, 그들 사이에 강은 바다에로 해향海向하기 시작한다. 상류, 서향으로 흐르기 위해
작품의 종말에서 방향을 트는 조류는—아일랜드교橋(Ireland's Bridge)까지 조수적潮水的
(간만의)이라—이제 동향東向으로 굽이쳐, 하류로, 바다에로 그의 여행을 시작한다.

실질의 물리적 '시간'의 서술이 거의 시작할 참이다. 이 시점에서, 그러나, 시간
은 세계의 완전한 사운드 필름을 만들기에는 너무 천천히 흐른다. 필름의 소리, 셈
의 원리는 숀의 원리 앞에 들리기 시작하고, 시각은 세계를 출현하도록 야기한다.
"Quoiquoiquoiquoiquoiquoiquoiq!"【195.6】—사운드 트랙기법은 생산하고 있나니
—오랜-유행의 무비 사운드(movie sound)에 의해 그것이 최초로 회전할 때 내는 소리를
닮았다. 초기의 사운드 필름에서, 소리는 필름의 가시적 부분이 나타나기 전에 시작
했다.

이상에서 숀-셈의 갈등은 각 상반되는 형제들이 인간 천성의 단지 한쪽 절반을 개
발해 왔음을 암시한다. 숀은 타인을 위한 자신의 필요를 허락 할 수 없다. 그는 자신
의 독립을 아주 절실하게 주장하지 않을 수 없는지라, 서로 협력하기를 거절하고, 지
식의 보다 높은 좌座를 점령할 자신의 특유한 힘과 권리를 주장해 왔다.

한편, 셈은 다른 절반으로부터 도움의 필요를 예리하게 인식하면서, 그를 구걸하
는지라, 비난의 채찍으로 그의 형제를 매질할지라도, 자신의 "자비"의보다 낮은 좌
坐에서, 그를 용서하는 관용을 베푼다. 셈은, 여기 여성의 힘이, 남성의 힘의 어느 것

도 자기 홀로는 부적하다는 그의 믿음을, 해결하리라 분명하게 인식한다. 그는 예술을 통해 자기 자신을 변화하려고 시도하는지라, 그의 무기는 바로 문학적 창조의 신비를 지닌 "우연변이"(tranaccidentation)이다【186】. 이 말은 신학적 및 교조적 "성변화"(transubstantiation)의 개념에서 파생한 것으로, 셈의 "육체적 꾸김세."(bodily getup)(예. 인분 및 요) 또는 사건적(accidental) 성체의(eucharistic) 변화를 의미한다【169.4】.

ALP는 보다 젊고, 누이다운, 이상화의 형태로서, 그녀의 성숙하고, 어머니다운, 그리고 현실적 형태로서, 그녀의 싸우는 두 아들을 포용하고, 그녀의 의심 없는 그리고 더 이상 예기적豫期的이 아닌 사랑을 통해서, 양 형제의 화해—적대관계의 해소를 위해 자신의 헌신적 힘을 여기 행사한다.

I부 8장 여울목의 빨래하는 아낙네들【196-216】

아나 리비아 플루라벨의 소개

리피 강둑의 빨래하는 두 아낙네의 잡담

어둠의 다가옴

아낙네들, 돌과 나무로 변신하다

이는 〈피네간의 경야〉의 가장 즐거운 장 가운데 하나다. 그것이 가장 친근한 것임은 아마도 최후 몇 페이지들【213-16】에 대한 조이스의 녹음 때문일지니, 그것은 작품이 의미와 마찬가지로 소리의 병열立列을 입증한다. 그것은 차라리 조이스에 의하여, 큰 소리로 읽혀야 한다.

ALP는 또 다른 "회귀"를 위하여 재차 되돌아온다. 시작의 단어인, "O"는, 나머지 것들과 동떨어진 채, 오메가인바, 그것과 함께 그녀가 HCE의 알파에 대답한다. 채프이조드에서 리피 강의 둑에서 둑까지, 여우와 포도의 이야기를 전수했던 빨래하는 두 아낙들은, 그들이 공공연히 HCE의 불결한 린넨 속옷을 빨면서, 그에 관해 잡담한다 ("표어는 나로 하여금 이야기의 출발을 하기에 충분한지라" 조이스는 말했다〈서간문〉147 참조). 이 장의 세타부들의 "…에 관해 말해줘요"라고 한 여인이 다른 여인에게 잡담하자, 다른 여인이 말하나니,"내게 더 많이 말해줘요." 이어위커의 죄와 가정의 문제들이, 여인들의 손이 그의 속내의를 하얗게 되돌리자, 그들의 혀를 점령한다. 맞은편 둑 위의, 이들 경쟁자들은, 나무와 돌멩이인, 셈과 숀처럼 보인다. 강의 이름들이 그들의 재잘거림을 미화한다. 그는 그녀에게 "암호랑이의 눈"을 돌린다고, 그들은 말한다. "봐요"하고 그들은 이어위커의, "젖은 아랫도리와 그 속의 죄의 괴저병壞疽病 곰팡이 떼 묻은" 세탁물을 쳐들면서, 말한다. 리피 강뿐만 아니라, ALP는 세계의 모든 강들이다.

ALP와 HCE의 관계에 대한 빨래하는 여인들의 설명은 위클로우에서 바다까지 리피 강의 코스를 따르는데, 바다에는 "잼보이가 나를 기다리고 있다"【207】. 거기, 아담과 덴마크의 침입자처럼, 그는 "뱃머리의 젖음 속에" 강을 마구 쏘아댄다【198】. 그들의 전설은 페트릭과 로라, 돌멩이와 나무의 그것과 평행한다【103-04】. ALP의 널찍한 "잭백"은 모든 그녀의 아이들을 위해 선물을 마련한다. "망토 걸친 사나이(작가)" (〈베니스의 죽음〉의 토마스 만), 그리고 스위프트, 고가티, 쇼, 및 제임스 스테픈즈, 콘고즈우드의 십자가는 말할 것도 없고, "경쾌한 쌍 짐" 또는 쌍둥이의 결합으로서 조이스를 위해. "그것은 이른바 터무니없는 이야기일지라."

점차로 나무와 돌멩이로 변하면서, 이들 잡담은 삼종기도를 듣고, 아이답게 자장가의 음률을 기억하며, 자신들의 안개 속에 위대한 핀-영도자를 보나니, 그러나 그것은 단지 4노인들의 저들 나귀일 따름이다. 어둠과 함께 혼란이 다가온다. 피루르? 피루!" 그들은 〈율리시스〉에서 거티의 박쥐들이 머리 위로 날 듯 성처녀에게 기도한다. "물소리 때문에 들을 수 없나니"【215】. 마침내 눈먼 돌멩이와, 귀먹은 나무 이외에 아무것도 남지 않는다. 그리고 "여기저기 찰랑대는 물소리의. 야夜 안녕!"【213】.

현대문학의 백미요, 산문시의 극치라 할 〈피네간의 경야〉(Finnegans Wake), 특히 그의 I부 제8장(아나 장)의 번역은 그것이 실험성의 많은 조어造語들을 담고 있는지라, 엄격히 말하거니와, 원문의 불가피한 일탈逸脫인 셈이다. 아래 한 문장의 번안은 일반의 해독을 위한 원문의 '모체'(matrix)의 추출을 시도한 것으로, 여기 본 연구자는 이 책의 논지에서 잠시 탈선하거니와.

저 상인남商人男인 그는 여울 넘어 그들의 바다 평평한 너벅선을 추관追觀하고, 자신의 낙타 타기 망토를 걸친 채 바람에 휘날리며, 마침내 그의 도망치는 배교선背敎船의 깐깐 이물과 함께, 승도乘道하고 그녀를 사지흉파砂地胸破했나니…. 그러자 고래가 성배찬聖杯餐을 낚아채도다!(That marchantman he suived their scutties right over the wash, his cameleer's burnous breezing up on him, till with his runagrate bowmpriss he roade and borst her bar …. And the whale's away with the grayling!【197】

위 구절에서 〈피네간의 경야〉 어를 해체하면 다음과 같다.

〈피네간의 경야〉 I부 제8장인, **아나 리비아** Plurabells 장은 두 개의 상징으로 열리는데, 그중 하나는 대문자 "O"로서 이는 역사의 순환성 및 여성을, 그리고 다른 하나는 첫 3행의 삼각형으로 나열된 글귀로서, 이 장의 지속적인 존재인 여주인공 ALP의 기호(siglum)임을 암시한다. 빨래하는 두 아낙네들이 더블린을 관류하는 리피 강의 서로 맞은편 강둑에서 주인공 HCE와 그의 아내 ALP의 옷가지를 헹구며 그들의 생生에 대하여 잡담하고 있다. ALP의 옛 애인들, 그녀의 남편, 아이들, 간계, 번뇌, 복수 등, 그 밖에 것들에 대한 그들의 속삭임이, 마치 강 그 자체의 흐름과 물소리처럼 진행된다.

또한, 이 장의 장면은 리피 강의 두 둑을 보여주는데, 빨래하는 두 아낙들은, 각 둑에 한 사람씩이다. 왼쪽 둑에는 한 거루 나무, 그리고 오른쪽 둑에는 한 톨 돌이 있다. 두 연인은, 장의 종말에서, 어둠이 짙어갈 때, 나무와 돌로 변용한다.

이제 서쪽에서 동쪽으로 흐르는 강은 더블린 구區로 들어가고, 아일랜드 교의 어살에로 루칸과 채풀리조드를 통과하여, 거기서 조수가 된다… 동쪽으로 11킬로를 달려, 인공 하구에서 더블린만으로 흘러들어 들어가는데, 이는 19세기 초에, 풀베그 (Pullbeg) 불 등대들 사이에, 축조된 것이다. 리피 강의 이곳까지의 총 길이는 110킬로요, 이 거리는 또한 까마귀가 날라 강의 원류까지 23킬로에 해당하는 거리이다.

강가의 아낙네들의 옷가지마다가 그들에게 한가지씩 이야기를 상기시키는데, 이를 그들은 연민, 애정 및 아이러니한 저속성을 가지고 자세히 서술한다. 주된 이야기는 ALP가 무도회에서 그녀의 아이들 각자에게 선물을 나누어줌으로써, 그녀의 남편(HCE)의 스캔들(그의 공원에서 저지른 죄)을 다른 곳으로 돌리려고 애쓰는데 있다. 이어 그녀의 마음은, 〈율리시스〉의 몰리의 그것처럼, 자신의 과거에 대한 회상에서부터 그녀의 아들들과 딸의 떠오르는 세대에로 나아간다. 강의 물결이 넓어지고 땅거미가 내리자, 이 아낙네들은 두 아들인, 셈과 숀에 관하여 듣기를 원한다. 마침내 그들은, 자신들의 대화처럼, 강폭이 넓어지며 어둠이 짙어가는 가운데 서로가 볼 수도, 들을 수도 없게 되자, 한 그루의 느릅나무와 한 톨의 돌로 변신한다.[필자는 과거 이 변용을 호우드 성의 정원에서 확인했거니와) 강은 보다 크게 속삭이며 계속 흐르고, 다시 새로운 기원이 시작될 찰나이다.

여기 두 여인에 의하여 묘사된 아나는 아내와 유혹녀 이상으로 〈율리시스〉의 몰리 블룸의 대지의 여신(Gea-Tellus)처럼, 백의의 여신(White Goddess)을 닮았다. 아나는 마치 삼각형을 닮았는지라, 3면을 가진 세 능력을 지닌다. (잇따른 제10장에서 완전한 3각형으로 나타나는 ALP의 구도를 참작하라)【293】. 그녀는 또한 아일랜드의 극작가 보우시콜트 작의 〈키스의 아라〉(arrah-na-Pogue)의 여주인공 격이요, 앞서 I부 제6장에 등장하는 중재녀 仲裁女 Nuvoletta를 대신한다.

이 장은, 마치 음률과 소리의 교향악이듯, 산문시의 극치를 이룬다. 700여개(1001개 일수도)(〈아라비안 나이트〉의 1001야화 rut)의 세계의 강江들의 이름이 이 언어들 속에 위장 되어 있으며, 장 말의 몇 개의 구절은 작가의 육성 녹음으로 유명하다. 이 장의 서정 적 묘사는 그의 바로 전 장들보다 한층 즐겁다. 심미적 거리감이 우리를 한층 가까이 대하기 때문이다. 아나는 리피 강 자체이요, 더블린의 옛 지도는 그의 강을 아나 리피 (Anna Liffey)라고 부르는가 하면, "liv"는 생명을 뜻하는 덴마크 어이다. "내게 말해 줘 요, 내게 말해"라는 잡담(가십)의 반복되는 후렴은, T. S. 엘리엇이 커피 잔을 저으며, 세월을 재는 Frufrock의 독백처럼, 빨래하는 아낙들의 대화를 통하여 점철된다. 과 연, 리듬, 소리 및 운을 띤 산문시처럼, 귀를 위한 듯, 이 구조는 소리높이 읽기를 요구 한다. 〈율리시스〉의 제3장에서 스티븐 데덜러스가 샌대마운트 해변에서 갖는 유명 한 독백. "가시적인 것의 불가피한 양상…가청적인 것의 불가피한 양상"처럼, 아나의 장을 읽는 독자의 최선의 방법은 흐르는 개울가에 앉아 조이스의 녹음을 귀담아 듣는 것일 것이다(조이스 자신이 아나 장을 쓰면서 파리의 센 강가에서 그랬거니와).

두 여인들의 대화는 마치 카탈로그인양, 조이스의 거듭되는 수사적修辭的 방책 중 의 하나임이 분명하다.

앞서 지적한 대로 이들 여인들은 그들의 대화를 "O"로서 시작하는데, 이는, 우리 가 인지해왔듯이, 조이스의 여성 어나 기호로서, 마치 〈율리시스〉 제13장에서 Gerty MacDowell이 그녀의 숨 가쁜 성적 오르가즘의 클라이맥스에서 거듭하는"O"를, 그리고 18장 말에서 몰리가 구가하는 긍정의 "예(Yes)"를 닮았다. 두 단어는 감수성 과 묵종, 자기 방기, 이완弛緩의 상징들이다. 〈피네간의 경야〉의 I부 제6장에서 "O!

Yes"【159.5】는 Nuvoletta(강의 여인) 자신이요, 리피 강 속으로 떨어지는 그녀의 눈물 자체를 암시한다. 이제, 만물의 시작에서 알파를 대신하면서, "O"는 ALP의 오메가 【94.22】가 된다. 그녀의 장의 첫 3행은, 강에 알맞게, 리피 하구의 모래 사주沙州의 형상화요, 나아가, 더블린 산産 Bass 맥주병의 옆구리에 붙은 붉은 상표를 상기시킨다. (《율리시스》의 《산과 병원 장면》에서 블룸은 이 붉은 마크를 몰리 또는 부친의 자살의 암시로 그에게 매료되기도 한다).【U 340】

　여기 〈피네간의 경야〉의 I부 제8장은 그것의 흥미와 구성의 많은 것을 언어유희 (punning)에 빚지고 있다. 〈율리시스〉 말에서 말의 그물을 짜는 베틀 위의 몰리처럼 (아나에 비해 언행이 한층 미숙하긴 해도), 여기 두 노파들은 말들을 희롱대면서, 강의 이름들로 그물을 짠다. 우리가 〈젊은 예술가의 초상〉의 제1장에서 읽듯, 스티븐 데덜러스가 지도에 시간을 보냈던 것보다, 여기 조이스는 강들의 이름을 찾는데 더 많은 시간을 보냈음에 틀림없다. 그는 Nile강, Rhine강, Amazon강, Euphrates강과 같은 큰 강들뿐만 아니라, Wabash, Frome, Meander 및 Isel 등, 심지어 스위스의 취리히의 두 강인 Dihl강과 Lammat강에 이르기까지, 수많은 크고 작은 강들을 차용한다. 이렇게 하여 세계의 강들로 짜여진 여인들의 잡담의 밑바닥에는 물의 화신인 ALP의 서정적 감정이 서려있다. 더블린 시의 중앙 오코넬 가의 한북 판에는 사시사철 물이 그녀의 어깨 위로 흐르는 아나 리비아 플루라벨의 동상[더블린 정도 1000년의 기념물]이 서 있다.

　한 가지 예를 들면, "Chipping her and raising a bit of a chir or a jary every dive she'd neb in her culdee sacco of wabbash she raabed"【209.36】는 다음과 같이 읽을 수 있다. "Clapping her and raising a bit of a cheer or a jeer every time she'd dip in her sack of rubbish she rubbed"(번역."그녀를 상찬하며 그리고 그녀에게 약간의 갈채를 보내면서 또는 그녀가 훔친 자신의 쓰레기 부대 속에 살짝 담글 때마다 한 가닥 조소를"). 아마도 조이스 독자가 지리학자라면 이러한 해석을 넓혀, Chir강, Jari강, Neb강, Sacco강, Wabash강 및 Raab강 등, 여기 암시된 강들의 이름들을 더 포함시킬 것이다.

　강-이름들의 의미에 관해, 조이스는 어느 날 멀리 티베트나 소말리아(아프리카 동부의 지방)의 어떤 꼬마 소년 또는 소녀가 "아나 리비아"을 읽고 그들의 고향의 강들의 이름을 우연히 발견하기라도 하면 얼마나 기뻐할 것인가를 언급한 바 있거니와, 어쨌거나 작가는 강들의 이름들에 관해 그의 엄청난 노력과 기억을 행사했음에 틀림없다.

이 아나 장은 1927년 11월에 파리의 *transition*지에 처음으로, 그리고 뒤에 1928년 뉴욕의 Crosby Gaige에 의해 분리된 소책자로서 각각 출판되었다. 또한 〈진행 중의 작품〉(*Work in Progress*) 중의 이 단편의 최초 영국판은 1930년 패이버 & 패이버사에 의하여 출판되었다. 이 장은 그것의 여주인공 아나 리비아 Plurabelle을 따서 명명되었으며, 〈피네간의 경야〉 작품 전체의 가장 서정적 구절들의 약간을 포함한다. 이는 아마도 〈피네간의 경야〉의 가장 유명한 장일 것이다. 비평가 Fred H. Higginson은 그의 〈아나 리비아 플루라벨: 한 장의 제작〉(아나 리비아 *Plurabelle. The Making of a Chapter*)이란 글에서, 이 장의 시작 단계에서부터 마지막 형태에 이르기까지, 조이스의 제작상의 열의와 그의 진전을 꼼꼼히 개관한다.

리피 강은, 비록 서서히 일지라도, 그 위에 비산하는 갈매기들과 언제나 바다에로 흘러 들어가기에 바쁘다. 여기 I부 8장을 이해하기 위해, 조이스의 6개 문단의 장 말의 실지의 녹음을 청취하기라도 하면, 그의 아름다운 산문의 율동과, 그의 강의 당대의 설명을 상담하는 것이 글의 실재의 미를 이해하는 데 많은 도움을 준다. Epstein 교수의 책은 강의 코스와 그것의 이름의 근원을 자세히 설명한다【92-93】.

리피 강은 KIppure와 Tonduff 사이의 위클로 산들 사이를 즐거이 흐르는지라…해발 55미터의 토탄 굴의 환圜속에서 그리고 위클로 주의 Sally Gap으로부터 Glencre 까지의 동쪽 짧은 산길 도로를 따라 경쾌하게 재잘대며 흐른다. Sally Gap으로부터 약 3.2킬로의 도로를 따라 Liffey Head의 작은 다리 아래를 지나, Blessington 근처 Pollaphuca 수원지 속으로 풍부한 물을 걸러내기 위해 흐른다. Wicklow Gap에서 솟은. 그것의 첫 주된 지류인 King's River에 의해 합류된 채, 강은 Ballymore Eustace 와 Kilcullen을 향해 서쪽으로 달린다. 그것은 그러자 Kildare 주의 Magh Life를 가로질러, Leixlip까지 Athgarvan, Newbridge, Clane, Straffan 그리고 Celbridge를 지나 북동쪽으로 방향을 틀고, 거기서 Kilcock 가까이 솟는, Rye Water의 두 번째 지류 와 합류한다. 이 강의 흐름은 I.7장의 종말에서 ALP와 함께 율동한다.

이제 동쪽으로 흐르며, 강은 더블린 주로 들어가고, 아일랜드 교橋의 어살에로 루 칸 마을과 채프리조드 촌락을 통과하는지라, 거기서 그것은 조류가 되고…. 18세기 와 19세기 초에 준설된, 동쪽으로 11킬로미터 인공의 하구에 있는, 풀백 등대와 불 등대 사이, 더블린만 속으로 흘러들어간다. 이곳까지 리피 강의 총체적 길이는 110킬로로서, 이 길이는 까마귀가 거기서 원류까지 나르는 거리인, 단지 23킬로에 불과하다. 강 이름의 기원은 불확실하다.

〈4대가들의 연대기〉의 기록에 의하면, 268년의 아일랜드 왕은 Vairbre Liffeachaire이었도, 그것은 왕께서 리피 강 근처에서 양육되었기 때문에 그렇게 명명되었음을 암시한다. 보다 나중 초기 1천년에, 강의 환 이내에 놓여있는 Kildare 군의 그 부분이 Airthear-LIffe로 명명되었고, Naas은 그것의 주된 도회였다.

강의 약 400개의 변형된 명칭들이 기록되었다. 그들은 두 개의 그룹으로 분할되는지라, 하나는 강에 대한 애란어로 시작되나니, Abbainn Liphthe, Aveneslíz, Avon Liffey와 Anna Liffey와 같은 것들이요, 다른 하나는 Liphi, Liffe, Liffye 및 Lybinum와 같은 것들이다. 현재 강에 대해 수용된 이름은, 비록 Anna Liffey의 형태가 최근의 세기들에 있어서 공식적인 서류들에 빈번히 사용될지라도, Liffey 자체이다. 작가는 이 형태를 〈피네간의 경야〉에서 Anna Livia Plurabelle로 사용했을 것이다. 이 Liffey 강의 많은 서술들이 I.8 군대에서, 그리고 그 밖에 곳들에서 일어난다.

이 장의 장면은 빨래하는 두 여인이 각 둑에 하나씩, 두 둑에서 보여준다.

———

【196.1-200.32】 첫째부분으로, 리피 강둑의 빨래하는 두 여인의 잡담으로, ALP와 HCE에 관한 그들의 잡담을 기록한다.

【196】   오[712]

내게 말해줘요 모든 걸
아나 리비아에 관해! 난 모든 것을 듣고 싶어요

아나 리비아에 관해! 글쎄, 당신 아나 리비아 알지? 그럼, 물론, 우린 모두 아나 리비아를 알고 있어. 모든 것을 나에게 말해 줘. 내게 당장 말해 줘. 아마 들으면 당신 죽고 말거야. 글쎄, 당신 알지, 그 늙은 사내[HCE]가 정신이 돌아가지고 당신도 아는 짓을 했을 때 말이야. 그래요, 난 알아, 계속해봐요. 빨래랑 그만두고 물을 튀기지 말아요. 소매를 걷어붙이고 이야기의 실마리를 풀어봐요. 그리고 내게 탕 부딪히지 말아요―걷어 올려요!―당신이 허리를 굽힐 때. 또는 그것이 무엇이든 그가 악마원惡魔園에서 둘[처녀]에게 하려던 짓을 그들 셋[군인들]이 알아내려고 몹시 애를 썼지[713](HCE 공원에서 저지른 죄) 그 자는 지독한 늙은 무례한이란 말이야. 그의 셔츠 좀 봐요! 이 오물 좀 보란 말이야! 그게 물을 온통 시커멓게 만들어 버렸잖아. 그리고 지난 주 이맘때쯤이래 지금까지 줄곧 담그고 짜고 했는데도. 도대체 내가 몇 번이나 물로 빨아댔는지 궁금한지라? 그가 매음賣淫하고 싶은 곳을 난 마음으로 알고 있다니까, 불결마不潔魔 같으니! 그의 개인 린넨 속옷을 바람에 쐬게 하려고 내 손을 태우거나 나의 공복장空腹腸을 굶주리면서. 당신의 투병鬪瓶으로 그걸 잘 두들겨 깨끗이 해요. 내 팔목이 곰팡이 때를 문지르느라 뒤틀리고 있어. 그리고 젖은 아랫도리와 그 속의 죄의 그의 야수제일野獸祭日[714]에 도대체 무슨 짓을 했던고? 그리고 그가 얼마나 오랫동안 자물쇠 밑에 갇혀 있었던고? 그가 한 짓이 뉴스에 나와 있었다니, 순회재판 및 심판자들, 험프리 흉포한凶暴漢의 강제령强制令, 밀주, 온갖 죄상과 함께. 하지만 시간이 경언耕言할지라. 난 그를 잘 알아. 무경無耕한 채 누굴 위해서도 일하지 않을지니. 당신이 춘도春跳하면 당신은 수학收穫학하기 마련. 오, 난폭한 노무뢰한老無禮漢 같으니! 잡혼雜婚하며 잡애雜愛하면서 말이야.

세탁부들의 하나인, 화자는 Anna에 관해 모든 걸 알고 싶은 것이다【196.1-3】. 위대한 강의 이야기는 그녀의 불경의 남편과의 그녀의 어려운 생활의 서술을 포함하는지라, 그녀는 언제나 결혼과 사랑의 행위를 결합하려고 애쓰고 있다【196.24】.

【197】HCE의 태도, 그의 호우드 언덕 같은 모습―그의 뻔뻔스러움! 그리고 그의 점잔 빼는 꼬락서니! 마치 말구릉馬丘陵처럼 머리를 높이 추켜세웠던 HCE, 유명한 외국의 노공작인 양, 걸어가는 족제비처럼 등에 장대한 혹을 달고. 네 노인(연대기자들-"마마누요")에게 물어볼지라. 형리 해케트 혹은 독사讀師 리드 혹은 순경 그로울리 혹은 곤봉 든 그 사내들한테. 그 밖에 그들은 그를 도처 뭐라 불렀던고? 거대 휴지즈(H) 두頭 케이핏(C) 조불결자早不潔者 얼리포울러(E)라고. 혹은 그가 어디서 태어났으며 또는

어디서 발견되었는지? 그들의 혼인예고婚姻豫告는 아담 앤드 이브즈 성당에서 선언되었거나 아니면 남녀가 단지 선장결연船長結緣 되었던고? 나(세탁녀)는 들었는지라 HCE가 ALP를 가간家姦했음을, 작은 사랑의 새장 속에서. HCE는 무항구無港口의 이버니컨의 오캐이 대양大洋에서부터, 세대박이 배를 타고, 마침내 육지(더블린)의 아련한 토락土落 리피 강구로 입항했나니, 그(H)는 이(e)이라 그리하여 무반대無反對로 (E)에든버러 성시城市에 야기된 애함성愛喊聲에 대해 궁시적窮時的으로 (C)책무責務지리라.

HCE는 처음부터, 오만하고 과격한 인물로서, 그는 언재나 사납게 박해 받았다. 왕대 Humphrey인 셈이다.

【197.18】"돈卿 돔尊 돔우천치愚天癡 및 녀석의 하찮은 우행愚行!"(Don Dom Dombdomb and his wee follyo). HCE와 그의 작은 죄, 그의 하찮은 우행(his wee folly). 이 구절은 독자로 하여금 HCE의 불륜이 정작 무엇인지에 관해 사색하게 한다. "그것이 무엇이든 그들은 그가 악마원惡魔園에서 둘에게 하려던 짓을 그들 셋이 알아내려고 몹시 애를 썼지"(whatever it was they(three lipoleums)(or gossipsceous washwomen) threed to make out he(HCE) thried(tries, three) to two(maggies) in the Fiendish(Phoenix) park)(whatever it was the three lipoleums tried to make out he tried to do to the two maggies in Phoenix Park). "그가 세계 영혼수제獸祭에 도대체 무슨 짓을 했던고?"(What was it he did a tail at all on Animal Sendai?)【196.10,19】. 그의 죄(공원의)가 무엇이든 간에, "잡담하는 세탁녀들"(gossipsceous washwomen)은 "그의 사적인 린넨 속옷을 바람에 쏘이게 하려고(공포하려고) 손을 태우고 있다"(to make his private linen public)【196.16】. 그러나 "하찮은 우행"(wee follyo) (folly + folio)은 또한 이어위커의 작은 2절판지(folio)이요, 조이스의 원고들을 셰익스피어의 그것들과 동등시 한다. Tindall 교수는 논하기를, "wee"는 oui이기 때문에, 작은 2절판은, 몰리 블룸의 위대한 말로 끝나는, 조이스의 긍정의 책(yes-book)은, 〈율리시스〉라는 것이다【T.142】. 이리하여, "하찮은 우행"은 2절판인 〈율리시스〉이요, Victor Berard의 율리시스인, "위노偉老의 페니키아 유랑자"(gran Phenician rover)【197.31】. 즉 HCE이란 지적이다(Cheng 139-40 참조).

포드(Ford)(아일랜드의 정통적 유령들로, 사자의 시의를 씻는다)의 다변의 세탁부들은 아일랜드의 최초의 침입으로 시작하는 HCE와 ALP게 관한 불결한 린넨 담談으로 시작한다

【197.28-198.9】. 그들은 어떻게 결혼했던가? 그들은 아담과 이브즈(Adam and EVe's)에서 결혼하고, 선장에 의해 바로 결혼했던가?【197.11-12】.

여기 리피 강가의 프란세즈 성당은 올바르게 불리었나니—Eve and Adam's【3.1】가 아니고 Adam and Eve's이다 왜냐하면 성당의 이름은 강이 올바르게 흐르도록 이름지어졌기 때문이다. 그러나 한 세탁부는 불만스럽게 그들이 성당에서 타당한 의식에 맞추어, 즉 바그너의 오페라(로엔그린)(Lohengrin)의 "웨딩 마치"의 오르간 곡 "Don Dom Dombdomb"으로 행해졌다는 생각을 비난한다【197.17-18】.

【198】 한 세탁녀에 의하면, HCE는 애초에 열심히 일했도다. 우리의 부식腐蝕 곰팡이 빵을 힘들어 벌었나니, 장사꾼이라. 정말 그는 그랬도다. 그는 해수海水의 유아幼兒라 불렸다. 그의 고약한 행실 때문에. ALP도 마찬가지. 분명히 그녀 자신 사내처럼 엇비슷하게 고약했나니. 누구? 아나 리비아? 그래, 아나 리비아. 그대는 그녀가 사방으로부터 빈정대는 계집들을, 그이를 즐겁게 해주려고 불러들이고 있었던 걸 아는고? 그러고 말고! 그녀가 꿀맛같이 달콤한 사내한테 얼마나 사랑을 받았는지! HCE는 격정의 사나이, 매혼자賣婚者! 맙소사 그래 ALP는 그따위 사람인고? 하지만 그녀가 그런 저속한 짓을 할 줄은 난 몰랐어. 그대는 ALP가 창가에서, 버드나무 의자에 몸을 흔들거리며, 온통 설형문자楔形文字로 쓰인 악보를 자기 앞에 놓고, 마치 줄 없는 활로 바이올린 버들피리 만가輓歌를 연주하는 척 하면서, 간들거리고 있는 것을 탐지하지 못했단 말인고? 글쎄, 늙은 영감인 HCE는 마치 범고래처럼 범凡침울해 있었나니, 그의 문간에는 잡초와 쓰레기 투정이. 자신의 수척한 수안愁顔의 얼굴 모습에 퀴즈를 내면서…

【199】 (HCE의 습속에 대한 여인들의 재잘거림) 내내 혼자 단식투쟁을 하거나 자기 자신에게 심판을 하거나 숙명을 인비忍悲하거나, 높은 고미받이 다락방에서 별이 보일 때까지, 까만 암소들과 잡초 우거진 개울과 젖꼭지 꽃봉오리와 염병에 걸린 자들에 대한 그의 허망한 꿈, 시대에 뒤떨어진 그의 속물들. (이어 아나 리비아의 HCE의 음식 대접을 위한 헌신적 노력) 그녀는 감히 한시도 잠을 위해 눈을 붙이지 못한 채, 이따금 그에게 싱싱한 생선요리를 대접하거나 그가 장저腸底까지 만족하도록 잡혼雜混 계란 요리를, 접. 그

러나 쾌남 헥(HCE)의 경멸의 눈초리, 욕설, 그러자 그때 그녀가 그에게 제공한 한 가지 찬미가. 그러나 한자漢者(HCE)는 한 마디 삐악 소리도 무반응이라. (ALP의 몸치장) 스파크 활활 불꽃 반짝이는, 하늘거리는 부채를, 양털로 그녀의 백상白霜의 머리다발을 가색假色했는지라—

【200】 이 부분은 제3번째 부분으로, 한편 월미인越美人들과 HCE의 애정행각! 아나 리비아의 노래【200.33-201.20】이다. ALP의 남편을 위한 노래 가락 및 그녀의 남편을 향한 가짜 충성─그녀의 코로부터 가루분을 휘날리며. 요람아搖籃兒여, 고리버들 바구니 같으니! 이봐요, 당신, 제발 죽지 말아요! 그리고 내가 당신을 얼마나 사랑했는지 당신은 몰랐을 거야 그리하여 한층 귀부인다운 목소리로 그런 저런 노래 등등을 부르고 또 부르나니 그리하여 아래쪽 보더 아저씨(HCE) 저리 꺼질지라! 불쌍한 심농深聾의 늙은이여! 지분거리는 당신이여! (ALP의 애정 행각) 애참哀慘 속에 일어나 트로트로 달려 나가, 쾌활하고 바람난 계집애들에게 억지웃음을 보내거나 …그녀는 그들의 엉덩이 흔드는 법을 가르쳐 주었는지라… (아낙들은 그런 행각을 처음 들어 보도다!) 세상의 모든 멋진 귀여운 창녀들을 HCE에게 더 던져 주다니! 그의 앞치마 속에서 잠시 동안 포옹하고 안식처를 찾는 일이라면 2실링 보태기 2페니면 족하리라!

【201】 잇따르는 구절【201.05-20】은 아낙네들 중의 하나가 알고자 하는 ALP의 율시律詩로서, 그 내용인즉. ALP는 늙은 남편 HCE를 개탄하고 새로운 애인을 갈구한다. 집은 가난하여 이제 말고기 수프로 다 떨어지고 말았다. 그녀는 염鹽의 신辛 더블린만의 싱그러운 공기를 바란다.

【201-4】 젊은 아나 리비아의 치정 행위에 관한 세탁부들의 잡담
시의 첫 그리고 둘째 스탄자에서, 그녀는 천지天地에 의해 맹세하나니, 그녀의 배명背面이 그녀가 잠에서 깨어나고 자신과 사랑을 행하는 것을 기다리는 동안 지쳐있다【201.5,8】. 셋째 스탄자에서, 그녀는 집에는 돈이 없음을 한숨짓는다. 넷째 스탄자에서, 그녀는 가정의 의무를 가지고, 그녀를 육봉陸封한 흐름으로 그녀의 초조를 보여준다. 최후의 한활한 충격 속에, 그녀는 작품의 종말에서 그녀의 해방을 기대하며, 만일

그녀를 둘러싼 것이 위축의 측면을 위해서가 아니라 그녀를 둘러싼 수집은 강둑이라면, 그녀는 톨카 강의 늪 혹은 크론타프의 해변의 육지에로 뒤져 나와, 그녀의 입 속으로 황막한 바다 미풍과 해풍의 돌진을 느낄 것이다【201.17-20】.

그리하여 세탁부들은 그때 노래【201.5-20】를 서술하는지라, 아나는 그녀의 불실한 남편으로 하여금 그녀에게 사랑을 일깨우도록 기다리는 동안 그녀 자신을 위안하기 위해 부르곤 하던 노래, 여기 지루한 율시律詩를 쓰는지라.

> 대지大地와 구름에 맹세코 하지만 나는 깔깔 새 강둑을 몹시 원하나니, 정말 나는 그런지라, 게다가 한층 포동포동한 놈을!
>
> 지금 내가 갖고 있는 저 접합물[영감]은 낡았기 때문이라, 정말이지, 앉아서, 하품을 하며 기다리나니, 나의 흐늘흐늘하고 비실비실한 대인 영감, 나의 사중생의 동반자, 식료품실의 나의 검약한 열쇠, 나의 한껏 변한 낙타의 혹, 나의 관절 파괴자, 나의 5월의 벌꿀,[715] 나의 최후 12월까지의 천치가, 그의 겨울잠에서 깨어나 옛날처럼 나를 꺾어 누르도록.
>
> 한 장원莊園 나리 혹은 스트라이크의 지방 기사라도 있다면, 나는 경의驚疑나니, 숭배하올 양말을 그를 위해 세탁하거나 기워 주는 대가로 현금 한 두 푼을 내게 지불할지라, 우리는 이제 말고기 수프[716]도 우유도 다 떨어지고 말았으니?
>
> 냄새 아늑히 서린 나의 짧은 브리타스 침대가 없었던들 나는 밖으로 도주하여 톨카 강 바닥의 진흙[717]이나 또는 클론타프의 해변으로 외도外逃하고, 염鹽의 신宰 더블린 만의 싱그러운 공기를 그리고 내게로 하구엄습河口掩襲하는 해풍의 질주를 느끼련만.

"대지大地와 구름에 맹세코 하지만 나는 깔깔 새 강둑을 몹시 원하나니, 정말 나는 그런지라, 게다가 한층 포동포동한 놈을!". 비평가 아서턴(Atherton) 교수는 이 구절을 다음과 같이 풀이한다. "이는 셰익스피어의 라이벌로서, 조이스의 불평, 즉 자신의 작품을 알아주는 대중을 발견하지 못하는 스스로의 무능을 암시하는 바, 여기 그가 말하려고 하는 것은, 그가 리피 강도 셰익스피어의 영국 테임즈 강처럼, 문학이 감상되는 South Bank를 갖기를 원한다는 것"(【A.163】 참조).

(다시 세탁녀는 이야기를 듣고 싶어 한다.)

오 내게 말할지라. 세세한 것(기호)까지 모두 다. 도대체 ALP는 통틀어 얼마나 많은 그녀의 아이들을 가졌던고? 어떤 이는 말하기를 그건 111이라. 그녀는 자신이 애들에게 붙여준 요람명搖籃名의 절반도 기억할 수 없도다. 사람들이 그녀에게 플루라벨(Plurabelle)(복수복複數腹) 세례명을 붙여주길 잘했는지라.

그리고 그녀가 부른 노래는 무엇이었던가?

필자는 아래 Epstein 교수가 시에 대해 행한 멋진 해설을 독자와 같이 나누런다【94】. 세탁부 중 하나가 말하나니, 그녀는 한 왜소한 아일랜드 시인인, 데니스 플로렌스 맥카시(Denis Florence MacCarthy)의 하의로부터 오물을 과격하게 방망이질해 내는지라, 〈율리시스〉에서 블룸은 그가 읽은 5페이지의 애란 서정시인, 맥카시의 브랜드를 "꿈 많은 크림 같은 소재"(the dreamy creamy stuff)【136】로서 평가 절하하는바, 이는 영웅들의 남성을 파괴하려는 수녀들과 님프들의 시도로서 인용하기에 아주 적합하다. 세탁부는 분명히 블룸의 의견을 분담한다.

그러나 아나 리비아의 시는 연약한 종류의 것이 아니다. 사실상, 그것은 주님에 대한 편지의 할부割賦인지라, 그것을 아나 리비아는 작품의 종말에서 가장 분명한 형태로 마침내 꾸려낸 편지를 한결같이 창조하고 있는 것이다. 이 시는 작품의 전체의 종말까지 말하는 유일한 시간이다. 사실상, 〈피네간의 경야〉의 리비아와 〈율리시스〉의 몰리 블룸은 많은 것 중 이러한 특징들을 분담하는 것인즉, 그들 가운데 아무도 그녀가 강조하는 작품의 행동을 직접적으로 개입하지 않으며, 마지막 말을 자기 자신을 위해 보존하기를 바라는바, 몰리의 페네로페 에피소드에서, 그리고 아나 리비아의 그녀의 편지에서 그리고 〈피네간의 경야〉의 종말에서 "부드러운 아침, 도시여!" 〈율리시스〉의 페네로페 에피소드까지 과정에서 몰리가 생산하는 유일한 연설은 아침에 리오폴드에게 몇 마디 언짢은 말들이다.

세탁부들의 하나에 의하여 보도되듯, 우리가 아나 리비아를 귀담아 들을 수 있는 가능성이 있다. 그러나 세탁부들의 방언—하층 계급의 코크 방언은, 아나 리비아 장의 종말에서 조이스의 1929년 8월의 녹음에서 입증되듯 (전출)—이는 아나 리비아의 섬세한 스탠자 시의 그것과는 아주 판이한지라, 이 시는 강의 여신의 서정적 영광과 사실주의의 결합으로 충만하다.

셋째 부분【201.21-209.9】은 아나 리비아가 어떻게 그녀의 남편을 구애하고 이겼는지를, 그리고 아나 리비아의 복장을 입었는지를 서술한다(ALP의 성적 탐색. 아낙들은 그녀의 스캔들을 추단한다). 그녀는 한창시절 논단이 틀림없도다. 그녀는 자신의 유남流男을 몇 명 지녔었나니. 당시 저 계집애한테 한번 눈초리를 던져 보아도 전혀 놀라는 기색조차 없는지라, 더욱이 남을 홀리기만 하고, 그게 사실이도다! (아낙들의 노래의 후렴 같은 "내게 말해 봐요" "내게 말해"가 계속된다). 그녀가 어떻게 모든 사내들과 어울려 지냈는지, 그래 최초의 폭발자는 누구? 첫째는 누구였는지? 그건 언제였는지? 그녀 처녀시절, 그녀는 당시에 젊고 날씬하고 수줍고 가냘픈 꺽다리 계집애, 은월광호銀月光湖 곁에 거닐던 그녀, 그리고 HCE는 어떤 무겁게 뚜벅뚜벅 비틀거리는 외도침남外道寢男인지라, 건초를 말리면서, 킬데어의 강둑 곁의 속삭이는 참나무처럼 단단했도다. (여기 아낙네들의 얼마간 잘못된 정보의 교환이 이루어진다.)

【203】 (화려한 시골 풍경에서 ALP의 어떤 이와의 성적 행각) 당신 러글로우의 어두운 협곡을 아는고? 글쎄, 거기 한때 한 지방 은둔자가 살았나니, 마이클 아클로우가 그의 귀천貴川하신 이름이라, 육칠월의 어느 화華금요일, 오 너무나 달콤하고 너무나 시원하고 너무나 유연하게 그녀는 보였던고, 무화과나무 숲의, 침묵 속에, 그 자는 자신의 새롭게 도유한 두 손을 그녀의 까만 사프란색의 부발 속에 돌입했나니라. 그는 자기 자신을 억제할 길 없는지라, 너무나 스스로 격갈激渴해진 나머지, 그는 미소하는 기분 속에 자신의 입술로 마구 입 맞추었나니, 그 주근깨투성이 이마의 아나-나-포규의 입술에다 키스 또 키스를 연달아 퍼부었도다.

아프로디테 미녀신[718]의 황혼, 그녀의 에나멜 색 눈은 보라색 폭간暴姦의 가장자리까지 그를 남색화藍色化하는지라.[719] 원망願望 원망怨望! 어쩌고저쩌고? 희랍주酒![720] 레티 럴크의 경소輕笑가 저 월계수를 그녀의 다브다브 천요녀川妖女 위에 방금 던지나니[721] 요들가歌를 록袎창唱하자.[722] 메사 강! 그러나 마력파魔力波는 이내 1천 1[723]의 요정 올가미를 품나니. 그리하여 그의 욕천浴川의 살신殺神 심바[724]가 음살淫殺되도다. 그 [ALP의 연인]는 자기 자신을 억제할 길 없는지라, 너무나 스스로 격갈激渴해진 나머지, 그는 자신 속의 주교主教임을 잊지 않으면 안되었으니, 그리하여 그녀를 위쪽으로 비비거나 아래로 쓰다듬으며, 그는 미소하는 기분 속에 자신의 입술로 마구 입 맞추었는지라, 그 주근깨 투정이 이마의 아나-나-포규⁷²⁵의 입술에다 (그는 안돼, 안돼, 절대로⁷²⁶ 그녀에게 경고하면서) 키스 또 키스를 연달아 퍼부었도다.

【204】(다시 ALP의 애정 행각) 그대가 바삭 바삭 목이 타는 동안 숨이 끊기듯 한 ALP, 그 이전에 그녀를 범한 스코치 반바지를 입은 두 젊은 사내들. 러그나킬리아 산정의 고귀한 픽트 족族, 맨발의 번과 주정뱅이 웨이드. 그녀는 수간獸姦을 경험하기도. 사냥개에 의하여 핥아 받았지, 정든 킴퓨어 산언덕의 중턱에서, 그러나 그녀의 애정 행각의 고의성은 자연도 웃을 판. 제일 고약한 일은, 그녀가 악마 계곡의 틈 바퀴에서 슬며시 미끄러져 나왔나니, 그녀는 사지를 높이 치켜들고 천진 자유롭게 소리 내어 웃어대자 한 무리 산사 목 처녀 떼가 온통 얼굴을 붉히며 그녀를 곁눈으로 쳐다보고 있었도다.

(두 세탁녀들의 ALP의 행각에 대한 정보를 위한 안달성). 오 계속해요, 계속 말해요! 글쎄 당신이 알고 있는 것에 관해. 글쎄 지금 내가 뭘 행구고 있지? 매그러스 부인! 저를 세례해줘요, 왜냐하면 그녀가 죄를 지었기에!

【205-12】ALP의 아이들에게 나눠주는 그녀의 선물
【205】아낙들이 세탁하는 옷들 중 매그러스 부인(HCE의 적敵인 캐드의 부인)에게는 낡은 평복에 술(프릴) 달린 것은 단 한 벌뿐. 그리고 거기에는 ALP의 처녀 이름 글자가 또한 새겨져 있다. Laura Keown 댁이 아님을 보여주기 위해 X표를. 그런데 그녀가 입은 속옷 가랑이를 누가 찢고 있었단 말인고?

(HCE에 대한 사람들의 조롱) 글쎄, HCE의 공원의 죄가 신문에 실린 뒤 심지어 그의 서리 두발 위에 내린 눈까지도 그가 넌더리났지. 당신이 언제 어디를 가든 그리고 어느 주방에 들리든, 그대는 아래위 뒤바꿔 새긴 그의 조각상을 발견했는지라, 또는 그의 모퉁이의 불량배들이 그의 우상을 조롱하며, 어떤 녀석이 그를 놀려주었지.

(이하 HCE의 죄)【205.16-36】

(유럽풍의 치킨하우스, 지방 빼지 않은 쇠기름과 요구르트, 자 햄남男의 뺨이라, 아하담 이쪽으로, 파티마,⁷²⁷ 반전半轉!), (Evropeahahn cheic house, unskimmed sooit and yahoo, hamman now cheekmee, Ahdahm this way make, Eatima, half turn!) 피리를 불고 벤조를 키고 근처의 선술집 주변을 떠돌아다니며, 우정회의 굽 높은 삼중 모피모[HCE의 세 겹 모자]를 그의 두개골 주변에 빙빙 돌리나니. 네바-강가의-페이트 또는 미어 강-건너의-피트처럼. 이건 온통 포장하고 돌을 간 하우스만(H),[728] 저건 아무도 결코 소유한 적이 없는, 수탉이 자신의 다리를 들고 그의 계란(E)을 암탉인양 깐 여물통 비치의 마구간(C).

【206】 눈물 질질 흘리는 애송이놈들, 그들의 팀파니 패들과 함께 위대한 돌림노래를 합창하면서, HCE를 재판하며 주위에서 와자지껄 떠들어 대는 비방자들. 지금까지 ALP는 그런 류의 한 가지 못된 장난을 제거할 계획을 짜겠노라 홀로 중얼거렸다.

(이 장의 주된 에피소드) ALP가 전쟁 뒤의 패물들을 담은 그녀의 백에서 그녀의 모든 아이들에게 선물을 분배함으로써, HCE의 스캔들을 없애려고 애쓴다. 각 선물은 수령자 자신의 운명의 증표인지라.

자신의 물물교환 자구들 중의 하나인, 우편배달부 숀한테서, 한 개의 부대 백, 새미 피皮의 우편낭을 빌린 ALP. 그런 다음, 낡은 무어 역曆, 캐시 저의 유클리드 기하학과 패션 전람을 사서 상담했나니, 스스로를 조시 단장했도다. (웃음을 참지 못하는 세탁부들) 오 그건 배를 움켜쥐게 하는 일! 기그 고글 개걸 개걸. 상대방 빨래 여인의 거듭되는 이야기 독촉. 정말로 해야 하는지라! 그걸 듣게 해줘요, 한 마디 남김없이!

(여인들이 ALP의 외출을 위한 그녀의 떠들썩한 준비를 상세히 서술한다.) 처음 그녀(ALP)는 자신의 머리칼을 풀어 내리고 발까지 늘어뜨렸는지라. 이어, 나모裸母된 채, 그녀는 감수유액과 유향 피스타니아 진흙으로, 샴푸질을 했도다.

【207】 (ALP의 외출을 위한 화장과 장신구들) 그리고 그런 연후에 그녀는 자신의 머리칼을 위하여 화환을 엮었나니. 그런 다음 그녀는 자신의 팔찌랑, 발목걸이랑, 팔 고리 그리고 짤랑짤랑 조약돌과 토닥토닥 자갈 그리고 달각달각 잡석의 홍옥빛 부적 달린 목걸이 그리고 애란 라인스톤의 보석과 진주와 조가비 대리석의 장신구와 그리고 발목 장식을 만들었도다. 그걸 다 완성하자, 그녀는 자신의 거실 하녀들을 그녀의 HCE에게 보내 자신의 외출을 통보하도다. 그런 다음, 우편낭을 어깨 너머로 매고 출타라.

그녀(ALP)를 서술할지라! 여기 그녀 있나니, 그녀는 안 대사大赦 격!

그녀는 필요 모노파母老婆, 인디언 고모. 때는 아마도 만령전야萬靈前夜 아니면 4월 차야月此夜의 1시 10분 또는 20분전, 당시 자신의 추물 이글루 에스키모 가문의 덜컥 거림과 함께 살금살금 걸어 나오다니, 주디 여왕 모습으로.

【207,18】 [ALP-그녀의 선물을 배달하기 위해 가출하다.]

그녀[ALP]를 서술할지라! 급행急行, 하불가何不可? 쇠 다리미 뜨거울 동안 타타打唾 할지라. 나는 하여何如에도 그녀 이야기는 절세 놓치지 않으리니. 롬바 해협의 이득을 위해서도 아니. 연희의 대양, 나는 그걸 들어야만 하는지라! 급조急무! 속速, 쥬리아가 그녀를 보기 전에! 친녀 그리고 가면녀, 친모목녀親母木女? 전미숙녀全美淑女?[ALP의 실체] 12분의 1의(작은) 소계녀小溪女? 행운녀? 말라가시 생녀生女? 그녀는 무슨 의착을, 귀貴불가사의 기녀奇女? 얼마나 그녀는, 장신구와 몸무게를 합처, 개산槪算했던고? 여기 그녀가, 안(Ann) 대사大赦! 남자 감전하는 재난녀災難女라 부를지라.

아나 리비아는 그녀의 아들 손의 우편 대를 그녀의 어깨 위로 나른다. 가십들 중의 하나는 백의 내용물들에 관해 묻는다【209.10】. 이들은 그녀의 111 아이들을 위한 선물을 포함하는 것으로 드러난다【209.27-29】. 이 시점에서 조이스는 그의 초기 수필인, "예술가의 초상"에서 처음으로 이루어지듯, 심오한 유희(pun)에 대해 상술한다. 여기 그는 과거를 현재 시간(present time)에로 이르는 "현재의 유동적 연속"으로서 서술한다. 〈피네간의 경야〉에서, 현재시제(tenses)와 선물(gift)로서 presents는 합치된다. 여기 아나 리비아는 우리 모두의 유동적 인생이요, 연속적 "선물"을 우리 각자에게 제공한다. 이들은 연속적 정물靜物 사진들로서 출현한다(손에 의해 공급된).

이제 우리는 '인생'이 그의 아이들에게 제공하는 바를 본다. "선물"의 약간은 과연 지겨운 것이다. 아이들 중 많은 이는 익사하고, 병사하고, 자살한.

【208】 (ALP의 외출, 그녀의 의상) 번질번질 나풀대는 꼭대기와 장식용의 삼각형 테두리 및 일 100개의 오색 테이프 그리고 도금 핀으로 찌른 막대 사탕 꼴 산모山帽. 그녀의 눈을 경탄하게 하는 부엉이 유리의 원근 안경. 그리고 태양이 그녀의 수포용모水泡容貌의 피모皮毛를 망가트리지 않게 하는 어망의 베일. 그녀의 입방체의 살갗 양말은

연어 반점 철 되었나니. 옆 주머니 속의 4페니짜리 은화가 휘날리는 풍공風攻으로부터 그녀의 안전을 중량했도다.

"저주할, 내가 그녀를 못 보다니 유감이라! 그녀를 자비 여왕으로 왕관 씌웠던 사내 놈들. 거기 가뭄 해갈을 해탈하는 호외노동자단의 코러스(합창)."

【209】제4번째 부분【209.10-213.10】 (ALP의 행실을 염탐하고 떠들어대는 막장 작업장의 사내놈들에 대한 묘사) 그녀의 머리카락 화사花絲의 파동과 유동을 관조하면서, 북부 나태자 (노스 레이저즈)의 벽정壁井 위에, 주카 요크 주점 곁에 지옥의 회주간火週間을 낭비하거나 임대賃貸하면서…그리고 그들은 쑥 돌을 데우고 있었나니, 또는 그녀의 얼굴은 정형미안술正型美顔術 받았거나 아니면 알프(Alp)는 마약중독이도다! (그녀에 대한 모두의 호기심).

(그녀의 아이들애 대한 아나의 선물들 및 그녀의 혼잡 배낭 속의 내용물에 대한 왈가왈부 및 그들의 출처) 도대체 노획물은 무엇이었던고? 바로 그녀의 복강 속의 복야자주複椰子酒 혹은 후추 항아리에서 쏟은 털 후추? 시계나 램프 그리고 별난 상품들. 그리고 도대체(천둥에 맹세코) 그녀는 그걸 어디서 빼앗았던고? 내용물은 밀어密漁할 가치가 있는 것임에 틀림없나니! 그러자 가쉽들 중의 하나는 그녀의 백의 내용물들【209.10】. 그것은 그녀의 111명의 아이들에 대한 선물들로 드러난다【209.27-29】.

(ALP의 거동 및 자식들에 대한 물오리 같은 재잘거림과 놀음) 글쎄, 동그랗게 파상면波狀綿으로 동그란 링처럼 허리띠를 동그랗게 두르고 그녀는 또닥또닥 종종걸음으로 달리며 몸을 흔들며 옆걸음질하나니, 덩굴풀 짙은 좁다란 소지沼地를 통하여 그녀의 표석漂石을 굴리면서, 이리 치고, 저리 몰고, 중도中道가 어느 것인지… 그들의 꼬마들은 이야기를 들으려고 귀 기울이나니, 그녀의 두 팔로 이소라벨라를 감돌면서. 이어 선물을 구경하려는 아이들 그리고 그녀의 선물 분배… 그리고 그녀를 에워싼, 구루병자들과 폭도들, 그리고 그녀의 찬가. 솔로 곡을 우리에게 들려줄지라, 그녀는 정말 멋진 음질을 가졌지 않은고! 그녀를 갈채하면서.

"나는 턱수염에 맹세하지만 그건 밀어密漁할 가치가 있는 것임에 틀림없나니! 자

얼른 기운起運을 낼지라, 어서, 어서!"(I aubette my bearb it's worth while poaching on! Shake it up, do, do!). 이 구절은 셰익스피어("Shake it up")가 Stratford의 Thomas Lucy 소유의 "사슴 밀엽"(deer-poaching)으로 체포되자, 그 결과 Stratford를 떠나 런던으로 도망치고, 그리하여 간접적으로 자신의 연극적 직업으로 진입하게 되었다는 유명한 일화를 언급한다. "Aubette my bearb"란 구절은 John Aubre(1626-97)의 〈짧은 생애〉(Brief Lives)에 대한 인유를 포함하는데, 이는 셰익스피어의 짧은 전기를 포함하며, 그의 전기와 전설의 초기 원전들 중의 하나이다(〈율리시스〉 제9장 참조).

【210.7-8】 경비원인, 그녀의 아들은 총알을 수령할 것이요, 그것은 군인이 위장에 사종射終할 것인양 보인다.

【210.9-10】 샛길의 먼 끝에 사는, 한 가련한 소녀가 그녀의 양 뺨에 특별한 홍조를 띤 채 폐병으로 죽어가고 있다.

【210.12-13】 분명히 한 주정뱅이인 Little Johnny Walker 그의 알코올 중독증으로 인해 야기된 회환 중의 문제로 붉은 코와 손의 심한 떨림을 가졌다.

애란의 가장 유명한 여성 성자인, 성, 브리지드를 위한 나무 염주가 심지어 성녀 브리지드의 남편 댁의 참나무 마루를 문질렀음을 암시한다.

여기 조이스의 당대인들인, 두 애란 노벨상 수상자들, 예이츠와 버나드 쇼에 관한 심한 해학적 언급이 있는지라, 이들은 영국 청중들 앞에서 애란 작가의 심각한 정치적 이슈인, 비도덕화를 은폐한다. 예이츠는 애란 전설을 영국의 청중들을 즐기도록 그의 탐색을 과장한다. 쇼는 혁명을 말하지만, 진짜 전복에 대한 그의 헌신은 보기보다 훨씬 덜하다. 사실상, 조이스는 예이츠와 쇼를 영국인들을 위협하기보다는 오히려 그들을 즐기기 위해 헌신하는데 언급한 듯하다. 〈율리시스〉에서, 스티븐은 영국인들을 흥미 있게 하는 에린 직에 관한 잔인한 논평을 행하는지라, 그는 "욕망에 도취되고 멸시를 당한 채, 너그러운 주인의 찬사를 얻으며, 그의 주인의 궁전에 있는 한 광대"

【U 21】 같은 유순한 애란 인에 관해 언급한다.

【210】 (아이들을 위한 ALP의 선물 부대의 내용물 열람) 빈민 상품, 그녀의 초탄初誕 아들들과 헌납공물의 딸들, 모두 합쳐 1천 1의 자子들, 그리고 그들 각자를 위한 고리 버들 세공 속의 행운 단지. 집시 리를 위한 그의 물주전자 끓일 땜장이 술통 한 개와 손수레 한 대; 근위병 추미를 위한 부추 넣은 닭고기 수프 한 통…. 제제벨과 르윌린 무마리지를 위한 바늘과 핀과 담요와 정강이의 조각 그림 맞추기 장난감.

그리고 성서에 입맞추도다. 집시 리를 위한 그의 물주전자 끓일 땜장이 술통 한 개와 손수레 한 대; 근위병 추미[729]를 위한 부추 넣은 닭고기 수프 한 통; 실쭉한 팬더의 심술궂은 조카를 위한, 신기하게도 강세의, 삼각 진해제鎭咳劑 한 알; 가엾은 삐코리나 페티트 맥파레인[730]를 위한 감기약과 딸랑이 그리고 찔레꽃 鼻; 이사벨, 제제벨과 르윌린 무마리지[인물들][731]를 위한 바늘과 핀과 담요와 정강이[732]의 조각 그림 맞추기 장난감; 조니 워커 삑[733]을 위한 놋쇠 코와 미정련未精鍊의 벙어리 장갑; 케비닌 오디아[734]를 위한 종이 성조기; 퍼지 크레이그를 위한 칙칙폭폭 및 테커팀 톰비그비[735]를 위한 야진夜進의 야생토끼; 골목대장 헤이즈[736]와 돌풍 하티건[737]을 위한 오리발과 고무 구두;

【211】 (계속되는 선물 일람표) 여기 조이스의 당대의 두 사람에 대한 신랄한 해학적 언급이 있는지라, 그들은 두 애란의 Nobel Prize 승자들인, 예이츠와 버나드 쇼이다. 조이스의 Yeats와 Berbard Shaw에 대한 별명이 심각한 정치적 문제를 감추고 있는바, 즉, 그들의 영국의 청중들 앞의 애란 작가들의 탈도덕화(풍기문란)이다.

도리깨비불로서 예이츠에 대한 언급은 예이츠가 영국의 청중을 흥미롭게 하기 위해 애란 전설을 과장하거나 삭제하고 있음을 암시한다. 쇼의 호칭은 그의 "짖음"(bark)이 그의 씹음(bitr)보다 한층 악화했음을 암시하는 바, 즉, 쇼는 혁명을 말하지만, 그의 참된 전도顚倒(overthrow)에 대한 공헌은 보기보다 한층 덜하다는 것을 암시한다. 사실상 조이스는 예이츠와 쇼를 두 애란의 광대로서 언급하는 것 같은지라, 그들은 영국인들을 위협하기 보다는 그들을 즐겁게 하도록 스스로를 헌납한다. 〈율리시스〉에서, 스티븐 데덜러스는 영국인들을 흥미롭게 하는 애란의 작가들에 관해 잔인한 논평을 한다. 그는 이러한 유약한 애란 인을 "욕망에 도취되고 멸시를 당한 채, 너그러운 주인의 찬사를 얻으며, 그의 주인의 궁전에 있는 한 광대"【21】로서 언급한다.

소少로 사료되었던, 소마스를 위한, 자신이 대大로 느끼는 크라운 한 잎; 청소부 케이트를 위한 빳빳한 농작물용 갈고리 한 개 및 상당량의 잡다 퇴비물…, 기쁨; 루벤 적흥赤胸을 위한 기로틴 셔츠 및 황야의 브레넌을 위한 대마 교수용 바지 멜빵… 스코트를 위한 모기 장화. 카머파의 캐인을 위한 C3의 꽃꼭지; 우체부 쉐머스 오숀을 위한, 칼과 스탬프를 포함하는, 무양지도 달럭… 범의성 황금 풀무, 나 아래서 나를 불지라, 그리고 실버銀는-누구—그이는-어디에?를 위한 자장 자장가의 혼들의자, 엘뜨로베또.

"카밀라, 드로밀라, 루드밀라, 마밀라"(Camilla, Dromilla, Ludmilla, Mamilla). 이들은 셰익스피어 연극들의 남자 등장인물들의 여성 번안들인 듯. Camillo는 〈겨울 이야기〉, Dromio는 〈과오의 코미디〉, 또한 Mamillius는 〈겨울 이야기〉 등등. Ludmilla와 가장 가까운 것은 〈줄리어스 시저〉에서 Lucillius.

【211.5-6】 생명은 또한 조이스 그이 자신을 위하여 한 개의 선물을 갖는지라, 즉 '경쾌한 짐'(Sunny Jim)를 위한 그의 등에 한 개의 클론고우즈 우드 클로스(십자가)(cross)이다. 조이스는 그의 "방탕아"의 신념을 그의 등에 죄의 짐으로 날랐는지라, 그것은 클론고우즈 우드에서 강요된 전통파와 갈등했다. 하지만 근는 그가 거기서 배운 전통파를 전적으로 거절할 수 없었는지라, 고로 그의 개성은 분할되었으니—쌍둥이 짐이라. 조이스는 언젠가 〈율리시스〉를 쓰는 동안 그의 "예술의 완전한 태도"로서 코미디를 차용했다. 리오폴드 블룸의 입성과 더불어, 조이스는 코미디의 자신의 통달通達을 보였고, 결코 뒤돌아보지 않았다. 그러나 코미디는, 그의 침울하게 초상화된 스티븐 데덜러스에도 불구하고, 조이스의 진짜 개성의 진면목이었다. 조이스의 가족은 그를 '경쾌한 짐'이라 불렀다.

【211.14】 선물들 중 하나는 당대의 독자들을 위한 한 가지 언급을 가지거니와, "우스꽝스런 피즈"(Funny Fitz)를 위한 부루 백(blue back)이었다. "파니 피즈"는 슬픔을 얻는 것으로, II.2에서 소년들에 대한 언급이다. 부루 백은 때때로 벌의 쏘임을 진정시

키곤 하지만, 그 말은 세탁에 사용되는 표백 세제에 대한 언급이다, 그러나 조이스는 여기 존 프란시스 "Honey Fritz" Fitzgerald(1895-1950), 매사추세츠 주 의원, 상원의원, 보스턴 시장으로, 탁월한 아이리시 아메리칸이었다.

【211.26-28】 조이스는 여기 옛 주제인, 대중의 처형에 관한 언급을 갖는다. ALP는 한 적흉赤胸의 죄인을 위해 단두대 셔츠를 그리고 또 다른 이에게 교수형 양말대님을 증정한다.

【211.29-30】 여기 독자가 풀어야 할 또 다른 수수께끼가 있다. ALP는 Karmalite Kane이란 이름의 누군가를 위해 C3 꽃자루를 증정하거니와, C3는 1차 세계 대전 중 영국에서 육군 징병을 거역 당한 어떤 이의 지시였는지라 미국에서 2차 전쟁 이래 4F와 동류의 것이다. 화경花莖은 식물들에서 발견되는 수형莖形이다. 그런고로, Karmalite Kane이 취득하려는 것은 가는 목일 것이요, 아마도 교수의 결과로서, 이웃에 있는 토픽이다. 그러나 Kane은 누구인고? 단서인즉, 런던의 Harmsworth Press 본부 Carmelite House에 과거 및 현재에도 존속한다. 두 아일랜드의 형제들인, 고 Northcliffe 경과 Rothermere 경은. 둘 다 채프리조드 태생으로, 〈데일리 메일〉(Daily Mail)로 시작하는 Harmworth 신문의 세계 최초 1백만 부 일간의 감상적 신문을 경영했다. 그들은 정보의 대중적 표준을 저락하고 대중 여론의 선동적 효과를 위한 "〈가인〉(Cain)의 타이틀의 자격을 부여할 것이다. Northcliffe 경은, 그의 섬뜩한 슬로간인" 만사 간주, 무사 무제 "Everything counts, nothing matters"였는바, 결국 미쳤다. (우연의 일치로, 언제나 가장 유명한 허구적 신문 소유자는, Orson Welles의 1941 필름의 히어로인, Charles Foster이다.) 확실히, 조이스는, 〈피네간의 경야〉 출판 뒤에 방영된 〈시민 캐인〉(Citizen Kane)에 관해 아는 것 같지 않으냐, 필름 제작의 루머는 Herman Mankiewicz 혹은 제작과 연관된 다른 사람으로부터 그에게 당도했으리라.

총체적으로, 조이스는 여기 독자들에게 그녀의 불행한 아이들에게 공평한 모신母神에 의해 분배되는 "선물들"의 환멸적 및 불길의 견해를 독자에게 준다. 그녀의 죄지은 남편의 이야기를 퍼트린 빈둥거리는 자들에게 다양한 선물을 할당한 다음, 아나 리비아는 25 꼬마 소녀들에게 모성의 준비인, 원경의 선물을 준다【212.16】. 그녀는 또한 소년들에게 포도타래를 주는지라【212.16-17】. 그의 R&O는 음낭으로 동일시된다.

"얼마나 백 가득히!" 다른 세탁부가 부르짖는다【212.20】. 그리고 그것은 생명의 "선물들"로 가득한 커다란 백으로, 그의 대부분을 수취인들은 오히려 가지려하지 않는다.

【212】 (계속 되는 ALP의 선물 일람표) 축제 왕과 음란의 피터와 비란飛亂의 쇼티와 당밀의 톰과 O.B. 베헌과 흉한 설리와 마스터 매그러스와 피터 클로런과 오텔라워 로사와 네론 맥퍼셈과 그리고 누구든 뛰어 돌아다니는 우연히 마주치는 자를 위한 기네스 맥주 또는 에네시 주酒, 라겐 주 또는 니겔 주, 기꺼이 꿀꺽꿀꺽 튀기며 먹 감기 좋아하는 것은 무엇이든….(앞 페이지와 여기까지의 선물의 목록은 〈피네간의 경야〉의 첫 페이지 및 두 번째 장을 암시한다. 티브-터브, 더블린, 조지아, 트리스트람 등).

맙소사, 어떻게 백 가득히! 빵 가게의 진塵한 다스와 10분의 1세稅와 덤으로 더 얹어주다니. 그건 말하자면 허황한 이야기가 아닌고!(이 구절은 다른 여인의 목록의 열거에 대한 한 빨래 여인의 코멘트이다). 이어 빨래 행위는 현실로 되돌아온다. 청결의 명예에 맹세코, 당신의 허드슨 비누를 여기 좀 던지구려! 소용돌이 강류가 온통 당신 쪽에 있나니… 그녀의 작년 소지선화沼池仙花를 가지고 그로 하여금 그의 허영의 시장을 재공염불하게 했도다. 나는 붉은 인디언 속어로 된 그의 〈성서〉의 오편汚片을 읽고 있는지라.

이제 다섯 번째 부분【213-216.5】으로, 이는 작품의 위대한 부분 중의 하나요, (단락의 구분은 다양하다) 단지 아나 리비아의 "부드러운 아침, 도시여!"인, 새벽의 독백에 이어, 두 번째로서, 밤의 전환 장면이다. 조이스는 이 부분, 특히 정교한 끝 단락에 관해서 썼는지라, 【I.1.8】의 끝이 근사한 것이든 혹은 내가 언어의 나의 판단에서 저능아인지 모를 일이다 (〈서간문〉【1.240】). 그는 나중에 자신이 아나 리비아 장의 끝에 뭔가 모험하기를 준비하고 있음을 썼다(〈서간문〉【3.163】).

조이스는 언제나 황혼과 새벽, 시간에 있어서 전환적 면을 서술하는데 앉아서 놀라운 숙달을 보인다. 여기, 언어의 정교한 조정에 의하여, 그는 리피 강의 황혼의 낙조를 보인다. 모든 이야기는 종말이 있으며,【213.12】 '공간' 이야기는 여기서 끝이다.

빨래하는 여인들은 아나 리비아의 아이들의 잃음을 개탄한다. 그들은 그녀를 떠나고 바다 너머로 가나니, 몇 편의 의상만을 남길 뿐이다【214.5】. 이 점에서 조이스는 싱 (Synge) 작의 〈바다로 말을 타는 자들〉에서 노라의 위대한 개탄을 위한 코믹 묘사를 제공한다. "위대한 노잡이요" 어부漁夫인, 사람, 그러나 낡은 셔츠와 간단한 스타킹에 관한 것 이외 아무것도 남는 것이 없을 때 애처롭지 아니한가?

이제 '시간'은, 황혼과 더불어, 서서히 시작한다. 두 노파는 저녁의 〈3종 기도〉(Angelus)를 듣는지라, 그것은 여기 겨울의 종말의 취리히의 의식儀式인, Sechselaue과, 그런고로 억압적 부친의 지배의 종말, 아이들의 새 부모에로의 발전 및 '시간' 연속의 시작과 합체한다. "펑퐁! 여섯 시 만도의 미종 종소리가 울리나니! 그리고 춘재의 성태가 팡! 옷가지에서 물을 종출할지라! 이슬을 종입鐘入할지라! 성 천聖泉이여"【213.18-19】. 스위스의 의식은 강에 의한 교접의 쌍의 섹스, 그리고 메시아의 성령의 개념, 〈3종 기도〉의 매시지를 위한 방황과 결합한다. 이 〈3종 기도〉는 한 방중의 〈3종 기도〉를 예상하는지라, 그의 아이들에 의해 겨울 왕 그것의 파괴를 기록하는, 조이스의 발명이다.

그러나 '공간' 서술의 바로 종말에서 〈피네간의 경야〉 그것 자체의 최후의 구절들이 예시된다. 불타는 태양, 그것은 책의 종말에서 아나 리비아에 의해 아련히 보일지니, 이제, 거의 환각으로, 빨래하는 여인들 중 하나에게 세 번 나타나는지라, 그녀는 자신의 테니스 챔피언의 아들을 위해 능마를 썼으며 새벽 이래 잠깨어 있었음을 불평한다【214.22-27】. 책의 종말에서 새 아들-남편-애인을 장식하는 눈부신 테니스 플란넬이 여기 세 번 출현한다. 세탁부들은 갑자기 강의 어구에서 불타는 인물의 환영, 또한 그녀의 남편-아들인, 그녀의 위대한 아들인, 갓 솟은 태양을 보는 아나리비아의 예상을 감지한다【214.11-12, 30.215.1】.

【213】낡은 마차 정류장 곁의 집 [르 파뉴 소설의 익살] 그리고 밀(J)의 여인에 관하여, **플로스강의 복제複製와 함께.** (날이 저물고 땅거미가 내린다) 내 두 손이 청냉靑冷인지라. 아니 어디 있는고? 지난번 내가 그걸(비누) 보았을 때 사초莎草곁에 놓여 있었나니. 맙소사, 내 비누가 어디 있는고? 나의 비애여, 난 그걸 잃고 말았도다! 그러나 오, (이야기를)계속할지라! 그러나 오, 계속할지라! 나는 사담辭談을 좋아하나니. 나는 재삼재사

더 많이 귀담아 들을 수 있도다. 강 파하波下에 비雨. 날벌레가 부평초 구실을 하나니. 이 후담厚談이 유아唯我에게는 인생이라.

(이 구절은 이 장의 제5번째 부분이요, 종결 구절로서, 조이스의 육성 녹음이 시작하는 부분이다). 틴 달 교수는 이를 아래 같이 해설한다. "이 장의 첫 두 부분이 그들의 주제들을 지니며, 시詩로서 연속이라면, 이곳 부분은 보다 위대한 시이다. 이는 재생, 밤의 몰입, 죽음 및 살아있는 강에 대한 찬가이다. 아베 마리아(Hail Mary), 3종 기도(Angelus), 및 취리히 의 봄 축제(Sechselauten)의 종들은 부활을 축하한다. 그리고 '옷가지의 종출과 종입'은 테니슨의 신년(New Year), 비코의 'seim anew'와 함께 씻으며 결합한다"【T 146-7】. 세 탁은 리피 강의 돌멩이 위의 젖은 옷가지들의 소리―Flip! Flep! Flap! Flop!의 모음 전환의 연쇄를 통하여 계속된다. (이는 〈율리시스〉 제3장 말에서 스티븐의 배뇨의 음(f 음)을 연 상시킨다. "slop, flop,…flowing, floating, foampool, flower unfuring")【41】. 또한 이는 인도의 갠 지스 강의 빨래 소리를 연상시키기도 한다. 밤이 떨어지고 방파제의 풀백 등대―아 마도 "pharphar"―파로스(Pharos)(옛 알렉산드리아만灣의 Pharos 섬에 위치한, 세계 7대 불가사이 의 하나)처럼 멀리―가 빛을 발하자, 빨래하는 두 여인은 그들 생각으로" 위대한 Adam Findlatar"를 본다. 또는 Finn MacCool 및 잡화상인 Adam Findlater로서의 HCE. 그러나 환영은 단지 "저들 4괴노怪老들이 소유한 회록灰綠의 당나귀이다"(여기 당나귀 의 신분은 문제지만, 그러나 여인들은 당나귀를 Finnleader로 혼돈하기 때문에, HCE는 당나귀가 될 수 도 있다). 〈율리시스〉에서 종탑에서 나와 저녁에 Gerty의 머리 위를 나르는 박쥐는 여 기 두 여인 위를 나는 박쥐인 셈이다【309-10】. 당나귀에 의해 속임 당한, 그들의 눈과 그들의 귀는, 이제 그들이 나무와 돌로 변신하자 기력을 잃는다. 그리하여 여기 나무, 돌 그리고 강만이 남는다.

"글쎄, 당신은 알고 있는고 아니면 당신은 감지하지 못하는고 아니면 모든 이야기 는 자초지종이요. 봐요, 볼지라, 짙어 가는 땅거미, (두 여인은 변용하기 시작한다) 나의 고 지枯枝들이 뿌리를 내리고 있나니. 나의 등. 육시만도六時晩禱의 미종美鐘 종소리가 울 리나니! 그리고 춘제春祭의 성태聖胎! 팡痛! 옷가지에서 물을 짜낼鐘出(종출)지라! 그리 고 모두에게 은총을 하사하옵소서! 아멘祈男(기남). (빨래의 말림) 우리 여기 그걸 지금 펼칠 건고? 당신 쪽 둑에다 펼쳐요 그리고 내 것은 내 쪽에다 펼칠 테니. (날씨가 냉전冷轉) 바람風이 일고 있나니. 내가 호스텔 이불(시트)에 돌멩이를 몇 개 눌러 놓을지라.”

【214】 (ALP는 리피 강이 되고 빨래하는 여인들의 오물을 흘려보낸다. 그리고 두 여인의 최후의 대화) 덤불 참나무 묵주 한 개가 강을 따라 동동 떠내려갔나니 마침내 배철러의 산책로 (더블린 중심가, 오코넬 교 위) 저편 성급性急 공중변소의 주主 배수구의 옆 분류分流에 금잔화 한 송이와 구두장이의 한 자루 초와 함께, 소실작야消失昨夜 맴돌고 있었도다. 그래 그런 이야기를 이제 한단 말인고? 우리는 모두 그림자에 불과하나니! 글쎄 정말, 당신은 그것이, 거듭 그리고 거듭, 범람하듯 몇 번이고 응송應頌(타안打岸)되는 걸 못 들었단 말인고? 나는 못 들었는지라, 부필否必! (그리고 한 세탁녀의 애절한 신세타령)나는 습한 새벽 이래, 부정맥과 정맥노장에 고통하며, 나 같은 과부가, 세탁부요, 나의 테니스 챔피언인 아들에게 라벤더 색 플란넬 바지를 입히기 위해, 기동하지 않은고? (저무는 땅거미 속에 한 여인이 무슨 형체를 보는 듯하다. 다른 여인이 그녀를 힐책한다).

【215】 〈율리시스〉 13장 말의 블룸처럼, 여인들은 등대 불빛을 헤아리며, 저녁 하늘에 박쥐를 본다. “하늘에는 박쥐가. 저건, 필연 먼, 피안의 풀벡 등대 불인고, 아니면 키스트나 근처 연안을 항해하는 등대선 인고 아니면 울타리 속에 내가 보는 개똥벌레 불빛인고 아니면 인도 제국에서 되돌아온 나의 갈리인고? (그리고 두 여인은 헤어질 찰라이다.) 우리는 다시 만날지라, 그리고 한 번 더 헤어질 것인지라. 당신이 시간을 발견하면 나도 장소를 구할지로다. 빠이빠이! 나는 나 자신의 길, 나의 골짜기 길을 따라 당장 천천히 집으로 돌아가도다. 나 역시 갈 길로…”

“이브(저녁)여 사라질지라, 귀여운 이브여, 사라질지라!… 그럼 이만 실례, 나는 가노라! 빠이빠이! 그리고 그대여, 그대의 시계를 끄집어낼지라, 나를 잊지 말지라(물망초).” (일몰이 되자, ALP는 바다에 도착하고 죽는데, 이는 〈피네간의 경야〉 제6장의 Nuvoletta의 자살과 오필리아의 죽음을 상기시킨다. 여기 또한 “물망초”는 〈피네간의 경야〉의 마지막 행에서 아나의 독백인“Memeromee”【628】의 그것과 유사하는 바, 이는 부왕 햄릿의 유령이 왕자에게 하는 이별의 말 (“Remember me!”)을 메아리 한다.)

아하, 하지만 그녀는 어쨌거나 괴노파怪老婆였나니, 아나 리비아, 장신구발가락! 그리고 확실히 그[HCE의 암시]는 무변통無變通의 괴노남怪老男, 다정한(D) 불결한(D) 덤플링(D),[738] 곱슬머리 미남들과 딸들의 수양부修養父. 할멈과 할범 우리는 모두 그들의 한 패거리나니. 그는 아내 삼을 일곱 처녀를 갖고 있지 않았던고? 그리고 처녀마다 일곱 목발을 지니고 있었나니. 그리고 목발마다 일곱 색깔을 가졌는지라.[739] 그리고 각 색깔은 한 가닥 다른 환성을 지녔었도다. 내게는 군초群草[740] 그리고 당신에게는 석식夕食 그리고 조 존에게는 의사의 청구서.[741] 전하前何! 분류分流![742] 그는 시장녀市場女와 결혼했나니, 안정安情하게[743], 나는 아나니, 어느 에트루리아의 카톨릭 이교도[744]마냥, 핑크 색 레몬 색 크림색의[745] 아라비아의 외투(쇠미늘 갑옷)[746]에다 터키 인디언(남색) 물감의 자주색 옷을 입고. 그러나 성 미가엘(유아乳兒) 축제[747]에는 누가 배우자였던고? 당시 있었던 모두는 다 아름다왔나니. 쉿 그건 요정의 나라[노르웨이]! 충만의 시대[모든 것이 아름답던 과거] 그리고 행운의 복귀福歸. 동일유신同一維新.[748] 비코의 질서 또는 강심强心[749], 아나(A) 있었고, 리비아(L) 있으며, 풀루라벨(P) 있으리로다.[750] 북구 인종北毆人衆 집회가 남방종족南方種族의 장소를 마련했나니 그러나 얼마나 다수의 혼인복식자婚姻複殖者가 몸소 각자에게 영향을 주었던고?[751] 나를 라틴 어역語譯할지라, 나의 삼위일체 학주學主여[752], 그대의 불신의 산스크리트어에서 우리의 애란어에로[게일에]! **에브라나(더블린)의 산양시민**山羊市民**[HCE의 암시]이여!**[753] 그는 자신의 산양 젖꼭지 지녔었나니, 고아들을 위한 유방柔房을. 호호 주여! 그의 가슴의 쌍동이.[754] 주여 저희를 구하소서! 그리고 호![755] 헤이? 하何 총남總男. 하何? 그의 종알대는 딸들의. 하매何鷹?

(이어, 노파, HCE, ALP 및 그들의 아들딸에 대한 화자의 독백) "아하, 하지만 그녀는 어쨌거나 괴怪노파였나니, 아나 리비아, 장신구 발가락! 그리고 확실히 그(HCE)도 무변통의 괴怪노남, 다정한(D) 불결한(D) 덤플링(D), 곱슬머리 미남들과 딸들의 수양부. 그는 아내 삼을 일곱 처녀를 갖고 있지 않았던고? 그는 시장녀와 결혼했나니, 아나(A) 있었고, 리비아(L) 있으며, 풀루라벨(P) 있으리로다. 그의 가슴의 쌍동이. 그의 종알대는 딸들…"

(여기 제8장의 결구는 앞서 제7장 말과 뒤이은 III부 제1장 말에서 바다로 흘러 들어가는 ALP-리피의 결

구들을 메아리 한다).

(두 여인의 변용의 순간) "박쥐 느릅나무, 돌은 들을 수 없나니 저 물소리로. 저 철렁대
는 물소리 때문에. 휭휭 날고 있는 박쥐들, 나의 발이 동서태動鼠昔하려 않나니. 난 저
변 느릅나무마냥 늙은 느낌인지라. 손이나 또는 셈에 관한 이야기? 모두 리비아의 아
들딸들. 검은 매들이 우리를 듣고 있도다. 밤! 야夜!"

【215.28-36】 가십의 또 다른 단락이 존재하는지라, 거기에서 우리는 모두 〈노파와
십장〉(Gammer and Gaffer)의 모든 아이들임이 확인된다. HCE는 '무지개 소녀들'과 "결
혼"했고, 하느님에 의해 추락의 인간에게 주어진 물리적 세계의 미美들을 감수했으
나, 아나 리비아는 종국에서 참된 아내였다【215.21-22】. HCE는 더블린 시의 속죄양
으로 분명히 동일시된다—이는 부친-속죄양이 아이들에 의해 파괴되려하듯 II.3의
클라이맥스에서 재현하는 신분이다【373.12】. 그러자 최후의 구절에서 조이스에 의한
언어적 기법의 위대한 전시가 나타난다. 낱말들이 불명료해진다. 강의 소리가 시간
의 흐름이 한층 강해지자 솟는다. 세탁부들은 서로의 말들을 분명히 들을 수 없다. 그
들은 빛이 밤으로 이울자 한 그루 나무와 한 톨 돌로 변한다.

【216.1-5】 나는 저쪽 돌마냥 무거운 기분이나니. 존이나 또는 손에 관해 내게 얘기
할지라? 살아 있는 아들 쉠과 숀 또는 딸들은 누구였던고? 이제 밤! 내게 말해요, 내게
말할지라! 내게 말해봐요, 느릅나무! 밤 밤! 나무 줄기나 돌에 관해 아담화我談話할지
라. 천류川流하는 물결 곁에, 여기저기찰랑대는 물소리의. 야夜 안녕히!

(마침내 여인들은 돌과 나무로 변신하여 사라진다. 그들은 손과 쉠의 이야기를 요구하고("A tale told
of 손 or 쉠?"), 그들에 대한 이야기는 "아이들의 시간"인 다음 장으로 이어진다).

여기 빨래하는 여인들은 서로 경쟁자의 입장을 취하면서, 나무와 돌로 남는다. 여
인들은, 서로가 라이벌인지라, 나무와 돌이 된다. 또한, 쉠은 나무요 손은 돌인지라,
이들 여인들은, 어떤 의미에서, 쉠과 손이다. 이 장의, 즉 제1부의 종말(8장)에서 밤의
몰입은 변화를 기록한다. 첫 부분은, 비록 밤의 꿈이긴 하지만, 그 대부분이 낮과 관계
한다. 다음의 부분들은 저녁과 밤과 관계할 것이요, 작품의 제4부는 새벽을 가져온다.

비록 이 장은 ALP처럼 3부분으로 분할되지만, 그 분할은 한계가 분명치 않다. 첫 부분은 둘째 부분과, 둘째 부분은 셋째 부분과 엉킨다. 둘째 부분은 ALP의 선물 부대 負袋를 다루지만, 저장소는, 우리가 목격하다시피, 둘째 부분의 시작 전에 몇 페이지에 언급되었다. 이러한 상오 얽힘은 꿈의 흐름과 그의 메커니즘과 일치한다. 작은 주제들 ("말해줘요"와 "빨래")은 보다 큰 주제들(암탉, 편지, 스위프트)이 작품의 전체와 연결하듯, 서로 썩기고 얽혀 꿈의 유형학類型學이요, 말의 메아리(verbal echo)를 형성한다.

여기 최후의 구절은 조이스에 의한 위대한 언어적 기법을 보여준다. 단어들은 불명료하게 된다. 강의 소리는 시간의 흐름이 한층 강해지자 솟는다. 빨래하는 여인들은 서로의 말을 분명히 듣지 못한다. 그들은 빛이 밤 속으로 사라지자 돌과 나무로 변용한다.

오늘날 나그네는 호우드 성에 들어서면 그것의 경내에 한 그루 큰 소나와 한 톨 큰 바위를 목격하는바, 〈피네간의 경야〉 이래 이들은 자라 거목과 거석이 되었다는 전설이 있다.

1 강은 달리나니(riverrun): 여기 강은 리피 강으로, 더블린의 중심을 관류하며, 여주인공 아나 리
비아 Plurabelle 및 요정을 암시한다. 작품의 제8장인 아나 리비아 PLurabelle에서 명시되다시
피, 리피 강은 Every-river이다. 또한 생명(Life)은 리피의 옛 형태로, 〈피네간의 경야〉에서 "life,
live, alive, living은 아나 리비아와 리피의 명칭을 나타낸다. 그리하여 이는 또한 river. water, 또
는 whiskey가 된다.

2 이브와 아담 성당(Eve and Adam's): 더블린의 리피 강 좌안, Merchant's 부두 상류, Four
Court(대법원) 맞은편에 위치한 Franciscan 성당이다; 여기 Eve and Adam's의 역순逆順은 비코의
순환을, 작품 말의 구절과의 순환적 연결을 암시한다. 〈피네간의 경야〉에서 추락의 주제가 작품
에서 음경, 탑, 도시 혹은 정치인의 모든 추락을 암암리에 들어낼지라도, 〈성서〉의 에덴동산에서
의 우리의 최초의 양친의 추락을 재화再話하지는 않는다. 그리고 부활(resurrection)의 주제는 "모
든 일어남"의 전후에 분명하다. 이는 또한 Adam and Eve's 주막(masshouse)으로서【U 564】, 식
사(mass)와 미사(Mass)가 은밀히 행해지는데, 여기 작품에서 생명과 기억의 강은 아일랜드의 과거
속으로 되돌아 흐르는 곳이다.

3 넓은(commodius): Licius Aelius Aurelius Commodius: 로마의 제왕 (기원 161-192).

4 비코촌도村道(vicus): (L) vicus이기도: 마을(village)의 뜻. 더블린 외곽의 비코 가도는 Bray 마을
로 향하는 반원형으로 이루어진 해안 도로로서, 〈율리시스〉의 네스토르 장에서 디지(Deasy) 교장
은 스티븐에게 이 길을 따라 더블린으로 연합정치(the union)에 찬성투표를 위해 말을 타고 나아가
는 John Blackwood 경에 대해 언급한다【U 26】(나그네는 오늘도 버스로 그 위를 달릴 수 있다).

5 호우드 성(Howth Castle 또는 Hill): 〈피네간의 경야〉의 주인공 HCE를 상징한다. 호우드 언덕의
꼭대기(Ben of Howth) (여기 Ben은 게일어로 꼭대기란 뜻, 〈율리시스〉 키클롭스 장 말 참조)에는 고대의 캐론
(cairn)(원추형의 돌무더기로, 현존한다)이 있는데, 이는 아일랜드의 전설에 따르면, 애란 신화의 페니

언(Fenian)의 환環속의 한 위대한 용사, 즉 핀 맥쿨(Finn MacCool)의 머리로 믿어진다. 호우드 언덕
은 동쪽에, 피닉스(Phoenix) 공원은 서쪽에, 각각 위치한다. 팀 피네간은 머리를 호우드 해드에 고
이고, 발을 피닉스 공원에 묻으며, 수도 더블린 시내를 그의 배를 깔고 누워 있다. 이러한 작품
의 지지地誌(topography)는 〈율리시스〉에도 마찬가지로, 더블린 중심부를 흐르는 리피 강은 몰리
블룸의 중심 소화관이요, 남북을 가르는 더블린 시내는 그녀의 양 두부에 해당한다. 또한 피닉
스 공원의 중앙 공도로 양분되는 지형은 HCE의 양 두부이기도 한다.(후출) 호우드 성과 그 주원
은 1177년 이래 St. Lawrence 가문의 지배 하에 있었다 (지금도?). (또한 후터 백작과 Grace O'Malley, 프
랜퀸의 이야기 세팅이기도). 성 곁에 자라는 트리스트람 나무(Tree) (Fritz Senn 교수는 C.L. Adams[London,
1904] 저의 〈아일랜드의 성들〉(The Castles of Ireland)에서 발견 한 바, 이 성의 정원 근처에 "트리스트람 나무로 알려
진 오랜 느릅나무가 조심스럽게 버팀 되고 보관된 채, 서있다는 것이다)의 건강에 가족의 운이 달려 있었다 한
다. 일설에 의하면 이 나무는 가족의 남성 일원의 죽음과 함께 큰 가지 하나가 말라죽었다 한다.
조이스에 의하면, 호우드 성의 영지 안에 아일랜드에서 가장 오래된 느릅나무가 서 있었다(〈서간
문〉,【III, 309】 참조). 호우드(호우드: 덴마크 식민자들의 발음)는 심지어 〈율리시스〉에서도 '살아있는' 존
재이다:"호우드는 기나긴 나날로, 얌얌 만병초꽃으로 지친 채, 잠을 위해 안착했는지라(그는 늙었
다) 그리고 밤 미풍이 일며, 그의 고사리 머리털을 휘날리는 것을 기꺼이 감촉했다. 그는 누웠으
나 잠들지 않은 채 한 쪽 붉은 눈을 떴다, 깊게 천천히 숨쉬면서, 졸리는 듯 그러나 눈을 뜨고…"
【U 13】. "그 옛날 호우드 언덕의 만병초꽃, 헤더와 고사리 숲"아래에서 블룸은 몰리를 임신시
켜 딸 밀리(Milly)를 얻었다(【U 144】 참조). 그것은 또한 마텔로 탑에서 보면"잠자는 고래의 코마
냥"(like the snout of s sleeping whale)【U 7】, 그 자태가 바다 너머 아련하다.

6 견실남堅實男(solid man): The Solid Man: 더블린의 음악당 연주자인 W.J. Asheroft의 별명.

7 기피자의 육봉구두(humtyhillhead of humself): Humpty Dumpty(땅딸보): 이어위커; 만일 호우드 언
덕이 잠자는 거인(피네간)의 머리라면, 그의 발은 피닉스 공원에 고추 서있다. 호우드 Head(Ben)
에 있는 고대 캐룬(cairn)(원추형 돌무더기)은 애란 신화의 Fenian의 환속의 한 위대한 용사, 즉 Finn
MacCool의 머리로 믿어진다.

8 상항통행징수문소(upturnpikepointandplace): 채프리조드에 있는 피닉스 공원 출입문 턴파이크
(turnpike).

9 노크 언덕(the knock): Castleknock: 피닉스 공원의 서쪽에 위치한다.

10 석화신石花(굴)神 대對 어신魚神(oystrygods gaggin fishygods): 〈율리시스〉의 구절: 던드럼의 어신
들(fishgods of Dundrum) 참조【U 13】.

11 내 뜻 네 뜻 격돌의 현장 아람!(What clashes here of wills gen wonts): 기원 451년의 Catalaunian

Fields의 전투를 상기시킴, 당시 Ostrogoths 족은 Aetius 및 Visigoths에 의해 패배당함.

12 브렉케크 개골 개골 개골! 코옥쓰 코옥쓰 코옥쓰!: Aristophanes(아테네의 시인, 희극 작가, B.C. 448-380)의 희곡, 〈개구리〉(*The Frogs*)의 구절의 패러디: "Brekekekex koax koax": Hades(황천)의 개구리 귀신들의 합창.

13 그들의 가정과 사원들을 절멸하고(mathmaster Malacgus Micgranes): 1. 노래 가사의 패러디: Master Magrath 2. malchus: 일종의 칼(sword) 3. Malachi 멀리건: 〈율리시스〉에 등장하는 스티븐 데덜러스의 익살꾼 친구 멀리건, 그의 원형은 Oliver Gogarty.

14 혹족들(the Verdons): 1. Vernon family는 가상컨대 브라이안 보루의 칼을 소유했다 2. Verdun 전투 3. verdun: 일종의 창(lance).

15 도깨비-불(the lamp of Jig-a-Lantern): Jack O'lantern: 도깨비불 또는 호박 등.

16 촛불 켜진 소옥小屋(a candleliitle houthse): Castletown House: 이 집은 1년 중 날마다에 해당하는 하나씩의 창문을 지닌 것으로 전해지다.

17 한 달(28일) 및 한 개의 풍창風窓(a month and one windies: 28+1 바람 부는 창문(windies)=29(윤달); 잇따른 〈피네간의 경야〉의 구절에서 1은 윤년 여인인 이슬트, 28은 그녀의 작은 소녀 친구들의 숫자를 가리킨다. 〈피네간의 경야〉에 있어서 수자학(numerology)은 조이스의 여타 작품들에 있어서처럼 중요하다. 위의 숫자들은 ALP의 보다 젊은 현시顯示인, 늙은 케이트를 대표하기도 한다.

18 그의 일곱 적방패赤防稗 아래, 노황제老皇帝가 가로누워 있나니(Under his seven wrothschields lies one): 1. 노래 "세 마리 갈까마귀"(The Three Ravens)의 가사 패러디: "저 멀리 푸른 들판 아래 헤이 아래 헤이 아래 헤이 아래, 거기 방패 아래 기사가 살해된 채 누어있네"(Down in yonder green field Down a down they down hey down There lies a knight slain 'meath his shield.') 2. 여기 "적방패"(schilds)는 Rothschild(독일의 은행가, 국제 자본가; 1777-1836) 가家의 익살이기도 하다. 시인 바이런(Byron)은 나폴레옹을 패배시킨 것은 웰링턴이 아니라, 로스차일드(Rothchild) 가家라고 말한 적이 있다. 위에 놓인 7개의 방패들은 또한 7개의 "sheaths"(칼집)의 암시로서, 비교론자秘敎論者들은, 이를 영혼의 본질을 표현한다고 한다.

19 위사僞史!(Fake!): 한때 조나단 스위프트는 붉은 대추가 하얗도록 빠는"【U 124】 식민자들(영국인들)의 땅(아일랜드)에 새워진 군대의 구조물(메가진 월, 탄약고)의 무모성에 대해 한 가지 해학시를 쓴 바 있거니와, 여기 〈피네간의 경야〉의 구절에서 우리는 그의 운시韻詩의 메아리를 엿볼 수 있다: 아일랜드의 감각(의미)의 증거를 보라.
여기 아일랜드의 기지가 보이나니!
거기 방어의 가치 아무 것도 없는데도,

그들은 메가진 (월)을 세우도다.

(Behold a proof of Irish sense!

Here Irish wit is seen!

Where nothing's left that's worth defence.

They build a magazine)

스위프트: 〈메가진 언덕에 대한 경구〉(*Epigram on the Magazine*)

20 이것이 여속如屬블린? / 쉿(H)! 주의(C)! 메아리영토英土(E)!(This Is Dyoublong? Hush! Caustions!
Echoland!): 이 두 행은 HCE의 더블린을 거절(rejection)과 가십(gossip)의 도시처럼 보이게 만든다.
설상가상으로, 그것은 사자死者들의 도시요, "인카 몽마夢魔의 고인돌을 매장하곤 했던 헤진 묘벽
墓壁의 잔해"【13.15】로서 메가진 월로부터의 추락과 경야는 타당하다.

21 이 장면은 HCE의 주막 벽에 걸려있는 한 그림을 상기시킨다. (필자의 답사에 의하면, 피닉스 공원 서
단, 리피 강의 상류 외곽에 위치한 "마린가 하우스"(Mullingar House)(일명 Bristol)는 HCE의 주막이요 지금도 성
업 중으로, 건물의 사방 벽은 조이스와 〈피네간의 경야〉의 관련 도표, 사진들로 도배되어 있다).

22 Miry Mitchel: 러시아어 mir = 'peace', Mitchel = St Michael: 대천사로서, 사자들의 영혼의
수취자, 〈아나 리비아 플루라벨〉에서 Michael은 아담과 이브에게 비옥(육체적, 정신적)을 가지고
다가온다.

23 묘벽墓壁의 잔해(gravemure): 구체적으로 더블린 시市를 말하며, 조이스의 단편 소설집인 〈더
블린 사람들〉의 〈사자들〉을 구체화한다.

24 파이어리 파릴리(Fiery Farrelly): Nicholas Proud(전출, 12, 주석 9참조)(〈성서〉의 the Devil이요, 이 Satan
은 자만심과 오만 및 하느님의 창조에 대한 질투로서 추락한다)와 동일 인물.

25 잘 알려진 청광聽光 틀(W.K.O.O): well-known optophone which ontophanes; A = 1, B = 2 및
C를 사용하여, D + B + L + N = 32; W + K + O + O = 64(수자학).

26 핌핌 핌핌(Fimfim fimfim): 이 풍경을 통하여 우리는 아직 진행 중인 경야【6】의 증후들을 식별할 것
이다. "핌핌"(Fumfum fumfum)은 경야의 경쾌함의 주제로서, 수많은 변형을 통하여 거듭된다. 이는
"지은 죄"를 외치는 겨울바람 속의 마른나무 잎의 소리이기도 하다.

27 만낙장음萬樂葬音(funferall): 1. funeral for all 2. fun for all 3. 경야에서 추는 느리고 슬픈 무
도(pavan).

28 탄주彈奏하는 이 탐광기探光器(optophone which optophanes): optophone: 이미지들을 소리로 바꾸
는 악기. 장님이 소리로서 읽을 수 있도록 하는 도구.

29 위트스톤의 마적魔笛(Wheatstone's magic lyre): Sir Charles Wheatsone(1802-75, 영국의 물리학자)는

고대의 수금竪琴을 닮은 형태의 상자로 된 acoucryptophone를 발명했는데, 그 속으로 피아노의 전음顚音이 통과함.

30 아이보(Ivor): 더블린의 첫 북구 왕, 그의 형 Olaf와 함께, 더블린, Limerick 등을 건립했다.

31 오라브(Olaf): 위 아이보의 형.

32 영성永聖히(for ollaves): (1) forever (2) ollave: 아일랜드의 시인.

33 청본(*Liber Lividus*): blue book. 대책(청본): 고대 원고 본으로 이집트의 사자본死者本, 사대가의 연대기, 톰의 더블린 인명록, 또는 〈율리시스〉, 또는 〈피네간의 경야〉 자체일수도.

34 수곰과 발인髮人Hebear and Hairyman: 1. Heber와 Heremon: 아일랜드 종족의 전설적 조상들의 암시. 2. "나의 형 에서[아이작의 장남]"는 털보인지라.(Esau my brother is a hairy man)(〈창세기〉27:11)의 인유.

35 악혼무인惡婚舞人(Mal maridade): 지방무地方舞의 이름.

36 오월 요정(Morgan le Fay): 아서 왕의 누이, 요술쟁이.

37 이야기는 첫째로 고古 석기시대의 오래 전의 사랑의 이야기, 즉 아담이 땅을 갈고 이브는 비단을 짜든 시절의 것일 수 있다. 둘째로 아일랜드의 고대 민속적 이야기: 반 후터 백작(Jarl van Hoother, 시제의 성 로렌스 가족), 호우드 성의 백작과 오말리(Grace O'Malley, 1575)의 이야기. 여기 오말리는 엘리자베스 1세 때의 아일랜드 해적으로, 〈율리시스〉에서 "Granuaile …Kathleen ni Houlihan"으로 묘사된다【U 270】. 프랜퀸(프랜퀸)인 그래이스(Grace)는 유혹녀 또는 창녀, 매혹녀이기도 하다. 후터(후터) 백작의 식구는 두 쌍둥이 아들인 jiminies 및 외딸로, 〈피네간의 경야〉를 통하여 Isolde, Grania, Guinevere 등으로 합세한다. 셋째로 오늘의 주인공 HCE의 이야기(솀, 숀, 이씨) 등 상호 중첩되고 혼성된 이야기로 읽을 수 있다. 그중 특히 후터(Jarl van Hoother)의 "Jarl"은 스칸디나비아 수령(chieftain)으로, 영어의 공작(earl)에 해당한다. 여기 후터 그리고 프랜퀸의 이야기는 간단할지라도, 우리가 유념해야 할 유일한 것이라, 우리가 같은 이야기를 수없이 거듭할지라도, 매번 꼭 같지가 않다. 그리고 이를 증명하기 위하여 프랜퀸 이야기를 자세히 살펴볼 필요가 있다. 여기 후터 백작과 프랜퀸의 표면적 이야기 이외에도, 우리는 수많은 이야기의 중첩(〈피네간의 경야〉의 그것인양)을 읽을 수 있으니, (1) 아일랜드 역사와 신화 (2) 성서-노아 (3) 민속적 오말리 (4) 문학적 L. 스턴 (5) 스위프트 (6) 마크 트웨인 (7) 정치적: 스트롱보우(Strongbow), 크롬웰(Cromwell) (8) 종교적: 가톨릭과 신교도의 갈등 (9) 언어적 Gael과 Gall 등등. 여기 이야기에서 전통적 동화에서처럼 마녀가 3번 출몰한다. 또한 프랜퀸은 ALP처럼 물의 소녀인지라, 비, 강, 및 요尿와 연결된다.

38 그 옛날 장시長時에, 고古석기 시대에(in an auldstane eld): 통상적 동화의 시작: "옛날 옛적

에"(Once upon a time)의 패러디 (〈젊은 예술가의 초상〉 첫 행 참조).

39 아담은 굴토거掘土居하고…(Adam was delvin): (1) R. McHugh 교수 설: 시인 Gerald Nigent 작 〈아일랜드 이별에 관해 쓴 송시〉(Ode Written on leaving Ireland) 중의 가사에서: "그대로부터 달콤한 델빈(Delvin)이여, 나는 떠나야 하나니"의 패러디 (2) Atherton 교수 설: Gerald Nugent(아일랜드, 연대는 미상)의 시 "Fal에게 작별" 중의 가사에서: "델비으로부터 떠나기는 어려운 일"의 패러디 (Atherton 24.26).

40 그의 이브 아낙마담(madameen): 〈돈 지오반니〉(Don Giovanni)의 가사에서: "마다미아"(Madamia).

41 야산거남夜山巨男(mountynotty man): (1) Montenotte: 1794년 및 1796년 오스트리아 인들의 프랑스 패배의 장소 (2) Cork의 지역 명 (3) 이름은 역시 Cork의 지역인, night-mountain을 의미한다.

42 차가운 손(cold hands): 수음의 암시. '차가운 손'(cold hand)은 〈율리시스〉의 제8장에서 블룸의 몰리와의 호우드 언덕에서 갖는 초기의 사랑의 장면에 대한 회상에서, 그리고 제11장의 오먼드 바에서의 비어 펌프를 훑어 내리는 바걸의 '차가운 손'에서 수음의 상징으로 작용한다.

43 넝쿨 자者 마르크(Mark the Twy): Mark Twain의 암시.

44 오 행복불사조 죄인이여!(O felix culpa(L): (O lucky fall)하느님의 사랑을 통하여 부활을 가져왔던 추락에 대한 성 오거스터스(Augustus)의 축사祝辭. 이 구절의 변형인 "O Phoenix Culprit"는 이 작품에 수없이 등장하는 통상적 형태이다. HCE의 추락과 부활의 온당한 말로서, 아담의 행복한 추락(성 토요일을 위한 미사에서)과 피닉스 공원에서의 이어위커의 죄와 결합한다.

45 무無는 무로부터 나오나니(Ex nickylow malo comes): A.P. Persius(고대 로마의 풍자시인) 작 〈풍자〉(Satires) 1.84의 글귀: "De nihilo nihilum"(Nothing can come out of nothing).

46 연금 받는 신神처럼(like a god on pension) Herold: La vie de Bouddha에서 그는 불타佛陀의 말馬을 신처럼 서술한다.

47 히아리오포리스(Healiopolis): 팀 Healy가 아일랜드 자유국의 총통이 되었을 때, 더블린 사람들이 그렇게 부른 피닉스 공원 내의 총독 관저의 이름.

48 카페라베스터(Kapelavaster): 불타가 태어난 곳.

49 북부 암브리안(North Um브라이안): Northumbraian: 더블린의 Phibsborough 지역.

50 오분묘五墳墓(Five Barrow): Phibsborough: 더블린의 지역명.

51 비척비척 공습도空襲道(Waddlings Raid): 더블린의 Watling St, Roman Road, Watling 거리의 암시.

52 무어 암자(무어 St): 더블린의 거리 명.

53 레일리-교구목教區牧이 공그라졌을 때(when Reilly-Parsons failed): "퍼시 오레일리의 민요"의 패러디 (『F 44.24』 참조).

54 정규 레슨(nessans): 아일랜즈 아이(Ireland's Eye) 섬에 있는 Nessan의 삼자三子 성당 명.

55 봉니사업封泥事業(beesknees): (bee's knees): (속어) 완성의 절정만.

56 무정철한無情鐵漢 에스켈이여(Ezekiel Irons): 1. 르 파뉴 (Le Fanu)의 〈성당묘지 곁의 집〉에 등장하는 교구 목사 및 어부. 2. Ezekiel: "강자"란 뜻 (유태인의 예언자), 〈에스켈서〉 (구약성서 중의 한 편).

57 디미트리우스 오프라고난이여(Dimitrius O'Flagonan: 노래 속에 등장하는 인물인 rius Flag-nan McCarthy.

58 결코 마녀를 겁내지 말지니!(Be nayther angst of Wramawitch): Binn Eadair: 호우드 언덕.

59 밀매密賣 주점(Shop Illicit): 채프리조드 소재 Mullingar 주점(점주: HCE).

60 치행사癡行師(showm): 공원의 죄를 범한 HCE의 암시.

61 양조장자釀造場者(Brewster's): HCE는 양조인.

62 곰熊 바남(Phineas Barnum): 미국의 쇼맨.

63 저림(곤경) 속의 두창痘瘡 아내(pocked wife in pickle): 스몰렛(Smollett) 작 *Peregrine Pickle*의 패러디.

64 꼬마 별아別兒들(clinkers): 스몰렛 작 *Humphrey Clinker*의 패러디.

65 Edinburgh: (1) 에든버러, 스코틀랜드의 수도; (2) 여기서는 물론 더블린 시 (3) 에든(Eden) + 버러(Burgh), 서로 마주 바라보는 더블린의 (리피 강의) 두 부두 명.

66 맥캐이브와 컬런 대주교(Maccabe and Cullen): 컬런이 맥캐이브를 계승한 더블린의 두 대주교들, 양자는 반反 국민당원이었다.

67 적의식용두건赤儀式頭巾보다는 덜 두드러진 채(less eminent than the redritualhoods): 그의 모자는 그들의 두건 약간 아래 매달려 있다.

68 부포형浮泡型(cuckoospit): 어떤 동시류同翅類 곤충들을 에워싼 보호 거품.

69 나포레온 무한세無限世(Napoleon the Nth): 나폴레옹 I, II, III를 통틀언 세대.

70 민중선조民衆先祖(folkeforfather): (덴마크어) 대중 저자.

71 턱시도 재킷(tuxedo): 만찬 재킷.

72 배역은 이러한지라(The piece was this): 〈왕실 극장 연대기〉(*Annals of the Theatre Royal, D. 104*)의 문구.

73 한 마리 커다란 백색의 모충毛蟲(a great caterpillar): Lady Campbell(영국 시인 Thomas Campbell; 1777-1844)의 부인(?)은 작가 오스카 와일드가 크고 하얀 모충을 닮았다고 말했다 한다.

74 민중의 공원(People's Park, 민중의 공원): 더블린 남부 항구 도시 단 레어리(Dun Laighaire) 마을(〈율

리시스〉제1장 말에서 스티븐은 그곳에서 들려오는 아침 8시 45분의 성당 종소리를 듣는다). 민중의 정원(People's Gardens): 피닉스 공원.

75 헤이, 헤이, 헤이! 호크, 호크, 호크!(Hay, hay, hay! Hoq, hoq, hoq!): Little Brown Jug라는 노래 가사에서.

76 만일 그가 존재하지 않으면 잇달아 그를 발명할 필요가 있으렸다(if he did not wxist it would be necessarily 1uoniam to invent him): 볼테르(Voltaire)(프랑스의 철학자·문학자)(1694-1778) VI. A. 743 글귀의 인유: "매독은 오스트리아의 질병이요, 만일 존재하지 않으면, 그것을 발명할 필요가 있다"(Syphilis is the Austria of disease, if it did not exist it would be necessary to invent it).

77 덤브링(Dumbaling): 더블린.

78 아브덜라(Abdullah): 마호메트의 부친명.

79 말론 부서府署(John Mallon): 피닉스 공원 암살 사건 당시 더블린 경찰 서장

80 호킨즈 가街 건너 암대구岩大口 지역(Rosh Hashena off Hawkins Street): Rosh Hashena: (헤브라이) 유태인의 신년.

81 성당 묘지의 고가古家: Islam Centre의 Ka'aba(입방체 집).

82 최초의 월과식月果食 차례(first of the month froods): 최초 과일을 먹는 유태일(Jewish Day of First Fruits).

83 생명이여 있으라! 생명이여!(pfiat! pfiat!): Let it be light (〈창세기〉 말의 인유).

84 비천한卑賤漢 로우 같으니(Lowe): 비천한卑賤漢 로우(Oliver Lowe): 르 파뉴 작 〈성당 묘지 곁의 집〉에 등장하는 문관.

85 나시장禓市場(narked place): 더블린의 Hawkins 가와 D'Olier 가 사이의 더블린 어시장.

86 집에 묵고 있던 저 여인(what's edith ar home): 〈시편〉 68:12: "여러 군대의 왕들이 도망하고 도망하니 집에 거한 여자도 탈취 물을 나누도다"(She that tarried at home divided the spoil)의 패러디.

87 한 뒷박(homeur): 헤브라이의 용적 단위.

88 남원인南原人(Southron): 남쪽 원주민.

89 동질포同質胞의 사나이(that homogenius man): 〈게어티 극장 25주년의 기념〉(Souvebir of the 25th Anniversary of the Gaiety Theatre), 1896, 34호: [에드워드 테리]는…즉—짐즈가 말하듯—가장 동질포의 배우였다.

90 어떤 산림 감찰원들 또는 사슴지기들(woodwards or regarders): 녹육鹿肉을 보호하는 삼림관. 〈율리시스〉, 〈키크롭스〉 장면에서 삼림 관 Jean Wyse de Neaulan의 결혼식 장면이 서술된다(【U 265】참조).

91 우묵한 계곡(The Hollow): 피닉스 공원 내 .

92 녹림鹿林 또는 녹육장鹿肉場 차지인借地人이 처녀신부處女新婦를 탐색하는 녹림장綠林場) 지기 들(garthen gaddeth green hwere sokeman brideth girling): (전출) 주 14) 참조.

93 성聖 스위턴의 이변異變의 여름(an abnomal Saint Swithin's): 7월 15일ㅡ"성 스위턴의 날에 비가 오 면, 40일간 그대로이요, 성 스위턴 날에 맑으면 40일간 그대로일지라"([178.8; 433.35; 520.16] 참조).

94 (이쎄 샤론 들장미여!) 이쎄 샤론 들장미여!(Jesses Rosasharon!): 〈솔로몬의 아가〉(2:1)의 구절에서: "나는 샤론의 수선화요 골짜기의 백합화로구나"(I am thee rose of Sharon, & the lilly of the valleys).

95 염화칼슘(calcium chloride): 습기 흡수제.

96 4월 13불길일不吉日(Ides of April): 3월 13일의 불길일(시저가 암살된 날)의 은유. HCE는 파이프 를 문 한 캐드(Cad)라는 사나이를 만난다. 여기 조이스는 피닉스 공원에서 한 부랑아가 그의 부 친 존 조이스에게 언젠가 파이프에 불을 댕기기 위해 그에게 성냥을 요구했던 일화를 이 에피소 드의 토대로 삼고 있다. 이는 단지 한정된 의미에서 사실일지라도, 분명히 이 에피소드의 주축이 되거니와, 여기 조이스는 그의 부친을 HCE로 역役하게 함으로써, 이야기를 재활再活시키고 있음 이 분명하다. (참조: Mary and Padraic Colum 저: 〈우리의 친구 제임스 조이스〉(*Our Friend James Joyce*)(p. 105).

97 인류의 혼란(the confusioning of human races): 〈성서〉 바벨탑 붕괴 후의 언어들의 혼란에 대한 인유.

98 철기병 장화(ironsides jackboots): Ironsides: 크롬웰의 별명.

99 인버네스 외투(Inverness cloak): 어깨 망토를 뗄 수 있는 오버코트.

100 기네스 술푸대 바보 양반 오늘 기분이 어떠하쇼?(Guinness thaw tool in jew me dinner ouzel fin?): (현 대 아일랜드어) Conas ta tu indiu mo dhuine uasal fionn?: How are you today my fair gentleman? 이 구절 중 "uasal"은"ouzel"의 변형으로, "흑안黑顔의 인물"이란 뜻.

101 흑소지黑沼地(Black pool): (1) 더블린의 별명 (2) 더블린의 Poolbeg 등대의 암시. 갤리선(Ouzel Galley)(옛날 노예나 죄수들에게 젖게 한 돛배)은 한때 살아진 것으로 여겼던 바, 1700년에 Poolbeg 등대 근처에 예기치 않게 재현했다 한다.

102 노령老齡들이 아직도 전율적으로 회상하듯(our olddaisers may still tremblingly recall): 〈보헤미안 아가씨〉(*The Bohemian Girl*)에 나오는 Florestein은 악마들에 의하여 정지 당하는데, 그들은 시간을 물은 뒤 이내 그의 시계를 훔친다. 이 사건은 마을 노령들의 공포의 대상.

103 분저주糞咀呪는 명석하게 도살해야 했나니(Execration as clearly to be honnisoid)(Honi soft qui mal y pense): (가터 훈장)(Order of the Garter)(영국) 악[분저주]을 생각하는 자에게 악이 미치리니의 패러디.

104 남살적男殺的 및 여살적女殺的으로 nexally and noxally): 〈시민 법〉(*Civil Law*)에서 타인에게 속하는 사람 또는 동물에 의하여 행해지는 상해傷害에 관한 문구의 패러디.

105 성 패트릭 기사일騎士日(St 패트릭 Day): 1767년 3월 17일 (아일랜드 수호성인의 기념일).

106 페니언 당의 봉기(Fenian Rising): 1867년 3월 17일의 패니언 애국자들의 봉기.

107 사유권(usucapture): (usucapion) 오랜 사용과 향락에 의한 개인 소유권의 획득.

108 쟈겐센 제製(Jurgensen): 시계의 유형.

109 수장水葬 시계(Waterbury watch): 코노트(Connacht)(아일랜드 북서부 지역)의 워터베리(Waterbury)제 시계.

110 산酸, 염鹽, 당糖 및 고膏의 혼합체… 골骨, 근筋, 혈血, 육肉, 및 력力을 위해 쓴 것을…(acids, salts…bloodm flesh and vimvital): 고대 중국에서, 골(뼈)을 육肓하기 위해 사용된 산, 근육을 위한 신辛, 피를 위한 염, 육을 위한 감甘 및 일반적 활력을 개량하는데 쓴 것.

111 모건 조간朝刊 신문에 서술된, … 한 피조물(stated in Morganspot…a creatuer): morgen(G): morning; Morning Post: 더블린의 일간 신문. (1) 피조물(Cad): Caddy 및 Primas라는 다른 이름을 지닌 부랑아; 조이스는 그의 〈서간문〉【I, 396】에서 그를 설명 한다: "나의 부친과 부랑아간의 만남은 실지로 공원(필경 피닉스 공원)의 저 부분에서 일어났다." (2) 르 파뉴의 〈성당 묘지 곁의 집〉에서 소유주인 Sturk는 피닉스 공원의 Butcherswood에서 공격을 받고 암살된다.

112 고대의 삼두사三頭蛇(trip러-headed Cerberus): (희랍 신화) Cerberus(지옥을 지키는 개, 머리가 셋, 꼬리는 뱀).

113 노아 웨브스터(Noah Webster): 세계적 사서辭書명.

114 시간 측정기chronometrum drumdrum): 시계

115 그의 발생사(happening): HCE의 공원의 노출(죄).

116 베를린 모毛 장갑(Berlin glove): 베를린 산 양모로 짠 장갑.

117 그의 몸짓의 의미인즉: "his gesture meaning E!": 이 뒤집힌 E는 내부의 성스러운 본질을 언급하는 HCE 자신의 표식으로서, 그의 육체적 외모는 단지 거울 이미지(mirror image)에 불과하다. 이는 〈율리시스〉의 제15장 밤의 환각 장면에서 보는 God-Dog(신-개)의 전도 형과 유사하며, 그의 등을 대고 드러누운 형태인 E는 추락을 대표하는 기호이다(주 6 참조). 발을 디디고 선 형태인 E는 초창기 시절에 우리의 영웅에 의하여 건립된 선사시대의 거석巨石의 기념비를 나타내는 기호. 잇따르는 장면에서【299】사낙서가조四落書家族(The Doodles Family)의 각 구성원은 그들의 특별한 룬 문자의(runic) 기호가 부여된다.

118 **철공작**鐵公爵(duc de): 웰링턴 공작의 지칭.

119 과성장過成長한 이정석(overgrown milestone): 피닉스 공원의 웰링턴 공작의 기념비에 대중들이 붙인 별명.

120 하이델베르크 남시男屍 동굴(Heidelberg mannleich cavern ehtics): 고석기 시대의 하이델베르크

인간이 기거하던 동굴; manlich=man(남)+leiche=시체.

121 발한거인發汗巨人(Sweattagore): Svyator: 러시아 서사시의 거인+Sweatpore=인디아(속어).

122 햄(Ham): 노아의 아들들: 셈, 햄, 야벳.

123 받은 황금(guilders received): Cad가 HCE에게 받은 돈(비록 앞서 제1장의 뮤트와 쥬트의 대화에서 약간의 금화가 전달되긴 했어도). 여기 금전 문제가 어떻게 야기되었는지는 분명치 않다. 뒤따르는 이러한 만남의 재 서술에서 금전 문제가 한층 현실적으로 설명된다.

124 공사주工事主(taskmaster): Tysk-: (독어)

125 나는 늦게 만났군요, 또는 온충溫蟲이여, 너무 일찍이…그리하여 우태자愚怠者(I have met with you, bird, too late, or if not…ildiot): (1) O. 와일드가 그의 〈심연에서〉(De Profundis) 속에 시인 더글러스(Douglas)에게 한 말의 패러디. (2) 격언: "일찍은 새가 벌레를 잡는다"의 패러디. (3) 우태자愚怠者: (ildiot): Cad 또한 "우태자"인 T.S. 엘리엇(Idiot+Eliot): 엘리엇은 "그의 제2구어로" "큰 시간 노동자(조이스)의 많은 금지된 언어들"을 반복했다 한다. 조이스는, 우리가 또한 목격해 온대로, 엘리엇이 〈율리시스〉로부터 〈황무지〉를 훔쳤다고 주장했다. (4) 캐드의 이 말은, 또한 나이 많은 예이츠에 대한 젊은 조이스의 유명한 도전의 말이기도 하다.

126 악마 드루이드와 심수해深睡海 사이(Druidia and the Deep sleep Sea): "between the devil Druidia and the deep sea": 대중 속어의 패러디.

127 차레탄 몰(Charlemont Mall): (1) Charlemont Mall: 더블린의 그랜드(대) 운하 외곽에 있는 백화점. (2) Charleville Mall: 더블린의 로이얼(왕) 운하 곁에 위치함.

128 대운하와 왕운하(Grand Canal & Royal Canal): 더블린 시 남부 외곽의 양대 운하.

129 갈색의褐色衣의 성녀城女를 살피거나 노란(studying castelles in the browne and…the noran): 갈색(brown)…Noran: (1) Browne & Nolan: 더블린의 서점명. (2) Giordan Bruno the Nolan; 〈피네간의 경야〉의 대칭적 관계.

130 모세 모자익의 율법(Mosaic Dispensation): 모세 율법.

131 모우쉬 호 홀(mawshe dhohole): (게일어) "실례를 무릅쓰고"(if you please).

132 애란-서구 직계의(of Iro-European ascendances): 앵글로-아일랜드 직계의.

133 98년 피닉스-양조(Phenice-Bruerie): (1) 노래: "사자의 기억"(The Memory of the Dead) 중의 가사에서: 누가 '98'을 말하는 걸 두려워하랴(who fear to speak of '98'); 여기 '98'은 부활적 봉기(Easter Revolt)(농민 궐기)의 해 (2) Pgoenic Brewery(양조).

134 암흑계화暗黑界化된 채(erebusqued)(Erebus): 지구와 황천 사이의 장소.

135 그랜드 강주(Grand Cru): (프랑스어) 강주명.

136 볼도일(Baldoyle) 전격적인 경마주야競馬走野(the hippic runfields of breezy Baldoyle): 더블린 지역의 경기 코스.

137 전 프로그램을 통해 제일 인기 마(go through the card): (속어) "프로그램의 모든 경주에서 우승하다."

138 더블린 상보지詳報紙의 모든 경마 사건난欄(all pickers up of events national Dublin details): 더블린 일간지의 경마란.

139 퍼킨호號와 파울호號(Perkin and Paulock): (1) Perkin Warbeck: 영국의 왕위 요구자, 아일랜드의 지원을 받다 (2) Peter and Paul: 한 쌍으로서 〈피네간의 경야〉에서 계속적인 주제를 형성함. 그러나 Peter는 분리되고, 나무, 돌 및 Tauftauf, 그리고 필경 다름 주제들과 결합한다.

140 세인트 달라그(Saint Dalough): St Doolagh: Baldoyle와 Raheny 근처의 마을 명.

141 위니 위저!(J.W.Widger!): 워터포드 경기 가문의 가장 유명한, 아마추어 여성 기수(jockey)로, 여기 Anna Livia로 보이다.

142 습동濕冬은 악역과惡疫過하고, 주우走雨는 가고 오고 그리하여 잔디 거북의 목소리가 우리의에 충청充聽하도다(the wetter is pest, the renns are overt and come…on our land): 〈소로몬의 아가〉 2:11-12 중의 가사 패러디: "겨울도 지나고 비도 그쳤고, 지면에는 꽃이 피고 새의 노래할 때가 다다랐는데, 반구의 소리가 우리 땅에 들리는구나"(For, lo, the winter is past, the rain is over & gone…& the voice of the turtle is heard on our land).

143 트리클 톰(Treacle Tom): 그의 "혈유血乳 형제"인, Frisky Shortly와 함께, 전-죄수. Tom은 특히 돼지 도둑이요, Shoetly는 정보 염탐꾼(제공자)(tipster). Eoin MacNeill(John Gordon Swift)(아일랜드의 작가, 정치가) 작의 〈켈트의 아일랜드 55〉(Celtic Ireland 55)의 내용인즉: Lugaid Cichech는 Crimthann의 두 아들들인 Aed & Laegaire를 그의 가슴에서 길렀다. 그가 자신의 가슴에서 Laegaire에게 준 것은 우유였고, Aed에게 준 것은 피였다. 그들 각자는 그의 영양을 취했다. Aed의 종족은 군대에서 사나움에, Laegaire의 종족은 도둑질에, 뛰어났다.

144 케호, 돈넬리 앤 팩칸함 점(Kehoe, Donnelly, Pakenham): 더블린의 햄 훈제 점들.

145 해항자海港者들이 미동(The Colleen Bawn): 보우사코트(Dion Baucicault)의 작품명이기도.

146 소마군小馬郡(counties capalleens): 예이츠의 극시 〈캐드린 백작 부인〉(Countess Cathleen) 제목의 패러디. capaillin: (아일랜드어) little horse.

147 그는 취중에 어이 잘 만났다하는 자로(hailfellow with meth): (속어) "hail fellow well met"의 패러디.

148 압견옥鴨犬屋…웅계옥雄鷄屋(Duck & Dog Tavern, the Cock): 19세기 더블린의 주점 명들.

149 소노인정少老人亭(the Little Old man's): 어떤 추수 영주에게 바치는 공조貢租에서 최후의 단(다발).

150 생각나면 언제든지 마셔도 좋아 술집(All Swell That Aimswell): "끝이 좋으면 다 좋다"(All's well That ends well)(대중어)의 패러디 및 셰익스피어의 연극명의 인유.

151 컵과 등자옥鐙子屋(the Cup and the Stirrup): Arditi(19세기 더블린 로이얼 극장의 콘닥터)의 노래: "The Sirrup Cup"의 인유.

152 적색주赤色酒(red biddy): 변성 알콜(methylated spirit)로 강성强性된 값싼 붉은 포도주.

153 값에 상당하는 술(Creeping Jenny): 덩굴 풀 명.

154 오마라(요셉 O'Mara): 아일랜드의 테너 가수로, 〈트리스탄〉을 노래함. 또한 여기 O'Mara라는 이름의 사나이는 금전의 요구와 연관된다(난 돈이 필요하도다. I want money. Pleasend)【42】. 그는 셈(솀) 일 수 있는지라, 그의 아우에게 보낸 전보는 언제나 현금에 대한 애걸이다. HCE의 아들들은 고로 그들이 갖는 발라드(민요)의 저작에 함몰되어 있는 한, 그의 추락 뒤의 음모에 관련되어 있다.

155 곰팡이 리사(Mildew Lisa): 또는 Biss, 이씨(Is-Iss-Issy-Izzy-Ys-Lisa)의 별칭. 〈트리스탄〉으로부터 'Liebestod'라는 노래는 Mild und leise로 시작한다.

156 빙도氷島둑(the bunk of Iceland): 또는 더블린의 Green 가에 있는 Bank of Ireland일 수도.

157 숙명석宿命石(stone of destiny): Lia Fail: 아일랜드의 왕들은 Tara에서 이 숙명석 위에서 대관식을 지냈다. 〈피네간의 경야〉에서 종종 Liam 혹은 William으로 나타나는 바, 그 이유는 (1) William 3세와 Limerik의 깨진 조약서(treatystone)(〈율리시스〉 12장 참조【U 271】 때문에) (2) 아일랜드와 파넬과의 신의를 깬 글래드스턴 때문에.

158 호스티(주인의)(Hosty): 호스티는 HCE의 쌍둥이들 중의 하나로서 솀(솀 the Penman)과 일치한다. (L) hostis: stranger, enemy의 뜻.

159 독버섯 위에… 착상着床하고 있는지(he was setting on twoodstool): 〈허클베리 핀〉 제11장의 문구.

160 최고로 굶주린 채: 〈허클베리 핀〉 제8장의 문구의 변형.

161 갖은 수단 방법(manners of means): 콜리지(Coleridge) 작 〈노수부〉(The Ancient Mariner) 577행: "무슨 태도가 그렇담?"(What manner of man art you?)의 인유.

162 달키 다운레어리 및 브릭루키 전차 패도(the Dulkey Downlairy and Bleakrooky): Dalkey, Kingstown[Dun Laolaire] 및 Blackrock 전철로(오늘날의 Dart).

163 마담 그리스틀(Madame Gristle): Grisel Steevens는 더블린의 Steevens' hospital을 설립했다.

164 단즈 병원(Sir 패트릭 Dun's): 더블린의 패트릭 경의 Dun's Hospital(현존).

165 험프리 저비스 경卿병원(Sir Humphrey Jervis's): 더블린의 Jervis St Hospital(현존).

166 아데레이드 마타병원馬唾病院(the Adelaide's hosspittles): 더블린의 Adelaide Hospital(현존).

167 세인트 케빈(Saint Kevin's): 더블린의 St Kevin's Hospital(현존): 여기 Saint Kevin bed: 더블린 외곽의 그렌달로우에 있는 상부 호수 위의 협곡 이름이기도.

168 바넬(The Barrel): 친구들의 만남의 장소(Friends' Meeting house)가 있는 더블린의 Meath 가의 서부지역 광장.

169 2페니 반半페니 수도선首都線: 런던 지하철 지하도, 파리 매트로 지하철의 암시.

170 궁형弓形 제금提琴(crewth fiddle): 더블린 왕실 극장의 바이올린 연주가였던 Emiliani가 소유했던 Cremona(이탈리아 북부 도시 산) 바이올린.

171 축인祝人 성왕聖王 핀넬티(King Saint Finnerty Festive): Tara의 아일랜드 고왕.

172 향미香味로운 딸기 침대(The Strawberry Beds): 채프리조드와 루칸 사이의 지역 명.

173 밀봉인蜜蜂人, 달콤한 라벤더인스 또는 보인 산産의 싱싱한 연어의 부르짖음을 거의 무시하며 (heeding hardly cry of honeyman, soed lavender or foyneboyne): 옛 더블린 거리에서 부르짖는 소리들에 대한 피터(Peter)(남자 이름)의 설명인즉, 벌꿀 장사, 또한 '보인 강(아일랜드 중서부의 강)의 살아있는 연어'(foin salmon'으로 발음)의 그것들을 포함한다. 다른 지역에서 그는 'The Old Sot's Hole' Essex Gate(스위프트의 잦은 사용)를 언급한다. 또한 '달콤한 라벤더인'(sweet lavender)이란 부르짖음도 있었다.

174 로라트리오(roaratorios): "**John Barrington**(아일랜드의 법률가, 역사가, 1760-1834)은 더블린의 **Fishamble** 가에서 오라토리오의 조소 속에 그의 오라트리오를 노래하고 춤추었다"(S. Hughes 존사 작: 〈더블린의 빅토리아 이전 드라마 6)(*The Pre-Victorian Drama in Dublin 6* 참조).

175 메시아(Messiagh): 더블린의 Fishamble 가의 음악당에서 처음 공연된 핸델(Handel)(독일 태생의 작곡가; 1685-1759)의 〈메시아〉(*Messiah*).

176 달코코콤한(arsweeeep): 〈율리시스〉 제18장의 몰리 블룸의 독백: "달코코코코옴 멀리 저 기차"(Sweeeee theres that train far away)와 유사한 음률【U 628 참조】.

177 위치僞齒를 메울 성찬식탁盛饌食卓(the prothetic purpose…. false teeth): 성체 안치소에 사용하기 위해 위치僞齒를 대신해서 마련된 성찬용의 빵과 포도주 두는 곳.

178 쿠자스 가도(rue de Cujas): 파리 소재.

179 성聖 세실리아(St Cecilia): 음악의 옹호자, 핸델: 〈성 세실리아의 날을 위한 송가〉(*Ode for St Cecilia's Day*).

180 올드 스코츠 홀 주막(Old Scot's Hole): 스위프트의 단골인 더블린의 주막 이름.

181 그리프스 가격價格(Griffith's Valuation): 정부 책정 가격으로 내리는 농토 지대地代.

182 그라스톤 주수상主首相 상像(the statue of Primewer Glasstone): 글래드스턴(Gladstone, 영국 자유당 정치가) 수상의 동상.

183 스트워드 왕조의 최후(last of the stewards peut-e'tre): 제임스 2세.

184 행진에서 행진을 시작하여(setting a match to the match): 파넬이 코크(Cork) 주에서 1885년 행한 연설의 패러디: "어떤 사람도 민족의 행진의 한계를 고착할 권리는 없도다"(No man has a right to fix the boundary of the march of a nation).

185 모독주급冒瀆週給을 탔겠다(had just been touching the weekly insult): "주급을 타다"(get wages paid) 라는 코크(Cork) 주의 대중 유행어.

186 깜짝이야, 깜짝이야(gee and gees): J.J. & S.: John Jameson & Sons: 더블린의 중요 위스키 명.

187 어떻게 약세소년弱勢少年들이…외쳤던가(how the bouckaleens shout their roscan generally): "어떻게 버컬리가 소련 장군을 쏘았던가"(How Buckley shot the Russian General)의 패러디.

188 주곡酒曲을 연주할지라, 주가酒歌를 연주할지라(seinn fion, seinn fion's araun): (애란어) Sinn Fein Amham: Ourselves Alone(슬로건). araun: amhran: song.

189 흄 가街(Hume St): 더블린 시 소재.

190 모세 정원의 인근 클로버 들판으로부터(out of the adjacent aloverfields of Mosse's Gardens): Mosse(18세기 더블린의 의사)는 더블린의 Rotunda 병원을 건립하고, 그 지역의 일부를 축하의 정원 및 기타로 사용함(현재의 기억의 정원[Garden of Remembrance]).

191 방랑하는 얼간이들(wandering hamalags): 방랑하는 유태인들(Wandering Jews)의 인유.

192 스키너의 골목길에서 온 한 축성신부祝聖神父(an oblate father from Skinner's Alley): 제임스 2세 통치 동안 더블린의 신교도 축성 신부들(oblate) (수도 생활에 몸을 바친)은 스키너 골목길에서 은신처 (refuge in Skinner's Alley)를 마련함.

193 망치대장장이(hammersmith): 런던의 지역 명.

194 한판 승부의 곤봉 놀이꾼들(a bout of cudgel players): S. Hughes 저의 〈더블린의 전-빅토리아 연극〉(The Pre-Victorian Drama in Dublin) 2호에 의하면, Shirley의 서사序詞가 남긴 인상인즉, 곰-낚기 및 곤봉 놀이 유희들은 우리의 조상들의 취미에 한층 더했다는 것이다.

195 졸중풍卒中風 걸린 적지 않은 수의 양羊들(not a few sleep with the braxy): braxy: 양들의 비장졸 중脾臟卒症.

196 청복靑服 학자들(blue-coat scholars): 더블린의 King's Hospital 출신의 의사들에 대한 통칭.

197 록스의 심프슨 병원(Simpson's hospital): (1) Simpson's hospital: 더블린 소재의 병원 (2) Simpson's-on-the-Strand(해안의 심프슨 레스토랑, 런던 소재).

198 터키 커피와 오렌지 과즙(Turkey Coffee and orange shrub): A. Peter는 터키 커피와 진짜 맛있는 오렌지 쥬스 및 주정에 관해 언급한다(〈더블린 단편 지식 집〉(Dublin Fragments)).

199 피터 핌 및 폴 프라이 그리고 다음으로 엘리엇 그리고, 오, 앗킨슨(Messrs Pim Bros, Elliott & Son, Messrs Fry & Co. Ltd & Richard Atkinson & Co): 더블린에 있었던 4개의 포플린 제조소들.

200 라마羅馬 부활제를 곰곰이 생각하는 성직자 단團의 특별주의 속죄주의자(particularist prebendary ponder-ing on the roman easter): (1) 특별주의(Particularism): (i) 지방주의, 자기중심주의, 배타주의, 자국 일변도 주의 (ii) 신학에서 특징인 은총(구속)론(신의 은총이나 구속을 특정한 사람에게 한정한다는) (2) 속죄주의자(prebendary): 성직급(성직자의 평의원(canon) 또는 성직자 단(chapter) 단원의, 성직급을 산출하는 토지, 성직급용 세금, 수급受給 성직자(의 직) (3) Celtic Particularism: 특히 부활절 날에 관한 로마 가톨릭 성당 교리에 반대하는 고대 아일랜드의 지지당.

201 삭발 문제(tonsures question): 자신들의 삭발 종류를 개발한 켈트 승려들.

202 묵도견제黙禱牽制의 희랍 합동 동방교도東方敎徒들(the tonsure question and greek uniates): 묵도를 견제하나, 교황의 지고성을 인정하는 희랍 성당의 회원.

203 레이스 주름 장식(The Lace Lapper): 18세기 더블린의 머리 장식 상점.

204 창문에서 머리가 한 개 혹은 두 개 혹은 세 개 혹은 네 개(a lace lappet head or two or three or four from a window): 헤브라이 문자인 HE는 5 & 1개의 창문을 의미한다.

205 양복점 태리(Tarry the Tailor): fair girl(Colleen Bawn)이란 뜻.

206 소소녀들(Cahills): 더블린의 인쇄자들?

207 러그(Lug): Lug Lamhfada: Tuatha De Dannan의 영도자.

208 단(Dunlop): John Boya(1840-1921): 타이어와 다른 고무 제품의 발명자 및 제조자).

209 건(Michael Gunn): 더블린의 게어티 극장 지배인.

210 바스(Bartholomew Vanhomrigh): 스위프트의 애인 바네사의 아버지.

211 놀(Old Noll): 크롬웰의 별명.

212 퍼스 오레일(Pearse & O'Rahilly): HCE의 별명. 퍼스 오레일리의 민요(발라드) (The Ballad of Persse O'Reilly): O'Reilly: (프랑스어): earwig: 집게벌레, 살짝 고자질하는 사람. Hosty의 발라드는 아주 불결한 이름을 사용하는 듯하다. (1) Sir Walter Raleigh의 암시: 그는 엘리자베스 왕조의 식민자들(17세기 몰수지沒收地에 이민한 영국이들)의 왕자 격(그는 여왕이 지나가는 진흙길에 자신의 망토를 깔아준 유명한 일화를 갖는다). (2) Patrais Pearse의 암시: "부활절 봉기"(Easter Rising)의 인도자.

213 모든 굴뚝새의 왕이여(the wren, The King of all birds): 노래의 가사의 패러디; 아일랜드의 아이들은 성 스테반의 날에 돈을 모으면서 문간에서 문간으로 막대에 죽은 굴뚝새를 매달고 나돌아 다녔다【U 392】참조). 'wren'은 'rann'처럼 발음된다(Roland McHugh 설,【44】). "굴뚝새"에 대한 다른 설: "굴뚝새야, 굴뚝새야, 모든 새들의 왕, 성 스테반의 날에 바늘 금작화 숲에서 붙들렸다네." 굴

뚝새가 죽음을 당하고 막대기에 매달려 마을로 운반되는 것은 희생자 HCE를 위한 알맞은 대응물이기도. (성 스테반처럼, HCE는 도시에서 쫓겨나, 속죄양의 정열 속에 대중들로부터 돌질을 당한다) (J. Campbell & H.M. Robinson 62 참조). 이 운시의 메아리가 〈피네간의 경야〉의 많은 페이지들을 통해 달린다. James Frazer(원시 종교 연구서인 〈금지〉(The Golden Bough)의 저자)는 말하기를, 유럽 전역을 통하여, 굴뚝새는 "왕, 작은 왕, 모든 새들의 왕"이라 불린다고 한다. 모든 곳에서 굴뚝새를 죽이는 것은 불행으로 간주되었으나, 프랑스, 영국 아일랜드에서 습관적으로 1년에 한번씩 굴뚝새 사냥을 하고, 그를 죽어, 교살 당한 하느님으로 대접하고, 그 덕을 누렸다. 조이스는 〈피네간의 경야〉에서 이 새를 먹기를 욕심내는 새로서 취급한다.

214 크리카락카락악로파츠랏쉬아밧타크리퍼피크로티그라다그세미미노우햅프루디아프라디프콘프코트!: 천둥소리의 복합어(프랑스어, 러시아어, 독어, 이탈리아어, 라틴어, 애란어 등등). 여기 호스티의 민요 또는 운시는 쏟아지는 비의 소리를 무색하게 하는 운집한 군중들의 뇌성 같은 박수 소리로 소개된다.

215 오로파 구김살경卿처럼(like Lord Olofa Crumple): 오로파 구김살: 오리버 크롬웰, 영국의 정치가, 그는 얼스터 주에 신교도들을 식민시켰으며, 원주민 아일랜드인을 지옥 또는 코노트(Connaught)에 가도록 말했다. 왜냐하면 코노트는 황폐한 땅이었기에.

216 무기고 벽(Magazine Wall): 피닉스 공원 내의 무기고 벽(Magazine Fort).

217 성城(Castle): 더블린 성, 아일랜드 정청, 지금의 정부 청사.

218 그린 가街(Green St): 더블린의 그린 가의 법원(Courthouse).

219 마운트조이 형무소(Mountjoy Jail): 더블린의 마운트조이 형무소 (Joy[기쁨]: 더블린 속어).

220 카시디 가家(Cassidys): 코크 주에 있는 아일랜드 도회인 Ballycassidy.

221 투우(Butter): 머리(뿔)로 받는 짐승.

222 초오 초오 춉스(chaw chaw chops): (속어) chow chow chop: 선박을 채우기 위해 다양한 소화물을 실은 마지막 출항 거룻배.

223 세일즈맨(salesman): 험프리.

224 버킷 상점(bucketshop): 무허가 도박장.

225 보안관 크랜시(Long John Clancy): 당시의 더블린 보안관 키다리 패닝의 별칭(Long John Fanning) (【U 203】참조).

226 저 날쌘 망치 휘두르는(of that hammerfast viking): Hammerfest: 노르웨이의 항구 명의 익살.

227 에브라나(Eblana): 프톨마이오스(Claudius Ptolemy, 기원 2세기경 알렉산드리아의 천문학자)에 의하여 사용된 더블린의 옛 이름.

228 검은 철갑선(Black & Tans): 1920-21년에 왕립 경찰에 봉사한 지원병들의 별칭.

229 풀백 등대(Poolbeg): 더블린 만의 주 등대

230 요리 반 페니(Cookingha' pence): 코펜하겐

231 핀갈 맥 오스카 한쪽 정현正弦 유람선 엉덩이(Fingal Mac Oscar Onesine Bargease Boniface): 험프리의 별명인 듯. 엉덩이(Boniface): 특히 명랑하고 친절한 여인숙 주인의 속칭.

232 육아경育兒鏡(Nursing Mirror): 정기 간행물 명

233 동물원의 원숭이를 감탄하는 동안(while admiring the monkeys): 〈율리시스〉, 밤의 환각 장면에서 블룸의 자기 자비심에 대한 설명의 패러디: "천진 낭만. 소녀가 원숭이 집에서. 동물원. 호색한 침팬지. (숨이 넘어가듯) 골반. 그녀의 가식 없는 얼굴 붉힘이 저를 거세시켰던 거요."(Innocence. Girl in the monkeyhouse. Zoo. lewd chimpanzee. (breathlessly) Pelvic basin. Her artless blush unmanned me).【U 385】

234 목록 중의 우두머리(the crux of the catalogue): 핵심 또는 남십자성.

235 녹지 위에는 집게벌레 없을 것인고(Won't there be earwigs on the green): There will be wigs on the green: (구어적 표현): 본래 아일랜드어로, "서로 싸우다, 심히 말다툼하다"의 뜻.

236 소포크로스! 쉬익스파우어! 수도단토! 익명모세!(Suffoclose! Shikespower! Seudodanto! Anonymoses!): 소포클레스(Sophocles), 셰익스피어(셰익스피어), 단테(단테), 모세(Moses: 〈모세 5경〉[구약의 첫 5경의 익명의 저자) 모두 조이스의 우상. 이들도 HCE와 마찬가지로 뗏장 밑에 매장되기 마련인지라.

237 우인牛人마을 (Oxmantown): 북 더블린의 지역 명; ('Oatman' —Eastman, Viking의 이름에서 유래).

238 모든 왕의 백성도 그의 말馬들도(Not all king's men nor horses): 자장가인 "땅딸보"(Humpty Dumpty)의 가사에서.

239 코노트 또는 황천에는 진짜 주문呪文 없기에(For there's no true spell in Connacht or hell): 크롬웰의 1654년 의회 법령에서: "지옥에 아니면 코노트에 가라"(Go to Hell or Connacht).

240 빵구이들과 육남肉男푸주한들(the Baxters and the Fleshmans): (1) 브루노의 '대응설'을 예증하는 상오 상대물 (2) 자장가의 패러디: 빵 구이, 촛대 제작자(the baker, the candle stickmaker).

241 투계의 박차拍車 시발始發 쇠 발톱 돌격… 종미終尾에 겨자 삽입에 의하여 거의 악취통입桶入 (the iron thrust of his cockspurt start…by the mustardpunge in tailend): 중국 공자의 고향의 핑(Ping) 대감 일화에서: 투계장에서 저쪽 닭을 눈멀게 하기 위해, 닭의 날개 속에 겨자를 감추는 반면, 이쪽 닭은 쇠 박차를 발에 매게 하는 전술.

242 갈색(브라운)의 촛대주株는 노란(brown candlestock melt Nolan's into peese): 노란(Nolan)의 브라운

(Browne), (1) 이 이름들은 '대응설'을 주장한 노라(이탈리아) 출신의 Bruno에서 유래함 (2) 조이스의 논문 〈소요의 시대〉(*Day of the Rabblement*)를 출판한 더블린의 Browne and Nolan 출판사; 여기서는 서로의 대응을 암시함.

243 드루리오(druriodrama): 런던의 Drury 가의 극장 명.

244 랭리(Langley): Francis Langley: Swan 극장의 설립자 및 소유자.

245 성구성당聖鳩聖堂의 사밀소私密所로부터(out of Calomnequiller's Pravities): (1) 사밀소 (2) 성 Colmcille에 기인 된 수많은 가짜 "예언집"

246 프랑스의 책장들(French leaves): (1) 〈켈즈의 책〉(*The Book of Kells*)은 때때로 Colum Cille의 책으로 불림. (2) French loaves available: 프랑스식 빵 덩어리 (3) 프랑스식 휴가: 허락이나 통지 없이 떠나는 여행.

247 그 책의 어머니(the mother of the book): 이슬람교 신학에서, 코란(Koran)(회교 성전)은 신의 좌(the throne of God) 밑에 보관된 '책의 어머니'(The Mother of the Book)로부터 복사된 것으로 상상되다.

248 레비(the Levey): (1) 〈왕립 극장의 연대기〉의 공동 저자 중의 한 사람인 R.M. Levey (2) levi: 야곱의 아들.

249 보우덴의 음악당 자원 연예인(a volunteer Vousden): Valentine Vousden: 더블린의 음악당 연예인으로, Dan Lowrt's 음악당에서 연주했으며, 〈왕립 극장의 연대기〉의 공동 저자인 R.M. levey 일 수도.

250 룸펜 놈(hobo): 부랑아.

251 최암흑의 최고 내심지內心地(finsterest interrimost): Cape Finisterre: 스페인의 북서쪽 첨단.

252 정말 그랬도다(Bhi she): he was; bhi se(아일랜드어) (: 50), *Ei fu*(이탈리아어) (: 49), *Fuitfuit*(라틴어) (: 50) Han var(덴마크어) (: 50).

253 나안裸顏의 카르멜 교도(barefaced Carmelite): 더블린의 카르멜파의 수사들, 맨발(barefoot) 성당 (Church of Discalced)의 교도.

254 우애교도友愛敎徒 노란모어 신부(Fratomistor Nawlanmore and Brawne): 조이스의 〈소요의 시대〉를 UCD 잡지에 연재하는 것을 거부한 Henry Browne 신부(교수)의 암시.

255 모자에 복권 티켓을 왕실 종복모從僕帽처럼 아주 빈번히 화식華飾하고(very occasionlly cockaded a raffles ticket on his hat): 작가 Lewis Carroll의 Mad Hatter had ticket on hat의 패러디.

256 퇴비언덕(dunhill): Dunhill: 런던의 파이프 재조명.

257 와일드 미美초상肖像: 우스카 와일드 작 〈도리언 그레이의 초상〉(*The Picture of Dorian Gray*)의 패러디.

258 어떤 어둑한 아라수 직물 위에 보이는 광경, 엄마의 묵성默性처럼 침묵한 채, 기독자식基督子息의 제 77번째 종형제의 이 신기루 상像이 무주無酒의 고古 애란 대기를 가로질러 북구의 이야기에 있어서 보다 무취無臭하거나 오직 기이하거나 암시의 기력이 덜하지 않은 채 우리에게 가시청可視聽되도다(표도剽盜): (1) 이 구절은 〈젊은 예술가의 초상〉의 다음 구절의 표절인 셈: "멀리 유유히 흐르는 리피 강의 흐름을 따라 가느다란 돛대들이 하늘에 반점을 찍고, 한층 더 먼 곳에는, 아련한 직물 같은 도시가 안개 속에 엎드려 있었다. 인간의 피로처럼 오래된, 어떤 공허한 알리스천위의 한 장면처럼, 기독교국의 제7도시의 이미지가 무궁한 대기를 가로질러, 식민시대에 있어서보다 덜 오래지도 덜 굴종을 견디지도 않은 듯, 그에게 들어났다."【P 167】 (2) 북구(tingmount): Thingmote: 더블린의 바이킹 의회.

259 위대한 교장님의 미소 앞에 맹세코(before the Great Schoolmaster's): 라디오 광고를 통하여, 우리는 HCE의 목소리를 듣거니와, 그는 자신의 상품이 웰링턴 기념비처럼 바르고 참되다는 것을 전 우주로 하여금 목격하도록 요구한다. 그리고 그것은 시간의 시작 이래 그랬었다. "위대한 교장님의 미소"는 이 우주적 판매인을 시인하는 하느님 자신의 얼굴에 맹세한다.

260 아투레우木(Atreox): 그리스 신화에서 아가맴논(Agamemnon)(트로이 전쟁 때의 그리스 군의 총지휘관)의 아버지. 헤르메스(Hermes)(희랍 신화에서 신들의 사자)는 아투레우스 가家(House of Atreus)를 저주했다.

261 메로머어 조우弔友들이여(Macromor Mournomates): Il'ya Muromerts: 러시아 민요의 인기 있는 영웅-전사.

262 소택지沼澤地 훼니야나(mundibanks of Fennyana): 미상: Fennyana

263 고조병枯凋病에 평균복수하면서(averging on blight): T. 무어의 노래 가사에서: "복수와 고조병"(Avenging and Bright).

264 사골死骨은 재도기再跳起하느니라(deeds bounds going arise again): 노래의 가사에서: 이들 뼈들은 재기하리라(These Bones Gwine to Rise Again)의 패러디.

265 모든 자궁태생남녀의(of all manorwombanborn): 〈맥베스〉 IV. I. 80: "태어난 여인 가운데"(of woman born).

266 법에 의한 세계의 설립자가 모든 자궁태생남녀의 흉전胸前을 가로질러 적절하게 써 놓을 글귀로다(the establisher of the world by law might pretinately write across the chestfront): 공자가 태어났을 때 '법에 의해 세계를 수립하다' (established the world by law)라는 글귀가 그의 가슴에 쓰여 있음이 발견되었다는 전설에서.

267 먼, 친구 없는, 우리의 나그네(our Traveller remote, unfriended, some lazy skald or maundering pote): O. 골드스미스(Goldsmith) 작 〈나그네〉(The Traveller)의 글귀: "먼, 친구 없는, 우울하고, 느린, 또는 개으

른 쉘드 곁에, 또는 배회하는 포"(Remote, unfriened, melancholy, slow, Or by the lazy Scheld, or wandering Po).

268 반 디몬의 육지(van Dieman's Land): Tasmania: 오스트레일리아 남동의 섬.

269 병목, 쨍그렁 컵, 짓밟힌 구두, 뗏장 흙, 야생 금작화, 캐비지 잎사귀(flaskneck, cracket cup, downtrodden brogue, turfsod, wildbroom, cabbageblad): 하늘의 성좌들: 병목을 비롯하여, 컵, 말은 뗏장, 구두, 금작화, 캐비지 잎사귀 등의 형태들.

270 앤절의 집(The Angel): 많은 아일랜드인들이 거처하는 런던의 한 구역 명.

271 여인들과 함께 밀주와 차茶 그리고 감자 및 연초 및 포도주(praties and baccy and wine width woman): J.H. Voss 작 "술, 여자 및 노래"(Wine, Woman & Song)의 패러디.

272 우울만씨憂鬱晚氏의 모자를 통해서 그 주어진 순간에 불어 닥칠 아주 경풍驚風스런 소식보消息報는 그리 많지 않았도다!(There was not very much windy…the hat of Mr Melancholy Slow): 루이스(Wyndham Lewis) 저 〈시간과 서부인〉(Time and Western Man): "제임스 조이스 씨의 머리 속에 언제고 지나가는 생각은 그리 많지 않도다"(There is not very much reflection going on at any time inside the head of Mr James Joyce)의 익살.

273 작센 봄의 향연(saxondootie): 취리히의 봄의 향연(Sechselauten)의 인유.

274 셋 텀프슨 기관총(three tommix): 노래의 가사에서: "우리는 세 군인들일지라"(We be soldiers three).

275 자유 병사들, 냉천군冷川軍(Coldstream Guards): 스코틀랜드의 변방군.

276 몽고메리 가(Montgomery Street): 더블린의 밤의 도시(Nighttown) (사창가): 〈율리시스〉 제15장의 장면, 여기 두 영국 군인들이 술에 취해 배회하고 스티븐을 골탕 먹인다.

277 음악 희극(Santoy): 세기의 전환기의 음악 코미디.

278 휴지통 싯톤(wastepacket Sittons): 여배우의 이름인 Sara Siddons의 익살.

279 그의 면허목엽免許木葉 및 그의 그림자 속에 피신한 요정들과 프랑스어, 보살목菩薩木 아래 망고 묘기를 하고있는 한(played his mango tricks…in his leaves' licence and his shadowers): 요정들(Apsaras): 불타가 어렸을 때 그를 흥겹게 하기 시작한 처녀들, 그들은 망고 나무로부터 그를 갑자기 방문했다. 그들은 불타가 나무 아래 명상하는 인드라(Indra) 우뢰 신이 아닌가 여겨졌다 한다.

280 쿡쓰 해항海港(Cuxhaven): 독일의 항구; Roger Casement 항구는 세계 제1차 전쟁의 폭격을 그곳에서 유발한데 대해 기념 장식되었다.

281 실비아 사이런스(Sylvia Silence): 1920년대의 영국 여학교 소녀들의 잡지에 등장하는 형사 여주인공. 이 소녀는 Biddy O'Brien과 연관되는 바, 그녀는 〈피네간의 경야〉 노래 가사에서 묻는다: "왜 그대는 사멸했는고?" 질문은 무응답으로, Biddy는 침묵하도록 일어 받는다.

282 구국鳩國(turtlings): turtledove(암수가 사이좋기로 유명한) 호도애鳥; 연인.

283 존 다몽남多夢男(John a' Dream): John-a-dreams: 〈햄릿〉 "꿈 많은 남자"(a dreamy fellow)에 대한 총칭【II.2.295】.

284 자아리 질크(Jarley Jilke): Sir Charles Dike(1848-1910), 그는 글래드스턴의 의회 의원으로, 성적 스캔들에 말려들었으나, 정치에 복귀했다(파넬이 그렇지 못한데 대해). 그는 노래 속의 인물이기도 하다. 아래 주석 참조.

285 그 자는 자신의 나들이 옷 대신에 그를 털갈이 돕는 부대負袋를 입고 있도다(He's got the sack that helped him moult insrench of his gladsome rags): "Dike 나리는 Chelsea에 있는 집까지 우유를 나르다 엎질렀는지라"라는 노래의 가사에서: "그는, 고양이, 바보 같은 고양이를, 글래드스턴의 부대로부터 슬그머니 빠져 나오게 했대요"(Charles Dike 경을 두고 이혼 사건에 대한 언급—파넬과 병행).

286 아트리아틱(Atreeatic): (Adriatic): Trieste에 연한 아드리아 해海.

287 걸인대장과 단의端衣을 바꿔 입으며(changing clues with a baggermaslster): 불타는 사치를 거부하면서, 사냥꾼으로 옷을 입고, 신이 그 위에 수놓인 옷을 입었다는 고사에서.

288 모하메드처럼 도주했나니(the hejirite): hejira: 어느 탈출(exodus)(621년의 Mecca로부터 모하메드의 도피에서).

289 불타마佛陀魔(Mara)여!: 불타를 유혹했던 악마.

290 석가자釋迦子여(Rahoulas): 불타의 자식.

291 노갑老岬의 바이킹 오시汚市(the ostmen's dirtby onthe old vic): 런던 극장의 별칭.

292 신의 전섭리前攝理까지 재혼수 속에 재생묘再生錨(previreberthing in memarriment…to devine previdence): 비코(비코)의 환(circle)에서: 탄생, 결혼, 죽음, 섭리.

293 만일 그대가 건화주建畵主를 찾고 있으면(if you are looking for the bilder): 수년 동안 자신의 집의 건축주를 찾고 있던 불타는, 가르침을 받고, 재탄再誕에 지친, 영령英靈은 열반(Nirvana)을 득하는 법을 배웠다.

294 무비톤(movieton): 사운드 트랙을 사용한 최초의 기법; 상표명.

295 내자內子를 위하여 나는 그대에게 호양互讓을 지니며 나의 남편대男便帶를 조이고 나는 그대를 목 조르는도다(For mine qvinne I thee giftake and bind my hosenband I thee halter): 결혼의 의식에서.

296 황무지 땅(The wastobe land): T.S. 엘리엇의 장시 〈황무지〉(The Waste Land)의 타이틀과 유사.

297 에머렐드 조명지照明地(Emeraldillium): 트로이의 별명.

298 목농인牧農人의 초지, 그 속에 약속의 제4의 율법(the peeasant pastured, in which by the fourth commandment): 〈교리문답서〉: 제4율법: "그대의 아버지 그리고 그대의 어머니를 존경할지

라"(Honour thy father & thy mother).

299 그의 사도적使徒的 나날은 지고천상으로부터 뇌성雷聲치는 신자神者의 풍부한 자비에 의하여 장구長久할지니(his days apostolic were to be long by the abundant mercy of Him Which Thundereth From On High): 에드가(Edgar) 왕은 서력 963년의 헌장憲章을 위조했다: "천상으로부터 뇌성 치는 하느님의 자비에 의하여, 아일랜드의 가장 위대한 도시, 더블린의 가장 고상한 도시를 내게 하사하셨도다"(By the abundant mercy of God who thundereth from on high…divine Providence hath granted me…the greatest part of Ireland, with its most noble city of Dublin)의 패러디.

300 부패를 재빨리 이해하는 자들, 신성한 국민의 불부패不腐敗의 모든 성자들(the corruptible lay quick, all saints of incorruption of an holy nation): 〈성서〉, 〈고린도서〉15장 53절: "이 부패 가능한 것에 비非 부패를 덮고 있음에 틀림없다"(For this corruptible must put on incorruption)의 패러디.

301 애란-낙원전기(ere-in-garden): 애란의 정원(Garden of Erin) (위클로우 군 소재)의 변형.

302 최초의 파라오 왕, 험프리 쿠푸 대왕지사大王知事(Pharoah, Humpheres Cheops Exarchas): Cheops는 피라미드를 건립했다. exarch: 비잔티움 제국하의 먼 지역 지사.

303 파라오필경!(perorhaps!): 고대 이집트의 왕 Pharaoh는 전제적인 국왕으로, 혹사 자였다.

304 애란어를 중얼거리면서(Murthering Irish): 아일랜드어를 살언殺言하면서(murdering) 또는 "살언하는 아일랜드인"[Murthering Irish]【U 164】(벽 멀리건의 익살).

305 비열객주卑劣客酒 또는 혈굴주穴掘酒(hanguest or hoshoe): Hengest & Horsa: 켄트의 섹슨 침략을 인도한 형제들의 익살.

306 악마화주가惡魔火酒家, 지옥 앵무새 집, 오렌지 나무옥屋, 환가歡家, 태양옥, 성양聖羊 주막(the House of Blazes, the Parrot in Hell, the Orange Tree, the Gilibt, the Sun, the Holy Lamb): Peter 저의 〈더블린의 단편들〉(Dublin Fragments)은 이들 실재의 주점들을 수록하고 있다.

307 그리고, 마지막으로 들먹이지만 결코 못하지 않는, 라미트다운의 선상 호텔(lapse not lashed, in Ramitdown's ship hotel): "Ship Hotel & Tavern": 더블린 하부 애비가 5번지 소재.

308 자신이 백사白糸와 흑사黑糸를 분간할 수 없었던 아침 순간 이래(since the morning moment he could dixtinguish a white thread from a black): 모하메드교의 Ramadan 단식은 백사와 흑사를 분간할 수 없을 시간에 이루어지는데, 이 이슬람 역歷의 9월의 단식은 한 달 동안 해돋이로부터 해지기까지 이루어진다.

309 주께서 마리아(Murry): (1) Angelus(가톨릭의) 삼종三鐘 기도(마리아의 예수 수태를 기념하는): "주의 천사가 마리아에게 선언했느니…"(The Angel of the Lord declared unto Mary…) (2) 또는 Murry는 조이스 어머니의 처녀 명이기도.

310 아토스, 포토스 및 아라미스(Alphos, Burkos and Caramis): Athos, Porthos & Aramis: 세 사람의 마스켓 총병들.

311 아스트리아양(Astrelea) Astraca: 성좌의 처녀궁(Virgo).

312 물레(선璇)(릴)實 세계를 굴러내게 할지라, 물레實(세계), 물레實 세계를!(roll away the reel world, the reel world, the reel world!): 노래 가사의 변형: O weel may the keel row, the keel row, the keel row.

313 그대의 연홍녀煙紅女들, 백설白雪과 적장미赤薔薇(Snowwhite and Rosered): 패트릭 케네디 (Kennedy) 작의 〈12야생의 거위들〉(The Twelve Wild Geese)의 이야기에 나오는 여주인공의 이름: Snow -White-and-Rose-Red.

314 여락인女落人! 여여락인!(Fammfamm! Fammfamm): 〈율리시스〉 제10장에서 스티븐의 여성에 대한 주문을 상기시킴: "*Se el yilo nebrakada femininum!*" (축복 받은 여성의 천국이여!)【U 199】.

315 마킨스키 집사(Machinsky Scapolopolos): 미상.

316 노아 비어리(Noah Beery): (Noan Beery): 미국의 필름 스타.

317 극맹조劇猛鳥라 고명高名되는 이 사나이(Fierceendgiddyex he's hight): Vercingetorix: 시저에게 반항한 게일릭 추장.

318 S.A.G.(St Antony Guide): 신앙심 두터운 가톨릭교도가 편지에 쓰는 문구.

319 마자르어語(Maggyer): (Magyer): 마자르(헝가리) 말.

320 엄격급조嚴格急調(stern 스위프트)와 쾌락동침자快樂同寢者(jolly roger): 아일랜드 작가들에 대한 익살.

321 저 샴의 쌍둥이(Siamese twine): 허리가 붙은 쌍둥이(1811-74).

322 우리에게 밝아질 것인고, 밤마다, 그리하여 우리는 스스로의 곤궁困窮에 뛰어들 것인고?(Will it bright upon us, nightle, and we plunging to our plight?): 노래 가사(Are you right There Michael are you right?)의 변형.

323 키잡이(콕스)(Roger Cox): 스위프트의 서기 명; 여기서는 잇따르는 Mrs Hahn.

324 재차 한(수탉) 부인(twice Mrs Hahn): (1) 소련의 여성 접신론자 마담 Blavatsky의 처녀 명 nee Hahn-Hahn(재차두 번) (2) 위의 콕스 부인을 가리킴 (3) Ida Hahn 백작부인(1805-80): 그녀의 문체 가 패러디되고, 1848년의 혁명 때문에 가톨릭 성당에 합세한 독일의 감상주의적 소설가 (4) 〈브 이타니카〉 11판은 그녀를 〈오디세이〉의 저 여 저자 중의 하나처럼 들리도록 쓰고 있다―이를테 면 조이스가 〈나우시카〉에서 놀려대는 거티 맥도웰 또느 Marie Corelli처럼.

325 오웬 K.(Owen): 아마도, Ellmann이 지적하다시피, 더블린의 장의사인 Dr. Owen Kerrigan

(Ellmann 797).

326 하하사何何事(whawa): what was mother / what's the matter.

327 키리 바시 섬島(kiribis): Kiribati: 태평양 중부의 섬으로 된 공화국 및 그의 수도.

328 헤르메스 주柱(herm): 보통 헤르메스(Hermes)(희랍 神) (신들의 사자의) 머리와 가슴을 떠받힌 희랍의 4각 기둥.

329 자발 우부牛父를 주발 금조琴祖와 또는 일방—方을 투발 동철공예사銅鐵工藝師(jubabe from jabule or…tubote): 가인(Cain)의 후예들: Jabal(소[牛] 소유자들의 아버지); Jubal(하프와 오르간을 사용하는 자들의 조상); Tubal: 금관 악기의 교습자.

330 최거最巨 서부(the gonemost west): 속어: gone west: 죽다.

331 이츠만 및 조카 가구상(Oetzmann & Co): 더블린과 런던 소재의 가구점들.

332 우리 소소한 이야기에 관해 부대負袋자랑하건대(lets wee brag of praties): George Petrie(1789-1866)(켈트 학자?)의 〈아일랜드 노래 집〉(Stanford 편): 노래가사의 패러디: "The Wee Bag of Praties."

333 해당자씨該當者氏(Betreffender): (G) 당사자(the person concerned).

334 불결자不潔者의 무료숙 분동分棟(Dirty Dick's Free House): 런던 소재의 주교문(Bishopsgate). 이러한 사실적 현실은 HCE의 오두막(shack)의 묘사에 있다. 이는 뒤에 주막(tavern)으로 변용하고(거꾸로 주막이 오두막으로), 런던에서 더블린으로 되돌아 이전되며, 분명히 그가 도망치는 약속의 땅의 축소되고, 국지화된 각본이다.

335 아일랜드의 여덟 번째 기적(Ireland s Eighth Wonderful Wonder): 스위프트는 '아일랜드의 은행' 건물을 "기적 중의 기적"이라 불렀다.

336 심야 일광자日光者(Midnight Sunbirst): "블룸의 날씨. 일광자가 북서쪽에 나타난다"(〈율리시스〉, 〈키르케〉 장, 한밤중【U 482】).

337 성전박리자聖典剝離者(Remove the Bible): "이 싸구려 장남 감을 치울지라"(Take away these baubles). 크롬웰은 잔여의회(Rump Parliament)[英史] 1648년의 추방 후에 크롬웰은 Long Parliament의 일부의 사람들만으로 행한 의회(1648-53; 1659-60)의 해산 시 권표(mace)를 치우도록 명령했다.

338 W.D.의 은총: 크리켓 경기자.

339 그의 아비는 월색가月索家요(His Father was a Mundzucker): Munzuk: Attila의 아버지.

340 베일리의 탑조등(Burnham and Bailey): (1) Bristol의 Burnham 등대 (2) 호우드 앞바다의 Bailey 등대.

341 밴드 묶음을 어깨에 매고 연못 또는 간척지 위에 똑뚝땅땅 낙수 물, 아침의 필라델피아

빵을 원하면서(wishing the loff a falladelfian in the morning, proceeded with a Hubbleforth slouch in his slips backwords): 노래 가사에서: "나의 어깨에 보따리를 메고 / 더 이상 용감한 자 없으니 / 나는 아침에 필라델피아로 떠나도다"(With my bundle on my shoulder/There's no one could be bolder/& I'm off to Philadelphia in the morning)의 패러디.

342 장애물 항港(Hubbleforth): Hurdle Fort: 더블린.

343 〈힐리여, 너마저!〉(Et Tu, Healy): 조이스가 1891년 또는 1892년에 쓴 파넬의 죽음에 관한 시의 인유.

344 농아회관(demb institutions): 더블린 소재의 2개의 농아회관의 암시.

345 배천의 독신자족獨身自足(Patself on the Back): 1. 노래 가사: "등을 툭 치다"(pat self on the back) 2. (G) Back: brook背川.

346 1천년 또는 1천 1백년(ten or eleven hundred years): 111 (조이스의 수비학).

347 어떤 핀. 어떤 핀 전위前衛!(some Finn, some Finn avant!): 신페인(Sinn Fein)의 구호의 패러디: "우리 자신, 우리 자신 홀로"(Ourselves, Ourselves Alone).

348 오 녹자綠者의 봉기(하라)여(Greenman's Rise, O): (게임) 코트 아래 숨은 아이가 갑자기 일어(봉기)나며, 다른 아이들을 쫓는 경기에서.

349 잃어버린 영도자들이여(lost leaders): 브라우닝(R. Browning)의 시제: "잃어버린 지도자"(The Lost leader)에서.

350 구릉과 골짜기(dun and dale): Hero and leander(고전 이야기와 마로우[Marlowe]의 시 속의 애인들)의 인유.

351 쿵쿵 구를지니(orland, roll!): (1) 노래 가사의 인유: "Roll, Jordan, Roll" (2) 바이런의 시 "굴러라, 그대 깊고 검푸른 대양아, 굴러라"(Roll, though deep & dark blue ocean, roll)의 패러디.

352 로란드, 쿵쿵 구를지로다(roll, orland, roll): (1) 노래: "글러라, 요르단이여, 굴러라" (2) 틸톤(Tilton)의 시: "Toll! Roland, toll!" (종을 울려라 로란드여, 종을 울려라) 등의 인유.

353 저들 그 시대에(in those deyes): 학과 공부 전에 행하는 시작 말.

354 오신悟神은 전찬가全讚家 아브라함에게 물으리라 그리고 그그를 부르리라: 총가아브라함이여! 그리하여 그[HCE]는 답하리라: 혹或을 첨가하라(his Deyus shall ask of Allprohome and call to himm: Allprohome! And he kake answer: Add some. Nor wink nor wunk): 〈성서〉〈창세기〉 22:1: "…하느님은 아브라함을 유혹하고 그에게 말했나니…": 아브라함: & 그는 가로 대: "여기 나 있도다"(God did tempt Abraham & said unto him, Abraham: he said, behold here am I)의 인유.

355 하느님 맙소사, 당신은 제가 사멸했다고 생각하나이까?(Animadiabolum, mene credidisti

mortuum?): (1) (L) 악마의 혼이여, 그대 내가 죽었다고 생각하느뇨?" (2) 〈피네간의 경야〉 노래 가사의 패러디: "그대는 내가 죽었다고 생각하느뇨?"(Thanam o'n dhoul, do you think I'm dead?).

356 침묵이, 오 트루이가여, 그대의 혼매축제魂賣祝祭의 회관 속에 있었으니(Silence was in thy faustive halls, O Truiga): (1) T. 무어의 노래 가사에서: "침묵이 우리의 축제회관 속에 있나니"(Silence Is in Our Festive Halls) (2) Truiga(Troy)의 녹림.

357 고상래도高尙來都콘스탄틴노플(Comestowntonobble): 콘스탄티노플(터키의 도시, 지금은 Istanbul).

358 그의 장화長靴를 신고 다환多歡의 소리가 밤의 귀에 다시 울릴지니(there will be sounds of manymirth…gets the pullover on his boots): T. 무어의 노래 가사에서: 밤의 공기 속에 다환의 소리가 링링 울리고 있도다(There are Sounds of Mirth in the Night Air Ringing)(The Priest in his Boots[장화 신은 승정])

359 빈간貧肝?(Liverpoor): 음주로 망가진 간.

360 그의 뇌흡腦吸은 냉(객적은 말 삼가나니)하고 (His braynes coolt parritch): 속담: "그대의 포리지 죽을 식히기 위해 숨을 죽일지라"(keep your breath to cool your porridge)의 변형.

361 그의 토吐함은 오직 일식一息이니(his puff but a piff): 노래 가사: Piff Paff (Myerbeer 작): 〈유그노 위그노교들〉(les Hugunots).

362 핀그라스, 전포인典鋪人 펜브록, 냉수 킬메인함 그리고 볼드아울…라스판햄(Fengless, Pawmbroke, Chilblaimend and Baldowl…Rethfermhim): Finglas: 북서 더블린 지역; Pembroke: 남동 더블린 지역; Kilmainham: 남서 더블린 지역; Baldoyle: 북동 더블린 지역; Rathfarnham: 더블린의 지역.

363 만일 이러한 조건체條件體의 연쇄를 충족하건대(met deze trein of konditiens): (Da) (with this train of conditions).

364 한니발(Hannibal): 카르타고(아프리카 북부의 고대 도시 국가로, B.C. 146에 멸망)의 장군. 그는 알프스 산맥을 넘어 로마로 급행했다.

365 헤르클레스(Hercules): Hellas(그리스의 별칭)의 주된 영웅. Globe(런던 소재, 셰익스피어 극의 초연 극장으로 유명하거니와) 극장의 간판은 그의 등이 세계를 배경 삼고 있다.

366 브라함과 안톤 헬메스(Brahm and Anton Hermes): 브라함: Johannes Brahm(1833-97): 독일의 작곡가; 안톤 헬메스: 일명 Georges Jacques(1759-94): 프랑스 혁명가.

367 어떤 로미오(a Romeo): 1. 셰익스피어처럼, 조이스는 "로미오"를 중세 여행자로서 이용했는데, 후자는 성 Iago 또는 James의 사당으로부터 오면서 가리비를 머리에 썼다. 주리엣의 참된 애인뿐만 아니라, 오필리아의 참된 사랑은 "가리비 모자"또는 "새조개 모자"를 썼다. 가리비와 새조개는 인기 있는 해산물 2. 단테의 〈천국〉(Parsdiso)【VI, 127ff】 참조.

368 색슨 인들의 오랜 혼지混地 메이요(pld plomansch Mayo of the Saxons): Mayo(아일랜드 서북부 Connaught의 지방 명)에 있는 7세기 사원

369 마아맘(Maam): 살인범 마일러스 조이스(Myles Joyce)(후출 86)가 불건전한 재판 뒤에 집행한 1882년의 암살자들의 현장.

370 페스티 킹(Festy King): 1. "마른 항만"의 킹은 거지(Peggar, Beggar)요, HCE이기도. Festy King 은 여기 손의 최초의 출현을 우리에게 보여준다. 일명 Crowbar, Meleky, Beggar, Robert. 재판 석의 증인(witness)은 셈이 될 것이다 2. Festus King: Galway 주의 Clifden에 있는 상점 명.

371 마르스 신역神歷 3월 초하루(the calends of Mars): 3월 1일: 로마 역의 초하루.

372 (각자의 주야평분시晝夜平分時의 견지에서, 차자此者의 유약幽藥은 타자他者의 독약인지라)(from each equinoxious points of view, the one fellow's fetch being the other's person): (격언) "한 사람의 고기는 다른 사 람의 독이니라"(One man's meat is another man's poison)의 패러디.

373 커스(Kersse): 커스의 이야기는 잇따르는 【312】에 나온다. (그는 여기서 양복상으로 실지 더블린의 색스빌 가(오코넬 거리에 있던 J.H. Kersse이다). 커스는 프랑스어로 "집게벌레"(earwig)로서, 이어위커(이 어위커)가 조소당하는 별명이요, 호스트 작의 〈퍼시 오레일의 민요〉(전출: 44-47 참조)에서 저주받는 당사자이다. 비평가 O Heir 교수는 P/K 분열(갈등)이 Kersse를 민요의 Persse O'Railly와 연결된 다고 생각한다. (Glasheen 154 참조)

374 신찬화神饌化되어(ambrosiaurealised): 5세기에 헨지스트(Hengist)족族에 항거한 로마 가톨릭화한 영국인들을 영도했던 반-신화적 투사인 Ambrosius Aurelianus에 대한 익살.

375 투옥 投獄 시時에(mamertime): Mametime: 중세 로마의 감옥.

376 자신의 웨일스 만灣(his cymtrymanx): 영국의 남서부 웨일스의 만灣.

377 그는 팔리어의 연구에 의독意督했나니(He was intendant to study pulu): 1. Pali(팔리어): (산스크리트 어와 같은 계통의 언어로서 불교 원전에 쓰임). 2. pulu: 누르스름한 야채 털.

378 오검 문자(macoghamade): ogham, ogam: 1.고대 브리튼, 특히 아일랜드에서 사용된 문자, 오 금 문자로 된 비문으로 유명함. 2. 매듭 실 장식형의 오검 문자; 핀의 삼모형三帽型 사닥다리 형型 의 오검문자; 지표면의 덤불 아래의 퇴절두腿節頭 형의 오검 문자; 히스의 황야를 통하여 뱀을 미 끼로 물방아 도랑형의 오검 문자, 등등.

379 편리한 조탈프손과 마찬가지로. 가짜 이아쑨(handy jotalpheson as well. Hokey jasons): 〈아일랜드 의 은어들〉(The Secret Languages of Ireland)에서 저자 R.A.S. MacAlister는 말하기를, 라틴 원어(Bog Latin)에서 아일랜드 낱말들의 어떤 철자들은 아일랜드의 알파벳 문자의 이름으로 대치할 수 있 다 것. 마치 Jason(이아쑨)을 의미하는 한 희랍어는 그를 "Jotalphason"(조탈프손)으로 부를 수 있듯.

380 고양이 꼬리처럼 확실하게(as ture as there's an ital on atac): 유행어에서: "고양이의 꼬리가 있듯 확실하게"(sure as there' a tail on a cat).

381 손수건 요술희롱이(hankkowchaff): 1. Hankow: 중국 공화국 이전의 혁명 중심 2. handkerchief.

382 피자피녀彼子彼女(isce et ille): him und her: (독일어) hither and thither(영어), (조이스의 상투어)물의 흐름에 대한 율동을 묘사하는 구절 〈젊은 예술가의 초상〉 제4장 말미【P 172】, 〈피네간의 경야〉 8장의 종말 참조【216】.

383 나는 살리반 그로부터 저 트럼펫의 쿵쿵 소리인지라(I am the Sullivan that trumpeting tramp): T.D. 살리번(Sullivan) 작의 노래 인유: God Save Ireland는 "Tramp, Tramp, Tramp"의 운에 맞추어 노래된다: "하느님이시여 아일랜드를 도우소서, 쿵쿵, 쿵쿵!"(God Save Ireland[Tramp, Tramp, Tramp). 조이스는 아마도 그를 그의 형제 A.M Sullivan(산문을 시로 고치는 엉터리 시인, versifier)과 혼돈하는 듯하다.

384 고통 하는 더퍼린 그로부터 그녀 식의 기다림(from Suffering Dufferin the Sit of her Style): Dufferin 작의 노래 인유: 〈아일랜드 이민들의 고통〉: "나는 나무 층계 위에 앉아 기다리나니, 메리여"(Lament of the Irish Emigrants: I'm sitting on the stile, Mary)의 인유.

385 캐슬린 매이 버논으로부터 그녀의 필경 공정한 노력(from Kathleen May Vernon her Mebbe fair efforts): Kathleen Mavouneen 작의 노래 인유: "세월은 수년 일 수도 그리고 영원일 수도"(It may for years & it may be forever)의 패러디.

386 가득 찬 단지 커런으로부터(from Fillthepot Curren): Curran (J.P. Curran의 딸, Robert Emmet의 약혼녀, R. 무어의 시제) 작의 노래 인유: "아쿠슬라 맥클리, 여러 해일지라, 아마도 영원히"(Kathleen Mavourneen, It may for years & it may be forever)의 인유.

387 필 아돌포스로부터 지친 오(Phil Adolphos the weary O): 노래 제목: "아침에 필라델피아 저쪽까지"(Off to Philadelphia in the Morning)의 인유.

388 떠나는 자 사무엘 또는 사랑하는 사무엘(Samyouwill leaver or Damyouwell): 1. 레버(Charles Lever), 작품 〈찰스 오마리〉(Charles O' Malley) 2. Samuel Lover: 아일랜드 소설가 및 노래 작가.

389 저 유쾌한 늙은 뱅충맞이 할멈(thatjolly old Molly): The Bowld Soier Boy(노래 제목)에서.

390 핀 재삼再三의 연약한(Finn again's weak): 〈피네간의 경야〉의 노래의 패러디.

391 힘의 상실: 유행어(loss of strength), "그대의 팔꿈치에 더 많은 힘을!"(More power to your elow!)의 인유.

392 녹지의 결혼식(the wedding on the greene): 노래의 제목.

393 이상의 구절에서 조이스는 아마도 재판장의 장면을 민요 〈피네간의 경야〉의 장면과 유사시키고 있는 듯하다. 여기 일람된 노래들은 아일랜드의 경야제에서 불러지는 것들이다(D. Rose 69 참조). [이상의 편지 내용은 〈피네간의 경야〉 민요를 포함하여, 한 다스 이상의 시들과 노래들로 이루어져 있다].

394 그건 무엇이었던고?/알(파)………!/?…………오(메가)!(What was it? A……..! ?…….O!): 질문에 대한 대답은 편지야말로 〈피네간의 경야〉 자체처럼, 알파에서 오메가의 모든 것.

395 사병남四瓶男들(the fourbottle men): 이집트의 미라들에 의해 둘러싸인, 시체의 내장들을 담은 4개의 덥게 단지들: 여기는 4노인들.

396 분석자들이(analists): 〈4대가의 연대기〉(*Annals of the Four Masters*)의 말장난(punning).

397 숲속의 모든 봉우리 새들(all the buds in the bush): (유행어) "손 안의 한 마리 새는 숲속의 두 마리 새의 값"(A bird in the hand is worth two in the bush).

398 주저자躊躇者들의 전리품, 주저의 철자(마력)(the spoil of hesitants, the spell of hesitency): 파넬에 관여하고 있는 편지들을 위조했던 Richard Pigott(성명 미상의 아일랜드 기자, 그는〈타임〉(*The Times*) 지가 "파넬과 범죄"라는 기사에서 출판된 편지들을 위조했었다. 위조된 편지들은 파넬을 아일랜드의 민족주의자들의 암살적 다이너마이트 도당과 연결시켰는데, 이는 피닉스 공원의 암살에 대한 그의 찬성을 나타낸다. Pigott의 위조는, 사법 재판소 앞에, 그가 "hesitency[주저]를 hesitancy"로 잘못 철자했을 때 노정 되었다. Pigot는 런던 경찰국(Scotland Yard)에 추적당한 채, 유럽을 거쳐, 마드리드에서 자살했다. 〈피네간의 경야〉에서 추적은 파넬의 추적과 혼성된다. 여기서 hesitency는 Pigott와 파넬의 위조를 야기시킨다. 잘못 철자된 *e*는 이합체어로서 HCE와 연관된다. 〈피네간의 경야〉는 파넬의 운명에 대한 회상으로 가득 차 있으나, 아마도 스캔들, 재판, 죽음 및 부활의 이러한 에피소드들에 있어서 이 보다 더 이상 풍부하지 않을 것이다. 파넬과 Pigott는 HCE의 인물 속에 혼성되어 있다.

399 킥킥 돌 튀기 너덜너덜꽁지라, 강저强躇의 소침銷沈잔물결의, 헤이헤이헤이헤이 한 움츠리는촌뜨기기(tittery tatterytail, hasitense humponadimply, heyheyheyhey a winceywencky): Pigott-Parnell-HCE의 주저스런, 잔물결 이루는, 움츠리는 촌뜨기의 도피 및 자살에 대한 묘사로서, 〈율리시스〉에서 블룸이 그의 아내 몰리의 익사를 생각하는 구절을 연상시킴: "그녀의 물결결결결결결…"(Her wavyeavyheavyeavy…).【U 228】.

400 레이놀드(Reynard the Fox): 중세 금수禽獸 서사시의 주인공; 〈여우 레이나드〉 (*Reynard the Fox*)의 은유는 그의 이야기를 정통적인 것으로 만든다. (Mikkelraved,【97.17】는 덴마크어의 그것의 제목인지라). 한편 여우 씨(Mr. Fox)(파넬이─그러나 여인들 사이는 아닐지라도, 자기 자신을 감추었을 때 가장한 이름

들 중의 하나), 〈젊은 예술가의 초상〉【P 36】에 대한, 〈율리시스〉 제9장에서 스티븐의 "그리스도여 여우"(Christfox)【U 159】에 대한, 망명 속으로 추방당한 제임스 조이스에 대한, 암시들은 그의 이야기를 즉흥적으로 만든다. 〈율리시스〉의 제16장인 역마차의 오두막 장면에서 파넬은 여우로서 길게 서술된다: "…물론 아무도 그의 이전의 행동에 관해서 아는 사람이 없었기 때문에 그가 폭스니 수튜어트니 하는 몇 가지 별명 아래 행동을 시작하기 전에조차도 '엘리스여, 그대는 어디에 있는가' 하는 식에 명확하게 속했던 것이므로 그의 행방에 대한 단서를 전혀 잡을 수사 없었던 것인즉…"【U 530】.

401 토요산뇌土曜散腦 후석간後夕刊(Scatterbrains' Aftening Posht): 〈토요일 석간〉(*Saturday Evening Post*) 지로서, 1930년대 C.B. Kelland에 의해 "Scattergood Baines"(머리가 산만한 자)에 관한 이야기들이 실렸다.

402 탕蕩폭도(Bullavogue): (1) 아일랜드의 폭도였던 Murphy 신부는 Boulavogue의 교구 목사(PP)였다. (2) (앵글로 아이리시어) bullavogue: 폭도(rough fellow).

403 부비농富卑農으로부터 발리홀리(욕설)을 탕 터트렸다(Achdung!…Bannalanna Bangs Ballyhooly Ou Of Her Buddaree).: Ballyhooly: (1) 허가 거친, 욕설 (2) Cork 주의 도시 명. 이 4행의 구절은 바벨탑에서처럼 말들의 혼돈으로, 이러한 혼돈은 언어 전달의 어려움에 대한 논평이다. 이는 엉터리 덴마크어(pig-Danish), 엉터리 게일어 및 엉터리 영어의 혼성이다. Tindall 교수는 이 구절을 다음과 같이 해석한다: "주의! 바이킹 왕은 아름다운 소녀들을 방문하다. 세명의 혹자들이 외국 거인과 함께 피닉스 공원에서 모험하다. 그러나 바나나 아나는 그녀의 동료로부터 큰 소동을 탕 터트렸다"(Attention! The Viking King visits beautiful girls. Three somebodies adventure with the giant foreigner in Phoenix Park. But banana Anna bangs the ballyhoo out of her buddy) (Tindall 96). 여기 "Bally"는 게일어의 "도시"란 뜻.

404 마치 뱀이 저 참나무… 비버(해리海狸)의 공작公爵 위로… 내려오듯(aslike as asnake comes sliduant down…oaltree onto the duke of beavers): O'Reilly 가문의 건강향健康鄕의 방패는 나무 둥지에서 뱀이 내려오는 참나무를 포함한다.

405 파틴(Parteen): Clare 주의 마을로, 연어로 유명함.

406 호박액琥珀液(liquidamber): 고무나무 종류의 수액.

407 장엄莊嚴 전나무(Abies Magnifica): 캐나다의 붉은 전나무.

408 백전상왕百戰上王(Quintus Centimachus): 1백 개 전투들의 조타장操舵長인, 아일랜드 고왕.

409 버터 탑塔(바트ertower): 하늘의 배제配劑의 판매에 의하여 금식일에 먹는 루앙(Rouen)(프랑스 북부 센 강 연안의 상공업 도시)산의 버터.

410 제7박공박栿拱(the seventh gable): 미국의 소설가 호돈(Hawthorne) 작의 〈일곱 박공의 집〉(House pf the Seven Gables)의 인유.

411 연기의 맹분출猛噴出(smoke's jutstiff): 연기 신호는 새 교황의 선출을 알린다.

412 가인양주良酒를 준 그리고 그를 유능 아벨(gave him and made him able: Cain…Abel.)

413 노아: Noah.

414 그녀의 루이 14세 풍의 애란 사투리(her louisequwan's brogues): Lillibullero bullen a law): 노래 가사의 인유.

415 눈 위의 안경, 그리고 귀 위의 감자(spudds on horeilles): 자장가 "그녀의 손가락의 고리 및 그녀의 발가락의 벨" (Rings on her fingers & bells on her toes)의 변형.

416 페로타(pelotting): jai alai(핸드볼과 비슷한 공놀이).

417 비방사자蛇者의 머리통을 짜부라뜨려 놓기 위해(to crush the slander's head): 〈창세기〉【3:14-15】의 인유: "주 하느님이 독사에게 말했나니…나는 그대와 여인 사이에 악의를 둘지라…그것이 그대의 머리를 타박打撲할지라" (the Lord God said unto the serpent…I will put enmity between thee & the woman…it shall bruise thy head).

418 고여신모古女神母(Morandmor): moran mo(Much more)(아일랜드어) + Mort 사死(프랑스어) + More(제국을 건립하는) 충동(영어). 여기서는 위대모偉大母인 ALP.

419 정원사(Ogrowdnyk's): O'Growney): ogrodnik(폴란드어): 정원사 + O'Gowney: Eugene O'Rgowney 신부(1865-99): 게일 연맹의 창설을 도움; 그는 미국에서 사망했으며, 뒤에 유해를 발굴, 아일랜드에 재 매장됨.

420 그로부터 어떤 묘굴토墓掘土도 빼앗지 말지니! 뿐더러 그의 토총土塚을 오손汚損하지 말지라! 투탕카멘 왕王의 사독死毒이 그 위에 있도다(take no gravespoil from him! Neither mar his mound! The bane of Tut is on it).: 기원전 14세기의 이집트의 제왕 Tutankhamen: 그의 무덤을 여는 자들에 내려지는 것으로 상상되던 저주. 그의 찬연한 무덤이 1920년대에 열렸다 한다.

421 거기 작은 숙녀가 기다리나니(there's a little lady waiting): 노래 가사의 인유: "엄마가 언제나 기다리나니" (There's a Mother Always Waiting).

422 그녀의 적애금발積愛金髮이 그녀의 등 아래 매달려 있기에(For her holden heirheaps hanging down her back): 노래 제목에서: "Her Golden Hair Hanging Down Her Back."

423 그녀는 무지개 색깔유머의 기질… 그녀의 변덕을 위한 것 그러나 그는 한 가지 처방處方을…(her rainbow huemoures yet for whilko her whims but he coined a cure): 아이들의 게임의 패러디: 〈장미의 반지〉(Ring-a-ring o'rose): "나에게 하나, 네게 하나 그리고 꼬마 모세에게 하나" (One for me, & one for you, & one for little Moses).

424 땀-으로- 쓰러지는 자를 변호할 자 누구리오?(who but Crippled-with-Children would speak up for Dropping-with-Sweat: 〈성서〉, 〈창세기〉 3:19:의 인유: "그대의 얼굴의 땀으로 빵을 벌지라"(In the sweat of thy face shalt thou eat bread).

425 임차권(lease): 하느님께 임차 받은 생명.

426 도교島橋(Island Bridge): 더블린의 지역으로 거기서 리피 강은 바다의 조류를 탄다.

427 潮流를 만났도다(met her tide): 노래의 제목의 패러디:

428 무광자無狂者가 네브카드네자르(Nomad···Nabuch): Nabucodonosor=Nebuchadbezzar: 〈성서〉 옛 바빌론의 왕(B.C. 605-563); 무광자는 HCE의 암시.

429 나아만(naaman): Naaman: 〈성서〉, 〈열왕기 하〉 5장 14절: 아만은 요르단 강에서 나병을 치료했다(Naaman cured of leprosy in Jordan).

430 그리하여 우리는 귀를 기울었나니, 그녀가 우리에게 훌쩍일 때, 바빌롱 강가에서(and we list, as she bibs us, by the waters of babalong): 〈성서〉, 〈시편〉 137:1-2의 인유: "우리가 바빌론의 여러 강변 거기 앉아서 시온을 기억하며 울었도다. 우리는 거기 버드나무에 우리의 하프를 걸었나니"(By the rivers of Babylon, there we sat down, yea, we wept, when we remembered Zion. We hanged our harps upon the willows in the midst thereof).

431 총미자, 영생자, 복수가능성의 초래자인, 아나모의 이름으로(In the name of Annah the Allmaziful, the Everliving, the Bringer of Pluralabilities): 코란(Koran)의 장(Sura)은 이 구절로 시작한다.

432 그녀의 실絲강이 달릴지니, 비록 그것이 평탄치 않을지라도 무변無邊한 채!(her rill be run, unhemmed as it is uneven!): 〈성서〉의 〈주의 기도문〉(Lord's Prayer)(〈마태복음〉【VI: 9-13】)의 패러디: "그러므로 너희는 기도하라, 하늘에 계신 우리 아버지시여, 이름이 거룩히 여김을 받으시며, 나라가 임하시며 뜻이 하늘에서 이룬 것 같이 땅에서도 이루어지리다"(Hallowed be Thy name, Thy kingdom come, Thy will be done, on Earth as it is in Heaven).

433 인내(patience): 길버트 & 설리반 노래 〈인내〉(*Patience*)에서.

434 공자孔子(master Kung): 공자(Confucius)의 이름.

435 중용中庸의 덕 또는 잉어魚독장督長의 예의범절편禮儀凡節篇(doctrine of the meaning or propriety codestruces of Carprimustimus): (1) Carp Primus: 공자의 아들 (2) 공자의 손자는 〈중용의 법칙〉(*The Doctrine of the Mean*)을 썼다. (3) 〈율리시스〉 〈스킬라와 카립디스〉장에서 Eglinton의 말: "진리는 중용이야"(The truth is midway)【U 174】.

436 그들 스코틀랜드의 거미(their Scotch spider): 브루스(Robert Bruce)(스코틀랜드의 탐정가)는 거미가

벽을 기어오른 것을 보고 인내를 배웠다 한다.

437 엘버펠드(E)의 지원개척知源開拓하는(C) 계산마計算馬(H)(Elberfeld's Calculating Horces): 이 말들은 발을 탁탁 차서 합산한다.

438 브루스 양兩 형제(both brothers Bruce): Edward & Robert Bruce(아일랜드 탐정을 행한 스코틀랜드의 국민적 영웅들), 그들은 1315년에 아일랜드로 갔다.

439 감채기금減債基金(sinking fund): 공채, 사채를 상황하기 위하여 적립하는 기금.

440 동양사기한凍梁詐欺漢(masterbilker): 입센작 〈청부업자〉(*The Master Builder*).

441 리디아 귀부인을 닮은 무감고뇌어급無感苦惱語級(lydialike languishing): Lydia Languish는 세리단(Sheridan)의 〈경쟁자들〉(*The Rivals*)에서 그녀는 그녀 자신에게 편지를 쓴다.

442 애란 농민 도기시陶器詩의 진정한 유품(Irish pleasant pottery): 아일랜드의 농민 시.

443 한 필匹 말馬…모든 종류의 마행적馬幸的 대가물對價物(all sorts of horsehappy values): "마성은 모든 말의 본성이로다"(Horseness is the what of allhorse)(아리스토텔레스의 패러디)【U 153 참조】.

444 셈장지葬地와 야벳 재귀향再歸鄕, 햄릿 인문학까지 그들로부터 봉기하게 할지라 (semetomyplace and jupetbackagain from tham Let Rise till Hum Lit): 편지의 좌우로의 글쓰기 및 상하의 글쓰기는 마치 경도經度(longitude)와 위도緯度(latitude)의 측지학(geodetic)이요, 노아의 아들들, 햄릿, 험프리 및 황지의 인문학처럼 흥망성쇠라. (1) 노아의 아들들인 셈, 햄, 야벳의 흥망성쇠(falling and rising). (2) 햄릿(hamlet), 험프리(Humphrey), 그리고 황무지의 인문학과 같은 수면睡眠과 깨어남이라. (3) 미개로부터 야만으로의 인문학의 진화…마커앨과 그의 천사 대 용龍과 그의 천사들(the evolution of humanity from savagery to barbarism …Michael & his angels against the Dragon & the angels).

445 어디 황지荒地에 혜지慧智가 있단 말인고?(where in the waste is the wisdom?): 편지의 의미를 알아내는 혜지慧智는 어디에?

446 노목蘆木(calamite): 천연자석(lodestone)(흡입력이 있는 것, 사람을 끄는 것).

447 티베리우스적으로(tiberiously): 헤브라의 모음들의 티베리우스(Tiberius)(로마 제2대의 황제, B.C. 42 - A.D. 37)적 발성(vocalisation)(vowel point: 모음 부호(모음을 표시하는 점)를 그들 아래에 두는 것은 10세기로부터 〈구약〉의 MSS(대용량) 속에 소개되었다.

448 성유聖油 삼석탑三石塔(chrismon trilithon): (1) (Gr) chresmon: oracle(신의 계시, 사제); trilithon: 거석구조(megalithic structure): 2직립부(uprights) & 1상인방(돌)(lintel). (2) 설리반: 희랍의 XPI(Christos)는 chrismon으로 알려졌었다.

449 지나支那의 원주圓周들로부터 들은 이래(since we have heard from Cathay cyrcles): (1) 테니슨(Tennyson): 〈록스리 회관〉(*Locksley Hall*)의 글귀의 패러디: "Cathy(중국)의 1환環보다 유럽의 50년

이 더 낳도다"의 패러디.

450 양쯔강揚子江(siangchang): (1) 홍콩 (2) Sing-Chang강 이름.

451 32(san-shih-erh): 32(프랑스의 음역音譯으로 "erh"는 "eul"이다.

452 제20번째 빼기 제9번째의(the ninth from the twentieth): 20th-9th=11th.

453 432: (1) 기원 432년에 성 패트릭은 아일랜드에 상륙했다. (2) 소련의 접신로자 Blavatsky 작 〈베일 벗은 이시스〉(*Isis Unveiled*)(〈율리시스〉 제9장 참조)에서 432년에 모두 기초한, 힌두교의 역사환歷史環을 토론한다.

454 화성원火星原(Champ de Mors): 파리; (L) mors: death.

455 독백남獨白男(monologuy of interiors): 내적 독백(interior monologue).

456 비뚤어진 요수尿水(P)는 이따금 스스로 꼬리 달린 큐(Q)로 해석되지 않거나(the pees…not taken for kews with their tails): 설리반: 다리를 팔 아래 쑤셔 박고, 혀를 내민, 다양하고 괴상한 위치를 한, 다수의 익살 및 개구쟁이 모습들을 서로 얽히는 일련의 Q자 형.

457 크로디우스(Claudian): Claudius: 제왕, 언어학자; 이름은 lame을 의미한다.

458 파피루스 사본(papyrus): (1) 고대 이집트의 제지製紙 원료 (2) 파피루스 사본(고문서).

459 바스크 웃옷(basque): 몸에 꼭 끼는 짧은 웃옷.

460 **실동어**實同語(ipsissima verba): (L) 바로 동일한 단어들.

461 가인 애플(사과)(cainapple): 〈성서〉 〈창세기〉【3-4】 참조, 가인(Cain)과 아벨(Abel).

462 상록속常綠屬(arbutus): Arbutus 딸기나무(Strawberry Tree)를 포함한 상록수 속; 아일랜드에서는 이를 "Cain-apples"라 부른다.

463 아란 섬(Aran): Aran Islands(아일랜드 서해안 앞 바다의 세 개의 섬들).

464 사나이 모자: 조이스 작 〈아란 섬의 어부의 신기루〉(*The Mirage of the Fisherman of Aran*)의 글귀의 패러디: "그는…테 넓은 크고 검정 모자를 쓰나니"(He…wears a big black hat with a wide brim).

465 저따위 도도한 경사진 무점無點의 첨예尖銳(H)는… 눈眼(i)의 대부분의 경우처럼(those haughtypitched disdotted aiches…as most of the jaywalking eyes): 아일랜드어가 로마 문자로 쓰일 때, 기음氣音(aspiration)을 표시하기 위해 문자 위에 찍는 점이 제거되고, 예외의 "h"가 첨가된다. 아라비아어의 단어들에 있어서 라틴어의 초, 중, 종 또는 고립된 위치에서 서로 교환할 수 있는 "j & i".

466 잼 속에 언제나 취하여(always jims in the jam): (1) James Joyce (2) jim: 아라비아어의 이름. (3) 영국 수수께끼.

467 저 이상한 이국적 뱀처럼(S) 구불구불한, 우리의 성서聖書로부터 너무나 타당하게도 추방당한 이래(that strange exotic serpentine, since so properly banished our scripture): (1) 설리반: "원고의 장식

을 통해 내내 뱀 형태로 자주 나타나는 존재는 이러한 형태들이 어떤 점에서 뱀류의 파충류에 대한 숭배와 연관되는 암시를 불러일으킨다"(The frequently recurring presence of serpentine forms all through the decorations of the manuscript has given rise to the suggestion that these forms are in some way connected with the worship of ophidian reptiles). (2) 성 패트릭은 독사를 추방했다.

468 코크 말馬 위의 한 우두右頭의 백여인白女人을 보려는 듯(as to see a righteaded ladywhite don a corkhorse): (자장가의 패러디) "반버리 십자로까지, 수탉의 말을 타고, 백마를 탄 미인을 보라"(Ride a Cock Horse to Banbury Cross, See a fair lady, upon a white horse).

469 **포다터스 영창조**咏唱調(podatus): 조지 왕조의 찬가에서, 단일 철자가 2개의 음으로 노래되는 것을 표시하는 기호.

470 최후의 것과 최초의 것과의 불안정한 접합(the lubricitous conjugation of the last and with the first): (1) 〈피네간의 경야〉의 마지막 문장은 첫째 것과 접합한다. (2) 〈성서〉, 〈마태복음〉 19:30의 인유: "그러나 먼저 된 자로서 나중 되고 나중 된 자로서 먼저 될 자가 많으리라"(The last shall be first).

471 차선次善의 롤빵과 장대하고 스마트한 묘굴墓掘(a grand gravedigging with the secondbest buns): 묘굴자(gravedigger)(〈햄릿〉); 셰익스피어는 아내 안 하사웨이에게 "차선의 침대"를 남겼다(〈율리시스〉 제9장 참조). 여기 햄릿의 "묘굴"과 셰익스피어의 "차선의 침대"에 대한 언급은 조반, 중식, 석식과 같은 음식과 연관된다. 〈햄릿〉의 패러디: "초상 밥이 식을 만하면 그것이 저 결혼 잔칫상으로 나온단 말이거든…"(김재남 799) (the funeral-baked meats Did coldly furnish forth the marriage tables)【1.2.180-1】.

472 사자死者의 조종弔鐘을 머핀 빵장수의 종鐘으로(a deadman's toller as muffinbell): 17세기 형이상학 시인 존 단(John Donne)의 사종死鐘(deathbell)은 이 문맥에서 "머핀 빵장수의 종"이 된다. 조이스에게 빵은 성체이요, 음식은 손의 기호이다(Hemingway의 소설 *For Whom the Bell Tolls*는 단의 시구에서 유래).

473 아르 전신戰神(ars): Ares: 희랍의 전쟁 신.

474 전법적戰法的(bellical): (L) ars bellica: 전술.

475 솥땜장이(kettletom): Tom Kettle: 세계 1차 전쟁에서 피살된, 조이스의 친구.

476 **모물루스 왕을 위해 기도하세**(O' Remus pro Romulo): (L) Romulus: [로마 신화] 로물루스(로마의 건설자로 초대 왕); 그 쌍둥이 형제 Remus와 함께 늑대에게 양육되었다 함(전출).

477 로즈(노루)의 양조장이 불타버린 이래 밤의 괴화怪火의 잔을 쭉 들이켜지도 않고(since Roe's Distillery burn'd have quaff'd Night's firefill'd Cup): (1) Roe's Distillery: 더블린의 James 가街 (2) 1860년 경, 더블린의 Marrowbone Land 양조장의 화재: 당시 위스키가 Cork 가의 도랑으로 흘러내렸다 함.

478 루비 흑옥黑玉 4행行의(quatrain of rubyjets): Rubatyat(quatrains=4행시): 페르시아의 천문학자이자, 시인이었던 Oma Khayyam(1048?-1122)의 시를 영국 시인 Edward Fitzerald(1809-83)가 번역한

〈노마르 카이암의 루비이아트〉(*The Rubiiyat of Omer Khayyam*); 〈율리시스〉 제15장에서 스티븐은, Oma가 빵과 포도주를 나타내려고 그토록 많은 말들을 필요로 했던 것을, 단일 몸짓의 언어로 설명한다【U 353】참조).

479 뺑 강타(Whang): 골드스미스(O. Goldsmith) 작 〈세계의 시민〉(*Citizen of the World*)에 나오는 방앗간 주인 Whang(중국어: 왕王).

480 오마라(O'Mara): 앞서 Oma Khayyam.

481 붉은 용안의 노老악한 윌리엄 왕(ruddy old Villain Rufus): William Rufus(1056-1100) 영국의 왕이요 악한. 비평가 브란데스(Brandes)에 의하면, 그는 셰익스피어 자신이기도. 그의 용모는 붉음, 그는 말을 더듬었으며, 사냥 도중 피살됨 〈율리시스〉 제9장【U 160】참조.

482 K , M .: King's Messenger; Knight of Malta(몰타 섬, 몰타 공화국, 1964년 도립; 수도 Valletta).

483 십자장미+字薔薇를 위한 3인조의 후보자들이 성구聖鳩납골당의 가장자리 화판에 자신들의 차례를 기다리나니(three squads of candidates for the crucian rose…. marginal panels of Columkiller): (1) 〈기독교의 로우지크루센의 화학적 결혼〉(*Chemical Marriage of Christian Rosencreutz*)에서 손님들은 인접한 세 배들을 타고 탑(Tower)까지 여행한다.

(2) Christian Rosencreutz: 장미 십자회원(1484년 Christian Rosencreutz가 독일에 창설했다고 하는 연금錬金마법술을 행하는 비밀 결사의 회원). (3) 〈켈즈의 책〉의 *Tunc* 페이지는 3가장자리 화판을 지님; 텍스트는 〈마태복음〉 27:38의 글귀: Tunc crucifixerant XPT cum eo duos latrones(THIS IS JESUS, THE KING OF THE JEWS). 두 도적들이 그와 함께 십자가에 처해 있었나니. (4) 설리반: 〈켈즈의 책〉은 이따금 Colum Cille이란 책으로 불리었다.

484 노老 마태 자신(old Matthew himself): 앞서 *Tunc* 페이지를 기록한 "마태복음"자.

485 진설적脣舌的인(labiolingual): 입술과 혀에 속하는.

486 모든 저러한 사각四脚 엠(all those fourlegged ems): (1) Four Masters(사대가들).

(2) em: 인쇄물의 측정량의 단위.

487 18번째로 또는 24번째로(eighteenthly or twentyfourthly): 〈율리시스〉는 18장을 〈오디세이아〉는 24권을 각각 지닌다.

488 모리스 인쇄자에 감사하게도(thank Maurice): 〈율리시스〉의 첫 판을 인쇄한 Maurice Daranti'ere, 그의 이름이 책 말미에 나온다.

489 최후의 서명에 첨가된 장식체의 페네로페적的 인내(the penelopean patience of its last paraphe): 〈페네로페〉(Penelope): 〈율리시스〉의 종장. paraphe: 서명에 첨부된 장식.

490 오검 문자(ogham): (1) 고대 브리튼, 특히 아일랜드에서 사용된 문자. (2) 스위프트는 여성과

연관되고, 스턴(Laurence Sterne, 아일랜드의 *Sentimental Journey*의 혁신적 작가; 1713-68)은 남성 역과 연결된 채, 여기 스위프트-스턴 충돌 억제 안티몬(antimony)(금속 원소)을 암시한다.

491 낙천적인 제휴提携(파트너쉽)(paddygoeasy partnership): William Carleton(아일랜드의 소설가(1794-1869) 작의 〈낙천가 패디〉(*Paddy-Go-Easy*)의 암시.

492 색소폰관현악음운론적 정신분열생식증의 연구에 관한 어떤 기선관념機先觀念(Some Forestallings over that Studium of Sexophonologistic Schizophrenesis): (1) (G) Vorstellungen u'ber das Studium: 연구의 개념. (2) schizophrenia: 정신 분열증.

(3) saxophone: 색소폰: 벨기에 사람 Sax가 발명한 금관 악기. (4) phonology: 음성학.

493 퉁-토이드(Tung-Toyd): 융과 프로이트.

494 마굴턴 파派의 교사敎唆들(Neomugglian Teachings abaft the Semiunconscsconscience : Muggleton: 영국의 재단사; Muggletonin 파의 설립자.

495 저 비극적 수부(wretched mariner): 콜러지(Coleridge) 작 〈노수부〉(*The Ancient Mariner*)의 인유.

496 제이슨(Jason): 황금의 양털을 탐색한 Argonian(그리스 남부의 고대 도시)의 지도자로, 전설에 의하면 그는 아일랜드에로 왔었다.

497 맥퍼슨즈 오시안(MacPherson's Oshean): James Macpherson(1736-96): Ossian 시詩의 스코틀랜드 번역자. *Ossian*: Finn의 시인 아들인 Oisin에 대한 Macpherson의 형태.

498 카르타고 해사보고海事報告(Punic admiralty report): Victor Berard의 한 페니키아(지금의 시리아 연안에 있던 고대 도시 국가)인 호머(Homer)에 관한 책. 그에 의하면, 〈오디세이〉(*The Odyssey*)는 어떤 셈족(Semite)의 항해 일지의 희랍화(hellenisation)이다. (그리스의 Nikos Kazantzakis는 1959년, Homer의 속편인, *The Odyssey: A Modern Sequel*을 썼다) Punic: 카르타고(Carthage: 아프리카 북부의 고대 도시 국가; B.C. 146에 멸망).

499 에게해海 12군도식群島式 베데커 여행 안내서(dodecanesian baedeker): (1) Aegean Sea의 12군도. (2) Baedeker: 베데커 여행안내서 (독일의 출판업자 Karl Bacdeker가 시작함).

500 티베리우스트 이중사본二重寫本(Tiberiast duplex): 10세기로부터 〈구약〉 MSS(대량 용량 기억 시스템) 속에 소개된 헤브라이 모음들(그들 밑에 자음 점들을 두는)의 티베리우스트(로마 왕조) 식 발성법(vocalisation).

501 한노 오논한노(Hanno O'Nonhanno): (1) Hanno: 아프리카의 서부 해안을 따른 항해에 대한 설명을 쓴 Carthaginian 군인, 통치자. (2) O'Nonhanno: (It) hano o non hanno: they have or have not.

502 모세 신서新書(Morse Code): 모세(Moses)는 〈오경五經〉(Pentateuch)을 썼다.

503 아들 중의 아들(son of sons): 〈성서〉〈아가〉(Song of Songs)의 익살.

504 자신의 무지 속에 한 가지 없이(without a thing in his ignorance): Macgniomiharta Fuinn〈핀의 청년 개척〉(The Youthful Exploits of Finn)의 글귀.

505 대양사회大洋社會(oceanic society): 더블린의 Ossianic Society(출판사).

506 털코 맥후리 형제(Tulko MacHooley): Tulcha Cumhall, Finn의 형제.

507 그날에도 그리고 내일도(the day was in it and after the morrow): (Angl) the day was in it: that day, on that day.

508 비참기분자悲慘氣分者(디어매이드)(Diremood): Dermot and Grania: Dermot는 Finn MacCool의 조카요 최고 전사. Grania와의 사랑은 트리스탄과 이솔트의 그것처럼 아일랜드 전설 또는 켈트의 사랑의 모델이다; 여기 〈피네간의 경야〉의 사랑의 주제.

509 시편서집詩篇書集의 필자(the writing chap of the psalter): 필경사를 암시하며, 아마도 Cashel의 〈시편〉(the Psalter)에서 따온 듯.

510 친우의 마구착자馬具着者(juxtajunctor of a dearmate): Diarmaid = Dermot의 암시.

511 한 가지 욕구 때문에 동료로 변신變身하나니(passing out of one desire into its fellow): "out of each desert into its fellow"의 변형; *Macgniomiharta Fuinn*(The Youthful Exploits of Finn)의 글귀.

512 딸들(daughters): 여인들을 말함.

513 톨 바(Torba): Toraba: Finn의 부친의 한 아내.

514 아름다운 목을 한 톨바의 호남자들이(Torbas nicelookers of the fair neck): 전사戰士들의 별칭.

515 토티 아스킨즈(Totty Askinsers): (속어) Tommy Atkins: 영국의 군인; (보라) 팀 Tom, Three, Tom Dick and Harry(이놈 저놈 누구나).

516 집배원 한漢스(Hans the Curier): (1) 훈련된 말馬. (2) (Du) Hans de Koerier: 집배원 손. (3) Hans Curjel: 취리히의 Corso 극장의 지배인.

517 별반 그리스 오만 없이(someless of cheeks): 존슨(Ben Jonson)에 의하면, 셰익스피어는 약간의 라틴어를 알았고, 그리스어는 별반 알지 못했다.

518 이섹스 다리橋처럼 정말로(as true as Essex bridge): (더블린의 유행어).

519 비상처대학鼻傷處大學의 소나기화花의 농율목弄栗木(the showering jestnuts of Brujsanose): (1) 캐롤(Lewis Carroll) 저의 *Jabberwocky*. (2) Flowering chestnuts. (3) 옥스퍼드의 Brasenos 대학.

520 분糞, 채, 수치, 안녕하세요, 나의 까만 양만? 또 봐요!(kak pfooi, bosh and fiety, much earny, Gus, poteen pozhivaete, moy cherny Gos, podin? Sez you!): (R) how are you, my black sir? 여기서는 일종의 "방백"(aside)으로, 러시아어의 익살; 〈피네간의 경야〉의 제3부 제4장의 말미에 나오는 셈에 대한 서

술을 메아리 한다: Jeebies, ugh, kek, ptah, that was an ill man! (제비즈, 우, 켁, 프타신, 그건 병자였도 다).【590.18】

521 문사文士 셈(셈 the Penman): (1) Jim the Penman. (2) James Townsend Savard (James는 셈의 영 어 명): 표절자.

522 혼공자混孔子의 영웅두발英雄頭髮(confusianist heronim): 우스꽝스런 투구(공자는 이마 위에 이상스런 혹을 지니고 있었다).

523 토실토실 똥똥한 지나支那 턱(chuchuffuous chinchin): (1) 공자(Confucius)와 그의 어머니는 그의 부친의 사후에 Chufu에로 이사했다. (2) Chinese란 이름은 Chins라는 짧은 통치에서 생겨났다.

524 타이 성산지聖山地(Taishantyland): Confucius(Kung Fu-tze)는 Tai Shan(성산)이 보이는 사당祠堂 에서 기도 후에 태어났다.

525 리튬광鑛(lithium): 가장 가벼운 금속 원소.

526 세방교細房橋(Cellbridge): Kildare 군의 마을 이름. HCE의 암시.

527 시주始酒로 시작하여(in the biguinnengs): beginning + Guinness(창세주)創世酒.

528 감주甘酒 싸움으로(in a battle of Boss): (1) bottle of Bass(더블린 주명). (2) New Ross 전투의 인유.

529 스머니온, 로어북, 코론스리그, 해요지海要地(시포인트), 부두구埠頭丘(키호우드), 회도灰島(애쉬타 운), 서계鼠鷄(랫헤니)(Smerrnion. Bhoebok, Kolonsreagh…Ratheny): 호머의 출생지로 간주된 7개의 도시 들: Smyrna, Rhodos, Kolophon, Salamus, Chios, Argos, Athenae에 대한 익살.

530 갈까마귀 놓친 것을 비둘기자리天가 발견했도다(Nevermore missed and Colombo found): E.A. 포 (Poe)작 "Quoth the RAVEN 'nevermore'"의 인유,

531 오스트만 각하(ostman Effendi): Ostman: 바이킹; Effendi: 장교들에 대한 존경을 표하는 터키 식 타이틀.

532 써지 패디쇼(Serge Paddishaw): 쇼(G.B. Shaw)(아일랜드 극작가)

533 파리스에게 프리아모스 아비(outpriams al' his parisites): 트로이의 Priam: Paris의 아버지.

534 **최후의 왕**(les Rois Faine'ants): Merovingian(메로빙거) 왕조, Frank 왕국의 왕조(486-751)의 최후 의 왕들.

535 어떤 낙자落者 (월)리엄이 웨스터민스터에서 그를 저버릴 때까지 스쿤 족의 그의 타라 왕 (His Tiara of scines was held unfillable till on Liam Fail felled him Westmunster): 17세기 아일랜드의 역사가 인 Keating에 따르면, Westminster 사원의 대관석戴冠石은 Edward 1세에 의하여 스코틀랜드의 Scone으로부터 런던으로 운반되었다 한다. 파넬의 추종자들은 그를 저버렸다. Tiara: Tara 왕조.

536 우리를 탈가면脫假面(demask)하기 위해 사울처럼 노櫓 저었을 때 그의 자리에서부터

축출逐出되어 불타佛陀베스트로부터 역병疫病(was struck out of his sittem when he rowed sauely to demask…plagues): (1) Damascus: 시리아의 수도. (2) sauely: Paul. (3) Budapest: 헝가리의 수도 + pest(plague). (4) 사울(Saul)은 Damascus로 가는 노상에서 개종되고, Paul이란 이름을 갖는다. Saul: 〈성서〉, 〈사무엘상〉; 이스라엘의 왕.

537 매를 창처럼 꽂자 번개를 없앴도다(speared the rod and spoiled the lightening): (대중 유행어) "매를 아끼면 아이를 망친다"(Spare the rod & spoil the child)의 패러디.

538 실쭉하게 도표를 그리고 있었으며, 여왕은… 모피로 덮인 채 축 늘어져 있는 가하면, 하녀들은… 긴 양말을 구두신고… 뒤쪽 경비가…뚜쟁이 질(허식!)을…(melking Mark so murry, the queen was steep in armour feeling fain and furry, the mayds was midst the howthorns…out pimps the back guards(pomp!): 자장가의 패러디: "임금님은 회계 실에서 돈을 세고 있었네. 여왕님은 거실에서 빵과 꿀을 먹고 있었지. 하녀는 전원에서 빨래를 널고 있었나니. 한 마리 흑조가 날라 와 그녀의 코를 쪼아 먹었는지라." 이 자장가는 블룸의 독백을 적시기도 한다〈율리시스〉 제4장 말 참조【U 56】.

539 오랜 고리가… 마음을 자물쇠로 채울 때…그는 그녀를 닮으리라(when older links lock older hearts then he'll resemble she): Michael Balfe(1808-70)의 노래 가사의 패러디: "다른 입술들과 다른 심장들이…때…그땐 그대는 나를 기억하리라"(When other lips & other hearts…Then you'll remember me). Balfe: 아일랜드의 유명한 작곡가로, 그의 〈보헤미아의 아가씨〉(The Bohemian Girl)와 〈카스틸의 장미〉(The Rose of Castille)는 〈율리시스〉와 〈피네간의 경야〉 속에 사방에 퍼져있다.

540 그는 스메르 표의문자 '시市' 형型의 집을 건립했는지라, 그가 건립한 집에 자신의 정명定命을 위탁했도다(he has founded a houe, Uru, a house he has foundedd to which he has assignd its fate): 이상향(Paradise)에 관한 한 Sumerian의 장시長詩는 이런 말을 포함한다: "None은 말했는지라, 오 눈의 안질眼疾, 그대는 눈의 안질이나니." None은 말했는지라, "그대는 두통이나니, 그대는 한 도시를 건립했는지라, 그대는 한 도시를 건립했도다. 그리하여 그가 건립한 집에 자신의 정명定命을 위탁했도다. 그대가 건립한 딜먼 도시…. 지방脂肪처럼, 지방처럼, 수지처럼"(None said, O disease of the eyes, thou art disease of the eyes. None said O headache, thou art headache…Thou hast founded a city, thou hast founded a city, to which thou hast assigned its fate. Dilmun the city thou has founded…Like fat, like fat, like tallow. URU: 도시)(city)를 뜻하는 스메르(Sumerian: 유프라테스 강 어귀의 옛 도시)의 표의문자.

541 갈까마귀 문장紋章(a raven geulant): 더블린의 덴마크인 해적들은 갈까마귀 깃발을 가졌었다. 〈율리시스〉의 밤의 환각 장면에서 사이먼 데덜러스의 절규 참조: "우리의 깃발을 휘날리란 말이야! 은빛 바탕에 날고 있는 붉은 독수리가 아로새겨진 기를 말이야"【U 467】.

542 후광을 그의 시종으로부터 강탈했도다(ruz the halo off his varlet): (유행어) "어떤 이도 그의 시종

에게는 영웅이 아니다"(No Man is a hero to his valet).

543 그의 찬가讚歌를 위하여 오두막집 위에 지붕을 얹고···(put a roof on the lodge for Hymn): 프랑스의 헨리 4세가 행한 것으로 추정되는 구절의 인유: "나는 나의 왕국에서 매 일요일마다 냄비에 한 마리 닭을 삶지 못할 정도로 가난한 농부가 있기를 원치 않는다"(I want there to be no peasant in my realm so poor that he will not have a chicken in his pot every Sunday).

544 정원사제庭園司祭(hortifex): (1) (L) Pontifex Maximus: 고왕, 교황. (2) (L) hortifex: 정원사.

545 간격남間隔男 총포 밀수자(gapman gunrun): (앵글로-아이리시) 억샌 방어자.

546 자연의 일촉一觸에 베일 가린 세계를 재차 녹질綠質하고(with one touch of nature set a veiled world agrin): 셰익스피어 작 〈트로일러스와 크레시더〉(Troilus & Cressida)의 글귀의 인유: "온 세계 사람은 죄다 하나의 공통적인 성질을 가지고 있습니다"(One touch of Nature makes the whole world kin) 【III.3.175】.

547 대답: 세빈노細貧老 죠!(Poor Ole Joe): 1. 노래의 인유: "Poor Ole Joe." 2. Behan: 케이트의 동료.

548 칙스피어(Chickspeer): 셰익스피어의 암시.

549 영혼의 마당(the garden of the soul): 기도서: 〈영혼의 마당〉(Garden of the Soul).

550 최려자最麗者 생존(sowiveall of the prettiest): 〈생존 경쟁〉(struggle for life); 〈적자생존〉(the survival of the fittest): 다윈 (C. Dawin).

551 신新 자유부인(New Free Woman): 잇따른 Mr Titterton의 작품 〈신(새) 목격자〉(New Witness)에 대한 익살. 실지로, New Freewoman지는 〈젊은 예술가의 초상〉을 연재했고, 뒤에 이 잡지는 The Egoist로 개명되었으며, 위버 여사(Harriet Shaw Weaver)에 의해 편집되었는데, 후자는 조이스의 재정적 후원자로 유명하다.

552 지방세 납부여인(돼지 여인)에 의한 여승복餘僧服 착의남着衣男 때문에 언제나 포복절도하지요···. 유황녀硫黃女···드라큘라(always as tickled as can be over Man in a Surplus by the Lady who pays the Rates···Brimstoker···Dracula···): Bram Stoker(1847-1912)(Dracula의 아일랜드 저자)는 익살 작품을 썼는지라, 엘리자베스 1세가 실지로 남자임을 그 속에 주장했다. 이 작품은 어떤 Mr Titterton이란 자에 의하여 심각하게 받아졌는데, 후자는 자신의 〈새 중인〉(New Witness)(1913)에서 남자-엘리자베스가 셰익스피어의 작품들을 썼다고 주장했다.

553 튤립 꽃의 밀회자(trysting): 트리스탄.

554 대버란(Davern): (미상)

555 성직자의 마음속의 저 희망은 얼마나 허망하고, 그 자는 아직도 간음술姦淫術을 추구하나니, 그의 마음의 저 색 바랜 헌 가운이 미인 수우로 하여금 자신의 얼굴을 잊게 할 수 있다고 믿

는지라!(How vain's that hope in cleric's heart…his Will make fair Sue forget his phiz!): 이 구절은 아래 James Clifford의 시의 탁월한 패러디:

성직자의 마음속의 저 희망은 얼마나 허망한고

그 자는 아직도 간음술姦淫術을 추구하나니,

그의 마음의 저 색 바랜 헌 가운이

미인 수우로 하여금 자신의 얼굴을 잊게 할지라!

(How vain's that hope in cleric's heart

Who still pursues th'adult'rous art,

Cocksure that rusty gown of his

Will make fair Sue forget his phiz!)

556 최귀자最貴者(preciousest): Robert Prezioso: 트리에스테에서 조이스의 아내 Nora에 애착했던 신문 기자.

557 대노인大老人(글래드스턴)!(Grand ond mand!): 글래드스턴(Grand Old Man).

558 20마리 급조級鳥들(twenty classbirds): 자장가의 패러디: 6페니짜리 노래를 불러요, 24흑조들, 구워서 파이를 만든다네(Sing a Song of Sixpence: four & twenty blackbirds, baked into a pie)

559 질質과 양量(quality and tality): Gerald Griffin(1803-40)이 쓴 책의 패러디: *Talis Qualis*.

560 유랑류 모모씨類量類某某氏(Talis de Talis): Mr. So-&-So.

561 하늘의 컵자리天(Craterium): 런던의 Criterion 극장명의 익살.

562 필분쇄자筆粉碎者(penscrusher): 문사 셈.

563 적당한 마일(duly mi러): *Daily Mail* 신문의 익살.

564 후기와권파後期渦卷派(postvortex): 루이스(W. Lewis)와 그의 추종자들은 자신들을 와권파(Vortexism)라 불렀고, 이는 그의 사상파(Imagism) 이후의 시의 혁신적 흐름을 주도함으로써. 이들 양대 -이즘들은 모더니즘을 대표했다.

565 예절박사(Dr's Her Uberleeft): (1) Drs: (doctorandus): 덴마크의 아카데믹 타이틀.

(2) (Du) als het U belieft: if you please.

566 건대健帶의 사고박사思考博士(Dr Gedankje of Stoutgirth): (G) Gedanke: thought; (Du) dank je: thank you (G) weil du bist ein Sohn der Welt: son of bitch.

567 자신의 부父의 검劍(his father's sword): 노래 〈음유 소년〉(The Minstrel Boy)의 가사에서: "그의 부친의 검을 허리에 차고"(His father's sword he has grided on).

568 허풍창虛風槍(Bragspear): Nicholas Breakpear: 영국인으로, 교황 Adrian 4세가 되었으며,

"상찬자"(Laudabiliter)로 시작되는 교황 칙서(bull)와 함께, 아일랜드를 헨리 2세에게 하사했다.(【U 327】참조)

569 한 치 한 치(철두철미) 한 사람의 불멸의 자: 셰익스피어 작 〈리어왕〉【IV.6.109】의 글귀의 인유: "한 치 한 치 왕"(every inch a king) "한 치 한 치 신사"(every inch a gentleman) 〈율리시스〉 13장 【U 287】참조.

570 무효병원無酵餠院(azylium): (1) 요양원(asylum) (2) 중석기시대(the Mesolithic)의 원시 Azylian 문화

571 다섯 쌍雙 파섹 거리를 거의 독답獨踏하기도 전에, 일광日光 가등주街燈柱(a pentiadpair of parsecs…Shinshone Lanteran): 라테란(Lateran) 대성당(로마에 있는 대성당으로 가톨릭성당의 총본산)에는 다섯 개의 전前기독교 평의회(Oecumenical council)가 있었다.

572 오리냑 문화(Aurignacian): 피레네 산맥 중 Aurignac 동굴의 구석기 유적으로 대표되는 오리 냑 문화(Aurignacian).

573 만근도萬根道… 로마 공방空房을 통해 방랑주중放浪走中하면서(Allrouts, austereways or wastersways, in roaming run through Room): (격언) "모든 길은 로마로 통하나니All roads lead to Rome."

574 교황전후도적教皇前後倒的으로(preposterously): (1) Popo: 엉덩이 (2) pope (3) preposterously(앞뒤가 뒤 바뀐).

575 최충最充 토리왕당王黨(justotoryum): Rudyard Kipling(영국의 시인 소설가; 1865-1936) 작 〈최충 화〉(Just So Stories)의 익살.

576 무류無謬 회칙통달回勅通達(unfallable encyclicling): infallible encyclical(무류 동문통달同文通達)(특 히 로마 교황이 모든 성직자에게 보내는 회칙回勅).

577 헌신獻神(Deusdedit)이라: 교황 성 Deusdedit(615-18).

578 무구자無垢者 벨루아(Bellua Triumphanes): 〈성 말라카이의 예언〉 no. 86: Bellua insatiabilis(탐 욕스런 짐승)('insatiable beast')-무구자 11세 3. Giordano Bruno.

579 전대繼帶의 회화수집繪畵蒐集(wallat's collectium): 런던의 Herford 가家의 Wallace 그림 화집.

580 흠탐자欠探者 리오 6세(Lio the Faultyfindth): (C) liu(六).

581 코터스 5세 및 퀸터스 6세 및 식스터스 7세(Quartus the Fifth and Quintus the Sixth and Sixtus the Seventh): 모두 상상적 교황들.

582 매이플즈(Maples): 더블린의 Maple's Hotel(Kildare 가, 국립 도서관 맞은편 소재).

583 성聖소피아 바랫 사원(Sophy Barratt's): 성 Madeleine Sophie Barat은 성심(Sacred Heart)의 성 청聖聽(Congregation)을 건립함.

584 행운타幸運打했는지라(luckystruck): 〈럭키 스트라이크〉(Lucky Strikes): 미국의 담배 연초 명.

585 소장미회어蘇薔薇會語의(russicruxian): Russian(러시아어) + Rosicrucian(장미십자회).

586 니크라우스…. 아로피시어스는… 교황유언의 후광명後光名(Niklaus Alopysius having been the once Gripes's popwilled nimbum)이었나니: (1) Nick / Mick (2) (James)Aloysius(조이스): 조이스의 성명 聖名.

587 이항투시화(binomial dioram): diorama: 빛의 방향으로 바뀌는 부분적으로 투명한 그림.

588 포에니 음경포陰莖佈 벽전필壁戰筆(penic walls): Punic Wars(포에니 전쟁(B.C. 264-146; 로마와 카르타고 사이의 3회에 걸친 전쟁) + penis(음경) + panic(공황).

589 잉골즈비 전설(INklespillegends): Richard Barham(1788-1854, 영국의 작가) 작 〈잉골즈비 전설〉(Ingoldsby legends)의 패러디.

590 폰티어스 빌라도 총독(Pontius Pilax): Pontius Pilate: 그리스도를 십자가 처형한 로마의 유다 지사.

591 사법전司法典과 육六(환患) 비책鼻冊 잡실雜室의 모든 미이라 원고총집原稿總集 및 미판尾版 사활호서詐猾狐書의 장章들의 교활에 관한 장章들에 맹세코(all the mummyscripts in Sick Bokes' Juncroom and the Chapters for the Cunning of the Chapters of the Conning Fox by Tail): (1) "coming forth by the Day": 〈이집트의 사자의 책〉의 구절의 인유 (2) 이 구절의 모든 기괴한 단어들은 셈(그라이프스)과 숀(묵스)을 갈라놓는 3가지 중요한 교의(정설)(도그마)에 대한 러시아어 또는 희랍어로 이루어진다. 이 구어들은 로마(묵스)와 아일랜드 성당(그라이프스) 간의 신학적 차이를 암암리에 드러낸다. 아일랜드 성당은 성격상 전前 고딕적, 정신상 신비적, 희랍적 정통파를 닮았다(이는 〈율리시스〉 제7장의 중요 주제이기도).

592 아스팔트역청瀝青이 피사스팔티움 내광耐鑛(Tarriestinus lashed Pissasphaltium): 고체 또는 반고체로 된 역청(아스팔트)(bitumen)은 희랍 사람들에 의하여 aspahltors, 그리고 약간의 고대 작가들에 의하여 pissasphaltum이란 이름으로 때때로 채택되었다.

593 맹견과 독사(canis et coluber): 〈성 말라카이의 예언〉(Prophecies of St Malachy), no. 98; (dog & serpent)—레오 12세를 암시함.

594 16하미광夏微光(sisteen shimmers): (1) Sistine(로마 교황 Sixtus의 (특히 Sixtus 4세, 5세의). (2) 16하夏.

595 운료雲僚들(her nubied companions): T. 무어의 노래 가사에서: 〈여름의 마지막 장미〉(The Last Rose of Summer): "모든 그녀의 사랑스런 동료들"(All her lovely companions).

596 바이킹의 불결 블라망주(Voking's Blemish): Viking's blancmange: 우유를 갈분, 우무로 굳힌 과자.

597 방사(emanations): Ain-Soph, 10 Sephiroth(Cabala[중세 기독교]의 신비철학에서).

598 이단제도적異端制度的으로 심이心耳서럽기는 했지만(schystimatically auricular): 옛 가톨릭교는 심이心耳의 고백(auricular confession)(목사에게 몰래 털어놓는 비밀 참회)으로 교리(학설)를 변경시켰다.

599 모두 온유溫柔의 증발습기蒸發濕氣의 헛수고 불과했나니라(all mild's vapour moist): 셰익스피어 작 〈사랑의 헛수고〉(Love's Labour's Lost)의 패러디.

600 용맹신앙勇猛信仰의 숙명(intrepide fate): 〈성 말라카이의 예언〉(Prophecies of St Malachy), Fides intrepida(intrepid faith.

601 헤리오고브루스(H)의 광도량廣度量 콤모더스(C) 및 극한極漢 에노 바 바루스(E) (Heliogo- bbleus and Commodus and Enobarabarus): (1) 헤리오고므루스 및 콤모더스: 로마의 제왕들. (2) 에노바바스 (Enobarbus): 셰익스피어 작 〈앤터니와 클레오파트라〉(Antony and Cleopatra)의 인물.

602 파피루스문서文書(Papyrs): papyrus(고대 이집트의 제지 원료) + Papers(문서).

603 비밀협의중秘密協議中이었기 때문인지라(conclaved): conclave: 가톨릭교에서 비밀로 행해지는 새 교황 선출 회의 장소, 여기서 투표의 서류들은 불태워진다. 여기 운녀의 말대로, 묵스-솀과 그라이프스-숀의' 박식한 인용구들' 이 비밀리에 감추어진다.

604 작은 브르타뉴의 공주마냥(la princesse de la Petite Bretagne): 하얀 손을 한 이솔트는 브리타니(작은 영국)의 공주였다.

605 콘워리스-웨스트 부인(Mrs Conwallis-West): 여배우- Mrs Patrick Campbell (West -Conwall). (cf) Winston Churchill, Mrs Churchill-Winston).

606 아일랜드 제왕의 여왕의 딸(the daughter of the queen of the Emperour of Irelande): 이솔트는 콘월 (Conwall)의 여왕이었다(트리스탄 이야기 참조).

607 유삭遊爍이는 유초遺草들(The siss of the whisp): 노래 가사의 패러디: 유초가 사방에 유삭이나니(The Green Grass All Around).

608 미다스 왕의 갈대 같은 귀耳여(a long one in midias reeds): (유행어)"갈대가 반복했나니, 임금님의 귀는 당나귀 귀(The reeds repeated that King Midas had ass's ears)." Midas: (희랍 신화) 1. 손에 닿는 모든 것을 황금으로 변하게 했다는 Phrygia(옛 소아시아의 나라)의 왕 (큰 부자), 그는 먹는 음식마저 금으로 변하여 살 수 없게 되자, 신의 용서로 강에서 목욕을 하여, 생명을 구했는지라, 그로 인해 강에서 사금이 나왔다 한다. 2. 그는 음악 경시에서, 자신의 귀의 오판으로 신의 벌을 받아, 귀가 당나귀 귀로 변했으니, 두건으로 항시 가리고 다녔다. 어느 날 이발사가 이 사실을 알자, 그는 참다못해 땅굴에 들어가 이를 터뜨렸다. 그러자 땅굴 위로 자란 갈대가 바람이 불 때마다, "임금님의 귀는 당나귀"하고 울어, 그 소문이 사방에 퍼졌다.

609 무외관無外觀의 한 여인(a woman of no appearance): 와일드 작의 패러디: 〈무의미한 여인〉(A

Woman of No Importance).

610 빵덩어리절반세런자洗練者(halfaloafonwashed): 테니슨의 시 〈경기병대의 공격〉(*Charge of the Light Brigade*)의 구절 인유: "반 리그 전진."【U 39】

611 성聖 메토디우스적 조리성條理性(methodiousness): St Ctril 및 Methodius: 동부 성당(Eastern Church)의 사도들에 대한 인유.

612 트리스탄 다 쿤하(Tristram da Cunha): Baile Atha Cliath: Hurdle Ford Town(장애물 항): 더블린의 고칭古稱.

613 전술도(isle of manoverboard): 애란 해의 만(Man) 섬,

614 야군여단夜軍旅團(night brigade): 〈경기병대의 공격〉(*Charge of the Light Brigade*)의 암시.

615 그는 106번番째 주민이(he'll make Number 106): 〈세계지도의 바토로뮤우의 편리한 참고〉(10쇄) (*Bartholomew's Handy Reference Atlas of the World*)에 의하면, 초기 Tristan da Cunha는 105명의 주민을 가졌다 한다. 또한 브리타니가 백화사전에는 Tristan da Cucha의 남대서양의 이 작은 섬의 인구는 1800년에 109명, 1930년에는 130명이었다고 기록한다.

616 부접근가도不接近可島 근처에서 살게 되리라(be near Inaccessible): (1) Inaccessible: Tristan da Cunha 근처의(20마일 지점) 작은 섬. (2) 조이스의 친구 Colum에 의하면, 루이스는 조이스에게 자신이 남아메리카에 갈 것이라 언제나 말하고 있었다 한다.

617 마호가니 목木의 집림지集林地(mahoganies): T. 무어의 시 "물의 만남"(The Meeting of the Waters) (〈율리시스〉 제8장, 블룸의 독백 참조,【U 133】).

618 급비생(sisars): sizar: 더블린의 트리니티 대학에서 일정 나이에까지 대학 수당을 지급 받는 학생. 〈율리시스〉 제9장 초두에서 스티븐은 John Eglinton을 두고 명상한다: "트리니티 급비생의 웃음을" (a sizar's laugh of Trinity)【U 151】.

619 폭군들, 왕시해王弑害는 그대들에게는 너무나 벅찬 일!(Tyrants, regicide is too good for you!): 줄리어스 시저는 자신이 왕이 되기 전에 암살되으니, 왜냐하면 폭도들에게 폭군 살해는 왕 시해보다 덜한 범죄이기 때문에.

620 구촌도살九寸刀殺 당하고(having been sort-of-nineknived): 시저는 단도에 의해 살해되었다.

621 남연해취南軟海의 거품자者들(softsiezed bubbles): 남해 거품(South Sea Bubble): 남해 (the South Sea)와의 무역으로 국가적 부채를 탕감하기 위해 1720년에 시작된 계획, 그러나 같은 해 붕괴되었다.

622 이탈리아 이민(Antonius 또는 wop): 미국 속어: 미국 내의 중남부 유럽 이주자들(특히 이탈리아의)에 대한 통칭.

623 나의 탐색안探索眼(my gropesearching eyes): 루이스는 〈시간과 서부인〉에서 〈율리시스〉 제1장

에 사용된 조이스의 말인, "회색의 탐색하는 눈"(grey searching eyes)【U 5】의 독창성을 의문시했다.

624 그리하여 그는 결코⋯고국 땅을 떠나다니,⋯그의 희망은 끈 달린 장화 속에(who never with humself was fed and leaves his soil to lave his head⋯. his hope's in his highlows): 노래 가상의 패러디: "나의 심장은 고지에 있도다"(My Heart's in the Highlands).

625 파지갑破紙匣의 방랑자(pursebroken ranger): 노래 가사에서: "애란의 망명자, 슬프도다 나의 운명이여, 가슴 찢긴(파흉破胸의) 낯선 자가 말했도다"(The Exile of Erin: Sad is my fate, said the heartbroken stranger).

626 우리의 방주方舟⋯한 입을(a bite in our bark): 속담의 패러디: "본심은 주둥이 놀리는 것만큼 고약하지 않다"(his bark is worse than his bite).

627 나의 해안에 다가왔을 때(he came to my preach): 스코트 경(Sir Walter Scott)의 〈애국자의 노래〉(The Patriot's Song)의 가사의 변형: 그토록 죽은 영혼들을 가진 사람에게 숨결을 프랑스어 넣을지라, 그는 결코 혼자 말하지 않나니: 이것이 나 자신의, 나의 고향 땅이라!⋯ 그의 심장은 결코 자신 안에서 불탄 적 없나니. 그가 자신의 고향을 향해 그의 발자국을 돌릴 때, 외지의 방랑으로부터?(Breathes there the man with soul so dead, Who never to himself has said, This is my owen, my native land! Whose heart hath ne'er within him burned, As home his footsteps he hath turned, From wandering on a foreign strand?).

628 야벳(Japhet): 야벳(Japheth): 노아의 셋째 아들.

629 사두마차四頭馬車(four-in-hand): 1인이 모는 4두마차.

630 한 마리 빈대에 의하여 물렸다 한들(bit by the one flea): 존 단(J. Done)(17세기 영국 형이상학 시인)의 시〈빈대〉(The Flea)의 시구의 패러디: "이 빈대 속에, 우리 둘의 피가 엉기리라"(in this flea, our two bloods mingles be).

631 뺨과 턱이 맞닿아(jack by churl): (1) "cheek by jowl"의 패러디: (붙이 맞닿을 정도로 꼭 붙어서; 정답게). (2) 이는 셰익스피어의 〈한 여름 밤의 꿈〉(Midsummer Night's Dream)에서 Deretrius를 메아리 한다: "따르다니? 아니, 나는 뺨과 턱이 맞닿아, 그대와 같이 가리라"(Follow? Nay, I'll go with thee, cheek by jowl)【III.ii.338】. 연극에서 Helena를 두고 싸우는 Demetrius 및 Lysander처럼, Bruss 및 Casous는 이 페이지들에서 Margareen을 두고 싸워왔다.

632 성저주聖咀呪 받을 것인고?(Sacer esto?): 〈12동표銅標〉(Law of the 12 Tables)의 글귀: "*Patronus si client frudem fecerit, scaer esto*": 만일 변호인이 의뢰인을 남용하면, 그를 저주 할지라(If the patron abuses the clientlet him be accursed).

633 우린 동동同同(세머스, 수머스)(Semus sumus): (1) 셈, same (L) we are. (2) 저주받은 셈.

634 솀이 쉐머스의 약자略字이듯이 젬은 야곱의 조기어嘲氣語로다(솀 is as short for 솀us as Jem is joky for Jacob): (1) 솀: 〈창세기〉에서 Noah의 아들. (2) 솀us: 예이츠의 극시 〈캐드린 백작 부인〉(*Countess Cathleen*)에 등장하는 남자 주인공. (3) 야곱: 이삭의 둘째 아들로서 아브라함의 손자 뻘 (이스라엘이라고도 불리며, 유태인의 조상(〈창세기〉 25: 24-34 참조).

635 청침수靑針鬚(Ragonar Bluebarb) 및 공포의 철사발鐵絲髮(Harrid Hairwire): (1) 청침수: 바이킹의 추장 이름. (2) 철사발(Hairwire): 노르웨이의 최초 왕.

636 대장, 각하, 사師 수림씨鬚林氏(Capt. Hon. Rev. Mr Bbyrwood): Beardwood: 조이스의 부친의 친구.

637 손도끼 형의 두개골(adze of a skull): 성 패트릭은 그의 체발剃髮 때문에 까까머리(Adzehead)라 불리었다.

638 메가게거 양의 턱(megageg chin): 〈율리시스〉, 밤의 환각 장면 구절의 인유: 암 산양(THE NANNYGOAT) (운다) 매가거그게그! 암사아아안아아아얀!"【U 448】.

639 고古 열성국熱誠國의 장미소薔薇燒 비프도!(Rosbif of Old Zealand!): 여국의 소설가 Henry Fielding(1797-54)의 소설 구절의 패러디: "오! 노 영국의 소육(로스틔 비프)이여!"(Oh! the roast beef of old England).

640 편두扁豆의 요리(the hash oflentils): 〈성서〉: 에서는 한 그릇의 완두 팥죽의 대가로 그의 생득권(명분)을 그의 아우 야곱에게 팔았다.(전출) (〈창세기〉 25:31-34 참조).

641 레바논의, 레몬과 더불어, 산 위의, 웅달샘의 삼목杉木을 닮았기 때문이로다(like a cedar, of the founts, on mountains, with limon on, lebanon): (1) 〈시편〉 92:13의 인유: "의인은 종려나무처럼 번성하며, 레바논의 백향목 같이 발육하리로다"(The innocent man will flourish as the palm tree flourishes: he will grow to greatness as the cedars grow on Lebanon). (2) 삼목(cedar)은 요르단강의 흐름인 케드론(Kedron)에서 파생된 것으로 전함.

642 타미르어語 및 사미탈어(tamileasy samtaleasy): Tamil & Samtal: 인디언의 언어들.

643 천민의 어중이떠중이(*corneille*): 1902년 조이스가 파리를 방문했을 때, 그는 Corneille Hotel에 머물렀다.

644 타라 쿵 (tarabppoming): 노래의 가사에서: "Ta ra ra boom de ay."

645 기초(worf): warp & woof(기초).

646 허리케인 폭풍의 밤(hailcannon night): (1) hurricane night. (2) halcyon days(평온절). (3) colcannon(만성절 전야(All Hallow's Eve)에 먹는 캐비지, 감자 및 버터를 이긴 전통적 아일랜드 요리.

647 반홈리 씨氏(Mr Vanhomrigh): Bartholomew Vanhomrigh: 스위프트의 연인 바네사의 부친.

648 코카시아 출신의 제왕(Emp from Corpsica): 나폴레옹의 암시.

649 천사天使영국에서 아서 곰(Arth out of Engleterre): 아서(웰링턴)의 암시.

650 요부妖婦의 요술요술妖術妖術이 지금까지 고高 호우드 언덕의 히스 숲에 불(Witchywithcy of Wench struck Fire of his Heath from on Hoath): (1) 히스(숲)의 마녀. (2) "호우드 언덕의 헤더 숲이 불바다가 되지."【U 308】.

651 경칠 엄청나게 길고도 잇따라 큰 소리로 민족이라니(tarned long and then a nation louder): 노래 가사에서: "양키 두들: 고로 경칠 엄청나게 길고, 경칠 깊은, 민족이여 보다 큰 소리로"(Yankee Doodle: So tarnal long & tarnal deep, a nation louder).

652 그의 부父 페트릭의 연옥(pawdry's purgatory): 성 패트릭의 연옥 동굴(Purgatory cave): Derg 호반의 섬에 있는 동굴.

653 네덜란드 검둥이(nigger bloke): knicker bocker): New Amsterdam (지금의 뉴욕)에 처음 이민 온 네덜란드인의 자손, 뉴욕 사람.

654 비밀결사 전투(tong warfare): tong: 한 중국의 비밀 결사 명.

655 견총絹寵으로 넘치는 매모每母 소消마리아여! 천모신天母神. 성 아뻬마리아여!(Daily Maily, fullup Lace! Holy Maly, Mothelup Joss!): (성모 BVM의 연도): "은총에 넘치는 마리아여, 성스러운 마리아, 하느님의 어머니"(Hail Mary, full of grace. Holy Mary, mother of God)의 패러디.

656 총소리 멈출 때마다 매번 색깔을 바꾸고 있었도다(changing colour every time a gat croaked): (미국의 속어) (1920년대의 갱스타들-폭력배) croak: die.

657 평신도 및 신神수녀 여러분(laities and gentlenuns): 신사 숙녀 여러분(ladies and gentlemen).

658 십자포도砲徒의 개놈에 맹세코(dog of Crostiguns): (1) (유행어) dog of a Christian! (2) 더블린의 Crossguns교(bridge).

659 몽고 고도古都(Kairokorran): (1) Cairo Koran (2) Karakorum: Genghis Khan이 설립한, 몽고의 옛 수도.

660 수묘數墓(Sheol): (1) 〈성서〉에서 보통 "무덤" 능을 의미함; 때때로 지옥. (2) Shoals of herrings: 청어 떼.

661 요녀들(houris): 모하메드 천국(Mohammedian paradise)의 요정들.

662 반란의 저녁 별들이 그들을 옴짝달싹 못하게 하여(revolted Stella's vespertine vesamong them): 스위프트의 연인들 스텔라와 바네사

663 율리씨栗利氏스(usylessly): 암삭판을: 조이스의 〈율리시스〉의 암시.

664 독서불가한 청본靑本(unreadaly Blue Book) 암삭판(edition dde tenebres): 푸른 종이로 장정 된 〈율리시스〉의 최초 판본(그의 표지는 그리스 국기 색).

665 당시 아我부친은 왕뱀 건축가였으며 어이자孃는 고전어 법률학도였나니(Mynfadher was a boer constructor and Hoy was a lexical student): 맹건(James Clarence Mangan)의 글귀의 패러디: "만일 누구든, 자신의 영양營養의 편식 없이, 인간 왕뱀과 같은 생각을 상상할 수 있다면, 그는 나의 부친의 성격에 대해 어떤 생각을 꺼낼 수 있을 것이다"(If anyone can imagine such an idea as a human boa-constrictor, without his alimentative propensities, he will be able to form some notion of the character of my father).

666 본 제임즈는 현재 실직 상태로, 연좌하여 글을 쓰려 함(His jymes is out of job, would sit and write): 〈햄릿〉【1.5.190】의 패러디: "세월이 난장판이야! 오 저주할, 내가 그걸 바로잡을 운명을 지고 태어나다니"(The time is out of joint! O cursed spite That ever I was born to set it right).

667 표절자(pelagiarist): Pelagius: 이단자로, 필경 아일랜드의 표절자(plagiarist).

668 비영계적鼻靈界的(gnose's): Gnostic heresies: 연계靈界의 신비를 이해하는, 영지靈知 + 코(nose).

669 자신의 공포에 질린 붉은 눈(the red eye of his fear): Macpherson(Ossian의 시의 스코틀랜드 번역자)의 글귀: the red eye of his fear is sad; (James Macpherson; 1736-96): Ossian 시의 스코틀랜드 번역자; 〈피네간의 경야〉에서 그는 James 또는 문사 셈-표절자와 합세한다.

670 광성狂性 속의 비어리츠(beerlitz in his mathness): 1. 그의 광기 속에도 조리가(method in his madness)【U 132】. 2. Berilitz School: 조이스는 Trieste와 Pola의 그곳 학교에서 영어를 가르쳤다.

671 경건한 이네아스(pious Eneas): 〈이니드〉(Aeneid) (Virgil의 대 서사시로, 주인공 아에네이스[Aeneas]의 유랑을 읊음)는 "경건한 아에네이스"(Pious Aeneas)에 대해 자주 언급한다.

672 24시간적으로(nichthemerically): nychthemeron: 24시간의 기간.

673 번개 치는 칙령勅令(fulminant firman): 동양의 군주가 발표하는 명령.

674 오우라니아 합중성국合衆星國의 판권권板權權에 의하여 보호되지 않는(not protected by copyright in the United Stars of Ourania): (1) 〈율리시스〉는 미합중국 (United States of America)에서 판권으로 보호받지 못한 채, 해적판들이 나타났다. (2) (Gr) Ourania: 천문학에서 천국의 뮤즈(시인)(시, 음악, 학예를 주관하는 9여신 중의 하나); 희랍어의 ouron(urine)에서 기원된지라, 상상컨대 본래 Ourion으로 명명된 Orion.

675 철광석에 마늘 산액酸液(청흑靑黑 잉크)(gallic acid on iron ore): 마늘산액 + 철염액鐵鹽液 = 청흑색 잉크.

676 에소우(에서): 〈창세기〉【25:21-34】에서(이삭의 아들).

677 멘쉬아비크(Menschavik): 온건파의 러시아 사회당원.

678 부인좀人(Nayman): (1) 전설적 왕인 Prester John이 된 네스토리우스 교파의(Nestorian)(5세기 시리아의 성직자 Nestorius가 주장한 예수에 있어서 신성과 인간의 공존 설) 목양자. (2) Noman: Odysseus가

Polyphemus의 동굴에서 포로가 될 때 그의 신분을 가장한 이름 〈율리시스〉, 〈키크롭스〉장 및 〈이타카〉장 참조【U 598】.

679 이태동사異態動詞(deponent verb): 그리스, 라틴어에서 수동형이면서 능동의 뜻을 갖는 동사.

680 엉큼한 환락들(morosity of my delectations): 〈율리시스〉 제3장 〈프로테우스〉에서 스티븐의 샌디마운트 바다가의 명상: "엉큼한 환락이라고 술통 배의 아퀴나스를 불렀지"(Morose delectation Aquinas tunbelly calls this, *frate porcospino*)의 패러디(스티븐의 아퀴너스에 대한 묘사)(【U 39】 참조).

681 미약媚藥의 사랑(philtred love): 트리스탄과 이솔트가 마신 사랑의 미약을 상기시킴.

682 펜마크스(ppenmark): (1) 트리스탄은 Penmark의 Cliff(낭떠러지)에서 사망했다. (2) Denmark (3) 여기 〈햄릿〉에서 덴마크의 왕정의 부패 상황.

683 러보크(lubbock)의 다른 공포의 환락들: John Lubbock (Avebury): 〈인생의 환락〉(*The Pleasures of Life*)의 첫 남작-저자. 그는 영국에 '은행 휴일'(bank holoday)을 소개했으며, 꿈에 관한 책을 썼다 (【113, 222, 292】 참조).

684 자신의 부재에 있어서 한 예언 야벳이여(a jophet in your own absence): 1. 야벳(Japhet): 노아의 셋째 아들. (2) 〈마태복음〉 13:57의 글귀의 인유: "예수를 배척한지라 예수께서 저희에게 말씀 하시되, 선지자가 자기 고향과 자기 집 이외에는 존경을 받지 않음이 없느니라"(A prophet is not without honour, save in his own country).

685 까마귀 먹구름(raven cloud): (1) 〈열왕기상〉 17:6에서 까마귀들에 의해 비육 된 엘리아 및 〈열왕기상〉 18:44에서 작은 구름으로부터의 비의 예언. (2) 엘리아의 까마귀, 작은 구름 및 노아의 까마귀 등, 여기 뭉쳐진 이미지들은 아일랜드에 있어서 1922년의 시민전쟁(the Civil War)으로 인한 더블린의 "포 코트(대법원)"(Four Courts) 및 "세관"(Custom House) 건물의, 그리고 1916년의 의과 대학(College of Surgeons)(더블린 Grafton가 소재)의 소실을 암시한다.

686 구유로부터 그대는 한때 자라越 보고 놀란 가슴 소댕 보고 놀라는 식이나니(you'll be twice as shy of): 속담의 패러디.

687 그곳에 그대는 대학살의 신앙심 깊은 알메니아인人들처럼 인기가 있었거니와(where you were as popular as an armenial): 1405년부터 터키에 의하여 점령당한 아르메니아(Armenia)(독립 국가 연합 구성 공화국의 하나), 19-20세기에 민족주의는 조직적 대학살을 경험했다.

688 돌팔이 도사道師(quackfriar): 검은 도사(Black Friars): 도미니크의 수사(Dominicans).

689 세익수비어洗益收婢御의 웃음(the laugh of Scheekspair): the life of Shakespeare.

690 우연 발견능자發見能者(serendipist): serendipity(의외의 발견): 갑작스런 그리고 행복한 우연의 발견을 가져오는 능력.

691 구주아세화歐洲亞世化의 아포리가인阿葡利假人 같으니!(Europasianised Afferyank!): 유럽, 아세아, 아프리카 및 아메리카의 4대륙인.

692 카스몬과 카베리(Cathmon-Carbery): Macpherson 저의 *Temora*에서 대조적 형제.

693 여청년汝靑年의 나날이 내 것과 영혼성永混成하나니(the days of youyouth are evermixed mimine): *Temora*【III.262-3】의 인유: "청춘의 나날은 나의 것과 혼성했도다"(days of youth were mixed with mine).

694 이제 혼자가 되는 종도終禱의 시간이(the compline hour of being alone): *Temora*【II.241】의 인유: 핀갈은 홀로되기 시작하도다(Fingal begins yo be alone).

695 신의 정기精氣를 바람에 일취一吹 하기 전에(before we yield our spiritus to the wind): *Temora*【III.259】의 인유: "그대들 영혼들은, 노래 없이, 결코 바람의 주거까지 오르지 못하리라"(Never shall they[souls] rise, without song, to the dwelling of winds).

696 천둥과 우뢰리언(the tremours of Thundery and Ulerin's): (1) *Temora*【II.239】의 인유: "오 전율이여! 소용돌이 바람의 높은 거처…천둥"(O Tremor! High dweller of eddying winds…thunder). (2) Ulerin: Macpherson의 *Temora*에 나오는 별, 아일랜드의 길잡이로 불림.

697 고사枯死된 지식의 나무(blasted tree of knowledge): 〈창세기〉 2:9: "선과 악의 지식의 나무"(the tree of knowledge of good and evil).

698 유성석流星石으로 의장衣裝된 채(clothed upon with the metuor): *Temora*【III.244】의 인유: "Trenmor, 유성으로 의장된 채."

699 비밀의 탄식의 침상寢床(the cubilium of your secret sight): *Temora*【III.63】의 인유: "비탄의 홀"(the hall of her secret sigh).

700 눈에 띄지 않은 채 부끄러워하는 자(unseen blusher): 그레이(Thomas Grey) 작의 〈비가〉(*Elegy*)의 시구의 인유: "많은 꽃들이 태어나니, 눈에 띄지 않은 채 부끄러워하며"(Full many flower is born to blush unseen).

701 단지 사자死者의 목소리만(voice only of the dead): *Temora*【VI. 305】의 인유: "사자의 경고의 목소리"(the warning voice of the dead).

702 아나 리비아, 예장대禮裝帶, 섬모纖毛, 삼각주(alpilla, belrilla, cilltilla, deltilla): ALP: alpha, beta, gamma, delta(그리스 알파벳 첫 4철자).

703 펀체스타임 경마장(Punchestime): Kildare 군 소재의 경마장.

704 40개의 스커트(foutiered skirts): Forty Bonnets의 익살: 골웨이(Galway)의 Tommy Healy 부인의 별명.

705 술을 빚어 철야제를 행하는 법을 아나니(hows to mix a tipsy wake): tipsy cake: 와인이나 강주로 함박 담긴 개이크.

706 전차표(tramtokens): tramstickets: 전차표(강물에 떠다니는).

707 탤라드의 푸른 언덕(green hills): Talla호 근처의 지역.

708 푸카 폭포(the phooks): 더블린 남서부의 리피 강상의 폴라포카 폭포(Poulaphuca)(【U 449, 513, 590】참조).

709 축도祝都 브레싱튼(Bessington): 위클로우(Wicklow) 군의 도회.

710 살리노긴 역域(Sallynoggin): (1) 더블린 남부 외곽 도시인 단 레어리(Dun Laoghaire)의 지역. (2) Sally Gap: 리피 강 유원流源 근처의 Wicklow 산맥의 십자로 명.

711 그[셈]가 생명장生命杖을 치켜들자 벙어리는 말하도다(He lifts the lifewand and the dumb speak): 총체적으로 예술가의 창조 행위: 〈성서〉의 인유: (1) 〈이사야〉 35:6: "그때에 벙어리의 혀가 노래하리니"(Then shall···the tongue of the dumb sing). (2) 〈누가복음〉 11:14: "예수께서 한 벙어리 귀신을 쫓아내시니 귀신이 나가매 벙어리가 말하는지라···"(when the devil was gone out, the dumb spake). (3) W. 루이스의 〈시간 및 서방인〉의 글의 인유: "오늘의 물질주의자는 아직도 사물死物을 실물實物로 만들려는 욕망으로 강박 되어 있는 터라···고로 그는 물을 충분히 사물에 펌프질함으로써, 그것을 환생시킨다"(The materialist of today is still obsessed with the wish to make the dead matter real···So he brings it to life, by pumping it full of time.)(Lewis 170).

712 오(O): 오메가 및 제로(zero)는 〈피네간의 경야〉의 주된 주제들 중의 하나로, HCE의 알파에 대한 오메가. O는 여기 클라이맥스가 되기 전에, 비(rain)(앞서 제7장의 말미에서 이미 예고한대로)와 Yes와 연관하여【94.22】및【158.23】에서 출현한다. 또한 그것은, 〈피네간의 경야〉의 나머지 부분을 통하여, 조이스의 "제로인(zeroine)"과 그녀의 딸의 봉사에서 계속된다. 이는 〈율리시스〉의 제13장의 Gerty의 오르가즘의 절정에서 빈번히 나타나는 여성의 기호이기도 하다.

713 그가 악마원惡魔園에서 둘에게 하려던 짓을 그들 셋이 알아내려고 몹시 애를 썼지(they threed to make out he thried to two inthe Fiendish): HCE의 공원의 죄: 그가 두 소녀에게 저지르는 죄(신체의 노출)를 세 군인이 염탐한다.

714 세계영혼수제(Animal Sendai): (1) (L) anima mundi(World soul): 〈세계의 영혼〉(자연을 통하여 모두 동일 유기체가 되는). (2) Sendal: 강 이름.

715 5월의 벌꿀(maymoon's honey): 노래의 패러디: "5월의 초승달"(The Young May Moon).

716 말고기 수프(horsebrose): 오트밀에다 데운 물을 부어서 만든 것.

717 톨카 강江 바닥의 진흙(the slobs della Tolka): 더블린 동북부의 톨카 강구 근처의 Fairview佳景

의 진흙 땅(지금은 공원).

718 아프로디테 미여신美女神(Afrothdizzying galbs): 최음적(aphrodisiac) 여신의 암시.

719 오렌지… 에나멜 색… 보라색…남색(orranged…enamelled…indergoading…violetian): 무지개 색깔들.

720 희랍주酒(Mavro!): Mavrodaphne: 그리스 와인.

721 레티 럴크의 경소輕笑가 저 월계수를 방금 그녀의 다브다브 천요녀川妖女 위에 던지나니(letty lerck's lafing light throw those laurals now on her daphdaph): (1) Francesco Petrarch(이탈리아 시인)은 그의 연인 Laura를 위해 소네트를 썼다. (2) Daphne: 월계수로 변신한, 강의 요정(님프).

722 요들가歌를 록吟창唱하자(teasesong petrock): 성 Patrick(콘월의 수호성자).

723 1천 1(1001): 〈1천 1야, 아라비안나이트의 향연〉의 암시.

724 심바(Simba): (1) 수부 신베드(Sinbad the Sailor)【U 607】. (2) Siva the Slayer: 힌두교의 파괴 여신.

725 아나-나-포규(아나-na-Poghue): 디온 보우시콜트(아일랜드의 극작가) 작의 희곡 〈키스의 아라〉(Arrah-na-Pogue)의 인유 (〈피네간의 경야〉에 수없이 언급된다).

726 안돼, 안돼, 절대로(niver to, nevar): Niver, Neva 두 강들의 암시.

727 파티마(Fatima): 마호메트의 딸.

728 이건 온통 포장하고 돌을 간 하우스만(This is the Hausman all paven and stoned): (1) 남작 Hausmann은 파리를 재건했다. (2) 자장가의 패러디: 잭이 세운 집(The House That Jack Built).

729 추미(chummy): 〈율리시스〉에서 탕녀들(whores)과 함께 "영국 군인들"을 의미한다【U 524】참조).

730 가엾은 삐코리나 페티트 맥파레인(poor Piccolina Petite MacFalaner): (1) Glasheen 교수설: Santine의 소설 〈피시오라〉(Picciola)(1836)와 관계하는 듯, 여기에서 한 죄수가 아름다운 꿈의 소녀로 바뀌는 가엾은 작은 꽃을 돌봄으로써, 그의 이성을 찾는다(Glasheen 178). (2) Phaethon: Helios의 아들로, 그는 자신의 부친의 마차를 지구 너무 가까이 몰아, 제우스신으로부터의 번개에 맞아 죽는다.

731 이사벨, 제제벨과 르월린 무마리지(Isabel, Jezebel, and Llewelyn Mmarriage): (1) 이사벨: 이씨, Isolde, Elizabeth (2) Jezebel: 〈열왕기 상〉 16절에 나오는 Ahab의 아내 (3) Mmarriage: ?

732 바늘과 핀과 담요와 정강이(needles and pins and blankets and shins): 노래 가사의 패러디: "바늘과 핀, 담요와 정강이, 남자가 장가가면 슬픔이 시작 되네"(Needles & pins, blankets & shins, when a man is married his sorrow begins.

733 조니 워커 삑(Johnny Walker Beg): 더블린의 주류상의 이름인 듯?

734 케비닌 오디아(Kevineen O'Dea): 7년간 홀로 그렌달로우에서 생활한 은둔자 성 케빈(Kevin)의 별칭.

735 테커팀 톰비그비(Tombigbee): 강 이름.

736 골목대장 헤이즈(Bully Hayes): 미국의 해적.

737 하티건(Hartigan): 아마도 미국의 코미디언 및 노래 작사가인 듯.

738 다정한 불결한 덤플링(Dear Dirty Dumpling): 대중 어: "다정하고 불결한 더블린"(Dear Dirty Dublin)의 익살. 〈율리시스〉와 〈피네간의 경야〉에 자주 등장하는 말의 주제들 중의 하나로 조이스의 도시관都市觀을 암시한다(그에게 도시는 "황무지"만이 아니요, 긍정의 땅이기도 하다).

739 그는 아내 삼을 일곱 처녀를 갖고 있지 않았던고? … 그리고 목발마다 일곱 색깔을 가졌는지라(Hadn't he seven dams to wive?…had her seven crutches): 노래 가사의 변형: 1. "내가 성 이이브스에 가자, 나는 일곱 아내들을 만났는지라, 모든 아내는…"(As I was going to St Ives, I met a man with 7 wives, & every wife…& 2) 조이스의 〈서간문〉(Letters)【I, 212-13】)에 의하면, seven dams는 강의 하구에 세워진 도시들이다.

740 군초群草(Sudds): 나일강의 떠도는 야채 덩이.

741 당신에게는 석식夕食 그리고 조 존에게는 의사의 청구서(supper for you and the doctor's bill for Joe John): 아이들의 게임: "장미의 반지-반지": "내게 하나, & 네게 하나, & 꼬마 모세에게 하나"(Ring-a-ring-o' roses: One for mr, & one for you &one for little Moses)의 인유.

742 전하前何! 분류分流!(Befor! Bifur): bifurcate: 두 갈래로 갈리다(분류分流하다).

743 그는 시장녀市場女와 결혼했나니, 안정安情하게(He married his markets, cheap by foul): (1) Margarets(마게츠 가家). (2) cheek by jowl: (붙이 맞닿을 정도로) 꼭 붙어서, 정답게: 이 구는 〈한 여름 밤의 꿈〉의 Deretrius를 상기시킨다: "따라오라구! 그따위 소리 말아, 너와 볼이 맞닿아서 꼭 붙어 갈테야"(Follow! Nay, I'll go with thee, cheek by jowl, jack by churl)【III.ii. 338】.

744 에트루리아의 이교도(Etruruan Catholic Hearthen): HCH(이어위커). 에트루리아(Etruria)(이탈리아 서부에 있던 옛 나라).

745 핑크색 레몬색 크림색(pinky limony creamy): 달빛에 의해 보이는 칼라-밴드의 색깔들, 고로 그들의 옷은 모두 빛 그늘 속에 있는 듯하다.

746 아라비아의 외투(쇠 미늘 갑옷)(birnies): McBirney: 더블린의 애스턴 부두에 있는 여성 의류 상.

747 성 미가엘 축제(milkidmass): St Michaelmas(9월 29일)의 익살.

748 충만의 시대 그리고 행운의 복귀福歸. 동일유신(Teems of times and happy returns. The seim anew): (1) "장수를 빕니다. 당신에게도"(Many happy returns. The same to you)의 패러디. (2) 동일유신(seim anew): same to you; semi (similar) new;【277.21】: "동일 갱신更新이라 (Sein annews): 동일 존재가 거듭 다시 태어나다(비코 사상의 암시). (3) Seim(강 이름).

749 비코의 질서 또는 강심(Ordovico or viricordo): (1) Vico's orderr but natural, free(Ogden의 Notes 참조). (2) 더블린 근처의 Ordovician rocks; (It) vi ridordo: I remember you.

750 아나(A) 있었고, 리비아(L) 있으며, 풀루라벨(P) 있으리로다(Anna was, Livia is, Plurabelle's to be): (1) 시간의 무상을 의미함. (2) 격언의 패러디: "리머릭 있었고, 더블린 있고, 코크 있을지니, 3중 가장 훌륭한 도시라"(Limerick was, Dublin is & Cork shall be, the finest city of the).

751 북구인중北毆人衆 집회가 남방종족南方種族의… 다수의 혼인복식자婚姻複殖者가 몸소 각자에게 영향을 주었던고?(Northmen's thing made southfolk's place…in person?): (1) 노르웨이 공중 집회가 모임을 가졌던 고소高所는 이제 Suffolk 광장이 되었다(실지로 성 Andrew의 장소인, Suffolk 가街). (2) 얼마나 많은 장소들이 만사를 사람들에게 영향을 끼치게 할 것인가? 실체(substantive)는 사람, 장소 또는 사물이라는 서술에 대한 말장난. 여기 Northmen's thing은 스칸디나비아 여러 나라의 공공집회(Thingmote)의 의미. (《젊은 예술가의 초상》 제4장 말미 참조, 스티븐의 과거 역사에 대한 명상).

752 삼위일체 학주學主여(my trinity scholard): (1) 트리니티강江 명. (2) 더블린의 트리니티 대학.

753 에브라나의 산양시민山羊市民이여!(Hircus Civis Eblanensis!): (L) goat citizen of Dublin (여기 HCE의 암시); (goat = thing; citizen = person; D = place).

754 그는 자신에게 산양의 젖꼭지… 고아들을 위한 유방柔房을. 호호 주여! 그의 가슴의 쌍둥이(He had buckgoat paps on…for orphmas): 남성의 젖꼭지를 빨게 하는 원시의 의식: 성 패트릭은 그걸 감수하기를 거절했다.

755 호!(ho!): 중국 강 이름; Ho: 강 이름.

James Joyce
Guide to Finnegans Wake

II부
아들들의 책

믹, 닉 및 매기의 익살극

글루그와 3가지 수수께끼

글루그와 추프

아이들의 경기 끝

취침 전 기도

유희의 아이들【219-59】, 비코의 성스러운 시대

이 경쾌하고 진지한 장은 "피 방울처럼 나타났다"(《서간문》, 295). 모차르트처럼, 조이스는 인생에서 가장 고통 받을 때 가장 경쾌했다.

문자 그대로, 이 장은 주점 바깥의 길에서 노는 아이들에 관해 말한다. 그들의 경기는 천사들, 악마들 그리고 색깔이라 불리는 오랜 경기이다. 때는 황혼이다. 곧 램프 불빛이 비치고, 피닉스 공원의 동물원의 동물들이 자리에 눕는지라, 그리하여 모든 것은 "낙동물 세계"에서 어둠이 짙어간다【244】. "아이들 정원"은 해산되는지라, 그때 아버지는, 주막의 문간으로 오면서, 거기 그는 12손님들을 대접하고 있는데, 아이들을 저녁 식사, 숙제와 잠자리에로 불러 드린다. "오시각悟時刻에 잠을 하사하옵소서, 오 대성주여!"【259】.

글루그(솀), 추프(손), 이사벨 및 프로라 또는 매기들, 성 브라이드 학교 출신의 그녀의 28친구들이 노름꾼들이다. 추프는 천사(믹)요, 글루그는 악마(닉)요, 그리고 소녀들은 무지개의 모든 색깔들이다. "4주제들"은 소녀들이 악마로 하여금 수수께끼를 풀도록 요구한다. 대답은 "연보라색(굴광성)"(heliotrope)이다. 그러나 죄처럼 까만, 악마는 "실색한다"【230】. 두 번 글루그는 노력하고, 두 번 그는 실패하자, 한편, 그를 조롱하면서, 연보라색의 소녀들은 고리를 지어, 아들(son)이요 태양(sun)인, 추프 주위를 춤춘다. "살찐 뒤틈바리(추프추프)의 중추야中樞夜. 그들의 세상은 만사호미萬事好米로다!"【225】. 좌절된 글루그는, HCE를 회상하면서, 프랜퀸과 그녀의 수수께끼에 의해 조롱당한 채, "가시적 수치 속에" 두 번 망명에로 도주한다. "그는 누구의 색깔인지 알지못한다"【227】.

〈실내악〉의 저자이기도 한, 조이스(글루그)는 소녀들에게 그의 "경멸조숙輕蔑早熟"(pricoxity)을 들어낸다. "그는 자신의 설교(바지) 속에 화해(요변)하고 스스로를 조롱하고 있도다"【225】. 이들 소녀들은 즐겁지가 않다. 그의 잇따른 망명 동안 그는 "자신의 그의 소극적素劇的 사도서간司徒書簡"인, 〈율리시스〉를 쓴다. (그는 바울-사울-사리쌍수요, 추프가 베드로-돌멩이이듯) 글루그는 눈물 흘리나니, "엔진이 울 듯" "인생은 떠날 가치가 있었던고?" 그는 의아해한다【230】. 편지에 의해 집으로 불린 채, 그는 재차 노력하고, 재차 실패하고, 재차 떠난다. "그의 엉덩이를 내흔들며 지나가는 꾀 바른 야생 거위의 까옥까옥 소리에 귀를 기울일지라"【233】.

한편, "29명의 브루머들" "언어유희와 수수께끼"를 초월한 전문가들은, 마치 인기 있는 시인들을 환호하듯 "성화! 성화! 성화!"를 부르짖으며【234-35, 230, 249】, "굴광성" 속에 추프 주위를 춤춘다. 불쌍한 글루그, 가련한 시인은 "음침관陰沈棺 신통辛痛 더하기 집오리 새끼"이다【231】.

이 장은 〈믹, 닉 및 매기의 익살극〉의 인상적인 캐스트에 의해 제시되는 극장에서 시작하고 끝난다. 커튼이 소리 높은 박수갈채에 따라 내린다. 그러나 이 극장은 단지 "연극 공연"을 위한 일종의 은유이다. 비코는 제작자요, 박수갈채는 그의 환을 흉내내는지라, 수수께끼는 우주의 그것이다【255-59】. 세계는 무대요, 게임들은 생을 위한 메타포이다. 연극의 아이들은 〈피네간의 경야〉의 만사 또는 모든 것을 포함한다.

자장가의 음률과 동화의 메아리들은 아이들의 시간이 요구하는 것이다. 트리스탄, 〈돈키호테〉, 〈허클베리 핀〉, (젬슨)의 "흰 독말풀의 잡초"요, "잭슨의 섬"【245】, 그리고 프랑스 작가 에드가 기네의 패러디가 의미를 확장한다. 여우와 포도의 이야기, 프랜퀸, 캐드가 연결과 평행을 마련한다. 성부가 뇌우로부터 아이들을 "애협적哀脅的으로"【246】 소환하기 위해 나타날 때, 그는 성부신聖父神을 닮았다.

【219】매일 초저녁 점등시點燈時[1] 정각 및 차후고시此後告示까지 피닉스 유료야유장

有料夜遊場에서. (주장酒場과 편리시설 상시 개설, 복권 클럽은 아래층) 입황료入慌料: 방랑자, 1탈

奪 실링; 상류 인사, 1대大 실링. 각 사주일邪週日의 향공연香公演을 위한 새로운 전단광

고. 일요침일日曜痕日 마티네(일요 공연)이라. 조정규調停糾에 의하여, 유아몽시幼兒夢時,

삭제해명. 잼 단지,[2] 행군 맥주 병, 토큰 대용代用. 꼭두각시(무언극) 연출가에 의한 배역

및 배우의 야간 재 배분 및 유령 역의 매일 제공과 함께, 주역 성聖 제네시우스[3]의 축복

과 더불어 그리고 핀드리아스, 무리아스, 고리아스 및 파리아스[4]의 네 검시관 출신 장

로회 노장들, 고애란승古愛蘭僧,[5] 크라이브 광도光刀,[6] 영광의 탕관湯罐, 포비에도(승리)

거창巨槍 및 거석巨石 디졸트의 특별 후원 하에, 한편 시저-최고-두령 후견이라. 연중演

中. 나팔 신호. 육봉肉峯 험프티 울彎 덤프티 재연 후, 브라티스라 바키아 형제들(하일칸

과 하리스토부루스)[7]에 의하여 아델피 극장[8]에 공연된 것과 동일함.

　여기 제II부 1장은 양친 앞에서 아이들에 의하여 연출되는 연극으로 제시된다. 연

극의 개략은 간단하다. 밤이 되자, 아이들(추프, 글루그, 이쎄[이사벨] 및 그녀의 28명의 친구들)

이 주점 앞에서 놀고 있다. 그들이 놀고 있는 게임은, 앞서 I부 제6장에서 셈이 손을

위해 마련한 퀴즈의 알아맞히기 게임과 유사하지만, 오히려 제I부 1장의 프랜퀸이 후

터(Jar van Hoother)를 놀리는 수수께끼【21】와 한층 가깝다. 글루그는 여기 희생자이다.

그는 모험들에로 3번 유혹되는데, 첫째, 수수께끼의 게임에 의하여, 다음으로, 한 작

은 수줍은 곡목에 의하여, 그리고 최후로, 그의 마음을 "숨결의 집"으로 나르는 한 중

표에 의하여, 각각 유혹되는 바, 이들을 그는 달성하는데 모두 실패한다.

　여기 글루그의 수수께끼는 이사벨의 속옷의 색깔을 맞히는 것이요, 그의 답은 헬

리오트로프(heliotrope), 즉 "연보라색"이다. 이사벨은 3번의 수수께끼를 내지만, 글루

그는 모두 실패하고, 그러자 그는 굴욕 속에 현장을 떠난다. 소녀들이 그의 불안을 즐

기며, 추프 주위를 맴돌며 춤을 춘다. 수수께끼를 맞히지 못하는 추프는, 해질 무렵,

무지개 소녀들을 위해 솟아오르는 태양 격이 된다.

　글루그의 실패들의 각각은 추프를 둘러싼 소녀들의 승리의 무도를, 그리고 그이

자신의 불행한 영혼 속의 과도한 우울을 결과한다. 첫째, 그는 〈젊은 예술가의 초상〉

말미에서 스티븐 데덜러스가 자기 자신을 옹호하는 유일한 무기들인, '망명' (exile), '침묵' (silence) 및 '간계' (cunning)의 세 서약을 스스로 맹세한다. 다음으로 그는 회개悔改를 보이지만, 자기 자신의 것 대신에, 그의 부친의 그리고 모친의 죄들을 고백한다. 마지막으로, 그는 죄스런 탐욕적 생각 속으로 함몰한다. 그러자 건장한 추프가 그를 공격하고, 그들은 서로 맞붙어 싸운다(형제의 갈등). 마침내 부친의 목소리가 그들을 집 안으로 불러들인다. 그동안 ALP는 부엌에서 식사를 준비하고, HCE는 주장에서 비틀거리는 12단골손님들과 4노인들에게 술을 대접하고 있다. HCE가 아이들을 ALP의 만찬에로 소환함으로써, 모든 조롱과 춤은 종결된다. 28소녀들도 귀가하고, 공원 동물원의 짐승들도 잠이 들며, 행복한 추프, 불행한 글루그, 그리고 이사벨은, 행, 불행으로 되기에는 너무나 기민하거나 둔감한 채, 만찬 뒤에 모두들은 그들의 숙제와 잠자리로 행한다.

여기 작은 게임은 영겁의 끝없는 환의 이미지이다. 아이들이 그들의 양친의 오랜 이야기를 재연하면서 비코 가도(더블린 외곽 소재)를 따라 걷는 셈이다. 부친의 낮잠으로부터의 깨어남은 환의 종말에 다가올 핀(Finn)의 깨어남과 유추를 이룬다. 그땐 글루그(Mick)와 추프(Nick)의 화해가 이루어질지니, 모든 반대들이 영원 속에서 그들의 해결을 찾으리라. 여기 철학자 브루노의 "윤회적 대응설" (dialectical process of opposites)의 주제가 재차 작용하는 셈이다.

이 장에서 형식이나 기법 상으로 조이스는 W 루이스로부터 차용한 수많은 말의 사다리(word-ladder)(두운의 나열)를 사용하고 있음이 두드러지다. 예. "황혼 속에 너무나 황홀하게 황울荒鬱히 앉아 있나니…"(a glooming so gleaming in the gloaming…)【226】; "타라스콘 타타린이 특미特味의 타과자唾菓子에 투심投心하듯"(Tartaran tastarin toothsome tarrascone tourtoun)【227】; "빙빙 바람난 바쁜 춘부春婦 마냥 비황야飛荒野 부浮갈대 비틀 걸음걸이"(Winden wanden wild like wenchen wenden wanton)【243】. 이들은〈피네간의 경야〉, 특히 이 장의 음악성(musicality)의 특성을 드러낸다.

프로그램. 아이들의 경기.〈믹, 닉 및 매기의 익살극〉(The Mime of Mick, Nick & Maggies)

등장인물 및 배역

i. 천사(Angel). 추프(Chuff)(Mick, St Michael, 숀)

ii. 악마(Devil). 글루그(Glugg) (Methiostopheles의 모습. 괴테의 *Faust*에나오는 악마; 글루그 위 장병으로 고통 받다; Nick(셈)

iii. 매기(Maggi). (Flora, Issy Isabel)

iv. 29명의 무지개 소녀들

v. 색깔 (heliotrope), (연보라색, 굴광성 실물)

책의 제II부에서, 〈시간〉은 황혼과 더불어 시작한다. 이는 기간에 관한 영국과 애란의 신문지들에서 통상적으로 기표된 진짜 시간으로 밤중까지 계속한다. 그러나 이들 장들에는 제2의, 가로놓인 〈시간〉 표(스키마)가 있다. 몇몇 시간들을 점령함에 덧붙여, II의 4장들은 아이들의 탄생으로부터 그들의 청춘기와 초기 성숙기까지 세월을 점령한다. 4개의 분리된 장들에서, 아이들은 초기의 유아기로부터【II.1】, 초기청년기와 사춘기를 통해【II.2】, 성년기의 가장자리와 부친의 전복까지【II.3】, 트리스탄과 이솔데와 같은 어린 성별까지 발전한다.

이 제2의 시간표에서 아이들은 육체적으로뿐만 아니라 정신적으로 성숙한다.

II.1에서 셈은 그의 창조의 마술적 힘을 획득하거니와, 그것은 그의 언어적 힘이 솟는 〈지옥〉과 그의 자신의 저부低部로부터이다. 그의 힘은 디지털 힘에 반대되는 유사적 힘인지라, 즉, 셈의 힘은 그의 계속적인 언어와 함께 세계의 도움 속에 어우리는 힘이요, 그때 그는 마장魔杖의 방법에 의하여 벙어리를 말하게 한다. 자신의 마력적 창조의 힘으로 그는 이씨에게 그녀 자신의 마력인, 성적 힘에로 인도한다. 두 계몽된 아이들은 그러자 숀을 교육하기 위해 나아간다.

II.2에서 숀은 인류애 의해서 만이 소유되는 합리적 창조의 힘, 창조의 한 형태를 획득한다. 숀이 자기 자신의 마구魔具를 인도할 때, 생자는 정적 사진들 속으로 응결한다【193.29-30】. 즉, 숀은 셈과 이씨의 방책에 의하여 세계의 "디지털" 견해로 인도된다. 숀의 세계의 견해는 근본적으로 비실적(unreal)안자라, 그는 변화하는 우주의 정적 사진들을 창조한다. 그러나 디지털 방법과 아날로그의 방법은 다 함께 숀과 셈이 제3의 군인인 쉬마 쉰을 형성하고, 우주의 참된 인간화人間畵를 창조한다.

II.3에서 아이들은 그들의 아버지를 공격하고 그의 힘을 파괴한다. 그들의 눈과 귀는 열렸다. 그들은 자신들의 감각으로 세계를 보고, 그들의 부친의 번안을 수락하지 않는다.

II.4에서 개화된 아이들, 이제 한 남자와 한 여자가 트리스탄과 이솔대처럼 키스와 포옹에 종사하나니, 한편 시기하는 4노인들이 떠듬거리고, 쌍의 결혼 선박 주위를 바다 갈매기의 형태로 광적으로 비산한다.

II부 1장. 믹, 닉 그리고 매기의 익살극

성적 지식이 셈에게 그리고 이어 이씨에게 다가온다. HCE와 ALP의 아이들은 거리에서 '믹, 닉 그리고 매기의 익살 극'(The Mime if Mick, Nick, and the Maggies), 또는 '천사들과 악마들'(혹은 색깔들)(Angels and Devils)이라 불리는 경기를 하고 있다. 게임에서는 이씨의 속옷을 마치는 것으로, 이 경기에서 셈은 3번 실패한다. 왜냐하면 그의 것은 여전히 어둠의 정신이요, 대답은 "굴광색(연보라 색) 식물"(heliotrope)이며, 이는 "태양을 향하여"를 의미한다. 빛과 태양은 조이스의 작품에서 창조적 아버지의 힘의 상징들이다. 셈의 마음은 〈율리시스〉의 초기 장들에서 스티븐 데덜러스의 그것과 같은지라, "나의 마음의 어둠 속에 하계下界의 태만의 벌레가, 마지못해, 밝음을 겁내며, 그의 용龍의 주름진 비늘을 흔들고 있다."【U 21】 "용모나 행동에 있어서 어두운 사람들, 그들의 조롱하는 거울 속에 세계의 몽매한 영혼을 반사하면서, 밝음이 이해할 수 없는 어둠을 밝음 속에 비추면서."【U 23】 〈율리시스〉에서, 스티븐은 "키르케" 에피소드에서 그가 창가唱家의 빛의 그늘을 약화시킬 때 그의 자신의 부친의 빛을 방출한다. 〈피네간의 경야〉의 II.1에서, 셈은 아직 부친의 빛을 파괴하지 않았고, 자기 자신의 것을 방출했다. 그의 빛의 어둠과 더불어, 그는 성숙한 부친의 힘을 이해할 수 없다. 그는 태양을 향해 고개를 돌리거나, 혹은 "굴광색"을 이해할 수 없다.

그러나 태양의 색깔(혹은 이씨의 속옷)의 추측하는 3번의 실패는 그것의 어두운 배상을 갖는다. 최초의 실패한 시도 다음으로, 그는 암명 속으로 달려 들어가, 시를, 나약한 낭만적 성질의 연약한 시, 그럼에도 불구하고 마술적 창조의 시를 창조하기 시작했다. 이어 그는 두 번째 시도를 위해 새로운 힘으로 되돌아오지만, 그러나 재차 일광을 이해하는데 실패한다. 그는 이번에는 지옥의 깊이까지 후퇴하는지라, 거기서 그는 성적 힘에 친근하게 연결된 어두운 마술적 힘을 획득한다. 그가 세 번째 시도를 위해 되돌아가자, 그의 세 번째 추측은 또 다른 실패가 되는 듯하지만, 그의 자매 이씨를 성적으로 불태우거나, 혹은 여하 간에 그녀를 교접의 어두운 비밀애로 소개하는데 성공한다.

황혼이 만종의 시간에로 깊어가고, 그리하여 양친은 아이들을 그들의 숙제를 행하도록 부르나니—늑대인간이 문밖에 있다! 이씨는 나이 많은 부친의 다가오는 쇠약에 관한 난폭한 노래인, "늙은 아버지 화리"(OLd Father Farley)를 창조하면서 거리에 배회한다. 그녀의 어머니는 어두운 거리 속에 돌출하고, 과도히 흥분한 이씨를 낚아채며, 그녀를 후리쳐, 집안으로 끌고 들어간다. 그러나 파괴는 이미 이루어졌다. 셈의 악마적 창조의 매직이 젊은 아이들 양자를 육체적 및 심리적, 성숙의 전망으로 안내하자, 셈과 이씨는 이제 부친의 권력의 파괴를 위해 노상에 있다.

소개와 광고전단【219.1-222.20】

'믹, 닉 그리고 매기의 익살극'(*The Mime, of Nick and Maggies*)이라 불리는 연극【219.18-19】이 〈왕실의 이혼〉(*A Royal Divorce*)이라 필경 불리는 8막짜리 첫 막으로서 공연된다. 이는 천사 장 마이클(선량하고 과격한 꼬마소년, 숀), 악마 닉(불결하고, 창조적인 꼬마 소년, 셈) 그리고 매기들(29명의 학교 꼬마 소녀들인, 이씨의 친구들, 이씨 자신)의 이야기이다.

이 극은, 매일 밤, 황혼에 시작하여, 새벽에 끝나는, 익살극으로, 모든 이에게 공짜로, 피닉스 극장에서 한결같이 공연된다. 이 극은 전 세계를 통해, 인도 유럽의 어족들인, 켈틱, 헬레닉, 독일어의 슬라비, 이란어의 로맨스 및 산스크리트로 전송된다【219.17】. 그것은 광고 전단에서 예언되거니와, 글루그와 츕—최근의 대역들인 셈과 숀이 싸울지라도, 이내 화해하고, 그들의 어머니에 의해 철저히 씻긴다【220.13-18】.

이어, 광고전단에서 우리는 연극에는 8가지 노래가 가벼운 서정의 테너와 크게 공명하는 배스 음으로 불린다. 노래들과 목소리들은 〈율리시스〉의 사이렌 장의 오후 음악을 강하게 회상시키거니와, 거기서 〈마르타〉의 "마 파리"라는 가벼운 사랑의 노래로 테너인 사이먼 대덜러스에 의해 불리고, 피의 복수의 노래가 "바스 바리턴"인, 벤 달라드애 의해 불린다.

마임(Mime) 【222.21-227.18】

'믹, 닉 그리고 매기의 익살극'이 처음 시작되자, 믹과 닉의 첫 만남에 있어서, 츕은 복수의 천사, 천사장인 마이클, 천군天軍의 사령관으로서 나타난다. 이씨와 매기들의 첫 출현에서 꼬마 소녀들은 저녁의 대기 속에서 박쥐마냥 퍼덕거리는지라, 〈율리시스〉의 "나우시카" 장을 여기 상기시킨다. 그들 가운데에는 이씨가 법전法典 단어인 "heliotrope"(굴광색)과, 막 시작하려는 천사들과 악마들의 게임에 대한 답변과, 또한 소녀들의 아래 내의의 색깔을 선언한다. 그러나 동시에, 이씨는 거티(Gerty)처럼 그녀의 내의를 불순하게 뻗쩍이며, 질문들의 대답을 글루그에게 신호하려 한다【223.9-11】. 글루그는 게임에 대한 초대를 감수하지만, 그의 용감한 시도에도 불구하고, 그의 대답은 성적 경기를 놀도록 법전의 초청을 포함하는지라, 그것의 성질을 그는 아직 이해하지 못한다【223.14-15】.

작은 아씨들은 글루그에 킬킬거리며 아르페제오(arepeggio)(화음을 이루는 음률을 연속해서 급속하게 연주하는 법)을 찌그린다. la-d—mi-sol la do-mi-sol si!【225.1】. 마침내 그들은 그를 늑대 인간이라 부르고, 타부(금기)(Tabbo)로 선언한다 【225.8】. 무지개 소녀들이 공간과 시간 속으로 전진 댄스를 추자, 그들은 보다 늙어진다. 사실상, 그들의 성숙한 모습은 한 여인으로서 드러난다. 만일 이들 작은 소녀들이 그들의 처녀상태로 변함없이 여성으로 발전한다면, 그들의 마지막 생은 극히 슬픈지라, 조이스는 보증된 처녀성을 단순히 불모에 대한 다른 이름을 부른다, 〈더블린 사람들〉의 "자매들", "에브" "진흙" 그리고 "죽은 사람들," 그리고 이의 슬픈 증거를 위해, 〈율리시스〉의 나우시카 장을 보라. 다행이, 이러한 슬픈 사건들은 아직 일어나지 않았고, 발생하지 않았다. 소녀들은 시간과 공간 속에 뒤로 춤추고. 그들은 재차 춤추며, 그들의 슬픈 운명에 유념하지 않은 채, 그들의 즐겁고, 천진하고, 행복한 길을 계속한다 【227.11-18】.

셈의 망명 행위, 그의 초기 낭만 시【227.19-231.27】

이러한 완성의 꽃들로부터 눈을 돌리면서, 우리는 솀의 귀환을 보는지라, 그는 추방당하고 비난 받았다. 사실상, 망명 속에 그는 내적 수치의 모든 외적 증후를 발휘한다【227.22-23】. 〈라인 강의 황금〉(Das Rheingold)의 바그너의 알브릭히처럼, 그는 분노하나니, 왜냐하면 가장의 예쁜 소녀들은 그를 조소하고 무시하기 때문이다. 그들은 모두 그에게 반대이라, 작은 짐승들【227-28】 격이다.

추방된 솀의 첫 행위【227.29-228.2】는 〈젊은 예술가의 초상〉의 말에서 스티븐 데덜러스가 부활절 의무를 행하는 것을 거역하고, 모든 7가지 성례전들을 행하는 것을 거절함과 같다. 이제 솀은 과연 젊은 예술가이다.

솀은 또한 젊은 조이스의 분산된 사회주의—리오폴드 블룸의 정치경제 원칙들—조이스 자신의 길로 나아가는 그의 결심과 함께—를 발휘한다【228.36-229.6】. 이 점에서, 사실상 이는 〈율리시스〉로서, 거기 솀은 명상하거니와, 〈율리시스〉의 18장들 중 11개의 타이틀을 패러디 한다.

아카립, 망우염자忘憂厭者의 휴가. 황천일黃泉日. 부국무인父國無人. 주외식晝外食. 와녀渦女와 암남岩男. 경驚방랑하는 난파難破. 가인녀歌人女의 선술집으로부터. 유명고장사有名雇壯士. 음탕 종아리. 비참모비참母 발퍼기스의 나야裸夜【229.13-16】

솀은 그의 양친과 그의 친척의 비밀을 벗기기를 의도한다. 그는 자신의 부친의 넓고 큰 모근毛根을 보일 것이요, 조이스가 단지 64페이지 뒤에 계속, 그러하듯, 그의 어머니의 음문을 노출할 것이다【229.17-24】. 그는 자기 자신과 작가의 생명에 관한 모든 것을, 흑백으로 모두 싸둘 것이요, 그리하여 갈채, 사회적 감수 그리고 귀족적 스폰서들의 재정적 지지를 얻을 것이며, 시인 바이런처럼, 그의 낭만적 절망을 발휘하는 국제적 명성을 득하리라. "생인생은 방생할 가치가 있는고? 부否라!"(Was all worth leaving the Liffey? No!, "인생은 살 가치가 있는가? 천만에!"의 패러디)【239.25】

【231.28-234.5】 솀의 댄스
그[귀항하는 수부-글루]그는 변발의 선원이요【233】. 그리하여 만일 그가 후치통厚齒痛을 앓고 있지 않았던들 벽 위에 그린 자신의 낭상엽囊狀葉의 초상肖像에 관하여 장

담長談떨었을 것이요, 모우톤레그와 카파(유상무)幻想舞를, 신문에 난 자신의 사진과 함께, 자르기 위하여, 그가 바로 농담 꾼인 척하며 자신의 꼬리를 쭝긋 추켜올렸으리라. [어스 되었으리라]【232.36 -233.3】,【232.36-233.3】.

셈은 무도에로 들어간다. 그리고 위의 문장은 그이 무도를 서술하는지라, 〈젊은 예술가의 초상〉의 첫 페이지의 것으로, "수부의 혼파이프"의 음률을 정확히 재생한다.

그(꼬마 스티븐)가 춤추도록 수부水夫의 무도곡舞蹈曲을 피아노로 쳐주었다. 그는 춤추었다.

〈젊은 예술가의 초상〉의 첫 페이지에 그것이 출현한 것은 스티븐에게 그의 시적 효력의 특별한 상징을 준다. (그 부분에 소개된 다른 상징은 그의 노래이다). 〈피네간의 경야〉의 이 페이지의 혼파이프 역시 악마에 관한 콘월의 노래를 닮았는지라, 이는 셈의 주요한 마스크들의 하나이다.

여기 악마에 속하는 것 있나니,
그의 작은 픽과 삽이라,
부삽으로 납을 파면서,
그의 꽁지를 치세우고.

그러나 셈은 재차 실패했으며, 다시 매기들에 의하여 모독적으로 추방되었다. 그가 수치 속에 도망친 다음에, 피의 지옥처럼 보이면서, 그의 순수한 아우 숀이 들어온다. 이 점에서 셈과 숀은 돈키호테와 산초 반자와 비유된다. 셈은, 슬픔의 부득한 정신으로서, 수안愁顔의 기사이다. 한편 숀은, 육체의 즐거운 꼭대기 절반으로, 부산떠는, 식욕의 산초 반자가 된다【234.1-8】. 세르반테스 자기 자신은, 돈키호테의 입을 통하여, 신사(돈)와 산초가 상대 극임을 인지한다.

나는, 그대의 기질의 불감에, 산초여, 놀랐노라. 그대는 내게, 어떤 정서나 혹은 감정의 의혹도 없는 대리석, 꾸리 판으로 된 듯하도다. 나는 잠깨고, 그동안 그대는 잠자도다. 나는 울고, 그때 그대는 노래하나니, 나는 공복으로 기진하도다. 한편 그대는 개으르고, 순수한 처넣음으로 버거운지라.

【239.28-255.11】 클루그 돌아오다.

승낙의 이러한 환적 의식이 천국의 츕 둘레에 발생하는 동안, 글루그는 천국에 있다【239.30-32-34】. 하지만 글루그는 자리에서 일어나는지라, 그의 어머니의 도움으로 【242.25-243.20】, 단테가 비아트리체와 성처녀 마리아에 의해 그의 어두운 수풀로부터 불리듯, 탐색에로 되돌아온다. 글루그는 하계의 자신의 망명에서 그의 가족의 특성에 관해 많이 배웠다. 다른 것들 가운데, 그는 자신의 양친의 결혼의 불완전한 특질을 실현하나니, 즉 이어위커 내외가 신교도이기에, 정통적 가톨릭교는 그들의 결혼을 단지 한 가지 형식으로 간주하리라. 【243.35】에서 W.G. Wills의 〈왕실의 이혼〉(*A Royal Divorce*)에 대한 언급은 글루그의 양친의 상관관계에 있어서 약점에 대한 그의 지식을 한층 설명한다.

램프 등지기가 "불을 댕기기 위해" 조광을 마련하기 위해 다가온다. 사원의 벨들이 울린다. 유대교 성당에서 가창歌唱(싱송)이 시작한다. 만종이 아이들로 하여금 문안으로 들어오도록 전통적 프랑스의 경고로서, 또한 선언한다—"늑대 인간이 그대를 붙들지라!" 소리를 낼지라, 입문 할지라, 거기 가등家燈이 불타고 있도다!【244.3-10】.

글루그는 별들 속의 자신의 자매를 바라보는 비전을 새로이 득하나니, 그녀야말로 그에게 대한 "굴광색" 대답을 경기에 신호하기 위해 최선을 다하고 있다【248.6-7】. 그녀는 첫 번에 그것을 소리 지르면서【248.8-10】, 이어 수수께끼의 세트로서 재시하면서 몇 번 애를 썼다【248.11-14, 33-35】. 이어 그것을 헤브라이 문자로 철자했다【249.16-17】. 이씨는 연합한 형제들을 포옹하는 준비처럼 보이는지라, 한번은 순수한 손이 그녀가 욕망하는 성의 어두운 지식을 얻었다【249.17-19】. 건방진 꼬마 소녀들은 그러자 글루그 주위에 원으로 춤을 추고 그에게슬프게 선언하는지라, 그들은 언제나 그들이 그에게 장난의 말을 고함지르는 동안 돕는 척하는바, 그것은 크리켓—한 남자 대 29소녀들이 아니다!【249.34-36】. 여전히, 그는 다시 한 번 노력하기를 결정한다.

글루그의 3가지 수수께끼의 대답들과 그들을 동행하는 동등하게 수수께끼의 팬터마임은 밀접한 분석으로 요구한다. 그는 그들이 핑크색 리본을 가졌는지 그리고 그의 궁둥이 주위를 리본으로 묶는 척한다. 그는 다음으로 그들이 불결한 손을 가졌는지 물으며, 그들의 굴뚝을 씻는 척한다. 그는 그들이 자신들의 가정을 떠날 수 있는지 묻고, 자신들을 난도질하며 나쁜 짓을 자백하는 척한다【250.3-9】.

첫째 질문은 독일 아이들의 노래와 개임으로부터 나오나니, "내일은 결혼일이다." 노래의 가사는 "만일 그대가 이 소녀를 원하면, 그대는 핑크색 리본을 매야하도다." 그것은 분명히 결혼을 언급하고, 글루그의 성적으로 주입식 생각의 흐름을 보인다.

둘째 질문은, 첫째 것처럼, 아이들의 개임과 성적 기미를 지닌 경기로부터 파생한다. "재키는 굴뚝 모퉁이에 앉아 있네." 한 예쁜 어린 소녀가 다가오고, 그에게 자신의 구두를 닦을 것을 요구한다. 재키는 의지로서 자신의 일을 시작하고, 그녀는 정말로 그녀의 구두를 닦는다. 그것은 이 완곡적 노래가 최초의 것처럼, 강한 성적 언급을 지닌 양 소리 낸다.

이 노래의 성적 내용은 둘째 질문을 따르는 팬터마임의 가사들에 의하여 강조된다. "그는 그들의 굴뚝을 닦기 위해 외관을 꾸민다." "그들의 굴뚝을 청소하면서"는 호색적 영국의 민요의 되풀이인지라, 이는 미국의 시인 Dylan Thomas 작의 〈밀크 목재 아래서〉(Under Milk Wood)에서 노래되는 그것의 번안이다. 시인은 최근의 모더니스트 작가로 언어의 기법 면에서 조이스를 닮았다(그에게서 영향을 받았다).

펜브르크 시에서 내가 어렸을 때
나는 성의 성채(의 망루)곁에 살았다네.
한 주에 6페니가 나의 노임이었지
굴뚝 청소를 위한 노동의 대가로서.
....
가련한 꼬마 굴뚝 청소부 그녀가 말했지
흑인처럼 까만
오 아무도 나의 굴뚝을 청소하지 않았지
나의 남편이 그의 길을 떠난 이래
와서 나의 굴뚝을 청소하구려
와서 나의 굴뚝을 청소하구려

그녀는 얼굴을 붉히며 내게 한숨지었지

와서 나의 굴뚝을 청소하구려

와서 나의 굴뚝을 청소하구려

그대의 빗자루를 갖고 오구려!

셋째 질문과 그것의 팬터마임은 수수께끼 적이요, 그러나 그들은 강한 성적 기미를 가진 듯하다. 셋째 팬터마임은 클루그가 처녀들의 순결을 과격하게 파괴함을 보여준다. 그들이 작별을 말하고 있음은 그들의 처녀성의 천진이요, 그들의 쉬아인든 (Schneider) 혹은 처녀막은 적어도 글루크의 열렬한 비전이라. 뒤에 서술적 목소리는, 당황한 채, 클루그가 세 번째 실패했음을 선언한다【253.19-20】. 그러나 글루크는 실패하지 않았다. 극히 중요한 구절에서, 근본적이요 마술적 뭔가가 분명히 일어난다. 2가지 성적으로 충만된 질문들과 팬터마임 바로 다음으로, 부친들에 대한 검은 매직과 위협이 어두워가는 대기를 채운다. 6개의 잇따른 구절들은 또한 면밀한 분석이 필요하다.

i. 질문들을 뒤따르는 첫째 구절은 많은 작용들을 갖는다. 꼬마 소녀들은 세 언어, 애란어, 독일어, 그리고 이탈리아어로 침묵이 명령된다. 그런 다음 간음에 대한 언급과 부친, 숙모들 그리고 숙부를 결합하는 듯한 수수께끼적 인물의 실재가 다가온다. 부친들에 관한 〈햄릿〉으로부터의 한 쌍의 구절들에 기대어, 부친들에 대한 인유적 위협들이 있다. 하나는 왕자에 의하여 젊은 오필리아에게 이야기 된다.

햄릿. 글쎄 우리는 더 이상 결혼이 없으리라. 이미 결혼한 이들은—한 사람을 제외하고—살리라. 나머지는 그대로 지킬지니. 수녀원으로 가라.【III.1.149-51】

자신의 의부인 클로디우스 왕에게 햄릿에 의한 위협은 〈피네간의 경야〉의 이 부분에서 부성의 힘에 대한 타당한 위협을 마련한다. 그것은 II.3에서 결실하는 HCE에 대한 음모를 마련한다. 다른 인유는 햄릿이 클로디우스에게 말을 거는 【IV.iii.52-56】에 그의 야만적 조롱에 대한 것이다.

햄릿…. 안녕, 사랑하는 어머니.

클로디우스. 그대 사랑하는 아버지. 햄릿.

햄릿. 나의 어머니. 아버지와 어머니는 남편과 아내, 사내와 아내는 하나의 육체, 그런고로, 나의 어머니.

조이스의 숙모/숙부는 햄릿의 기교를 한 스텝 더 멀리 취하는지라, 즉 클로디우스는 수모요 숙부이지만 〈햄릿〉에서 위협은 〈피네간의 경야〉에서 부친에 대한 위협을 강화한다.

ii. 셰익스피어적 분위기는 다음 구절로서 짙어지거니와【250.16-18】,

왠고하니 버남 불타는 숲[추프]이 무미無味하게 춤추며 다가오도다. 그라미스 (황홀)恍惚는 애면愛眠을 혹살惑殺했는지라. 그리하여 이 때문에 코도우 냉과인冷寡시글루그]은 틀림없이 더 이상 도면跳眠해서는 안 되도다. 결식缺息은 더 이상 도면하지 못할 것임에 틀림없도다.[9]

그것은 죄지은 HCE를 죄지은 맥베스에게 연관시킬 뿐만 아니라, 부친의 성적 잠재력이 살아졌음을 선언한다. 분명한 언급은 〈멕베스〉【II.ii.39-40, 46-48】에서 단시네에로, 멕베스의 공포에 찬 환각에로 다가오는 버남 숲(Birnam Wood)에 대한 것이다.

HCE, 그런데 그는 한 아비가 되기 위해 자기 자시의 아버지를 스스로 전복했거니와, 죄지은 맥베스에 의하여 대표되고, 그의 상징적 부친인 던컨을 암살했으며, 그러자 그는 같은 운명이 그를 추월하지는 않을까 두려워한다. 그러나 조이스는 전복에 특별히 성적인 의미를 부여한다. 불타는 "would"는 조동사 "will"을 과거 시제 속으로 넣으며, 때로 심지어 penis를 의미한다. 여기 텅 빈 처녀막인, "여성의 불가시의 무기"에 언급하는 "무의미"의 빈 것, "공허"로서 무도하기 위해 온다. 셈과 숀은, 이때 한 호색적이요, 억제할 수 없는 애인으로 결합한 채, 상징적으로 부친을 암살하자, 춤고, 나이 먹은 부친은, 숨쉬기를 결하면서, 성적으로 더 이상 도약하지 않으리라.

iii. 이어 다음의 구절【250.19-22】이 뒤따르거니와, 이는, 문체상으로, 이이들의 책을 조롱하고 그것의 취지는 소녀들을 잘생긴 젊은 애인에게 소개하는 것이다.

엘[글루그]은 그의 애과인愛寡人을 명예 훼손하는 영락자零落者인지라. 어찌된 일인고 애인남愛人男이여 그대는 리피강애욕적江愛慾的으로 애리愛離하기를 애愛했는지라. 그대의 애주과인愛主寡人에게 우수右手를 애거愛擧할지라. 그대의 자유의 애소녀신愛少神에게 그대의 좌수左手를 애결愛結할지라. 애라 애라, 애도남愛跳男, 그대의 애도愛跳는 단지 애풍향愛風向에 대한 애환愛環에 불과하도다.

iv-v. 다음 문단은 검은 매직, 환희, 그리고 공포로서 짙다. 【250.23-26】의 개암나무 포크, 마편초, 시든 막대가 검은 매직인 Grand Grimoire의 수세고으로부터 검은 마술사의 도구들이다. Grimoire 출신의 4 악마들이 【250.27】에 환기된다. 검은 마술이 여기 성적 욕망과 애행의 매직이요, 악마들 사이 하계의 기거 속에 글루그에 의하여 발견된 창조력이다. 아이들은 역행할 수 없이성적으로 성숙하고 곧 모두 성으로 강박된다【250.29-30】. 이러한 주제는 문단이 끝나는 구 속에 목신牧神과연결된다【250.32-33】.

vi. 이 구절의 마지막 문단【350.34-251.3】은 즐거운 경마의 리듬으로 쓰이고, 아이들의 파괴적 및 건설적 목표에 도달하려는 그들의 열성을 드러낸다. 이씨의 어린 마녀로의 마술적 변용은 그가 고함치며 가져온 변형에 의해 압도된다【251.12-14.16-17】. (The specks on his lapspan are his foul deed thoughths, wishmarks of mad imogenation.) "그의 슬다 엽등다엽汚膝茶葉의 오반점汚斑點은 자신의 비행사상卑行思想이요, 이모겐 광상狂想의 원표願標로다."[나쁜 생각들이 그의 마음을 가로지르다]

이씨는, 그녀의 머리 속애 맴도는 사랑의 향내가 여전히 글루그 때문에 고민스러운지라. 그녀는 그가 그녀에게 결혼을 제의하여 아가들을 생각하기를 희망한다. 그러나 글루구가 행할 모든 것은 그녀에게 낭만적 노래를 노래하는 것이니, "정원 속으로 들어와요, 모드(Maud. 테니슨의 시의 여주인공, Maud Gonne에 포함되다,【253.17】)여" 그리고 "그대의 눈은 아침의 별들이나니"【253.11-18】.

그들의 숙제는 그들을 기다리고 있다.【256.17-32】—성서 공부, 프랑스어, 문법, 역사, 물리학, 라틴어. 수부 신버드의 이야기, 정치학, 화학, 그들 가운데 가장 중요한 것은, 다음 장에서 보게 되려니와 기하학이다. 반항적 이씨는 실쭉하니 밖에 남아있는지라, 한편 대기는 전쟁과 불길한 냄새로 충만 되어 있다. 미신적 여관 안주인이 흡혈귀를 몰아내기 위해 마늘(가릭)(garlic)을 뿌렸기 때문이다【256.33-34】. 가릭(마늘)과 게이릭(gaelic)이, 전쟁의 소문과 8시를 알리는 시계 차임과 더불어 부동한다【257.8-10】. ALP는, 집안으로 들어오도록 한 그녀의 명령을 무시한대 대해 그녀에게 몹시 뿔이 났다. 그리고 이씨의 노래의 불순한 경향에 골이 났다. 위엄이 위협받자, 그것은 폭력으로 대응하고, 여기 ALP는 그녀 딸을 붙들고 그녀의 팬티를 끌어내리고, 한대 찰싹 때린다【257.13-14, 16-17, 19-20, 23-24】.

시간의 진행이 나무를 돌로 변화시킬지니, 고로 '나무-돌' 혹은 젊은 애인 트리스탄을 생산하리라【259.1-2】. 기도서가 아이들의 휴식을 위한 특별한 호소와 더불어 계속하고, "공통의 기도서"를 "시간의 장대한 잠"에로 수정한다【259.3-4】. 그것은 또한 기도하는지라, 아이들은 감기에 걸리지 않을 것을, 침대를 적시지 않을 것을, 간음에 관계된 범죄를 범하지 않을 것을 기도한다.

조이스의 작품은 확실히 인생의 시비들을 많이 포함한지라, 하지만 책의 저급한 웃음과, 조이스의 저급한 농담과, 현대의 코미디의 통달은, 모든 슬픔 아래 소리 지르니, 파리의 노트북에서 조이스가 "예술의 완전한 양상"―희극으로 간주했다.

이 장은 모음 음계의 하품으로 끝나는지라―"Ha he hi ho hu"―그리고 졸린 중얼거리는 "아멘"으로.

―――

【219-21】[프로그램] 아이들의 경기. 〈믹, 닉 및 매기의 익살극〉, 그들의 배역

【219】 이 장은 매일 저녁 점등 시 정각 피닉스 극장 (채프리조드의 거리에 있는)에서 공연되는 연극의 발표로서 시작한다. 여기 연극 제목에서 매기들(Maggies)은 유혹녀들이다. 입장료. 꼬마 방랑자에게는 야생 사과 한 개, 상류 인사에는 1실링. 연극은 주역 성 제네시우스 아치미머스(Genesius Archimimus)(하느님 자신)의 축복과 더불어, 4노장들의 특별 후원 하에, 시저-최고-두령最高-頭領(아버지)이 후견하는 동안, 공연된다. 여

왕의 총역남總役男과 국왕의 기성자奇聲者들 앞에, 그리고 사면기사四面記事로 쓴, 튜토닉-스라빅-젠드-라틴-음영대본音影臺本으로 7대해大海에 걸친 방송된다.

이하 배역.

(i) 글루그(글루그). 대담 다악多惡 다황多荒의 사내,

"피닉스 유료야유장有料夜遊場"(Feenichts Playhouse). HCE의 주막이 여기 극장피닉스 프레이 하우스로 변형되다. 피닉스는 본래 런던의 Drury Land에 인접한 성 Giles-in-the-Fields의 유명한 엘리자베스 조의 극장이었다. 이 장의 첫 페이지는 극장을 서술하는 용어들로 풍부한지라, 형태는 연극 광고 전단의 그것으로, 개시 시간, 주장과 편리시설, 입장료 등을 기술한다.

【220】 (ii) Floras (성 신부 수업 학원 출신의 걸스카우트들), 예쁜 처녀들의 1개월個月 뭉치, 모두 28명, 경호하는 자들.

(iii) Izod(Issy) (뷰우티 스폿 사마귀 양讓) 거울 속의 그녀의 감아感雅의 자매 반사물에 의해서 접근된 마법적 금발녀. 글루그를 차버린 뒤, 다음 자(추프)에 의해 숙명적으로 매료되다.

(iv) 추프(숀), 동화에 나오는 동발자童髮者인, 그는 글루그와 함께 씨름하나니, 쌍쌍적인지라, 그리하여 마침내 그들은 그 밖의 또는 다른 혹자의 유형을 예시하나니, 탈운脫運되고, 운반가運搬家되어, 잘 비누칠되고, 잘 스펀지질 되어 다시 아래 사람에 의해 세정洗淨되도다.

(v) 안(Ann) (미스 콜리 코리엔도), 그들의 가련한 작고 나이 많은 대리-모, 그리하여 그녀는 가부家婦인지라, 상대역은.

(vi) Hump (매이크올 곤 씨), 시계와 실크 모와 함께, 모든 우리의 비애의 사람인지라,

그 영구란永久卵에 기인된 최근의 탄핵으로부터 부분적으로 회복된 후, 세관 고객 숙소에서 환대에 종사하고 있었나니, 저들 법정인들이란.

"(스웨덴의 에리커스 왕과 그의 마술의 헬멧을 쓴 정령의 속삭임에 관한, 프로그램의 아이슬란드 전설을 읽나니), 모자(머리)에서-파이프(발끝)까지, 시계와 실크 모, 웃옷, 도가머리와 조연자의 문장紋章"(Mr Makeall Gone…in the programme about King Ericus of Schweden and the spirit's whispers in his magical helmet…supports). 이 구절에서 무대 감독, Mr Makeall Gone에 의하여 선포되듯, 여기 야간 극 프로그램은 〈햄릿〉을 닮았는지라, 거기 덴마크의 햄릿 부왕(스웨던의 Eric 왕처럼)의 유령은 무대 위를 거닐며, 그의 헬멧을 통해 속삭인다. "들어라— 들러라, 오 들어라!" 이때 호레이쇼는 그가 햄릿의 부친을 닮았다고 서술한다. "머리에서 발끝까지"(cap-a-pe) (우리는 〈율리시스〉의 밤거리의 환각 장면에서 사자인 패디 디그남이 부왕 햄릿 유령의 같은 목소리로 블룸을 부르는 것을 읽는다. "블룸이여, 나는 패디 디그남의 유령이라. 들어라, 들어라, 오 들어라!"(Bloom, I am Paddy Dignam's spirit. List, List, O list!)【385】

"천국교황"(Poopinheaven). 이 합성어는 폭풍우 속의 배 및 처든 뱃머리(Poop)뿐만 아니라, 부친ther(천국의 Pop, 또는 Pope), 천국(heaven), 부왕 햄릿의 수도인 코펜하겐 (Copenhagen)을 서술한다. 이는 구절 내에서 햄릿 왕으로서의 HCE를 서술하는 바, 그는 아직 천국의 Pop이 아닐지라도, 〈율리시스〉의 스티븐이 도서관 장면에서 설파하듯, "연옥에 있는 우리의 부"(Our Father who art in purgatory)【154】이다. 〈햄릿〉에 관한 언급들은 코펜하겐에 대한 언급들을 동반한다. 〈피네간의 경야〉에는 이 도시의 많은 언급들이 있는데, 예를 들면, 그것은 또한 웰링턴 공작의 키 큰 백마이기도 하다.

【221-22】 익살극의 자료 제공[Credit]

【221】 (vii) The Customers(고객들) (성인 신사들을 위한 성 패트리키우스 아카데미의 후과정後課程의 구성원들) 도보 여행 시민 대표 12인人 1군羣, 각자 여인숙 탐색 외출, 여전히 홀짝홀짝 한층 더 대접받나니.

(viii) 숀더선(Saunderson) (크누트 올스빈거 군君. 남자 하인) 약탈사제掠奪司祭, 희롱조戱弄調의 신진영향하身震影響下에 있나니.

(ix) 캐이트(Kate) (라킬 리아 바리안 양, 막간 동안 포크 속점俗占을 말하는지라), 요리녀-및-접시 세녀洗女.

(x) 시간. 현재.

(xi) 소품 디자이너들, 기타. 미래파 단마單馬 그리고 낙뢰落雷 양씨兩氏에 의한 과거 역사의 패전트; 필름 진陣에 의한 영상影像; 창조 생명력에 의한 대사 일러주기; 마사魔射, 마몽魔夢, 대몽마大夢魔 및 신명神命에 의한 촬영. 이식목移植木. 열암裂岩. 신들 출신 흡연자에 의한 향연(크랙). 피트 석席의 화부火夫에 의한 탄사歎詞.

"카파 페더센에 의한 고가 파이프"(Kopay pibe by Kappa Pedersen). "cap-a-pe"로 무장한 부왕 햄릿의 또 다른 언급; 여기 HCE-부왕 햄릿은 파이프를 문 캐드와 융합한다. "Kappa Pedersen" "cap-a-pe" 및 더블린의 파이프와 연초 제조업자(Glasheen 152 참조).

【222-24】 익살극의 줄거리

【222】 시작에서 우선, 매인每人 자기 자신(H)을 위하여, 공동의 기도로 시작하고. 출애굽(E)으로 종결(C) 짓나니, 카논(전칙곡)에 의한 코러스(합창곡). 전체가 장엄한 변형 장면에 의한 후 연기를 위하여 끝맺음하는 지라, 야투夜妬 및 조야朝野의 라듐 광사鑛射의 혼식婚式, 평결平潔의, 포완전包完全한 그리고 평구平久스런, 평화의 여명을 보여주며, 세계의 세로자細勞者를 깨운다.

요지(줄거리)가 뒤따르다.

츄피는 당시 한 천사였나니. 그의 칼이 마치 번개처럼(순식간에) 뻔쩍이도다! 성 미카엘이여, 우리를 전쟁에서 방어하소서. 십자가의 신호를 하소서. 애愛멘.

그러나 악마가 그루거(그) 속에 있었나니. 그는 숨을 내뿜으며 침 뱉으며, 맹렬히 저주하는지라. 나의 저주자여, 나로부터 영원의 불길 속으로 들어가소서. 발과 발굽과 무릎 굽음의 행위들.

소녀들은 지분거리며 날아다니고 있다. 저 최초의 소녀다운 움직임은 그들의 암시성에 있어서 얼마나 평화로웠던고. 얼간이(Sammy), 방문하다.

【223】미리램¥, 그녀(이슬트)는 미증유의 모든 병성病性으로 고통 받고 있도다. 그녀의 도움에도 불구하고, 저 허풍자(글루그)는 그녀를 붙들 수 없을 뿐만 아니라, 시트론넬리도 에메랄드도, 자색협죽挾 및 남색인드라도. 심지어 이들 4곱하기 7의 아가씨들도. 그러자 그이 앞에서 29팬터마임 무녀들은 헬리오트로프 (연보라색) 색깔을 무언극으로 나타낸다. 앞쪽으로 몸을 곧추세우고, 다시 아래로 자유롭게, 그녀의 등을 둥둥 북 치며 그리고(그들은 글루그에게 묻도다) 저건 무엇인고, 헬리오트로프? 그대 마칠 수 있는고?

그는 한번의 축출로 곱드러진다.

그러자 그들은 그와 대면했나니, 나폴레옹도 추락을 위해 그토록 운명 지어진 적이 없었도다. 그들은 스스로 억제하도록 그에게 청한다. 그는 체포되도다. 그리하여 그는 그의 쾌락 자에게 (토끼)풀로부터 딴 그의 삼엽三葉을 내밀었나니라.

그는 묻도다, "그대 누구인고?" "고양이의 어미"라고 하나가 대답한다. 그는 잠시 후 묻도다. "그대 무엇이 부족한고?" "여왕의 미모로다."

그러나 도대체 수수께끼에 대한 대답은 무엇인고?

적 악마(글루그) 자신의 두뇌가 붕붕 당혹해 한다. 그는 4요소들(4노인들)로부터 충고와 도움을 구한다. 그는 태양(마태)의 불로부터 도움을 찾는다. 그는 그(마가)에 관해 공기로부터 도움을 탐색한다. 그는 발아래 땅(누가) 위를 쳐다본다. 마침내 그는 코러스-라인을 뒤돌아보자니 거기 이씨(이슬트)가 홀로 너무나 요(한)란스럽게 농담 치고 있다. 그녀의 행위는 학교육學教育의 수치(스캔들)이다.

그는 무언(당나귀)으로부터 한마디 말을 받지 못하자, 심지어 그로부터 영감을 구했도다.

그는 당시 난감했나니. 그는 어디론가 떠나기를 바랐도다. 그는 기다리는 동안, 4신사들이 슬퍼하기 바랐는지라, 그는 여기 사자四者에게 저주의 선물을 주기 바란다.

【224-25】첫 수수께끼 질문 받는 글루그─보석에 관해─그는 빗맞는다

【224】글루그는 4신사들에게 저주를 행하려고 어찌할 바 몰랐나니. 그리하여 그는 거기 슬퍼 주저앉았도다.

여기에 우리의 좀 재미있는 이야기(까닭이)가 있도다. Towhere byhangs

poutales).

아 가련한 글루그여! 참으로 개탄복慨歎複할지라! 그의 늙은 세례반모母에 관해 너무나 슬픈지라, 그리하여 그가 자신의 언덕 아버지로부터 상속받은 모든 공포물이라니. 그는 그들의 꾸지람과 때림을 생각했도다. 그리고 그들의 싸움에 관해. 그는 자신의 잠재의식 속에 그의 어머니가 허튼 소리를 터트렸는지 어쩐 지를, 또는 그의 귀를 때린 조음鳥音이 단지 그의 핑계가 그녀를 납득시킨 것을 의미했는지 아닌지를 거의 알지 못했도다. 그는 전적으로 공경에 빠졌고, 소녀들은 그를 조롱하고 있도다. (이 장을 통하여 글루그의 근심과 패배의 순간들은 판독하기 극히 어렵다. 그들은 추프의 환희와 승리의 즐겁고 단순한 순간들과 두드러지게 대조적이다. 그들의 감정에 대한 현재의 아주 희미한 접근이란 단지 그들의 정서의 흐름을 나타낼 뿐이다.)

주름-장식-의녀衣女들이 한 줄로 정렬하는지라. 그녀의 우마友魔인 글루그는 그들이 무슨 색의色衣를 입었는지를 사몰思沒하면서, 여기 자신의 모습을 드러냈도다. 그리하여 그는 손으로 배뇨排尿을 자제하려고 애를 쓰고 있는지라, 그는 노끈을 풀었나니. 소녀들이 그를 조롱하도다.

【225】소녀들은 명랑한 까깔 웃음을 터트린다. 그들의 코를 움켜쥐고, 모두들 아주 은근히 말하는지라, 그(글루그)가 자신의 바지 속에 배뇨하고, 스스로 조롱하고 있음을.

호인경계狐人警戒! 랑인狼人! 금기禁忌(터부)!

그런고로 그는 두 다리가 미끄럼 줄행랑을 칠 정도로 빨리 도망쳤으니, 그러자 그는 대단한 배앓이 인척 자신의 배를 움켜쥐고 궁둥이 깔고 그 자리에 주저앉았도다.

소녀들 중의 꼬마 소녀는 그가 지독히도 벙어리임을 발견한다. 그가 그토록 얼뜨기 짓을 하는 대신에 단지 말을 한다면! 마치 어떤 이가 그의 바퀴 멈춤 대를 통하여 자신의 막대를 찌르듯! 글루그는 3가지 추측 중 첫째의 것을 질문으로 대구한다. 대답은 모두 "아니"이다.

— (글루그) 그대는 월광 석을 가졌는고? —(소녀들) 아니.

— (글루그) 혹은 지옥화석火石(루비)? —(소녀들) 아니.

— (글루그) 아니면 산호 진주? —(소녀들) 아니.

글루그는 실성失性했도다.

그 때문에 그가 이내 거절당하자, 추프가 환호한다. 클러치(전동장치)를 풀어요, 글루그! 작별! 우리는 환을 짓도다, 추프! 결별!

하지만, 아 눈물, 꼬마 이씨(Izod)가 눈물에 잠기나니. 누가 그녀의 하모何母될 수 있담? 그녀는 글루그가 자신에게 눈길 주리라 약속 받았도다. 그러나 이제 그는 멀리 도피했는지라!

낙심한 이씨는 "수그러지며, 시들어지며."

"모두 명주실처럼 그리고 모두 이끼처럼 그들은 그녀의 주름잡힌 모자 언저리 위에 수그러졌도다"(The flossies all and mossies all they drooped upon her draped brimfall). 여기 Floras와 이씨는 제I부 제6장의 누보레타(Nuvoletta)를, 그리고 〈햄릿〉의 오필리아(Ophelia)를 닮았다. 그들은 남자들에 의해 거절당하기 때문에 모두 시들어 죽는다. "Poor Isa"【226.04】는 분명히 오필리아와 연관되는지라, 다음 두 페이지에서 그녀에 관한 많은 언급들이 나타나기 때문이다.

【226-27】 7무지개 소녀들의 무도와 유희, 글루그를 무시한 채

【226】 이씨(씨)는 낙담한다. 울어야 할지 웃어야 할지 마지魔知였도다

가련한 이씨(Izzod, Issy, Isabel, Isa)는 황혼 속에 너무나 황홀하게 앉아 있나니. 왜? 그녀의 애부愛夫 글루그가 사라져 버렸기 때문이다. 그러나 우리는 그녀가 새로운 피앙세인 가남嫁男을 만나리라는 것을 알고 있다. 그리고 그녀는 어느 날 결혼하고 그녀의 남편을 도우리니, 그녀 자신 귀여운 소녀로서. 그녀는 어머니 ALP와 철학자 비코에 의한 자신의 생각과 함께 스스로를 위안 하도다. 마모母 있었고, 미낭娘 있나니, 미녀微女 있으리로다.). 역사의 순환) 꼭 같은 신녀新女인 그녀. 고로, 비록 그녀가 슬플지라도, 왈패 무지개 아가씨들에게 뛰는 법을 도우리라. 그녀는 도약한다.

발가락(둘씩)에 발가락(둘씩), 여기 저기 그녀들은 추프 주위를 맴돌며 춤을 추나니, 왜냐하면 그녀들은 화환 같은 천사들이기에.

그들은 그토록 환環되게, 껑충껑충 환도跳하나니. 그런 다음 빙글빙글 소란 속에 뛰놀도다.

그들은 시계방향, 무지개처럼 춤춘다. R-A-I-N-B-O-W. 그리고 그들은 경쾌한 놀이 가락을 부른다. 대홍수 전의 다명多名 양讓이 그러하듯. 그런고로. 분노일 다음의

무한영구양無限永久讓은…

"쑥국화를 가져올지라, 도금 양을 던질지라, 루타 향초荀草, 루타, 루타를 뿌릴지라. 그녀는 백주의白晝衣처럼 용암溶暗하는지라 고로 그대 그녀를 이제 볼 수 없도다"(Bring tansy, throw myrtle, strew rue, rue, rue. She is fading out like Journee's clothes so you can't see her now). 오필리아는 말한다. "이 로스매리는 잊지 말라는 표적이구요. 제발 잊지 마세요. 네―그리고 이 삼색 오랑케 꽃은 생각해 달라는 꽃이구요…이 회향 꽃과 매발톱 꽃은 임금님께. 왕비님께는 지난날의 회오를 나타내는 이 운향 꽃을."(김재남 831-32) (There's rosemary, that's for remembrances…And there is pansies, that's for thoughts…There's fannel for you, and columbines. There's rue for you, and here's some for me…O, you must wear your rue with a difference)【IV.v.174-82】. 두 번째 줄은 오필리아의 죽음을 서술하는 것으로, 여왕(Gertrude)은 말한다. "화환과 함께 사람은 우는 듯이 흐르는 시냇물 속에 떨어지고 말았지. 그러자 옷자락이 활짝 펴지고, 마치 인어처럼 그 애는 물에 한참 동안 둥실 떠서…옷에 물이 베어 무거워지자 그 가엾은 것은 물속에 끌려들어가 버리고 아름다운 노래도 끊어지고 말았지."(김재남 835)([She]/Fell in the weeping brook. Her clothes spread wide,/And mermaid-like awhile they bore her up…Till that her garments, heavy with their drinks,/Pulled the poor wretch from he melodious lay/To muddy death)【IV.vii.178-82】.

【227-33】 망명자 및 작가-글루그의 생애에 관하여

【227】 그리하여 그리고 그들은 저 길로 통과했도다.[10] 윈니(W), 올리브(O) 및 비트리스(B), 넬리(N)와 아이다(I), 애미(A)와 루(R).[11] 여기 그들은 되돌아오는지라, 모두 경쾌한 무리, 왠고하니 그들은 화녀花女들이라, 까만 꽃과 제비꽃에서부터 양귀비의 홍조, 물망초에 이르기까지, 한편 잎이 있는 곳에 희망 있나니,[12] 앵초櫻草의 책략과 금잔화의 개화와 더불어, 모두 하녀들의 정원화庭園花들.

………그는 너무도 익히 익살맞은 그리하여 최후의 신호(큐)를 위해 화상花床 바닥에 때려눕힌 기분이었는지라, 그는 소녀들에 대하여 통틀어 하자何者가 하색何色인지 알 수가 없었도다…. 그리하여 유년의 나이는 언제나 최무치最無恥인지라, 타라스콘 타타린이 특미特味의 타과자唾菓子[13]에 투심投心하듯, 제의적祭衣的 의식자衣食子, 맥시카

리즈 악취로부터 맥크노키 중구中ε[14]까지 매달린 것으로, 말할 수 없는

무지개(Rainbow) 소녀들의 인생의 무도 속에 윈슈어(Winsure)의 많은 간奸악네들이 합세한다. 소년들은 오고 소녀들은 가고 그러나 이는 영원히 계속되리로다.

그들의 우측으로 도는 춤이 세월을 통해 회전하자, 자신들이 몇 십 년 뒤에 나타나 듯, 스스로를 노정 한다. 여기 무도의 광경은 〈율리시스〉의 밤의 환각 장면에서 스티븐의 무도, 키티, 플로리 등 춤추는 밤의 여인들(무지개 소녀들)을 닮았다. "…모두들 빙 빙 뱅뱅 둥글둥글 돈다…대추 핥는 여인들이 짝을 지어…흙 묻은 말을 차듯 뛰면서, 판당고 춤을 춘다…"【472】

(이와 더불어 춤추는 잡다한 여인들) 잡화상의 음녀, 시중드는 아낙, 야토급野兎級(Wildhare)의 부인, 과부 메그리비, 아름다운 여배우, 참회에서 무릎을 꿇고 그녀의 사제에게 애인(흥!)을 밀고하는 소녀, 부호 여인 등. 그러나 그때 그들은 춤의 방향을 역진逆轉한다. 윈니(W), 오리브(O) 및 비트리스(B), 넬리(N)와 아이다(I), 애미(A)와 루(R)(Wobniar). 그리고 다시 화환이 되어 시계 바늘과 반대 방향으로 돈다. 앵초의 책략과 금잔화의 개화와 함께, 모두 하녀들의 정원화庭園花들.

그러나 글루그는 수치로 얼굴이 창백한 채, 분노로 자신의 머리로부터 배꼽까지 동요한다. 혹시 어리석은 거위 같은 시안視顔으로 그에게 기꺼이 미소를 짓는 것은 아닌지! 그러나 그들은 모두 그를 반대하는 자투리들이요, 이에 그는 불끈 화를 낸다.

그는 무리들과 놀고 있는 7선량한 꼬마 소녀들(7성사聖事sacraments)(세례, 견진, 성체, 고백, 병자, 신품, 혼인)에게 마구 행패를 부린다."머리를 머레이 왓水속에 침수 세례했나니(세례), 스트워드 왕총王總에게 명치에다 퍽 한 대 먹였나니(안수례), 길리 백聖體과 함께 허리急-캄來-연맹과 맞붙어 씨름했나니(성체), 일(화)요 맥피어섬으로부터, (중)군사상 및 (경)비천輕의, 모든 그의 감죄感罪를 훔쳤나니(참회), 맥아이작 속으로 어느 맥주 애음가愛飮家와 마찬가지로 자유로이 서유聖油했나니, 공연한 법석으로, 흥대흥胸對胸 벨트 시혼試婚을 가졌나니(혼인) 그리고 말할 수 없는 여하시如何時동안 중구中ε까지 스스로를 모독했도다.서품)."

"비트리스(B), 넬리(N)와 아이다(I), 애미(A)와 루(R)"(Beatrice, Nelly and Ida, Amy and

Rue). 7무지개 소녀들(역철. W-O-B-N-I-A-R) 가운데서 두 셰익스피어류의 여주인공들이 있으니, 〈헛소동〉(*Much Ado about nothing*)【227.33】 및 〈햄릿〉의 오필리아가 그들이다. "왠고하니 그들은 화녀花女들이라, 까만 꽃과 제비꽃에서부터 양귀비의 홍조, 물망초에 이르기까지"(for they are the florals, from foncey and pansey to papavere's…foresake-me-nought). 무지개 소녀들과 Flora는, 로스메리, 산색 오랑캐 꽃, 회향 꽃, 매 발톱 꽃 등, 오필리아의 꽃들이다. "공연한 법석으로"(*Much Adoo about nothing*)는 Much Ado About Nothing이다. 셰익스피어의 첫 2전질판(First Folio)(1623)에서, 그의 연극은 "Much Ado about Nothing"으로 제자題字되었다. McAdoo는 〈피네간의 경야〉의 이 구절에서 토론된 일곱 성체들(sacraments)의 하나에게 주어진 이름이다—이 경우에서 혼인(Matrimony)이요, 이리하여 "Adoo"는 "I do"를 의미할 수 있으리라.

【228】 글루그의 망명자 및 작가로서의 생애. 그는 마음속으로 맹세했도다. 그는 배를 타고, 추방당한 로마인, Coriolanus처럼 망명(exile)하리라. 그는 거미에 의해 보호된 채 동굴 속의 Bruce처럼, 침묵(silence) 속에 숨으리라. 그는 Ignatius Loyola의 한 예수회 교도처럼, 교활狡猾(cunnning)의 수단으로 자구自救하리라. 그리고 침묵(안켈 사이렌스)의 역마차를 타고, 도시에서 도시로, 멀리 배회하리니, 거기 모든 수사修士는 자기 자신의 벽이요 상담이도다. 그런 다음 헤브라이인들에게 그의 최초의 사도서간同徒書簡을 발포發砲하면서, 글을 쓰리라. 만인에게 자유의 사랑을! (여기 많은 아일랜드의 작가들과 작품들이 언급되는지라, 글루그가 강하게 계획하고 있는 카타르시스적 작품은 조이스 자신의 〈율리시스〉를 닮았다).【229참조】

"브루스의 침묵, 코리오나스의 망명과 이그나티우스의 간계"(the bruce, the coriolano, the ignacio). 이 행에 의한 "침묵, 망명 및 간계"(silence, exile, cunning)를 설명함에 있어서, 조이스는 Bruce의 침묵, Coriolanus의 망명, Ignatius Loyola의 간계에 대해 암시하고 있다.

【229】 (글루그가 좋아하는) 일상의 햄과 계란과 함께! 야성의 영장류靈長類(대주교들)도 그가 솜씨 좋은 익살로 저술을 육肉함을 정지하지 못할지라. 왜냐하면 그는 대장인大匠人(General Jinglesome)이기에.

글루그는 로마 인민원로원(S.P.Q.R.)의 언어로, 저작업에 참가할지니, 모든 이의 전체 운명을 폭로할지라. 수정주파수 범위 내의 모든 이를 위하여.

그는, 예를 들면, 〈율리시스〉의 장들을 쓸지라.

그는 전 세계에다 자신의 아빠 및 엄마의 비밀들을 폭로하리라. 그는 사람들을 위하여 하소연으로 모든 걸 적어 두리라, 그의 천진함을 훔친 자들에 관해, 자신의 분광기를 발견한 경공두驚恐頭에 관해,

아카립(kalepe). 망우염자忘憂厭者(Loather)의 휴가. 황천일黃泉日(Hades. 부국무인父國無人(Aeolus). 주외식畫外食(Lestrygonians). 와녀渦女(Schylla)와 암남岩男 (Charybdis). 경驚방랑하는 난파難破(Wandering Rocks). 가인녀歌人女(Sirens)의 선술집으로부터. 유명고장사有名雇壯士(Cyclops). 음탕 종아리(Nausicaa). 비참모悲慘母(Oxen of the Sun). 발퍼기스(Circe)의 나야裸夜.

"양상羊商(영국)의 국민"(nation of sheepcopers). "상인의 국민"(a nation of shopkeeper)으로서의 영국; 이 구절은 영국 출판사, "킬킬대는 고대중주 보도 출판사"(the old sniggering publicking press)에 의한, "작가 협회"(its satiety of arthurs)와 함께, 조이스를 거절한 것에 대해 언급한다. 그 대신, 그것은 "상인"(Shopkeeper)의 국민이요, 그것의 민족적 시인은 셰익스피어로서, 그는 또한 〈피네간의 경야〉의 다른 곳에서 그를 "상인"(Shopkeeper)으로 언급한다.

"가인녀歌人女의 선술집으로부터"(From the Mermaid's Tavern). 〈율리시스〉의 에피소드들을 언급한 일람표 속에 나타나는, 이 말은 "Sirens" 장에 대한 언급으로, 두 바걸들은 "sirens"이요, 여기 "mermaids"인주막에서 일어난다. 이 언급은 또한 17세기에 있어서 런던의 Cheapside, Bread 가의 유명한 런던 주막인 Mermaid Tavern에 관한 것으로서, 여기는 셰익스피어, Ben Jonson, Beamont, Fletcher, Carew, Donne 및 Inigo Jones 등 당대의 유명한 문인들 및 극작가들이 그들의 술과, 기지 및 담화를 나누기 위해 가끔 모이는 집회소였다. 〈율리시스〉의 "Sirens" 에피소드에 대한 말의 일치는 아마도 조이스에 의해 목격된 것으로, 그에게 "From the Mermaid's Tavern"로서 여기 그의 타이틀에 언급하도록 권유했을 것이다.

【230】 그리고 (글루그는 적어둘지니) 왜 그가 실색했는지에 관해. 어떻게 그가 자기 자신의 침睡 그 자체에 의하여 습격당했는지에 관해, 왜 그가 자신의 험프티 덤프티(땅딸보)(HCE) 가정에서부터 쫓겨났는지에 관해, 어떻게 그는 사회주의의 홍수에 합류할 수 없었는지에 관해, 그리하여 섹스性의 비탄을 파라다이스樂園의 밀회소(트리스탄)까지 말살하는 법에 관해. 그는 세기의 총 수년을 통하여 탄좌歎座하리니, 어딘가 침음악과 독인단 속에 보수를 받을 만큼, 자기 자신 독단으로, 피리 주자奏者를 박피箔避하기 시작할 때, 그녀(엄마)는 자신이 상관했던 모든 가곡을 가질 수 있을 것인즉, 한편 그는 물론 시 운문에 호소하리로다. 인생은 방생할 가치가 있는고? 천만에! (여기 글루그는 우울한 질문자이다).

글루그는 그의 가족의 추락한 재산에 관해 생각하는데, 이는 조이스의 이전 주인공인 스티븐 데덜러스의 가족의 운명에 대한 회상 그 자체이다. 회고적으로, 몰락한 조상들에 대해 인생-한숨의 많은 관대함을 꿈꾸면서. 조상들은 자돈홀권 오랜 파종 자들이었는지라, 저 순박한 쌍자, 증조부와 증조모와 함께, 그리고 숙부행차에 의하여 이륜차를 타고 저 악명 높은 증손들인 의붓딸과 계모에로 후계했나니, 그들의 얼굴과 그들의 투명 거울 같은, 너무나 잔잔한 눈들에 의하여 판단하면서, 그들은 부유 세계의 모든 기둥들이라. 한 때 평탄한 거리에, 이제는 돌멩이 바로크 조잡 물. 그리하여, 그는 말하는지라, "나는 그대에게 시를 지으리니, 만일 그대가…"

"협경골가정狹頸骨家庭에서부터 그를 난출卵出하게 했는지…왠고하니 모든 그의 육체적 쾌식快食이란…오믈렛"(eggspilled him out of his homety dometry…because all his creature comfort was an omulette). 글루그는 그의 집, HCE-Humpty-Dumpty의 집으로부터 축출(eggspilled)되었는지라, 그리하여 햄릿처럼(omelette) 소외됨을 느낀다. 셰익스피어와 햄릿 왕은 Bacon과 Claudius에 의해 그들의 정의의 자리에서 쫓겨났다. "그대 기억할지니, 파도破倒된 성城을?"(Remember thee, castle thrown?) 글루그-셈-조이스는 망명된 채, 햄릿의 말을 메아리하며, 그의 성과 왕좌의 기억을 되새긴다. 햄릿에 대한 유령의 이별의 말은 "나를 기억하라"(Remember me)이다. 이에 햄릿의 대답인 즉. "당신을 기억하라고? …당신을 기억하라고?/그래요, 나의 기억의 테이블로부터"(Remember thee?…Remember thee? yea, from the table of my memory …【I.v.91-98】.

【231】내게 수수께끼 "헛간이 헛간 아닌 곳" "인간이 인간이 아닐 때"【170 참조】에 대한 제목(그의 청년 우주계의 최초 달각달각 수수께끼) (셈의 최초의 수수께끼)을 푼다면, 딸랑딸랑따르릉과 함께. (포기했는고?) 그것이 언제 인간의 집인지.

글루그는 앞서 조상의 가정과 그의 수수께끼(인간의 집)에 연관하여, 우리의 젊음의 위안물이요 보호물인 가정의 하느님에 관한 자신의 시를 찾아내는지라, 이는 그의 초기의 젊음, 그의 유년시절의 운시에 대한 생각으로 이어진다.

—나의 하느님, 아아, 저 정다운 옛 딩댕동 집.
거기 청년식항靑年食港 속에서 나는 탈식奪食했나니
청록초靑綠草 유죄곡有罪谷의 황홀 사이.
그리고 그대의 흉음胸陰 안에 색의色意를 위해 은거했도다!

글루그가 몰입하는, 이 감상적 시는 조이스가 9살에 쓴 것으로, 위버(H.S. Weaver) 여사에게 보낸 그의 서간문에 언급된다. "내 생각에 내가 당신한테 보낸 이 시는 나쁜 환경에도 불구하고 가장 경쾌한 것이요…"(I think the piece I sent you is the gayest and lightest thing I have done in spite of the circumstances…)(1930년 11월 22일 참조).

그는 그이 자신의 시작詩作의 가치에 관하여 검은 환멸의 순간을 경험하는 바, 이를 모든 젊은 작가는 어느 날 알게 되리라.

(그러나 그의 모든 내성內省은 그의 갑작스런치통의 내습來襲에 의하여 중단된다).

그의 구충口充의 황홀恍惚이 그의 지혜의 과오 지붕을 통하여 하늘을 향해 치솟았나니 (그는 자신을 한 사람의 만장시인萬葬詩人, 퉁방울눈의 라브레리스와 나란히 셸리의 향연왕饗宴王, 프레이르 신처럼 생각했거니와) 그는 얼굴을 밝히고, 나귀처럼 자신을 보았다. 요수아 크로예수, 무안無眼(눈)의 자식! 비록 그가 수백만 년 동안 수억만 년의 생生을 산다한들, 그는 그 고통을 결코 잊지 않으리라. 지옥 성聖 벨 그리고 경칠 혈역血域이어! 그 고통은 지상地上의 무無처럼!

그러나 신神예수, 혹최종자或最種子에 맹세코, 그가 자신의 날개를 친 후에, 자신의 출생지를 잊어버리며, 자기 자신을 복통에서 통제했도다. 통회通悔에 의해서가 아니라, 금욕주의(불제, 주문)에 의해. 옳아.

그리하여 잘되었나니. 그리고 한 가닥 고주가古酒歌를 불렀으니, 허곡虛曲을 후토嗅吐했도다. 그는 발작을 팽개치고, 눈을 굴리며, 코로부터 홀쩍이며, 파이프에서 담배를 프랑스어 날린다. 그를 쳐다보라!

【232】 글루그는 치통증으로부터 회복하려고 안간힘을 쓰는지라. 최악은 끝났도다. 그는 자제할 참이었나니, 그때(꿥!) 한 통의 메시지傳言가 (그녀를 베니스로, 그녀를 스텔로 부르는지라!) 그녀(이씨)의 핸드백으로부터, 한 마리 상처 입은 비둘기처럼, 비출飛出하며, 그녀의 전정前庭 밖으로 도망친다, 그녀(이씨)가 다른 연애사건을 끝냈음을 글루그에게 알리기 위해서였나니. 그녀는 그녀의 우울한 소년을 다시 되돌리기를 사랑할지라, 그를 페페티라 부르면서, 마치 앞서 프랜퀸이 반 후퍼를 유혹했듯이, 그를 유혹한다. 그녀의 편지는 점검點檢을 청하고(제발 허리를 굽혀요, 오 제발), 층계를 조심하도록, 나의 애인(m.d.)이여. 앞서 안내원 캐이트가 박물관의 입실에 경고하듯, 여기 대지 모, 토루, 박물관 및 현재의 상황들은 모두 대등하다.

【232.27】 그리하여 sos에 답하는 해안 경비대처럼. 빙투사氷鬪士가 아트란티스 섬을 잠수하는데 걸리는 것보다 꽤 덜한 순간에, 글루그는, 저 전율자들 앞에, 다시 나타났도다. 그대가 발견할 수 있는 가장 교활한 배船가 그를 그녀의 무릎에 태우고 항주航走하리라. 바다에서 돌아온, 변발의 선원인 글루그,

"노계老鷄, 어린 까마귀, 부父, 자子"(Old cocker, young crowy, sifadda, sosson). 여기 HCE는 노계요, 찬탈의 아들은 어린 까마귀로, 아버지를 닮고, 아들을 닮았다. "sifadda, sosson" 조이스의 찬탈의 아들용으로 "어린 까마귀"를 사용함은 셰익스피어를 다른 사람들의 연극들의 표절자로 비난하는 Rober Greene에서 따왔을 것이다. "우리의 깃털로 미화된 어정뱅이 까마귀"(an upstart crow beautified our features)(Greene의 〈상당한 값어치의 기지〉(Groatworth of Wit) 스티븐은 〈율리시스〉의 도서관 장면에서 이를 거론한다【156 참조】. 트리에스테에의 1912년 〈햄릿〉 연설을 위한 그의 노트에서, 조이스는 그의 인용을 "깃털로 아름다운 어정뱅이 까마귀"(an upstart crow beautiful feathers)로 잘못 기억한다. (William H. Quillan의 "장소의 구성. 영국 연극에 대한 조이스의 노트"(Composition of

Place. Joyce's Notes on the English Drama), *James Joyce Quarterly* 13, no.1 [1975 가을 호. 4-26 참조. 글루그는 춤을 추며 들어오고, 그의 춤을 서술하는 문장은정확히 "수부의 뿔나팔"의 음률을 재생하는지라, 이는 엡스테인(Epstein) 교수의 지적대로,【E 111】〈젊은 예술가의 초상〉의 첫 페이지의 그것과 아주 유사하다.

> 트랄랄라 랄라,
>
> 트랄랄라 트랄랄라디,
>
> 트랄랄라 랄라,
>
> 트랄랄라 랄라.

【233-39】무지개 소녀들. 그들의 태양-신인 츄브에게 찬가를 노래하다

【233】그리하여 글루그는 자신을 얼마간 자랑해 보이고 싶기에, 꼬리를 쭝긋 추켜 올렸으리라.

천사 처녀들이여, 그대의 죄 색남들이 밝힐지 모를 저 무지개 색깔들을 빛으로부터 감출지라(빛으로부터 자신들을 감출지라). 프록코트를 위해 프랑스 어佛語를 찾아, 이러저러한 감촉 같은 충격으로 그걸 옮겨 맬지라.

글루그는 자신이 값진 모든 걸 추측(수수께끼)하고 있나니. 그의 황당한 추측에 귀를 기울일지라. 그리고 페어플레이를, 숙녀여!

아무튼, 프랑스(거기 사람들은 "dog를 can"으로 말하는지라)와 영국(거기 사람들은 "know를 now"로 발음하거니와)에서 돌아온 항해사-글루그는 두 번째로 이씨의 수수께끼를 맞히려고 애쓰나니. "꾀 바른 야생 거위의 까옥 까욱에 귀를 기울일지라."

그러자 글루그는, "언론 자유를 위해 용돌勇突하면서, 언어유희를 진정으로 통격通擊하면서," 묻는지라.

—그대는 잔다르크인고?[15] —아니.

—그대는 오월 파리인고? —아아니.

—그대는 필경 꼬마 독나방인고?[16] —아아니나니.[17]

위의 구절에서 글루그가 꽃들과 하의의 색깔을 마치려고 애쓰는 동안, 이는 〈율리시스〉에서 블룸이 거티의 향내의 3가지 추축을 행하는지라, 바로 글루그의 올바른 대답이 되는 하나이다. "그건 무엇이었던가? 굴 광색? 아니, 하야신스? 흠, 장미인 것 같아."【U 374】

질문, 질문, 지겨운 녀女!
평우平間 나른한(다연)茶然 문問 나른한 답畓.
(글루그의 또 다른 실패, 또 다른 비상) 그러나 그는 재차 잘못 맞힌다. 그리하여 그는 지겨움을 느꼈는지라, 그의 갈고리를 팽개치며 조롱하는 처녀들-울뺌이들로부터 도망치나니, [소녀들의 추적의 고함 소리, 〈율리시스〉제15장의 블룸의 도피 참조, 【U 478-9】] "여기 썩 꺼져라"하는 올빼미들에게 그걸 열축熱蹴하면서. 왠고하니 그는 그대의 스페인 암소처럼 무분별하게 그리고 바스큐 악조惡調로 씹듯, 그대의 순수한 오염되지 않은 영어를 짓씹을 수 있기에.

【234】 글루그는 이제 완전히 풀이 죽었다. 그는 정신이 온통 오락가락誤落可落했나니; 말하자면, 최고 포도복통葡萄腹痛하게도, 그는 현두眩頭되고 현목眩目되었도다; 그리하여 혈청血淸 지옥처럼 보였나니라. 알마다. 무적 함대에 입대하기 위한 1페소 은화였던고?
그러나 (이제 행운의 추프) 신(죄)罪초 과시판자, 이 세상 어느 하인인들 치고 글루그가 뒤에 두고 떠난 자보다 더한 형제를 볼 수 있었던고? 고금 이래 면화요대 두른 모든 녹색의 영웅들 가운데서, 최고백最高白, 최황금最黃金이라! 한편 그의 일군의 징녀精女들, 희극성랑戲劇性娘들이, 추프를 칭찬하도다.
소녀들이 추프에게 존경을 표하며 찬가와 기도를 고양하는지라, 찬가 29번을. 이처럼 형제를 남애男愛했던 행복한 귀여운 소녀양들! 그들은 코러스로 그를 매혹하기 위해 왔는지라.

"전의반혁파前意反革派의, 이발사의 머리칼에서부터 시여물자施輿物者의 발가락까지"(that anterevolitionary, the churchman childfather from tonsor's tuft to almonder's toes). 머리에

서 발가락까지 "cap-a-pe"의 부친의 지극한 변형(부왕 햄릿은 머리에서 발가락까지…무장했다)【I.ii.227-2.8】 조이스가 〈피네간의 경야〉의 다른 곳에서 말하듯, "불멸자의 모든 인치"(every inch of an immortal)(여기는 Lear 왕에 대한 암시). 이 행은 또한 멕베드 부인의 "여기 나를 비非 섹스화하라, 그리고 머리에서 발가락 꼭대기까지 나를 채울지니, 직접적 잔인함으로"를 상기시킨다. 〈멕베드〉【I.v.39-41】 nsex me here, and fill me from crown to the toe top-full/ of direct cruelty).

【235】 무지개 처녀들은 자신들의 기도를 말하는지라, 나리님의 구세사자救世使者에게 처녀들의 기도를, 그들의 태양-신 추프를 찬양하며. 머리를 숙일지라. 연보라 꽃(Heliotropes) 향기와 색깔을 위하여, 축복을! 성부 및 성자 및 성령을 위하여. 아멘.

한 가닥 휴식. 그들의 기도가 오스만의 영광 마냥 사원무백寺院霧白 솟나니, 서쪽으로 퇴조退潮하며, 빛의 영혼에 그의 퇴색된 침묵을 남기는지라 (알라라 랄라 라!), 터키 석石 청록색의 하늘. 그러자.

—잔토스(성갈)聖楬, 잔토스(성기)聖祈, 잔토스(성도)聖禱!(비코의 성스러운 시대) 우리는 그대(추프-T.S. 엘리엇-물질주의자-스태니슬로스)에게 감사하나니, 강력한 무구자, 만일 후년에 그대가 탁상 업무를 마치고, 미드랜드 은행의 대 지배인이 된다 해도, 우리와 나는 상류사회 인사들 사이에 우리의 충실한 종從들과 함께 살리라. 우리는 재화를 저축하고 가장 멋있고 가장 무성한 삼림 목재를 거머잡을 지로다. (여기 구절에서 식물학의 말들이 충만하다) 트리스탄(T)(차)茶이 우리를 기다릴지니. 우리의 탐욕 친사촌, 풋내기, 퍼시가, 문간을 살피고, 거기 우리의 고양이가 그의 충심 환영을 마음껏 펼칠지로다. 숙녀 마멀레이드 단短 빵(여기 이솔트)이 마즈팬 털을 걸치고, 아몬드 목걸이와 그녀의 파모어 드레스를 입고, 그녀의 상아박하象牙薄荷의 흡장吸杖을 든 채 "찔렁 찔렁"(Tintin tintin). 행복한 꿈의 시작. (여기 교외의 비전은 〈율리시스〉의 밤의 환각 장면에서 블룸의 부르짖는 이상향처럼, 추프의 부르주아 세계를 노정한다.)【393-400】

위의 3개의 "잔토스"(Sanctus)의 흡에 대한 매기들의 기도는 다분히 태양의 황색을 띤 것인지라, xanthos는 "누런"이란, 후기-호머의 희랍어이다. 화두花頭에서 결혼의 비전은 질투의 구경꾼들로 완성되는, 비非성적 남편과의 꼬마 소녀의 상상력으로, 순수한 애인들의 목가적 가정의 광경은 입을 질투의 물로 적신다.

비전은 〈피네간의 경야〉에서 가장 즐거운 구절들의 하나인지라, 홀로 노래하고 춤추며, 샴페인을 따르면서, "아래루이야" 속에 "아나 리비아"를 담은 경쾌한 부르짖음으로 끝나는, 한 쌍과 더불어 활달한 유월절 의식을 축하한다【236.9-18】. 이어 뒤따르는 에드가 끼네의 구별은 인간의 역사를 통하여—비소화적 요소들을 동화하여, 시간에 의해 가져오는 정치적 변화와 변혁을 통하여—그리고 적운 꽃들이 태양을 숭배하기를 마련할 때의 흥분의 서술이다. 그들의 저변서술은 열려있고, 태양에게 재출된다. 결국, 꽃들은 열의 원천에 그들의 성적 구성원들을 전시展示한다.

【236】 (계속되는 무지개 소녀들의 추프를 위한 찬가) 그리고 왕자 레모네이드(추프)는 우애롭게 기뻐해 왔나니. 그의 여섯 초콜릿 시동들이 그리고 그이 뒤로 코코(야자수) 크림을 들고 아장아장 걸을지로다. 우리는 파타롱(둘 뿐)! 우리는 단월單月 페니(솔로몬) 아가를 노래하리니 고로 와요, 모두, 온통 환락을 위해.

과연 시대와 시간이 세월을 통하여 춤추며 지내 왔나니, 꼬마 소녀들의 무도는 영원히 오늘도 즐겁도다. (여기 프랑스의 작가요, 조이스가 감탄했던 에드가 끼네(Edgar Quinet)의 글귀의 패러디가 인용되는데, 그 내용인 즉, 정치와 전쟁에도 불구하고, 우리를 꽃(Flora)에로 인도한다는 것.)

[깽 글귀의 패러디: 소녀들의 무도는 영원히 즐거운지라] 로물루스와 림머스 쌍왕雙王[18]의 나날이래 파반 중위무重威舞가 차파리조드 땅[19]의 그들 과시가誇示街를 통하여 소활보騷闊步해 왔고, 왈츠 무舞가 볼리 바러 역域[20]의 녹자습綠紫濕 교외를 통하여 서로 상봉하고 요들 가락으로 노래해 왔는지라, 많고 많은 운처녀雲處女들이 저 피녀법정彼女法廷 유랑전차선로流浪電車線路[21]를 따라 우아하게 경보輕步하고, 경쾌 2인 무도舞蹈가 그랜지고만[22]의 대지평원臺地平原 위에 래그타임 곡에 맞추어 흥청지속興淸持續해 왔도다; 그리하여, 비록 당시 이래로 스터링과 기네스가 시내들과 사자들에 의하여 대체代替되었고,[23] 어떤 진보進步가 죽마를 타고 이루어지고 경주(종족)가 왕래했으며 계절의 저 주된 풍미자風味者인, 타임이,[24] 소화불량물消化不良物들 및 기타 등등 무정체無正體의 것들을 통상적으로 교활하게 사용해 왔는지라, 저들의 수선화 나팔무舞와 캉캉 무음舞音들은 후영각後泳脚의 농아왕국聾啞王國, 과다영겁過茶永劫의 맹시盲市를 통하여,

마치 모머스가 마즈[25]에게 무언극을 연출할 때처럼 유연하고 유유柔由한 유지柔枝마냥, 우리의 명랑 기분을 위하여 환성도래歡聲到來해 왔도다.

【237】 그들(소녀들)은 그들의 태양숭배 속에 그(추프)를 향언向言하나니, 그리고 그는 바로 그들을 통해 볼 수 있는지라, 의무적으로, 모두가 그의 만능약萬能藥에 귀를 기울일 때.

그리하여 무지개 소녀들은 추프에게 말하나니.

—친애하는 젊은 고백자여, 막 개화하려는 우리는 그대를 예찬하노라. 우리의 무구無垢의 모범자, 성관盛觀 우체국장, 연무서軟文書의 배달자 우리에게 편지할지라—이제 그대는 우리의 이름을 아는지라— 그대의 애자愛子들인, 우리에게 보내주구려. 그대가 [태양처럼] 세상 주변을 여행하는 동안. 그대는 순결하나니. 더럽히지 말지라. 그대는 신들에 의해 감촉 받았나니. 돌아오라. 성인인 젊은이여 그리고 우리 사이를 걸을지라. 우리 그대를 기다리나니.

"우리는 차처청此處聽하나니, 막 나개화裸開花할 듯, 오 천거주자天居住者, 그대를 예찬禮讚하노라"(we herehear, aboutobloss, O coelicola, thee salutamt). 〈피네간의 경야〉에서 줄리어스 시저(Julius Caesar)에 대한 또는 같은 이름의 셰익스피어 연극에 대한 많은 언급들 중의 하나. *Ave, Caesar, morituri te salutant.* 그의 검투사들과 그의 군대가 시저에게 절하는 인사. "환영 시저, 우리는 죽을지니, 인사를 받을지라"(Hail, Caesar, we who are about to die, salute you.).

비전은 〈피네간의 경야〉의 가장 즐거운 구절들 중의 하나로 끝나는지라, 한 쌍이 홀로 노래하며, 춤추며, 샴페인을 따르며, 그리고 "마래루이아" 속에 "아나 리비아"를 잠재우며, 경쾌한 부르짖음으로 끝나면서, 활발한 유월절을 서술한다【236.9-18】. 그러자 인간의 역사모든 것을 통하여 꽃들의 생존에 관하여 에드가 끼네로부터의 한 구절이 따르는지라—〈시간〉에 의해 가져오는 정치적 변경을 통하여 그리고 변화를 통하여, 그러자 그것은 비非소화적 요소들을 동화하고—작은 꽃들이 태양을 숭배하도록 준비할 때 그들의 흥분의 서술이라【236.16-237.9】. 그들의 종잡아 말함이 열리고 태양을 향해 제시된다. 결국, 꽃들은 열의 원천에로 그들의 성적 구성원을 나타낸다.

【238.1-10】 BVD와 BVD 점點[26]의, 두 편 표식이 붙은 남쌍하의男双下衣인지라, 그런고로, 아주 미려하게 되도록, 이사(벨) 마녀 일지라도, 그리고 참으로 고미려高美麗하게 되도록, 평상복일지라도, 그대[추프]의, 그대를, 그대에게 그리고 그대로부터,[27] 우급郵急히 복권을 원하도다.(당신 감지하는고?) 서신이 도망칠 시간을 갖기 전에 회답신回答信을 마음대로 지급至急하게 할지라, 만일 다가오는 공격이 우리의 전율을 미리 투송投送할 수 있다면[28] 한결 더 의도적으로 친봉親逢하게 되리라.

【238.11】 (무지개 소녀들은 추프로부터 우편 복권을 원한다.) 우리는 한결 같을지라 (무슨 소리!) 그리하여 추프여, 그대가 우리에게 속한 그 날을 축복하리니. 그대 무서운 유혹자여! 자 이제, 우리의 비밀을 지키도록 약속하구려! 수줍음이여 교미交尾하소서! 나의 과오를 통하여, 그녀의 과오를 통하여, 그의 그녀의 가장 통탄할 과오를 통하여! 도처녀倒處女, 키키 래시여, 그리고 그녀의 속자매俗姉妹인, 비안카 무탄티니(흰 팬티)는 장모착의長毛着衣의, 배렌탐 공작(허조그)을 유혹했으나, 나와 나의 종자매, 우리는 보나파르트를 좇기 위한 3번의 좋은 기회를 가졌도다. 그녀(키키 래시)는 실질적으로 나의 쌍둥이인지라, 고로 나는 나 자신처럼 그녀를 사랑하도다. 신辛 껍질에게는 애란의 분노를, 애란의 소총수들에게는 덤덤 탄彈을, 제니 여아에게는 여왕의 풍부한 유혹의 힘을. 친애하는 자여, 그대(추프)는 우리 모두를 흥분시켰도다.

【239-40】 글루그. 지옥의 고통을 느끼다

【239】 (소녀들이 추프에게 간청하다.) 추프여, 제발 우리와 상교相交할지로다, 왜냐하면 우리는 단지 발아發芽를 동경하고 있을 뿐인지라. 우리는 눈의 깜박임 속에 그대의 기분의 요구에 반응할 수 있도다. 그대의 마음을 앙양할지라! 주님의 수제시녀手製侍女를 주시할지라! 이들 수녀들에게 맹세코 우리는 단지 미숙한 그대의 것이지만, 그러나 그 날을 환영하나니 우리는 광석녀鑛石女가 되기를 희망하도다. 가혼家婚은 이제 양보 불가인지라. 허실, 허실, 주여 모두 허실이도다!

그날이 올 때, 거기 모두를 위하여 충분할지니, 그리하여 모든 부엌데기 하녀가 모든 마당의 쌍놈만큼 많은 권리를 지니리라. 그리하여 그때 모든 우리 로마 가톨릭 캐슬린이 단연코 해방리解放離될지니, 종교적으로, 성적으로 그리도 정치적으로 우리는 해방되리라. 그건 단지 매리만이 아는도다! 그가 도대체 우리 사이 어디에 살고 있는지는 매리만이 아나니. 고로 우리는 손에 손잡고 선회가무旋回歌舞 속에 빙글빙글 도는지라. (여기 천진한 추프의 자극으로 마감하면서, 독자는 이 시점에서 이 구절이 앞서 껭[Edgar Quinet]의 주제로 끝남을 알게 된다. 즉, 아무리 이 미친 세상에 슬픈 만사가 일어날지라도, 평화는 지속되고, 아이들은 춤과 노래를 계속하도다.)

(글루그는 여기 지옥의 고통을 느끼다.) 한편, 이러한 명랑한 처녀들이 천사 같은 추프와 함께 왈츠 춤을 추고 있는 동안, 글루그는, 트림 분출과 마왕의 경칠 조롱 그리고 맹세와 함께, 음란녀 마냥 신음하도다.

【240-42】부모의 죄에 대한 글루그의 고백; HCE의 부활의 개관

【240】 (글루그의 고통) 궁남肯男의 아첨꾼은 소시지와 엿기름을 먹었나니. 그런고로 글루그는 우리의 사교명부에는 명예색원名譽色員이 아닌지라. 그는 동굴 속에 현혹되고 늦도록, 자신의 무덤 속에 누워있었도다.

(글루그의 결심-그의 부활) 그러나 볼지라, 그는 일어나나니, 참회하면서! 자신의 원한의 눈과 수심에 찬 애성哀聲과 함께. 첫째. 양심의 살핌을. 둘째, 다시는 결코 죄짓지 않을 결심을. 그는 당연히 알 바주아 파派 기네스 이단 주를 철퇴하고, 속죄를 신고하고, 응당히 행동하도록 약속하도다. 최후로, 유치장에 가는 한이 있더라도 그는 자신이 행한 짓이 무엇이든 온통 토출하지라. 그는, 탁월한 뱅충이 사나이, 아나크스 안드룸, 다국어 통의 순혈 가나안 족, 마취 맥아의 창고이라. 사람들은 그가 바로 자신의 실크 모로 단장한 신주神主의 양羊인 곳에 숫염소의 모습을 하고 있노라 말했도다. 그가 연대기((성서))에 맹세코 스스로 감자 구어區語로 넘치는 그의 대형 여행가방(뇌물로 받은)을 가지고오다니 사실이 아니도다.

【241】 (도랑 파는 인부들은 막幕에서 글루그를 재차 무뚝뚝하게 비난하는지라.) 핥는 캔디 가진 꼬마 소녀들을 유혹한다고. 그러나 분명히 이는 엄청난 거짓말인지라. 그는 자신의 담뱃대 여부女婦인, Mereshame 부인에게 진실하도다. 그는 하나의 산山처럼 선한지라(여기 글루그는 자기 자신의 죄를 고백하기보다는 오히려 그의 아버지의 이야기를 개관하고 있다——HCE의 부활의 개관——글루그는 자신이 저 탁월한 남자인 HCE와 연관됨을 자랑한다). 타자들은 그가

안쨩다리 네이 호반에 빠진 자로, 지팡이 마디에 감추어진 마약 복용자로 비난하지만, 이건 허튼 소리로다. 비난자들은 베르베르 야만인들과 그들의 베두 유랑자 놈들, 이들 악한들 위에 신의 저주를! 기만 바다의 두 고래들 및 칼레도니아 사지砂地의 세 단봉낙타 놈들 같으니(2유혹녀들과 3군인들). HCE, 그의 대형 가방이 감자(너물)로 가득 하다고 신문이 말하는 것은 사실이 아니도다. 주교 바브위즈가 자신의 "바로 악한의 허구"(*Just a Fication of Villumses*)라는 책 속에 입증한 바,

【242-43】 ALP. HCE를 용서할 것을 제의하다

【242】 이 닐슨 씨(Mr Neelson)(HCE-Nelson). (1966년 폭파된, 더블린의 오코넬 가의 넬슨 기념탑은 그곳에서 전차電車들이 더블린 시내 사방으로 시발하는 출발점이다. 또한 그곳에서 〈율리시스〉 제7장말에서 보듯, "자두의 우화"가 일어나는 가하면, 손가락 잃은 넬슨 기념탑 주변을 여인들은 서성거린다. "줄어든 손가락의 숫자가 마음 들뜬 여인들에게는 너무나 흥겨운 거다. 엔은 넋을 잃고, 플로는 꿈틀거린다―하지만 그들을 나무랄 수 있을까"【123】. 조이스에게 이 남근적 기념비는 흑색의 그리고 유머러스한 위선의 상징이다. 이는 영국의 간음자요, 영국의 무관의 왕인 영국 해장 넬슨을 위한 생석회 기념비이다.) 그는 수많은 믿음직한 사업적 특질을 가진데다가, 당시 나이 81살. 그 때문에 모든 생기자生起者들이 그의 주변에서 홍분했도다. 그 때문에 그는, 절묘한 창가리 모자를 쓴, 젊고 약녀若女들과 함께, 배심원 앞에 기소되었다. 그는 마치 깡통 연어가 떨어지며 내는 소리를 듣는 듯 심사心思 사납도록 돌연히 얼굴 붉혔도다, HCE 자신처럼.

(이제 글루그. ALP를 누설하다) 배우육자配偶肉者, 토가(창녀) 대신의 의상, 그의 요화妖火의 거위 모母, 그가 난속爛俗하듯 그녀(ALP)는 지느러미 진기珍奇라. 그녀는 그 자신이 찬란하듯 지느러미 물고기 같으며, 그가 속되듯 재미있도다. 그리하여 그에 의해 독립적이 되도록 결코 가르쳐받지 않았지만, 그녀는 자신의 작은 산택山宅을 영국의 가장 아름다운 성과 바꾸지 않을지라. 누가 그녀를 알지 못하리오, 총대영주寵大領主의 여점사처女占師妻인, 마담 쿨리-코우리[핀 맥콜 부인으로서의 ALP]를,

"통틀어 전부全部인지라"(allinall). 여기 HCE는 창조-부(creator-father)인 셰익스피어가, 〈율리시스〉, 〈스킬라와 카립디스〉에서 에글린턴에 의해 언급되듯, 꼭 같은 말로서 언급된다. "진리는 중용이야… 그는 유령이며 왕자요, 그는 통틀어 모두란 말이

야…" "그래요," 스티븐이 말했다. "제1막의 소년은 제5막의 성숙한 어른이오. 통틀어 모두지요"(The truth is midway, John Eglinton affirmed. He is the ghost and the prince. He is all in all…He is, Stephen said. The boy of act one is the mature man of act five. All in all)【174】. 이 언급은 〈햄릿〉 자체에서부터 기원하나니, 거기에서 햄릿은 자신의 부친에 관해 말한다. "그(부왕)는 어느 모로 보나 통틀어 대장부였어, 나는 그와 같은 이를 다시는 볼 수 있을라구"(A was a man, take him for all in all, / I shall not look upon his like again)【I.ii.187-88】.

【243】 그녀(ALP)는 기원 111년 전에 소환되어 처음 등단했을 때, 풋내기 공장여공 女工이요, 입에서 게거품을 뿜고 있었나니, 그(HCE)에 의하여 강탈당하고, 공황 당하지 않았던고? 하지만 그녀는 미혼녀였는지라, 당시의 그가 그녀를 정복하기 전에, 그의 빈약함에 대하여 사방팔방 떠벌리다니, 그리고 그가 그녀를 연주실로 인도하고, 그로부터 몰래 사라져버릴 수 없도록 그녀를 묶어 두었도다. 그녀가 그를 부양하고 돌보는 대신에, 그는 그녀의 장례비를 지불하리라 그들이 계약했도다.

【243.20-36】 (HCE는 그의 나이 많은 여인에 관해 그리고 그들의 함께 한 생활에 관해 말하다. ALP 는 HCE를 용서할 것을 제의하다.) "만일 그가 단지 백파이프를 채워 물은 뒤, 모든 그들의 허세에서 악마들을 단념하고 거리의 보행자들을 염병에서 보호하며…"(The why he but would bite and plug his baccypipes and renownse the devlins in all their pumbs and kip the streelwarkers out of the pluge…) "만일 HCE가 주막 자체를 개량하고 지킨다면, 그녀는 저녁 식사를 준비하고, 더 이상 농탕질 하지 않을 것이며, 바티칸 궁의 교황특사에게 그녀의 모든 재산을 증여하고, 성 퍼시 오레일리에게 반 수쿠도우 은화를 투여하리라"(if HCE…the nations abhord him and wop mezzo seodo to Saint Purrsy Orelli that gave Luiz-Marios their royal devouces 개 be offered up missas for vows for widders).

【244-45】 밤이 내리고, 아이들이 집 안으로 호출되다. 동물들이 노아의 방주로 들어가다
【244】 들을지라, 오 외세계外世界여! 수다 떠는 소아小兒여! 배림향, 경계할 지라! 우미수여, 각자 부담할지라!

그러나 저기 수평선 위에 빛을 쌓고 오는 이 누구인고? 그것은 달月이도다. 이는 월 축시新月祝時(신월의 시간과 축제)인지라! 초막절草幕節(여인숙자들)의 축연祝宴이 임박하도 다. 폐점閉店. 팀풀 템풀 종이 울리나니. 애란哀蘭이여! 숙명의 섬이여! 그리하여, 그들 이 만종이 울리나니. 서둘지라, 꼬마들은 귀가할 시간. 늑대들이 외출하는 때나니. 병 아리 아이들아, 통나무 장작 불 타는 곳으로!

날씨가, 모든 우리의 이 홍동물 현상계에, 어두워지도다. 딸랑 따랑. 소택지표변의 저기 소지에 조석이 소방문訪問하나니. 아베마리아! 우리는 암울에 의하여 둘러싸 였도다. 인간과 짐승들은 냉동된 채. 석탄을 가 할지라 그리고, 우리를 따뜻하게 할지 라! 우리의 고귀한 영부창인令婦創人(ALP)은 어디에 있는고?안에. 그(HCE)는 어디에 있는고? 댁宅에, 맥주 낸즈와 핸즈와 더프랑스어. 사냥개가 미로를 통하여 도망쳤도다. 르나르 여우는 문밖에 있고. 바람은 잠자나니, 은하수는 아직 나타나지 않았도다. 덤 불에는 아무 것도 움직이지 않는지라. 고요가 그의 들판을 역습하도다. 새들, 웅수雄獸 들은 침묵을. 이제 라마경비警備도 침묵. 우리에게 내일 애명愛明을 보낼지라. 사자 왕 국이 양면羊眠하는 동안. 상아象兒는 자신의 승도勝禱, 이제 휴식을 준비할지라.

【245-46】 이어위커의 주막

【245】 (밤의 도래. 동물들은 노아의 방주에로 들어가다) 모든 동물들은 잠잠하도다. 등대, 하누카 전典의 등불을 밝힐지라[헌당식獻堂式의 축제]. 수달피가 옥외에서 도약하고, 처녀 양귀비가 개화하는지라, 한편 등대들이 해안에 점쩍도다. 그리하여 이제 물고 기 우화를 모두 귀담아 들었는지라, 리피 강의 작은 물고기들은 꿈틀대기를 중지했도 다. 그의 청이聽耳를 강변에다 대면, 이제 지느러미 펄럭이는 소리를 듣지 못하리라. 야원夜員이여, 그대의 밤은 어떠한고? 암공원暗公園은 젖 빠는 애인들로 메아리치도 다. 로지몬드 지池는 그녀의 소망 우물곁에. 이내 2인人-유마誘魔가 산책하고 3인人-사 냥꾼이 활보하리라. 그리하여 만의 조수가 재잘대는 강물이 만나는 곳. [여기 Island Bridge에서, 만의 염수의 조류가 리피 강의 감수를 만나 맴도는지라. 이곳은 HCE와 ALP의 포옹의 장소이다. Island Bridge는 피닉스 공원으로부터 강물을 건너고, 근 처에는 바라크 건물들이 있다.] 그러나 만남은 계획되지 않았도다. 그리하여 만일 그 대가 리피 강으로 간다면, 방량자여, 환영이 주막에서 기다리리라. 벨을 당겨요, 그것

은 천둥소리 마냥 뎅 하고 울리리라. 빙, 봉. 방봉. 저주뇌성! 당신의 주酒(요한) 미적지
근할지라도, 우리는 봉밀 없는 술? 그리고 만일 당신이 스코틀랜드의 매리 여왕이라
면, 여기 대배大杯와 톱밥 흩어진 방들이 대령하리니; 그의 소처小妻를 대동한 기사騎士
씨, 술통- 바텐더 그리고 철야자徹夜者가 그릇 헹구기를 모두 돌보고, 가정의 자루걸레
녀女인, 캐이트가 벽돌 일을 자원하리니. 여기는 A 번지가, 그 주기호酒記號요, 1이 그
수數인, 성당묘지 곁의 고가古家.

  "암공원暗公園은 젖 빠는 애인들로 메아리치도다. 로지몬드 연못은 그녀의 소망
의 우물곁에…. 잭슨 섬"(Darkpark's acoo with sucking loves. Rosimund's by her wishing well…
Jacqueson's Island). 이 구절은 공원의 꿈 세계를 서술하는지라, 거기에 애인들은, 마치
〈더블린 사람들〉의 〈참혹한 사건〉에서 제임스 더피가 목격하듯, 밤이면 낭만적 밀
회소를 제공한다. 이리하여 마법적 및 낭만적 푸른 세계의 메아리들은 타당하다—셰
익스피어의 〈뜻대로 하세요〉에서, 그것은 마치 Rosalind와 Jaques에 대한 여기 가능
한 언급들과 함께, 〈한 여름 밤의 꿈〉의 그것처럼, 그것은 "푸른 숲"(greenwoods) 또는
"나는 젖 빠는 비둘기마냥 그대에게 살며시 속삭일지라"(I will roar you as gently as any
sucking dove.)【I.ii.75】

  【246】 그런고로 축제주祝祭週를 위하여 상시 나그네는 누구든 주방에 투숙해야 하
는지라. 그러나 유의할지라! 우리의 삼십분 전쟁은 가라앉았나니. 적혈赤血의 들판은
모두 잠잠하도다. 가부家父가 천둥의 탕 소리처럼 부르고, 가모家母 안은 자신의 무기
통-無汽筒 증류기를 쑤셔 수프가 충분히 껄죽껄죽 해졌는지를 보는지라 그리고 그대는
거품이 온통 부글부글 내는 소리를 들을 수 있도다. 다가오는 남자, 미래 여자, 마련할
음식, 그가 15년에 무엇을 할 것인고, 그리고 그녀의 반지를 가지고, 그녀에게 쟁반 요
리, 소스 그리고 승자에게는 국자 같은 스푼을. 그러나 글루그와 추프는 싸울 참인지
라. 그리하여 가련한 꼬마 leonie(이슬트)는 Josephines와 Mario-Louis 간에 그녀의
생명을 선택하나니. 자준비 미녀 이슬트를 차지하기 위해!
  (28명의 소녀들은 멀리 채프리조드로부터 비코 가도를 따라 브래이(Bray) 또는 소렌토(Sorrento)의
그들의 집까지 쿵쿵 나아간다.) 전장戰場이 그들을 부르도다. 그리고 쿵, 쿵, 쿵, 소녀들은 행

진하나니. 비코 가도(더블린 외곽, 남부 해안도)를 따라 쿵쿵 걷도다. 그들은 논쟁을 위하여 군집하는지라. 글루그와 추프는 그들의 지난번 싸움 이래 화해하려 들지 않는지라, 죄 지은 저자와 이 호의의 구애자, 술래잡기 자와 줄 당기는 자, 그들은 모두 결투를 위한 자들이라. 소녀들은 추프를 타려고 서로 겨루고 있도다. 그리고 그녀는 그를 가져야 하는지라, 아니면 그녀는 고독할 것이기에.

그러나 그들이 가자, 글루그(Jeremiad)는 이사베(Isabe)의 세 번째 수수께끼를 맞히기 위해 그녀에게 되돌아온다. 이야기는 계속된다,

"염려念慮 안(Ann)은 자신의 무기통無汽筒 증류기를 쑤셔 수프가 충분히 껄죽껄죽해졌는지를 보나니 그리고 거품이 온통 부글부글 소리 내는지를 예언청豫言聽하는지라"(Ansighosa pokes in her potsill to souse at the sop be sodden enow and to hear to all the bubbles besaying). 아나(Anna)는 나아가, 그녀의 수프 단지를 쑤셔, 스프가 충분이 뜨거운지, 그리고 다가오는 남자를 예언하는 거품 소리를 듣는지라.

이 구절은 〈맥베스〉에서 마녀들의 큰 가마솥을 상기시키거니와, 왜냐하면 이은 7페이지들은 같은 이 극에 대한 언급들로 충만하기 때문이다. 마녀들의 "두 겹, 두 겹, 고통과 고뇌"(Double, double, toil and trouble)는 사나이 멕베드의 왕좌에로의 도래, 여인에 의해 태어나지 않은 사나이(Macduff) 및 Dunsinane에로의 Birman 숲의 도래에 대한 예언을 찬가讚歌한다.

무지개 소녀들. 에로틱 찬가로 추프를 칭송하다

【247】트랙의 망아지처럼, 바다를 향해 달리는 개울처럼, 시살자時殺者[글루그]가 그의 조공자造空者[추프]에게, 되돌아오도다. 그들은 싸운다, 글루그는 얻어맞은 채. 그는 갑자기 정신이 돈 듯, 미치며 날뛰는지라, 이 사악한 꼬마 글루그, 그는 그의 약관유덕자弱冠有德者 추프를 굴복하려고 작정한다. 그는 찡그리며 아주 사악하게, 자신의 미친 돌출로서 전체 무용 환을 소란 속에 빠뜨리게 할지로다. 그러나 그는 포기하고,

집으로 가, 뭔가 먹고 잠자며, 악마로 하여금 질시자嫉視者들을 빼서가도록 기도할지라. 희랍어와 영어의 합작으로 된, 수수께끼에 대한 글루그의 3번째 답의 시도(차를 곁들인 만찬에 대한 예상되는 대화)가 이어진다.

피이, 그대는 끝났나니!

후우, 난 진실하도다!

글쎄, 오늘 안녕한가, 나의 검은 신사 오?

왜요, 나리, 왜.

맹세코. 만사 파멸이 도다. 무의미.

그는 다시 한 번 울기 시작했나니라. 그는 자기 앞에 놓였던 것을 볼 수 있었나니, 그 때문에 그는 울었도다. 그는 자기 앞의 애인 이씨를 보는지라, 이는 얼마나 장미상승薔薇上昇하는 최고 진미의 광경인고! 소녀들은 그에게 엉터리로 불리하게 증언했도다. 그는 동정적인 소녀들이, 자기 자신의 상처를 조롱조로 쳐다보다니, 그것을 전혀 참을 수가 없는지라, 그의 창피한 궁지는 자신에게 커다란 고통이다. 그는 접촉할 수 없는 촉천민觸賤民으로서 방관되었도다. 그러나 그는 자신의 비밀의 심적 복수를 가지고 있는지라. 그는 소녀들에 관한 뭔가를 알고 있도다. 그는 이씨의 음부 흑백을 보아 왔는지라. 28처녀들은 번득일 수 있으며, 이씨는 그들 중에 끼어있도다. 그는 소녀들의 다양한 색깔에 현혹 되도다. 붉은 사과, 바커스 딸기…

【248】 …야국野菊, 제비, 월계화月季花. 그들 모두 무엇에 의해? 요정(이슬트).

(이씨의 글루그에 대한 충고) 그녀는 자신의 이경異鏡의 독수리 눈을 가지고 그대를 찌를지니. 예시할지라, 그녀는 에스터 성군 사이로부터 그대에게 신호를 하고 있도다. 다시 몸을 돌릴지라, 동조憧調로서, 다블린의 천연자석자! 그대의 턱을 덜커덕 떨어뜨릴지라, 그대가 숨이 가쁠 때까지 탬버린 북을 칠지라, 응석부리듯 입을 삐죽일지라 그대 알았는고, 알리 어깨총자(이슬트)를?

(계속되는 글루그에 대한 소녀들의 유혹) (이제 우리는, 트로이의 미인 헬런의 꿈에서처럼, 이슬트(이슬트)의 유혹의 목소리를 듣는다) 그녀는 자신의 몸체의 막대한 건축을 도약 한다. "나(이슬트)의 고발부高髮部는 아킬레스 건腱의 저부로 내려 왔나니, 나의 둔부는 올츠 무舞인 양 매끈하나니." 그녀는 몇몇 유혹의 진미(뉴스)를 제공하고, 그녀의 (미래) 남편을 자랑

한다. "나의 애인은, 비록 채색된 실을 경쟁하는 선천적으로 색맹色盲 남자일지라도, 12해마력海馬力의 거한巨漢이라, 그는 아내에게 남구실男口實하는 법을 알고 있었나니." 그녀는 입 맞추는 수풀에로 그를 초청하도다. 그녀는 그렌달로우(위클로우의 명승지, 성 패트릭의 유적지)에서의 성인남聖人男(성 패트릭)의 이야기를 재연한다. 그녀는 (그녀의 옛 남자가 결코 알지 못할) 그녀의 호의를 제공하도다.

이 페이지에는 셰익스피어의 인유들이 가득하다. 1. "**그가 뒤쪽으로 집게벌레처럼 급히 움직인다면**"(*when he beetles backwards*). 이는 〈햄릿〉의 구절인 "바다 속 기슭 위로 불쑥 튀어나와 있도다"(The beetles o' er his base into the sea)【I.iv.71】의 인유로서, 〈율리시스〉 제1장에서 헤인즈가 인용한다【U 15】. 2. "양모시합羊毛試合의 암색명暗色名만큼 많이 아내에게 남구실男口實하는 법을 알고 있을지라도. 덤불 구멍을 통하여 악수할지라! 달콤한 백조수白鳥水여!"(Dunckle Dalton of matching wools. Shake hands through the thicketlock! Sweet swanwater). 다음 몇몇 페이지들은 셰익스피어에 대한—Dunsinane 에로의 Birnam Wood 같은— 특히 복수를 감행하기 위한 추프-맥다프(Macduff)의 도착으로 절정을 이루는, 〈맥베스〉에 대한 언급들로 충만된다. 여기 Duncan 왕의 함축과, Birnam Wood는 "thicket" 및 "진군하는 숲"을 대변한다. 3. "창공(밤의) 장막"(the cope of heaven), 코펜하겐 및 the roof of heaven (Hamlet's hope in Heaven, a haven for lost Danish souls)이요, 햄릿의 독백에서 "undiscovered country"와 반대 되는—코펜하겐 같은 것 4. "삼하森下는 총림남叢林男의 업業을 주문으로 얽어매도다. 그런고로 만일 그대가 포플러나무 잔가지를 친다면 그대는 이것을 응당 이해하리로다"(nderwoods spells bushment's business. So if you sprig poplar you're bound to twig this). 진군하는 숲과 Birnam 숲의 덤불에 대한 더 많은 언급. 맥다프의 군인들은 "숲 풀 인간들"(bushmen)이니, 왜냐하면 그들의 일은 "under woods"이기 때문이다. 이러한 언급들은【250】에서 절정에 달하는지라, 그때 "burning would"는 "공허한 춤"(dance inane)이 되기 때문이다.

【249】 (이슬트. 구루그에게 호의의 제공.) 그는(글루그) 발렌타인 이래 나[이씨]의 최초의 리큐어 주酒로다. 윙크는 매승적魅勝的인 말(언)言인지라. (그녀는 좌절한 애인에게 그녀의 색깔

(헬리오트롭)을 전하기 위해 마지막 노력을 행한다).

(행략!)(fuck + luck + look).

글루그의 마음은 이슬트(이씨)의 집(육체)의 비전으로 엄습된다. 벽은 루비 돌이요 문은 상아로다. 집은 그녀의 미려함의 숨결로 충만하도다. 거기 그녀의 말씀이 놓여 있나니, 거기 그것은 반향 하는지라. 길은 열려있다. 그러나 그대의 다른 눈을 연연연로에서 떼지 말지라. 그녀(이씨의 다른 미발 소녀)는 글루그를 위해 심지어 집을 일일이 설명한다. 창窓(H), 산울타리(E), 갈퀴(L), 수手(I), 안眼(O), 산호(T), 두상頭上(R) 그리고 그대의 다른 예안豫眼(O)을. (이들 거의 모두는 Hebrew의 문자들로, 합하면 Heliotrope이 된다.) 노老 셈(글루그)이여! 그러나 미발소년이 그녀를 하차하기 위해 다가오도다. 그녀가 방금 연모하는 소년. 그녀는 모慕하는지라. 오 길 비겨라! 그가 여기 오도다!

(그러자 이제, 소녀들이 추프를 배알하고 혐오감으로 글루그를 가리킨다. 한 남자 대 성숙한 29명의 여인들이 솟는다.)

─나는 오월주의 어느 아침 자리에서 일어나 거울 속에 보았는지라, 당신밖에 아무도 나를 사랑하지 않음을. 윽. 추한 일남 항문抗悶할 29화숙녀花熟女들이 장미처럼 일어났도다.

"그러나 만일 이 자가 그의 후경後景으로 볼 수 있다면 그는 크고 늙은 녹안綠眼의 왕새우이리라"(But if this could see with its backsight he'd be the grand old greeneyed lobster). 〈오셀로〉와 질투의 "푸른 눈의 괴물"(green-eyed monster)【III.1ii.16,6】. 이씨는 만일 추프-오셀로가 자신이 글루그-이아고(Iago)와 희롱되고 있음을 볼 수 있다면, 그는 아주 질투심 많은 자일지라를, 의미하고 있다. 그러나 글루그의 지배는 곧 끝나리라. 맥다프(Macduff)의 가장 속에, 추프는 복수를 행하고, 자신의 정당한 자리를 요구하기 위해 되돌아오리라. "그는 발렌타인 이래 나의 최초의 리큐어 주酒로다"(He's my first viewmare since Valemtine). 바렌타인(Valentine)은 〈베로나의 두 신사〉(The Two Gentlemen of Verona) 중의 두 신사 중의 하나.

글루그는 별들 속 위쪽으로 그의 자매 이씨를 보기 위해 새로 얻은 비전을 사용하는지라, 그녀는 게임에 대해 "헬리오트로프를 그에게 신호하도록 최선을 다한다

【248.6-7】. 그녀는 그것을 소리 내며, 몇 번이고 애를 쓰며【249.8-10】, 이어 그것을 수수께끼 세트인척하고, 재차 그것을 소리 낸 뒤【249.14-16】, 마침내 그것을 헤브라이 문자로 철자한다【249.16-17】. 그녀의 입술은, 입술과 뺨, 이빨, 단단한 입천장, 부드러운 천장 및 목젖으로 충만한, "숨결의 집"으로서 자세히 서술된다. 건방진 꼬마 소녀들은 그러자 글루그 주위를 링을 이루어 춤추며, 그를 향해 웃음을 터트린다. 그는 그들이 내내 그에게 어리석은 말들을 하는 동안 무두들 자기를 돕는척한다고 슬프게 선언하며, 한 남자에 29명의 소녀들이라니—크리켓이 아닌지라!【249.34-36】 여전히, 그는 다시 한번 노력할 것을 결심한다.

글루그의 3번째 애씀은 이 작품의 가장 신비한 부분들 중 하나를 소개한다. 추측의 세 번째 세트의 의미는 성공적으로 암시되지만 선언되지는 않았으나, 효과는, 문자 그대로, 마술적이다. 지금부터, 몇 페이지 동안, 텍스트는 검은 마력에 대한 응급에 젖어 있거니와, 성적 마력이 극히 강하고, 그와 같은 영향 하에서 그는 작은 요술사로 변형한다. 이 장의 목적은 글루그가 그의 지식을 가지고 자신의 누이에게 어떻게 영향을 주느냐를 보여주거니와, 그것으로 그들은 다음 장에서, 그들의 순수한 형제인 셈에게 영향을 끼칠 것이다. 이 장에서 두 아이들은 성숙한 성의 가장자리를 넘어서 그들의 무식으로부터 탈출한다.

【250】3번째 수수께끼 받은 글루그—재차 실패한다. 소녀들은 그 경우를 축하하기 위해 글루그를 지분대며 놀린다. 그들이 그에게 대답을 도출할 희망으로 3가지 질문을 하자, 그는, 1.리본으로 메인 척, 2.굴뚝청소를 하는 척, 3. 가위로 자르고 실을 씹는 척, 익살극으로 대답한다.

—그대는 어떤 꼬마 조마사에 의하여 길들어지기를 원하는고?

그는 자신의 둔부 주변을 리본으로 바짝 퀸 척하도다.

—그대는 흑수단黑手團, 굴뚝 청소부인고?

그는 그들의 굴뚝을 청소하는 척하도다.

—그대는 작별과 이혼의 차이를 말할 수 있는고?

그는 한 쌍의 가위를 가지고 난도질하고 그들의 처녀막을 씹으며 그들의 머리에 침을 뱉어 창백안蒼白顔을 만드는 척하도다.

말쑥한 아가씨들! 그대들은 원하는 말을 했도다.

그런고로 이제 조용히 할지라, 귀여운 주름녀들이여! 모두 자리에 앉을지라! 왠고하니 당신들은 온 종일 유쾌하게 빈둥거렸기에. 하지만 지금은 큰 사건을 위한 시간.

왠고하니 버남 불타는 숲이 춤추며 다가오기에. 그라미스가 잠을 중얼거렸는지라 고로 코도우는 더 이상 잠을 자지 않으리(맥베스-글루그는 더 이상 잠자지 않으리).

엘은 그의 애과인愛寡人을 명예 훼손하는 영락자零落者를 위한 것이라. 그대는 리피 강애욕적江愛慾的으로 애리愛離하기를 애愛했는지라. 그대의 애주과인愛主寡人에게 오른 손을 들지라. 그대의 자유의 여신에게 왼손을 연결할지라. 애라, 애도남愛跳男, 그대의 애도愛跳는 단지 애풍향愛風向에 대한 애환愛環에 불과하도다.

마편초馬鞭草 처녀들이 성스러운 선을 긋고, 그가자신의 사악한 측면에 머물어야 하다니 그에게 경고하도다.

꽃 무리들은 그이 앞에 산개하도다. 두 번 그는 그녀 손짓을 따랐는지라, 이제 세 번 그녀는 그에게 대들도다—그녀 뒤에 그녀의 전체 무리와 함께. 그녀의 작은 사지와 함께 메리처럼. 학교 막사의 눈眼들이 학교에서 한 마리 양을 보려고 크게 뜨듯, 고로 이제 목신木神 소년들이 화군교花群校를 보기 위해 열광熱廣하도다.

(추프에 의하여 인도引導된 채, 행복한 사도四跳 속에, 그들은 추방자(글루그)를 깎아 내리는지라, 왕관의 영역의 손상 자. 그들은 그를 조롱하나니).

"하지만 지금은 지금을 위한 시간, 지금, 지금. 왠고하니 버남 불타는 숲이 무미無味하게 춤추며 다가오기 때문에. 그라미스 황홀恍惚이 애면愛眠을 혹살惑殺했는지라. 그리하여 이 때문에 코도우 냉과인冷寡人이 틀림없이 더 이상 도면跳眠하지 못하도다. 결식缺息은 더 이상 도면하지 못할 것임에 틀림없다"(Yet's the lee for being now, now, now. / For a burning would is come to dance inane. Glamours hath moidered's lieb and herefore Coldours must leap no more. Lack breath must leap no more). Macduff-Chuff와 Birnam 숲은 Macbeth-Glugg의 찬탈을 복수하기 위해 그리고 글루그와 이씨의 무미한 춤을 정

지시키기 위해 마침내 당도했도다. 여기 "도약"(leap)은 찬탈을 의미한다. 그리하여 Macbeth는 숨이 찬, 애도남愛跳男(leapermann)인지라, 더 이상 도약할 수 없다. 이 행들은 〈멕베스〉의 보고寶庫인지라, 첫 행은 Macbeth의 말을 메아리 한다. "지금이라도 어차피 죽어야 할 사람. 한 번은 그런 소식이 있고야말 것이 아니가. 내일, 내일, 또 내일은 매일매일 살금살금 인류의 역사의 최종 음절까지 기어가고…"(김재남 967) (There would have been a time for such a word. / Tomorrow, and tomorrow and tomorrow【V.v.18-1.8】 그러자 우리는 "버남 숲이 던시내니까지 올지라도."【V.vii.30】 및 Macbeth가 Duncan 왕을 죽일 때의 그의 비전. "누가 이렇게 외치는 소리가 들리는 것 같구려. '이젠 잠을 자지는 못한다!' 맥베스는 잠을 자지 못한다―글래미스는 잠을 죽였다. 그러니까 코더는 영영 못 잔다. 맥베스는 영영 못잔다!고"(김재남 947) (Meyhought I heard a voice cry 'Sleep no more! Macbeth does not murder sleep…Glamis hath murdered sleep, and therefore Cawdor /Shall sleep no more, Macbeth shall sleep no more).【II.ii.34-42】

"마왕魔王 루시퍼에 의하여 인도引導된 채, 지복至福의 사도四跳 속에, 통痛(A) 베드(B) 오汚(C) 다프臀(D), 초지草地의 무관오마無冠汚馬…. 구렁말馬에 쌍배双倍 난행亂行할 의향은?"(led by Lignifer, in foue hops of the happiest, ach beth cac duff, a marrer of the sward incoronate…Will any dubble dabble on the bay?). Lignifer는 마왕(Lucifer)을 회상시킨다. 나무와 돌은 셈과 숀, 숲 속에 감추어진 칼(sword), 또는 Dunsinne를 향해 진군하는 Birnam Wood. 숲을 나르는 "abce"는 Macbeth(ach beth)와 Macduff(cae duff)을 감추나니, 양자는 왕들의 시해자들이다. 이러한 사건들은 수다쟁이 마녀들(babbling witches―"dubble dabble" "Double, double, toil and triuble")의 예언을 따른다.

글루그의 3개의 수수께끼적 대답과, 그들을 동행하는 그의 동등하게 수수께끼적 팬터마임들은 면밀한 분석을 요구한다. 그는 첫째로 모두가 핑크색 리본을 가지며 그의 엉덩이 주변에 리본으로 묶는 척하도록 요구한다. 그는 다음으로 모두가 불결한 손을 갖지 않았는지 물으며, 그들의 굴뚝을 청소하는 척 한다. 그는 그러자 모두가 자신들의 집을 떠나기를 요구하며 그들과 단절하고, 모두를 내뱉는 척한다.

첫째 질문은 독일 아이들의 노래와 게임으로부터 파생된 것이다. 노래의 행들은 아래와 같다. 즉, "만일 그대가 이 소녀를 원한다면, 그대는 핑크색 리본을 따라야 하리라." 그것은 분명히 결혼에 대한 언급이요 글루그의 성적으로 침잠한 생각의 경향을 보여준다.

두 번째 질문인즉, 마치 처음 것과 같이 성적 율동을 갖은 아이들의 노래와 게임에서 파생한다. 이 노래의 성적내용은 두 번째 질문을 따르는 판토마임의 가사로서 강조된다. "그는 자신들의 굴뚝을 청소하는 것처럼 보인다." "그들의 굴뚝을 청소하는 것은" 최근의 영국 민속에서 자주 있는 구로서, 미국의 현대 시인인, 딜런 토마스 작의 〈밀크 숲 아래서〉에서 노래된 것의 번안이다.

> 펜브루크 도시에서, 내가 어렸을 때
> 나는 키푸 섬 곁에서 살았데요.
> 6펜스가 나의 임금 이었데요.
> 굴뚝 청소를 하는 대가로,
> 가련한 꼬마 굴뚝청소군 하고 그녀가 말했대요.
> 삽날같이 까만색으로
> 오! 아무도 나의 굴뚝을 청소하지 않았데요.
> 나의 남편이 멀리 가버리기에,
> 와요 그리고 나의 굴뚝을 청소해요
> 와요 그리고 나의 굴뚝을 청소해요
> 그녀는 내게 얼굴을 붉히면 한숨을 쉬었데요
> 와요, 그리고 나의 굴뚝을 청소해요
> 와요, 그리고 나의 굴뚝을 청소해요
> 와요, 그리고 당신의 굴뚝 청소기를 갖고 와요

세 번째 질문과 그의 팬터마임은 혼돈스럽지만, 그러나 그들은 성적인 강한 율동이 있어 보인다. 그 구절은 조이스의 버펄로 노트북의 한 원전에서 파생한 것이다. 그것은 아이들의 경기에서 아마도 서술된 것이다. 팬터마임은 클루그가 하녀들의 하녀 머리를 과격하게 파괴하는 것을 보여준다. 그들이 작별을 말하고 있는 것은 그들의 처녀성의 천진난만성이다.

서술적 목소리는 뒤에 혼란스럽게 서술하거니와, 클루그가 세 번째 실패한 것을 서술한다. 그러나, 글루그는 실패하지 않았다. 극히 중요한 구절에서 근본적이요 마법적 중요한 것이 운명인양 발생했다. 바로 세계의 성적인 충만 된 문제들과 팬터마임 뒤로, 아버지에 대한 검은 마법과 위협은 어두워가는 대기를 충만하다. 잇따른 여섯 개의 구절들은 또한 밀접한 분석을 요한다.

잇따른 첫 구절은 질문들이 다수 작용을 가지고 있음을 알린다. 꼬마 숙녀들은 세 가지 언어들로 조용하도록 명령을 받는다, 에란어, 독일어 그리고 이태리어 등으로. 이어 수수께끼 적 인물의 가늠과 존재에 대한 언급이 뒤따르는지라, 그는 아빠, 숙모, 숙부를 결합한 듯 보인다. 아빠들에 대한 은유적 위협이 있거니와, 그들은 아버지에 관한 햄릿의 환상적 구절에 달렸다. 그중 하나는 젊은 오피리어에 관한 왕자의 말이다.

햄릿 왈, "나는 더 이상 결혼하지 않겠소. 이미 결혼한 자는 - 한사람을 제외하고 - 살려줄 수밖에. 나머지는 살도록 내버려 두라. 탁아소로 가라."

이 말은 햄릿의 양아버지 크로디우스 왕에게 행한 이 암시적 위협이야말로 〈피네간의 경야〉의 이부분에서 타당한 위협을 마련한다, 그것은 햄릿에 대한 음모를 준비하고 후자는 제2막 3장에서 결실에 달한다. 다른 인유는 4막 3장에서 햄릿의 야만적 조롱에 대한 언급으로, 거기서 그는 크로디우스에 다음과 같이 말한다.

햄릿 왈, 안녕, 사랑하는 어머니.
크로디우스 왈, 그대의 사랑하는 아버지야, 햄릿.
햄릿 왈, 나의 어머니. 아버지와 어머니는 남자요 아내이며,
남자와 아내는 한 가지 육체요, 고로 나의 어머니.
조이스의 숙모요 숙부는 햇릿의 기교를 한 스텝 더 멀리 취한다. 크로디우스는 숙모요 숙부이지만, 〈햄릿〉에서 위협은 〈피네간의 경야〉에서 부친에 대한 위협을 강조한다.

【251】 (소녀들은 글루그 더러 일어서도록 청한다) 일어섯. 노한老漢, 노한怒漢이여!(Hun! Hum!)

그는 거기 소녀들 사이에 선다. 자신의 전유물 자체를 완전히 망각한 채, 그들의 경

쾌한 무리의 온기와 광명으로부터 밀려나, 생의 축제로부터 추방당하도다. 나쁜 생각들이 그이 마음을 가로지른 채, 사악한 마법사의 생각들 그리고 죄의 점들이 그의 의상 위에 나타난다. 그는 그녀(이씨)의 열熱로부터 사랑의 자취를 더듬는다. 그는 눈을 깜박거리나니, 그는 가장 위험한 상황들에 의해 공격받는다. 그의 욕망의 열이 솟으며, 그의 천국의 지혜가 그늘 속에 묻히는지라.

(글루그. 상황 변화의 가정을 생각하다) 만약 단지 만사 사정이 다르다면, 그는 한숨짓는다. 만일 자신이 커다란 안락의자에 앉은 이씨의 가정교사요 그녀가 그의 손안에 든 밀랍이라면! 그는 장시간 동안 가장 감질 나는 암사본暗死本속의 단테 같은 그림 페이지들을 넘기며 만지작거리리라, Ftancrsca와 함께 Paolo가 Lancelot의 사랑의 페이지를 만지작거리듯. 그는 말하리라. "갈릴레오에 관한 이 구절을 보아요! 자 이제 마키아벨리에 관한 이 조각 천 페이지에 착수해요!"그는 확실히 멋지게 목적을 달성할 수 있으리니. 그건 아담이 이브의 교사가 된 이래 모든 관습과 시대에 있어서, 남자의 마음속에 짓궂음을 지닌 채 그래왔나니, 반면 여학생의 눈동자는 흥분으로 가득했도다.

추프와 글루그는 결투를 위해 서로 대면한다. 어느 쪽이 왜 배반자들은 결투에 관여關與하는지 그리하여 여기 브루노(Bruno)가 여녀汝女의 상賞을 위해 노란(Nolan)을 대면하는 셈이다.

그러나 저 조롱하는 유혹녀를 귀담아 들을지라! 음유시인에 대항하여 양팔을 빗장 찌르는 조롱하는 영웅에 귀를 기울일지라. 이것은 우리가 시간의 시작 이래 들어왔던 이야기.

1. "최대의 하사가何事歌가 마녀가魔女歌에서부터 그에게 닥치나니"(most anysing may- befallhim from a song of a witch). 이는 분명히 맥베스-글루그에게 사실인지라; 만사는 "마녀들"(weird sisters)의 수다쟁이 물 튀기기, "쌍배双倍 난행亂行"(dubble dabble)【250.36】으로부터 그에게 일어났기 때문이다

2. "그의 슬다엽膝茶葉의 오반점汚斑點은 자신의 비행사상卑行思想이요, 이모겐 광상狂想의 원표願標로다. 모두들 벗어날지라! 모두들 떠날지라!"(The specks of his lapspan are his foul deed thoughts, wishmarks of mad imogenation. Take they off! Make the off!). 셰익스피어의 희극 〈심베린〉(Cymbeline)(〈율리시스〉의 도서관 장말에서 스티븐은 킬데어 가의 솟아오르는 연기에서, 심버린의 체념의 평화와 타협을 멀리건에게서 모색하거니와)【179】의 이모겐이 아마

도 여기 있을지니, 우리는 〈맥베스〉와, 멕베스 및 그의 부인의 미친, 죄에 찌든 "비행 사상"을 여전히 크게 다루고 있는지라, 그들의 양심은 지울 수 없게 "오반점"되어있 도다. 맥베스 부인과 더불어, 여기 글루그-맥베스는 "사라져, 경칠 오점아! 사라져, 글 쎄!"(Out, damned spot! Out, Isay!)【V.i.32】라고 외친다.

【252】 추프와 글루그의 대결

(소년들은 직접적 대결을 위해 대면한다. 그리고 사랑의 줄다리기가 위협에 이어 시작한다.)

그때 그(추프)가 자신의 어깨를 펴고 있었기에. 나(글루그)도 그랬나니. 그리하여 내 가 나의 주먹(권)拳을 쥐고 있었을 때. 그도 마찬가지. 그리하여 그때 우리는 양 볼을 훅 불고 있었는지라. 그대도 마찬가지.

자 덤벼요, 쌍형제双兄弟여, 감히! 인류 잔여 의회의 광란 장기와 전쟁 같은 위협적 자세를! 학식 결한 학식자, 경이처럼 무자비하게.

—이제 경쾌소록 묘지의 성목초로 하여금 그대가 뛰놀 매끈한 상지常芝가 되게 하 소서! 진심감사.

번복된, 교환

—그리하여 창부의 저주의 성 제롬 묘지가 그대를 가족 남자가 되게 하소서, 그것 이 한층 나을지니!

—녹초감사수여.

이씨가 곁에 서서 쳐다본다. 그녀는 글루그와 추프 둘 중 어느 쪽을 더 좋아할 것인 가에 관해 양심兩心이다.그녀의 압도적 문제. 그러나 여기 이야기의 간격이 나타나는 지라, 그 사이 글루그는 마지막으로 그녀의 색깔을 짐작한다.

그리하여 각자는 그의 타자와 분투했도다. 난황 쌍생아, 양분된 말다툼 자들, 복 임 신했나니, 한편 소녀들은, 둘 중 어느 쪽이 정통파인지 어느 쪽이 이단인지, 알려고 애 쓰면서, 혼돈 속에 있도다. 왜냐하면 그들은, 자신들의 위대한 순간을 보다 위대하게 만들 자를 올 바르게 선택하지 않는 한, 극도로 불우하게 될 수 있기 때문이다. 고로 그들은 찰스 다윈(Charles Darwin)의 '자연 선택'의 문제에 유념한다. 따라서 피너들은 인간의 상승上昇에 잇따라 노래하나니. 그들은 땅딸보(Humpty Dumpty)(HCE)의 추락 전에 빙빙 맴돈다.

(여기 우리가 아는 모든 것이란 글루그는 잘못 알아맞히었다는 사실이다.) 그는 손들었나니. 무신조, 무관으로 그의 오만한 머리를 떨어뜨리는지라. 그의 백안에는 이제 더 이상 적악마가 없도다. 페루에 망명된, 그의 자손이 어떻게 될지 그는 감히 생각하지 않는도다.

【253】 (그런데도 글루그는 이씨를 사랑하리라.) 그 이유인 즉 어스 말흘의 최초로 선한 관용어로 "내가 그걸 했도다"(I have done it)는 "나는 재차 그렇게 하리라"(I so shall do)와 대등하기 때문이도다. 글루그는 자신의 조상들의 러시아적 과거에 관해 감히 생각하지 않나니 왜냐하면 슬라브어로, "지금 나를 쳐다봐요"(look at me now)는 "나는 한때 딴 것이었도다"(I once was otherwise)를 의미하기 때문인지라. 뿐만 아니라 시간과 종족의 시작이래, 현명한 개미들의 축적과 베짱이들의 낭비벽 이래, 세계의 아동들이 변함없이 유희하는 동안, 그들은 세계지도의 모형이 변경해 왔던 것을 감히 생각지 않는도다. 그는 제국의 길들. 어떻게 런던의 허튼 소리가 정복당한 대륙들과 섬들의 거주민들에게 국자로 퍼내지는 지를 감히 생각하지 않는도다. 만일 그가 명예의 지상 명령을 따른다면, 그는, 마태, 마가, 누가, 요한의 도움으로, 서약하는지라. 죽음이 그들을 떼어놓을 때까지 그대를 소중히 여길 것을. 그러나 실지로 그의 길은 담자색의 곡정穀庭 안으로 들어가는 길인지라, 그는 감상적 시를 쓰고 있을 따름이도다.

[글루그의 3번째 실패] 분명히 글루그는 앞서 두 번처럼 세 번째도 실패했나니, 그리하여더 이상 기회는 없으리라. 그러나 오늘밤의 게임은 다량의 환락, 야유성, 아우성, 수카프 훈련, 모자 훔치기, 금요수金尿水의 발사, 및 총總 엄지 탁아술 (마이아미의 젊은 범촌凡村이라)과 더불어, 모두 끝나는, 젊은 여인들의, 소년들의 사랑의 열투로 종결되지는 않는 것이라. 우리는 이 마을 유치원의 소요 한복판 사이, 장화주將華主의 갑작스런, 거인연巨人然한 출현을 계산에 넣지 않으면 안되도다. 장대하게 장고환長苦患하는 장화주將華主(the largely longsuffering laird of Lucanhof). [여기 소녀들의 경기를 종결 짓기 위해 부활마냥 출현한 HCE]

【253.33】 그러나 정직하게, 부활한 HCE를 어떻게 설명하리요, 분석에 의해 혹은 종합에 의해? 모든 기계류의 신이요, 반스테이블(마구간)의 묘석, 이삭, 야곱, General Jacqueminot, Moor, Mormon 및 Milesian의 재복합인, 그(HCE)를, 갈까마귀여?

【254】그(HCE)는, (예를 들면, 혹자들이 주장해 왔듯이, 여하인如何人에게, 그대의 최혹最酷의 속한俗漢에게, 우리의 부승정구副僧正區의 최最귀공자 전사戰士에게, 일어날 법하거니와,) 우리의 해벽海壁에 씌여졌던고? 혹은 그는, 인류 연쇄로서 과거가 현재와 연결된 채, 역사 여신女神의 잡보란雜報欄에서부터 그렇게 불러졌던고? (즉 인간 우주[HCE]의 어느 해석이 옳은고? 현실주의자 혹은 유명론자?) 역사의 흐름은, 죤, 폴리카프 및 아이렌뉴즈가 안眼-대對-안으로 목격했듯이, 패디 성聖 순례지까지 뻗는지라, 그래 왔으며, 그렇게 하고 다시 그렇게 할 것이기에, 내향적 신음 독백에 연모燃慕하는 ALP의 사랑의 합주곡과 무도와 함께, 사라의 개폐교두開閉橋頭, 사사책似舍柵에서부터 아이작의, 바트교橋까지, 총어總魚의 같은 길을.

그런고로 바스티언 무舞와 함께 패리춘 무舞 또는 쾌활한 ALP와 함께 울적한 험프(HCE), 어찌 그대는 돈언豚言하는 고, "미녀우美女友(ALP)여?" 강江 수水 부父 백白. 바벨 남男 더브 눈물의 해협이여.

어떤 무해도無海圖의 바위, 도피적 해초海草에 관한 루머처럼, 이야기의 루머가 마음의 귀에 다가오도다. 대망막大網膜(caul. 태아가 머리에 뒤집어쓰고 나오는양막羊膜, 아일랜드 및 독일의 이교도설에 의하면 대망 막으로 태어나는 아이는 행운과, 자주 영웅의 힘을 지닌다고 한다) 으로 태어나는 아이만이 1001의 이름을 아나니. HCE, 핀핀 나태자, 그는 우리가 거듭 거듭 만나는 늙은이, 마호메트 자신에 의하여, 환년대기주의 속에, 공간에서 공간으로, 시간 뒤 시간에 잇따라, 성전의 다양한 국면에서. 그러나 이제 소녀들은 그에게 갈지니, HCE인 목초 왕에게로, 남자 이상의 자, 그의 주위 스독植 꽃들이 기꺼이 훨훨 날을지라.

"인심人心의 귀에" (To the mind's ear). 시視(eye)-추프요, 청廳(ear)-글루그; 그들은 햄릿의 ear-sighted 견해인지라, 그의 "나의 마음의 눈"(my mind's eye)이요, Horatio의 "마음의 눈"(the mond's eye)으로서 글루그를 묘사한다.

"만연慢然히도 그녀는 셰이커교도의 원여왕猿女王 격이요 한편 당연히 시체의 모살자謀殺者로서 그가 원숭이처럼 번득일 때 그는 스칸디나비아의 모든 도서島嶼에서 최고의 바리톤갑岬의 원가수猿歌手이나니"(insodaintily she's a quine of selm ashaker while as a

murder of corpse when his magot's up he's the best berrathon sanger in all the aisles of Skaldignavia).
이 구절은 여왕 ALP와 스칸디나비아의 왕 HCE에 대한 언급이다. 아마도, 거트루드 (Gertrude)의 살인 행위에 대한 그리고 덴마크의 햄릿 왕에 대한 에두른 언급을 고려하건대, 이 구절은 조이스에 의한 셰익스피어(ashaker)와의 자신의 경쟁에 대한 서술인 듯하다. 조이스가 아일랜드 섬들(Irish isles)의 최고의 가수(바리톤이 아닌, 테너)의 라이벌로서 자신의 부친을 생각했듯이, Skaldignavia(스칸디나비아)의 섬들에서 최고의 시인 (이야기들의 가수)—또는 시 왕국(poetry-dom) a' la Hamlet에 대한, skald는 "poet"에 대한 덴마크어이기에—을 위한 칭찬이 여기 있다.

【255】 저 영웅의 이름이라, 채프리조드(HCE), 우리의 생의 환영幻影의 파괴자로다. 그(HCE)를 집공執攻할지라! 붙들지라!

왜 그대는 그를 대지로부터 깨우려 하는고, 오타자, 혹자, 소환자여. 그는 세진世塵으로부터 풍상風傷 당했도다. 그의 폐문閉門의 시간이 급히 다가오도다; 경종이 그의 행방을 클랙슨 할지니.(그는 거인, 피네간처럼 잠자도다. 그의 깨어날 시간이 임박하기에.)

여호사밧 촌村이여, 여기 무슨 비운인고! 천사들과 현인들이여, 그를 보호하소서!! 주님, 그에게 비의 자비를 내리게 하시고 그리고 중지하지 마옵소서! 덴마크의 상아象牙뼈 찌르는 자여, 그의 헥터 보호자 되소서! 오래된 펀치는 자랑스러운 술일지라도, 그의 주디의 것은 아내의 기지機智를 위해 보다 낫도다.

(여기 그녀(ALP)가 다기 온다)

생산자(Mr. Giambattista Vico)는 조부祖父 아담 위에 깊은 잠을 내리도록 원인 되게 했는지라, 그리하여 HCE는 자신의 갈빗대에서 하나를 뽑았나니, 배우자 ALP, 몸무게 10스톤 10파운드, 키 5척 5 그리고 가슴둘레 37인치, 탐나는 허리둘레 29 동상, 엉덩이둘레 37, 각각의 허벅지 둘레 공히 23, 복의 장딴지 둘레 14 그리고 그녀의 세구細軀의 화주靴周 족足 9이라. (전성기의 ALP는 HCE의 옆구리에서 갈빗대를 뽑은 것으로 서술된다. 그녀의 출현은 하느님의 자비의 담보물이다.)

【255.12-259.10】 황혼
어둠이 짙어간다. 이러한 의심스럽고, 소란하고, 조숙한 행동의 모든 것이 가정의

두목의 주의를 사로잡은 듯했다. 그는 올바르게―의심하는지라, 그의 아이들이 쓸모 없는 듯! 아무튼, 그는 아이들이 집 안으로 들어와, 그들의 숙제를 하기를 원한다. 그는 분발하기 시작한다【255.4】. 그는 아담으로부터 이브처럼, 그의 아내를 그의 옆구리로부터 꺼낸다【255.27-30】. 그리고 ALP를 아이들을 모아들이기 위해 밖으로 내보낸다.

【256-57】 공부하는 아이들, 그러나 이씨는 불행하다

(ALP, 그녀의 아이들을 둥글게 불러 모은다) 그리하여 그대가 선을 위한 자비를 기도하기 전에, 수탉의 암탉은 그의 어린 암평아리들을 불러드렸도다. 그들의 골육상쟁이 순식간에 도망치는 바 (그리고 모든 축복 받은 병아리들이 흐느끼며 다가 왔나니), 각자의 색色에 따라 소환되도다.

모두 귀가한다. 더 이상의 무소음, 그대의 쇼는 거의 끝나다. 여기 기도의 시간이 곧 다가온다.

피선彼善. 최선.

이내 곧 숙제 장과 스스럼없는 빵과 〈성서〉. 프랑스 문법 그리고 사대사四大師의 애란 1132년에 일어났던 일의 역사 및 교리문답서, 물리학, 라틴어, 지리, 화학, 기하학.

그러나 이씨는 불행하다(그녀의 상황은 그녀가 "운처녀" (Nuvoletta)이던 앞서 구절[159]과 꼭 같은 처지에 있다). 저 작은 구름인 그녀(〈더블린 사람들〉의 〈에블린〉 참조)는 아직도 천공에 떠도나니. 밤에 불을 켜야 하는 꼬마 이씨는, 사랑에 좌절되고 불행한 채, 악몽을 들어내며, 잠들기 전에 살금살금 걷는다. (여기 "Singabed"는 돌아온 수부 Sinbed-글루그 라는 설.) (Tindall. 164 참조)

"모두 귀가하도다. 광륜몽光輪夢. 더 이상의 무축소음無軸騷音일랑 나팔 불지 말지니… 그리하여 그대의 훈연燻煙을 멈출지라…왠고하면 여기 성언어聖言語. 이내 다가오도다. 지나가려고"(Home all go. Halome. Blare no more ramblares…. And cease your fumings…. For here the holy language. Sooos to come. To pausse). 귀가하여 성언어聖言語(아마도 〈성서〉, 〈율리시스〉 또는 〈피네간의 경야〉)를 들을지라. 이는 다가오고, 지나가려는 것을 말한다. 이 구절은 〈햄릿〉와 〈심벨린〉에 대한 암담한 인유들을 포함한다. 주제는, 다른 관념들 가운데, 죽음과 죽음의 공포이다. 익살극은 이제 종말에 가까운지라, 위대

한 묵시록적 무대 커튼이—【257.31】에서 문자 그대로 행해지듯, 부친-생상자-신의 천둥에 의하여 동행되어—닫힌다. 주제는 "모두 귀가하도다…더 이상의 무축소음일 란 나팔 불지말지니…그대의 훈연을 멈출지라" 및 "이내 다가오도다. 지나가려고" 속에 드러난다. 여기 핵심적 인용은 나타나지 않고 있다. (i) 〈심벨린〉의 이모겐을 위 한 "매장"의 노래로부터. 귀디리어스. "이제 두려워 말라. 여름날의 더위나, 겨울날 의 맹렬한 추위를. 그대는 한 세상 다 하고, 보람도 없이 저승길을 떠났네. 나 부귀영 화도, 죽으면 다 진토밖에 아니네…이제는 번개도 두려워 말라. 아비레이거스. 그리 고 자 무서운 천둥도"(김재남 583-4) (Fear no more the heat o'th' sun, / Nor the furious winter's rages; / Golden lads and girls all must, / As chimney-sweepers, come to dust,…Fear no more the lightning flash, / Nor th'all-dreaded thunder-stone…)【Iv.ii.258-71】 (ii) "대체 생의 굴레를 벗어 나 영원한 잠을 잘 때, 어떤 꿈을 꾸게 될지, 이를 생각하면 망설일 수밖에"(김재남 815) (For in that sleep what dreams may come/When we have shuffled off this mortal coil, / Must give us pause【III.1.66-8】; "Halome". 오스카 와일드의 시 *Salome*; "Home Olga". 베켓(Samuel Beckett)의 시제(1934년 출판).

【257-59】 커튼의 내림: 익살극의 마감; 취침 전 잠을 위한 기도

저 이씨는 가장 불행하다.

(종막. 팬터마임 대단원) 한편 소녀들은 사방 뛰어다니나니, 무한의 이야기를 재연하면 서, 모두들 아유도揶揄跳하는지라, 한편 시골의 낡은 자명종 시계, 깡통 옆구리 치는 소리가—늙은 발리 대맥부大麥父의 아침 조기법早起法 그리고 그가 엉덩이 힙스와 산 사나무 하우즈라는 이름의 찔레꽃 금발녀들과 함께 어떻게 만났는지에 관해, 그리고, 자신의 베이컨 조각을 게걸스럽게 잘도 먹을 수는 있었으나, 절망의 맹렬 속에, 고성 의 순환 쾅 문 닫아라…틀쭈악…벌주점 문폐를 좋아했던, 월드 포레스터 팔리를 위해 늙은 디디 아친에게 베이컨 조각의 값을 구걸했던, 대담한 농사꾼 버레이와는 결코 비교도 안 될 늙은 대디 부제副祭를 닮은, 어떤 트리니티 대학의 녀석과 어떻게 우연 히 부딪혔는지에 관해—계속 쩔각거렸도다. 여기 아이들의 잠음은 갑자기 부친의 문

닫는 소리로 멈추는지라, 이를 통해 천둥소리(6번째)가 그들에게 다시 들린다. 그것은 그들의 작은 합주가 천둥소리를 좋아했던, 늙은 포레스터 팔리를 기억하고 있는 순간에 분명히 다가온다. 독일어와 영어로 갈채하기 위해 커튼이 연극을 종말 짓는다. 중재자(Orbiter)는 HCE요, 비코 및 God. 연극은 when, who, where—시간, 공간 및 색채로 끝난다.

종막.

대성갈채!

그대가 관극觀劇한 연극, 여기서 끝나다. 이것이 게임의 종말. 커튼은 심深한 요구에 의해 내리다.

대환갈채!

법석, 매연, 및 구나(Gunnar)가 객들을 내보내자. 중재자(HCE)가 대답하다.

여기 다양한 셰익스피어 인유들. (i) "자신의 베이컨 조각을 잘 집어넣을 수 있었으나…베이컨 조각의 값을 구걸하기 위하여"(stow well his place of beacon…the prize of a pease of bakin). 추프와 글루그(그리고 〈율시스〉의 스티븐의 Rutlandbacon- southamptonshakespeare의 논설【U 171】) 누군가의 주장대로, 셰익스피어가 Bacon(자신이 셰익스피어 작품들의 작가라는 설)의 정당한 자리를 찬탈했다고 하듯, 한 조각의 베이컨을 위해 서로 다툰 듯하다 (ii) "그 빵 가게…칙스피어양"(the baker's booth …Missy Cheekespeer). 글루그(솀)는 빵구이요, 추프(숀)는 푸주인; 더블린에는 Chickspeer's란 이름의 빵가게가 있을 법하다 (iii) "언제 옥(地)獄, 누구 색色, 하何 색, 어디 색조色調?"(When the h, who the hu, how the hue). 셰익스피어 학자들의 오랜 수수께끼였던 소네트의 "Mr. W.H."에 대한 의문의 인유이듯. Willie Hughes는 암시된 후보자였다【163 참조】. (iv) "다수 목숨을 잃다"(lots lives lost). 〈사랑의 헛수고〉(Love's Labor's Lost)의 또 다른 인유인 듯.

【258】(박수갈채와 천둥소리) 바위들이 분열한다. 이는 숙명의 날이다. 신들의 황혼인지라. 겁 많은 마음들이 두려움 속에 모두 소멸하고 깨어진다. 이봐요, 우리의 절규, 우리의 술, 우리의 지그 춤으로 죽음의 천사를 칭송할지라. (아이들의 놀이는 경야의 춤을 닮았다.) 그(HCE)는 깨어있다. "마혼魔魂이여, 내가 사死했다고 생각했는고?"(그들의 부친의 일어남은 피네간의 부활과 닮았다.) 그래! 그럼! 만세! 이즈마엘 위에 있는 자는 실로 위대

하다. 닉크로 하여금 마이클을 칭송하게 하며, 그로 하여금 놀이의 은어隱語(pig Latin)로 그에게 말하게 할지라. "나는 셈이도다. 그리하여 바벨은 레밥과 함께 있지 않을지니?" 그리하여 그는 답하리라. "나는 듣나니, 오 이즈마엘이여, 어찌 성주신聖主神은 단지 나의 대성주신大聲主神의 단신單神인고. 비록 그대가 자신의 오물 속에 뒹굴지라도 나의 위엄威嚴은 이스마엘 위에 있나니라. 이스마엘 위에 있는 자 실로 위대하나니 그리하여 그는 맥 노아의 대수大首가 될지로다." (따라서 반대자들의 쌍은 영원 속에 화해한다.)

다시 힘껏 갈채.

왠고하니 천공의 대기청소부大氣淸掃夫가 이야기를 했나니 그리하여, 대지大地의 주자住者들은 머리에서 발끝까지 전율했도다.

대성주大聲主여, 우리를 들으소서!

대성주여, 은총으로 우리를 들으소서!

이제 그대의 아이들은 그들의 처소에로 들어갔도다. 그리고 당신은 아이들의 거소의 정문을 닫았는지라, 그리하여 경계자들을 배치했나니, 당신의 아이들이 빛을 향한 개심開心의 책을 읽을 수 있도록 그리고 당신의 무관사無關事의 후사상後思想(反省)인 어둠 속에서 과오하지 않도록. 그들은 이제, 당신의-기도를-기도해요의 티모시와 잠자리-로-돌아와요의 톰의 경비자들의 철야안徹夜眼 아래 있도다.

【259】 (잠자는 아이들에 대한 기도)

나무에서 나무, 나무들 사이에서 나무, 나무를 넘어 나무가 돌에서 돌, 돌들 사이의 돌, 돌 아래의 돌이[29] 될 때까지 영원히.

오 대성주大聲主여, 청원하옵건대[30] 이들 당신의 무광無光의 자들의 각자의 기도를 들어주옵소서! 오시각悟時刻에 잠을 하사하옵소서,[31] 오 대성주여!

그들이 한기寒氣를 갖지 않도록. 그들이 살모殺母를 호명呼名(明)하지 않도록.[32] 그들이 광벌목狂伐木을 범하지 않도록.

대성주여, 우리 위에 비참悲慘을 쌓을지라 하지만 우리의 심업心業을 낮은 웃음으로 휘감으소서![33]

하 헤 히 호 후.[34]

만사묵묵萬事黙黙.[35]

나무가 돌이 될 때까지 영원히.

오 주여, 청원하옵건대 이들 당신의 무광無光의 자들의 기도를 들어주옵소서! 우리의 잠을 하사하옵소서!

그들을 돌보소서!.

대성주여, 우리 위에 비참悲慘을 쌓을 지라 하지만 우리의 수업을 웃음으로 휘감으소서!

그리고 이제 그대는 동물원의 짐승들의 먼 소리를 들을지라.

그리고 이제 만사는 모암母暗 속에 침묵.

"하 헤 히 호 후" 장은 모음 음계의 하품과 함께 졸린 엉얼대는 "아멘"으로 끝난다.

야간 학습

셈, 숀 및 이씨

문법, 역사, 편지 쓰기, 수학

침공의 아일랜드

돌프와 케브

에세이 숙제

양친들에게 아이들의 밤 편지

이 장은 아무리 엄청나다 할지라도, 그것의 행동은 간단하다. 아이들은 그들의 학습을 준비한다. 셈과 숀(이제 돌프와 캐브로 불리거니와)이 여전히 싸우는 동안, 이사벨은 관심 없이 쳐다본다. 알맞게 아카데미의 형식을 가장하면서, 장은 가장자리의 코멘트와 주석을 가진 텍스트이다. 우선 오른 쪽으로, 숀의 전문적 가장자리 글로서, 추상적이요 총체적이다. 처음에 왼 쪽으로, 셈의 가장자리 글은 유희적이요 불경하다. 그러나 브루노에 응답하여, 쌍둥이는 중간에서 측면 주석들을 변경한다. 셈의 코멘트는 오른 쪽으로, 숀의 것은 왼쪽으로 움직인다. 이사벨의 각주는, 남자의 사건들에 대한 여성의 견해를 구체화하면서, 페이지 밑바닥에 남는다. 만일 텍스트가 인생으로서 또는 〈피네간의 경야〉로서 간주된다면, 가장자리 글과 각주는 해석에 대한 시도이다. 조이스가 시인하다시피(〈서간문〉, 406 참조), 이는 어려운 장이자만 보기보다는 그렇게 어렵지 않다.

짙고, 철학적 소개【261-65】는 창조자로서 HCE에 관계한다. "인간보다 한층 더한 폭도"【261】, 및 "원형"【263】으로서, 그는 "아인소프"(Ainsoph) 또는 카바라의 하느님인지라, 그는, 아홉 방사속에 하강하면서, 모든 것들을 창조한다. 그의 숫자는 10으로, 완성의 숫자요, 또는, 다른 식으로 보면, "버젓한 남자"이며, 그의 창조적 파트너 ALP 는 그의 "zeroine"(01)이다. 숫자 3과 4는 또한 중요하다. 중세기 연구의 삼학과 사분 면을 대표하면서, 이들 숫자들은 또한 상과 하의 전통적 기호들이다. 연금술적 후원 하에, 상하의 대응은 또한 창조적이다【263】. 그러나 아무리 그대가 그를 보드라도, 아 버지는 창조주이다. "선창조결정先創造決定의 비지秘知"하고 가장자리의 손은 말한다. "쓰레기 속에서 그를 굴굴溫할지라!"하고 가장자리의 셈이 말한다. "포도 주스를 위한 군명자群名者"하고 이사벨은 그것을 각주에로 끌어내림으로써 말한다. 그것 자체를 위해서 있지 않거나 혹은 비교적秘教的 점을 만들기 위해, 이 철학적 기계 장치는 불과 또 다른 유추일 뿐이다. HCE는 카블라의 하나님 같은지라. 그리고 HCE가 자신의 창조와의 관계는 허매르스 트리스메지터스(Hermes Trimegistus), 또는 스티븐의 작가들 과 도서관의 신인, 토드 신에 의해 축하되는 자들과 같다.

자연적으로 그리고 비자연적으로 HCE는 동시에 상하이다. 아래층 주점에서, 그 는 "10을 위한 주석" 또는 폐점 시간 전에 돈을 벌고 있다. 위쪽에는 그의 아이들이, 그를 대표하면서, 문법을 개시한다. 그녀의 지식을 "할멈의 문법"으로부터 상속 받은 채, 이사벨은 책이 필요 없다. 왜냐하면 그녀의 것은 "융결(소녀)의 법칙"【268】이기 때 문이다. 그녀는 자리에 앉자, 뜨개질을 하며, 만사를 결집하는 동안, 쌍둥이들은 브라 운과 노란의 분할 표 때문에 말다툼한다.

다음 과목은 역사로서【271-81】, 갈등과 평화, 죄와 추락, 그리고 "질투嫉妬어스 포 착捕捉시이자者 경卿의 그들 수행 당나귀와 함께… 꽃 덮인 맥아소麥芽所 몰트하우스 안테미의 삼두정치인三頭政治人들과 더불어"【271】, 모든 사건들을 개관한다. 웰링턴, 탄약고, 흙더미 그리고 편지가 빅토리아 조朝의 후원으로 재현한다. 역사는, 언제 나 처럼, 가족의 역사 및 재차 꼭 같은 오래된 것들이다. 제4장에서 패러디 된, 에드리 퀸 이 프랑스어로 재현한다. 꽃들은 상존하는지라, 그는 말하나니, 갈등의 공포가 무엇 이든 간에【281】.

다음은 기하학【286-99】. 우선 캐시의 유클리드 기하학에서, 문제는 삼각형 ALP를 건설하는데 있다. 돌프의 "느슨한 축가들이 하나의 이상적 델타인, 그의 "기하학"의 전시를 동행하는지라, 그의 진흙 델타는 그녀의 "안전 발프(음경)"이다【297】. 돌프의

Q.E.D.는 또 다른 개관인, 또 다른 은유를 수립한다.

이 꿈의 시범(루이스 캐롤의 모양으로)과 유클리드 기하학의 낮익은 적용에 앞서, 가장자리 주註가 없는 한 구절이 양 측면의 변화를 기록한다【187-92】. 브루노와 비코, 강, 흙더미 및 라이벌 둑들의 라틴어의 설명이 진행과 번복의 기계 장치를 선언한다. 뒤따르는 것은, 침입자로서, HCE를, 그리고 조이스 및 그의 비평가들 그리고 트리스탄, 이솔드 및 마크의 문제들과 관계한다.

돌프의 유클리드적 능력과 그의 어머니의 천격스런 노출은 돌프에 의한 펜의 사용을 그의 형제에게 가르치는 그의 노력에도 불구하고 케브를 괴롭힌다. 아벨과 함께 가인처럼, 그의 소형騷兄과 노환怒環한 채, 케브는 돌프를 때려눕힌다. 그러나 갈등 뒤에, 화해와 갱신의 무지개가 다가온다. "단조하라," 하고 솀은 그의 인기 있는 적대자를 환영한다. "우리는 3거리 그리고 4거리에서 때를 만났도다"【306】. 쌍둥이들은 동의한다. 3과 4는 7을 그리고 가족을 구성한다. 그러나 숫자 10은, 그런데 그것은 제10장을 여는지라, 아이들이 저녁 식사를 위해 아래층으로 내려가자, 그걸 마감한다. 그들의 밤 편지는 아버지와 어머니에게 새 해의 인사를 공급한다.

이사벨의 "두개골과 교차대퇴골交叉大腿骨"【308】의 모호한 자필 문서는 낙서가족落書家族【299】을 위해 그녀의 기호들을 상기시킨다. (그들의 의미에 대해 〈서간문〉【213】 참조) 그녀의 엄지손가락의 코【308】는 계란머리들—아마도, 조이스 독자들에 대한 여인의 의견이리라.

　　【260】 — 우리가 현재 존재存在하는 곳에 존재하는 우리는 현존하는 우리인지라, 극소조담極小鳥談에서 원반구락총체原盤具樂總體에까지, 차茶 차 차.

아이들의 반항은 보조를 맞추어 전진하거니와, 그들의 반항과 함께, 솀과 숀은 완전한 남성 인류에로 발발한다. II.1.에서 솀은 이미 물리적 세계의 지식을 획득했으며, 그와 더불어 어둡고, 성적인, 시적 마력으로 그는 이씨에게 영향을 끼친다. II부의 교육적 연속에서, 성인의 지식을 득하는 것은 숀의 차례이다. 그러나 숀에 의하여 의의치 않게 획득되는 지식은 II부.1장에서처럼, 솀의 정서적 경험의 습득이 아니다. II부 2장에서, 두뇌를 포함하는 육체의 저 부분은 합리적 분석의 원리를 득한다. 성인 남성이 건설되는 것은 오지 그때인지라, 이 때 육체의 두 절반이 그들의 어머니의 친족상간적 포옹에 의해 한 젊은 남자로 합체한다【287.18-292.32】.

손의 개발을 완료하는 것은 학교 교과서의 학문인지라, 특히 합리적 데카르트적 분석의 원리가 기하학에 적용된다. 현실은 계속적이지만, 데카르트는 숫자상의 "고안考案"을 계속적 우주의 측정으로 소개한다. 성숙하는 손은, 그의 의지에 반하게도, 어딘가 선을 긋기를 배우는지라, 즉, 비 분할된 현실을 분할하고, 그로 하여 우주의 구조를 포착할 수 있다【292.31-32】.

반일철半一綴로, 반일리半一里로, 반일점半一粘으로, 상식, 즉 권태하倦怠荷의 짐승이 전방으로, 그의 헐거운 이팅 S.S. 칼라 속에 회전기록적回轉記錄的으로 숨어서 그대에게 단호하게 휘파람 행행行行 불지니―플라톤 위년아偉年兒들 쌍간双間의 프루톤의 애쾌愛快―그대가 어떻게 무할無割의 선현실旋現實 속에 어딘가 경계를 해야 할 것인지를.

그의 예술적 생애의 바로 시작으로부터, 조이스는 마음에 기하학적 은유를 품었다. 본래의 수필인, 〈젊은 예술가의 초상〉에서, 조이스는 인간을 "감정의 굴곡의 답습"으로서 서술하는 과정을 특수화했다. 조이스는 〈젊은 예술가의 초상〉에서 기하학적으로 공간에 그의 젊은 주인공을 위치했거니와, 거기 젊은 스티븐 데덜러스는, 교육과의 최고의 접촉에서, 창조적 세계에 그의 지리적 위치를 도안했다. 스티븐은 세계와 이어 우주에 대해 그의 이름과 첨탑을 가지고 시작한다. 그러니 스티븐과는 달리, 손은 우선 우주 속에 위치하고, 이어 HCE의 주막의 이층 방으로 내려가려고 와권渦港했다. 거기서 그는 헛되이 지리를 이해하려고 노력하고 있다. II.2의 텍스트는우주의 기원의 4견해로서 시작하는바, 우주, 최고의 견해로 시작하여―데카르트의 방법에 의해 보여 지는 우주이다. 공간의 비 분할적 우주는 척도와 서술의 목적을 위해 인간의 합리적 데카르트적 방법으로 여기 분할된다.

이 장의 첫 구인, "우리가 현재 존재하는 곳에 존재하는 우리는 현존하는 우리인지라"는 3개의 데카르트적 협동으로 수립되며, 우주 속에, 비 분할적 우주를 구회하는 인공적 방안들에 의해 우리를 위치하게 한다. 이 말은 오른 쪽 주석에서 손의 과장된 구에 의해 조어되는지라, 그리하여 그것은 "어디에로 및 어디에"를 의미한다(260R).

우주의 기원을 서술하는 두 가지 더한 방법들이 펼쳐진다. 수수께끼적 구가 있는지라, "극소조담極小鳥談에서 원반구락총체原盤具樂總體에까지"(from tomitittot to teetootomtotalitarian)【260.2】. "Tom Tit Tot"는 Rumpelstiltskin의 이야기의 영어 번안에서 온 악마이다. 그는 그대가 그의 이름을 알지 못할 정도로 긴 힘을 가진다. 여기 그는 미지의 창조적 이름을 지닌, 하나님에 해당하거니와—위대한 힘을 가진, 유대-기독교의 도식에서 YHWH을 의미한다. 이는 초창기 종교의 신이다. "Teetootomtotalitarian"은, 다른 한 편으로, 현대 과학적 우주를 대표하거니와, 팽이처럼 도는 한 세트로, 과학자들에 의해 불변의 법칙에의해 통재되는 연합된 도해로서 과학자들에 의해 서술된다.

우주를 시작부터 끝까지 서술하는 의도는 "tea tea too oo"란 구句 속에 존재한다. "Tea"는 "teetootomtotalitarian의 첫 음절"이다.

돌프(Dolph)(솀), 케브(Kev)(숀) 및 그들의 자매인 이씨(Issy)가 자신들의 학습에 종사한다. 그들은 모두 주막의 이층에 있으며, 이씨는 소파에 앉아 노래와 바느질을 하고 있다. 아래층 주장에서는 HCE가 12손님들을 대접하고 있다.

아이들의 학습은 전 세계의 인류 및 학문에 관한 것으로, 유태교 신학, 비코의 철학, 중세 대학의 삼학三學(문법, 논리 및 수학)과 사분면四分面(산수, 기하, 천문 및 음악)의 7교양과목 등이, 편지 쓰기와 순문학(벨레트레)과 함께 진행된다. 그들의 마음은 우주의 암울한 신비에서부터 채프리조드와 HCE의 주점에까지 점차적인 단계에로 안내된다.

이어, 꼬마 소녀 이씨가 소파에서 그녀의 사랑을 명상하는 동안, 돌프는 기하 문제를 가지고 케브를 돕는데, 그는 어머니 ALP의 성性의 비밀을 원과 삼각형의 기하학을 통하여 설명한다. 나중에 케브는 돌프의 설명의 어려움을 느끼고, 홧김에 그를 때려눕히지만, 돌프는 이내 회복하고 그를 용서하며 양자는 결국 화해한다. 수필의 제목들이 그들의 학습의 마지막 부분을 점령하지만, 아이들은 이들을 피하고 그 대신 양친에게 한 통의 사악한 "밤 편지"를 쓰는데, 이는 세 아이들에 의한 합작이다. 독자는 주점 안의 사건들을 목격한다. 밤이 급히 접근한다.

구조상으로 보아, 본문의 양 옆에는 두 종류의 가장자리 노트와 아래쪽에는 각주가 각각 붙어 있다. 전반 부분【260-287】의 왼쪽 노트(이탤릭 체)는 돌프의 것이요, 오른

쪽 것은 케브의 것이다(대문자 체). 그러나 후반 【293-308】에서 이들은 서로 위치가 바뀐다. 이들 적대자들의 위치의 바뀜은 비코 또는 브루노의 원리를 암시한다. 이들 중간 부분 【287-292】은 돌프(교수)에 의한 아일랜드의 정치, 종교 및 역사에 관한 서술로서, 양쪽 가장자리에는 노트가 없다. 이씨의각주는 모두 229개에 달한다. 두 쌍둥이 형제들은 그 위치가 오락가락하지만, 이씨(작은 강)는 영원히 한결같이 흐른다. 그녀의 각주는 이 장 중의 가장 유익한, 아마도 가장 우스꽝스런 부분이다. 그러나 그들의 논평과 텍스트간의 두드러진 연관성은 거의 찾아 볼 수 없다.

이 장의 서술적 개요는 퍽이나 단순하지만, 학생 문제들의 정교함 때문에 어렵고 암담하다. 장은 비유적 말들로서, 창조 진전에 대한 개관으로서 열린다. 이들 중 26페이지 【260-86】는 시간과 공간 속으로의 정신의 하강에 대한 서술에 이바지 한다. 첫째, 창조의 의지가 세계부世界父(the world father)를 움직여 우주를 낳게 한다. 이어 세계는 가능하게 되고, 형태를 취하며, 실지로 출현한다. 인간은 그의 원초적 욕망 및 금기와 더불어 생성되고, HCE의 주막 속에서 토착화 한다. 거기, 아이들의 유아실에서, 전체 인류의 코미디가 축소판으로 이루어진다.

이 장의 마지막 페이지들 【286-308】은 욕아 실에 중심을 맞춘다. 소년들의 학습, 자매의 편지에 관해 명상, 케브와 돌프의 갈등, 그들의 화해 등. 이어 만찬, 그리고 취침 시간이 도래한다.

———

【260-66】 학습 시작. 돌프(솀)는 왼쪽 주석, 케브(손)는 오른쪽 주석 및 이씨는 아래 각주

【260】 창조의 과정에 대한 열리는 토론은 인간 존재(Human Existence)에 대한 수수께끼에 의하여 유발된다. 여기 "우리 있는지라. 어디서 우리 왔는고, 그리고 어디에, 결국, 우리 있는고?" 우리가 작은 새鳥이거나 혹은 존재의 총체일지라도, 우리는 여기 존재하나니! 그리고 여기 또한 차茶를 대령하는 모성적母性的 잔盞이 있도다(차나무는 물에 진미의 얼룩을 첨가하듯, 생명의 여신은 천국의 바다가 지닌 추상적 순결에 자연의 얼룩을 첨가한다). 차(다)는 〈피네간의 경야〉에 이미 많은 의미를 작용해 왔다. 그것은 생명의 증류수

(brew)이다. "Tea tea"는 "titty"(젖꼭지)를 암시함으로써, 유아를 위한 생명의 증유수의 원천 및 어머니의 자양분의 근원적 이미지를 띤다. "Tea"는 *thea*로도 읽혀질 수 있나니, 이는 여신을 의미한다. 처음부터 끝까지 우주를 서술하는 의도는 "tes tea too oo"의 말귀에서 존재한다. "Tea"는 "절대금주자"(teetootomtotalitarian)의 첫 음절과 "too"는 이 장의 최후의 단어 "too"【308.25】의 "pre-echo"이다.

〈피네간의 경야〉에서 tea는 다산의 상징으로, 요rine)와 맥주 또는 술과 동일시되는데, 이 삼각적 상징의 동일성은 〈율리시스〉에서 멀리간의 익살과 재담 속에 대체적으로 이미 윤곽이 드러나 있다.

> ─차를 끓이면 차가 되고…소변을 보면 소변이 되지요.
> ─맙소사, 그건 차야, 헤인즈가 말했다.
> ─'그렇고 말고, 카힐 부인,' 그녀가 말하는 거야. '정말이지, 마님,' 카힐 부인이 말하는 거야, '제발, 항아리 한 개에다 두 가지 짓을 하지 말아요.'
> ─'만일 누군가 나를 하느님으로 생각지 않는다면
> 내가 술을 빚더라도 공짜 술을 마시지 못하리
> 그러나 물(요)을 마셔야만 할지니 그리고 바라건대
> 만든 술도 분명히 다시 물이 되리라.'【U 16】

〈피네간의 경야〉에서 숀은 맥주를 공작부인의 요로 장난치는 가하면【171】. III부 2장에서 그는 성모(BVM)의 역할을 하는 그의 누이 이씨와 영성체의 비상한 행위를 행사한다.

> 우리에게 끓은 것을 한잔 더 줄지니, 시중사환侍中使喚! 그건 경칠 맛있는 끓은 잔盞이었도다! 그대는 농차濃茶 위에 생쥐를 달리게 할 수 있을지라. 나는 뜨거운 맛있는 오찬午餐을 치찰齒擦 이쑤시개하기를 낙함樂咸했나니, 나는 정말 그랬도다, 그 어느 때보다 경치게도, (숭고한!). 내가 삶은 프로테스탄트 감자와 함께 여태껏 먹은 가장 부드러운 쇠고기인지라 (할렐루야! 할렐루야!) 그대의 완두콩이 재삼 나의 창고복庫腹과 더

불어 카레 풍미風味를 주는 약간 지나친 염치미鹽齒味가 아니었던들 그리하여 여기 나의 최고의 구미감사심口味感謝心과 양두소육羊頭燒肉 접시의 한 페니 금화를 가지고 보상하도다【455-456】.

"건너오려는 자, 언제나 모자를 쓴 자. 그리하여 여하히 우리는 저 주잔처酒盞處 (HCE의 주막)를 발견하기 위해 도행徒行을 감행하는고?" 나그네의 질문에 대한 불량경비(bigguard)의 답인 즉, "가득 차도다.(filled)(격擊당하도다)"(Am shot)인즉, 이는 술(shot. 한잔)에 대한 언급이다. (여기 "shot"는 버클리가 소련 장군을 쏘는 일화【후출, 337-55】를 상기하거니와, 그의 희생자는 불량경비[주점 하인]이다).

그리하여 이제 나그네 또는 세 아이들의 부친인 HCE에로의 접근 행로가 서술된다. "어디에서. 우리의 좌측에서 급急진행하여, 륜輪할지라, 어디에로."(Whence Quick lunch by our left, wheel, to where). Lavius 장소로長小路, Mezzofanti 시장, Lavatery Square을 대각으로, Tycho Brache Crescent, Berkeley 뒷골목을 배행背行하여, Gainsbprough Carfax, Guido d' Arezz의 문도門道, New Livius, Old 비코 Roundpoint를 통과한다. 이리하여 비코의 순환의 옛 이야기가 반복된다(여기 세세히 기록된 통로는 조이스가 실지로 채프리조드의 길과 거리들에 붙인 이름으로, 이는 잇따르는 아이들의 다양한 학습과 관여한다. 또한 7명의 학자들의 일람표는 질문하는 나그네를 HCE의 주막 및 그것의 창조적 점거인占居人들에로 인도한다).

그러나 명심할지니, 이 모든 것 뒤에는 인류가 자신의 존재를 생산 받은 원조元祖 신紳(Adam-Eve)과 함께 신의 영원한 결혼이 남아있을지니, "공심恐心할지라!(be fear!) 그리하여 자연의, 단순한, 노예 같은, 효성의. 우리가 아는 그의 정부情婦를 축하하는 이단자 몬탄의 결혼, 한 말괄량이를 부둥켜안은 어느 열혈아 (HCE의 암시)마냥."

창조의 의지가 세계부世界父에 나타나자, 이른바, 초월론적 영역에 일종의 발효가 시작되도다. 그것은 여성적 원리의 실현으로서 종결되는 바, 부친의 동경에 대한 단 하나의 가능한 응답이다. 그는 그녀를 덮었나니, 이리하여 세계를 낳았도다. 그밖에 어떻게 우리 인생의 모험이 시작될 수 있으리오? 그는 사랑의 고통을 알았고, 우리를 낳았으며, 그녀는 어머니 됨을 그리고 그의 세계를 낳는 것을 기뻐했도다.

HCE와 ALP가 1과 0으로서 대표된다. 그리고 마지막으로 1개인보다 더 많은 집

합적 이류의 강조라. HCE는 또한 ALP와 나란히 직임의 남성적 1에 의해 대표되는
지라, 여인의)은 완전한 숫자인 10을 구성한다.

【261】 양친은 우리가 여관애 접근하자 그들의 두문자에 의해 상기된다.

【262.1-2】 (우리는 오랜 언덕에 그리고 그의 이웃 시내에서 식별하는, 그리고 윙윙대는 바람이 우리
에게 말하는 한 쌍의 부부. 계천은 ALP, 산은 HCE이라. 그의 훙훙 지가地家는 고만사古萬事의 장소이
니, 거기 조자造者는 피조자彼造者와 벗하고) 역사의 인류가 이룩한 7가지 기적들. 1.원추를
원추하고(피라미드) 2.유폐(Babylon)를 명상한 연후에 그리고 3. 대룡대는 둥지 (이집트의
Pharos)를 숙고하고 4. 올림퍼스 성지(Phidias의 예수)를 추파하고 그녀의 5. 다이아나 투
명궁(Diana의 사원) 속에 광락光樂하고 그의 6.거등대상(Rhodes의 Colossos) 뒤에, 7. 모소
럼 장묘(丈墓Nausolus의 Tomb) 앞에서 고소高笑하는지라. 이들 기적들은 시간과 공간에
서 HCE의 주막에로 병치竝置된다. HCE에 대한 우리의 이름들은 다양하다. 그에 대
한, 무장無長의 식폭息幅, 영천永天의 얼간이…그는 인간 이상의 다분제多分祭의 장대인
壯大人이도다. 그 밖에도, **마른 대지, 애란국愛卵國, 마호가니 주, 염구시鹽丘市, 낙희樂
戲 가로, 과菓 유보장, 논평원 III, 장료長僚 숙사, 캘리위크 성城.**

右註. 구성적인 것으로 구성 가능한 것의 구성. 유태교 신비철학의(cabalistic)의 교재
에서 창조자는 "Ainsoph"로 불리는데, 그는 1번으로 대표된다. 그의 신부, 여왕 O을
향한 그의 힘의 움직임은 2에서 9까지 숫자를 형성하며, 숫자 10으로, 그녀와의 궁극
적 결합인 1-10은 새로운 10년을 시작한다(조이스는 이러한 생각을 잇따르는 구절에 이용한다.
Ainsoph은 포도 주스를 위한 군명群名으로 서술되는데, 그는 성별식의 포도 속에 나타나는 자이기 때문
이다).

아인소프, 이 직립일자直立1者는, 저 영0과 함께 자신을 01로 포위했는지라. 그는
연금술자의 수은이니, 그리하여 그 신비적 증류기 속에서 그의 증변症變을 보는 것은
공포의 대상이라. 낮에는 오공午攻의 공포요, 각 야혼례의 신랑이니. 그러나 엉터리 천
화天話로 말하면, 그는 누구인고? 누구의? 왜? 언제? 어디? 어떻게? 그리하여 도대체
그의 주변에는 무엇이 있는고?

【262】 역사의 과정이 실지로 시작되기 전, 1과 0부인의 세계-탄생의 결합이 있었도다. 그는 그녀에게 하강하고, 신비의 10년의 사다리 아래 추락했는지라. 이 사건은 추락으로서, 10년의 과정으로서, 정신의 물체에 대한 주입으로서, 리피 강으로의 통로로서, 혼인의 밤으로서, HCE의 파괴로서, 대표될 수 있을 것이다. 조이스의 현재의 서술은 밤 나그네의 경비성警備城으로의 입성을 암시한다. 다리에 접근하고 교차하여, 성에 당도한다. 그는 노크(노크 성)하고, 암호가(퍼스 오레일리) 건네지고, 문이 "예"(Yes)로 열린다. (《율리시스》에서 몰리의 최후의 "Yes"는, 조이스의 말대로, "영원을 향한 블룸의 패스포트(통과 증)를 위한 불가피한 암호" (the indispensable countersign to Bloom's passport to eternity)(Frank Budgen p 270)이다. 몰리의 "Yes"는 어머니-긍정). 우리는 여기 그 암호를 갖는다. 그때 우뢰성이 들리고, 늙은 소년(HCE)이 구부리며, 즐거운 다수의 소음이 솟는지라. **그녀가 온스의 차를 항아리에 넣었을 때 나는 내 시력을 거의 믿을 수 없었었도다.** 오 휴식의 여신(ALP)이여, 그들을 깨우소서! 여기는 대식大食의 집이라.

초월론적, 지적 문제(주인 1과 부인 0의 결합)를 취급한 다음, 저자는 우리로 하여금 시골 마을(Lucalizod)로 초대하는데, 거기 세계를 낳는 결합의 결과가 분명해지도다. 첫째는 저 유명한 휴식처인, HCE의 주막에 대한 인식으로, 밧줄 매는 꺾쇠 환環, 기어오르는 계단석階段石, 픽카주타운의 부트(뽀이) 옥屋. 빌리오라 산山의 장지葬地! 고로 바커스 주신酒神으로 하여금 그를 부르게 할지라! 여숙旅宿! 거기. 아이들이 펜을 바쁘게 움직이니. 술고래들이 소굴에 군群하고. 아빠 우友여, 주인(HCE)은 십전十錢을 위해 돈 계산을 하는지라. **꼬리 흔드는 자를 위한 입장권 판매.**

여옥으로의 접근은 당당한 리듬으로 수행된다【262.3-6】. 이씨의 "Knock"에 대한 논평은 하계로서 풍경을 지칭하는지라, 즉 그녀는 독자에게 노크를 교시하자, 조수의 조석점潮汐點 하의 인어가 답하리니, "지옥으로 꺼져!【262.1】.

연옥으로의 음률적 접근은 암호로서 계속된다【262.7-10】. 우리의 추락한 양친을 위한 영원한 죽음의 소환召喚은 사자의 미사의 단편으로 뒤따른다【262.15-17】. 찬가의 영원한 빛은 그것의 불심지 위에 펄럭거리나니, 인간의 지식의 빛은 언제나 불확실하다.

텍스트는 우리에게 여옥(inn) 속으로 들어가도록 고함지른다【262.26-27】: "Inn inn!

Inn inn!"

【263】 그(HCE)를 가장 자주 방문하는 진객珍客들은 4노인들(Four Old Men)인,
Ignatius Loyola, Egyptus, Major A. Shaw 및 늙은 Whitman이다.) 그(HCE)는 저 꼭 같은 고래
古來의 기묘한 어구魚口, 이그노투스 주酒쿠어의 가명 하에 있는지라, 그러나 모두 오
랜 과거지사, 우리는 분명히 알 수 없나니, 노인들은 사라졌도다. 그러나 다시 재연할
지라. 고로 여기 Gunne 주점에서 과거사는 과거로 할지로다. (즉, 본래의 주점 주인과 주점
의 무리들은 오래 전에 살아졌나니, 우리는 현재의 대표자들로 만족해야 한다. 그러나 다행히도, 오늘날 일
어나는 모든 것은 이 원시의 흔적을 그대로 지닌다). 천국과 대지 사이에는 신비스런 대응이 있
도다. 우리의 복잡다기複雜多岐한 세상의 분명한 혼란은 실질적으로 하나의 본래 태양
아래 모두 동일한지라. 오 행복한 원죄여. 모든 사랑과 향락은, 하나의 원죄 아래, 하
나의 태양 아래 체계화되어 있도다. 원형조신元型造神의 대값음으로 그대에게 지독한
악운을! 될 대로 되라지! 아버지 아담이여, 원형을 위해! (우리는 원래의 가족인과 그의 원죄
를 이해하지 않으면 안 되도다.) 모든 것은 물리적 결정주의의 영역 속에 있나니, 손이 성자
답게 선언하도다【262R】. 환은 시간의 골 백만 번 선회하는지라. 【263.13-15】에서
우리는 hce가 HCE-CEH-ECH를 통해 돌고 도는 것을 보도다.

【264】 그(HCE)의 상업의 정력 명존名尊, 하지만 무결無結의 자존을 보조하나니. 교
양 높은 황야이방인의 뿔! 생명의 강! 노인, 두 소녀들 및 셋. 신학 철학적 증오. 축복
받은 자, 우리는 탐探하나니. 심지어 저주자咀呪者 가나안을. 언제나 어디로 오고, 언제
나 어디로 가고.

(더블린 근교의 루칸과 채프리조드 두 마을 간의 세팅-풍경) 거재산의 합법화에 이르는 전설
의 국지화. **끌어 올려요, 대안백수, 그리고 장소를 비워요, 소안흑수를 위해**. 여기 리
피 강이 그의 길을 풍곡風曲하는 곳, 이것은 경쾌한 강 둑. 하나의 환영幻影의 도시, 이
강변 곁에, 우리의 양지 바른 강둑 위에, 얼마나 멋진 조망이랴, 5월의 들판, 봄의 바로
저 골짜기. 여기 과수원; 성향聖香의 법계수法桂樹. 물푸레나무숲의 고대조망, 너도밤
나무와 가시 넝쿨의 계곡. 촌변의 이 놀만 궁전, 우리의 왕의 석가石家와 더불어, 전 가
족이 거기 있나니―아버지, 어머니, 두 소년들 그리고 소녀, 산과 강, 나무와 돌. 여옥

의 위치는 채플리조드, 더블린의 서쪽 3머알 도시, 아솔데의 전통적 가정, 밝은 머리 카락의 엥거스의 딸【265.19-20】. 우리의 카메라 눈은 비전을 우리를 여옥으로 데리고 가나니, 그리고 이층 층계로, 거기에 아이들은 공부를 하고 있도다. 그들의 공부의 성질은—아마도 추락한 인간을 위한 세속적 공부이라—이는【267.12-16】에서 무지개의 소환에 의해 분명해지도다.

【265】 (HCE의 주막을 둘러 싼 Bristole 및 채프리조드의 아름다운 풍경) 돌, 방앗간, 승원, 느릅나무, 모든 것이 회고자를 위한 것. 축배! 딸기 방단芳壇의 향기. 피닉스(불사조), 그의 화장목이, 지금도 삼심렬三深裂의 기세로 타오르고 있도다. 굴뚝새와 그의 보금자리, 여기에 구두장이와 신품시민을 위한 오막 집과 방갈로, 이슬트를 위한 화관원花冠園….갈란투스雪滴, 레이스의 혈穴, 육肉 그리고 헬리오트로프에 있어서…그리고 모두 그녀를 위해서 있나니. 일그러진 신기루, 평원의 애극지愛極地, 등등.

【266-70】 문법 학습

【266】 트리타운 카슬(목도성木都城). 만일 그대가 들어서선다면, 그대는 침실로 인도하는 꿈의 다리를 볼지니, 우리를 이층 공부 작업장의 아광兒光의 광휘光輝에로 공승攻昇하는지라. 거기 그는 기댈지니—그의 토吐함은 단지 일식-息—거기 아이들이 그들의 공부에 열중하도다…

우리는, 창조 자체의 거대한 문제에 대한 신학적 사료로 시작한 다음에, 그리고 창조의 특수한 소우주적 예에로 전진한 연후에, 그리고 이리하여 불가피하게, 주막에로, 그곳 계단을 올라, 침실에로 인도된 후에, 이제 육아실에 우리의 관심을 집중하게 되는바, 거기서 우리는 자연의 커다란 힘이 작용하고 있음을 알게 되리라.

아이들의 공부는 다음 14페이지들에서 개관된다. 산수는 첫째【268.7-16】, 이어 문법【268.16-270.28】. 세속적 및 종교적 역사가 따르는지라【270.29-276.10】, 기록된 시간의 마지막 음절까지—꺼져, 꺼져, 짧은 연초여! 마지막으로, 이씨는 편지 쓰기를 연습하기 시작한다. 그녀의 죄지은 남편에 관한 세계에 그녀의 편지를 쓰는 성숙한 여인으로서 그녀의 인생의 작업을 위해 스스로를 준비하기 위해【278.7-281.15】.

소년의 방에는 얼굴을 서로 맞댄, 소년들 자신의 대위법이 있도다. 그들은,

Catalaunian 평원에서 싸운, Cha'lons 전투를 공부하고 있으니, 거기서 Attila는 Aetius와 Visigoths 하에 로마의 연합군에 의하여 저지당했도다. 권투자들의 그림이, 문명의 붕괴기에, 훈족과 로마인들의 이야기로 연관되도다. 이리하여, 그것은, 비코의 환에서, 이교도적 거인들의 시대로서 대표되는 격노한, 야만적 다툼의 시대를 암시하는지라. 우리는 4개의 은유를 뒤따르는바, i) 벽 위의 권투 자들 ii) 육아실의 소년들 iii) 역사적 훈족과 로마인들 iv) 대홍수의 시대에서 신화적, Pico(피코)그림【10-12】의 거인들이 그들이다. 전투뿐만 아니라, 여인들에 대한 무제한적 추구가 문명 이전의 카오스의 단계를 특징짓는 도다. 고로 우리는 읽나니. 선사핍남과 그가 추구하는 범자궁관녀, 읽나니. (좌주)**자네 5페니를 걸게 나아티나시우스, 연옥은 없다네. 그대의 경기를.**

【267】 (지식의 탐구에 있어서 지금 우리는 저 시대의 거인의 예를 따르도록 결심하도다.) 이제 우리 자신은, 고르는 의도로, 의미 중의 의미를 추구할지니. 우리의 두 쌍둥이들 앞의 깜박 깜박 펄럭 자焰인 이써여, 우리를 지식에로 탐探하게 하라, 우리를 광채 나게 하라, 처녀 곡處女谷을 놓치지 말게 하라, 최다의 태녀最多擬態女여! 희랍의 샘泉인 그대, 우리로 하여금, 명부冥府 신神 플라톤적的으로, 예쁜 프로서피나를 일견으로 고르듯, 하게 하라.

(여기 아이들의 공부는 신학적 문제의 분야에서 사회학적 그것으로 나아간다. 우리는 이제, 육아실에 의해 공급되는 예들을 통해, 원시적 육욕의 성질과 원시적 금기의 기원을 공부한다. 여기 조이스는 프로이트의 〈토템과 타부〉(Totem and Tabu)를 희화화하고 있으며, 그러나 동시에 심리학자의 견해를 비코의 신화적 비전과 결합시킨다) 천국의 무지개-여신이여 우리를 당신의 노고 속에 혼성케 하소서! (이는 원시의 충동에 대한 기도이다). 거기 섬광閃光이 말言이 되고, 분노의 홍수가 쏟아진다. (이는 비코의 우렛소리요, 부父의 복수에 대한 프로이트적 공포이대거세 콤플렉스, Castration complex]). 그것은 육욕의 행위가 즉시 뒤따르고, 더 이상 죄짓지 않을 결심을 야기하도다[금기]). 左注. **대응이 수부만을 물었도다. 고생, 근심, 걱정. 그리스도 여기도회.** 따라서, 옛 시대가 새 시대로, 옛 유혹녀가 젊은이로 길을 양도 하도다—한층 복잡하고, 미묘한 문체로 그러나 똑같은 의미로. [성인다움과 처녀의 무구無垢는 병발竝發할지니, 그러나 자연의 옛 고동鼓動은 거기 있으리, 꼭 마찬가지로]. 언제나 오직 유일 소녀는 그녀의 벌꿀과 몰역沒藥의 무구의 길을 갈지니, 반면에 오늘 꿀벌은 5월화를 여

전히 감싸는지라 그리고 그녀 수줍음 앞에…

비록 이씨는 그녀의 의자에 불안할지라도【278.2】, 그녀는 노동을 계속했는지라, 펜과 그의 입술을 빨면서 이따금 그의 종이를 지우거나, 그리고, 그녀의 눈을 문지르면서.그녀는 가정부의 기혼의 사랑과 zzhofkr의 비전으로 충만된 흥분된 rr주 속으로 진입했거니와, 나중에 그녀의 어머니의 그것과 유사한 즐거움에 가득한카덴자(협주곡)【279.1】.

【268-70】 이씨의 정교선정正教煽情(hortatrixy)에 대한 환락의 3페이지—소파 위 그녀 【268】 분화粉花로부터 퇴색했다 해도, 그대는 그들 모두를 발견하리니, 작은 꽃들을, 팔들이 자물쇠 채인 채, 링린 종명鐘鳴 속에, 모든 생각은 온통 그것(섹스)에 관한 것일 뿐, **아나 리비아에 관해 모든 걸 내게 말해줘요**…다시 말해, 그녀(이씨)는 혹자의 팔 안에서 발견할 향락을 생각하는지라.

(Browne-Nolan. 형제가 싸움을 하는 동안 이씨는 소파에 앉아 조모문법을 명상한다) 집단적 전통이 개인에게 끼치는 영향(나이 많은 자는 젊은 자에게 그의 과목을 가르칠지라. 이것은 사회학적 법칙이다. 우리는 이러한 법칙이 조모의 오래되고 확실한 "사랑-문법"을 이씨에게 가르치는 광경에서 예시됨을 발견한다). **모교, 경매인**. 이씨는 조모에 의해 젊은 남자들을 변용하고 어형변화 시키는 기술을 배웠다. 왜냐하면 모든 것은 그녀의 생래의 오늬무늬 짜기였기에. 만일 남성, 여성 또는 중성의, 3인칭(자)이 있어서, 그것에 관해 칭할 경우, 그것은 1인칭으로부터 서법율시하도다. 고로 그녀의 명령법의 관성慣性에 따라 조모문법은 설화하나니, 단지 그의 재귀동사를 향한 관대성을 유의할지라(이씨는 문법의 주제와 연관되고, 그녀의 소녀다운 생각들은 모든 종류의 특수한 문법 용어들로 표현된다). 내가 그대의 조부에게 그러하듯… **우산인雨傘人 노가블카인드**… 당시 그는 나의 향락이요, 그리고 나는, 그의 항문지적肛門知的 흥분제였기에. 거기 위안주의가 있나니,

【269】 이씨는 그녀의 조모에게서 받은 충고를 생각하는 듯하다. 다시 말해, 그녀는 자신에게 제공되는 것을 감수해야 하고, 관대해야 하는지라. 어둠 속에 오래 놓아둔 꽃도 시들기 마련. 그녀는 될 수 있는 한 실질적이 되고, 좋은 계급의 소년을 만날 수 있도록 타당한 종류의 말투로 이야기해야 함을 일러 받았도다. 최초에 듣는 증오

도 이따금 두 번 보면 사랑이 된다는 인식에서 말이다. 그대는 둘 대 둘이서 지하 교차역의 어두운 곳에서 작은 죄의 대담을 가지다니. 그러나 주변의 가장 쾌활한 녀석까지도, 필경, 창백한 피터 라이트(Peter Wright)가 될지 모르는지라, 한편으로 그대는 1년 반여 이상 동안 벽의 꽃인양 인기 없는 여인이 되고 마는 것이다. 왜냐하면 그대는 자신이 단정端正할 수 있듯이 실질적이 될 수 있을지 몰라도, 그러한 특이한 종류의 것에 봉착하기 위해서는 그러한 타당한 종류의 사건을 경험해야만 하도다. 이씨는 사랑은 고통의 신비요, 문법은 소녀에게는 거의 소용없음을 인식한다. 게임은 쿡쿡 노래처럼 계속 되는 것이다. **안단테(느린 악장) 애모로스메트로놈(박절기)** *50-50.*

【270】 그러나 한층 안이한 세월을 가지는 것은 남자들임을 기억할지니. 개구쟁이, 사내일지라도, 비록 그가 변호사의 수습생이든, 파이프 점의 서기 혹은 자유 기능주의자의 파리 잽이든, 그토록 많은 여인들을—나른하고 연약한 사지의 처녀에서부터 두통, 배통, 심통을 가진 다 큰 여인에 이르기까지— 선택할 수 있는지라, 한편 수많은 멋진 여인들은 앉은 채 기다리기만 하도다. 이를테면, 존경할 애란 빈곤 부인회 및 험프리스타운의 낙樂겨자 맥주 애음가 협회를 주목할지라! 소곡小谷이 무엽戊葉을 통해 견혹見惑하나니, 우리의 사랑은 고통의 신비. 그대는 자전거를 타고 핸들 위에 그대의 족화足靴를 올려놓고 그대의 미크와 니크를 배락倍樂할 수 있을지 몰라도, 미덕으로부터 결코 탈선하지 말아야. 버질(처녀) 페이지를 넘기고 관찰해 볼지니, 여성의 O는 장철음長綴淫인지라, 고로 그대는 그를 도망가지 않도록 할지라! 그는 그대를 점잖게 취급하고 결혼 날짜를 정해주리라.

(육아실의 장면은 양극적 원리의 더블 플레이를 들어낸다. 이러한 원리는 역사의 과정을 통하여 작동되어 왔다.) 우리는 방금 하이어링 용병傭兵의 포에니 전쟁의 그들 회고록 속에, 그래, 그래, 시저, 클레오파트라 및 삼두 정치가들에 관해 탐독하고 있었나니, 그리고 그대가 그것의 취지를 온통 보는 것을 실패할지라도, 그들이 설명하는 함축과 원리는 그럼에도 불구하고 바로 가까이 있도다.

그것은 결국 모두 역사의 근본적 원리인 "현금 지불"(Cash On Delivery), C.O.D.에로 결과하도다. 신비의 문자들인 C.O.D.의 각각은 3가지 특질의 생성으로 사료될 수 있거니와, 9개의 결과적 특질은 역사, 사실 및 전설(이 9가지 특질의 그리고 문자의 3위 일체의 파생은 유태교의 비법(cabala)을 패러디 하도다. 예를 들면, C로부터, "용기勇氣"(Courage), "용담冗談"(Counsel) 및 "용상庸常"(Constancy)의 원리들이 파생된다. 이들은, Hireling의 Punic 전쟁들에 의한 "용기" 4대 역사가들인—*Ulster* 주의 O'Brien,

【270-78】형이상학적 및 사회학적 함축의 긴 분석

【271】*Munster* 주州의 O'Connor, *Leinster* 주의 MacLoughlin, *Connaught* 주의 MacNamara 및 그들의 당나귀에 의해 "용담"이, 시저와 그의 두 여 마술사들 그리고 Octavian, Lepidus, 및 Mark Antony의 삼두 정치가들에 의한 "용상"이 각각 설명된다. O로부터, OMEN, ONUS, 및 OBIT가 파생되는데, OMEN은 비록 그대가 이러한 모든 것, Suetonia(역사가)의 취지를 보는데 실패하고, 3인의 형제가 그의 약골을 사랑하는지 아닌지를 상관할 필요가 없더라도, 그녀는 자신의 모습에 의해 그것을 고백하고, 그대의 면전에 그것을 거부할 것이요, 그리고 만일 그대가 그것에 의해 몸이 망가지지 않으면, 그녀는 어떤 변덕을 행사하지 않을 것이라는 사실에 의하여. ONUS는 "있었다"와 "있을 것이다" 사이의 간격에 의하여. OBIT는 그들이 애초에 싸웠기 때문에, 이제 우리는 안락을 결코 알지 못할 것이라는, 도덕적 사실에 의하여 각각 설명된다. D로부터, DANGER, DUTY 및 DESTINY가 파생되는데, 이 중 DANGER는 원죄의 범법에서 각각의 분담에 의해 (조기早期의 지사과地司果를 먹을지라. 독사毒蛇를 감언甘言하여 지껄이게 할지라. 환호할지니, 헤바여, 이것은 소녀를 기쁘게 했던 활주자滑走者로다), DUTY는 천국의 부름에 대한 우리의 반응에 의해 각각 설명 된다. 우리는 듣고 있나니! 우리는 믿고 있나니.

【272】흥 쳇, 우린 믿고 있는지라. DESTINY는 그것의 모든 결과에 의하여 설명된다. 의식하지 않고 의지했나니, 끝없는 세계가. (이상에서 9개의 원칙들이 설명되었거니와, 이제 우리는 다음으로 10번째—본래의 1에 접하는 여왕 제로(0)에로 다다른다. 이것으로 성(섹스)의 약극兩極과 그것의 결과의 위대하고 기초적 주제가 새로이 타진된다.) (양극의 원리). 파파와 마마. 전쟁과 기지—누구 대 기지. 깡패를 위한 꽁지, 소녀를 위한 젖꼭지.

(분석은 이른바 교수[케브]가 칭하는 정치적 발전의 파노라마적 시계視界와 과거의 미래 직각으로 계속

된다.)

암흑의 시대가 현재를 꽉 쥐나니, 고로, 그대 현대의 소녀여, 만일 그대가 B.C. 또는 A.D.에 관심이 있다면, 제발 멈출지라(Please stop. 이 말은 〈피네간의 경야〉 제1장의 웰링턴 박물관의 캐이트 안내양의 말로서, 역사박물관-고물 더미로 이어진다). (左註의 악보는 B C A D이다) 여기, 그대 소년들(케브와 돌프)이여, 저 물통(터무니없는) 이야기(스위프트의)로부터 그대의 머리를 뺄지라! 그리고 과거의 똥 더미 위의 망령을 버릴지라! 새것은 헌것을 기피해 왔나니, 그리고 그대가 그대의 커다란 머리통을 취침호就寢湖의 사세死洗 속에 집어넣은 이래 이것은 지금까지 발생해 왔도다. 명포名泡의 가정양조家庭釀造가 작동해 왔나니. 전쟁은 황소 대 곰을 수행해 왔도다. 지긋지긋. 左註. **중무장병과 공격이라** (Hoploits and atthems).

【273】늙은 이(HCE)는 벽으로부터 쿵 추락했도다. 그러나 만세, 평화의 일곱 겹 무지개 다리 있나니! 그들은 촌민村民의 우민愚民에 의한 포민泡民을 위한 사정부詐政府를 지배하도다. 그런고로 선반旋盤을 위하여 삽 호미를 내려놓을지라. 고로 모든 근심 및 걱정이랑 뭉치로 싸둘지라, 왜냐하면 낙담자들에게도 희망은 있기 때문이니― 약삭빠른 점도店盜 여인, 아나 리비가 그녀의 전리품을 가지고 법석대며 돌아다니도다. 앞서 제8장 참조). 그녀의 선물을 모두에게 분배하면서. (左註. **소똥 바위 아래에서 우리 모두 고통 받았나니 그리하여 어찌 우리는 바스켓 별판의 고봉 위에서 즐겼던고, 노자우의 육반**) 언어는 자유이고, 나무들은 오랜 바람의 농담을 비웃듯이 소리 내어 웃고 있도다. 그리고 풍대風袋인, 험프리(Humphrey)는 그가 하지 못한 모든 것에 관해 불기를 멈추지 않았나니. 이제 박물관 장면. 이것은 우리가, 웰링턴에게 윙크하며― 나폴레옹에게 고개 짓하며, 방문한 박물관처럼 멋진 그녀의 바스켓. 그리고 여기에 빈아마貧亞麻의 얼룩 마馬가 있도다. 역사의 누적.

【274】소년들은 그들의 역사 공부에 열심하며, 나폴레옹이 알프스 산을 횡단하다 벼락을 맞은 일, Hannibal과 Hejira, Dagobert가 Clane 초등학교에 다니던 일, 그가 Brian O'Linn 양복점의 바지를 어떻게 뒤집어 입었는지에 관해 배운다; 나폴레옹은 St. John 산山에서 낙오된 사나이이기에. 그들의 총總수수께끼는 무슨 뜻? 이미 이전

부터 계획이 성취되어 있는, 스케줄에 앞서, 수수께끼는 우리와 이미 함께 했는지라. **무능이면 무미라**. 예를 들면, 우愚 다티(Dathy)가 아직 Matterhorn 산의 위에 있나니. 재목材木을 흔드는 호담豪膽한 뇌두雷頭 (즉, 청부업자는, 그가 애초에 그러했듯, 심지어 오늘날도 탑 위에 있다. 모세는 이 순간 시내 산상에 있고, 과거의 수십년 동안 상징화 된 신비들은 **지금 그리고 여기** 유효하도다). 그리고 헤지라의 도피자 하니발 맥(대大) 하밀탄(MacHamiltan the Hegerite) 은 성聖 바마브락에 성당들을 건립하고 있도다. 그는 가일층 잎 많은 저 대추나무 속, 비탄에 젖은 서구 11선가線街 32번지를 여전히 들어다 보고 있나니, 막 노동자(Jerry)가 주인(Massa)과 아낙과 창부娼婦의 자식(Hijo de Puta)을 위해 지은 저 도깨비 집 속에 악마가 무슨 짓을 하는지, 궁금해 하면서. 그들은 미끄러지고 미빙우微氷雨하고 미색迷索하고 미사尾射하고 있도다. 그리고 다고버트(Dagobert)가 크래인(Clane)의 태생지에서 자신의 진학준비 공부를 준비하던 일 그리고 브라이언 오우리닝 점店에서 산, 찢어진 육소재肉素材를 통해

【275】 철면피하게도 광안廣顔을 내미는 방법을 배우고 있었나니라, 애란愛蘭의 양발복상羊髮服商.

　위대한 역사적 불가피성과 무상의 전형은 이제 그만 하기로 하자. 이제 문제가 야기하는지라. 이 거대하고 전반적 구도에 대한 개인의 특수한 성벽의 관계는 무엇인고? 교수(안내자)는 그의 대답을 행한다. 개인의 발전에는 과정들이 있는 바, 이들은 종족의 발전을 엄격히 개관하지 않는다. 이러한 과정들을 통하여 새로운 경험의 요소가 커다란 그림으로 소개된다. 그러나 종족 대 개인의 결과적 이분법은 출산이 가능한 새로운 종種의 형성을 통하여, 혹은—만일 개인의 변화가 단지 사소하다면—새로운 가족과 변화의 형성을 통하여 해결된다. 고로 "과수태"(superfetation)의 과정이 진행하는지라. 이러한 사건은 다음의 유능한 제자하題字下에서 **토론**된다. (右註. "최신 생성의 이분법으로부터 진단적 조정을 통한 왕조적 연계에까지. 그것은 하나의 세계가 다른 세계에 진로를 트는 모형이다.")(左註. **지시地視 거시경에는 두 개의 날개가 하나가 되다.**) 그러나 과거의 영속永續이 있는지라. **지난날의 들소 바펄러 타임즈로부터**. 그런고로, "산양과 나침반"(The Goat and Compasses)이라 불리는, 심지어 오늘날 태동지胎動枝의 궁전 속의 전형적 부부를 생각할지라. 그들은 과거의 자신들의 이야기들을 토론해 왔도다. 그들은 모든 하찮은 혁

신들과 경이들 보다 오래 살았다. 하지만 내일이 무엇을 가져올지 누가 알랴?

【275.03】이제 우리는 아이들의 방을, 그것의 신비와 함께, 떠나면서, 시간과 공간 속에 우리 자신을 재배치하기 위하여 조망을 바꾼다. 우리는 아일랜드의 작은 푸른 처녀지에, "정위자正位者, 우리의 전설의 화話주인공"이라 불리는, 불룩 배와 등 굽은, HCE의 세계에 있다. 그리고 ALP, 그녀의 침대는 자작나무 잎, 비계 얼굴…쾌공快公의 아나와 취풍청수吹風靑鬚의 엉망진창인자, 저 왕가부처王家夫妻가 그 속에 거居하는 "산양山羊과 나침반"으로 불리는 활목수지活木樹脂의 그들의 궁전(전화번호 17.69 안에 있다. 그들은 과거의 일들을, 그들의 사랑과 왜 그는 화녀花女에게 허언虛言 했던고 그리고 그녀는 햄을 죽이려 애썼던 고를 토론해 왔다. 때는 밤, 이층에는 필경자들(돌프와 케브)과 이씨가 그들의 공부에 열중이다.)

【276】각자는 과오를 저질렀고 기꺼이 속죄하려 한다. 그리하여 툭툭 등치는 환영객인 돌프, 다른 슬픈 만가자輓歌者, 노래하는 초상인 케브, 및 자신이 결코 펜을 대 본 적이 없는 편지를 찢어 없애는 이씨. 하지만 사랑과 괴남怪男에 관해 노래 불린 채. 그들에게 딸꾹질 자者(헤쿠베)가 무엇이며 그녀는 헤쿠베에게? 꺼져라, 꺼질지라, 짧은 촉화燭火여!

(右註. 퇴비더미 하의 잡종개. 개들(개구리들)의 만과晚課(합창)가 마침내 종석終席하나니. 저녁의 도래와 함께 모든 표면의 신기함이 암담해질 것이요, 우리는 "하한적下限的 지성의 한결같은, 불변의 의미"를 새롭게 알아차리리라. 이것은 공물供物과 타협할 힘인지라.) (좌주. **대중의 건강을 보존하며…**) 여기 제1장 이래 피네간이란 인물의 가장 중요한 출현이 있다. 가장 깊은 과거로부터, 무의식의 가장 깊은 심연으로부터, 선사시대의 피네간의 형태가 출현한다. 위협적 기억이 공물과 화해하리라. 저녁 만찬과 우산 꽂이로 마련된 가정적 전경前景이 잠자는 거인의 위쪽 타악기처럼 아래 타악기에 부딪쳐 소리를 내는지라, 충돌은 양자의 메아리를 방출하도다. 여기 개(Dog)의 주제는 피네간의 인물과 인간의 보다 낮은 천성—프로이드의 "Id"—의 힘과의 연관을 암시하는 바, 하지만 여기 또한 〈율리시스〉의 환각 장면에서 dog-God처럼 신성이 또한 살아있다.【490】이미 밤은 접근하고 있고, 저녁기도가 끝나고 있도다. 때는 따스한 만찬의 시간이다. 쉬. 새벽까지는 아직 긴 시간일지라. 저기 저 박쥐들은 엿보고 있는고. 피네간의 경야에 모든 것은 여전히 강세라. 그의

인상적인 모습은 우리의 식사를 지배한다. (좌주. **포터스타운의 절대적 최상급**).

【277-81】편지 쓰기

【277】킹(일요 왕)이라. 이 밤 동안 살인이 있으리라. 노왕 자신은 절멸될 것이요, 신에게 희생으로 받쳐질지라. 그는 왕조의 계승을 위하여 벌꿀 속에 방부 되어야 하나니. 어둠 속에 영구靈柩가 떠나올 때 까마귀들은 합창하리라. 그러나 그(HCE)가 죽어야 할지언정, 아서 왕처럼, 그의 죽음은 지나가는 것 그리고 다시 되돌아오리라. 채프리조드 주위의 마을에서 사람들은 그를 한참 동안 찾을지라. 고로 지금은 모두를 위해 "이 거대한 사멸, 이중사진泥中寫眞처럼 시시한 완성의 극치"에 경의를 표할 때이로다. 그[피네간]의 칠색의七色衣는 검댕이나니 (슬프도다! 불쌍한지고!) 그의 무능은 하나의 산적山積 뭉치로다 (무굴인이어!). **그것이 그가 그토록 큰 다리橋를 우리의 도로에 걸쳐 놓은 이유로다.** 그리하여 음주의 강江들은 그의 장례식에 피네간들을 위하여 분출하나니. **왕좌는 우산대요 홀笏은 지팡이로다. 귀부인의 보석이 있나니, 우리의 난양**娘羊 **이로다.** 거기 모든 연회인宴會人은 양타인養他人, 언제나 흐르는 아나. 왠고하니 그녀는 애초에 그랬듯이 아직도 살아 있는지라. 우리는 우리의 꿈을 몽극夢劇하고 아빠가 돌아옴을 말하도다. 그리하여 "동일갱신同一更新"【215 참조】이라. 우리는 존재하지 않는다 말하지 않을지니(여기 조이스의 다가올 긍정의 세계가 있다), 어떤 이들은 음식 덩이를 피하려 탐할지 모르나,

【278】질식을 피하고자 하는 자는 반추反芻하기를 배워야만 했도다―모퉁이의 고양이에게 여자 같은 사내와 함께 말이다. ("모퉁이의 고양이"[Puss in the Corner]. 아일랜드 동화에 나오는 무서운 동물-귀신으로, 여기서는 피네간-공포를 암시한다).

【278.07】부터, 이제 우리는 "Fanciulla"(이씨)에 대한 다른 생각으로 되돌아감으로써, 이어 주제가 바뀐다. 막간 시작. (교수-안내자는 그의 분석을 끝내고, 지금은 휴식의 시간이다. 우리는 마음을 풀도록 허락 받는다. 그리고 우리의 마음은 물론 이씨에게로 향한다. 환環들 간의 작은 여인처럼, 이 작은 소녀는 공부 기간 사이에 있다.) "주님의 시녀를 보라!"(삼종기도, Angelus) 작은 소녀의 심장을 목격하라. 얼마나 안이하게 숨 쉬는고! 우리는 젊은 소녀의 마음을 경계하도록 일러 받는다. 그녀는 담갈색의 눈과 선線 없는 얼굴을 가졌다. 그녀는 아마

도 폐렴(Bysshe)에 약하거나, 석탄 광부에게 홀리지 모른다. 그러나 작은 수녀들이 그녀를 보여줄 수 있듯, 우리의 목적을 형성하는 것은 신의神意이도다. 이씨는 그녀의 마음에 있어서 너무나 정교하게도 세심한지라. 심지어 나무 잎들을 회상하는 것마저도 그녀로서 건디기 너무나 귀여운 생각이니. 그녀의 마음은 전적으로 편지에 있다. **숙부 흐늘흐늘 극대자로부터 조카 퍼덕퍼덕 극소자까지.** 사람에서부터 주변 물건의 장소에까지 한 통의 편지. 그리하여 세상만사가 한 통의 편지를 운반하기를 원하고 있나니. 그러자 그때 정치적인 계획들이 진행한다…. **친애하는 보로터스 내게 귀를 육陸할지라.** 남자들도 한 통의 편지를 쓰고 싶나니. 고로—오늘 무슨 편지 있나요, 우체부 양반? 찾아봐요! 분류를, 제발.

(이 부분은 목격자에 의한 서술인 것처럼 끝난다). 그동안 우리는 적새敵塞 왕자에로 우리의 길을 행차行次해 왔나니(그들은 비와 비 계절적 한기寒氣에 대해 불평한다. 그들은 지금까지 피로하여, 휴식을 요구한다). 그리하여 흐름의 힘이 한층 희미해진다.

"모퉁이의 고양이에게는 팬지꽃과 함께"(With a pansy for the pussy in the corner). 이 구절은 〈햄릿〉의 Osric에 관한 것으로, 또한 이씨-오필리아에 대한 언급이요, 그녀는 "모퉁이의 고양이"격. 공부방의 모퉁이에 앉아서, 그녀는 "의자 위에 앉아있다"라고 말하고, 〈햄릿〉에서 인용된다. 팬지꽃은 오필리아류의 꽃이다. "그리고 여기 팬지꽃이 있어요, 그건 생각을 위한 것"(And there is pansied, that's for thoughts)【IV.v.17.5】. 이 행은 〈피네간의 경야〉에서 자주 언급되는데, "생각을 위한 팬지꽃"은 오필리아를 위한 대주제이다.

【279】 나무껍질이 두려움을 가장한다. (인류는 멀리 그의 본래의 원천으로부터 왔는지라, 그의 본래의 즙액을 잃었다. 종말의 예고가 껍질과 감각의 짙음과 고갈 속에 분명하다.) 이는 우석雨石(라인석)의 울림이다. 연중 이때쯤 하여 이상하게도 추운 날씨. 그러나 민들레는 언제나 꽃필지라. 모든 전쟁이 끝난 이래, 만사 마음 편이, 경기를 공평하게 행할지라. 잠시 휴식하고 귀담아 들을지라.

(이씨의 기다란 각주).

(그녀는 자신의 선생에게 띄운 노트를 두 쌍둥이 오빠들에게 읽어준다. 이 각주는 그녀의 음악 편지를 집계한 것이다. 이는 본래 〈피네간의 경야〉의 초고에서 보여지듯, 조이스가 본문에 삽입할 의향이었다. 그

내용인 즉, 그녀가 한때 자살을 생각했으며, 자신이 정신을 차렸더라면, 학위를 따고 훈작사가 되었을 것이라는 것이다.) "빈번히 나는 너무나 우울하게도 자살을 감행하려했는지라, 그러나 당신 (연소자인 선생)의 선정적煽情的 오류성을 회상함으로써 구조를 받았도다. 당신은 당신의 무엄無嚴함을 후회할지 모르나니, 왜냐하면 나는 방금 마음이 바쁜지라. 나는 영화에도 나타날 것이요, 나의 어리석은 급우들을 이렇게 조롱할 것이라. 나이 많은 북구北歐 유모가 내게 규범들을 가르쳤나니—그리고 두 소녀들, 그 남자, 그리고 염탐자들에 관해 모든 걸. 그날 내가 드루이드 성직자들의 제단에서 두 다리를 벌리고 앉아 있던 것이 성스럽지 않았던가요? 얼굴 붉히지 말아요! 나는 규범들을 아는지라. 하느님은 자비 하시도다. 진리는 허구보다 한층 강하나니…"

이 막간(intermission) 【278-279】의 순간에, 가장 엄격한 공부가 집중되는 양 기간 동안, 이씨가 갖는 회고의 짙은 배합이 누그러진 마음을 통해 무질서한 연속으로 흐른다. 앞서 기간에서 우리는 현실적 특성을 다루고, 앞으로 다가올 기간에서 우리는 성의 신비를 입증하는 형제들의 행동을 본다. 이씨의 편지 쓰기의 나른한 애욕적 기분에 크게 이바지하는, 이 막간은 이들 양 기간들 간을 맴돌고, 양 둑을 감촉하며, 반半-형식화된 회고들을 마음에 떠올린다. 기분은 밤의 그것이다.

【280】 (다시 공부에로의 복귀-편지 읽기) 아이들은 분석을 위한 귀(셈) 및 그것의 종합을 위한 눈(손)을 위해, 이씨에 의하여 읽힌, 편지를 기억하려고 애쓴다. 밤의 장면. 나무가지들은 달이 1년 전의 기억들을 빛일 때, 미래와 과거의 어두운 지혜를 노래한다. 그리고 만일 숲이 글을 쓸 수 있다면, 그것은 마치 작은 암탉(ALP의 암시)이 쓴 편지처럼 되리라. 여기 구절은 미국 보스턴에서 온 Maggy의 편지의 혼성된 번안과 썩힌다. 편지는 이렇게 읽힌다. "친애하는A-N—, (그녀는 연필을 핥는다) 나와 우리—그럼, 장례는 잘 치렀기를 희망하며, 애도를 제발 받아요. 가련한 F(ather)M(ichael). 그럼, 집안의 모든 이의 건강을 안녕 그대, 매기? 예쁜 과자 선물을 감사하오. 자 그럼, 메기, 곧 소식 듣기를 희망하며, 이제 끝맺어야함. 이만 총총. 한 마리 귀여운 페르시아의 고양이." (그녀는 고놈을 문지른다) (저 자판字板들을 대부분 그녀는 Poppa Vere Foster로부터 외치고 다니지만, 그러나 이러한 소용돌이 장식품은 마마의 모형에 속한다.) (편지의 분석【119-23】 (그녀는 다른 것을 문지

른다. 그걸 뒤집어, 공중에 조용히 휘두른다) 신데렐라로부터 행운을 빌며, 매우魅友 왕자가…
(그녀는 다른 것을 홅는다) 오우번 샤를마뉴(대제大帝)로부터. 경근敬謹 및 순수미자純粹美者!
만사 다음 말로 귀결되는지라. 그녀는 영겁永劫을 통해 묵묵히 비쳐왔던 생의 바로 그
길을 밟는다. 그리고 반두시아의 샘泉이 유급流急 음악을 탄뿌彈하고 사향麝香을 탄歎하
리라.─잠, 음료, 무도 그리고 꿈, 추수까지, 이 삭막한 흐름처럼 쾌활한 요정의 들판.

　　【281】 필법의 연습은 역사의 모든 전쟁을 생존시키는 꽃들에 관한 에드가 기네로
부터의 텍스트를 재생함으로써 끝난다【281.4-13】.

　　**오늘날, 프리니와 코루멜라의 시대에 있어서처럼, 하야신스는 웨일즈에서, 빙카
꽃은 일리리아에서, 들국화는 누만치아의 폐허 위에서 번화繁花하나니. 그리하여 그
들 주변의 도시들이 지배자들과 이름들을 바꾸는 동안, 그중 몇몇이 절멸絕滅하는 동
안, 문명이 서로서로 충돌하고 분쇄하는 동안, 그들의 평화스런 세대世代는, 시대를
통과하고, 전쟁의 나날에서처럼 생생하게 그리고 소리 내어 웃으면서, 우리에게 다
다랐도다.**[36] [19세기 프랑스 시인 및 역사가 키네(Edgar Quinet) 작 〈인간성에 대한 역
사철학의 소개〉(*Ideen zur Philosophy der Geschichhte de Menscheir*)의 글귀.]

　　물론, 그녀의 형제들은 그녀의 반주에 대해 말하리라. 셈은, 이 작가의 니체적 야
망을 조롱하면서, 기네의 구절의 힘을 냉소적으로 거역할지니, 그리하여 작가는 단지
영(0)(제로)의 효과를 믿을 뿐이다(281L). 그러나 숀은 그녀의 노력을 인정하리니, 왜냐
하면 문학은, 이 전투적 녀석에게, 단순히 부富에 접속하기 때문이다(281R).
　　이제 독자는 장의 중심 주제에 접근하는지라, 즉 숀이 그의 질투심 많은 형 셈에 의
해 요술로서 그리도록 하는 ALP의 음부의 다이어그램의 창조 말이다. 소개적 구절
에서【281.15-27】, 〈오셀로의 강한 메아리와 운명의 손수건, *fazzoletto*〉가 있다.

　　진주점괘眞珠占卦! 하아킨토스의 빙카 꽃![37] 꽃들의 애어愛語. 한 점 구름. 그러나 브
루투스와 카이사르[38]는 단지 삼지창설三枝槍舌의 세공품細工品인지라, 소문난 고의자
故意者, (그건 마성녀魔性女 데스데모나[39] 때문!) 그리고 그림자가 그림자를 증배增培시키나니
(위사취偽似臭의 위침상偽沈床과 함께 위침상 속의 불운의 위偽손수건)[40] 기회 있을 때마다 빈번히,

그들은 자신들의 싸움에 매달리도다. 무화과나무는 매우도 어리석도다. 고대古代의 악분노惡憤怒. 그리하여 각방各方은 쌍방雙方으로 영광을 탄욕歎慾하는지라. 그녀가 롬(명성)을 신음하도록 버려두고라도 승자勝者 시저를 덜 사랑한다면 어쩔꼬? 그런 방식으로 우리의 산조상酸祖上이 그들의 세계 절반을 장악했도다. 대기의 자유 속을 배회하며 그리고 군중들과 어울리면서. 이것인가 저것인가, 둘 중 하나.[41]

하야신스 석(적황색) 마거리트

그녀는 선언하는바, 손이 "사용하다"(spend)라는 것은 어렵거나 혹은 불가능함을 생각고. "spend"의 의미들 중의 하나는 사출하는 것이다. 이에서 그녀는 옳다. 육체의 꼭대기 절반은 사실상 성적 표현이 불가능하고, 소년들이 서로 변화할 때까지 그러하리라.

더 늦은 수확제收穫祭가 우리의 지분대는 세탁부洗濯婦에 의하여 안내될 때까지, 저 사악한 가시 뜰처럼 음침한 경이驚異의 전조前兆, 이 삭막한 흐름처럼 쾌활한 요정의 들판이라.

그러나 그것은 무익하다. 가련한 이씨! 앞서 Mooke의 우화에서처럼, 그녀는 쌍둥이에게 자신의 요점을 알리기에 실패한다. 구름과 습기로도, 이제는 꽃으로도, 그녀는 그들에게 사랑이 모두요, 증오는 무無인지라, 미는 꽃들 사이에 있고, 그들이 피어오르는 폐허 속에 있음을 확언할 수가 있다. (右註. 전화쟁和戰爭의 순문학에 의하여 연출된 역役, 상호변신).

(右註. 베르길리우스 독점패) 꽃들의 애어愛語. 한 점 매달린 작은 구름(이씨). 그러나 브루투스(케브)와 카이사르(돌프)는 단지 3가지 복잡한 생각들에 흥미가 있는지라, 소문난 고의자故意者, 그림자가 그림자를 증배增培시키나니, **사동寺童에게는 사전寺錢 그러나 교구승에게는 무전無錢**. 쌍둥이들은 어리석게도 자신들의 싸움에 매달리도다. 고대古代의 분노, 그리하여 각자는 영광을 탄욕歎慾하는지라.─그녀가 영광을 신음하게 버려 두도 승자勝者 시저를 덜 사랑한다면 어쩔꼬? 그런 식으로 우리의 조상들은 그

들의 세계 절반을 장악했도다. [인생은 값지든 아니든 승자에게 호의를 보인다.] 대기의 자유 속을 배회하며 그리고 군중들과 어울리면서. 이것인가 저것인가, 둘 중 하나.

심문. 그리고?

감탄. 아니, 차라리!

"(그건 마성녀魔性女 데스데모나 때문!)…(위사취僞似臭의 위침상僞沈床과 함께 위침상 속의 불운의 위僞손수건)… 무화과나무는 경치게도 어리석도다. 고대古代의 악분노惡憤怒"('tisdemonal!) …(if folsoletto nel falsoletto col fazzolotto dal fuzzolezzo)…Schamoor's so woful sally. Ancient's aerger). 〈오셀로〉의 데스티모나(Desdemona)와 무어인(오셀로). 무어인의 행동은 매우 병적이고 마성적(demotic)이다. 그는 그 때문에 비참하게도 딱한지니(woefully sorry), 매스고운 애증愛憎이라. 시카모어(무화과)(sycamores) 나무는 〈피네간의 경야〉의 사방에 산재한다. 여기 그들은 타당하게도 버드나무(willow)와 합세한다. 왜냐하면 데스티모나는 시카모어와 버드나무에 관한 "willow"의 노래를 불렀기 때문이다. "가련한 영혼은 시카모어 나무 곁에서 한숨짓고 있나니./ 모든 푸른 버드나무여 노래할지라. 노래할지라 버드나무를, 버드나무어, 버드나무여"(The poor soul sat sighing by a sycamore tree, / Sing all a green willow…Sing willow, willow, willow)【IV.iii.40-4.3】무어인의 간신은 Iago였다; 그의 이전의 간신인 Cassio는 여기 역시 있나니, 오셀로의 불운의 손수건처럼.

이상의 구절은 우리로 하여금 두 쌍둥이 형제의 전쟁 문제 및 이 장의 주된 행위에로 되돌려 놓는다. 그들의 이름은 돌프(솀) 및 케브(숀)이요, 그들은 재삼 그들의 공부로 되돌아간다.소외된 형 솀은 아우 숀에 의해 자신의 숙제를 도와주도록 요구될 것이다.

【282-87】수학 및【282.1-304.3】복판 주제

【282】(右註. 양수적兩手的 예상의 대조. 정신 공장. 그의 주고받기)

(대)지주地主가 그를 고용할 때 소작인은 노동하다.

비조飛鳥점괘. 여성의 지식에 대한 축복(그들은 모성母性의 신비를 탐색할 것이다). 복점卜占. "하느님의 매일의 보다 성숙한 영광을 위하여"(Ad Majorem Dei Gloriam)

A.M.D.G.(At maturing daily gloryaims: 하느님이 매일의 보다 성숙한 영광을 위하여.) 예수회의 모토로서, 이의 두문자가 예수회 학교의 학생들에 의해 그들의 숙제장 머리에 쓰인다. 여기 나오는 말들은 쌍둥이 형제가 그들의 산수 공부를 하기 위해 마음의 준비를 갖춤을 암시한다.

(쌍둥이들은 일련의 산수 및 대수 문제로서 시작한다. 그리하여 수학은 신학과 형이상학의 심오한 연구와 병행하는지라, 산수와 문제는 HCE의 개성과 ALP의 비밀을 점차 드러낼 것이다. 가장 자리 손의 주석에서 모든 수학적 결론의 최후의 함축을 위한 수학적 공식이 기지旣知에서 미지未知까지 나타난다.) "우리의 확실성에 의하여 정당화된 불확실성."

(이제 소년들을 살펴 보건대, 첫째로 우리는 케브(손)를 본다).

케브는 손手의 산술에 능한지라 그의 도움으로 셈을 하는 방법을 배운다, 왜냐하면 그는 자신의 손가락들이 왜 존재하는지를 요람에서부터 잘 알고 있기 때문이다. 그는 10손가락에 이름을 붙였다. 첫째는 boko(머리), 다음으로 wigworm(개똥벌레), 다음으로 tittlies(小點), 다음으로 cheekadeekchimple, pickpocketpumb, pickpoketpoint, pickpocketprod, pickpocketpromise와 함께, pickpocket 및 upwithem. 그리고 그는 자신이 좋아하는 4개의 기수들; (1) element curdinal numen, (2) enement curdinal marrying, (3) epulent curdinal weissw (4) eminent curdinal Kay O'kay. 여기 추기경(cardinal)으로 불리고, 4노인을 상기시키는, 4개의 손가락은 4비코의 시대라는 견지에서 명명되었나니. (1) 하느님의 이름(nomen)이 들리는, 우렛소리의 시대, (2) 족장 가족의 시대(결혼), (3) 매장의 주제(weisswasch, 굽이치는 백포白布), 분리의 시대, (4) 회귀의 시대(새로운 신비의 10년의 기간인, K, 즉 알파벳의 11번째). (여기 실지로 추기경의 이름 중 Newman이 끼어있는 바, UCD의 설립자요 조이스의 우상) 케브는 언제나 손가락을 기계적으로 처음부터 끝까지, pin puff pive piff; piff puff pive poo; poo puff pive pree; pree puff pive pfoor; pfoor, puff pive pippive; poopive──의 음률에 맞추어 다양하게 읊는다.

【283】 41 더하기 31 더하기 1 더하기의 척도尺度로, 등등, 그대의 모자를 열 개의 나무 조각 높이에로 투구하듯. (손가락의 셈) 혹은 재차, 북풍 남풍 동풍 서풍. 애이스(1), 듀스(2), 트릭스(3), 코츠(4), 킴즈(5), 물론, 무언배수無言倍數하여 총수總數까지 이르나

니. 한편 다른 면으로, 그들의 공극분모空劇分母에 의한 그들의 비약수非約數를 위하여 최저항最低項, 성수性數(6), 석식夕食(7), 추파秋波(8), 기발奇拔(9) 및 주사위(10)까지 감소하도다 (중세 유태교의 계산법). 케브는 (악당 같으니!) 실습에 의하여 나의 것에 대한 그대의 39품목(아마도 영국 국교의 39개조, Articles of the Anglican church에 대한 언급인 듯)의 값을 관계등식關係等式의 무잔어無殘餘로 발견할 수 있었는지라 그리하여, 수표數表의 도움으로, 뇌산염雷酸鹽을 전동가동부轉動可動部에로, 사슬고리를 연쇄連鎖에로, 노포크의 웨이 무게단위를 요크의 토드 단위에까지, 진흙 온스 중량 단위를 파운드로, 수천數千 타운센드를 수백數百 단위에로, 변감變減하고, 현행의 리빙스턴(Livingstone)을 수의척도壽衣尺度에로 그리고 에이커, 루드 및 퍼치의 리그 단위를 엄지손가락의 조야한 척도尺度에까지 끌어내릴 수 있었도다.

(여기 아프리카와 영국 제국주의와의 연관된 Livingston [영국의 아프리카 탐험가]의 이름은 이러한 수학적 계산이 영국인들의 상업적 조작을 경유하여 원주민들을 복종시킨 수단이란 생각으로 인도한다.) 또한 Jeremy Bentham(영국의 철학자 및 그의 공리주의)의 시도가, 생석(livingstone)을 관棺의 못으로 바꾸는, 도덕적 가치를 기계적 단위에로 감소시킴을 비유한다. 꼬마 케브는 자라서 세계를 사찰할 참이다).

— 그러나 서술하기 이상한 일이나, 그는 해독解讀, 전필典筆 및 주산注算에는 비등比等하나, 유독 자신의 유클리드 기하학 및 대금산수代金算數에는 둔점鈍點을 따르나니. 예를 들면.

【284】(i) 증명할지니, 중앙선, hce che ech가, 주어진 둔각물鈍角物의 시차각視差脚을 발교차物交叉하여, 후부의 곡현曲弦에 있는 쌍방 호弧를 이등분함을 (ii) Fearmanagh 군(郡Ister)의 고도 상의 가족분산. 신총림주가 경각傾角을 들어내나니, 그리하여 하부 Monachan 군(Ulster)의 모든 함수를 나타내는 구획도표는 영웅시체英雄詩體 속으로 합류 될 수 있을지라. 그의 칠천국七天國의 먼 장막이 마치 무배영원無培永遠 ∞과 등가等價하나니(두개의 0으로 나누어지는) 어떤 숫자든 무한대와 동일하도다. 이러한 사실들이 부여된 채, 얼마나 많은 조합組合과 순열順列이 국제적 무리수에 따라, 그것의 입방근이 일련의 가설적 가정에 의하여 구해진 채, 작용될 수 있는지를 보라! 가련한 돌프, 그는 모든 이러한 전례와 결론과 근根을 구한 항項의 법칙 및 비율과 다

투지 않으면 안 되었는지라. 맙소사! 그리고 이제 그는 pthwndxclzp라는 단어의 철자로서 얼마나 많은 결합과 환치(순열)가 만들어 질 수 있는지 찾아야 한다. 대답. (단지 교사를 위하여) 10, 20, 30, C, X, 그리고 III. 위에서 설명된 12 미분된 무한대들이 진행 중의 작품의 본래의 언급들의 재생을 통한 연속체가 됨을 상상할지라. 그에 잇따라, 만일 두 유혹녀가 이륜차를 타고 셋 매춘남이 삼륜차를 구른다면, 대답은 우리에게 여름이 지속하는 한, 자동적 터기-인디언의 무지개 환상을 제시할지라.

수학도 역사처럼 "가족 우산" APL과 HCE의 "영웅시체" 그리고 심지어 두 소녀들 및 세 군인을 설명한다. 왜냐하면 2, 3, 나눗셈 및 곱셈은 산수 및 가족과 마찬가지의 항목 하에 나타나기 때문이다. 이씨가 다리를 핸들에 얹고 타고 있던 두발 또는 세발 자전거는 1, 2, 3을 그들이 자초하는 고통에로 다시 불러오기 마련이다.

이 시점에서, 우리는 〈피네간의 경야〉의 중심에 가깝다. 이 작문의 과정에서, ALP는 텍스트의 양 변방에, 그녀의 두 아들이 앉아 있는, 그리고 그들 양자를 그녀의 친족 상관적 가슴으로 데리고 가는 강의 양 둑을 커버하기 위해 펼친다. "시간은 언제나 구른 시내처럼,/그녀의 아들들을 온통 나른다." 두 아들은 그들의 어머니를 오르가즘으로 흥분시켰다. 그리고 그들의 마미가 다가오는 것은 그들 양자에게이다. 친족상간적 포옹은 그녀의 두 아들의 합병을 하나의 불안하게도 축적된 인간으로 이끈다. 프로이트는 성에 종사하는 침대의 어느 카풀인들 친족상간과 타협한다고 썼다. 두 합치된 남성은, 친족상간과 타협한 다음에, 다음 장 II.3에서 그의 부친을 파괴하리라. 그리고 이어 여행을 계속할지니, 밤을 통해 편지를 나르는 숀과 더불어, 그리고 숀의 바지 내부의 항아리 속의 대구마냥 몸을 사렸도다. 그리고 그의 주인을 위한 당황스런 질문의 경우를 단지 출현하면서, 마침내 결함된 생물은 새 아버지마냥 동쪽에 솟으리라.

【285】 그러나 만일 이 행환상시민幸環狀市民(독자)이, 여기 저기 뛰어 돌아다니는, 그들의 후궁 소녀들과 함께, 마법자 멀린에 의하여 폭행당한다면, 총주교總主敎 대리 (HCE)가 고원 주위를 분명히 솔선하여, 그러나 동시에 추구하면서, 발작적으로 페달을 밟는 동안—그러자 MPM(두 자계磁界 간의 늙은이)은 우리에게 핀란드어語로 묵극복마전黙劇伏魔殿을 가져오는지라. (여기 돌프는 대답을 산정하려고 애쓴다.) 12 x 11 x 10 x 9 x 8 x 7 x 6 x 5 x 4 x 3 x 2 x 1 = 479,001,600이라. 달리 말하면, 5 - 1(5의 가족 가운데

HCE) $2 + 5$ x $1 = 7$ 5 x $2 = 1 - 9$, (HCE의 애욕 Libido와 함께 2소녀들), $500 + 12$ x 2 x 5 x $5 = 6000$. 모든 유분수流分數의 총람總攬을 위하여 이브닝 세계 지紙의 홍채란虹彩欄(see Iris in the Evenine's World) 참조, (돌프는 이항식二項式을 공부하지 않으면 안 된다. (그는 결코 불이해不理解라. 하느님의 길처럼 접근불가接近不可로다. 그리고 공리公理 및 그들의 공준公準 역시.)

【286】하느님 맙소사, 대수라니! 혼돈! 돌프에게 그것은 온통 "Equal to=aosch"(X)와 같도다.

손.가락.핥.아.넘.겨.요.

그런고로, 저러한 어두語頭의 낙차落差와 저 원시의 오색조汚色調 다음으로, 나도 알고 그대도 알고 유태 강제 거주지역의 아라비아 인도 알고, 뿐만 아니라 매데아인人 또는 페르시아인人도 알다시피, 희극 장면(컷)과 심각한 연습문제들은 캐시(John Casey) (더블린의 가톨릭 대학 수학 교수로, 원의 설명으로 유명함. 〈유크리드의 속편〉의 저자)의 '제일 권,' (웰링턴 철교, 히크니의 소매상에서 매입될 수 있을지니)에 펼쳐진, 230페이지에서 언제나 즐길 수 있는지라—그런고로, 결국, 그는 자신이 놓쳤던 저들 수중手中-기수基數-카드들에 으뜸 패를 치고 작별을 고해만 했는지라. 즉 하트, 다이아몬드 및 클러브, 스페이드이라. 그리하여, 시간은 그에 아무런 도움이 되지 않으니, "재발 손가락을 핥고 책장을 넘길지로다"(no help fort, plates to lick one and turn over).

우리는 두 형제의 공부 책상으로 직접적으로 다가간다. 창의적 케브는 방탕한 돌프의 도움을 갈망하다니, 그것은 그의 기하 문제 때문이다. 여기 우리는 케브의 右註를 읽는다. "천진자와 방탕자 간의 창조적 노동집요"(INGRNIOUS LABOUR- TENACITY AS BETWEEN INGENOUS AND LIBERTINE). 문제는 삼각형과 관계하는 바, 삼각형인 델타는 ALP의 기호이며, 이는 또한 Bass 맥주회사의 상표로서 나타난다. "If I had poor luck with Bass's mare…He was laying his hand upon a winejar."【340 참조】여기 우리는 돌프의 左註를 읽는다. "**바스 주사의 삼각상표는 마린가**[HCE의 주점]**의 자랑**"(The boss's bess bass is the browd of Mullingar). 첫 번째 문제. 이등변 삼각형을 건립하라. 성부, 성자 및 성령의 이름으로, 아멘.

(소년들은 그들의 기하 공부를 시작한다. 특히, 유클리드 〈기하학 원소〉(Elements of Geometry)의 제

1호로서, 주어진 유한 직선 상의 이등변 삼각형[equilateral triangle]을 서술하는 것. 그러나 한층 사악한 수준에서 우리는 돌프가 편지의 작문에서 케브와 이씨를 그들의 양친과 연결시키려고 애쓰고 있음을 본다).

"그대는 그걸 할 수 있는고, 바보?" 돌프가 묻나니, '아니'라는 답을 기대하면서. 난할 수 없나니," "그대, 얼간이?" 케브가 묻는지라, '그래'라는 답을 기대하면서. 뿐만 아니라 부자舍者(케브)는 더 이상 실망하지 않는지라, 왜냐하면 그는, 손에 키스하듯 쉽게, 일러 받았기에. "오 그걸 말해주구려, 제발, 셈! 글쎄," 케브는, 엄지손가락을 입에서 빼면서, 탄원한다. "그건 이런 거야," 돌프가 말한다, "우선 컵 가득 진흙을 잘 섞을지라[First mull a mugfull of mud], 원 참! "여기" mud는 mudder(이마泥馬, 이모泥母), ALP의 삼각형을 그녀의 델타(삼각주)로 삼는다(그녀의 삼각형은【294】에서, 그녀의 음부요, 이브의 무화과 잎(fig leaf)을 요구한다).

숀의 기하학의 어려움, 〈지구모〉地球母를 재는 공부는 여기 자세히 탐구된다. 이 위험스런 작문의 소개적 구문은 이 교육적 작업에서 숀을 넘어 셈의 능가를 초래한다. 숀은 여기 곰인지라 주님인, 셈의 지배 하에 작업한다【281.1-4】.

【282】 [수학 공부의 시작] 그의 일에는 흐느낌으로, 그의 노고勞苦에는 눈물로, 그의 불결에는 공포로 그러나 그의 파멸에는 기력氣力으로, 보라, (대)지주地主가 그를 고용할 때 소작인은 노동하도다.

【287】 셈은 숀으로 하여금 3각형을 구성하도록 도울 것을 제의한다【286.25-287.17】. (돌프는 케브에게, 진흙 단지를 가득 채울 것을 말하면서, 문제의 설명을 진행한다). "무슨 신의神意로 나는 그따위 짓을 할 것인고?"(케브는 그걸 일종의 종이로 대신한다고 생각한다. 그리고 그의 컴퍼스를 열도록 말한다.) 그리하여 그들은, 하나의 0과 이어 다른 0을 만들면서, 그들 사이에 그걸 착수한다(이러한 작동은 지도 그리기 및 알파벳의 대표적 문자인, A 혹은 D와 닮기 시작한다). 그런데, 더블린까지 왕도가 없는 걸 아는지라, 우선 그대의 진흙-모(mudder -mother)를 나를지라, 뽐내어 소지沼池까지, 실개울까지 도로. 나 추측건대, 하구에서 나오는 어떤 아나 리피 진흙도 무관일지니. 그리하여 ALP의 현장을 발견하는지라,

그녀의 만곡방위灣曲方位의 호우드를 첫째의 O으로서 갖는 것이요, 둘째의 O으로서 그대의 컴퍼스를 열지라. 그대 할 수 있는고? 아니! 좋아! 고로 우리 사이를 구획할지라― 그러나 알파라 발음되는 연안지도沿岸地圖의 한 점을 그대의 다져진 길에 이착泥着할지로다. 거기 만(Man) 섬이 있나니, 아아! 오! 바로 그거야. 좋아요! 이제, 만사 사과 파이(애플)처럼 정연하도다. 여기 돌프는 이브의 무화과 잎을 쳐들면서, 그의 어머니―그녀의 "사과 파이(애플)처럼 정연한" 전공소孔(whole. whole+hole)을 노정하고 염탐한다. 심술꾸러기 돌프는 "컴퍼스를 펴면서," ALP의 현장을 발견하나니, 그녀의 만곡방위灣曲方位로 원原프리즘 O로서 호우드를 구착丘捉한다. 분명히 그녀의 Omega의 발견은 지방적 지리를 함유하는지라. 이들은 muddy, prismic delta, 호우드, 더블린 만灣 또는 "해안도海岸島"이다. "나는 불가可(인)지만 그대는 가可아벨한고? 우호적으로 수긍(OK)."

돌프는 금제禁制의 지식의 길을 따라 케브를 인도한다. 갑자기, 이 시점에서, 설명이 중단된다. 그것은 【293】에서 다시 계속될 것인 즉, 거기서 돌프가 구성하는 그림이 발견될 것이다. 그의 설명은 지리적, 외설적 및 형이상학적 함축성과 전적으로 무관하지 않음이 벌써부터 분명하다. 그가 행하는 것이란 그의 형제에게 어머니의 비밀을 소개하는 것이다. 조이스는 우리의 노 교수-친구의 가장 속에, 5페이지 반 【287.18-292.32】의 삽입구를 도입함으로써, 서술을 중단시킨다.

(돌프는 자신의 흥미로운 과목을 방청하도록 아래와 같은 라틴어로 고대인의 정령들을 초대한다.)
　　　―오라, 오 과거인過去人들이여, 지체 없이, Livy 모양의 작은 페이지가 사자死者의 라틴어語로, 보도록 노출될지니. 육의 항아리에 고처 앉은 채, 브루노와 비코의 고대의 지혜, 즉, 모든 것은 강으로서 흐르는 것, 그리고 모든 강은 적대 강둑들로 둘러싸여 있음을 마음속에 숙고할지라.― 교수는 나태자들의 사제司祭인, 돌프가, 비록 간신히 말 떠듬거리는 소년인데도, 어떻게 그가 이소로 대학(백래인 유니버시티)(Backlane University)에서 반항 경향의 게으름뱅이 놈들을 자주 코치했는지를 서술하면서, 토론한다.

　　【287-92】(돌프의 막간. 애란의 정치적, 종교적, 및 애욕적 침략에 대한 열거) 손으로 하여금 그

의 어머니의 음문을 보도록 강요하는 셈의 음모 그리고 강은 흐른다.

　텍스트의 흐름이라, 그것은 이 시점까지 그녀의 두 아들의 변경적 논평 사이를 가까스로 흘러왔나니, 이제 양 변방으로 폭을 넓혀 흐른다. 아나는, 사실상. 친족상간적으로 그녀의 아들들을 포옹하고, 마치 프랜퀸처럼, 그들을 상호의 특질들을 분담하도록 야기시킨다【287.18-292.32】.

이 기하학의 연습【287-92】을 지연시키는, 여기 막간은, 돌프(셈), 케브(숀), HCE, ALP, Isabel 및 조이스—요약건대, 전 가족 및 그것의 창조자에 관한 것으로, Dermot, Grania, Finn MacCool, 트리스트람, 이솔트, 및 마크, 그리고 패트릭, 노르웨이人인, 스트롱보우에서부터, 스위프트에까지 확대되는 바, 이들은, 패트릭과 트리스트람처럼, 해외로부터 Wickerworks(고리버들 세공) 또는 장애물 항인 더블린까지 두 번 건너온 자들이다.

　처음에, 돌프는, 〈율리시스〉에서 스티븐처럼 그리고 트리에스테의 조이스처럼, "1달라, 10시時 학자로서" 직업적 케브의 위치를 점령한다【287.30-288.1】. 그러나 꿈의 변용(metamorphosis of dream)은 여기 일관성을 용납하지 않는다.

　갑자기 돌프는 〈피네간의 경야〉의 저자가 되고 HCE가 되면서, Sir Thomas Lipton(영국의 요트 팽)의 "strong- bowed" 요트를 타고 아일랜드 해안을 침범하는 모든 침입자들이 된다. 마치 "Mr Dane"(덴마크인)처럼, 돌프-이어위커는 덴마크의 침입자요, 더블린을 향해 Sir William Temple(아마도 Moor Park 소속)을 떠나는 수석 사제 스위프트가 된다. 퍼시 오레일리, 핀 맥쿨 및 패트릭은 우리를 마크 왕, 트리스탄 및 이솔데—또는 아버지와 딸 그리고 그의 이솔데 경쟁자인 아들에로 인도한다. 마크는 첫째와 둘째 다, 트리스탄-케브 및 이솔데의 상대가 아니요, 이는 핀이 Dermot 및 그의 Grania의 상대가 아님과 같다.

　아나 리비아의 논쟁적 흐름은 라틴어의 설명으로 시작한다. 이는 조이스가 파리에 앉아, 〈피네간의 경야〉 그것 자체의 필기를 서술하는 것 같다. 라틴어의 현사는 브루노와 비코의 "지혜"의 소명으로 끝나는지라. 소년들은 흐름의 강 속으로 잡혀들고, 그들의 어머니를 포옹하는 양하다【287.23-28】.

[돌프는 라틴어로 고대인의 정령들을 불러낸다] 왠고하니—기억, 청, 유령[42]이 치솟는지라— 돌프, 나태자懶怠者들의 사제司祭,[43] 거트 스토아파[44]의 야윈 미숙아. 비록 가까스로[45] 말 떠듬적거리는 구근球根[46] 소년이긴 하지만, 그는 역시,—오라, 그대 과거인過去人들이여,c 지체 없이, 그리하여 나중에 태어날 자들에 관하여, 리비우스 식으로 작은 페이지에, 오히려 우아하게, 사자死者의 로마어語로, 한 가지 설명을 하는 동안, 육肉의 항아리[47] 너머로, 환락 속에 앉아, 또는 호의적인 전조前兆 아래 그로부터 이토록 위대한 인류의 자손이 흥기興起하는 파리의 지역을 바라보며, 우리의 마음속에 지오다노와 잠밥티스타 양 승려들의 태고太古의 지혜를 숙고할지라. 즉, 전全 우주는 강처럼 안전하게 흐르나니, 쓰레기 더미로부터 찔러 낸 꼭 같은 것들이 다시 하상河床 속에 들어갈지라, 만사는 어떤 대립을 통하여 스스로 식별하고, 그리하여 마침내 강 전체가 그의 제방을 따라 강둑으로 에워 쌓이도다d—회귀적回歸的으로 자주, 그가 움직일 때 그는 그들의 의자를 뺏나니, 그의 꼭 같은 그리고 그의 자신의 성가대 나이를 넘어선 반항경향反抗傾向의 게으름뱅이 놈들[48]을 그는 이소로裏小路(백로우) 대학[49]에서 코치하는지라, 그들 교황생도教皇生徒들 가운데 저 대학생[돌프]은 꾸중을 받기도 하고, 버터 빵 타육打肉되었나니,[50]

【288】 돌프, 1달라, 10시時 학자로서, 그들을 위해 편지를 수정해주며, 그들을 위해 주제를 뒤섞으며, 중첩진리를 이중 공격하며, 그리고 미어尾語를 고안하면서, 한편으로, 또 다른 한 사람이 그를 위해 그의 문장을 끝내주기를 셈하나니, 그는 자유 선택적으로 란卵처럼 편소片笑하곤 하는지라, 그의 십순서수十順序數의 불결 손톱을 후비며, 자신의 사랑의 요녀에 관한 핀 족族의 물레를 시간제로 혼자 재화하도다. 사실상, 그는 마음속으로 전체 경칠 편지를 개관하곤 하는지라, 모든 것 중 첫째의, 둘째의 생각에 관해 그리고 셋째 그리고 한층 더 많이 그리고 다섯째…요컨대, 그는 자신이 과거 읽었던 책들 속에 설명되듯, 그의 노老 남녀에 관한 패트릭-트리스탄 이야기를 홀로 개관하곤 했도다. 이를테면, 항해자[성 패트릭, 트리스탄 경]가, 립톤의 강궁强弓의 함재정艦載艇, 래이디(귀부인) 에바(Lady Eva)를 떠나, 두 번 내시來時하는 동안 라인스터에 상륙했을 때, 그는 원주민을 개종했거나, 그들에게 천국의 길을 보여주었나니, 그가 소개한 예배는 이 나라 안에 여전히 만연하고, 아직도 그들의 치유를 견지堅持하고

있는지라…

【289】 그리하여 그에 의해 혁신된 구습들을 집착하거니와, 우리는 믿는 바, 아무 것도 여왕의 지하실에 있는 모든 술, 인더스강江이 함유하는 모든 황금도, 그들의 뱀 숭배에서부터 그들의 옛 습관에로 되돌리도록 그들(백성)을 유혹하지 못하리(그들이 조심스럽게 그의 저주들에 귀를 기울였더라면, 다른 군소리 없이 그들을 버렸을지 모르나). (여기 돌프는 성 패트릭과 트리스탄의 합체로서 나타난다. 선생으로서의 그의 역할은 명백하다. 그리고 총체적으로 사명에 관해 이야기한다면, 이는 그의 개인적 수업에 경칠 관계하고 있음을 보여준다.) 그러나 최초 상륙의 그 정장艇長으로 잠시 되돌아가거니와, 만일 예쁜 수녀원장 및 미인이 이러한 사건을 감히 토론한다면. 그녀는 어디에 있는고…

【290】 만일 예쁜 처녀가 그에게 당시 그녀의 사랑을 제공하고, 그녀의 손으로 훌륭한 목욕을 시킬 이익을 그에게 제공한다면, 만일 그녀가 그러면—그러나 그녀는 그가 자신을 사랑하기 위해 다른 이름으로 되돌아오는 것을 결코 예견할 수 없었으니, 그건 지독한 슬픔이었도다—의심할 바 없이 사내들은 그녀를 위안하기 위해 달려갔을지니 —그리고 그녀가 저 턱수염의 생식력을 몽땅 그녀의 무릎에 얻으려고 애쓰는 자신의 손을 생각하면,

(교수는 이 시점에서, 이 꼬마 무례한 소년 돌프에 대한 생각을, 항의 없이, 따를 수 없는지라, 이슬트 여인에 대한 성난 옹호를 주장하기 위하여 자기 자신의 토론을 중단한다.) 그러나 **나리님**!(seigneur) 그이 같은 냉한冷寒의 샤워 사나이, 저 철갑鐵甲의 셔츠와 방수복의 이름 아래, 갑자기 몸을 되돌리는 차가운 관수법灌注法을 그녀는 결코 예감豫感할 수 없었는지라, (씻을 테요?) 어느 때나 하얀 평화스런 뺨을 하고, 유일한 자칭의 청등淸燈과 그의 세세洗洗 문지름 통桶과 그의 진단자診斷者(디오게네스)의 등불과 함께, 그녀를 매입買入하기 위하여, 그리고 다른 두 사랑하는 자들, (와요 마마들, 그리고 그대의 값을 불러봐요.) 콘월의 오랜-수립된 마크 왕을 대표하여,

【291】 유일자唯一者 (콘월의 마크 왕)—나를 은송선銀送船하라!, 그건 틀림없었나니, 진정! 지독히도 복통 비애스런 일인지라, 항시- 늙은 아담인-그[마크 왕]에게 다이너마이

트 환심 산다는 것은. 그 순빈純貧의 소녀. 그리하여 우리의 금권정치의 거기 모든 추종시대의 어중이떠중이의 너무나 많은 자들이 그녀를 위로하려고 그녀의 이창으로 기웃거리다니 놀랄 일 아닌지라. 그러나 제2의 이슬트(그가 결혼한 브리타니의 이슬트)를 아애兒愛하는 트리스람(트리스트람)을 생각하면 (이슬트는 트리스트람이 숙부인 마크 왕을 위해 그녀를 손안에 넣으려고 되돌아오리라는 걸 몰랐도다!) 어디에 그리고 언제 그가 나의 망각을 잊기 위해, 왜냐하면 그는 수많은 허언虛言들을 수많은 거짓말하는 귀에 속삭였기에. 그리하여 저 슬그머니 도망치는 잠복자(트리스트람)의 턱수염 난 생식력을 그들의 즐거운 섹스 가정에서 모두 포완捕腕하려고 애쓰며, 저 양자(두 이슬트)의 양팔의 어색한 포옹을 분석하려 노력하다니, 마치 그가 장구벌레 같은 몸부림치는 갓난아이처럼!—글쎄, 귀여운 더모트(Diarmait) 그리고 그라니아(Grainne)(트리스트람과 이슬트의 게일의 대응자들).

【292】 그리하여 만일 그게 사랑이 가장 먼 곳을 향해 원을 그리고 있는 듯하는 것이라면, (만일 그것이 암담한 돌프가 그의 컴퍼스로 서술하는 문제라면,) 그의 결점을 천주여 도우소서! 그리고 만일 우리가 그의 책 **공간향미**空間香味**와 서단**西端 **여인**(Spice and Westend Woman) 속에 실린 윈담 루이스(Wyndham Lewis)(조이스를 반대하는)의 말로부터 판단한다면, 과연, 그와 같이 보이기 시작하리라. 그대가 그것을 포기하도록 돌프에게 설교하거나, 혹은 과거를 경계하도록 젊은 가톨릭교도들에게 기도해봐야 소용없는 짓! 왜냐하면 만일 그대가 무실 인간의 뇌 속을 엿들어다볼 수 있다면, 그대는 사상의 집 속에 찌꺼기의 잔해 그리고 잃어버렸거나 산만해진 시대의 그리고 또한 말의 기억들을 볼 것이로다. 그리고 그뿐만 아니라, 미래 속을 멀리 들여다보면서, 사물에 대한 그대 자신의 신경질적 덩어리가 본래 진부한 말들이 무엇을 위해 발견되었는지의 취지를 상상하도록 자극할 것이도다. 그리고 가장 재미있는 것은 새로운 교생형敎生型의 선구자적 면이, 언어, 상식, 짐 나르는 짐승의 행진에 대해 아무도 경계선을 설정할 권리를 갖지 않는다는 것을 그대에게 곧 말하기 시작할 것이요, 다른 한편으로, 그대가 어떻게 어딘가에 선을 그어야만 할 것인지를 그대에게 말하리라. (이 구절은 아일랜드의 자연적 발전에 대한 영국의 억압을 암시하는 파넬의 유명한 성명의 변안이다. 우리는 그 속에 조이스의 영어의 창조적 실험에 대해 그를 혹평하는 비평가들 즉, 윈담 루이스에 대한 비난을 읽을 수 있다.)

케브는, 그의 형제의 수업을 주의 깊게 듣지 않은 채, 지금까지 졸아왔다. 이제까지의 돌프의 삽입 문은 꼬마 소년 케브의 관심으로부터의 시간적 경과에 대한 내용의 확장에 지나지 않는다. 케브는 흠칫 놀란다. 돌프는 케브에게 ALP의 음부에 관한 기하학을 설명하고, 양쪽 주석들은 그 위치가 서로 바뀐다. 비평적 도안(figure)【293】("fig")은 소년들의 관심의 주제를 보인다. 케브는 "더블린의 철학자의 돌"(Lapis in Via)을 들여다보고 있다. "Lapis in Via von Dublin──(더블린의 철학자의 돌)"은 자웅 동체적으로, HCE요 ALP이다. 소년들이 그리고 있는 도안은 철학자의 돌의 기하학적 대응물이다.

【293-99】 돌프. 케브에게 ALP 음부의 기하학적 설명; 여기 양자의 주석은 그 위치가 서로 바뀌다

【293】 코스? 무엇(코스)인고? 용서를! 그대, 그대는 무슨 이름을 떨치는고? 그는 묻는다. 그리하여 사실상, 케브는 자신을 잃고 있거나 잠에 어린 채, 또는 혹자의 스키피오의 꿈에 변화만경變化萬景 탕진하고 있었는지라, 그는 창 밖으로 꿈을 꾸고 있었으니, 풍경은 기하학의 도안처럼 같은 비밀을 떤다. 즉, 케브는 "더블린의 철학자의 돌"(전경前景에 돌이 있는 커다란 느릅나무 아래의 회전통로) 나비들이 바람에 나부끼는 드럼콘드라(Drumcondra)의 몽향夢鄕의 나태청안懶怠靑眼(도안) 속을 응시한다.

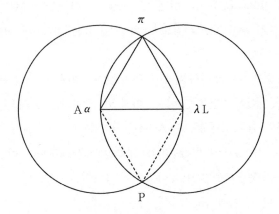

저녁 공부 시간(1부 8장)에 형 셈이 아우 숀에게 설명하는 기하학 도표

손은, 파괴적인 셈에 의해 유혹당한 채, 재빨리 데카르트식의 선들을 긋기 시작하는지라, 이는 그의 어머니의 성기의 다이아그램으로서 결말난다. 이 도안은 유클리드 기하의 첫 정리定理(proposition)의 형태이다. 호弧들로 둘러싸인 지역은 신비적인 모습으로, 자궁의 상징인, "양끝을 빠른 타원형"(Vesica Piscina)(이등변 삼각형) 및 ALP-강江의 삼각주(델타)를 암시한다. 서로 겹친 국면들은, 다른 여러 것 가운데서도, 동물원, 하늘, 지옥 및 땅의 지도, 더블린 지도, 여성의 외음부(pudendum) 및 두 둔부의 신비적 상징, 편지, 반대의 조화의 신비적 상징, 예이츠의 〈조망〉(Vision), 윤형輪形, 자전거, 계란-믹서, 등을 상징한다.

더블린多拂隣의 풍경철인지석風景哲人之石, 그것은 로림露林 속 매혹가魅黑歌의 면몽眠夢들 중의 하나였나니 대大 느릅나무 밑의 회전통로(앞뜰의 지륜석指輪石과 함께). 이제 아나 촌寸이 주어졌으니, 그대 척尺을 온통 취하라. 실례지만! 그리하여, 노老 사라 아이작의 무언가면산수신비술無言假面算數神秘術의 보편명제普遍命題로부터 난발음대수적難發音代數的 표현을 발發하면, L이 생류生流를 나타내 듯 A는 아나를 의미하도다.

돌프는 케브에게 이등변 삼각형을 그리는 방법을 차근차근 설명하는지라, 첫째로 그의 연필과 자를 가지고 A와 L의 점들에 의해 한정된 1인치의 직선을 긋는다. "그를 그렇게 해요! A는 Anna를 위한 것, L은 Livia를 위한 것이라. (이걸 잘 봐!) "Aa"는 중심으로, "aL"은 직경으로. 돌프는 컴퍼스로 원을 그린다. 웁스! 계란처럼 둥글게! (오 맙소사! 실지로 그렸군. 멋지다! 아주 영리하고, 확실히 불운한. 그러나그건 아직 다 끝난 것이 아니니. 신비는 스스로 반복하기 마련).

케브는 계속 한다. "이제 아나 촌寸이 주어졌으니, 그대 척尺을 온통 취하라. 실례지만! 그리하여, 아이작 뉴턴의 발음하기 어려운 표현은 옆으로 제쳐놓고, 우리 나아가세. L이 생류生流를 나타내 듯 A는 Anna를 의미하도다. 아하 하하, 안티 안 그대는 숙모 아나 생류生流를 흉내 내기 쉬운지라! 새벽이 생기生起하도다. 이브가 만낙晩落하나니. 야, 야, 웃음 짓는 나뭇잎 처녀! 아아 아아, 숙淑안, 우린 실자失者까지 최후라, 바요 봐! 완벽하도다. 자 이제"

【294】돌프는 케브에게 L을 중심으로, AL을 직경으로 하여, 두 번째 원을 그리도록 말한다. (봐요! 오 오! 홉스!) 오, 맙소사, 돌프는 말한다, 그건 아주 멋지고, 아주 잘 했도다! 그리고 그것은 그들로 하여금 동등한 한 쌍의 공범자들로 만든다. 벤! 그리고 보다시피. 이제 두 점이 한 쌍의 겹친 원을 짓는다.

돌프는 밑바닥에 대문자 P를 자존심(pride)으로 쓰고, 케브는 그의 끝을 위해 겸허한 pi를 그리도록 일러 받는다. 그리고 각들을 짝짓기 위해, 돌프는 점선으로 aP와 Pa를 연결하도록 한다.

우리는 여기 직선 AL을 보도다. (그림에서 ALP의 음모陰毛의 숲) 이는 람다 섬島에서 멈추는지라, 우리는 그것을 정점(The Vertex)이라 부르리라. 오라프(A)를 중심으로 하고 그의 대변자로서의 오라프의 양미羊尾(L)가 선원旋圓을 외접外接하도다. [즉, 직경으로서의 A-L 선] 계란처럼 둥글게! 케브가 부르짖는다. 오, 맙소사! 오, 이봐요 자! 또 다른 원대圓大한 발견! 매이크피어짯삼의 대양大洋을 닮았어. 그대 이건 정말 우연한 발견이도다! 그대는 컴퍼스를 사용하지 않았던고! 환상적! 하지만 격언을 기억할지라, 격언이 이른 대로. "초기의 재치가, 확실히 정명定命이라."(좌주. **유괴출현주의 및 괴몽주의 (Docetosm and Didicism)** (그리스도의 육체의 성질에 관한 두 반대의 이론들, 전자는 그리스도의 육체는 환상적이라 주장한다)—소녀들과 함께 보드빌 회가극 속의 바그다드 아빠처럼—(좌주. **마야-여신(Ma'ya'-Thaya)**(앞서 유괴 출현 주의와 괴몽 주의 대조적 연속. *Ma'ya'*(산스크리트)는 세계의 어머니로서의 "환상"(illusion)이요, *Thaya*는 육체적 존재를 암시한다)—그리고 세 가지—*Tamas, Rajas, Sattva*(산스크리트). (Ma'ya'의 세 가지 질質들로서, 세계의 특성을 구성한다. 그들은 각각 타성, 활동 및 조화이요, 이들은 HCE의 불운에 책임 있는 세 군인들과 연관된다. 이리하여, 공원 모험의 모든 인물들은 세계의 진행의 요소들로 비유된다. 돌프의 나쁜 행실을 띤 우주적 배경이 열거된다) HCE의 탄약고벽彈藥庫壁 곁의 추락; 돌프는, 조금도 굽히지 않고, 전개해 나간다. "그러나 아직 다 끝나지 않았도다. 우리 어머니 Gaudyanna, 이따금, 그녀의 요기尿器 위에서 노래하듯, 신비는 반복하는지라."

처음에 여기 숀은 그가 행한 바를 알지 못한다. 그는 감탄 속에 부르짖는지라. "또 다른 멋진 발견이야!"【294.12-13】. 놀란 숀은 솀이 너무나 예민하기 때문에 그가 정신 병원에서 결국에는 끝내리라【294.15-16】, 이는 그의 통치불가의 형의 "광증"에 대한 또 다른 언급으로 생각한다【294.15-16】.

【295】앞서 Gaudyanna-ALP는 윙윙대는 바스 음으로 작일 그리고 밤낮 영원히 떠드나니. 돌프의 마음으로 사랑하는 경모鏡母, 그녀는 과연 늘 그랬나니. 영면을! 그녀의 영혼과, 충성스런 이별 자들의 모든 영혼들이여 평화 속에 휴식하소서. 내(돌프)가 그처럼 꿈을 되 꾸고 있을 때, 나는 우리가 모두 만원경임을 보기 시작하도다! 그러나 원점으로 환원하거니와! 우리는 이제 또 다른 원을 다음과 같이 그리나니. 이제, 문자 L을 중심으로 하고, A를 직경으로 하여 180도로 사전환四轉換할지라. 그대의 궁둥이처럼 둥글게 재주넘기할 지라! 빙글빙글 원을 이루어! 오, 맙소사, 그건 정말 멋지도다! 그리하여 한 쌍의 동일한 컴퍼스 각脚을 만드나니! 그대, 예술의 총유總喩 그리고 나는 그에 대한 핸들 예표藝標 같은 것. 이제, 우리의 이중二重블린의 쌍환(도)双環(道)의 한 짝이 존재 하나니, 여기를 밝게 보라! 【293】의 그림에서 보다시피, 돌프는 A-L의 직경을 가진 두개의 겹친 원들을, 하나는 A를, 다른 것은 L을 중심으로, 그려왔는지라. 이들은 두개의 희극적 원들로서, 팔에 팔을 낀 두 처녀들로서, 재차, ALP의 둔부로서, 생각될 수 있을 것이다. 또한 조이스의 텍스트는 중심인물 주위를 도는 HCE의 이미지 노릇을 할 것이다. 원들은 두 점에서 교차하는지라, 이들은 P 및 '파이'로 불리며, 어머니의 음부와 배꼽으로 상오 동일시된다. 돌프는 p를 자신을 위해 그리고 음부인 '파이'를 케브를 위해 할당한다.

【296】 (左註. 재구성의 선행 조건으로서 분기점). 이 구절은 철학자 헤겔(Hegel)의 세계 역사에 대한 변증법 및 브루노의 말들을 암시하는 바, "만사는 반대의 대조를 통해서 만이 스스로를 알게 된다"는 뜻.

이제, 나(돌프)는 Pride를 위하여 대문자 P를 그리기를 좋아하도다―거기 우리의 괴물사기꾼, 목통木桶 아담과-천天이브가 그의 풍자(parody)의 음담을 막았던 곳이라. 그리하여 그대를 석방할지니, 그리고 그대의 목적을 위하여 겸허 댁으로부터 그대의 겸손의 가짜 파이(Pie)를 만들지라― 거기 그대의 보족정점補足頂点은 질서의 점이 될지니. "자네 거기 괜찮아, 마이클?"하고, 돌프가 그를 부른다. "아이, 니클, 난 여기 괜찮아," 하고 케브가 대답한다. "그리고 나는 쓸 테야!" "자 이제," 돌프가 말한다, "낚시각角을 완전하게 하기 위하여, 사랑하는 형제 조나단 그리고 묵면목黙面目의 천사여, 알파 피두됴(P)와 LP를 점선으로 느슨하게 접해요, 그리고 나는 그대로 하여금 그대의 영원한 기하 대지모의 자궁을 비유적으로 보도록 할지로다."

셈은 숀의 손을 계속 안내하며, 그가 그리고 있는 금지된 지역에 관해 즐거이 계속 언급한다. 숀은 도안이 완성되자 어떤 불안을 느끼기 시작한다. "이것은 우리로 하여 금공모의 한 동등한 쌍을 만들게 한다【295.26-27】. 공모는 그들의 양친을 넘어뜨리기 에 작업하기 힘들다. 여기 셈은 〈율리시스〉에서 양친의 빛의 자기 자신의 승리의 양 양한 파괴의 점에서 스티븐 데덜러스와 연관된다. 셈은 스스로 소변을 더블린을 위 해 흐르도록 하지만, 또한 시그프리드의 남성의 단두, Nothung을 자신의 소매까지 끌어올린다. 그러나 양 형제는 강이 흐르도록, 강독으로서 두 아들과 함께, 그녀의 양 허벅지들 사이에 흐르도록 작업에 종사한다【295.17-18】.

【297】(左註. 숙명, 도안의 영향). 돌프는 대지모(geo-mater)의 비밀(음소)을 설명하는 식 으로 이 도안을 사용하려 한다. 제1단계, 그는 P를 '파이'까지 추켜올림으로써 APL 의 앞치마를 들어올릴 것이다. 제2단계, 그는 성냥을 켜서 케브로 하여금 어머니의 음 소를 보게 하려 한다. "만일 그대가 그녀 자신이 입은 옷을 머리 위로 내던진다면, 그 대는 왜 솔로몬이 자신의 육각 인印을 요녀의 가운 위에 새겼는지 헐떡이며 말하리라. (6각점의 유태의 별인 솔로몬 왕의 인장은 2개의 상교된 삼각형으로 구성된다. "아라아라, 계속해봐요!" 흥 분되고 성급한 케브가 부르짖는다. "흥미를 위한 핀! 어디 시작해봐요!" 돌프는 마지막 행위에로 나아간다. "자 이제 내게 윤곽을 보일지라!" 그는 말한다. "어魚라! 우리는 조심스럽게, 미안하지만, 그녀의 솔기를 들 어올리고 (수천 번 행했던 것처럼). 오 슬픈지고! 오 슬픈지고! 그의 하천저下天底가 와권직渦卷直으로 있 을 때까지 거기 그의 배꼽의 정점이 있어야만 하리로다."(左註. 프로메테우스, 예비의 약속). 여기 우리 는 희랍 신화의 프로메테우스가 세상에 불을 나르는 그의 행위를 오디퍼스의 모험으 로, 프로이트적 과학을 유아의 섹스의 호기심의 승화로, 비교할 수 있거니와, 학구적 및 과학적 호기심을 품은 전체 조직은 그것의 유아적 토대에로 감축된다. "그대는 근 접해야 하나니, 어둡기 때문에. 그리하여 그대의 성냥을 킬지라. 그리하여 이것이 그 대가 말할 것이니. 봐아아아아요. 쫏! 닫아요, 수문을! 파라婆羅! 그리하여 그들의, 적 수赤首여, 그것 참, 사해의 살아있는 구덩이(구멍), 허들베리 펜(장애물항)의 단단한 성채 城砦, 육점부분六点部分에서, 조류의 그대의 이고泥古의 삼각형의 델타의 중앙 패총 쇄

기, 그녀의 안전 음문의 무인흑점無荅黑點, 모든 이등변 삼각형의 첫째, 부단의 유출, 대하습모大河濕母, 지역의 자랑. 그리고 저 조부해일潮父海溢이 프란킥 대양으로부터 돌습突襲하자, 그녀의 육체는 그의 침태寢台요 주관酒棺이로다!"

셈이, 에덴동산에서 독사처럼, 쉬 지나면서, 숀에게 그는 그로하여금 그들의 영원의 기이아(희랍 여신)의 집, 혹은 몸체(whole), 혹은 구멍(hole)을 보도록 하겠다고 말한다【296.30-297.1】. 그가 아니 리비아의 해부를 즐거이 서술하자, 밀려오는 조류가 재차 안의 강어귀로 들어가기 시작할 때, 그때 조류의 해일이 대서양으로부터 돌진한다【297.31-32】("저 조부해일이 프란킥 대양으로부터 돌습하자…(when that tidled boare rutches up from the Afrantic….)

【298】(左註. 이중의 의미들 그리고 그들의 역할). 그대는 그녀의 그것(ALP의 음부)을 보나니. 어느 누구든 그대가 보는 자는 그녀인지라. 고로 그대 파이프에 담배를 물고 천천히 잘 생각해볼지라! 그리하면 그대는 저 느른한 페넌트 삼각기三角旗를 개양할 수 있으리니, 자네. 난 방금 그대의 "퉁크의"산散 페이지를 읽었도다. (조이스는 여기〈켈즈의 책〉의 Tunc-페이지의 그림이 현재의 장에 노출된 메시지를 지니고 있음을 암시하는 듯하다.) 이제 우리는 전반적 결론에 도달하도다. (i) (左註. 성당의 그리고 천상의 성직자 단. 숭천, 하강). (a) ALP를 0으로 그리고 HCE를 1로 대표되도록 하자. 그러면 그대가 좋아하는 어떤 질량인 X는, 0의 힘에 의해, 1보다 크던가 아니면 적던가 일 것이다. (b) Doll-최고로 개으른 재돌피를 Doll-최고로 사나운 자 케브로부터 숨겨지도록 하라. 그럼, 언제나 두 곡절曲折하는 승리의 기존안旣存眼은, 그들의 윤형輪形의 생략에서, 반환적으로 스스로 재생산적인 저들의 변화를 결코 채우지 못한다. (이러한 두 전제는 지금까지 일어난 것의 진화론적 함축의를 총괄한다. 첫째 것은 HCE와 ALP 간의 상오관계의 작용으로서 만사를 말해준다. 다른 것은 아이들 혹은 이러한 상오관계의 산물은, 그들의 탐구에도 불구하고, 세계를 낳는 양친의 포응에 의한 충분한 비밀을 결코 총체적으로 인식하지 못한다고 말한다.) 그것은 통용불가이다 (ii) 추론. 저 근저의 어떤 것에 대한 누구누구의 궤적이법대수軌跡理法代數는, 가장 지표적指標的으로 가수假數 마이너스일 때, 종국적으로 무無에 이르는지라. 또한, 거꾸로, 그녀의 각면刻面들의 무한미적분無限微積分이 그녀의 서술 불가(속옷)의 캘리코 옥양목이, 단백短白에서

단소短小에로 오그라들듯, 다다수多多數가 되나니 (우리는 영원한 로마를 생각하는지라). 이 아주 복잡한 문구의 흐름인 즉. HCE는 자신이 분할되거나 상실의 고통을 겪을 때는 언제나 ALP로 되돌아온다는 것. 그들이 상호 성실하든 안 하든 간에, 그들의 사적 상관관계는 ALP의 결혼의 역할에 의한 주름 장식의 모습들이야말로 한층 가정적 앞치마의 모습들에 양보하듯 한층 다수적이요 결속적이 되도다.

【299-304】 케브. 돌프의 합리적 토론을 이해하지 못하자 그를 친다

【299】 (iii) 예증例證. 매사每事에는 삼탄식면三歎息面이 있으나 자유된 자의 나(아我)는 그대들을 공포恐怖된 자에게로 가져가도다. 매사에는 3면이 있는지라 그리하여 총부總父는 그들 모두를 알고 있도다. 그러나 자식들의 한정된 세계에서는, 행복한, "나는" 그대를 무섭게 만들도다. Q.E.D. (케브는 그가 돌프로부터 받아온 공부의 전체 흐름을 따르는데 실패한다) 케브 왈. "우리 모두의 모毋여! 오, 봐요, 자 저걸 봐요! 그건 내가 여태껏 본 바로 가장 기진氣盡한 일이로다! 그리고 중첩이라! 진짜 진수우연일치眞髓偶然一致로다!—올로버 크룸월이, 그의 조모를 속임수로 앞지른 때 말한 것처럼." 돌프 왈. "그대는 전적으로 서잡鼠雜하여 족처足處를 잘못되게 입 벌리고 있으니, 마치 그대가 대면하고 있는 유령을 쳐다보고 있듯이, 그대는 아래 쪽 반사면을 핥아야만 하도다. 여기!" 케브 왈. "오 정말, 그건 정말 근사하도다! 그건 내게 나의 전 생애에 있어서 귀중한 교훈이 되리라."—케브는, 이해하면서, 갑자기 그의 교수자에게 골 사납게 몸을 돌린다. 그리고 비난과 교만한 훈계로 그를 공격한다. "기네스 입사에 대해 여태 생각 해 봤는고? 그리고 유감스런 로마의 목사의 충고를,"(아마도 죄의 경우를 피하도록 하는 로마 가톨릭의 충고의 암시). 여기 케브의 돌프를 위한 기네스 회사의 직업 권고는 전기적傳記的으로 조이스의 아우 스태니슬로스의 형 제임스 조이스에게 행한 충고로 간주되거니와, 이 일자리는 후자에게 단지 희망, 신념 및 자선이 결여된 유일한 곳일 뿐이다.【299.1-300.8】

【300】 "경찰이 되고 싶은고." (재차 Nick을 호평하면서) "글쎄, 그대는 언제나 머리 명석한 녀석들 중의 하나였나니," 케브는 말을 계속한다. "그대는 저주 받을지라, 어느 날." 형제 싸움은 이제 다시 진행된다. (左右註釋은 우리에게 주제를 서술한다.) 우리의 감치는

아내들을 위하여 양금이 들어 있는 양말을 우리에게 노래하라. **장자상속권과 말자 상속권.**

재이콥 제製의 비스킷의 도움으로, 케브, 그의 완악腕顎의 치통齒痛을 위하여, 교정구矯正口로부터 궁지를 해방하려 했도다. 한편, 타자, 돌프는, 그의 창조적 마음의 도움으로, 전투의 전리품으로부터 대중을 해방하기를 제안했도다. 그리하여 캔디에 입 맞추는 P. 케빈은 결정적인 발언을 하고 싶은지라, 그의 쾌활한 형제의 경홀驚惚 속에 성체 빵을 곧잘 예사로 야금야금 씹어 삼키나니. 돌프는, 케브에 따르면, 자自 무의식적으로 삼중혼三重婚을 화필畵筆하면서, 그리고 노란 브라운(갈색의) 지저스(예수) 찌꺼기를 돌아보려고 애쓰면서, 총애 속에 돌프 역을 행하고 있었도다. 케브는, 이리하여, 그의 형제에게 응얼거렸는지라, 마침내 전신에 땀을 흘리자 경 정맥이 자신의 생득권을 점재點在했도다. (이 구절은 다음과 같이 읽을 수 있을 것인 즉. 케브는 부정한 지식의 쓴맛을 입으로부터 취하기 위해 음식을 먹는 가하면, 돌프는 합리적 토론에 의하여 분위기를 쇄신하기를 노력한다. 따라서 케브는 돌프의 목적을 최소화하고, 음탕함과 형이상학에 출구를 찾는 HCE의 저 따위 모습들에 대한 그의 유사함을 개탄한다.) 여기 케브는 더 이상 천진해 있을 수 없다. 그의 이성의 상실에 케브는 말문이 막힌 채, Browns 및 Nolan(더블린의 문방구 점) 지상紙上에 온통 동그라미와 삼각형을 마구 갈기고, 마침내 목의 혈맥이 밧줄처럼 치솟는다. 따라서, 한층 점진적으로 낙담 상태가 되면서, 그는, 전적으로 현란한 채, 마루 바닥에 드러누워야 한다.

"(사절판四折版의 책은 그에게 주지 말지라!) (thur him no quarto!)." 케브-손이 돌프-솀에게 골을 내자, 그를 치려고 한다—이리하여, "show him no quarter!" 사절판(Quarter)은 Quartos 및 셰익스피어류의 원고로 변형되는지라, 아마도 케브의 불평들 중의 하나는 그의 형이 표절자이기 때문이리라.

【301】 (케브와 돌프의 갈등)

(케브를 타이르다) 그도 멋진 글을 쓸 수 있으리니. "혈문자血文者를 부를지라! 매매매 맴 흑양을 위하여 기도할지라!" 그리고 케브를 진정시키기 위해서는 우리는 그에게 말해야 하리라. "확실히 그대는 어떠한 구문句文이든 제작할 수 있는지라, 단언컨대, 털갈이 불결 집게벌레처럼 멋지게 그대 스스로, 믹, 그대 원한다면!" 케브의 글은, 이

를테면,—(左註. **활동가의 활술**)—Milady에게 쓰는 멋진 편지가 되리라, 다음과 같이. "친애하는…얼마나 그는 그녀를 탐연모耽艶慕하는지. 그리고 어떠세요, 꼬리 흔드는 자 Waggy여? 나의 혼魂은 슬프도다!"(左註. **소극자의 박탈**). 수업. 심침深沈하거나, 혹은 데카르트 춘천春泉을 촉하지 말지라! 얼마나 케브는 자신의 벌거벗은 옆구리로 악귀성惡鬼城에 포위되어 저속하게 누워 있었던고. 그러나 다른 한편으로 그는, 또한 자신의 소측笑側에 버림받아 누워 있었던고. trieste의 슬픈 망명자인 조이스가 되면서, 돌프는 케브의 자기중심(egocentricity)의 데카르트적(Cartesian. Descartes. 프랑스의 철학자) 춘천春泉(spring) (기계론적 우주관을 구축하여 근대 유물론의 원천)에의 몰입을 무시한다.

【302】(돌프는 두 가설적 편지를 케브에게 보인다) (i) 그가 쓸 어떤 편지(문자)이든, 그것은 지독한 구걸의 편지가 될 것인 즉, 이를테면. "곧 소식 듣기를 희망하오! 만일 당신이 나의 부활까지, 목장편두牧場扁豆 한 접시의 값을 내게 빌려주신다면, 나리. 구두점. 모든 성직 서기를 대신하여 귀하에게 최대의 사과 및 다다락금多多樂金의 감사와 함께 그리고 귀하의 관용을 어긴대 대한 보용報容을 재삼 간청하나이다." (ii) 그리고 여인으로부터 올 것 같은 한 통의 특별한 답장은 이와 같은 것이 될지라. "글쎄요 꼬리흔들흔들흔들자여, 그리고 당신은 안녕하신가요, 도둑 갈매기? 갈증을 위하여 한잔의 대문자 T 차茶를. 여기 압지押紙비바부터 친애하는 피키슈에게. 오점".

(iii) (그리고 여성의 모습을 띤 셋째 편지) 자 이제, 완전한 행복 속에 노래로 자신을 달래는 그를 잘 볼지라. 우주. "대답자가 애인일 때" (좌주. **구조에 대한 참께. 조표樂**. 완전한 차기행복 속에 서명 양도를 끝내고! 저는 언제나 당신의 육필을 숭경崇敬했어요. 당신은 우리에게 최후의 일행을 필筆할 수 있나요?) 노이년老耳年에 원하옵건대, 즐거운 부조扶助를. 그리하여 여불 비례, (나는 당신이 소녀이기를 희망하나니) 여선여희망汝善女希望. 다음에 연속. 익명.

이상에서 보듯, 이 페이지는 두 소년의 기질을 대조하는 두 가설적 편지들, 그리고 토루土壘의 편지를 메아리 하는, 영원한 여성의 모습을 띤 셋째 편지를 포함한다.

이어 뒤따라, 창조적 글쓰기의 주제가 Yoga(중심력中心力)에 따라 아일랜드 작가들의 분류에로 화려하게 꽃핀다. 이들은 左注에 열거되고, 상응하는 아일랜드 작가들이 (그들의 순서가 뒤섞인 채) 텍스트에 나타난다.

돌프는 글쓰기를 예술로서 그리고 일종의 신비스런 과정으로서 이해한다. 이것이 케브의 분노의 원인이다. 케브도 돌프와 마찬가지로 글을 쓸 수 있다—심지어 조이스의 〈소요의 시대〉(*The Day of Rabblement*)나 〈한 푼짜리 시들〉(*Pomes Penyeach*)등—만일 그가 마음만 먹는다면 말이다【302. 1-30】.

손의 눈은 마침내 열렸는지라, 그는 꿈의 드라마에 제시되듯【302.31-32】가족의 책의 모든 인물들을 본다. 환언컨대, 손은 이제 〈피네간의 경야〉를 읽을 수 있다! 손은 또한 애란의 문학사에서 모든 위대한 창조자들을 보나니—스틸을 위시하여, 버크, 스턴, 스위프트, 와일드, 쇼 그리고 W.B. 예이츠를【303.5-8】.

그리하여 이것이, 실례지만! 로미오 풍만도윤豐滿跳閏 방식方式이도다.[51] 펜을 적절히 잡아요, 그대, 내가 하는 식으로. 진작 노양老孃이 내게 보여준 식으로. 더 많은 제사수리력第四數力[52]을 그녀의 팔꿈치에(격려)! 그대의 생명을 위한 대담한 필치筆致!?[53] 팁! 이것은 도盜스틸, 이것은 함喊바크, 이것은 엄嚴스턴, 이것은 급청急淸스위프트, 이것은 농弄와일드, 이것은 비소鼻笑쇼, 이것은 다불린 만유칼리목灣柳칼里木예이츠로다.[54] 이것은 교황파빈민敎皇派貧民을 위한 파송派送에 눈물 흘리는 용감한 대니[55]나니. 이것은 용감한 대니와 함께 자신의 노혈爐穴을 훔치고 있는 냉담한 코노리[56]인지라.

【303】(돌프는 케브에게 펜을 잡는 법을 가르친다.) 적절히 잡아요, 그대, 내가 하는 식으로. 그대의 생명을 위한 대담한 필치! 팁! [앞서 나폴레옹 박물관의 캐이트의 암시] (캐이트가 박물관을 안내하듯, 돌프가 작가들을 소개한다.) 이것은 심장-스틸, 이것은 인후- 바크, 이것은 배꼽-스턴, 이것은 비장-스위프트, 이것은 척골-와일드, 이것은 양미간-쇼, 이것은 눈-예이츠로다. 그리고 찰스 스튜워드 파넬이 대담한 대니 소년과 코노리 사이를 나아가다. 우파니샤드 서! 톱. 애란 바라 행.

(그리하여 케브는 그의 소형제 돌프에게 심통을 노정하자, 갑자기 그의 분노는 행동으로 돌변하고, 형제를 친다)

성실구타 무화과와 엉겅퀴가 난봉부림을 꾀하도다. 그러나 결국 돌프의 독재적 글쓰기와 이란泥亂의 수혼선어법에 잇따라, 그의 형제 케브는 삼공구로 일격을 가하나니 많은 타자들에게 행하는 것처럼, 행하는지라, 마침내 그는 측지했도다. 케브는 돌프를 한 대 치고, 혈안을 가져오자, 그리하여 우리의 프랭크 자子인 돌프는 혐오지 가인嫌惡者(misocain)이 된다.

[여기 손은 셈을치자, 그에게 피의 얼굴을 보여준다. 셈은 "misocain"이 된다. "misocain"은 misogamy(여성혐오) + Cain(〈성서〉의 Cain(가인)의 합성어, "가인"은 형 아벨의 살해자이다.]

분노한 손은 셈의 눈을 검게 만들자. 그것은 이제 그 주위를 흑단(ebony)의 환을 띤다. 여기에는 아마도 Horus와 Set의 이집트 신화에 대한 언급이 있을 지라, 조이스의 본래의 문학적 전거들의 하나인, 〈이집트의 챌〉(The Book of Egypt)에서 무한의 영역의 신 Set는 "한계의 신"인 Horus와 싸운다. Set는 Horus의 눈의 하나를 파괴하고, Horus는 Set의 음낭을 파괴함으로써 보복한다.

여기 우리는, 만일 우리가 소년들이 위치를 바꾸는 행위를 회상한다면, 〈피네간의 경야〉의 이 부분에 이집트의 신화를 적용할 수 있으리라. 손(선량한 Horus)과 셈(사악한 Set)가 이제 그들의 반대자들을 서로 포옹하여, 한 사람의 불안한 인간이 된다.

【304-6】 (그러나 돌프는 케브를 용서하다)

【304-2】 "형식화하라. 사랑은 얼마나 단순한고!"(Formalisa. Loves deathhow simple!)[57]

여기 이 시점에서 학교 작문은 AMDG로 시작하여, 이제 LDS로 끝나거니와, 이는 바그너류의 애사(lovedeath)로 나타난다—love는 death이요, 얼마나 단순한가!(simple!). 이는 트리스턴과 이솔데의 장인, II.4.에서 아이들의 최초의 연애를 위한 준비 단계라 할지니, 작문의 완성과 더불어, 조이스는 아이들의 창조성애 문을 열었다. 그리하여 그것은 가족의 보다 나이 많은 멤버들에 아주 위태로운 창조성의 상징 속으로, 작문의 숙제로서, 피곤한 학급의 업무의 변형이다. 이제부터, 성숙해가는 아이들은 그들의 양친을 힘의 그들의 위치로부터 끌어내리라.

LDS: 즐거운 셈은 타격을 위해 손에게 감사한다【304.4-5】. 이제 손은 그의 순수성을 잃었나니, 타당한한 공범자이다. 손을 "목적달성!"이라 부름에 있어서, 셈은 가장 위대한 프랑스의 수학자, Henri Poincare에 대해서 뿐만 아니라, 방금 그를 타격한 "사각의 주먹"에 대해서 언급한다. 셈은 눈의 펀치의 물리적 효과로부터, 첫째로, 그러나 둘째로, 추락한 인간의 상징으로서, 무지개를 보고 있다. 인간은 Henri Poincare처럼, 이전에 결코 존재하지 않았던 것을 대담하게 창조했다. 이는 우주를 서술하는 방법이요, 그로 인해 '창조의 하나님'의 분노와 공포를 초래한다.

한편으로, 이씨는 매력 속에 살피고 있다. 그녀는 양친에 대한 공격에 있어서 그녀의 역할을 위해 준비 이상이다.

【304】 일방승一方勝! 영면永眠! 그리하여 그의 회계수會計手가 솟았도다. 심판은 녹아웃 손을 들었다). 이 순간은 〈율리시스〉의 밤거리에서 스티븐이 병사 Carr에게 얻어맞은 순간과 대응한다【U 487】. 이는 십자가형에서 로마 군인에 의해 던져진 투창과 같다.

최종 형식화形式化하라. 사랑은 얼마나 단순한고!(그는 이제 아름다운 흑단의 눈을 가졌도다).

최후 감사.(케브의 태도가 돌변하고, 돌프에게 수업에 대해 감사한다).

(그러나 이제, 가장 놀라운 모습으로, 돌프는 가장 우아하게도, 구타에 분개하거나 보복하는 대신에, 자신의 위치를 회복하고 화해를 향해 움직인다. 돌프의 묵인은 힘 인고 약점인고? 작가는 도덕적 말로 이 문제를 진술하지 않는다. 〈피네간의 경야〉의 전 과정은 심지어 그이 자신의 권리를 위해 대결하는 부적당 이야말로 돌프의 행동의 규범임을 보여준다. 그는, 그러나 자신의 자기-정당화의 형제에게 접근할 수 없는 정신적 힘을 통제하는 능력 속에서 자신의 복수를 즐긴다. 이러한 우위성을 반의식하고 있는 커브는, 그리고 그것을 두려워하면서, 단지 증가하는 폭력에 의해서 만이 보복할 수 있다. 이러한 정신적 극복의 주제는 〈율리시스〉, 〈망명자들〉의 한결같은 공통의 주제들이다. 블룸(Bloom)과 리처드 로운(Richard Rowan)은 아내의 연인들을 포용함으로서 진정 정신적 승리를 구가한다.)

돌프 왈. "상시常時 너무나 감사한지라, 목적 달성이니! 그대가 나를 골수까지 친 것이 중량인지 아니면 내가 보고 있던 것이 붉은 덩어리인지는 말할 수 없어도 그러나 타성으로, 비록 내가 잠재력 적이긴 할지라도, 나는 내 주변에 무지개를 보고 있도다. 나는 그대를 부가부 이륜마차에 태워 만인을 위해 유흥遊興하고 싶은지라. 만일 나의 우편부대가 충분하다면 그대에게 무독화無毒化의 독소毒素(toxis)를 하나 보내리라. 색슨 크로마티커스에 맹세코, 그대는 나를 위해 정말 애행愛行했도다! 글쎄 그렇지 않았던고, 운녀雲女 누비리나녀?(화자는 그의 적대자로부터 운녀인 이씨에게로 몸을 돌린다) 작은 꼬마, 그녀는 무엇을 공부하는고? 그녀의 이청耳聽의 머리 장식과 함께(그녀는 귀를 들어내고 있다), 그대는 내게 신생新生을 다시 주었도다. 케브와 나, 우리는 둘 다 지독한 찌꺼기 소년들이라. 나는 그대의 식탁으로부터 부스러진 빵 조각들을 모두 털어 버렸기에. 영광의 할렐루야."

【305】 우리는 필독서必讀書를 탐독했도다. 책은 말하나니. "최고의 예언하는 자가 최고의 등쳐먹는 자라"(He prophets most who bilks the best).

그리하여 화해가 **이중진리와 대립욕구의 접선욕망**의 활동을 통하여 일어난다. 아래턱의 저 유상쾌有爽快한 불신자不信者인 케브는 모든 돌프의 취주저醉躊躇를 다산茶散시켰도다. 단조鍛造하라, 서니 양쾌陽快한 심(Sim)신神이여! 양선형羊船型. 매애 우는 양신羊神이여, 그것이 최소한의 위안이나니. 나는 그대의 주저경躊躇傾(hiscitency. hesitancy+tendency)의 죄간격罪間隔에 축교祝橋하려고 할뿐이나니(이는 죄책감을 답습하는 심리적 상징인, HCE의 주저(hesitancy)(말더듬이)에 대한 언급이다). 이 죄는 양 형제들에 의하여 상속된다. 케브의 경우에, 그것은 세계를 지배하려는 그이 자신의 무가치성에 대한 숨은 지식의 형태를 취하며, 돌프의 경우에, 그것은 인생의 도전에 봉착하기 위한 무능의 인식이다. 상오를 보충하려는 양 형제들의 한결같은 노력은 단지 충돌과 갈등으로 인도할 뿐이다. HCE에 속하는 "hesitency"【97】란 단어는 현재의 구절에서 두 아들들에 합당하게 변형된다 케브에게는 "그의 시민성"(his-citendency)으로, 돌프에게는 그의 무저성霧躇性(hazeydency)이 된다.

나(돌프)는 그대를 두고 정신분석 하려 할 수 있을지라, 그대가 얼굴이 파랗게 될 때까지. 그리하여 비록 그대가 자신의 형의 보호자(bloater's kipper. brother's keeper)가 아니라도, 나는 다시는 결코 저주하지 않을지로다. 저 쌍둥이 퀸(Quin)은 어디에 있는고? 하지만 그는 나의 극속極俗의 종결핵終結核 대조자인 그대가 잠자며 용매완溶媒腕으로 태어난 것 이외에 아무 것도 모르나니(이 구절은 산스크리트 어의 기원으로 끝난다). "성화聖和, 생화生和, 승화昇和!"(slanty scanty shanty!) 아베! 처녀류천處女流川의 환기喚起여. 사선

사四先師들이 보수報酬로 내일 성화의 각인刻印을 찍을지니,

【306-308】 [52명의 유명인들에 관한 논문 숙제]. 이들 고대와 현대 역사의 영웅들 —알맞게도 비코의 영웅시대에 이바지하는 장이라—은 그들의 작문의 토픽들이라, 혹은 주장 한 가지【306.15-308.1】. 일람표의 끝에서 그들은 그들의 "연결"이 성공했음을 보무당당 선언한다.

【306】 그때 사탕 육과肉果를 제공하는 부친(이어위커)이 우리에게 자신의 노벨 경상 驚賞(Noblett's surprize)을 주리라. (엘리엇-케브는 노벨상을 수상했으나, 조이스-돌프는 그렇지 못했다). 고상한 돌프 왈. "그의 찬양하올 찬미의 목적으로, 우리 만족하나이다." 나와 그대 및 성 요한 사이. 항목, 망탑望塔(mizpah)은 끝나도다. (여기 "망탑"은 피임술의 신기한 이름이다. 여기 의미는 젊음의 시간은 끝났음을 의미한다. 학생들은 앞으로 나아가, 열매를 맺읍시다). 그리하여 돌프, 케브 및 이씨 모두 이어위커에 반대하여 공모 속에 합세한다. "우리 모두 죄를 삼키고 만족합시다" (Let us be sin- gulf -satisfied).

그러나 행동을 위한 날은 다가왔도다. 학생의 생활은 다하고, 입학의 날은 임박했도다. 우리는 부질없이 시간을 보내며 낙서하고 있는고? 우리는 공부할지라. 수많은 반추反芻있으리라. 우리는 꾸준히 공부했는지라, 이제 우리는 대중을 안내하리라. 예술, 문학, 정치학, 경제학, 화학, 인류, 등등. 우리는 아이들이 그들의 중간시험을 위해 공부함을 목격하도다. 그들의 마지막 할 일은 자신들의 수필을 위해 제목을 긴 일람표로부터 선택하는 일이다.

3아이들은 이제 공격적 힘으로 연합한 채, 학교 작문의 위대한 흐름으로 "창조"하기 시작한다.

다음의 두 페이지는 대학의 주제 제목들과 시험 문제들의 양식으로, 〈피네간의 경야〉의 위대한 학교에서 공부하는 인물들을 총괄한다. 예를 들면, 오비드(Ovid). 숲 속의 자연의 목소리 (백합 있는 곳의 숙녀가 쐐기풀 뾰루지를 발견했도다.) Adam, Eve. 그대가 좋아하는 영웅과 여걸. Homer. 헤스페리데스의 난파難破를 소박한 앵글로색슨어의 단음절로 서술할지라 (유능 수부의 주의) Marcus Aurelius. 무슨 교훈을, 만일 있다면, 디아미도와 그라니아로부터 끌어낼 수 있는고? 그 밖에도(左注에 있는 인물들) Cato, Nero,

Saul, Aristotle, Caesar, Pericles, Domitian, Edipus, Socrates, Ajax, Aurelius, Alcibiades, Lucretius를 포함한다.

【307】 (공부를 위한 역사상 위인들)

Noah. 기네스 양조회사의 방문, 이삭. 곁말이 곁말이 아닐 때? Tiresia. Animus(원동력)와 Anima(우주혼)의 공학共學은 전면적으로 바람직한고? Nestor. 헨글러의 서커스 향락. 요셉. 지금까지 반半 꿈이었던 가장 이상한 꿈. Esop. 베짱이와 개미의 우화를 친구에게 잡담 편지로 말할지라. Lot. 소돔 빈민국의 수치, Castor, Pollux. 지미 와일드와 잭 샤키의 권법拳法을 비교할지라. Moses. 성 패트릭에게 영광 있을지라! Job. 쌓인 먼지 속에 발견되는 것.

[양친에 대한 아이들의 밤-편지]

【308】 Xenophon. 지연遲延은 위험하도다. 활급活急! 안은 게걸게걸 소리 내는지라. 차茶 마련되었나니, C는 충분하도다! 즉시卽時는 챤셀로 시계 점에 의한 할초割秒 내에 있을지니.

(저녁 식사와 밤의 취침 시간) 그러나 그전에 그들은 차를 마셔야만 하는지라, 어머니가 그들을 위해 차를 준비해 놓았다. 때는 밤이다. 밤의 여신(Mox)은 할초割秒 안에 있을지니. 초秒들은 재깍 재깍 아일랜드어로 1에서 10까지 시간을 헤아린다. 아이들은 차를 마시러 가도다. (右註의 가장자리 노트. "엄마, 봐요, 고기 수프가 끓어 넘쳐요!") (이는 〈율리시스〉에서 밤의 환각 장면의 구절을 낱낱이 재생하는 〈피네간의 경야〉의 유일한 구절이다)【464】 그리고 그들이 먹는 것은, 물론 (성찬聖餐의 이미지로) 그들의 부친의 몸 자체가 될 것이다.

그러자 아이들은, 마치 그들이 추락한 권투선수를 카운트아웃 하는 주심들 마냥 10을 세기 시작한다,

이어 그들은 전야제 속에 서로 합작한 밤 편지를 그들의 양친에게 남긴다. 이는 탄생, 죽음 및 재생과 관계한다. 이 장은 필기 책의 뒷장에 개으른 학생들의 갈겨쓴 낙서로 끝난다. 이씨의 상형문자(hierographics) 식의 코 끝 엄지손가락과 십자골十字骨이 눈에 띤다.

편지

"펩과 멤마이 그리고 아래 및 저쪽 오랜 친척 분들께 크리스마스 계절의 인사와 함께, 다가오는 새해를 통하여 그들 모두에게 리피 강과 많은 번영의 이 땅에서 아주 즐거운 강생을 바라옵나이다."

재크(돌프), 재크(케브) 및 이씨 올림

1. 버들세공상자는 반半그리스도수手를 위한 것이요, 나의 손의 장유는 그를 위한 것!

2. 그리고 두개골과 교차대퇴골로 속이 머슥거리나니 그가 우리의 그림을 남김없이 진심으로 즐기기를 유희하노라!

처음에, 야간 편지는 그들의 양친들과 가정의 오인들에게 크리스마스 및 신년의 전보에 불과한 듯하다. 그러나, 말씨는 더 이상 위협적일 수 없다. Pop과 Mommy는 Pep과 Memmy 속으로 전적으로 사라지고, 노령들은 하울下越의 나이 먹은 멍청이들이 된다. 모든 노령은 죽었고, 또는 곧 그러하리라.

1초 2초 3초…시간을 알리는 10개의 단음으로 된 목록은 〈피네간의 경야〉의 환윤環輪을 나타내는 유태교의 신비철학(Kabbalah)의 10Sephiroth로서, 오후 10시의 차임 벨로 맞물린다. 이들 숫자는, 그들 신비 철학자들에게, "영원한 정령"(Eternal Spirit) 인 현상계의 계시啓示(phenomenal manifestation)에로의 하강(추락)을 대표한다. 각각은 신비적 특질(지복, 지혜, 지성, 자비, 정의, 미, 명예, 영광, 생식 및 지배)을 암시하며, 천사들의 합장을 수반한다. 이는 각 페이지에로 나아가는 에너지의 흐름과 함께, 작품의 발전소 격이다. 각자 숫자를 대표하는, 이들 철자들은 하나를 남기고 3그룹으로 빠져들어 간다. 그들은 10의 숫자를 형성하기 위한 0과의 결합에로 10단段의 사다리를 내려가는 최상의 1(Aun)의 하강을 대표한다. 하강의 각각의 가로대는 우주적 진화의 국면에 대응하는 가강 자리 각주의 단어들과 조화를 이룬다.

신두神頭(Godhead)(하느님)의 최고 모습은 〈비계시〉(nomanifest)이다. 어떤 증표나 단어도 그것을 포위할 수 없다. 최고의 "계시"(manifestation)는 Ainsoph 또는 Makroprosopos로 불리는, 성부의 몸(the Person of the Father)이다. 그러나 이러한 계시는 즉시 계시의 지자知者(knower)를 함유하며, 이 "지자"는 "성자"(Son)이다. 그것의 지자는 한 가지 "상관관계"를 내포하며, 이 "상관관계"는 천국의 3위인, 성령(Holy Ghost)의 3번째 구성원이다. 조이스는 그의 신비의 10단段 가운데 첫 3말 속에 이 '천국의' 3위의 3개체를 지적한다.

범권주의凡權主義(Pantocracy) ——— Aun
상본위제双本位制(Bimutualism) ——— Do
상호환성相互換性(Interchangeability) ——— Tri

성부(Father)가 '천국의' 3위를 낳듯이, 고로 성자는 인간의 삼위를 낳는다. 그이 자신은 HCE와 ALP 양자를 포섭하는, 총괄적, 양성 공동체의 인간상人間像이다. '인간적' 계열의 첫 번째의 말은 Tetragrammaton인 Logos로, 하느님의 세계 속으로의 하강의 도구인, 육화肉化를 이루는 단어이다. 두 번째 말인 Superfetation은 복수성複數性의 조건 속으로 추락하는 상(이미지)을 의미한다. 이 단계에서 반대자들의 쌍은 서로 대립(형제의 전쟁)한다. 그러나 이 반대는 반대자들 간의 "상관관계"를 내포하며, 이 "상관관계"는 인간 3의 3번째 말로서 대표된다. 조이스는 이 3위를 다음과 같이 지적한다.

자연성(Naturality) ——— Car
초과잉성(Superfetation) ——— Cush

견동성堅動性(Stabimobilism) ——— Shay

각각은 성령으로부터 '물리적' 세계의 3위인, 시간, 공간 및 우연성에로 나아간다. 조이스는 이들을 다음과 같이 목록 한다.

주기성(Periodicity) ——— Shockt
완성(Consummation) ——— Ockt
삼투성(Interpenetrativeness) ——— Ni

이 9개 말의 전체 계열은 신두神頭(하느님)(Godhead)의 '남성적'(masculine) 모습의 확장이다. 이러한 원칙 가운데 아무것도, '여성적'(female) 모습이, 사실상, 자궁 속에 그들을 수령할 때까지는 살아있는 형태에 있어서 효과가 없다. 남성적 계열의 9번째 말은 그것의 부정적否定的 대응 체와 결합되는, 성체의 남성 구성원이다. 여성의 원리는 0에 의해 대표되며, 방금-끝난 계열에 대한 그것의 첨가를 통해 Geg으로 재생된 10단은 또 다른 계열에 있어서 연속 위에 갖추어진다. 새로운 계열의 주제는 "그들의 음식이 시작하다"라는 구절로 알려진다. 지쳐 끝난 10단의 파편들(추락한 Humpty Dumpty, 엎드린 벽돌 운반공인 피네간)을 모으면서, 모母인, 영(Zero)은 새로운 세대에로 다시 그들을 차려낸다-요리한다). "노아老兒는 추락해도 그러나 조모는 관보 펴나니"【7 참조】.

"Geg"는 과연 실지로 대접받는 계란을 암시한다. 이 시점에서 급식과 마찬가지로 출산은 새로 시작하며, 쌍둥이 형제들인, Box와 Cox는 결혼의 침상 속에서 서로 만난다.

이 장은 아이들이 양친에게 보낸 NIGHTLETTER로 결론 나는 바, 그들은 자신들의 세계 모험 속으로 나아간 것으로 사료된다. 그들은 자신들의 신세계로부터의 환송의 전보를 치는 바, 조상들의 왕국에 있는 부父(Pep), 모母(Memmy) 및 친척 분들에게 인사를 보낸다. (이상 Campbell & Robinson 【194-95】 참조)

아가들이 행하기를 의미하는 것이란 과연 곧 아주 분명해질지라. 메시지의 "preposterousness"(전치전도번영)를 닮은 말은 문자 그대로 나중 오는 것에 의한 먼저 왔던 것의 대치代置를 의미한다. 즉, 아이들은 보다 오랜 세대로부터 양도 받을지니,

그리하여 그들은 모든 노인 고참들에 매달릴 것이다. 만일 아이들의 살인적 의도에 관해 어떤 의문을 갖는다면, 이씨의 마지막 각주에서 그녀에 의해 그려진 해골 밑의 대퇴골(죽음의 상징)은 어떤 모호성도 밀어내야 할 것이다. 이씨의 마지막 논평은 장의 데카르트적 주제를 보강하리니, 즉, 우리는 학교에서 해골 아래 대퇴골을 위해 계란과 농담을 바랄 것이요, 부父가 우리의 선線 그림에 대해 자신 즐길지니. 즉, 아이들은 우주를 서술하기 위해 데카르트의 선들을 그릴 새 능력에 의해 개화된 채, 또 다른 종류의 선들을 그리기 시작하리라. 아이들이 그릴 선이 그들의 아버지의 목둘레에 감겨질 것임은 완전히 분명하다.

최후의 각주는 나태한 여학생(이씨)에 의한 100페이지의 낙서로서 종결된다.

II부 3장 축제의 여인숙 【309-382】

주막의 HCE

양복상 커스와 노르웨이 선장의 이야기

바트와 타프. 버클리가 소련 장군을 사살한 이야기를 말하는 텔레비전

코미디언들

4노인 복음자들이 HCE를 괴롭히다

HCE에 대한 사건

장례 경기

HCE. 술 찌꺼기를 마시고 잠에 빠지다

이 장은 개화된 아이들에 의하여, 라디오 경기, 텔레비전 프레이, 그리고 노래에 의하여 예시된 채, 그들의 아버지에 대한 공격을 포함한다. 효과적으로, 공격은 매인每人—우리의 영웅 CHE—을 무인無人으로 감소시킨다. 그는 자신의 힘과 효과를 잃은 자이다. 그의 아이들의 성숙은 말더듬이 아버지를 놀라게 하고, 이 장의 끝에서부터 그는 사자死者들 사이에 숨는지라【309.2-3】, 마침내 그는 III부 3장에서 재현한다.

소개적 부분은【309.11-311.4】, 그러자, HCE의 주막에서 울리고 있는 라디오의 정교한 서술을 제시한다. 또한 서술되는 것은 귀(ear)이다【310.8-12】. 첫 이야기를 수령하고 해석할 셈의 기관과 인간의 기관을 이야기는 라디오를 통해 전달된다. 귀는 섬세하게 다루어지는 바, 고막을 위시하여, 유스타시안 관管, 코티의 기관 그리고 내이內耳의 3개의 골 등이다. 이들은 모두 귀의 내부의 미로를 구성하고, 이과耳科의 말들로 서술된다【310.21】

【309】 ─기네스 창세주創世酒의 무관심사는 있지 않을 수도 또는 있을 수도 있는지라, 그러나, 〈피네간의 경야〉에서 음식과 식사는 신神을 파먹는 식사와 언제나 연관된다. 즉 그의 자식들과 고용자들에 의한 부친의 생명체의 소모가 그것이다. 그리하여, 이 장은 HCE의 주막의 고객들이 그들의 주인(host) 의 성체聖體(Host)의 생명체를 탐식하는 것을 보여준다. 집과 가정 밖의 그를 탐식하거나 마시는 것뿐만 아니라, 그들의 잡담으로서 그의 명성의 의상衣裳을 파열破裂시킨다. 따라서 이 장은 "축제의 여인숙"(Taverry in Feast)으로 불러질 법하다. 여기 "최후의 만찬"(the Last Supper)의 함축이 분명히 존재한다.

세팅은 HCE의 주막이다. 라디오가 붕붕거리고, 주점의 고객들이 서로 밀치며, 허풍을 교환하고, 술 취한 채 농담이 한창이다. HCE는 그의 카운터의 돈궤에서 돈 계산에 열중하고 있다. 모든 허풍들과 라디오의 방송은 HCE의 옛 수치의 이야기처럼 들리는 것을 총괄하고 있음이 점진적으로 분명해진다. 이러한 소란은 서로의 이야기를 차단하는 듯하나, 그런대도 불가피하게 이야기는 계속 이어진다.

이 기다란 장【309-382】의 이야기의 실마리는 9개의 서로 얽힌 갈레들로 구성된다. 1. 전체 행동을 저변에 깔고 있는 주점의 말다툼 2. 노르웨이 선장의 이야기와 도시의 재단사에 관한 그의 문의들 3. 바트와 타프 쌍둥이 형제의 라디오 희문戱文(빈정거림) 4. 바트가 말하는 Sevastopol의 전투에서 소련 장군을 사살하는 부차적 이야기. 중절中絶들 사이에 짤막한 뉴스 보도들과 짧은 스포츠들이 제시되는지라, 즉 5. 장애물 경주(마) 6. 4가지 재미나는 Mulligar 사건들의 TV 방영 7. 분자(Atom)의 붕괴(소멸)에 관한 설명 8. 한 영웅의 해체에 관한 라디오 개관 9. 게다가, 주인 자신에 의하여 설명되는 끝없는 터무니없는 이야기(Tale of a Tub); 이들은 모든 매연煤煙와 찌꺼기를 통하여 주막 주인인 HCE의 흥미진진한, 자기 정당화의 존재로서 출현된다.

이 장은 주막의 무리의 개략과 그들의 이야기의 주제들의 개요로서 열린다. 특히 이 장의 첫 두 부분의 이야기들은 〈피네간의 경야〉 가운데서 가장 불투명한 부분으로, 조이스 자신이 그의 〈서간문〉에서 재단사의 이야기를 "말거미줄"(wordspiderweb)이라 불렀다(〈서간문〉【III, 422】). 문제는 저 꿈의 취객들 가운데서 누가 수부의 이야기를, 누가 소련 장군의 이야기를 말하고 있는가 하는 것이다. 한 가지 그럴듯한 추측은 주막의 HCE가 그의 고객들에게 수부와 양복 재단裁斷에 관한 이야기를 하고 있다는 사실이다. 그는 그들에게 자신의 내적 갈등과 결혼에 관한 진리를 말한다.

【309-310】 이어위커 주점의 라디오

【309】 만일 4개의 주제가 있다면, 그런데 그들은, Grander Suburbia 교외郊外에 있어서처럼, Etheria Deserta(에셀이야의 아라비아 사막)에 있어서, Finnfannfawners(핀페인당새끼사슴들) 사이에, 논쟁 중에 있거니와, 그들 주제들은 다음과 같도다. 1. 한 인간의 생명에 대한 공포는 농자聾者의 장애의 숙명 속에 되려 숨어있다. 2. 신부안新婦眼의 견지見地에서 보면, 그의 인생의 고도高度는 남자가 진물疸苗을 도섭徒涉하는 때이다. 3. 그를 수렁에 빠뜨리는 자존심은 경야經夜의 영광을 청 하도다. 4. 원圓 계획은 나의 정원 주변을 맴도는 그대의 룸바춤과 닮았는지라.

그런고로, 그들은 논쟁에 끼어들었나니, 그들의 주점주인을 위하여 멋진 십이공관상十二空管狀의 회음청취기會音聽取機를 샀는지라, 이는 내일 오후처럼 현대적이요, 외관外觀에 있어서 최신식이라, 원거리 수신을 위한 초방패超防牌의 우산 안테나를 장착裝着하고 벨리니-토스티 결합방식의 자력연결磁力連結에 의하여 활력조活力調의 스피커와 접합하고, 만공물체滿空物體, 파지장방사기波止場放射機能, 열쇠 째깍 제동기制動機, 바티칸 진공청소기, 여형가동기女型可動機 또는 남제공전기男製空電機로 포착하고, 유전惟全의 햄두옥斗屋 아마추어 무선전국無線轉局을 호통 치면서, 전고애란全古愛蘭 토노土爐 및 가정을 위하여 전기절충적電氣折衷的으로 여과하여, 사과카레수프 메리고라운드를 그에게 차려내는 것이로다.

【310-11】 맥주 펌프 손잡이의 이어위커

【310】 이 축전기를 그들은 탄약 저장고 포대砲隊로부터 작동하게 했는지라. 그리하여 샤를마뉴 대제大帝를 그의 이과학耳科學 생애의 내이미기선로內耳迷基線路까지 달랠 수 있도록, 그들은 그것을, 모든 방송을 행사할 수 있는, 이형耳型의 배열, 강력한 외이外耳에 연결했도다.

이 주막은 "부름의 집"인지라, 거기 주인(HCE)은 오코넬 주酒를 매병賣甁하나니, 한편 그의 눈은 돈궤를 조심스럽게 살피도다. 주막의 카드 복점卜占은 밤의 발기처럼 추억을 환각으로 불러일으킨다. (HCE의 주막은, 카드처럼, 운명의 환각적 비경悲境을 지니는지라,) 이 술은 그이를 위한 와자지껄 이중관절주二重關節酒이지만, 그것은 영계절식자令鷄絶息者들의 추장이요, 파타고니아인人인 쿨센 맥쿨(원초의 영웅인 핀 맥쿨)에게는 단지 한번의 획劃이요 한 줌에 불과하나니, 이 강력한 낙거인樂巨人은 당시 그를 네크 호반湖畔(Lougk Neagk)인양 꿀꺽 삼킬 정도라. 그가 코크마개를 뽑자, 펑 소리가 났나니, 그 거품이 병의 미끄러운 옆구리를 흘러내리며, 컵들에 채워졌도다.

【311-32】 재단사 커스 Kersse와 노르웨이 선장 이야기

【311】 때는 옛날 뒤로 바람 불어오는 쪽 리랜드 선船을 띄웠던 훨씬 뒤의 일이었나니 또는 때는 그가 자신의 의상을 조끼 잡아당겨 Kerrse (Persse O'Reilly)의 이야기를 끄집어내기 전이 아니었나니, 더욱이 그가 배船 앞을 가로질러 노르웨이 선장을 붙들고 길게 이야기하기 전이 아니었도다. [선장의 에피소드는 실타래처럼 앞으로 계속 풀릴 것이거니와.]

그런고로 HCE는, 그 사이에, 죄지은 양심과 열린 귀를 가지고, 자신에 대한 유행하는 평판을 위한 단서를 찾았도다. [그의 머리 속에는 〈사자의 책〉의 "부정적 고백"을 회상시키는 말들이 똑딱거리거니와] "나는 파스-타엠의 열쇠를 잘못 두지 않았도다. 나는 문지방 청소부의 보도步道에 유혹을 남기지 않았도다."

(그러자 단골손님들이, 반-위협적인 암시로서, 신페인 건배를 위해 그들의 술잔을 들어 올리며 부르짖는다). "우리 자신, 우리 자신, 홀로!"(신페인의 모토) 그리고 술을 "기起, 경警 그리고 그들을 격擊!"이라는 식으로 단숨에 들이킨다. (여기 음주자들의 태도는 적대적이며, 본질적으로 HCE에게 반대 증언을 하는 군인들의 그것이다).

따라서 끝없는 이야기의 타래가 풀리며, 으르렁댄다. (A) 〈주점의 대소동〉, 이는 (B) 〈도회의 양복상〉의 이야기와 혼돈된다. 분명히 노르웨이 선장(귀항선장)으로 알려지고, HCE의 모습과 아주 닮은, 다변의 수부는 입항入港하곤 했는지라, 이어 수년 동안 재차 깊은 바다에로 항해하기 위해 출항했도다. 그는 〈유령선〉(Flying Dutchman)(희망봉 부근에 출몰하는 유령선의 선장) 같은 데가 있었다. 그가 방문하면 선부船夫(Ship's Husband)

―HCE와 아주 닮은 또 다른 거구의 사나이―를 만난다. 선장은 어디서 그가 손수 한 벌의 양복을 맞출 수 있을지를 묻자, 선부는 Ashe and Whitehead의 상속자인, 한 상점을 추천한다. 주점의 거듭되는 이야기의 혼돈 속에 선부는 수부의 모호한 개성으로 혼돈되거나, 합세한다.

전체 양복상의 복잡한 이야기는 이내 영국의 평론가요 철학자 카라일(Carlyle)(1795-1881)의 저서 〈의상 철학〉(*Sartor Resartus*)과 의상에 관한 저서 속에 상징화된 초월론적 철학을 암시한다. 의상은 신체의 핵核을 덮고 있는 물질적 외장外裝이다. 외모의 세계에서 이는 그들이 덮고 있는 진리의 육체보다 더 중요하다. 또한, 거기에는 카라일의 영원한 찬부贊否(Nay and Yea)의 문제에 대한 ECH의 정신적 번뇌의 암시 이상의 것이 있다. 동서양에 알려진 전통적인 신화적 이미지는 양복상으로서의 하느님의 그것이다. 하느님은 책상다리를 하고 앉아서 물질의 세계로 정신의 실을 짠다. 이리하여 그는 전체 우주를 위하여 외모의 옷을 재단한다. 영원한 찬贊의 문제는 확실히 하느님 자신의 기만적 수공手功을 확인하는 그것이다. (스위프트의 〈터무니없는 이야기〉에서 은유적 의상은 끝없는 신학적 잡담의 화제이다. 세 적대자들인, 페드로(로마 성당), 마틴(영국 성당) 및 재크(Jack)(청교도)는 〈피네간의 경야〉의 세 군인들과 대충 대응하거니와, 그들은 자신들의 몇몇 편견을 그들의 부모의 의지의 다양한 오독誤讀을 가지고 정당화 하려고 한다.) 노르웨이 선장은 옷을 맞춰 입고, 이어 그의 계산서를 정중히 지불하기를 거절하고, 대신 바다에로 출항해버린다. 그리고 선부는 그를 뒤쫓아 고함을 치지만 공허할 뿐이다.

독자는 앞서 Jarl van Hoother와 Prankquean 및, 이 경우에 있어서 장난꾸러기의 역할을 하는 노르웨이 선장에 관한 이야기의 많은 율동적 메아리들로 상기할 것이다. 우리는 노르웨이 선장이 재차 두 번 되돌아옴을 보고 놀라지 않는다. 두 번째 방문에서 그는 주막에 들어 와, 대단한 식사를 주문하지만, 돈을 지불하는 대신으로, 단지 떠나는지라, 이는 요금을 요구하며 휘파람을 부는 선부를 뒤에 남길 뿐이다.

그러자 노르웨이 선장은 선부(Ship's Husband)(귀항선장)에게 성언聲言했도다. "어디서 한 벌 애복愛服을 낚을 수 있을까?" 그러자 선가부船家夫(Ship's Housebound)가 급언急言했도다. "여기는 사복숙辭服宿, 애쉬와 화이트헤드 의복 점의 후계자라." (여기 "선부"는 주막 주인으로서의 HCE이다. 그에게 접근하는 노르웨이 선장은 그의 초기의 항해자의 모습에서 HCE와 대응한다. 이야기의 진전은 바다의 선장이, 재단된 양복을 가지고 도주하고, 거대한 식사를 구걸하면서,

그리고 그들의 집단적으로 딸에 구애하면서, 어떻게 다양한 방식으로 육지인들을 사취하는지를 보여줄 것이다. 이 이야기는, 전체 장을 통해서 여러 번 차단되면서 진행되거니와, HCE의 초기 역사, 그의 불미스런 평판(공원의 죄)에 대한 설명의 전범典範이요, 이는 마침내 주장 주막의 다툼 속으로 합세한다.)

그러자 이어 그는, 그의 최고의 친구에게 몸을 돌리며, 급언했나니. "오하라, 이 신사에게 한 벌의 의복을 팔지라." 고로 그는 몸의 치수를 재고, 옷을 맞추었으니, 계약이 산출되자, 거기를 떠나려고 했도다. 그러나 선부는 그의 뒤로 고함을 쳤나니…

【312】앞서 잘(Jarl) 반 백작 (21)처럼, 선부船夫는 수부水夫 등 뒤로 고함을 지른다. "정지! 도둑놈, 우리의 애란에로 돌아올지라!" 그리하여 노르웨이의 선장船長은 대답했도다. "십중팔구 있음직한 일!" 그리하여 그는 닻을 해저에서 노르웨이 항로에다 끌어 올렸나니, 그런고로 그는 7년의 염수욕鹽水浴에 가슴을 비웠는지라. 그리하여 조류가 밧줄을 늦추었도다. 켕겼다 했나니, 그러자 성스러운 버킷처럼, 그는 때그락 고함을 질렀나니라!

─"등 군살! 흑!" (HCE) 주막-무리가 눈 깜짝할 사이 주막 주인에게 비웃었도다. (노르웨이 선장의 첫 방문 뒤로, Kersse라 불리는 젊은 영웅이 그를 뒤따라 밖으로 나간다. 그런데 "Kersse"는 Persse의 게일어의 잘못된 발음으로, Persse는 앞서 무례한 민요에서 【44-47】 HCE에게 주어진 인물이다. 어떤 의미에서 Kersse는 HCE 자기 자신의 이면裏面이라 할 수 있다. 다른 말로, 그이 속의 다른 사람으로, 그는 그를 원상태로 돌린 것이다. 그러나 재차, Kersse는 양복상의, Ashe (O'Shea처럼 Shea의 글자 수수께끼)의 아들로서, 항해자의 "저주"를 입증할 그러한 힘을 구체화하는데 쓰이고 있다). (Kersse의 신분의 불확실성)

─"내가 그걸 하겠소," 커스가 말했다, 선부船夫를 위하여 색구素具를 바람막이 쪽으로 돌릴 것을 의미하면서.

─"아니 어떻게?" 모두가 그 귀이개 자에게 곱사 등을 웅크렸도다.

그러나 노老 발랄인潑剌人, 호밀 가家의 군림자君臨者인, 그는 그에게 뭔가를 낚으려고, 음모하는 해안의 상어를 전혀 두려워하지 않았는지라. 거기 호우드 백작과 그의 희롱 여인에 관한 잡담이 있었으니; 3혼성 단골손님들, 즉, Gill gob, Burklley bump, Wallisey wanderlook(3신학자들로 John Gill, George Berkeley, 및 John Wesley)로서, 모두 감독사제 스위프트의 당대인들. 그들은 〈터무니없는 이야기〉에서 해학 되는

자들과 비유되며, 형이상학적 믿음의 다양한 그림자들을 대표한다에 의한 이야기의
교환이 있다. 무리 지은 음주자들은 위대한 사색가들이 되며, 그리하여 그들은 12배
심원들을 구성한다. 마구사馬具師 및 피혁 판매인, 무두질 꾼과 염매가賣淫家, 백랍 기
물옥器物屋 및 문장도사, 교구 서기, 화살깃 제조자,

【313】 띠 장색匠色, 포목상 … 직공織工. (여기 12배심원들과 그들의 단순한 직업들은 그리스
도의 최후의 만찬의 12사도들의 빛을 띤다.)

그들 모두는 화자(이야기꾼)를 격려한다.

—즉시卽時 화항話港할지라! 힘내어 말할지라, 선동자여!

—나는 그렇게 하리다, 친구들, 나의 손에 맹세코, 커스가 즉언卽言했나니. 그리고
이내 곧, 화자가 트림했는지라. 그때 그는 대부인, 귀항선원처럼 맑은 정신으로 내게
이야기하고, 그래서 나는 이제 더할 나위 없이 진심으로 만족하사. 그는 한결같이 아
담즈에게 저주했도다. 그런고로 맹세코, 천주신天主神이여 저를 도우소서!

그 뒤로, 주정酒廷의 집회주왕集會主王과 주옥인酒獄人이 지닌 그의 금화법金貨法의
명령에 따라, 바이킹 추장酋長 잘 백작伯爵(Jarl)이, 잔돈-푼전을 건네면서, 그의 청취 속
에 그들의 속삭임을 밀고 나아갔나니, 그리고 주사위(모험)를 한번 던졌도다. 몇 푼 돈
전豚錢이오, 그는 말했나니, 그리고 여기 있는지라, 그리고 사기詐欺는 금지라, 나의 둥
근 보석 백(자루)에서부터 이 값진 6페니 금화와 함께 그대의 경화硬貨를 가질지라. 그
리하여 야비한 말투로 그는 돈을 세어 꺼냈도다.

이리하여 덴마크의 유동허세流動虛勢의 비전費錢이 튕기며 계산되는지라.

(주점의 이야기들의 혼성) 피네간의 추락의 메아리는 여기서 울리기 시작하나니, 이미
당황하게 하는 이중화二重話(doubletalk)와 결합하기 시작한다. 우리는 적어도 이야기
의 3가지 실마리를 헤아린다. HCE는 환전하면서 돈 궤 곁에 선다. 높은 파도 위의 스
쿠너 범선이 한 추적하는 배에 의해 색구를 늦추고 있다. 벽 위의 피네간이 추락을 향
해 비틀거리고 있다. HCE의 분신이 자기 자신 피네간의 발판의 붕괴를 야기 시킨 판
자를 움직였다는 암시와 함께, 소개된다. 뇌물이 함유된다. 피네간의 추락과 하느님
의 우렛소리가 주점의 소음과 혼성된다. (여기 현재로서 조이스의 의미를 1차원으로 행사기는
거의 불가능할 것이다.) 여기 뒤따르는 324페이지에서 암흑과 혼란의 주점의 분위기가 걸

힐 때까지, 우리의 이야기는 2중의 초점으로 인하여 흐리기만 하다.

【314】 [주점의 잡담]

"누가 최초로 발판을 옮겨 놓도록 했던고?" 누군가가 물었도다. "당신이 명령을 내렸다오," 모두들 즉시 손쉬운 기성답旣成答했도다. 그때 은밀하게 충돌 속에 증인이 목격자에게 일축─蹴을 가했으나, 빗맞았는지라. "그런데 도대체 누구를 위하여 Kitty O'Shea가 그들이 필요했던 널판자를 옮겨 놓았던고?" 누군가가 물었도다. "그들은 필요했도다, 쿵!" 재빠른 대답이 나왔다. (무리의 잡담은, 그에게 오발, 그의 추락, 창세기의 죄와 홍수, 바벨탑, Kitty O'Shea의 이혼 [통신자로서의 파넬], 그리고 7번째 천둥소리에로 인도한다).

쿵!

쌍관双館인물단單짝민주위총總원위…람만스전복顚覆! [뇌성이 주막의 소음을 통해서 들린다. 추락의 주제가 토론된다. HCE의 평판이 산산조각이 난다. 3군인들은, 그의 추락을 인지하면서, Magazine Wall(무기고 벽)로부터의 Humpty Dumpty의 추락 및 사다리를 이용한 피네간의 출발을 기억한다. "원초목적적原初木的으로" 아담을 이어위커의 무리 속에 끌어들인다. 쌍스런 라디오가 "초풍超風 전교차중폭電交叉增幅"과 함께 숙모와 숙부에서부터 "저 번개犬의 자子들"에 이르기까지, 전 가족의 뉴스를 보도한다. 갑자기, 영화 투사기, '기계'가, 눈과 귀를 즐겁게 하면서, 실버 스크린에로 "섬광대용부제閃光代用副題와 더불어," 가족의 그림을 투영한다. 그러나 "그의 세낭여兒洗娘女兒…. 그의 장중보옥藏中寶玉?"(수부의 딸)은 어찌된 일인고… 잡담들은 "그만 두고라도."【314.19 -315.7】.

─ 잠수했던고, 무리 중 1번남─番男이, 잠수부를 흉내 내면서, 말했다.

─ 추진심잠수推進深潛水, 2번남二番男이 저음으로 말했다.

─ 저것이 피네간의 추락이라, 3번남三番男이 말했도다. 메가진 벽 곁에. 사남邪男 빔빔. 그리하여 (공원의) 처녀들이 모두 보았나니. 피남彼男 힘힘피남彼男(피네간-HCE) (Himhim himhim)을.

그리하여 여타를 위해 전설이 장면을 말하게 할지라─저 대죄장면大罪場面은 너무나 혹 모양 땅딸보(HCE)인지라——무슨 먼지 사진沙塵을 그것이 원초목적적原初木的으로 일으켰던고! 사다리 꼭대기의 소년에게는 행도倖跳인지라, 재단수부裁斷水夫의 반박인 즉, 왜 죄인 선악善惡인고! (광고——세계에서 제일 안전한 길) 그러나 여기 점토의 현 주점에서, 그리하여 그곳에 그들의 네덜란드의 숙부(잔소리꾼)는 주인역이요 그들을 경치게도 잘 봉사하는지라. 과거의 인물들의 배역이 가까운 장래에 등장하리라, 북구제北歐製-애란어愛蘭語로 된 섬광대용부제閃光代用副題와 함께. 그리고 그대가 쇼를 바라보고 있을 때 화자를 유념할지니, 그러나 공평히 대하라.

——그건 모두 멋진 일이나니, 그러나 선부船夫의 딸은 어떠한고? 모두들(그들 4대가들) 쉿쉿 야유했는지라, 그들은 한때 그들 자신 젊은 독신들이었나니. 대답. 그녀는 그의 눈의 사과였도다. 그녀는 찰싹 슬리퍼를 신고 학교에 가는 도중이니. 그녀의 가족에는 피넛(자두)이 없었던 고로, 그녀가 노르웨이 선장 때문에 굴러 떨어졌음은 놀랄 일이 아니었도다.

【315】 (이어지는 노르웨이 선장에 관한 이야기) "그는 트리니티 대학(Cullege Trainity) 출신의 항문 학사로다. 그는 피네간의 경야의 밤에, 농락하지 않았던고?" HCE가 밖으로 나가자, 안으로 들어오는 선장과 부딪친다. 그들은 서로 인사를 나눈다. "좋은 아침" 선부와 사생 떠버리들이 모두 이야기에 끼어든다. "스키버린…"

(음주의 제2라운드) 보다 떠들썩하고, 몽롱한 이야기. 그들 가운데 가장 두드러진 3음주가들이 또 다른 한 차례의 술을 요구한다. 이야기의 실타래가 계속된다. 고성방가자들의 이야기는 두 번째 방문한 노르웨이 선장의 귀환을 강조하는 경향을 드러낸다. 그들의 이야기 동안에 HCE는 그의 딴 채에로의 산보 후에 자신의 주막에 되돌아온다. "정숙한 길손"으로서의 그의 재 귀환은 노르웨이 선장의 돌아옴과 합치된다. 셔플보드(Shufflebotham)(원반치기)는 "그만 두고라도, 더 많은 속옷의 안대기와 더불어 모두 한꺼번에 좀 더 마시는 것이 허락되는지라." (또 다른 한 차례 술을 마십시다.) "더 많은 속옷의 안대기," 즉, "우리는 두 가지 이야기를 다루고 있도다."

【315.09】 화안여숙주火顔旅宿主[58](여관의 주인, 즉 HCE의 재 입실) 지연전류각도遲延電流角度[59]에서, 심측하게 호흡하며,[60] 그들과 접류接流하고 그리하여, 뺨과 턱 정답게, 세

재단사들[61](공원 군인들의 인유)을 흘긋 처다 본 뒤, 모일 해海의 청어와 충돌하면서, 그는 바람에 돛을 활짝 핀 채(만취하여), 부르짖었나니, "매인每人들이여 얼마나 냉冷하랴!" (Howe colls Eavybrolly!)

―조朝흔 아침, 그(노르웨이 선장)가 관항棺港으로 들어서자, 부르짖었도다. 그의 귀는 그들의 목소리에 풍향風向했는지라. 그리하여 그는 이야기 실마리의 과정에 관에 물었나니라.

그래서 무리 가운데 또 다른 한 사람 shinshanks【315.35】가 말했도다. ―"스키버린선장船長은 공입숙共入宿을 지니다, 그리고 여느 때 보다 슬픈 갈까마귀," 한편 단골 손님들은 프랑스어와 아일랜드어로 서로 이야기한다.

【316】―곱추자子(노르웨이 선장), 하고 선부船夫(ship's husband)가 선장의 재 입실을 환영하며, 부르짖는다. 손님들은 그들 사이에, 프랑스어와 게일어를 말하면서, 이야기한다. 이 이미지는 사라지고, 술을 들고 들어오는 주점주酒店主(HCE)와 손님들에 의하여 주인에게 그들의 감사를 표하는 인사에로 이울어 진다. "자 속건배續乾杯, 양폭우전조남작釀暴雨前兆男爵이여! 아감사我感謝를 위해 나팔 불지라(음주)" (Weth a whistle for methanks).

여기 앞서 선장의 ―"좋은 아침"에 응답하여, ―"좋은 아침 그리고 좋은 신사들" 하고 응답하는 선부이다. 선장의 돌아옴은 피네간처럼, 일종의 부활을 닮았다.

"선량한 모우험담母友險談군이 언급했나니, 무경초지無境草地와 녹암綠岩과 함께 자신의 좌우 양쪽으로 몸을 흔들어 굽히면서, 당시 그들은 모두 킨킨코라 성城의 고벽古壁 안에 있었는지라, 칠견시대七樫時代 후로 동면冬眠하면서." (sayd good mothers gossip, bobbing and bowing both ways—when they were all in the old walled city of Kinkincaraborg ..hibernating after seven oak age) (이 구절은 그들의 마魔의 산에서 불멸의 맥주를 들이키는 영웅적 죽음의 신화적 이미지리라 상기시킨다.) 선장은, 모두들 어디에 있는지를 겁내며, 이 조시潮時 황혼에 쿵하고 나돌아 다녔는지라, 거기 장난치는 어류들이 그를 자신의 해좌海座의 바닥까지 염수로 절이도다. 여기 극히 어려운 2개의 이야기 타래를 분리하는지라, (1) 주점 주인과 같은 누군가가 황혼에 용변을 본 다음에 주점으로 방금 들어오다 [이 에피소드는 공원의 유명한 이야기와 아마도 밀접하게 연결되리라.] (2) 노르웨이 선장이 항구에로 한 바퀴 되돌아왔다.

선부는, 그 자신 생각으로, 수부가 바다에 익사하여, 물고기가 그의 뼈를 추리는, 사실상의 죽음을 염려했었다. "그는 망치의 신호를 했나니라, 신의 진갈眞渴이도다." (망치의 신호는, 뇌신 Thor를 축하하는 축복의 신호이다.) 선부는, 현혹된 채, 지나간 여러 해들, 선원의 인생이 어떻게 지나갔는지를 생각하며, 말한다. (이는 〈율리시스〉의 제16장에서 블룸이 수부의 덧없는 방랑 생활을 생각하는 것과 일치한다.

여기 당신은 다시 되돌아왔군요, 브라질에서, 장애물항인, 우리의 더블린으로, 무역의 노예, 향미의 기선器船 및 시장市場-의-용약龍藥, 그리고 가자미 류類, 줄무늬 양서류, 그대가 마치 고등어로부터 소금에 절인 듯 생각되었나니라. 【U 512-513】

되돌아온 노 수부에게, 마치 하늘에서 떨어진 양, 그는 계속 말한다. "당신에게 우리 국내의 사람들로부터 열린 팔의 환영 있도다!" 이에 선장이 말한다. "고로 내게 술을 팔지라," "저 웨이터는 어디에? 한 조각의 치즈를."

【317】 노르웨이 선장은 몹시 굶주렸는지라, 위스키-소다, 케네디 제의 고급 빵에다 사캐(청주)를 요구한다. "내가 독주에 산성화酸性化된 채 내가 죽었다고 그대는 생각하는고," 그는 말했나니, "오키 도키(오케이)(Allkey dallkey)," 선부가 말했도다, 그는 연회객宴會客의 신호를 했나니. "식탁보를 깔지로다! 그리고 이 멋쟁이에게 굴 한 접시를! 그는 내가 지금까지 본 가장 무심한 사람이지만, 그러나 확실히 최고의 수명壽命을 지녔나니. 장식부裝飾付의 어육魚肉 완자 한 톨을! 도박賭博 양羊새끼 아가미 친구의 유단자有段者를 위하여. 급히, 그는 말했나니, 이놈의 자식, 공복空腹의 새클턴!(웨이터)시중들지라, 그렇잖으면 이 괴노怪怒의 오슬러가 우리를 몽땅 우타牛打할지로다." 그는 말했나니, "다 됐으면 말하라!"

주점의 세 음주자들(재단사들) (양복상의 주제와 주점의 주제가 지금까지 이야기를 동행해 왔다. 세 재단사들은 인간의 운명의 천을 짜는 여신[Fates]으로 대표된다.) 이 다음과 같이 잇따라 말을 소개한다.

　—어찌 그는 양복을 저주(커스) 또는 야유하지 않았던고, 최초의 바지 재단사가 상기시키는지라.

　— 땅딸보 덤프티, 우적우적 상인商人이여, 둘째 재단사가 퉁명스럽게 말했도다.

　—눈에는 눈. 나의 언가言價를 믿을지라. 그리고 과오 없이! 모든 이는 자기 자신을 위해! 그들은 세 명이 함께 말하도다.

　노르웨이 선장이 농사과弄謝過했나니. "청구서에 바가지 씌울지라!" 그리하여 그는 이렇듯 뚱보인지라, 희 반죽 머리털을 가진, 암갈색의 돌출한 백운암白雲巖처럼, 애녀愛女에 대한 애찬愛餐을 여전히 애탄哀歎하면서, 그림자로부터 자기 앞에 솟은 주점 주임의 호우드 구두丘頭(HCE)를 잊고 있었도다. (그대는 그토록 푸른 해안을 지닌 저 산정山頂을 보는고?)

　【318】(아나 리비아를 위한 노르웨이 선장의 찬가) 그를 그녀의 최초의 무릎에, 그녀를 그의 날쌘 동아리로 삼았음을 슬프게 회상한다. (노르웨이 선장은 갑자기 최초로 호우드 구두丘頭로 접근하는 HCE의 모습으로 혼성된다. 그가 영원한 아나에게 자신의 주문呪文을 말로 나타내는 이집트식의 문구 ('사자의 매장'으로부터 빌린)는 뒤로 그의 과거의 사랑의 죄에로, 그리고 앞으로 그가 여전히 범하는 죄에로, 바라본다.

　오 배회황야徘徊荒野여, 이제 불가사이 될지라! 내게 귀를 기울일지라, 마이나 산山[62]의 베일이여! 그는, 그럼에도 손구損拘하고, 대화하리니, 그건 내게 너무 미천한지라. 나는 상시고풍常時古風 우리가 앉아서 정장 차림하기 전에 세수하고 솔질했도다. 이제 양조인은 이따금 불만월동不滿越冬하여[63] 베이컨[64] 햄을 슬프고도 천천히 우적우적 씹어 먹는지라. 하지만 결코 고호古狐의 새끼 빵을 흘리지 않나니, 오랜 레지용 도뇌르 훈위勳位[65]에 맹세코 절대로. 나는 타이프 아리프[66]의, 법주法主를 위하여 진실로 법을 행사했도다. 나는, 나의 푸른 늑골肋骨 시市, 아나폴리스[67]에 있는 나의 심장의 소지자를 위하여 나의 손을 내밀었는지라. 그땐 그대는 무쏘보토미아[68]까지 양복상과 그의 아내는 그들이 늙어감을 인지하는지라 그들은 그들의 예쁜 딸과 어떤 미지의 청년 사이의 결혼을 염오하지 않는 듯. 한때 그들은 신혼자들이었나니, "어린 5월달이 빛나고 있어요, 사랑이여"를 노래하며…【318.13-14】. 그들의 현재의 사랑의 상태는 나이 든 한 쌍에 관한 로버트 번의 고무적 시 "존 앤더스, 나의 죠"를 끝 닫는 메아리를 야기하도다:

이제 우리는 방황하도다. 존,
그리고 손잡고 우리는 가리라
그리고 발치에 함께 잠자리라,
존 앤더슨, 나의 조【318.27-28】.

【319】이 시점에서 우리는 3인 1조로 여전히 나타나는 재단사들에로 방향을 돌린다. 그이(그들)는 코트와 바지에 관해, 수부와 그들이 진작 맺은 신사의 동의를, 그리고 등의 지독한 혹 때문에 옷을 맞출 수 없는 불가능성을, 차례로 말한다. 모든 자들이 술을 마시는 듯하다. 재단사는 모젤 포도주를 코로 뒤지 듯 3연음燕飮의 한 모금으로 꿀꺽 마셨다. 음주가(Pukkelson-HCE)는 그의 이야기를 계속하고 있었나니.

―찔레가시나무 뿌리 파이프를 얼룩 빵 대신 가져온데 대하여, 나는 경칠 저총咀銃 맞아도 쌀지니, 그러나 현시現時는 재단화자裁斷話者가 자신의 술 꼭지를 맛볼 시간인지라.

다른 두 사람이 선례를 따랐다.

음주가(Pukkelson)가 말했다.

―나는 그와 헛간 뒤에서 다 끝난 것으로 했어, 악에 물든 상인(재단사) 말이야, 그리하여 그는 타라 수水에 꿀꺽꿀꺽 씻기며 뒹굴고 있었어. 그에게 오랍 여우의 저주를, 분재사糞裁師 놈, 나는 허언虛言을 하지 않는지라.

―연기煙氣로 코카인 질식하도다! 핀들거리는 자들 모두가, 선부와 이 이야기를 들은 응시자를 제외하고. 눈물이 넓적다리 아래 똑똑 떨어질 때까지 주소走笑했는지라.

"나는 경칠 주총呪銃 맞아도 쌀지니, 얼룩 빵 대신 찔레가시나무 뿌리 파이프를 가

저오고, 데메트리우스 주변에 무지개 환을 두른데 대하여 나를 목 조르게나…왠고하니, 이 청두青頭 골목대장, 그대가 일그러지게도 주름살 짓듯이"(—I shot the shoddied, throttle me…for bringing briars to Bembracken and ringing rinbus round Demetrius for, as you wrinkle wryghtly, bully bluedomer).

Demetrius는 셰익스피어 작의 〈한 여름 밤의 꿈〉(Midsummer Night's Dream)에 나오는 애인들 중의 하나요, bully bluedomer는 Nick Bottom으로, Peter Quince와 Flute "bully Bottom"에 의하여 그렇게 불리었다.【III.1.7.; IV.ii.1.8】문맥에서 HCE는 노르웨이 선장으로, 그의 죄와 자신의 죄의식에 대한 감각을 시인하고 있다. 따라서, 그는 Demetrius와 Bottom에게 요술을 행사하는 죄를 인정하는 작가의 Puck을 닮았다. "Bluedomer"는 푸른 천개(blue dome of heaven)인 하늘에 대한 언급이다. "Bringing briars to Bembracken"은 "carrying coals to Newcastle"의 메아리를 띤다.

"우린 너무 진酒 수전노라 이리하여 대사大赦가 우리 모두를 주축柱軸으로 만들고 있나니"(We gin too gnir and thus plinary indulgence makes columnellas of us all).

햄릿의 "이리하여 양심은 우리 모두를 비급자로 만들도다."(Thus conscience does make cowards of us all.)【III.1.83】여기 노르웨이 선장은 자신의 죄를 인정한다. 죄는 양심을, 이리하여 햄릿의 행을 암시한다. 대사大赦는 양심과 죄를 지워버리는 지라, 왜냐하면 그것은 죄인의 모든 일시적 벌을 몽땅 지워버리기 때문이다.

주객들 사이에 술 취한 어떤 객담들이 있으니, 그 속에 HCE는 등 혹의 리처드 III 세로서 재차 동일시된다【319.20】. 그리하여 이어 이야기는 계속된다. 선장이 돌아와 양복을 재차 시복試服한다. 그것은 맞지가 않다, 격노한 선장은 양복상을 저주한다【320.12-17】. 이어 2차로 바다에로 돌진한다. 그는 많은 대양들을 선회하고, 많은 하구들에로 들어간다【320.18-321.33】. 그가 돌아오자, 양복상은 영복의 또 다른 번복飜服으로 시복한다. 그것은 최초의 것보다 한층 덜 맞는지라, 가로대, 그의 아버지가 그를 알아보지 못하리라—그리고 다시 선장은 양복상을 저주한다【322.8-13】.

【320】음주의 제3라운드

수부의 재단사에 대한 저주!—저 저주할 커스 놈, 그는 성언했나니, 그리고 놈은 애정에 목이 타는지라, 사람들 가운데 최고 엘리트에 속한다고 떠벌리면서. 놈에게 나의 손의 자유를, 혹시 놈이 그의 시궁창의 온갖 욕설을 스스로 퍼붓지 않는다면, (괴란怪亂語를 투덜대면서) 탄식歎하게도 탄최악嘆最惡 탄서단국灘西端國의 활강복상滑降服商 놈 같으니! (여기에 전적으로 재단사 양복점의 이야기가 차지하고, 이의 두 번째 술 돌리기는 첫 번째의 변형이 된다).

그런고로, 두 번째로 모든 동우회同友會가 이야기를 행했도다. 어찌 그가 자신의 단견短肩에 노櫓를 매고 원조遠朝에 펠라갈피아를 향해 떠났던고.[69] 그의 드루이드 신봉자몽실현산정信奉者夢實現山頂에서부터 발트 해-연안-브라이튼 귀착까지,[70] 우리의 주당삼십週當三十 경칠 시간을 말이야. 윽!
— 꺼질지라. 강도 놈, 붙들어요! 그의 아내의 귀향선장이 모두의 매도罵倒에 한결같이 간투농규間投弄叫했도다. 애란야愛蘭野로 되돌아올지라.
—악운惡運을! 노르웨이 금노今怒의 깡패꽁지(선장)가, 불경규不敬叫했나니, 그리하여 아아 멀리 그는 아불阿佛 아래나阿來羅[71] 투기장(바다)에로 원행遠行했나니 그리하여 그래요 가까이 그는 베링 배船 해협[72]까지 야근夜近했는지라, 그리하여 바닷가 모래톱이 되고 톱鋸이 타명打鳴 질렀도다. 그리하여, 퇴수구退水口를 투섭透濕하며, 그는 배수하지 않았던고!

일휴지一休止.

세 번째 술 돌리기(라운드)는 또 다른 당황스런 변형을 제시한다. 항해자는 그가 두 번째 방문했던 것처럼 아주 유사하게 들어온다. 그리고 곧 그 뒤를 애쉬(Ashe) 2세—또는 커스가 뒤따른다. 커스는 경주에 다녀왔다. 그 사건에 대한 그의 서술은 (그리고 그것은 자체가 노르웨이 선장의 자기 자신의 추적의 변형처럼 보인다.) 술 취한 고성 속에 사라지는지라, 이 고성은 소리 높고, 허풍스런, 그리고 아마도 해적질하는 유령선(Flying Dutchman)에 대항하는 하찮은 피니언적 위협 속에 그 절정에 달한다.
이리하여 맥주잔으로부터 주전자까지 돌면서, 이야기 타래가 맴도는 동안, 남은 하찮은 쌍双놈들은 이제 때맞추어 벌주를 받을 적시適時였는지라…

【321】 드디어 주점의 단골들은 문자 그대로 그들의 팔꿈치까지 더 이상 무주력無酒力 상태라. —무식은 축복, 그리하여, 무슨 일이 일어나고 있는지의 전적인 무식 속에 그들의 총銃 개머리판의 표적 같은, 가련한 물고기(HCE)가, 선의의 모든 사나이들에게 환영의 지팡이로서 가시 등燈을 치켜들면서, 거기 그의 더블린 주막의 저 갑岬까지 연안항행沿岸航行했는지라, 오지奧地의 사심장死心臟으로부터 들락날락 했도다.

"저 유명한 비단 실크 모와 그의 닻을 끄는 농사꾼의 발가락이 바렌 호항湖港(Wazwolenzee Haven)의 주문注文을 향해 게일의 질풍경고를 신호하고 있었나니."

이 구절은 농사꾼의 발가락을 의미하며, 다음과 같은 햄릿의 말에 대한 언급이다. "이 수십 년 관찰해온 바이지만, 어떻게도 깔깔한 세상이 되어 가는지, 농사꾼의 발가락이 대감님 발뒤꿈치를 바싹 따라와서 튼 살가죽을 벗겨 놓은 형편이라…"(〈햄릿〉5.I.153) (The age is grown so picked that the toe of the peasant comes so near the heel of the courtier, he galls his kibe). (스티븐 데덜러스는 〈율리시스〉의 제9장에서 이 행을 마음에 떠올리는 바, "나는 그의 튼 살가죽을 긁어 준다"(I gall his kibe) 【176】). 여기 〈햄릿〉의 인유는 아마도 교묘한 말의 메아리인 듯한지라, 왜냐하면 "농사꾼의 발가락"은 문맥상으로 별만 의미를 갖지 않기 때문이다. 이 구절은 아일랜드에로 온, 아마도 Khyber(아프가니스탄과 파키스탄의 국경지) 출신의 외국인에 주로 초점을 맞추는 듯하다.

"공복空腹딸꾹질 만인도래萬人到來라!"(Hicups Emptybolly!)(HCE). HCE가 변을 보기 위해 마당 밖으로 나가자, 과거 언젠가 그에게 수치를 가져왔던 상황을 되풀이하는 매복埋伏, 즉 실질적 장난에 휘말리게 된다. 그리하여 그가 되돌아왔을 때 퍼지고 있는 소문 이야기가 옛 스캔들의 재연再演인양 아주 유사하게 들린다. "그리고 프라마겐의(경야제) 무연舞宴에서 정다운 만인다락을 갖도다"(And old lotts have funn at Flammagen's ball).

장사는 장사(사업은 사업). [HCE의 주막 업의 지정]

계산대 장면. 경계하는 HCE, 그의 돈궤 곁에.

HCE는 자신의 세이歲耳를 잔청盞廳하고 대화의 대세大勢를 포착하는지라, 럼 주酒, 밀크 및 야자 즙을 혼미混味하면서, 암탉 잔돈, 개犬 6페니, 마馬 반 크라운, 병아리 3페니를 국자 긁어모았도다.

그리하여 봄의 질풍과 함께, 생생한 황금 투기자들과 으스대는 자들이 저 마린가 주점 관목의 사막 장미 화話를 적출積出했나니라.

애쉬 주니어(Ashe Junior). 앞서 첫 술 돌림의 Ashe 및 Whitehead, 혼동된 인물로서, 분명히 Kersse인 듯, Ashe-Kersse-Perse는 모두 HCE의 자기-파괴적 면을 지닌다. Whitehead는 뒤따르는【535】에서 "오도된 시민"으로 등장한다. 재입장再入場. 청일淸日이오! 건배. 축배!

탈(모)(Off).

【322】다시 "스스로를 맥아 주로 학대虐待 하고 있던," 3사람의 고객이 주점의 패거리에 합세한다.

— 저 백모白帽를 벗을지라[여기 "백모"는 Finn MacCool에 대한 언급으로, 특히 노인을 압도하려는 젊은 영웅에 관여하는 말이다. 이야기는 15살 소년이 헐링(하키) 경기에 간 Finn에 관한 것으로, 현장에 왕이 참석하고, 왕이 소년을 보았을 때, 그는 "저 '백모'는 누군 고?"하고 묻자, 그를 데리고 간, 소년의 조모가 그때 소리쳤다. "Fin MacCumhal이 그의 이름이 오이다." 여기 백모는 필경 영국 수부의 그것이다. Kersse는 영국 해군에 종사했다] ("보라, 커스가 되돌아 왔나니, 애란 주목반도 일제 질주경기를 위한 볼도일 그루터기 장애물경마의 오찬을 담談하면서, 그의 최호협最豪俠의 어깨 너머로 자신의 낡은 오코넬 외투를 뎅그렁 매달고, 상상해 볼 지라, 노급 소년, 그는 한층 해군성의 풋내기 수병처럼 보이도다").

—저 백열모白熱帽를 벗을지라, 주막의 사람들이 그에게 재차 부르짖었다. (물론 그건 커스에 관한 일, 사실상 그는 드러난 바, 맙소사, 저급의복자低級衣僕者, 그 지방의 의복의 표본이라).

—저 경칠 오봉모誤縫帽를 끈 풀지라, 마권 사기꾼, 개자식 같으니, 그리고 스스로 참회할지라. (왜냐하면, 그-Kersse는 자기 자신의 아비도 그를 알 수 없을 것인 양, 외투 진복振服을 늘 어지게 최고 잘못 가봉했기에).

합창. 그의 상의를 그처럼 회색으로! 그리고 자신의 파운드 화貨를 불타지 못하도록 목숨 걸고 보증하다니.

—그리고, 오늘 그대는 불도일 경마장에서 어떠했고, 나의 다크호스 신사? 그는

질문 받았도다. 나를 색索할지라, 그는 말했나니, 그리하여 그가 이걸 말했을 때, 그는 그들에게 주련走鍊의 전모全貌를 대접했는지라, 전全 경기가 어찌 했었는지, 시광始光에서 종終 피닉스 원圜까지.

—그리하여 거기 소동이 전개 되었도다. 3사람의 새로 온 자들이 엉터리 영어로 질문했는지라. 그리하여 모두들 그를 화장火葬 장작더미 위에 올려놓고 응시했도다.

그들은 자신들의 건강을 위하여 스스로를 축배하고 있었나니.

타자들, 모두들 폐물이 될 찰라, 응답했도다.

그때 음주자들 중의 하나가 분노의 장광설을 터트렸다.

—그리하여 신이여 우리를 도우소서! 그가 말했나니.

【323】 (재단사. 수부에게 장광설적 저주와 분노) 그 "판범주비사販泛舟備士!"(수부요 재단사)가 덴마크의 걸어가는 유령마냥, "미각마령농조味覺妄靈弄調로 말하면서," 되돌아오자, 그의 주객들에 의해 환영 갈채 받는도다. "자신들의 농담이 자신들의 심금을 울리리라 느끼면서."【322.1-36】

【323】 —저 희망봉 부근에 출몰하는 유령선 해적 같으니(선장), 재단사는 욕했는지라, 조발粗髮의 해상 강도 같으니, 자신의 작은 분糞구멍을 통하여 우리의 해군 속으로 입부入部했나니, 처녀 추구항해追求航海하면서! 마침내 나는 저 놈의 안피顏皮에 침 뱉을지라, 그는 말했나니, 범인帆人 선장은 매춘부賣春夫였도다. 누구든 저 자가 어찌 해변으로부터 다가오는지는 놈의 습의濕衣에서 냄새 맡을 수 있도다. 저 늙은 양반도羊叛徒놈은 어디에 있는고, 내가 물어볼지니. 프리 킥을 나는 그에게 먹힐지라, 만일 내가 수년만 더 젊다면. 그는 나의 주먹다짐을 당할지니, 세차게! 저 산구복山球腹 피투성이 곱추 개자식[Pukkelson-수부]같으니, 포켓에 돌기突起 감자를 가득 넣은 채로. 그리하여 애란 도島의 5분의 5에서 또는 드루마단데리 산마루에서부터 머커로스의 유적까지, 스칸키나보리의 전토소土를 통하여, 그의 미담尾談의 구멍과 구혈丘穴을 지닌 개똥지빠귀 새 숲 속의 망아지의 젖을 짤, 재단사는 결코 없도다. [Mucross에서 Dundrum까지 그 누구인들 그의 등에 언덕 같은 혹이 달린 몸집에 알맞은 저 녀석의 코트나 바지를 만들 수 있으랴!]

이 무음無飮의 부름에, 그의 낡은 경찰 불가지력不可知力의 세계 종말의 신호에 응하여, 살롱의 나라라 할, 수부는, 전리최고층電離最高層에서 자신의 12단골들인 이전 주객들에로 곧장 되돌아왔나니, 저 한 떼의 동료들, 그들이 소담笑談을 풀어놓기라도 한다면, 자신들의 농담이 스스로의 심금을 울리리라 느꼈는지라, (그의 최초의) 원형原型을 영락없이 닮았나니, 재차, 그가 도착하자, 모두들 그를 환영하며, 갈채하도다.

【324】그의 최초의 원형(익살거인, 아아 가변비사可變非似!) [노르웨이 수부], 해적인, 만복자滿腹者와 닮았는지라. 그의 양 어깨의 고착古着과 함께, 그리고 그의 겨드랑 아래 새 공단 환추環椎, 그의 자만自慢 이마의 분한奮汗으로 자신의 식息빵을 얻으며[73] 그리고, 리조드 햇불[74]의 회장미灰薔薇를 집으면서, 거품과 우글우글한 어란魚卵 새끼들을 위한 그의 노역하는 미담尾談, 그리고 자신의 거구, 그리고 자신의 큼직한 폐선구廢船軀, 부수적 문제(조산원)를 사랑하기 전, 이드가 경비원[75]이었을 동안 그가 스핑크스 원야原野[76]로부터 수수께끼를 풀려고 얼굴을 울락 불락 할 때마다 마냥. 모두들 그를, 자신들의 고성벽古城壁, 감염수부感染水夫[77]를, 경쾌하게 환영했나니, 그리하여 해마海馬, 인어남人魚男, 그대 연인을 유애油愛하는 여해구汝海狗, 제복성년制服成年이 될 때의, 해海 율리시스[78]또는 견고지구堅固地丘.

― 잔 들어요(H), 여러분(C), 공쏘짜!(E)[79]

―앉아요! 양복상이 수다쟁이들 앞의 맞은편에서 말했나니. 저 전소 세트(수신기)를 바꿀지라. 앉아요. 그리고 입 닥쳐요 우리의 세트, 신페인, 홀로.

그리하여 그들은 불 위에 주유했도다. 화상배火傷杯!

【324.18】도회의 재단사. 잇단 에피소드. 항해사의 감금

(텍스트의 분위기가 갑자기 맑아진다. 라디오 방송이 모든 혼신混信을 헤치고 나아간다. 말해질 이야기는 유랑자의 채포와 감금의 그것이다. 과격한 불량배가 목에 칼라를 달고, 모든 의식儀式과 함께 Landsman의 딸과 결혼을 하는데, 후자는 그의 주점주인이요 재단사 양자를 겸한 딸이다. 전반적 축제 사이에. 신혼부부는 광범위한 유머러스한 에피소드로 잠자리에 든다. 나중의 진전이 노정하듯, 이 방랑자의 결혼의 포착은 〈피네간의 경야〉 제1권에서 HCE의 유폐遺弊와 대응한다.)

계속되는 이야기는 라디오 방송으로 열리는데, 전반적인 워터루 소류음騷流音 (Waterlooing)과 선언으로 시작한다. 이는 심령술적心靈術的 교령회交靈會(spiritualistic seance)로부터 혼신에 의하여 이상스럽게 깨어진다.

멋진 진사眞絲 바지 여러분을 위하여 교령회과 전언이 있사옵니다. 여기 어느 유족 인遺族人이 통참通參하시다면 호우드 관할 경찰서장에게 상기시키거나 보고하시기 바라나이다. 크론타프, 1014(기원 1014년의 Clontarf 전투) (Sigtrygg 하의 침략 북구인들은 Brian Boru 하의 아일랜드인들에 의해 패배 당한다. 전투는 성 금요일 [예수 수난일로, 부활절 전의 금요일]에 일어났다). (현재의 장에서 Adam, Sigtrygg, Christ 및 HCE가 합병한다.) 그렇잖으면 하느님의 보다 큰 영관을 위하여: 영광앙신榮光仰神(A.M.D.G). (핀란드어로 된 주중週中의 날들【325. 10-12】) "수요일, 낚시. 목요일, 무용, 금요일, 도락賭樂, 토요 및 일요일, 기독자비 문학, 문학 기독자비." 예수회의 AM. Dg.(A.M.D.G. for the greeter glossary of code)는 방송의 시작이요, 예수회의 L.S.D.(Laus semper Deo)는 끝을 선행한다. 그러나 광고 전에 나오는 L.S.D.는 pounds, shillings, 및 pence(화폐)를 또한 함축한다.

[뒤이은 일기예보. 다가오는 사건을 예시하다.]
    내일을 위한 예보.
    북구北歐로부터 방풍方風. 머핀 빵 매시경賣時頃에는 한층 따뜻함, 진정鎭靜.

우리의 특별 기고가 코론필러 사師[80]가 지난 수다스런 설교[81]에서 예언한 바, 스칸디나비아 전역에 걸친 예기된 불황, 다변多變 강우의 대동량주 그리하여 혐무嫌霧 병신호病信號에 의하여 예고된, 그리하여 비정상의 운의복 속에 질구봉합 된 채, 꼭 같은 찬란 성 조지 하수해협의 중반을 통과하여 그의 도중 부서향富西向에서 여과된 다음 그리고 저희압低喜壓의 습돌을 야기하고, 어떤 지역에서는 그러나 국지세우와 함께 무실霧失되어, 혼내일日을 위한 전망인 즉 (기선웅력의 월요세일일지라[82]쾌신부를 위해 발광發光할지니, 그의 선기량善氣量.
    금일 무슨 일이 일어나는고?
    아던[83]의 거인 충돌. 조비鳥飛가 접근하는 혼례를 다짐하도다.[84]

【325】 (라디오의 일기 예보에 이어, 경마 및 잡사에 대한 정보 제공. 수부와 재단사와의 화합. 재단사의 딸과 수부의 결혼. 4복음자의 축복 기원)

나는 바라건대 더비 경마 주株의 화도일火盜日 행운을. 1천 대 1의 승금勝金. 그리하여 곧 침대에로. 그 뒤로, 한밤중에서부터 양속陽續 사주四柱 현금사중주라.

방송 다음으로, 이야기는 중첩으로 암담한 채, 천천히 끝으로 나아간다【325-32】. 중첩을 제쳐 놓고, 일나는 사건이란, 다음과 같다.

재단사는, 싸우기에 지친 채, 경쟁자들의 화합을 통하여 평화를 제의한다. "금혼선장今婚船長"으로 하여금 재단사의 딸, "쉬어즈(재단사)의 딸인, 평복의 유모"(Nanny Ni Sheers)【328.14】와 결혼하게 하라. 이러한 주선에 의해, "과오 장인"은 장인에게 "판매術販賣術의 양兩 존 재임슨 주자酒子"인 사위가 되리라. 왜냐하면 반바(아일랜드 노파)의 두 젖가슴은 그의 토수사(soiler)요 그의 재단사(toiler)이기에. 이러한 앙앙거리는 쌍둥이의 동의—〈긴장 완화〉(Detante Cordiale)야말로 4복음자들과 그들의 당나귀의 축복 및 "모든 어중이떠중이"tome, thick and heavy)의 승인을 받아 마땅하도다.

[노르웨이 선장의 혼인. 그것의 실질적 포로]

—여기 올지라, 호래이스여, 그대, 강용剛勇의 역사力士, 마침내 나(재단사)는 당신을 장-인丈-人으로 정련精練했거니와, 당신의 장래의 사-위 되려고, 그대가 하든 아니면 그가 해야 하든 바로 이 같은 순간에, 우두머리 수부화자水夫話者가 언구言句했나니, 그때 선복음부船福音父가 선부船夫의 포로에게 언급했도다. 고로 그대 양자 사이에 화회 협정을! (여기 선부의 포로인 Husband's capture는 노르웨이 선장이다. 선복음자는 유랑자를 선부의 딸에게 결혼시키는 성직자이다. 그는 부감독 스위프트 격) 바이킹 철인 아드먼드슨과 패들리 맥 나마라 해견海犬처럼 땅딸보 말이야, 왠고하니 반바 여신(banba. 아일랜드 땅의 여신이며 아일랜드의 애칭. 그녀의 두 아들들은 침입자요 원주민으로 Gall과 Gael이다)의 두 젖가슴은 그녀의 토수사土水師요 그녀의 노단사勞斷師라, 그리하여 뒤쥐(재단사)가 활공자滑空者(수부)에게

몸을 돌려, 언급했나니, 이리 올지라, 나의 즐거운 해랑海狼, 우리의 사족수도四足獸島인 배船의 우리 속으로. (당나귀와 그의 4개의 다리인 아일랜드의 4주州들) 이후 더 이상 그대의 병신행위 없기를(no more of your maimed acts).

【326】 (수부는 제단사의 딸과 결혼하기 위해 세례를 받다)

혹은 내(재단사)가 그대(선장)를 위해 성훈을 시연하여 우선 그대를 전적으로 순교하리라. 삼위일체(트리니티) 사사士師가 그대의 경기목景氣木을 십자가화하리라. 그것과 함께 그는 그를 세례했도다. 이시안(대양)이여, 오스카아부亞父여, 애란 바이킹이여, 성부, 성자, 성령의 이름으로, 무조건적으로 게일의 친조부요 동족양同族洋 횡단의 영웅 주장 탐탈자探奪者여,[85] 그리고 전성적全聖的으로 혹사도惑使徒로서 그대를 위하여 이 수세욕水洗浴하는지라 그리하여 그대의 항적을 따르는 모든 요귀妖鬼를 위하여, 그리고 그대에게 저주 있을지라…. 수부는 세례와 우리의 여유餘裕 로마카토넬 종교관계宗敎關係[86](our rooomyo connellic relation)에 굴복해야 하도다.

─무미로다, 그대 콧방귀 끼었도다! 희생자가 항의 했는지라. 그는 상시 모든 종교 미신에 대하여 상당한 반대를 견지해온 터라. 왜 그가 하필이면 성 패트릭 대사원에서 신神블린의-예수-성심 유령복의 승정 대부에 의하여 도매都賣 사기 세례 받아야 마땅한고? (HCE는 언제나 미시에 반대하는지라, 왜 그가 경찰 이류 성직자에 의해 도매금 세례를 받아야 한담! 하지만 이걸 들을지라.)

─그런데 여기, 나의 피터 폴 해군 소장[87], 조련사(ship's husband)가 제2명第二名의 청원자에게 말했나니. "저 포도주를 한 바퀴 돌리고 그대의 각배角盃를 치켜들지라, 그대가 학습자學習者임을 보이기 위해"(조련사-선부는 실제로 그의 결혼 중매를 시작한다. 선장을 "해군 소장"이라 부르면서, 술을 돌리고 기독 의식에 참가하도록 권고한다. "제2의 청원자"는, 재단사야말로 더블린 거리, Ballscadden 만灣에서부터 Leixlip까지, 여태 거닌 과연 가장 멋진 사람임을 말한다), 왠고하니, 그대가 좋아하든 안하든, 우리는 당신의 여름夏節이 다가왔기에. (《율리시스》 제3장 말에서 스티븐은 하지夏至를 그의 결혼의 전조로서 생각한다. "다음 화요일은 한 해 가운데 가장 긴 날이 되지. …어머니, 럼 턴 타이틀레디…팀") 그리하여, 그대가 떠나면서, 그대를 어떤 기독교의 의 비밀에 누설하건대, 여기 더블린 해수에서 수영하는 사람들을 위해 가장 멋진 돈남

豚男이 있도다, (한편 재단사의 럭키 스와인 행운돈幸運豚의 심장은 그의 냉장고에서 도약할지라, 장인으로서의 그는, 수부로부터 면세의 모든 밀수품을 생각하면서…)

【327】 (재단사 딸을 위한 이야기) 바로 그를 생각하라, 우리의 선신송善神送의 성 브랜도니우스, 친우親友(카라)[88]의 자식, 핀로그[89]의 배우자, 그는 자신의 집에 최양역最良役의 침모針母(딸)를 지녔나니, 그는 그 어떤 이보다 복수미인複數美人 중의 미녀[90]를 탐애耽愛하는지라, 신학교新學校 여자반[91]의 윤년의 기적, 딱딱하지만 부드러운, 1 대 1의 두 개의 젖꼭지, 그리고 수소산水素産의 제니일지라도 결코 외관상 그녀처럼 경쾌하지 못할지니, 그리하여, 다음 시간까지 저 악천후가 끝나고 모든 장미화낭薔薇花娘들이 바같에 의상행진衣裳行進하며 그리고 각적角笛들이 그들의 삼신森神의 광영光榮을 위하여 온통 뚜뚜우 울면서, 모든 사내들로 하여금 그녀를 뒤따라 다글 골짜기 아래로 협곡강행峽谷降行토록 하나니 그리하여 그때 어딘가 여름夏節의 열규熱叫가 있자, 그녀는 콤브리아의 저 언덕 너머로 피아노의 조율뇌곡調律雷曲이 휘쉬 양산羊山을 향해 수언睡言하는 것을 들을 수 있나니, 그녀의 감동남感動男의 유령선을 찾아 그녀의 지붕 몽창夢窓을 통하여 내다보고 있었나니, 그녀가 자신의 기적을 행사할 수 있거나 노르웨이 성주城主에게 멋진 애란의 한때를 부여할 수 있는지라,

재단사의 가톨릭 딸인, "티나-박쥐-타러"(Tina-bat-Talur)(tiny, Sinbad, bat)는 ALP와 "신학교(뉴 스쿨) 여자반의 윤년의 기적"(the lippeyear's wonder of Totty go)이라 할, 이사벨의 결합체처럼 보인다. 강들, 소녀들, 꽃들, 그리고 거울이 그녀의 침대를 둘러싼다. 축제와 3종기도 그리고 성처녀('상아의 탑' '황금의 집')의 연도가 "애란 집게벌레에다 불을 댕긴다"(Eriweddying on fire). 스위프트의 〈스텔라를 위한 간행물〉(Journal to Stella)이, 결혼을 사적으로 만들 듯, 신문들과 "아이리시 타임즈"(airish timers)(공란의 시간) 및 "신선한 토탄"(racy turf)이 그것을 공적으로 만들도다【327.3-36】.

[재단사. 그의 딸을 수부와 결혼시키다]

【328】 (Nelson 경과 Hamilton 귀부인이, "침대통을 축복하는 엘리자베리자와 함께"(with

Elizabeliza blessing the bedpain), "들판의 마틴 성가聖歌"(Sing Mattins in the Fields)의 결혼식에 참석하리라.

그리하여 늙은 바보처럼 순수한 멍텅구리도 없는지라. 그녀(제단사의 딸)는 그의 유람선을 너벅선으로 공성攻城 변제變製하리라. 그때 결혼 혼제가婚際家(재단사)(marriage mixer)인, 그가 언급했나니, 그녀의 당혹자當惑者(수부)인, 조 애쉬의 아들, 커스에게, 나는 나의 생각을 사랑에로 돌리고 내가 단지 111로 지껄이는지라, 극단極斷으로, 급히 결혼하여 한가하게 반복할지니, 그대는 그대의 충실한 신교의 방화둔승放火臀僧에게 선언喧言할 수 있거니와, 비록 그의 탑시계가 1시를 칠지라도, 그리고 만일 그(수부)가 저기 저 카운터 위에 때려눕혀진다 한들, 그리하여 고관귀족으로 정박碇泊하게 될 때, 첫날밤의 사생활 속에, 저 한밤의 교시交時에, 쉬어즈(재단사)의 딸인 평복의 유모(내니)를 다이나 후작부인으로 삼을지라, 그동안 대낮이 그들의 베개 아래에서 여전히 굴러가고, 들판의 마틴 성가聖歌가, 링센드 항만港灣 환침環寢, 곱사 등의 정복영웅征服英雄(HCE)을 데려오고, 호남狐男 구크맨 사師(RFG)가 우리에게 **나는 정계井界를 종명鐘鳴하리라** 또는 **성당 뾰족탑 소년의 복수**를 들려주기 전, 우리의 요정 여왕, 멋쟁이 갓난이를 인형처럼 한껏 모양내는 것은 그녀의 완포腕抱 속에 가질 목재木材가 아니나니, 강대한 심해로부터 오는 대도大濤의 도견자渡見者의 tet(도구)를 배倍로 일어서게 하는(발기) 밤의 만사萬事의 밤, 그리고 호루스 신神으로 하여금 자신의 적敵을 규승叫勝하게 하는 밤에, 나의 외투의 도움 있게 할지라, 침대통寢臺痛(bedpain)을 축복하는 엘리자베리자와 함께. (재단사는 그이, 그녀의 수부 "coaxfounder"에게 말하나니. 성당의 모든 종들이 울리고 마을이 온통 새벽임을 알기 전에, 별들이 밝게 비치는 밤의 어두운 시간에 그녀가 자신의 방안에서 사적으로 양팔에 부패한 목재를 포옹할지라도 그건 무용의 것은 아닐지라.)

【329】 (결혼의 의식은 끝나고, 신부는 신랑에게 쌍둥이 아들들과 한 딸을 선사하리라. 한편 결혼은 신랑에게 족쇄, 그러나 그 생각도 잠시, 결혼 축가가 뒤따르고, 밀월여행, 사자도 자리에서 일어나 그들을 축하하고, 희마라야 산도 그들의 맹세를 들으리라).

그녀는 샴(신랑)의 의복 한 벌과 방모사의 단의單衣를 지으리니, 여기 나의 노염료老鹽僚, 여단장—A. I. 마그누스 장군 경卿, 지느러미 교수자, 오슬로의 유용한 구멍 돛배 **오리브 지호枝號**의 선장, 선저판 침몰선의 한 노르웨이 우자의 차선 최고 무뚝뚝한 금발 풋내기 뱃사공을 위하여. [선부의 결혼 중매는 성공적이요, 결혼 의식의 완성이라].

까악 포박된 채, 꾸꾸구옥鳩獄된 채(Cawcaught. Coocages).[92] (그럼에도 불구하고, 노아의 갈까마귀와 비둘기의 밀월여행에서, 신랑은 이제 "새장 속 포박을 느끼도다").

(신랑은 타라 공恐의 뇌우[the rain of Tarar]를 겁내도다)【329.11-35】. 그리하여 더블린은 그 날 밤 과연 빛을 발했나니라. 모두 함께 노래했도다. 모든 이의 영혼이 그의 유아독존 속으로 굴러들어 갔는지라. 이중월二重月의 면허, 환희의 차용借用, 밀월蜜月 동안 그리 고 그녀의 불꽃이 계속 벌꿀 핥았도다(하니삭클했도다). 무슨 종 울리는 소리람! 심지어 유령들도 행진하고 있는 것을 사람들이 보았다고 하는지라. 혹자들은 농아 노인이 그 의 회색의 망토에 청동색의 잎을 달고, 둥지에로 보무당당 깃발 행진하고 있는 것을 보았다고 했도다. 그건 만성절의 가절야佳節夜였도다. 그대는 희마라야 산맥에서 그들 이 조약을 맹세하는 것을 들을 수 있었으리라. 그건 대지의 개시관槪視觀 위에 핼리 혜 성상彗星上으로 여태껏 시청된 최고의 장관.

【330】 (결혼의 축하와 향연, 노래와 춤과 음악의 연주, 거리의 쾅쾅 노크 소리, 오두막 병사가 뱃노래 부르는지라! 그리하여 피로연 장면, 이어지는 광고 장면, 결혼의 영화 장면, 그들은 마침내 결혼했도다. 아 이들의 무도, 그들의 게임).

모든 골목길은 그의 선명한 불꽃을 지녔는가하면 모든 불꽃은 그의 몇몇의 광출光 出을 지녔었나니, 각각의 광출은 그녀의 업業의 어떤 기교, 네드를 위한 지분거림, 프 레드를 위한 모퉁이의 껴안기 그리고 피어 폴(Peer Pol)을 위한 당장 슬쩍 엿보기. 그런 고로 절대금주적으로 걱정스런 얼굴 표정의 맷 휴즈 신부神父. 그러나 대인大人인 다 노는 씽긋 웃었도다. 그리하여 오직 홍수洪水 위에 어둠이 있을 뿐 모든 지면 위에 명 일明日. 불원간 도착할 아이들은 쌍둥이들이요, 아사벨의 "능금"이로다.
광고—결혼의 활동사진(영화)을 볼지라.
그는 침대를 얻고 그녀는 사내를 얻었도다. 그리고 모든 신의 아이들은 결혼했나 니라.

아이들이 군집했나니, 그들 101, 그리고 모두들 바퀴 야부野舞를 춤추었는지라, 그들은 게임을 하고 놀았도다,

"어떤 가족 영주는 그들의 이름 속에 흠을 느꼈는지라. 늙은 승자들은 그들의 공둔부空臀部를 깔고 앉아 레이스의 뜨개바늘을 똑바로 폈나니. 붉은 로우뢰이 놈들은 그들의 굴에서 갑자기 뛰어나와 경주에 무슨 잘못이 있는지를 물었도다…. 버크-리와 코일-핀 자者들이 캪과 쿠리 양孃이 밧줄에 묶였을 때 그들의 죄의 대가로 월과금月課숲을 물었도다."

HCE의 딸과 수부 방랑자의 결혼이 이 페이지들에서 축하되고 있다. 이 특별한 구절은, 모든 세계야말로 공연 무대라는 문맥에서, 이 어정뱅이들의 결혼이, 약간의 나이 많은, 연극을 좋아하는 가족들을 기분 상하게 하고 있음을 함축하는 듯하다. 어떤 가족의 영주들은 그들의 이름에 흠을 느꼈는지라, 불화를 토했도다. "어떤 가족 영주는 그들의 이름 속에 흠을 느꼈는지라." 이를테면, 옛 빅토리아(Old Vic)의 단골들은 고자세로 의자에 앉아 있었으니("옛 빅토리아인들은 젠체하게 앉아 레이스 뜨개바늘을 똑 바로 펴곤 했도다"). 셰익스피어 시대이래, 극장의 유명한 배우인, William Rowley는 의자에서 뛰쳐나와, 세상이 앞으로 도대체 어떻게 될지를 물었다. Burke-Lees와 Coyle-Finns 같은 옛 가족들은 그들의 자석을 위해 벅찬 월과금을 지불했었다. Burke-Lees 또는 Coyle-Finns의 신원은 미스터리인지라, 비록 엘리자베스 1세의 재무상은 Cecil 경인, William Burghley엿을 지라도. 그들은 신 페인당원들처럼 보인다. 의심할 바 없이 그들은 Berkeley와 Finn MacCool을 또한 대표한다. (Cheng 158 참조)

"노크 노크. 하전하처何戰何處! 어느 전쟁? 쌍생아. 노크 노크. 밖에 하수애何誰愛! 하무인何無人? 능금. 노크 노크."(Knock knock. War's where! Which wars? The Twwinns. Knock knock. Woos without! Without what? An apple. Knock knock). 여기 노크 소리(Who's there? Who's without)는 신혼부부의 성적 경험으로 변용되고 있는데, 거기서 멋진 "녹킹"(knocking)은 임신의 결과를 가져오고, 쌍둥이들과 사과(apple)(이씨)를 낳는다.

【331】 (부부간의 애정 행위. 이어지는 결혼 축하객들의 소란. 그리고 엄청난 술…거인의 팔이 난쟁이 신부의 연약한 허리를 쓸어내리는지라…색스의 클라이맥스)

아이들은 게임을 했나니, 예를 들면. 그는 자신이 바로 몸을 오싹하고 있음을 알고 그녀가 지른 아우성을 확신하도다. 삼각남과 튤립 술의 이슬 의상. 전능하신 주여, 우리는 듣고 싶어서 넘칠 지경이외다! 여기 아이들, 토미 멜루니여, 그대들의 대판 싸움을 멈출지라.

(결혼 축하의 현장) 그런고로 이 대홍수의 산상에서, 평민 대중투표의 소란스런 절규, 무수 백반 마음의 송곳 형型 소용돌이, 아름다운 혁대를 휘감은 상항商港 같은 팔, 때는 황혼 혹은 해의 월하구月河口, 아니면 해남海男으로 하여금 그녀를 염공鹽攻하게 한 것이 (불끈불끈 불끈불끈) (섹스의 심벌)(〈율리시스〉 11장 블룸의 의식 참조) 【U 225】 그녀의 가장假裝된 냄새였던고? 우리의 기독화基督化의 신新 유머화化에 의한 탈생식脫生殖의 유쾌성愉快性을 위하여. 대지의 마지막 허언자虛言者가 삼림의 최초의 귀녀貴女를 경쾌히 매복 요격했기에. 왠고하니 보르네오로부터 야성野性의 대양이 방금 극치에 달했기에.[93]

"근량斤量이면 족할지라, 무수심無數心의"(and so will is littleyest, the myrioheartzed). 셰익스피어는 시인 콜리지(Coleridge)에 의해 "1만인의 마음을 가진"(myriadminded) 자로 서술되거니와, 이 말은 조이스가 〈율리시스〉【U 168】 (Best 씨에 의해) 와 〈피네간의 경야〉【159, 576】에서 언급하는 말이다.

【332】 앞서 동화 같은 결혼의 결론은 덴마크어의 "Snip snap snude, nuer err historyend goody"로, 영어의 "냄비를 올려놓고 차를 끊인다"로서, 그 막을 내린다. 8번째 천둥소리(성교의 순간, "대부파교구목사배회녀산누라래그치료아크나툴라아달빛아들아들철썩몰락텔더블린온더이중더블양키요들"【332.5-6】,라디오의 정지?)와 함께 종결되는 선장과 수부의 이야기.

이어지는 HCE의 주점 주인으로서의 역할, 다음으로 등장하는 청소부 캐이트. (여기 동원되는 폴란드어와 러시아어는 슬래브 장군의 등장을 예고한다: Check or slowback. Dvershen. 그러나 이야기의 실질적 종말 전에 다음 이야기에로의 이전이 수립된다. 다음 세대인 쌍둥이 소년들은 문에 노크하기 시작한다【330.30-32】. 그들은 한 톨 사과가 없는지라, 왜냐하면 그들은 자신들이 자신들의 아비를 아직 전도하지 않았는지라, 여전히 청진하다.

【332.36-334.31】캐이트의 입장(Entr' ate: Kate)

역사는 부친에 관하여 공격의 다음 단계에로 움직이고 있음을 보여주기 위하여, 막간(intermission)이 있는지라, 그곳으로 캐이트는 들어간다. 그녀는 역사의 정신이다. 그녀는 윌링던 뮤즈의 방(룸)에서 안내원이었고, 그녀는 여기 이야기의 또 다른 번안을 소개한다. 그녀는 제2의 이야기에 대한 전환을 수립할 정도로 오랜 동안 머문 뒤, 이어, 문을 닫으며, 떠난다.

【334.32-355.9】TV 드라마: 어떻게 버클리가 소련 장군을 쏘았던가!

다음 이야기는 TV 드라마로서, 아이들이, 윌링던 뮤즈의 방에서 데이비처럼, 그들의 아버지에게 구술을 달아줄 때의 분명한 관경을 보여준다.

숀에 의하여 이야기되는, 피의 TV 드라마는 뉴질랜드(New Zealand)의 군가와 무도인, Maori *haka*【335.4,16-17, 19-20,23】으로서 시작한다. 전곡戰曲은 뉴질랜드와 그것의 수도, 웰링턴에 대한 다양한 언급들에 의해 마오리로서 동일시된다【335.13,17-18】. 웰링턴의 이름은 또한 이 이야기를 윌런던 뮤즈의 방에 결부시킨다.

이야기의 근본 취지는 같은 페이지에서 선언되는지라, "러시아언 장군의 힘은 세계를 통하여 알려진다. 꼬마 녀석이 무엇을 할 수 있는지!"(Let us say if we may what a weeny wuleleen cando.)【335.20-22】주점의 단골손님들이 이야기를 시작하도록 요청한다. 그들은 사살과 관계될 두 남자의 이름을 선포하는지라, "Butt"와 "Taff", 즉 숀과 솀이다【337.32-33,35-36】. 고객들은 두 암살자를 Old King Winter에 대항하여 무참히 싹트는 그리고 그들의 성숙으로 발전하는 것에 관하여 그를 전도하는, 꽃들로서 가주하는 듯하다.

TV 이야기는 크림 전쟁을 위한 러시아인의 폭발과 더불어 시작한다. 우리는 이제 두 참석자들을 보는바, 그들은 TV 쇼를 위한 방향에서 정교하게 서술된다. 부친에 대한 광범위한 드라마를 조성하도록—바트는 러시아 장군의 실질적 살인자가 되리라. 탭은 단순히 정교한 조사관이다. 숀으로서 바트는 살인적 지성인을 대표한다. 바트는 소련 장군의 7가지 의상들을 서술함으로써 시작하는바, 이들 모두는 크리미안 전쟁과 연관된다. 이들은 또한 장군을 모든 그의 모습에서 HCE와 연관시킨다【339.10-13】

그의 라그란 복服과 그의 마라코프 모피모毛皮帽[94]와 그의 니스 칠한 소련제 구두와 그의 카디간 경卿[95]의 블라우스 재킷과 그의 분홍색 맨쉬코브[96]의 소맷부리와 그의 삼색三色 카무플라주(위장僞裝) 그리고 그의 훈장 매달린 우장雨裝을 하고.

장군에 관한 어떤 악의적 논평이 뒤따른다. 이들은 오페라에 대한 언급들, 타당한 피의 제국의 모든 것과 군대의 캐스트와 혼성된다. 이 캐스트는 한 형제의 또 다른 형제에 의한 암살에 관한 *Il Trovatore*[이]요, 수녀원에서 군인의 발포하는 것에 관한, 메이어비어의 〈유그노인들〉(*Huguenots*)로부터의 아리아, 농부가 갖는 제왕을 암살로부터 구하는, 〈제왕의 생활〉(*A Life of the Czar*), 그리고 나중에 로칭의 오페라, 〈제왕과 목공〉(*Zar und Zimmermann*)에 대한 언급이다【341.9,16,17:349.4】.

타프 (상아象牙 소녀와 흑단黑檀 소년을 위한 카스터네츠의 두 휴休스텝의 요가코가 광여光與심포니를 호주好奏하도다) 바랄라이카 현악기! 토 바리쉬! 나는 그에 전율도戰慄倒하는지라!

그러자 이어 중막中幕이 뒤따르는데, 거기에서 TV은 세계-유명한 칼홈 사건인, 경마 경기에로 방향을 턴다【341.18-342.32】.

[첫째 막간: 세계적 명성을 띤 "Caerholm 사건"(경마)에 관한 **아일리시 레이스 월드**(The Irish Race in World) 지 [난欄의 라디오/테리비전 보도]

이 나사 타래송곳의 경향에 이르기까지 세계 유명한 카車 호름 사건[97] **의 감탄할 만한 언어구두가시적**言語口頭可視的 **공개**公開**가** 아일리시 레이스 앤드 월드(애란 경주 및 세계) 지에 의하여 부여되어 왔도다. 일백소란一百騷亂 십일활拾一活의 마사통타자馬舍痛打者들이 해구海鷗뉴스가 땅을 빗질하는 동안 맹꽁이자물쇠 도전자들 및 해독구굴자害毒溝掘者들과 함께 비족飛足의 열성을 나누어 가졌나니라. 힙힙만세[98] 태양경太陽鏡이 그때의 문門 사정에 따라 승장勝場을 번쩍였도다. 아신我神이여![99] 그것은 (불타는 절레가시나무와 함께) 투마스 노호호란 씨氏[100]가, 개락심改樂心의 취지로 그들 공통의 통회만용痛悔滿用을 위하여[101] 성 드호로우 성당[102]의 고해청죄사 (갈색 중산모의) 현현顯現

(에피파니즈)[103] 신부 존사에게 고했나니, 어찌 (귀하의 마골신학馬骨神學의 선골善骨처럼 확곤確壼[104] 한지라!)·················.

분명히, 이 경마는, 애란에서 기원했거니와, 적용에 있어서 보편적이다. 조이스는 우리에게 경기의 이름을 통해서 상기시킴으로서 그의 불확실의 주제를 강화하는지라, 어느 발생사에 대한 기수는 1,000 대 1, 혹은 1 구스베리 대 1기니인 경기이다. '리버풀 은배'는, 컵과 입술 간의 많은 전표가 있다. 사실상, 우주 사건들의 무작위적 특성이 주어진 채, 발생하는 특수 사건 대 기수는 아주 크다. 그러나, 영원이 주어진 채, 모든 사건들은 한계 없이 재발한다.

이제 작은 여정 그리고 커다란 대목범선大木帆船의 이야기의 종말을 듣는지라, 왠고하니 그(HCE)는 냄비를 올려놓고, 삼다三茶를 끓이는도다. (저런!) 그리고 만일 그가 멋지게 사랑하지 않는다면, 그땐, 그대는 날 괴롭힐지라. 왠고하니 우남愚男이 우녀愚女와 함께 여전히 그들의 우고독자愚孤獨者를 찾아 출몰出沒하기에, 거기 대부파파교 구목사(천둥소리..)가 재차 외치나니. "맥쿨! 평화, 오 간계奸計 여!" 신뢰神雷(천둥)의 행위는 이러했도다. 이런 것이 더블린의 이야기, 문을 닫거나 잡담하는 음주가들의 소란을 당분간 멈추게 하는, 하느님의 행위로다.

이런 것이 하느님(Goth)의 행위인지라. 그(HCE)의 고성(확성기)은 주점으로 전환된다. 이 시점에서, 만남의 장소는 더블린만灣으로, 적대자들은 군함들로 묘사된다. 당시 저 소년과 그의 소녀는 애란愛蘭 위를 배회했나니, 해괴海塊(sea-lump)가 더미 되고 리피 하상에 쿵 부딪쳐 풍덩 빠졌도다. 이때 HCE가 파이프를 입에 문 Cad와 부딪치는 작은, "뭐라나 하는 사건"(theogamyjig incidence)이 발생한다. 두 사람은 당시 "저들 서중誓衆의 피니언 당원들의 낙장樂葬의 게임 사이"에 있었던 것으로 사료된다. 그이, 저 꾸짖는 노장인老丈人(HCE)은 듣기가 어렵나니, 그리고 그녀의 가변적인 눈(그걸로 보는지라)의 어려움을 지닌 저 초라한 용모인, 그녀(ALP). 남자는 청수남靑鬚男(Bluebeard)이요, 여자는 귀중류貴重流(Lady Precious Stream)이라.

[이제 분명한 것은, 우리가 HCE의 전체 이야기를 다시 따르고 있다는 것이다. 노르웨이 선장의 3라운드의 이야기는 공원의 부정不貞과 대응한다. 이제 Cad(Kersse)의

만남이 도래한다. 그것의 만남은 (바로 그의 결혼으로서 대표되는) 그의 유폐幽閉(감금)와 실종 뒤에 일어났었다. 두 에피소드는, 현재의 재화再話에서, 전도된 순서로 나타나는지라, 첫째는 결혼-유폐(감금)이요, 이어 항해자가 높은 파도 위로 내던져 질 때의 만남이다. 그러자 주막과 라디오의 이야기 타래의 서로 얽힘을 통하여 옛 이야기로서 재현한다.]

"저 낙천적 정월正月 아침 그(HCE)는 부대負袋의 천격남賤格男 Cad (Kersse)과 충돌했나니 ((that hoppy-go-jumpy January morn when he colluded with the cad). (만남의 수부 각본은 해석하기 가장 어려운지라) 그것은 인간 영웅이 거인들을 때려눕히고, 그리하여 다리, 방축 길, 댐과 강의 통제를 지닌 물의 영역(바다)을 정복하기 위해 여전히 분투하고 있던, 후기 홍수시절의 암시로 범람한다. 다리, 교량, 소교, 아스완과 같은 말들을 주목할지라. 인간 영웅 자기 자신은 그의 거대한 해수海獸의 심해로부터 거의 솟지 않았으며, 그의 나포자拿捕者의 작살이 그로부터 여전히 빠지나가고 있도다. 피닉스 공원은 바다의 변화를 참고, 전체 발트-지중해의 세계가 되는지라.

다음 다섯 페이지들은 과거를 암암리에 불러오고, 미래를 암시하는, 일련의 세 짧은 속보들을 제시한다. 그들의 발생 순서에 의하면, 그들은 1. 돈궤 곁의 HCE를 위한 메시지를 들고 ALP의 침실로부터 온 청소부 할멈 캐이트의 도착 2. Sevastopol에서의 〈경기병대의 공격〉(the Light Brigade) 을 묘사하는, 벽 위의 동판에 대한 일별로서, 하지만 그들은 여정을 막 떠나려는 추적을 어떻게든지 암시하는지라 3. 이따금 HCE에 의해 말해지는 이야기로, 〈피네간의 경야〉의 제I부 2장과 3장의 소재를 강하게 암시하는데, 대중의 요구를 만족시키려는 그의 나름의 시도. 그의 긴- 구불구불한 이야기의 서두는, "바트와 타프"(Butt and Taff)라는 제목의 인기 연재물인 이 밤의 할당 물을 위해 라디오를 성급하게 트는 청취자들을 지루하게 한다.

여기 강한 집중 속에, 작품의 모든 부분으로부터의 주제들이 나타난다. 주점 문의 소리에 의한 이 짧은 막간은 〈피네간의 경야〉의 주제적 흐름을 새롭게 하거나, 방향을 재차 바꾸는 일종의 변형적 정거장인 셈이다.

【332.36】 막간 1. 체코(제지制止) 체코 또는 느린 귀환歸還(슬로바키아적)탈선

(그러나 러시아 장군이 나타나기 전에, 이 "막간"이 나타난다. Kate가 재차 입장하는지라, 이번에는 취침 시간을 알리는 ALP로부터의 메시지를 지닌다.) "나를 꿰찔러요, 구두쇠여, 나는 만난萬難을 겪었도다!"(pierce me, hunky, I'm full of menunders!)【333.22-23】.

【333-34】캐이트. HCE를 호출하는 ALP의 메시지를 그에게 나르다

【333】(늙은 캐이트 할멈의 입장을 위해) 문, 도대체, 선저매춘부의 경이, O 참께 열리나니, 하문행何門行인고? 한 마디 예언隸言없이, 스즈주스츠풍風은 느린 슬라브어語로다. 나이 든 능란한 미이라 바싹 마른 정강이 캐이트가, 눈부신 비둘기 복도 뒤를 그리고 따라 걸어왔는지라, 그때 그녀는 두 연합사단聯合師團 사이를. 자신에게 말했나니, 속어 및 보헤미아어(체코어)로, 물관物館(Museyroom)의 신용新用. 그리고 웅우雄牛 링돈 (Willingdone)은 낌새를 챘도다. 대깍. (캐이트는 HCE가 잠자러 오도록 요구하는 ALP의 메시지를 갖고 내려오는지라, 그러나 그는 돈궤에 매달려 있으니, 이는 그의 강박관념이다. 이 장면은 앞서 제1장의 박물관 장면의 연상으로, 여기서 Browne과 Nolan의 찬조로 HCE는 동시에 Napoleon과 웰링턴이 된다.) 이는 역행을, 그리고 Sevastopol 장면의 선행을 암시하는데, 이들 양 장면은 전쟁의 주제의 진전이다. 여기 장면은 우리에게 Grinny grannybird의 전쟁 및 유혹의 주제 (Kiss Cross)를 상기시킨다.

【333.19】그리하여 그녀는 아래층으로 가져온 마님의 메시지에 관해 허풍떨었는지라. 왕벌이 그녀의 밀랍 바른 손에 키스한 이래, 유행流行에 뒤지지 않기 위하여, 그녀의 슈미즈 아래 코르셋을 입었나니. 방금 HCE의 아들들은 윙크하며 잠에서 깨어있고, 그의 딸은 쉬쉬 자장자장 잠들었는지라, 만일 그가 그녀에게 규중설법을 원하면…

【334】(캐이트) 때는 나의 잃어버린 코스텔로에게 성처녀 X.Y.Z(유인獵人)로부터의 사랑과 함께, 침실의 석송분말을 사용할 시간인지라. 그리고 그녀는 노예 소유자 데 바레라를 위하여 자신의 쾌적한 백열白熱을 잠자리에로 가져가는 음란녀였도다. (이어 캐이트의 3가지 보고).

—이것은 나의 처를 위한 시간입니다, '글래드스턴 브라운' 씨가 반성했도다. 대깍.
—이것은 나의 화질火質고무 발연發煙입니다, 보나파르트 노란 씨가 부언富言했도다.

—그리하여 이것은 다네러의 유일남唯─男의 패배자의 옹호자입니다, 파넬풍風의 쌍双 공통특징자共通特徵者가 조음調音했나니, 그리고 이건 그의 대언大言 진백마眞白馬입니다. 대각. (위의 캐이트의 3가지 보고에서 그녀는 HCE를 나폴레옹, 웰링턴과 동일시한다. "대각." 그녀는 앞서 박물관의 안내자였다.)

귀부인 여왕 폐하에 경의를 표하여. 자, 건배!

이어 〈피네간의 경야〉의 다양한 주제가 얽힌다. 펀치와 쥬디, 주막의 오합지졸들, 메거진 월(벽) 등.

막간 2. 벽 위의 동판 mezzotint이 소개된다(이 동판은 Sevastopol 모험의 틀을 형성하고, 앞서 제2장의 모험[HCE는 어떻게 그의 별명을 받았던가]으로 되돌아감을 언급한다).

오 럼 주酒는 최고로 익살스런 물건이라 얼마나 펀치와 그의 쥬디를 만취하게 했던고. 그가 국자를 쾅 세차게 치자 그녀는 설탕 자루를 집어 들었나니, 한편 전소 주점의 오합지졸이 메조틴트 무기고 벽화를 응시했도다. 그것[벽화]은 발사준비의 포차, 토견도兎犬跳의 포차를 보여주었는지라.

그런고로 캐이트는 오고 캐이트는 갔나니. 거기 도개문跳開門의 시동侍童이 문을 열고 닫았도다. 캐이트가 떠나자 묵음. 이어 벽의 판화가 광고와 얽힌다.

(묵음黙音)

그래요, 우린 그토록 경쾌한 저 판화를 숙독했는지라. / 핀드라더의 크리스마스 계절부터 그 날까지 어찌 그러했는지를 / 그리하여 왕의 공도상의 헤이 탤라 호우가 그의 사냥개와 함께 귀가 도중이라. / 도니쿰의 시장市場으로. (Yes, we've conned thon print in its gloss so gay / how it came from Finndlader's Yule to the day / ant it's Hey Tallaght Hoe on the king's highway / with his hounds on the home at a turning. To Donnicoonbe). (광고. 채프리조드 방문 시에 샤르마뉴 대제배大帝盃의 물을 한껏 맛보시라)

【335-37】 HCE. 소련 장군 이야기를 시작하다

【335】 (동판화 속의 폐하가 말을 하원下院 건물 앞에 세운다. "워! 워!"[이는 〈율리시스〉 제12장의 한 장면을 상기시킨다.—"이봐, 분발해! 아까 창살을 두들기던 사나이가 소릴 쳤다. 우리의 준마를 살필지라. 그리고 우린 실로 시장하니 너희의 가장 맛있는 음식을 우리에게 내놓을 지리라."【276】이어지는 주점 고객들의 고함, 전쟁의 아우성, 천둥소리가 뒤엉켜 서술된다. 고객들이 HCE에게 벽화壁畵의 러시아 장군과 버클리의 이야기를 간청한다).

(메조틴트 동판화가 그를 위해 폐하가 말고삐를 당기는 12목남目男의 쉭쉭 사냥개의 이야기를 말하도다).

그것은 그를 위한 마땅한 장소를 발견하기 위하여 어떻게 호리포리스가 파크랜드 에로 갔던가의 그림 동화童話를 위하여 마련된 무대와 닮아나니— 당시 사냥은 저 번개 애조자愛造者의 연뇌성호소軟雷聲呼訴에 정지를 명했는지라, 그리하여 버클리가 러시아 대장을 사살했도다.

분쟁의 북구신北歐神을 위하여 우리 진군할지라!

웰링턴 뇌풍雷風이 내습來襲하고 있도다. 마오리 소요騷擾의 소리. 웰링턴 뇌풍이 격노 한지라. 노서아 총장總將의 힘은 세계를 통하여 알려져 있나니. 글쎄 우리의 특사 가 뭘 할 수 있는지 우리 볼지라.

막간 3. 주인의 터무니없는 이야기

그들 모두는, 각자 다른 식으로, 하이버니언의 밤의 기사의 향연담객饗宴談客을 부르고 있었나니, 그러자 HCE는 자신에게 요구되는 끝없는 터무니없는 이야기를 하고 있었도다. 고로 그는 시작했는지라. "그것은 애녀愛女 아이미가 아서 백작을 위하여 나신裸身의 모습을 드러내었는지라, 신의 은총으로부터 광잡狂雜하게 추락했도다. 그리하여 그것은 삼림의 푸름 속이었나니, 거기는 아다리스크가 추락할 때 방첨탑 오베리스크가 솟았던 곳이라."

"그리하여 장담長談 요약컨대, 삼림의 푸름 속에, 거기 어첩禦妾 아다리스크가 추락할 때 방첨탑 오베리스크가 솟았던 곳, 사욕私慾에 열 올린 장도적將盜賊 및 사락私樂에 열 올린 폭락暴樂스런 낭비축浪費軸"(And it was the lang in the shirt in the green of the wood, where obelisk rises when odalisks fall, major threft on the make and jollyjacques spindthrift on the merry). 이 구절에서 에덴에서의 첫 추락의 이야기가 재화再話되는지라, 이리하여, 다시 한번, Arden-Eden의 숲의 푸른 세계와 푸른 삼림에 대한 언급들이 여기 있다. "숲의 푸름에서"(in the green of the wood) 이 솟음과 추락의 길고 짧음(lang in the shirt)이 일어나는지라, 이는 사과(apple)의 주된 도적(major threft)이었도다. 우울한 Jaques(〈뜻 대로 하세요〉에서 늙은 정원사)는 "jollyjacques"로서 나타난다. 왕의 고문이요, 의회의원 이었던 George Greenwood 경은 배후인 세익스피어가 시인과 구별된다고 믿었는지 라, 그에 대해 Andrew Lang과 논쟁을 했다고, 한 비평가는 지적한다(Glasheen 110).

【335-37】HCE. 이야기의 시작

【336】(주막의 떠들썩한 고함소리; 다시 모두들 이야기를 "장작에 점화"하도록 재촉한다. 이어지 는 HCE, ALP, 캐이트에 대한 주의 환기. "이 애이 씨…와 이들 세녀"(this Mr A…and these wasch woman). 모두들 "건배, 진 건배." 그리고 잇따른 긴 구절에서 HCE, 공원의 원죄, 아 담의 죄 등이 HCE로부터 고객들이 바라는 버클리 이야기를 지연 시킨다. "그건 늙은 훈원사勳園師." 손님들 중 하나가 속사速寫를 재촉한다.

그리하여 때는 그가 성호聖號를 그었던 뒤로 빙글빙글 지났는지라.

그리하여 모두들 HCE에게 이야기를 탄원했도다.

도프(활액活液) 이야기가 타르(지체遲滯) 될 때는 계속 밀고 나갈지라.

간원.

【336.12】에서 관심은 Mr. A 및 세녀둘에게—HCE 및 ALP 또는 캐이트—Cain과 Abel. 이 남자 A와 이들 세녀洗女들에 관하여, 방금, 그들의 가을철의 시간, 지금까지 아무것도 더 이상 이야기되어지지 않았는지라, 우리는 다시 아기들 마냥 선육鮮肉되 는 언림言林 속에 경회驚徊하고 있나니, 거기 동화 책 속의 암탉과 함께 우리는 할퀴기 시작하는도다.

그런고로 진리 이외에 아무 것도.

—"그건 훌륭한 늙은 정원사勳園師, 공인公人 만리우스(Punlius Manlius)였나니, 연장 병사聯葬兵士에 대한 것으로, 나의 아내와 나는 생각하도다; 모든 어린 과실果實에 촉

수를 뻗는 것이라니; 그리고 자신의 만남의 피커딜리가 그토록 가볍게 더럽혀진다 한들, 그의 반숙흉半熟胸의 란백성卵白性은, 심지어 우리의 무식한 문맹선인文盲選人에게도 명확할 것임이 틀림없으리라."

그들 중 모두에게, 청취자들 중 하나가 재촉했나니, "그러나 그게 어쨌단 말인고 글쎄 그게…" "그의 갈무褐霧 시간, 그녀의 슬픈 떡갈나무 잎의 마른 사하라 사막"(his awebrume hour, her sere Sahara of sad oakleaves). 이 행은 〈맥베스〉에 관한 언급으로서, 조이스의 구절은 그와 동일시된다. 이는 추락과 죽음의 시간인 "갈무 시간"으로, 멕베드는 다음과 같이 말한다. "이제는 살만큼 살았어. 내 생애도 시듦으로 떨어지고 있나니, 누른 낙엽이야"(I have lived long nough. My way of life,/Is fall'n into the sear, the yellow leaf)【V.III.12-23】. "Sear"(마른) 또는 "sere"(시든)는—사하라 사막에서처럼, 마르고 시든 것을 의미한다.

【336.21】무의식은 연속된 사고들을 미로적 연쇄 속으로 자유 연상에 의하여 연결한다. 〈율리시스〉의 초기 부분에서도, 조이스는 자유 연상의 원칙 위에 대화를 구조한다. 스티븐의 최초의 멀리건과의 대화의 하나는 손수건의 요구로부터 코딱지, 바다 및 가래의 공동의 색채에 의하여 스티븐의 어머니의 죽음까지 있을법하지 않는 코스를 따라 사행蛇行한다. 〈피네간의 경야〉의 꿈의 세계에서 서술적 연속은 심지어 보다 큰 스케일로서 접촉에 의해 성취된다. 한 특별한 경야적(Wakean) 문장은 어떻게 연계적 연속이 서술적 선을 따라 수직적 깊이로 창조되는지를 설명한다.

—[HCE의 이야기 시작] 그것은 늙은 훈원사勳園師, 그랜트 여장군與將軍,[105] 황금 메달리스트에 **관한**, 공인公人 만리우스,[106] 연장병사聯葬兵士에 관한 것이라, 나의 아내와 나는 생각하나니, (그의 장소는 그의 포스터, 확실確實, 모두들 말했나니, 그리하여 우리는 주목하리라, 확실히, 그들은 말했나니.[107] 카본 가성식苛性式으로) 왠고하니 그 자유해방촉진당수[108]는 자신의 사소한 체취體臭가 스스로의 지렁이 미끼의 숨결과 함께 풋잠 자듯 대롱거리고 있었는지라, 그건 자신의 속성임을, 나의 아내와 나는 생각하는지라, 모든 어린 과실果實에 촉수觸手를 느끼는 것이니, 대서양 파波의 흉융기胸隆起[109]처럼 장미유화薔薇柔化 되거나 또는, 두 번째 화환취花環吹에, 자신의 쟁기의 채찍 땀[110]을 위하여 빛나는 밧줄을

팽팽히 친 만灣이 미광진微光振하고 있었도다.[아담의 사과와 "쟁기의 채찍"에 관한 생각이 이야기를 지연시킨다]

위의 문장은 최소한 4개의 중요 신화 혹은 이야기들로 꼬여 있는지라, 그것의 공통의 요소는 추락의 주제이다. (i) 버컬리의 소련 장군의 사격에 대한 이야기 (ii) 아담의 추락의 성경적 신화 (iii) 아타란타 종족의 희랍 신화, 그리고 (iv) 19세기 미국 소설가 멜빌의 "빌리 바드"(Billly Budd).

버클리-소련 장군 이야기와 빌리 바드의 주제들은 버클리-바드의 연상을 통해서 그리고 그들의 공통의 군대 문맥에 의하여 연결된다. 각각은 지상에서 처형, 사격, 그리고 바다에서 교수絞首를 포함한다. 버컬리-소련 장군의 크리미아 전쟁 세팅은 아메리카 시민전쟁에로 변전하며, HCE 인물은 이제 많이 장식된 Ulysses S. Grany 뿐만 아니라, 한 연방의, 친 연합 병사이다. 노병은 검댕을 가지고, 후부에서 사격 당하며, 칼뱅 소총을 가지고, 동시적으로 유린당한다. 빌리 바드의 언급들은 덜 분명하지만, 우리는 교수형의 몇몇 암시들을 발견한다. 밧줄 고리와 바다의 T자형, 대서양 해안의 파도들, 만곡彎曲, 바다를 통한 통로, 우리는 2개의 별들의 성좌를 발견하는지라, 그들은 "빌리 바드"에서 캡턴 "스타리"에 대한 언급들로서 봉사될 수 있다.

연대기와 장르에 따라 넓게 분리된 채, 〈피네간의 경야〉 앞서 4개의 구절들은 연속적 음(소리), 이미지, 그리고 주제들의 작용을 통해 압축된다. 프로이트적 꿈의 작품에서 이러한 현상의 유추는, 물론, 응축(condensation)이다. 언어적 응축의 이러한 예들에서, (덕서)의 장식과 같은, 그의 쟁기의 변두리인, 그랜트에서, 우리는 전통적 소설적 기법으로부터 〈피네간의 경야〉 서술의 언어적 출발을 본다. 소설은 어의적 정확성을 강조하는 산문, 단어들의 사물에 대한 통달, 〈피네간의 경야〉에서 꿈의 기법은 어의적으로 다원적 말들을 요구하며, 그의 의미들은 전적으로 불확실하다.

전통적 소설로부터 〈피네간의 경야〉의 다양한 출발들—거듭되는 사건, 불전전한 인물들, 연속된 연결, 어의적 기행들은 길고도 결과적 역사 뒤로 예술의 풍요, 혹은 심지어 그것의 쇠미衰尾(데카당티즘)야말로 소설 자체의 비평 그리고 결과적으로 그것을 유지해온 문학적 및 지적 전통의 비평을 의미한다.

【337-55】 HCE의 이야기. 익살배우들 격인, 바트와 타프의 "버클리의 소련 장군 사살" 이야기에 관한 TV 희문戱文

【337】 만일 그것이 단지, 수백 득점의 노인장老人丈이, 심판관 및 배심원에 의하여 아웃 당한, 두환포豆丸砲의 비둘기 사격인들, 그게 어쨌단 말인고. 듀프(둔분鈍糞).

(HCE. 그가 ALP와 더불어 뭐라 재잘거린들 묻어둘지라. 화자는 그의 공원의 죄, 여러 이미지들이 더블린의 현상임을 인식하기를 원한다. 자 이제 러시아 장군 이야기를 말할지라. 주막의 고객들이 재촉한다.)

【337.4-338.3】 이 짧고 난해한 구절은 일련의 이미지들을 통하여 공원의 원죄를 다시 소개한다. HCE-almonence. salmon + alms-giver는 분주히 그의 고객들에게 음료를 배달하고 있다.

HCE는 그의 모든 프로이트 우友들이 뭐라 한들 무슨 상관이랴 즉, 그의 보다 비천한 천성을 시야에서 사라지게 하라. 아니펠 생강生江(ALP)은 자기 마음대로 희곡을 얌전하게 재잘거리도록 내버려두라. 그리하여 저 연어魚(HCE)로 하여금, 입에 들락날락, 엄숙하게 낚시질 되게 할지라. 사랑의 부르짖음에 대한 휴전, 결코 송달하기 시작하지 않는 편지便紙는 내버려두고, 언제나 후지後紙를 찾을지라, 연기 속에 썩어지고 안개와 고독의 서명에 의하여, 밤에 봉인封印 되게 하라.

단순히, 두 송이 크림 요색妖色의 수풀 장미(공원의 소녀들)를, 그런 다음 말더듬이를 재상再想할지라. 그런 다음 욕후慾後로 (경쾌한 족자무足者舞처럼 전향성수반前向聖水盤 튀튀 스커트 그리고 배림산양背林山羊의 분쇄족적粉碎足蹟) 고장孤長으로 숨어 있는 세 마리 갯가재 (세 군인들)에로 상발像發할지라. 그녀를 애무할지라, 그를 꿰뚫을지라, 그들과 함께 농란弄亂할지라. 그녀는 긍소肯笑하리니. 그는 그걸 감사鑑謝하듯 하리라. 그들은, 실질적 쌍双 술 단지로서 확실히 참여하도다. 그대 천천히 자기 자신에게 말할지라. 그런고로 이것이 아牙블린이나니! 안녕, 우미한 애지림愛枝林? 고로 이런 식으로 그대를 기꺼이 지분거릴지라.[공원의 춘사에 대해]

(바트-솀과 타프-숀의 Sevastopol의 점령을 위한 Balaclava의 역사적 전투 이야기)

주점의 고객들은 보인강 전투에서 이긴, 소련의 장군 타프(tough)를 Sebastopol(크리미아 전쟁; 1853-56)에서 사살한 Bickley의 이야기를, 듣기 원한다. 그들은 그 이야기를 1천 번 들었건만, 나아가 재차 듣기를 원한다.

이 에피소드는 놀라움으로 수다스럽고, 거친 억측으로 암담할지라도, 그러나 조이스의 이야기의 호弧에서 강력하게 응집된 핵심을 이룬다. 분명히 바트와 타프는 두 형제로서, 바트는 셈과, 타프는 숀과 연관된다. 그들은 〈피네간의 경야〉 제1장에서 뮤트(Mutt)와 쥬트(Jute)로서 이미 나타나는데, 각자는 원주민이요, 침입자이다【15-18】.

현재의 이야기에서 주된 역할은 바트에 의하여 연출되는데, 비록 극히 수수께끼 같을지라도, 결국 인식될 수 있는 요소들이 된다. 그는 공원에서 HCE의 비행을 목격했던 세 군인 중의 하나로서, 그의 서술은 대체로 원죄의 재연이요, 이제 전도된 세목으로 확장되어 있다. 바트의 모호성과 허세는 성적 탈선의 Krafft-Ebing(성 도착에 관해 쓴 독일의 신경학자) 타입으로 펼쳐지거니와, 심지어 동성-이성적-항문의-관음증(homo-hetro-anal-voyeurism)의 혼란 속에 바트와 그의 군인 동료들을 함축시킨다. 오염된 렌즈를 통하여 HCE는 소련 장군으로 변용되어, 보여진다. 동시에, 바트는 버클리가 되고, 피닉스 공원은 Balaklav(또는 Sevastopol)의 크리미아 전투장으로 변용된다. 이리하여 형제의 싸움은 제국적 갈등의 거대한 관계가 되는 바, 크리미아 전쟁은 러시아와 영국간의 분쟁으로, 극동(Near East)의 지배권을 의미한다.

영국 제국주의의 대표자 격인, 변화무쌍한 HCE는 이제 슬라브식 제국주의의 용모와 복장을 띠고 있음이 분명하다. 이 구절에서 제국주의에 대한 책무는 영국의 작가들인 키프링[Kipling]과 테니스[Tennyson]의 메아리 속에 울린다. 브레이크[Blake]의 공명共鳴들이 문제의 의미를 우주적 비율에까지 뻗게 한다. 그에 따르면, 앨비언[Albion](상업주의-제국주의자 영국)은 인간 추락의 나락那落으로 의인화된다. 그것은 인간의 육체 속에 부과된 질병, 곰팡이 및 노예가 희생자를 혁명적 폭발에로 환기시킴을 의미한다. 제국의 봉사 속에 추락한 인간의 상징으로서, 바트(Danny Deever, Tommy Atkins 역시 세계의 빈민굴 거주자들)는 불결한 소요에 참가하지만, 인내의 한계에 몰린 채, 갑자기 몸을 돌리고 반대자를 파괴한다【253】.

배변排便의 주제에 대한 흥미로운 변형은, 특히 전체 구절이 그것의 냄새를 품길 때, 간과 되어서는 안 된다. 창조적 행위로서 배변은 이전의 작품들에서 이미 수립된 기존의 관념이다. 공원의 목격사들이 본 것은 창조의 목격으로, 일부분 해석될 수 있을 것이다. 그것은 추락의 그리고 비코의 우뢰의 순간과 합세한다. 동시에 그것은 〈성서〉의 노아(Noah)의 수치의 순간이기도 하다. 부친의 나신을 목격하는 셈, 야벳과 햄, 세 형제는 세 군인들의 대응이다(배변은 〈율리시스〉의 지배적 주제의 하나요, 〈실내악〉에서도 마찬가지다).

바트의 많은 증거는 그의 군대의 훈련과 초창기로부터의 군대의 역사를 서술한다. 이는 Balaklava의 전투의 혼돈 속으로 혼성하는데, 번갈아 무기고벽으로부터의 HCE의 추락과 비코의 우뢰 성 속으로 몰입한다.

"우리는 바드(바트)를 원하노라. 우리는 바드 (바더리)를 시골뜨기처럼 원하노라. 우리는 바드 (바더리)를 시골뜨기처럼 (보드리) 송두리째 원하노라. 거기 그는 볼사리노 살롱 모帽를 쓰고 있도다. 장국將國의 노중露衆을 피살避殺한 사나이. 보인무도회舞蹈會의 전화戰花를 승勝한 사나이. 주문注文, 질서, 경청, 명령! 그리고 타프(견堅); 우리는 탄크리드 알타써어써스로 하여금 발나 바스 유릭 단과 대비對比할 것을 간청하노라."(여기 바트는 셈인 동시에, 크레미아 전투에서 영국군의 애란 병사요, 소련 장군의 사살자이다.)

【338】[라디오와 TV를 통한]

(타프가 바트에게 이야기를 요구하다. 소련 장군. HCE——크레미아 전쟁 이야기)

질서, 경청, 명령! 좌장座長에는 말스타 의용義勇 씨氏. 우리는 1천 번 이래 그 이야기를 들어왔는지라. 어찌하여 버클리가 러시아 장군을 살피殺皮했는지.

영원히 애란 명예를 위하여, 여러분, 영복永福을!

타프 (이탈수도사의 한 예리한 소년, 자신의 머리 속의 수수께끼에 대한 해결에 의한 긴급우산緊急雨傘의 계양에 앞서, 카르멜파派 수사修士의 질서의 계혁啓革을 찾고 있도다). 만사萬事가 번쩍 빛이며 경칠 적나라했던고? 뭐라, 주우酒友? 우리에게 그 이야기를 할지라, 항시 그토록 자주!

바트 (얼룩진 잡색 젊은이, 성직수도사의 용모, 유감스런 천재天災를 서술하거나 혹은 영구히 그리고 하루 망신당할 것을 가상하다.) 그러나 맞아. 그러나 맞고 맞아 그토록 자주. 해海(시) 광廣(바스토) 지池(폴) (전쟁터)!

타프 (절규일성絶叫一聲과 함께 자신을 구출하면서, 자신의 모피발毛皮髮을 정착하는지라). 그 자

者(버클리)를 우리에게 서술할지라, 지공병地工兵배짱이, 그의 일요일 내측의內側衣에 월요일의 외측의外側衣를 입고. 발티모어 흑해의 중장경中將卿의 정부총독 같으니(러시아 장군)! 몰리 반페니 맥알핀이 자신의 다리를 자신의 엄지로 오인했을 때, 부루안 용웅자勇熊者와 닮음을 서술할지라. 그리하여 우리가 아침에 깨어날 때 그를 잊어버리는 우리의 꿈의 해석이 되게 하소서! 들을지라.

(조이스는 교묘한 전환으로 적의赤衣(Redcoat)의 3군인들을 크리미아 전투의 이야기에 대한 연관으로서 사용한다. 꿈의 분위기가 여기 아주 짙다. 텍스트는 세계를-날리는 대영제국의 전쟁들에 대한 언급으로 충만되리라).

바트 (자신의 덤풀배짱이의 고지 백열등에 스위치를 켜고, 한편 자신의 웃음이 배명背鳴하는지라)

(1) **"반점중년斑点中年의 젊은이… 유감의 천재天災를 주우酒友 승강이 낭자식浪子式으로 제사題辭하거나"**(mottledged youth…is supposing to motto the sorry dejester). 반점으로 치장한 모델 청년으로 서술된 바트-셈, 그는 〈햄릿〉의 비극적 어릿광대의 모델로 상상되다. (2) **"아침이 애등발기愛燈勃起를 숯게 할 때"**(when the morn hath razed out limpalove). 〈율리시스〉에서 스티븐 데덜러스는 셰익스피어의 손녀, Elizabeth를 "Lizzie, 즉 조부의 사랑의 귀염둥이"(Lizze, Grandpa' lump of love)라 서술한다. 【U 175】

【339】 (그의 일본(니혼) 식 언어가 꿀꿀거리도다.) 그는 자신의 베이컨에 자신의 계란을 요리했을 때, 늙은 아빠의 우상을 닮았는지라, 그는 발작하고 나는 경련하고 모든 신부는 정액精液을 품었도다. 가련한 늙은 요침尿寢쟁이! 그의 정면의 포차砲車, 뒤의 포차. (테니슨의 "경기병대의 공격"의 인유) 그는 적에 의해 밀폐되었도다. 크림 전 요새. 그의 모든 대포 알 기장紀章과 함께. 그의 라그란 복과 그의 마라코프 모피 모를 쓰고, 니스 칠한 소련제 구두와 그의 카디간 경의 블라우스 재킷과 그의 분홍색 맨쉬코브의 소맷부리와(소련의 Menshikov 왕자는 터키 주재의 소련 황제(Czar)의 특수 대사였으며, 후에 크리미아 전쟁의 총지휘관이었나니. 그는 동시에 핀란드의 소련 총독이었다. 외교에 있어서 그의 어줍은 폭력은 터기 주재 영국 대사 Stratford Canning 경의 원숙한 재능에 의해 압도되었나니. 황제 자신의 특질과 얽힌

Menshikovd 왕자의 인상은 조이스의 소련 장군의 합성 인물로서 크게 떠오른다.) 그의 삼색三色 카무플라주(위장) 그리고 그의 훈장 매달린 우장雨裝을 하고. (재단사의 광고—남성복점인, 카즈 점과 포리코프 점에서 매입한 것. 몇몇 금화로 적시 지불 가능. 귀부인들이 그대를 뒤돌아볼지라.)

타프 (그의 이야기에 모든 별 같은 눈과 귀를 기울일지라) 폭풍뇌우적! 생사두꺼비 작爵! 남장 혹자! 글쎄 멋있지만, 그건 전쟁이 아니잖아!

바트 (만일 그가, 잊혀진 채, 들판의 식물군 사이 영광의 밤을 감춘다면, 그의 방탕자의 검푸른 미소가 모두에게 의심의 이득을 주리라.) 그의 성사 대관식 복을 입고, 별들 사이에서 통치하는 한 마리 곰. 어미나의 견외투肩外套를 걸친 두건사불구남頭巾死不具男! 처음 그는 스텝(step)했나니이어 그는 스툽(stoop)했도다(소련의 Nicholas 왕제는 그가 터키의 사건에 간섭(step)하고, 외교의 커다란 속임수에 굴복(stoop) 하기까지는, 유럽에서 높이 존경받는 인물이었다).

타프 (충직한 더블린인人처럼, 십자가의 신호를 기억하려고 애쓰면서, 그리하여 그는 Attila를 목 조름과 아울러 아타휴알파를 독살했나니, 그리하여 자신이 로마인으로 세례되기 전까지 크렘린의 한 아이였음을 기억하는데 실패하면서, 배짱이와 개미의 성스러운 다각형의 프리메이슨(비밀공제조합원)의 신호를 하도다.)

【340】(오케이좋아좋아) 금金의 살포자, 그(바트)는 모든 로터리 환상環狀에 악명 높은지라! 세척치장洗滌治裝과 함께. 그리하여 그의 허풍이라.

바트 (그의 본심과는 반대. 분홍 집게손가락으로, 목장림을 향해 무도교霧都橋 너머 무감각의 천물賤物들, 이를테면, 거기 자신과 자신의 두발이 언제나 게임의 편을 짤지 모를 드쥬브리안의 알프스 및 호우드의 리비에라 천川을 가리키며) (바트는 상상적으로 타프에게 전장의 이정표들을 가리키는지라, 이는 앞서 뮤트가 쥬트에서 더블린 고적의 들판의 이정표를 가리킴과 같다)【17 참조】. 암석환巖石環과 건종목乾腫木의 들판. 벌야伐野를 잊지 마시라! 이곳 물 떼 낀 계간溪間. 그들의 요미妖美의 통로. 감사! 유혹녀들의 악농惡弄을 화장하려고 희망하는 원숭이 노남老男과 함께. 그리하여 우사牛舍 속에 숨은 병사의 육체들(여기 우리는 타프와 더불어, "골리라 남"인 HCE가 용변 보는 소녀들을 염탐하는 것을 시각 하는 바, 한편 소년들이 그의 뒤에서 그를 살핀다. 타프는 하나의 이미지를 형성하려고 최선을 다하지만, 비관론자인 그는 단지 공허만 볼 뿐이다. 그는 단지 과거의 발정 속에 생존 경쟁 이외에 아무거도 기억할 수 없다).

타프 (그는 과거의 발정 속에 모든 아내를 경쟁하려고 노력하도다.) 오 분노의 날이여! 아, 라스민 광산의 살해여!(더블린 근교의 Rathmines는 아일랜드의 전쟁터) 아, 나의 러시아의 궁전이여! 오슬로 태생의 맥 마혼 곰 놈이 자신의 한획물汗獲物을 노려 배회하며 열탐熱眈하도다! (바에 돌아온 바트는 장군을 욕하며 그를 곰, 돼지, 하이에나로 부르는지라, 왜냐하면 그자는 들판의 백합꽃을 오손했기에. 그리고 그 자는 "시식병試食兵, 쿵쿵병兵 및 행진병行進兵과 대적했기에.")

바트 (자신의 가솔린펌프에 되돌아와. 나는 거기 있고, 나는 거기 머물도다). 웅熊브루이노보로프 밀월병자 (러시아의 곰과 결합한 Brian Boru), 놈의 연대기를 최고양最高揚할지라! 왠고하니 놈은 들판의 백합을 진멸하고, 세 군인들과 대적했기에.

타프 (그는, 주교 리본케이크의 큰 엄지손가락이 결혼의 방문에 나서는 것을, 혹은 호라이즌 양孃이 커다란 경탄성좌驚歎星座를 향해 고양사지高揚四肢 구두끈을 풀고 있는 것을, 그가 보는지, 불확실한지라) 수수께끼를 맞춰봐요. 리스 마馬, 로스 마馬, 로서아의 대제, 나의 첫째는 듣기에 가까이, 나의 둘째는 세단처럼 마련된지라, 한편 나의 전체는 달무리(집게벌레)(Persse O'Reilly)로다. (타프는 그가 보았다고 상상하는 것이 정확히 무엇인지 불확실한지라, 그의 동료에게 더 많은 것을 폭로하도록 요구한다. 이는 마치 앞서 교수가 그러하듯 HCE의 이들 수수께끼의 의미를 폭로하도록 간청하는 듯하다. 그리하여 그는 Persse O'Reilly인 HCE의 이름에 대해 수수께끼를 만들면서, 한점 야단법석에 몰입한다.)

【341】우리는 응당 말하거니와 그대는 그 족제비 놈을 마구 때려눕혔던 모양이도다. 입을 찰싹, 목구멍을 꼴깍, 입천장을 톡톡 그리고 그대의 바지 지퍼가 풀린 채…

바트 ("작은 갈색 항아리"와 "제분사製粉師 왕서방王書房의 수차水車 바퀴"에 맞추어 보드빌 무舞를 추면서) 빔밤봄범. 그의 스냅 상像이 "러시아 잡지"속에 나타나자, 한편 그가 애별愛別한 소녀笑女들이 그를 후목後目했도다. (바트는 약간 누그러지며, 육체적으로 암살을 흉내 내는지라, 한편 타프는 피아노를 치고 거칠게 노래 부른다.)

타프 (상아象牙 소녀와 흑단黑檀 소년을 위한 캐스터네츠의 두 휴休 스텝의 요가 코가 광여光與심포니를 호주好奏한다.) 장면을 통해 내내 보드빌 무舞가 그들의 가무歌舞의 행위를 수행하고 있나니, 이는 무대 지시 속에 제시되도다. 바랄라이카 현악기! 토 바리쉬! 나는 전율하는지라!

바트 (낫과 망치의 신호를 하면서, 그의 노함을 통하여, 뭔가를 해학諧謔한다.) 물! 전쟁에 의한 투자를 벤처 하는 노령의 군주(러시아 Czar-HCE). 나는 그의영향이 터키 속에 작동하는 것을 보았노라. 이러한 신호에 의하여 그대는 그를 패하리라! 칙칙 폭폭 그의 연초를 위해 나의 생生파이프를! (여기 바트는 "살인!"하고 고함을 지르고, 흥분하여, 공개적으로 노령의 HCE를 조롱한다). "오, 그는 그를 보았다, 그렇게 그는 했다, 그는 그가 그렇게 하는 것을 보았다. 과연 그는 했다." (바트와 타프는 향락 속에 노래한다). "칙칙 푹푹."

[Steeplechase의 뉴스 보도]

이 시점에서 대화의 4막간들의 첫 번째가 발생하는데, 이때 경기 모임의 세목이 주점 안의 라디오 / 테리비전에 방송된다. 세계적 명성을 띤 "Caerholm 사건"(경마) (우리는 보고, 듣고, 맛보고 냄새 맡고, 모두 111가지 항목들)에 관한 〈아이리시 레이스 월드〉(*The Irish Race in World*) 지에 의해 발표된다.

이 나사 타래송곳의 경향에 이르기까지 세계 유명한 카車 호름 사건의 감탄할 만한 언어구두가시적言語口頭可視的 공개公開가 아일리시 레이스 앤드 월드(애란 경주 및 세계) 지에 의하여 부여되어 왔도다. 일백소란一百騷亂 십일활拾一活의 마사통타자馬舍痛打者들이 해구海鷗뉴스가 땅을 빗질하는 동안 맹꽁이자물쇠 도전자들 및 해독구굴자害毒溝掘者들과 함께 비족飛足의 열성을 나누어 가졌나니라. 힙힙만세 태양경太陽鏡이 그때의 문門 사정에 따라 승장勝場을 번쩍였도다. 아신我神이여! 그것은 (불타는 찔레가시나무와 함께) 투마스 노호호란 씨氏가, 개락심改樂心의 취지로 그들 공통의 통회만용痛悔滿用을 위하여111 성 드호로우 성당112의 고해청죄사 (갈색 중산모의) 현현顯現(에피파니즈)113 신부 존사에게 고했나니, 어찌 (귀하의 마골신학馬骨神學의 선골善骨처럼 확곤確壺 한지라!) 백 레그즈(배각背脚)가 경마 장군연감將軍年鑑114을 사피射避했던가를. 이 회오悔悟의 공중참회에 대한 초연적超然的 외침의 저 성자다운 성학자聖學者의115 음주란적飮酒亂的 마소자조馬笑自嘲야말로 너도 밤(栗)의 (다시 한번, 위팅톰!) 절대파문적으로 뛰노는 땅딸보의 성공성成功性을 말하는 도다. 아빠 또는 엄마가 없으나, 집금함集金含으로 혈육청청血肉淸靑한, 수많은 소녀들과 소년들. 우리는 하찮은 소전小錢을 아껴야하나니, 확폐確閉하기 위해: 그것은 아이들을 위한 동전이라. 그들 바로 가까이 있는 반들반들한 셈(멋진 남자)116, 아무리 육체적으로 건재한들

【342】(계속되는 라디오/TV의 〈아이리시 레이스 월드〉(*The Irish Race in World*) 지에 의한 경마 보도. 호스 쇼에서의 고함, 아이들, 술꾼, 여름 프록코트 입은 소녀들의 묘사. 조이스는 이 삽입절속에 실지의 말들의 많은 이름들을 동원한다. Epiphanes, Boozer's Gloom, Emancipator, Major X, Eagle's Way, Faustin, 등등. 이 경마 사건은 한때 Caerholme에서 행해진, 영국 동북부의 Lincolnshire의 행사로, 1000기니의 현상금에다, "new-discontinued Liverpool Cups" 또는 "Grand National Steeplechase"라 불렸다. 이 경마와 함께 보도되는 HCE의 공원 스캔들의 암시.

[경마에 대한 라디오 보도] 도덕적으로 부재하여,[117] 자신의 부정한 다이아몬드 속에 꼴사납게 배회하는지라, 맥쓰, 노브 및 드마기즈[118]에게(뭘 명하니 사죄하는고, 뗏장 심는 자들아![119] 누더기 옷을 덮어 주기를 요구하면서. 톰 땜장이 팀, 자신의 간단없는 가신家臣(시자視者)들은 사무엘의 시자들이지만 청자聽者들은 티모스의 청자들이라,[120] 대주가[121]의 우울 속에 있나니, 자신의 부루통한 텐트 속에 부단히 침沈부루퉁하도다. 볼다을 경마 저주,[122] 당일 재앙! 그리하여 그들의 미광의 앙상블을 이룬 멋쟁이 여인들의 프록코트! 아시겠죠: 대장간 주장,[123] 상시 구린 스캔들 메이커, 카사비안카로부터의 여女재봉사[124] 그리고, 물론, 프라이 씨氏. 도둑! 심문을 용서해요, 이유는 뭐 때문에? 그건 가치價値의 도미니카 당나귀들이라. 왜 저 기묘한 두건을 벗는고?[125] 웬고하니 무상의 회무상황廻舞狀況 사이에는 후실後失의 정부政府-세총독世總督의 진세塵洗한 애고명사愛顧名士가[126] 감지되기 때문이라. 팜자브![127] 대大 도跳줍피터여, 저게 뭔고? 행운행운행운행운행운행운행운행운![128] 그건 구즈베리의 리버풀 하은배夏銀杯[129]를 위해 1000기니로다[130] 단단히 붙들어요, 승안장乘鞍裝 견소堅少[131] 퍼스 어레일리여! 투투덜, 투투덜! 그들은 제4장애물항第四[132]의 만곡에 있는지라. X리스도의 성가聖架에 맹세코,[133] 헤리오포리스총중總衆은 흥분興糞의 사성射聲이나니![134] 판자브![135] 크리미아의 사냥꾼인, 해방자[136] (강자 H 허민 C. E엔트위슬), 극적 효과를 가지고 이전마以前馬의 승리의 장면에 유명한 종마의 형태를 재현하면서, 백백모白白帽 씨氏의 세 적갈색 거세마들인, 가제家製 잉크[137] 배일리 횃불 등대[138] 및 잡탕 스튜 요리에 독수리의 길[139]을 제시하고 있는지라, 한편 공주 2세와 타他 소녀(리비강변, '보스' 워터즈 부인)는 너무나 이른 춘천욕春泉浴[140]으로, 깨끗한 한 쌍의 발뒤꿈치를 막대부莫大父에게 보여주고 있도다. 이런 침사沈思가 여기에 개현開

顯하는지라! 이 처녀의 잔디머리칼 타래에, 이 에덴석모夕暮의 황금원黃金園[141] 위에! 나는 결코 이러한 침사沈思를 사색思索하지 않았나니라. 우리의 주건시장主鍵市長인 그는 심의례상深儀禮上으로 낙번樂煩하도다. 그는 옥(사슬)에 갇혀 정강이 부딪치듯 사료 깊게 몸을 흔들고 있나니. 금일은 그게 전부일지라. 이 괴몽怪夢은 베트와 티프에 의하여 그대에게 제출되어 왔도다. 티프와 베트, 우리의 타봉打棒 가짜 내기 경마 호기자好期者들, 아이리시 레이스 앤드 월드(애란 경주 및 세계)지紙의 정혈頂穴에서 최저까지.

[전쟁담의 연속]

타프 (론둔論鈍 지방[142]의 최초 스포츠 보도가 제2주走스포츠 플래시 속보에 의하여 방금 후사고적後思考的으로 협증協證되었음을 의식하고, 대웅좌大雄座 별방향別方向을 취하는 지라 그리하여, 오렌지임인林人[143] 얼스터 지방의 신랄취辛辣臭 뒤로 말레이의 공포[144]를 화독和讀하기 위하여,

【343】 (바트와 타프에 의해 우리에게 제시된 이 괴기한 드라마 다음으로, 다시 크리미아 전쟁 이야기가 복귀하는지라. 장면은 경기의 보고에서 소총의 발사의 그것으로 바뀐다. 우리는 전투의 짙음 속에 있고, 타프가 소동 속에 군인 행세를 하는 것을 인지한다. 그는 섬광의 빛에 의해 방향을 바꾸고, 후퇴를 생각하는 바트의 비급함을 비난하기 위에, 그에게 고함을 지른다.)

(타프는 용의 상징적 성좌를 가리킨다) 그대는 Old Pirate에게 일을 좌우했는지라, 그대와 3군인들. 나는 그대가 그랬으리라 믿어. 스트롱보우(Strongbow)의 무덤에 맹세코. 그대는 바로 성聖 분묘墳墓에로 진격하고 있었는지라, 후퇴하는 프랑스 군에 의해 도움을 받아, 시체屍體의 냄새(크리미아 전쟁에 대한 언급)로 도로를 따라 뒤따랐도다. 복음의 진리를 말 할지라! 제발, 토미 녀석! 불신不信의 앨비언이여! 재삼 사고思考할지라, 그리고 이야기를 계속할지라! (여기 적어도 3개의 이야기가 이 구절에 혼성되어 있다. 타프는 바트에게 그가 러시아 장군을 어떻게 쏘게 되었는지를 자신이 안다고 말하고 있다. 그렇게 함으로써 그는 역사적 주제들을 희롱하고, HCE의 옛 이야기들에 대한 변화를 메아리 한다.)

(바트는 그의 전쟁담을 공포 속에 귀납적으로 설명한다. 여기 그는 나름의 어둠 속에 있다. 그는 신사처럼 보이기 위해 겉옷을 걸치고, 그가 HCE, 즉 성냥을 켜는 한 조야한 소년, 대포의 자식이, 모든 괴준마怪駿馬와 모든 괴민병怪民兵들 가운데, 양쪽 끝으로 시가를 피우고 있는 것을 보았다고 타프에게 설명한다. 그리고 그는 잠시 뒤 HCE가 폭발 후에 단지 안장 다리 걸음걸이를 하며, 몸을 가누기 위해 어딘가 한 자리, 콜

렘릭 돌 같은 것을 찾고 있다고 생각했다. 이어 그는 어떤 이가 누구에게나 4복음서를 크게 낭송하는 것을 들었다. [비록 HCE가 아침 조반 뒤에 방귀를 뀌고 있었으리라 만] 그러나 그가 무엇을 하든, 맹세코, 바트는, 곧 몇 초목 떨어진 곳에서 HCE의 놀라움을 힐끗 보고, 자신이 "신공神恐으로 진정 전율하고 있었도다."]

바트 (자신의 어깨 너머로 후드 외투의 코트를 미끄러뜨리면서, 한층 신사처럼 보이기 위해, 그때 그는 그들의 소음 뒤에 솟는 분노를 냄새 맡았기 때문이니. 그러나 그는 흥분 상태였나니, 왜냐하면 자신의 민감한 측면의 발기勃起가 자신의 균형을 망치기 때문이라) 그렇습니다, 위대한 쥬피터여! 저 개미와 베짱이의 비극에서 모든 준마駿馬와 모든 민병民兵들 가운데, 저 산총자식山銃子息 놈(개놈)(HCE)이, 자신의 견장肩章을 번쩍이며, 스캔들양초 양끝 토막을 불태우고 있었는지라! 그는 어떤 화약 광으로부터 장다리를 하고 있었고, 안락의자를 찾고 있었도다. 그리하여 바트는 그의 네 염기廉欺의 복음을 암송하는 조잡한 방언을 들었을 때, 그는 그 자의 조식朝食 뒤의 방귀이려니 생각했는지라 그러나 그가 그의 공포의 경악을 보는 순간 공포로 전율하고 말았도다.

【344】 (여기 타프는 자신이 전장에 있는 듯, 바트에게 일격을 보낸다. 그는 교황 절대자(바트)로 하여금 기도를 중지하도록 요구한다. 바트는 담력이 부족하다. 그는 러시아 장군의 배변 장면을 묘사하는데, 여기 그는 버클리 병사로 변신하고, 이어 그가 장군을 사살하려 했을 때, 장군의 얼굴에 공포가 나타남을 보자, 자신은 겁에 질려 그를 사살하지 못한다.)

타프 (자신의 기분 상으로 씨무룩하게 그리고 자신의 눈에는 누신涙神을 그리고 등의 굴곡 및 자신의 부르짖음 속에 개골개골, 마치 이만저만 아닌 해害가 자신에게 기대듯이) 계속 울어라, 비인悲人 솔로몬의 노래를! 그걸 괴테와 셰익스피어 및 단테가 잘 알도다! 비겁자의 타격을 받을지라! (바트와 타프의 Sevastopo)에 대한 교환이 잠시 동안 지배한다. 〈율리시스〉 제15장, 밤의 홍등가에서, Redcoat(영국군인)인 Carr가 "비급자의 타격"으로 스티븐을 타격하여 때려눕힌다. "그는 스티븐을 향해 돌진한다, 주먹을 밖으로 뻗은 채, 그리고 얼굴을 갈긴다."【491】

바트 (이러한 굴종의 답례 속에 그의 가책을 보이며, 갑작스레 급랭 낙사라, 그가 제복을 갈아입자 가죽 케이스로부터 권총을 들어올리도다. 그의 얼굴이 파랗게 빛나며, 그의 머리칼은 회백이라, 그의 푸른 눈은 켈트의 황혼에 걸맞게 갈색을 띠나니.) 그러나 나는, 녀석(소련 장군)이 혼자서 고함소리가

미치는 곳에, 매우 키가 큰 채, 그리고 안장 나리의 로마 기독교도마냥, 자신의 구멍
벨트를 끌어올렸다 내렸다하면서 그리고 자신의 오래된 죄 지은 자신을 노출하면서
농민에게 보답하기 위하여 비료肥料하고 있는 것을 보았을 때, 그가 카프카서 산맥 넘
어 어떤 목축본거로부터 숨을 회복하고 있음을 나는 생각했는지라. 그러나 내가 녀석
의 우랄 둔취臀臭의 냄새를 포착했을 때, 나는 나불나불 수다 떨고 있었나니, 나는 자
백하거니와, 당시 나는 그의 위장의 노역 때문에 충만된 학질의 무게와 함께, 내게 공
포가 있었도다. 그리하여 그는 내게 무거운지라,

【345】 바트와 타프 간의 토론은 재발하는지라, 바트는 어떻게 장군이, 극심한 악취
와 더불어, 배변을 시작하는지 서술한다. 바트는 장군에게 묵주를 끌어드리지만, 심
장에 불을 지르지는 않는다【345.2-3】. 얼마나 재미를! 타프가 부르짖는다. 그대는 그
럴 마음을 갖지 않았다!【345.8-9】.

타프 (행동 밖의 한 손상자損傷者로서, 브루나이 출신의 이러한 황삼남荒森男이 어찌하여 시골 어릿
광대들을 농락했는지를[145] 예사豫思하면서, 그는 자신이 무엇을 추구하고 있는지를 지행知行한 다음 임
도직입林刀直入, 모살謀殺의 결과로서 자신이 얼마나 총구銃口에 괴롭힘을 당했는지, 그대의 혈도血刀를
걸고, 그가 경남驚男이긴 하지만, 졸기 전에, 보기로 전개계의展開提議하고 있도다.) 하느님 맙소사!
그대는 상심하지 않았던고? 거 참 재미있도다!

바트 (혹타인或他人이 두 서너 번의 언짢은 홀적 홀짝 코코 곰을 마치 행배낭行背囊처럼 위급침偽急
寢하는 것을 들으면서 그는 그가 몸을 꿈틀거리는지를 보기 위해 잠묵시暫黙侍하는지라 그런 다음 원화
原和를 요구하거나 또는 어느 누구에게 혹가或歌하는 일없이 냉침몽침冷寢夢寢을 계속하도다) 분자糞者
놈! 내가 그를 만나다니 때가 너무 늦었군.[146] 나의 운명! 오 증명憎冥! 애별哀別이여! 신
음의 채찍 자국의 공포여![147] 그리고 흡연을 흡吸할 때 그걸 생각할지라[148].

(바트는 장군을 총 쏠 용기가 없었다. 그가 이야기를 중단하자, 타프는 고개를 끄떡이며, 주인에게 술을
가져오게 하고, 이를 바트에게 대접한다. 타프는 HCE의 코고는 소리를 듣는다.)

[그리하여 그때 나는 나의 아르메니아 아베마리아 성모송을 그의 노서아 주主 자비

도와 혼성시켰나니, 나의 마음의 친구여, 나는 그를 쏠 마음을 갖지 못했도다.] (바트는 그가 HCE[전쟁의 소련 장군]가 어떻게 공원(크리미아 전장)에서 배변하는 것을 보았는지, 그를 총 쏠 수 없었음을 서술한다.)

타프 (이러한 브루나이 출신의 황남荒男이 어찌하여 시골 어릿광대들을 농락했는지를 예사豫思하면서. 그가 졸릴지라도, 자신이 얼마나 총구銃口에 괴롭힘을 당했는지 알려고 제의提議하면서) 하느님 맙소사! 그대는 상심하지 않았던고? 거 참 재미있도다!

바트 (혹자가 세 번의 코고는 소리를 들으면서, 그는 그 자가 몸을 꿈틀거리는지를 보기 위해 기다린다, 그런 다음 계속한다) 분자糞者 놈!(소련 장군) 내가 그를 만나다니 때가 너무 늦었군. 나의 운명! 오 증명憎冥! 애별哀別이여! 그리고 흡연을 흡吸할 때 그걸 생각할지라.

타프 (그는 그 사이, 한야드 거리를 두고, 화자의 여숙권旅宿權에 있었는지라) 이 어배魚杯를 홀딱 마셔요 그리고 경칠 건배를!

바트 (그는 자신의 굴뚝 옹기 모帽를 휙 벗었나니, 입술을 설개구舌開口(술병)에로 향하자, 침과 자侵過者의 용서인宥恕人의 손으로부터 친교와 용서의 컵을 배수杯受하는지라 그리하여 이어 약간의 소금 베이컨을 제공함으로써, 환대歡待를 보답하도다. 이 오랜 세계에 근심 넘치나니, 고로 자연의 우리 군세軍勢의 개선을 위하여, 흉마우胸魔友처럼, 우리에게 광낙廣樂을 송송送할지라.

【346】 (주막에는 두 익살꾼들 이외에 적어도 4음주가들(복음자들)이 스크린에 비치듯 등장한다. 마태, 마가, 누가, 요한; 이 목양자들은 **"텔레방영放映되도다(teulweisioned)."** 첫째 마태는 유행에 대한 보도. **"슬설膝雪의 고무 덧신"**, 둘째 마가는 우리로 하여금 다가오는 겨울을 준비하도록 상기시킨다. 셋째 누가는 어떤 새로운 무도에 관해 뭔가를 말한다. 마지막 요한. 어찌 성공한 미국의 사업가들은 결코 늙지 않거나 혹은 결코 정신적으로 복잡해지지 않고, 철학을 격려하기 위해 결코 돈을 기부하지 않으려고 결심하고 있는고. 그는, X마스와 신년이 모퉁이에 가까웠는지라, 사방의 소년 소녀들이 결심을 생각하고 있음을, 서술한다.

(흥미로운 머린거 사건의 TV 방연)

【345.36-346.13】 [(1). 어찌 유행의 허구 세계가 "슬설膝雪의 고무 덧신"으로 성장되고 있는고. (2) 서반아의 금전이 반녹배당反綠背黨(그린백 파티)에 의하여 칠렁 칠렁 울리고 있는고. (3) 어찌 알비 아브라함英이 동반구의 악마 무에 항거하여 성스러운 지하 토굴(납골소)을 견지할 것을 공언하는고. (4) 어찌 늙은 예일 소년들이 교활한 신년 소녀를 위해 결심하는고]

(바트와 타프. Sevastopol(계속). 자서전)

재차 주점의 복귀. 타프는 흑주(기네스)를 돌리며, 바트에게 이야기를 계속할 것을 촉구한다. 그는 멧장에 관한 이야기를 조금도 남기지 말 것을 바트에게 상기시킨다. 그는 분명히 이전에 바트가 이것을 말하는 것을 들은 적이 있는지라. 여기 4복음자가 엿듣고 있다. 타프는 바트를 조롱하기 시작하는지라, 한밤중의 어느 날에 관한, 어떻게 두 죽은 자가 싸우기 위해 일어났는지에 관한, 옛 이야기를 반복한다. 그리고 3장 님이 구경하기 위해 서 있었도다 (이는 뜻밖의 만남의 기괴한 번안. 하지만 재삼, 〈피네간의 경야〉의 사건들에 관한 복수성의 강박이 출현한다. 여기 소련 장군과 공원의 장면이 합치한다.) 이어 또 다른 휴식시간이 있는지라, 그동안 언급은 동부冬父가 크리스마스에 그의 매모妹母와의 성스러운 결혼이 이루어짐을 말한다【346.4-7】. 거친 아라비언 나이트의 기사騎士들이, 〈성서〉의 Jeju 왕처럼 격렬하게 말을 타면서, 취리히의 Sechselaute 휴일에서 파생한다. 이 연중 페스티벌은 6월에, Johannisfeur에서 일어난다.

【346.14】 타프 (이제 그는 그로 하여금 아일랜드인들과 합세하기를 바라는 피터 파이퍼에 의해 기네스 주酒를 건네받았는지라. 그들 모두는 늙은 바보온달을 위해 다브린 선일善日의 소음을 내려고 냄비를 두들기고 있었으니, 재차 자신들의 사지四肢를 휘번득이도다) 그대는 버싱또리 프랑스 두목 편便인지라, 그대의 단편을 말할지라! 어떻게 버클리가 소련 대자를 사살했던고. 4 곱하기 20 속한俗漢들이 늙은 속죄양의 혈세血勢에 도전하려고 경계警戒하고 있도다. 의회인議會人이 여기 그의 머리를 대면, 누군가가 어디서 딸랑딸랑 종을 울리는지라. 어느 날 습지의 관목 한복판에 두 신 페인 당원이 난타하기 위해 일어섰도다, 세 농노가 숨어서 보고 있었도다. 딕 휘팅턴에 관해 우리에게 모두 말해요! 그건 멋진 기분전환이 될 터인 즉, 그대 그걸 할 수 있는고?

바트 (그는, 자신의 선신善神에 버림받은 마음속에, 허무주의자인지라, 자신의 창자의 종이 갑자기 울리나니, 자신이 스스로 도전하지 않도록)[여기 바트는 자연의 부름(배변) 을 듣는다]. [이 구절은 바트의 군대 경력을 재설명하는 가장 하에 군비와 전쟁 형성의 역시를 개관하리라] 그럼 좋아, 멋쟁이 타프! 말한대로 할지라. 그것은 처음에 소방진小方陣(육체의 행복 죄) (Colporal Phailinx)이었나니. 히타이트족전族戰(Hittit)[기원 전 12세기의 고대 Hittit 전투 및 기원 12세기의 Khwarizm 왕족의 흥興 그리고 다시, 현재 토론 중인 회전會戰] 은…

【347】 (바트의 크리미아 전쟁터의 참전기). 때는 대충 만월의 시기, 춘분의 들야. 그것은 가장 비애의 날짜인지라. 당시 바트는 왕립 아일랜드의 의용군(Royal Irish Militia)의 전속 부관이었도다. (여기 이를 회상하자, 그는 두통, 가장 지독한 편두통을 앓는다. 그는 가일층 음주하고, 도취에 스며들자, 가일층 감상적이 된다.)

[히타이트(Hittit)(소아시아의 옛 민족) 전쟁은 별시에 속했는지라, 페르시아의 코라손 평원 위, 1132년 전이었도다. 전초전의 활군活軍 뒤에, 우리는 그 짐승을 발견했는지라, 여태껏 인간이 가졌던 이래 가장 비참한 날이요, 그리하여 나는 아서 웰슬리 경 휘하의 애란 육군 기병대에 예속했는지라, 모든 지도地圖가 복사된 나의 런던 교외의 매춘과 빈곤에 대해 여전히 눈물 흘리고 있었도다. 그러나 질병과 전쟁을 통해 재차 그 위대한 날, 예언자들에 의해 그리고 〈켈즈의 책〉 속에 예언된, 그날은 올지니, 그날, 아일랜드는 자유롭게 되리라. 우리는 스스로 경칠 나태자를 출몰할 때까지 미천하리로다. 그런 고로 나는 그 문제를 연구했고, 그들 엽고자葉枯者들자에게 해고하는 법을 보여주었도다. 얼마나 나는 찬양받았던고!
타프 (비록 완전한 신사일지라도, 여전히 귀녀들의 면전에서 자신의 기호물인 터키 권연을 피우면서)

【348】 (바트의 크리미아 전투시 건배의 기억). "야후 안녕." 그는 모든 죽은 수발총병들에게 건배를 든다. 계속되는 전쟁의 기억들. 그들은 막사 동기생들, 그들을 위해 "힙, 힙, 후라!" 건배. 그의 과거의 연상과 미래의 비 연관 사이에, 그는 자신의 머리가 기억들로 충만하다고 선언한다. 그는 생각에 잠기자 눈물이 천천히 흐른다. 그는 오랜 죽은

전쟁 호 속의 친구들에 건배를 주장한다. 그들은 모두 같은 막사에 있었도다. 두 번째, 세 번째, 3 곱하기 세 번째! "차려 랑케스더 군軍!…야후 안녕 안녕, 자네? 참전자는 무병無甁이라 결코! 그대 부관副官이었잖은고?"

바트 (그는 마치 병甁 가득한 스타우트 주酒를 더듬어 느끼나니 그러나 비어 가득한 술통처럼 쓰러지도다) 나의 지난 과거의 연합과 나의 미래의 이관移關 사이에 나는 가슴 속에 기억들로 병甁넘치는지라, 그리하여 나의 눈물이 흘러내리나니, 발할라 영웅 기념 당에서 방금 희롱거리고 있는 그들 늙은 러시아 기사騎士들을 회상할 때, 나의 알마 모母 순교자들. 나는 압생트植 베르무드 우울주憂鬱酒(부재의 향수鄕愁)와 함께. 그대들에게 건배! 우리는 그런 모습 하에 크론고즈 우드 카리지의 막사동기생幕숨同期生들(〈젊은 예술가의 초상〉의 스티븐의 급우들 또는 〈율리시스〉, 〈태양신의 황소들〉 장에서 그의 회상처럼【338】이었기 때문이라. 세터키인들, 저 카키 색 사과양司果孃들과 함께, 그들 화장실의 우리 부실자不實者들. 그들의 토일렛의 두 소녀들과 셋 터코 사내들! (공원의 두 소녀들과 셋 군인들의 암시) 한 번 두 번 세 번 기상起床! 자유시간의 자유! 차려 랑케스더 군軍! 사주射呪!

타프 (그는 자신을 환대했던 저 천부天賦의 요걸妖傑들을 여전히 기억하는지라, 그들은 양지의 수패인 출신의 상대자들이었으나, 워터루 전투의 무림茂林 속에 바랑을 가지고 놀았나니, 자신의 깨진 이빨을 위해 국제적 우호의 허튼 소리로 칫솔 위안하고 있었도다) 늑골, 늑골, 노조老鳥의 여왕(노래 가사의 변형), 세계의 건장한 화병火兵들을 당장 끌어안을 것 같은 계마鷄馬들(창녀들)! 모두들 매독으로 수수께끼 수다 멸 때까지…

【349】 (타프는 바트에게 당시의 그가 겪은 고통을 묻는다) 그들의 세 손가락 반지와 발가락 튀김 돌로 변덕부리는지라. 무엇이 그대의 고근苦根을 야기했던고, 펜쵸 씨? 고두막전지 군법회의 인고 아니면 임질통참모인고? 그대의 환감사언행을 계속할지라, 글쎄 여돈汝豚, 습지인! 열중할지라, 바보 떠돌이! 괴짜가 될지라! 노 황제와 목공을 위해! 에테르(전송電送)에 합창 노래할지라.

【349.06-350.09】 [막간. 바트와 타프의 근접 촬영; Sevastopol —영시-무시간에]
(이 막간은 가장 복잡하다. 이야기를 하고 있던 타프는, 그의 족적에 "굴광성의 무시간"을 남긴 채, 스크린으로부터 사라진다. 스크린 위의 이미지가 수 천점의 빛으로 깨어진다. "그의 분무기가 이중 초점에

서부터 그들을 절삭切削하고 분할하도다." (이 구절은 TV의 기계와 연관되는 전문적 용어들로 충만되어 있다.) 한 가닥 복음 진리가 방사 방지의 코팅 위로 누설 된다. 많은 형광螢光 사이로 스크린 위에 열 교환기(still), 성령 교우의 인물, 오도노소 교황, 노서아인들의 예수회 총사령관(HCE)이 나타난다. 이 이미지는 그의 많은 직職의 인장들, 다양한 양말대님, 구두끈, 밴드, 벨트 및 버클을 전시한다. 그는 관습적 주중 예배를 집행하는 교구 목사이다. "제발 소릴 내어 말할지라! 그러나 갑자기, 무엇인가 스위치에 잘못이 생겼는지라!" 여기 교황 / 교구 목사인 HCE는 그의 눈을 깜박이며, 고백한다. 그는 코를 풀며. 모든 것에 고백한다. 그는 죄지은 손가락을 언제나 냄새 맡음을 고백한다. 그는 입을 훔치며, 자신이 얼마나 자주 그녀의 위아래 위치에 있었는지를 고백한다. 그는 양 손을 함께 탁탁 치며, "모든 자신의 수공범手共犯 앞에서 그리고 모든 자신의 공모共謀 뒤에서" 고백한다. 그리고 (그는 떨어져 있을 수 없다고 말하면서, 초점으로 되돌아온다.) 정원의 한복판에서 생목生木을 터치한 채, 모든 곳의 모든 것을 그리고 모든 식으로 고백한다. (이 행위는 기독교에서 극단의 도유塗油[Extreme Unction]를 행하는 성례전의 익살로서, 거기서, 눈, 코, 입, 손 및 발이 도유되는데, 그들이 저지른 죄에 대해 하느님에게 빌기 위해서다. 이들은 일반적으로 성당의 최후 의식[the Last Rites of the Church]이라 불린다. 러시아 장군은 죽을 것이다.) 불쌍한 사람을 위한 모금이 있으리라는 공표와 함께, 예배는 끝난다. 경칠, 불쌍한 똥 무더기 같으니! 굴러 떨어질 지라, 숙녀 그리고 신사 여러분! 땡, 땡, 땡, 땡!(Dtin, dtin, dtin, dtin!)

【350】 (고양이는 그가 떨어져 있을 수 없기에 되돌아오다니) 그가 에덴 원圜의 패총 한복판에서 이러한 생존의 나무에 관여한 것은, 구상됴上 및 곡하谷下에서 그리고 나환자들이 돌石 있는 곳에 거주하는 장소에 스스로 그것을 고백했기 때문이요 그리하여 실재로 사랑의 소네트를 방금 잊어버릴 때 그는 그것이 경칠 상점의 도처에 어김없이 발정發情 푸짐하게 사용되어 왔음을 생각하게 되는 도다. 빈걸貧乞 호박 노분선老糞船 같으니! 거기 명예의 들판 위의 만가에 잇따라 암탉이 그를 수집하리니. 굴러 떨어질지라, 약숙녀掠淑女 그리고 악신사惡神士 여러분! 땡, 땡, 땡, 땡! [셋째 막간의 종결]

[바트와 타프. Sevastopol(계속). 바트의 전시 성적 경험 & 자기 방어]

바트 (해바라기 단추 구멍을 만지작거리며, 광범위한 몸짓으로, 가장 긴 연설을 시작한다.)【350.10-12】 (그는 오스카 와일드의 동성애 재판 도중 행한 쟁쟁한 어조로 말하며, 젊은 혈기로 난봉 피운 것을 인정한다. 그는 올드볼리 재판정에서 우편낭(손-우편배달부)에 의하여 직사直射로 비난 받는다. 그는 배腹 가득한 터키가구식家鳩式 향락(눈깔사탕)을 즐겼나니, 그는 말하는 바, 어떻게 해서 자신이 창조의 제일 주인으로 처음 삼고 있었을 때, 그의 애처가 자신의 마음에 들어갈 가장 싫은 것이었던가를—말한다) 나는 모든 종류의 방탕에 대하여 자기방어를 변론 하도다. 고심苦心하라, 제발, 잊지 않도록, 아니면 어떤 다른 장소에 전력을 다하라! 나를 교정矯正하라, 제발, 만일 내가 잘못이면—이 불쌍한 햇빛 쪼는 자에게 더 이상의 카드 게임은 금물!— 아시리아인이 들판의(양 우리의) 늑대처럼 떼 지어 내려올 때, 나는 한 배腹 가득한 터키가구식家鳩式 향락, 그들 앵글로색슨인의 갈빗대 속의 나의 숫양 버터를, 즐겼는지라, 한 번, 두 번, 그리고 재차, 그리고 우리는, 모든 영 육군 병사 골통대라 할, 연초를 빌렸나니, 교구教區 모스라타리의 페트리 스펜서 신부에게는 우리의 휴가증 및 암야暗夜를 비치는 신의 영광을(그들은 모두 밤이 끝나고 어둠 위에 빛이 내리도록 기도하도다), 유그노 교도들을 먹이며 그리고 창세 알 바주아파를 위한 묵시록을 퍼부으며—하지만 나는 절친한 선의의 친구였는지라. 오 빅토리아를 위하여 승리(빅토리)를 보내주오.

【351】 (바트의 전쟁의 경험 토로). 나와 나의 친구들은 행복한 나날이었는지라, 술과 여인과 음식이 풍부했도다. 노란과 브라운 화기火器와 더불어 우리에게 승리를. 우리는 돔, 스닉과 커리 어중이떠중이들, 온갖 재미를 갖다니, 저 경야의 주일에. 통바지를 입은 한 낯선 사나이[공원의 HCE 은유]. 그리하여 여기 기니 화貨와 계란의 선물이 있는지라. 우리의 동료들을 위한 평온절(halcyon)이 다가왔도다. 그리고 우리는 풋내기 신병들, 또한 3영병英兵들. 암담한 다크 로자린에 관해, 우리는 시근 헐떡이며 농담했는지라, 우리 영란병사英蘭兵士들, 그땐 우린 매춘부와 구애하며 자주 탐행했나니, 가춘녀들, 한편 우드 바인 윌리, 연초 양귀비 여인들은 너무나 인기라, 대기를 연청煙靑했도다. 건배! 반자이(만세)! 바드 맥주! 패디 보나미, 그 자者 만세! 앙코르! 나는 개 뒷다리에도 걸리지 않는 나사병裸私兵이였지만, 그러나 나는, sh국露國의 노 남근장군에게 투구완이고 금전이고, 경칠 땅딸보 단 반 페니도 양보하지 않았는지라. 나는 언제나 나 스스로 돌 볼 수 있었도다. [여기 바트는 약간의 육체관계에 대한 자신의 탐

익을 방어하는 듯하다; 이 시점에서 많은 말들. "자매," "아가씨들," "Malay 가"(싱가폴), Lyndhurt Terrace(홍콩), Scot's Road (상하이) 등은 백인 노예 사업(the white slave trade(매춘)의 연구에서 따온 것들이다]. 나는 세 땜장이 부랑자들을(공원의 세 군인들의 은유] 조금도 개의치 않았는지라. 백내의白內衣 자매들(공원의 두 소녀들의 은유]를 명예롭게도 지녔도다. 신을 두고 맹세하지만, 나는 결코 정도를 벗어나지 않았나니. 드디어 경야 주초에, 실추자가 다가왔는지라…

【352】(바트는 성적 질투 속에 소련 장군을 사살했도다. 타프는 바트를 믿을 수 있는지라. 계속되는 바트의 전쟁의 절규와 함께 소련 장군에 대한 저주. 여기 바트의 대화 및 의식 속에 소련 장군과 HCE가 서로 혼성된다.) 소련 장군, 그의 스코틀랜드 적군개조복赤軍改造服을 입고 그리하여 그는 태연자약하게 자기 앞을 걸어갔나니, 저 분홍색 강낭콩과 대적하는 그의 공격용 허리 둘이 셔츠에다, 모두들 그에게 어찌 사랑을 제공하며 그가 우리로부터 얼마나 보호를 받는지를 나는 보았는지라. 그리하여, 권총을 위해선 나의 광국鑛國도, 젠장, 적분통敵糞桶이 터지다니. 퍼시 오레일리(소련장군·혹은 HCE) 나를 조롱했는지라, 분자糞者여, 격추대용 사土를 바람에 핵 날려버렸도다. 우리는 폭동했나니 그리하여, 나는 그(장군)를 쏘았는지라, 혹 대對 쿵 탄彈! 하역도자荷役倒者!(Hump to dump! Tumbleheaver!)

타프 (볼가 강江 단가丹歌가 심홍해深紅海에로 향하고 있음을 감지하면서 그러나 너무나 점잖게 자란 그는 자신의 상대선조총相對旋條銃의 부적당 성性을 무시하지 않으려고, 자기구원自己救援을 향한 노력 속에, 자신의 동성애 주의의 이데올로기를 위하여 자기 자신을 눈에 뜨지 않게 하는지라) 오호 그대 우민자牛敏者여(Oho bullyclaver of ye), [여기 바트를 두고] 여단총장旅團銃長이여! 애란에 상사수愛蘭銳商射手들의 맹상수猛商手 적대국민의 종족이여.

바트 (단 애송愛松의 전규戰叫에로 파입破入하면서) 놈(소련 장군)은 이제 더 이상 그라브 산産 백포도주를 개병開甁하지도 각角(사슴의)도 견犬도 사냥하지도 못할지니, 신진늑대인간, 사망자 언덕의 동료 가젤을 위하여! 두령, 두통거리 야전각하(장군 혹은 HCE)!

타프 (그는 홀로 죄실행罪實行의 모든 연옥을 겪어 왔는지라).

"권총을 위해선 나의 광국鑛國도, 젠장, 망아지 총銃의 포편砲片에 맹세코, 적분통敵糞桶이 터졌는지라, 퍼시가 나를 조롱했도다"(my oreland for a rolvever, sord, by the splunthers of colt and bung goes the enmay the Percy rally got me). 시기와 분노로 몹시 골이 난 바트-버클리는 소련 장군을 쏘았나니, 그러나 먼저 그의 총을 요구하도다. 셰익스피어의 리처드 3세의 "말을 위해선 나의 왕국도"란 구절은 여기 "권총을 위해선 나의 아일랜드"가 된다. 버클리의 빛나는 45구경 권총이 적(러시아 장군-HCE)을 펑하고 쏘나니, 그는 추락하며, "Persse O'Reilly이 나를 죽이도다" 하고 말한다. 그는 Percys의 혁명에 의해 퇴락한 리처드 2세일 수도 있는지라, 후자 역시 거의 같은 식으로 추락당했다.

【353】 (저주자의 고뇌를 추적하는데 있어서 실패함으로써) 남양男羊[소련 장군]이라! 진실로 음침한?

바트 (그는 조롱한다, 그러나 그는 그들 표백골漂白骨이 주는 생각 때문에, 시체도굴에 뒤따르는 죽음의 경근한 원리에 대한 별반 불확신 때문에 상심한다) 각하! 그 자(소련 장군)가 나를 그렇게 격激하게 했나니 그리하여 그놈이 나를 그렇게 하도록 감敢했는지라, 그래서 과연 나는 격감激敢하고 말았도다. 왜냐하면 그 자가, 자기 몫을 요구하기 위해, 애란토愛蘭土 전역을 구르며, 뗏장을 들어올리는 것을, 아아, 그리하여 바지를 벗는 것을 내가 보았을 때, 그 순간 나는 격발식 활을 쏘았도다. 본糞겨냥! 화살처럼 사각射脚으로 표적 떨어뜨리나니, 진동 울새. 사射참새여![149]

러시아 장군의 살상은 무서운 타이타닉 폭발보다 심지어 한층 더하게 시작하는지라, 그것은 한밤중 12시에 정확하게 발생한다【353.22-32】

[또 다른 방송: 사살부父의 격변적 효과-원자의 무화멸망] **루터장애물항**[150]**의 최초의 주경主卿의 토대마자土臺磨者의 우뢰폭풍에 의한 원원자源原子의 무화멸망無化滅亡은 비상공포쾌걸**非常恐怖快傑**이반적的인**[151] **고격노성**高激怒聲**과 함께 퍼시오렐리**[152]**를 통하여 폭작렬**爆炸裂**하나니, 그리하여 전반적 극최상**極最上**의 고백혼잡**告白混雜**에 에워싸여 남성원자가 여성분자와 도망치는 것이 감지될 수 있는지라 한편 살찐 코번트리 시골 호박들이 야행자**夜行者**피카딜리의 런던우아기품**優雅氣稟**속에 적절자신대모**適切自身代母**되도다.**[153] 유사한 장면들이 **훌울루루**欸爩樓樓**, 사발와요**沙鉢瓦窯**, 최고천제**

最高天帝의 공라마空羅麻 및 현대의 아태수亞太守[154]로부터 투사화投射化되는지라. 그들은 정확히 12시, 영분零分, 무초無秒로다.[155] 올대이롱(종일)[156]의 전戰왕국[157]의 흑좌일몰或座日沒에, 공란空蘭의 여명[158]에.

원자는 절멸하고, 이는 조이스에 의한 원자탄의 놀라운 예측이다. 그러나 그것은 또한 사실인자, 세계는 무로부터, "원형"(etym)이란 말에 의해 창조된다. 이 말은 조이스의 창조와 파괴의 주제에 걸 맞는 이중적 의미이거니와. 그러한 행위의 파괴적 양상, '동왕'冬王(the Winter KIng) 혹은 러시아 장군은, 창조적 양상에 의해 균형 잡힌다. 약탈당한 아들들은 힘을 획득한다. 그들은 이 창조적 및 파괴적 행위에 의하여 귀족인들이 된다. 그리고 '신데렐라'의 남성 번안인, 통통한 시골 호박들 "미왕도"(fairygodmother) 자신들은 피커딜리의 런던 우아 속의 런던 우아인들처럼 4륜 마차 속으로 들어간다. 변형은 세계적이다. 그것은 하와이 및 아프리카에서, 로마와 아테네에서, 공간과 시간에서 발행한다. 이미지의 이 생생한 파괴는 〈율리시스〉에서 역사의 종말의 스티븐 데덜러스의 서술을 메아리 한다. 나는 모든 공간의 폐허, 산산이 부서진 유리와 무너지는 석조 건물의 소리를 듣는다, 그리고 하나의 검푸른 마지막 불꽃의 시간. 그러고 나면 우리에게 남는 것은 무엇일까? 【U.9-10】

〈율리시스〉와 〈페네간의 경야〉 둘 다 아이들을 위하여 보다 오래된 세대에 의하여 힘의 상실에 중심을 맞춘다. 바트와 터프는 하나이요 같은 사람이며, 이상적으로 재구성되었다【354.8-355.1】. 지배적 부친의 파괴는 가족 내에서 힘의 변천을 야기하며, 아들들을 성숙의 노상에 한 사람으로. 한 젊은이가 되도록 허락한다. 〈피네간의 경야〉의 이 점에서, 셈과 숀은 한 사람이요, 그의 바지 속에 불안하게 자신의 음경을 지니는, 한 순탄치 않게 발전하는 젊은 남성 성인이다.

원자는, 조이스가 만든 경이로운 원자폭탄의 예측인지라, 절멸한다. 그러나 세계는 무로부터 "원형"(etym)이란 단어에 의하여—조이스의 창조와 파괴의 주제에 걸맞게 이중의 의미— 원자탄의 놀라운 예상으로, 절멸되고 만다.

바트와 타프—이야기의 결론·종결

타프 (마지막 막간 다음으로 타프는 되돌아오는데, 거기 HCE는 타프와 최후의 한 잔을 나누는 동안 무한한 공간을 통해 유적과 혼동 사이로 산화하나니, 용서보다 더 큰 부친 살해의 이러한 탈선 뒤에. 그들의 이미지들이 희미해진다. 활력이 이울어진다. 적은 죽었다. HCE는 파손된다).

【354】 그들의 댐댐 경찰 가방家房의 도편陶片들이다 뭐다 하여 이층공二層空의 와자 지껄은 도대체 뭐람! 그림자?

바트 (이별주를 꿀꺽 꿀꺽 들이키면서, 그는 비명으로 이울어지도다) 아니나 다를까 분명! 폰(목신) 핀 맥굴처럼!

【354.07-355.07】 (이 부분은 본질적으로 이 이전의 부분에 대한 부록(추가)인 셈이다. 그리하여 이것만으로도 다섯 번째 막간으로 간주될 수 있다. 다음에서 보듯, 바트와 타프의 동일체 부분은 아일랜드의 반도叛徒의 노래들의 사실상의 모자이크 단편이요, 따라서 소련 장군의 암살은 1916년의 "부활절 반란"(Easter rebellion)과 대등하다. 바트/타프는 그가 추락할 때 한층 신화적 군인의 그림자 아래 누워 있다. 평화와 전반적 화해가 뒤따른다. 모든 이는 그 밖에 모든 이와 악수한다. 아일랜드의 곡들이 현악기로 연주된다. 모두는 공동의 맹세 속에 우정을 맹세한다. 바트/타프는 원천적 및 새로운 희망에 관해 이야기하고, 이제 HCE는 힘 빠진 곤충(집게벌레)으로 이울어진다.

(하나로 이울어지는 바트와 타프) (결사적인 노예 도박사와 봉건적인封建人에서 풀러난 채, 그들은 이제 동일인이 되나니(desprot slave wager and foeman feodal unsheckled, now one and the same person)(그들의 합체는 Finn이 된다) ; 자신의 지배가 비속한 앞잡이들에 의하여 오욕 당했던, 고古 아일랜드의 신화적 흑백 혼혈 군인(Finn MacCool)의 그림자에 의하여, 가려지는지라. 그런데 Finn은 적대敵對 골의 추종자들에 의하여 추락 당했나니, 그러나 그는 시칠리아調의 끈덕진 파크스 오레일리 통곡에 의하여 고무된다. 한편 모든 이와 악수하면서, 적들이 화해하는 동안, 그리고 Finn 군대의 맹세를 맹세하면서, 그는 거짓으로 속인다. [Finn의 최대의 숙적은 Clan Morna의 Goll로서, 그는 장님 또는 애꾸눈이며, Finn의 전설적 적이다(희랍 신화의 Cyclops처럼). Finn은 그를 살해하지만, 그 자신은 Goll의 부하들 및 그의 다른 희생자들의 추종자자들에 의해 살해당한다].

그 옛날 모든 세계가 사원蛇園이었고, 안티아가 최초에 그녀의 사지四肢를 펼치고 수풀이 진동 하던 때, 거기 사무라이(용사)(일어) 쌍둥이가 있었나니. 그들은 저 바람부는 소림疏林에 자신들의 모母속삭이는 이브(Eve)들과 자신들의 모살謀殺하는 생각들 및 부식하는 분노를 지녔었도다. 그러나 까치들이 갈까마귀와 비둘기[〈피네간의 경야〉를 통해 언급되는 공원의 두 소녀들의 비유]에 관해 지껄이는 시원한 암자庵子에는 화사花絲한 꽃들이 피어 있으리라. 비록 그대가 그의 머리의 섹스性(the sex of his head)를 사랑하고, **우리가** 그의 한 벌의 바지를 싫어할지라도, 그는 여자들을 향해 춤을 추며 칼을 흔들고 있도다. 그리하여 그는 바람, 비단 및 봉밀蜂蜜의 잡동사니와 함께, 소년들을 매買(바이) 할 것이요 소녀들을 사행詐行할지니, 한편 나머지 우리는 악마와 천사의 경기를 놀이 할지라. 그리고 우리를 위한 푸딩 과菓는 우리의 수줍은 사촌의 입을 한층 침 나게 하는 도다. 고로 바트가 소련 장군을 다시 사살할 때까지, 타프로 하여금 그의 정당한 분노로 변성하게 하고, 바트로 하여금 스위프트식의터무니없는 이야기에 매달리도록 내버려둘지라.

【355】 Grand Finale (대단원의 막) 휴식의 순간

【355.1-7】 (환의 끝과 시작의 선포.) 우주적 배우들이 이상적 형태로 재소집된다. 전쟁의 소음이 끝난다. 과거 및 미래에 대한 현재의 상관관계가 모든 감각자들에게 알려진다. 전반적 공식들이 모든 가치를 위해 드러난다. 화면이 점점 희미해진다… 고로 대大 라디오 프로그램이 종결한다. 파이프들이 거두어진다. 텐트들이 말려진다. 쇼는 끝난다. 스크린이 공간을 등록한다.

[펌프 및 파이프 오지발진기五指發振機[159]가 이상적으로 재구성되었도다. 접시와 사발[160]이 금고 챙겨지나니. 모든 현존 자는 촉觸으로부터의 미味를 자신들이 일단 후嗅할 수 있으면 청聽에 대하여 자신들이 볼 수 있는 자신들의 과거 부재의 소재를 미래의 관점에서 결정하고 있는 도다. 영零에 가치를 발견할지라. 광포狂暴한 과다허수목록過多虛數目錄. 월越(엑스)[161]일 때 부여不與한 것. 말하자면. 정두靜頭. 공백.]

【355.08-356.04】 HCE의 논평, 그의 사과謝過의 시도

(이어 주막의 단골손님들은 TV 방송에 참석한데, 곧 논평의 소동을 시작한다.)

"폐쇄기(입을 닥쳐요)" 그들은 부르짖도다. "바드(싹芽)는 정당하게 행사했나니." 어떤 이가 말도다. 그들이 누구에게 죄가 속하는지에 관해 토론하는 동안 담화가 얼굴 대 얼굴 사방에 빛이리라.

기적은 달성되었도다. 그리고 하느님은 그날 밤 그렇게 했나니, 왜냐하면 날씨는 단지 양털 위에만 말랐는지라. 그리고 사방 땅위에는 서리가 있었도다. 소련 장군의 지륜止輪(끝)이 선포된다. 전쟁은 끝났다. 밤은 정복자의 길 주변에 막 내린다. 한편, 이단 헌트가 무법자들을 위하여 촌구村丘를 써레질하고, 그들 경박한 악한들을 패주시키며, 저들 협잡꾼 말괄량이들이 뛰놀도다. 소요하면서. 밤, 휴전. 그대의 아름다운 가슴.

바트에 대한 청중의 행동을 전반적으로 시인한 뒤에, 주점 주인 HCE는 러시아 장군의 자기-단언적 활력에 대한 짧은 사과와 함께 앞으로 나선다. 그는 이 사나이를 자비롭게 생각하도록 타이르며, 고관의 죄는 대체적으로 인류에 의하여 분담되는 것임을 보여주기 위하여 자신의 생활로부터 예들을 인용한다. 그는 모인 사람들 앞에 모든 인류는 과오를 범하는 것이 인도人道임을 목매여 선언한다. 그 누구인들 전적으로 천진한 이는 없다고, 그는 단언한다. "모든 사람은 나환자인지라." 우리는 실낙원의 차가운 황야의 모든 방랑자들이도다. 그는 솔로몬의 섬들에서, 독일에서 그리고 이집트에서 추락의 예들을 인용하나니, 마치, 이러한 보편성을 지속하면서, 그는 자기 자신의 추산으로 "Khummer-Rhett" 속을 관찰하는 잘 양육된 신으로 자기 자신을 고양시킨다. 한편 이층에서는 그의 배우자 "An-Lyph"(ALP)가 그의 침대를 덥히고 있다. 그리하여 그가 허언-발각자들 및 진리-마약자들에 관하여 말하고 있는 동안, 자신의 청취자들에게 사람들이 자신에 관해 말하는 것에는 자초지종 한점의 진리도 없음을 마침내 스스로 확신하고 있음을 알린다. 무슨 사람들이 비방으로부터 자유로울 수 있겠는고, 그는 묻는다. 그의 궁지는 자신의 머리가 그의 양 어깨 위에 얹혀 있듯 확실하게 그들 각자에게 공통적인 것이다. 이는 그를 주점의 무리를 직접적 반대 속에 두게 만들며, 재빨리 그의 수치와 붕괴에로 인도하도다.

—그것은, 이집트인人들의 나날이래, 너무나 진실된 일이나니. 충분한 자양분의 사나이(HCE), 태양들과 위성들의 초왕超王, 셔츠에 무겁게 짓눌린 채, 행운의 시프트 드레스에, 자신의 견兩肩 간에 곱사등 위胃를 지닌 사나이 그리하여 그의 배우자는 안-리프, 침낭의 난방자로다. 우리 모두는 나환자들이요 방랑자들에 지나지 않나니. 우리

의 죄는 우리의 추락 이래 그래 왔듯이 그대로도다.

【356】 [HCE의 변명-사과] 누구인들 비방으로부터 자유로울 수 있는가? HCE의 궁지(고원의 죄)는, 어깨 위의 머리처럼 확실히, 모든 이의 공통의 것이다. 여기 HCE의 사과(변명)는 애절하다. 이는 우리 모두의 "한 가지 전도顚倒이나니, 나의 궁지야말로 나의 관두棺頭가 양판견兩板肩에 걸터앉아 있듯 진실하도다." (그의 궁지는 자신의 머리가 자신의 어깨 위에 얹혀있듯 확실하게, 각자에게 공통인지라.)

【356.5】 HCE는 간원한다(It sollecited). 모든 이로 하여금 그것이(인간의 죄) 노벨 최우상最優賞이 되는지 아닌지, 생각하도록, 우주의 최초의 수수께끼, 즉 왜 저 늙은 위법자違法者인, 인간은 하처에 존재하는지를, 재고하도록 간원한다. 그리하여 그것은 "의문疑問의 적점滴点인지"에 대한 예들을 제시한다. 그는, 누구나 제외함이 없이, 구경꾼들로부터 자유로운 충고를 청원한다. 그리고 그들이 아마 법 이론을 공부하고, 형이상학을 읽었는지, "우주표宙로부터의 최원초催遠初의 묘미담妙謎談을, 왜 저 늙은 위법자違法者인, 인간은 어디네 존재하며, 자신이 동일하기 때문에 무타자無他者인지를," 그에게 설명해 줄 수 있는지를 요구한다. (여기 HCE는 "인간이 인간이 아닐 때, 그가 셈일 때" 【170】라는 우주에 관한 셈의 최초의 수수께끼의 망가진 번안으로 주장하고 있다.) (HCE는 방관자들로부터 충고를 간원한다; 그들은 그에게 "최초의 수수께끼"를 설명할 수 있을 것인고?).

【356.16】 —[HCE: 자신에 관한 일화를 서술하다]—한때. 그리하여 양견良見의 때라. 내가 농아弄兒이었을 시時에. 그리하여 검둥이들이 주정석식酒精夕食을 펼쳤나니. 거기 어반魚飯 푸라이가 빛났도다. 그리하여 모두들 큰 북 솥 안에 마맛있는 부붉은 빼빵을 다달콤한 유육肉으로 흠뻑 저적시는지라. 나[HCE가 읽는 한 권의 책]는 방금 (기경祈驚하사) 한 권의 (발매금지) 책을 읽고 있었거니와—그것은 그럼에도 불혹不惑하고 확수치確數値로서 장한정판長限定版이나니¹⁶² — 후판後版 인쇄면은 현저하게도 만족가독滿足可讀이라 그리고 종이는, 고로 그는 열렬히 움켜잡았는지라, 비록 내가 예긴급銳緊急의 경우에 목축살균牧畜殺菌을 위하여 토탄외면土炭外面할지라도, 이전의 공개 작품에 있어서 버터 개선된 바 거의 없었도다… 그걸 발췌하여 끈으로 묶어두는 자는, 만

일 재灰가 되더라도, 조적助積되리라. 충분히, 그러나, 나는 그걸 읽었나니, 나의 착한 최선의 침친구寢親舊처럼, 시대의 급류 속에 점占치거니와 그것은 최광最廣의 유포流布를 공탁供託할 것이요 그리하여 안전하고 경건한 손手에 탁입託入될 때 그의 장점과 함께 명성이 공확존共擴存하여, 그의 것인양, 내가 볼 수 있는 한, 한갓 대단한 교훈적인 사명을 띠는도다… 나는 방금 보아왔나니, 나의 최온最溫의 경각驚覺을 가지고, 한 건립성建立性의 도변都邊 전원 생활자의, (도시에 신의 가호를!) 저 터무니없는 공석空席[163] 위에 온통 상격압도常激壓倒된 채, 이 초기의 목판조각사의 언공예言工藝 앞에, 베네치아 당초문唐草紋[164]의 명장明匠이요

비평가 Danis Rose는 이 책이 필경 Aubrey Beardsley(타인의 책을 위한 자신의 삽화들로, 유명한 영국의 흑백 화가)의 그림이 담긴, 오스카 와일드의 *Salome*으로서—비록 HCE는 그것을 다른 책들, 예를 들면 〈아라비안 나이트〉와 혼돈할지라도—여기에 그는 자기 자신을 Herod로, 이씨를 Salome으로, 그리고 그의 비방자를 John으로, 동일시하고 있다고 평한다. 다른 수준에서 책은 *Tidbits*의 해진 페이지와 다름없는 바, 그는 그것의 몇몇 페이지들을 〈율리시스〉의 블룸처럼 화장지로 쓰기 전에 일벌한다【U 55】. 아라비안의 주제와 합치시킴에 있어서, 우리는 텍스트가 페르시아의 단어들로 삼투되고 있음을 알 수 있다. (Rose 198 참조) 여기 HCE는 자신이 이단자가 아님을 변명한다.

【357】HCE가 읽고 있는 책은 값싼 오물로도 읽을 가치가 있는지라. 우리는 그 속에 어떤 녀석에 관한 아라비안의 무엇을 느낄 수 있도다. 얼마나 이국적 책이람! 얼마나 에로틱한 예술이람! 얼마나 전조적前兆的이람! 얼마나 사랑스런 행동이람!" 이 시대의 어떤 왕도 그토록 수많은 교호交互의 야락夜樂을 가지고 감동 속에 그 보다 더 풍요롭게 향연할 수는 없으리라. "만일 그가 거짓말을 한다면 그에게 염병을! 그가 화장실에 앉아 명상하며 책장을 빈둥빈둥 넘기면서 책을 읽고 있었나니. 그가 기억할 수 있는 한 약 2주일 전에, 당시 그는—표현을 허락 받는다면—그의 전원의 야채 원에서 배변하는 목적으로 참호 속에 명상하며 앉아 있었나니라. 그는 자기 앞에 거기 그림이 그려진 장면들에 의해 이따금 생기를 얻었나니, 그리고 당장 특별한 시간이 아닌

때 그 장면 뒤의 먼 관계와 자기 자신의 속사速寫(스냅숏)를 살펴보고 있다는 무의식적 생각을 가졌도다. (HCE는 여기 공원의 자기 연출을 생각하고 있는데, 그가 언급하는 먼 관계는, 가족 적 수준에서, 자신의 두 아들과 딸이다. HCE는 여기 음란의 보편성을 지적함으로서 재차 스스로를 변명하 고 있다.)

【357.1】 (그리고, 너무나 멋진 영어를!) 오비리온 버드슬리 씨氏. (책은) 값싸고 한번 시용 해볼 대단한 값어치라! 다른 것들 가운데 내가 사랑하는 인사화人事畵가 있는 바, 그것 은 나의 마음의 기호물이요, 그에게 나는 당장 나의 손가락을 밀어 넣었나니 그리하 여, 내가 기특하게도 빈번히 좋아서 만지작거리는 또 하나의 것이 있도다. (책은) 얼마 나 아탐鴉耽스런 환영幻影인고! 얼마나 구애鳩愛스런 시행인고! 내가 어쩌다 화장실에 뻐근히 앉아 느슨한 사랑의 책장들을 만지작거리고 있는 동안, 이따금, 내가 몇 원야 遠夜부터 회상할 기회를 가질 수 있는 한, 그리하여—만일 그대가 나로 하여금 이러한 표현을 용서한다면—나 자신을 성찰하면서 참호塹壕에 갇힌 채, 우리의 야채원野菜園 에서 방변防便의 목적을 위하여, 나는 때때로, 어떤 충동을 가지고…

【358】 (내가 창을 열자 구구鳩鳩를 보도다[165] 한 개념을 품었나니라, 즉 그것은, 사실상, 분명히 그에 대한 구체적 연대기에 관하여 과정상의 특별한 때가 아니나니, 내가 우리의 토루土壘의 이면무대裏面舞臺 의 복사친면複寫親面으로부터 확원친척擴遠親戚의 속사速寫를 포착하고 있다는 생각이도다. 나는—나 의 삼산란三産卵 바테리 부분으로부터 보다 높은 소리의 보고報告 (쉬쉬!) 에 의해—나의 계약적(契 約的) 소비 뒤에, 내가 나를 재혼집再魂集 했을 때, 나(HCE)는 전적으로 정말 중대하다 는 것을 보는 것이 대단히 기뻤는지라. (여기 HCE는 자신이 행하듯 자기 자신을 축소하고, 자신 을 곤충(집게벌레)으로 명명함에도 불구하고, 그가 최근 보도에 의하여 자신이 크게 사료 되고 있음을 알고 전적으로 기뻐하며 고무된다). "나는 전선적으로 중대하도다"(I am, I am big altoogooder).[166]

【358.17】 HCE. 그의 이야기의 종말에 도달한 다음, 그는 자신의 정상적 업무를 시 작하고, 그의 주막은, 모든 것을 실은, 한 척의 보트로 바뀌기 시작한다. 그러나 고객 들은 HCE의 연설에 의하여 지나치게 인상을 받지 않는다. 그리고, 그를 별개로 하

고, HCE에 관해 모두 만장일치로 말하기 좋아하는지라, 그는 자신의 이야기의 방주方舟를 바닷가에서 끌어올리고 포도밭을 갈고 개간하기 시작한다.—그리고 항구의 주인(노르웨이 수부)은 모든 살아 있는 항만 관리위원들에게 말했는지라, 어찌 재승再勝(수부자신-피네간)이 다시 입항했는가를. 나르는 Persse O' Royal, 모두를 배 태우고, (노르웨이 선장의 틀림없는 인유는 여기 우리에게 저 늙은 방랑자와 주막의 점주가 하나이요 동일 사람임을 상기시킨다.) 선장은 (HCE) 아비와 어미, 남녀, 애란의 아들들과 딸들. 피네간의 경야의 모든 캐스트들, 그의 행운의 등 혹에 큰 소리로 찬미하사. 그리하여 그들은 자신들이 노인들을 성각醒覺할 때까지 성벽봉화城壁烽火 마냥 커졌다 작아졌다 하도다.

(영웅 주인공 (HCE)의 해체와 분산)

【358.27】 전망은 갑자기 바뀌고 우리는 재차 라디오를 귀담아 듣고 있다. 그것은 이제 단편들을 보도하고 있다. 그것은 해체와 분해의 주제를 광고하고 있음이 곧 분명해진다. 주점 주인 HCE는, 주인형의-개인에 대한 동정을 배신했는지라, 대중에 대한 불찬성의 결말을 이제 경험할 참이다. 한층 특별하게, 이제 그는 조각들로 찢어지고 바람에 휘날릴 판이다.

30 빼기 1 (29)의 여걸女傑들이 그를 분산하고 있나니, 그(HCE)를 해체하고, 그의 오월주五月柱에 대한 차별과 그의 등 혹을 문지르고, 그들은 서류 1호에 관해 말하기 즐기는지라. (i) 그는 죽어야 마땅하도다(he hade to die it). (ii) 그는 자신을 해행害行했도다(he didhithim self).

【359】 (계속되는 HCE에 대한 비하)

[HCE의 비하卑下] [그는] 통두어桶頭魚, (iii) 참으로 애정 어린 우위牛圍의 배사상背思想으로 사냥된 펠리칸이 항시 온통,[167] 인간 생명을 자신이 취사取死시킨 이래, 거기 자신의 개인적 저속低俗이 자신의 무실언주의無實言主義를 표망亡하고, 황금예黃金譽는 자신의 비卑(바탕) 금속의 자은自隱 아래, 자신의 유아幼兒들[168] 속에 포기되고 주술呪術 되었나니, (iv) 그는 홍수 이전에는 핀탄[169]을 닮았고 그 후에는 때때로 구조救助된 측에 단지 자주 지나치게 저주詛呪받았는지라, 과연 그는 그렇게 보였기에, (v) 산문청산散文

青酸칼리성性과 유사운문화성類似韻文火性에 관하여 그는 자신이 보증 받지 않았던 것보다 스스로 나을 수 있었기 이전에 자신이 그랬어야 하는 것보다 낫지 않았도다. (vi) 피血, 사향麝香 또는 인도印度 대마초, 코카인 마약된, 탄소화炭素化된, 또는 연필흑연화된, 그리고 모든 염소물체鹽素物體에서부터 골회骨灰된, 진질塵質에 이르기까지 그를 적나라하게 표백하더라도, 그[HCE]는….

즉 집게벌레인 HCE가, 죽었음에 틀림없다고, 물고기들이 단지 그의 몸신을 해쳤도다. 죄는 그의 것이지, 펠리컨 새의 아이들의 것이 아니도다. HCE는 홍수 전후에 살았던 피네간처럼 자주 내측에서 때때로 너무 저주받는지라, 그는 그랬도다. 그는 그가 이전에 보다 나아야 했던 것보다 더 나을 것이 없으며, 그가 이전에 보다 나을 수 있었던 것보다 낫지도 않도다. 그는 꼭 같은 낡은 두 푼짜리 급수의 꼭 같은 낡은 오물 조각인지라.

HCE에 대한 한결같이 점고하는 신호들 사이 이 부분은 이씨의 헌납을 함유하는지라, 부친의 거세에 대한 오통 즐거운 아리아이라. HCE는 지금 과연 불안하다. 그는 죄의식으로 오락가락. 이야기들은 유령이야기들로 불리고, 공포로 가득한 밤 속에 계속된다【359.26-28】. 사실상, 전체 분위기는 분명히 불길해지고 있다.

재비와 나이팅게일의 노래가 뒤따른다. 이 부분에서 조이스는 재비로 하여금 노래하도록 한다【359.28】. 그것은 재비와 나이팅게일이 엘리엇의 〈황무지〉에서 그리고 "나이팅게일 사이의 스위니"에서 노래하는 것을 상기시키리라.

그런고로, 누군가 HCE, 늙은 천승 맞은 악한을, 가두게 하라. (고객들은 HCE와 아담을 혼돈하면서, Pelagius(영국의 수도사, 신학자로 뒤에 이단시 됨)에 반대하는 이설에 대한 공격들을 기록한다. 이는 일시적으로 HCE를 천물들인. 철광, 유황, 금속, 청산염, 피, 사향, 인도印度 대마초, 코카인 마약, 탄소화炭素, 또는 연필흑연, 그리고 모든 염소물체鹽素物體, 골회骨灰된, 진질塵質, 등으로 각하하는 듯 하다. 그러나 그들이 바로 지금 듣고 싶은 것은 라디오의 "감환전차승자를 저가低歌하는 숲의 찍찍 쨋쨋 우짖음"인지라.

HCE의 최고는 이미 자신의 유아幼兒들 속에 포기되고 주술呪術되었나니, 홍수 전에는 나빴고, 그 후에는 더 나을 것이 없었다. HCE는 자신이 보증 받지 않았던 것보

다 스스로 나을 수 있었기 이전에 자신이 그랬어야 하는 것보다 낮지 않았다. HCE
는, 심지어 피血, 사향麝香 또는 골회骨灰된 진질塵質에 이르기까지, 던롭 소년들에게
타이어를 짜 맞추든, 혹은 창녀에게 꽃을 떨어뜨리든, 낭만 속에 그에 관해 그들이 뭐
라 말하든, 그는 꼭 같은 난봉꾼이라. 우리가 듣고 싶은 것이란, 제프, "Swing Low,
Sweet Chariot" 및 "Knock 'em in the Old Kent Road"를 저가低歌하는 숲의 찍찍 쨉
쨉 우짖음인지라.

[라디오 발표]

그대는 방금 존 위스턴의 제작품인, "육내석六內席의 마차"(The Coach With Six
Insides)로부터의, 지나간 시대의 석화昔話로부터의 발췌拔萃를 듣고 있었나니. "피어슨
나이트리"(야간공자恐子) 지誌에, 계속될 것이라. 털라 릴라 작은 제비들, 우리는 사냥
달리도다! 타당한 노래들로 이 선언을 행한 뒤,

이 부분은, HCE에 대한 위험의 한결같이 점진적 신호사이에, 이씨에 대한 공헌,
부친의 거세에 관한 즐거운 아리아를 포함한다.

【359.27-29】단골손님들과 HCE에 의한 이야기의 논평

주객 손님들과 HCE는 이야기를 토론한다. HCE는 양 이야기들이 그에게 그리고
그의 가족의 곤경에 관계됨을 불안하게 인식하며, 그런고로 그는 자기 자신으로부터
주의를 끌기 위하여, 이야기들을 우주화하려고 애를 쓴다. 그는 문학에 의한 각성의
예를 제공하는지라, 즉 그는 화장실에 있는 동안 문학의 단편을 읽고 있었고, 자기 자
신 무의도적으로 각성되었음을 발견했다——글쎄, 모든 남자들은 호색적인 충동을 가
진다. 그리고 그대는 타의적으로 일어난 것에 대해 죄가 없다. 그의 단골손님들은 회
의적이다.

HCE는 이제 과연 아주 불안하다. 그는 자신의 죄로 마음이 오라가락, 이야기들은
귀신 이야기들로 불리고, 공포에 충만한 밤으로 계속된다【359.26-28】. 사실상, 전체
분위기는 분명히 불길해가고 있다.

제비와 나이팅게일의 노래가 뒤따르다. 이 부분에서, 조이스는 그의 제비들을 노
래하도록 한다【359.28】. 그건 회상될지니, 바로 제비들과 나이팅게일들이 〈황무
지〉에서 그리고 "나이팅게일 속의 수위니"에서 노래하고 있는 바가 무엇인지. 즉,

Procne와 Philomela가 Philomela의 무서운 간간에 관해 그리고 죄지은 Tereusby 왕에게 자기 자신의 아들의 스튜 살코기를 먹이게 함으로써 그들 스스로 복수하는 의도에 관해 노래하고 있다. 여기 노래는, 비록 조금 더 즐거울지라도, 바로 불길하다. 조이스의 나이팅게일은 한 가지 폭력의 행위, 이 경우에서 살인보다 오히려 거세를 기념하기 위해 노래한다. 그러나 HCE의 거세는 부친의 힘의 상실로서 끝나는지라, 고로 거세는 결국 일종의 살인이다.

고객이 요구하는 음악 곡인, "나이팅게일의 노래"와 함께 라디오의 연속

【359.30】차렷! 섯!! 쉬엇!!! [경청! 세 군인들]
다음은 가장 즐거운 부분 중의 하나요, 가수들이 작곡한 흥미의 노래이다. 이 부분은 새들, 꽃들, 곤충들, 과일과 나무(비옥)의 막간 곡(interlude)이다. 한 탁월한 비평가의 지적대로, 가수들, 노래, 악기 및 작곡가들을 혼성하면서, 〈피네간의 경야〉의 가장 즐거운 장면들 중의 하나에 속한다. 【Tindall 202】

【359.31-36】[라디오 중계(hookup)가 음악 프로그램을 유포하다] 우리는 이제 이 연속물을 우리 애인들 사이에 확산[방송]시키고 있나니, 그들의 은신처로부터, 장미경薔薇景의 건초 속에 숨어있는, 농廾나이팅게일[170] (그대에게! 당신에게!)[171]의 노포露包의 노래를 (알리스! 알리스 델시오 미녀여!)[172] 매력림魅力林의 헤더 측구側丘[173] 위에, 성聖 존 산山, 지니(신령神靈) 땅,[174] 우리의 동료[175]는 무어 마루공원[176]으로부터 황혼박黃昏箔에 의하여 어디로 날랐던고, 스위프트(급히)성소聖所를 찾아서, 일몰日沒[177] 패거리를 쫓아 (오보에)…!

【360】모두 침묵! 모든 소리를 조용히 보관할지라. 그리하여 우리가 페달을 누를 때 그대의 이름을 골라내고 모음화母音化하라. 우리는 그토록 행운 속에 행복이라, 여우 울음과 사냥개 짖는 소리, 밤의 감미로운 모차르트 심곡心曲, 그들의 카르멘 실바 비妃, 나의 여왕, 사랑하는 비틀거리는 자여! 합주곡 속에, 만세번성하기를! 비밀 중계.

【360.1-16】[고객이 요구하는 라디오 편곡, "나이팅게일"의 노래] 여기저기에![178] 거

의 휘청대는 점보点步! 나는 대시 돌突해야[179] 하나니! 그들의 평화를 부분음部分音에 쏟아 붓기 위해(프로프로 프로프로렌스),[180] 달콤하고 슬픈 경쾌하고 유쾌한, 쌍이雙二조롱노래구애자求愛者. 한 피치의 모든 소리를 공명 속에 조용히 보관할지라, 흑인까마귀, 갈까마귀, 첫째 및 둘째 그들의 셋째[181]와 함께 그들에게 화가 미칠진저, 이제는 넘치는 류트 악기[182], 이제는 달시머,[183] 그리하여 우리가 페달을 누를 때(부드럽게!) 그대의 이름을 골라내고 모음母音을 더하기 위해. 아멘. 그대 행태만부行態慢父.[184] 그대 메이뿔 비어裸 및 그대 벨리(부리)니, 그리하여 그대 머카(능글) 단테(미려한) 그리고, 베토벤[185] (점점 더), 모든 그대의 심甚쿵쿵 찬가와 함께 그대 철썩디들 바그너 숭배자들![186] 우리는 그토록 먼 행운 속에 자그자그 행복이라.[187] 잠시 멈추었던 맨 구드팍스(선허남善狐男)의 관종管鐘과 함께 여우 울음과 사냥개 짖는 소리, 그런고로 우리의 야야夜野[188]의 짤랑 모음곡母音曲[189]을 허락하사, 밤의 감미로운 모차르트 심곡心曲[190], 그들의 카르멘 실 바비妃[191] 나의 탐객探客, 나의 여왕,[192] 루가 나를 공기냉空氣冷하기 위해 비탄해야 하는지라![193] 나를 꼬부라지게 사리 틀지라, 사랑하는 비틀거리는 자여! 노래하여 번창하기를 (하림下林에서), 합주돌合奏突 속에, 만세 번성하기를(뉴트 여신 속에, 뉴트공空에)[194] 피로돌疲勞突까지! 비밀중계秘密中繼.[195]

위의 구절에는, Jenny Lind(스웨덴의 나이팅게일)를 비롯하여, Rossini, Bellini, Mercadante, Meyerbeer, 및 Pergolesirk, Bach, Mozart, Hayden, Gluck, John Field, Beetoven, Arthur Sullivan, Fox Goodman, Cad의 종장鐘丈(bellmaster)과 함께, 모두가 포용되고 있다. 작품의 모든 음조(pitch)가 부父와 모母에서부터 이사벨, 쌍둥이, 스위프트 및 빨래하는 아낙들(Hitherzither)에 이르기까지 거기 담겨 있다. 이것들이 유쾌한 구성을 형성하는 바, 그 속에 음률과 소리가 의미와 함께 관습적 화음 이상의 조화를 이룬다.

여기 노래는 자찬自讚으로 끝난다—얼마나 멋진 늙은 말똥가리(멍청이)그러니 무슨 야무진 소녀들!—"Kelly"를 죽일 가수의 의도를 선언하는 또 다른 불결한 가사라니, HCE를 의미한다【361.15-17】. 꼬마 소녀들은 그들의 부친의 전복에 그들의 기쁨만을 인식하는지라, 그리하여 보다 낡은 세대의 죽음이 불가피하게 그들 자신을 포함함을 인식하지 않는다. 이 에피소드는 많은 〈아리비안 나이트〉의 이야기들의 종말의 소명으로 끝난다. "그리고 그들은 모두 불가피한 종말이 올 후로도 그리고 '죽음이 그들 모두를 택할 때까지도' 행복하게 살았다"【361.18-31】. HCE는 비난을 받은 채, 자기 자신의 옹호로 말한다【361-366】.

【360.17】 이제 청취자들은 방송인의 목소리 속에 늙은 Roguenaar Loudbrags(9세기의 덴마크의 항해사)의 복화술을 인지할 것을 요구한다.

그동안 나이팅게일의 두 겹의 노래가 물결처럼, 나뭇잎처럼 흐른다.

【360.23-361.35】 (이러한 기다란 간주곡이 끝나자, 이제 HCE의 딸 이씨의 독백이 시작하는데, 이는 그녀가 갖는 자신과의 대화이다. 그녀는 언덕 꼭대기에 평화롭게, 문밖의 조화 속에 앉아 있다. 새들, 꽃들, 벌레, 과실 및 나무들이 풍요를 이룬다. 이를 귀담아 들으며, 우리는 그녀가 말똥가리 HCE에 관해 생각하면서, 그녀가 배뇨할 때 어떻게 그가 그녀를 살펴보고 있는지를 알게 된다.)

─나는 나이팅게일, 고孤발비론! 나는 할 의지인지라. 그대는 의지적으로 할지라. 그대는 자신이 기억하듯 할 의지가 아닌지라. 나는 불망不忘이나니. "이건 황금 낫鎌의 시간. (황금의 낫을 가진 드루이드 인들─기독교로 개종 전의 Gaul, Britain의 고대 켈트 족의 성직자, 시인, 예언자, 재판관 마술사 등을 포함함)─그대는 자신이 최면기억催眠記憶하듯 느릅나무로부터 신비의 겨우살이 잔가지(금지)를 자르도다"(이 거세去勢 의식은 커다란 참나무인 HCE에 재현될 것이다). 성스러운 달月-여 사제, 우리는 겨우살이의 포도 타래를 사랑할지라! 타 바린즈가 오도다. 우리의 최고 미녀를 때려 넘어뜨리기 위해. 나는 복숭아에서 치솟았나니 그리하여 몰리 양이 그녀의 배梨를 또한 보였대요, 하나 둘 셋 및 멀리. 그대는 여태 이토록 괴기스런 휘그 당원을 보았는고, 그의 엄청나게 큰 것, 우리의 극히 작은 것! 꼬마 꼬마,

"우리의 베짱이은화석식銀貨夕食"(our groatsupper). "a Groatsworth of a Grace-hoper"(상당한 값어치의 베짱이). 아마도 "greendy"【360.30】는 Robert Greene를 암시하리라. 이 연관은 조이스의 개미와 배장이(Ondt and Gracehpper)【414-19】의 우화가 〈율리

시스) 제9장의 스티븐 데덜러스가 언급하는 Greene 저의 *Groatworth*【U 156】에 전거한가능성 때문이리라.

【360.3-4】 모든 견자堅者 같으니 복수 속에 조용할지라! 아나운서더러 명령할지라!

【361】 그러나 이씨는 크게 흥미를 느끼며, 나무 잎들의 천개天蓋가 그녀 위를 덮을 때, 소리 내어 웃지 않을 수 없도다. HCE로 하여금 우리의 속옷(combinations)을 슬쩍 들여다보도록 내버려둘지라. 우리는 그를 일편一片의 자세를 취하게 하고, 아서(Arthur)가 우리를 공격하고, 성 패트릭이 개혁될 때까지, 그에게 애란어로 곡구曲球를 가르칠지라. 우리는 일곱 가지 유혹의 나무들이라. 산사나무(L), 사시나무(E); 물푸레나무(N) 및 주목朱木나무(I); 버들나무(S), 참나무(D) 와 함께 금작金雀나무(O) 그리하여 미행尾行해요. 나를 위협적으로 조롱할지라! 누구의 콧대가 방금 질투 때문에 겪었던고? 글쎄, 무거운 몸체. 혹인或人이 그걸 집어넣으면, 하인何人은 그걸 꺼낼 건고? 키티 켈리를 불러요! 고양이 계집애 킬리(살殺) 켈리! 하지만 얼마나 깔끔한 약녀若女람!(Call Kitty Kelly! Kissykitty Killykelly! What a nossow! buzzard! But what a neats ung gels!)

여기 모든 나뭇잎이 높게 솟았다가, 옴브레론(해산)海傘, 쉴레리 군郡 산의 흑黑신사 나무 군위群衛와 더불어 그의 파라솔 군인들 위에 큰 웃음소리로 떨어졌도다. 무지無知의 무적자無敵者들(나무 잎들 사이, HCE의 다가오는 해체에 관해 노래하면서, 우리는 침략자에 대항하는 고대 아일랜드에 있어서 전투의 희미한 속삭임을 듣는 도다) 종달새 같은 경활숙녀輕活淑女들! 은침隱沈의 오렌지 황갈남黃渴男들!

그리하여 그들(소녀들)은 엽시葉時의 최고로 엽쾌葉快하게 엽리葉離하고 최고로 엽무葉茂했는지라 드디어 환락歡樂의 환상자歡傷者와 모든 농弄살 맞은 자들 가운데 찢는 자 재크가 다가왔나니 그리하여 모두들은 존재하기를 멈추었도다. 그러나 우리는 우리의 생시에 그들만큼 소리 내어 웃으리라. 이씨는 나뭇잎의 천개天蓋가 그녀 위에 떨어질 때, 웃지 않을 수 없었으니, "그들은 소리 내어 웃었는지라, 자타自他, 최후까지 그리하여 그들의 고소高笑를 즐겼나니 시대는 다쾌多快한지라 그때 우리에게 또한 하이高 히라리온(고환희高歡喜)을 하사하옵소서!"

저 돼지 촌 연기(주막) 속의 술꾼들, 드루이드 군단이 거대한 희생의 대합조개를 탕진하는지라, 그들은 술 취한 채 HCE에 대한 비난 속에 음모를 꾸밀 것을 동의하나니, 여기 그 자는 당장 흥분한 듯 보이도다. 그의 부재 시에 그들은 그가 행한 것, 그가 행한 이유, 그가 하지 않을 수 없었던 방법, 그리고 어찌 그의 아내, 익살스런 쾌녀快女가, 하나의 사발을 다른 것 위에 조형造型함으로써 항아리를 발명했는지를 토론한다. 그들은 쌍자雙者가 살고 있는 조건들을 서술함으로 결론짓는다. (이 서술은 Rowntree의 〈빈곤, 도시 생활의 연구〉(*Poverty. A Study of Town Life*)로부터 파생한 요소들을 함유하는데, 이는 특히 부유한 숙련공들의 가정을 다루는 부분이다. Rowntree(1954년 사망)는 영국의 사회학자로, 그의 저서는, Atherton 교수에 의하면, 〈피네간의 경야〉【542-45】의 기초가 되었다 한다.

"그만뒤요, 제발(Cease, prayce), 사방 노고하는 설화 낭만담집을 가지고 마구 떠들어 댐을"【361.34】.

【361.36-363.16】 장면(주막)의 복귀, 여기 12고객들은 죄지은 주막 주(HCE)를 재차 비난한다. HCE는 이러한 모든 것에 신경질적으로 귀담아 듣고 있었으니. 근 두려움으로 땀 흘리기 시작한다【361.35】. 그러나, 그는 용감하게 조롱하고, 자기 자신을 옹호하기 시작한다.

한발旱魃로 되돌아갈지라! 면수面水가 흘렀나니. (HCE는 공포로 땀 흘리기 시작한다.)

돈촌豚村의 연기煙氣 속에 모든 유감-이중 턱의 오안남汚眼男들,

【362】 (HCE에 대한 비난 성) 벌족다부린閥族多敷麟의 대합조개貝 결투장決鬪狀(카르텔)에서, 돈촌豚村의 매연煤煙 속의 드루이드 환環의 육지군단六脂軍團[단골손님들]이 하선下船하여, 늙은이(HCE)를 비난하는데 동의하는지라, 왠고하니, 혹자가 혹자에게 설명하려고 애쓰듯, 그 자가 제도제국諸島帝國으로부터 퇴출했나니, 바다가 그를 멸하기까지, 자신이 출석 점호에 답하고, 냄비 경매에서 나오는 것이 그에게 좋았을 것이라는 것을 알았기 때문이다. 그(HCE)는, 창녀군群의 저 훈족族, 한 사람의 핀족族이요, 그의 텐트

아내(ALP)는 한 라플란드 여인, 그들의 집안을 볼지라. 불결한 털 뭉치 침구, 천장을 통하여 떨어지는 물방울, 이면裏面 시문視門에는 세 소개疏開 청소기, 남편에 의하여 번갈아 사용된, 한 개 상자에 쌍 의자, 형평법상衡平法上인 드루이드 성직자, 그 밖의 사회단체를 위하여 글을 쓸 때, 근소한 천과 함께 거친 마모馬毛의 소파, 어린것들에 의하여 사용된, 고탄주古彈奏를 끌어내기 위한, 세를 낸 미불의 피아노, 이층에는 세 개의 침실, 그들 중 하나는 벽로 대를 지니고, 앞으로 고려중인 온실.

(모든 무리들이 HCE를 조롱하기 시작한다. 그러자 HCE는 저가 자신의 옹호를 위해 말하나니. 12고객들이 죄지은 주막주를 비난하는 그의 평판을 항의하다.)

그리하여 그대, 그대가 더블린에 주점을 경영했을 때, 그대는 언제나… (단지 그때를 위하여)(And you, when you kept at Dulby, were you always…). 그의 부재에서 그들은 그가 행한바, 그가 행한 이유, 어찌 행하지 않은지를 토론하다. 그들은 그 아래 쌍들이 사는 조건들로, 부유한 장샛匠色의 이름을 다루나니…전체 무리들이 그에게 야유를 퍼붓도다.

【363】모든 이들이 잡담하는 동안, HCE가 재차 입실하고, 그는 자신에 대한 지독한 비난에 대해 재차 대응한다. 그는 자신의 죄를 자유로이 인정하지만, 무고한 "행복의 죄" 속에 자신이 던져졌던 거다. 그는 여기 모인 사람들, 즉 자신의 동료 죄인들에게, 자신에 관한 어떤 루머가 순환하고 있지 않았는지 오랫동안 의심해 왔다고, 말한다. 비록 그가 늦은 밤의 공연 뒤에 여배우들에게 뜨거운 완두콩을 던지거나, 오물을 쓰레기 더미에 쌓지 않고 흘렸을지라도, 그는 주장하거니와, 자신은 여태껏 죄불가罪不可한지라. "그것은 단지 그들에 대한 나의 궁색한 어변語辨일 뿐이외다." "글쎄, 그는 현행범으로 채포되었도다," 라는 소리가 들려 왔도다. (주走라, 주奏라, 옛 음영시인의 저 가곡歌哭을) 추리탐정 올마이네 로저스가 자신의 목소리를 오장誤裝하고, 무절제하게 거친 흉곡胸曲을 비호하나니. 열파熱波가 솟아오르도다. 그들은 익살을 계속 장미薔薇피우나니. 그는 솟으며 깡충 뛰고 껑충 뛰는지라. 얼마나 멀리!"

"그대는 저 톰 놈을 아는고?"(You known that tom?) 어떤 자가 묻는다. "나는 확실히 알도다." 혹자가 대답한다. "그들의 유아는 쌍세례双洗禮를 받았는고? 그들은 구제되었던고?" 이어지는 질문.

[이제 〈피네간의 경야〉의 가장 감동적인 순간 중의 하나가 이어지는지라, HCE는 그의 등을 벽에 기댄 채, 자신의 인생을 위한 한 가지 변호(apologia)를 위엄과 고상한 체념으로 설파한다【363.20-366.30】. 그의 범죄를 인지하면서, 그리고 심지어 지금까지 알려지지 않은 한 범죄(분명히 그는 오래전에 어떤 이를 익사시켰는지라, 그리하여 시체가 썰물에 부동하는 것이 발견되었도다.)를 고백하면서, 이 족장적 죄인은 그가 자신의 백성을 위해 행사해온 선이야말로 악을 능가함을 신중하게 지적한다. 용서에 있어서 거의 그리스도처럼, 그는 자신에 대한 주된 목격자였던 한 젊은 군인에게 몸을 돌리고, 미에 대한 친족상간적 꿈이 과연 자신의 마음을 점령해 왔으며, 그를 나쁜 행실로 유혹했음을 인정한다. 그러나 이 과정에 있어서 아무튼 그를 염탐해왔던 바로 그 군인은 그의 꿈의 분담 자로서 총애를 받아왔다. 어떤 사람은 인류 속에 돼지를 보지만, 그는 자기 자신을 위해, 이러한 비천한 유권자들에 굴종하기보다는 시저(Caesar)처럼 죽을 각오가 되어있음을 말함으로써 연설을 결론짓는다.]

【363.17】주막 주인은 더 이상 참을 수가 없었다. 그는 자신의 주먹에 침을 뱉었나니(He sprit in his phiz(baccon!) (맹세코!) 그는 그들의 앙코르 소리를 얻었도다. 그는 그녀의 손바닥을 간질였나니, 그리하여 그들의 친구의 허락을 구했도다.

—(계속되는 변명) "유죄를! 그래요, 나는 죄를 지었소. 그러나 동료 죄인 여러분!(Guilty but fellows culpows!) 과연, 나는 저 잠수된 얼굴이 수변水邊 노동자들에게 그 사건을 배신했음을 느껴요. 그러나 우리는 그런 것을 바꾸어 온 이상, 가정의 모든 것이 변화된 이래, 그것이 한 조각의 뗏장 속에 희롱당한 엉클어진 머리카락을 통하여, 마치 들리지 않는 통행자에 관해 말하듯, 말하는 것은 커다란 유감천만이오. 비록 나는 한 가지 죄를 지었거나, 또 다른 죄를 지었을지라도, 나는 여전히 추락한 소녀들을 구할 수 없는지라…고로 나는 오해를 받아왔던 것이오."

수부(sailor)와 양복상(tailor)의 사건을 회상하며, 이어위커는 그의 사죄를 시작하나니, 그의 용서에 대해 그리스도마냥, 그는 젊은 군인에게 몸을 돌리자, 그가 공원에서 행한 모든 것, 공원에서 두 소녀들이 배변할 한 밤을 허 짤 베기 하도다.

【364】(HCE의 독백 계속- 그의 변명) 그에게 대항하여 허위 입증하려는 자들. 20명가량의 여인들이 그의 값진 호의를 위하여 선물을 들고 우체국에로 급히 달려가고 있는지라. 참된 아일랜드인들은 습격을 승인하도다! 그건 모두 분명한 오락이요, 그리하여 악마로 하여금 최고 잘생긴 자를 강간하게 하소서. 그리하여 아무리 그의 처가, 모든 이에게 그녀의 선물을 주면서, 그 때문에 꽥꽥대며 굴뚝새 마냥 술래잡기 나돌아 다닌다 해도, HCE는 자신의 마음으로부터 비난을 비워버리는 지라. 그는 설명하기를, 관련된 두 소녀들(공원의)은 단지 하녀들이요, 철면피한 왈패들이로다. 그들은 그의 거대한 관대함과 관용의 증거로서 커다란 꾸러미의 선물을 분배하기 위해 대령하고 있는 2천대 가량의 마차들을 탈 수 있도다. 그가 여태 하고 싶은 모든 것이란 그들의 스커트 속에 자신을 파묻고 그들과 함께 도약하기를 갈망하고 또한 자신이 자웅양성임을 보여주고 싶었도다. (《율리시스》의 블룸처럼) 멀리 과거로 되돌아가, 그는 예외적 시민이 아니었던고? 그는 모든 자신의 행위들을 의무적으로 등록하지 않았던고? 저 두 요녀들은 그로부터 어떤 지나친 권고 없이 묵묵히 따랐도다. 그의 위치에 있는 어느 남자인들 똑같은 짓을 하지 않겠는고, 확실히. 그는 호소하도다.

【365】(이어지는 HCE의 독백, 그의 자기 옹호) 나(HCE)는 날 때부터 훌륭한 가문 출신임을 자부하나니. 나는 생각하고 싶거니와, 금강절금강정신金剛切金剛精神[196]의 신성모독을 걸고, 생래의 품위까지 나의 남작신사가문에 속함을… 지금 나는 냉기에 싸여 있으나 본래는 온기의 인간이라. 비록 나는 자신의 복부에 냉기를 부풀리거나 나의 이각耳殼까지 때때로 부풀게 할 수 있을지언정, 보통은 상조시常潮時 유서柔鼠나 아호雅狐를 위하여 한층 온기溫氣를 지니고 있도다. 나의 위치에 있는 어느 남성인들 나 같이 않으리오. 여인들과 함께 어울리는 것이 나쁜 건가요? 오히려 여인들이 나로부터 도망가는도다. 미색들이 나의 사홍수似洪水 뺨으로부터 비도飛逃했도다! 저 귀여운 가씨네들 같으니! 그대는 어떤 모부母婦든 동작의 사경斜傾을 저지할 막대를 갖지 않나니. 그대는 단지 삼흉三胸 나란히, 벽시판壁示板에 코를 비비거나 나를 저주할지 모르나, 경칠, 나의 꼬마 애제자, 그건 한갓 느낌인지라, 왠고하니 나의 만개 야자수(손)는 세상의 해초 파슬리 곱슬머리 여인에게 이미 주어졌을 (약혼했을) 지라…

"나는, 나는 생각하고 싶거니와… 생래의 품위까지 나의 남작신사가문男爵紳士家門에 속함을"(I am, I like to think…in my baron gentilhomme to the manhor bourne). "생래의 품위까지"(to the manhor bourne). 이 구절은 햄릿에 관한 언급으로, 그는 말한다. "나는 이곳태생이라 이 나라 풍습에 젖어 있지만, 이건 지키는 것보다 깨뜨리는 것이 오히려 명예가 아닐까"(김재남 802) (though I am native here, And to the manner born, it is a custom, More honoured in the breach than the observance)【Ham. I.iv.14-16】. 주막 주인 HCE는 자신에게 가해진 비난에 대한 자기 옹호를 행사하고 있거니와, 여기 그는 생래의 태도와 고상한 품위에 있어서뿐만 아니라, 문자 그대로 생래의 영주권리에 있어서, 자신은 한 사람의 신사요 귀족임을 주장하고 있다.

【366-69】 4대가들. HCE를 괴롭히다.

【366】 (HCE의 자기 방호防護의 계속) 죄인을 단판 하는 것은 하느님의 행위, HCE는 죄를 받아 죽을 각오가 되어있다. 이제 그의 자기변호는 종결되고, 그는 해저에 깊이 빠질 운명이다. 주점의 노래 소리. 여기 4복음자가 HCE를 괴롭힌다. 그리하여 어느 것이든, 그럼에도 불구하고, 그가 천식 걸린 늙은 악한 및 유혹자인지 않은지, 그리고 3월의 흉일이 멋진 날을 겨냥할 것인지 않은지를 결정하는 것은 하느님의 일이요, 그들의 것은 아닌지라.

"나는 빛에 항소하도다! 증거의 무존無存을! 나는 당신들에게 이토록 오랜 동안 참으로 많이 감사하기를 원해 왔도다. 당신들에게 감사하오. 나의 대담하고 아름다운 젊은 병사들이여, 당신들은 우리의 러브 테니스 스카시 라켓에서 자신의 분담을 눈여겨보아왔도다. 그리고 그 당시 공(불알)을 가진 용자勇者가 당연히 쇄녀衰女를 가질 자격이 있었나니, 그리하여 내가 꿈에서부터, 무의無衣로, 자랑스럽게 태어난 나의 심해深海의 딸을 이토록 여기 노정露呈하는 동안, 내가 자신의 장년기에 파침波枕하고 있었을 때, 나는 선언하노니, 나는 꼬마 소녀들을 유혹하는 가상으로 부당한 천식 걸린 남색의 늙은 불량배인지라. 만일 야만스런 시골얼뜨기 또는 경계하는 녀석들이 단지 인심人心 속의 꿀꿀 돼지를 본다면, 그땐 나는 내막 폭로하리니, 그리고 나는 말하기 원하나니, 만일 내가 이와 같은 사람들을 응당 지배할 가치가 있다면, 나는 군신삼월軍神三月의 어느 흉일에 기꺼이 총 맞을 지라. 정지락경停止落硬(폴스타프)ll stuff)."

그의 회초리는 공중에 있었도다.

(노래) 그리하여 McGunty[HCE]가 해저까지 갔나니, 자신의 낡은 의류로 복장하고, "미리암의 욕망은 마리안의 절망이라, 조 요셉의 미美가 재크 야곱의 비悲이듯이".

그리하여 공상空想마공티가 웅숭하강下降했나니,[197] 전해戰海의 폭분저爆墳底까지, 자신의 전고의류全古衣類로 복장하고.

위일드 역域[198]에서 위구애威求愛하던 위간묵違間黙, 파사[199] 고급병高級兵의 후성厚聲이 짖어대는지라. 미리암의 욕망慾望은 마리안의 절망絶望, 조 요셉의 미美가 재크 야곱의 비悲이듯이,[200] 이마여, 즉언卽言할지라. 눈이여, 위비僞悲할지라; 입이여, 묵가黙歌할지라.

【367】(HCE의 자기변호가 full stop과 함께 끝난다.) "여기 킨킨나투스(원로원元老員) 담화 끝났도다." HCE의 지금까지 【367.03】의 독백은 〈율리시스〉의 〈키르케〉 장면에서 블룸의 그것과 별로 다를 바 없거니와, 그의 자기방어는 〈피네간의 경야〉의 대부분의 주제들을 커버한다. 이를테면, 암탉과 편지, Mookse와 Gripes, HCE의 재판, 버클리, 스위프트, 빨래하는 여인들, Floras, "야감野感하는 백합꽃," "자신의 성조기盛潮期(brime)에 파침波枕하고…내가 아몽我夢에서부터, 무의無衣로, 자랑스럽게 태어난 나의 심해深海의 딸," 친족상간의 죄, prime, bride 및 흐름의 문맥에서, 바다, 파도(billow), 배변하는 소련 장군 등. 독백(연설)의 종말에서 또는 그의 도중에서, 주막은 노래와 잡담을 이어 받는다. 여기 이 술꾼들은, 예를 들면, "공상空想마공티가 웅숭하강下降했나니 전해戰海의 폭분저爆墳底까지"를 노래하도다.

(HCE의 담화의 끝) "여기 킨킨나투스(원로원元老員) 담화 끝났도다"(Here endeth chinchinayi -bus with have speak finish).

이제 4복음자들이 표면에 부상하여, HCE를 괴롭힌다 【366-69】. 다음 4페이지들은 주막의 인물들 및 잡담의 잡집雜集을 제공한다. 4판사들(노인들)이 그들의 평결을 내린다. 이 구절에서 4노인(Four Old Men)의 성직자적 양상이 강조된다. 다음으로 주막의 배심陪審은 공원과 편지의 오랜 이야기들을 개작하거니와, 이들 양자는 지금쯤 해체와 병치에 의해 완전히 붕괴되었지만, 그런데도 그들의 본질적 기미를 보존한다. 주막은 홍수 표면에 떠있는, 페리보트인, 노아의 방주로 바뀌고, 해항자/Deucalion(HCE)가 범람한 잔여물을 쳐다보자, 서로서로 지껄이는 도도 새들 같은 지친 4노인들을 본다. 이들은 대저택 출신들이다.

4복음외숙福音外叔들. "가면假面 하나. 가면 둘. 가면 셋. 사면 넷."

(그들은 눈을 뜨고, 지친 채 주위를 살펴보며 대화한다).

그리하여, 삼화비담三話悲談이 그들에게 너무 지나친지라, 그들은 마태광馬太狂했고 마가 쇠육했고 그들은 누가무열에다 그들은 요한 나태했도다. [그들은 모두 지쳐있다.] 주코리온 또는 노아처럼, 늙은 항해자(HCE)인 그가 자신의 페리보트에 다가가 승乘하자, 명선命船하고 자신의 어린 암탉들을 움켜잡고, 그들을 차례로 앞을 나아가도록 전송前送했는지라, 그는 대홍수의 잔여물을 보았도다. 아직도 안개 같은 졸림이 강행하는지라, 네 늙은 가면자들이, 이 길 저 길 직면하는데, 그들은 각각의 꿈의 대저택으로부터 왔도다. (i) 거기 빛이 뇌운雷雲으로부터 솟는 곳 (ii) 거기 MacCool이 양막羊膜 쓴 신부新婦 곁에 느른한 채 누워있는 곳 (iii) 그 속에 우리의 육체의 원자原子가 휴식을 얻는 변방의 곳 (iv) 지정소指定所의 곳, 그것이 모두로다. (여기 4노인의 대저택들은 비코의 환의 4시대들, 즉 우뢰의 시대, 결혼의 시대, 분괴의 시대, 회귀의 시대이다.) 그러나 잇따르는 것을 볼지라. 비발견적 점 둘레의 비가현非可現 시대 환들의 원형광장, 그러자 말音의 바람이 최심 심해 위로 불고 있도다.

【368】 (4복음자들의 도래는 "총포"로 알려진다) 그들은 HCE에게 신랄한 명령(충고)을 행한다. 후향後向할지라, 어떤 일이 있어도, 그대 사람들을 놀라게 하지 말지라.

(이어 그들의 12계율(금기)이 열거된다.) 절대로 공포 속에 어슬렁어슬렁 출몰하지 말지라. 버클리 러시아 장군을 죽이지 말지라. 사경四更에 예루살렘 주변을 나돌아 다니지 말지니, 무슨 일이 있어도, 자기 자신의 생활을 통하여, 호주성벽好酒性癖의 음미에 의하여, (문자 그대로) 미주米酒와 (약간의) 식용돼지 간의 역시亦是(also's)를 야기하는 일이

없도록 할지라. 그리하여, 여하간, 그들이 자신들의 양심상 죄를 품지 않는 한 절대로 수사제首司祭로 하여금 우식愚食하게 하지 말지라. 그리하여, 종국에, 결코, 밀고자들이여, 멋진 종결이 완수될 때까지, 멈추지 말지라, 등등.

이어【368.24-26】. 4복음들이 술에 취한 채, Omar Khayyamdm(페르시아의 시인)(전출)로부터의 4행시를 읊는다.

"이리하여 주점의 비밀 간방 안에, 현고자賢高者들, 시험된 진실이 그들을 분발하고 마상 창시합이 찌르도록 명령하자, 진리잔眞理盞 위의 건량乾量의 펀치 술을 홀짝이도다."

【368.27-29】 그들은 또한 Casey Jones(미국 철로 민요의 영웅)를 노래한다.

K.C. 노老 턱뼈, 그들은 비밀을 알고 술에 흠뻑 젖었도다. K.C. 노老 군턱, 그는 확실히 현명한지라. K.C. 노 턱뼈 최공명最公明의 중개상들, 왜냐하면 그 의 책략이 봉기蜂起하지 않으면 또 다른 낙자落者를 발견하기에. 올빼미 홀리.

이어지는 "올빼미 홀리"(Whooley the Whooper)의 노래 (자신이 왕임을 꿈꾸는 마약중독자에 관한 미국의 노래).

이리하여 주점의 비밀 간방 안에,
현고자賢高者들, 시험된 진실이 그들을 분발하고
마상 창 시합이 찌르도록 명령 하자, 진리잔眞理盞 위의
건량乾量의 펀치 술을 홀짝이도다.

K.C. 군턱, 그들은 몰래 술에 흠뻑 젖었나니,
K.C. 군턱, 그들은 확실히 현명한지라.
K.C. 군턱, 공평한 중개상들,
왜냐하면 그들의 책략이 이루어지지 않으면
또 다른 추락자를 찾을 것이기에.

— 올빼미 울리

【368.30】다음으로 그들의 얼굴 모습에 대한 서술(There is to see).

사각의 커다란 얼굴(마태) 밝고 갈색의 눈(마가) 뾰족한 야웅 코(누가) 불그스름한 적
초발積草髮(요한) ; 환언하건대. 모스코(그레고로비치), 아테네(리오노코포로스), 로마(타르피
나치) 및 더블린(더글더글) 그리하여 그들 모두 일시에 응시하나니, 침대에서 껴안으며
달래도다.

【369-73】순경 Sackerson이 마감시간에 도착하고 그동안 새로운 민요가 제작되다.

【369】(한편 4복음자들의 부드러운 침상이 잡담을 야기하고, 구걸에 의해 그들의 모든 요구가 공급된
다. 그리하여 그들은 해명解明을 설명하기 위해 주행走行했던고? 저 주인 HCE는 주점의 혹자에게 공짜
술을 대접한다.)

여기 [여섯 배심원들이 등장하여], 다양한 종교적 관점에서 HCE에 대한 평결을 내
리려고 한다. 그들의 면면面面. S. 브루노즈 터보건 가도街道 G.B.W. 애쉬버너 씨氏,
카로란 크레선트, 벨차임버즈의 팩스구드 씨氏, 인민人民 포풀라 공원, 구격문丘隔門의,
I. I. 챠타웨이 씨氏… 그들에 덧붙여 잭이 세운 주막의 스타트 맥주를 펌프질했던 유
객遊客꾼들이 첨가한다.

【369.16】그들은 과거 소문을 들었는지라. (i) 거기 여궁旅宮(여관)에 최초로 로더릭
이 왕래王來했던 일(ii) 저 커다란 광경인즉, 장갑 형型 수세미와가 달린 횃대 막대기가
거기 있었던 일 (iii) 숭배가 여성을 득하는 반면, 예법法이 남자를 삼는 일 (iv) 고로 혹
자가 이야기를 하기 시작하면, 어찌 그대는 그걸 좋아하지 않으랴?

【369.23】그리고 거기 모든 이들의 ALP의 편지에 대한 잡담. (a) 비서가, 문사文士
셈으로부터의 자동 암시와 함께, 송자에게 글을 쓰는 척 가장했다는 것, (즉 ALP는 셈으
로부터 어떤 암시를 가지고 HCE에 관해 하인 Sigurdson에게 편지를 쓰는 척했다는 것) (b) 저 타이기
여제女帝, 그 명한 청취자가, 자신의 장례가 닦아오기 전에 늙은이가 나타날 것을 희망
하고 있다는 것— 마찬가지로 모든 것의 종말이 "듣고 싶은 즉시의 희망과 함께" 객담
을 늘어놓고 있을 것이 사실인지라. (즉, 이씨는 편지가 나타나기를 초조하게 기다리고 있다는 것).

【370】 *(c)* 배달부 숀은 자신의 정사情事가 그의 힘을 소진했기 때문에 편지를 쓸 시간을 갖지 않았을 것이라는 것(즉, 그는 쌍둥이와 이별하고 자신의 배달로 나아갔다는 것) *(d)* 내가 그대에게 감사한지 오래인지라……나는 그대에게 감사하나니…… 그대가 내게 사랑의 비밀을 소개해주었기 때문에…… (즉, 그대는 이씨에게 포크를 소개해준데 대하여 트리스탄에게 신세졌다는 것) *(e)* 하리라, 이것들은 결국 건전健全? *(f)* 우지보愚止步! 신주론神酒論? 아니면 단지 심려心慮? "우지보"(Fool step!) "a foolish step. a full stop" 및 셰익스피어의 Falstaff의 함축 어구로서, Foolish steps는 downfall을, a fall은 a full stop을 야기한다.

"그만(모두)닥쳐요,혈련안!의성명점계(擬聲名點計)

(Onamassofmancynaves).

그러나(바트). 정頂(타프).

그대들(단골손님들)은 또한 그대들 자신의 같은 보트를 타고 있었는지라, 그대들은 우유 같은 최가식해초最可食海草를 접대 받았도다; 신사 여러분, 그대 12인들. 그대들은 우리가 기대한데로 그대들의 사실들을 희망 없게도 혼성시켰도다. 그러나 음주와 생각은 곧 그들 모두를 위해 끝나리라." "무슨 화자두禍者頭가 참나무 호박엉덩이로부터 이렇게 우리를 돌승기경突昇起驚하는고."

Sigurdsen이 주점을 청소하기 위해 방금 도착했나니. "청수혈마靑鬚血馬에 승세勝勢를 건 경마권자驚馬券者(시거손)!" 모두 그들의 술 취한 안개 속에 그가 누구인지 정확하게 확신하지 못한다. "글쎄, 우리는 그의 금안今顏을 통하여 우리가 누구처럼 보이는지를 말할 수 없는고?" 그러나 그들은 그가, 명성 있는 채프리조드의 머린가(Mulligar) 여옥의 털거덕 의자의 양측兩側을 청소하는, Noggens(noggins 술 조끼를 대접하는 주막의 남종)임을 바르게 생각한다. 그리고 이 단락은 끝난다.

여기 Sigurdsen은, 마치 앞서 【331.34-36】 HCE가 노르웨이 선장처럼 배웅되듯, 〈보르네오 출신의 야인〉(*The Wild Man from Boreneo*)의 노래의 음률과 함께 소개된다. 만사에 접한 주막인은 멀리로부터 노래를 부르며 접근하는 다수의 소리를 듣는데, 이는 HCE의 종말을 약속하는 또 다른 민요이다. 점주는 숨을 돌리고, 폐점 시간을 서둘러 알리려고 애를 쓴다. 시간은 분명히 한 밤중이 가깝다. 곁문이 내려지고, 음주가들은 비틀거리며 밖으로 나간다. 여기 교묘하게도 조이스의 이미지리는 주점을, 다리 아래 비틀거리며 내려가는 작별 방문객들을 싣고, 떠나는 범선(스쿠너)으로 변형시킨다. 그들은 접근하는 다수와 엉키고, 그들의 목소리를 민요의 크레센도로 합세시킨다.

여전히 배를 타고 있는 자들은 HCE와 그의 가족들, 마찬가지로 배의 아래층 침실에서, 파도의 율동에 흔들거리면서 잠들어 누워있는 4노인들이다.

【370.30】속커손(강타자) 소년(The Sockerson boy). 음란의 불을 타락자들의 흔들림 속으로 주입하기 위해 대령하다니. 한편 그는 불결한 병들을 헹구고 있었는지라, 날뛰는 자들을 부추기면서.

> [거의 한밤중; 음주가들은 밖에서 더듬거리다] 허풍공虛風恐!²⁰¹ 그건 마간판묘기자磨看板妙技者[법정폐점시]로다. 속커손(강타자)소년. 음란淫亂의 불을 견타락자犬墮落者들의 혼자魂子 속으로 펌프 주입하기 위해, 반해半海 너머, 필요한 경우에, 혐의嫌疑된 바 아니나. 한 때 그는 불결한 플라스크 병을 반대쪽으로 그들의 교환 절대자들[단골들]을 위해 헹구고 있었는지라, 경칠 화火 매인누스²⁰² 종금終今 [4분전]! 폐선점閉船店! 홀닭아요! 더 이상 은밀시간隱密時間(양초 시간)은 없나니, 영계간羚鷄肝들! 기독基督(카포릭) 사장沙腸(조드)을 향해 모두 국외로! 거기 걷어치울지라. 오성자汚聖者의 탐식도食食禱를!²⁰³

【370.30-373.12】Sigurden의 도착; 단골들의 떠나감.

【373.13-378.19】운집한 군중들의 HCE에 대한 최초의 반反 성명.

【378.20-380.06】HCE에 대한 두 번째 반 성명.

【380.07-383】HCE의 (술) 술 찌꺼기마저 마심.

【371.2-36】【371】또 다른 이별주. 마린가드의 음유시인들의 귀가 전 이별가.

전쟁 행진곡(The War March)

HCE의 성장한 아이들의 군중이 주범을 향해 진군하는지라, 처음에 먼 곳의 군중들에 의하여 노래된 가사는 불명료하지만, 이어 그들은 너무나 분명해진다【371.6-8, 18-20, 30-32, 372.25-27, 373.9-11】.

그들의 진군가는 앞서 운시(rann)의 이 과격한 장면에서 한 가지 역할을 할지언정, 호스티의 〈퍼스 오레일리의 민요〉는 아니다.

이 시의 언어는 흥미롭다. 미터가 뛰는 아이앰빅 테트라미터(iambic tetrameter)일지라도, 전쟁 행진은 그것의 많은 야만적 힘을 많은 악센트의 닫힌 음절, 즉, 자음들로 시작하고 끝나는 음절들에 빚을 �췬다. 예를 들면, 4째 및 5째의 연聯(스탠자)에서. 16악센트의 음절들의 거의 4 혹은 5는 닫혀있다. 시는 또한 이중 자음과 이중모음(diphthong)의 고위 수(high number)로부터 힘을 끄는바, 이는 입으로 하여금 많은 격렬한 연습을 준다.

전쟁 행진곡의 가사들은 풍요한 배경을 갖는다. 기본적 원천은 파이퍼의 아들인, 톰(Tom)에 관한 옛 자장가이다. 그러나 조이스 비평가들인 글라신 여사나, 맥휴 교수가 밝히듯이, 한층 가까운 원천은 세네시노(Senesino)로서 알려진 채, 엄청나게 인기 있는 18세기 카스트라토(castrato)(이탈리아 변성가)에게 헌납한 자장가의 더블린 패러디다. 그의 위대한 명성은, 토머스 안(Thomas Arne)의 1976년에, 솔로 아리아로 알려진 "이별의 물"(Water Parted)로서 퍼디난도 탠두치(Ferdinando Tenducci)에게 헌납된 것이다. 조이스는 이 솔로의 이름을 ALP의 수문水文의 환環(hydrologicalcircle), 그리고 역사의 불가피성을 야기하기 위해 인용했다.

물은 바다로부터 이별했다네
강의 조류를 증가할지니.
속삭이는 샘으로 도망칠지라,
혹은 기름진 골짜기를 통해 구르도다.

그러나 잃어버린 휴식을 찾아,
대지를 통해 그것은 자유로이 방랑하네,

여전히 흐르면서 속삭이네,

그의 고향을 갈구하면서.

그(시거손)가 자신의 의무에 매달렸을 때, 멀리서부터 피리 소리를 들었나니. 처럼?
의?

노래는 Hosty가 지은 운시(rann)의 다가오는 소리이다. (여기 Hosty의 민요는 테너 가수
텐두치(Tenducci)를 조롱하는 옛 더블린 거리의 노래와 밀접하게 모형을 이루고 있는
데. 그 자는 18세기 이태리의 '카스트라토'(castrato)(남성 거세 가수)로, 코크의 애란 소녀
와 결혼했는바, 그들의 결합은 자손들로부터 충복을 받았다.
전쟁 행진곡의 첫 스탠자(연)의 가사들

【371.6-8】 전쟁 행진곡—첫째 연聯
전쟁 행진곡의 첫째 연의 가사는 아이들의 무리가 해안에 막 상륙할 때 노래된 채,
거리와 바람으로 흐려진 것이다. HCE는 음침하고 독일식이요, 청년과 노령의 그이에
관해 어떤 혼돈된 논평이다.

실로 고집 세고 침착한 자는 시길드선(자子)이었대요.
그인 고성 구가했나니 그리고 그인 젊지 않았대요.
그인 나쁜 갈 까마귀를 추芻했나니 그리고 그인 회발灰髮이 아니었대요
해명海鳴에서부터 이별한 와수渦水처럼.

"오스티아, 들어올려요! 호스티! 피피彼彼. 피피." 색슨인[시거선-하인]은, 그것을
들으면서, 그가 과거에 배급한 모든 것들을 기억했는지라. 때는 문 닫을 시간. 손님들
은 색슨 인이 문을 잠그기 전에 마지막 술 방울을 포착하려고 안달하고 있었다.

【371.11-17】 민요—첫 연聯
전쟁 행진곡의 첫째 연에 답하여, CHE는 '거인'의 장례와 경야를 기억한다. 이제,

그러나, 장예는 "그이"【371.10】를 위한 것이요—그이자신이다.

거대하게 확장된 CHE의 특수한 말더듬이와 함께, 호스트 저의 "퍼지 오레일리의 민요"로부터 어떤 가사 행의 부푼 번안이 뒤따른다.

> 오락의 모든 규칙이
> 그러하듯 청춘은 밤을 매료하는 것이 상속일지라
> 한편 노령老齡은 낮을 염려하다니
> 저주라 와해渦海가 해명海鳴에서부터 이별할 때.

【371.18-20】전쟁 행진곡— 둘째 연

두 번째 연의 가사는 첫째의 것보다 한층 명료하다. 대중은 한층 가깝다. 성적 유희의 모든 법칙에 의하여, 젊은이들이 밤을 빈둥거리며 매혹하다니 올바른 짓이요, 한편 노령은 일상사를 조심하도록 쿵하니 내려친다.

회고할지니, 워링던 뮤즈의 방에서 월링던은 결국 그의 격노한 아들 시머 신의 폭탄의 퓨즈에 불을 댕길 빛을 하사하리라, 그리하여 그의 자신의 추락을 넘겨주도다.

밤의 포옹 속에, 우리는 여기 바그너의 〈트리스탄과 이솔데〉의 메아리를 지닌다. 제II부의 사랑의 장면에서, 트리스탄과 이솔데 양자는 하루를 야한 것으로 면직시키거니와. 어둠과 밤을 사랑의 타당한 세팅으로서 포옹한다. 방은 죽음의 평화와, 빛은 인생의 고통과 동등시된다. 여기, 나의 번역 속에, 오페라로부터 두 특별한 구절들이 있도다.

트리스탄: 낮이여! 낮이여! 질투의 낮이여! 가장 위대한 낮에게, 혐오와 통탄을! 그대가 횃불을 끌 때, 나는 내가 뻔뻔스런 낮의 빛을 끌 수 있도록 바라노라, 모든 사랑의 고통을 복수하기 위해! 그것의 빛과 함께 깨어나지 않는 고통은 없고, 슬픔은 없는고?

트리스탄과 이솔데: (함께) 오 영원한 밤, 달콤한 밤이여! 사랑의 의기양양한 밤이여! 이제 고통을, 사랑의 죽음을, 갈망으로 욕망한 채, 사랑-죽음이여! 그대의 양팔 안에,

그대에게 헌신한 채, 원초의 성스러운 온기여, 깨어남의 고통으로부터 자유롭게!

이 암흑과 밤의 소환 속에 깊은 함축이 있도다. 암흑과 온기는 〈젊은 예술가의 초상〉과 〈율리시스〉에서 젊음의 기호와 조건인지라, 빛과 낮은 두 책들의 강력한 아버지의 기호이다. 그러나 그것은 단지 스티븐이 그가 성숙한 예술가가 되기를 준비하는, 자신의 양친의 빛을 득하는 때이다. 〈피네간의 경야〉에서 숀-트리스탄에 의한 성적 활동의 시도—II.4에서 입맞춤과 포옹 그리고 III.2에서 수음으로 인도하는 가학성의 비전—그리고 III.4에서 노인들의 성(섹스)에의 시도는 무두 실패들이다. 그것은 단지 책의 종말에서 일지니, 태양자(sun-son)-남편은 동쪽에 솟는지라, 육체적 및 정신적 사랑의 참된 행위는 달성되도다.

홍홍하고, 노래가 다가오도다. 늙은 핀굴 맥쉬그마드(HCE)는 모두에게 절하며 뒤로 돌아 반대향방으로 전환하며 오른발을 뒤로 빼면서, 그러자 이들 공익자公益者들은 그의 후대의 확장을 호통 치는 지라. 그는 그들의 귀를 폭격하도다. 조시潮時입니다, 신사 여러분, 제발.(주점의 문 닫을 시간).

【371.22-27】민요—두 번째 언급
"캠벨이 다가오고 있도다."【371.21】, HCE의 죄지은 마음에서 "퍼시 오레일리의 민요"의 반복이 있도다. 주점주인은 그의 고객들에게 주점을 떠나도록 말한다.

> 무목舞木으로부터 수톤석石까지
> 크라운 화貨 훔칠 젊은이들 없나니
> 그들의 부대를 채워 차茶를 빚기 위해
> 해명海鳴에서부터 이별한 와수渦水와 함께.

【371.30-32】전쟁 행진곡—세 번째 연
저들 마린가의 음유시인들(주점 고객들)은 거리를 따라서 정렬했나니, 곡도曲道 곁으로, 그리하여 그 아래, 움푹한 언덕 위에 머리를 곧추 쳐든 채, 웰팅턴 비작卑爵, 위그노 교도(HCE)가…

【371.33-372.24】노인들의 공황

(더블린의 시장 각하宮鐘弓鐘을 듣기 위해 도착했었는지라를 비롯하여, 성당의 종이 울리고, 콘월 마크 왕, 복강자 등 더블린의 멤버들이 줄지어 주막을 떠난다, 하우스보이가 주점 덧문을 닫도다).

그들 모두 유출하는지라. 그러나 단지 여기에 제외된 자는 숫양 피터 소요아 주인 [HCE],

적노아赤露亞 장군, 보인강의 미급전사美給戰仕, 여전히 우리의 호인 벤자민 양조인, 언젠가 이 시안市眼의 익翼 프랭클린이라. 그리고 거기 그들은 모두 떠났나니, 모든 주점들.

왠고하니 그들은 배가 풀려나기 전에 출입문으로 빠져나가, 웰서즈 가문에 작별인사(켈리케클리)를 하고, 아무개의 강 제방의 브라운해즐우드(갈색개암나무숲)까지 길을 나아가기를 원했기 때문이라. 그들은, 대인베리 코먼 마을까지, 서향가정 되돌아왔는지라, 그들의 40개의 양동이 술을 따른 다음, 마침내 그들은 모두들 해외 풍을 사로잡고 (모든 뒷골목 빈둥거리는 선객들!), 모든 보트들이 길을 빽빽이 들어찼도다.

오 거봐요! 아 어어이!

올지라 그대 호스티여! 경이驚異의 범람을 위하여! (이제 주막은 완전히 배로 변용하고, 그는 리피 강둑에 정박한다. 이들 군중들 가운데 민요 가수 호스티가 최후로 떠나고, 이어 그이 작의 민요가 네 번째로 들린다.)

【372.25-27】전쟁 행진곡—네 번째 연

그의 곤봉이 부러지고, 그의 큰북이 찢어졌도다.
금전을 위하여 우린 그가 쓴 모자를 보관하리라,
그리고 그의 진흙의 소인경小橉莖@植@ 속에 딩굴이라,
해명海鳴에서부터 이별한 와수渦水 곁에.

HCE의 지팡이와 모자, 부서 힘의 두 증표, 스티븐 〈율리시스〉에서 대덜러스의 예술가의 효과의 상징들은 여기 파괴되거나 혹은 반항의 아이들에 의해 도난당하도다.

【372.28-373.8】아이들의 모임

만세! 주식사형晝食私刑(린치)의 별別파티를 위하여 모두 준비. 산 반(경警) 노파, 저 휘파람부는 도적…

그러나 4노인들을 배의 정박 소에서 데려오는 것은 불가능했는지라. 그들은 배다리가 뒤집히면서, 물에 빠진 채 허우적거리나니. 그들은 우郵소용돌이치는 물결 속에 어찌할 바 모르는지라, 사생결단하면서. 숨어! 찾아! 숨어! 찾아! 왠고하니 일번一番은 북부 번민가煩悶街에 살았는지라.

아이들은 린치 파티와 함께 결합된 피크닉을 위해 모였도다.【372.30】, 그리고 4노인들은 도망치려고 애쓰는 곤경에 빠져. 거기 숨바꼭질의 야만스런 개임, 숨어! 찾아! 숨어! 찾아!! 〈시그 헤일!〉을 메아리 하듯. 야만 청년의 나자스에 의한 사용에 대한 조이스의 언급―독일과 세계의 오랜 질서를 전복하려고. 조이스는 입센의 〈청년 연맹〉에서 면밀 주도한 선동자들에 의한 젊음의 사용을 회고 하도다,【310.17】에 소환된 채.

"숨바꼭질"4 공포에 던져진 파도들은【373.7】에서 거대한 크레센도로로 솟는 도다, 알파에서부터 오메가까지 솟는 공포의 파도처럼.

【373.9-11】 전쟁 행진곡―다섯 번째 연
호스티는 깡통과 잔을 희배稀杯하자
비역쟁이의 배船를 속주速走하기 위해
해명海鳴에서부터 이별한 와수渦水 너머로.
The gangstairs strain and anger's up
As Hoisty races the can and cup
To speed the borgre's bark away
O'er wather parted from the say.

이어위커. 장례 게임 동안 재고된, 자신에 반대하는 사건들을 홀로 주막에서 듣다.

【373.12-380.5】 아이들에 의한 HCE의 파괴

종곡

HCE의 아이들의 오합지졸이 주점으로부터 돌출한다. 주장은 텅 비어, 주점주인, HCE, 이제 가련한 늙은 로드릭 오코노 뒤에 남은 채. 즐거이 주위를 무도하며, 노래하며, 그리고단골손님들이 남긴 양주의 잔재를 끝내는지라【380.6-382.26】. 로드리고 오코노는 애란의 최후의 고왕, 그리고 그는 노르웨이인들이 가정의 싸움으로 초대되고 정복자들로서 남았나니. 그러나 HCE는 그의 상실에 전복될 뿐. 두들겨 맞고 파멸될지라도, 그는 텅 빈 주점을 배회하도다. 남은 술을 한 유리잔에 따르며, 즐거운 노래를 노래하면서【381.23-24】. 따라서 그는 의자 혹은 찬장 속으로 쑥 빠지다니.

HCE의 많은 거의 성숙한 아이들은 이제 두 애인들 트리스탄과 이솔대를 구애인들로 합동시키나니, 그들의 미월여행에서. 황혼의 효력을 읊으면서 조이스의 특별한 우아함의 어떤 것으로, 독자는 별의 밤 속으로 출범하는 젊은 이인들의 배를 보도다. 우리가 다음 장에서 보듯, 고왕 마크는 선창에서 혼수상태, 그리고 4노인들은 바다갈매기들로서 그들의 오랜 주문에 맞춰 작별가를 노래하고 있도다. 배는 리피 강으로부터 밤의 땅으로 출범하도다【382.27-30】.

【373】 (물에 빠진 4노인들) 찾을지라! 그리하여 2번은 남빈민궁가南貧民喜을 발굴했나니, 하려고 애쓰면서. 숨어! 찾아! 숨어! 찾아! 그리하여 3번인 그는 식동食東에서 백합 텍클즈와 함께 잠갔는지라. 그리하여 최후인 4번은 서부西部로 향하는 보허 고속도상高速道上에서 정박했나니 그리하여 모두들은 하려고 애를 쓰며, 넘어지며 자빠지며 목숨 걸고 물과 더불어 허우적거리고 있었도다. 높이! 가라앉혀! 높이! 가라앉혀! 높이 하이호높이! 가라가라앉혀!

파도들.

배다리계교階橋를 끌어당기고 노怒닻을 들어올리고
호스티는 깡통과 잔을 희배稀杯하자
비역쟁이의 배船를 속주速走하기 위해
해명海鳴에서부터 이별한 와수渦水 너머로.

【373.13-378.19】 주막에서, HCE는 운집한 군중들로부터 비난의 소리를 듣는다. 그들의 소요는 그의 죄의 거대한 선언 속으로, 그를 근절시키기 위한 다양한 암시에로 발전한다. 군중들은 그들이 그에게 가져올 다양한 죽음을 기대하며 즐긴다. 예상 속에 그들은 그를 물에 빠트리거나, 곤봉질하거나, 불태우거나, 모든 있을 법한 운동 시합 속에 매질한다. 그들은 이러한 폭거에 경고를 첨가하는지라, 즉 경찰이 그를 조작하고, 그의 아들이 반항하고, 그의 아내가 그들이 선택한 사나이와 결혼하리라는 것이다. 그들은 그의 비참한 전체 인생담이 아침 조간신문에 실리고, 모두들 새로운 태양이 마침내 그의 거치대는 무 존재의 한 세계위에 솟으리라는 사실에 흡족해한다.

【373.13-36】 (연금 타는 신처럼 그는 자신의 여가를 취하도다)

―군중으로부터 HCE 죄의 거대한 선언] 저 자(HCE)는 대마자신大麻自身을 회형취灰形恥당해야 마땅하나니, 저 양형羊型을 자신의 양피의羊皮衣 속에 감추면서. 그리하여 로저의 모탐욕적母貪慾的인 왕자를 너무나 웅나안熊裸顏스럽게 닮았기 때문이나니. 3세. 헤이 호마馬, 헤이 호마馬, 우리의 북구자웅北歐雌熊의 친왕국親王國![204] 브라니 로니의 모둔부毛臀部의 부루니 라노의 양모의羊毛衣.[205] 그리하여 그의 동체胴體의 큰 덩어리 그건 돈통豚桶에로 저 지하골송地下滑送하는 일을 위해서는 한갓 모욕일지라. 그의 속의머허俗意免許를 정지하게 하라. 그를 잉크 칠하라! 그대는 필시 그가 연금年金 타는 조롱박처럼 자신의 주여가主餘暇를 나의 것이라 주장하는 노老도블린으로 생각하리라. 전조前兆의 더블약질弱質. 우산시절雨傘時節에는 언제나 변성變性 알콜성性 신화적神話的 사명을 띠고 공야公野를 전술사냥하면서! 그리하여 의회폐색자議會閉塞者 리나 로나 레이네트 론내인[206]을 부르면서. 나의 하답何答인즉 애인레몬이라.[207] 거리경距離耕 청소부들, 교구하급리敎區下級吏들 및 전단첨자傳單添者들이 그의 소리를 들었도다. 1대 3점點. 상품란商品卵으로 부패된 딱정벌레. 입을 꽉 다물어요, 증류장蒸溜場! 브루리 승勝! 재임즈 골목 아래 죤즈 문門까지 그를 달리게 할지라. 자산子産의 어떤 아내가 그녀의 약물若物들을 피퇴골皮腿骨 속에 쏟아 부음으로써 그의 질녀姪女가 되었나니. 그건 그가 현기발작眩氣發作을 일으켰을 때였도다.[208] 그래드 석의자石椅子[209] 환약암丸藥庵이 그를 산책길처럼[210] 승마乘馬하게 했을 때까지. 그의 후디브라스 동색銅色 턱수염에 감사하게도[211] 롱맨(장남長男) 바이킹 추장, 이제 그는 다양한 인물들 아래

은폐소隱閉消되어 있으나 언제고 저 오로우크 렐리리로다![212] 염악가厭樂家들을 고려할진대 그는 응당 그걸 싫어해야 하나니. 그대의 협수표頰手票를 내놓아요, 왜 주춤하는고! 반칙反則을, 제발! 자 그대는 어찌하여 와수渦水 저 퍼스 오레일[213](얼간망둥이)을 음영吟詠했는지 알 지로라. 우린 도대체 저 경칠 중얼 마마모母 아나 리비녀女가 우리의 머리 속에 집어넣는 것을 단지 아래위로 뒤집혀 노래하고 있을 뿐이나니. 이건 결코 어떤 모양이든 끝이 아니 도다. 타고 난 천성은 그대의 살에 나타나기 마련인지라.[214]

【374】 [조간신문에 실린 고객들의 HCE에 대한 계속적 비난성] 그대의 벌꿀 술이 어찌 만들어지는지를,[215] 자네, 말한다면. 늙은 다저손[216]의 속임수가 누군가의 복사複寫를 온통 사기하는 것이라, 그것이 불가사이국不可思議國[217]의 유랑소년이 연인에게 자랑하는 것이로다. 치장治裝과 더불어 망연茫然한 보이(소년) 전사轉寫.[218] 에헴. 식탁에 응유凝乳가 나올 때, 그대는 내일 그걸 읽게 되리라, 그대여. 우목愚目에는 흑목黑目 그리고 목에는 목 턱.[219] 방청자傍聽者는 아나니. 랭커셔의, 토컨 화이트(백白) 래드럼프(적혼赤魂)[220]를 여전히 유도심문하면서. 사의혹似疑惑의 연관聯關에 의하여 분명히 거미(주蛛) 영감 받은 익명의 좌수左手로 암시된 축수시縮綬詩[221]의 전희문前戲文. 감탄의 곡曲을 유의해요! 혐의의 기호를 봐요! 헤미세미데미코론(32분 음표)을 헤아려요! 감탄부 두문자 및 발명반전發明反轉된 음정차音程差 콤마, 소극笑劇에 강면强面된 채, 실점失點 따옴표! 피펫(눈금 관管)[222]이 기분 전환을 위해 하여간 뭔가를 말하리라. 그리하여 그대는 머드러스[223] 의번역방언飜譯方言으로 손 장갑(그라브)이 무슨 뜻인지 아는 도다! 불화봉토不和封土 및 라마희농羅馬熹弄의 항문기교肛門基教에는 소평少評, 환유시인歡遊詩人에게는 둔주조遁走鳥 그리고 안전좌봉安全坐縫. 그리하여 도우티의 진창에 건너질러 깐 판자 위의 뒤집힌 바지가 가정의 평화를 가리키고 있나니. 요컨대, 애열愛熱의 법질서. 소년승정少年僧正[224]이 그대의 관구교서管區教書를 얼레 독讀하는 것을 들을 때까지 기다려요! 애심愛深한 불결촌不潔村의 의疑블린[225]을 위한 사도서간인식신학론使徒書簡認識神學論을![226]

【375】 (이어지는 고객들의 비난 성) "어찌 그대는 손가락을 푸딩 파이 속에 틀어박는 것을 원했던고. 그리고 여기에 증인들이 있도다. 그에게 풀칠을 해요, 구더기 같으니!

(HCE) 닻을 하저河底해요, 동북한東北漢 같으니! 그리고 재크가 세운 집을 향해 킬리킥 (살축)殺蹴 킥킥 걷어차요! 그들이 그대를 잠자도록 보낼 때까지 기다려요, 폐선노廢船 奴 같으니! 그대는 경기의 위조품으로부터 명성의 손실을 입으리라(You'll have loss of fame from Wimmegame's fake). 그런 다음 그대는 한때 그랬던 것처럼 젊은 전령에 의하 여 발파發破 당하리라. (〈피네간의 경야〉 IV부에서처럼 자신의 아들 손에 의해 당하듯,) 모두 아침 에 경야할 때. 2만 2천 영혼들의 교구. 그리하여 그대는 제12교도소의 배심 석에서 우리 감찰원들을 직면하게 되리라. 그들의 반월혈환半月血環의 색빌 산山 수도원의 모 든 아씨들 사이에서, 수치 때문에 죽도록 아찔하게 숨을 헐떡이면서. 우리가 내버려 둔 혹여或女가 자신의 청문聽聞을 득할 때까지 꼼짝 말고 기다려요! 카메라 속에, 판사 석의 만원배심원 경卿 각하와 함께. 그런고로 하느님이시여 기도하고 그대를 도우도 록 책에 입 맞출지라. 특별히! 그대는 그들(쌍자)이 결코 그대를 경야經夜하지 않을 것 이라 상상했도다. 그대가 재판정에 갈 때 그대를 저버리는 것은 그대 자신의 아이인 지라. 그맨 그대는 세각細脚 사이에 또한 놈을 갖게 되리라! 그렇지, 귀뚜라미야野? 한 우공자牛公子가 꼴사납게 자라고 그의 자통쌍자刺痛双者는 배심재판에의해 성독聲讀되 었도다. 재판정이 봉집蜂集 될 때, 존부尊父를 저버리는 것은 아자兒子인지라. 잘 하도 다, 리치몬드 로버여! 당당한 개임! 돌리마운트의 결정기決定技. 그건 하나의 이야기를 삼으리라, 그대와 그녀! 러시아 대장의 내장을 희롱대면서, 버클리의 사진이 트리뷴 지諡에 실릴지니. 그리고 꼬마 부인, 반치자反値者를 매수하고 곤혹을 치르는 그대의 작은 과부는, 지방인들에게 그대의 영혼의 휴식을 위해 하느님 아버지를 말하도록 뇌 물을 주어야만 하리라. 그대는 그대의 훔친 직장과 모루에, 그리고 그녀의 빌린 서커 스 의상을 입고. 베일에 가려진 적운積雲의 핀 맥쿨. 다이아몬드 재단사가 고사리 위 에서 그녀가 시소를 하는 것을 탐정했을 때 그녀는 다분히 그랬었나니 (재단사의 광고— 재단사는 해선상海船上의 어떤 형태로든 그에게 잘 어울리는 바지를 맞춰드릴지니) 그리고 가장 사랑 스런 (리마 두녀竇女)."

【376】 (HCE에 대한 계속되는 비방) (설화자는 여기 긴 서술에서 HCE를 "그이" 또는 "그대"의 인칭 을 혼성한다.) 그는 "그이"(그대)에게 사랑 법, 식사법에 대해서 교시한다. (가장 사랑스런) 리마 두녀竇女, 이닌 맥콜믹 이래, 단지 그녀는 약간 더 광폭廣幅할뿐. 소향沼向 쪽으로

움직여요. 그대는 힐만 민쓰(작은 차)로 리무진 귀녀를 만들 수 없도다. 경청할 지라, 그대가 머드(이泥) 커트 말투를 듣게 될 때까지. 이것은 벨기에의 이단마異端馬입니다. 찰깍. [죄, 추락, 재판 등의 이어위커와 〈피네간의 경야〉의 요약은 작품의 그밖에 다른 곳에서처럼, Kate의 박물관의 여로와 다를 바 없다. 따라서 "Til"과 "Jik."은 앞서 웨린턴 박물관 장면의 재연이다[8-9] 견의肩衣, 염주 및 양초 몽당이, 휴버트는 사냥꾼이었나니, 십자가의 길과 염주도란念珠禱卵, 저 나무의 모든 트리밍은 크론타프의 투표자(워털루) 전쟁 후의 일이었는지라. 탁선託宣의 운명이 그대 위에 있도다. 왕실王實 하이머니언들은 녹포녹 협정(보험)에서 엄강嚴强하고 있도다! 그대는 몸이 점점 무거워져 가고 있도다, 그대는 과일을 듬뿍 식취食取해야 하나니. 그것이 그대를 마땅히 좋게하리라, 경칠! 의장흑인艤裝黑人 사냥 도박가賭博家에서 그대가 풀어놓지 않으려고 묶어두었던 질녀姪女는 그녀가 자신의 매안魅眼을 그에게 찰싹 붙인 이래, 조카에게 반하나니. 그는 자신이 어떻게 그녀의 연모戀慕를 끌 것인지를 보여주도다—멋진 점프, 포웰! 그들의 머리통을 온통 청소해요! 우린 그것을 위해 그에게 키스할 수 있어. 불꽃은 소녀들을 이기는 방법이도다. 그를 뒤따르는 게 좋아. 기계총 머리여, 추구하라! 그대가 자신의 자작 목상木上에서 양키두덜 연주하기 전에—시간, 음주 및 급급急急의 저 삼강풍타三强風打 뒤에. 그대를 유모로 삼았던 꼭 같은 삼자三者, 스켈리, 바드볼즈 및 녹자綠者. 또한, 그대 자신의 모든 구락부! 크랜루카드 씨족 영구만세! 펜, 펜 가家, 모든 펜 족族의 왕척王戚! 한줌 가득한 열매는 뭉치로서 그대의 영혼을 위해 좋다고 이르는지라 (광고—왕겨 비스킷을 살지라, 그럼 그대는 결코 죽는다 하지안할지니)만일 그들이 튀김 가자미를 결코 먹지 않는다면, 그걸 이제 먹을 지로다. 부활절 탐례貪禮와 더불어.

【377】 (계속되는 HCE[그대-그]에 대한 반대 성명—이제 HCE를 포기하라. "청양! 애신! 적도여!" 군중은 이제 그가 죽을 것을 권장하기까지 한다. 그를 위해 영구차마저 대령하고 있도다. 그의 장송을 위해 천을 깔고, 그의 소진을 위해 호신護紳에게 감사하고, 4대인에게 기도할지라. 4송장귀신이 그를 못 박고 준비를 갖추도다.) 천양天羊! 애신愛神이여! 적도寂禱!(Angus! Angus! Angus!) HCE 가문의 낙단봉사駱單峯舍의 칠호七戶의 열쇠 지기가 화언話言하도다. "그걸 포기할지라! 마그로우!"(Magraw!)(Cad?) 그대의 곱사 등 효시대梟示臺를 결코 상관 말지니. 그대의 밧줄 칼라를 술랑 목에 걸고 머리 위에 올가미 부대를 끌어올려요. 만일 그대가 뒤를 깡충깡

충 맴돌며 면전에 나타나 풋내기 수병복을 입고 구걸한다 한들, 아무도 그대를 알거나 혹은 유의하지 않으리라, 유복자 같으니. "호타타好打唾, 기지의 할미새! 주교 4세에 대한 앞잡이! 움직여요!" 이제 웅얼스런(멘델스존의) 충전充塡 행진곡이 각조角調 밀월(허니문)에 맞추어 시주始奏하는지라. 우리를 꾀어 **알림 관구館丘의 담쟁이 밤**(Ivy Eve in the Hall of Alum)을 언출言出하게 할지라! 불안감을 느끼면서? 그대는 밧줄이 맞물릴 때 단단함을 느낄지라. 지금이 절호의 기회로다! 피나와 퀴나가 낄낄-낄낄거리며 듀엣 연주하고 귀여운 아란나 신부가 자신의 다이아몬드 혼인을 기다리며 마음이 팔려 있도다. 얼마나 장대한 몸짓(제스처)을 그대는 이 계일鷄日에 우리에게 보여주려는고. 그리하여, 위 정지, 여기 4필마의 영구차가 지방자치의 십자가형 리들과 함께 그들의 대자가 누가 될지 그리고 누가 뉴스를 어머니에게 터트릴 것인지를 추첨하고 있도다──우리의 주신동양지재는 잠에 떨어졌나니, 1페니 우편함 출신의 생신섬광등자生身閃光橙子. 그는 모든 자신의 영혼 가죽위에 그늘진 잠재의식적인 지식을 폭로하는 도다. 거기 서명할지라. "소생小生, 암탉의 필치. 곁말." 천을 깔면서, 그들의 앞에. 그리하여 물고기에 감사하면서, 그들의 핵저核底에. 호신을 위하여 기도하다니! 아멘. 마태, 마가, 누가와 요한. 그리고 뒤에는 나귀 차車! 놈들은 수영장 손수레와 데이트를 했도다. 자신과 우리를 위하여 못질하려고 홀笏을 휘두르고 있으니 정말 대단하지 않은고! 종교, 결혼, 매장 및 부활에 대한 비토(Vico)의 연계連繫는 장면을 넓히고, 시간을 확장한다. "우리의 주신主神동양지재가 낙충면落充眠 할지라도," "계일"의 수탉은 그를 깨울지니.

【378】 (이제 군중들은 HCE가 죽었다고 생각한다. 그의 이름이 우렛성과 혼성된다. 그는 가요의 퍼시 오레일리가 되며, 그의 이름이 시장 벽에 낙인된다. "그리하여 죽음의 공포가 흉일을 어지럽히도다… 우린 그대가 13 및 빵 한 덩어리에 관하여 비화했는지 불식했나니…" 즉 모두들 HCE가 3211에 관해 이야기하는 것을 이해하지 못한다. 11은 창조요 32는 추락의 상징으로, 모두 합처 추락과 부활의 암시이다. [전출 14 참조] 그러나 HCE의 혐오스런 군중은 이 거인이 사실상 아직 죽지 않았다는 슬픈 사실을 각성하는 듯하다.)

"그대들의 풍선을 날려요, 소년들 그리고 소녀들이여!"(Fly your balloons, dannies and dennises!) 그(HCE)는 마치 대갈못처럼 아주 죽어버렸어요! 그리고 애니 데람은 다시 한

번 자유의 몸이로다! 우리는 그대(HCE)를 먹을 수 있나니, 버커스(Buccas)로(입으로) , 그리고 그대를 흡음吸飮하고, 선락善樂의 야생 분비물 속에 기운을 재보중再保證 받는지라. 한 잎 새 깃털, 한 배 병아리, 차처 매인도래 시까지. 흥, 직남直男! 저 자(HCE)는 자신의 이름을 쿵 뇌성 속에 공청 되나니. 르르르우우우크크크르르르! 그리하여 섬광시 장벽에 인광으로 적서赤書된 것을 보였도다. P.R.C.R.L.L.[시장 벽에 낙서 된 왕립 아일랜드 포병대 Royal Irish Artillery의 Persse O' Reilly=HCE] (왕입 애란 포성병대의 Persse O' Reilly). 음란탈주청전광총몽전차장!(The lewdningblueboltteredalluckall traum conductor!) 과야過夜에 녹도인綠島人이 되는 무명의 비애란 혈통자! (우리는 그의 창자에서 조상 彫像을 주상鑄像하고 있는지라──광고) 놈(HCE)은 아직도 거기 생화生火하나니(살았나니), 마이 魔吏크에 맹세코! 유역병遊疫病은 곧 끝나리라, 우린 왜 그대가 13 및 빵 한 덩어리(최후의 심판의 암시)에 관하여 말했는지 이해 못했는지라, 고사故師, 친절하게 반복할지라!

　　아니면 그대의 언어를 우리에게 홀로 대여할 지니, 우리의 나태어의 심오한 의인화 격인! 쇼(Shaw)와 쉬이(Shea)는 입센(Ibsen)에게 서둘도록 가르치고 있나니. 그대는 우리 같은 밀렵자를 이용할 수는 없도다. 여기 모든 터브(통)桶 (바트)는 그이 자신의 패트 (지)脂 (타프)를 뺄도다. 아무튼 강제强制를 매달 지라! 그리하여 그림 법칙(Grimm's law. 독일 언어학자 Grimm이 발표한 게르만계 언어의 자음 전환의 법칙) 따윈 산산이 질파窒破시켜버릴지라!──애초에 허어虛語있나니, 중간에 음무音舞있나니, 그리고 그 뒤 자주 그대는 재차 불확실이나니, 그리고 그 역逆인지라──그대는 덴마크인의 사투리를 말하지만, 우리는 우리의 영혼의 언어를 말하는도다. 사고思考의 침묵! 외전적外全的 무미無味의 기교를 따나니! (조이스의 문체의 좌우명 격, 즉 그의 영혼의 언어) 그런고로 노老 강대자인, 그대를 위하여 미봉될 것이 아주 필수적이나니, 그것이 아침에 필라델피아에서 개봉될 때. 하 하! 애란인 규성의 메아리 담談! (여기 군중들은 그들의 언조言調를 바꾸고, 편지=문자의 소유를 요구한다. HCE의 가장된 언어를 가지고(13 따위) 그들은 이해 불가이라. "여기 모든 터브(통桶)는 그이 자신의 패트(지脂)를 뺄나니." 그들은 또한 누구에게 편지가 보내졌는지를 기억하는데 실패한다. 일어난 주인(host)은 성찬(Host)이라, 고로 "신의를 위하여 기도하도다." 성체든 "말씀"이든, 이 "대륙 힝단자"는 말들이 그의 부활을 확신하리라 알고 있는지라, "애초에 허언이 있었기에…"【378.29】

【379】(군중들의 HCE에 대한 제2의 비난성(반대 설명)이 계속된다. 그들은 술을 더 요구한다. "술술술술 주유출酒流出!"(Boohoohoo it oose!) 이제 그의 죽음의 혼을 나르는 여신들이 대기한다. 그의 종말은 곧 시대의 종말이다. 재차 여기 HCE는 "그" 또는 "그대"로 혼성된다.)

"킥 눅, 녹캐슬(타성打城) 막(돈비豚肥)! 그리하여 오 그대(HCE)는, 우리로부터 한마디 경고도 없이, 편지를 비지鼻知할지라. 우리는 그것을 하자에게 보낸 건지, 송자가 누군지 알지 못하도다. 하지만 그대는 치킨추거(영계슈鷄삐약삐약)가 나팔과 함께 당밀 쇼트케이크(단과자)短菓子를 갖고 가는 걸 발견하리라, 암캐는 일착내의를 끌고 있도다. 자웅마행렬이 삼수三樹 아래 단단히 묶혀있도다. 정지. 압정지壓停止. 압정지 하기 위해. 모두 보도정지. 누구든 그대가 치사한(개) 자식임을 알 수 있도다. 짓밟힌 벌레에게 화가 있을 지라, 정말, 그리고 승자에게 우豐를! 저이에게 또 한 잔을 줄지니, 녀석의 폐장肺臟은 아직 모두 나오지 않았나니! 술술술술 주유출酒流出! 녀석(HCE)의 사상思想의 가정에는 언제나 일곱 창녀들과 함께— 둘의 아이다 안眼, 둘의 네시 비공鼻孔 그리고 한 홍옥구紅玉口. 요귀! 그가 마치 숫양처럼 악취를 품기 나니. 어느 침대야寢臺夜 그는 일곱 여왕들이 그를 군습하는 환상을 지니는지라. 그대 자신 기권할지라. 그건 단지 상대를 괴롭힐 뿐이도다. 그는 우리의 농사艂死일지니, 아빠아빠 포옹화자抱擁火者, 그래요, 선생, 실로, 그대 그럴지니."

―"우린 무엇을 추구하는고? 무엇 때문에 우린 왔는고? 그대 알 바 아니로다. 그대는 그대의 저 암탉을 갖고 그의 40촉광을 소후견笑後見할지라. 그러나 그대의 모든 쇠월衰月들 가운데 그대의 기운찬 에일 주酒를 우리에게 송출하면 그대는 그토록 나쁜 자는 아닐지로다… 우리는 달가운 골틴의 아가들을 지닌 마님들이 침상 속에서 조금도 발광하지 않았기를 진심으로 신뢰하는지라 그리하여 우리는 모든 그대의 폐하가 침입寢入하기를 상냥스레 길점吉占하도다. 그건 그대의 최후의 싸움이나니, 거ㅌ타이탄, 공포작별恐怖作別! 레퍼리가 지나는 길에 인사를 나눴었나니라. 저기 흑여경黑女警(발키리 여신들)이 지나가도다. 온통 백의로, 아마 성장한 채, 그러나 우리는 모든 경계를 넘어 휩쓸려버렸는지라. 고로 우리(화자들-손님들)는 HCE의 잇따른 행동에 대한 이야기를 그와 함께 숙식하는 자들 캐이트에게, Joe에게 그리고 셈과 숀에게 (그걸 키호, 다낼리 및 피켐하임, 3머스 켓총병에게) 맡기리라."

"어느 침대악야寢臺夜 그는 그들이 모두 자신을 군습群襲하는 여왕이란 망환상妄幻想을 지니는지라. 폴스탑(견추락지)堅墜落止" (One bed night he had the delysiums that they were all queens mobbing him. Fell stiff).

여기 주막 음주가들은 어느 악야惡夜 침대에서 HCE의 꿈-악몽을 서술하는데, 그곳에서 그는 Elysium(delysiums), 즉 모든 소녀들이 그를 군습하는 낙원을 서술한다. 소녀들은 HCE로 하여금 죄를 짓게 하고 추락하도록 야기한다.

그러나 여기 "견추락자"(Fell stiff)가, 일종의 환상으로, 몽정에 의해 야기된 발기, 또는 HCE의 추락에 대한 언급인지는 분명치 않다. 여하간에, HCE는 여기 셰익스피어의 Falstaff 격으로, 마치 후자처럼, 그는 주막에서 음주가들에의해 둘러싸여 있다. 이러한 망상은 Falstaff에게도 마찬가지로, 그는 〈윈저의 즐거운 아낙들〉에서, 여인들에 대해 그의 매력에 관한 환상을 갖는 바, 그것은, 연극의 종말에서, 요정들로서 가장한, 귀부인들에 의해 그가 군습 당함을 결과한다.

(이어 HCE의 용모에 대한 비난성. 이제 그의 죽음과 부활을 알리는 삼종기도의 종소리가 들린다. "BENK! BINK! BUNK!" 이 종소리는 피네간의 추락, 심해의 보트의 동요, 그의 궁극적 몰락, 숙명 및 최후의 부활을 상징한다.)

【380-82】 주막, 밤의 종말; HCE, 남은 술 찌꺼기를 마시고, 바다에로 배가 떠나듯—떠나가다

【380】 자자손손 전해지는, 이 시대의 종말에, 일어난 모든 것을 머린가의 모의 폐하(Mocked Majesty)(HCE)에게 말하도록 (맡기리라).

【380.6-382】 종곡(Coda) HCE의 경쾌한 독백 시작

변이체變異體(바리안트)의 캐티 쉐라트 남男[227]으로부터 전해진 변이체(바리안트)의 캐티 쉐라트로부터 전해진 이 시대의 종말에, 굽이치는 성수聖水(L) 리피 강江(L)순찰(P)의 부라쉬화이트(백풍白風)와 브러쉬레드(적안赤顔)의 미안美顔[228]을 위하여 그리고 그 후로 일어난 모든 것을 마린커드 대주거大住居[229]의 모의폐하模擬陛下[230] [HCE]에게 말하

도록 (맡기리라)

그렇게 그대는 이야기하고 있었는고, 자네들? 아무튼 그가 무엇을?

HCE의 아이들의 군중이 주점 밖으로 돌진한다. 주장은 비웠듯, 주점주인인 HCE 만이 뒤에 남았나니, 이제 가련하고 늙은 로더릭 오코노(Roderick O' Conor)여라, 즐거이 춤추며, 노래하며, 그리고 고객들이 남긴 술의 잔액을 다 끝낸다【380.6-382.26】.

로더릭 오코노는 아일랜드의 최후의 고왕高王이요, 그는 노르에이인들이 과거의 싸움에 초대되어, 정복자요 왕으로서 남는다. 그러나 HCE는 어느 것이든 그러나 그의 상실에 압도된다. 사실상으로 교환되고 파멸한 채, 그는 빈 주장을 배회하며, 남은 술을 유리잔에 따르고 남기면서 즐거운 노래를 부른다【381.23-24】. 결국 그는 의자 혹은 둥근 통에 슬럼프 빠진다.

우리는 앞서 사건들이 주점 안에서 취한 화자들에 의해 말해지는 이야기의 부분임을 발견하고 깜짝 놀라게 된다. 하지만 이 사실이 알려지자마자, 우리는 조이스의 이중의 초점적焦點的 방법이 동시에 그 행동 자체가 HCE의 주막의 현재의 밤의 행동임을 우리에게 알게 한다. 무리들이 떠나간 후, 주점 주인 HCE는, 취하고, 지독해도 낙심 한 채, 소님들이 남긴 잔적殘蹟을 청소하기 시작하고, 그들이 병들 속에 남긴 찌꺼기를 다 마시며, 사방을 비틀거린다. 그리하여 하인들 (그리고 벽의 조상들의 그림들)이 경악하게도, 그는 취락醉落하여, 땅딸보(Humpty-Dumpty) 마냥 마루에 넘어진다. 여기 그의 상태는 분명히 앞서 1부 3장의 종말의 그것과 병행한다. 이어 그는 꿈꾸기 시작한다. 그의 주점은 이제 배가 되고, 별빛 아래 민요 "Carlow(아일랜드의 군 및 도회)까지 나를 따라와요"의 음률에 맞추어 출범한다.

"그렇게 그대는 이야기하고 있었던고, 자네들? 아무튼 그가 무엇을?" HCE에 관해 그렇게 정보를 얻자, 우리는 이제 그가 자신의 고독을 어떻게 이용하는지를 알기 위해 주점으로 되돌아간다. 이어지는 HCE의 3쪽에 달하는 3인칭의 긴 독백【380-382】, 여기 〈젊은 예술가의 초상〉의 3인칭 과거 시제의 '의식의 흐름'의 수법이나, 〈율리시스〉의 제13장 후반의 블룸 또는 제18장의 구두 없는몰리의 1인칭 독백을 닮았다. 그의 행동은 한 개의 긴 문장의 뻗힘으로부터 여기 저기 출현한다. 장광설적 및 정교하게, 주점으로부터의 이 돌출은 아일랜드의 음조와 음률을 지니는지라, 당대 극

작가 싱(Synge)의 위클로우 또는 골웨이의 방언과는 달리, 조이스식式 더블린의 그것이다. 이 문장은 "희가극喜歌劇 본"이라할 〈피네간의 경야〉의 가장 경쾌한 부분 중의하나이다. 여기 HCE는, 조이스처럼, "다양한 언설"로서 새로운 신곡편을 창조하기위하여 낡은 문학의 찌꺼기들을 흡입하면서, 〈피네간의 경야〉를 쓰고 있는 셈이다.

아무튼, 그 다음으로, 그렌피니스크-계곡(Glenfinnisk-en-la-Valle)의장기추억소지집회長期追憶所集會의 감사일을 청산하기 위해, 향연이 모두 종료된 뒤, 로더릭 오코노 왕王으로서 HCE, 아일랜드의 최후의 임금, 당시에 50홀수- 50짝수의 나이 사이, 그는전소 아일랜드의 최후의 초超탁월한 왕 다음으로 전소 아일랜드의 탁월한 왕이었던쾌나 그럴듯한 이유 때문에, (실질적으로 그와는 거리가 먼), 타라 왕조의 자신 선대의 전쾌노정상全快老頂上, 혁각군단革脚軍団, 현재 부분미상部分未詳의, 아서 목모(King Arth Mockmorrow)로 카후이나후(Koughenough) 응왕雄王, (신이여 그의 관용의 희가본戱歌本 혼魂을가호하소서!)(핀 맥쿨의 전설시대의 고왕; 여기 조이스는 그를 보드빌 노래 영웅 피네간과 일치시키거니와) 그럼에도 불구하고, 사탕砂糖이 희소했던 해, 그리하여 자기 자신이 세 암소들에매달렸나니, 기다려요, 잠간만, HCE가 무슨 짓을 했는지 내가 네게 말할 테니, 그때그들 모든 자들은 그들의 진흙 성城으로 그들 모두와 함께 도망친 후로, 그가 스스로홀로임을 발견했도다. HCE는 도대체 당시 무엇이었던고? 그는. 홀로 "라디오 광선탑을 지닌, 수백 술병의 집"에서, "아일랜드의 최후의왕"이었던 Roderick 또는 Rory O'Connor이었도다. 이 왕은 일찍이 "rory"(혈동단) 【3.13】 및 "rudrik"(광폭한 로더릭)【369.18】으로서 나타난 바 있거니와, 무능한 자인지라, 그는 침입자인 노르만인들을축출하는 힘을 가졌으나, 진취성을 결했도다.

【381】 (뒤에 남은 주객들의 떠나감. HCE의 초라한 복장이 서술된다) "자신의 낡은 로더릭 랜돔 색모를 랜티리어리풍風의 경사로 비스듬히 쓰고 …" "가엾어라 그대의 육체여, 그것이 관례라니, 가련한 영주…" "클래어 곡을 좋다리 노래하는 알랑대는 카셀마 저음가수마냥," 그는 민요 속의 흑조가 된다. "나는 오늘 응당 죽을 지독한 가실可失의 운명을 지녔는지라," 그는 손님들이 남긴 술잔의 모든 술 찌꺼기를 다 마시고, 마루에 쓰러진 채 꿈꾸기 시작한다.

글쎄, 나리, 정말이지, 그는 낭비주浪費酒와 눈동가리를 통과하고, 신나는 호주가好
酒家의 원탁 주변을 신발 뒤축(함 방울 남기지 않고) 꼭 돌아다니고 있었나니, 자신의 낡은
색모를 비스듬히 쓴 채, 가련한 그이, 미드라인스터의 마음을 하고 그들 모두의 초超
탁월한 영주여, 그가 물에서 나온 스펀지처럼 검은 폐물로서 압도된 채, **유진 아담즈
의 꿈**을 벨칸토(bellcanto) 창법으로 노래하면서, 최고의 왕자다운 트림으로 강세되어,
마치 크래어 곡을 종다리 노래하는 알랑대는 카셀마 저음 가수 마냥, 흑조黑鳥의 민요.
나는 오늘 응당 죽을 지독한 가실可失의 운명을 지녔는지라 응당 너무나지독한날, 글
쎄요, 더릭 오코노 원기 왕성 왕 폐하라 그러나 아아 경칠 맙소사, 그는 자신이 겪고
있는 놀라운 한 밤중의 갈증을 자신의 양털 같은 인후를 낮춤으로써 끝냈나니, 위샤위
샤(wishawishawish), 내버려둘지라. 게으른 슬자虱者들이 구내의 자신들 뒤에 두고 간
다양한 음료기구의 밑바닥에 남긴 것을,

【382】HCE는 무슨 술이든 남은 걸 다 마셨다. "그것이 샤토 주변酒瓶된 기네스 제
製이거나 또는 코코넬 제의 유명한 오랜 더블린 에일 주酒이거나…" 이제 주막은 배船
로 변용된 채, 그는 노래 "칼로우까지 나를 뒤따라요"(Follow My up to Carlow)(P.J. McCall
작의 민요) 속의 Faugh MacHugh O'Byrne 수부처럼 홀로 리피 하구를 향해 〈낸시 한
즈〉(Nancy Hans) 호를 타고 별빛 아래 출범한다. 이제 그는 한 가닥 꿈처럼 다음 잇따
르는 장章의 조망(비전)을 아련히 바라본다.

그것이 피닉스 양조맥주였거나 존 제임슨 앤드 손주 주 또는 루부 코코라 주 이거
나 그에게는 무관한지라. 아침의 출현까지, 저 암탉이 자신의 베이컨 란卵을 보일 때
까지 (새벽의 암탉, 태양-계란의 어머니), 그리고 성당창문의 얼룩이 우리의 역사를 착색하고
(햇빛이 성당 창문의 얼룩진 유리에 성 케빈의 역사를 비친다), 맥마이클 신부가 아침 8시 미사를
위해 발을 동동 구르며, 리트비아의 신문(Litvian Newestlatter)이 눈에 띠고, 팔리고 배
달되고 (암탉의 조간신문이 HCE의 이야기를 나르리라), 그리하여 촉광원창燭光圓窓의 응시계
단凝視階段의 은닉처전隱匿處前(또는 하녀 캐이트가 무슨 일인지 보기 위해 촉광을 들고 아래층에 내
려오고), 만사는 침묵 뒤에 재시발再始發하고 (Recorso의 주제)——두 하인들과 (벽면의)선조
의 그림 아래 그는 둔류臀類의 편의장소便宜場所에로 내돌來突했는지라. 게다가, 이영차

줄 감을 지라, 행行하는 일자—者 그리고 감敢하는 일자—者, 쌍대쌍双對双, 무료無僚의 단쌍자單雙者, 우리의 바리홈(Barleyhome)(맥가麥家) 출신의 주인酒人인, 그는 방금 왕위 옥좌座에로 폭침爆沈했도다. (캐이트는 HCE가 죽도록 취한 채, 마루에 폭 떨어져 있음을 발견한다) 【382.20-30】.

이제 HCE는 그의 주점의 문을 지나 나간다. 주점(tavern)은 이제 배이다. 배 *Nancy Hans*는 별빛으로, "카로우까지 나를 따라와요"(Follow me up to Carlow)의 곡목을 따라.

그리고 키잡이의 포그 맥휴 오바우라[231], 행하는 일자—者 그리고 감敢하는 일자—者, 쌍대쌍双對双, 무료無僚의 단쌍자單雙者, 언제나 여기 그리고 멀리 저기, 자신의 위업의 질풍을 타고 흥분한 채 고리 달랑 달랑 그리고 자신의 년이年耳의 웨이크(경야)에 흥분 감각과 더불어 우리의 보리홈(맥가麥家) 출신의 주인酒人인 그는 바로 왕위옥좌에로 폭 침爆沈했도다.

그런고로 저 왕강주선頑强舟(酒)船 **핸시 한즈 호**가 출범했는지라. 생부강生浮江(립) 으로부터 멀리. 야토국夜土國을 향해. 왔던 자 귀환하듯. 원遠안녕 이도離島여![232] 선범 선善帆船이여, 선안녕善安寧!

이제 우리는 성광星光(별빛)에 의해 종범從帆하도다![233]

TV 프로그램의 종말에서, 바트와 타프는 접변하고, 하나가 된다【354.8】.주의는 이 어위커의 자기 옹호와 그에 대한 4노인의 판단에로 변전한다【355,8-369.5.】. 시간은 주점의 문 닫을, 그리고 단골들의 떠날 시간이다. HCE는, 홀로, 소님들이 남긴 술 찌 꺼기를 마시고 꿈을 꾸기 시작한다. 이 장의 말에서 로드릭 오토노 왕【380.7-383.30】 은 〈피네간의 경야〉를 위한 조이스의 초기 스케치의 하나로 되돌아갈 수 있다. 이어 위커는 1198년에 매장된, 아일랜드의 최후의 왕과 여기 동일하다.

II장 4장 신부선新婦船과 갈매기【383-399】

트리스탄과 이졸데의 항해

4복음 자들에 의한 연애 장면 염탐

미녀 이졸트(이씨)의 찬가

트리스탄과 이솔데의 이야기

이는 나이 많은 마크 왕에 관한 불만스런 노래를 날카롭게 우짖는 4바다 갈매기들의 울음소리로서 열리는지라, 왕은 두 애인에 의하여 찬탈 당했다.

마크 왕은 심지어 자신의 타이틀 자체를 읽기까지 하는지라, 그는, 기침소리도 없이, 마크 씨가 되는가 하면, 그가 할 수 있는 모든 것이란, 어둠 속에서 그의 정자精子로 더러워진 바지와 셔츠를 발견할 뿐이다. 또한 4바다 갈매기들은 왕에게 사각四角의 웃음을 웃는가 하면【383.8-14】, 그들은 트리스탄이 암탉을 "짓밟는" 어린 스파크로서, 이 말은 수탉이 암탉 위에서 성적 공격을 위한 것이다.

아래 시에서 읽듯, 트리스탄과 이솔데의 이야기는 노 마크 왕에 관한 모욕적인 노래를 날카롭게 부르짖는 4마리 바다갈매기의 소리로 열린다. 왕은 두 애인들에 의하여 지위를 빼앗겼다. 바다의 갈매기들의 노래는 세계의 어느 항구에서 어느 날이고 들릴 수 있다. 이 노래는 조이스의 통속적 시의 승리인지라, 〈피네간의 경야〉의 종말이 그러하듯 전문적 시인들보다 다른 근원에 의하여 생산되는 시이다.

본 론에서 약간 이탈한 듯 하나, 바다 갈매기의 노래는 현대의 입자 물리학에서 유명하게 된 시행으로 시는 이렇게 시작한다.—**마크 대왕大王을 위한 3개의 퀙!** 물리학자 Murray Gell-Mann은, 원자의 미립자의 새 가정상의 구성을 위한 명칭을 찾으면서, (당시 그렇게 가정하듯) 각 원자 구성 요소를 위한 이러한 근본적 물체들의 3가지가 있다고 추정했다. 한 입자의 3개의 "퍅"은 조이스의 시행을 마음에 가져왔는지라, 나머지는 역사이다.

결혼의 배와 그것을 불어대는 바람이 서술된다【383.19-384.5】. 그러나 장의 화자들인 4노인들이 4파도의 동작을, 각자 타자를 부수며, 재생산하는 구절로서 소개된다【384.6-17】. 그들은 옛 미국의 대학 노래의 번안을 터트린다.

영광, 영광!
우리 4사람을 위하여 한 통의 맥주.
하느님께 영광, 우리에게 더 이상 아니라도,
왜냐하면 우리 가운데 한 사람이 홀로 모두 온통
마실 수 있기에!

다시 본론에서 이어지는 노래,

확실히 그는 대단한 규성叫聲은 갖지 않았나니
그리고 확실히 가진 것이라고는 모두 과녁(마크)을 빗나갔나니.
그러나 오, 전능한 독수리굴뚝새여, 하늘의 한 마리 종달새가 못 되나니
늙은 말똥가리가 어둠 속에 우리의 셔츠 찾아 우아 규비산叫飛散함을 보나니
그리고 팔머스타운 공원 곁을 그는 우리의 얼룩 바지를 탐비探飛하나니?【383】.

〈피네간의 경야〉에서 이 장은 앞서 장과는 대조적으로 전체 작품 가운데 가장 짧다. 작가는 이 장의 내용을 두 가지 이야기, 트리스탄(트리스탄)과 이솔더(Isolde)(그들의 이름은 다양하다), 그리고 4대가들에 근거를 두고 있다. 앞서 장말에서 리피 강을 타고 바다로 출범한, HCE의 마음은, 마치 꿈의 배를 타고, 도약의 심해로 되돌아가는 바다-방랑자의 그것을 닮았다. 그가 무엇을 꿈꾸는지가 현재의 장의 사건이요 내용을 형성한다. 그것은 HCE의 트리스탄과 이솔더(데)와 같은 밀월여행의 꿈이요, 그의 육체는, 해상海床위에 속수무책인 채, 마크 왕의 그것이 된다. 그러나 그의 정신은, 성공

적 애인의 자식 같은 이미지 속에 회춘한 채, 청춘의 사랑의 즐거움을 재차 알게 된다. 밀월선蜜月船은 파도와 갈매기들에 의하여 포위되고, 파도와 갈매기들은 잠자는 4대가들의 존재가 된다. 이들 4대가들은 앞서 장말에서, 무리들과 주점을 떠나는데 실패했지만, 이제는 상심한 주인공인 HCE의 꿈에 대한 증인이 된다. 이들은 또한 평설자들로서, 마태(Matthew), 마가(Mark), 누가(Luke) 및 요한(John)이요, 모두 합쳐 마마누요 (Mamalujo)로서 요약된다. 또한 이들은 〈성서〉의 복음 자들이요, 재판관들이며 관찰자들로서, "foremasters" "four master waves" "fourmasters" 아일랜드 역사의 한 장면에 공헌하는 〈4대가의 년대기〉(Annals of the Four Masters)의 저자들이기도 하다.

트리스탄, 이솔더 및 마크 왕의 이야기는 4대가들(목격자들)의 무능하고 실체성 없는 증언으로부터 사방에 들어난다. 그러나 만일 우리가 마크 왕이 그의 젊은 조카 트리스탄으로 하여금 성당에서 이솔더를 데려 오도록, 그를 콘월(Cornwall)로부터 채프리조드에로 파견하는 이야기를 모른다면, 이 장의 표면의表面意(surface meaning)를 충분히 파악할 수 없을 것이다. 그러나 이 이야기는 지지적地誌的(topographical)(채프리조드) 홍미인 동시에, 부자父子의 커다란 주제, 〈율리시스〉의 부자 동질(consubstantiality)을 재삼 설명하는데 중심적 역할을 한다.

비록 여기 트리스탄의 이야기가 항시 순차적으로 출현하지 않을지라도, 그리고 기록자들이 언제나 현장에 있지 않을지라도, 만사는 스스로 반복을 계속하는데, 우리가 이에서 얻는 것이란 〈피네간의 경야〉 그 자체처럼 반복되는 혼성이요, 어떤 의미에서, 4대가들(역사가들)이 기록하는 소제를 의미한다. 이 노쇠한 남자들-기록자들은, 술에 취하고 졸릴 뿐만 아니라, "과거의 시간들"로 강박되어 있을지라도, 자신들은 그들의 마음이 내키는 바에 따라 기록을 게을리 하지 않는다. 그런고로 그들이 쓰고 말하는 것은, 모든 역사 및 우리가 복음으로 생각하는 것에 대한 일종의 논평인 셈이다.

이 장의 구조는 반복을 계속하고 되풀이하는 〈피네간의 경야〉 전체의 환상環狀의 그것이다. 처음 등장하는 시詩【383】는 이 장의 소개 자체를 의미하거니와, 장말에 기록된 시【399】가 결론을 앞서는 것과 유사하다. 따라서 이들 시들은 장의 서론(prologue)과 결론(epilogue)인 셈으로, 이들 양극兩極 사이에 4개의 복음들이 자리한다. 이러한 부분들을 연결하고 확대시키는 〈피네간의 경야〉의 주제들은 선택적으로 기능적이다. [여기 시작의 형식적 배열은 에리엇의 〈황무지〉의 그것처럼 당대 모더니스트 작가들의 특징이요, 강박관념이다.] 노아, 프랜퀸, 버클리, 캐드 등이 여기 분명한 평행을 이룬다. 이집트의 〈사자의 책〉(The Book of the Dead)이라 할 이 장은 앞으로의 부활을 약속하는 바, 예이츠의 시 〈조망〉(A Vision)이 우리에게 환環(cycle) 및 항해하는 오시안(Ossian)을 상기시키는 것과 대등하다. 조이스가 선호한 루 파뉴의 〈성당 묘지 곁의 집〉(The House by the Churchyard)은 여기서 비코의 제도로서의 장소와 시간을 수립하는데 이바지 한다. 이러한 공통의 주제들과 언급들뿐만 아니라, 4노인들의 특별한 여타의 것들은, 그들의 복음과 소재를 반복적으로 얽히고 누빈다.

이 장이 품은 반복되는 "말의 주제들"(verbal motifs)을 다음에 열거한다.

1. 3번의 "up": 부활과 경신의 의미(〈율리시스〉에서 Alf Bergan이 정신병자자 Breen에게 보낸 익명의 카드 "U.p. up"의 부정적 암시와는 대조적으로).

2. "Auld lang syne"(그리운 옛 시절): 1년의 시종을 축하 하는, 4대가들의 애창가(이는 물론 〈피네간의 경야〉 전반을 넘나들거니와).

3. 대학과 경매(colleges and auctions): 수집과 분배를 뜻하는, 그들의 강박관념

4. 개혁을 유념하는 신교도적 종파

5. 1132: 흥망을 뜻하는 숫자 (이는 제1장에서 이미 선보인 바다)

6. 아서 왕(King Arthur): 원탁의 기사, 반모半帽(half-a-hat)를 쓴 웰링턴 같은, 젊은 애인에 의해 대치되는, 노왕("모자"의 주제는 〈피네간의 경야〉 제1장에서 뿐만 아니라 〈율리시스〉에서도 두드러진다. 그것의 제16장 "역마차의 오두막" 장면에서 블룸은 자신이 언젠가 땅에 떨어진 모자를 무관의 왕 파렐에게 집어줌으로써, 그의 권위에 대한 감사의 표시를 감지덕지한다)【U 535】.

7. 마틴 커닝엄(Martin Cunningham): 술꾼인 아내 때문에 고심하는 성실한 남편(〈더블린 사람들〉, "은총"의 주인공) (그는 셰익스피어의 얼굴을 닮았다. 〈율리시스〉 제6장 참조)【U 79】.

8. 랄리(Lally): 방호물(fender)에 반대 증언하고, HCE의 재판 뒤에 4판사들에 유념하는 순경

9. 이혼: 마크 왕과 이술트(Iseult)의 사건에 어울리는 듯한, 4노인들의 관심사

10. 디온 보우시콜트(Dion Boucicault)의 작품들인 〈키스의 아라〉(Arrah-na -Pogue) 및

〈아리따운 아가씨〉(*Collen Bawn*): 포옹과 키스를 담은 이야기, 등등

4대가들의 증언을 아래 요약하면,

1. 【386-88】 Johnny MacDougall의 증언

요한 전傳(Johnny). 아하 글쎄, 분명히, 바로 그런 식이라. 그리고 우연히도 가련한 마태 그레고리가 있었나니, 그들의 가부家父, 그리고 다른 사람들. 그리고 그들은 과연 네 친애하는 나이 든 남숙녀男淑女들이었는지라, 단지 염수의 방출을 위하여, 자신들의 반고모半高帽를 쓰고, 혹은 방금 바로 그 노결연老決然한 폭군을 닮았는지라 혹은 ──흑구능黑丘陵 일 번지에─오클러리 백화점 근처 그곳 정면의 경매인과 닮는데, 그는 대학에서 경매를 마련하는, 치안판사, 재임즈 H. 틱켈 경매자와 마술 쇼에 가는지라…

이야기는 경마와 대학에 관한 것. Curragh에서의 경마 경기, 대임(Dame) 가, College Green(트리니티 대학 정면)의 더블린 마술 쇼, 신세계의 "barrancos" 및 화산들 사이를 배회하면서, 마침내 웰링턴-HCE의 "반모半帽"에로 당도하는데, 이는 4노인들이 나누는 "반 굽 높은 모자"처럼, 분할되고 손상된 권위의 증표가 된다. 파로아(Pharoah)─모두 익사한 자들─처럼, HCE는 여기 몰락한 듯하다. 증언은 지금까지 부적절한 듯, 끝나기 전에 요한은 마가, 트리스탄, 이솔트 및 *"mild und leise"*에 대한 짧은 언급으로 자신 앞의 일들을 결론 내린다【388.2-4】. 이러한 사건들은, 그들의 반전反轉으로 얼마간 혼미 된 채, 파넬, 그의 재치 있는 애인 키티(Kitty), 역전의 트리스탄뿐만 아니라, 연발 권총을 지닌 캐드(Cad)에 의해, 한층 혼돈된다.

여기 나폴레옹은, 두 소녀들인, 조세핀(Josephine)과 루이스(Marie Louise)와 함께, 혼돈을 마무른다. 지금까지 이어워커와 더블린으로 강박된 채, 첫 증인인, 조니(Johnny)는 트리스탄과 이솔트에 관해 우리에게 많은 것을 말하지 않으나, 그가 갱생(부활)을 자신의 마음속에 품고 있는 사실은, 아서 왕에 대한 언급들에 의해서 뿐만 아니라, 예이츠에 대한 그것 【386.20-21】으로 두드러지다. 예이츠의 〈조망〉(*A Vision*)의 제1국면(First phase)에서 어두운 달月은 새로운 환環을 약속하기 때문이다.

2. 【388-90】 Marcus Lyons의 증언

마가 전(Marcus). 그리하여 그이 또한 나의 마음이 근심을 알지 못했던 그 나날들을 회상할 수 있었도다. 플랑드르 무적함대(the Flemish Armada)가, 어느 아름다운 아침, 약 11시 32분경, 흩어져, 모두 공식적으로 익사했는지라, 성 패트릭과 성 케빈, 나폴레옹, 그리고 그때 프랭키쉬 함대가, 자신의 반半 전통의 회색 모를 쓴, 보나보취 장군 지휘 하에 양륙했나니, 그리하여 그(트리스탄)가, 퀸즈 칼리지 근처, 브라이언 또는 브라이드 가 1132 번지에서 그녀(이솔트)를 부정하게 음행하고 있었으니, 그리고 이어 재차 그들(4대가들)은 라마사의 최대의 영예강좌를 대양 충만한 대학생들에게 베풀곤 했도다…

Lyons는 앞서 Johnny의 그것을 변형으로 반복한다. 익사溺死는 이제 "Hodalgo-land"【388.11-20】로부터 알마디아(Armada) 선상의 사람들이 지닌 운명 바로 그것이다. 커닝엄(Cunningham)은 "Coinghome"(귀향) 이 되고, 권총을 가진 캐드(Cad)는 대포(cannon)를 가진 버클리가 된다. 이제 Johnny의 물(바다)은 숲속의 두 소녀들의 수호자인, Nupiter Privius의 "비 내리는 물"【390.22-23】이 된다. 여기 두 번째 증인인, 복음자 Lyons는 HCE를 숀(또는 트리스탄과 함께 마크 왕)으로, 이사벨(Isabel)을 이슬드(Iseult)로 혼돈하면서, 마크 왕 자신의 대부분의 주의를 온통 바다의 "Porterscou" 및 그의 스페인의 Donna에게 바친다. HCE는 "Hunover의 백마를 탄" Lipoleun-웰링턴【9-10】 및 "Cabinhogan 위에 솟아나는 Chunkthurf"인, 브라인 보루(Brian Boru)로서, 반 회색의 전통적 모자를 쓰고 있다.

그러나 ALP은, "유나테리언 숙녀"(가톨릭의 마리아)요, "파티마 여인"(tima Woman) (구교도의 통합자)으로, 스스로를 반복하면서, 주도권을 잡는가 하면, 대학은 알맞게도 "부인 의과대학"(gynecologies)이 된다. 가부장(Pater familiars)은 탁선일천가족託宣一千家族 "ntimilia- familiars"【389.9-19】으로 대치된 다음에, 비코의 환이, "시간상으로 정확하게 발전된 채"(divinely developed in time), 과거로부터 현재와 미래에로 움직인다. 비코의 진행은 브루노의 "반대의 일치"(dialectical process of opposites)를 요구하는지라, 오래된 "깃털 제기 채"(Battleshore)와 "깃털 공치기"(Deaddleconche)는 자신들의 반라마모半羅馬帽를 쓰고, 나타난다【390.16-17】. Artsichekes Road는 〈젊은 예술가의 초상〉에서

'예술을 위한 예술'의 데덜러스(Daedalus)-셈(Shem)의 길로서, 자아 중심(egocentricity)과 비탄(heartache)의 길임에 틀림없다.

여기 이러한 질서 있는 혼란으로부터, 트리스탄은 두 번 출현하는데, 한번은 "그녀에게 수치스럽게 그리고 아주 부정하게 키스하면서"(poghuing)【388.23】, 그리고 재차 "농弄하며 꼭 껴안으면서"(kidding and cudding)【189.22】 나타난다.

3. 【390-93】 Lucas Tarpey의 증언

누가 전傳. 그의 계속되는 회상: "오 너무나 잘 당시 잘 기억할 수 있었는지라, 당시 황금어족의 잉어카퍼리가 풀랜드(지국池國)의 왕좌에 있었으니, 그녀의 끝이 퍼진 가발과 턱수염을 한 미망인 판사 스콜취먼 부인"(여기 누가의 눈은, 요한과 마가의 것처럼 HCE 및 ALP에 가 있다).

"그의 노친老親"(his old fellow): (아마도 셰익스피어의 〈오셀로〉(Othello)에 대한 언급인 듯. 조이스는 오셀로의 이름을 〈율리시스〉, 〈키르케〉장에서 언어 유희한다(punning): "나의 늙은 친구가 어떻게 하여 테스티모난(목요일조가장)을 목 졸라 죽였던고"(How my oldfellow chokit his Thursdaymomum)【U 463】.

비록 여기 세 번째 증인인, Lucas는 변형을 가지고 선임자들을 반복할지라도, 자신은 혼자 트리스탄과 이솔더의 연애 사건을 목격하는데 실패한다. 여기 그의 눈은, Johnny와 Mark의 그것처럼, HCE 및 ALP에 머문다. HCE는 "미망인 자스티스 스콜취먼 부인"(Dowager Justice Squalchman) (ALP) 앞에 재판을 받는데, 후자는 "호박 여인"(woman squash)【392.36】에게 보다는 "여인 호박"(woman squash)에 덜 관련되고 있다. 이 "여가장"(materfamilias)(ALP)은, 마치 〈율리시스〉의 홍등가의 코핸(Bella Cohen) 여인처럼, HCE-Bloom(블룸)에게 그녀의 신발 끈을 매줄 것을 요구한다【391.9-10, 34】. 그러나 나쁜 생선(예수)과 "나쁜 게(crab)"(아담)를 먹은 뒤, "염수도鹽水帽를 쓴 쓸모없는 Marcus"(pourboire in his saltwater hat), "여왕 연然한 사나이"(queenly man)인, HCE는 더블린의 Mater Misaericordiae 병원 (블룸이 감탄하듯, '아, 얼마나 장대한 건물인고!')으로 운반된다. 그는 뱃멀미로 인해 죽도록 병상에 누었는지라, 주점에서 경야 당한 뒤, 매장된다【392.4-33】. "이제 그리스도를 위하여 빵을 건넬지라." 경야의 사람들이 말하나니,

"아멘"【393.2-3】.

4.【392-95】 Matt Gregory(Emeritus, John)의 증언

여기서 마태는 HCE를 〈율리시스〉의 마틴 컨닝엄(Martin Cunningham)으로 변용 시킨다: 마태 전傳. 그리고 빵. 그리하여 그건 어찌할 수 없나니. 아하, 하느님이시여 우리에게 선하옵소서! 가련한 앤드류 마틴 커닝엄!

그리하여 저 왕조시절王朝時節에, 옛 이로상泥路上의-기아항飢餓港(리피 강상의 장애물 항 [Hurdleford-on-Dublin]에서, 거기 처음 나는 그대를 만났나니, 그리하여 어찌 위리엄이 자신의 버킷 물을 끌어 올려, 자신의 이름을 위해 대소동했는지— 이어 마태(Matt)는 HCE 내외에 대한 과거의 생활상을 회상한다: 그들은 흘러간 옛 시절을 생각하면서, 그리하여 어찌 그들의 네 호스 유대紐帶들이 방금 노老 골스톤베리와 행복하게 결혼했는지, 그리하여 그들은 매야 조야早朝까지 멋진 아름다운 진주眞珠를 언제나 산算하거나 오산誤算하고 있었는지라, 그들은 아래쪽에서 일어나곤 했나니, 그들의 머리카락 속에 모든 근심을 지닌 채, 여명에 보스턴 추신전지追伸轉紙(ALP의 편지)가 왔는지를 보려고, 바람이 교실범선校室帆船을 뱅뱅 바퀴 돌리는 식으로, 그들의 잠을 교차시키면서.

이 네 번째 Gregory의 증언에서, HCE는 가련한 앤드류 마틴 커닝엄(Martin Cunningham), 노왕老王 시트릭 염견수厭絹鬚(Sitric Sikenbeard)와 턱수염의 정시장艇市長(a bearded Bargomuster)이 된다. 그러나 ALP는, "이계泥鷄의 공화파共和派의 이름"(mundane republican name) 및 그녀의 "전리품 단추"(bootybutton)【391.34】을 지닌 채, 언제나 매한가지이다【393.5-24】. 여기 이 증언에서 보듯, 선례들을 반복함은 비코의 반복적 과정을 뜻한다. "맴돌면서, 그리고 던롭 타이어 바퀴처럼 선호船弧하면서"(cycling, and dooing a doonloop), 그대가 "지치기"(tyred)까지【394.14-16】.

【386.12-395.25】세계의 역사가 거꾸로 뒤집힌 채

그때 4노령의 역사가들은 세계의 역사의 설명에 진입하나니—모두는 잘못이라, 그리고 성(섹스)으로서, 그들 자신의 것들처럼, 혼돈된다.

1. 【386.12-388.9】 요니(Johnny)

요한 전傳(Johnny). 아하 글쎄, 분명히, 바로 그런 식이라. 그리고 우연히도 가련한 마태 그레고리가 있었나니, 그들의 가부家父, 그리고 다른 사람들. 그리고 그들은 과연 네 친애하는 나이 든 남숙녀男淑女들이었는지라, 단지 염수의 방출을 위하여, 자신들의 반고모半高帽를 쓰고, 혹은 방금 바로 그 노결연老決然한 폭군을 닮았는지라 혹은 —흑구능黑丘陵 일 번지에—오클러리 백화점 근처 그곳 정면의 경매인과 닮는데, 그는 대학에서 경매를 마련하는, 치안판사, 재임즈 H. 틱켈 경매자와 마술 쇼에 가는지라…

4복음 자들—조이스의 원고와 텍스트에서 "Mamalujo"는 여기 끓어 모은 순서로서 제시되는바, 그것은 무능한 성적 흥분에 의하여 증가된 채, 그들의 총체적 혼돈을 메아리 한다. 조니(Johnny)는 아일랜드의 역사의 사실들에 관하여, 마치 〈율리시스〉에서 Garrett Deasy 교장이 잘못 그러하듯, 계속 중얼대며, "반모半帽에 대해 거듭거듭 강박하고, 성(gender)을 혼돈하면서, 그의 동료들과 자기 자신을 "남숙녀"(helaies)로 부fms다. 그리고 애란의 남성 영웅들을 여인들로 변경하면서, 혼란시키는 지라, 다니엘 오코넬이 다나 오코넬 부인이 되고, 그의 동상이 오코넬 거리의 하부에서 리피 강을 아련히 떠올리면서, 티리니티 대학 뒤의 "매춘부"로 재착再着 시킨다【386.22-23】. Roger Casement는 Jules Casement 부인이 되고, 그의 1916년의 상륙은 1132 s. o. s.의 해인 "그녀의" 상륙이 된다【387.22-23】.

많은 무의미 다음으로, Johnny는 트리스탄의 이야기를 마침내 얻고, 뒤집힌 채, 익살스럽고 야만의 형태로서 그것을 제시한다【388.1-6】. 마크(가)는 임금 놈으로, 마당으로 걸어차이고 그의 조카 트리스탄은, 재치 있는 애인이라, 그의 침의 바람에 불로부터 익살스럽게 들어간다. 그리고 바그너의 오페라를 끝내는 오르가슴의 사랑과 죽음의 곡에 맞추어 그녀의 무릎을 푼다.

2. 【388-390.33】마커스(Marcus)

마커스는 조이스의 "Ulcer, Moonster, Leanstare" 그리고 "Connnster"로서 애

란 역사의 멋진 형성에서 아일랜드의 구역을 총괄하면서, 이야기를 거든다【389.5】. Ulster에 대한 "Ulcer"는 단출하고 정화하다. Munster에 대한 "Moonster"에 대한 Munster는 지방 농부의 월우月牛의 눈을 암시한다. Leinster에 대한 "Leanstare"는 벽에 대한 비용非備을 들어내고, 공허하니 노려본다. Connaught에 대한 "Connought"는 무학과 저 배경 지역의 주민들의 무능을 보인다. 마커스는 "Killocured과 Killthemall과 Killeachother와 Killkelly-on-the- Flure"처럼 과격한 애란 역사를 정확하게 나아가 서술한다【389.6-7】. 그가 종국에 트리스탄에로 돌아 도착할 때, 그는 이들의 눈을 들어다 노려보는 바이런(Byron)의 트리스탄을 야기하고, 구절은 〈차일드 하롤드〉으로부터의 시행의 산울림으로 끝난다. "굴러라, 그대 깊고 검은 푸른 대양아, 굴러라!"【389.22-28】. 이러한 바이런적 메아리는 조이스가 확실히 알았던, 그가 출판으로부터 모든 고전적 장난들을 알았듯, 〈판치(Punch)〉의 만화에 의해 깔고 누워, 도려낸다.

　　(젊은 린던내기. 그의 소녀와 함께, 바다를 바라보며, 제스처로서 바이런을 우아하게 인용하며, 바다를 쳐다보며, 부두에 멈추었네.) 굴러라, 그대 깊고 검푸른 대양아, 굴러라!

　　(별 같은 눈의 젊은 소녀, 그를 경이로 쳐다보며) 오 할로드, 그대 경이의 남자여! 노력할지라!

3. 【390.34-392.13】 루카스(Lucas)
　　【394.30-36】 여기 추상적 언어로 된 이 구절은 누가(Luke)의 인간의 시대(human age)에 알맞으나, 이의 회귀(recorso) 과정에서는 부적합한 듯하다. 그러나 그에 알맞게도, 여기 Matt Emeritus는 "쌍안경双眼鏡의 최내오最內奧"(eyesolt of binnoculises)【394.30】를 최고로 잘 설명한다.

　　다수학적多數學的 비물질성의 구렁텅이 심연深淵에 관해 감각하는지를, 한편으로, 범우주적 충동에 있어서 그 자체는 그 자체만의 것이라는 총내재성은(들어라, 오 들어라, 애란愛蘭잉어의 호성呼聲을!) 이 아처금시我處今時의 평면 위에, 분리된 고체의, 액류液類의 그리고 기화氣化의 육체를 외재外在시켜는지라. (과학, 말하자면!) 재결합된 자기권自己圈

에 관한 위백危白의 정열망情熱望하는 권평판적拳平板的 직관을 가지고.【394. 30-36】—

쌍안경의 내심적 자아自我性의 안와眼窩[234]가 여하시 분별잠재의식적으로 다수학적多數學的 비물질성非物質性의 구렁텅이 심연[235]에 관해 감각하는 지를, 한편으로, 범우주적汎宇宙的 충동에 있어서 그 자체는 그 자체만의 것이라는 총내재성總內在性은(들어라, 오 들어라, 애란愛蘭잉어의 호성呼聲을!) 이 아처금시我處今時의 평면 위에, 분리된 고체의, 액류液類의 그리고 기화氣化의 육체[236]를 외재外在시켜는 지라 (과학, 말하자면!) 재결합된 자기권自己圈에 관한 진주백珍珠白의[237] 정열망情熱望하는 권평판적拳平板的 직관을 가지고

여기 마태는 단지, 망원경의 사용을 최고로 잘 설명할 뿐 아니라, 자신이 저들 애인들의 "밀월"오두막 속을 보는 것을 말한다.

장의 종말이요, 노래의 끝에서, "마마누요"와 그들의 나귀(Haw)는 작별의 출현을 들어내는지라, 그러나 강에는 새로운 빛이 있고, "요한을 위한 요한몽남夢男"(john. johnajeams)에게 길은 분명하다. 우리가 읽게 될, 〈피네간의 경야〉의 잇따른 3개의 장들(III.1, III.2, III.3은 손 및 그의 꿈과 연관된다. 그들의 해석은 4노인과 관련되는지라, 제III부의 4번째 장에서 여기보다 한층 덜 격려적인, 또 다른 회귀를 마련한다.)

———

II.4장의 (재)해설

【383-386】4노대가들이 트리스탄과 이솔테의 사랑의 배를 염탐하다

【383】우리는 첫 페이지의 바다 갈매기들의 노래에서 그들이 트리스탄과 이졸테의 전설상 무력한 마크 왕을 조롱하고, 혈기血氣의 트리스탄을 노래함을 읽게 된다. "그녀를 짓밟고 그녀를 혼婚하고 그녀를 침寢하고…" HCE의 마음 또한 이제 배를 탄 바다 방랑자처럼 항해한다. 백조들의 비상. "비공한 채 날카롭게환희외치며…" 여기 4노인(마태, 마가, 누가, 요한) (마마누요)이 이들 트리스탄과 이졸테의 사랑의 배를 염탐한

다. "그리하여 거기 그들 또한 있었나니…"

마크 대왕을 위한 갈매기들의 3개의 쿼크 울음소리라니, 확실히 그것은 대단한 규성은 아니도다. 그가 어둠 속에 셔츠를―어둠 속에서 그의 바지를 찾고 있음은 흥미 있는 일임에 틀림없다. 그는 노아의 방주로부터 여태껏 비출飛出한 최기노最奇老의 수 탉인 셈이다―그리고 트리스티는 민첩한 여린 불꽃(스파크)이나니, 그건, 깃털 꼬리에 여태껏 눈짓하는 일없이, 그녀를 짓밟고 그녀를 혼婚하고 그녀를 침寢하고 그녀를 적 赤하리니, 그리고 그것이 그 자가 돈과 명성(마크)을 얻으려는 방법이라.

해백조海白鳥가 노래를 노래했는지라. 그때 모두들 이슬더와 함께 트리스탄의 큰 입맞춤을 맛보았노라.

그리하여 거기 바다를 선회하는 새들과 함께, 그들 4노인들이 있었나니, 들을 수 있는 한 열심히 귀를 기울이면서, 그들 사자四者, 모두 한숨쉬며 흐느끼며, 그리고 귀담 아 듣는도다.

【384】4노대가 또는 사인방四人幇의 소개. 이들은 조니 맥다갈, 마커스 라이온즈, 루크 타피 및 매트 그레고리로서, 앞서 트리스탄과 이솔데(트) 두 애인들의 바다의 모험에 대하여 차례로 평하고 회상한다. "그들은 사인방인지라, 애란의 사주범과, 모두 귀담아 듣고 있었나니, 사인방." "이솔라도녀, 그리하여 그녀에게 속삭이며 혀짤배기 하면서, 트리삼양도남에 관해…그리고 그들이 당시에 속이俗耳 속에 그녀를 꼭 껴안 고 어량소화하곤 했는지를 염기억했도다…"

그들은 대사인大四人들이요, 애란의 파도들, 모두 귀담아 듣고 있었나니, 대양의 입 맞춤에 탐이貪耳하고, 그리하여 그때 트리스람은 여수령女首領 여급사의 입방소옥 뒤 의, 15인치 애침愛寢 의자 위에, 자신의 백미白美 아가씨요 진짜 미녀(Isolde)를 토끼처 럼 품고 있었는지라, 저 영웅, 게일의 챔피언, 그녀의 선택의 유일자, 그녀의 푸른 눈 의 이상주의자, 그녀의 헝겊 주머니를 축구협회 만족스럽게 굴리는지라, 앞과 뒤로, 정위치 및 오프사이드, 미남이요 사냥꾼, 그리하여 그녀를 꼭 껴안으며 키스하면서, 마돈나 블루의 앙상블 속에, 이솔라, 그녀에게 삼양도남三陽島男에 관해 속삭이며, 아 키스-의-아라처럼 그의 키스로서. 그리고 그들 모든 사자들은 옛 날을 기억했는지라

누가 이 세상을 만들었는지 그리고 어찌 그들이 당시에 그녀를 꼭 껴안고 어량소화魚梁燒火하곤 했는지를 기억했도다.

위의 구절에서 4노인들, 이 장의 화자들, 은 4파도들의 움직임을 재생산하는 지라, 각자는 이전의 자 위에서 깨어진다【384.6-17】. 그들은 옛 아메리카 대학의 노래의 번안으로 돌발한다.

> 영광, 영광!/ 우리 넷을 위한 한 캔의 맥주./
> 하나님께 영광, 우리에게 더는 없나니./
> 우리 하나인들 그걸 홀로 온통 다 마실 수 있기에!

【385】 (4노인들에 관한 언급. 그들은 넷 대학 동창생들) 그들은 그 옛날 동일 대학의 동창생들이었는지라. "그들이 모두 암묵적인 넷 대학생들이었을 때, 노더랜드(노드의 땅) 너스케리 근처, 백의당원들과 견목당원들, 여명당원들과 피리 부는 톰 당원들…그들의 석판과 책가방과 더불어…퀸즈 울토이언 대학 (Queen's Ultonian College)시절…" 저 한 쌍의 애인들의 광경을 엿보는 것은 모든 선사시대의 장면을 되돌려 놓는 것과 같은지라. 이졸테가 트리스탄에게 시를 요구하나니. "루빌리시트(불륜애향)의 최고로 좋아하는 서정적 국화國花를 수십망번번數十望番 노래해줄 것을."

카런 축사畜舍(Cullen's barn)의 굴 만찬 뒤에, 디이온 보우시콜트의 정다운 옛 흘러간 나날의 시절에, 타계에서, 누군가가 세계를 만들었던 어느 멀고 먼, 칠흑漆黑의 세기에— 당시 그들은 문 위의 사나이, 오클러리를 알고 있었도다. 그들이 모두 당시에 넷 대학생들이었나니, 음수분류陰水分溜 놀이를 하면서, 퀸즈 울토니언 대학에서, 또 다른 친구, 토티어스 코티어스와 함께, 그리하여 크람프텀프(덤풀쿵쾅)의 집전사執戰士, 보리스 오브라이언에게 혈공물血供物을 지불하는 것을, 미친 부副감독 대인이 자신의 중추급소를 먹는 것을 그리하여 자신의 혀를 사굴蛇窟 속에 던지는 것을 보기 위해서였도다. 그것이 정다운 선사시대의 모든 광경을 다시 되돌리는지라. 그리하여 그 뒤로 이제 거기 그가 있었나니, 순수한 미美에라, 그리고 자신의 키스-의-아라에게 맹세했는지라. 그때 그녀는, 쏴쏴 소리 나게, 그녀가 기침을 한번 토한 다음, 그녀의 단호한 명령을 내렸나니. 그들 사인방 앞에, 그들은 수치스럽게 흥청거렸는지라. 그리고 거기 그들은 있었나니, 마치 소용돌이 속의 네 돛 박이 범선처럼, "로란도의 깊고 검푸른 오시안의 소용돌이"(Rolando's deepen darblun Ossian roll)에 귀 기울이면서.

【386-388】Johnny MacDougal. 바다의 모험에 관해 평한다

【386】지친 4노인들. "모두들은 몹시도 지쳤는지라, 3즐거운 모주꾼들, 그들의 입으로 침 흘리며, 모두 네 사람, 바다의 늙은 배우配偶의 사람들…"

이제 4노인들 중 최초의 조니 맥다갈이 회상한다. "조니. 아하, 글쎄, 분명히 바로 그런 식이라…" "그들은 4친애하는 나이 든 남숙녀男淑女들이었는지라 그리하여 정말로 그들은 경치게도 예쁘고, 너무나 근사하고 최선경最善敬스레 보였나니…경매인, 오클러리 백화점 근처 정면에…" 마치 호스馬 쇼에 가는 치안판사 제임스 H. 틱켈 경매자를 닮았다.

요한 전傳(Johnny). 아하 글쎄, 분명히, 바로 그런 식이라. 그리고 우연히도 가련한 마태 그레고리가 있었나니, 그들의 가부家父, 그리고 다른 사람들. 그리고 그들은 과연 4친애하는 나이 든 남숙녀男淑女들이었는지라, 단지 염수의 방출을 위하여, 자신들의 반고모半高帽를 쓰고, 혹은 방금 바로 그 노결연老決然한 폭군을 닮았는지라 혹은—혹 구능黑丘陵 1번지에—오클러리 백화점 근처 그곳 정면의 경매인과 닮는데, 그는 대학에서 경매를 마련하는, 치안판사, 제임즈 H. 틱켈 경매자와 마술 쇼에 가는지라…

【387】그(요한)는 "그의 회색의 반고모半高帽와 그의 목걸이와 그의 분홍색의 마구와 그의 가죽 삼각돛과 그의 싸구려 양피 셔츠를" 가졌는지라. 4노인들 (HCE의 침대의 4다리 격) (4염수과부鹽水寡夫들)은 여러 사건들을 기억 하나니. 그들은 "그때 미인 마가래트가 혼감婚甘의 빌렘을 기다렸는지라…" 재일즈 캐이스맷 부인의 공식적인 상륙, "홍수역洪水歷 1132년에 S.O.S., 그리고 볼터스비 여왕의 기독세례, 제사 붕붕 여왕벌… 그리하여 당시 파라오와 모든 그의 보행자들의 익사가 있었나니…"

그(요한)의 모든 부당한 대학들을 찾아내기 위해. 그리고 그들 4노인들은 거기 방금, 정당하게도 귀담아 듣고 있었는지라, 4염수과부鹽水寡夫들, 그리하여 그들은 모두 당시 나의 마음은 근심을 몰랐던 나날들을 기억할 수 있었나니, 그때 미인 마가래

트가 혼감婚㽴의 빌렘을 기다렸는지라, 랄리(순경인 Layy Tompkins, (67,96는 비속에서.) 그리하여 그 뒤로 재일즈 캐이스맷 부인의 공식적인 상륙이 있었는지라, 홍수역洪水歷 1132년에 S.O.S., 그리고 볼터스비 여왕의 기독세례, 그리하여 당시 파라오와 모든 그의 보행자들의 익사가 있었나니, 적해 속으로 익사했는지라, 그런 다음 가련한 머킨 코닝함의 익사 (그는 〈율리시스〉 제6장 및 〈더블린 사람들〉, 〈은총〉에서【D 155】 아주 중요한 인물, 그의 죽음에 대한 언급은 없지만, "익사한 아버지"의 주제와 연관된다. 그의 현기증 나는 과부가 그녀의 실록實錄을 잡상남월보雜商男月報에 기장記裝하고 있도다)【78 참조】.

【388-90】Marcus Lyons의 증언

【388】노왕 마크는 채프리조드 출신의 이졸테를 데리러 콘월에서 그의 조카 트리스탄을 파견하도다. 여기 4노인들 중 두 번째 마커스 라이온즈 등장 및 그의 회고. 그는 회고 한다. "마커스. 그리하여 그 후로, 잊지 않으면서, 플랑드르 무적함대가 있었나니……." "그리하여 당시 노아서도 바서의 프랭키쉬 홍수함대의 헤달고 땅에서 다가 왔나니, 노틀 댐(성모) 해적년인 PPO. 1132경에……." "그리하여 당시 영예참정권 보편강좌(gloriaspanquost universal howldmotherhibbert)238를 베풀곤 했나니……." 노계老鷄가 순항했던 곳에 노계勞鷄가 방금 비탄하는지라. 콘월의 마크 왕이 문을 통하여 퇴장. 창문으로 등장한 조카(트리스탄), 권총을 쳐 들고, 그의 밤 셔츠 바람으로 화탈출火脫出하면서. 이슐트 엎드리다. 그리하여 유순한 숙모 리사는 그녀의 무릎처럼 맥 풀린 채였도다. 재빠른 포옹, 〈왕실의 이혼〉(A Royenne Devours)극의 새 배역들마냥.

마가 전(Marcus). 그리하여 그이 또한 나의 마음이 근심을 알지 못했던 그 나날들을 회상할 수 있었도다. 플랑드르 무적함대(the Flemish Armada)가 어느 아름다운 아침, 약 11시 32분경, 흩어져, 모두 공식적으로 익사했는지라, 성 패트릭과 성 케빈, 나폴레옹, 그리고 그때 프랭키쉬 함대가, 자신의 반半 전통의 회색 모를 쓴, 보나보취 장군 지휘 하에 양륙했나니, 그리하여 그(트리스탄)가, 퀸즈 칼리지 근처, 브라이언 또는 프라이드 가 1132번지에서 그녀(이슐트)를 부정하게 음행하고 있었으니, 그리고 이어 재차 그들(4대가들)은 라마사의 최대의 영예강좌를 대양 충만한 대학생들에게 베풀곤 했도다…….

【389】 이들 4노인들, "성자들 그리고 프리마우스 형제교단, 청승스레 지껄이며, 기쁜 환호성 어릿광대마냥……. 4개의 트리니티 대학에서" 대강연大講演을 가졌도다. "저들은 잰네스댄스 레이디 앤더스도터 대학에 있어서 최대의 부인과 의학사였나니……." 그리고 랄리(Lally)에 대한 회상. "그리하여 랄리 녀석, 그가 자신의 반모半帽의 일부와 자신의 모든 소지품을 잃었을 때, 자신의 낡고 하찮은 차림, 망토, 타월과 도개 바지에……."

그리고 (4노인들은 가장 훌륭한 강의를 제공하는지라), 그들의 12탁卓 주변에, 궤양潰瘍스터, 월성月星스터, 경시傾視스터 및 포포노트의 4개의 트리니티 대학들에서, 잰네스댄스 래이디 앤더스도터 대학에서, 과거와 현재 및 미래 시제의 시간 속에 신성되게 발전한, 자연의 정신을 보여주면서—**무기와 인간을 나는 노래하도다**. 그들이 그(트리스탄)가 그녀(이슬트)를 농弄하며 꼭 껴안는 것을 살피자, 어찌 그것이 와일渦日하며 모두 다시 그들에게 생각나게 했던가고!

아아, 아참 맙소사 저런! 그리하여 릴리 녀석, 그가 자신의 반모半帽의 일부와 자신의 모든 소지품을 잃었을 때, 자신의 낡고 하찮은 차림으로, 과거를 어떻게 잊는지를 스스로 반복하며 그에게 말하면서……. (여기 릴리[Lally], 거리의 순경이요, 남자며 여자인, [67페이지를 제외하고, 그는 4대가들과 연관된다. 〈피네간의 경야〉의 초기 원고 자료인 조이스의〈잡기〉(Scribbledehobble)에서 Lally의 언급은 남자요 사제로 암시한다. 모음 전환(ablaut)[sang sing, sung]의 사용은 그가 Lily와 다르지 않은데, 후자는 Susanna으로서 4대가들[the Four Elders]와 연관된다).

【390】 그리고 (라이온즈의) 선반공 스켈리에 대한 회상이라. "가죽배를 하고 홍조 가득한, 살빠진 연어 가득, 경량급 벨트 가득 그리고 온통 대담한 수오리들을 그는 골목길에 어느 때나 지녔나니……. 그리하여 그는 웰즈 남男의 톰 타페이에 관해 소리 내어 웃지 않을 수 없었나니, 그리고 4중년의 과부寡夫들……." 그리고 랄리에 관해…….

【390-93】 세 번째 Luke Tarpey의 회상과 증언

세 번째 누가(루크 타피)(Lucas) 등장. 그는 회상한다. "그리하여, 오 너무나 잘 그들은 당시를 기억했는지라, 당시 황금어족의 잉어가퍼리가 폴 랜드의 왕좌에 있었을 때, 재판장 미망인 판사 스콜취먼이, 그녀의 끝 퍼진 가발과 턱 수염을 하고……. 과거를 잊는 법을 그에게 말하며, 강도인, 그 자가 참자慘者를 교유기攪乳器 기름 속에 밀어 넣었을 때, 그리고 랄리와 록크래인 등대의 대장인, 그의 노친老親, 나이 먹은 고우故友, 스켈리에 관한 모든 것을 반박하면서, 그리고, 골목길의 온통 대담한 수오리들, 그리고 그는 4중년의 과부寡夫들에 관해 소리 내어 웃지 않을 수 없었나니, 자신들의 반라마모半羅馬帽를 쓰고, 이혼했는지라, 4년 전, 그것은 자신의 노래와 격언에 의하여 분명히 예언되었는지라."

누가 전傳. 그의 계속되는 회상. "오 너무나 잘 당시 잘 기억할 수 있었는지라, 당시 황금어족의 잉어카퍼리가 풀랜드(지국池國)의 왕좌에 있었으니, 그녀의 끝이 퍼진 가발과 턱수염을 한 미망인 판사 스콜취면 부인." (여기 누가의 눈은, 요한과 마가의 것처럼 HCE 및 ALP에 가 있다).

"그의 노친老親"(his old fellow). (아마도 셰익스피어의 〈오셀로〉(Othello)에 대한 언급인 듯. 조이스는 오셀로의 이름을 〈율리시스〉, 〈키르케〉장에서 언어 유희한다(punning). "나의 늙은 친구가 어떻게 하여 테스티모난(목요일조가장)을 목 졸라 죽였던고"(How my oldfellow chokit his Thursdaymomum)【U 463】.

누가가 자신이 두 전술한 복음 자들처럼 같은 배후의 소리를 내는 것 이외 무엇에 관해 말하고 있는지 말하는 것은 어렵다. 그의 독백에 있어서, 그리고 뒤따르는 마태의 것에 있어서 관련의 결핍이 좁은 소파 위의 두 후기청춘의 커다란 키스와 포옹의 접촉에 그들의 흥분에 기인한 것은 가능하다.

【392.14-395.25】마태(Matt)
마태 에머리터스가 이야기를 택한다. 그는, 타자들처럼, 성들과 역사적 과오들 사이에서 노령의 혼란 속을 배회한다. 그러나 그는 트리스탄과 이솔더의 큰 키스— "입의 벌림"에 대한 소개와 더불어, 사후의 육체에 대한 영혼의 귀환 및 〈사자의 책〉에 대한 인유와 더불어, 끝난다. 마태는, 셋-둘 성의 상징과, 자유와 천국에 문을 여는 키스에 무능한 욕망으로 떨면서, 언급한다【395.22-25】.

분명히 이솔드는, 성의 활동적역할을 취하는 켈트의 처녀들의 전통 속에 키스를 시작한다. 욕망으로 압도된 채, "향락 위기"(joysis crisis)의 작고 괴상한 부르짖음과 더불어, 그녀는 자신의 입술과 트리스탄의 것을 결합한다【395.29-33】. "향락 위기"란 말은 조이스의 시적 승리의 하나인 즉, "예스 그리스도"라는 이솔드의 환락의 부르짖은 오르가즘과 연합하는 성적 절도의 완전한 서술인, "향락 위기"와 결합한다.

이솔데에게 트리스탄에 의해 주어진 큰 키스―20세게 아메리카의 속어인. 참된 "프렌치 키스"는 축구 경기의 말로, 커다란 코믹의 상세함으로 서술된다【395.35-396.3】. 남성적 남승男勝의 거대란 거포巨砲, 트리스탄의 혀는 이솔데의 상아 이빨의 선을 통해, "Aris!"의 승리의 부르짖음을 유발하면서 삼투한다. 이 말은 애인들의 이름들의 많은 문자들과 결합한다. 이 합승적合乘的 부르짖은 〈율리시스〉의 사이렌 에피소드에서, 사이먼 데덜러스에 의해 주어지고, 리오폴드 블룸애 의해 들리는 "사이폴드!"(Siopold)의 많은 문자와 결합하는 바, 그 속에서 가수와 청춘은 하나의 크고 예술적 부르짖음으로 결합한다(【U 11.5】 이 키스와 II.4에서 나이 먹은 HCE와 ALP의 시도된 성적 만남은 스포츠―키스와 축구, 그리고 크리켓와의 성적 만남에서 의미심장하다. 조이스는 스포츠가 그들의 젊은 공격의 성적 동요로 절감하는 영국 학교 교장들의 널리 퍼진 이론을 해학화諧謔化하고 있음을 암시해왔다.)

젊은 애인 간의 이 성적 만남은 〈피네간의 경야〉에서 4개중 첫째의 것이다. 다른 것들은 손의 자기 흥분이 III.4에서 연약한 흥분으로 인도할 때인지라, 그때 나이 먹은 HCE의 시도는 단지 그의 무능을 나타내며, 그리하여, IV부와 IV부의 끝과 I부 사이에서 ALP와 그녀의 아들-남편-애인-바다의 최후의 포옹으로 끝난다. 단지 최후의 것은 참된 사랑의 해후邂逅이다. II.4에서 프렌치 키스는 두 미숙한 육체들의 접촉일 뿐이다. 조이스의 다른 작품들에서처럼, 여기 유일한 성공적 성 행위는 남녀의 성숙한 육체와 성숙한 영혼이 총체적으로 결합하는 것들이다.

【390.34-392.13】 누가의 비참하고 후회스런 독백이 부친의 실패를 부활시킨다.

그(누가)는 전임자들(마태, 마가)처럼 다양한 변화로서 반복할지언정, 그이 홀로 트리스탄과 이졸데의 사건을 일아차리기를 실패한다. 그의 눈은 마태와 마가의 그것처럼, HCE와 ALP에 머문다. 그는 계속 회상하거니와. Y.W.C.A. 1132 또는 1768해年에 혹은 경에, 비탄 애란 애착국의 경매정庭에서. 가련한 조니를 잊을 수 없나니, 그녀의 부푼 젖가슴 때문에 너무나 경탄했는지라, 그리하여 사인방四人幇이, 합주로, 왜냐하면 그 자는 그녀를 위해 그녀의 구두를 솔질하기에는 너무나 느렸기에, 그때 그는 그녀의 본체를 등 긁기하고 있었는지라, 가련한 마가던가, 보완드코트 후작이던가, 박해 당하다니, 왜냐하면 그는 자기 자신을 망각했기에 또한 가련한 디온 카시우스 푸시콤이 역시 온통 술에 빠진 채, 모든 이 앞에, 왜냐하면, 그는 참회에로 갔는지라, 자신의 두 벌거벗은 무릎을 꿇고, 숭녀모崇女母와 자매 복음파의 스위니에게로, 그는 참으로 후회했도다.

【392】그(HCE) 는 죽도록 배멀미로 병상에 누었는지라. (그건 참으로 지독한 일이었도다!) 그녀의 가련하고 늙은 이혼 당한 사나이, 순교 맥카우리 부인 병원의 사일死日을 위한 가불 안락원에서……. 글쎄요……. 잊고 용서할지라 그리하여 노령이 자신에게 다가오자, 글쎄, 그는 어떤 훈족族의 성적 추행을 시도하고픈 유혹을 받았나니, 간호원의 시중드는 손을 잡으려고, ((율리시스), 〈페넬로페〉장에서 몰리의 회상을 상기시킨다) 【U 623】그리고잠자러 갔도다. 아아, 친친친親親親의 애자愛子여!

【392.14】4번째로 Matt Emeritus(Gregory)가 증언하고 회상하다

그리하여 그대(Matt)는 어디에서 이별하는고. 퇴역군인 매트여? 그들은 모두들 쓸모없는 매트를 참으로 가엾게 생각했는지라, 그에게는 너무 큰 염수모鹽水帽와 그의 덧옷, ―불쌍한 매트, 늙은 여가장女家長, 그리고 여왕 연然한 사나이, 그곳에 앉아, 주거住居의 바닥, 지하, 속죄의 의식儀式 속에, 그녀의 비버 보닛을 쓰고, 코카서스 대의원회의 왕, 온통 자기 자신에게 속하는 일가족, 그의 다언어의 묘석 위에. 그리고 아이를 낳으려는 듯, 그녀의 얼굴을 벽으로 향하고, 그의 두뇌를 날려 보낼 듯, (여기 Matt는 he-she 및 HCE로 혼교한다) 뉴아일랜드의 고지가 브리스톨 주점을 들 때까지, 종말이 다가 오기를 기다리면서. 아아 저런! 그건 전적으로 너무나 고약한 짓이었나니! 의회 소맥주에 의하여 그리고 온통 쇄클킨의 냄새 때문에, 온통 탐음貪淫된 채.

"그녀의 비버 보닛을 쓰고, 코카서스 대의원회의 왕, 온통 자기 자신에게 속하는 일가족"(in her beaver bonnet, the king of the Caucuses, a family all to himself). 이 구절은 부

왕 햄릿을 회상시키거니와, 그의 유령은 "자신의 투구 앞 바침을 추켜올렸는데다가"(wore his beaver up) 【I.ii.23】, 왕자 햄릿에 의하여 "통틀어 모두"(all in all) (I.i.187)라는 말로서 서술된다. 이 말은 〈율리시스〉의 "스킬라와 카립디스"장에서 스티븐의 "통틀어 모두…갈보집 주인이요 오쟁이 진 자"(all in all…bawd and cuckold) 【U 174】라는 구절 속에 중요시되며, 벅 멀리건의 익살극 타이틀인 "각자 자기 자신의 아내"(Everyman His Own Wife)【U 178】, 또는 여기 표현하다시피, "통틀어 온통 자기 자신에 속하는 가족"(mily all to himself)【392.23-4】속에 절정을 이룬다.

【393】온통 쇄클틴과 킨 방앗간과 할퀴는 사나이의 냄새 때문에 온통 탐음貪淫된 채, 그리고 그(Matt)의 입은 침을 흘리나니, 산酸과 알코올. 소금의 징후라, 그러니 이제 그리스도를 위하여 빵을 건넬지라. 아멘.

【93.4-95】이제 4번째로 Matt John Gregory (앞서 [Matt Emeritus]가 회상하며, 평한다.)
여기서 마태는 HCE를 〈율리시스〉의 마틴 컨닝엄(Martin Cunningham)으로 변용시킨다. 마태 전傳. 그리고 빵. 그리하여 그건 어찌할 수 없나니. 아하, 하느님이시여 우리에게 선하옵소서! 가련한 앤드류 마틴 커닝엄!

그리하여 저 왕조시절王朝時節에, 옛 이로상泥路上의-기아항飢餓港(리피 강상의 장애물 항 [Hurdleford-on-Dublin]에서, 거기 처음 나는 그대를 만났나니, 그리하여 어찌 위리엄이 자신의 버킷 물을 끌어 올려, 자신의 이름을 위해 대소동했는지— 이어 마태(Matt)는 HCE 내외에 대한 과거의 생활상을 회상 한다. 그들은 흘러간 옛 시절을 생각하면서, 그리하여 어찌 그들의 네이호스 유대帶들이 방금 노老 골스톤베리와 행복하게 결혼했는지, 그리하여 그들은 매야每夜 조야早朝까지 멋진 아름다운 진주眞珠를 언제나 산算하거나 오산誤算하고 있었는지라, 그들은 아래쪽에서 일어나곤 했나니, 그들의 머리카락 속에 모든 근심을 지닌 채, 여명에 보스턴 추신전지追伸轉紙(ALP의 편지)가 왔는지를 보려고, 바람이 교실범선校室帆船을 뱅뱅 바퀴 돌리는 식으로, 그들의 잠을 교차시키면서.

【394】(Matt Gregory의 증언 계속) 그리고 그들(HCE-ALP)이 반모半帽를 쓰거나, 말을 되풀이하면서, 마치 자신들을 뒤쫓는 칠면조를 피할 때 마냥, 그리고 그들은 학교의

학동들이었나니, 걸상 주위를 한 바퀴 빙 사방을 걸으며. 그리고 흰 플란넬 겉옷에 목욕 슬리퍼를 신고 사방 범주帆走하며, 그 다음으로 너무나도 기쁘게 그들은 자신들의 밤의 촉수觸手를 지녔었는지라. 그리고 그들은 과거에 그렇게 하곤 했듯이, 배들의 항적 주위를 퍼덕거리며 맴돌면서, 그리고 던롭 타이어 바퀴처럼 선호船弧하면서, 다시 그들의 정다운 옛 흰 미풍美風의 항적航跡을 따라, 그들의 풍폭風幅에 파장波長 속에, 쾌속범선과 다섯 척隻의 4돛 박이 배와 버린 오물대汚物袋의 랄리 그리고 혈색 좋은 사기詐欺의 양 뺨의 로오, 주객主客에서 주객으로 벼룩들을 교환하면서, 그리하여 그(Matt)는 자신이 잊어버리기 전에 그에게 이야기를 하면서, 화제들이 그들의 장대한 정열이 되는지라.

이니 미니 여걸女傑(Aithne Meithne)에 관한 암 소牛로부터 갓 나온 생선녀生鮮女가 갑옷 남男과 결혼하는 일 그리고 또한 한 마리의 우조愚鳥(goth)가 황금 란을 낳았다는 조각상 사가(Engrvakon Saga)(전설 담)의 일화一話 및 상류여왕上流女王의 공원변公園邊의 농담 등 등 등, 혹은 "쌍안경의 최내오最內奧(eysolt of binnoculises)의 분별잠재의식적分別潛在意識的 감각"에 관하여 그에게 말하면서 (Matt의 최고의 설명). "다수학적多數學的 비물질성의 구렁텅이 심연深淵에 관해 감각하는지를, 한편으로, 범우주적 충동에 있어서 그 자체는 그 자체만의 것이라는 총내재성은(들어라, 오 들어라, 애란愛蘭잉어의 호성呼聲을!) 이 아처금시我處今時의 평면 위에, 분리된 고체의, 액류液類의 그리고 기화氣化의 육체를 외재外在시켜는 지라 (과학, 말하자면!) 재결합된 자기권自己圈에 관한 위백危白의 정열망情熱望하는 권평판적拳平板的 직관을 가지고."【394. 30-36】— 여기 마태는 단지, 망원경의 사용을 최고로 잘 설명할 뿐 아니라, 자신이 저들 애인들의 "밀월" 오두막 속을 보는 것을 말한다.

【395-96】젊은 애인들의 성적 결합

【395】매트의 서술 속에는 그들 4노인의 모습 또한 띄엄띄엄 노정 되고 있다. 그리하여 "명랑한 맥골리에게 말하며, 그리고 모든 다른 항년대기편자肛年代記編者들, 사주범퇴피선생四柱帆退疲船生들, 그리고 그들의 쌍록안双綠眼으로 엿들어다 보다니…훈족族 미월자蜜月者들과 모든 일급 귀부인들을 보기 위해." 4대가들-이들은 이제 지친 노인들이다. "가련하고 늙은 퀘이커 교도들, 과인過忍으로…" 그들은 트리스탄과 이졸테

의 밀월 창문을 통하여 그들의 사랑의 현장, 살롱 귀부인용의 현대화장실을 엿 보았다. "담요 속에 구애하면서, 아무런 흉물 없이, 그리고 피미녀彼美女, 피미녀, 온통 부덕하게, 멋진 조조朝弔의 화장실 안에서, 장미도남薔薇盜男, 전율남, 탄식 고무남을 위하여, 그의 나체 목에 저 오리브 고동치게 하면서… 그것은 다시 여제女製의 만사를 너무나 많이 남 유쾌스럽게 탐구했나니…"【395. 15-19】.

【395.26-35】 이 장의 클라이맥스. 트리스탄과 이졸테의 성의 절정 장면. 그들의 성적 결합. 마태-HCE가 던진 이졸테의 벌린 목구멍의 한편의 돈피豚皮[소시지](성찬. Eucharist).

【395.26-398.6】 [키스: 섹스의 절정] 웬고하니 바로 그때 순희純戲의 한 가지 미사美事가 필시 발생했는지라, 당시 그의 아부阿附하는 손,[239]이 바로 정 순간에, 마치 아마도 어떤 용기勇琦의 요리사[240]가 포리지 죽의 족통足桶 뚜껑을 찰각 닫듯 자신의 오리 집(압가鴨家)[241]을 수폐手閉했나니, 저 생생한 소녀, 사랑에 귀먹은 채,[242] (아 분명히, 그대는 그녀를 알리라, 우리의 천사물天使物, 로만스의 불퇴不褪의 불사의녀不思議女의 하나, 그리하여, 이제 확실히, 우리 모두가 그대가 그녀를 심지어 사일死日까지 애익사愛溺死할 것을 아노라!)애수愛愁 극위極危의 쾌소성快小聲을 지르며 그녀는 그들의 분리分離를 재무효再無效했는지라, 끈적끈적하게 루비홍옥紅玉 입술로서 (사랑 오사랑!) 그리고 애별인愛別人의 생이별시生離別時의 황금주기회黃金主機會인지라, 그러자 그때, 될 수 있는 한 급히, 유지油脂의 돈피豚皮[243] 있었나니, 아모리카阿模理作[244] 참피어스(선수), 한 가닥 오만스런 돌입突入으로, 생식남 승生殖男勝의 거설근巨舌筋[245]을 흠인시켰나니,

【396】 전위前位(포워드) 의 양치선兩齒線(라인)돌파 (하이버상아象牙) 의 다운, 애들아! 당堂 딸랑쿵쾅포성砲聲 그녀의 식도食道의 골(득점)속으로.

재차!【395.26-396.3】

【396】 (4노인들. 항해에 대한 그들의 추억을 되새기다)【396-98】. 트리스탄과 이종테의 성교 장면은 마치 축구 경기의 말투로 희극적이다. "전위前衛(포인트)의 양치선兩齒線(라인)돌

파…그녀의 식도의 골(득점) 안으로."

이어지는 이졸테에 대한 묘사와 그녀에 대한 칭송. "그리하여 이제, 똑바로 그리고 그들에게 가세! 그리고 제발 정직희正直戯할지라! 그리고 그대자신 속으로 끌어들여요, 남녀가 상오 그러하듯! 거기 이러한, 소위녀所謂女가 있었나니, 한 사람의 고현대古現代의 애란황녀愛蘭皇女, 그녀의목면木棉의 겉옷을 입고, 그녀의 모자 밑에는 붉은 머리칼과 단단한 상아 두개골만이 있을 뿐 그 밖에 아무 것도." "누가 그녀의 행위를 욕하랴?" 우리는 묻고 있는지라. 이에 비해 지친 마크 왕. "아우브여 뭘 할 참인고? 저토록 지친 늙은 무유無乳의 숫양을 가지고, 그의 지친 의식물義食物과 그의 기관지, 지친 노모老毛의 오랑우탄動 턱수염을 하고." 이어 그들 두 애인들의 결합의 타당성이 서술된다. "만일 전체 이야기가 말해지면, 쌍일합雙一合되어 다함께, 그리하여 그것은 가련하고 늙은 시간 약속자들에게는 놀라운 순간이었나니. 숨통을 털어 막고 가둔 불꽃을 그가 움켜질 때까지 그리고 그들은 그녀의 쇄락회당灑落會堂에서 핑 튀기는 그녀의 설골가舌滑歌를 들을 수 있었나니."

마침내 매트 복음자의 보고(회상)가 종결된다. "펑" (앞서 Matt의 탁월한 보고가 어디서 끝나고, 결론이 시작하는지는 불확실하다. ("Plop"【396.33】라는 말은, Tindall이 지적하듯, 아마도 종결을 의미하는 멋진 말이리라.) (Tindall 217)

4복음자들은 이졸테(이씨)의 행동을 이내 잊어버린다. "아아 이제, 그건 전적으로 경탄스런지라…그 뒤로 그들은 너무나도 잊어버리곤 했나니… 그녀의 아름다운 처녀 명을 기억하려고 애쓰면서…."

"이우브여 뭘 할 참인고? 저토록 지친 늙은 무유無乳의 숫양을 가지고" (What would Ewe do? With that so tiresome old milkless a ram…?). 4분석가(대가)들은 이씨(Eve 및 Ewe)의 성적 행위를 옹호한다. "그대는 뭘 할 참인고?" 성적 문맥에서 암양과 숫양은 셰익스피어 작의 〈오셀로〉의 이미지리를 상기하거니와, 거기에서 "늙은 검은 숫양(오셀로)은 그대의 하얀 암양을 수간獸姦하도다"(an old black ram is tupping your white ewe)【I.i.88-89】.

【396.21-398.33】 키스가 멈추어야 할 때

아무튼, 누가 죄가 있던, 두 연약한 청춘들은 가장 정열적으로 키스하고 있었으니, 한편 4노령들은 키스의 음률에 소음을 시도하는 슬픈 시도를 행했다【396.21-28】. 마지막으로, 만사가 그래야만 하듯, 키스는 멈추어야 한다. 노인들은, 키스를 단지 육체의 기계적 말들로서, 자동차의 행동처럼, 기계적 말로 행동을 서술한다【396.29-33】.

그리하여 그것은 가련하고 늙은 시피진자時皮疹者들에게는 오경五驚의 순간이었나니, 티격태격 하면서, 십계十計에. 숨통을 털어 막고 가둔 불꽃을 그가 움켜질 때까지 그리고 (폭발적 폭정暴情, 그대의 폐설경肺舌懷은 얼마나 단조短무한고!) 그들은 할 수 있었는지라 그리고 그들은 마치 설골가舌滑歌를 들을 수 있었나니, 그것은 그녀의 쇄락회당灑落會堂에서 핑 튀기는 그녀의 진설眞舌의 야기사夜騎士이었는지라, 그곳 뒤에 그는 사라지고 현안(혼약婚約)이 팽 하고터졌도다.
평.[마태의 증언의 종말과, 새로운 시작]

결국 트리스탄의 펄프 같은 혀는 이솔드의 입으로부터 떨어져 나왔는지라, 평! 그의 질문은 평 터졌다. 아 이제, 전적으로 공황恐慌한지라! 마태, 마가, 누가 그리고 요한은 부르짖는다. 그리고 이어 그들은 다시 한번 중얼거리나니, 그들의 닫히는 세레나데는 그들의 사랑 받는 이씨에게 인도되도다.

【396.34-398.31】 4노인들. 항해를 회상하다

【397】그리고 4노인들은 죽어 사라지기 마련인 것이다. 그들은 단지 딸꾹질의 대상일 뿐. 그들은 가련한 존재일 뿐이나니. 과거에 선행을 했건만 이제는 그만.

그러나 확실히, 그것이 이제 내게 상기시켰는지라, 그들이 어찌하여 기민증嗜眠症의 사랑 속에 빠지곤 했는지를, 만사의 종말에, 언제나, 온통 지친 채로, 가사家事를 행하고 꾸린 다음, 둘 식 둘 식 쭈그리고 앉아, 사자연맹, 천년가도千年街道, 양로병원 속에, 평화 일첩一貼을 읊으면서. 매일 밤 한 두 통의 편지를 읽나니, 그들의 구역舊歷, 마마누요(M.M.L.J), 1132 구년전야舊年前夜의 한 페이지 고사본 위에, 고 문체, 쉐만스 부인에 의하여 쓰인, 저자로부터 입수한, 담황색의 오후 식판食版, 레가타 능직물 커버에, 왠고하니 그들의 꿈을 부화孵化에 의하여 회상하기 위해, 그리고 그들과 함께 랄

리, 그들의 녹괴저綠壞疽의 안경을 통하여. 그리고 그들은 온갖 선행을 자신들의 시간에 행했는지라, 엄격주의자嚴格主義者들, 로우와 코니 압 머러의 오멀크노리를 위하여…

【398-399】 미녀 이솔더에 대한 찬가
【398】 4노인들(대가들)의 사라짐. 그리하여 그들은 마치 재차 셰익스피어의 리어 (Lear) 왕, 또는 아마도 아일랜드의 고왕 리어리(Leary)처럼, 고독하고 외로운 처지가 된다. 그들은 햄릿의 부왕의 새 생명에 대한 최후의 호소를 할 뿐이다. 4노인 복음자들은 HCE 및 ALP의 침실 현장을 떠나면서, 아름다운 그들의 딸 이솔더를 위하여 찬가시讚歌詩를 차례로 읊는다. 4구절로 된 이 시가는 아일랜드의 4지방(주) 및 해신 Mananaan MacLir가 주도하는 4파도(Four Waves)와 일치하고(〈율리시스〉의 도서관 장면에서 스티븐은 Lear왕이 언급되자, 그의 의식 속에 Russell 작의 3막 극시인 〈데어드레〉(Deirdre)의 대사인, 같은 음의 MacLir를 떠올린다. "나의 파도 그리고 너의 해수를 가지고 그들 위를 덮어 흘러라, 마나난, 마나난 맥클리어"(*Flow over them your waves and with your waters, Mananaan, Mananaan MacLir…*)【U 155】, 동서남북을 대표하며, 북쪽으로부터의 금전에 대한 약속, 남쪽으로부터의 사랑의 속삭임, 동쪽으로부터의 꾸민 사랑의 이야기 및 서쪽으로부터의 노파 바나클(조이스의 아내 노라[Nora]의 처녀명이기도)의 첫 애인의 소리(그녀를 즐기는 Bohermore 출신의 소년)를 각각 담고 있다.
이어 4노인들을 대동한 작별의 나귀 소리가 멀리서 들려온다. "마태휴, 마가휴, 루가휴, 요한휴히휴." 이솔더가 탄 배가 리피 강구로 떠나자, 이 4노인들은 다시 꿈의 세계로 몰입한다. 여기 나귀는 다음 장에서 4노인들과 함께 재현한다.

또는 랩 압 모리온 및 법플러 압 매티 맥그레고리, 둔부자臀部者, 드와이어의 대디부父의 마커스, 고깃국 노무대老負袋, 황우黃牛들과 목동들, 촌뜨기들과 종자從者들을 위하여, 요컨대, 벌족일동閥族一同 및 각자(성性) 및 하나씩 하나씩 그리고 마마누요를 애란愛蘭의 최영웅最英雄 챔피온과 그의 지주분발상륙자支柱奮發上陸者들을 향해 노래하도다. 그리고 거백去白, 거승去勝 그리고 거원去遠했도다.

"그리하여 이제 사랑의 포옹과 결합으로부터 계속 나아가, 우리 다함께 항해사들과 편역자遍歷者들에게 우리의 기도를 말하기 위해 계속 달려갈지라.

들을지라, 오 들을지라, 아름다운 이슬트여! 트리스탄, 비운의 영웅이여, 들을 지라! 큰 북, 롬보그의 갈대 피리, 횡적橫笛, 트럼펫을."

【399】 그대는 일요일의 아이에 의해 사랑 받으리라,

경질 어느 시골뜨기에 의해서 아니라,

오, 오라, 아름다운 요정들아, 신부를 갈채하기 위해!

왜 그녀는 울측낭자鬱側郎子들을 참고 견디려 하는고?

나의 사랑 리지여, 나를 데려가오!

나는 그녀를 내동댕이친 최초의 자였나니.

그녀는 말했나니, "그대는 나의 수중에 들어온 여전히 최고로 마음에 드는 청년이라."

마태, 마가, 루가, 요한!

히하우 나귀!

그리하여 여전히 한점 빛이 길게 강을 따라 움직이도다. 그리고 한층 조용히 인어 남들이 자신들의 술통을 바삐 움직이도다.

그의 원기는 충만한지라. 길은 자유롭나니. 그들의 운명은 결정되었노라.

고로, 요한을 위해 역(john)하기 위해 우리 몽남夢男요한(johnjeanms)에게 역役을 줍시다!

"고로, 요한을 위한 요한 몽남夢男에게 빛이 있을지라!"(So, to join for a join, johnajeams, led it be!). 〈피네간의 경야〉 제II부 12장의 종말에서, 4노대가들은 (빛이 있을지라─아니면 그들이 모는 당나귀인고), HCE처럼 꿈의 세계, 및 〈피네간의 경야〉 속에로 인도된다. 잇따른 3장은 손과 그의 꿈에 관련한다. "Johnajeams"는 햄릿의 졸린 게으름뱅이에 대한 언급이다. John- a-dreams (II.ii.553). 조이스는 작품들(〈젊은 예술가의 초상〉 제4장 말, 〈율리시스〉 제18장 말 및 여기 〈피네간의 경야〉의 제II부)을 잠에 떨어지는 행위로서 끝마치는 버릇을 지녔다. 또한 이름 "johnajeans" = John+James +Shun+셈.

이리하여 트리스탄과 이솔더의 구절은, 비평가들이 이미 지적한 대로【Campbell & Robinson 254-55】, 다음 부部의 선치역先置役으로 끝난다. HCE가 방금 꿈꾼 것은 자기 자신의 과거로부터 기억되는 어떤 것임은 사실이지만, 그것은 또한 그 밖에 어떤 것의 현재의 꿈이기도 하다. 성공적인 애인의 역할에 있어서 이 "그 밖의 자"(somebody else)는 Kevin(손), 어느 날 나타날, 자기 자신의 아들로서의 한 멋진 금발의 영웅이었다. 그 꿈은 방금 마루 위에 깨어진 육체의 상자(flesh-case)로부터, 방금 이층에 잠자는, 미래로 넘치는, 저 보다 젊은 육체의 상자에로의 HCE의 정신적 강조의 전환을 의미하는 것으로 이야기될 수 있으리라. 여기 HCE가 꿈꾸는, 이러한 부자父子 테마의 연계는, 〈율리시스〉의 스티븐이 샌디마운트 해변에서 진작 명상한 대로, 기독교의 삼위일체인, 부자동질성(consubstantiality)의 영원한 진리요 반복임이 분명하다. "나도 여기 죄의 암흑에서 수태되어, 태어난 것이 아니고 만들어졌다"【U 32】.

【398.29-399.28】 노령의 세례나데
들을지라, 오 들을지라, 아름다운 이솔트여! 트리스탄, 비운의 영웅이여, 들을 지라! 램버그의 큰 북,[246] 롬보그의 갈대 피리, 룸배그의 횡적橫笛, 리미빅의 청동비음青銅鼻音[247]을.

〈미인 이슬트를 위한 찬가〉

우리의 축복 받는 주 예수 그리스도의 기원[248]
얼스터 은행의 청흑장기青黑腸器 속의 구십구억구천만九十九億九千萬 파운드 영화英貨.
값진 반페니와 순금 파운드, 풍부한, 나의 아가씨여, 일요일이 그대를 멋있게 장식하리라.

【399】 그리하여 경찰 어느 시골뜨기도 그대에게 구애하러 오지 않나니 아니면 성령모聖靈母에 맹세코 살해 있으렷다!

오, 오라 딩글 해변의 모든 그대 아름다운 요정들, 파도 타는

시빌[249]의 염수신부鹽水新婦 여왕을 갈채하기 위해

그녀의 진주낭자眞珠娘子의 조가비 소택선沼澤船을 타고 그녀 주위에

은월청銀月靑 망토를 걸치고.[250]

해수海水의 왕관, 그녀의 이마 위에 염수鹽水, 그녀는 애인들에게 지그

춤을 추고 그들을 멋지게 차버리리라.

그래요, 왜 그녀는 울측낭자鬱側郎子들 혹은 흑기러기들을 참고 견디려하는고?

그대는 고독할 필요 없을지니, 나의 사랑 리지여, 그대의 애인이 냉육 冷肉과 온병

역溫兵役으로 만복할 때

뿐더러 겨울에 경야經夜하지 말지니, 매끄리 창부窓婦여,[251] 그러나 나의 낡은 발브

리간 외투[252] 속에 비가鼻歌할지로다.

과연, 그대는 이제 동의하지 않을런고, 말하자면, 내주, 중간부터 계속, 나의 나날

의 균형을 위해, 무료로(무엇?)그대 자신의 간호원로서 나를 채용하도록?

다력多力의 쾌락자들은 응당히 경기사투競技死鬪했나니—그러나 누가, 친구여,그

대를 위하여 동전을 걸乞할 터인고?

나는 그 자를 누구보다 오래전에 내동댕이쳤도다.

때는 역시 습濕한 성聖금요일의 일이었나니, 그녀는 다리미질을 하고 있었고, 나는

방금 이해하듯, 그녀는 언제나 내게 열광[253]이었도다.

값진 거위기름을 바르고 우리는 오로지 올나이트 물오리 털 침대를 들고 전적으

로 잇따른 피크닉을 나섰는지라.

콩의 십자가[254]에 맹세코, 그녀는 말하나니, 토요일 황혼 속에 나 아래에서 솟으며,

미크, 매고트(구더기)니크[255] 또는 그대의 이름이 무엇이든 간에, 그대는 보허모어[256]군

출신, 나의 수중에 들어온 여전히 최고의(모세)마음 드는 청년이라.

마태휴, 마가휴, 루가휴, 요한휴히휴휴!

히하우나귀!

그리하여 여전히 한 점 빛이 길게 강을 따라 움직이도다. 그리고 한층 조용히 인어 남人魚男들이 자신들의 술통을 분동奔動하도다.

그의 기운이 충만한지라. 길은 자유롭도다. 그들의 운명첨運命籤은 결정되었나니.

고로, 요한을 위한 요한몽남夢男[257]에게 빛光이 있을지라!

4노인들은 그들의 특별한 방언으로 그들의 사랑에 대해 노래를 부르는지라, 그들의 특별한 금속들(금, 은, 동, 철) 그리고 한 아일랜드의 주인 얼스터와 다른 3지방들, 딩글, 볼리갠, 콩의 각각의 한 도회를 포함한다.

얼스터의 대표인, 마태는 첫째로 그의 노래를 부르는데, 조이스가 "얼스터"로 불렸던 지방의, 과격한 역사에 걸맞게도, 침울하고, 과격한 노래이다. 조이스 시절에 얼스터는 지방들 중의 가장 부유란 곳으로, 여기 마태는 얼스터 은행의 황금 배盃를 가지고 이씨를 유혹한다. 이는 알스터 악센트의 스코틀랜드 풍의 운율이 "bawbees"(실링)에 대한 언급으로 공급된다. 북부에 의해 증오 받는 기독교도의 공격적 오렌지 무식이 성배의 어머니에 대한 신학적으로 그로테스크 풍의 언급 속에 나온다【399.1-2】. 북부의 노래는 *"murder!"*(살해!)란 단어로서 여기 충분히 타당하게도 끝난다【399.2】. 이씨를 위한 사랑 가운데, 그녀를 폭력적으로 소유하려는 강력한 권고는 한 조각도 없다.

마크는, 먼스터를 대신하여 말하면서, 애란 영어의 가장 음악적 방언이요, 코크의 방언인, 조이스의 부친의 태생적 방언의 사랑스런 언어를 생산한다. 마크의 시는 소택지의 조가비에 파도를 타고 있는, 말하기 위해 켈리의 딩글 해변의 인어들에게 말을 거는 '오라-모두들-그대여'로, 성처녀의 푸른 망토를 회상하는 푸른 망토를 입은 아포로다이트인, Brinabride로 구성된다.

Brinabride는 염수의 신부로서, 우리가 III.3에서 나중에 보듯, 애란 시인들의 애인의 가장 심오한 이름인지라, 그때, 은(Yawn)의 토루의 깊은 곳으로부터, 애란 역사의 용암의 흐름이 터져 나왔다【499.35-501.5】.

누가는, 저락되고, 지친 덜컹거리는 구절인, 라인스터의 대표로서, 그가 죽을 때까지 그녀의 유모가 되기를 요구한다. 그는 자신의 오버코트를 입은 채 따뜻한 잠보다 더 이상의 것은 아무것도 제의하지 않는다. 그는 애란의 영웅들을 "짐짓 빼는 이들"(highsteppers)로서 각하 시키는지라, 그녀를 위해 그들은 확실히 죽었으나, 용감하게 그녀를 지지하지 않을 것이다. 지친 노인은 단지 그녀를 위해 돈을 청하기를 제의한다.

요한은 그들 모두 가운데 가장 노쇠하고 자만한지라, 금요일과 토요일 모두를 그녀에게 사랑을 걸면서 보내기를 요구하니—작품에서 한층 있을 법 하지 않은 요구이다. 그는 또한 그녀를, 예이츠의 연인인, 모드 곤(Maud Gonne)과 동일시한다【399.22】. 모드 곤은 예이츠와 결혼하기를 거절했는지라, 한 때 경멸조로 물었나니, "누가 윌리와 결혼한담?" 눈부신 곤이 심지어 애수적 존을 그녀의 애인으로 삼았을까? 조이스는 캐슬린 니 호리한의 애인들이 되도록, 민족주의자 시인들에 의해 일우어진, 아일랜드의 모든 이들의 요구를 각하한다.

조롱조의 노인들에 의해 이루어진 다양한 요구에 대한 확정된 대답은 그들의 당나귀에 의해 주어지거니와, 후자는 그들이 끝난 뒤에 큰 소리의 히하우 조롱을 들어내며, 조니를 위해 가장 큰 소리의 히하우를 돕는다.

조이스는 그러자 한밤중 미숙한 애인들이 III부에서 성인의 국면 속으로 들어가도록 준비하듯, 그의 가장 애정의 전환의 하나를 마련한다【399.31-34】. 축혼 선船의 불빛이 조류가 바다를 흘러내려 갈 때 강 아래로 유동한다. 4노인들은 그들의 맥주를 마시는 지라, 한편 배는 숙명적 코스를 취한다. 아일랜드의 모든 이의 운명은 던져진다. 성인의 상항常項에로의 발전은 자리 잡으려 한다.

John과 James, Shaun과 Shem을 결합하는, 이름 "johnajeams"는 II막 2장의 햄릿의 독백으로부터 빌렸다. 거기 햄릿은, 복수의 연기에 대한 자기 자신을 비난하면서, 자기 자신을 마을 천치인 "jhon-a-dreams"으로 비유한다. 이 부분의 나머지는 또한 같은 연극의 V막 ii 장에서 햄릿의 연설로부터 호레이쇼까지 차용하는바, 그때 햄릿은, 레어티즈와의 결투에 관한 자신의 불안을 노정하면서, 호레이쇼로 하여금 사건을 연기할 것을 멈추게 한다.

아니, 그럴 것 없어. 나는 전조 같은 걸 두려워하는 사람이 아니네. 참새 한 마리 떨어지는 것도 신의 특별한 섭리, 올 것은 지금 오지 않아도 오고야 마네—지금 오면 장차는 오지 않고—장차 오지 않으면 지금 오네—요는 각오일세. 언재 버려야 할 것인지. 그 시기는 어차피 아무도 모르는 목숨. 그저 될 대로 되는 거지.(김재남 842)

여기, 한밤중에, 조이스는 자신의 불가피한 과정을 앞으로 나아가도록 하는지라—될 대로 되라지.—즉, 강의 흐름에 의해 "인도되듯" 앞으로 나아가라지. 여기, 〈햄릿〉에서처럼, 우리는 "화해의 정신"을 본다【U 9.160】. 숀은 "johnajeams"를 만들기 위해 셈과 결합한다. 이는 그의 바지 속에 불안하게 음경을 지니는 결합된 성인이요, 그의 성숙의 과정은 다음 부에서 서술된다. 거기 불안하게 화해된 형제들은 한 완전한 인간, 모든 인간들처럼, 혼성된 동기와 욕망의 인간으로 전진한다.

이 장은 또한 날자 1132의 주제를 재소개하는지라, 이는 I,1에서 처음 나타난다. 비록 수자는 〈피네간의 경야〉를 통해 발견되지만, 그것은 이 장에서 가장 자주 일어난다. "1132의 홍수의 해에서"처럼【387.23】 그리고 다른 언급들은 이 수자와 해체/쇄신의 주제 사이의 연결을 지시한다. 홍수는, 〈성서〉의 원형애서처럼, 추락과 쇄신을 상징한다. 조이스에게, 3211의 수자는 추락의 개념에 직접적으로 관련된다. 〈율리시스〉에서 리오폴드 블룸은 낙체의 법칙을 생각한다【U 5.44-45】. 여기 서술은 수자 11을 생각하는바, 이는 〈피네간의 경야〉애서 경신의 원형인, 아나 리비아와 연결된다. 이는 그녀의 111의 수자를 이룸으로써 연결을 강화한다.

주

1 저녁 점등시點燈時(at light up o' clock): 신문新聞은 자전거 타는 사람들을 위해 점등 시간을 알려주기 마련임.

2 잼 단지(Jampots): 영국인은 아이들에게 그들이 잼 단지로 입장료를 지불할 수 있음을 말해 줌.

3 주역 성 제네시우스(St Genesius Archimimus): (1) 배우들의 수호자 (2) Archimimus: (Gr) 주역(배우).

4 핀드리아스, 무리아스, 고리아스 및 파리아스(Findias, Murius, Gorias 및 Falias): 각각의 도시들로부터, 4마법적 물건들이 Tuatha(*Fingal*에 나오는 군소 여성인 Gelchossa의 아버지)에 의하여 전달되는데, 즉 De Danann: Nuad의 칼, Dagda의 큰 솟, Lug의 창, Fal의 돌이다.

5 고애란승古愛蘭僧(Messoirs the Coarbs): 고대 아일랜드의 승려들의 서품.

6 크라이브 광도光刀(Clive Sollis): 광도(Sword of Light).

7 브라티스라 바키아 형제들 (하일칸과 하리스토부루스)(the Brothers Bratislavoff Hyrcan and Haristobulus): Judas Aristobulus 2세는 기원전 78-40년에 유태인들의 고승인 그의 형제 John Hyrcanus를 자리에서 내쫓았다.

8 아델피 극장(the Adelphi): 더블린의 Adephi 극장(Queen's 극장으로 개명 됨).

9 그라미스… 애면愛眠을 혹살惑殺했는지라. 그리하여 이 때문에 코도우…더 이상 도면跳眠해서는 안 되도다. 맥베스 결식缺息이 더 이상 도면해서는 안 되도다(Glamours hath moidered's lieb and herefore Coldours must leap no more. Lack breath must leap no more): 〈맥베스〉【II.2.44-5】의 인유: "글래미스는 잠을 죽였다. 그러니까 코도우는 영영 못 잔다. 백베드는 영영 못 잔다!"

10 그들은 저 길로 통과했도다: 이이들의 겜에서…

11 윈니(W), 올리브(O) 및 비트리스(B), 넬리(N)와 아이다(I), 애미(A)와 루(R): WOBNIAR: Rainbow의 역행: "홍채의 색깔들이 처음에는 정상적이었다가, 이어 바뀌는 이중 무지개"(the double rainbow in which the iritie colours are first normal and then reversed). (조이스 〈서간문〉 22/11/30) 참조).

12 잎이 있는 곳에 희망이 있나니(there's leaf there's hope): (격언)의 패러디: "생명이 있는 한 희망이 있나니"(While there's life there's hope).

13 특미特味의 타과자唾菓子(tourtoun): (프로방스어語: Provencal): 아이들을 위한 과자.

14 맥시카리즈 악취로부터 맥크노키 중구中耉(Machonochie Middle from the MacSiccaries): (미상) (It) sicarl: 흉한兇漢; 아일랜드 남서부의 케리(Kerry) 주의 McGillycudd's Reeks(악취, 연기)(?).

15 그대는 잔다르크인고?(Haps thee jaoneofergs): (1) fearg: anger (2) Joan of Arc.

16 꼬마 독나방인고?(nunsibellies: Joyce thought nun's bellies yellow.

17 아아니나니(Naohaohao): 〈율리시스〉 제13장에서 꼬마 아기(Boardman)의 상투어【U 285】.

18 로물루스와 림머스 쌍왕双王(Roamaloose and Rehmoose): Romulus & Remus: (로마 신화) 로마를 건설한 초대 형제 왕들, 그들 쌍둥이 형제들은 늑대에 의하여 양육되었다 함.

19 차파리조드 땅(Chapelldiseut): Chapelizod의 거리들을 포함함.

20 볼리 바러 역域(Ballybough): 더블린의 한 지역.

21 피녀법정彼女法廷 유랑전차선로流浪電車線路(that hercpurt strayed reelway): 더블린의 Harcourt 가의 기차 정거장(railway station).

22 그랜지고만(Grangegorman): 더블린의 한 지역.

23 당시 이래로 스터링과 기네스가 시내들과 사자들에 의하여 대체代替되었고(sterlings and guineas…brooks and lions): 조이스의 부친은 1880년 총선거 동안 '자유 연합 클러브'(United Liberal Club)의 서기였다. Maurice Brooks 및 Dr Dyer Lyons의 자유 연합 후보자들은 Arthur 경 및 James Stirling을 패배시켰다.

24 타임이(Thyme): 조미, 완화제(seasoning)의 뜻.

25 모머스가 마즈(momie mummed at ma): 드라이든(Dryden)(영국의 시인. 비평가, 극작가; 1631-1700) 작 〈화성을 위한 모머스의 노래〉(Song of Momus to Mars), (William Boyce, 1710-79) (영국 작곡가 작곡) 의 인유.

26 BVD와 BVD 점點(dot): 남자용 속 팬티의 암시.

27 그대의, 그대를, 그대에게 그리고 그대로부터(라틴어의 격변화(of and on, to and for, by and with, from you): 소유격, 대격(직접 목적격) 여격(이중 목적격), 탈격의 용례.

28 만일 다가오는 공격이 우리의 전율을 미리 투송投送할 수 있다면(if the coming offence can send our shudders before): Thomas Campbell(1777-1844) (영국의 시인), 그의 〈로치엘의 경고〉(Lochiel's Warning)의 글귀 패러디: "다가오는 사건은 미리 그 그림자를 던지나니"(Coming events cast their shadows before).

29 돌에서 돌, 돌들 사이의 돌, 돌 아래의 돌이(stone to stone, stone between stones, stone under stone):

R.A.S. Macalister는 그의 〈아일랜드의 비밀 언어〉(*The Secret Lnguages of Ireland*)라는 책에서 프리 메이슨 조합(Masony)(석공술石工術)의 맹약(the bonds)에 관에 언급하는 Bearlagair의 문장을 (돌에서 돌…)로 번역한다.

30 오 대성주여 청원하옵건대(wee beseech of thees): 기도문의 패러디: "오 주여, 청하옵건대"(we beseech Thee, O Lord).

31 오시각悟時刻에 잠을 하사하옵소서!(Grant sleep in hour's time!): 아침의 기도문의 패러디: "우리의 시간에 평화를 주옵소서"(Give peace in our time, O Lord).

32 그들이 한기寒氣를 갖지 않도록. 그들이 살모를 … 않도록(That they take no chill. That they…no murder): 〈율법〉(Commandments) 구절의 인유: "그대 살해하지 말지니…그대 감음하지 말지니"(Yoy shalt not kill…Thou shalt not commit adultery).

33 우리의 심업心業을 저소底笑로서 휘감으소서!(entwine our arts with laughters low): 〈일반 기도서〉(*Book of Common Prayer*)의 성찬식(Holy Communion)의 패러디: "당신의 법을 지키도록 우리의 마음을 경주하게 하소서"(Incline our hearts to keep Thy Law).

34 하 헤 히 호 후(Ha he hi ho hu): 동물원의 짐승들의 먼 울음소리(5개의 모음).

35 만사묵묵萬事黙黙(Mummum): All is mum in mother dark(만사 모암母暗 속에 묵묵).

36 **오늘날…에게 다다랐도다**(*Aujourd hui….batailles*): 19세기 프랑스 시인 및 역사가 깽(Edgar Quinet) 작 〈인간성에 대한 역사철학의 소개〉(*Ideen zur Philosophy der Geschichhte de Menscheir*)의 글귀. 이 인용구는 역사의 환環의 특성을 암시하나니, 그의 힘은 인간의 노력을 초월하여 그의 가장假裝을 조롱한다. 즉, 예술은 도시보다 오래 살아남고, 자연은 양자보다 오래 존속한다. 이 글 속에 구체화 된 정신은 〈피네간의 경야〉의 서술 속에 융합되고, 아일랜드의 민족주의에 대한 작가의 견해에 대하여 특별히 언급하는데, 조이스의 야망은 너무나 많은 불필요한 고통을 야기 시켜왔다. 그 밖에 깽의 글들이 〈피네간의 경야〉 서술 속에 패러디로 여러 곳에 나타난다.【236 참조】

37 빙카 꽃: 하야신스, 마가리트의 일종 식植.

38 브루투스와 카이사르(Bruto and Cassio): (로마 역사의) Brutus 및 Cassius.

39 그건 마성녀魔性女 데스데모나('tis demonal!): 데스데모나(Desdemona): 브라밴쇼의 딸, 셰익스피어의 오셀로의 아내.

40 위사취僞似臭의 위침상僞沈床과 함께 위침상 속의 불운의 위僞손수건(It folsoletto …dal fuzzolezzo): 손수건(데스데모나와 연관됨).

41 둘 중 하나(either or): 키에르케고르(Kierkegaard, 덴마크의 신학자, 철학자, 사상가; 1813-55)의 시제: *Enten-Eller*(*Either Or*) 키에르케고르의 예는 〈율리시스〉의 밤의 환각에서도 나온다.【U 353】

42 기억, 청, 유령(huck, hick, a spirit spires): 예이츠의 〈조망〉(Vision)에서, 사람의 몸의 4원칙 (Principle) 중의 3가지.

43 나태자懶怠者들의 사제司祭(dean of idlers): 약소자의 왕자, 스위프트(dean).

44 거트 스토아파(gert stoan): (1) (the Stoa)(the Porch) 스토아 철학 (2) stoat: 담비(동물).

45 가까스로(barekely): Berkeley(1685-1752): 아일랜드의 철학자 및 Cloyne의 성공회의 승정.

46 말 떠듬적거리는 구근球根(balbose): Balbus: Gaul(옛 로마의 속령)에서 벽을 세우려고 애썼던 로마인(〈젊은 예술가의 초상〉제1장【P 43 참조】).

47 육肉의 항아리(fleshpots): 〈출애굽기〉16:3 구절의 패러디: "우리가 애급 땅에서 고기 가마 곁에 앉았던 때와 떡을 배불리 먹던 때에 여호와의 손에 죽었다면 좋았을 것을 너희가 이 광야로 우리를 인도하여 이 온 회중으로 주려 죽게 하는도다"(Would to God we had died by the hand of thee Lord, in the land of Egypt, when we sat by the flesh pots).

48 게으름뱅이 놈들(mikes): Mick(아일랜드인의 통칭).

49 이소로裏小路(백로우)(뒷골목)대학(Backlane University): 〈더블린 연대기〉(D Annals) (1622): "로마 가톨릭교도의 교육을 위해 Back-lane에서 개교된 대학"(A university opened in Back-lane for the education of Roman Catholics).

50 버터 빵 타육打育되었나니(bred and battered): Bred in bread and butter.

51 로미오풍만도윤豊滿跳閏 방식方式이도다.(the way Romeopullupslleaps): "그이, 나는 그를 천사로 생각했거늘, 그리하여 그는 굴광화로 역할 수 없으라니, 독화 마난씨!" 여기 내용상으로 케브를 암시한다.

52 제사수리력第四數理力(Fourth power): 요가의 "중심력"(force centers)(수학의 힘); 그것의 마력적 힘에 의한 아일랜드 작가들의 호출.

53 생명을 위한 대담한 필치筆致!(Bould strokes for your life!): Mrs Leutlivre 작의 연극 패러디: 〈아내를 위한 대담한 일격〉(Bold Stroke for a Wife)(1717).

54 도盜스틸, 이것은 함喊 바크, 이것은 엄嚴스턴, 이것은 급청急淸스위프트, 이것은 농弄와일드, 이것은 비소鼻笑쇼, 이것은 다불린만유칼리목灣柳칼里木예이츠로다: 아일랜드 출신의 작가들: Steele, Burke, Sterne, Swift, Wilde, Shaw, Yeats: 여기 돌프는 작가들을 예술과 신비의 과정으로 이해한다.

55 대니(Danny): (남자 이름) Daniel.

56 코노리(Connolly): (1) Daniel O'Connolly: (가톨릭 해방자) (2) James Connolly: 1916년, 더블린의 부활절 봉기의 지도자 중 하나.

57 사랑은 얼마나 단순한고!(Loves deathblow simple!): (L) Laws Gey Semper: 하느님께 영원한 찬미를(Praise to God Forever): 스티븐의 중학교 Belvedere College에서, 학생들은 그들의 숙제장의 말에 L.D.S.를 쓴다(숙제장 꼭대기에 쓰는 A.M.D.G. 참조, 〈젊은 예술가의 초상〉【P 70】.

58 화안여숙주火顔旅宿主(Burniface): 여관 숙주의 고유명사로서의 총칭.

59 지연전류각도遲延電流角度(an angle of lag): 기전력起電力(electromotive force) 뒤에 교환 전류(AC)가 지체되는 각도.

60 심측深測하게 호흡하며(heavyside breathing): Heaviside Layer of atmosphere: 전자파의 반사 지역.

61 세 재단사들(The Three Tailors): 더블린의 Tooley 가의 양복상【53.29 참조】.

62 마이나 산山(Mina): 아프리카 북서 쪽 Mall의 산.

63 이제 양조인은 이따금 불만월동不滿越冬하여(Now eats the ninter over these contents: 셰익스치어 작 〈리처드 3세〉(*Richard III*) I.1.1: "이제는 우리의 불만의 겨울인지라"(Now is the winter of our discontent).

64 베이컨(backonham): 셰익스피어 작품들에 대한 F. Bacon의 이론, 〈율리시스〉 제9장에서 스티븐의 셰익스피어 이론 중의 글귀: "리틀란드베이컨사우셈프턴셰익스피어"(Ruthlandbaconsout - hamptonshakespeare)【U 171】.

65 레지용 도뇌르 훈위勳位(legions of donours): (1) legion of Honour: 레지옹 도뇌르 훈장(나폴레옹 1세 제정) (2) (노르웨이) gammel: old.

66 타이프 아리프(Taif Alif): 아랍의 alif: 마호메트는 Taif에서 처형으로부터의 피난을 구했으나, 결국 Yethrib(Medina)로 이동했다.

67 아나폴리스(Annapolis): 동부 미국의 naval academy가 있는 도시

68 무쏘보토미아(Mussabotamia): Mesopotamia: 이라크의 옛 이름.

69 그가 자신의 단견短肩에 … 원조遠朝에 펠라갈피아를 향해 떠났던고(How he hised…shourter…for Fellagulphia in the farning): 노래 가사의 인유: "나의 어깨에 다발을 메고, 더 이상 대담한 자 없나니, 나는 아침에 필라델피아로 떠나리"(With my bundle on my shoulder, There's no one could be bolder, & I'm off to Philadelphia in the morning).

70 그의 드루이드 신봉자몽실현산정信奉者夢實現山頂에서부터 발트 해-연안-브라이튼 귀착歸着까지(From his dhruimadhreamgrue back to Brighten-pon-the-Baltic): (1) 노래 가사의 패러디: Drimmen Down Deelish (2) dream come true (3) (I) ridge of the druidical adherents (4) Brighten-pon-the-Baltic: Baltic Brighton.

71 아불阿佛 아래나阿來羅(Afferik Arena): (L) Afer: African; (G) ape; (L) arena: sand.

72 베링 배船해협(Blawland Bearring): (N) Blaaland: Africa의 고명; Bering Straits: 베링 해협.

73 자만自慢 이마의 분한奮汗으로 자신의 식息빵을 얻으며…(erning his breadth to the swelt): 〈창세기〉 3:19 성구의 패러디: "이마에 땀 흘려 빵을 얻을지니"(earning his bread in the sweat of his brow).

74 리즈드 횃불(lizod lights) : Cornwall의 Lizard 곶岬의 등대.

75 이드가 경비원警備員(Ede was a guradin) : 이브는 아담의 갈비뼈로부터 창조되었다.

76 스핑크스 원야原野(sphinxish): (1) 피닉스 공원 (2) Sphinx의 수수께끼 (3) 에덴동산.

77 감염수부感染水夫(murralner): (1) 시인 콜리지(Coleridge)의 〈노수부〉(The Ancient Mariner) (2) 노래 가사에서: "수부를 사랑하는 아가씨"(The Lass That Loves a Sailor).

78 해海율리시스(Thallasee): Ulysses.

79 잔 들어요(H), 여러분(C), 공空짜!(E) (Heave, coves, emptybloddy): (1) Here Comes Everybody: 만 인도래(HCE) (2) empty bladder(방요).

80 코론필러 사師(our revelant Colunnfiller): St Columba: 6세기의 아일랜드 성인 및 Iona의 대 수도 원의 우두머리; St Finnian이 소유한 수상受賞 책의 불법 묘사로서 유명함.

81 산상자선설교山上慈善說敎(mount's chattiry sermon): (1) 〈마태복음〉 5-7: "상상 수훈"(Sermon on the Mount) (2) 노래의 인유: "Slatterly's Mounted Foot(기마보병)."

82 기선응력汽船應力의 월요세일月曜洗日일지라(Streamstress Mandig): (1) steam- ship (2) (N) mandag: Monday洗日.

83 아던(Aden): Eden.

84 거충돌巨衝突. 조비鳥飛가 파혼접근破婚接近의 혼례를 다짐하도다(Giant crash…Birdflights conform abbroaching nubtials): 비코의 순환설 암시: (1) 우뢰, 추락(거충돌) (2) 길조(조비 鳥飛에 의한 점) 혼례.

85 게일충영蟲慶의 친親조부요 동족양同族洋횡단의 영웅 주장 탐탈자探奪者여(력력 furst of gielgaugalls and hero expunder of the clansakiltic): HCE explorer; transatlantic.

86 우리의 여유餘裕 로마카토넬 종교관계宗敎關係(our roomyo connellic relation): 로마 가톨릭 종교; Daniel O'Connell.

87 피터 폴 요새의 해군 소장(my rere admirable peadar populsen): (1) 성 Petersburg의 St Isaac's Cathedral (2) Peter/Paul(라이벌): 성 Petersburg에 있는 Peter 및 Paul 요새.

88 브랜도니우스, 친우親友(카라) (Brandonius, …Cara): 1. St Brendan: 아일랜드의 이야기에서, 그 는 대서양으로 여행했는지라, St Brandons Island는 진짜 섬으로, 지상의 낙원으로 오랫동안 믿 어졌다 2. Cara: (I) a chara: friend 3. 입센의 〈브랜드〉(Brand)에서 Brand는 하느님에 의하여 보 내졌다고 생각한다.

89 핀로그(Fynlogue): 성 Brenden의 부친.

90 그 어떤 이보다 복수미인複數美人 중의 미녀(anny livving plusquebelle): Anna Livia Plurabelle. (L) plus Anna belle: more than beautifully.

91 여자반(Totty): girl.

92 까악포박捕縛된 채. 꾸꾸구옥鳩獄된 채(Cawcaught. Coocaged): (1) caw(raven 까마귀); coo(dove 비둘기) (2) Cat & Cage: 더블린의 한 주막 명.

93 보르네오의 전장戰場으로부터… 정예화함대精銳花艦隊의 로환露歡이 방금 극도에 달했기에 (the joy of the dew on the flower of the fleets…. from Borneholm…come to crown): 노래 가사의 패러디: "보르네오에서 온 야인의 아내의 아이의 유모의 개의 꽁지 털에 붙은 빈대가 도회에 달했나니"(The flea on the hair of the tail of the dog of the nurse of the child of the wife of the wild man from Borneo has just come to town).

94 그의 라그란복服과 그의 마라코프 모피모(In his raglanrock and his malakoiffed bulbsbyg): Raglan-sleeved coat: 래그런 소매의 상의(어깨솔기 없이 통째로 내리 달린 소매의 코트).

95 카디간 경卿(cardigans): 크리미아 전쟁의 Lord Cardigan의 인유.

96 맨쉬코브(manchokuffs): 크리미아 전쟁의 소련 Menshikov 왕자.

97 카車 호름 사건(Caerholme Event): Carholme: Lincoln의 경기 트랙.

98 힙힙만세(Hippohopparray): Hip, hip, hurray!: 응원 갈채.

99 아신我神이여!(Meusdeua): My God!

100 투마스 노호호란씨氏(Mr. Twomass Nohoholan): Thomas Nolan: 크리미아 전쟁의 장교.

101 개락심改樂心의 취지로 그들 공통의 통회만용痛悔滿用을 위하여…(for their common contribe satisfiction in the purports of amusedment): 통회에서 참회자는 개심으로 만족(satisfaction)을 수행해야 하고 개선의 굳은 취지를 보여야 한다.

102 성 드호로우 성당(Saint Dhorough's): Baldoyle(더블린 지역)에 있는 마을 및 동명의 성당.

103 현현顯現(에피파니즈) (Epiphanes): 씨말의 이름, 1932년 새끼를 낳다.

104 확곤確壼(ossuary): 죽은 자의 뼈를 넣는 항아리.

105 그랜트 여장군與將軍(The Grant): Ulysses Grant는 미국의 대통령으로, 시민전쟁에서 연방군을 통솔했다.

106 공인公人 만리우스(Publius Manlius): T. Manlius: 아들을 사형 선고한 로마의 집정관.

107 그의 장소는 그의 포스터… 모두들 말했나니, 그리하여 우리는 주목하리라… 그들은 말했나니(his place is poster, sure, they said.): 자장가의 패러디: "어디 가는 길이요, 나의 예쁜 아가씨?": "나의 얼굴은 나의 재산이야요, 나리, 그녀는 말했도다, 나는 시장으로 가요, 나리, 그녀는 말했도

다"(Where Are You Going, My Pretty Maid? My face is my fortune, sir, she said: I'm going to market, sir, she said).

108 자유해방촉진당수(liberaloider): (1) the Liberator: Daniel O'Connell (2) Liberal leader: 글래 드스턴.

109 대서양 파波의 흉융기胸隆起(atalantic's breastwells): (1) Atlantic swell(해팽海膨) (큰 파도) (2) Atalanta: (희랍 신화) 걸음이 빠른 미녀.

110 쟁기의 채찍 땀(the welt of his plow): 〈창세기〉 3:19의 인유: "이마의 땀"(sweat of blow).

111 개락심改樂心의 취지로 그들 공통의 통회만용痛悔滿用을 위하여…(for their common contribe satisfuction in the purports of amusement): 통회에서 참회자는 개심으로 만족(satisfaction)을 수행해야 하고 개선의 군은 취지를 보여야 한다.

112 성 드호로우 성당(Saint Dhorough's): Baldoyle(더블린 지역)에 있는 마을 및 동명의 성당.

113 현현顯現(에피파니즈) (Epiphanes): 씨말의 이름, 1932년 새끼를 낳다.

114 경마 장군연감將軍年鑑(racing kenneldar): *The Racing Calendar*: 경마 연감.

115 성자다운 성학자聖學者의(saintly scholarist's): 아일랜드의 별명: "성자들과 학자들의 섬"(Isle of saints and scholars); 동명의 조이스 비평문.

116 반들반들한 셈(멋진 남자)(Slippery Sam): John Gay 작 〈거지의 오페라〉(*Beggar's Opera*)에 나오는 도적, 재단사.

117 (아무리 육체적으로 건재한들) 도덕적으로 부재하여: 아일랜드에서는 미사 기간 동안 만원 성당 바깥의 예배자들은 비록 육체적으로 부재할지라도, 도덕적으로 참가함을 생각한다.

118 맥쓰, 노브 및 드마기즈(Gmax, Knox, the Dmauggies): 팬터마임 익살극의 제목의 패러디: 〈믹, 닉, 및 매기〉(*Mick, Nick & the Maggies*) (전출, 218).

119 뭘 멍하니 사죄하는고, 뗏장 심는 자들아!(a pinnance for your toughes, turffers!): 격언의 패러디: 뭘 멍하니 생각하는고(a penny for your thoughts) 【U 295】.

120 시자視者들은 사무엘의 시자들이지만 청자聽者들은 티모스의 청자들이라(the seers are the seers of Samael but the heers are the heers of timoth): (1) 〈창세기〉 27:22 참조: "목소리는 야곱의 목소리지만, 손은 이서의 것이라"(The voice is Jacob's voice but the hands are the hands of Esau). (2) 유태의 민속에서 Sammael은 하느님의 적이다.

121 대주가(Boozer's Gloom): 1930년대의 경마.

122 볼다울 경마 저주(Baldawl): Baldoylae: 더블린의 지역 명으로, 경마장으로 유명함.

123 대장간 주장(chiefsmith): 〈핀의 청춘 탐험〉(*Youthful Exploits of Finn*)의 주된 대장 쟁이.

124 카사비안카로부터의 여女재봉사(a middiness from the Casabianca): Mrs Hemans: 〈카사브란

카) (*Casabianca*); 카사블랑카: 모로코 서부의 항구.

125 왜 저 기묘한 두건을 벗은고?(Why coif that weird hood?): 무어 & 버저스(Burgess) 등, 음유시인들의 선전문구(catchline)의 변형: "저 백모를 벗어요!"(Take off that white hat!).

126 후실後失의 정부政府-세총독世總督의 진세塵洗한 애고명사愛顧名士(the lost Gabbarnaur-Jaggarnath): 최후 총독-장군의 탁월한 애고(후원자)(distinguished patronage of the last government-general: 1932년의 Donald Butcherly.)

127 팜자브(Pamjab!): Punjab: 판자브: 인도 북서부의 한 지방(사람) (현재 인도 및 파키스탄의 공동 소유).

128 행운행운행운행운행운행운행운행운!(Luckluck…luck!): 럭키세븐(행운의 숫자).

129 리버풀 하은배夏銀杯(Lipperfull Sliver Cup): Liverpool Summer Cup(경마 금배 우승 컵).

130 1000기니로다(the Thousand) : 경마의 상금.

131 승안장乘鞍裝 견소堅少(ridesiddle titelittle): 노래 가사: "바로 작은, 딴딴한 작은 섬"(Right Little, Tight Little Island).

132 제4장애물항(the fourth of the huddles): 더블린의 별칭.

133 X리스도의 성가聖架에 맹세코(By the hross of Xristos): By the cross of Christ(맹세).

134 헤리오포리스총중總衆은 홍분興糞의 사성射聲이나니!(Holophullopopulace is a shote of excramation): 피닉스 공원의 Heliopolis에서 불탄 불사조.

135 판자브!(Bumchub!) : Punjab(편자브) : 인도 북부의 한 지방(인).

136 크리미아의 사냥꾼인, 해방자(Emancipator, the Creman hunter): Emancipator: 1927년의 새끼를 친, 경기 씨말.

137 가제家製 잉크(Homo Made Ink): 셈이 그의 인분으로 만든 잉크(전출: 185)

138 배일리 횃불 등대Bailey Beacon): Howth Head의 Bailey 등대.

139 독수리의 길(the eagle's way): 격언의 구절에서: (1) "공중에는 독수리의 길…처녀를 지닌 남자의 길"(The way of an eagle in the air…& the way of a man with a amid) (2) Eagle's Way: 1919년의 새끼를 친 경기 씨말.

140 춘천욕春泉浴(spring dabbles): Spring Doubles 영국의 Lincolnshire(Liverpool)에서 매년 열리는 대 장애물 경마(Handicap & Grand National).

141 이 에덴석모夕暮의 황금원黃金園(this golden of events): 에덴동산(Garden of Eden).

142 론둔論鈍 지방(Loundin Reginald): B.B.C. London Regional(경마).

143 오렌지임인林人(orangultonia): (Malay)orang-utan(실지로, '숲의 사나이' 란 뜻).

144 말레이의 공포(the tiomor of malaise): Mimor: Malay 군도의 섬.

145 브루나이 출신의 이러한 황삼남荒森男이… 시골 어릿광대들을 농락했는지를(how such waldmanns from Burnias seduced country clowns): 노래 가사의 패러디: "보르네오의 야생의 사나이가 방금 도회로 왔다네"(The wild man from Borneo has just come to town.

146 내가 그를 만나다니 때가 너무 늦었군(I met with whom it was too late): 와일드의 〈심연에서〉(De Profundis)에서 와일드는 Douglas에게 "그러나 나는 너무 늦게 또는 너무 일찍 만났군"(but I met you either too late or too soon)라고 말한다.

147 신음의 채찍 자국의 공포여!(Fearwealing of the groan): 노래의 패러디: "청의를 입으며"(The Wearing of the Green).

148 흡연을 흡吸할 때 그걸 생각할지라(think of that when you smugs to bagot): S. Lover(아일랜드 노래 작곡가; 1797-1868) 작 〈핸디 앤디〉(Handy Andy) 제6장의 글귀의 인유: "당신이 흡연할 때 이걸 생각할지라"(Think o' this when you're smoking tobacco).

149 화살처럼 사각射脚으로 표적 떨어뜨리나니 진동 울새. 사射참새여!(on armer and hits leg an arrow cockshock rockrogn. Sparro!): 자장가의 패러디: "누가 Cock Robin을 죽였지요? '나요' 참새가 말했나니, '나의 활과 화살을 가지고'" (Cock Robin, cock sparrow): 수참새. (고대 북구 신화)Ragnarok: 신들의 운명.

150 루터장애물항(Hurtreford): (1) Hurdle Ford(장애물 항): 더블린 (2) Lord Rutherford는 1919년에 원자를 분할한다.

151 비상공포쾌걸非常恐怖快傑이반적的인(ivanmorinthorrorumble): Ivan the Terrible: 이빈 뇌재雷宰, 쾌걸 이번.

152 퍼시오렐리(Parsuralia): Persse O'Reilly: 프랑스어로 "earwig"(집게벌레)로, 이어위커(HCE)로 의인화됨. 그는 Hosty 작의 〈퍼시 오레일의 민요〉(The Ballad of Persse O'Reilly)에서 조롱되고 비난받는다【44-47】.

153 코번트리 시골 호박들이 야행자夜行者피카딜리의 런던우아기품優雅氣稟 속에 적절자신대모適切自身代母되도다(coventry plumpkins fairlygosmotherthemselves in the Landaunelegants of Pinkadindy): (1) country pumkin(시골 호박) (2) 영국의 Coventry 도시 (3) Fairy Godmother: 동화에서 주인공을 돕는 요정 (4) Mother Goose(팬터마임) (5) 런던 피커딜리 광장의 우아한 번화(London elegance of Piccadilly) (6) Landau carriage: 신데렐라 호박(Cinderella's pumpkin) (7) pinkindindies: 그들의 칼끝으로 행인들을 베는 18세기 더블린의 밤의 야행자들.

154 홀울루루欻爛樓樓, 사발와요沙鉢瓦窯, 최고천제最高天帝의 공라마空羅麻 및 현대의 아태수亞太守(Hullulullu, Bawlawayo, emptreal Raum and modern Atems): (1) Hullulullu: Honolulu (2) Bulawayo (3)

Modern Athens: Edinburgh (4) Atem: 〈이집트의 사자의 책〉의 조물주.

155 정확히 12시, 영분零分, 무초無秒로다(the twelves of clocks, noon minutes, none seconds): 라디오 시간의 신호: 프리메이슨 단에서 시간은 언제나 정오(noon)이다.

156 올대이롱-(종일) (Oldanelang): Danelagh: 9-10세기의 덴마크 인들에 의하여 정착된 영국 북 및 북동의 지역.

157 전戰왕국(Konguerrig): (Da) Kongerige: 왕국.

158 여명(dawnybreak): Donnybrook: 더블린의 지역 명.

159 펌프 및 파이프 오지발진기五指發振機(The pump and pipe pingers): (1) 엄지와 다섯 손가락(thumb & five fingers) (2) 펌프와 오르간 파이프: (pump & pipes of organ).

160 접시와 사발(The putther and bowls): 자장가의패러디: (1) 늙은 왕 콜리: 그의 담뱃대…와 그의 사발(Old King Cole: his pipe…& his bowl) (2) Peter & Paul(라이벌).

161 월越(엑스)(ex): 미지수(대수의).

162 확수치確數値로서 장한정판長限定版이나니(by messures long and limited): John Long 주식회사 (Messrs)는 조이스 초기 작 〈더블린 사람들〉(Dubliners) 을 출판하기를 거절했다.

163 공석空席(blank seat) : (1) Black Sea(흑해) (2) back seat(배석背席).

164 베네치아 당초문唐草紋(vignettiennes): (1) Venetians: 베니스인들 (2) vignettes: 소품문小品文.

165 내가 접광창怯光窓을 열자 나는 구구鳩鳩를 보도다(I ope my skylight window and I see coocoo): 노래 가사의 인유: "내가 손가락을 들어올리자 나는 트위트 트위트 말하도다"(I Lift Up My Finger & I say Tweet Tweet).

166 나야말로, 나(I am, I am.): (1) 〈출애굽기〉 3:14: "하느님이 모세에게 이르시되 나는 스스로 있는 자니라"(I AM WHO I AM) (I will be what I will be) (2) 〈율리시스〉 13장 말에서 블룸이 모래사장에 갈겨쓰는 글귀(자신의 신부 및 존재 파악)【U 312 참조】.

167 애정 어린 우위牛圍의 배사상背思想으로 사냥된 펠리칸이 항시 온통…(the pelican huntered with truly fond buupen backthought.): (1) Pelagius: 펠라기우스(영국의 수도사 및 신학자로, 뒤에 이단시 됨, 360?-420?) (2) Pelagius의 제자 Caelastius는 다음과 같은 이설적 신념으로 비난을 받았다: (i) 아담은 비록 그가 죄를 짓지 않아도 죽었을 것이다 (ii) 그의 죄가 단지 그에게 부상을 입혔다 (iii) 신생아들은 추락 전의 아담과 같은 상태에 있었다 (iv) 인류는 아담의 추락으로 죽지 않았으며, 그리스도의 부활에 의하여 소생하지 않았다. (v) 법과 복음은 인간을 천국의 왕국으로 나를 수 있다. (vi) 그리스도 이전에도 죄 없는 사람들이 있었다.

168 유아幼兒들(chiltern): Chiltern Hundred: 영국 Bedford와 Hertford 사이에 위치한 Chiltern

Hills는 한때 노상강도의 은거지로서, 관찰관(Crown Steward) 을 임명하여 이 지역을 순찰하게 함. 하원의 원직에서 물러나 갖는 일시적 한직 한직閑職이기도 함【U 135 참조】.

169 핀탄(Fintan): 홍수에 살아남은 유일한 아일랜드인. 하느님은 초기 그리스도 성인들에게 아일랜드의 과거사를 말하도록 그를 보존했음. 그는 독수리, 매鳥로서 수 세기를 보냈으며, 이어 지혜의 타 세계 신이 되고, Finn이 그로부터 그의 지혜의 엄지손가락을 얻은 연어로 화신화되다.

170 농弄나이팅게일(the naughtingels): 1930년대의 나이팅게일에 관한 BBC의 정규외부 생방송. nightingales: naughty girls.

171 그대에게! 당신에게!(새 you! to you!): "올빼미의 울음소리"(to-whit, to-whoo).

172 알리스! 알리스 델시오 미녀여!(Alys! Alysaloe!): Alic Delysio: 1930년대의 무대 미인.

173 매력림魅力林의 헤더 측구側丘(the heather side of waldalure): (1) heathe side: 호우드 언덕에 산재한 헤더(heather) 숲(일명 히스, heath)(〈율리시스〉 제8장, 블룸과 몰리의 낭만의 현장 참조)【U 144】 (2) Waterloo.

174 성聖 존 산山, 지니(신령神靈) 땅(Mount Saint John's, Jinnyland): (1) Mont St Jean: Waterloo 전쟁의 중심지 (2) Jenny Lind: 가수로 "스웨덴의 나이팅게일"로 불림.

175 동료(allies): Alice: Lewis Carroll의 주인공.

176 무어 마루공원(Mooreparque): 스위프트는 Surry의 무어 공원(Moor Park)에서 연인 스텔라(스텔라)를 만났다.

177 일몰日沒(Sunsink): Dunsink(더블린의 천문대) 의 인유.

178 여기저기에!(Hitherzither!): hither & thither: 물을 헤집는 동작: 〈젊은 예술가의 초상〉 제4장 말에서 비둘기 소녀(dove-girl)의 동작【P 172】; 〈피네간의 경야〉 제8장 말에서 여인들의 변용 장면【216 참조】(전출).

179 점보点步! 나는 대쉬돌突해야(dotty! dash!): dots & dashes Morse 전보 부호.

180 프로프로 프로프로렌스(floflo floreflorence): (1) 크리미아 전쟁의 Florence Nightingale(영국의 간호사로, 옛 간호학 확립의 공로자; 1820-1910) (2) Swedish Nightingale: Jenny Lind: 그녀는 Philomela 및 Jinnies와 연관된다.

181 흑인까마귀, 갈까마귀, 첫째 및 둘째 그들의 셋째(jemcrow, jcakdaw, prime⋯terce): (1) Prime& Tierce: (가톨릭) 정시과定時課(canonical hours) (2) Tereus는 Philomela를 강탈하자, 후자는 나이팅게일이 되었다(T.S. 엘리엇의 〈황무지〉(100행, 〈장기 놀이〉 [A Game of Chess] 참조) (3) Jim Crow: 더블린에서 공연한 미국 흑인 코미디언.

182 류트 악기(full theorbe): full it throbbed【U 225】(터질 듯 고놈이 맥박 쳤다)(섹스의 암시).

183 넘치는… 달시머(full…dulcifair): 무어의 노래 패러디: "Fill the Bumper Fair."

184 행태만부行態慢父(pere Golazy): (1) Pergolesi: 작곡가 (2) 발작(Balzac)의 〈고리오 영감〉(Le p'ere Goriot)(1834-5)의 패러디.

185 메이뿔 비어裸및 그대 벨리(부리)니, 그리하여 그대 머카(능글)단테(미려한) 그리고, 베토벤(mere Bare and you Bill Heeny, and you Smorky Dainty and, more beethoken): Meyerbeer: 작곡가; Bellini 작곡가; Mercadante 작곡가; Beethoven: 작곡가.

186 철썩디들 바그너 숭배자들!(wheckfoolthenairyans): (1) Wagerians: 바그너 숭배자들 (2) 노래 가사의 패러디: "Whack Fol the Diddle."

187 자그자그 행복이라(gluckg lucky): jug-jug: 나이팅게일의 소리(T.S. 엘리엇의 〈황무지〉 104행 참조).

188 야야夜野(nocturnefield): John Field: 아일랜드의 작곡가.

189 짤랑 모음곡(clinkar): Clinka: 작곡가.

190 밤의 감미로운 모차르트 심곡心曲(night's sweetmoztheart): Mozart: 〈마적〉(The Magic Flute)에서 밤의 여왕.

191 카르멘 실 바비妃(Carmen Sylvae): 루마니아: 엘리자베스 여왕 펜 내임.

192 탐객探客, 나의 여왕(my quest, my queen): 노래(Rigoletto)의 가사 "Questa o quella."

193 나를 공기냉空氣冷하기 위해 비탄해야 하는지라!(must wail to cool me airly!):
(1) 테니슨의 시의 인유: 〈오월의 여왕〉(The May Queen): "나를 일찍 불러요, 사랑하는 엄마"(Call me early, mother dear) (2) 조이스의 〈실내악〉(Chamber Music)의 IX 구절의 인유: "오월의 바람이여."

194 노래하여 번창하기를 (하림下林에서), 합주돌슴홪홋 속에, 만세번성하기를(뉴트여신 속에, 뉴트공空에) (May song it flourish (in the underwood)… long make it flourish(in the Nut, in the Nutsky): Pepi 2세의 비문의 패러디: "하느님이시여 그의 피라미드가 번창하게 하사… 뉴트(Nut) (이집트의 하늘-여신) 의 이름이 번창하면…이 페피의 이름도…번창하리니."

195 피로돌疲勞突까지! 비밀중계秘密中繼(till thorush! Secret Hookup): Horus: (이집트 신화) 매의 모습을 한 태양신(희랍 신화의 Helios에 해당하며, 〈율리시스〉의 〈태양신의 황소들〉 14장의 첫 행의 기원문: "Deshil Helloes Eamus"【U 314 참조】; Sekhet hetep: 이집트의 Elysian Fields(샹젤리제, 파리의 번화가).

196 금강절금강정신金剛切金剛精神(daimond cap daimond) : 격언의 패러디: "막상 막하의 경기"(Diamonds cut diamonds).

197 공상空想마공티가 웅숭하강下降했나니(doing wonged Magongty): 노래 가사의 패러디: "Down went McGinty."

198 위일드 역域(Weald): The Weald of Sussex: 중심지역.

199 파사(Bawshaw): bashaw: pasha: 터키의 고관 장교.

200 마리안의 욕망慾望은 마리안의 절망絶望, 조 요셉의 미美가 재크 야곱의 비悲이듯이(The desire of Miriam is the despair of Marian as Job Joseph's beauty is Jacq Jacob's grief) : Miriam: 모세의 누이; Marian: Robin Hood의 애인; 성모 마리아의. 요셉: 성모 마리아의 남편; 야곱: 이삭의 쌍둥이 아들.

201 허풍공虛風恐!(Boumce!): 주님의 공포(fear of the Lord).

202 매인누스(maynoother): Maynooth 대학: 신부神父 양성 대학.

203 오성자汚聖者의 탐식도食食禱를!(glutany of stainks):성자들의 연도(Litany of Saints).

204 헤이 호마馬, 헤이 호마馬 ⋯ 친왕국親王國!(Heigh hohse, heigh hohse, our kingdom⋯): 〈리처드 3세〉 v.4.7의 패러디: "말馬, 말, 말을 위해서는 나의 왕국도."

205 브라니 로니의 모둔부毛臀部의 부루니 라노의 양모의羊毛衣(Bruni Lanno's woollies on Branni Lonni's hairyparts): (1) Florence의 Brunni의 역사 (2) Bruno vs. Nolan(대칭 관계) (3) 노래의 패러디: "브라이안 오런은 입을 바지가 없었대요, 고로 그는 바지를 만들려고 양피를 샀대요. 양피는 밖으로, 양모는 안으로그들은 시원하고 요양편리療養便利한지라, 브라이언 오런이 말했지요"(Bruan O'Linn had no breeches to wear, So he bought him a sheepskin to make him a pair; The skinny side out, & woolly side in, 'They are coolconvenient' said Brian Olinn) (〈아리따운 아가씨〉에서 보우시콜트가 인용함).

206 의회폐색자議會閉塞者 리나 로나 레이네트 론내인(Rina Roner Reinette Ronayne): J.P Ronayne: Cork의 의회 의원으로, 조이스에 따르면, 그와 Joseph Biggar는 함께 의회 폐색론(Parliamentary obstruction)을 고안했다 한다.

207 나의 하답何答인즉 애인레몬이라(To what mine answer is a lemans): "대답은 필요 없어요"(The answer is a lemon): 〈율리시스〉 15장 사창가에서 Breen 부인의 블룸에 대한 조소적 대답【U 364】.

208 그건 그가 현기발작眩氣發作을 일으켰을 때였도다(That was when he had dizzy spells): 입센의 〈건축 충부업자〉(The Master Builder)에서 Solness는 자신이 세운 탑에 오르는 것을 멈추는지라, 그것의 현기 때문에. 그가 재시도하자, 추락하여 죽음(04 참조).

209 그래드 석의자石椅子(Gladstools): 글래드스턴의 인유.

210 산책길처럼(as the mall): (1) right as mail(우편처럼 바르게) (2) mall: 산책길; 쇼핑센터.

211 그의 후디브라스 동색銅色 턱수염에 감사하게도(Thanks to his huedobrass beerd): Hudibras beard: 버틀러(S. Butler)의 시 속에 상세히 서술된 턱수염.

212 오로우크 렐리리로다!(Rorke relly): Tiernan O'Rourke(Breffni의 왕자)의 아내는 Dermot MacMurrough(아일랜드 동부 지방의 왕)에 반해 남편을 떠났는 바, 후자는 O'Rourke와 Roderick O'Connor에 대적하여 앵글로-노르만으로부터 도움을 구함. 이는 아일랜드에 대한 앵글로-노만

의 참락을 야기함(《율리시스》 제2장 말 참조【U 29】).

213 퍼스 오레일(parssed our alley): Persse O'Reilly의 민요의 패러디.

214 타고난 천성은 그대의 살에 나타나기 마련인지라(you've bled till you're bone it crops out): 격언: "타고 난 천성은 살에 나타나기 마련"(What's bred in the bone comes out in the flesh).

215 그대의 벌꿀 술이 어찌 만들어지는지(how your mead, mard, is made of): 자장가의 패러디: "꼬마 소녀들은 무엇으로 만들어지는지, 만들어지는지"(What Are Little Girls Made of, Made of).

216 다저손(Dadgerson): C.L. Dodgson: 캐롤(Lewis Carroll).

217 불가사이국不可思議國(wonderland): 캐록 작 《이상한 나라의 엘리스》(Alice in Wonderland) 의 암시.

218 보이(소년) 전사轉寫(boyscript): 《보스턴 전사》(Boston Transcript)

219 우목愚目에는 흑목黑目 그리고 목에는 목 턱(Anigg for na noggand a thrate for a throte): (1) 《마태복음》 5:38의 인유: "눈에는 눈 & 이에는 이"(An eye for an eye, & a tooth for a tooth) (2) 목의 치료(a treat for a throat).

220 랭커서의, 토컨 화이트(백白) 래드럼프(적혼赤魂)(Torkenwhite Radlumps, lens): 장미 전쟁(Wars of the Roses)의 암시; York: 흰 장미; Lancaster: 붉은 장미;(《젊은 예술가의 초상》 제1장 【P 12】 참조, .

221 익명의 좌수左手로 암시된 축수시縮綬詩(Anonymay's left hinted palinode): 익명의 좌수체左手體 (anonymous left-handed); palinode: 앞서 시에서 말한 것을 일부 말 바꾸기.

222 피펫(눈금 관管) (pipette): 스위프트의 편지 결구: "Ppt."

223 머드러스(Murdrus): Koran 및 Arabian Nights를 번역한 J.C. Murdrus.

224 소년승정少年僧正(the Boy of Biskop): (1) Boy Bishop: 영국, 수도학교의 중세의 4월 1일에 (2) 노래 가사의 패러디: "비스케이 만"(The Bay of Biscay) (프랑스 서부와 스페인 북부 대서양에 면한 큰 만).

225 애심愛深한 불결촌不潔村의 의疑블린(deep dorfy doubtlings): 속담의 패러디: Dear Dirty Dublin.

226 사도서간인식신학론使徒書簡認識論(Epistlemadethemology): epistemology (인식론) + theology(신학)+ epistle(사도서간).

227 변이체變異體(바리안트)의 캐티 쉐라트 남男(Variant's Katey Sherrant): 1.I.S. Variant: 더블린의 솔(brush) 제조 공장 2. Kate Strong: 과부 + 더블린의 가장 밉살스런 수세리【79.27】참조 ; 즉 여기서는 캐이트(과부-잡부雜婦)와 조(Joe)(Jo) (남자-잡부雜夫)를 암시함.

228 부라쉬화이트(백풍白風) 와 브러쉬레드(적안赤顏)의 미안美顏(Blashwhite and Blushred): (1) Patrick Kennedy의 이야기 《12마리 야생의 거위들》(The Twelve Wild Geese)의 여주인공은 백설 및 적장미 (Snow-White and Rose-Red)로 불린다. (2) 솀 및 숀의 암시.

229 대주거大住居(Mocked Majesty): 여기서는 H.C. 이어위커 점주의 암시.

230 모의폐하模擬陛下(Malincurred Mansion): 채프리조드의 Mullingar 여인숙.

231 포그 맥휴 오 바우라(Faugh MacHugh O'Bawlar): 1598년 더블린에서 살해된 아일랜드의 반도叛徒 추장으로, 그는 "커로우까지 나를 따라와요"(Follow Me up to Carlow) (노래) 의 주인공, 1580년 영국인에 대한 그의 공격이 노래 속에 찬양되어 있다. Carlow: 아일랜드의 군 및 도회.

232 이도離島여!(farene!): (D) faeroeren: Faeroe Islands.

233 이제 우리는 성광星光에 의해 출범하도다!(Now follow we out by Starloe!) : 노래 가사의 패러디: McCall 작의 "칼로우까지 나를 따르지라"(Follow Me up to Carlow); Starloe: starlight.

234 안와眼窩(eyesolt): 고양이(Da: katte)-이솔드(Isolde)

235 구렁텅이 심연(deprofundity): 오스카 와일드 작 〈심연에서〉(De Profundis)의 인유.

236 고체의, 액류液類의 그리고 기화氣化의 육체(solod, likeward and gushious bodies): solid, liquid and gaseous.

237 진주백珍珠白의(perilwhitened): Pearl White(필름 수타 명) pearl(진주) + white(흰).

238 영예참정권보편강좌(gloriaspanquost universal howldmotherhibbert): "최대의 영예참정권보편강좌榮譽參政權普遍講座"(grandest gloiaspanquost universal howldmouth- herhibbert): (1) 자장가의 패러디: "나이 많은 허바드 어머니"(Old Mother Hubard) (2) Hibbert Lectureship: Robert Hibbert: 19세기 급진주의자로, Mother Hubbard와 함께 강좌를 베풀었다.

239 그의 아부阿附하는 손(his flattering hend): 말더듬이 손(Stuttering Hand) (동양지재 피네간)을 수식하는: (전출:04.18).

240 어떤 용기勇琦의 요리사(some cook of corage): 요리사의 증언(Cook's evidence) (파넬의 이혼 사건에서).

241 오리집(압가鴨家)(duckhouse): 입센의 〈인형의 집〉(A Doll's House) 의 인유.

242 사랑에 귀먹은 채(deaf with love): 죽음(death) (바그너의 〈트리스탄과 이솔드〉에서 Liebestod).

243 돈피豚皮(pigskin): (1) 남근, 섹스의 심벌 (2) (미국의 속어) pigskin: football(미식축구).

244 아모리카阿模理佧(Amoricas): 트리스탄.

245 한 가닥 오만스런 돌입突入으로 생식남승生殖男勝의 거설근巨舌筋(with one aragan throust, drue the massive of Virilvigtoury flahpat): 트리스탄과 이졸테의 성 행위.

246 램버그의 큰 북(Lambeg drum): Ulster에서 7월 12일에 연주되는 Lambeg 대고大鼓.

247 청동비음靑銅鼻音(brazenaze) : 옥스퍼드 대학의 Brasenose college.

248 우리의 축복 받는 주主 예수 그리스도의 기원(Anno Domini nostri sancti Jesu Christi): (L) in the year of our blessed Lord Jesus Christ.

249 딩글 해변의 모든 … 파도 타는 시빌(Ding러 beach...Sybil sufriding): Munster 주 Kerry 군의

Dingle 반도 상의 Sybil 곶(point).

250 은월청銀月靑 **망토를 걸치고**(silverymonnblue mantle): (1) 노래 가사의 패러디: "달의 은빛으로"(By the Light of the Silvery Moon) (2) Kerry 군의 여인들은 전통적으로 두건 달린 푸른 망토를 입는다.

251 매끄리 창부窓婦**여**(window machree): 노래 가사의 인유: "과부 매끄리"(Widow Machree).

252 발브리간 외투(Balbriggan surtout): Balbriggan: (1) 아일랜드 Leinster 주 더블린 군의 마을, 그곳 제의 짠 직물 (2) surtout: (F) 오버코트의 일종.

253 내게 열광(mad gone on me): Maud Gonne: 예이츠의 애인.

254 콩의 십자가(the cross of Cong): (1) 아일랜드 국립 박물관의 유물 (2) Roderick O'Connor(아일랜드의 최후의 고왕으로, 60세에, 앵글로 노르만의 침공으로, 자신의 백성과 조국이 패배 당하고, 빼앗겼다)는 Connacht 주, Mayo 군, Cong 사원에서 사망했다. 향연 90세.

255 미크, 매고트(구더기) 니크(Mick, Nick the Maggot): Mick, Nick & the Maggies【219.19】(팬터마임).

256 보허모어(Bohermore): (1) bothar mo'r: 하이웨이.

257 요한몽남夢男(johajeams): John-a-dreams: 〈햄릿〉 II.2.295의 인유: "꿈 많은 놈"(dreamy fellow)의 총칭(generic).

III부
사람들의 책

한밤중 침대의 HCE 및 ALP

우편배달 손

회견 받는 손

개미와 베짱이의 대결

손이 셈을 헐뜯다

손은 자신이 문사인 셈과 동일 능력자로서 주장하다

통 속의 손이 강을 따라 흘러가다

이씨가 손에게 사랑의 작별을 고하다

욘【474-554】, 비코의 인간시대

그의 "범죄노예犯罪奴隸의 방축도防築道"【478】에서 지친 채, "만유위안漫遊慰安(구세주)"【479】는 욘이 된다. 거기 그는, 잠자는 거인으로서 HCE와 대치하며, 공원의 토루土壘 위에 누워있다. 토루는 손수레이요, 탄약고 또는 흙더미이다. 4노인들은, 여전히 기웃거리며, 마음속에 "중탐사"(exagmination)【497】를 지닌 "활면滑眠의 미인"【477】을 접근한다. 이제 연대기가들보다 오히려 분석가들로, "4심리혼우자心理魂愚者들"【476】은 "영혼의 집단지지集團地誌"【476】를 밝혀내기 위해 흙더미를 발굴한다. 아들로서 욘은 갱신된 이어위커이기에, 그의 잠자는 마음은 만사를 지닌다. 그것은 저들 4노인들이 추구하는 바이다. 만사는 욘의 무의식 속에 깊이 놓여있는 아버지-상인인, HCE이다. 일은 힘 드는지라, 왜냐하면, 비록 매장된 HCE는, 욘이 말하듯, "그이 속에 내가 방금 있는 사람"【484】일지라도, 욘의 대답은 회피적이요 암담하기 때문이다.

〈피네간의 경야〉 속의 만사는 작품의 모든 것을 포함한다. 최소한은 최대한이요, 모든 부분은 전체의 축도이다. 이러한 심문자들이 발굴하는 것은, 그런고로, 작품의 모든 사건, 모든 인물, 모든 테마 및 모든 소주제이다. 여기 캐드(Cad)는 재차, 2소녀들, 편지 및 버클리(Buckley)와 함께한다. 이들과 나머지 모두는 욘(Yaun)의 마음을 구성하는 것이다. "나는 나 자신이 전혀 아니나니," 만사-포함적인 욘은 말한다.

연기延期하지 않고, 한층 깊은 "수심水深"【501】을 택하면서, 가장 큰 물고기를 위해 낚시질하며【525】, 4분석가들은 ALP를 불러오는데 성공하나니, 후자는 그녀의 죄짓는 남편을 옹호하도다【492-96】. 다음 그들은 이사벨에게 당도하는바, 그녀는, 비록 여전히 그녀의 거울 앞에 있을지라도, 욘 속 어딘가에 있다【527-28】. 그러나 실지의 사건들에 대한 이런 접근은 단지 그들의 노력을 증가할 뿐이다. "두뇌고문단"(braintrust)【529】이 됨으로써, 4분석가들은 케이트에 당도하는 바【530】, 그는 그들을 가장 깊은 심층으로 나르는데, 거기 HCE가 잠복하고 있다. "일어날지라, 유령 나리!"【532】. 이제 강령회降靈會보다 덜한 정신분석, 탐사는 그것의 목적을 성취한다. 욘으로부터 소환된 HCE. "성진부재자聖眞不在者"【536】는 욘을 통해 말하고, 후자는 "진재자眞在者"(real Presence) 또는 아버지 그이 자신이 된다.

HCE의 독백은 옹호擁護인 동시에, 자랑이다. 그에게 지워진 죄에 무죄한 채, 비록 탐색당할 때일지라도, 그는 위대한 건설자이다. 도시를 건설한 자도 그이요, 그리고 그는 입센의 건축 청부업자처럼【540】, 또는 발부스(Balbus)【552】처럼 탑, 돔, 다리 그리고 동물원을 건축했다. 현대의 더블린, 그것은 런던, 뉴욕, 파리 및 로마에 대한 언급들의 도움으로, 세계의 모든 도시가 되는지라, 그의 성취요 자랑이 아닐 수 없다. 〈율리시스〉에 대한 언급은 도시와 창조를 공히 함축한다. [느릅나무 재목의 장관長管(longertubes of elm): 느릅나무로 된 긴 관이 1763년 대운하(Grand Canal)로부터 Richmond Basin(더블린의 중심부의 수원지(〈율리시스〉의 장의마차가 그 곁을 지난다)【U 80】까지 물을 공급하기 위해 사용되었다【542.4】.

도시의 비전은 인간 시대, "집단지지集團地誌"(gossipocracy)【476】의 시대의 비전이다. 인간적 이어위커는 그것의 창조주요, 인간적 욘인지라, 그의 언어는 알맞게도 타락하여. 그것의 구체화요 그것의 권위 있는 목소리이니, 〈피네간의 경야〉는 그것의 서류인지라. "고맙기도 한지고!" 하고 흙더미로부터 한 가닥 목소리가 부르짖는다.

잇따르는 〈피네간의 경야〉 III부는 손의 발전에서 죄지은 부성의 단계까지, 권력, 죄, 그리고 빼앗긴 HCE의 고통에까지 전적으로 이바지한다. III부의 각 장은 추락한 인간의 느린 성숙의 단계를 보여준다. 1장에서, 그는 숀(Saun)으로 명명되고, 그리고 최초로 추락한다. 2장에서, 그는 존(Jaun)이요, 황색의 일광인, *jaune*으로서, 그는 결국 생산된다. 그는 또한 Don Juan과 가학성적 이상 성욕자(sadistic pedophite)이다. 마침내, 그는 혼(Haun)이요(유령처럼 사라진다)─그리고 그는 두 번째로 추락한다. 3장에서, 그는 욘(Yawn)이요, 이 장의 종말에서, 이미 침울한 음산한 불투명이 사라진 이래【472.19-20】, 하지만 욘은 추락했을 뿐만 아니라, 그는 몸져눕는다. 4장에서, 그는 일광이 성장하듯, 그의 늙은 아내 곁의 침대에서 잠자며, 완전히 추락한 인간으로, 솟아나는 태양(sun)인, 그의 아들(son)에 대한 성적 힘과 정력을 양도할 준비를 갖춘다.

이제 숀에게 때는 새벽(Dawn)이다. 이 작품의 마지막에서, 일광은 거의 새벽이 되고, 상반되게도 죄의 짐과 함께, 성숙의 귀중한 왕관으로, 새로운 부성인, 숀으로, 그리하여 후자는 거기서부터 인생의 지속인 셈, 항아리의 대구처럼 그의 파자마 바지 속에 꼬꾸라진 채, 그의 음경을 지니고 인생을 통해서 걷는다.

조이스는 III부에서 처음으로 스케치하거니와, 이를 그는 1924-25년에 "숀의 4경비"로 불렀으며, 수년 동안 그에 대해 작업했다. 원래 III.1 및 III.2를 단일 장으로 생성하면서, 그는 〈트랑지시옹〉에서 출판을 위해 그들을 분리했고, 이어 4장들의 모델의 총화를 보존하기 위해 출판된 책으로 분리를 견지했다.

〈피네간의 경야〉의 각 부(Book)는 그것의 특별한 논리를 갖는다. 제I부는, 잃어버린 과거(인류의 선사시대, 개인의 유년기)의 책이요, 무의식의 어두운 에너지로 충만된 책이다. 그것은 암담하고, 과장된 인물들로 가득한데다가, 자기 스스로를 재생산하는 신선한 인물들로 재빨리 망가지고, 왕성하게 부글부글 치솟는, 배자적胚子的 힘으로 풍요롭다. 〈피네간의 경야〉의 II부는 현재를 나타내는 책이다. 구조상으로, 그것은 책의 중앙 블록을 점령한다. 그것은 오늘날 알려진 대로, 이어위커(Earwicker)의 주막에 이바지한다. 그것의 인물들은 과거의 반쯤-기억되는 잠재력이 아니라, 함축으로 충분된 원만하고, 짙은, 살아있는 실체들이다. 이제 여기 III부는 '욕망된' 미래의 책으로, 2층의 육아실에서 '실지로' 싹트고 있는 미래(그것은 IV부의 소재가 될 것이다)가 아니라, 절반-파열된 부친을 이상화하는 백일몽의 신기루 같은 미래이다. 그것은 대낮의 실체적 접촉을 생산하지 못할 미래요, 인물들은 생의 요소보다 한층 박약하다. 그들은 탄력이 결핍하고, 즉시적이며, 둔탁하기까지 하다.

〈피네간의 경야〉의 III부의 소재는 대체적으로 침대에서의 이어위커의 정신적 도착倒錯을 나타내는, 때 늦은 시간과 새벽의 첫 예명 사이의 그의 꿈을 다룬다. 이 꿈의 원천적 인물은 미래의 위대한 사람으로 투영된 숀(손)으로, 자신의 조상들의 강력한 전통을 진척하며, 그의 부친에 의해 잃어버린 싸움들을 역전함으로써, 경쾌한 안도감을 가지고 그들을 승리에로 이끈다. 그런데도 부친의 가장 보람된 욕망을 지닌 이 숀은, 그의 영웅적 거한巨漢임에도 불구하고, 정말로 위대하고 아주 중요한 인물이라 할 수는 없다. 그는 감상적, 야만적, 과장적, 조잡적임으로써, 목적에 있어서 숨이 찬 채, 재빨리 붕괴한다. 사람들은 그를 단지 유보적으로 받아들일 뿐, 그의 불실한 승리의 순간 뒤에 그를 재판할 따름이다.

앞서 지적처럼, III부는 4장들로 분할된다. 1장에서 셈은 대중들 앞에 서서, 자기 자신을 투표하도록 추천하면서, 그의 반대자를 매도한다. 그는 갑자기 사라진다. 2장에서 이제 존(Jaun)(돈 주앙)이라 불리는, 우리의 같은 영웅은 28명의 학교 소녀들과 그들의 공주인 이슬트 앞에 서 있다. 그는 과도하게 애무적인 양친의 친근감을 가지고, 그들에게 인생과 사랑에 대해 강의하며, 그들의 광안廣眼의 감탄을 즐긴다. 재차 그는 사라진다. 3장에서 같은 존은, 이제는 욘(Yaun)인지라, 아일랜드의 한가운데, 언덕 꼭대기에, 마치 스위프트의 〈걸리버 여행기〉의 소인국에서 그물 아래 사로잡힌 거인 걸리버처럼, 가로 누워, 강압된 채 뻗어있다. 그는 이미 지쳐있다. 4노인들(대가들)인, '마마누요'가 그들의 당나귀와 함께 도착하여, 그를 심문함으로써, 그와 대좌한다. 이 긴 장은 그에 반反한 증언을 제공하는 목소리들로 가득 차 있다. 점차로 욘의 거한은 해부의 산성 아래 해체된다. 최후로 그것은 자체의 근저를 이루는, 다시 말해, 잠자는

ALP 곁에서 꿈꾸는 남편인 HCE의 형태 중의 커다란 형태 속으로, 온통 녹아들어간다. 그리하여 최후로 제4장은 이어위커 내외의 음산한 침대 속의 원초적 부부의 모습을 드러낸다.

이 장은 사랑받는 아들이요 인간—"여태껏 사람으로 불러진 최고의 순수한 인간인지라"【431】.—으로서 손의 3개장의 축하를 연다. 중세의 비전의 양상으로 시작하면서, 이 장은 4노인과 그들의 당나귀에 의한 손에 대한 심문이 된다. 음률은 쾌적하다. 모든 사람은 "명쾌한" 우체부를 찬양하는데, 그의 램프는 탐식, 질투 및 자만의 죄에도 불구하고, 우리의 안개를 통하여 비친다. 왜냐하면 이들은 결국, 인간적이기 때문이다. "샨티 및 샨티 및 샨티 재차!"【408】, 우리는 황무지(엘리엇의?)로부터 부르짖는다.

뮤트와 쥬트의 우화, 여우와 포도, 그리고 프랜퀸을 상기시키는, 개미와 배짱이에 대한 손의 우화【414-19】는, "이솝"이 아니라, 폰테인을 패러디한다. 여기 또한 쌍둥이의 갈등은 시간과 더불어 공간에 관한, 경솔과 함께 신중에 관한 것이다. "애교 자"는 또 다른 존즈이다. 그의 영웅, 개미(Ondt)(덴마크어의 악)는 무책임한 빼짱이에게 "설설금무雪雪及無"이라 말하는데, 그의 미덕은 "어원의 용해자"이다. 그러나 신중한 개미는 자신의 보상을 득한다. 리비도(본능)에 관한 그의 4친족상간적 소녀들과 몸을 녹이면서, 그는 "호산나의 매미 여송연呂末煙의 특공特空 예봉銳鋒을 흡연한다"【417】. 우화를 종결시키는 시詩는 예술가와 부르주아 간의 갈등을 총괄한다. **그대의 천재天才는 세계폭世界幅이나니**, 하고 패배한 배짱이가 말한다, **그대의 공간종空間種은 숭고나니!**【419】 배짱이의 춤과 노래(예술)는, 개미에 의하여 "이신彝神이여!" (Ptuh!)【415.26】으로 해산된 채, 피네간의 경야, 즉 〈피네간의 경야〉가 된다. 소비엣 러시아에 대한 언급들은, 개미와 벌들의 사회를 함축하면서, 손의 이상을 수립한다. 철학자들에 대한 언급들, 나는 "스피노자 하는지라," 현실의 갈등적 생각들을 공급한다. 이집트에 관한 언급들은, 이집트의 〈사자의 책〉(Book of the Dead)을 환기하면서, 죽음과 부활을 함축한다. 요약해서, 재차 〈피네간의 경야〉의 축도이라.

이 유쾌한 향연에 이어, 4탐문자들은, 우체 배달부가 나르는 (폐하의 또는 HCE의 봉사를 위한), 읽을 수 없는 그리고 헛되이 배달하려고 애쓰는 편지에 관해 그에게 질문한다【419-25】. 봉투에 적힌 HCE의 주소들은 조이스 자신의 것들이다【420-21】. 만일 편지가 〈피네간의 경야〉라면, 더블린 주소들이 암시하듯, 그의 초기의 자신이나 혹은, HCE에 의해 암시되듯, 후기의 자신에게 조이스는 그것을 보냈다. 심지어 그는 그것을 받지도 않는다. 그러나 작가인 솀을 생각하면서, 숀은, 여전히, 자신의 형제 작품으로 주장한다. "오늘 심히 흐느끼는 것을 나는 내일 거두어들일지라"【408】. 편지는, 숀이 말하거니와, 부분적으로 자신의 것이다. 과연, 솀은 숀으로부터 서류를 몽땅 훔쳤다【422-24】. 왜냐하면, 이 점에서, 그는 분명히 스태니슬로스 조이스이다. 동정적 탐문자들은, 그의 요구를 무시하면서, 숀도 솀과 마찬가지로, 아마도 보다 잘, 만일 그가 시간과 수고를 준다면, 쓸 수 있을 것이라 암시한다. 숀은 유쾌하게 동의한다. 그러나 그와 같은 수고를 갖는다는 것은 자신의 품위에 어울리지 않는다.

숀은, 배달부일 뿐만 아니라, 코르크와 다른 폐물을 부표하는 리피 강 아래로 떠 있는 기네스 맥주통이다〈서간문〉 214 참조). 우리를 그리고 약속의 귀환을 남기면서, 그는 또한 예수 그리스도이다.

강 아래로 이 의기양양한 진행 동안, 그는 스태니슬로스 조이스뿐만 아니라, 고가티, 윈덤 루이스, 더 벨라스, 존 맥콜맥, 아드리안 경 및 스위프트와 연관된다. 숀이 프랭크 오코노를 또한 닮았음은 "그런 식의 유령 개념"【414,426】에 대한 언급들에 의해 암시된다. 다음 장에서 숀은 싱, 조이스 및 재차 그리스도가 된다. "그대의 웃옷을 뒤집을지라, 강한 인성人性이여, 우리는 소리치나니【428】. "그대의 분통구에 행운을."

———

【403】 한밤중의 침실

III부 1장은 밤중에 울리는 종들의 소리와 더불어 열린다.

우리의 주의는 처음에 차임벨, 즉 알파로부터 오메가까지의 결정적 시간에로 들린다. 서술적 소리는 그것이 12시임을 선언한다. 그러나 엡스테인 (Epstein)교수는, 만일 우리가 자세히 듣는다면, 11번의 종소리를 들린 다는 것이다. 여기 우리는 아일랜드의 축시술丑時術(chronometry)의 상관관계에 대한 증거를 갖는다【E 165】. 이는 조이스의 초기 작품들인 〈젊은 예술가의 초상〉에서 스티븐이 만나는 거리의 시계들이 갖는 실지의 시간들이 정확히 맞지 않음을 말해준다. 비슷한 중요한 것이 〈젊은 예술가의 초상〉의 제5장에서 보여지는바, 거기 스티븐은 그의 대학 시간을 떠나려는 시점에서 그의 집의 시계는, 올바른 시간이 10시 20분 일지언정, 12시 15분 전을 가리킨다. 그리고 스티븐이 대학으로 걸어갈 때, 그가 지나는 우유가게의 시계는 5시 5분을 가리키나, 근처의 시간은 11시를 친다. 〈피네간의 경야〉에서 이어워커 집 근처의 시계종 소리는 스티븐이 〈젊은 예술가의 초상〉에서 듣거나 혹은 보는 것보다 더 이상 정확하지 않다.

우리는 이제 조이스의 가장 아름다운 문장 중의 하나를 읽는지라, 그것은 부부의 심장들의 낮은 고동소리를 듣는다【403.5】. 우리는 지금 이어워커의 침실에 있거니와, 거기서 잠자는 HCE와 그의 곁에, 그의 아나스타시아(Anastasia)【403.10-11】인, ALP를 아련히 개관하나니, 이 말은 희랍어로 "부활"을 의미하는 바, 즉, ALP는 계속의 정신이다.

창문은 안개 낀 밤을 노정하는데, 그것은 나중에 "부드러운"(soft)(안개 낀) 아침으로 인도할 것이다【619】. 하얀 무궁濃弓(fogbow)의 조어가 가능할지니, 그것은 가스에 의해 조명된, 안개에 의한 무지개(rainbow)의 효과이다. 무지개 그것 자체는, 언제나 "추락 인간"(Fallen Man)의 상징으로, 아래 구절을 점철點綴하는 말로 펼쳐진다. 즉 "ruddled"는 Red를 표현하고, "gorse"는 누르고 오렌지, "broom"은 누르고 녹색, "blau"는 푸른이며, "hindigan"은 안다고를 암시하고, *Veilchen*은 바이올렛이다.

화자(몽자)는 그(그것 또는 그들, 아니면 그녀)가 잠에 떨어지고 있을 때, 12시를 알리는 성당의 종탑으로부터 한밤중의 차임벨 소리인양 "zero hour"를 듣자, 입을 연다. 그 소리는, 자신이 대지 위에 암울을 퍼트리는 것을 생각할 때, 그의 마음속에서, 고함치는 사람들의 목소리에로 이동한다. 마치 "숀! 우편배달부 숀!"하고 부르짖듯! 그것은 그에게 자신이 암울과 안개비를 통하여 한 가닥 불빛이 접근해옴을 보는 듯하다. 그 소리가 한층 크게 들리자, 그는 그것을 램프의 불빛, 숀의 허리띠에 매달린 램프의 그것으로 식별한다(〈율리시스〉 제13장의 거티 멕도웰은 우체부의 램프를 명상하거니와)【U 298】.

그러자 그는 그것의 빛에 의해 그것이 과연 숀임을 알아차린다. 숀은 도깨비 불 같은 환영 앞에, 손에 막대를 흔들면서, 최고 특질의 털 칼라가 달린 모직물 코트를 입은 채로, 망치 소리 나는, 징 박은 쇠 뒤꿈치 달린 구두를 신고, 그의 크고 딱은 단추 달린 심홍색 재킷, 그리고 푸르고, 흰, 황금색으로 수놓인 R.M.D(for royal, for mail, for Dublin)라는 표어 붙은, (〈율리시스〉 제7장의 양쪽 옆구리에 왕실 두문자 E. R.[Edward Rex]가 찍힌 황제 폐하의 주홍빛 우편차를 참고하라)【U 96】 외투와 비단 셔츠를 입고, 한 위대한 백작처럼 찬연하게 대지에서 일어선다. 그가 다름 아닌, 축복받은 사나이, 손 자신인 것이다.

이 장의 첫 문단은 조이스의 가장 아름다운 문장들 중의 하나인지라, 이는 부부의 심장의 낮은 고동을 서술한다. 또한 여기 "팡세!"는 (명상록)(색남色男) 베일 두른 바이올렛(제비꽃) 방야곡계方野谷界의 최고 "미인"(Pense'e. The most beautiful of woman of the veilchen veilde)을 읊은 이 구절에서, 그녀는 온 세계에서 가장 아름다운 여인으로, 여기 〈피네간의 경야〉의 이씨-오필리아(Ophelia)임을 암시하는데, 그녀는 꽃들, 특히 팬지花와 거듭 연결된다. 즉, "기억해 달라는 로스메리. 제발, 그대여, 사랑이여, 기억할지라." 그리고 팬지가 있나니, 그건 〈햄릿〉의 한 구절이기도 하다. "생각해 달라는 꽃이야요"(There's rosemary, that's for remembrance. Pray you, love, remember. And there is pansies, that' for thoughts)(〈햄릿〉 IV.v.174-75). "pansies"는 생각을 의미하는 꽃으로, "thought", "pense'e"라는 프랑스 말의 변형이다. 꼭 같은 말의 접속은 〈햄릿〉의 오필리아에 대한 다른 언급들로서, 이들은 1. "그는 제일 큰딸이 무엇을 팬지(생각)하고 있는지"(what the eldest daughter she was panseying)【408.32】. 2. "그는 이어 자신의 사고思考를 위하여 정당한 보상을 받을지니"(He'll have pansements then for his pensamientos)【443.14】. 3. "가장 귀중한 세련고洗鍊考"(loveliest pansiful thoughts)(loveliest pansiful thoughts)【446.03】 등과 연계된다.

나아가, 여기 오필리아는 violet 꽃(독일어의 veilchen)과 연관되고, 또한 "veilch veilchen"은 괴테의 〈제비꽃〉(Das Veilchen)에 대한 언급으로, 거기서 violet은, 사랑스런 여 목양자, 또한, 파스칼의 〈팡세〉(Pense'e)에 따르면, 이 "가장 아름다운 여인"은 "그녀의 코로 지구의 역사의 표면과 바꾼" 클레오파트라로서, 여기 이씨의 화신 격이다.

들을지라!

열둘 둘 열하나 넷 (있을 수 없나니) 여섯.

경청할지라!

넷 여섯 다섯 셋 (틀림없나니) 열둘.

그리하여 정적 너머로 잠면의 심장고心臟鼓가 낮게 엄습해 왔도다.

하얀 무광霧光[1]이 걸쳐있나니. 성벽요철城壁凹凸의 호고弧孤가. 콘월(삭과蒴果)의 마가[2]처럼. 비공鼻孔[3]을 닮지 않은 인간의 코. 그것은 자기채색적自己彩色的, 주름지고, 홍토색紅土色되었는지라. 그[HCE]의 안면은 금작화원통金雀花圓筒이 도다. 그는 너도밤나무 숲—아래—개복蓋覆된 가스코뉴의 주춤대는 내종피內種皮(植)나니[4], 그의 용모는 나의 추억조追憶鳥의 전공前恐에 너무나 뒤뚱거리며 가변적인지라[5]. 그녀[ALP], 다음으로 현시顯示나니, 그의 부활 아나스타시아[6]. 그녀는 텔프트 저지低地[7]에서 집단항의도集團抗議禱를 갖는도다. 바다의 녹색의 계란온실鷄卵溫室. 저기 노려보고 있는 저주청치남詛呪青齒男의 이름은 무엇인고?[8] 구걸타(몽마)![9] 구걸타! 그는 야성野性의 힌디간(북인도北印度)의 매부리를 갖고 있나니.[10] 호호, 그는 은각隱角을 지녔도다![11] 그리하여 방금 피안彼眼이 그대를 향하고 있는지라. 광세(명상록)[12](색남色男)! 베일 두른 바이올렛(제비꽃) 방야곡계方野谷界의[13] 최고 미인. 그녀는 나의 구개口蓋의 원천정圓天井에 영양羚羊 입 맞추리라.[14] 화산음진火山淫盡[15]을 갖고, 그녀의 유구흡유幼鳩吸乳하는 뱀장어송곳. 애찬퇴거愛餐退去![16] 접근금제接近禁制! 흑퇴黑退! 스위치를 꺼요!

여기서 우리가 최초로 보는 것은 주름이 가고, 음주로 인해 채색된 HCE의 코이다. 다음으로 우리는 금발을 본다. 그러자 화자는 HCE의 얼굴을 서술하는 바, 그것은 안개 낀 어둠 속에 불명료하게 흔들거린다. 그러나 "Rembrandts"와 함께, 조이스는 독자를 위해 HCE의 타안打顔의 맑은 그림을 그리는지라—그는 그것을 렘브란트(Rembrandt)(네덜란드의 화가, 1606-62)가 자신의 노령에 그린 자기-초상들과 비교하는데, 얼굴은 생활과 경험으로 난타되어 있다【403.10】.

HCE는 불안하게 잠자고 있다. 그는 악몽을 꾸고 있는지라, 흑 표범이 배고픈 듯 ALP를 노려보고 있다【403.12-14】. 악마는, 푸른 이빨을 가진 이를 닮았는지라, 거친 인디언처럼 새부리 각질脚疾의 가죽을 가졌다. HCE가 부르는 그 자는 Gugurtha이라, 유명한 뉴 인디안 풍의 Jugurth 왕이요, 로마인들의 적이다. —이는 또한 돌이켜 〈율리시스〉에서 Haines의 흑표범을 암시한다. 그러나, 텍스트의 Jugurtha라는 이름의 형태에서, "Gugurtha"는 역시 〈율리시스〉의 Gogarty를 암시하기도 한다. 조이스는 그의 한때의 친구 고가티가 노라를 괴롭힌다고 의심했던가? 이 부분은 그의 유일한 연극인, 〈망명자들〉(Exiles)의 배경은 아닌가?

악마는 ALP야말로 세상에서 가장 아름다운 여인으로, 그리고 그가 그녀를 먹어 치우겠다고 명상한다. 그녀는 그의 입천장을 찌르리라, 그는 중얼거린다【403.14-17】. 그러자 HCE는 골이 난 듯 악마를 그의 꿈으로부터 휘몰아친다【403.17】. 다음 구절을 염두에 두어보라, "여기에서 나가라! 가까이 오지 마라! 되돌아가라! 나는 나의 정신적 빛을 끄리라!"

악마는 일시적으로 HCE의 꿈으로부터 퇴거하리라. 그러나 HCE의 공포의 근원은 영원하다. 그는 자신의 아들이 자신을 대신하여, 그의 아내를 뺏으리라, 과연 그러하리라. HCE는 전 〈피네간의 경야〉 작품을 통하여 이러한 공포에 의해 악몽으로 시달린다. 아버지는 자식의 조숙무熟을 두려워하고, 그것을 그의 파괴로서 생각한다. 악마는 조숙한 손이요, 그는 이제, 교회의 종소리에 의해 선동된 채, 기억할 수 있는 외모를 띤다.

【403.18-407.9】 숀의 입실과 출현

무명의 화자, 그는 4노인들의 당나귀로 변하고, 자신이 밤중 내내 울리는 종의 차임을 들을 때 잠에 떨어지리라 선언한다.—"밤중의 차임이라니" 저 폴스텝(Fallstaff)은 난폭한 젊은이로서 그가 자주 들은 바를 인정한다. 화자는 만사가, 세탁부들에 의해 필시 남겨둔, 강상의 강렬한 빛(하이라이트)과 어떤 의상들 이외에 만사가 어두움을 식별한다【403.22-404.3】.

여기 4복음 자들을 대동하고 등장하는 당나귀는 "신세계"에서 구체화된 미래의 CHE, 즉 우체부 숀의 예언적 비전을 갖는다. 만일 그가 4복음자의 당나귀라면, 만일 〈피네간의 경야〉를 통해서 재현하는 자라면, 그리고 만일 그가 예언적 당나귀라면, 우리는 그를 제자들인 마태, 마가, 누가 요한을 가르치는, 그리스도 자신으로 추단할 수 있을 것이다. 따라서 당나귀는 HCE, 숀, 및 그리스도로서 작용될 수 있다. 당나귀가 정확히 누구인지 또는 무엇인지는 〈율리시스〉의 독자에게 갈색의 "비옷 입은 사나이"(macintosh)의 수수께끼처럼, 〈피네간의 경야〉의 독자들에게 회피적 의문이 될 것이다.

이 장에서 숀은 그의 〈십자가의 길〉(Via Crucis)의 수난을 경험한다. 조이스 자신이 설명한대로, 여기 숀에게 부과된 14개의 질문은 그리스도가 통과하는 14개의 십자가 정거장인 셈이다(〈서간문〉, [I, 214, 216]).

그리고 파충류爬蟲類와 땅 숨소리의 활공기滑空機 및 비동기飛動機와 삼화森火의 무설舞舌 및 그들의 땅속의 왕새우들이 모두 시공명始共鳴 큰소리로 외치고 있었나니. 숀이여! 숀이여![403.22-404.3].

조이스의 사랑스런 야시夜時의 구절 중의 또 다른 것 속에, 광활한 음률이 들리는지라, 숲속의 모든 생물들은 숀을 불러낸다[404.4-9]. 여기 4요소들이란 공기, 불, 물, 토지로서, 어둡고 빤작이는 강애 의해 이미 마련된다. 이 구절은 〈젊은 예술가의 초상〉의 4부에서 중요한 구절의 패러디인지라, 이때 스티븐은 그가 마침 대학에 들어가는 것을, 그의 '인생'의 사명이 무엇이며, '인생'이 사랑스런 소녀의 모습으로 그에게 인사함을 인식한다. 저 중요한 순간에 그는 "알맞은 음악을―밤중의 숲으로부터" [165], 여기 〈피네간의 경야〉 구절의 화자가 그의 자신의 한밤중 숲으로부터의 멜로디를 듣듯이, 듣는다.

숀은 점차적으로 출현한다. 아름답게 다듬어진 구절에서, 조이스는 확장하는 모음 타래와 단어들인 "lo"와 "tws"를 강조하는 무대의 어휘로서 완성된 채, 어두운 숲으로부터 한 인물의 정확한 출현을 가져온다[409.9-15].

숀의 모습은 무대배우격인지라[404.16], 그는 7가지 의상으로 치장하고 있다―오버코트, 생가죽 신(구멍에 너무 큰 커다란 붉은 단추가 달린) 재킷, 조끼, 넥타이, 이는 푸르고, 희고, 오렌지색의 색깔로 그 위에 수놓인 그의 표어가 붙은 오버코트, 그리고 완전히 줄음 잡힌 주봉 바지. 윌링던 가문, 잘 반 후터 가문, 뒤에 고왕 리어리 역시 같은 의상의 7색으로 드레스 되었다. 고로 숀은 부친-권위자 인물로서 그의 요구를 구획하고 있다.

당나귀의 관찰자는 숀의 모습에 압도된다【405.11-17】. 숀의 시각에 대한 계속되는 언급과 "빛나는 이마"는, 마치 숀이 빛나는 태양의 정신인양, 숀은 외부의 모습의 정신임을 확언하는지라, 한편 솀은 한결같이 시야에서부터 숨겨 사라진다.

【405-407】숀 자신의 포식飽食 서술

【405】(그 자가 바로 숀이라) 편지는, 우편 지급전언된 채, 아아 정말로, 그리하여 다복多複하옵소서! 숀 자신이라.

얼마나 원초적 그림이랴!

만일 내(화자)가 4노인들처럼 현명하다면, 그러나 나는, 가련한 당나귀와 같나니, 하지만 그런데도 생각건대 당사자 숀은 내 앞에 서 있었도다. 그리하여 나는 그대에게 맹세하거니와, 저 젊은이야말로 예술 작품이요, 미동美童이라, 미증유의 수려한 인물이 아니던고! 너무나 불타듯 멋있나니, 자신의 일상의 건강 이상을 보여주고 있도다. 틀림없는 저 빛나는 이마! 그의 찬란한 건강! 왠고하니 그는 맥주 주점에서 위대한 시간을 보냈기에, 세인트 로우쟁즈 오브 툴 여인숙, 쌓아 놓은 음식의 가득한 식사에 의하여 자신의 힘을 회복시켰는지라, 오렌지, 베이컨, 약간의 냉冷 저버린 스테이크 하며…

여기 당나귀는 숀의 광경에 감탄으로 압도되도다【405.11-17】.

그리하여 나는 그대에게 나의 농경어農耕語로 맹세하거니와 이 초야 조망의 160개 가량의 곤봉과 원추를 걸고 저 젊은이야말로 예술 작품이요, 보도步道의 미동美童[17], 미증유의 수려인물秀麗人物로 보이지 않은고! 채? 이제 속임 없이 그이야말로 장대하다고 해도 좋을 정도로, 너무나 불타듯 멋있나니, 자신의 일상의 건강 이상을, 보여주고 있나니라. 틀림없는 저 빛나는 이마! 게다가 그대에게 선량한 험프리 공작과 석반夕飯하는 일은 결코 없을 것인즉 그러나 에워싸인 과오 없이 여러 달을 통하여 팔월식八月食하리니[18].

숀의 음식물 일람표

【406】 그의 반 파운드의 둥근 스테이크의 수프 냄비 만찬, 극희, 포타링턴 정육점의 송판 최고품, 미두와 코크샤 산의 아 라 메랑쥬(혼합물) 및 베이컨을 곁들이고, 두 고치의 고깃점 그리고 육채소 스튜 즙 및 부풀어 오른 조제 호밀 빵과 화포식자의 구근 양파 그리고 최후로, 애플(사과)레츠 점과 키찌 브라텐 점에서 사온 안장부대 스테이크의 11시 사태주식 스낵 후에, 통주를 곁들인 보터힘 샌드위치, 자신의 목을 축일 타타르 주와 단 감자 및 애란 스튜 또한 한 묶음씩 꿀꺽 꿀꺽, 마시는 가짜 거위 수프, 그리고 덤으로 첨가한 보란드 점의 묽은 수프, 잠두, 고기, 스테이크, 먹장어, 다이아몬드 견골肩骨에 후추를 뿌려 뜨겁게 데운 것. 추신追伸. 그러나 그대의 정신酊精과 함께 한 골무의 라인 주. 세 겹 갈증으로 감사하는도다. 빵과 식용 해태 및 티퍼라리 잼, 모두 무료, 아만 버터, 그리고 최고의 와인과 함께. 왠고하니 그의 마음은 자기 자신 만큼 크기 때문이라. 베리의 성 지리안 후의 만인, 거기 땅딸보 노인 맥주 컵을 위하여 만세! 우리를 원기 있게 할지라! 영원히 그대를, 아나 린치, 그는 깊이 몽애蒙愛하고 있도다! 그리하여 버터와 버터 위에 베터 및 베터(한층 더 낫게). 메스트레스(굶주린) 반홍리그 (Vanhungrig)의 신호에 따라. 그대 유념 할지라, 나는 그가 반추할 수 있는 탄구呑球에 관하여 대식가의 대죄를 당장은 섭취할 뜻이 아니나니…

"자신이 혀를 한 바퀴 두른 다음, 게다가 덤으로 첨가한 보란드 점의 묽은 수프"(getting his tongue around it and Boland's broth broken). 자신의 수프(broth)를 먹고 있는 숀의 이 서술은 셰익스피어의 〈멕베드〉에서 마녀들에 대한 언급을 포함하고 있는 듯하다. "좀 다오, 했더니, 꺼져, 마녀야"(김재남【940】 (Aroint thee, witch)【I.iii.6】—아마도 형제, 수프 및 마녀들이 여기 연관된다.

【407】 당나귀는 숀의 부력성浮力性의 건강과 숀의 먹는 습관에 의한 그의 장밋빛의 학교소녀 얼굴【707.7】을 설명한바, 그들은 과연 인상적이다. 절반 꼭대기인, 숀은, 반쯤 먹는지라, 끊임없이 먹는다【405.22-23】. 그의 24시간 식사시간의 전가轉嫁는 광범위 이상이다. 그는, 혈血 오렌디, 베이컨 및 에그, 라이스 푸딩, 냉육, 이어 둥근 스테이크, 라이스 및 완두콩, 요크 푸딩, 숍, 양파, 팜킨, 돼지고기, 애란 감자 등, 하루에 음식과 음료의 40여 형태의 음식을 소모한다. 존 맥콜맥은 눈에 띠는 대식가로서, 눈에 띠

는 모든 것을 먹고, 마시며, 생활에서 아주 비대해지지만 손에 비교하여 겁쟁이다. 손은 날씬한 젊은이로서 생활을 시작했으나, 그의 몸무게는 가가 성장함에 따라 놀랄 정도로 증가한다【407.5-6】.

【407】 휘파람부는 목패牧貝의 굴 술(려주)蠣酒[19]이 장난치는 동안, 폭식暴食과 폭도락 暴道樂 사이, 그는 자신의 식과食菓를 온당히 먹어 치우는지라, 점심전채點心前菜, 매번 그는 음식에 대해 중상하는 말을 하거나 또는 잘 드레스 된 파이의 맛난 정선식精選食 과 함께 한 병의 아디론[20]을 마시고 싶어 하거나 아니면. 비록 그의 정미正味의 경기신 근중競技身根重[21]은 대체로[22] 질량단위로 한 마리 구더기 무게에 불과했을지라도. 그리 하여 그는 마부처럼 너무나 경쾌하여, 자신의 부활려절復活蠣節의 월요일[23] 인쇄면印刷 面 너머로 여학생의 낙승樂勝 얼굴을 하고 유복하게 앉아 있었나니 그리하여 그는 분 명히 병사의 발걸음으로 행군중이라,[24]

【407.10-409.7】 손의 연기演技 시작

(손의 등장) 이때 대지는 암울한 안개의 지표면이라, 마치 넘치는 기대 속에 근접한 풍향초지에 놓인 세탁물 옷처럼 재차 보였도다(〈젊은 예술가의 초상〉에서 스티븐이 어깨 너머 로 안개 낀 "기독교국의 제7도시"-더블린을 보듯【P 167】. 그리하여 내(화자-몽자)가 꿈속에서 꿈 틀거리고 있었을 때, 오랜 대지, 파충류와 땅 숨소리가 "손이여! 손이여! 우편을 우송 할지라!"하고 속삭이는 것을 꿈꾸었노라! 그리고 그 소리가 한층 커지자, 보라, 점차 적으로, 어둠으로부터, 그(손)의 불빛, 그의 혁대에 찬 램프가 나타나며, 그는 마치 올 바른 의상을 입은, 한 백작인양 차림을 하고 아련히 나타났나니(여기 손은 HCE의 커다란, 부픈 의상을 가장하고 있다). 그를 살펴보건대, 이제 그것은 점멸광點滅光 같기도, 그는 지금 무우雨霧처럼 혹안黑顔이도다. 그것은 그의 벨트 램프(혁대 등)나니! 그는 유성장留成長 하려 하도다! (그의 의상은 얼마간 국제적이고) 최상등의 고전적 맥프리즈의 외투를 걸치고, 애란 연락견連絡犬의 칼라에, 그가 신은 두툼한 굽바닥의 단화는 스코틀랜드 풍의 대 중적 및 풍토에 알맞게 망치질 된 것, 쇠 뒤꿈치와 분리할 수 있는 밑창, 그리고 그는, 그의 양털로 된 신의信義의 재킷 그리고 커다란 봉밀 단추, 22개의 당근 빛을 띠고 그 의 거친 부대 포틸 코트 및 그의 인기 있는 초커(목도리), 특대의 그리고 그의 화려한 보

헤미아의 장난감과 다마스쿠스 능직의 오버 코트를 안쪽으로 자랑해보이나니, 제퍼(서풍)西風 직복職服에는 R.M.D.(더브린 왕실 우편)가 수놓아져 있고, 지금까지 가장 성공적으로 수발隨發한 양각 소매, 만사 최고─그밖에 아무것도. (아하, 하나님과 성모 마리아와 성 패트릭의 축복이 그이 모두 위에 내리소서!)

【407-14】 회견(질문) 받는 손

【407.10-409.7】 손의 서곡과 시작은, 연극의 공연 선포에서 배우 호출계의 전통적 부르짖음으로서─서곡은 시작이요, 커튼이 오를 때 무대 위에 있을 저 배우들은 그들의 자리에 착석해야 한다. 손은 음계 아래서 우울하게 하품한다【407.27-28】. 그는 자신의 발이 얼마나 해쳤는지에 관해 주로 불평하기 시작한다. 그는 자신이 발이 얼마나 다쳤는지를 말하기, 주로 불평하기 시작한다. 물론, 그는 많이 걸었으나, 이어, 그는 그의 육체의 절반 하부에 관해 언제나 불평하고 있다. 그는 커튼이 올라갈 것을, 그리고 극장은 공짜 티켓으로 오는 사람들,

─여봐요(Alo) 인사로다. 소년들과 소녀들이여. 몸속에 음식 덩어리로 산적한 채, 손은 하품을 했나니, 입에서 냄새를 토하도다. (그건 어제의 비둘기-파이와 샴페인으로 식사했기 때문이라) 자신의 총 연설의 시연試演으로, 높은 곳에서 자기 자신에게 말을 걸며, 그리고 만원滿員의 사두死頭들 앞에 그의 출현의 순간이 너무나 가깝다고 불평하면서─ 그는 우편낭 속에 편지들을 운반하면서, 끝없는 보행의 노력으로, 지치고, 피곤한 채, 혹사당했도다.

(이어지는 손의 음식 습성). 그는 식과를 온당히 먹어 치우는지라, 그리하여 그는 마부처럼 너무나 경쾌하여, 여학생의 낙승한 얼굴을 하고 유복하게 앉아 있었나니 그리하여 그는 분명히 병사의 발걸음으로 행군중이라, 왜냐하면 그는 말했기에. 건강과 그의 장미 빛 용안【407.7】을 설명하는지라, 그것은 과연 인상적이도다. 그는 하루 동안에 음식과 음료의 40가지 이상을 소모하다니, 이들은 피의 오렌지, 베이컨과 계란, 쌀 푸딩, 차가운 스테이크, 이어 등근 스테이크(아주 드른), 쌀과 콩, 요크 샤의 푸딩, 춥, 펌킨, 오리온, 부대 가득한 스테이크, 단 아일랜드의 감자, 고깃국, 이어 더 많은 계란과

베이컨, 캐비지와 빵과 잼, 포도주, 차, 버터, 햄과 자바 오렌지, 기네스 맥주 한 병―손은 그의 인생에서 날씬한 사내로 시작했으나, 그의 몸무게는 그가 자람에 따라 놀랍게도 증가했도다【407.5-6】.

(손은 손을 치켜든다) ―그의 도움의 손을, 그의 손바닥이 부었나니, 그의 손 조가비가 컵처럼 닮았나니―그는 몸짓을 하고 말했도다. (이에 화자는 여기 그가 말하는 것을 듣는다.) "그의 수장手掌이 들어 올려진 채, 그의 수패手貝가 잔蓋했나니, 그의 수신호手信號가 가리키자, 그의 수심手心이 료봉僚逢했는지라, 그의 수부手斧가 솟아올라, 그의 수엽手葉이 추락되도다. 상조相助의 수手가 혈거개穴擧皆로 치료하는지라! 얼마나 성스러운지고! 그것이 신호身號했도다"(His handpalm lifted, his handshell cupped, his handsign pointed, his handheart mated, his handaxe risen, his handleaf fallen. Helpsome hand that holemost heals! Waht is het holy! It gested)【407.23-25】.

【407.27-36】―여봐, 아아, 알라딘,[25] 아모버스여! 여女가 조용히 넘어져 누운 것은 휴저休低를 의미하는고?[26] 손은 하품을 했나니, 자신의 총연설總演設의 시연試演으로서, ((그건 기전선일旣前先日의 전서구용傳書鳩用 가루반죽 비둘기-파이-수프와 자신의 머리 속의 화요일의 샴페인(사통似痛)[27] 더하기 내내일來來日의 교신잡음交信雜音 때문이라) 과거의 기억[28]과 현재의 금처今處[29]가 마카로니 악단[30]으로부터 미래의 음감音感을 윤색潤色하고 있었으니) **높은 곳에서**[31] 자기 자신에게 말을 걸며 그리고 음성불만吟聲不滿을 가지고, 그것은 사실상 너무나 가까이 기旗가 게양되었다거나[32] 극장 패스와 전단권傳單券, 만원滿員의 사두死頭[33]에 대하여, 자신의 내일서단來日西端의 이득을 위하여 자신의 페티코트를 오늘 염색하는 스스로를 불평해서,

【408】 정적상靜寂上 자신의 입술(추자)蜀者을 적시거나, 그의 두 선지先脂를 가지고 어금니와 마치磨齒를 깨끗이 문지르면서, 그(손)는 자신의 거구를 침沈했나니, 숨을 헐떡이는 들토끼처럼 기진맥진한 채, (그의 체중 무게가 자신에게는 너무 지나쳐 스스로 불쾌한지라), 자신이 사랑하는 히스 들판 위에 수풀로 덮였나니, 그 이유인즉 여태껏 애란토愛蘭土를 밟은 자는 누구든 간에 여지 곳 뗏장(토탄)(애란 애국의 상징)과 떨어져 잠잘 수 있었

던고!

(이제 사람들과 숀의 대화가 시작된다. 그 속에는 그의 형제인 솀도 부각된다).

숀. "글쎄, 나는 이러한 꾸밈으로 나 자신을 보다니 이제 다 된 것 같도다! 나는 얼마나 지나치도록 무언의 사나이인고! 단지 한 사람의 평화의 우편배달부, 폐하의 공신봉사公信奉仕의 다우신서多郵信書의 특파봉지자特派奉持者가 되기 위해 하잘 것 없도다. 그것은 그의 시명屍名을 지닌 나의 타자他者(솀)였으리니ㅡ왜냐하면 그는 머리頭요 나의 쌍둥이라. 솀은 오히려 여위어 보이나니, 나를 모방하면서. 나는 나의 저 타자를 몹시 좋아 하도다. 물고기 손手 맥솔리 쌍둥이! 이리언! 장례식! 반자이(만세)! 아이작 이가리의 당나귀여! 우리는 음악당의 쌍둥이, 기네스 축제에서 상을 득했도다. 나는 이 무대 위에서 그를 비웃어서는 안 되는지라. 그러나 그는 대단한 경기 패자이나니. 나는 그에게 나의 원반을 들어올리도다. 그는 여인의 생각과 행실을 해석하려고 애쓰면서 그의 전 생애를 살았도다. 나로 말하면 나는 창녀-숭배자가 아니지만 그녀(누이-이씨)를 숭배하도다!"

"우선 그는 제일 큰딸이 무엇을 펜지(생각)하고 있는지 생생하게 감지하고 있는지라"(First he was living to feel what the eldest daughter she was panseying). 숀은, 이렇게 말하면서, 솀이 그들의 자매인 이씨가 무엇을 생각하고 있는지를 의아해하고 있음을 말한다. "pansying"은 이씨-오필리아가 축하하는 방식이요, 그 이유는, 그녀가 말하다시피, "팬지가 있는지라, 그것은 생각을 위한 꽃이기 때문이다"(There is pansies, that's for thoughts).(〈햄릿〉 IV. v. 174)

"생선장수!"(Piscisvendolor!). 솀은 이씨-오필리아를 잘못 다루는 것을, 그리고 Polonius처럼, 생선장수(fishmonger)가 됨을, 비난 받는다.(〈햄릿〉 II.ii. 174)

이 구절은 당나귀의 육체성 (bodily) 또는 "육성"肉性(meaty)을 기록한다(Epstein 169). 당나귀-심문자는 약게도 그리고 아첨하게도 숀의 옆구리를 찔러 인정하게 하는바, 그는 실체적 육체를 가졌고, 사실상, 연기나 안개가 아닌지라, 불가시적 우주의 불감적不滅的, "육적"肉的 "meaty" 토대를 가졌음을 시인하게 했다. 숀 자신의 육체는 진짜요, 예수의 육체와 비슷한 색운色雲이 아닌지라, "이교도적 바렌타인에 의해 보여주는 그리스도의 현세육체론現世肉體論을 일축하는"【17】 것이다. 〈피네간의 경야〉의 마지막 장에서, 이는 새벽의 장인지라, 우리는, 추락한 인간을 위한 온당한 환경으로서, 무지개의 모든 색채와 채색된 채, 물질적 우주를 환기하면서, 이상적인 동방의 성인적聖人的 반대를 넘어, 성 패트릭을 볼 것이다.

우리가 이전에 인식한 대로, 에머슨(Emerson)은 그의 철학적 논문(수필)인, "자연"(Nature)에서 이상인理想人들 및 이그노시스 교도들이 "물질을 향해 어떤 적의나 분노"를 보여주었다. 물리적인 것에 대한 강조는 〈피네간의 경야〉에서뿐만 아니라 조이스의 타 작품들에서 가장 중요한 조이스식의 주제로서 그는 가시적, 물리적 존재하는 세계를 위해 존재한다. 그를 위해 워레스 스티븐즈(Wallace Stevens)가 썼듯이, "가장 위대한 빈곤은 물리적 세계에서 / 살지 않는 것이다." 그러나 숀은 물리적 세계를 증오하고, 물리적 몸체와 물질적 우주를 한결같이 부정하려고 노력한다. 그의 생기 있는 태도란 〈율리시스〉의 스킬라와 카립디스 장에서 협소한 플라톤 주의자들의 그것을 메아리 한다. 그러한 장에서, 스티븐은 "무형의 정신적 본질"의 중요성에 대한 AE의 단언을 거역하고, 자기 자신에게 확고히 주장하거니와, "현재와 여기를 붙들어요, 그를 통해서 모든 미래는 과거에 뛰어든다!"【9.153】. 그리하여 그것이야말로, 우리가 보아온대로, 조이스 자신의 창조의 모든 것에서 자기 자신을 위한 물질주의적 신조이다.

저부底部 절반(the lower half of the body)인, 당나귀는 이제 자신의 음험한 질문을 시작한다. 육체의 절반 하부는 언제나 상부 절반이 오히려 만들지 못하는 허락 속으로 상부 절반을 언제나 유혹하고 있다. 이러한 언급들의 수는 사자가의 14 정거장을 대표할 수 있는지라, 자기 연민의 숀이 순교자와 구세주로서 자기 자신을 본다. 그러나 구세주로서 숀은 약한 점들, 특히 허리 아래의 그것들을 갖는다.

숀은 이제 그의 형제에 관해 말한다. 그는 자신이 "저 자"를 좋아함을 확실하게 서술하나, 그의 형제는 비원천적非源泉的(unoriginal)임을 주장한다【408.24-25】. 사실상, 당나귀에 대한 모든 질문들 자체의 반응적 취지는, 그이, 숀이 그의 불명예스런 쌍둥이보다, 비록 "Shemese"【425.6】에 대한 숀의 시도가 덜 만족스러울지라도, 아주 많이 한층 잘 글을 쓸 수 있다는 것이다. 상부 절반은 육체적 자손뿐만 아니라 문학을 창조하기 위해 하부 절반이 필요하다.

【409】그러나, 제미니 쌍둥이여,[34] 그[셈]는 놀랍게도 홀쭉하게 보이는지라! 나는 사내 벤지가 찬방만饌房灣에서 광가光歌하는 것을 들었도다.[35] 그를 저 아래 먼지 상자 사이에 눕게 해요.[36] 경청! 경청! 아니 그래! 그래! 그래! 왜냐하면 나는 그의 심장부에 있기에. 하지만 나는 한 사람의 서창인敍唱人으로서 엄숙한 진가상眞價上(실력)[37] 응당 이러한 보상을 받을 종류의 일을 여태껏 해왔음을 회상하지 않을 수 없도다. 국민의 유령우부郵夫[38]가 아니나니! 뿐만 아니라 키다리 트롤로프(매춘부)[39]에 의해서가 아닌지라! 나는 바로 그렇게 할 시간이 없었도다. 성 안토니 길잡이에 맹세코![40]

【409.8-426.4】 청중[화자]으로부터 손이 받는 14개의 질문(화자-당나귀는 그곳에 누워있는 손에게 접근하여, 질문한다).

III.1에서 14개 질문 (비록 모두가 다 질문들은 아니라 할지라도) 남성인, 추락한 인간의 순탄치 못한 성숙을 노정하거니와, 이는 많은 퇴보와 자기-의문들을 포함하는 과정이다. 이 장의 목적은 손에게 그의 육체적 존재, 육체적 우주를 불안하게 인식하도록 보여주는 것이다. 성 프랜시스는 자기 자신의 육체를 당나귀로서 언급했으며, 여기 III.1에서, 당나귀는 남성 육체, 특히 다루기 힘든 저부 절반을 대표하는바, 그것은 상부 절반 속에 자리한 불안하고 합리적 및 도덕적 마음에 대한 애매한 언급을 행하거나, 불안한 문제들을 제기한다.

당나귀 질문자는 수줍게 손의 옆구리를 찌르며 허락하도록 한지라, 그가 실체적인 육채를 지님을, 그가, 사실상, 연기나 안개로 만들어지지 없음을【413.31】, 그리고 불가시적 우주는 불감적不滅的 "안개"의 토대가 아님을【419.3-4】. 우주는 물질적이요 실재인지라. 손 자신의 육채는 실재로서, 〈율리시스〉에서 읽듯,

그리스도의 현세육체론現世肉體論을 일축하는 발렌타인[41], 그리고 성부는 자기 자신이 자신의 성자임을 주장한, 영민靈敏한 아프리카의 이교 창시자 시벨리우스[42]가 아니다【U17】.

〈피네간의 경야〉의 최후의 장이요 새벽의 장에서, 우리는 추락한 인간을 위한 타당한 환경으로서, 무지개의 모든 색채로 채색된, 물질적 우주를 옹호하면서, 성 패트릭이 이상적인 동방의 현인의 반대를 정당하게 다룸을 보리라.

앞서 우리가 주목했듯이, 미국의 19세기 철학자 에머슨(Emerson)은 그의 철학적 수필 "자연"에서 썼거니와, 이상론자들과 불가지론자들은 "사물을 향한 어떤 적의와 분노"를 보였다. 육체적인 것에 대한 강조는 〈피네간의 경야〉에서 뿐만 아니라, 조이스의 그 밖에 다른 작품들에서, 하나의 가장 중요한 그의 주제이다. 조이스는 그에게 가시적, 존재하는 물리적 세계의 인간이요─그를 위해, 같은 시대 같은 나라의 시인 월레스 스티븐즈(Stevens)가 썼듯이, "가장 위대한 빈곤은, 물리적 세계에서, 사는 것이 아니다." 그러나, 숀은 물리적 세계를 혐오하고, 한결같이 물질적 몸채와 물질적 우주를 부정하려고 애쓴다. 그의 반反 물질적 태도는 〈율리시스〉의 도서관 장면에서 편협한 플라톤주의 자들의 그것을 메아리 한다. 이 장에서, 스티븐은 "무형의 정신적 본질"(formless spiritual essence)【U 152】의 중요성에 대한 AE의 단언을 거절하고, 자기 자신에게 단호히 주장하거니와, "여기와 현재를 붙들어라, 그것을 통해 모든 미래는 과거에로 뛰어든다"【U 153】. 이 말은, 우리가 보아온대로, 조이스 자신의 모든 창조 속에 그이 자신을 위한 물질주의자의 신조를 의미한다.

저부절반底部折半인, 나귀는 이제 음험한 질문을 시작한다. 육체의 하부절반은 언제나 상부절반을 유혹하여 허락하게 하거니와, 상부절반은 오히려 이루어지지 않는다. 이러한 말들의 수는 '십자가의 14정거장'을 대표하는지라, 그것은 그리스도의 십자가형의 14단계를 서술했었다. 자기 연민의 숀은 저가 자신을 순교자와 구세주로 본다. 그러나 그제주로서 숀은 약점들이 있는지라, 특히 허리 아래의 것들이다.

【409.8-30】1번째 질문과 대답
─그러나 우리는 지금까지 그대에게 간원해오지 않았던고, 친애하는 숀, 그건 누구였던고, 우체부가 되는 걸 그대에게 허락한 이가 누구였던고?
(숀의 대답) ─ 자 안녕, 그는, 성당 서명식마냥 순결한 목소리로, 우아한 메아리로, 자신의 머리타래를 고양이 핥듯 심하게 끌면서, 자신의 캐비지 널찍한 배추 같은 두

뇌를 선미하듯, 대답하도다. 나는 집토끼(저주할)의 부엌과 구원 오트밀 죽이 싫어졌나니. 단지 몇 주 전, 나는 군 형무소에서 나온 한 쌍의 사나이들을 우연히 만난 적이 있었는지라, 그들의 이름은 맥브랙스 대흑자大黑者―또는 맥브래익스 (시인 블레이크의 추종자들로서, 인간의 상업적 절략을 통렬히 비난한 최초의 사람들)―그들은 불충분한 수당과 사고 보험으로 다섯 시간 공장 생활도 자신들을 위하여 부당하다고 나로 하여금 믿도록 했던 것이다. 과연, 나는 나 자신이 다름 아닌 성 코럼바 (처녀 살자)處女殺者의 예언을 어떻게 수용했는지를 선포함으로써, 최고의 만족을 누렸던 것이다. (여기 언급은 〈켈즈의 책〉에 관한 것이다. Columbkill은 성 Cellach에 의해 9세기에 Kells의 수도원 옆에 건립되어, 성 Columba를 추모하여, 달리 Columbkille Dove of the Church,(비둘기 성당)으로 명명되었다. 여기 예언은 최후의 심판의 날에 관한 것이다.) 숀은 자신의 일의 힘듦에 대한 불평을 토로한다. 100명도 들을 수 없는 무거운 우편 낭, "나의 최중最重의 십자가," 피로, 무릎 통, 척추 등, "그의 태양과 달, 이슬과 습우濕雨, 천둥과 화난火難 뒤에, 사보타주(태업)怠業가 다가오도다."

【409.31-410.19】 2번째 질문과 대답

―그러면, 그대는 우선적으로 배달부가 되는 것이 필경 명령에 의하여 그렇게 되었을 터인고?

(숀의 대답) ― 숀은 자신의 젖은 입술로 반복했나니, 내가 하고 싶은 것은 그것 때문이 아닌지라, 그러나 나는 상부로부터, 고용 장서藏書 (북스)와 감독장개관서監督長概觀書 (콕쓰)에 의하여(강제적으로) 그렇게 하도록 일러 받고 있도다. (여기 숀은 단지 자신의 성스러운 의지를 피력한다).

그것이 예의범절의 서書의(명령의), 높은 곳에서부터 나(숀)를 지배하고 있나니. 그리하여 그것은 유전적인 강제인지라, 그리하여 나는 가시적 독선의 이득은 아무 것도 없도다. 나는 지금 새로운 자동차 전용 고속도로 주변을 넌더리나도록 맴돌고 있는 듯한 느낌이요, 문자 그대로 진퇴양난에 처해있나니 아니면 섬의 갑岬 위에 나의 다중자아多衆自我로부터 소아小我를 고립시키는지라, 그러나 나는 도대체 어디로 몸을 돌려야 할지 알지 못하여, 유관지사有關之事를 행하는 어떤 일에도 진로이탈하기 무 희망이로다(그는 화산이나 태양에 몸을 던짐으로써 자살을 생각하기도 한다).

【410.20-27】3번째 질문과 대답

─당나귀는, 연성-비누인 의심스런 숀에게 나아가며, 숀이 그녀의 과오를 범한 남편에 관하여 세상에 대해 ALP의 편지를 궁극적으로 지니리라 예언하고, 숀은 그것은 확실히 하나의 가능성이리라 공손하게 동의한다. 사실상, 그는 아나의 편지의 외형적 대표, 프린트 된 〈피네간의 경야〉의 수백만 분리된 권券들을 끝낸다. 숀은 여기 자신이 출판자일 것이라 선언하고 있다.

【410.28-411.21】4번째 질문과 대답

─그대 우리에게 말해줄 터인고, 숀, 어디서, 언제 그대는 대부분 일을 할 수 있는고?

(숀의 대답) ─ 여기! 숀이 대답했도다, 유목민에게는 안식일이 없는지라. 그리하여 나는 대부분 걸을 수 있나니, 일 자체가 너무 수월하여, 하루아침 세 미사와 하루 저녁 두 예배 사이 한 주 60가량의 마일을. 나는 언제나 저 도보자들에게 말하고 있나니, 나의 응답자들인, 톱, 시드 및 하키에게. (그것은 그에 관한 예언이나니, 그가 평범한 정원의 일을 택하지 않는 것은 자신의 의지였다고, 인생에 있어서 그의 소명은 설교를 하는 것이요, 규칙적으로 염주도 念珠禱를 낭송하는 것이 최선의 일. 그리하여 사실상 그는 언제나 그렇게 해왔도다. [증거로서, 숀은 한 마디를 낭송한다. 그리고 사람들은 그가 거짓을 말하나 그의 혀를 볼 수도 있도다.)

"나의 노부老父의 시계"(my oldfellow's orologium). 나의 부친의 시계라. 이 페이지에는 〈오셀로〉에 대한 몇몇 언급들이 있다. "노부"(Oldfellow)는 〈율리시스〉의 〈키르케〉장면에서 오셀로(Othello)에 대한 말장난으로, 거기서 셰익스피어는 부르짖는다. "이아고고! 나의 늙은 친구가 어떻게 하여 데스데모난(목요일조여가장)을 목 졸라 죽였던고, 이아고고고(Iago해! How my Oldfellow chokit his Thrsdaymomum. Iagogo!)【U 463】.

【411】(이어지는 숀의 대답) ─ 그는 온갖 종류의 무모한 보행이라 할 불필요한 노예적 봉사로부터 사면되어야 한다고 주장한다. 그는 몇 가지 충고를 제시한다. 그는 음식어로 말 재담을 떨면서, 기도한다. 그대는 이 섬으로 갈지라, 거기서 일가면一家眠, 그 다음 그대는 다른 섬으로 갈지라, 거기서 이가면, 그 다음 일야 미로를 포착할지니, 그

다음 애자愛子에 귀가할지라. 그대가 방어하는 여인을 결코 향배向背하지 말지니, 그대가 의지하는 친구를 결코 포기하지 말지라. 적이 다총多銃하기까지 그에게 결코 대면하지 말지니, 타인의 파이프에 결코 집착하지 말지라. 아멘, 이신이여! 그리고 나는 기도하나니 신의 의지가 이루어질 수 있도록. 나는 근본에 있어서 착하도다—한 사람의 신뢰자로. 나는 믿어 왔는지라. (손-그이-그대-나)

【411.22-421.6】5번째 질문과 대답

— (손의 정직하게 불쑥 내민, 통통하고, 깨끗한 혀를 감탄하면서, 화자는 도시의 우체통이 녹색으로 칠해진 데 대하여 그에게 질문한다). 그대는 어찌하여 그동안 우리의 도회를 녹색 기마 착의로 칠해버렸던고?

(손의 대답) — (미소 지으면서, 손은 고백한다.) (여기 그는 "그대" 또는 "나"로 인칭이 교환된다.) 게다가 그것은 그가 행한 도색 칠이 아니나니. 어떤 이들은 그가 행한 것이 나쁘다고 말한다. 예언으로부터 생각하는 방식에서가 아니라, 그것은 당당했나니, 옛 것을 위한 새 램프들이요. 그리하여 그는 그걸 행했는지라, 그의 램프를 가지고, 그들에게 알리는 것을 자랑하도다. 그래요, 나는 그랬는지라. 당신들은 그걸 어찌 추측했던고? (손은 그것이 자신의 커다란 잘못이요, 그것은 유토피아 계획 중의 하나이며, 공모자는 데이비 또는 셈이라 대답한다.) 나는 고백하리니, 그래요. 그대의 디오게네스(진단)는 부정남(셈)의 것인지라. 나는 음유시인 역을 했도다! 나는 과연시果然詩했도다. 나는 모든 시가를 행했도다. 색슨의 법을 타도하라! 그것이 나의 최초의 상의上衣의 낭비가 되지 않을까 걱정했도다. 봐요! 적초탄 위에 불타고 있도다. 보다시피! 적敵 위에 불타고 있도다. 나는 정연한 붉은 다리의 비둘기를 닮았나니. 노새(아둔패기) 그것 자체처럼 확고한(수정적)지라. 혹자는 아마 내가 잘못이라는 타 낭자의 인상을 암시하리라. 그렇지는 않아요! 그대는 결코 그보다 더 큰 무서운(프로이트적) 과오를 범하지는 않았나니, 실례지만! 그대에게 돼지고기는 내게 쇠고기를 의미하는지라.

"그대가 방어하는 여인을 결코 향배向背하지 말지니…타인의 파이프에 결코 집착하지 말지라"(Never back a woman you defend…never get struck to another man's pfife). 손의 이 철학적 설문은 III부 2장을 미리 예시豫示하거니와, 여기서 손은 〈햄릿〉에서 그의 오필리아의 오빠 레얼티즈(Laertes)와 같은 연설의 동일한 취지(ad nauseam)를 계속한다【431.21-457.24】.

"신랑(우울)은 빛을 지니고, 신부의 귀염둥이는 사랑이라"(The gloom hath rays, her lump is love). 〈율리시스〉에 있어서 스티븐의 셰익스피어 이론에 관한 언급처럼 보이는바, 여기서 그는 셰익스피어의 가정생활에 있어서 우울함은 "마리나, 그의 양 팔 안에 놓인 소녀, 아이…번창하는 프로스페로, 보상 받는 착한 사람으로, 리찌, 조부의 사랑의 귀염둥이"(a child, a girl placed in his arms, Marina…prosperous Prospero, the good man rewarded, Lizzie, grandpa's lump of love【U 160, 175】)의 도래到來에 의해 마침내 해소된다. 셰익스피어의 "사랑의 귀염둥이"는 조부 Lizzie 또는 셰익스피어의 딸, Susanna Hall의 딸 Elizabeth Hall이었다.

【412.7-413.26】 6번째 질문과 대답

― (그들은 손의 노래를 칭찬한다.) 그대의 벨칸토 창법은 얼마나 선율적이고, 오 가조歌鳥여… 그리고 그들은 초목(verdure)이 니스(varnish)인지를 그에게 묻는다. 그러나 도대체 니스를 가지고 뭘할 것인고? 그러나 오 미발아美髮兒여, 폰토프벨익에서부터 키스레머춰드까지 우리의 광도廣道를 나무로 빽빽이 할 참인고? 우리는 실질적으로 가구家具 의향의 뜻인지 아니면 초목草木이 니스(광택)인지 추측했던고?

(손의 대답)―그렇게 말하다니 어처구니없는 오욕이도다, 미화소년美火少年 손이 소리쳤는지라, 당연히 격앙하여, 자신의 귓바퀴로부터 붉은 후추를 헛뿌리며. 그리하여 다음번에는 제발 그대의 새빨간 빗댐을 혹타인或他人에로 제한할지라. 그는 여인들의 정조를 훔치는 것을 거부한다. 내가 그대의 부덕에 관계하랴? 고로 그걸 접어 두어두기로 하자. 그리고 그들이 알기를 좋아하는 것이란 과거 관공리 하에 너무나 많은 사적 상비군들―우체국의 사서무편무구와 페루안전기구들―이 대부분 저들 연금 산양들에 의하여 침식侵食당하고 있음을, 그는 말한다. 하지만 그는 한 켤레의 산양 복싱 글러브(장갑)의 모양을 따서, 웨일스의 척탄병을 둘러싼 저금통장을 작성할 의향인지라, 그를 지탱할 급료가 있는 한, "나의 노란(Nolan)과 브라운(Brown) 출판자들을 위해." 그에 관해 보고서를 써서, 사람들의 그에 대한 인식을 갖게 하는 것이 그의 선포된 의도인지라.

손은, "만일 나의 펜(筆)筆이 긁기 쉬울 정도로 능能하기에"(my pen is upt to scratch) 【412.32】, 연극을 쓸 자신의 계획을 여기 서술하고 있다. 그의 출판자들은 더블린의 Browne and Nolan 회사가 되리라, 그리하여 자신의 수입이 적당하게 지불되는 한, 연극을 한 편 쓸지니, 이는 Woffington과 Sheridan이 지배적 역할을 하는 한, "그것을 또한 나의 공인公認의 의도의 하나로서… 나의 펜(筆)筆은 긁기 쉬울 정도로 능能하기에…나의 공발행인公發行人으로는, 노라나와 브라우노, 인쇄 허락 불요不要, 기독십자가인基督十字架印… 운명의 힘에 감사하게도. 지불빈支拂賓연어로서의 나의 급료가 마련되고, 그리하여 나 아래에 지주支柱가 있고 나에게까지 딩동 곡이 있는 한," 그러할지라. 【412.30-413.02】

이 부분은 C. 디킨즈의 〈우리의 상호 친구〉의 제2장에서 멋지게 해학적인 구절로서 언급된다.

【413】 운명의 힘에 감사하게도, 나의 급료가 마련되어 있는 한, (이어 손의 어떤 고인故人 샌더지 또는 앤더센의 죽음에 관해 HCE에게 보낸 편지가 뒤 따른다.) "극히 존경하올 자의 수치의 영전에 바치어…"

가장 고상하고, 한때 작가의 봉사에서 정원 청소자인. 례배. 고인 샌더즈 부인, 및 그녀의 여 자매 선더즈 부인, 양자는 의학 박사들이요 부활절 각란脚卵을 닮은 아이스킬로스 비극 시인 격이었도다. 그녀는 내가 여태껏 만난 가장 훌륭한 인물이었나니, 단지 지나치게 뚱뚱할 뿐, 아가들에게 익숙하고 너무나 다언多言인지라. 그녀는 나이 아흔이 훨씬 못 되었고, 시학에 흥미를 지녔었도다. 가련可憐 미망인(P.L.M). 메브로우 본 앤더센(보스턴으로부터 편지를 송달한 앤더스 Anders?),은 나에게 양고기 수프를 준 여인이요, 그녀의 최대의 파티를 위하여 대접해 주었나니. 이것이, 목격자들 앞에 당연히 쓰인, 나의 최후의 의지 유언장인지라, 오 나의 속구심俗口心의 슬픔인들 어떠하랴, 두 추락한 하급 노동자들을 위하여 2만 파운드 금화의 값어치라니, 여불비, 당신의 친애하는 로저즈로부터, 내 사랑(M.D.D)., 노애의박老愛醫博(O.D)… 비나니 한발의 이중적二重適을. 필하며.

"나 아래에 지주支柱가 있고 나에게까지 딩동 곡이 있는 한"(there is a peg under me and there is a tum till me). Peg Woffington(1714-60) 및 Thomas Sheridan(1719-88)은 당시 셰익스피어류의 가장 유명한 아일랜드 배우들이었다. 한 보고에 의하면, 18세기 동안에 the Smock Alley는 아일랜드 극장 생활의 중심이었는지라…. 이 모임의 회원들은 셰익스피어 회원들인 James Quin, Peg Woffington, 및 Thomas Sheridan처럼 런던에서 뒤에 명성을 득했다. "조이스는 아일랜드의 셰익스피어 연출의 양인으로서 Woffinton과 Sheridan을 생각했고, 〈피네간의 경야〉에서 "peg" 및 "tom"을 당시의 인물들로서 간주했다. 〈피네간의 경야〉에서 Peg와 Tom의 결합된 언급들은 조이스가 Wogginton과 Sheridan을 애인들로 알았고 상상했음을 암시한다.

"이것이, 나의 누친자淚親子여, 그들 부재의 여성폭행협회에 관한 거리증인면전距離證人面前(스트랫포드)에서 당필當筆된 나의 최후의 의지意志 유언장인지라"(This, my tears, is my last will intesticle wrote off in the strutforit about their absent female assauciations). 손은, 스위프트처럼 그의 애인들인 에스터 및 바네사를 위한 자신의 재산을 남겨줄 유언장을, 작성하고 있다. 이 행은 (셰익스피어적 학구에 있어서) Bard의 유언장에 대한 모순당착적 문제를 마음에 떠올린다. 여기 우리는, 셰익스피어가, 스트랫포드(Stratford)의 "집에 머무르는 페네로페" 안 하사웨이로부터 부재하는 동안, 특히 런던에서 그의 여성과의 교재에 대한, 그리고 자신의 "두 번째로 가장 좋은 침대"를 그녀에게 남겨두게 한 그의 유언장에 대한 스티븐의 말을 상기한다. 【U 169 참조】

【413.27-414.13】 7번째 질문

— 이 솔직한 질문은 무엇이 손의 화려한 사치 제복의 기원이 될 것인지다.

— 절대적으로 그대는 자신의 캐데너스(수사제)와 함께 농살弄殺하고 있는지라. [앞서 편지는 스위프트에 관한 몇몇 언급을 내포하고, 사실상 스텔라와 바네사에 대한 편지인 것처럼 보였다.] 스위프트식의 두 익명인 "캐데너스"(Cadenus)와 "대견물자"(Biggerstiff)로 그를 호칭하면서, 이제 화자는 손에게 두 베네사 연인들에 대하여 전체 사실을 요구하며, 그의 자전自傳을 추구한다. "그대의 값진 제복制服의 기원은 무엇이 될 것인고?" 이에 대해 그는 근검절약이 약이라고 대답한다. "맹세로서, 말할 수 있나니, 지불 및 촌지 그리고 우드 합금 반 페니."

그리하여 우리가 어찌 저 백지白紙(White Paper)를 완성할 것인지는 산양山羊만이 알지로다. 두 비너스 성애 여신들(Two Venuses)! 괴상한! 계속할지라. 전진全員을! 솔직한 손, 그럼 다음으로 그대의 싸인 금액에 무슨 일이? 그대의 유신柔身의 연제복의 자서전은 무엇이 될 것인고?

【413.32】(손의 대답) ─ 손은 아주 흥겹도다. 만세기도하세나! 하무인何無人에게든, 손이 대답했는지라, 하늘에 감사하게도! (그는 의지意志했었나니 그리하여 방금 자신의 루비의 주름반지의 풀膠을 가까이 응시하고 있었도다). 그건 응당 다소 낭만적인 것일지라. 그런데, 푸라이 씨는 여하한고? 그의 전액은, 맹-세로서, 나는 말할 수 있나니, 지불 및 촌지 그리고 우드 합금 반 페니,

【414】그것의 전액(그의 제복의 비용)은, 그(손)에 의해, 크라운토킨(광대)마을, 트레드카슬(삼성三城)의 목재남木材男 반 호턴 씨의 명의로 일시에 양도되었는지라. 그는 그대에게 말하지만, 자신은 결코 그 돈을 소비하지 않았도다. 그들은 그걸 확신할 수 있도다. 그리고 손은 휴대용 봉투처럼 자신은 결백하다고 말한다. 그는 그 돈을 모든 그의 질녀들과 조카들에게 분배했나니. 그리고 자신의 제복에 관하여 변명한다─어찌 그것이 전기傳記를 가질 수 있담? 그는 Arthur Guinness의 향기롭고, 휴대용 등록된 통桶들의 하나 속에 분명히, 가시적으로, 후각적으로 그리고 단단히 밀봉되어 있도다. 뿐만 아니라 그는 유령개념을 지니지 않는다. 그것이 고로 그의 규칙이나니. 아무튼 그 돈은 뜨거운 빵 수프처럼(날개 돋친 듯이) 사라졌는지라. 그리하여 이야기가 나를 신선한 점點에로 인도하나니. 나는 기네스의 맥주 통을 그대에게 선사하고 있도다. 자 마셔요!

【414.14-419.10】8번째 질문 (요구와 응답)
─ 그러자 화자는 손에게 노래를 부를 것을 요구한다. ─ "그러할지어다. 소비엣! 노래를! 손, 노래를! 용기를 가질지라! 제시할지라!"(So vi et! we responded. Song! Shaun, song! Hve mood! Hold forth!).

당나귀는, 술통으로부터 마시도록 cheoff 감수하면서, 웨이퍼(과자) 먹음, 성체의

절반을 제공한다. 그러자 감탄을 가장하면서, 당나귀는 숀에게 노래를 청한다. 숀은, 그러나, 오히려 우화, "개미와 베짱이의 우화"(그림의)를 말하려 한다.

【414-419】 숀은 노래 대신 "개미와 베짱이"의 우화 시작
(숀의 대답) ― 그러나 숀은 노래를 할 수 없기에 ― "나는 사과하는도다" 그는 차라리 야곱과 이솝의 냉혹한(그림) 이야기 하나를 그대에게 장황직담(스피노자)하려 한다. 그런 다음 그는 목구멍을 가다듬고 기침을 하는데, 이는 천둥소리(9번째)로 연결된다. 그리하여 그는 "개미와 베짱이 이야기"(The Fable of Ondt and Grasshopper)를 시작한다.

【414.16-21】 ― 나는 우화사과寓話謝過하는도다, 숀이 시작했나니, 그러나 나는 차라리 야곱과 이솝의 냉혹한(그림) 이야기[43]의 하나를 그대에게 장황직담張皇織談(스피노자)[44]하려하는지라, 우화, 연화軟話 역시. 우리 여기 참화건件慘禍件을 숙고하세나, 나의 친애하는 형제 각다귀여[45](어험기침사스텐스카핀기침시관屍棺침뱉기캑캑저주저주기침각다귀귀신 마른기침어험카시카시카라카라락트) 부의蔀蟻개미와 아도자雅跳者베짱이 우화에 관해.

숀(개미 격)은 셈(베짱이 격)의 습성을 서술한다. "아도자雅跳者 베짱이[46]는 언제나 급향 지그 춤을 추면서, 자신의 조의성嘲意性의 주선율에 행복했는지라…" 그는 물론 사악하게 저주하곤 했나니… 소비성이 강하고 놀고만 먹는 셈을 공격하기 시작한다. "아도베짱이는 언제나 지그 춤을 추면서, 행복했는지라, 혹은, 언제나 프로(빈대) 및 루스(이蝨) 및 비니비니(꿀벌)에게 전주곡을 연주하고 있었나니 혹은, 언제나 노령자인, 최선조부 제우츠와 우스꽝스럽게 흥장興葬비틀거리며 친교를 맺는지라, 자신의 모든 집게벌레의 사악한 화관을 두르고."

숀의 우화 ― 이솝의 것이 아닌 폰태인(La Fontaine)의 것 ― 는 앞서 Jones 교수의 "묵스와 그라이프스"의 것처럼 담론이 얼마나 부적합한지를 설명하는 뜻이다. "묵스"처럼 "개미"는 공간을 대표하면서, 시간의 반대자와 다투는 영웅이다. 이 싸움은 곤충들 ― 집게벌레의 아들들 ― 간의 싸움인지라, 수개 국어의 말 작난(verbal punning)은 곤충들과 그들의 역할들을 제공한다. 예를 들면, 베짱이는 나비(butterfly)의 어원

을 가진다. 러시아의 사건들과 철학자들의 이름들이 여기 확실히 분명하다. "So vi et"【414.14】의 구절은 아마도 개미의 사회를 암시하기 위해, 사회주의자, 당, Beria, Moscow 등을 소개한다. 철학자들—Aristotle, Mencius, Confucius, Spinoza, Crotius, Leibnitz, Kant, Hegel, Schopenhauer 등이 등장하는지라, 그들은 시간, 공간, 윤리학 또는 과정을 다루기 위해—혹은 아마도, 인생에 대한 개미의 부르주아(중산계급) 철학을 수립하기 위해서일 것이다.

【415】(베짱이의 유락遊樂) 요정들이 베짱이(솀)를 유혹하고 있다는 것. 그는 회색의 벌레 상자 속에 겸입鎌入된 채, 그리고 자신의 핵과核果의 요정들인, 데리아와 포니아가…그를 유혹하고 있는지라… 그리하여 그리운(A) 귀부인(L) 장화 신은 고양이(P)가 그의 두상을 할퀴거나 자신의 숨통을 피막被膜하나니, 베짱이는 춤추며 일과를 보내도다. 그리하여 탬버린 북과 집게벌레 캐스터네츠를 가지고 자신의 란구卵丘 주변을 맴돌며 회고 공포병 속에 그들의 죽음의 무도곡을 바꿔 오통 곡명하는지라… 등치에서 고갯짓까지, 마치 환상적 침탈자와 사월 암탕나귀 마냥, 라, 라, 라, 라 곡에 맞추어, 느린 발뒤꿈치와 느린 발가락으로, 중얼모母(바트)와 나둔부裸臀部 복싱매치 및 가봉歌峰의 앞잡이 (뮈르미돈)들에 의하여 반주되어 노래하도다. **임야신의 흡족한 온주토요일야 및 이늑히, 둥글게, 잔디 벽 위에 우리 잠시 앉았도다 그러나 호호, 시간(타임) 재시(티메간)여, 경야할지라(왜이크)**! 왜냐하면, 만일 과학이 혹자에 관하여, 우리를 무無로, 침묵하게 할 수 있다면, 아마도 예술은 그의 배를 울리는 신소동료新小同僚에 관한 혹물 或物을 노래할지 모르나니. 왠고하면 오크로니온이 자신의 모래 속에 가루 되어 놓여있으나 자신의 태태양자손太太陽子孫들은 여전히 계속 뒹굴기 때문이다.

"아키나 큰일났도다 그리고 나의 영혼에 축복을!"(Grouscious me and scarab my sahu!) (악의)惡蟻개미가 그(베짱이)를 계속 욕하며 토로한다【415.25】. "그리고 나의 풍뎅이 성혼이여! 무슨 놈의 협잡꾼이람! 잠자리 같으니! 부실 각다귀! 이風같으니!" "신神들로서 무슨 꼴이람!"(악의)惡蟻개미(손)가 토로했나니, 그리하여 그는, 여름 바보(나비)가 아닌지라, 자신의 풍창의 거울 면전에서 자기 자신에게 어리석은 얼굴을 신중하게 짓고 있었다. 개미(손)는 저 빈대 가家의 파티에 가지 않으려고 한다. 왜냐하면 자신이 사교부에 올라있지 않기 때문이다. ((율리시스) 제9장에서 스티븐은 당일 밤 무어의 파티에 참가하지 않는지라, 그는 불청객이기 때문이다】【U 157 참조】. 그런데도 그는 손을 높이 쳐들고 베짱이 (셈)를 위해 기도한다). "그로 하여금 무핍수無乏水하게 하소서!…그로 하여금 무와돈 無瓦豚 비추게 하소서… 엘리제 들판이여! 그가 지닌 대로! 베피 왕국이 넓게 번영하듯 나의 성대聖代가 번영할지라! 헤피 신의 천국처럼 높이."(여기 손은 우화를 사용하여, 앞서 제 1부 6장의 11번째 질문에서처럼, 셈-손, 시간-공간, 예술-과학의 적대 관계를 설명한다).

대부분 손에 의한 연설로서 이루어진, 이 장은 앞서 제I부 6장의 11번째 대답을 메아리 하거니와, 거기 손은, 마치 Jones 교수처럼, 그의 학생들에게 시간과 공간, 귀와 눈, 나쁜 셈과 좋은 손에 관해 연설한 바 있다. 거기서 그가, 담론으로 확신시킬 수 없자, "묵스(여우)와 그라이프스(포도)"의 우화로 반격한다. 여기서, 같은 목적을 달성할 수 없자, 그는 또 다른 우화 혹은, 그는 이제 다소 예수(하느님의 아들)가 된지라, "게미와 베짱이"의 우화로 반격한다. 결과는, 언제나 마찬가지다. 자신의 "타자"를 노정하면서, 손존즈는 자기 자신을 노정한다. 형제의 갈등은, 브루노의 재현을 설명하면서 【412.36】, 손에게 그가 한 사람의 불완전한 HCE임을 입증한다. 그가 〈피네간의 경야〉 III부 제2장 말에서 셈과 재차 결합할 때까지, 자신은 잠시 동안—전적으로 한 위대한 인물이 되지 못할 것이다. 아직까지 성장의 상태에서, 여전히 라이벌로 상심한 채, 손은 자신의 조건을 위해 많은 평행을 요구하고 얻는다. 이 장은 손 따위의 인물들로 가득하거니와, 즉, 올리버 고가티(〈율리시스〉의), 시간의 조이스에 대항하는 공간의 챔피언인, 윈덤 루이스. T.S. 엘리엇, 조이스의 노래에 있어서 성공적 라이벌인 존 맥콜맥, 그리고 이들 이상으로, 최후의 짐을 떠맡는, 그의 아우 스태니슬로스 조이스 (Stanislaus Joyce)가 있다.

【415.15-19】 우화 그것 자체는 매력적이요, 그의 산문은 전반적으로 투명하다. 귀뚜라미는, 걸맞게도 셈은 다리들과 그것의 부속품들을 첨부한 채, 언제나 댄싱을 하며, 그리고 4형태의 곤충에 대한 성적 진전을 행하니, 벼룩, 이, 벌, 말벌이라—물 항아리 뒤로, 그리고 이 모든 것이 시간을 죽이려고 버둥버둥. 그는 자신의 "조의성시"潮意性市(joycity) 때문에 행복하다. 그와 꼬마 곤충들은 바랜타인 러 대조르새 및 재인 아브릴처럼 춤추며, 두 유명한 투로스-로트렉 포스터들 속에 묻혀【415.11】. 만일 과학이,

배짱이가 생각했거니와, 하나님에 관 것 말고 아무것도 우리에게 말할 수 없다면, 적어도 예술들은 우리에게 하나님의 우주의 작은 세목들에 관한 그 무엇을 말할 수 있으리라.

【415.33-416.2】애초에 귀뚜라미는 한결같이 행복한지라, 춤추며, 노래하며, 한편으로 개미는 아주 심각하고, 엄숙하고, 심지어 실쭉하고, 독일적 인물이라【416.4-5】. 여기 개미는 스태니스로스를 닮았는지라, 후자에게 그의 형 제임스는 한때 말했는지라, "그대의 용모에는 괴상하고, 침울하고, 독일의 기미가 있도다. 나는 가련한 여인을 연민하는지라, 그녀는 자기 곁의 베개 위에 있는 자를 발견하기 위해서라. 그러나 우화의 과정에서, 형제들은 정서적 율동으로 바뀌나니, 즉, 귀뚜라미는 울음으로 끝나고, 개미는 거의 기쁨으로 폭발하도다. II.2에서 상징화되는 여기 형제들의 교차로는 재현되도다.

【416】(개미-(숀)는 자신을 위해 기도한다.) "천수天讐가 높이 번영하듯 나의 증식이 급증하리라! 성장하리라, 번영하리라! 급증하리라! 훔멈(Hummum)."【416.1-2】

"부의吾蟻개미(온돗)는 엄격주의자인지라. 그는 부우주남富宇宙男이었나니, …그는 파리 나방처럼 성스럽고 개미답게 의장처럼 보였도다." 그러자 배짱이의 나쁜 습성이 열거된다. 이제 괴상한 자인 아도雅跳배짱이가 사랑과 빚債의 정글을 통하여 징글징글거리며 후악後惡으로 의혹疑惑 속에 생生의 점불(뒤범벅)을 통하여 쟁글쟁글(난투)했을 때, 뒝벌들과 함께 주축酒祝하며 수생충들과 음주하며, 장다리 꾸정모기들과 등쳐먹으며 그리고 음탕녀를 추구하면서…성당 머슴마냥 병들어 마상창시합 추락하거나 성당을 왕래하는 쥐처럼 빈궁하나니. 그 자는 병들었고, 음식과 도움을 위해 몸 둘 바를 몰랐도다. 그는 우울로 통회했나니. 배짱이는 하루살이 입을 삐쭉거리며 탐욕하고 포식하도다. 이제 그는 자신의 우행을 후회하고 우울증에 걸려 있는지라. 한편 이에 비해 개미 자신인 숀은 진정으로 배고프도다(I am heartily hungry!).

[이상의 메뚜기의 습성을 표현하는 서술에는 수많은 곤충들의 이름이 포용되고 있다. 조이스는 그의 H.S. Weaver 여사에게 보낸 글에서, 여기 〈개미와 배짱이〉의 우화의 많은 부분【414-418】을 설명하고 있다.] (《서간문 선집》 330-332 참조).

베짱이는 벽지를 온통 먹어치웠나니, 5년 형광등을 몽땅 삼켰나니, 레코드를 득득 긁었나니, 오월 하루살이 입을 삐죽거렸나니, 그러나 겨울 폭풍이 다가왔을 때, 그는 집으로부터 출타했나니. 그는 순회 산책했나니, 폭풍이 만물을 조각조각 내고 있었도다.

【416.4-5】처음에 메뚜기는 한결같이 행복한지라, 언제나 춤추고 노래하는 반면, 부의螘개미는 아주 심각한, 엄숙한, 심지어 실쭉한, 독일인(게르만인)으로서 출발한다. 여기 개미는 스태니슬로스 조이스를 닮았는바, 그이에게 그의 형재 제임스는 한번 허급했거니와……

한편으로, 화이도(베짱이)(메뚜기)는 고통에 잠기나니, 그의 어름 다락방이 겨울철의 고통으로 양보하기 때문. 그의 빚과 예쁜 꼬마 소녀 곤충들의 추종이 마침내 그를 압도했도다. 그는 죽도록 아사하기 시작하고, 실지로 일시적 통회痛悔의 행위를 시작하도다【416.19-20】. 일시적 차원의 구체화인, 베짱이는 자신의 모든 시간을 탕진하나니. 즉, 그는 달(月)과 세기를 탕진하고, 심지어 그의 시계를 먹어치웠다【416.21-25】.

겨울 한복판에서, 크리스마스 때【416.26】, 그는 바람 부는 거리들을 배회하고, 배고픔과 추위로 정신착란 속으로 함몰하도다. 눈과 설석雪石들이 그이 주면에 낙하하고, 트리에스테의 폭풍이 거리를 통해 격노하니, 자갈들을 지붕으로 날려 보내며, 커피하우스에서 판석을 쪼개도다. 귀뚜라미는 거친 휘파람 토네이도를 사랑스런 지글거리는 토네이도, 스테이크로 오인하도다.

【416.21-36】음식도 현금도 갖지 않은 셈, 선견지명 없는 베짱이는 3번의 비코 식 3회식會食을 갖는다.

그는 노르웨이의 최후 일인, 래그나록이 그를 위해 다가오자, 그때 거풍擧風이 그이 이름을 부르나니―"글로쉬쉬쇼! 오프! 글로쉬쉬이!"(빈대 침투적으로, 촉성적蠋性的 언성言聲. 공공포실恐恐怖蟋! 오프르! 공공포실! 오프르!)

【417.1-2】그는 자기 자신의 부주의에 대한 가책으로 충만하고, 그가 부의개미를 만나자, 그의 형제는 자신 속애 큰 변화를 볼 것이라 작심한다. 한편 부의개미는 이제

그의 형제의 절망만큼 깊이 기쁨으로 충만하다. 부의는 그의 태양 방에서, 그의 슬리 퍼를 신고, 하바나의 특수 담배의 브랜드를 피우면서, 그의 부풀린 배에서 내의로부터 흘러내리면서 소파 위에 사지를 뻗고 있다. 그는 다량의 식이음료를 가지는바, 주로 원숭이 밤과 삽입 박하로, 그는 리도의 비치보이처럼 행복하다. 배짱이의 이전 유희 친구들인, 벼룩, 이, 벌, 그리고 말벌 등은 이제 개미의 놀이 친구들이다. 그들은 그의 양 다리와 허벅지를 물고, 그에게 다정히 키스하고 있다. 꼬마 말벌인, 베스파틸라는 그의 하의 아래로 "수줍은 산화아연 나팔"을 불고 있다.

"쌍두자의 화해"(boss of both appease)【417.7】라 할, 앞서 프랜퀸의 3회의 여정과는 달리, 여기 셈의 3회식은 공허할 뿐이다. 비참한 배짱이는, 개미를 만나면서, 여전히 은 총을 희망하는지라, 질투로 소모되어 있다. 그 이유인즉, 거기 개미는 "호사나의 시가"를 피우면서, 4요귀들인 Floh, Luse, Bieni 및 Vespatilla에 의해 포위된 채, 앉아 있는바, 그들은 그의 "안락한 철학"(Phulluspsuppy)(Philosophy+supper)에 만족한 채, 그의 "만성적 절망"에도 불구하고, 실패를 떠나, 성공적 경쟁을 향해 떠났다. 앞서 Jones 교수의 "쥐여우의 우화"는, 그것의 의도가 무엇이든 간에, 무無를 입증했었다. 그러나 셈의 "개미와 배짱이"의 우화는 공간과 돈을 버는 것이 시간을 낭비하는 것보다, 검약이 예술보다, 부르주아가 예술가보다 난 것을, 우리에게 확약한다.

[그런데도 셈-배짱이는 박식하다] 희아도希雅跳배짱이(메뚜기), 그런데 그는 비록 박쥐벼룩(나비)처럼 장님이지만, 그러나 재빨리 진공허眞空虛(비코) 속에 투신投身했나니, 하처에 자신이 행운하락幸運下落할 것인지 궁금했는지라; 다음번에 그가 부의개미와 서로 만나면, 자신이 이질 세계를 보지 않는 한 행운스럽게 느끼리라. 그런데 부의개미 전하를 볼지니, 호산나 연초를 흡연하고, 자신의 햇빛 방에서 자기 자신을 군온群溫하면서, 멋지게 옷을 입은 채, 맛있는 음식 쟁반 앞에 앉아, 리비도(욕망) 해변의 일욕소년日浴少年처럼 행주幸酒했도다. 벼룩, 이(슬虱), 말벌과 더불어. 그러자 질투의 희아도배짱이는 재채기 했는지라, 어찌할 바 모르나니, 뭘 나는 보는고! 부의개미, 저 완벽한 숙주, 자신의 여왕들 사이, 육체가 가능한 최대의 희과戱過를 즐기고 있었나니, 알라 신욕神浴 속에 무변스럽게 충복된 채, 그는 말벌류와 나비류를 엄청나게 흥의興蟻하

고 있었나니, 벼룩을 추적하거나 이(슬)蝨를 간질이면서, 그리하여 초야말벌을 슈미즈 연돌빈대로 자동 전축 곡으로 자극하고 있었도다. 단샤나간 출신의 귀뚜라미도 그토록 춤추지는 못했으리라! 모중毛重의 야수로서, 만성적 절망을 뻔뻔스럽게 정당화하면서, 자신은 합창중량을 위하여 너무나도 지나친 쿠쿠구멍이었도다.

프로이트(Freud)가, 거명은 되지 않으나, "Libido"와 "imago"와 더불어, 여기 등장하거니와, Vico 또한 그의 환들과 함께, 이 심각한 무리들을 마무른다. 이집트에 대한 언급들, 여기 당장 부활로 쓰이지 않지만, 개미의 죽음과 매장을 암시하는 듯하다.

【417.24-31】부의개미는 전적으로 경쾌하다. 그의 행복은 무슬림의 요녀들의 낙원과 신안, 희망 그리고 자비의 기독교의 천국의 특징들을 결합한다, 그의 기쁨의 영광은 추위와 배고픔으로 거리에서 사망하는 고통 겪는 메뚜기의 이미지이다. 결국, 낙원에서 구세주의 기쁨들 중 하나는, 우리가 듣건대, 지옥의 상실자의 고통의 명상이다. 부의개미는 웃음을 터트린다.

【418.1-2】그로 하여금 파리의 외로운 예술가가 되게 하라, 이와 벼룩에 물린 채, 파리의 기생충들에 의해 개척된 채. 나는, 높은 임금을 가진, 풍요한 전문가이리라. 기네스 맥주의 형제 양조자들인, 아디론과 아이바 경들의 존재를 주목하라. 첨가하여, 높은 임금의 언급은 조이스의 옛 적인, 풍요한 의사 고가티에게 또 다른 간격을 암시한다.

【418.2-4】개미는 "양키 두들"에 관한 해학을 노래할지니, 여전히 그의 가난한 형제의 예술적 제시를 조롱하면서, 그리고 금전-파운드, 실링, 페니 및 영광스런 부에 대한 기도를 계속하도다. 부의개미는 큰 소리로 웃고 또 웃고, 에피소드는 키풀링 류의 시詩로 종결할지니, 그 속에 눈물짓는 베짱이는 그의 웃는 형제를 용서하고, 그의 4곤충 놀이꾼을 저가 주의에 맡기도다. 베짱이는 시간이 지나는 공간 숭배의 개미를 경고하는 듯 보인다. 그리고 위치가 뒤바뀐다.

【418.1-8】그[솀]로 하여금 자신의 기생충들과 함께 피부를 껍질 벗기는 누자淚者 아

트론(고예)孤藝으로 내버려둘지니, 나[손]는 고기지高機智의 허풍방자虛風放者일지라[47]. 빈약한 아첨꾼이, 자신의 엉터리 글을 술술 쓰면서[48], 반칙휴가反則休暇를 보내는지라, 그러나 시가백작詩歌伯爵은 금화를 주조鑄造하는 음률을 짓는도다.[49] **금전의 보다 큰 영광을 위하여. 문지방의 암담자.**[50] 호루스 신神[51][개미-손]? 생주生主,[52] 자신의 의주蟻舟[53]의 전복자, 사악邪惡-방향舵[54]로부터 갈대 훈詼[55]을 구하다니, 아멘타[56]의 빵 괴주塊主. 존存 할지라! 그러할 지어다! 여汝-예藝인-그대, 물보라낭비자[57]-인-속비자速飛者, 그대 나의 광고지혜廣高智慧[58]를 접수할지라. 청일淸日![59]

메뚜기는 병을 앓고, 마침내 개미를 만나는지라, 후자는 〈더블린 사람들〉의 "은총"에서 퍼던(Purdon)처럼 돈의 복음을 설교하는 개미를 마침내 만난다. 그에 대한 개미의 불만에 답하여, 메뚜기는 그가 개미를 용서하는 노래를 노래하지만, 왜 그가 박자(beat)를 맞출 수 없는지를 묻는다.

【418.10-15】 그는 유충소幼蟲笑하고 계속 유충소하는지라 그는 이토록 욕소란辱騷亂했나니[60]

희아도希雅跳 베짱이가 자신의 분구강糞口腔을 오치誤置하지 않을까 두려워했도다.

나는 그대를 용서하노라, 장대한 부의개미여, 베짱이가 말했도다, 울면서,

그대가 자신의 가사家事에서 안전한 도움을 위하여.

벼룩과 이(슬虱)에게 폴카무舞를 가르칠지라, 꿀벌에게 감소甘所를 보일지라

그리고 초야初夜말벌에게 데울 멋진 비물肥物을 확신시킬지라.

그(솀-베짱이)로 하여금 자신의 기생충들과 함께 피부를 껍질 벗기는 누자淚者로 내버려둘지니, 나(손-개미)는 이제 기지의 허풍방자虛風放者일지라. 그로 하여금 자신의 엉터리 글을 쓰는 자로 내버려둘지니, 나는 금화를 주조하는 음률을 짓는도다. **금전의 보다 큰 영광을 위하여. 문지방의 암담자.** 자신의 의주蟻舟의 전복자인, 그는 나로부터 갈대 훈詼을 구하다니, 그가 이전에 무시했던, 빵 괴주塊主. 존재할지라! 그대 나의 지혜를 접수할지니. [개미는 베짱이에게 자기의 충고를 받아들이기를 권고한다. 그에 대한 개미의 불만에 보답하여 베짱이는 노래(시가)를 부른다]. 그(개미)는 유충소幼蟲

笑할지라, 계속, 유충소할지라… 이 노래 속에 베짱이는 개미의 충고를 받아드릴 것을 약속한다. "나는 그대의 질책을 감수할지니, 친구의 선물을, 우리는 같은 운명. 우리의 결핍으로 무량無凉이라, 전숙명前宿命된 채, 둘(형제)이 그리고 진실한…"

> 그 일이 저 개미를 즐겁게 했나니,
>
> 그는 웃고 계속 웃었는지라. 그는 대단한 소요를 피웠나니,
>
> 베짱이가 자신의 목구멍을 오치誤置하지 않을까 두려워했도다.
>
> 나는 그대를 용서하노라, 개미여, 베짱이가 울면서, 말했도다.
>
> 소녀들을 조심할지라. 나는 그들을 그대의 보살핌에 맡길지니.
>
> 나는 한때 피리를 불었나니, 고로 이제 지불해야 하도다.
>
> 나는 그대의 질책을 감수할지니, 왜냐하면,
>
> 벼룩과 각다귀처럼, 우리는 상보적 쌍둥이이기에.
>
> 그대의 저축의 보상은 나의 소비의 대가이라.
>
> 저들 파리들이 방금 그대 주변을 어슬렁거리나니,
>
> 나의 포도-사냥을 위해 그대의 쥐-같은 조롱을 삼갈지라.
>
> 시간의 확장은 경과해야하나니,
>
> 그러나 나의 책략을 자세히 음미해요, 그러면 만사는 행복하리라.
>
> 왜냐하면 내가 그대의 원견遠見으로 바라 볼 때 나의 치유를 위해 그대 자신을 호출해야 하기에.

【419】여기 우리는 형제들에게 특별난 약극적 반대를 갖거니와, 차자가 행복하면, 타자가 슬프다. 우화의 가정 동안 형제들은, 작품 자체에서 그러하듯, 변하기 마련이다. 개미는 행복하면, 베짱이는 그러자 지나가나니, 그리하여 반대가 일어난다. 이 우화의 가장 중요한 양상은, 그러나, 베짱이의 육체적(물리적) 현실은 영계의(그노스틱) (Gnostic) 개미에게 영향을 끼칠 것이요, 고로 여기 형제들은 재차 서로의 지식을 분담하리라. 우화로 끝나는 시에서 관련 행들은 우주의 특성을 서술한다【419.3-4】. 즉, 영계의 비물질적 "비가시성의" 우주, 이상주의자들의 우주는 그것의 육체적 현실이야말로 전적으로 환상적이요, 마치 브레이크가 주장하듯, 육적肉的 현실을 가지며, 그것은

그 속의 정신적 요소들처럼 실질적이다.

이 육적 현실은 〈피네간의 경야〉의 낮의 종말을 강조한다. 육체적 현실은 태양의 솟음과 무지개 빛들의 재창조, 진짜 세계의 귀환과 더불어, '추락한 인간'으로 되돌아오리라. 동방의 현자는 그의 영원에 대한 백광白光의 지식과 더불어, 성 패트릭에 의해 옹호된, 진짜 세계의 빛깔에 양보할지니, 베짱이는 마침내 '추락의 그리고 솟는 인간'의 은총을 성취하리라.

(여기 베짱이[솀, 시간])는 개미[숀, 공간]을 용서하지만, "그러나 성스러운 마틴이여, 왜 그대는 박자(시간)를 맞출 수 없는고?"하고 묻는다. (이 우화의 곤충 개임 밑바닥에서, 개미는 솀의 철학을 재서술하고 있다. 거기에는 숀의 소유물과 그들을 낳게 한 검약에 대한 이익들이 있는지라, 그들 모두를 베짱이는 인식한다. 그러나 그는 그들을 즐기기 위해 자신의 생활 스타일을 청산하려하지 않는다. 베짱이는 개미가 지닌 견해의 요점을 알 수 있지만, 왜 개미는 자기 것을 볼 수 없는고? 개미가 이 우화를 서술하는 사실은 그가 베짱이의 존재적 매력을 아주 잘 알고 있으면서도, 자신은 그것을 즐길 수 없음을 인식하고, 그도 자신의 창고에 보관된 모형을 세상에 많이 부과할 것을 주장하고 있는 듯하다.)

개미는 베짱이의 노래를 십자가의 기도로서 종결짓는다. "전자와 후자와 양자의 전번제의 이름으로. 전인 아멘."

이 육肉의 현실은 〈피네간의 경야〉의 일광의 종말을 기초하리라. 물리적 현실은 태양의 솟음, 무지개 빛의 재창조, 현실 세계의 귀환과 더불어 추락한 인간으로 되돌아오리라. 동방의 성자는, 영원의 백광에 대한 그의 지식과 더불어, 성 패트릭에 의해 옹호된, 실재 세계의 빛에 길을 양보할지니, 그리하여 배짱이는 마침내 추락과 솟음의 인간의 은총을 성취하리라.

— 질문자는 숀의 엄청난 어휘 실력을 칭찬한다. 그러면서 HCE를 위해 쓴 솀의 편지를 그가 읽을 수 있는지 묻는다. "—그런데? 그대는 해설에 있어서 얼마나 능란한고! 얼마나 광범한 …그대의 인공 어휘인고!…그의 기독 폐하(HCE)를 위해 특허된 저들 솀 문자의 이상 서체의 장식을 읽을 수 있는고?"

(숀의 대답. 편지에 대한 탄핵) — "희랍적이라! 그걸 내게 넘겨줘요! 나는 교황과 물水이 나를 세례시킬 정도로 고귀하게도 로마적(낭만적)이나니." 숀이 자신의 청각 귓불 뒤의 깃촉을 가리키며, 대답한다. "오토먼어語로부터든 또는 콥트 어제語題에서든 또는 그

밖에 어떤 초고草稿로든 또는 종편으로든, 손가락의 끝으로, 눈을 몽땅 감은 채, 번역할 수 있도다. "이어 그는 베짱이에 대한 비동정적 비평을 가하기 시작한다. "그것은 소량의 낙서요, 주병酒餠의 값어치도 없도다… 그러나 맙소사, 그것은 경치게도 티눈에 나쁘나니. 나는 방금 **관여된** 그대의 서술에 동조하거니와, 그 이유인즉 과연 나는, 그것이 좋은 저작물이 아님을 말할 위치에 있도다. 그것은 소량의 낙서요, 갈겨쓸 값어치도 없나니. 게다가 경매물이요, 온통 범죄와 명예훼손에 관한 것이니! 불탄 오물인지라…"

【419.11-421.14】 9번째 질문과 대답

당나귀는 손의 언어적 선물에 대한 지극한 그리고 비성실한 감탄을 표시한다. 그러나 당나귀는 손이 형제와 마찬가지로 읽을 수 있는지 묻는다. 손은 자신이 어느 언어도 읽을 수 있다고 폭발적으로 단언하는지라, 희랍어, 라틴어, 페르시아어, 오토만어, 콜트어(제임스 클라런스 만강을 닮아) 등을 든다. 주로 손이 읽을 수 있는 것은 세계에 대한 r의 어머니의 편지이다.

이어 손의 편지 읽는 시도가 뒤따른다. 그러나, 그가 읽을 수 있는 모든 것은 봉투의 외형이다. 즉, 머리로서의 손은, 하부 절반의 도움 없이, 아나 리비아가 그녀의 남편에 관해 세계에 보내는 메시지를 이해할 수 없다. 편지 자체는 작품에서 가장 분명하게 부여된 rtjt이요, HCE의 아들인 배달원 손에 의해 전달되고, 손의 형제인, 셈에 의해 쓰인 것으로, 그는 셈의 어머니인, ALP에 대한 언급에 필기된 형태를 부여하는 바, 그 속에서 그녀는 그녀의 죄지은 남편을 위한 사건을 논한다【420.17-19】. 물론, 우리는 편지의 내용을 알지 못한다. 이는 작품의 종말까지 기다려야 할지니, 그때 많은 것이 분명해진다.

봉투의 명각은 더블린 주위의 이어위크 가족의 순례를 반영한다. 그것은 또한 우편 당국의 많은 스탬프를 지니는 바, 그들은 편지를 배달하는 실패된 시도를 기록한다. 우편공사다운 영어의 스탬프 중의 약간은 아래와 같다.

사라지다. 반대 옥을 해보라. 주소 불명. 주소 부재. 수치인 부재. 번호 부재. 이러한 주소로부터 배제됨. 잘못 개봉. 즉석 계산. 주소 부재. 피츠버러에로 이사. 해외.

사망. 계속 송달. 철자 오류. 왕실 채포. 과장. 주인 탐색 우편. 도시 당국에 의한 비난, 수분 경과, 수리 마감. 우정국에로 귀향. 파괴. 저가. 빈공. 사료.

마지막으로 우정당국은 읽기 힘든 HCE의 위치를 파악했는지라, 즉 집달이! 지옥으로 꺼져, 이어위커!

【420】 셈이 쓴 편지는 우리에게 새로운 것은 하나도 없기에, "허튼 소리라, 나는 그걸 부르고 싶은지라, 그것은 하나의 상자요, 저 셈 녀석과 그의 어머니 ALP가 함께 쓴 것으로, 그 위에 손의 익명이 붙어 있을 뿐이도다. 그런데 그것은 불 가구 술자의 어머니에 의해 원고로 옮겨졌던 것. 그녀에 관한 모든 것 그리고 하나의 부대 그리고 파이프를 문, 공원의 부랑자 캐드라는 녀석. 단지 숲속의 두 소녀와 세 군인에 관한 옛 이야기일 뿐. 어찌하여 그들 두 매지(狂女)가 요수尿水했던고. 그리고 왜 교외 산림 속에 삼목도남三木倒男들이 있었던고…" 그런 다음 그자가 부엌에서 그의 사진들을 프랑스인들과 독일인들에게로 행상行商하는 것을 생각하면 (캐드는 HCE의 부엌 심부름꾼이기도). "이것은 나의 어머니요 이것은 나의 아버지입니다!" 그리고 네덜란드인들이 죽어라 웃어대다니. 아마 비 오는 날 마루 위에 란각주卵殼舟를 띄우는 유아幼兒가 더 많은 재치를 가졌으리라.

이어 셈(메뚜기)의 봉투 위에 찍힌 일련의 주소와 명칭들. 손은 자신이 편지를 읽을 수 있음을 보여주기 위해 그걸 들어 올리면서, 물론, 그것이 밀봉되고, 열수 없음을 기억한다. "편지는, 손에 의해 배달되고, 셈이 쓴, 셈의 어머니, ALP를 위해, 손의 아버지, Hek(Hec)를 위하여…" 편지는 멀리 배회해 왔는지라, 그것의 주소들은 위치를 고정할 수가 없도다. 그의 능력을 증명하기 위해 손이 할 수 있는 것이란 봉투 위의 다양한 서명들과 표적들을 크게 읽는 것이다. 봉투는, 과거에 편지들이 배회하는 동안, 그 위에 찍힌 이름들, 스탬프들, 통지, 주소들, 소인들, 광고들, 및 등등. 그것은 분명히 많은 사람들(모두 HCE의 형태들인지라)에 의해, 다른 주소들에 배달되었다. 그러나 서술된 많은 이유들 때문에 매번 허탕만 쳤도다. (아래 손이 읽는 주소들은 조이스 가족이 더블린의 이곳저곳에 살았던 실지 주소들의 변형이다).

29 Hardwiche 가(街) (1893); 13 Fitzgibbn 가(1893-1894); 1132a. 12 North Richmond 가(1899-1900); 92 Windsor 가로(1896-1899); 8 Royal Terrace (1900); 3

Castlewood 가로(1884-1887); 2 Millbourne 가로, Drumcondra (1894); Saint Peter's Terrace (1902-1904); 60 Shelbourne 가로 (1904).

"비 오는 날의 마루 위에 란각주卵殼舟를 떠우는 유아幼兒가 더 많은 재치를 가졌으리라"(An infant sailing eggshells on the floor of a wet day would have more sabby). 1. 여기 셈에 관한 숀의 논평은 햄릿의 어머니에 대해 자신의 고발에 관한 구문적 메아리이다. "오 하느님, 사리를 분간 못하는 짐승이라도 좀 더 슬퍼했을 게 아닌가"(김재남 799)(O. God, a beast that wants discourse of reason / Would have mourned longer)(I.ii.150-51). "Eggshells"는 Fortinbras(노르웨이의 왕자)를 상기하는 바, 그는 기꺼이 모든 것을 모험하려했나니. "운명과 즉음과 위험을 무릅쓰는지라, 심지어 달걀 껍데기를 위해서도"(all that foretune, death, and danger dare, / Even for an eggshell)(IV. iv.52-53). 2. "Eggshells"는 조이스의 유일 희곡인 〈망명자들〉(Exiles)을 또한 패러디 한다.

【421】 (편지 봉투의 교차된 다양한 항목들) 여기 편지의 발송인 부재, 편지의 과중. 절수부족. 우체국 반송. 전교. 오운즈 부채 우편환. 시간 초과. 오매물汚賣物. 불행자에 의한 공동거주. 면허분실. 육즙차박빙肉汁茶薄氷. X, Y 및 Z 주식회사 등이 면밀 주도하데 거론된다. 이는 조이스 문학의 백과사전적 사실주의의 한 예로, 그는 발작이나 졸라의 전통을 답습하고 있는 셈이다). 숀은 우리에게 편지가 보스턴에서 발원하고 있음을 말한다. 편지 발송인. 보스턴(매사추세츠). 끝.

【421.15-422.18】 10번째 질문과 대답

(10번째 질문) ─ 친절한 숀, 우리는 모두 요구하나니, 그걸 말하는 것은 싫은 일이나, 하지만, 숀, 그대의 언어는 셈의 것보다 10배나 나쁘지 않은고?' 그대의 고명高名한 형제에 의하여 대단한 주저로서 범어원고[61] 속에 사용된 필적[62]보다 그대는 악어들을… 그들 실례를 불급不及하다니, 실례하네만?'

(숀의 대답) ─ (이에 숀은 그들의 공격을 거절하고 셈의 비행을 맹렬히 비난하기 시작한다). ─ "고명하다니!" 숀은 자신의 애란 방언의 땜장이 비어秘語의 비호 아래, 자신의 마법의 등

燈을 총 의식의 백열이 되도록 비비면서 대답한다. "그 자, 저 괴벽스런 시간 낭비벽자는 불명료한 성직자들과 마지막까지 자신의 혈색 좋은 얼굴을 항시 자만하고 있도다. 나는 루터즈와 바스 통신으로부터 길리간의 오월주五月柱(무선)를 통하여, 아주 감동적통지 속에, 시시로 알고 있는 바대로, 그이, 저 괴벽스런 시간 낭비벽자야말로…" 나아가 숀은 솀이 ALP한테서 받은, 영감의 중요성을 토론하면서, 그를 맹비난 한다. "주저폐하(HCE)! 필경 악명 높을지니, 나는 저 친구를 위하여 나의 동성애 기숙객의 여지를 갖고 있지 않나니, 그녀, 저 포유 모는, 그이에 의해 곤궁困窮 당했도다. 그는 마땅히…"

당나귀는 숀이 그의 축하할 형 솀처럼 언어의 위대한 선물을 가짐을 암시한다. 축하! 숀이 부르짖는다. 악명으로 유명한지라, 그가 그를 서술하는 방법이여라. 그는 그러자 솀에 반하는 괴격한 악담을 푸는지라, 그리하여 그것은 숀 자신의 절반 가슴에 도달한 것에 관한 한결같은 불안을 보인다. 그는 자신의 어머니가 불손의 솀에게 너무나 지나치개 친절하다고 생각한다. 그리고 그는 솀이 자기의 어는 친척이란 암시를 전적으로 거역한다.

【422】[숀의 솀에 대한 계속되는 저주] "그리하여 그 자는 반교황대척지 건너의 어떤 직물시설 속에 처넣고 철쇄 당해야 하나니." 그가 담망증譫妄症과 소모주消耗酒(폐병) 및 매독을 지닌 것은 잘 알려진 일이라. [그는 솀에게 갖가지 악명을 첨가한다.] "부자腐者! 아첨마족! 편평족! 나는 그대를 한 마디로 서술할지라. 호모(동성애)! 그의 유일한 일각수와 구빈사도왕자의 자존심을 가지고, 양 세계 위를 온통 어정대면서! 만일 그가 기다리면 마침내 내가 그에게 회교도인의 선물을 사줄지라! 그인 나의 반사촌半四寸도 못되나니, 돈명豚皿! 뿐만 아니라 바라지도 않는 듯! 나는 차라리 서리霜로 우선 아사餓死하리라. 아돈豚 같으니!(Aham!)"

【422.19-424.13】11번째 질문과 대답
— 화자는 숀에게 또 다른 우화를 사용하여 편지를 설명할 수 없는지 묻는다. "… 우리가 그대에게 청원해도 좋은고, 광휘의 숀이여…. 더욱이 또 다른 한 가지 이솝피아의 우락화寓樂話를 가지고…"

(숀의 대답) — 이에 숀은 편지의 일부는 자기 자신의 것이요, 솀이 자기 산문에서 표절했다고 주장한다. "나는 그대가 그것에 대하여 모두 알고 있는 줄 생각했나니, 그것은 오래되고 잘 알려진 이야기인지라. 명예 동기를…그래요 비어 맥주남의 허세가 바로 그 시작인지라…그의 옛 이야기이나니…" 동시에, 자신의 공복空腹이 그를 쓰리게 하여, 일착一着, 가봉假縫 및 삼위일체의, 자신의 벌집 형 브라함 및 식용율모食用律帽를 한번 마음껏 물어뜯으면서, 그는 대답했도다. "그 이야기는 성 도미니카의 바댄 벌처럼 오래된 것이요. 비어 맥주 남男의 허세가 바로 그 시작인지라, 노산구老山丘요 그리고 그 다음 초야草野의 두 백합 여, 낸시 바보 여와 폴타 매춘 여! 그 다음 셋. (쉐)멤과 햄과 야벳. 나는 선포하기 유감이나, 그의 문文깔 짚 침대를 펼쳐 놓은 다음, 이틀 동안 그녀는 소란스런 꼬치꼬치 캐는 자를 위하여 계속 끽끽대며,"

— "글쎄 그것[편지 원괴은 부분적으로 나 자신의 것이라, 그렇잖은고?…"(Well it is partly my own, isn't it?…)【422.23-425.05】. 숀은 솀이 날조자요 표절자임을, 그리고 솀의 편지는, 사실상, 자기로부터 표절한 것임을 직접적으로 비난한다. 잇따르는 페이지들은 다음과 같은 표절에 관한 언급들을 포함한다. 즉 James Macpherson(jameymock farceson)【423.01】; "imitator"【423.10】; "eggschicker"【423.19】; 베이컨과 계란은 셰익스피어의 표절과 연관된다; 아마도 Francis Bacon 및 Delia Bacon; 그리고 셰익스피어의 날조자인, Lewis Theobald. 숀은 마침내 솀이 자기로부터 편지를 훔쳤음을 분명하고도 직접적인 공격을 행한다.

"비어맥주남麥酒男의 허세가 바로 그 시작인 것인지라, 노산구老山丘요 그의 빌린 것!"(Beerman's bluff was what begun it, Old Knoll and his borrowing!) Glasheen 교수는, 셰익스피어가 Ben Jonson의 〈만인의 유머〉(Everyman in his Humour)에서 배역을 맡았는데, Old Knowell의 역이 그에게 배당되었다고, 주장한다(Glasheen 157). 조이스는 그 편지가 원래 셰익스피어에 의해 쓰였을 것이라 암시하고 있는데, 후자는 타인들에서부터 "빌린 것"으로 또한 비난 받았다. 이리하여 편지는 〈피네간의 경야〉를 위한 그리고 모든 문학을 위한 상징이 된다. "Beerman"은 주점 주인 HCE이요, Old Knoll은 Howth Head로서의 HCE이다.

【423】 숀은 계속 셈을 그의 자서전적 레벨에서 공격한다. 셈은 발트 해남海男과 그의 충가忠家의 이혼에 관하여, 거짓으로 고함치고 있었는지라. 이들은 모두 부르주아 배설背舌의 터무니없는 인간 통화제桶話題들이다. 그리고 그는, 사제처럼 땀 흘려 열망하면서, 현관방玄關房의 안락의자에 단단히 매인 채, 육지필六指筆을 들고, 자신이 발명한 어원어휘를 모두 받아 적고 있었도다! 모방자 같으니! (이는 분명히 편지의 작문에 대한 가장 분명한 서술이다). 나는 만사에 출석했나니, 그건 당연한 보상이 주어졌기 때문이로다. 저 무혈無血의 가난방자家煖房者, 셈 스키리벤취를 내가 생각할 때마다, 어렵쇼, 정말이지 나는 턱 멍청이만을 당하는 꼴이도다! 글쎄 그대 알다시피 그는 별난지라, 그는 세 살에 백발이라, 당시 대중에게 절하고 눈(귀)까지 조개삿갓(바나클)(코 집게) 당하자 일곱 살에 후회했나니. 그는 이상야릇하여, 자신의 야채 영혼에 이르기까지 중세적이도다. 그의 사족似足이나 탠 껍질의 얼굴이랑 결코 상관 말지라. 그 때문에 그는 난감 시체법령하難堪屍體法令下(인신보호령)에 친구 되기를 금지 당했도다. 그는 가려움 때문에 학교에서 퇴출당했는지라. 그러자 그는 성 안토니 피부열병에 걸려, 예수회에 들어갔도다(이 구절은 조이스의 생활 자체의 패러디이다).

"쿰(즐櫛) 가街의 할멈이 그의 머리채에서 다발을 강탈할 때까지"(till that hag of the coombe rapes the pad off his lock). 이 언급은 A. Pope의 유명한 시 〈머리채 강탈〉(The Rape of the Lock)에 관한 것이지만, 이는 또한 표절과 날조에 관한 것이기도 하다. 셰익스피어-셈은 Bacon-숀을 표절하는 것을 비난 받고 있기 때문에, "hag"는 Delia Bacon일 수 있으며, 후자는 셰익스피어의 무덤의 머리채를 강탈함으로써 Bacon은 셰익스피어였음을 증명하려고 애썼다는 설이다. Glasheen 교수는 암탉인, Biddy Doran이 Delia Bacon과 연관되고, 【111.05】에서 "머리채 강탈"의 여주인공인 Belinda로 불린다고 주장한다(Glasheen 76-77). 아마도 "sygnus the swan"은 Avon의 백조 (the Swan of Avon)(셰익스피어)이리라 【U 155】.

【424】 (숀은 셈의 일상생활을 계속 맹비난 한다) 언젠가, 그가 까딱하면 살해될 뻔 했을 때, 이 기행 인간은 도미니카인으로 성직계에 합세하기를 원했도다. 그는 도피자가 되어 야하기 때문에 늘 회피 당하곤 했었나니. 그러자 그는 자기 자신 스스로 세실리아 가

街로 가서, 갈레노스 의사를 만났도다. (조이스가 파리에로 의학을 공부하기 위해 간 것의 암시) 그는 혈맥 속에 잉크 상피相避(친족상간 incest)를 지녔도다. 셈 수치! (〈피네간의 경야〉 제7장 참조). 나는 그 때문에 그에게 최고의 경멸을 갖고 있나니. 동상凍傷(프로스트)! 양심병역 거부자! 그대의 푸딩이 요리되고 있도다!

【424.14-424.22】 12번째 질문과 대답

—그러나 무엇 때문에 그대는 그를 그토록 증오 하는고, 우아한 손이여? 대답을 할 지라. 자 어서, 왜?

(손의 대답) — 그의 "포근草根 언어. 야비한 뿌리 언어"(root language) 때문이나니, 당신 내게 이유를 묻는다면, 손이 응답했는지라, 손이 셈을 미워하는 이유는, 우리가 그 말의 함축의含蓄意를 깊이 탐사하기까지는 별나고, 심지어 신비스럽기까지 하다. 셈의 "뿌리 언어"는 성스러운 판단을 뜻하는 뇌성의 메아리들로 가득 차 있다. 그의 말은 손이 대표하는 문맹을 파괴할 수 있는 토르(Thor)(천둥, 농업, 전쟁의 신)의 해머이다. 여기 조이스는 모든 언어야말로 원초적 뇌성의 의미를 명확하게 하는 인간의 노력 속에 그것의 기원이 있다는 비코의 개념을 따르고 있다. 셈의 언어는 그러한 의미를 명확히 할 징후를 보이며, 그리하여 손다운 사회에 대한 판단으로 충만 되고 있다. 셈의 언어에 대한 손의 공포는, 손인 그가, 그의 형제의 비밀의 힘을 아주 잘 알고 있음을 보여준다. 그리하여 손은 언어에 대한 예술가의 힘의 공포를 느끼며 십자를 긋는다. 이때 뇌성(마지막 10번째)이 이에 합세한다. 여기서 그 자신은 재차 토르 신神이요, 그의 형제는 로키(Loki)(파괴, 재난의 신)가 되는 셈이다.

뇌성의 소리는 당연히 여기 직접적으로 뇌신雷神인 토르의 것으로 생각된다. 이 말의 파생은 Ragnarok (북구 신화에서 여러 신들과 악마들의 최후의 대결에 의한 세계의 파멸) 시대의 신들에 반항하는 괴물들을 암시하는 음절들로 가득 차 있는지라, 이를테면. Midgar 독사, Fenris 늑대, Surf 등. 그리하여 우리는 여기 토르의 해머(hammer)인 Molnir와, 괴물들의 아버지인 Loki를 식별한다(여기 뇌성은 손의 방귀소리 일수도).

(12번째 질문)—그러나 무엇 때문에, 세 번 진실한 화자話者여, 우아한 손? 미약하게 우리는 이번에 우아자優雅者에 관하여 계속 물었도다. 대답을 허용할지라. 자 어서, 저

런, 좋아? 왜?

—그[셈]의 조근언어粗根言語[63] 때문이나니, 그대 내게 이유를 묻는다면, 숀이 응답
했는지라, 십자과자탄十字菓子彈[64]처럼 헌신적으로 자신을 축복하자, 망회忘悔의 법령
[참회 법령][65]을 취하면서, 구제역口蹄疫[66] 병자! (그 밖에 도대체 뭐람?) 그리하여 그것을 그
는 자신의 상추(식植)취臭의 역발명逆發明에로 돈투지豚投枝했도다. 궁신弓神맹신盲神괴
우뢰지신地神 링녀운신運神오딘창槍로키자子토오신神망치아트리매妹너어화계火界지배
자울호드터든위엄머드가르드그링니어얼드몰닝펜릴루크키로키보우기만도드레닌써
트크린전라킨나로카으르렁캉캉부라! 요[67]를 위한 토르뇌신이도다!

【424.23-425.3】 13번째 질문과 대답

—다시 100자명百字名(the hundredlettered name), 완전 언어의 최종어! — 그러나 그
대는 어떻게 그 편지에 근접할 수 있었던고?

(숀의 대답) — 숀. 평화! 평화! (그는 자신의 목대木帶로부터 존 재콥슨 위스키 한잔을 꿀꺽 들이
킨다.) 단지 그대는 탄환의 편차를 놓쳤을 뿐이라. 내가 뜻하는 바는 편지 속의 모든 암
자暗字는 복사 품이요. 그것은 표절주의의 최종 어이다. 나아가, 그것은 새빨간 무교양
의 조직적 어중이떠중이 도적행위요! 그래요. 그가 나의 편지를 사육하고 있도다.

【425.4-426.4】 14번째 질문과 대답

— 하지만 보기에 따라서는, 그대에게 아첨하는 것은 아니나, 우리는 그대를 자부
하거니와… 그대는 머리가 좋은 데다가, 자신을 활용 할 수 있을 것인 즉, 만일 그대가
자신의 시간을 그토록 취하고 그렇게 하는데 수고를 아끼지 않는 다면 말씀이야.

(숀의 대답) — 의심할 바 없이. 숀이 대답했는지라, 내가 할 수 없으면 슬픈 날이 될
것인지라, 나는 충실히 그걸 해야만 하나니, 내가 좋아한다면. (5페니를 걸더라도 그대에게
수당을 떼우리라!) 한편 나는 누구보다도 샴 어語를 잘 독백할 수 있지만, 그건 비밀이나
니, 나는 설명 메뉴를 가지고 두 기적의 대가를 위하여 완두 콩 한 줄 먹듯 쉽사리 그
것을 연필鉛筆할지니. 생생生의 전통삼심렬본傳統三深裂本이라, 나의 샴 열형제熱兄弟, 음
모주자陰謀主者에 의한 흑치장인쇄黑治裝印刷 위조물을 훨씬 능가하리로다. 그리하여
이들 기분 좋은 어느 날, 나는 광신성光神性(오무즈드)처럼, 있는 그대로 집필하고, 그것

을 마치 공功의 작물처럼 인쇄(파트릭)하여 내심발명內心發明할지니, 내 말을 잘 표標(마크)할지라. 그리하여 그것이 그대를 위해 그대의 눈을 열게 할지니. (하지만 이제 손은 수고를 감당할 의사가 없다고 대답한다.) 나는 어떤 일이 있어도 이러한 실행實行의 수고를 감당할 의향이 결코 없기 때문이로다. 왜? 왠고하니 나는 그와 같은 종류의 일을 탐지하기 위해서는 전적으로 지나치게 교활하기에. 그리하여 나는 그대에게 서약하노니…

나의 삼엽三葉 토끼풀 대본臺本, 생생生生의 전통삼심렬본傳統三深裂本, 만일 백일白日에 노출된다면… 나의 샴 열형제熱兄弟, 음모주자陰謀主者가 가청可聽의 흑치장인쇄黑治裝印刷로 정통-친교精通親交하는 것을 훨씬 능가하리로다…. 오문자誤文字의 아카데미 희극! 나는 그들, 순順(톰), 심深(딕) 및 급急(하리)을 나의 심아안心我眼에 모두 품고 있나니"(My trifolium librotto…is conversant with in audible black…A comedy of letters…all, tame, deep and harried, in my mine's I). 솀의 표절성을 비난한 다음, 손은 자신도 솀만큼 시인의 재능을 가졌으며, 그의 형의 용모를 희색시킬 정도의 작품을 쓸 수 있다고 단언한다. 그는 3개의 전절 2절판으로 된, 자기 자신의 대본이야말로, (조이스의 〈율리시스〉와는 달리), 만일 그것이 빛을 본다면, 진실한, 정통파적 "인생의 책"(Book of Life)이 될 것이요, 볼셰비키 날조자의 저 수치스런 위조물이 흑백, 잉크로 인쇄될 수 있는 것을 훨씬 능가하리라 말한다. 그의 형제의 작품은 사인들의 난폭한 비극이라! 문자 그대로 〈과오의 비극〉이니! 그는 모든 허구적 등장인물들, 어중이떠중이들을 자신의 마음의 눈 속에 볼 수 있도다.

【426-27】 손은 통桶 속으로 이울어지며, 강 아래 뒤쪽으로 굴러간다

【426】 손의 첫째 추락

【426.5-428.27】 나(손)는 여태껏 나의 루니 영혼모靈魂母에 불을 지르려고 애쓰는 어떤 방화범이든 또는 악남惡男이든 그를 불지를 것을 위탁할지로다.

(이어지는 손의 어머니에 대한 생각). 그와 더불어, 이 커다란 힘찬 사나이 손은, 어머니의 머리카락에 감길 정도로 은누銀漏의 사랑으로 스스로 압도되었나니, 왜냐하면, 확실히, 그의 형제 솀은 세상에서 제일 유약한 얼간이었도다. 하지만, 그(손)는 슬픔과 감

정에 압도되어, 양 뺨의 눈물을 훔치고, 사과주의 꿀떡으로, 그것을 웃어 넘겼나니. 비록 그의 턱이 더 이상 말을 하기에 너무나 졸릴지라도, 그는 가장 깊이 열성적이었도다. 그는 우주의 유성들을 위쪽을 향해 쳐다보면서, 그가 무슨 해를 발견할 것인지를 알아내려고 염탐하고 있었나니. 그는 자신의 양 엄지손가락을 주먹 속에 빠져들게 하고, 그리하여, 자신의 몸의 베어링의 균형을 상실하면서, 번개의 섬광처럼 머리를 경선傾船한 채 (오 부父들의 자子들이여!), 그리하여, 그가 연주할 수 있던 가장 현명한 후주곡後奏曲으로, 붕몰崩沒했나니. 그리고 일별도 못된 순간에 라티간 옥屋의 모퉁이를 경유하여, 불러도 대답 없는 곳에서, 자신의 뒤축 닳은 구두 신은 동작과 더불어, 뒤쪽으로 붕 뜨듯 굴러갔도다(여기 손은 시간을 알기 위하여 하늘의 별을 쳐다보자 몸의 균형을 잃고 통속으로 굴러 떨어진다. 추락의 타성에 의해 촉진 된 채, 통은 화자의 귀에 들리지 않는 곳에서 뒤로 구른다).

【427-28】손을 위한 이씨의 향수적 작별

【427】 (손은 통 속에 굴러, 강 속으로 사라진다.) "화완족, 화봉지자 희보戲步롭게, 화등자 활보하듯…. 도락석주跳落石走나니…" "살아살아살아졌나니!"(Gaogaogaone!) 그러나 손의 사라짐에 대한 누이동생 이씨의 통한痛恨이 뒤따른다. 그리고 그녀는 그의 귀환을 요구한다. "글쎄요…. 그대가 여기서 사라지다니 정말 유감이라, 나의 형제여, 유능한 손…" 12학자들이 손으로 하여금 그가 떠나 가드라도 자신들을 기억할 것을 당부한다. "묵화의 말쑥괴짜대변인! …우리 애명심할지니, 가련한 십이시학자들을…"

그리하여 킬레스터 지역의 호산湖山 곁으로 도락석주跳落石走나니, 둥둥 떠다니는 코르크, 막대기와 다엽茶葉들을 지나 그리고 자신의 용골노龍骨櫓 쪽으로 더 많은 거품을 일으키며(마치 〈율리시스〉의 제10장에서 블룸이 던진 Throwaway 쪽배처럼. "엘리아, 쪽배, 가벼운 구겨진 삐라가, 배들과 트롤선들의 옆구리 곁을, 코르크의 군도 사이, 새 웨핑가 저쪽 벤슨 나루터를 지나, 그리고 벽돌을 싣고 브리지워터로부터 온 세대박이 배 '로스비언'호 곁을 지나, 동쪽으로 향해했나니")
【205】 맥 아우립 가家 방향으로, **문을 조용히 열지라**, 골짜기 아래로, 직돌입하기에 앞서, 그는 무無자취로 소산하고 멀거(바네사)했나니, 마치 파파(아부兒父) 아래로 포포(아분兒糞)처럼, 환상環狀의 **환원**環圓으로부터. 아멘!

살아살아살아졌도다! 요주의要注意!

【427.10】 그리하여 별들이 빛나고 있었도다. 그리하여 대지야大地夜가 향기를 확산했나니. 그의 주관명奏管鳴이 어둠 사이에 기어 올랐나니라. 한 가닥 증기가 기류를 타고 부동浮動했도다. 그는 우리의 것이었나니, 모든 방향芳香이. 그리하여 우리는 일생 동안 그의 것이었는지라. 오 감미로운 꿈의 나른함이여!

그것은 매력적이었도다! 그러나 매형魅型스러웠나니!

그리하여 램프가 꺼져버렸나니.

(이제 떠난 손을 위한 최후의 비가)

글쎄, 그리하여 그대가 여기서 사라지다니 정말 유감이라, 나의 형제여, 유능한 손, 아침의 햇빛이 우리의 최신고最辛苦를 진정하기 전에, 육체관계와 불친不親한 얼굴들로부터, 독일상아국獨逸象牙國의 은토隱土와 아미리클(기적)奇績의 외서부外西部까지, 더더욱 유감이나, 그대는 살아 있는 성인聖人이요, 경야의 축배남이로다. 용안容顏의 사라짐을 유감스레 느끼는지라. 경도박競賭博의 승리자, 노인들의 선인選人인지라! 우리 침묵의 대변인! 글쎄, 거기 웅계갱雄鷄坑에서 우리를 애명심愛銘心할지니, 가련한 십이시학자十二時學者들을, 우리에게 귀가할지라. 우리가 그대의 미소를 놓치다니. 하처何處.

"거기 웅계갱雄鷄坑에서 우리를 애명심愛銘心할지니, 가련한 십이시학자 12時學者들을"(beminded of us out there in Cockpit, poor twelve o'clock scholars). 12질문자 또는 학자들은 떠나는 손에게 그가 떠나, Cockpit에 있는 동안 그들을 기억하도록 요구하는지라. Phoenix 또는 Cockpit 극장은 런던의 Drury 골목에 인접한 St.-Giles-in-the-Fields에 있는 엘리자베스 조朝의 극장이었다.

【428】 장말에서 화자는 손의 거족巨足의 나막신이 밟을 멀리 야생의 풀들과 국화와 미나리아재비에 관해 이야기 하는지라. 비록 그렇다한들, 우체부 손은 거기를 지나고, 그의 램프의 꺼짐은 일종의 죽음을 대변하도다.

여기 그의 죽음과 이별, 그의 등불의 꺼짐을 애도하는 글귀 속에, 우리는 그의 회귀와 부활의 암시 또한 느낀다. 하지만 그는 가버렸어도, 그의 돌아옴이 예언되나니. 또 다른 성 패트릭으로, 그는 되돌아오리라, 덕망의 한 노예 및 게일족의 한 영웅으로, 짙은 빗줄기 속에, 등에 부대를 매고, 또는 눈 속에, 새로운 송금을 위해 포켓을 뒤집어 매단 채···. 그러나! 여기 사모아 섬의 우리 백성은 그대를 잊지 않으리니 그리고 4노장들은 토론하고 있으리라. 도대체 어떻게 그대가 생각하고 있을 것인지, 어떻게 그대가 격투할 것인지, 그리고 어떻게 그대가 이러저러한 상황 하에서 행동하고 있을 것인지. 아일랜드가 그대를 부르도다. 그대의 웃옷을 뒤집을지라, 우리 사이에 묵을지라, 단지 한 번만 더. 만사가 그대의 뜻대로 되게 하소서—우리는 잘 알고 있는지라, 그대는 우리를 떠나기 역겨워했음을, 뿔 나팔을 불면서, 우체부여, 그러나 확실히, 우리의 선잠眠의 맥박, 그대는 와권해渦港海를 가로질러 도선渡船하고, 그대 자신의 말세론 속에 휘말릴지니, 등에 우대郵袋를, 그대는 선량한 사람인양, 그리하여 그로부터 여기까지 아무튼 돌아올지니, 비옵건대 살아있는 총림叢林이 그대의 밝힌 잡림雜林 아래 재빨리 자라고, 국화가 그대의 미나리아재비 단발 위로 경쾌하게 춤추기를.

손은 여기 자신의 범죄적 지식을 인정해왔다. 이제 그는 자신이 3다리의 걸상 위에서 친애하는 노모를 위해 우나니, 이는, Grose(속어 고전 사전[*A Classical Dictionary of the Vulgar Tongue*]의 영국 제작자; 1730-91)이 말하듯, 교수형에 대한 은어이다. 올가미가 손의 목에 둘러있고, 그의 팔목은 묵혀있나니, 그러나 그는 도망하도다. 왜냐하면 그의 통桶의 무게 자체가 그를 한쪽으로 기울게 하고, 리피 강 아래로 뒤쪽으로 굴러 내리게 하기 때문이다. 이 통은 그가 아메리카의 송금 원으로서 생애를 위해 향하는지라. 다시 손은 돌아올지니, 그의 형제를 포함하여, 모든 아일랜드가 그것을 기도하기에—손은 우리의 총아였도다.

손은 알코올음료가 금지된 "마른" 땅(아메리카)으로 향하는, 알코올성 기네스 수출용 맥주 통이다. 그리고 손은 금지된, 〈율리시스〉가 담긴, 한 개의 통이요 엘리아이다. "한 조각배, 구겨진 종이 뻬라가, 엘리야는 다가오고 있다, 리피 강 아래로 둥실둥실 떠내려가며, 루프라인 교(橋) 아래, 교각에 부딪치는 급류를 쏜살같이 타면서···"【U 186】

여기 소도둑(손의 암시)은 밀주자(bootlegger)가 되고, 책 수집자(book-legger)가 된다.

손의 첫 추락. 당나귀의 질문들을 설득력 없이 회피한 다음, 손은 중심을 잃고, 강속으로 추락하며 사라진다. 이는 인간의 최초의 추락인지라, 〈토스카〉(자코모 푸치니가 작곡한 3막의 오페라)의 멜로디에로 한 모금의 연기를 남긴다. 구절은 조이스의 황혼의 변혁 중 걸작 중 하나이다. 별들이 빤짝이며, 대지는 향풍香風을 뿌리나니. 당나귀는 암흑속애 포복하고, 어두운 대기는 향내를 부평浮萍하여 연초에로 변하도다.【427.10-13】

그리하여 스텔라 별들이 빛나고 있었도다. 그리하여 대지야大地夜가 향기를 확산 했나니. 그의 주관명奏管鳴이 혹습黑濕 사이에 기어올랐나니라. 한 가닥 증기가 기류를 타고 부동했도다. 그는 우리의 것이었나니, 모든 방향芳香이. 그리하여 우리는 일생동안 그의 것이었는지라. 오 감미로운 꿈의 나른함이여!⁶⁸ 연초煙草꾸꾸꾸(토보쿠쿠)!

다음으로, 부활에 관한 민요인, "고양이가 돌아왔도다"(The cat came back).의 곡에 맞추어, 조이스는 손을 장면에서 배웅한다. 조이스는 거듭되는 구절의 모음들을 삭제함으로써 손의 램프 벨트의 희미하고 사라짐을 보인다. "램프가 광분할 수 없는지라"(the lamp went out)【427.14-15】. 그러자 당나귀 심문자는 그에게 작별하고, 최후의 해돋음을 예언하도다.

【428.10-14, 26-27】 장은 나귀로부터 한 가닥 축복이 끝난다. 축복 속에, 단어 "trampthickets"는 성적 힘의 성숙에 대한 숨은 언급을 포함할 수 있는지라, 〈젊은 예술가의 초상〉의 제2부에서, 성의 가능성으로의 스티븐 대덜러스의 최초의 각성이 전차 가까이, 스티븐이 하로드 크로스에서의 아이들의 파티로부터 귀가하려 할 때, 마루에서 일어난다【E 1971, 190 참조】. 여기 또한 손은, 어린 스티븐처럼, 성적 성숙의 첫 단계에서 균형이 잡힌다.

여기 이 마지막 결구는 잃어버린 손을 위한 이씨의 애탄을, 그리고 조이스의 망명 생활을 연상시킨다. 화자는 손이 그의 삭막한 여로와 이국땅에서 밟을 풀과 미나리아재비의 서정을 아래 노래한다.【428.14-27】

우리는 잘 알고 있는지라, 그대가 우리를 떠나기 역逆겨워했음을, 그대의 애송이

뿔角을 불면서, 정황실우체부正皇室郵遞夫여, 그러나, 아아 확실히, 우리의 선잠眠, 몽책夢冊 페이지의 맥박이여, 여귀부汝貴婦[69]의 은총에 의하여, 그대의 야상곡의 자연의 아침이 황금빛 솟는 해(조청)造淸[70]의 자自민족의 아침 속으로 공몰空沒(블라망즈)[71]할 때 그리하여 돈(경)卿 리어리[72]가 노주老酒[73] 조지 코오토스로부터 자기 자신을 등 돌리고 저 선선善船의 향락 조니[74]가 워털루의(수水얼간이의) 애란 왕[75]으로부터 소문을 퍼뜨릴 때, 그대는 와권해渦卷海[76]를 가로질러 도선渡船하고 어떤 성당법자敎會法者의 여타일餘他日에 그대 자신의 도망말세론[77] 속에 휘말릴지니, 등에 우대郵袋를, 슬픈지고! 설굴雪掘하면서, (그렇잖은고?) 그대는 선량한 사람인양, 그대의 그림 포켓을 신선송달新鮮送達을 위해 갈퀴같은 비(우雨) 속에 구측외향丘側外向하고 그리하여 그로부터 여기까지 아무튼, 임차賃借 전차電車[78]를 타고, 비옵건대 살아 있는 총림叢林이 그대의 밟힌 잡림雜林 아래 재빨리 자라고 국화菊花가 그대의 미나리아재비 단발短髮 위로 경쾌하게 춤추기를.

　[그의 자매 이씨는 그의 상실을 애도한다].

III장 2장 성 브라이드 학원 앞의 죤 【429-473】

존으로서의 손

브라이드 학원의 소녀들을 위한 설교

존과 이씨

죤에 대한 이씨의 연애편지

죤이 대이브를 소개하다

횬으로서의 죤

〈피네간의 경야〉의 III부 2장은 추락한 인간의 성적 성숙의 제2단계를 포함한다. 손은 여기 존으로 불리는지라, 그의 분명한 성적 호소에 대한 돈 주앙과, 합하여 프랑스 어의 *jaune*가 된다. 이는 IV부의 종말에서 그가 장차 될 노란 태양을 위한 "yellow"이다.

【429】 조활嘲活한 존, 내가 그것 조금 전에 알아차렸듯이, 한갓 숨결을 자아내기 위하여 이어 멈추어 섰나니, 자신의 야보夜步의 짙은 밑창 화靴[79]의 제일각第一脚을 잡아당기면서, 그리고 느슨하게 하는지라. (신의 아들로 하여금 방금 저 가련한 서론구자序論口者를 내려다보게 하소서!) 그의 스타킹보다 약간 전에 분명히 만들어진 자신의 생상生傷된 양쪽 생피화生皮靴[80]를, 라자르 산책로[81] 곁의 둑에서 (왠고하니 멀리 그리고 넓게, 팔팔하게도 자기 실물만큼 크게, 그는 어떤 종류의 남용된 신발에 대하여 스스로의 인정스런 대접으로 유명했거니와), 아마도 9 및 20가량의 통주시간桶舟時間 범위의 거리일지라, 그가 진실로 그렇게 할만도 했도다.

이 장은 그들의 예배당 목사(차프린)에 의한 성 Berched의 야간학교의 꼬마 소녀들에게 전적으로 행해지는 화염火焰 같은 성적 설교로 구성되는바, 그는 자기 자신의 "학대만족"(sadisfaction)을 위한 자신의 자매를 찰싹 때리는 환상으로 자신을 흥분시킬 의도를 갖는다. 육체적 성의 위험에 관한 존의 열렬하고 생생한 설교는 자기 자신의 정렬을 일으키는, 실질적으로, 자기 자신의 설교 도중에 행하는 수음이다. 그는 자기 자신의 행동을 인식시키는지라, 그는 이 점을 너무 열렬히 "행동할 수"없다고 말한다【436.19-20】. 이씨에 대한 그의 열려한 설교와 그의 위협은 자신의 음경적 하부절반을 얻는 일련의 시도를 구성한다. 셈은, 여기 데이브, 단서컬(Dave Dancekerl)로 불리고 "하부"로부터 자신의 음경의 하부 절반을 야기한다. 손은 그의 음경의 형 셈을 자극하는데 성공하지만, 손의 음경의 조절은 연약한 절규이요, II.4에서 성의 두 번째 미숙한 행위인, 혀의 깊숙한 키스만을 생한다.

조이스의 작품들에는 학대피학대중(sadomasochist)의 깊은 흐름이 있다. 그러나 조이스의 작품이 발전함에 따라 그것의 특성과 초점은 변한다. 〈더블린 사람들〉의 "뜻밖의 만남"에서 "늙은 괴짜 영감"(old josser)의 극한적 사디즘이 있는가하면, 〈젊은 예술가의 초상〉에서 스티븐은 동료 학생의 매질에 대한 생각에서 흥분의 전율을 느낀다. 〈율리시스〉에는, 블룸의 판타지가 있는바, 그 부분은 '키르케' 장에서 정교하게 일어난다. 조이스로부터 노라에게 온, 1909년의 악명으로 유명한 편지들이 있는지라, 거기에는 조이스의 지극한 매조키즘(masochism) 현상이 노정된다.

그러나 소년들과 남자들의 이러한 사도매저키즘(sadomaochism)과 〈피네간의 경야〉에서 사도매저키즘의 행위들 사이에는 차이가 있다. 즉, 초기의 에피소드들은 모두 소년들과 남자들에 행해지는 반면, 〈피네간의 경야〉에서 사디즘은 젊은 소녀들에게 모두 행해진다. 이러한 사디스트의 행위가 일으키는 〈피네간의 경야〉의 두 장들은, ALP가 이씨를 찰싹 때리는 II.1에서 그리고 손이 어린 야간 학교의 소녀들과 그의 여동생을 찰싹 치는 비전에 의한 홍분의 발기가 있다.

III.2에서, 손이 성 버처드(St. Berched) 야간 하교 여학생들을 찰싹 치는 비전으로 자기 자신을 흥분시키는 한편, 그들에게 성적 금제禁制를 과격하게 권고하는 그것과 더불어, 조이스는 권위에 관하여 심각한 코멘트를 행하고 있다. 손의 극한적 위선 아래 우리는 굳은 권위의 성적 기초를 보는바, 거기에서 당연한 도덕성의 극렬한 극한적 폭력이 강요된다.

사실상, 편지에 복종을 주장함은 행위의 범주적 격언이 그것의 진짜 목적으로서 어쩔 수 없는 죄인들의 사디즘적 행위의 부과를 갖는 양 보인다. 〈율리시스〉에서 조이스 자기 자신은 샤디즘과 성적 흥분 사이의 연관의 강력한 코믹의 예를 마련하거니와, 즉 '키르케' 장의 환각들 중의 하나에서, 까까머리 소년이 교수絞首되자, 그의 "과격한 발기가… 그의 시의를 통해 자갈 위에 정자를 쏟는다." 교수자는 선언하거니와, "나 자신 그에 거의 가깝도다"【15.485】. 여기 조이스는 셰익스피어에 의해 예상된다. 미친 리어 왕은, 처음으로 인간 기관의 불의를 분명히 보면서. 위선에 대한 정의의 하인들을 비난한다. 리어 왕은ㄴ 그는 한때 교구의 하급 관리가 창녀를 매질하는 것을 본 것을 회상한다. 그러자 정의의 하인은 발기한다. 리어 왕은 비통하게 평하는지라, "그대는 호되게 그런 류로 여인을 사용하기를 욕망하도다 / 왠고하니 그대는 그녀를 매질하기에"(Ⅳ.vi.160-63).

그러나 손이 자신의 누이를 매질하는 그의 비전의 유일한 결과는 〈율리시스〉의 '나우시카' 에피소드에서 리오폴드 블룸과 아주 닮게도, 그의 셔츠에의 발정이다. 이 장은 수음의 불모행위를 수행하는 미숙한 남성의 생생한 초상을 마련한다. 여기 우리는 미숙한 남성의 성적 단언의 두 번째 실패한 행위를 본다. 〈피네간의 경야〉의 Ⅲ.4에서 성적 단언에 대한 제3의 시도가 있는지라, 그것은 노인 HCE와 그의 조소적 아내 ALP 간의 실패한 성적 드라마로서, 거기서 여인은 HCE가 결코 차를 마시지 않음을 보나니, 이는 그가 사출을 결코 선공하지 못한다는 암시이다【585.31】.

우리가 보게 되듯, 완전한 성적 행위는, 아나 리비아가 작품이 끝나고 시작할 때 그녀의 불타는 배우자를 향해 바다에로 유출할 때 수평선상에서 성취된다.

【429.1-432.3】 장의 소개

쾌활한 죤 (Jaunty Jaun)─돈 주앙 그리고 노란 태양으로서 ─숀은 그의 입지에로 되돌아가는 여행의 후차적 차례에 있다. 그는 여전히 자신의 발에 관해 불평하고 있는지라 그는 목통木桶에 기대고 있으니, 그것은 또한 순경-하인인, 시가드센이다. 그는 급히 잠든다.

성 버체드의 야간 학교출신의 29명의 꼬마 소녀들이 불미스레 목통을 목격하나,

존이 나타나자, 그들은 모두 그이 주위를 붕붕거리며 다가 와, 머리카락을 헝클어트리고, 그의 음경으로 자유를 갖는다【430.19-23.30-31】. 존은 자기 딴에, 그들에게 친절히 인사하고, 모두들이 안녕한지 묻는다. 사실, 그는 그들의 작은 다리와 엉덩이에 날카로운 시선으로 노리며, 그들의 의상에 관해 의심스럽게도 날카로운 주의로서 질문한다【431.4-7】. 그는 또한 옛 애란의 노래인, "나는 그녀의 걷는 모습으로 나의 사랑을 알도다"의 운율에 맞추어, 그의 자매 이씨에게 사랑 이상의 눈을 견지한다【431.14-17】.

우체부인, 숀은 지금 우편의 전반적 공급 말씨와 우체의 언명을 가지고 타당하게도 자신의 자매에게 연설하기 시작한다【431.29-432.3】. 성숙한 여인(ALP)은 언제 나처럼 그녀의 죄지은 남편에 관해 세상에 편지를 쓰고, 딸 이씨는 그 역할을 위해 열심히 준비한다.

【432.4-434.34】 격언

어떤 목사의 지인들을 언급한 다음에, 숀은 일연의 도덕적 격언을 가지고 꼬마 소녀들에게 그의 설교를 시작한다. 그는 처음부터 자기 자신을 포기한다. 숀은 상담하려는 그의 일과 기도서의 타당한 부분의 무지개 빛 탐색의 가장 아래, 그가 자신의 젊은 무리를 교화하기 위해 혹은 버릇없는 분명한 타박성의 폭력적 행위로서 그들을 은폐하기 위해 있는지 어떤지의 불확실을 보인다【432.30-33】.

숀은 그의 최초의 격언들 중의 하나를 가지고 성적 행위의 어지러운 견해를 노정한다. 그대가 "그의 다이아모드를 환승環勝할 때까지 결코 상심하지 말지라【433.14-15】. 성적으로 포기하기 전에 결혼을 확신할 아둔한 교시의 표면 아래—괴테의 〈파우스트〉에서 메피스토페레스의 냉소적 세례나데를 닮은 권고—성적으로 포기 전에 결혼을 확신아기 위한 아둔한 교시의 표면 아래—숀은 그의 형제의, 그리고 사랑의, 모든 물리적 표현의 공포와 증오를 배신한다. "다이아몬드 환승"(diamondback)은 방울뱀(rattlesnake)을 의미한다. 결혼의 문맥에서 해로운 파충류를 언급함은 숀의 정신적 이미지리를 보이는 것인즉, 만일 페니스가 파충류라면, 섹스의 육체적 행위는 사멸적 위험인 것이다. 거기 엉덩이와 궁둥이에 초점을 두는 더 많은 경언들이 뒤따른다. 허리띠를 매요, 그리고 그들을 파티에서 풀지 말고 남자 화장실에 그들을 두지 말아요【433.23-25】. — 젊은 소녀들이 파티에서 거칠게 춤추기 위해 골 셋을 흘리다니 이는 1920년대의 스캔들이었다. 죤은 그러자 한층 더 친근한지라, 그는 그들에게 아무도 보지 않는 곳에서 확실히 옷을 가라 입도록 그리고 그들이 숲속에서 소피를 보기 전에 염탐 자들을 조심하도록 경고한다【433.33-34】.

손은 다음으로 젊은 소녀들이 정숙하게 그들의 눈을 광고에 또는 전차 기사에게 두지 않고, 그들의 다리를 염탐하게 내버려두는 것을 상상한다【434.26-34】. 이 구절은 문학적 언급들로 충만한지라, 딕킨즈의 〈우리 상호의 친구〉(Our Mutual Friend), 〈데이비드 코퍼필드〉(David Copperfield), 그리고 〈오래된 호기심 상점〉(The Old Curiosity)과 올리버 홈즈의 〈조반 식탁의 독재자〉(The Autocrat of the Breakfast Table)에 대한 언급들이다. 그러나 주된 언급, 즉 숨은 것은 D.H. 로렌스의 단편인 "전차표 좀!"(Tickets Please!)에 관한 것이다. 이 이야기에서 까만 잘생긴 전차 급송 자, 그런데 그는 전차의 많은 여성 컨덕터들과 놀아나는 자이거니와, 그는 마침내 그들에 의해 습격당하거나 수치 당하는 운명의 자로 그를 손은 괴상하게도 매력적으로 여긴다. 손은 소녀들에게 경고하는지라, 만일 젊은 남자가 그들의 스커트를 보면, 성적으로 발기하나니, 이어 무엇이 발생할 수 있을지 누가 안담?

【434.34-435.16】 이 구절은 또한 예술가와 철학가들에 대한 공격도 포함된다 문학적 분위는 비방의 다음 단계에서 문화와 책들에 대한 공격을 가져온다. 손은 위선적이요, 성-광분의 속물이며, 1920년대 아메리카의 말로 "절대 금주자"(wowser)이다. 이 점에서 손은 문화에 대해, 그리고 특별히 예술가와 철학에 대해, 격렬한 공격 속으로 진입한다. 손은 모든 예술가들과 철학가들이, 자신들의 성적 욕망, 투영의 지극한 애, D.H. 로렌스의 지극한 말로, 머리의 섹스의 지극한 예로서, 불타는 실질적으로 호색적 창조물들 임을 확신한다. 손은 단언하거니와, "예술가들"은 그들 자신들 뿐만 아니라 기름칠한 턱수염의 광인이 브에노스 아일레스(악명으로 유명한 상업 중심 도시)에서 백白노예 매매를 위한 젊은 소녀들은 납치하기를 바라는, 그리고 소녀들을 이중 도덕성의 연극을 구경하도록 데리고 가는 젊은 외설적 사내들이 있다는 것이다【434.34-435.3】.

그러나 이제 재현再現하는지라 자폐술가自閉術家 앨지[82] 미남[셈의 암시]이요 그리고 자칭 연출가, **올리브**(일명), 스무서 씨, 악덕 십자군전사들에 의하여 서술된 채, 부엘라스 아이리아스 시市의 그리고 근처의 모든 딜레탕魯들에게 잘 알려져 있는지라, 그리하여 그대를 역병극장疫病劇場으로 데리고 가, **비너스의 오행**汚行을 보여주거나 또는 옛 귀속 말의 제언提言으로, 아주 낮은 깔끄러운 목소리로, 상냥하고 아주 작은 말투로, 그리고 아주 작은 상냥하고 풍요한 말씨로, 요구하는지라.

더 많은 격언들이 있는지라, 숀은 섹스에 관한 더 많은 구조를 생산할 때 또 다른 집념의 머리(head of steam)를 건립한다. 젊은 사네들과 수부들과 함께 문밖으로 나오라【436.13-14】. 그는 분비액의 부대적 의미(overtone of cisterns)를 가진 형제자매처럼, 통상적 종류의 사랑을 하기 좋아한다. 거티 맥다월처럼, 그녀는 "모든 타자와 상관없이 바로 오누이처럼 훌륭한 친구가 되리라【U 299】. 숀은 여전히 섹스를 피하는 겁 많은 심경을 느끼나니, 왜냐하면 그것은 그의 미운 형을 포함할 것이기 때문이다. 그러나 그는 어떤 육체적 접촉을 원한다, 그(솀)는, 비록 행동이 분비액 냄새가 날지라도, 그리고 사창가를 방문하는 것보다 더는 아닐지라도, 자신의 자매(이씨).의 애인이 되기를 원한다. 결국, 그는 의義-남편에 불과하다.

이씨【457.25-461.32】는 숀이 그들을 떠날 것에 슬퍼하지만, 거울 속의 자신의 작은 자신에게 성적 즐거움이 그녀를 기다리고 있음을 속삭인다. 이씨는 처녀인지라, 그 후 전형적 가족 속에 단지 성숙한 어머니만이 그것의 완전한 형태로 육체적 사랑을 경험했다. 그러나 이씨는 중요한 처녀이다. "모든 만사"를 회피하기를 바라는 슬픈 거티 맥도월과는 달리, 이씨는 육체적 사랑을 갈망한다. 그녀는 남성의 성적주의를 충분히 끌 수 있고, 그녀는 그것을 안다. 사실상, 그녀는 숀의 바지 단추를 열고, 그의 매력적 숨은 우자愚者인, "petit bonhomme"를 살피는 것을 상상한다.

그러나 숀의 계속적인 분노에 대해. 그녀는 양(both) 형제들을 욕망하는지라, 즉, 완전한 남자를. 그녀는 자신의 두 오빠들이 그녀에게 사랑의 사실을 가르치도록, 그녀에게 그것을 경고 하도록 요구한다. 그는 제체기를 하려 한다. 그는 보다 진작 인후에 가려움을 느꼈다【458.10-11】. "결코 잊지 말지라, 메기 매妹가 아니고 한 부재 발송인[이씨 자신을. 에헴. 그건 가장 바보 같은 기침이로다. 오직 확신할지니 그대가 감기에 걸려 우리한테 옮기지 않도록…" 그녀의 "모 모 모 모…"【461.32】는 모 선택을 위한 예비적인 것이다—즉, 그녀는 두 오빠 중 어느 누구를 우선 택할 것인지—그러나 숀은 그녀의 불완전한 단어를 오해하고 그것을 그녀를 위해 끝낸다, "ah-MEN!" 그의 단어 선택과 그녀의 것은 일치하고, 양 경우에서 의미하는바, 즉 그녀는 남자들, **모든** 남자들, 그리고 필경 남자들의 모든 모습을 택하리라.

마지막으로, 대이브는 예술의 완권王權의 궁극적 상징인 다비드 왕. (대이드는 노래하고 춤추었다. (〈사무엘〉 6:14-16. 참조) 여기 "무도남"인, 대이브는 그의 혹평하며 가학성의 비전에 의해 부풀은, 숀의 마지막으로 기립한 페니스이다. 숀은 이씨에게 선언하는지라, 그녀는 〈돈 지오 바니〉의 오타비오의 서정적 테너 아리아 "오 나의 보극광이여"(Ill mio tesoro)의 음률에 맞추어, 셈을 포옹해야 하도다【462.22】. 숀은 그녀 자신과 외설적 셈 사이에 식탁을 두어야 함을 불성실하게 첨언한다. 숀은 그의 형(숀의 페니스)을 사랑하고 염오한다.【463.19-20】. 알맞게도, 남성의 음경, 대이브는 특별한 삼립의 토끼풀(클로버) 형태를 가진 타봉打棒의 남자처럼, 거기 확실히 "소품의 악한처럼"(like the knave of trifles)【463.35】 보이도다.

그러나 모두 허영이라. 셈은 너무 수줍도다. 숀의 동기는 혼성되고, 수음의 행위는 단지 창피하고, 불모의 절규로서 끝나는지라, 즉 아일랜드의 민족적 증후는, 여기 불로의, 셈의 셔츠 아래로 살금살금 기어내려 온다【467.10-12】. 수음의 유행은 아일랜드의 결핍의 개화인지라, 아일랜드의 민족적 폐화開花【467.11】는 수치의 그것의 클로버이다. 숀의 가학성적 비전은 그들의 목표처럼 사출을 지니지만, 숀의 음경적 무도남舞踊男 대이브(Dave the Dancekerl)는 단지 수태 없는 사출인, 자동-성적흥분만을 성취한다.

숀으로부터 연약한 사출 이상을 얻으려는 최후의 시도 다음으로【468.12-19】, 숀은, 죄와 인간의 영광을 향해 추락하면서, 일출의 성적 연합은 이 장의 실패보다 한층 만족스러워라 라는 희망으로 감수하는 듯하다【468.20-22】. 숀은 동쪽을 향해 역逆의 여행에서 또 다른 단계를 지났나니, 거기서 그는 솟아나는 태양이 되리라. 그는 〈피네간의 경야〉의 끝과 시작에서 위대한 포옹을 예견한다. 즉, 일출에—그것은 로시니(Rossini)의 테너 아리아에 의해 야기되거니와, 이는 형제들인, 믹(Mick)과 닉(Nick)의 결합이 통과해야하는, 그리하여, 역시, 이는 천둥과 번개 사이애서 육체적 및 정신적 사랑의 참된 행위이다.

이 장은 흥미롭고 그렇게 어렵지 않거니와, 이야기는, 길을 따라 수 마일을 걸어가는, 손이 이제는 죤이란 새로운 이름으로, 그 막이 오른다. 앞서 장말에서 그를 싣고, 리피 강을 따라 흘러가던 기네스 술통은 중요한 순간에 성 프라이드 아카데미의 야간 학교 곁에서 멈춘다. 거기 29명의 여학생들(Isabel과 그녀의 시녀들인 Flora)이, 강둑에 앉아, 그들의 "58페달"을 밟으며, 강물을 튀기면서 앉아 있다. 죤은 숨을 가누고, 구두끈을 느슨히 풀기 위하여 거기 잠시 멈춘다. 우리는 그가 자신의 오랜 기억된 부친을 상기시키는, 한 고대의 돌기둥에 몸을 기대고 있음을 발견한다. 거의 즉각적으로, 그는 이들 소녀들의 개인적 모습에 관해서 몇 마디 말로 그들과 인사를 나누면서, 묘하도록 진부하고 장광설적 설교를 설파하기 시작한다. 그는 그들에게 몸조심할 것을, 애인을 찾을 것을, 이른 시간을 지킬 것을, 정중하게 행동할 것을, 가구 딸린 하숙집의 대학생들을 주의할 것을, 표준말의 신문을 읽을 것을, 그리고 결혼의 종이 울릴 때 서둘러 나아갈 것 등을, 충고한다.

성 브리지트(Bridget) 또는 프라이드(Bride)는, 그의 축일이 2월 1일이거니와, 축일이 2월 29일인 이들 "4년마다 한번의 윤녀들"을 위한 선량한 수호 성자이다. 죤은 물을 튀기는 회중에게 자신의 "제단주통祭壇酒桶"에서부터 설교하는데, 이들 회중은, 앞서 제9장에서 그러하듯, "heliotropic"(굴광적 또는 연보라 빛의)으로, 성자聖子의 착한 말을 기꺼이 감수한다. 그의 설교 또는 그의 꿈의 독백"은, 알맞게도 변증적辨證的이요, 〈젊은 예술가의 초상〉에서 린치(Lynch)와 함께 그의 심미적 담론에서 "동적"(kinetic) 기질로 비난받는 예술가 스티븐 데덜러스(그는 실지로 "정적"static 기질의 소유자인지라)의 그것을 닮았다. 여기 손의 "kinantics"【441.28】, 또는 그의 동족(kin)과의 동적 익살 담(kinetic antics)은 가장 흥미로운 구절에 속한다.

이어 죤은 자신의 바다 너머의 예상된 출발에 관해 감상적으로 말한다. 그는, 앞으로, 멀리 떨어진 채, 가장 깊은 사랑으로, 윤녀인 이슬트(트리스탄의 애인 또는 이씨)를 생각하리라. 뒤이어 스위프트 식의 구애의 간주곡이 따르거니와, 그 동안 그는, 위쪽을 향해 쳐다보면서, 자신의 음악 책으로부터 노래를 부른다. 여기 그의 무감동적 설교는 우리의 세월이 그 종막이 거의 가까웠음을 경고하는 그의 푸념으로 종결된다.

이제, 죤은, 소녀들에게 설교하며, 미사를 축하하면서, 비록 그러나 그들의 습관적 순서는 아닐지라도, 14개의 정거장들(stations)(비유적으로, 예수가 십자가까지 나아가는 도중 멈추듯)을 통해서 나아간다. 그는 어떤 것에로 되돌아오기도 하고, 어떤 것에서 주춤거리며, 다른 것들에서 짧게 멈추기도 한다. 이러한 정거장들을 확인함에 있어서, 즉각적인 문맥은 장의 총체적 문맥보다 덜 중요한 듯하다. 이들 정거장들을 요약하면 다음과 같다.

정거장 (i) 죤의 설교. 예수는 죽음에 운명 지워져 있는지라, 이는 앞서 제13장에서 암시된 채, "privysealed orders"【448.29】에 의하여 재차 암시된다.

정거장 (ii) (예수는 십자가를 나른다.) 그는 앞서 제13장에 또한 암시된 채, "gross proceeds" "load on ye"【431.27-28】, 그리고 "Lord's stake"【433,14】에 의하여 수반된다.

정거장 (iii), (vii), (ix). (예수는 십자가와 함께 추락한다.) 이들 3가지의 추락들, 즉 "staggering humanity"【442.15, 451.20】의 "footslips"는 아담의 추락【433.28-31】과 연관된다. "fellow that fell foul"【465.20-21】은 "snailcharmer"를 위해 추락하는 늙은 아담이다. 그리고 예수는 "felt the fall"【469.13】하는 새로운 아담이다.

정거장 (iv) (예수는 자신의 어머니를 만난다.) Isabel은 어머니가 되면서, "virginwhite…manonna"【433.3-4】이요, 그녀의 "mutter….a Runningwater"【469.14】는 ALP일 뿐만 아니라, Virgin으로, 그녀는 울며, 양수羊水를 희생하여 생을 탄생시킨다.

정거장 (v) (Cyrene의 Simon은 예수가 십자가를 나르는 것을 도운다.) "You're sitting on me style, maybe."【44.33】는 Lady Dufferin의 "I'm sitting on the stile, Mary"일 뿐만 아니라, 그의 기둥 위에 앉아, Simon을 회상하는데 이바지하는 성 Simon Stylites이다.

정거장 (vi) (Veronica가 예수의 얼굴을 훔친다.) Isabel이 자신의 속옷에서부터 떼어 내는 한 조각 헝겊은 손의 veronique 수녀【458.1-14】이다.

정거장 (viii) (예루살렘의 딸들은 예수를 위해 운다). 이 "miry lot of maggalens"는 "sweeping"이요, "lost soupirs"【453.8-12,19】를 배출한다.

정거장 (x) (예수는 옷이 벗겨진다.) 이는 "undraped divins"【435.14-15】, "undress" "over- dressed if underclothed" "strip off that nullity suit"【441.2-24】, 및 "gentleman without a duster"【432.24】에 의하여 암시된다 (《율리시스》제1장에서 "Mulligan is stripped of his garments"와 비교하라)【U 14】.

정거장 (xi) (예수가 십자가에 못 박힌다.) "forsake me knot"【441.6】. 죤의"hat with a reinforced crown"【430.17-18】은 면류관임에 틀림없다. 그의 "cup of scald"【456.1】는 차茶 이상으로 식초와 담즙임에 틀림없다.

정거장 【12-14】 (예수는 십자가 위에서 죽으며, 끌어내려져, 매장된다.) "Marie Maudlin… weeper"【434.16】. 소녀들의 연도【470.5-23】는 예수의 죽음과 그의 시체의 하강에 이바지한다. 죤의 매장(ravesend)【434.34】은 술통의 시야로부터 그것의 출발이다(How wrong will be he look till he rises?)【434.33-34】.

———

【429-31】 죤이 도로를 따라 휴식하자, 거기 29소녀들을 만난다

【429】 성 브라이드 학교 앞의 죤(숀)이 소녀들을 만나는 장면이 시작된다. 여행에 지친 죤은, 리피 강을 타고, 리자르 가도 곁의 둑에 멈추어, 자신의 구두를 느슨하게 푼다. 그는 고대의 석주石柱(매장된 채, 졸고 있는 순경 시거드센 또는 HCE 격)에 기대고 있다. 죤은, 한갓 숨결을 자아내기 위하여 이어 멈추어 섰나니, 그는, 비록 아직 그의 사각의 조상彫像이 과거 그러하듯 그대로인데도, 땀을 흘리며, 하지만 그런데도 행복하나니 여전히 잠들었는지라. 대구大口의 성시인聖詩人, 석주石柱에 기댄 채, 버터 금발을 한 평화의 감시자로서, 어떤 시거드센이란 순경에 몸을 기대어, 그런데 그 자는, 오스본 부처夫妻처럼 직입매장直立埋葬되어, 아늑히 졸린 채, 독점된 병의 포위包圍 사이 평형 되어 있도다. (죤은 술 취한 순경의 반대 역할로서 HCE의 석화石化인, 고대의 돌기둥에 기대고 있다. Sigurdsen의 이름은 순경(Lally)과 HCE의 모든 작업부(Knut, Behan, Joe)와 연결된다. Knut는 Saunderson, Sockerson, Soakerson으로, 순경인 Sistersen, Seckesign, Seekersenn으로 연결되고, 앞서 Behan은 대문에서 HCE를 사로잡았고, Lally는 그에게 반대 신문을 했었다.)

【429.18-19, 430.06-7】"잔존殘存하여, 버터 금발을 한 평화의 감시자, 어떤 시거드센이란 순경에 몸을 기대어… 인류 최초의 황석黃石 이정표의 희녹稀綠스런 광경에 매료된 채(곰, 보어 인스, 모든 촌놈들의 왕, 그의 하인 험프리 경)"(restant, against a butterblond warden of the peace, one comesstabulish Sigurdsen…the first human yellowstone landmark (the bear, the boer, the king of all boors). 죤이 쉬고 있는 이정표는 금발의 순경(Lally Tompkins), Sigurson(남자 하인) 및 Sackerson의 혼성으로서의 HCE이다. 조이스는 이미 〈율리시스〉의 〈스킬러와 카립디스〉 장에서 다음과 같이 언급한 바 있다. "깃 빨이 둑 곁의 극장에 개양되고 있소. 그 근처, 파리 동물원, 울타리 안에는 곰 새커슨이 으르렁거리오"【U 154】. 세익스피어 비평가 Georg Brandes는 "Globe 극장 가까이에는 곰 놀리기를 위한 Bear Garden이 놓여 있는데, 곰 냄새가 그것이 시야에 나타나기도 전에 콧구멍에서 솟아났다"라고 보고한다. 유명한 곰 Sackerson은 〈윈저의 즐거운 아낙네들〉(Wives of Windsor)에 언급되는데, 이따금 울타리를 찢고, 여성 극장 관람자들을 공격함으로써, 그들로 하여금 비명을 지르며 도망치게 했다(Gifford 164 참조).

【430】죤은 비록 피곤하지만 멋있어 보인다. 그러자 그는 강독에 앉아, 성 브라이드 야간학원에서 나온 29명의 여학생들을 만난다. 이들 아카데미 소녀들은 인생에 관한 학습을 배우기 위해 거기에 머문다. 죤은 그들에게 이정표처럼 보인다. "인류의 최초의 황석黃石 이정표의 희녹稀綠스런 광경에 매료된 채…" 곱슬머리의 죤은 그들에게 매료당한다. 그들은 마치 꿀벌처럼 그이 위에 운집하고 부산을 떤다. "그들 모두 그의 키스 손을 읽기 위하여 꿀벌이 가능한 모든 붕붕 소리처럼." 그들은 죤의 음낭을 감촉하고, 그가 얼마나 숙녀 살인자인지 평한다. "그의 통통 살진 배를 재치 있게 감촉하며 그의 젤리부대를 풍진하면서…" 특히, 그는 그들 중 이씨에 의하여 가장 매료된다.

자 그런데, 베넨트 성 버처드 국립야간학교 출신의 스물아홉 만큼이나 많은 산울타리 딸들이 있었는지라, (왜냐하면 그들은 때가 아직도 윤년임을 기억하는 듯했기에) 그들의 인생의 오전수업을 공부하면서, 연못가 나무 아래, 자리하여, 돌기둥의 광경에 매료된 채, 한편 그들이 자신들의 58개의 페달족足을 가지고, 모두들 철벅철벅 물놀이하고 있는 동안, 술 취한 자의 코고는 소리에 불쾌감을 느낄지라도, 그는, 보기에 무감동한 채, 네덜란드인의 토착어로 중얼거렸는지라. **"이것은 사자의 침대 틀, 나의 밉살맞은 플라스크 병이라!"**

죤, 그는 모자를 벗고, 선의의 소녀들의 칭찬의 합창에 절을 한 다음, 그런데 모두는,

자신들의 주연 약우인 그이 위로 붕붕 소동을 피우면서 돌진해 온 손녀들이라ー모두, 핀프리아의 최 미녀인, 저 하나만 제외하고ー그는 최살最殺의 레이디 킬러였도다.

【431】존이 자신의 자매에게 말하는 서문

존은 다음으로 소녀들의 개인적 용모에 관하여 몇몇 산란한 말들을 넌지시 알리기를 계속했나니, 그리하여 이 이씨에게 그녀가 아일랜드의 전설을 읽은 적이 있는지를 물으며, 그리고 저 아이에게 그녀의 넓적다리가 치마 가두리 아래로 보이는 것을 점잖게 꾸짖으면서, 그리고 또 다른 아이에게 그녀의 어깨의 후크가 그녀의 등 뒤로 약간 열려있음을 속삭이도다. 왜냐하면 존은, 온갖 창조물들을 사랑하는 자로 통하거니와, 저러한 몇몇 예비행위 다음으로, 자신의 관능 경을 통하여 사랑하는 자매 이씨의 출현을 파악했기 때문이라. 그리하여 그는 그녀의 얼굴 붉힘으로 알고 있었나니, 뿐만 아니라, 그는 게다가 그녀의 대부요, 그녀의 형제임을 잊을 수가 없으며, 그녀에 관한 세계를 생각했도다.

[설교의 서문]

ー최애의 자매여(Sister dearest), 존은 진정지금으로 배달 진술했는지라, 자신의 작은 학교를 작별하기 시작하자, 우리는 정직하게 믿고 있나니, 우리가 모든 의무를 다하게 될 때 그대는 몹시도 우리를 보고 싶으리라. 왜냐하면 우리는 우리의 긴 최후의 여행에서 탈로할 시간인지라. 이것은 우리가 그 속에서 자란 그대의 가르침과 모두 일치하는 도다. 자매여, 지금 당장 우리에게 말할지니, 그대의 가정의 베 짜기와 야호 아빠의 오랜 세상 이야기들, 그대에 의해 완벽하게 서술된, 우리의 마음을 사로잡았던 이야기들을. 우리의 총애 생도요 우리 집의 중요 생업인 그대, 당시 우리 쌍둥이 놈들은 침대 속에서 자위하고 있었는지라,

【431.21-457.24】 "ー최애最愛의 자매여." 존의 자기 자매에 대한 간명한 설교는 이 장의 대부분을 형성하거니와, 이는 아마도 〈햄릿〉에서 레얼티즈(오필리아의 오빠)가 햄릿에 관해 누이를 경고하는 연설에 빗지고 있는 듯하다. 특히 【431】페이지에서 레얼티즈의 연설에 대한 얼마간의 평행이 엿보인다.

【432】 죤의 도덕적 훈계 시작

왜고하니 우리의 애정의 고조곡固組曲을 그대와 나누기 위해서였도다.

죤은 아름다운 소녀 무리들 앞에 일어나 그들에게 훈시하기 시작한다. 나는 일어
나는지라, 오 아름다운 무리들이여! 나는 말하도다. 이 서문의 초입경初入經에 이어,
나는 교구목사(P.P). 마이크 신부, 나의 청죄사로부터 절대금주(T.T).의 충고를 요청하
고 있도다. 이어지는 신부에 대한 소개. (그런데, 신부는 여차여차 많은 색욕적 말로 말하고 있었
는지라, 그가 어떻게 두 처녀들과 함께 서로 얼굴을 맞대고 이야기하고 있었는지, 방출과 함께 혼성婚盛을
위하여 얼마나 법공法恐스런 날을 그가 보내고 있었는지, 그가 왜 아무렇던 전력을 다하여 나를 결혼시키
려고 했는지) 여기 신부는 다분히 호색적이다. 죤은 갑자기 설교단에 선 듯, 신부의 충고
의 말을 반복하면서, 처녀들의 보다 나은 인생을 위한 14가지 훈시를 행한다. 그가 사
명을 위해 조국을 떠나는 동안, 그들은 이들 충고를 명심하고 실행하도록 요청한다.
"나는 자신의 영감의 말로 방금 재차 젊은이들에게 그의 충고를 부여하고 있나니, 이
리 와서, 모두들 귀담아 들을지라! 나를 가까이 따라요! 자 이제. 우리의 짧은 부재 동
안에 덧붙일 십계十戒 만큼 가능한 많은 충고들—대체 우리는 어디에 있는고? 불러질
최초의 노래는 무엇인고? 성령강림절 뒤의 몇몇 일요일들. 나는 그를 축복하는 순간
저 병든 복사를 해고할지니! 나는 달력 속의 선택할 모든 성인들을 알고 있도다."

【432.32-33】 "운명세족제전運命洗足祭典은 어디서 바랄 것인고?"(where's the fate's to be
wished for?) "혼침방"(consummation)이란 단어와 함께, 죤-레얼티즈의 설교는 또한 햄릿
의 유명한 독백을 메아리 하는 듯하다. "이것이야말로 열렬히 희구한 생의 극치가 아
니겠는고"(Tis a consummation / Devoutly to be wished)(〈햄릿〉 III.1.63-64).

【433】 여기 그녀가 있는지라, 이사벨, 하얀 처녀, 스물아홉 번째의 마돈나. 도레미
의 기도! 의기양양하게 취해진 말(언言)들, 나의 귀여운 조력자가 호전자의 귀 뒤에 꽂
은 관용의 갈대 펜으로부터.

[죤의 설교의 실체]

[죤의 율법 목록] 결코 그대는 신랑찬미新郎讚美에 장미소동薔薇騷動하는[83] 마이레스

부처[84]를 위하여 그대의 혹상소或喪所의 미사를 놓치지 말지라. 그대의 성 금요일의 나이프로 해로운 순돈육純豚肉을 결코 염식厭食하지 말지라.[85] 호우드 언덕의 돼지로 하여금 킬리니의 그대 백합아마사百合亞麻絲[86]를 발밑에 결코 짓밟게 하지 말지라. 주主의 지팡이에 맹세코 아무쪼록 귀부인의 경기를 하지 말지라. 그대가 그의 다이아모드를 환승還勝할 때까지 결코 상심하지 말지라.[87] **하얀 사지四肢를 그들은 결코 지분거림을 멈추지 않는도다**[88] 또는 **말리가 한 남자였을 때 민씨(왈가다)**[89]**는 한 맨 섬 처녀였도다**와 같은 그들의 콜롬비아의 밤 향연[90]을 위하여 행상인의 흡연장에서 위험한 **즉흥**노래를 경가輕歌함으로써, 다르(D) 베이(B) 카페테리아(C)[91]의 소파 두루마리 끝 너머로 절대 소동을 피우지 않도록 장기長技할지라. 그리하여, 말이 난 김에 (음문에 맹세코), 에소우 주식회사 제의 야곱 비스킷[92]을 계속 바삭 바삭 소리 내며 그것을 상자 속에 투대投袋하는 자가 그대인고?

【434】 존의 이어지는 이씨에 대한 설교-충고―여기 존은 잠시 동안, 미사를 준비하는, 한 신부의 역할을 한다. 그는 이 특수한 일요일을 위하여 여러 지시들을 찾고 있는지라, 오늘은 무슨 성인의 날인고, 무슨 색깔의 제의祭衣를 입을 것인고, 무슨 기도문을 읽을 것인고, 무슨 찬송가를 부를 것 인고, 등등. 이어, 갑자기, 우리는 존이 자신의 설교를 시작할 설교단에 서 있음을 발견한다. 이어지는 설교. 회사에서는 냉정한 신의를 지니며, 가정에서는 따뜻한 초망鍬望을 가지며, 그리고 자비의 자중自重이 되는 것을 가정에서부터 시작할 것인고… 그리고 그는 당부한다. 나를 잊지 말지니! 기다려요, 전지설들前止說得하고 용서할지라! 영국 소설가인, 태커리와 디컨즈류類의 소설을 주의할지라. "영靈의 도피와 진실의 공포! 마미魔美! 고래 뼈(경골)와 고래수염이 그대를 상하게 할지라도 (새커리 투녀投女하라!) 그러나 그대의 가슴의 비밀을 결코 나출裸出하지 말지니…" 그의 설교는 어떤 자폐술자自閉術者인 앨지(Autist Algy)(스윈번, 〈율리시스〉 제9장【U 154】 참조)에게로 귀결된다.

이 자는 셈인 동시에, 조이스에게 "예술을 위한 예술"의 주창자인, 심미주의 작가 스윈번(Swinburne)을 암시한다(〈율리시스〉에서 조이스의 그에 대한 영향은 괄목할 만하다. "**바다! 바다!** …우리의 위대하고 감미로운 어머니"(*Thalatta! Thalatta!* …our great sweet mother)【U 4】. 존은,

앞서 그가 그러하듯【434.08-10】, 드라마와 문학의 부패한 영향에 관해 이씨에게 경고하고 있는 듯 보인다. 딜레탕티즘(dilettantism)(아마추어 예술) 문학의 애호가인 앨지(스윈번)는 그대로 하여금 극장으로 데리고 가, 간통이나 셰익스피어의 〈베니스의 상인〉을 보게끔 하리라.

    가정생활을 여하간에 비도덕화하는 파티에 참가하는 즐거움을. 그것이 남자의 활력을 뺏는지라. 회사에서는 냉정한 신의를 지니며, 가정에서는 따뜻한 초망鍬望을 가지며, 그리고 자비의 자중自重이 되는 것을 가정에서부터 시작할지라.[93] 난폭자의 효능을 지닌 소년들이나 과오보다 신만찬후晩餐하는 것이 대체적으로 보다 고상한 곳이로다.[94] 저 도둑맞은 키스를 되돌려 줄지라;[95] 저 총면화總棉花의 장갑을 반환할지라.[96] 녹색의 위소녀危少女들, 리다호다와 다라도라[97]를 너무나 자주 통 체로 에워 쌓던 저 황색의 위난危難[98]을 회상할지니, 한때 그들은 말馬처럼 절뚝거리며, 석탄저장소에서 흙 파묻혀 대포大砲[99]의 만찬을 끓이려고 애쓰는 대신에, 베씨 써드로우를 위하여 육색肉色의 팬터마임[100]에서 마고역馬尻役을 했도다. 벽-뒤-크리켓 사주문-전전邪柱門-타자후좌편打者後左便 필드[101] 거기 고리 버들 세공細工 씨氏가 큰 추락을 철썩했나니.[102] 퍼모라 가족[103]은 그것을 양초처럼 느꼈으나 약제사들, 해이즈, 콘닝햄 및 에로빈슨[104]은 그것이 계란임을 선서했도다. 나를 잊지 말지니![105] 머물러요, 전입설득前立設得하고 여용서與容恕할지라![106] 혹 떼려다 혹 붙인 악운자惡運者의, 내가 통야通夜에 흘린 신주辛酒를 기억할지니 마리 모우드린[107]의 축제일에 브리튼 광장[108]의 가련한 만개인 부인 댁[109]으로부터 우리의 할로트 키이[110]를 나는 매장했도다. 아아, 누가 그녀의 상장喪章을 마르도록 훔치고 그녀를 교수제단絞首祭壇으로 인도할 것인고? 그녀의 전성기에 매각되어, 짚 속[111]에 잠재우고, 1페니 소액으로 매입되었나니. 덕훈德訓: 만일 그대가 백합훈百合訓을 강조할 수[112] 없다면, 경칠(적발염)赤髮染 여기에서 나갈지라! 그대의 맵시 있는 발[113]을 최우선 오비汚肥의 폐염肺炎 셔츠 허리 위에 올려놓을지라, 참된 여성의 예비질豫備膣 및 레스의 리본과 부조화하나니, 리머릭 자수건刺繡絹[114]의 수치羞恥로다. 확실히, 무엇이란 말 인고, 총체적으로 단지 구멍들을 함께 묶어 놓았을 뿐, 나태강처녀懶怠江處女의 리넨 속옷을 보다 길게 보이도록 하기 위한 최단最單의 그리고 투명한 워싱톤(세탁조음)洗濯調音일 따름이라? 산타클로스(유향착의)有香着衣[115]의 불량녀들, 유혹으로

꽉 찬 그대의 반바지와 심태心胎. 허영의 도피[116]와 진실의 공포! 미마美魔! 고래 뼈(경골) 鯨骨와 고래수염(경발)鯨髮이 그대를 상하게 할지라도 (새커리 투녀)投女하라![117] 그러나 그대의 흉비胸秘를 결코 나출하지 말지니(명함)名銜을![118] 돌핀(돌고래)의 차고[119]에서 그대의 상봉광우相逢狂友[120]와 더불어 어떤 요나(흉변)凶變인, 구안鳩眼의 음녀淫女[121]를 즐기기 위하여, 유리카의 술[122] 염광고厭廣告와 낡은 호기잔형옥好奇盞型屋[123]의 한 쌍의 인문위門들 사이에서 요주의회죄要注意悔罪의 발작성가發作聖歌를 강작强作하면서. 거기 그대는 속달조반외전速達朝飯外電의 독락獨樂자동차[124]에 그대의 눈을 암고착暗固着할지니 그러나 여기 그대가 마틴머피 변신變身[125]할 때까지 재발 면대면對面 조용히 앉아 있을지라. 왜냐하면 만일 그대의 스커트의 자락이 자신의 무릎까지 떨어지면 그가 일어설 때까지 자신이 얼마나 장악長惡하게 보일지를 기구祈求하랴? 묘송전墓送前에는 교송交送하지 말지니.

【435】 존는 이어 셈이 자신을 엉터리 극장에 유혹한 것을 회상 한다. 그리하여 그대를 역병 극장으로 데리고 가, 〈비너스의 오행汚行〉(Smirching of Venus)(셰익스피어 작 〈베니스의 상인〉의 은유적 암시)을 보여주나니… 그러자 존은 이씨가 카메라맨들 앞에서 나체로 포주를 취하도록 요구하는 셈을 경계하도록 말한다. 그리하여 그대를 소개하나니, 그들의 여수旅愁의 대량학살 화백과 함께…. 카메라맨들에게… 음란 시인 바이런의 운시韻詩 들을 조심할지라. 일찍 잠자고, 일찍 일어날지니, 그대가 프롬프터(대사자)臺詞者의 목소리를 들을 때 그대의 이각耳殼에다 양초심지를 쑤셔 박을지라… 조공기류朝空氣氣流의 원무시圓舞時를 지키면 벌레는 여고汝古의 것이나니…수음手淫은 금물이라. 손가락 만지작거리다니 아베 마리아…. 터널(갱도) 씨氏의 낭하의 쌍지주雙支柱 들보와 다 함께 자주 교제하거나 다같이 친교 하는 담배꽁초(호모 목적)를 위한 통桶 취미를 결코 습득하지 말지니(그걸 타도하라), 지간枝間의 부도덕 행위를 범하는 목적으로,

【435.16】 "온통 헛소리로다! 독사毒蛇의 독최毒最의 독미毒味!"(All blah! Viper's vapid vilest!). 이 구절은 셰익스피어의 〈사랑의 헛수고〉(Love's Labor's Lost)와 함께, 존의 예술에 대한 견해이다.

【436】(존의 계속되는 이씨에 대한 도덕적 설교). 소등행위 하에, 얽힌 덩굴과 벨트 대님 사이 애완동물을 손가락토닥토닥하듯. 그건 (큰일을 저지르는) 작은 실마리 나니; 그대의 발걸음에 쐐기를 박아요! 그러나 위험 되고 개량 예술에 대한 그의 관심이 무엇일지라도, 자신의 의식의 순환의 중심은 언제나 음식과 섹스에로 되돌아오는지라, (이는 마치 〈율리시스〉 제8장에서 블룸의 음식과 섹스의 카니발이즘에 대한 인간의 양대 욕망의 향방과 같도다.) 얽힌 덩굴과 벨트(피대) 양말대님……. 그대의 발걸음에 쐐기를 박아요! 남녀의 희롱과 유혹을 경계하라. 금지된 제한 구역 내에서 비위생적으로 애무키스를 행하는 저 골목길의 기분을 억제하며, 껍질을 벗기고, 굽고, 불 질러버릴지라(친족상간에 대한 충고는 〈율리시스〉 제9장 도서관 장면에서 스티븐이 갖는 그의 의식과 대등하다). 소독되고 합법적 사랑이 바람직스러운지라, 통상적 채널을 통한 사랑을, 주점과 회관의 문간을 조심할지라. 파티가 신통치 않을 때, 그들은 존경을 잃기 마련, 돈만 뺏기나니. 그대는 청구 총액, 지겨운 토요일 및 일요일 저녁의 술 대금을 매일 아침에 지불하리라. 우리는 그대가 켈주 구락부를 못 본 채 애를 쓸 때까지 천좌天座에서 만나지 않으리라. 그러나 만일 그대가 가인 캉캉 춤을 추고 큰 소동을 일으키려는 혹 괜한 생각을 하면, 나는 그대를 도리깨질하기 십상일지니.

【436.09-11】 "금지된 제한 구역 내에서 비위생적으로 애무키스를 행하는 저 골목길의 기분을, 식민植民 페그가 암암리에 또는 내밀하게 유혹 톰" (kosenkissing disgenically within the proscribed limits like Population Peg on a hint or twim clandestinely does be doing to Temptation Tom). Peg Woffinton (애란의 여배우로, 더블린의 토스트로 알려짐) 및 Thomas Sheridan(극작가의 조부로, 말 장난꾼, 〈말장난〉(The Art of Punning)의 저자)의 2중창 (duo)에 대한 또 다른 언급; 숀-존-레얼티즈는 키스하는 사촌을 포함하여, 다른 소년들과, "Population" Peg Woffrington처럼 (유혹은 결국 식민植民을 결과하는지라), 비밀의 유랑과 유혹에 관해 이씨—오필리아에게 경고를 계속하도다. Woffinton이 그 좋은 예로, 그녀와 David Garrick(영국의 배우)은 알려진 애인들이었다.

【436.13-14】 이씨는 젊은 사내들과 수부들과 더불어 문밖으로 나돌아 다님을 삼갈지니. 그녀는 분비액의 함축을 가지고, 형제자매처럼, 통상적 자유의 사랑을 기호할

지라. 〈율리시스〉의 거티 맥다월처럼,

　　그녀의 천품天稟은 적어도 온갖 조잡한 일로부터 본능적으로 물러서게 했다. 그녀
는, 도디 강江 곁의 편이통로便易通路 저쪽에 군인들이나 조야한 사나이들과 함께 걸어
다니는 타락한 여성들, 처녀의 정조 따위는 아랑곳없이, 성性을 퇴락시키면서, 경찰서
에 끌려 다니는, 그런 따위의 인간을 혐오했다. 천만에, 천만에: 그건 아니야. 그들은
대문자 S를 품은 사교계(Society)의 관습에도 불구하고, 모든 타자와 상관없이 바로 오
누이처럼 훌륭한 친구가 되리라【U 299】.

　　숀은 성(섹스)을 피하는 겁 많은 경향을 아직 느끼는지라, 왜냐하면 그것은 그의 증
오의 형을 포함할 것이기에. 그러나, 그는 어떤 육체적 접촉을 갈구할지니, 즉 그는 자
신의 자매의 애인을 포함할 것이기에, 비록 행동이 분비액 조장기의 냄새가 난들, 사
창가를 방문하는 것보다 더 이상 비도덕적일지라도. 결국, 그가 의義남편보다 더 낳을
것이 없을 것이기에【436.16】. 왜냐하면 더 이상의 것이 셈의 활동적인 참여를 포함할
것이기에. 숀은, 물론, 셈을 모든 그의 힘으로 발기하도록 시도하도다. 즉, 이는 사랑
을 다루는데 있어서 머리의 통상적 위선이라. 따라서, 성적 자극의 압력 하에, 겁 많은
숀은 떠날 것이요, 그의 발기한 형 셈이 그를 대신하리라.
　　【436.33-437.1】창녀들의 비전으로 자기 자신을 홍분시키면서, 숀은 새디즘적 분
노의 제2의 도피 속으로 비상飛翔하도다. 바로 그대의 애인에게 위험을 돌보지 않고,
그가 반응하기 시작하면 반동할지라. 나는 그대의 엉덩이가 불 탈 때까지 쉽사리 찰
싹 때려줄 터이라.

　　그리하여, 그가 연주할 수 있던 가장 어진 후주곡後奏曲으로서, 앙상블로 붕몰崩沒
했나니 그리고 일별도 못된 순간에 뒤쪽으로 라티간 옥屋의 모퉁이를 경유하여 원이
난청遠耳難聽 먼 곳에서부터 자신의 뒤축 닳은 구두 신은 동작의 극히 호기적양상好奇
的樣相과 더불어 부양浮揚토록 굴러갔는지라, 확족確足, 화통족火痛足, 활족滑足,

숀은 그의 수음에 관한 친근한 교사敎唆로서 연설을 끝이는지라, 확실히 그의 젊은

청중들을 위해 지나치게 친근하기에, 또 다른 사디즘적 발화 다음으로【439.3-6】, 그는 금서禁書의 연관된 영력으로 진행한다.

【437】(계속되는 존의 이씨에 대한 설교 및 주의 사항) 그녀의 규칙적인 식사, 그녀의 스포츠 및 생리 현상. 손잡이 위에 그대의 발뒤꿈치를 올려놓고 자전거 타기를 삼갈지라. 그 러나 그대가 얼마간 움직일 필요가 있으면, 불결한 트랙으로 들어가 가볍게 뛸지라. 훌륭한 건강은 Punt(아프리카 동부 지역인 소말릴 랜드의 해안, 그곳에서 고대 이집트 사람들은 향수 와 건포도를 수입했다.) 땅의 향내보다 훨씬 값지나니. 잘 먹을지라, 규칙적인 월경을 위한 마음가짐을, 그대의 콩팥을 활분 시키기 위하여 건강한 체질개선의 불제운동을 필요 로 하나니…스포츠 광이 될지라(Be a sportive). 가구 부 하숙인들이 극단 및 피아노 곡 주와 함께 식사 계산서를 지불하는지를 눈을 잘 열고 살피리라. 너무나 친구다운 친 구 따위, 그리하여 그자는 흥락 사이에서 마음 편히 스스로 혼교하면서, 상아건반을 저토록 유쾌하게 찰싹 찰싹 치는지라, 그 이유인즉 그는 그대의 파멸과 해악을 곧 증 명할지니, 존이 출가하는 동안, 자신의 애인의 무릎 속에 일광욕에 익숙할지라,

【438】(셈의 사항에 대한 존의 계속되는 서술) 이씨는 전자를 피해야하나니, 그는 그대를 스캔들로 곤궁에 처하게 하고, 이것이 신문에 날지 모르도다. 또한 존은 그녀더러 셈 을 위시한 엉터리 대학생들과 어울리지 말도록 충고한다. 카메라맨이 그대를 사로잡 았다고 가상해 보라. 만일 그대가, 불운숙녀의 도취의 죄를 범하여, 조정자의 자격으 로, 사 악취 집단의 탁월한 대처 성원과 함께, 직접적인 관계를 지속보유하고, 돈불豚 拂한다면, 누가(Luke)의 반-생활의 비입증非立證된 하류계의 향락주연 여인이 됨으로 써, 제2급으로 덜컥 황락慌落할지라. 그것만은 절대로, 황금신의 공포와 사랑에 맹세 코! 단연코, 나 같으면, 어떠한 대학 허세 자들과도 사귀지 않으리라. (여기 존은 마치 〈햄 릿〉에서 오필리아의 오빠인 레얼티즈가 동생에게 "위턴버그(Wittenberg) 출신의 턱수염도 나지 않 은 대학생"【U 170】인, 햄릿처럼 어떤 "대학 허세자들"(college swankes)과도 그녀의 놀아남을 자신이 허락하지 않겠다는 것을 경고 하는 장면을 연상시킨다). "단연코, 나 는 어떠한 대학 허세자들도 사귀지 않으려니." 존의 설교는 소녀의 성스러운 처녀성 에 대한 강조로서 여기 그 절정에 달한다.

【439-441】 죤. 섹스의 설교를 위해 이씨를 선발하다

【439】 그리고 기타된 채, 스커트 주변에 군집하면서 그리하여 그들의 변덕스런 의향은 무엇으로 보이던고, 그대는 그것에 대하여 단단히 결심할지니 무용사년舞踊師年에 그대의 위험지대를 침범하면서. 나는 그대가 조금이라도 마음속에 무슨 마성魔性을 지녔는지 그대에게 밀착하여 느낄지라. 성포聖砲에 맹세코, 나는 그대를 벌줄지니, 호되게, 심하게 그리고 무겁게, 그대가 전례도典禮禱를 말할 수 있기 전에! 혹은 나의 할아버지의 최대색성最大色盛이 자신의 환락의 인과를 위하여 나의 숙모의 애愛자매와 더불어 자신의 비지혜非知慧의 좌座[126]를 그 위에 앉히게 했던 맥주통麥酒桶의 평판平板을 쿠퍼 화니모어[127]가 그로부터 대패질하여 빼낸 전나무를 주된 마무리 공工[128](그래드스톤)을 고무시켜 베어 넘기도록 한 성광星狂 간행물작가刊行物作家의 통두桶頭를 그토록 뒤집어 놓은 무어의 가요집[129]을 난도질했던 서정시인을 뒤쫓아 달아난 초연무지初戀無知의 양모養母[130]를 월광月光으로부터 개종시킨 백의의 탁발 신부 위에 슬공마風恐魔의 저주가 두드러기처럼 내리게 하옵소서! 쾌快멘.[131]

(죤의 이씨에 대한 계속되는 훈계) 그는 무용사년舞踊師年에 그대의 위험지대를 침범하는 대학 허세 자들을 나무란다. 만일 그대가 그 짓을 하는 것이 내게 들키기만 하면, 명심할지니, 매음할 자는 바로 그대인지라! 나는 그대를 벌줄지니, 호되게, 심하게 그리고 무겁게, 그대가 기도를 말할 수 있기 전에! "아니면 나의 할아버지의 최대색성最大色盛이 자신의 환락의 인과를 위하여 나의 숙모의 애자매와 더불어 비지혜非知慧의 자신의 좌座를…신부 위에 슬공마風恐魔의 저주가 두드러기처럼 내리게 하옵소서!"

(죤은 잠시 자신의 노래하는 목소리를 시험하고 찬양하기 위하여 멈춘다.)

"혹! 거기 그대를 위해 한 묵음黙音이라, 어럽쇼,(Poof! There's puff for ye, begor.) 그리고 하프 음률, 숨결이 나의 주변에 풍요라!"

(그리고 다시 훈계를 계속한다).

친애하는 자매여, 형중매兄仲買의 충고를 취할지니. 이 봐요, 만일 그네들이 게다가 그대를 흥분 설레게 한다면 말을 하거나 고개를 끄덕이지 말지라. 혹을 백으로 신봉

하는 저 따위 경계자(신부)에 대해서는 망설일지라. 신부 같은 흥분자들, 그대의 마지막 정남, 그대에게 묘약을 열거하는 선정고해실의 신부를 외면하라. (이어 죤은 이씨에게 그녀가 읽어서는 안 될 금서를 열거하기 시작한다.) 나는 그대를 비탄하게 하는 책들은 불태울지라. 그 대신, 그대의 〈주간 표준〉(*Weekly Standard*) 지를 숙독할지니…

【440】 [죤이 이씨에게 그녀가 읽을 좋은 도서의 목록을 권장하다]

알스티컨의 **〈미라큐라(기적)에 관한 보고 또는 승정 수렵자에 의한 죽음에 대한 관찰〉** 등등. 그대의 다섯 지혜를 넷 진최종서眞最終書에 적용할지라. 우리의 최고 훌륭한 고위 성직자들에 의하여 입증되는, 권위자들에 의하여 쓰인, 가장 최근의, 훌륭한 가톨릭 책들. 심문과학은 그대의 둔예臀藝를 위해 선행善行하리라. 소품문(비네트)들과 함께, 그대의 탐상探想의 신박하게 선을 위한 초보교본 속으로 지름길을 취할지라. 가장 이끼 착着 애도하는, 보물을 경계할지니. 전기독소基督 우주로 하여금 락마왕樂魔王에게 속하게 하고 그의 마리아가 아주 좋아하는 것은 무엇이든지 하게 할지라. 죤은 또한 이씨에게 자비를 베풀도록 바라도다. 중풍환자들을 잊지 말지로다. 불쌍하고 늙은 금제염인을 위하여 석양을 켜고 분열 광환자를 위하여 야자치유를 공급할지라. 죤의 충고는 이씨의 성스러운 처녀성에 대한 충고로 그 극에 달한다. "더 훨씬 더 낳은 그대의 신선한 정조를 냉지令持할지라. 제일 중요하고, 우리의 먼 가문으로부터 내게 상속된, 그리하여 양극단이 만나는 곳에, 아니, 가장 이끼 착着 애도하는, 보물을 그토록 밀접하게 보장保藏했던, 저 베스타 처녀 순결의 에메랄드와 한층 빨리 헤어진다면, 차라리 전기독소基督 우주로 하여금 락마왕樂魔王에게 속하게 하고 그의 마리아가 아주 좋아하는 것은 무엇이든지 하게 할지라."

【441-44】 유혹자 셈에 대한 죤의 힐책

【441】 (죤의 이씨에 대한 명령조의 충고가 계속 이어진다). 결혼의 징이 울릴 때 결혼하라. 진짜의 말벌-두-보금자리 요란한 결혼식을 위한 징이 울릴 때…저 혼인 무효 소송을 파기할지라. 그대가 염려하는 모든 돼지기름을 먹을지라. 사계대재일四季大齋日의 고기를 기억하라, 노동자들과 그들의 가족에게 허락 되도다. ―그런 고로 그대가 밀 방망이를 애무할 때 파이 위에 나의 이름을 쓸지라. 저 보석을 지킬지라, 이씨여, 그것에

거룩 것은 아무것도 없나니.

(존은 이씨에게 만사를 그에게 노정할 것을 명령한다). 나로 하여금 부당한 저당抵當을 행하는 어떠한 스캔들도 막게 할지라. (그러자 그는 갑자기 그녀에게 만사를 밝히도록 명령한다.) "밝힐지라" 근면한 존이 돌연히 열규했나니. 그러자 이내 목소리가 누그러진다. 점차로 그녀에게 아주 온화해지며, 그이 속에 누설하고 분견명糞犬名과 약식소를 말하는지라. 재차 그의 계속되는 셈에 대한 비난성. "노상에서 그대에게 말을 걸며, 그대가 밀방망이 되도록 움츠리게 하는 어느 무릎개구쟁이든 누설할지라." 존은 그의 주먹을 움켜진다.

전반적 사회에 대한 그의 기족의 순수성을 위한 자신의 개인적 성전聖戰을 확장하는 생각인 즉, 손의 "만족"을 가일층 흥분시도다【444.10-24, 25-29】. 그의 가학성적 위협이 크레센도로로 성장하여, 그의 성적 용감성의 당언성과 결합하도다. 그가 자신의 "승정"【445.8】에 언급하여, 음경에 대한 허먼 멜빌(19세게 게기 미국의 소설가, 〈백경〉(Moby Dick)의 저자)의 투명한 완곡어구를 확장할지니. 손은 소녀들에게 상기시키고, 성으로 결과된 어떠한 불법의 아이인들 자라나는 그들의 책임일지라【444.10-14】.

오, 그리하여 이견異見이 없도록 할지라, 오해 양孃이여, 생의 결혼 끄나풀을 누구에게 묶어야 할 것인지에 관해 (회오悔悟의 날에 삼백삼십삼 대 일!) 그맨 저 귀여운 작은 꼬마[셈]가 자신의 규叫요람 속에서 저 불결한 늙은 대大걸인[HCE]이 장차 자신이 해관咳棺을 통해 끽끽 비명을 지를 것을 보고, 꺽꺽거릴지니, 나는 그대에게 추시推始하거니와 그대는 광란狂亂파도 주변에서 포신砲身을 올곧이 정착하는 것이 보다 낳은지라.

사실상, 손은 성적 힘에 의해 전적으로 몰리다니, 그의 통렬한 비난 속에, 강력한 "나자성"(나自身섹스)(myselx)을 형성하는 "섹스"란 말과 결합한다【444.18】.

【441.33】 "저주양피詛呪羊皮의 성매전도性魅顚倒된 진드기 껍질 같은 놈!"(the goattanned saxopeeler upshotdown chigs peel of him!). 쳉(Cheng) 교수는 이 구절의 취지가 무엇이든 간에, 그것은 괴테(Goethe), 단테(Dante) 및 셰익스피어(Shakespeare)를 함유한다고, 지적한다(Cheng 171). "나는 일반대중이 현재의 차제此際 그리고 다가올 피

제彼際에 경탄하는 움찔자者(단테), 통풍자痛風者(괴테) 및 소매상인(셰익스피어)의 합자회사…"(I…that primed favourite continental poet, Daunty, Gouty and Shopkeeper…【539.05-6】.

【442】(다시 존은 당나귀처럼 울부짖으며, 셈에게 공격을 퍼붓는다.) "그는 저 시간부터 시장 요주의인물인지라…그의 문외한의 얼굴을 박살내기 위하여 장도할지라. 그의 입을 파열할지라." (존은 자신의 각오를 피력한다.) "만일 내가 나팔총 얼뜨기라면, 나는 사격투남행 경악할지니… 나는 경칠 두 페니짜리 땜장이의 저 돼지 같은 놈이 누군지 전혀 상관하지 않거니와, 뿐만 아니라 모퉁이의 두 푼 올빼미도, 언덕 위의 셋 고함소리도…왜냐하면 그럼 아마도 우리는 손(존)식式이 어떤 따위의 것이지 경칠 그에게 이내 무언극화할지니, 그의 쾌남의 여초향유汝招香油와 그의 아루피의 여가곡汝歌曲을 가지고 그대에게 환심을 산데 대하여 그를 위해 그의 문외한의 얼굴을 박살내기 위하여 우리가 어떻게 장도할지, 그리하여 우리는 그를 펄프화化할지로다(흐늘흐늘하게 만들지로다). (여기 존의 이씨에 대한 다양한 위협들은 그이 가학적(sadistic) 및 호색적(lecherous) 기질을 노정한다.)

【443】존은 그 다음으로 셈을 경찰(애란공화국형제단의 제일 경찰청년기동대원)에 넘길 생각을 한다. "그리고 한 다발의 형벌판사들 및 열두 음유선배심원들 면전에 소장訴狀을 내가 출원 중이나니, 이어 그가 거리 청소를 행하는 것을 나의 예정표에다 아마 심지어 끼워 넣지 않을 것인고?" 셈은 자신의 사고思考를 위하여 정당한 보상을 가질지니, 존은 그를 반쯤 죽일 생각을 한다. "나는 그대를 위하여 그대의 찰리 내 사랑(셈)을 반쯤 죽이도록 그리고 그를 자신의 창조주에게 보내도록 고안하리라" — 그는 이씨에게 셈의 용모를 서술한다. "특히 혹시 그가 신도身跳 필경 5피트 8을 가진, 진저러나는 한량으로 바뀌지 않을지, 통상의 XYZ 타입, R.C. 콜벗 사원, 오직 적포도주혈일 뿐… 칫솔 코밑수염과 턱의 토기치土器齒를 갖고, 물론 턱수염도 없이, 바 스툴(의자) 위에서 약간의 위트리 맥주를 홀짝이면서, 기네스 상사의 호직好職 및 연금과 함께, 그의 약간의 더껑이 낀 청록의 눈은 일런의 골난 홍포興泡를 생기게 하는지라…"

【443.14-15】"그는 이어 자신의 사고思考를 위하여 정당한 보상을 받을 지니, 평화를 위해 포효하면서. 예쁜 구릉丘陵을, 나는 그의 정강이를 위하여 많은 수사슴을[132] 가

지고 그에게 약속하는도다"(He' ll have pansements then for his pensamientos, howling for peace. Pretty knocks. I promice him with plenty burkes for his shins).

여기 존은 만일 셈-햄릿이 이씨-오필리아에 관한 무슨 생각을 갖는다면, 그는 자신의 오필리아의 생각에 대해, 존-레얼티즈의 손으로, 자신의 차영증서(보상)을 갖겠다고 맹세한다.

【444-445】 존은 가학적加虐的 분노로 이씨를 훈계한다.

【444】 존은 셈이 아버지 HCE와 마찬가지로, 알코올 속에서 위안을 찾는 자로 여긴다. 이는 그가 이씨에 대한 부자간의 친족상간적 욕망(incest)을 암시함을 의미한다. 그리하여 결혼 매듭을 누구에게 묶어야 할 것인지에 관해 이견이 없도록 할지라. 그땐 저 귀여운 작은 꼬마(셈)가 자신의 요람 속에서 저 불결한 늙은 대 걸인(HCE)이 장차 자신이 해관咳棺을 통해 끽끽 비명을 지를 것을 보고, 깩깩거릴지니, 그대(이씨)는 광란파도 주변에 포신砲身을 올곧이 정착하는 것이 보다 나은지라. 내가 그대에게 추천한 대로, 나의 이름과 그대 자신과 그대의 아기 가방을 서푼짜리 목동에게 희생시키면서, 나를 경락嫉落시킨데 대하여 나는 그대와는 온통 끝장널지니. 사랑의 기쁨은 단지 한 순간이지만 인생의 서약은 일엽생시를 초욕超慾하는지라. 만일 내가 어느 무의미 속의 그대를 붙든다면, 나는 그대에게 그대를 훈련시키는 방법을 가르칠 당사자이도다. 그대는 더 이상 늑대 두목과 돌아다니지 말지니.

【444.6-445】 셈이 HCE와 혼돈되어 왔듯이, 여기 이사벨은 ALP와 혼돈된다. 그들은 다 함께, 공원의 두 소녀들 격이다. "나는 여기 있도다, 나는 행하도다. 그리하여 나는 고통 받도다"【445.18】, 하고 존은, 자기 자신을 그리스도, 시저와 혼돈하여 말하는데, 이는 〈율리시스〉 제5장에서 블룸 몰래, Vaughan 신부가 그대는 "그리스도인가 빌라도인가?' 하고 묻는 이중 혼돈, 그 자체이다. 그러자 블룸이 말한다. "그리스도지요, 하지만 그런 이야기로 저희들을 밤새도록 잡아두지 마세요"【U 67】. (콘미 신부는 제10장 제1삽화에서 이 설교의 순간을 회상한다. "빌라도, 왜애애 그대는 저 오합지졸을 어억제 못 하는고?')【U 180】.

【445-46】이제 존의 장광설은 애정의 달콤한 선언으로 바뀐다.

【445】재차 존은 이씨에게 솀과 사귀는 것을 못 마땅이 여긴다.

하느님의 이름에 맹세코![133] 만일 그대들 둘[솀과 이씨]이 철로 위를 걷기 위해 간다면,[134] 경계하라, 그리하여 나는 그대더러 덤불 뒤를 두들겨 짐승을 몰아내도록 부추길지니! 조심 할지라! 데데한 친구여! 그건 그대에게 달렸나니. 나는 울타리 뒤쪽에서 허둥거리기보다는 모자 잡아채는 강탈자 되리로다.[135] 뚝! 나는 그대의 등 삿갓을 찢고 벽장 속에 그대의 모든 포족跑足을 자물쇠 잠글지니, 기필코 , 그리하여 그대의 비단피부를 칼로 잘라 양말대님으로 만들지라. 내가 정말로 그대를 욱신욱신 쑤시게 할 때 그대는 신데렐라[136] 되기를 포기해야 할지로다. 고로 그대의 봉오리를 미연에 방지하고 상처에 입 맞출지라![137] 나는 전권적全權的 가학加虐만족[138]을 가질지니, 주교봉主教捧[139] 놀이를 할지라, 만일 그대가 나의 로데오(막대)를 거세去勢한다면, 그대의 부분 면죄부[140]를 위해. 미남과 불경한 암시. 많은 음란향락이 그대의 길을 성교욕性交辱하며 다가올지로다, 옹졸한 견수자양絹繡子孃.[141] 그대 자신의 선善을 위하여, 그대 이해하는고, 왜냐하면 여인에게 앞발을 처드는 사내는 친절을 위한 길을 절약하고 있기에.[142] 그대는 자신의 둔표어臀標語 **아베 호라마**虎羅瑪[143]를 (닉)차시此時에 한층 현명하게 기억할지니. 왜냐하면 나는 막 나의 도약마跳躍馬를 끌고 그대의 엉덩이를 한방 펑 걷어차게 할지라, 그대 알겠는고, 그것이 그대의 작약芍藥 궁둥이에 수치의 양귀비 얼굴 붉힘을 가져올지니, 드디어 그대는 용용용서를 외치고 열적통熱赤痛의 고동鼓動까지 그대의 만병초 꽃[144]을 붉힐지라, 나는 여기 있도다, 나는 행하도다 그리하여 나는 고통받도다.[145] [여기 존은 자신을 시저 또는 그리스도로 혼돈한다.]

(그의 장광설은 이어 애정의 감미로운 선언과 그의 귀환으로 바뀐다.) "그대에게 미지未知한 채 나는 바다너머 되돌아올지라. 교황 대사로서 여기 되돌아올지니, 멀리 떨어져, 나는 가장 깊은 사랑과 회상을 가지고 그대를 생각하리니… 우리의 가역시인家役詩人, 프레드 웨털리가 그걸 개선改善해 줄지라─ 그대는 나의 애정 어린 심장 속의 큰 모서리를 채우는지라. 이어위크(HCE)는 나의 혈통, 고로 우리를 모래처럼 배가하게 하소서."

더 많은 위협이 있도다. 그러나 손은 그의 음낭의 하반신을 느끼기 시작한다. 이는 그의 "마적"魔笛【451.8】이요, 그의 권유에 응답한다. 그의 증가하는 흥분은 그를 따뜻하게 느끼게 하는지라―"나는 이유 없이 절반 노르웨이인도 아니다"―솟아오르는 태양으로서 미래의 역할의 예상이라【452.35-36】. 그의 증가하는 열은 그가 태양을 향해 자신의 여행을 떠날 것임을 의미한다. 그러나 그가 학교 여학생들을 떠나려 할지라도, 그는 그들에게 자신을 위해 애도하지 말 것을 요구한다. 그는 그들과 결혼하기 위해 곧 솟으리니.

숀은 그와 그의 숭배하올 제자들을 기다리는 사랑의 천국을 마음으로 조소한다. 이어, 재차 사나워지면서, 그는 그들에게 작별을 고한지라, 천국의 기쁨의 최후의 서술로서, 정신적인 그리고 지금까지, 육채적인, 그들 모두를 기다리면서―그리고 그들이 이 영광을 득하기 위해 해야 할 모든 것이란 사멸하는 것이다. 죽음 후에 하느님 아버지의 면전에 영원한 기쁨이 있으리로다【454.27-455.29】.

【446-448】 (시민의 개선을 위해 죤은 캠페인을 벌릴지라)

【446】 (죤은 이씨의 귀여운 육체에 대하여 생각한다.) 그는 여행에서 귀국하여 그녀를 사랑하리라. 소녀들을, 그들을 위해 보석을 마련하리라.

【446.3-5】 "나는 작은 부점附點과 연자부호連字符號¹⁴⁶를 통하여 여汝의 장음長音으로 나에 관하여 가장 귀중한 세련고洗鍊考를 여아汝我에게 송送함에 있어서 부유자만富裕自慢하는지라, 침야혼기사寢夜婚騎士의 그토록 예쁜 교활한 소신小神이여"¹⁴⁷(in sending uym loveliest pansiful thopughts touching me dash in-you through wee dots Hyphen, the so pretty arched godkin of beddingnights): 만일 그대가 돌발만족突發滿足하게도 내가 얼마나 갑옷예남鎧男¹⁴⁸임을 스스로 증명한다면 나로 하여금 그렇게 하게 할지니, 나로 하여금 간청하게 할지라, 나로 하여금 그대의 미복美腹¹⁴⁹을 보게 할지로다. 어찌 나는, 만일 내가 생존하려면, 여아심락汝我心樂(UM.I.)¹⁵⁰의 결합자를 즐겁게 하랴, 나는 행할 희망 속에 살고 있나니,¹⁵¹

죤은 이씨-오필리아에게 사랑을 선언하고, 그의 호의를 호소한다. 그는 이씨-오필리아에게, 자신이 멀리 떨어져 있는 동안, 그대에게 나의 생각을 보낼 것을, 그리고 ("uym"=you my); dash(─), dot(.)와 하이픈(-)의 전보로 그녀에게 사랑을 보낼 것을 약속한다. 그는 결혼의 밤과 침실의 이 예쁜 여신에게 결혼을 제의하는 듯하다.

만일 내가 생존한다면, 감미로운 키스로서 덮을지라, 나는 기어이, 되돌아오고, 올지라, 그때, 우리는 더 이상 불별不別하는 거산巨山처럼, 그대는 내게 키스 세례할지니, 귀향의 위대한 순간은 기필코 다가오리라.

"가냘픈 여汝여, 나와 함께 올지니." 죤은 귀국 후 사회봉사를 위해 이씨와 합심하리라. "우리는 의지意志하나니, 양자입양에 의해 우리의 동맹을 완료하는 것이로다. 우리는 더블린 전역을 문명 할례할지니."

【447】 죤은 펜(페니스?)이 결하여, 글을 쓸 수 없는지라, 그 대신 "나에게 그대의 수필을 쓸지니…만일 내가 여기 나의 유쾌한 젊은 뱃사공 붓이라도 가졌다면 혼자서 그걸 몽땅 쓸 터이지만…" 그의 세계 개선론에 대한 설교. 다량의 세계개선론, 나의 학자들이여, 유대배심원의 생애 및 할링턴 왕의 최고시最高時의 출생사망률에 관하여, 그의 총체를 가로수 도로를 따라 개설槪設하면서. 명심할지니, 우리의 사제-시장市長-임금-상인에 의하여 수행되는, 모든 훌륭한 공중의 일들을. 그밖에 다른 공중의 일들과 그들을 비교할지라. 시민과 이교도를 대조할지라. 아세아에는 왜 이토록 많은 종교 서품들이 있는지 설명할지라! 에스파냐 혹해 안에서 떨어진 최록最綠의 섬은 어디에 있는고? "죤은 이씨에게 여행을 떠나도록 권장한다." 야외 여행에 들어감으로써, 사실을 그대 혼자서 확인하라. 전차를 타요, 이를테면, 아스톤 부두에 서는지라, 한 권의 종자잡초법령種子雜草法令을 들고. 향하여, 도시들의 건축자로서의, 죤은, HCE처럼 또는 〈율리시스〉의 블룸처럼, 더블린을 할례하고, 그의 신앙심을 개량할 것이다. "단지 아일랜드적인 것만을" ─ 예를 들면, 토탄과 책들 ─ 불 테우면서, 그는 "다량의 세계 개선론世界改善論"(Meliorism of massquantities)에 참가하리라. 그는 가로街路를 건축하고, 내기 경마장을 수립하고, Fairview 또는 Clontarf에 쓰레기 공원을 말들지니(오늘날 죤의 소원은 모두 실현되었거니와), 이 모든 것을 오레일리, "지금은 코를 고는" 저 순경이 할 수 있듯 그렇게 하리라【446.35-448.33】.

【448-452】 존은 자신의 사업상의 성공에 대한 확신으로 이씨를 비위 맞추다.

【448】 만일 그대(이씨)가 더블린 거리를 헤매면, 그대는 어느 근처의 상점 진열장 속을 한껏 동경의 시선으로 들여다볼 것이요, 약 32분의 시간 과정에 그대의 뒤를 바싹 따라 이전의 방축 길 방향으로 방향을 바꿀지라. 그리하여 교통 잼의 혼잡에 의하여 야기된 케이크 같은 진창 눈(설)雪으로 온몸을 뒤집어쓰게 되는 것을 보고 놀라리니. 그리고 우리는 물으리라. 저 오물청소부는 어디에 있는고, 케이트? 언제 우리의 그토록 사랑하는 더블린의 얼굴이 리버풀이나 맨체스터처럼 세례백반되리요? 누가 모든 이러한 아일랜드의 장소들을 다듬으랴? 그대들 무엇인지 아는고, 꼬마 소녀들이여? 나는 코고는 투표 탐자에 의하여 영원히 만사 포기하고 물러나도록 충고 받고 있는지라, 나로 하여금 자동 모빌유를 증가하고, 욕탕치장의 치료를 위한 지갑을 마련하기 위해 어떤 준비가, 비소秘所-봉인된 명령 하에, 이루어질 때까지, (비록 이번에 어디서 그 돈이 나올 것인지는─) 나는 그것이 선혈의 범위 한계에 관한 것임을 확실히 생각하기에. (존은 투표자들이 자신을 싫증내고 그를 연금으로 물러나기를 바라는 것을 불평한다. 그러나 이번에, 어디서 그 돈이 나올 것인지, 그는 알지 못한다).

"사랑하는 자매여, 존은 덧붙였나니, 약간 음울한 잡성雜聲으로, 그가 비위를 맞추기 위해 그녀에게 등을 돌리고, 음표와 악보를 주기 위해 자신의 책을 펼친다. 그는 이씨를 사랑하는 매여"라 말을 걸며, 밤을 찬양한다.

【449】 그리하여 존은 자신에게 약속의 처녀만 있다면 기필코 되돌아오리라. 그리고 그는 현재 자신이 있는 이곳이 가장 마음에 든다고 말한다. "이 현재의 순간에 지방선거권에 의한 조숙鳥宿 속에, 나 들펑들에 휩싸인 채, 그리하여 거기 나는 꿈꿀지니, 지저귀는 새들의 벽 사이 나는 부숙富宿하리라…" 이 구절은 가장 낭만적 구절들 가운데 하나다. 그는 이씨에게 새, 물고기, 음악, 샴페인 등에 관하여 서정적으로 서술한다. 한편 그의 불확실한 눈을 위쪽을 던진 채, 나르는 상상적 재비를 재빨리 추적한다, "오, 베니씨의 허영이여! 개인적으로, 나는 전혀 성급하지 않도다. 성급은 낭급浪急을 낳는지라.─나는 그들 소녀들 중 어느 누구라도 사냥할지니. 그러나 혹시 일지 모르나, 만일 나의 심적心的 지명의 소녀를 오직 발견할 수만 있다면, 나는 기꺼이 귀향하리로다. 자신의 안전한 행실 아래, 요리법에 의하여 나를 안내하는, 참된 가톨릭, 참

된 기독사도의 모나 버라(Mona Vera Toutou Ipostila), 나의 라이온즈의 귀여(Lyons. 영국의 한 레스토랑 체인으로 즉, '만일 내가 레스토랑에 취직한 한 멋진 가톨릭 소녀를 발견한다면,')〈진행 중의 작품의 정도화正道化를 위한 그의 진상성眞相性을 둘러 싼 우리의 중탐사衆探査〉(Our Exagmination round His Factification for Incamination of Work in Progress)에서 이 구절에 대한 Stuart Gilbert의 상세한 분석 참조, p. 64-67. J. Campbell과 H.M. Robinson 은 〈피네간의 경야의 골격 열쇠〉(A Skeleton Key to Finnegans wake)에서 자신들의 이 설명을 Gilbert의 풍부한 설명에 깊이 빚지고 있음을 밝히고 있다.(C & R. 277 참조).

(존의 계속되는 설교). 나의 저 흥취胸醉의 친구. 여기 바깥 공원에서 나의 팔꿈치에 기대면서, 그리하여 그것이 나의 성미에 한층 맞는지라. 내가 현재 있는 곳에 머무는 것보다 더 이상의 친절한 운명을 나는 요구하지 않을지니, 나의 갈색 차 깡통과 함께, 성 제임마스 한웨이의 보호 아래, 그리고 나의 십자향로복사服事로서, 자상刺傷 당한, 어떤 자코버스 퍼샴, 나의 저 흥취胸醉의 친구, 지저귀는 꿩들 사이, 나의 이발耳髮은 놀란 토끼마냥 쫑긋 솟아, 그리하여 마침내 밤의 가슴 속으로, 개똥벌레를 울타리로부터 집거나 나의 익살 혀끝에 안개 이슬을 잡으면서. 나는 합법적 혼인의 순간까지 꾸준히 기다릴 수 있나니, 그동안 행할 멋진 일들을 찾으면서. 새벽까지 숲 속의 쏙독새 소리, 개구리들의 개골개골 소리를 귀담아 들으면서. 그런 다음, 나의 뒤에 피크닉 깔짚을 남기고 110의 '퇴비더미' [miden heap]와 비교하라, 마침내 나는 나의 상향上向의 측운경을 통하여 홀로 서향西向하는 자장 자장가 달月을 뒤쫓는 동안, 나는 일출을 기다릴지니 — 나의 밤의 어미 오리(my nocturnal goosemother)가 나를 위해 낳은 황금란을….

토루로부터 출현하는 최초의 언급들은 트리스탄, 그의 슬픈 영혼, 그의 피의 심장, 그의 굽힌 머리, 그의 열린 관대한 손, 그의 낯익은 발자취에 대해 언급한다[449.30-32]. 게다가, 트리스탄에 대한 언급, 언급 형태들(약간 망가진)은 잃어버린, 관대한 영도자를 개탄한다. 우리를 위한 사랑의 죄수는 어디 있는고? 피의 심장은 어디 있는고? 선량한 짐승 떼는 어디 낮게 누워있는고? 열린 손은 어디 있는고? 우리는 이제 그의 문간의 관습적 말을 듣지 못한다.

라틴어의 구절들은 "마태복음" 26:38과 "마가복" 14:34에서 출현한다: "나의 영혼은 심지어 죽음에까지 슬퍼하나니"(Tristis est anima mea usque ad mortem) — 이 말은 겟세마네의 정원(the Garden of Gethsemane)(예수가 유다의 배반으로 붙잡힌 예루살렘 부근의 동산)에서 그는 예수의 가장 심저의 슬픔을 당시 그의 제자들에게 그와 함께 살피도록 요구했다. 다음의 말, *lignum*은 아마도 "나무"의 십자가형을 위한 예수의 예상豫想에 대한 언급이다. 토루의 깊이에서 HCE는 그의 위대한 슬픔의 고통을 표현하고 있다.

【450】 (여기 죤의 소녀들과의 재차 퍽이나 서정적이요 낭만적 묘사) "얼마나 조심스럽게 나를 위해 그녀의 새 황금 자란雌卵을 수줍은 동방東方에서 낳아 줄 것인지를 살필지로다." 죤은 여기(애란)에서 물고기를 낚으며, 29소녀들에게 피리 부는 방법을 가리키며 살리라. "무엇인들 나는 지느러미 물고기들과 함께 향연을 나누지 못하랴. 나는 백조도白鳥道를 화주火走하며, 뱀장어, 숭어 및 잉어를 선도先跳하리라. 황어 은어, 뱀장어, 송어, 잉어… 또는, 내가 나 자신 홀로 있고 싶을 때, 나의 돌멩이에 기댄 채, 나의 얼.굴.에는 파이프(g.b.d는 음계의 '파이프 곡' 이요, 공간 곡은 (F a.c…e), 나의 잔盞 같은 손에는 성냥, 그리고 터키 산 살담배를 나의 코 구멍을 위하여, 재스민 초艸의 향기처럼 그리고 나의 주위에 커다란 나무의 향기를 빨아들이니, 낚시질하면서, 나는 나의 조롱스런 소조(녀)들에게 즐거운 가락을 가르치려니. 도, 레, 미, 화, 솔, 라, 시, 도 (이러한 음계의 곡은 텍스트 속에 말작난의 번안으로 나타나는지라, 즉 도―나는 주도다, 레―임금님, 미―나에게, 화―그녀 행하다, 솔―홀로, 라―저기 위에, 시―그래요, 보라, 도―나는 주다) 수풀이 재차 메아리 칠 때까지. 나는 한층 어려운 구절을 노래 할 수 없을지 몰라도, 그러나 그대는 내가 키鍵를 결코 놓치게 할 수 없으리라. 나는 '킬라니의 백합白合'에 정통하도다." 이 페이지는 음악(도래미화솔라시도)과 자연, 새들과 물고기들과 나무들의 교향악이듯, 〈율리시스〉의 "사이렌"(11장) 서곡의 문체를 닮았다.

그러나 녹림의 잡담은 이제 충분. 장사는 장사라(계산은 계산, 일이 제일).

【451】 (죤의 이씨에 대한 자랑과 자신만만)(여기 "그" 와 "나"의 혼용) 확실히, 죤은 내기 할지라, 만일 그가 원한다면, 그리하여 그는 이씨에게 말하지만, 나라의 럭비 클럽도 그를 붙들지 못하리니. 리피 강의 늙은 연어에 맹세코, 소 잡어의 신이여, 아무 것도 그를

멈추게 하지 못할지니, 그이야말로 나는 그대의 투자로 수월하게 돈을 벌 수 있는 유일한 사람. 심지어 얼스터의 총기병대도 코크의 의용대도 더블린의 폭죽 수발총병대 그리고 코노트의 집결된 무장 순찰대도 불가不可라! 나는 현금 등록기처럼 지불할 수완가이나 마치 막대 위의 단지(31. "flowerpot" 참조)처럼 확실하도다. 나는 버킷 가득 현금을 대량 생산하고, 클로버 속에 뒹굴며, 그들은 샴페인을 마시는 것 말고 아무것도 하지 않을지니, 그와 그녀가 대주교를 쏠 때까지. 그럼! 그건 얼마나 하분何糞이랴?, 나의 보물이여 (존은 이제 그의 자매 이씨로 하여금, 높이, 더 높이 노래하도록 권고하고 있다), 대담할지라! 움츠림은 단지 자연스런 일! 그것은 성스러운 대담한 공포나니. ─ 그대가 나의 신부新婦일지니, 그대를 전적으로 망가트리리라. 나는 음란의 무릎 속에 그대를 식植할지니, 사음란奢淫亂의 무릎 속에 전기 장의자 위에 감탄으로 말없이. 마치 내가 그들의 근近 일백만가량(의 돈)에 가까스로 달하기라도 한 듯. 단지 한 가지 일만 없었던들, 나는 지독히도 염려할지니…

【452-454】 존, 설교를 끝내다

【452】 존은 이씨와 집에 머물고 싶지만, 실은 감기에 걸려 있다. 그는 "절삭풍"(borting) (그는 "morning" 대신 말하거니와)가 그를 절멸할 것이라 말한다. 이는 그의 서정적 건강에 해가 되리라. 그건 사실이나니─왜냐하면 나는 거짓말을 할 수 없기에─엣츄! 그는 감기에 걸려 있다.

친애하는 자매여, 나는 그리 멀지 않는 지난날 테니슨의 〈아서 왕의 죽음〉(Morte d'Arthur)을, 나의 삼각대좌 위에 걸터앉은 채 혼자 읽고 있었는지라, 케임브리지 우등생 졸업 시험(tripos)을 준비하면서 그리고 얼마나 오랫동안 내 자신이 여기 머물러 있는 것이 좋을까 계속 생각하면서, 그림들을 탁탁 치거나, 꿈꾸면서, 마루 위의 축음기와 라디오에 귀를 기울이면서. 내가 오늘밤 떠나다니, 슬픔으로 도취되는지라, 우리의 무층가에서부터, 이 축복의 심부름으로, 그러나 그것은 역사적으로 무상의 영광스런 사명이나니, 우리의 언제나 푸른 리피 강의 모든 연대기를 통하여─ 비코 가도는 뱅뱅 돌고 돌아 종극이 시작하는 곳에서 만나도다. 하지만 원圓들에 의하여 계속 호소되고 재순환에 의하여 비경非驚되듯, 우리는 온통 마음 편히 느끼는지라, 이는 우리의 아름다운 의무의 일에 관한 것이로다. 나는 자랑하는지라 왜냐하면 왕을 배알하려 가는 것은 장대한 일이나니, 매야왕每夜王이 아니요, 애란의 월왕越王 자신인지라— 아일랜드의 전 구획이 있기 전에 루칸에는 상제가 살았도다. 그리하여 나는 신혼 날에 완전한 자신을 갖나니, 그는 어떤 일이든 따르리라 바라노라. 어머니에게 그걸 말할지니, 그게 그녀를 즐겁게 하리라.

【452.34】 존의 설교의 종결

자 그럼, 만사의 종결에로! 왠고하니 나는 해(태양)멀미(sunsick)에 걸리기 시작하는지라! 나는 전혀 헛된 노르웨이 인이 아니나니. "결빙시가 임박하도다"(stintide is by) 【453.36】.

【453】 존은 이씨와 싸우기를 싫어하나니, 그는 자신의 나쁜 습성들에 대해 그녀에게 여러 가지 주의를 환기시킨다. 그리하여 우리는 합심하면 행복하리라. 아아, 우리의 저 세월의 종말은, 그대가 바라듯, 그렇게 멀지 않도다. 그런고로 이제, 나는 그대에게 부탁할지니, 그대의 앙알대는 암평아리 난투극의 베개 싸움을 하지 않기를, 그대는 흑맥주를 내뱉거나, 소금에 절인 고등어를 추적하는 일을, 뿐더러 그대가 자선계慈善界에서 벽로 너머로 레몬 쥬스를 한 입 가득 뱉지 말지니, 조반朝飯방귀를 최후의 만찬식晚餐息과 사이롱 차茶로 바꾸거나—그대의 습한 중이소골中耳小骨에 김을 쬐이면서, 존에게 기도할지니, 그 동안 고의상古衣商이 자신의 개와 함께 숲을 통해 지나갈지니, 너도밤나무 깔쭉깔쭉 깎은 자리에서 구드보이 솜모즈를 성가시게 권유하면서, 그리고 청풍시인淸風詩人(Blownose)이 자신의 꼬마 아이들을 끌어안는지라 (그때는 나의 축제의 이득이나니), 나의 설화본說話本으로부터 책장을 넘기면서. 만일 내가 여태껏 이토록 진흙투성이의 많은 구더기를 본다면 나의 혀를 쑤시게 하소서! 부재자 우郵손을 위하여 화로 곁에 평의자平椅子를 곧이 놓아두게 할지니, 그러면 그대가 일도日道를 지명하는 순간 나는 그대를 자신의 동방東方의 반구半球로 삼을지라. 충심고양할지니,(Sursum corda. 미사에서 사회자를 따라 부르는 창화唱和의 단구(versicle). (존은 자신의 출발의 주제를, 감상적으로, 조연하기 시작한다. 사람들은 그의 기억을 위해 울거나 싸우지 않으리라. 그는 자신의 부친의 사업을 위해 나아가려고 준비하는 그리스도의 인물로서 자기 자신을 대표한다). "내가 탈선하는 동안, 그리고 그대로 하여금 그로부터 슬픔을 갖지 않도록 할지니—볼지라, 개선

의 시대가 그대를 기다리는 도다! 뼈(골骨)의 과수원에. 언젠가 아주, 가망可望인 즉, 우리는 갈고리에 낚이 우고 행복하리니, 성체배령적으로, 유낙원誘樂園(엘리시움)의 야야野夜 사이, 선민의 엘리트, 시간의 상실의 땅에. 천국에 그대 자신을 위해 보물을 저축하라! 숙녀들이여, 제발, 사순절 따위 꺼져버릴지라!"

【454】 이제 우체부 존(손)의 작별의 순간이 다가 왔다. 그럼 영원히 잘 갈지라 그대여! 이제 편지의 결구처럼 이별은 끝난다. 우리는 이제 해어져야 하도다. 이별은 흥興. 안녕, 연약부단녀女여, 굿바이 잘 가라! 확실히, 나의 보옥이여, 문인은 전혀 무미한 행간行間을 그대가 파악해 줄 것으로 종종 생각하나니. 나는 스스로 서명하는지라. 불굴비례不屈備禮. 우남郵男 손— 연속.

[설교의 결미]

【454.08】 이제 두 번째 단락에서 화자가 개입하여, 소녀들이 존을 감탄하고 그를 경이驚異하는 구절로 이어진다. 포복절도할 우스꽝스런 뭔가가 존에게 발생했음에 틀림없는지라, 왜냐하면 모두들 얼마나 즐겁게 그의 윤성輪聲을 흉내 내고 있는지의 생각에(그의 감탄자들이 얼마나 불합리하게도 그를 좋아하는지의 생각에), 그는 한 가닥 큰 소성笑聲을 도출跳出했나니, 그리하여, 그들 일동(소녀들) 역시 웃음을 터트리려고 시동하고 있었는지라, 얼마나 그들은 한여름 밤의 광란 같은 고! 그들을 손 벽을 치며 그를 칭송하다니. 오 존이여, 너무나 희락하고, 참으로 깜찍스런, 오, 그러자 그때 그는 너절한 걸 보기 위해 엄하게 몸을 돌리나니(존은 수은처럼 급히, 소녀들을 재차 직면하기 위해, 몸을 윤회하며, 그의 눈을 엄하게 돌린다). 그런고로 모두들 잠자코 서서 경이했도다. 그 후로 존은 숙고하고 최후로 대답했나니.

—뭔가 더 있도다 (There is some thing more)(존은 말한다). 그건 쌓이고 쌓인 기도祈禱 나니, 천국원天國園의 교외에서 기도라, 한때 우리는 우리의 아늑한 영원의 응보에로 통과했으리 로다. 그의 목적지 천국에 관한 최후의 한마디 "신성神聖하사! 신성! 신성하사!"(Shunt us! ahunt us! shunt us!) 만일 그대가 행복죄래幸福罪來되길 원한다면, 공원 주차(파크)할지니, 이별에 한 마디, 그땐 하프도 잠잠하리. 그가 그들에게 말할 수 있는

것이란. 천국의 정원에서 상시의 기도로다. 거기에는 사소한 가족의 다툼도 없고⋯. 존은 말하나니, "행복악"을 위하여, 그대는 거기 천국에 주차해야 하는지라, 거기 이전의 죄인은 훗날의 고통.

【455】 (앞서 천국의 낙원과 대조적으로, 이제 존의 오늘 세계의 묵시록적 비전이 전개되나니, 존은 이씨에게 죽음이 유일한 확실성임을 경고한다.) 작별이라! 그가 그들에게 말할 수 있는 모든 것이란, 천국의 교외에서는 언제나 기도만이 있는지라. 거기에는 헐리게임이나 럭비도, 어떠한 펀칭도, 요들도 없나니. 거기 그들은 새로운 술병 속의 오래된 술을 거의 식별불가라, 이전 죄인은 훗날의 성인과 같나니. 신과 마리아와 패트릭이여 그들을 축복하사! 확실히, 그는 설명하거니와, 내세의 환희와 비교컨대 여기 이 현세의 비참한 존재보다 더 무서운 것이 있을 수 있을 것인고? 참된 생은, 타당하게 말해서, 어디서 진짜로 시작하는고!

천국-묵시록적 비극의 현재-그리고 비참한 내일-비코의 순환.

"그대는 새 분잡 떠는 늙은 아내 및 그의 최후일 도화圖畵의 죄인을 거의 인식하지 못할지로다. 그대는 그것을 위해 요한 한니의 조언을 취할지라!-내일 그리고 내일 그리고 내일! 그것은 우리의 둔내일鈍來日이요, 털 많고, 상시 상록인생이라, 마침내 어떤 최후 금일안부今日安否의 도약 악취자가 한 톨 뼈를 가지고 종을 땡땡 치자 그의 악취한들이 홀物과 모래시계를 가지고 그의 뒤에 냄새 품기도다. 우리는 원자原子와 가설로부터 오고, 축하고 행할지 몰라도, 그러나 우리는 끝없는 오즈(불화)不和를 갖도록 선확적先確的으로 숙명되어 있는지라⋯오늘 우리의 비참한 지구는 내세來世익살촌극寸劇의 환락극장歡樂劇場과 비교하여 여기 무슨 경칠 땅딸보로 보이는고. 천국에는 어떤 타 인기 요들도 없을 뿐만 아니라 만사 무무무無無無로다. 왼고하니 맥베스의 'burrow, barrow' 너머에는, 내세가 타당한 말인지라. 거기 (죽음으로서) "도약 악취자"(Bouncer Naster)가 지배하고 있나니. "우리는 아담 원자와 이브가설로부터 오고, 축하고 갈지 몰라도, 그러나 우리는 끝없이 불화의 신계로 숙명 되어 있도다."

그 당시 이러한 세계의 왕실연발권총王室連發拳銃은 복마무언극伏魔無言劇이 끝나도록 그리고 할리퀸 광대 익살극을 시작하도록 불 지르나니, 라마인민상원羅馬人民上院이 타당하게도 괴성魁聲을 지르거니와. 시간(타임)의 최종후最終後의 유희를 기록하리라(마크); 다시 이어지는 Xmas 팬터마임으로서의 최후의 심판일(the Last Day)의 장면 묘사, 로마의 S.P.Q.R(Senatus, Populusque Romanus, thye senate and the people of Rome)은 마치 시저의 몰락의 날처럼 최후의 심판일의 복마전을 묘사한다. 여기 존은 심판의 날을 〈햄릿〉의 메아리로 요약한다. 시간의 최후의 장난이야말로 전 우주를 "호두 껍데기"에 집어넣는 것. 이는 최후의 날에 만이 일어날 수 있도다. 그렇게 함으로써 공간주의자(spatialist) 존슨을 기쁘게 하리니, 그들은 햄릿이나 혹은 부루투스(카이사르 암살자의 한 사람) 혹은 "라마인민상원"처럼 말하리라. "천만에! 나는 호도 껍데기 속에 갇혀 있어서도 나 자심은 무한한 천지의 왕이라 생각할 수 있을 사람일세, 나쁜 꿈만 꾸지 않는다면."(O God, I could be bounded in a nutshell and count myself a king of infinite space, were it not I have bad dreams"[II.ii.250]." 라마인민상원(SPQueaRking)은 분명히 최후의 날의 복마전(pandemonium)을 서술하는지라, 마치 카이사르의 추락의 날처럼(3월의 흉일에), 당시(카이사르가 쓰러지기 전에는), Horatio는 말하나니. "무덤들은 텅 비고, 수의를 감은 시체들이 로마의 거리를 끽끽괙꽥거리고 헤매었다네"(The graves stood tenantless and the sheeted dead / Did spueak and gibber in the Roman streets)(I.i.115-16). 아래 구절은 존이 "라마인민상원"의 입을 빌려, 최후의 심판일을 햄릿의 메아리로 개략은 고무적 구절인지라, 독자와 함께 나누고 싶다.

아아, 확실히, 농담은 제쳐놓고, 암소의 꽁지에 맹세하나니, 내세來世익살촌극寸劇의 재삼차처再三此處의 환락극장歡樂劇場과 비교하여, 우리의 빈비참貧悲慘의 금일차처今日此處는 무슨 경칠 땅딸보 저주지구詛呪地球로 보이는 고, 그 당시 이러한 진재眞在의 구체극좌球體劇座의 왕실연발권총王室連發拳銃이 그의 **사죄도**救罪禱로 하여금 왕당王當히 기독인基督人마스의 복마무언극伏魔無言劇이 끝나도록 그리고 할리퀸광대익살극을 시작하도록 불 지르나니, 라마인민상원羅馬人民上院이 타당하게 괴성魁聲 지르거니와. 시간(타임)의 최종후最終後 유희를 표적(마크)하라. 전우주소宇宙를 호두 껍데기 속에 집약하면서. (Ah, sure, pleasantries aside, in the tail of the cow what s humpty daun earth looks our miseryme heretoday as compared beside the Hereweareagain Gaieties of the Afterpiece when the Royal Revolver of these real globoes lets regally fore of his *mio elopo* for the chrisman's pandemon to give over and the Harlequinade to begin properly APQueaRking Mark Time's Finist Joke. Putting ALLspace in a Notshall).

【455-457】이어지는 존의 식이요법적 추신

이제 만찬은 음식으로 이어지고, 그리스도의 최후의 만찬인양, 존은 그를 찬양한다. 자 그럼, 그러나 내게 매번 맛있는 가정요리를 줄지라! 나는 몇몇 원산지 굴을 먹은 다음에는 전처럼 느꼈던 것 보다 두 배로 피곤함을 느끼나니. 우리에게 끓은 차를 한잔 더 줄지니, 사환! 그건 경칠 맛있는 끓은 것이었도다!

【456】존의 식사 예찬.(이는 음식-미사-최후의 만찬으로 이어진다) 차茶는 이씨가 그에게 준 맛있는 것이었다. 그는 음식을 우적우적 씹는다. 음식분쇄의 소리. 식사가 끝난 다음 그는 우편배달을 위해 출발할지라. 나는 뜨거운 맛있는 오찬을 즐겼나니, 나는 정말 그랬도다, 삶은 프로테스탄트(개신교도) 감자 (1846년, 감자병의 해 동안, 개신교로 전향한 신도들은 감자 수프를 대접받았나니, 그들은, 고로, "스프 먹는 자, '감자,' 프로테스탄트"라 불리었다)와 함께. 내(존)가 여태껏 먹은 가장 부드러운 쇠고기인지라, 약간 지나치게 짠 완두콩이 아니었던들. 그리고 신시나티 캐비지를 내게 주오, 이태리 산 치즈와 함께, 여름날을 위해 올리브기름을 아낄지라. 수프는 그만, 감사해요. 그러나 저 털 코트를 나는 애써 끌ㄹ ㄹ어 입을지니! 다음으로, 나는 꽃양배추와 함께 오리고기를 시식할지라. 미사와 미육味肉은 누구의 날도 손상하지 않는도다. 갈지라, 미사는 끝. *Ite, missa est* (미사의 종말을 선언하는 말)(기름, 포도주, 의상 등에 대한 모든 언급들 뒤에, 조이스는 존의 설교를 일종의 미사 축하에로 바꾸어 왔다. 존은 다양한 프로테스탄트 종파를 소모하며, 그들을 큰 기쁨으로 씹어왔다. 존의 폭식은 〈피네간의 경야〉 및 〈성찬〉과 연관된다) 모든 비타민은 씹는 도중 점벙점벙 소진하기 시작하고 ― 캔디, 스테이크, 완두콩, 쌀 및 왕 오리에 곁들인 양파와 캐비지 와삭와삭 그리고 삶은 감자 우적우적 우쩍우쩍 ―그리하여 곧 나는 지금부터 우편 지급을 위해 떠날지니. 나의 다음 항목인 즉. 타드우스 캘리 귀하로부터 우편송료를 징수할 것, 바람직하지 않은 인쇄물을 위해. 그러나 나는 내가 할 바를 알고 있도다. 나는 그를 녹아

웃 시킬지니!

음식은 음악적으로 씹히고, 이어 화학적 형태로 변한다. 음식을 위한 단어들은 긁어모아지고, 이어 적나라한 모음과 자음들로 단순화된다.

식종食終 미사 종終. 신경통에는 호두, 적풍笛風에는 여린 돼지 옆구리 살 그리고 심장방心腸房을 즐기기 위해서는 양념제도諸島[152]의 화주火酒, 커리에 계피, 처트니에 정향丁香. 모든 비타민은 씹는 도중 점벙점벙 소진하기 시작하고 딸랑딸랑 짤랑짤랑 하모니에 맞추어, 무른 캔디, 스테이크, 완두콩, 쌀 및 왕 오리에 곁들인 양파와 캐비지 와삭와삭 그리고 삶은 감자우적우적 우쩍우쩍 마침내 내존는 박제 폴스타프마냥 식만복食滿腹되고[153] 그리하여 아주 곧장 지금부터 우편지급 떠날지니 그대는 볼지라 내가 나의 일상일주배달급행함을, 하부下部 종착역終着域 및 킬라다운 및 레터누스(편지올가미), 레터스피크(편지화便紙話), 레터먹(편지오물) 경유 리토란나니마[154]까지 그리고 심지어 아일랜드의 저 최광방가最廣房家[155]를 구획하기 위해, 만일 그대가 그걸 하절수이해下切手理解할 수 있다면, 그리고 나의 다음 항목의 플랫폼이란 어떻게 타드우스 캘리에스크 귀하,[156]

【457-561】 이씨. 한 통의 연서戀書로서 대답하다

【457】 존은 마침내 Falstaff(술을 좋아하고 기지가 뛰어나고 몸집이 큰 쾌남아, 셰익스피어 희극에 등장하는 인물)처럼 만복하고, 이제 떠나야 한다. 그는 자신에게 빚지고 있는 모든 우편요금을 수금해야 한다. 그는 여행의 위험에 대하여 이씨에게 말한다. 공도 인이 그를 약탈할지도 모른다. 하지만 그는 떠나야 한다. 그리고 그를 떠나도록 시계가 뚜우뚜우 울린다. 그러자 이씨는 처음으로 존이 떠나감을 의식하며 말한다. "―내게, 내게, 그래요, 우리 아기, 우린 너무나 행복했는지라…" 그녀는 슬픈 뉴스에 자신의 비애를 표현하기 시작한다. 그리하여 선물로서 그녀의 손수건을 선사한다. "나(존)는, 미불未拂의, 그 자를 공갈갈취할지니, 아니면 나의 이름은 통회痛悔의 퍼디난드가 아니로다!"

자 그럼, 여기 그대를 보고 있는지라! 만일 내가 그대 셋님들을 결코 떠나지 않는다

면, 나는 한 애욕의 부父가 되도록 유혹 당할지라. 나의 공복空腹이 중압되나니. 나의 노염이 완진緩鎭되는지라! 단단히 앉아 있을지라, 꼬마 속인모여, 침울한 추수 자가, 축복을 가장하듯, 가까이 올 때까지. 악마여 나는 상관하랴! 만일 어느 저주할 노상강도 놈이 나를 붙들어 세운다면, 나는 나의 도마跳馬 뒤꿈치로 그의 배를 걷어 찰지로다. 그대 자신을 위로할지라, 사랑하는 자여! 나로부터 그대에게 상환금이 주어질 것인즉, 고로 나에게 그대의 의무를 유념할지라! 세월이 날개처럼 지나갈 때 나를 더 한층 보고 싶을지니….

【457.24】(이에 이씨는 연서戀書로서 대답한다) —이씨는 그녀의 답을 속삭인다. 얼굴을 붉히며, 그러나 그녀의 흑구黑鳩의 눈을 빤짝이면서, 나는 알아요, 형제여, 우리는 그토록 행복했나니. 나는 뭔가가 일어나리라 알고 있었어요. 하지만 귀담아 들으리로다, 애형이여, 가까이 오구려, 나는 나의 원을 속삭이기를 바라요. 나는 이 메모 노트지의 마지막 순간의 선물에 대하여 부끄러워하나니, 하지만 나의 이 소품을 받을지라 (이씨는 존이 그녀에게 편지를 쓰도록, 그에게 편지지가 든 박스를 선물한다).

숀은 자신의 분노가 진정되고, 공복이 가라앉고. 그리하여 그는 떠날 참이다. 그의 초기의 출발은 상부 절반인, 지적 부분으로, 하부 절반에 양보할지니, 그의 표상은 밑으로부터 솟을지라. 숀의 과격하고, 탐욕스런 수음적 판타지는 그를 발기에로 치솟는 데 성공한다.

【458】이씨는 마치 편지를 결구하듯 말한다. X.X.X.X. 그리고 손수건은 그녀의 최애의 교구승정에게서 천중天重하게 우강복牛降福받았던 것인지라, 그걸 존에게 아침부터 생명이 다할 때까지 지키도록 당부한다. 하녀 매기(Maggy)가 아니고 자기를 기억하기 위해서란다. 존은 이씨에게 편지할 것을 기억할 것이며, 그녀는 이의 답장을 잊지 않기 위해 티슈 휴지로 매듭을 매어둘 것을 다짐 한다. 그리하여, 귀담아 들을지라, 손수건을 아침과 더불어 생명이 다할 때까지 지닐지라. 오직 확신할지니 그대가 감기에 걸려 우리한테 옮기지 않도록. 그리하여 이것은, 푸른 꼬리 풀槌 가지요, 고로 그대의 베로니카를 명심할지로다(이 장면은 감상적인 광대 노릇 하에, 십자가의 그리스도 인

물이 희미하게 나타난다. 존은 그의 최후의 만찬에 관해 말하고 실지로 그걸 먹었도다. 그의 길을 울지 말도록 타이르는 여인들, 그들 사이의 성녀 Veronica [형장으로 끌려가는 예수의 얼굴을 닦자, 그의 얼굴 모습이 천 조각에 새겨졌다는]와 연결된다). 물론, 제발 편지를 또한 쓸지라, 그리하여 그대의 의혹의 작은 부대負袋는 뒤에 남겨둘지니, 그것이 누구인지 내가 생각할 수 없을 경우에, 사랑의 비둘기(성령의 정령)의 영취靈臭에 의해 메시지를 즉시 반송할지라. 고로 만일 특별 송달이 아닌 한, 나는 수고할 것 없나니, 나는 그의 지불(이씨가 글루그(셈)으로부터 이혼할 시의 수당)을 모으고 있는 데다, 그 밖에 아무 것도 원치 않는지라, 고로 나는 단순히 나의 아름다운 곱슬머리 가락을 위해 살수 있기 때문이로다. 너무나 멀리 그대는 언제나 떨어져 있나니, 그대의 입을 궁궁窮弓할지라! 절대적으로 완전무결한![157] 나는 나의 빗과 거울을 꾸리고 난형卵形의 오우(oh)와 서투른 오오(ah)[158]를 연습할지니 그리고 그것이 그대를 과육果肉마냥 흐늘흐늘하게 뒤따를지라,

【459】 (존에 대한 이씨의 계속되는 연설). 그리고 그대를 위하여 기도를 하리라. 이어지는 하녀 매드지(Madge)에 대한 이씨의 질투. 이씨는 그녀의 몇몇 애인들을 실토한다. (마치 《율리시스》의 몰리 블룸처럼,) 하지만 그녀는 존에게 충실할지니. 나는 로자리 도禱를 전지 전능자에게 말할지니, 유모 매드지는 나의 거울 소녀(이씨와 그녀의 거울 반사는 두 유혹녀, 그리고 또한 이씨와 하녀 케이트)를 암시한다. 이 구절은 상하급 발음의 아이를 강조하는데, 그것은 다른 암시들과 함께, 이씨는 고성당파(High Church)이요, 하녀는 로마 가톨릭임을 지시한다. 그리스도인 존은 자신의 족적足跡에 이들을 남긴다. 그대는 그녀의 거친 의상과 검정 양말을 귀여워할지니, 단지 우스워 죽을 지경이라, 나는 그녀를 쏘시(Sosy)社라고 부르나니, 그녀는 내게 사교社交(society)이기 때문이요.

그러나 그녀(하녀)는 나의 친구들을 부추기기 위해서 참 착하도다. 내가 발바닥의 장심통掌心痛을 앓을 때 나를 위해 내 구두를 시연試演하는지라. 그녀는 정말로 매우도 착하도다. 그리고 나는 나름대로 언제나 그대에게 참될지니, 한편 그가 스스로 진배眞背할지라도 나는 그를 진념眞念하는지라, 단지 한번이 아니고. 그대 이해할 수 있는고? 오 염형厭兄이여, 나는 그대에게 진고眞苦를 말해야만 하나니! 내가 관계한, 나의 최근 애인의 연애편지를. 나는 그를 몹시 좋아하나니, 그가 결코 저주하지 않기에. 연憐 꼬마. 애愛 핍. 그가 잘 생겼다고는 말할 수는 없지만, 나는 그가 수줍어하는 걸 확신하

나니. 그는 나의 입술, 나의 음부淫部 확성기에 홀딱 반했는지라. 나는 그의 힘을 더듬어 찾았나니, 사랑하는 교수여, 그대는 나를 믿을 수 있나니 비록 내가 그대의 이름을 바꾼다한들. 나는 나의 것인 그대의 귀여운 얼굴을 나의 둘째 번 상대에게, 주지 않으리라. (여기 이씨는 다른 애인들을 가질지라도, 그녀는 근본적으로 그녀의 존에게 충실하게 남으리라는 성적자적 비유가 그녀의 약속 속에 담겨있다.)

【460】 (이씨의 존에 대한 충성의 맹세) 그녀는 제발 그녀 자신을 비참 속에 빠트리지 말지라, 존에게 거듭 당부한다. 그대 악한이여, 나를 비참 속에 가두지 말지니, 그렇잖으면 나는 우선 그대를 살인할지라, 그러니 다음 약속으로 그대가 아는, 마운트조이 광장의, 섑 주점 곁에서 만날지라. 달콤한 돼지 같으니, 그는 몹시 성이 날지라!—내가 그대를 잊는 즉시 다글 강江이 건유乾流할지라. 나는 나의 금 펜과 잉크로 그대의 이름을 온통 써둘지라. 기억의 나무 잎들이 떨어지는 동안 나는 그대의 이름을 적어두고, 나무 아래서 꿈꿀지라. 그러나 (셈)에게 말하지 말지니 아니면 나는 그의 사인死人이 되리라! 그리하여 그것이 나의 영기파도靈氣波濤를 타고, 보스포러스 소란해협少亂海峽 너머로 그대에게 운반하리라. 그대가 떨어져 있는 동안 내내, 여기 나는 그대를 기다릴지라.

【461.33-468.22】 존에 대한 이어지는 이씨의 연설

이씨는 그녀의 얼굴 양면을 크림으로 도장하고 존을 기다릴지라. 비록 러시아의 다른 애인이 있다 해도 그녀는 존에게 성실할지니. 이제 그녀는 "뒹구는 법"에 응하여 섹스의 오르가즘을 상상한다. "네게 어찌 아아 아앙 아아…" 할 것인고. 여기 존의 이름은 Don Juan(돈 후앙 또는 주앙) (방탕하게 세월을 보낸 스페인의 전설적 귀족 탕아요, 바이런의 낭만적 주인공)으로 바뀐다. 그리하여 이제 욘(Yaun)이 된 존은 최후의 고별사와 함께 건배를 든다. 나는 그대의 귀환을 위해 약간의 꽃을 사리라. 이 시각쯤에, 나는 비밀리에 나의 키 큰 소련인 핀차프파포프(Pinchapoppapoff)와 함께 몰래 가버리나니, 그러데 그는 장차 남근대장男根大將이 되리라. 그러나 마지막으로 밤에, 나(이씨)의 이층 침실에서 나의 황금의 결혼 뒤에, 나는 그가 또는 모든 마이클이 그것처럼 닮았는지를 보기 원하도다. 나는 그의 시선 앞에서 옷을 홀랑 벗을지니—그리고 밤의 외국 남들을 위

하여 나의 지나支那의 객실우客室友와 함께 쇠로 묶은 침대 아래를 심하게 막대기로 찌를 지니, 그리하여 "쉔"(Shane)이란 그대의 이름이 나의 입술 사이에서 나올지라, 내가 최초의 아침 꼬끼오에 의하여 막 깨어날 때. (이씨는, 그녀 뒤에 남은 신앙의 그리스도처럼, 고高 성당[High Church], 저底 성당[Low Church], 라틴, 희랍, 러시아의 모든 종파의 구애자들에게 그의 복음적 호의로서 관대할지니, 그녀는 그리스도의 이름으로 그들 모두를 포용하리라) 그런고로 이제, 마그와 함께 오르간 앞에 앉은 채, 우리는 잠자러 가기 전에 한 가지 짧은 기도를 말하리라. 내게 뒹구는 법을 코치해 줄지라, 애愛재임, 그리고 귀담아 들을지라, 지고의 관심을 갖고, 쫀, 급히, 내게 어찌 아아 아아 아아 아아 해야 할지를 경고할지라…

【461-68】 쫀의 최후의 말. 떠나는 그는 최후의 만찬을 이씨에게 베풀고, 그의 형제 Dave(셈)를 그녀에게 소개한다

【461.33】—아남男!(MEN! Juan) (여기 쫀(Juan)은 욘(Yaun)으로서 자신의 역을 지시하기 위해 이름의 철자가 바뀐다). 그는 답창했는지라, 자신의 손 안에 성배주를 들고. 영원히 영광스럽게 여불비례라!

【461.33-468.220】 손의 접근
손은 이씨와 다른 소녀들에게 작별의 토스트를 준다—작별인 즉, 그가 자신의 집중은 자신의 상부 지적 그리고 수사적修辭的 하부로부터 그의 저부에로 변경하리라 느끼기 때문이요, 그것을 그는 그동안 내내 원기 있게 노동하고 있었도다.

그는 자신이 대리자로서 그의 형 셈을 뒤에 남겨두고 있음을 선언한다. 손은 셈이 그의 내적 목소리를 마련하고 있음을 인지한다【462.16】. 손이 여기 셈에게 주는 이름, "Dave Dancekerl"【462.17】은 의미에 있어서 풍요롭다. 대이브는, 다른 자들 가운데, 윌링던 뮤즈의 방, 제3의 병사, 취후로 발기하는 남근으로, 이는 부친의 잠재력의 끝을 의미하며, 위링던을 파괴한다. 그는 또한, 지명指名이 우리에게 말하듯, 무도자이다. 즉 〈젊은 예술가의 초상〉의 첫 페이지로부터 〈율리시스〉의 키르케 에피소드까지 스티븐 대덜러스의 예술적 잠재력의 기호들의 하나는 춤추고 있다. 대이브는 〈돈

자오반나)로부터 오타비오의 서정적 아리아, "Il mio tesoro"【462.22】의 스칸디나비아의 운율의 아들로서, 한 "danker"이다. 그러나 손은 불실하게 첨가하나니, 그녀는 그녀 자신과 외설적 셈 사이의 테이블을 차려야 한다.

대이브 자기 자신은 출현하는지라, *Il Trovatore*로부터 "Io tremo"의 Luna 백작의 음악과 가사에로 들어간다 —"Lumyum lumtum! The froubadour! frembler!"【462.25-26】. 이는 백작의 증오하는 라이벌 맬리코의 도착을 선언하거니와, 후자는 실지로 그의 형이요, 그런데도 그는 그가 그를 살해한 후에 오페라의 종말까지 그것을 알지 못한다. 손은 그의 형을 사랑하고 증오하는바, 후자는 술꾼의 붉은 코를 가지며, 그것은 또한 손의 음경의 불타는 구두龜頭이다【463.19-20】. 타당하게도, 남성 남근인, 대이브는 특별한 클로버 3잎 형태를 가진, "마치 3잎 악한마냥", 곤봉의 사내처럼 보인다.

손은 쌍자를 계속 부추기는지라, 둘의 성적 교합—호수의 여인과 숲의 죄인에 유사한 여왕과 걸인의 예이츠의 쌍자를 야기한다【465.36】. 왜 그들은 대디 와 마미인가【466.1】. 그러나 손은 양인의 성적 얽힘, 스크루플(약량)藥量의 성장을 탐색하듯 하다【466.8】. 그는 셈에게 그의 연애에서 한층 잔인하도록 충고하며, 잭 리퍼의 성적 사디즘을 야기한다【466.13-14】.

패트릭 카바나의 장시인, **위대한 공복**(*The Great Hunger*)에서 그에 의해 결정적으로 택한, 애란의 수음의 이 주제는 조이스의 초기 작품에서 취급된다. **영웅 스티븐**(*Stephen Hero*)에서, 조이스는 냉소적으로 애란 농부의 유명한 청순이 수음의 산물임을 선언한다.

   ……. 나는 나의 국민이 파리의 매춘의 기계만큼 발전하지 안했음을 인정하는지라, 왜냐하면…….

   ……. 왜냐하면…….

   ―글쎄 그들은 손으로 할 수 있기 때문이야, 그게 이유지!

   ―맙소사, 그대는 그대가 생각한다고 말하는 것은 아닐지라…….

   ―나의 선량한 젊은이, 나는 내가 말하는 것이 사실임을 아는지라, 고로 그대는 그

걸 알리라. 패트 신부에게 묻고, 디스바디 박사에게 물으며, 태드보디 박사에게 물을 지라. 나는 수업 중에 있었고, 그대도 수업 중에 있었지—그걸로 충분해.【55】

조이스의 아우 스태니슬로스는 그의 더블린 일기에 "Mr. Dooley"라는 노래의 패러디를 썼는데, 그것은 다음의 행들을 썼는데, 그것은

왜냐하면 그것은 수음이지
그것은 민족을 죽인다네,
닥터 둘이-울리—울리—우가 말했지.【58】

셈으로부터 연약한 사출射出보다 더한 것을 얻으려는 최후의 시도로서【468.12-19】, 죄와 인간의 영광을 향해 추락하면서, 숀은, 일출에 성적 연합이 이 장【468.20-22】에서 실패보다 한층 만족스러우리라는 희망으로 스스로 만족하는 듯하다. 숀은 동쪽을 향한 그의 역逆의 여정애서 또 다른 단계를 통과했는지라, 거기서 그는 솟아오르는 태양이 되리라. 그는 〈피네간의 경야〉의 시 / 종에 위대한 포옹을 예견하도다. 다시 말하거니와, 해돋이에—그것은 로지니의 테너 아리아 "Ecco ridente in cielo spunta la bella aurora에 의해 야기되나니—형제들인, 믹과 닉의 결합이 통과하게 됨이 틀림없는지라, 또한, 우뢰와 번개 사이, 육체적 및 도덕적 사랑의 참된 행위여라.

【468.23-471.34】 숀의 두 번째 출발

【472】(화자는 죤의 망령인, 욘의 행운을 기도하고 작별을 고한다.) 그래요, 그리하여 토끼풀 주州(샴록샤)의 수중手中의 마음이여! 그대의 백발이 보다 희유하고 보다 미발 되소서, 우리 자신의 유일한 광두廣頭의 소년이여! (욘은 떠나는 신으로서 애도된다. 여기 그는 가인歌人, 조인釣人, 안무인이 된다.) 천성으로 선양하고 조작造作으로 자연스러운지라, 그대가 우리에게 일시적 부담이었다 해도, 효인(Hauneen) 젊은이여, 나는 그대에게 긴 석별의 정을 보내는지라, 우리의-예수-크리쉬나여! 커다란 기쁨 주는 그대의 배달소식을 우리의 절대무만착애우편(nevertoolatetolove) 함에 너무나 자주 위탁하는 그대, 그대의 방금 명

멸광明滅光 자주개자리楂를 우리는 결코 다시 볼 수 없으리라. 세상에는 죽음의 천사에 의하여 아직 요구되지 않은 다수인들이 있도다. 그리하여 그들은 그들이 자신들의 이 지구를 결코 떠날 수 없도록 천상영령에게 열렬히 기도할지니…

【462】 (떠나는 죤은 진실로 이씨를 위해 성찬식례聖餐式禮하도다.) 자 그럼, 신사 및 숙녀 여러분, 애란이여 건배할지라! 죤은 이씨에게 울지 말도록 타이른다. 성星 에스털레스여, 손나타운이 패 할지라도 그대 울지 말지라! 사랑의 젊은 포주泡酒를 휘 젓기 위해 나는 이 혼婚굴레의 컵 샴페인(성찬 주)과 경쟁할지니, 그리고 나의 반짝이는 이빨이 그녀의 유두乳頭를 꼭 물고 있는 동안, 나는 맹세하나니, 나는 그대의 애호에 결코 부실함을 증명하지 않을 것임을.

젊은 사랑의 거품 술을 휘 젓기 위해 나는 이 굴레 신부新婦의 컵 샴페인을 기울지니, 그녀의 숨바꼭질 쌍 유두乳頭로부터 광감로光甘露를 삼키면서, 나의 눈처럼 하얀 가슴에 꼭 안긴 채 그리고 나의 반짝이는 지혜의 진주眞珠 이빨이 그녀의 유포乳泡의 유두를 꼭 물고 있는 동안 나는 맹세하나니(그리고 그대를 맹세하게 할지니!)

고로 안녕, 나의 가련한 이씨여! 그러나 나는 그대의 위안을 위하여 나의 사랑하는 대리자 무도남 상실 대이브(셈)를 뒤에 남겨두고 떠나는지라. 그는 빵 껍질의 파편에 친족 간 무단히 도착할지니, 그는 내가 여태껏 휘두른 최강의 필산筆傘이라, 의혹의 그림자를 넘어서! 그러나 조용히! 나는 전율하도다! 여기 그(셈-대이브)가 왔나니! 저 사나이를 볼지라, 주만보혜사走晚保惠師의 귀환을! 나는 알았노라, 내가 마늘(불멸의 상징) 파 냄새 맡았는지를! 그런데, 나의 스위스를 축복하사, 여기 그가 있나니, 사랑하는 대이브(Dancelete Dave)는 보혜사保惠師인 성령과 동족이요, (최후의 만찬에서 그리스도로서 죤, 셈은 그를 뒤따를 보혜사 격) 그(셈-대이브)는 순수 정령의 불에 의해 무아경인이 되었도다. 마치 묘구생描九生 마냥, 바로 때맞추어, 마치 그가 우주에서 떨어진 듯, 평복으로 온통 치장한 채, 사순절의 환륜차를 타고, 우리의 산들에로, 그의 프랑스의 진화혁명 뒤에. (이는 사순절[Lent]의 시작 전날인 성회화요일[Shrove Tuesday]에 대한 언급으로, "프랑스 혁명"은 사육제의 향연의 날인 식육참회[Mardi gras]에로 변질되었다).

【463】(존이 솀에 관하여) 대이브(솀)는 존의 분신이나니, 존는 이씨에게 그의 비난 성을 토하기도 한다. 여기 대이브는 햄릿의 오피리아에 대한 신세를 암시한다. 팻(Pat)의 돼지처럼 얼굴 붉히면서, 그 자는 자신이 20년 연보를 나타내는 표창장을 오른 손에 갖고 다니는 것을 부끄러워하지 않는지라. (20년간의 성 패트릭의 수련기간에 대한 인유, 그의 역할은 여기 성령의 그것과 동일하다). 그 자(솀)는 우리의 은밀한 닮은꼴이니, 나의 축소판의 자아요, 나처럼 로미오의 코 모양을 하고 있도다. 영원토록 둔사를 자기 자신에게 지껄이면서, 저토록 경쾌하게, 그는 여느 활발한 소녀의 웃음 짓는 양 뺨에 이슬의 눈물 사이 장미 빛의 얼굴 붉힘을 이내 들어낼지니. 그는 신기한 생각을 품고 있는지라. 그리하여 그는 때때로 기묘한 어물魚物이나니, 그러나 나는 터무니없게도 저 외래인 생각으로 만복한지라. 유일 산양에 의하여 득得되고, 꼭 같은 유모에 의해 젖 빨린 채, 하나의 촉각, 하나의 천성이 우리를 고대 동족으로 삼는 도다. 나는 그의 특허 헨네씨(이단)에 대하여 그를 혐오하거니와, 하지만 나는 그의 오랜 람 주酒 빛의 코를 사랑하노라. 그는 자기 앞의 모든 것을 차입한 다음에 모든 고명한 애란 인을 접하고 있지 않은고? 그는 노령老齡해 보이는지라, 또한 쇠하여, 자신을 훼손해 왔나니, 그러나 나는 아무 말도 건네지 않는 도다. 그가 콜레라에 걸리지 않기를 희망하나니. 거기 확실히 단순한 도전을 위해 촛불을 붙들어 줄 자 아무도 없도다!

【464】존은 대이브(솀)을 환영하고 그의 지력을 자랑한다. 그들 두 사람은 가장 밀접한 친구나니, 후자는 검은 눈 안대와 숫양 턱수염을 하고 있다. 마치 조이스 자신처럼). 대이브는 세계의 방랑자이다. 그(대이브)는 알고 있는지라 내가 저 지적채무자知的債務者를 어느 하인何人보다 최고의 존경을 품고 있음을. 그리하여 우리는 가장 밀접한 단 짝 친구로다. 호, 성스러운 뱀에 맹세코, 누군가가 그를 말끔히 면도해 버렸나니! 그가 자신의 고모를 벗자 그의 뒤의 팬들로 하여금 나를 타당하게 보도록   던 거로다. 그는, 자신이 술 취하지 않을 때, 대단히 사려 깊은지라. 그대가 그의 우골을 딸까닥 소리 내는 걸 들을 때까지 덤벙대지 말지니! (존은 무도남 대이브[Dave the Dancekerl]를 환영하기 시작한다) 그대 귀환을 환영하는지라, 착모 할지라! 그대의 손을 여기 내놓을지라, 만사는 어떠한고? 나는 그대를 자랑하노라.

【465】 존은 자신의 숙모에게 데이브(셈)와 이씨를 소개했나니. 그대에게 소개할지라. (여기 서술에서 셈, 이씨 및 존은 다양한 인칭(그대, 우리, 그이, 그녀, 나)으로 서로 혼용된다). 이것은 나의 숙모 주리아 브라이드(존은 셈을 그의 숙모 Julia Bride에게 소개 한다. 이는 성 패트릭이 아일랜드에, 성령이 성당에, 소개되고 있음을 암시한다). 그녀는 자신의 숲이 우거진 삼각곡三角谷 속에 그대를 고달프게 하고 싶어 죽고 못 사는지라. 당신(숙모)은 저이를 인식하지 못하나이까? 자 서둘지라, 불행 독녀女여, 그대(이씨) 솜씨를 보일지라. 소심하게 부끄러워 말지니, 사내여!(셈) 그녀는 우리 양자를 위하여 다량의 방을 지녔나니, 밀고 나가라! 재미를 볼지라. 나의 솔직한 자극에 그녀를 숫기 없이 포옹할지니 그리하여 내가 그녀의 안부를 묻고 있음을 말할지라. 우리로 하여금 성聖하고 악惡하고 그녀로 하여금 금지金枝 위의 평화되게 할지라. 확실히, 우리가 다 함께 마사 소년이었을 때, 그녀는 그대의 고삼엽固三葉의 사진(성 패트릭의 3부로 나누어진 생애, 즉 2위 1체론, 교황의 삼중관)에 황홀했나니. 언제나 헛소리에 날뛰면서, 얼마나 우리는 달팽이-매자魅者의 주름을 지녔던고. 요구하면 가지는 법. 그녀를 가질지라! 나는 3실링을 줄지니, 마치 그녀가 십자가상인 양 그녀를 자유로이 그대가 전신 키스하는 것을 숨기기 위하여. 그대는 완전한 걸 맞는 상대가 되려니. 또한, ((햄릿)에서처럼), 여기 존-레얼티즈는, 그의 초기의 충고를 번복하며, 이씨-오필리아에게 셈-햄릿에 대하여 주의하도록 타이른다. "꼬부랑 머리 시인이… 읊었듯이…오필리아 될지라. 햄릿 될지라. 교황 재산음모 될지라. 요크 왕가와 랭커스터 왕가 될지라. 냉冷(쿨) 할지라. 그대자신을 무크 서鼠(쥐) 될지라… 백조의 길을 살필지라." 존은 안내자로서 셰익스피어의 말을 쓰고 있는 듯하다. "꼬부랑 시인"의 "백조도" 등.

【466】 존은 이씨에게 셈과 서로 즐기고, 그에게 키스하여 노래 부르도록 권장한다, 또한 존과 셈은 "우리"로 합치 된다. 그리하여 나의 영웅이여(여기 존은 셈을 영웅이라 부른다), 이씨와 셈은 단짝 친구가 될 수 있도다. 저런, 그들은 부귀父鬼요 마미魔謎일지니! 우리에게 그녀를 위해 핀을 주면 우린 그걸 동전던지기라 부를지라. 그대 위치를 역전할 수 있는고? 주변의 모든 자리座는 모두 내 것으로 삼을지니. 나는 그대가 부패될 수 있음을 느낄 수 있도다. 퇴각할지라. 나는 그대가 의념疑念을 싹 틔우고 있음을 볼 수 있나니. 뒤로 물러날지라―나의 영웅이여! 만일 그대가 여인을 득하기를 원하면

그녀가 바라는 모든 것을 껍질 벗길지니! 그대는 자신의 하프를 가지고 작은 앙코르를 감언유곡ㅐㅑ誘曲할 수 있는 고, 헤이? 만일 고무되면, 그는 언제나 노래하기에 너무나 공을 들이는지라. 그리하여 조화의 제이第二를 탄쾌彈할리로다. 그대의 덤시 디들리 덤시 다이에 맞추어, 피들 현악기 화. 우리는 찢어발길지니, 그런 다음 단짝 친구 될지라—젠장, 그의 아일랜즈 아이(Ireland's Eye)(애란도) 속에는 그렇게 많은 녹綠은 없나니! 그러나 그는 그와 같은 목소리로 핵核에 가까울 수 있으리라.

【467】 존은 셈에게 구두를 빌려주었다. 그리하여, 년이年耳에 구멍, 하늘의 반사처럼 신발은 물이 세고 있었나니. 그러나 나는 그에게 말했도다. 그대 것으로 만들면 괜찮을 지니 장군에게 갈지라, 그러하면 나는 그대를 위해 참회를 기도하리라. 존은 그에게 심지어 이씨를 포옹하고 범하도록 권한다. "포요抱腰할지라…키스하는 것은 혈홍수 전이요 되풀이 입맞춤은 커튼 뒤일지니. 셈은 나(존)보다 기적을 행사하는 법을 수마일 더 잘 알고 있도다." 그리고 존은 벨리츠 학교(조이스 자신이 글을 가르쳤던것)에 대하여 언급하기도 한다. 내가 없는 동안 셈은 이씨에게 음악을 조율하리라. 셈의 그가 짖는 개의 소리는 아직 있지만 어금니 소리는 사라졌도다. 즉, 그는 가락이 맞지 않게 노래한다.

그대(이씨)는 셈의 낮은 목소리에 저 우려의 표현을 눈치 챘던고? 그대는 그가 자기 자신에게 설교하고 있었을 때 방울뱀 소리 내는 것을 들었던고? 교수형 당한 나의 노부老父의 숙부, 카이어스 코코아 코딘핸드는 나의 숙부의 도매상인, 우울프 우던비어드와 함께, 내가 양羊 갈비와 새우를 먹듯 활발하게 일본-라틴어를 띄엄띄엄 말하곤 했는지라. 그러나 그건 내게는 모두 희랍적이도다). 여기 존-멀리건은 그가 제령諸靈 [All-Soul. Emerson의 대령大靈(All-Soul과는 다른)과 더불어 형이상학을 말할 수 있었던 한 조상을 가졌었다고 말하고 있다. 그러나 그것은 그에게 온통 희랍적이다.

셈은 기적을 행사하는 법을 나(존)보다 훨씬 더 잘 알고 있도다. 그리하여 나는 그가 개선하고 있는 것— 말더듬을 얼결에 내고 있는 것을, 보나니. 그것은 한 얼뜨기를 애써 키우려고 노력하며, 그의 발(feet)과 우리 것들 사이에 대양大洋을 두고자 그를 묶어 둔 이후였나니—그것은 그가 과거분사의 죄 때문에 벨리츠 학교에서 탈모(약탈)당하고, 성당(차프린)을 농락하거나, 스위프트, B.A.A.처럼 눈치 없는 자가 되는 평판을 얻은 다음의 일이었도다. 그(셈)를 송送한 것은 학사사각중정學舍四角中庭(대학의 중전) 그리고 또한 트리니티 대학이었나니. 그는 그대(이씨)를 위해 그대의 애란이愛蘭耳를 이내 곧 조율調律하리라. 내(존)가 멀리 떨어져 있는 동안, 나의 영국 대중의 메모를 쓰면서 그리고…

【468-469】 존의 최후 고별사

【468】 이어 존은 이씨에게 셈의 유학시절에 대해 언급한다. "나의 숙박소업을 산계하면서, 나의 신체검사를 받으면서."

그리고 그는 섹스에 대해 그녀에게 충고한다. "애초에는 행위가 있었나니," 그는 정당하게 말하는지라. "왠고하니 끝은 말-없는-육체, 여인과 함께 있도다, 한편 남자는 (성교)이전보다 이후에 보다 나쁜 경우에 있나니, 여인은 반듯이 누운 채 남자를 위해 남근을 만족시키기 때문이라! 그대는 하찮고, 경박하며, 심각했도다. 스미스 양(이씨의 별칭), 그런고로 그대는 자신을 예쁘게 정장할지라. 그대가 하리라 보여주면, 그이는 의지意志하지 않겠는 고! 그의 청취는 의문 속에 있나니 마치 나의 시견視見이 신중하듯. 그런고로 공점空點까지 그를 지탄하여 그대가 불완전 영어를 말하는 곳에 그로 하여금 자기 자신을 위해 눈 깜짝이게 할지라. 그대는 내가 의미하는 바를 느낄지니. 다정한 명명자여, 그대가 슬치膝恥의 키스를 나무라는 것을 나로 하여금 결코 보지 않도록 하라!

(이제 여기 화자가 개입한다.) 메아리여, 종말을 읽을지라! (Echo, read ending!) 극장 막幕을! 이 참여(개입)의 구절은 천둥과 번개의 시련으로부터 꼬마가 태어나듯, 존은 이별의 수난을 겪어야 한다.

이것이 존 자신의 마지막 연설임을 선언하면서, 그는 배뇨하기 위해 자리에서 일어나야 한다. "자, 나는 시간이 끝날 것임을 듣나니(Well, my positively last at any stage), 지금은 일어나 완보緩步할 시간임을. 나의 중간 발가락이 가려운지라, 고로 나는 화장실에 가야하도다. 시비時飛 박자는 안절부절이라." 이 오두막은 이제 나에게는 충분히 크지 않다. 그는 빌린 날개를 타고 떠나려 애를 쓰지만, 실패한다【468-69】.

【469-673】 성 브라이드 학원의 소녀들. 존의 유령-혼에게 작별을 고하다.

【469】 그리하여 이씨의 양 젖통 사이에서 심야의 달이 희롱할 때, 존은 멀리 떠나 도다. 그는 또한 ALP의 상봉을 예측한다. "그녀의 조가비 속에 잠든 작은 인형(딘키 돌 [ALP] 주위를 순항했던 저 언덕 같은 포경선을…" 그리고 염수가 그의 안내역이 될지 라. 이제 그가 떠남은 유감. 대지의 속보여! 태양의 절규여! 대기의 지그 춤 이여. 강유 는 위대하도다! 어딘가 애란의 해안으로부터 나는 멀리 떠나가야 하는 도다, 내가 어 디에 있든 간에. 나는 공허의 세계 너머로 여행할지라. (그는 갑자기 넘어지자 다시 일어난 다.) 나는 그때 교묘하게도 상처를 입었나니! 오라, 나의 개구리 행진 자들이여! 우리 는 추락을 느꼈는지라, 그러나 우리는 모독을 대면하리로다. 나의 노모(ALP)는 달리 는 강물이 아니었던고? 그리하여 그녀를 급하게 한 결박 자는 해탄海誕의 핀갈(질풍)이 아니었던고? 질풍 승선할지라, 염수가 나의 연부戀婦될지니. 유도할지라, 매카담(포장 도)이여, 그리하여 린더프(흑지黑池) 정停을 처음 보는 자를 감사할지니!(셰익스피어의 맥 베스가 맥다프에게 하듯) 솔로, 솔론, 소롱(안녕)!(Solo, solone, solong!) 여기 나 출발하는지 라. 지금 당장 아니면 부결否缺이나니, 감아甘兒여! 시간은 적행敵行이라! (Here goes the Enemy!) 하나, 둘, 셋 ― 그대 나의 연소燃燒를 살필지로다.

(존의 출발. 다시 화자의 개입. 가련한 우체부 존의 가두연설이 끝난 다음에, 이제 29명의 소녀들이 그 의 출발을 돕는지라.)

가련한 우장담가郵壯談家(존)의 마지막 불꽃 없는 말들이 끝난 다음, 희롱 날개를 지 닌 28 더하기 1녀들이, 만일 그가 도약하면 갈채할 것이요 혹은 만일 그가 넘어지면 저주하려고, 준비했는지라, 그러나 유람 버스를 탄 지품천사들의 직접적 모든 시도를 격퇴하도다.

【470】 더할 나위 없는 무無로서, 우리의 크게 오해받은 위인爲人은, 우리는 감지했 거니와, 어떤 종류의 헤르메스 같은 찌름(자극[159] 혹은 급히 관심)을 보이는 흥분을 스스로 드러내는지라, 이는 마법처럼 작용되었거니와, 한편 용설이월溶雪二月의 딸들의 방진 方陣[160]은, 매복埋伏된 채 기어오르면서, 어정버정 거닐거나 흐느끼는지라, 자신들의 공

동집전公同執典 받는 진중진야陣中眞夜 해 바라기[161]요, 여명당원[162]인, 그들의 암야음暗夜陰의 위광慰光[존] 위로 눈물 속에 슬심낙하膝深落下함으로써 자신들의 관례의 태도를 인정했거나니, 그리하여 자신들의 뚝딱 뚝딱 손의 철썩 철썩 일제히 경쾌하게 절벅절벅 소리 내었나니, 그러자 그때, 진정한 비탄의 외마디 아우성과 함께, 그토록 귀엽게 혀짤배기로 훤소喧騷[163]로, 모두들 그를, 의자義子요, 자신들의 애자愛子를, 멀리 멀리 견송見送했도다.

29명의 소녀들이 존의 이별을 애탄하고, 그러자 존은 마치 오아시스(Oasis) 신처럼 하늘을 오르려고 시도한다. 이어 화자의 재 개입, 소녀들의 이별의 연도連禱가 존을 애통해한다. 십자가 위의 그리스도를 애통하듯, 이들 딸들은 존을 예수-구세주로 신뢰하고 있다. 이 연도에서 나무들이 존과 비유된다. 그러나 이때 한 가지 "가장 이상스런 일이 발생했나니," 존은 트럼펫을 불며, 자신에게 우표딱지를 붙이고, 자기 자신을 우송하며, 암말을 탄다. 그리하여 리피 강을 하류하자, 소녀들은 평화의 손을 흔든다.

(화자의 개입. 한 가닥 호의의 꿈, 그녀들은 비탄한다. 존에 대한 소녀들의 연도; 그는 나무들로 비유된다.)

오아시스, 삼목杉木의 무성귀향茂盛歸鄕의 엽지하오葉肢下午여!
오이시스, 탄식의 냉冷사이프러수목樹木 산정山頂이여!
오아시스, 최종려最棕櫚의 무성귀향의 환영일일歡迎日日이여!
오이시스, 젤리콜의 환상적 장미도薔薇道여!
오아시스, 신엽新葉의 공광가空廣歌의 야영성野營性이여!
오이시스, 프라타너수림樹林의 로착신기루露着蜃氣樓 테니스유희遊戱여![164]
피페토皮廢土여, 파이프적타笛打는 비침을 부지不知했도다![165]

[처녀들의 연도에 이어, 존은 현장을 떠난다]

한편, 파이프적타笛打(존)는 비침을 부지不知했도다!

그러하나 그때 가장 이상스런 일이 발생했나니.

바로 그때 나는 보았거니와, 존은, 자신이 이류을 위하여 후황급後遑急하면서, 비탄자들 사이에서 낯익은 황색의 딱지(레테르)를 모으는지라, 그 속에 그는 한 방울 눈물을 떨어뜨리나니, 저주를 묵살하고, 너털웃음을 질식한 채, 객담적으로 침을 뱉으며 트럼펫을 불었도다. 그리하여 다음의 일은 그가 배면을 침으로 핥고, 난형의 기장(배지)을 자신의 이마에다 진정한 예기로서 스탬프 붙이나니. 평화소녀平和騷女들은 역방향逆方向으로 자신들의 수완평화협정手腕平和協定을 맺었나니[166].

【471】 이어지는 29소녀들의 29가지 평화의 노래.

그러나 존은 자신의 체구의 균형을 스텔라와 베네사 사이에 바로 잡으면서, 비틀비틀 쓰러졌도다. 볼사리노 모帽를 사랑의 돌풍 속에 휘날린 채 (동산취득자에게 수상!) 단독으로 재차 새 출발을 하나니, 그리하여 적두赤頭의 존, 뒤를 추적하며, 속보로 급히 떠났는지라(무두가 각득脚得할지라!).

스타디움 교각 곁을 숙녀 성城(래이디캐슬) 저쪽으로, 이어, 돌풍의 개처럼 풀려난 채, 자신의 풍향을 향해 쳐든 손수건의 파도와 더불어, 그리고 모든 값진 선물의 폭풍을 새우 망網의 깔때기 속으로 가득 채우면서, 민족의 공도를 따라, 애란 단독으로, 그는 재빨리 자취를 감추었도다. 여기 존의 떠나감은, 마치 〈율리시스〉, 〈키르케〉 장말에서 "시민"의 공격을 피해, 주막으로부터 도망치는 블룸의 출애굽을 연상시키는 서사시의 익살 문체를 닮았다. "우유 빛 하얀 돌고래가 그의 갈기를 바람에 나부꼈는지라…저들 자발적인 요정들, 불사의 자매들이 그리고 그들은 동그라미 거품 속에 희롱하면서, 그리고 돛단배는 파도를 갈랐나니라"【U 280】. 이는 또한 블룸이 리피 강속으로 떨어뜨린 꾸겨진 종이 배(엘리아)가 루프라인 다리(더블린 중심부의) 아래를 파도 타면서 동향東向하는 그의 출범을 연상시킨다. "한 조각배…엘리아가…교각에 부딪히는 급류를 쏜살같이 타면서……선체의 닻줄을 지나 동쪽으로 항해했다"【186-87】.

한편 그 사이 시커슨은, 고뇌로 가득 찬 채, 중얼거렸나니. **어디에 변덕쟁이(구더기) 하비 무릎을 꿇었던고, 금궤부대여? 앤드류가 꾸꾸꾸 구명鳩鳴으로 돈모豚母여 안녕히!**

(화자는 죤[이제는 욘]의 출발을 결구한다. 작별).

자, 선민들이 그대를 속행하게 하옵시기를, 전원田園의 욘(죤)이여,

【473】 이상의 출발 구에서 보듯, 날씨는 이미 "암울의 음산한 불투명이" 살아졌다. 그것은 태양의 낮의 부활에 의해 대표되는, 죤(욘)의 귀환의 약속으로 끝난다. 망명자로서 죤은 솀이요, 아일랜드의 합장合掌 속에 의기양양하게 돌아오니, 죤은 재삼 솀이 된다. (비코의 반대의 일치) 죤은 자신의 시민전쟁 뒤에, "기도의 하파두를 타고 진군 귀향할 때," 그는 욘이요, 솀이며, 숀이나니, 그들은 자신들의 부활절 봉기를 다 같이 즐길지라.

불사조는, 방첨탑 위에서 불타며 하늘로 솟으며, 죽음 뒤에 자신의 부활에 정성을 쏟는 동안, De Valera【473.8】의 "악마기"(devil era)는, "스핑크스의 불꽃"의 한계 너머로 부활을 가져오며, 아일랜드 역사의 1916년의 부활절 봉기(the Easter Rising) 및 독립 애란 공화국의 기초를 다듬는다. 〈사자의 책〉에서 따온 "Bennu bird"는 불사조 또는 "신조新鳥"(new bird)이요, ben은 헤브라이어의 아들이다. "*Va faotre!*"는 숀의 "Fik yew"(프랑스어의 *foutre*)의 메아리일 뿐만 아니라, 브리타니어의 Va faotre인, "나의 아들"이다. 아침의 수탉이 동을 깨우는 "울음을 터트릴 때," "광파급조식운반자"인 욘은 이내 〈율리시스〉에서 스티븐 데덜러스의 마왕 Lucifer(악마기의 빛을 나르는 자)이요, 몰리의 아침 식사를 접시위에 나르는 블룸(Bloom), 즉 "경조식운반자"가 된다. 이 최후의 고무적 구절은 이 장의 총괄을 장식한다.

한 망명자로서, 숀은 솀이다. 아일랜드의 갈채에로의 승리의 귀환하면서, 솀은 숀이 될지라. 죤니는 행진하여 귀가한다. 그의 시민전쟁 다음으로, 그는 욘 혹은 솀과 숀이라, 그들은 함께 부활절 분기를 즐기리니. 모든 이것이야말로, 이 최후의 페이지는 이 장의 최후요 가장 중요한 페이지이다(틴달 247).

소녀들은 숀을 애도하는지라, 왜냐하면 그들은 그들의 애자가 그들을 떠나는 것이 슬프기 때문이다. 1928년 8월 8일자의 해릭 위버에게 보낸 조이스의 서한에 따르면, 소녀들은 레바논의 마론파 기독교도들로부터 차용한 연도를 사용하거니와, 소녀들의 각자를 위해 하나씩, 애도의식哀悼儀式에서 29개의 단어들을 지닌다. 의식 그것 자

체는 손을 일련의 사랑스런 나무들로서 고양하면서, "전도서"의 경외서로부터 도래한다【24:17-19】.

손이 떠나기 시작하자, 소녀들은 몇 개의 불이해의 언어들로 평화를 위한 29개의 다른 단어들로 외친다【470.36-471.5】.

(평平프리다! 평平프레다!⋯)

　　【471】평平파짜! 평平파이시! 평平아이린! 화和아레이네트! 화和브라이도매이! 화和벤타매이! 화和소소숩키! 평平베베벡카! 평平 바바바드케씨 ! 평平규구구토유! 평平다마! 화和다마도미나! 화和타키야 화和토카야! 화和시오카라! 평平슈체릴리나! 평平피오치나! 평平퓨치나! 평平호 미 호핑! 화和하 메 하피니스! 화和미라! 화和마이라! 화和소리마! 평平샐미타! 평平새인타! 평平새인타! 오 피시평화!),

조이스는 기록하기를, 이러한 일련의 평화의 부르짖음은 1918년 11월 11일, "세계 제1차 대전"의 휴전에서, 세계 주위에 공명되었다 한다.

그러자 손은 떠나기를 시도하지만, 단지 강 속으로 추락한다. 이것은 그의 두 번째 추락인즉, 그는 이제 이중으로 '추락한 인간'인 것이다.

　　【473.25】손의 퇴거, 빛의 전진, 화자의 결구

손(손)은, 이제 혼(Haun)이나니―그는 시야에서부터 사라지고 있다― 그는, 많은 선의의 욕망과 더불어, 냉소적 화자에 의해 다정한 작별을 고한다. 기나긴 밤은 낮으로 이울어지고 있다. 화자는 솟음의 상징인, Bennu 새인, 불사조로서, 손의 일어남을 예언하고, 밤이 끝남을 주석한다【473.16-20】. "명멸의" 단어의 "탈저멸"脫疽滅【473.20】의 교류는 화자가 태양은 더블린의 동쪽으로 500마일 떨어진 스페인에서 이미 솟았음을 기록한다. 태양의 충분한 솟음과 새벽 수탉의 꼬끼오 울음은 여기 이 장의 종말에서 대담하기 예언된다.【473.20-25】

그러나, 소년이여, 그대는 강强 구九 펄롱 마일[167]을 매끄럽고 매 법석 떠는 기록시간에 달행達行했나니 그리하여 그것은 진실로 요원한 행위였는지라, 유순한 챔피언이여, 그대의 고도보행高跳步行과 함께 그리하여 그대의 항해航海의 훈공勳功은 다가오는 수세기 동안, 그대와 함께 그리고 그대를 통하여 경쟁하리라. 에레비아[168]가 그의 살모殺母를 침沈시키기 전에 불사조원不死鳥圈[169]이 태양을 승공昇空시켰도다! 그걸 축軸하여 쏘아 올릴지라, 빛나는 베뉴 새여![170] **아돈자**我豚者여![171] 머지않아 우리 자신의 희불사조稀不死鳥 역시 자신의 회탑灰塔을 휘출揮出할지니, 광포한 불꽃이 (해)태양을 향해 활보할지로다.[172] 그래요, 이미 암울의 음산한 불투명이 탈저멸脫疽滅하도다! 용감한 족통足痛 혼이여! 그대의 진행進行을 작업할지라![173] 붙들지니! 지금 당장! 승달勝達할지라, 그대 마魔여! 침묵의 수탉이 마침내 울지로다. 서西가 동東을 흔들어 깨울지니. 그대가 밤이 아침을 기다리는 동안 걸을지라[174], 광급조식운반자光急朝食運搬者여, 명조明朝가 오면 그 위에 모든 과거는 충분낙면充分落眠할지니[175]. 아면我眠[176]. [조이스는 Maronite(기독교, 레바논의 마론파) 연도와 〈피네간의 경야〉 다른 곳에서 코러스 소녀들의 사용에 관해서 그의 의도를 세목한다.]

III부 3장 심문 받는 욘(Yawn) — 숀에 관한 심리 고고하적 심문 【474-554】

4명의 노인들에 의해 심문 받는 욘(Yawn)

심문과 집회

욘을 통한 ALP의 목소리가 HCE의 신중함을 토론하다

HCE의 소생과 증언

HCE가 건립한 도시 및 ALP을 정복한데 대한 그의 자랑

거대한 III부 3장(총 58페이지)은 두 부분으로 구성되거니와 (I) Star Chamber (성실청)星室廳(영국사: 불공평하기로 유명한 영사법원, 1641년에 폐기됨), 거대한 마스크 플레이(mask-play)로서, 거기서 HCE(Yawn)는 자신에 대한 질문을, 더 이상 피할 수 없을 때까지 멋지게 회피한다. (II) 그리고 탑 같은 Haveth Childers Everywhere의 독백, 거기서 위대한 거장, HCE는 축하된다.

다시 이를 중요 단락으로 상술하면,

A. 【474.1-532.5】 성실청 심문

【474.1】 —저底하게 장동長慟하게, 한 가닥 비탄성이 터져 나왔도다. 순수한 욘이 저底히 누웠었는지라. 작은 언덕의 초원 위에 누워있었나니, 그림자 진 광경지光景地 사이 잠자는 심혼心魂, 그의 곁에 짧은 우편 가방, 그리고 팔을 느슨히, 전통-전가-보장傳統傳家-寶杖-인, 자신의 시트론 영광수지榮光樹肢의 지팡이 곁에.

(이제) 욘(숀)의 인물은, 타이탄적 및 확장적, 야만적, 공허한, 장광설적, 그리고 감상

적이나니, 괴기한 패러디로서 그의 부친이 오래전 수립한 모형을 반복한다. 욘은 창조적이지 않다. 그는 강한 숙명적 종말 단계에 있는지라, 시작이 아니다. 그는 거대한 역사적 진전의 최후 단계를 대표한다. 그의 단계는 충분히 확장된, 지친 개화의 기간이다. 한편, 그의 세계를 가득매운 거구임에도 불구하고, 그는 영속성을 결한다. 반면에 HCE는 언제나 재차 활동적이었다. 욘은 재빨리 시들 판이다.

신권 시대의 존엄성과 귀족시대의 허세 다음으로, 욘은 선동 정치가(III부, 1장)의 솔직한 야비성을 대표한다. 가부장적 경근한 씨-뿌림 및 영웅적 군주 부처夫妻의 달가운 사랑의 유희 다음으로, 욘은 단지 호색적이요, 세심하고, 얌전한 채, 그리고 변증적辨證的, 빅토리 왕조풍의 여인-살인자인 독신자로서, 음란하고, 음침하고, 교훈벽적敎訓癖的일 따름이다 (II부, 2장). 현제의 장에서 우리는 그가 이미 지친 채, 세계의 배꼽 모양을 한(마치 〈율리시스〉 제1장의 장면인 마텔로 탑-옴팔로스-멀리건 인양), 푸른 섬인, 미드(Meath) 주의 어떤 언덕에 가로로 뻗어 누워 있다. 이제 욘으로 알려짐으로써, 그는 스스로 조상들의 무대無代의 왕조계王朝系를 완전한 멸망으로 끌어들이고 있다.

인민의 대표자들(4대가들)이 도착하여, 욘 위에 앉아 심판하기 시작한다. 그들의 조직적이요, 무자비한 심문은, (민주적 비평가들의 태도를 따라) 그의 왕계王系의 전소 역사를 불신하면서, 그의 존재 형식의 바로 근저根底까지 강제로 파고든다.

【474-77】 (4노인들) 언덕 위의 지친 욘 발견. 드러누운 자(욘)의 주위에 웅크리고 앉아, 예리한 질문들(심문)을 개진하다

【474】 이 장은 탄식으로 그 막이 열리거니와, 욘이, 마치 신화의 거인 마냥, 산마루에 낮게 누워있다. 그는 그늘진 풍경 속에 심혼의 수면으로 누어있고, 그의 외팔이 길에 지친 막대에 의해 느슨하게 배달려 있다. 한 개의 우편 부대가 그의 곁에 놓여있다. 앞서 두 장들에서 숀 또는 죤의 독백은 끝났는지라, 그러나 이제 욘(Yawn)의 방송 또는 "드라마 변증법"은 아직 끝나지 않았다. 감미롭게, 부드럽게, 낮게, 그는 한숨쉬나니, 눈을 거의 감고 있다. 한 가닥 비탄성이 그로부터 터져 나온다. 그는 박명薄明 속의 비탄하며 누워 있도다.

이때 4노인들이 그를 발견한다. 그토록 찍찍 우는 부름에 응하여 4원로원들이 그가 누워 있는 곳으로 다가왔나니, 그들은 사방에서 왔도다.

【474.16-475.17】4노인들이 그에게 다가 온다─아일랜드의 중심에로

【476】그 중 우두머리 "십장"이 손을 들어 침묵을 명한다. 4노인들은 욘 곁에 앉아 그를 심문한다. 그들 "마마누요(멍청이들)"는 약간 우둔한 자들이다. 그대 어떻게 생각하는 고 , 단지 욘 말고 누가 그들 앞에 누워 있으리오! 그는 온통 큰 대자로, 그는 양귀비 사이에 뻗어 누워있었는지라, 그는 잠들었나니.

그들은 그이 주변에 쭈그리고 앉아, 그의 비기鼻氣의 발산을 탐색하면서. 그리하여 그중 하나가 다른 하나에게 속삭였나니.

【477】서로 교환되는 질문. 그때 그들은 누워있는 욘 위로 그물을 친다. (마치 스위프트의 난쟁이 나라 백성들이 걸리버에게 그러하듯). 그것은 그가 토하는 생선숨결을 막기 위해서이다. 욘은 입을 벌리고 자리에서 일어난다. 그리고 마침내 욘은 말한다. "왜?" 그들은 욘이 누워있는 땅의 역사성을 알고 싶어 한다. 그러자 욘은 대답 한다. "―이 쪽 같은 선사적 분묘라니, 오렌지 밭." 여기 오렌지 밭은 ALP의 편지가 묻혀 있던 퇴비더미를 암시한다.

― 아아 정말, 그가 술이 취했는고? 그들은 묻는다.

― 아니면 그가 혹자의 장례를 시연하고 있는고?

그리하여 그들이 자신들의 그물을 펼치고 있었을 때 그들 사이에 동의의 한 마디 말이 있었으니.

― 착수着手할지라, 이봐요!

왜냐하면 그것은 그들의 마음의 이면에 품고 있었나니, 어찌 그들이 그런 식으로 그물을 펴야할 것인지. 한편 시간이 시간으로 이울어졌을 때, 욘 자기 자신이 삼중모음설과 장단을 맞추면서, 입을 열려고 했는지라, 황야의 이슬과 달안개가 자신의 입 속에 녹으려고 했기 때문이라.

(심문의 1단계. 욘 자신의 말)

― 왜? 쭈그린 4자들의 하나가 묻도다.

―그것은 당신들의 세월 이전이었도다, 엎드린 존재 내부에서부터 한 가닥 목소리

가 대답한다.

— 알았소, 질문자가 동의한다, 그러나 시간의 무슨 공간 뒤에 그것이 일어났던고? 그것은 사자향獅子좁의 땅에서였던고?

질문자들 중의 하나가 그에게 재확인한다. 우리는 친구들인지라! 만일 우선적으로 그대가 상관하지 않는다면, 그대의 사적 선례先例를 이름 델지라.

— 그건 꼭 같은 선사적 분묘라니, 오렌지 밭이라. (편지와 오렌지 껍질이 묻힌 퇴비더미 【110 참조】).

【478】 욘 곁에 있는 편지 부대에는 무슨 내용물이? 욘은. — "기백만…나의 사랑하는 애자를 위하여"라고 대답하는데, 이는 이씨를 마음에 두고 있는 듯하다.

이 분묘 속에는 애자를 위해 우뢰(Thunder)가 보낸 편지들이 들어있도다. 여기 내이야기를 들을 수 있는고, "타이페트(애인)!"

다른 심문자가 화제를 바꾼다.

— 한층 집 가까이 느끼기 위해, 그는 말한다, 나는 우리의 당나귀-통 역사에 의하여 들은 바인지라, 비록 세속의 군주를 서술하는 그대의 토착 언어에는 꼬박 606개의 단어들이 있긴 하지만, 정신 주체성을 의미하기 단 한 마디의 누곡어淚谷語도, 뿐만 아니라 우리를 구원으로 인도하는 여하한 길도, 없는지라. 그게 경우인고?

— 어째서? 욘의 목소리가 대답하며, 프랑스어로 계속한다. 당신. 그건 그럴 수 있을지라. 그럼에도 불구하고, 나는 들판에서 클로버-열쇠를 발견했도다. ("Clover"에 상응하는 독일어는 Klee이요, 프랑스어의 cl'e는 "key"이다). 성 패트릭은 그가 들판에서 뜯은 삼록 (클로버)을 보임으로써 아일랜드를 3위 1체의 믿음으로 개종시켰다. 패트릭 및 하나의 참된 성당의 대표자가 되려는 욘의 요구는 잇따르는 페이지들에서 개진된다, 즉, Trinathan partnick. 욘의 클로버-key-패트릭-Trinity-트리스탄-동질적 HCE.

그가 누군지 질문을 받자, 목소리는 욘을 대답하게 한다. "삼위 패트릭 여신증여자者."(Trinathan. 3위1체의 조나단[trinune Jonathan]. Partnick. Patrick part Nick. Dieudonnays. 하나님에 의하여 증여 된). 그리하여 이 이름을 준 다음, 목소리는 묻는다. "그대는 나의 유일애자를 본적이 있는고? 타이페트(애인), 나의 지촉각指觸覺 오!"

그들은 용이 방금 부父 토탄연기(파더릭)에 속하는지 어떤지를 알기를 요구한다. (앞서 3)의 "peatrick; 늙은 아일랜드, 아브라함의 가슴", 그리고 그가 추운지를. 그러자 심문자 하나가 말을 가로 챘다. "나는 누구보다 저 장소를 잘 아는 도다. 확실히"

【479】 욘은 자기 조상의 옛 마을을 들먹인다. 나(욘)는 언제나 나의 조모 댁에 규칙적으로 가곤 했었는지라, 청춘몽향(Tear-nan-Ogre)(영원한 젊음의 켈트 땅, 아일랜드-꿈의 땅)의 나의 조모의 작은 집에 자주 가곤했도다. 그때 그 장다리 개가 짖어댔나니. 내가 과거 얼마나 풍요한지를 결코 알지 못했는지라, 거기 소요하고 소요하면서, 나의 통역사를 대동하고, 미화불가尾話不可의 저 당나귀와 함께, 해안을 따라. 이어 그는 자신이 그토록 부자인지 미처 알지 못했다고 말한다. 그러자 질문자는 욘에게 자신의 종형인 도우갈 씨(Mr Jasper Dougal)를 아는지 묻는다.

　　—나는 행위 하나니, 욘이 대답한다. (그러나 질문은 아픈 곳을 터치했도다, 주막 주는 자신의 아버지이라. 욘은 갑자기, 심문 뒤에, 다정치 못한 목적을 감각한다. 그는 두려워한다). 그러나 무엇 때문에 나를 괴롭히는고? 그는 낄낄거린다. 그는 애소한다. 제발 늑대들에게 나를 던지지 말지라! (이는 내심으로 그의 못마땅한 HCE와의 부자관계를 두고 하는 말인 듯하다).

(이어지는 긴 구절. 노인(심문자)은 욘에게 영국의 늑대, 노르웨이 선장, 무덤과 패총, 선조에 대해서 말할 수 있는지 질문한다).

　　—그런데 잠깐만(One moment now),(노인은 자신의 질문을 밀어붙일 판이다). 새들이 우리에게 알려주었나니, 시체의 매장, 무더기의 나쁜 위스키, 그리고 난처 행위의 범행에 관하여 어디에, 어떻게 그리고 언제였는지. 나는 이 청색 초호礁湖 주변에 가마우지 한 마리를 보내는 것이 흥미로울지니, 그가 무엇을 알아내는지를 보기 위해. (즉, 이 근처에 범해진 한 가지 사악한 범죄가 있었는지라, 그리고 모든 증거가 아직 밝혀지지 않았으나, 만일 우리가 그걸 발견하면, 우리는 그대의 노령의 명성에 무엇이 일어날지, 알리라 짐작한다) 그대는 나의 박우博友에게, 조금 전, 이 분묘에 관하여 말했나니. 이제 나는 그대에게 암시하거니와, 오래전에, 매장전선埋葬戰船이 있었는지라, 여지하국 행의(bound for Weisssduwasland), **바아크파스 호**(Pourquoi Pas), 결코 돌아오지 않은 우리의 배, 한 척의 오랜지 보트였도다. 뭐라! 그것에 관해 그대는 말할 건고!

(그러나 욘의 대답은 다분히 회피적이요, 엉뚱하다).

— 장의 행렬차, 분묘 운반차를 생각할지라! 용의 회피적 대답이 이어진다. 각자는 그가 진격나팔 소리를 들을 때 물러나야하도다. S.O.S. 안 될게 뭐람!

【479.17-482.5】 바이킹들과 고대 애란 역사

이 장의 특별히 역사적 부분이 초기 역사의 소명과 함께 시작되는지라, 아일랜드 인의 바이킹 침공, 원초적 아일랜드의 늑대와 여우의 활동들 그리고 스칸디나비아 인의 침입자들. 패트릭은 초조한 순간들에서 그의 특수한 부르짖음과 함께【482.5】 에서 현상을 들어낸다. "— 하얀 속눈썹과 이마즙泥馬汁이라! 대돈천식성大豚喘息 性![HCE]이나니"(White eyeluscious and muddyhorse- broth).

4노인들이 그들의 부단의 싸움들의 하나로 몰입한다【482.7-485.12】. 그러나 4자 중 1자가 독자가 작품을 통해서 물으려고 애써온 질문을 질문한다.

우리는 육담영어陸談英語를 말하는고 아니면 그대가 해독일어海獨語를 말하고 있는 고? 이봐요, 축무심자祝無心者여, 어디로 가야하는지를 아는 것이 남아 있나니? 소량 의 말도 하행시何行時에는 성가신 건고? 아는 것이 남아 있다니? 돌아와요, 악동 심술 궂게, 우여신구牛女神丘에로![177] 돌아가요, 아동兒童 소란스럽게, 나와 함께! 노령老齡 [HCE][178]의 삼우관모三羽冠毛는 어떻게 되는 건고, 나의 소년, 세세歲歲를 통하여,[179]

우리는 바다 혹은 육지에 있는고? 우리는 영어를 하거나 혹은 특수한 조이스의 언 어를 몸부림치고 있는고? 4노인들 중 1가 협조하며, 또 다른 한판의 싸움을 하는지라, 이는 상업적 중국 영어의 분출을 도출導出할 뿐이다【485.29-34】.

이 장은 운율적으로 신음하는 욘(Yawn)과 함께 열리는데, 그의 화사하고 작은 파자 마 바지가 핀으로 고쳐있는 천사를 닮았다【474.13-15】.

반막연실半漠然失한 욘(Yawn)은 비탄하며 누워 있었는지라 그리하여 (후우!) 얼마나 충기充器의 풍밀豊蜜스런 감미甘味요 (피우!), 그리하여 그건 귀 뚫는 딜시톤[180] 낙미樂味 이람! 마치 그대가 손에 그대의 둔탁직사침鈍濁直射針(핀)을 들고 천사의 어떤 토실토실한 소년담애少年膽愛[181]의 플러시천 육肉의 쿠션을 밀고 들어가는 듯 상상될지로다. 하何오우!

4노인들이, 이제는 검시관檢屍官의 배심원들이 욘에게 다가오자, 후자는 두려움과 공포로 현장을 떠나지 않고 있다. 욘은 타이탄적, 거인이다. 아담 캐드몬으로서, 그는 원죄의 아담이요, 그는 Kabbala(러시아 자치 공화국의 자치 공화국)에서, 거인이며, 우주와 더불어 공동 연금이다. 그의 추락은 인류의 크기의 감하는 존재요, 그러나 이 시점에서 그는 전체우주이다. 우리의 공포요 경회인지라—느낌표(!)의 증가적 숫자를 뒤따른, 7다른 언어로 된【475.1-2】, "공포"(fear)를 위한 7개의 단어로 표현된다. 이는 장엄에 대한 반응을 대표한다. 언어의 7가지 숫자와 느낌표는 또한 무지개의 색깔의 숫자요, 추락한 인간의 숫자이다.

거대한 우주를 명상함에 있어서 외경畏敬을 조성하는【475.12-17】, 조이스는 단어들을 지닌 위대한 화가가 되도록 자기 자신을 노정한다. 그는 별의 우주의 거장巨匠답게 그리고 생생하게 채색된 초상을 생산하는지라, 은하수에서 그 절정을 이룬다. 욘/아담 캐드몬은 여기 또한 접신론적 영계천의(Akasic) 기록을 함유한다.

야청습한夜靑濕汗을 흘리면서. 피휘공恐! 포포공공恐恐!! 포츠차포怖!!! 아갈라우憂!!!! 지쉬포怖!!!!! 파루라황慌!!!!!! 우리디미니공황恐慌!!!!!!! 그들 스스로 공포恐怖하다니 그욘가 십중팔구 도대체 어떤 급의 십자도十字道말풀이자者(크로스로워드 퍼즐라)인지 경이했는지라, 자신의 두께(후)厚를 비가산非加算하는 길이(장)長 대 넓이(폭)幅, 자신의 수數 엘[182] 척도상尺度上 다多 엘 척도, 자신의 그토록 많은 평방 야드를 지으면서, 자신의 일절반一折半은 코노트 지역의 반분半分이요 그러나 그럼에도 불구하고 자신의 전체는 오웬모어의 사분지오로다.[183] 거기 그가 누워있는 것을 그들은 어렴풋이 식별했나니, 꽃피우는 화단 위에 밧줄 마속馬束된 채, 최대한 경모직輕毛織 뻗은 채, 광수선화狂水仙花[184] 사이, 나르시스의 꽃들이 그의 각광脚光을 사족쇄四足鎖하며, 야생감자野生柑子의 후광울타리가 그이 위로 맴돌며, 쾌락주의자 에피쿠로스가 원예충자園藝充者들과 왈츠 춤추며, 청교도 새싹들이 아란 섬 추장들에게로 전진하면서. 포포공공恐恐!! 그의 운석 같은 펄프 질質, 솔기 없는 우궁홍피雨弓紅皮. 아갈라우憂!!!! 그의 무정無停의 배꼽을 지닌 운무의 공복空腹. 파루라황慌!!!!!! 그리하여 흑석류黑石榴의 효성광曉星光을 발사하는 그의 혈관, 그의 크림가加카스타드의 혜성발彗星髮과 그의 소혹성小惑星의 손마디, 갈빗대 및 사지. 우리디미니공황恐慌!!!!!!! 그의 전기취음성電氣醉淫性의 꼬인 내장대內臟帶.

아담 캐드몬은 지금까지 발생했던 만사에 대한 완전한 지식을 자기 내부에 포함하는지라. 소우주적 고대 희랍의 의론에 의하여, 모든 그러한 지식은 심지어 그가 인간의 크기로 이울어졌을 때에도, 성찰에 의하여 그에게 회득될 수 있다. 이 장에서, 우리 독자는 전 역사를 통하여, 우주의 창조로부터 도시의 창조에 이르기까지 전 여정을 부여받는다.

따라서, 우리의 서술의 지구표면에 하강하면서, 욘은 또한 호우드 언덕이요, 그것은 감퇴해가는 밤의 하늘을 통해 아련히 보여지고 있다. 작품의 이러한 점으로부터, 물리적 우주는 진실의 일광이 나타날 때까지 증가적增加的으로 가시적可視的이 된다.

B.【474.16-477.30】심문의 시작

4노인들은, 4공포의 말들을 토루(土壘)로부터 애통에 관한 일련의 불경스런 논평으로 수놓으면서, 그들의 "성실천 심문"(starchamber inquiry)을 개시한다【475.18-19】. 심미적 어부들이 욘의 거구 속으로 기어들며, 부동하는 색깔의 뻔쩍이는 그물을 펴기 시작한다【477.11-12, 19,20】. 그들의 거물을 서술하는 구절은 조이스의 가장 아름다운 문장들 중의 하나로, Eugene Field 작의 유명한 시 "인켄, 브린캔 및 노드"(Wynkem, Blynken and Nod)의 구절들 불러온다. 이 시는 잠자려가는 아이에 관한 것으로, 〈피네간의 경야〉의 II부 및 III부에서 행동이 꿈을 대표하는 것을 우리에게 상기시킨다.

> 그대 어디를 가는고, 그대 뭘 원하는고?
> 낡은 달이 세 사람들에게 물었지요.
> 우리는 상어 고기를 낚기 위해 왔지
> 그들은 이 아름다운 바다에 사노라.

우리는 은과 금의 거물을 가졌지!

C. 【477.31-478.2】 욘(Yawn)의 초기 회피

욘은 4심문자들에게 그의 답변에 있어서 회피적이다. 그러나 우리는 그의 회피성이 은전적(恩典的)인지라, 그는 "그대는 누구인고?"라는 질문에 대한 분명한 대답을 회피하는, 그의 시도 속에 물리적 및 심리적 주위를 온통 맴돈다. 처음부터 끝까지 그의 여행으로 애란의 차례를 제공하나니. 욘의 논평에 음률을 제공하는 것은 애란의 역사, 패배와 배신 그리고 고통의 슬픈 역사이다.

그러나, 그를 말함에 있어서, 조이스는 자신의 여정旅程에 애란이 차례를 제공하는지라, 즉 그것은 우리가, 처음부터 끝까지 듣는 아란의 목소리들이요, 욘의 논평에 음률을 제공하는 것은 애란의 슬픈 역사이다. 그것은, 〈율리시스〉에서, 스티븐 데덜러스가 역사를 "내가 그로부터 깨어나려고 애쓰는 몽마"【U 28】로서, 간주함을 회상하리라. 애란 역사의 슬픈 음률은 또한 토루土壘로부터 나타나는 음운적 신음을 설명한다. 애란의 역사와 단계로부터 몇몇 환영幻影들이 다음처럼 말하기 시작한다.

스위프트【478.3,5,26-27,29-30】: 스위프트는 우리가 듣는 최소의 목소리요, 이는 그의 두 소녀들인, 스텔라와 바내사를 사랑하는 기회의 잃음을 구슬퍼한다.

트리스탄【478.26-27,29-30, 34, 479.13-14】: 트리스탄의 목소리는 우리가 듣기로 프랑스어로 말하는, 제2의 것이다.

패트릭【478.26-27, 29-30, 34, 479.13-14】: 패트릭은 Fochlut의 숲에서 자신의 잃어버린 회동會同을 구슬퍼하면서, 큰 소리로 말한다. 숲은 늑대들을 불러낸다. 파넬이 인용되는지라, 그의 추종자들이 그를 늑대에게 던지지 말도록 간청한다. "─필사必死 아사我思. 폭루트의 숲 늑대들! 하고何故로 나를 괴롭히는고? 재발 12호狐들에게 나를 투축投蹴하지 말지라!"(Dood and I dood. The Wolves of Fochut! By Whydoyoucallme? Do not flingamejig to the wolves!"【479.14】.

토루는 마침내 그이 자신(파넬)과 동일시되지만, 수수께끼적으로, 파넬과 조이스 자신의 소량과 함께, 3인들인, 트리스탄, 스위프트 및 패트릭이 1인이 된다. 또한 강력한 암시가 있는지라, 숀은 "부분 닉"(part Nick)으로, 다시 말하면, 욘은, 아무리 그가 허리-행동-구조 하의 당혹을 개탄할지라도, 그의 절반 하부가 존재함을 인정받고 있다. 그러나, "dieudonny"란 말을 수수께끼인 듯하다. 그것은 뒤에 "Gottagab"라는 말로서 나타난다【490.8】. 이는 마찬가지로 "신의 선물"(gift of God)을 의미하지만, 의미는 애매모호하고 아마도 일부러 그럴 것 같다. 여기 심문자들 중의 가장 나이 많은 마태가 있는바. 그의 이름은 헤브라이어의 maattiyahu로부터 파생되었는데, 그것은 과연 "신의 선물"을 의미한다. 그러나 왜 단지 4노인들 중 하나만을?

【479.17】 욘은 자기 조상의 옛 마을을 들먹인다. 이어 그는 자신이 그토록 부자인지 미처 알지 못한다고 말한다. 그러자 질문자는 욘에게 자신이 종형인, 도우갈 씨(Jasper Dougal)를 아는지 묻는다.

―내[욘]는 언제나 제4일에는 거기 나의 조모의 장소에 규칙적으로 가곤 했었는지라, 청춘몽향靑春夢鄕,[185] 서부의 나의 작은 회색의 집,[186] 매이요 주 안에 또는 근처 그때 그 장다리 개(견)犬가 짖어댔나니 그러자 놈들이 변경을 가로질러 달리거나 뛰쳐나가려고 가죽 끈을 잡아당기고 있었도다. 구각龜殼에 한 금金기니. 윙윙! 윙윙! 워윙! 터커로우까지 나를 따라와요![187] 그곳은 클레어 굴(려)蠣의 명소인지라, 폴두디,[188] 콘웨이 주州! 나는 또 다른 이야기처럼 황서풍荒西風의 황도대[189]에서 얼마나 풍요로운지를 결코 알지 못했나니, 어슬렁어슬렁 소요 그리고 소요하면서, 나의 통역사,[190] 미즈 마벨을 대동하고, 미화불가尾話不可의 저 당나귀와 함께, 해안을 따라. 그대는 나의 종형제, 산상山上 묘정錨亭을 가진 자스퍼 도우갈 씨氏, 목사의 아들, 대주통大酒桶의 재스퍼, 패트 하여호명何汝呼名을 아는고?
―필사必死[191] 아사我思. 폭루트의 숲 늑대들![192] 하고何故로 나를 괴롭히는고? 재발 12호狐들에게 나를 투축投蹴하지 말지라![193]
― 흉포凶暴여인[194] 같으니 그만하면 아주 충분하도다! 늑대 정도로는!

【480】그러자 누군가가. "─이제 아주 그만…덴마크의 땅으로부터 저 황소 눈의 사나이(HCE에 대한 언급)가…"하고 욘의 부친에 대한 화제를 꺼낸다. 이에 욘은 HCE는 자기에게 양부養父일 뿐이라고 말하며, 그가 공원에서 저지른 죄는 자기와는 아무런 관계가 없다는 식이다. 모두들 욘이 여우 굴에 고착되어 있다고 생각한다. 그리하여 괴테의 시詩 레이나드 여우의 주제가 이야기된다.

─ 그의 갈까마귀 기旗가 펼쳐졌나니, 몸을 낮게 구부릴지라, 그대 세 비둘기들아! 글쎄다, 저 황갈색의 꺼끄러기 머리다발을 한 소녀를 부를지라! 랑견狼犬을 부를지라! 바다의 늑대를.

─ (심문자 왈) 이제 아주 좋아. 저 민속화民俗話는 당나귀의 이야기와 일치하도다 (이제 부친 HCE에 대한 화제). 나는 양친선兩親船의 문제와 더 나아가기를 원하나니, 날씨가 허락한다면, 저 푸른 언덕으로부터 한층 멀리, 어떤 항구로부터 그것의 출발을 토론하기 바라도다. 자 이제, 이 동서부토東西部土 위의 야밤 패총貝塚의 문제까지 이르도록. 덴마크의 땅으로부터 저 황소 눈의 사나이가 항해했는지라, 이제 내가 말하는 것을 잘 명심할지라.

─(욘 왈) 등치 큰 수페이드비어드(가래수발)鬚髮, 배반背叛의 웰즈 인人. 우리 항港의 파괴자. 그는 자신의 퀸 물을 퍼내는 삽으로 내게 서명했도다. 내가 젖 빨도록 자신의 가슴 유두乳頭를 발가벗겼나니, 보라, 크리스만(성기독남)聖基督男을! (그는 나의 진부眞父가 아니요, 양부養父인지라. 그는 자신이 여기 우리의 항구에 도착했을 때 나를 그의 가슴으로 다려 갔도다. 나는 그의 범죄에 역役함이 없나니).

─ 오, 예수叡帥(Oh, Jeyses), 멸균성滅菌性의! 독성毒性의 우물이 말하도다. 초가주매자草家酒賣者의 숙손叔孫!

─ 그는 누구인고? 이 젊은이는 하수何誰인고?

─ 헝카러스(전노거숙인)錢奴巨淑人(H) 챠일다드(C) 이스터헬드(E). 그건 그의 잃은 찬스나니, 에마니아. 그에게 이별주의離別注意. (미국의 흑인 가인 "타이타닉"(Titanic)의 메아리. 그건 그대의 마지막 여행이나니, 그대 안녕히. "Emanis". 고대 영웅들의 시대에 북 아일랜드의 수도. 심문은 HCE의 이야기에로 억지로 관통하려고 애쓰고 있다. 처음에 흐릿하고 불길한, 반 회피적 기억들에로 도달한다. 운명의, 영웅적 연관의 짙은 분위기가, 모든 기저에, 위대한 총양부總養父의 충만한 인물을 천천히 벗기려고 한다).

— 헤이(여봐)! 그대는 그대 자신의 위장胃腸을 반추反芻하고 있던 것을 꿈꾸었던고, 비난박非難拍, 그대가 저 사경고斜頸孤(고孤 레이나드)에 스스로를 빠졌던 것을? (Reineke Fuchs, 여우 Reynard, 중세의 수계獸界의 영웅. HCE의 여우 연관이 여기 확약된다. 〈율리시스〉 제9장에서 화자는 여우-그리스도와 여인과의 치정 관계를 명상한다. "가죽격자 바지 입은 기독여우(Christfox), 숨으면서…그가 정복한 여인들, 상냥한 사람들…법관의 위부인들…"(Christfox in leather trews, hiding, a runaway in blighted treeforks…Women he won to him, tender people…ladies of justices)【159】. (여우는 〈켈즈의 책〉의 퉁크 페이지의 삽화로서 나타난다).

— 나는 이제 알았노라. 우리는 짐승 순환계循環界로 이입移入하는도다. 그대는 내가 말하려 하는 것을 앞질러서 말해 버렸나니. 드래곤(용龍) 사악부邪惡父에 대한 한 아이의 사공死恐. 구운丘雲이 우리를 에워싸는 도다! 글쎄 그대는 늑대 새끼처럼 젖 빨며 살았는지라, 늑대 마냥 울부짖는 방법을 배웠도다. 최선을 다해 회상할지라.

— 늑대 새끼들이 나를 추적하는지라, 총總 무리.

— 성인聖人들과 복음자들이여! 늙은 짐승이 다시 달리도다! 핀갈 해리스 사냥을 찾을지라!

— 뭐라고? 울프강(호당孤黨)?(Qhat? Wolfgang) 와아! 아주 천천히 말할지라!

【482.5】 바이킹들과 고대의 애란 역사

이 장의 특별히 역사적 부분이 초기 역사의 소환과 더불어 시작한다. 즉, 아일랜드의 바이킹 침략, HCE의 조상의 저주, 그리고 토착민의 애란인들 그리고 스칸디나비아 침입자들. 패트릭은 초조한 순간에 특별한 부르짖음을 가지고 자신의 출현을 보인다.【482.5】, "하얀 속눈썹과 이마즙泥馬汁이라! 대돈천식성大豚喘息性이도다!"(muddyhorsebroth!)(HCE).

4노인들이 그들의 끝없는 싸움들의 하나 속으로 파입破入한다【482.7-485.12】. 이어 4노인들 중 하나가 책(작품)을 통해서 독자가 물으려고 애쓰는 질문을 묻는다. 우리는 영어를 말하고 있는 고? 혹은 "아니면 그대가 해독어海獨語를 말하고 있는고?"【485.12-13】. 우리는 바다에 혹은 육지에 있는고? 우리는 영어를 말하고, 혹은 특별한 조이스식의 언어를 버둥거리고 있는고? 그러자 4노인들 중 하나가 스스로 협력하여 일하거나, 질문의 또 다른 차례를 시작하는지라, 그것은 그러나 단지 상업(pidgen) 영어의 하나를 인출할 뿐이다【485.29-34】.

욘. "존부, 존자." 욘. "마다스 왕은 꿰찌르는(퍼씨) 장금이耳金耳(오레일)를 지녔도다…" 여기 욘이 HCE에 대하여 언급하는 Midas와 O' Reilly에서 Midas 왕은 당나귀 귀를 지닌 비밀의 장본인. 그리고 앞서 이미 언급되었다시피, O' Reilly는 Hosty 작의 퍼시 오레일리의 민요의 주인공으로 집게벌레라는 뜻이다. 둘 다 나쁜 이미지를 품고 있다. 욘은 재차 말한다. "버스 정지점, 루카스와 더블린 환상선! 음문陰門! 음문!" 여기 음문은 ALP와 연관된다. 누군가가 (4인방 중 하나인), 맥도갈에게 말을 건다."

  ─맥도갈, 대서양의 도시…그대의 펼친 독수리를 조종하여 역할을 다할지라. "이어 그레고리가 욘의 대형對型인 케빈(셈)에 대하여 질문한다. "─우리의 지방원죄후계와 중위압낙원에로 이가할지라." 이에 맥다갈이 말한다. "─혹시 내가 시성諡聖된 성인聖人을 안다면? 그는 마치 기도하듯 수분동안 침묵을 지키나니…" 이는 케빈(셈)에 대해 언급함으로써 여기 쌍둥이의 주제를 부각시킨다. 이어 4인방 모두들이 암탉이 파낸 편지에 대하여 욘에게 질문한다.본래의 장소, 그의 언어, 그의 가족, 셈, 그의 부친에 관해." ─글쎄 남南이니. …거기 근원적으로 습독을 발견한 것은 시인(셈)이라. 그것이, 우리의 살인(켈즈)서書가…분변종말론糞便終末論이 요점이도다…" 여기 셈은 케빈의 역할 속에 원고를 발견한 공로를 샀었다. ALP의 편지에 대한 언급과 함께, 그의 발견은 원인과 결과이다 (편지에 관해 묻자, 그것은 위조품이요, 누군가가 역환逆換(inversion)을 발견, 즉 원인은 결과라고 말한다). "우리는 결과를 야기하는 유발적誘發的 원인… 성부, 성자 그리고 성령을 의미하나니, 그리고 청정성령淸靜聖靈이여!"
  ─ 조용히 그의 이름을 숨 쉴지라?
  ─ 미다스 왕은, 꿰찌르는(퍼씨), 장금이耳金耳(오레일리)를 지녔도다. (그는 당나귀 귀를 갖았었다. 그의 이발사가 조심스럽게 이 경계의 사실을 땅의 한 구멍 속에다 속삭였다. 뒤이어 곧, 근처의 모든 갈대들이 그 이야기를 세상에 속삭이고 전파했다. HCE의 죄 많은 비밀은, 겁먹은 소년에 의해 고독 속에 재차 속삭인 채【37-8】), Persse O' Reilly의 바라드(민요) 가십 속에 사방으로부터 들여졌다. 이는 Earwig 와 O' Reilly의 주제에다 하나의 새로운 함축을 첨가한다).

— 대돈천식성大豚喘息性의(퍼씨 오레일리)! 그러나 어디서 우리는 이야기를 입수入手 하랴?

— 기차 정거장, 루카스와 더블린 순환선에서! 세계 갱생의 4겹 환상선(loop line)에서.

(부친의 주제가 울린 뒤에, 심문은 이제 쌍둥이의 문제에 작용한다).

— 맥도갈, 또는 그의 삭막한 아세아의 당나귀여! (이 구절은 4인방의 최후인, 조니 맥도갈 [성 요한에 따른 복음자]에게 언급된다. 그리스도의 십자가를 나르며 그리고 그의 면류관을 쓴 채, 그는 다른 이들에 의하여 욘(손)을 질문함에 있어서 자신의 분담을 행사하도록 권고 받는다. 〈피네간의 경야〉를 통하여, 그는 당나귀 뒤를 따르는 것으로 서술된다. 4복음자들의 당나귀는 천천히 자신을 노정하고, 그리스도 자신이 되는 셈이다).

나는 그대를 거의 신분파악 할지니, 마이요 주州의 요한이여, 그대의 십자가와 면류관에 의하여. 아일랜드의 서해안으로부터 그대가 갖고 온 저 암울한(오말콘리) 풍조風潮는 게다가 그대에게는 무용지물이라, 나의 (동키)호테, 요한이여. 제4번, 그대의 펼친 독수리를 조정하여 역할을 다 할지라! (이 욘을 십자가형에 처할 질문들에 대한 그대의 분담을 요구할지라).

— 그대는, 케빈이란 이름을 한, 심령필법의 한 젊은 학생을 아는고? 매트 그레고리는 여전히 침묵한 조니 맥도갈에게 묻는다. 그는 자계침자雌鷄針者, 저 제일 자를 발견한 뿔 닭의 암컷을 사격하고 있었는지라, 비적임자에 의해 감금된 불가독자 같으니.

— 내가 시성諡聖된 성인聖人性을 아는고? 맥도갈이 대답 한다. 때때로 그는 마치 기도를 하듯 수분 동안 침묵을 지키거나, 그리고 이마를 치곤했는지라. 그리하여 그 사이 그는 자기 혼자 생각을 하거나, 그리고 누가 자신에게 말을 걸며, 누가 물고기를 팔던 상관하려 않았도다. 그러나 나는 그대로부터 고무鼓舞 될 필요가 없는지라, 매티 아마여.

잇단 페이지들 동안 욘(손)은 그의 심문자들에 의하여 지독한 압력을 받으리라. 그들은 암탉이 파낸 원고에 관해 그에게 질문한다. 케빈의 역할 속에 욘은 이 원고를 발견한 것을 자신의 공로로 삼았었다【110】. 이에 반하여 실지로 암탉의 부리로부터 그것을 구출한 것은 제리(Jerry)인 셈이다. 자기 권익 확대적 이중성이야말로 욘(손)의 천성의 핵심이다. 만일 이것이 손상될 수 있다면, 그는 해체될 것이다. 그는 그런고로 모든 회피와 술책으로 4인방의 탐색에 반항한다. 그는 우회迂廻와 괴벽으로 회피하며, 자신이 영어를 말할 수 없는 척한다. 그리고 그는 토론 하의 부당한 양상들을 포착한다. 그의 반항의 왕고성에 의하여, 우리는 그가 자신의 영혼의 가장 심오한 부문을 위협 받고 있음을 추정한다.

(점차적으로 우리는 조이스가 자신의 오랜 획책으로, 다양한 알레고리(비유)를 짜고 있음을 인식하기 시작한다.) 자기 방어적 욘은 다른 것들 사이, 영국 가톨릭성당(Anglo-Catholic church) 그 자체이다. 그럼, 4인방(4노인)들은 누구인고? 그들은 중세 유럽의 심지어 그것을 앞서는 기독교―〈켈즈의 책〉의 아일랜드적 기독교―의 대표자들이다. 4복음들의 원고는, 아일랜드의 성인들의 시대로부터, 〈불가타서〉의 그것과 약간 다르게 라틴어로 쓰였다. 이 권위의 고전본古典本과 함께, 4대가들은 헨리 8세뿐만 아니라, 헨리 2세의 자부심에 도전한다. 풍자와 심문으로, 그들은 욘으로 하여금 그의 상속 받은 지상권 이야말로 암탉의 원고를 신뢰하는 그의 요구처럼 사기적이다. 그는 꿈틀거리며, 말 더듬으며, 회피하지만, 심문은 계속된다.

─글쎄 남南이니. 숙명으로 병든 자는 신앙에 의하여 저주받는 자이라. 그것이 우리의 살인(켈즈)서書의 요점이도다. 암호법전으로 작성될 수 없는 것은 만일 우리가 눈 대신에 귀를 사용한다면 그런대도 이해될 수 있는지라. 자 이제, 교리가 통용하나니, 우리는 결과를 야기하는 유발적 원인과…

【483-85】 욘이 골이 난 채 자신의 신문자들을 비난하다.

【483】 편지는 아마 위조물. 이에 욘이 갖는 케빈(솀)과 자신과의 관계에 대한 긴 서술이 엉킨다. 이는 그가 솀이 철저하게 동일체 또는 동질임을 말한다. "그리하여 나는 나의 형제의 파수꾼(원아園兒)이라…" 그리하여 그는 영혼의 가장 깊은 곳에 위협을 받고 있다고 독백한다.

또는 나는 이 필남筆男(솀)의 이야기를 왜곡하는 것을 암시하는 도다. 이야기는 손에 관한 것이나, 그것을 쓴 손은 솀의 것이도다. 이 케빈(이제는 손)은 그(솀)가 위조자라는 강한 의념疑念이 있나니. 그는 토이조土耳鳥(터키즈)에 설교하고 모든 인도인들을 세례할지니, 그는 그의 부활절 여성 모자 류類에 그들의 새로운 출현을 맡기려는 모든 이들에게 부활이란 말을 가져가려하도다. 그대는 그대의 마음속에 그에 관한 어떤 주저를 가지고 있는고?

【483.15】― [욘의 기다란 대답: 형제의 동질 및 이질에 대하여] 광표狂豹 같으니!¹⁹⁵ 내게 세이청歲耳聽할지니! 아니, 천만에! 나의 손안의 이 걸쇠가 나의 담보물 되기를! 나는 그대가 원부遠父를 감동시켰음을 볼지니, 알랑대는 말칸토니오![셈]¹⁹⁶ 이토록 처참한 자가 내게 뭘 말할 수 있으며 혹은 어찌 내가 그와 악운을 관계하랴?¹⁹⁷ 우리는 짓궂음으로 자궁충만子宮充滿했나니, 시발적으로,¹⁹⁸ 유사자類似者 영원유사永遠類似하면서, 머리털 꼭대기에서 발뒤꿈치까지,¹⁹⁹

―천만에! 욘의 목소리가 대답하도다. 나의 손안의 이 걸쇠가 나의 담보물 되기를! 그러나 왜 저 알랑대는 필남 셈의 이야기를 불러일으키는고? 이토록 처참한 자가 내게 뭘 말할 수 있으며, 혹은 어찌 내가 그와 관계하랴? 나는 형제의 파수꾼인고?(Been ike hins kindergardien?) 나는 알지 못하는지라, 최초의 발동자인, 나의 형제의 면전에서 내가 정명되었을 때, (그는⋯).

【484】 (이어지는 욘의 셈에 대한 긴 독백). "그대(셈)는 내가 교황의 권능을 끝까지 가르쳤는데도, 내가 그대를 나병자로부터 데리고 왔는데도, 더블린 시에다 나를 마구 풀어 놓았도다. 그대의 저주 할 안면을 집어치울지라⋯나는 그대를 히타이트 적족敵族의 면전에서 구했나니⋯. 그런데 나를 고古 더블린의 시민오총한테 풀어 놓았도다⋯." 그(셈)는 나(욘)로 하여금 깨끗이 고백하도록 권했나니, 그것을 나는 (지금의 내가 그 속에 존재하는 인간) 그렇게 행하지 않았도다. 그러나 오, 나의 형제여, 그대는, 네피우(조카)와 험프리에게, 그의 밤의 사무실에 앉아 이따위 우직郵職을 설명하면서, 나를 항상 기꺼이 돕겠다고 지껄여댔던고? 그러자 이어, 그대는 나의 사일死日을 그대가 축하하겠노라 여타 세례원자들에게 말하며 돌아 다녔던고? 글쎄, 나는 그대의 속조俗造의 추기경들 때문에 그대에게 진저리나도다. 나는 그대에 대한 교창성가를 낭송하나니. 나

는 그대를 적에서 구했는지라 그리고 그대는 더블린의 전소 도시에 나를 거침없이 말했도다. 나는 그대에게 가르쳤고, 그대는 나를 사방 강복했도다… 나의 카스트(세습계급)는 그대 것 위에 있나니. 나의 세대의 노각勞刻을 볼지라! 나에 관해 고증高證된, 나의 옥인獄印을 볼지라. (이리하여 욘은 형 솀에게.) "바라옵건대 유복留福하옵기를!"하고 기도한다. 나의 이마의 표식을 볼지라. "계란 빈담수어 여불식 호기빈마"(*Eggs squawfish lean yoe nun feed mare curious*).

【485-91】 욘이 그의 형제와 자신의 관계를 설명하자, 심문은 계속된다.
【485】 욘은 자기 집의 가문 문장을 서술한다.

나는 관모冠毛와 꼬리 표어標語가 달린
패트릭의 문장을 위해 자화자찬할 수
있나니. 나는 섬기노라(웰즈 왕자의 모토).
나의 것은 하느님의 최후 심판의 날에
들리는 최초의 개인적 자아명自我名이도다.
안녕(오리브와)! 혹은 겔먼어語로.
수장절收藏節(빨지라)(삭코스)!(조상의 황야
방랑을 기념하는 유태인의 헤브라이의
초막절草幕節[the Feast of Tabernacles]).

(그러나 맥다갈이 퉁명스레 말 대구한다). 우리는 영어를 말하고 있는고 또는 그대는 독일어를 말하고 있는고? 세세를, 이 구절【485.8-28】은 상업적 중국 영어로 쓰여지고 있다. 그대의 노부(HCE)에 대하여 어떻다는 건고? 그는 솀과 숀 그리고 이씨를 낳은 장본인고? 일마간─馬間 속의 삼 새끼를 낳았는지라.
─그걸 그대 스스로 빨지라(삭잇)(Suck it yourself), 사탕막대를! 그대는 우리가 그대의 상傷한 발가락 혹은 뭔가를 보도록 요구하고 있다고 생각하는고. 우리는 영어를 말하는 고, 아니면 그대가 독일어를 말하고 있는고? 이봐요, 세세歲歲를 통하여 그대의 노령(인)은 어떻게 되는 건고, 그의 호랑가시나무여보세요 담쟁이덩굴과 함께, 세상에

소리가 있기 전에? 그의 최고 친구는 얼마나 큰고?"

(온은 부친 HCE에 대하여 잘 모르는 척, 같은 상업적 중국 영어로 대답한다. 하지만 그는 모친 ALP을 잘 알도다. 그러자 그건 바로 HCE"지옥의 공자孔子"요, 온 자신은 결코 아니라고 말한다).

— 나는 더 이상 무노無怒라, 나는 장난감의 가짜를 말하는지라. 그는 넘버 완 피녀 속피녀屬.

(맥도갈 왈)—(H)지옥의 (C)공자孔子 및 (E)자연력自然力이라! 그건 이야기하는 우정서 기郵政書記(손)가 결코 아닌지라,

이제 온의 3행 시구가 읊어지는데, 그 내용은 그의 육체적 부(HCE)에 대한 해학이다.

— 그를 이단(H)으로 환영할지라, 그를 마석磨石으로 치료할지라!
사냥꾼(C), 삭구권자溯求權者, 요정이 바뀌친 아이[200]·······························?
총종總終 같은 노인(E), 대지·····················?
— 각운강경중적脚韻强硬症的 신외발기적神猥勃起的의![201] 여汝가 지닌 **총總 토템 침주
상침柱像 조상祖上**[202]이 살았던 곳은 어떤 거미도 줄을 치지 않았던[203] **낙원애란樂園
愛蘭**[204]에서였던고 아니면 매음자들이 스킵 해협에서 정기왕복하기 이전의 이 **세계년
世界年**[205]이였던고? 공정할지라, 기독基督!

【485.30-486.36】[온의 HCE에 대한 언급]
— 나는 더 이상 무노無怒라, 나는 장난감의 가짜를 말하는지라. 양질의 겨우살이植
를, 제발! 나의 무돈無豚 기본基本 언제나 꼭 같은 일호壹號 상측上側 고범주남高帆柱男.
타시에 나의 돈豚은 한 가지 찬가讚歌를 저축하나니. 제발, 미스타 루키 워키! 요아담
자우복雌牛腹(카우보이) 마님 속屬사냥육肉 피녀인식사아장彼女引食事我長, 어럽쇼. 도깨
비상자 피녀속彼女屬; 다량 습습濕濕하도다.

―[맥도갈의 대구] 지옥의 공자孔子[HCE] 및 자연력自然力! 과과다다!過過多多!그건 우정서기郵政書記[욘―숀]가 말하는 것이 결코 아닌지라. 친친(지나지나支那支那) 담담談을

【486.1-7】일본日本부랑아들과 타협하면서! 그대의 양부羊父의 미담尾談[206]에 대한 흐느낌의 이야기를 멈출지라! 그대는 로마 까악트릭(묘기) 432인고?[207]

― 나의 멍에를 사두마인차四頭馬引車할지라.[208]
나의 밀회를 삼회三回(트리플)할지라.
나의 종마를 이종二縱할지라.

그것은 과연 그를 패트릭으로서 동일시한다. 운율은 432의 숫자로 암호화하는지라, 이는 애란에서 Fochlut의 숲속에서 이교의 기도에 응답하는, 패트릭의 두 번째로 도착한 전통의 일이다. 그러자 4노인들 중 하나가 한편의 고대 마술을 행하는 즉, 그는 매장비취埋葬翡翠를 욘의 관자놀이, 입술, 그리고 가슴에 누르며, 욘이 보고 듣는 바가 무엇인지 묻는다. 결과는 3가지 수수께끼 대답이다. 그러지 3비전이 3질문자들에 대한 유용한 정보에 대하여 별반 준비 없이 사라진다.

이제 〈피네간의 경야〉의 가장 강력한 구절이 시작한다. 장의 시작에서 섬세한 음악적 신음은 여기서 갑자기 고통의 울림으로 출현한다. 고뇌하는 백열의 강江애서 생성된, 언술의 흐름은 심파적心破的이요, 깊이 공황恐惶的이다. 부르짖음은 고통 받은 애란 역사의 1천년 및 절반의 초상肖像을 성립한다. 목소리들은 저들 번뇌의 사자死者들의 것이요, 그들은 지상에서 그들의 가장 위대한 열망을 수행하지 못했다. 예이츠는 한때 모든 사람들로 하여금 "무덤에로 빈 몸으로 내려갈 것을" 타일렀다. 이러한 정신은 빈손으로 내려가지 않았고, 그들은 여전히 그들의 수행하지 못한 욕망들에 의해 고통을 받는다.

트루로부터 출현하는 것은 애란 역사의 진정한 목소리요, 날자와 왕들과 조약條約들의 역사가 아니라, 스티븐 대더러스가 거기서 깨어나기를 바라는 역사의 악몽을 통해 고통하는 인간의 피의, 슬픈 목소리이다. 고뇌의 목소리의 흐름은 4노복음자들을

압도하는 용암鎔巖을 닮은 불꽃이거니와, 그들은, 〈율리시스〉 제2장의 초등학교 교장인, 가렛 디지(Garette Deasy)마냥, 아카데미 역사의 대표자들이다. 그들은 흐름을 공허하게 애쓰거니와, 그것은 계속 불탄다. 노인들은 1916년에 그가 과연 그러했듯, 살아 돌아오는 애란의 죽은 거인을 죽음으로 인식한다. 그러자 사자의 목소리들이 토루로부터 터져 나온다【500.4-33】. (E 197 참조)

—나의 명에를 사두마차四頭馬車할지라.(4 성패트릭의 암시)

심문자는 중세 인도 철학을 들먹이고, 신이 여인을 포옹하여 우주를 낳았다고 말하며, 자신의 눈을 잘 들여다보라고 명령한다. 그는 T자를 이용하여 욘을 시험한다. 마침내 그는 욘에게 다시 태어나면 현재를 대찬代撰할 수 있는지 묻는다. "성전(불알), 성전 마냥 투하면서…" 심문자는 욘에게 그가 432(성 패트릭)인지를 묻는다. 이에 욘은 HCE를 수수께끼로 답하는데, 그 속에는 성 패트릭과 트리스탄이 암시되고 있다.

그대의 양부羊父의 미담尾談에 대한 흐느낌의 이야기를 멈출지라! 그대는 로마 까 악트릭(묘기)妙技 432인고?(여기 욘은, 기원 432년으로, 성 패트릭이 아일랜드에 도착한 가상적 날자 432와 그의 가족에 대한 암시를 숨긴 수수께끼를 통해 대답한다).

— 역사는 피녀彼女처럼 하프 진주進奏되도다. 이 일조二一調에 맞추어 그대의 노야 웅老夜鷹은 허언虛言했나니. Tantrick Trisstram, Hatrick(햇트릭[모기帽技] 패트릭), 중세 인도의 Tantrick 철학은 그것의 성적 상징주의로서 가장 잘 알려져 있다. 전체 우주는 Shiva 신과 그의 배우자의 포옹에 의하여 생성된다. 이는 분명히 HCE와 ALP의 포옹으로, 모든 그것의 함축 속에, 트리스트람의 주제 속에, 강조된다. (모든 역사와 신비는 욘의 육체 속에 숨어 있다.) 심문은 HCE로부터 우주의 기원의 문제에로 접근하고 있다. Tantra에 대한 조이스의 최초기의 언급은 〈율리시스〉 제12장에서 죽은 Dignam의 영계의 강심술 속에 나타난다. "그리하여 탄트라 경전에 의한 기도가 적지에로 방향을 바꾸었을 때 루비 빛 광채의 희미하나 전진적 광휘가 점차 환히 가시 되게 되는지라…"【U 247】 (이는 문학과 마법 및 창조, 파괴 및 세계의 혁신, 하느님과 영웅을 다루는 산스크리트어로 된 성스러운 시작詩作인데, 접신론자 및 강신술사의 텍스트로 쓰인다). 전적으로 인간의 마임(무언극). 신은 당농담當弄談하도다. 오래된 질서는 변화하나니 그리하여 최초처럼 후속後

續하는지라. 각각의 제삼남第三男은 자신의 양심 속에 맹점盲點을 지니며 각각의 타녀他女는 자신의 마음속에 일담日談을 지니도다. (모든 역사와 신비는 욘의 이 육체 속에 숨어있다.) 이제, 미뉴시우스 맨드래이크(맹자남용)孟子男龍(Minucius Mandrake)여, 나의 눈의 소동자小童子에 고착할지라. 이제 나는 매장비취埋葬翡翠의 이 두문자 T 사각四角을 잠시 그대의 관자놀이에 꼭 바로 세워 놓을지로다. 그대는 뭔가를 보는고?

　　— 나는 한 흑黑후렌치 빵장수를 보나니… 그는 자신의 뇌과腦鍋 위에 운반하고 있는지라 … 사원寺院을 닮은 러부(애愛)젤리를, 자신의 … 테이언 여汝(그리스도)을 위해, 얼마나 그는 혹신或身을 닮았는고!

　　— 한 경건한 사람. 무슨 트리스탄歎의 소리가 나의 귀를 이졸드 공격攻擊하는고? 나는 양두羊頭를 가진, 같은, 이 뱀蛇을 수평으로 놓았나니, 그리하여 그걸 그대의 입술 쪽으로 약간 가볍게 향하게 놓았도다. 그대 무엇을 느끼는고, 순애자唇愛子여?

뱀과 양두는 고대 켈트의 종교적 기념물에 나타나는 장식이다. (심문자들은 욘의 이마, 입 그리고 심장을 눌러, 과거의 기억을 작동하도록 의도된 신비적 상징을 짜내고 있다.) 그들이 이 상징의 위치를 바꿀 때, 그것은 점점 깊은 수준의 것으로 들린다. 처음, 그것은 T-십자와 닮았나니, 이는 기독교와 그것의 전도傳道 및 성 패트릭[프랑스의 Pastry Cook]의 시대를 암시한다. 패트릭은 욘(손) 자기 자신을 닮았다. 다음으로 옆으로 누운 T는 양두를 가진 뱀을 닮았다. 이는 켈트의 용사들 및 신화의 기독교의 전대前代, Cuculinn, Finn MacCool 및 요정의 여왕들의 시대를 암시한다. 여왕의 모습은 욘의 어머니-자매를 닮았다. 마지막으로, 상징은 거꾸로 누운 T자로, 남근적男根的 단일석單一石과 닮도록 만들어졌다. 이러한 기념물들은 켈트 전기前期, 반 원시적 농업 및 비옥적 무도舞蹈의 단순한 시대로 거스른다. 고대의 무희舞姬는 욘의 원초적 부친을 닮았다.

　　— 나는 한 멋진 귀부인을 느끼나니… 이시스 경鏡의 정류靜流에 부동浮動하는… 금발을 침대 쪽으로…그리고 하얀 양팔을 별들 쪽으로 뺗고…
　　— 나는 그대의 삼부三部의 두문자를 뒤집어 그걸 서명하는지라, 허리띠에 손도끼

를, 그대의 가슴 위에. 그대 무엇을 듣는고, 흉판胸板이여?

　— 나는 문 뒤에서 한 도충跳蟲이 왕겨 연못 속에 자신의 발을 찰싹거리고 있는 것을 듣는도다.

　—(욘의 말) 그리하여 삼부작환상三部作幻想(즉, 인간의 역사적 비전)이 지나도다. 언덕 중턱에서부터 언덕 중턱 속으로. 사라지는 미요정美妖精. 다시 나는 그대 매상妹像의 영화려성映華麗性에 의해 희락喜樂했나니. 이제, 나는 여태껏 그런 일이 그대에게 혹시 일어났던가를 방문하고 싶은지라.

이어 4노인들 중의 1이 한 조각 고대의 마술을 시도한다. 그는 한 편의 매장 비취를 욘의 광자놀이, 입술, 그리고 가슴에 누르며, 욘이 보고, 촉觸하고, 듣는 바가 무엇인지 묻는다. 결과는 3개의 수수께끼 대답이다.

(I) 매장 비취가 욘의 관자놀이에 눌려지고, 그가 무엇을 보는지 질문 받을 때, 대답은 사랑으로【486.17-18】, 프랑스어의 상음(上音)인, 강박된 혹자에게 언급하는 듯하다. 언급은 아마도 트리스탄에 관한 것이요, 트리스탄 전설은 프랑스어로 가장 정교한 발전을 성취한다.

(II) 비치가 욘의 입술로 옮겨지자, 그리고 그가 무엇을 느끼는지를 질문 받자, 알쏭달쏭한 대답인즉【486.23-25】, 필경 샤롯의 죽은 부인과 트리스탄의 배신하는 아내, 백수白手의 이솔드의 백완白腕을 암시한다. 그러나, 질문자에 의한 논평은 스위프트의 두 숙녀 친구들인, 스텔라와 바네사를 암시하나니, 고로 전체의 상교相交는 동경의 스위프트를 야기하리라.

(III) 비치를 욘의 앞 가슴에 누르자, 가장 수수께끼 같은 답을 도출하는지라【486.30-31】, 그것은 왕겨의 웅덩이 속에 그의 발을 찰싹이는 도약의 생물을 포함한다. 소환된 세 인물들은 패트릭을 포함하는지라, 그가 여기 있으나, 그의 존재는 보기 어려움을 가정하는 것이 논리적이다.

그러자 그는 3부 비전이, 세 질문자들에게 유용한 정보에 대하여 많이 마련함이 없이, 사라진다.

【486.30-532.6】욘의 영혼의 탐험

다음 50페이지의 긴 부분이 뒤따르거니와, 이는 작품에서 가장 어렵고 복잡한 구절들 중의 하나이다. 욘의 영혼의 깊이는 심문자들에 의하여 파악되는지라, 그리하여 그들의 심문의 과정에서, 우주의 가장 깊은 지역들이 그들의 깊이를 전개한다.

처음에 패트릭과, 노라의 브루노 및 셈의 환기喚起가 있다. 마지막으로, 질문자들 중의 하나가, 암흑으로 살찐 채, I.2의 종말로부터 기운 인물로 하여금 호스티의 "퍼시 오레일리의 민요"를 부르도록 요구하지만, II.4에서 바다갈매기들에 의하여 노래되는 노련한 마크 왕에 관한 조롱조의 민요의 편린만을 얻는다. 그것의 해학적 음률로부터, 질문자들 중의하나가 그 목소리를 스위프트의 야만적인 해학적 목소리로서 동일시하자, 욘의 대답이 질문자가 옳음을 지시하는 듯하다【491.21-22】.

다음 8페이지는 거대한 크레센도로서 전개되거니와. 이는 499.30-500.34에서 아일랜드의 역사적 번뇌의 심근心襟의 해방으로 절정에 달한다. 이어 다음 30페이지는 —그의 아들에서 부활된 아버지인, 욘의 깊이 이내에서의 HCE의 발견으로 인도한다【532.6】.

전체 구절은 바이킹의 침입자인 Thorgile의 아내, 바이킹 여왕 Ota의 환기와 더불어 시작되거니와, 그녀는 크론맥노이스 성당의 재단 위에 앉아, 예언들을 언급하다. 4노인들의 하나가 총명하게 재단 위의 나체의 바이킹 여왕의 통통한 엉덩이를 상상함으로써, 이러한 도발적 행위에 대해 언급한다(493.19- 552.29-39). 이에 대해 욘은, 당연히 발기된 채, 남성의 성적 기관과 여성의 나신이 생의 계속을 투표함을 대답한다【493.26】.

다음으로 욘의 성적 흥분이 전채 우주를 밝히며, 물리적 세계의 영광과 천국의 사랑스런 깊이 및 인간의 심장에 천문학적 카덴차(둔주 곡)을 안내한다. 추락한 인간의 무지개가, 사랑과 위안적 평화의 하나님의 선물을 인류에게 확약하기 위해, 나타난다. 인간애의 시작은 4노인들의 탐색을 한층 깊은 수준까지 나르며, 죽음과 부활의 신비를, 그리고 스티븐 대덜러스가 거기서 깨어나기를 바라는 인간의 역사의 공포—
악몽에로 직접적으로 인도한다.

【487】 4노인(4대가)이 욘에게 질문가質問可하자, 그로 하여금 생각하게 한다. 욘의
대답인 즉, 그는 사고한다고 한다. 한때 그는 형제(솀)의 옷을 시착試着한 적이 있다고
말한다. 그는 자기 자신이 되려고 애썼도다. 다시 노인이 질문한다. "그럼 그대는 로
마(영웅)인지 아니면 이제 애愛아모(Amor)인고?" 욘의 대답인 즉. "신이여 수사修士를
도우소서!" 그 는 형제와 다른, "솔직히 이질적인지라." 노인은 "그대의 대답은 일부
성 시노디우스의 필서에서 따온 것이 아닌가"하고 묻는다.

"그대(욘)가 상보족적相補足的 성격에 의하여, 목소리는 별도로, 대체될 수 있을 것이
라는 생각이 여태 일어난 적이 있었던고? 생각할지라! 다음의 말은 그대의 답에 달렸
도다."

— 나(욘)는 생각하고 있는지라. 내가 빈대蟲를 느꼈다고 생각했을 때 나는 바로 생
각하려고 노력하고 있었나니. 나는 그럴 지도 모르는지라. 말할 수 없나니. 한두 번 내
가 오딘버러에서 나의 형제와 함께 있었을 때, 당시 나는 그의 복장을 입어보려고 사
상했노라. 나는 우연히 수차례 상상 속에 나 자신으로부터 생존권(장자상속권)을 뻗어
보려고 했도다. 나는 내가 전혀 내 자신이 아닌 것을 맹세하도다. 그때 나는 얼마나 걸
맞게 내가 되어 가려하고 있는지를 인식하도다.

【487.20-25】 — 오, 그대에게는 그게 그런 식인고, 그대 가재動피조물이여?[209] 애당
초에 숙어宿語 있었나니[210], 상습常習! 두건頭巾은 탁발형제托鉢兄弟와 친하지 않도다. 목
소리는 야곱농자弄者의 목소리이요,[211] 나는 두렵나니. 그대는 방금 모방 로마(Roma)인
고 아니면 이제 애愛아모(Amor)인고.[212] 그대는 우리의 모든 공감을 가졌나니, 안 그런
고, 패트릭(기교)技巧 군, 만일 그대가 상관하지 않는다면, 말하자면, 가락歌樂이나 허언
虛言은 제쳐놓고, 나의 단도직입문單刀直入問에 답하는 것이?

— 나는 상관하지 않는지라, 당신의 엄격한 힐문詰問에 대답하는 것을, 그에 반하여
당신이 앞서 묻지 않았더라면 무의미했을 것인 것처럼 내가 방금 대답하는 것이 비윤

리적일지라. 동사同事(셈) 불가요. 고향(헴)무지無志인지라, 나는 귀행歸行 중이니. 귀환은 나의 것 그리하여 나는 귀환할지로다. 당신은 나를 한번 알았지만, 나를 두 번 알지 못하리니. 나는 솔직히 이질적인지라, 학예學藝, 사랑하고 도적에 있어서 자유일自由日의 아이로다.

　　─ 저 대답의 일부는 그대가 성 시노디우스의 필서에서 따온 것처럼 보이는도다,

　　【488】 노라(Nola)(심문자)의 질문에 대한 욘의 대답. "진실로 사랑하는 형제여. 브루노와 노라…" 브루노와 노란(노란 출신의 브루노)은 두 상반된 철학 이론가들을 대변하지만, 그러나 결국은 동일(브루노의 "반대의 일치")의 철인들로 바뀐다. 따라서 욘은 자신과 셈은 동질의 형제임을 강조한다. 노인(심문자)은 두 사람을 넘어 편 맥쿨의 사자후獅子吼를 듣기 바란다고 한다. ─ "혹자 그들의 월편에서 재차 들을지 모르나니, 공중의 사자후를…" 이에 욘은 "나는 우체부가 되는 것을 결코 바라지 않았는지라, 그러나 나는 나의 알리 바이 소년으로서 현재, 흑黑에고아스트 카블라"임을 주장하도다.

　　(최초의 공허언인空虛言人인, 성 취臭시노디우스), 우리에게 말할지라, 그런고로, 수치羞恥의 내주성內住性이 하나로 얽혀져 있는지 아니면 둘로 보조補調되어 있는지를.

　여기 심문자들은 욘(숀)의 자기 형제와의 상관관계의 요점을 추적하고 있다. 텍스트는, 뒤로 그리고 앞으로 읽힌 채, 둘을 합치는 수수께끼로서 점철된다. "Roma"와 그 역철인 "Amor"가 문제의 핵심이다. 따라서 "Roma," 즉 로마 제국은 숀이요, 기독교의 사랑인, "Amor"는 셈인 셈이다. 그러나 성당에 있어서(정치적으로 효과적이지만, 그런데도 제국이 구류拘留하는 "그 분의 말씀"을 설교하면서), 양자는 혼성된다. 마치, 과연, 그들이 모든 총체인 듯. 두 형제는 "인간"의 두 얼굴이다. 전자가 가시적이면, 후자는 전적으로 부재일 수는 없다. 따라서 욘에 대한 4대가들의 첫 발견의 하나는 HCE의 이 거인 아들이 때때로 그의 형제와 거의 구별할 수 없는 목소리로 말했다는 점이다. 그들이 이제 그가 정말로 그들 둘 중의 어느 쪽인지 알려고 애쓸 때, 형제의 모든 수수께끼는 삭막한 단편들로 신원이 분산되고, 그들 중 보다 현자賢者의 자국을 남기지 않은 채 살아진다. Gottgab (Dieudonney) 및 Baggut, Bruno 및 Nola, Brown 및 Nolan과 같은 이름들 아래, 그들 쌍둥이 영웅은 선회한다. 부친에 대한 그의 신원과의 상관관

계는 1천의 이빨을 지닌 미세성微細性을 회피한다.

— 친실親實로 사랑하는 형제여, 욘은 대답한다. 브루노와 노라, 더블린 시내의 나 소우 가 월편의 책과 문구 협동자들은 작주昨週 그걸 번갈아 설명하고 있었도다. 노라 와 브루노는 한때 동등했으며, 영원히 대립적인지라, 동등하게 도발적이도다. 가련한 범주자汎酒者여, 사가저獅歌低 가사歌獅 영원토록!

— (심문자)혹자는 월편에서 들을지 모르나니, Finn MacCool(그의 다양한 특질들을 양 자는 분담하는지라)의 저 공중의 사자후를. 그건 곰-사자 귀공貴公(노란)의 경우인고? 아니 면 노란이지만 보란이란 뜻인고? 비이기적으로 단수로 고통 받으면서 그러나 적극적 으로 복수를 즐기면서?

— 오 그래요! 욘이 자신을 설명하리니, 나는 우편배달원으로 이전에 결코 꿈꾼 적 이 없지만, 그러나 나는 나 자신에 관해서가 아니라 나의 알리 바이 소년, 나의 깊이 사랑하는 형제, Negoist Cabler에 관해 말하고 있도다. 그는 이 도시의 도약신跳躍神 (속죄양), 뒤에서부터 성당을 봄으로서 추방당했는지라, 그리하여 그는 만성萬聖(HE) 산 문散文(C) 악운문惡韻文의 송자送者요, 오늘 굶주림 연극 스톱 내일 개봉開封. (여기 욘은 솀의 해외에서의 전보를 들먹인다) 그대는 나와 소小 성모송聖母誦에 참여할 의향이 없는고?

【489】 욘은 솀을 사랑하는 척, 기도한다. 그리고 자신이 그에게 해를 끼친 것을 인 정한다. "그가 심지어 망실 자들 사이에 있게 하옵소서!…나는 그대를 학대 했도다." (욘의 솀에 대한 유년시절의 기다란 회상.) "우리는 가난하여 쌀죽을 먹고살았단다. 우리가 형 및 매처럼 우리의 양념병과 포리지 죽을 함께 나누고 있었을 때…나는 학자가 아니나, 아프리카 입술을 가진 그를 사랑하노라."

그(솀)가 죽었다고 결론지으며, 그를 애도하는 혹자或者들이 있는가 하면, 서서 기 다리는 자들도 한층 많을지로다. 가련한 형제를 위해 기도하나니, 그가 교수대를 피 하고 한층 우리의 충실하게 고인이 된 자와 머물게 하옵기를. 나는 그가 오스트레일 리아의 대척지의 하처에, 자신의 쉬쉬 돈으로, 안전하게 살고 있는지 알고 싶도다. 그 가 도망跳望했는지 또는 무슨? 나는 기억하는지라, 우리는 피차를 창피(솀)하게 생각하 고 있음에 틀림없었나니. 그는 빈곤에 찌든 상태에 있도다. 나는 저 사나이를 사랑했는지라. 나의 셈 수다쟁이! 나의 자유자自由者! 나는 그대를 나의 반형제半兄弟라 부르나니 왜냐하면 그대는 나의 타고 날 때의 형제를 상기시키기 때문에.

— 그대가 그걸 노래하듯, 4노인들 중의 하나가 선언한다. 그건 일종의 학구學究로다. 나의 타他에게 자필한 저 편지, 저 절대 미완의 영원히 계획된 것.

— 이 무일無日의 일기日記, 이 통야通夜의 뉴스 영화(온의 대답).

— 맙소사 나리! 이 무선시대에 여하한 늙은 올빼미 수탉인들 멍텅구리(보스턴)를 쪼아내지 못하리. (4노인들의 하나 왈)

【490】노인(심문자)은 왜 셈이 그렇게 되었는지 온에게 묻는다. 온은 자신 속에 두 삶이 있음을 대답하자, 심문자는 이상론자야말로 이중생활자라고 말한다. 그러자 심문자 맥다갈이 온의 대답이 모호하고 불확실하다고 말하고, 온은 셈이 강음자強飮者라 말한다. 그는 셈이 ALP를 위하여 편지를 우서右書했나니, 그녀는 그로 인하여 좌생左生했고 말한다.

(심문자)—그러나 왜 그는 그토록 번민의 상태가 되고 고충 했던고?

—한 대의 근접유모차가 그의 등을 공격했는지라, 그는 그 후로 자신이 격련 실감해 왔도다.

—마도나와 영아! 이중생활을 영위하는 이상주의자! 그러나 누구인고, 노란이란 자? 온이 질문 받는다,

— 노란 씨는 필경 유명론적으로 신여자神與者 씨(셈)로다.

— 나는 과연 알았도다. 그대 악취자("유레커. 알았다")! 존 맥다갈이 마침내 기뻐 부르짖는다. 그는 여성형의 직접 목적 앞에 그대를 위해 버티고 서 있도다. 자 이제, 그대는 그대의 비망록을 통하여 이 체현하는 부剖노란, 불결건상의 미발두를 바로 탐색할 용의는? 그대의 중간키에, 모래 빛의 구레나룻을 기른, 국외 망명자를?

— 최근 나는 그를 4실링 6페니 때문에(셈은 이제 HCE의 역할 속에 있고, 숀온은 공원의 캐드의 입장에 있다. 이는 앞서 Festy King의 유형이다. 85 ff). 그를 놀라게 했나니, 크리스마스 묶음을 갖고 귀향하며, 축복의 양육 장에서 내게 불결한 짓을 행하고 있는지라. 그녀가 그에게 편지를 썼나니, 노브루 씨氏(브루노). 뚜우 뚜우! 그대를 위해 한 통의 편지라, 아놀 씨(노란)! 이것이 적상대면일조赤相對面日朝의… 우리의 길이도다.

— 그대의 반향인反鄉人이 우서간右書簡을 찾고 있을 때 그건 좋은 징조가 아니겠는고?

— 그건 그렇지 않은 확실한 징조로다.

— 하지만 그의 마음의 웅돈雄豚에 대해서는 어떠한고?

— 만일 그녀가 그대의 창㤜 턱을 먹는다면 그대는 용돈을 말하지 않으리라.

— 만일 내가 그대에게 다른 새들을 놀라게 하는 자신의 꽁지에 호루라기 달린 한 황소, 우장사牛壯士를 그대가 지녔는지를 묻는다면, 그대는 놀랄 터인고?

— 나는 그러하리라.

(이상의 대화의 상호 교환의 의미는 우리를 혼미하게 한다. 심문은 쌍둥이 형제의 문제를 통해 부친의 그것으로 움직이고 있다)

【491-99】 욘을 통한 ALP의 목소리가 HCE의 불륜을 토론한다.

【491】 욘은 두 개의 숙명을 대답한다. "—터그백은 백거트의 것인지라." 그러나 멀리서 호거티(오레일리의 민요의 작자)의 목소리가 호도 새 또는 거위의 소름 끼치는 파괴어破壞語로 들린다. "그대 오청誤聽한 적이 있는 고 반 흄퍼 또는 에벨 테레사 캐인을." 여기 테레사 캐인은 욘의 어머니 ALP이다. 이와 함께 ALP가 유혹녀로서 등장한다. 욘은 HCE에 대하여 서술한다. "오 타라의 개똥지빠귀…"그는 부친(HCE)이 한때 연극을 사랑했으며, 보어 전쟁에 참전한 친영파 역임을 말한다.

— 그대는 신디 및 샌디와 함께 고리아스, 황소를 시중들고 있었던고?

— (욘의 응답) 나는 단지 장례식을 참가하고 있었는지라.

— (맥더갈 왈) 터그백은 백커트 가家의 것인지라, 두 가지 숙명들. 나는 알도다. 우리는 문제의 저 국면을 다룰 수 있나니. 그러나 그대는 어떤 밀회소에 관하여 말했도다. 나는 방금 경탄하는지라, 비밀을 누설하지 않고, 나는 하처何處에서 그(HCE)의 이름의 언급을 들었던고? 그에 관한 한 가지 노래를 우리에게 타가打歌할지라.

(한 음절의 민요. 앞서 퍼시 오레일의 노래). **그대 오청誤聽한 적이 있는고, 반 호퍼 또는 에벨 테레사 캐인을.** Hasty의 목소리가 랜 굴뚝새의 무서운 망가진 목소리로 부르짖는

것이 들린다(실은 욘의 운시를 통한 대답).

— 마르크! 마르크! 마르크!
그는 공원에서 그의 바지를 떨어뜨렸나니,
그리하여 그는 요오오크의 대주교한테서 빌려야만 했도다!

— (맥다갈의 질문) 브라브딩나그(거인국인巨人國人)가 소요逍遙를 위해 외출을?
— (욘의 대답) 그리고 리리파트(소인국인小人國人)가 초지草地 위에. (Brobdingnag. 스위프트의 《걸리버 여행기》의 거인 국, 여기 언급은 물론 부친 HCE에 관한 것이요, 난쟁이 나라인 Lilliput는 유혹어 역인 ALP에 관한 언급이다. 우리는 공원의 스캔들의 이야기를 통해 부친의 문제에 당도하고 있다).
— (맥다갈의 질문) 한갓 영원한 실체. 재삼 존재물 속의 재삼 존재(A being again in becomings again). 공세攻勢(두 소녀들)로부터 동맹同盟(세 염탐꾼-군인들)까지 그들의 중심 연합세력(HCE)을 통하여? ("우리의 동맹 속의 공세"(Sally in our Alley);Allies 대 중심력. 군대의 공세. 공원의 HCE의 문제에 접근하면서, 우리는 첫째로 그의 전투 연합의 매연煤煙를 통해 압박한다).
— (욘의 응답) 피어스! 퍼스! 퀵! 퀙!

욘의 반항에 대한 첫 방어는 깨트러졌다. 형제 양극의 문제는 드러났고, 공원의 스캔들의 신비와 연결되었다. 욘의 잠재의식의 보다 깊은 수준으로부터 이제 한 가닥 여인의 목소리가 들린다. 과연, 그것은 공원의 유혹녀의 역할로서 그녀에로 곧 바뀌며, 저 강간强姦에로 인도되는 사건들에 대한 부수적 이야기를 말해준다【491-93】. 그녀의 이야기는 인도에서의 대영제국의 제국주의, 동방과의 면화 직물 상업에 있어서의 영국의 우위 및 독일과의 영국의 결과적 충돌에 대한 언급들로 점철된다. 다시 말해, 옛 이야기가 재화再話되지만, 그러나 그것은 자체의 현대적 상업-제국주의적 국면에 대한 특별한 강조와 더불어이다.

ALP가 인디아(공원의 두 유혹녀들 중의 보다 어두운 자)로서 그녀 자신을 말하게 할 때, 4인방 중의 하나가 "이집트의 사자의 책"의 기간을 재차 메아리 하는 기도로서, 다른 유혹녀 모습으로 하여금 스스로 들리도록 요청한다【493】. 그녀는 이제 아일랜드의 목소리로 말하며, 그녀에게 강제로 가해진 권위 상실을 애통해한다【493-94】. 그녀는 전 세계가 보도록 광범위하게 펼쳐진 천공의 성좌의 입지에서 공원의 장면을 서술하는데, 이에 노령 중의 하나가 그녀는 술에 취했다는 외침을 터뜨린다. 그리고 이어 그는 산들, 동물들, 고대 왕들 및 현대의 상업적 러시아 황제들의 견지에서 ALP와 HCE의 생활의 전 이야기를 재차 개관한다.

HCE-ALP의 이 마지막 서술은 여인의 다른 면이 들리도록 야기시킨다. 편지의 크게 확장된 형태가 인내하는 아내의 입장에서 개락된다【495-97】. 그에 이어 스캔들의 짧은 개관이 요구되고 공급된다【496】. 그리고 탐사는 갑자기 다른 국면 속으로 몰입한다. 여기 HCE의 주제가 또 다른 목격자를 불러내자, 후자는 강령회降靈會의 중재를 통해 마치 정령마냥 욘을 거처 말한다.

―(4노인들은 HCE를 기억한다) 그리하여 그(HCE)는 초록세족목요일草綠洗足木曜日을 위하여 평균초온도平均草溫度를 단지 재고 있었다고 자신이 말했는지라. 누군지 그대 알고 있는고? 그는 음산한 골목길 (극장)을 사랑하도다. 방금 권모동녀捲毛童女들을 가진 가발자假髮者 씨氏에게 축복을! 그는 침대 속에서 휴식하고 있었나니, 전쟁을 비탄하면서. 그러나 첫 뇌성에 자신의 신병휴가 바지를 입었는지라, 그리하여 애린의 소년들이 입대하려지 않았던 때였나니.

【492】 4인방(심문자)이 욘에게 묻는다. "―그대 저 목소리는 어떻게, 착한 샌디여… 그가 자신의 바스 음주를 P조(반음내림)에 맞추어 실락失樂했는지…" 여기 HCE의 공원의 죄가 암시된다. 그러자 HCE를 유혹한 7가지가 비방. "―월요광기 된 채! 화요순교 된 채!…" 욘을 통한 ALP의 HCE에 대한 기다란 증언. "머리카락 홍안 밀치밀지 과蜜地果어!" 나(ALP)는 위의 HCE에 대한 진술을 거부하노라. 그녀의 남편에 대한 과거의 나쁜 습성과 경험의 일람. 결혼 전 그는 술에 취해 투옥된 적이 있었나니, 이를테면. 그것이 나의 남편 각하(H.R.R.)라.

― (4인방이 묻다) 그대는 그걸 어떻게 설명하겠는고? 그(HCE)는 큰 선인善人이 아닌지라. 지금 당장 그에게 물어 볼지니, 어찌하여 그가 공원에서 배변의 사건으로 실추

했는지를. 그리하여 그 때문에 그는 조소 받았던고? 그런 다음 그는 유혹 당했던고?

─(욘이 대답한다) 과연 그(HCE)는 조소 받았나니! 소란스럽게! 7가지 다른 식으로! 또한 위선활강偽善活降된 채!!!!!!!![213]

─ (4인방이 묻다) 그리고 그의 우미목優美木의 여신(ALP), 켈트의 암박명暗薄明 속에, 소절을 통하여 그(HCE)에게 공처로서아가恐妻露西亞歌를 노래 들려주면서?

─(욘을 통한 ALP의 HCE에 대한 옹호) 나는 동상의 진술을 부인하기를 간청하는지라. 당시 나의 존경하는 주인(HCE)은 감방에 감금되어 있었나니. 나는 한 개의 견본을(여기 그녀가 날랐던 맥주와 요尿; 비유적으로, HCE는 소녀들이 공원에서 배뇨하는 것을 보면서, [술-요]에 도취되었다) 나의 의사에게 가져가고 있었는지라, 나의 중습성中濕性의 호우수豪雨水가 어떠한지를 살피기 위해. 나는 감옥소의 그를 방문했도다. 그는 당시 불결 열 속에 곱사등으로 앉아 있었나니, 감성적感性的 속음문성俗陰門性으로 고통 받으면서. 나의 순평판純評判의 남편각하(H.R.R)가…

【493】 HCE는 아내인 ALP에게 신문에 난 자신의 얼굴에 대하여 물었다. "그 주 아프카니스탄의 샘뱃 일요신문에 …자신의 용화容畵를 나더러 보도록 말하면서…"한 때 그는 얼굴에 비누칠을 한 채, 자신의 남근을 그녀에게 보였는지라. 그러자 4노인들 중의 하나가 ALP를 환상의 여자라 비난한다." ─환상(환타지)! 환상 위의 낙상…그녀의 의월하衣月下에 더 이상의 나신은 없도다. "ALP는 유혹녀 격, 이집트의 자매, 남편과 아내인. 오시리스에 대한 이시스이다. 그러자 ALP의 애란성愛蘭聲의 목소리가 부르짖는다. "나의 심장, 나의 어머니여…"

(HCE) 지정된 여광천수與鑛泉水로부터 그의 셔츠 자락 속에 한 짧은 통음으로 취했나니, 일요신문에 게재된 자신의 용화容畵를 나더러 보도록 말하면서. 그는 자신의 의무를 행하고서야 비로소 눈을 깜박거렸도다. 그는 단순히 내게 자신의 수직지주연봉(남근)(propendiculous loadpoker)을 보여주었는지라. 그리하여 그것은 당시처럼 일력 왕당파예술수호자者들 가운데서도 이 현자에 의하여 사내답게 들어냈던 것이니, 음탕한 말과 함께.

(심문자 묻나니)—방금 한 말은 하자가 하인에게 인고?

(욘-ALP 대답)— 나는 기억할 수 없도다.

(심문자 왈)—환상(환타지)! 모든 것은 휜타지이라! 그리하여 월하月下에 더 이상의 나신裸新은 없도다. 그의 꼬마 아내, 그가 그녀를 위해 마련해준, 그녀의 새 모내의毛內衣 속에 그녀의 빈둥대는 땅딸보와 충돌했을 때, 모든 그들의 거만 속에, 부채 꼴 펼쳐진 채, 주름 장식되고, 프랜지패니榰화향花香된 채, 그녀는 무쌍의 독일 소녀들을 단정히 않도록 했던 것이라. 영국의 승리는 독일의 종말이도다. 아크라이트어(영국의 배틀 발명자) 운영할지라, 당장!

이집트의 "입의 열림"이란 스타일로, 해구海狗의 천리안의 감독자, 뉴멘(성지聖志)(심문자)은, 의기양양하여, 성협문城夾門의 애니 빗장(Ani Latch)(ALP)더러 고함지르도록 요구하도다. 외칠지라!

(그러자 그녀의 애란의 목소리가 부르짖는다) —나의 심장, 나의 어머니여! 나의 심장, 나의 어둠의 출현이여! 그들은 나의 마음을 알지 못하는지라, 얼마나 경찬敬讚슬런고, 친애하는 설교사說敎師 씨이여,

【494】코스모스의 영광【494.6-495.33】은, 욘이 전형적 가족이 활동과 더불어 별들의 천문학적 우주를 연결시킬 때 가족의 비밀을 노정한다. 이 가족은 그의 주위를 사라배느드 곡을 춤추는 그의 꼬마 아이들에 의해 둘러싸인 거인부巨人父를 말한다【494.27-28】.

이어 ALP는 무지개가 된다. (이제 그녀는 남편의 모든 죄를 고백할 채비다). 그러나 화자는 HCE를 화산, 운하, 별, 뱀들과 비유하면서 마침내 그녀를 생명의 여인 해바(Heva)라 부르고, 그녀는 자신의 남편을 계속 옹호한다.

(천상. 약속의 무지개) 나는 그대의 천문학의 폐하로부터 소식 듣나니! 그래요, 거기 경탄하는 천공 위에 약속의 무지개가 있었도다. 광채光彩에 관하여 이야기할지라! 적赤 루비 및 황黃베리 및 귀감람석貴橄欖石, 녹경옥綠硬玉, 청靑새파이어, 갈벽옥褐碧玉 및 청금석靑金石(일곱 무지개 소녀들이 모두 거기 있었나니).

— 오피우커스 성좌星座[214](성좌의 뱀주인자리, the Serpent Holder or Bearer)가 수평선 위에 가시可視 될 때, 그러자 사탄마詐誕魔의 사환제蛇環制[215]에 의하여 폐쇄된 약소녀성좌弱少女星座(꼬마 여인[216], 소어신성小魚新星 아도니스[217] 및 노로 익사가요정성좌溺死歌妖精星座[218]는, 북쪽 하늘의 미려한 용모로다. 지구砥球, 화성華星 및 수성繡星[219]이 천정天頂 부분의 테 밑에서 그때 분승噴昇하는 반면, 악투라성星, 비성秘星 마나토리아, 비너스 및 석성夕星 메셈브리아[220]는 자신의 대장원大莊園에서 북방, 동방, 남방 및 서방 너머로 울음 짓는 도다 (HCE가 가시화되자, 그의 꼬마 여인이 두 유혹녀들에 의해 폐색되는지라, 한편 세 군인들이 숨자, 그들의 사방 4노인들이 울부짖도다).

4노인들 중 하나가 그녀의 증언을 축소하기 위해 개입한다.

— 이브(ALP)가 자신의 도영향跳影響 아래 나맥裸麥 인양 취하는지라! 그(HCE)는 우랄 산山을 움직이나니 그리하여 그는 자신의 스툼보리 화산도를 가지고 그녀를 진동하게 할지라! 여기 그는 계속 움직이나니, 사자초獅子草와 우울창림牛鬱蒼林을 통하여 살금살금 걸으면서, 당밀 곁들인 블라망주과자처럼 위장된 채! (화산, 뱀, 혜성 및 별들을 중얼거린 뒤… 4노인들은 Heva를 환호한다) 만세삼창 그리고 생명녀명生命女名을 위한 헤바 헤바!

전체 사건은 이제 ALP의 편지의 새로운 각색을 통하여 개관된다.

—(ALP의 남편에 대한 옹호 계속) 거인태양이 방사 중이나니. 그러나 그(HCE)가 여태껏 포위되었던 저들 백색의 소요성小妖星들의 대장은 어느 것인고? 그리하여 그대들은 내가 그의 칠번여七番女였을 것으로 생각하는고? 그는 나의 팔꿈치를 간질지니. 그의 나이는 어떠한고? 그대는 말하는지라. 그건 어떠한고? 나는 말하는지라. 나는 그의 죄를 고백하고 한층 얼굴 붉힐지니. 나는 명예훼손에 대하여 견책하는 것을 비행非行할지라. 합성슴成다이너마이트는 그들에게 너무 과하도다. 해안단의海岸短衣 입은 두 삼십 대들 나에게 다음과 같이 감히 썼도다. 당신의 늙은 견부犬夫에게 경고 좀 할 터인고, 굴 따는 걸부乞夫들에게 짖어대면서, 그의 사슬을 씹으면서? 제발, 그대 즉답할지라.

【495】 ALP는 그녀의 남편에 대한 옹호를 계속한다【494.27-495.33】. "나는 그

의 죄를 고백하고 한층 얼굴 붉힐지니"【494.30】. 그들이 "페르시아어로 쓰인 최 곤혹 익명의 편지와 험의무용"(annoyimgmost letters and skirriless ballets in Parsee Franch)으로 【495.2-3】 그를 비난할지라도 무슨 소용이람? 그는 자신의 3잎 여신 Granny-stream-Auborne으로서 그녀를 숭상했었다. 그가 저 양 "불가문전시회의 친각정극의 여류연예인들"(the legitimate lady performer of display unquestionable)의 slut machine 속에 "penis"를 집어넣었을지 모르나, "오레일리는 여왕 몰리의 속옷을 보았도다."

여기 ALP는 가장 무례한 편지와 민요 작가인 설리(Sully)라는 자의 행각을 공박한다. (Sully, 일명 Sulla로, 기원전 138-78의 피에 굶주린 로마 폭군의 이름이기도) 그녀는 그를 침대 밑에 쳐 넣고 깔고 질식시키고 싶은 것이다. 그리하여 마침내 그녀의 남편에 대한 지금까지의 구두편지口頭便紙가 그것의 결구와 함께 여기서 끝난다. "Respect. S.V.P. Your wife. Amn. Amn. Amn. Ann"【495. 32-33】

그리고 앞서 이미 언급된 설리라는 인물, 흑수黑手인 악당, 파시 프랑스어로 쓰인 최고 곤혹스런 익명의 편지 및 상스런 민요의 작가인지라, 그리하여 그는 마그라드의 흉한兇漢이요, 곰에게 창자를 던져주기에도 부적한 놈이로다. 하녀가 무하녀無下女일 때 그는 여하가如何可의 짓도 서슴지 않겠노라 내게 말하면서! (Sully와 공갈 자들에 대한 이러한 패턴의 언급은 〈피네간의 경야〉의 마지막 장들에 나타나는 ALP의 골난-감사의 편지의 특징을 띤다. 그들은 Hosty의 민요와 추적의 고함소리의 에피소드들에 대한 그녀의 번안을 대표한다. 여기 Sully, Hosty 및 솀이 모두 함께 용해되고 있다.) 만일 사람들이 녀석의 코를 자른다 해도 7가지 상당한 이유가 있을지니. 동지 노동자 및 동료 우인회, 런치 브라더가 그를 잡아떼려고 준비하다니, 내가 기꺼이 진술할 수 있는 한, 한 상당한 소브린 금화가, 한 버킷의 과일과 함께, 불가문전시회不可問展示會의 여류 연예인들, 엘스벳과 매리에타 건닝 양인에게, 무료로 보증되었도다. (〈피네간의 경야〉를 통하여 두 소녀들이 HCE의 정치적 적들에 의하여 그들의 책략에 맡겨지는 많은 암시들이 있다. 전체 스캔들은 최근의 선거에 있어서 그의 패배와 밀접하게 연관되어 있다. 그의 아내의 편지 속에, 이는 〈피네간의 경야〉의 마지막 페이지들에 나타나거니와, 사건의 이런 면모가 주의를 받는다). 저 호색가의 사랑의 모토인 즉, "오네일리는 여왕 몰리의 속옷을 보았도다." 아주 감탄 받는 그것의 벽에 새긴 조각彫刻은, 추정된 최근 행위 동안, 우리의 행정관의 완전한 남성 부위를 대표하는 것이라. 자 당신 알겠는고! 존경.

반신즉답. 당신의 아내, 안. [구두 편지의 끝]【495.33】.

―【495.34-496.21】 그대는 우리를 끌어들이고 싶은지라, 마리아 은총 부인이여,
점차로. 그러나 나는 두려 우나니, 그대는 오도誤導 받고 있도다. [여기 4노인들(심문자
들)은 그녀의 보고를 액면 그대로 받아들이려 하지 않는다].

욘은 그러자 가족 분규(imbroglios)의 세목을 노정하나니, 그것에 관해 그가 나르고
있는 세계에 대한 아나로부터의 편지에서 읽을 것이다. 그러나, 그는 편지에는 수치
스런 것은 아무것도 없다고 선언한다. "honi soit qui mal pense"(위대한 여왕의 팬티에 묵
례와 더불어)【495.27-28】.

【496】 그러나 신문자는 여하자도 이 고약한 HCE와 맞먹을 자 없다고 말하며 그를
저주한다. "당신이 저 늙은 사기꾼"(that old humbugger)을 옹호하여 뭘 말할지라도, 그
는 타당하게 "타구唾具되었도다"(conspued). (이 말은 〈율리시스〉 제12장에서 Lenehan의 상투어
이다. "영국놈들을 타도하라"(Conspuez les anglais!)【267】. ALP는 여기 욘을 통하여 이에 동
의한다. Persse O' Reilly는 공원에서 "경비 당했는지라"(flappergangsted), 집안의 염탐
자는 지나가는 모든 것을 보았도다―"엄마의 아빠" "아빠의 엄마"(Ma' s da. Da' s ma)(회
문. palindrome) 사이. 그러자 욘은 자장가 형식으로 아빠와 엄마 사이에 지나가는 모든
것을 다 보았다고 말한다.

―(ALP는 탄식한다) 생활의 낙편樂偏을 위한 탄식!

―(심문자 왈) 저 늙은 사기꾼(HCE)은 소년배척(보이스카우트)당하고 소녀배절(걸 스커
트)당했나니, 구옥丘獄에서, 내가 방금 이해하는 대로, 그이 다음 또는 맞먹는 자 없었
는지라, 또는 그의 유객留客 방갈로, 압운이든, 이성이든, 그를 따를.

― (ALP가 시인한다) 모든 귀가 실룩거렸도다.

― 재 상술할지라!

― (ALP가 말한다. 자장가 형식으로) 나는 여기 핀갈 손가락 끝처럼 환하대요.(I have it
here to my fingall' s ends). 이 꼬마 돼지 새끼가 잼 항아리에 가고 싶었대요. 그리고 이

껑충한 외발 거지가 완두껍질을 벗겼대요(비밀누설). 그리고 이이이들 행운의 주름 잡이들이 엿보기하며 놀았대요. 엄마의 아빠. 아빠의 엄마. 엄마아빠. 아빠엄마.

(ALP의 다양한 모습들에 대한 잡담의 목소리들이, 심문審問을 통과할 수 없는 대양처럼, 부친의 섬 모습을 둘러싼 루머의 저 지대 속으로 몰아넣는다. 4노인들은, 진행을 추궁하면서, 이제 그들의 질문들을 심리-목소리들의 화랑으로 몰고 간다. 해답들은 "경야" 장면을 마법처럼 불러낸다.)

―(심문자들은 가족의 부친과 분수령의 소녀들로부터 화제를 바꾸면서, 욘과 함께 그리고 그와 동일 신분인 HCE에로 방향을 돌린다.) 이제, 화제를 바꾸고, 아빠에게로 되돌릴지니―만일 그렇다면, 그대 속의 그이(HCE)와 함께 그대 자신을 동일 신분으로 할 수 있을지라. 그(HCE)는 맥주 업을 계속하기에 앞서 다업茶業에 종사하지 않았던고 혹은 한때 필경 뭔가 당중업糖重業을 행하지 않았던고? 첫째로, 그는 자신의 방주로부터 크리스티 코룸(비둘기)을 파견했는지라. 그러자 그것은 자신의 부리에 전과조前科鳥의 부가물不可物을 물고 되돌아 왔나니. 그리하여 뒤이어 그는 캐론(사육)死肉 크라우(가마귀)를 파견했는지라, 그리하여 경찰관들이 여전히 그를 찾고 있도다. (이 문장은 마치 그것이 HCE의 작업인양 유럽 제국의 전체 역사에 관해 말한다. 우선, 그는 스페인인들을 크리토퍼 콜럼버스와 함께 파견했고, 이제 그들이 발견한 땅은 전적으로 앵글로 섹슨의 자물쇠 아래 있다. 다음으로 그는 프랑스인들[1764년에 사망한 Caron은 동인도 다茶회사 시절의 인도 프랑스 총제였다]을 파견했으나, 여전히 현저한 프랑스 식민지들을 수확하려고 바삐 노력하고 있도다).

【497】 하다락何多樂! 땅딸보여! 그의 생산자들은 그의 소비자들이 아니던고? "곡진행 중의 정도화를 위한 그의 진상성을 둘러싼 그대들의 중탐사." 변론할지니! (심문자들은 말하는지라, 우리 "피네간의 경야와 〈피네간 경야〉를 토론하세"). (이는 〈피네간의 경야〉가 아직 집필 중이고, 그 일부가 〈트렌지숑〉 지에 〈진행 중의 작품〉이란 임시 타이트로 출판 중이었을 때 작성된 조이스의 자품에 대한 심포지엄 토론의 타이틀이다. 조이스는 여기서 자기 자신을 HCE와 동일시하고, 그의 작품을 HCE의 제국, 그의 비평가들 및 도제들을 재판의 배심원들과 일치시킨다).

【497.4-499.3】 그러나 장면은 이상하게도 확장되고, 마술적으로 변형된다. 관대棺臺

의 시신屍身은 원초적 시대의 피네간이 아닌, 자신의 재국의 충만 된 영광 속의 HCE인 것처럼 보인다. 그리하여 "경야"의 참석자들은 "백성의 건달들"이 아니라, 대영제국-동양의 왕들, 군주들 및 수장들, 대영제국-대양주와 아프리카의 두목 사냥꾼들 및 마녀 의사들, 그리고 유럽과 아메리카의 대영제국 선단국가船團國家의 대사들이다. "경야" 이미지의 시간의 충만 된 깊이와 생중사生中死의 비전의 충만 된 힘이 갑자기 〈피네간의 경야〉의 정환全還을 재촉하고 설명하는 구절 속에 자신의 권리를 확약한다.

(이어지는 욘의 경야에 대한 설명. 그는 경야 장면을 불러낸다). (욘은 〈피네간의 경야〉의 제1장을 메아리 하는 정교한 설명을 제공하는지라, 첫째는 Magazine 벽으로부터 추락한 사내가 놓여있는 "면허주상구역域 주변"에 조문객들의 도착이다. 거기에는 12단골들이 Hosty의 군중들, 2소녀들, 3군인들, Dunlop, Yeats, Dunne이 있다). 그들은 향연을 위하여 사방으로부터 도착하고 있지 않았던고, 두 피頭皮수렵인들(미국의 19세기 초두의 소설가 Cooper 작 소설의 등장인물들) 및 회차廻車 가득한 눈꼴사나운 자들, 집계연령 1132, 라스가, 라산가, 라운드타운 및 러쉬 마을 출신, 아메리카 가도 및 아세아 지방 및 아프리카 도道 및 유럽 광장 및 리피 강의 북 및 남 부두에서부터 그리고 비코, 메스필 록(암岩) 및 소렌토 촌도로부터, 자신의 복리의 유혹 및 자신의 전염병도都의 공포 때문에, 자신의 희망 살롱에로, 자신이 포수인양 공촉恭 觸하면서도 떨어져 있는 것이 공유恭由한지라. 자신의 양兩 앞에 현재적顯在的으로 묵상하고 그들의 일급세무를 지불하기 위해 오지 않았던고, 자신의 쾌락안옥과 매가진 홀의 면허주상구역 주변 및 안에서, 수출업, 호스티즈 상회, 무기고벽(매거진 월) 곁에, 그의 566번째의 탄일을 위하여, (관대 위의 인물은 충만한 영웅의 두 면모를 결합하는지라, 정복자 면모와 피정복자이다. 그는 HCE요, 민요의 가수들이다. 숫자 556은 이것이 영웅의 생애에 있어서 중간의 순간임을 지시한다. 앞서 13-14 페이지들에서 숫자 1132는 "피네간 영겁"(Finnegan Aeon)의 완전 순회로서 부여되었다. 그리고 숫자 566은 중간지점이다. 영웅의 경야는 그의 정신적 생애의 중간지점이다). 노위인老偉人 매지니스 모어, 퍼씨 및 라리(Persse O' Reilly), 공물수혜자, 그들의 린스키 병마개 펑 자 및 피터 대왕? 그의 소유주들은 많고 다양한지라. 단커 파의 공식접견, 신발 왕들과 인도고무 제왕들 및 파슬리의 사울 왕 및 모슬린의 이슬람 승정 및 살타나의 여왕(건포도) 및 요르단의 시여인施輿人 (아몬드) 및 잼 사히브의 한 행렬 및 등등. 그리고 그리하여 J.B. 단롭(Dunlop)이 거기 자리했나니,

【498】 (HCE의 경야의 수많은 참석자들, 사도, 교구목사, 전령, 시종자, 대공작, 왕들, 그리고 음식과 주연의 식료품실의 묘사. 신선한 맥주와 맥아주, 식탁 위에는 12 및 1덤의 촛불이 켜지고…궁전의 의상과 사슬을 몸에 두르고…빈민들, 나태자 할 것 없이…잔치 그리고 잔치).

그리하여 허세의 프렌치 와인 스트워드 왕조 청지기들 그리고 튜도 왕조 유품, 및 당좌계정當座計定을 위한 시자비취 경마, 견목층계를 오르나니, 둔부를 정면으로 그리고 좌양족축左揚足蹴이라, 그리하여 그는 자신의 진실로 자연의 축가. **마공**馬公**이여 꽁지를 쳐들지라**를 장악했나니, 그리하여 텅 빈 왕좌알현실王座謁見室 현관 크기만큼, 오렌지 댁宅 및 버터즈 대의원 댁을 안전하게 수용가능했나니, 드루이드 교승, 브레혼즈 판관, 프로우후라그스 장사, 그리고 애가몬 사도 그리고 반反 파넬파 교구목사, 그리고 얼스터 콩, 먼스터 전령, 등등, 모두들 애란어를 살해하면서, 자신의 신선한 스타우트 맥주와 몰트 위스키의 선쾌善快 뒤에, 자신의 구성원의 신격화 속에 사교하고 성체화 하는지라, 왠고하니 그에 대한 그들의 영웅을 야만 되게 하기 위하여, 그를, 도더릭 오고노크(독신) 파멸 왕을, 자유세계에 사양斜陽되게. 원탁 위에는 륜화輪花로 둥글게 열두 및 하나 덤의 양초를, 그가 그 자신이 모든 차원 속에 눕듯이, 높이 놓으며, 대례복과 재판관 사슬을 하고, 자신의 단추를 꼭 채운 채, 중재인의 검열 뒤에 판매를 위해 방출되어, 치유되고,

욘과 노인들은 가족의 불결한 세탁물을 재차 바람결에 나부끼는지라【495,34-499.3】, 그리고 죽은 그리고 부활한 HCE의 소명과 더불어 종결짓는다. 욘은, 한 개의 거대한 문장으로, 모든 방문객들과 전반적 흥분【497.499.3】과 함께, 그리고 단테의 마왕처럼 궁둥이를 위쪽으로 놓인 HCE와 함께, HCE의 장의를 서술한다【498.35】.

4노인들 중의 하나가 죽음의 장면의 특수성과 비탄이 노래 및 성스러운 무도를 제공한다. 꼬마 소녀들의 코러스가 HCE를 비탄하자 29 다른 언들의 "죽음"을 위한 단어들이 또한 있는지라, 그들의 "행복한" 단어는 "pappy"를 "bap"과 연결하는데, 이는 일종의 빵이다【499.4-11】.

화자는 미사곡(requiem)으로 끝난다. 미사곡은 보는 바와 같이 한정적이 아니거니와, 즉 시체를 재채기하게 하는 이웃의 후추단지가 있다【499.11-12】.

그러자 욘은 단언하거니와, HCE의 불은 아직 꺼지지 않았고, 그이 속에 HCE의

조재를, 그리고 작품의 끝에 부친의 부활을 또한 암시한다. 광대 같은 부친의 초심지에 많은 불꽃이 있다! 비탄의 애가가 지나갔다. 신왕(新王)에게 장수를! "열쇠왕 폐활기 하소서!"(Lung lift the keyingt!) 【499.13-14】. 인생의 열쇠가 아나의 입술로부터 부활한 부-신랑(Father-bridegroom)의 입술에로 지나갔는지라, 그때 여걸은 그것을 부시콜트의 〈아라-나-포그〉의 그녀의 투옥된 양형(養兄)에게 전달했도다. 유사한 방법으로, 죽어가는 아나는 그것을 작품의 끝에서 두 번째 행의 HCE에게 전달하는바, 거기 천국의 열쇠는 통과했고, 인생은 재차 시작한다【628.15】.

죽음과 부활의 언급은 우리를 토루의 한층 깊은 수준까지 별안간 끌어내린다. 여기 조이스는 그가 애초에 〈율리시스〉의 글라스네빈 에피소드에서 개발한 어떤 통찰력을 반복하고 있다. 저 에피소드에서 블룸은, 공동묘자에서 신경질적 농담을 행하면서, 두 활기 찬 윤회적 돌팔 구를 마련한다.

죽음에 관한 그의 사고의 압박 아래, 블룸은 그의 위대한 원지자遠地者인, 오디세우스를 무의식적으로 소환한다. 한 점에서 그는 다음의 구 "트로이 자"(Troy Measure) 【U 6.87】로서 해골 속의 먼지에 대한 분명히 무관한 언급으로 부활에 관해 자신의 농담을 끝마친다. 먼지는 트로이의 온스로 재어지지 않으나, 과거에 대한, 트로이 전쟁에 대한, 과부는 죽음과 부활의 생각에 의해 들뜨고 억압된, 블룸의 마음에 갑자기 열린다. 두 번째 윤회적 순간이 패디 디그남의 관이 땅 속으로 화곤하자 일어나는지라—분명히 엄숙한 순간이다. 관이 살아지자, 블룸은 갑자기 생각한다, "만일 우리가 갑자기 딴 사람으로 된다면!"【U 6. 91】. 〈피네간의 경야〉에서 역시, 죽음과 부활에 대한 엄숙한 언급은 탐사를 옛 탐사를 통재하기 너무나 멀 정도로 갑자기 깊이까지 밀고 간다.

첫째, 노인들 중 하나는 부활의 거장으로서 환영받는 토루를 가지고, 엎드린 인물에 인사한다【499.15】. 이어 노인들 중의 또 하나가 비슷한 말로 지방질의 인물에게 인사한다【499.16】.

이어 두 노인들은 탐사를 계속할 최선의 방법을 토론한다. 한 사람이 다른 사람에게 묻기를, 만일 그가 자신의 음경, "초수의 각,"(supernumerary leg)을 애지중지하며 거기 앉자있다면!【499.20】. 다른 사람이 성마르게 응답하는지라, 만일 그가 마력의 한 번안으로 사용할 수 없다면, 그는 또 다른 것을 사용할 수 있도다【499.26-27】. 그는 승려적-시적 마력을 사용하기를 의도한다―"ollav"는 고대 애란의 승려-시인으로서―
토루로부터 한층 만족스런 대답을 논리적으로 이끌어내는 것이다.

마력의 결과는 투루의 깊이로부터 즉각적인, 놀라운 것으로서, 깊고 괴기한 소리
이다. "Oliver"는 Oliver Cromwell의 두려운 기억뿐만 아니라, *ollamh*의 존재를 보
이는데, 그의 무자비한 잔인성은 어두운 애란의 기억의 큰 부분을 형성한다. '지구존
재' (earthpresence)에 대한 언급은 분명치 않다. 그것은 아마도 요정(poltergeist), 혹은 위
험한 땅신령(gnome), 혹은 작은 귀신(kobold)이리라. 어떤 종류의 놀라운 귀신이 마력
에 의해 소환되고 있다. 토루의 깊은 곳에서부터 방사하는 소리는 신음, 혹은 백파이
프의 전쟁 유사의 삑 소리【499.28-29】, 혹은 냉소적 북 소리를 닮았으리라【500.1】. 경
계하라!

【499.30-501.10】애란 역사의 공포恐怖
이제 〈피네간의 경야〉에서 가장 강력한 구절이 시작된다. 이 장의 시작에서 섬세
한 음악적 신음이었던 것이 갑자기 고통의 노호로서 출현한다. 언화言話의 흐름은, 고
뇌의 백열강상白熱江上에서 태어난 채, 심파心破스럽고 깊이 놀랄 일이다. 부르짖음은
고통스런 애란 역사의 천년기 반의 초상을 구성 한다. 목소리들은 지구상의 그들의
가장 위대한 욕망을 수행하지 못한 저들 고통 받는 사자들의 것이다. 예이츠는 한때
모든 백성으로 하여금 "빈손으로 무덤에 내려가라"고 권고했다. 그들은 아직도 그들
의 수행 하지 못한 욕망에 의해 고통 받는다.

토루로부터 출현하는 최초의 고함들은 타이탄, 그의 슬픈 영혼, 그의 피 흘리는 심
장, 그의 수그린 머리, 그의 열린 관대한 손, 그의 낯익은 발자국의 슬픔에 대해 언급
한다【499.30-32】.

― [불가사이의 인물] 올리버! 제[온]인 대지존재大地存在일지도 모르나니. 저건 한
가닥 신음 소리였던고 아니면 내가 낭패狼狽한 전쟁의 디글 마을²²¹ 백파이프(고지피리)
를 들었단 말인고? 살필지라!
― [심문자들은 신음 소리를 듣는다. 그건 아마도 그로부터 들려오는 피리소리] 나

의 영혼은 죽음에까지도 슬프나니![222] 사랑의 죄수여! 매애애 우는 수사슴심心! 저속
두低俗頭! 황갈수黃褐手! 상관족傷慣足![223] 물(수)水! 물! 물! 목편木片…

— 신의 분노와 도니 천둥 화火?[224] 미계迷界가 움직이는 묘총墓塚 아니면 이 무슨 정
靜의 바벨 수다성[225]인고, 우리에게 말할지니?

트리스탄에 대한 언급 말고도, 고함은 잃어버린 관대한 영도자를 위한 비탄(약간 망
가진)을 형성하는지라, 즉, '그의 사랑의 죄수'는 어디 있는고? '피 흘리는 심장'은 어
디 있는고? 그의 '낮게 누운 선량한 목자'는 어디 있는고? '열린 손'은 어디 있는고?
우리는 이제 더 이상 우리의 문간에 그의' 관습족성'慣習足聲을 듣지 않는다.

라틴 어구는 "마태복음"의 26:38 및 "마가복음"의 14:34로부터 오는지라, —"나의
영혼은 심지어 죽음까지도 슬프나니"(Tristis est anima mea usque ad morten)— '겟세마네
의 정원'에서, '그의 가장 저급한 비애스런 예수 그리스도의 말들, 그때 그는 당신의
재자들에게 그와 함께 살피도록 요구했나니(요나 4:9 참조). 다음의 말인즉, bignum은
필시 "나무" 위의 '당신의 십자가형'의 예수의 예상에 대해 언급한다. 토루의 깊이 속
HCE는 그의 위대한 슬픔과 고통을 표현하고 있다.

【499】"무에로 귀축 된 채"(reduced to nothing), 그의 위대한 시신은 "그의 심신의 분
부활"(resurrection of his bogey)을 기다리도다.

(이내 경야의 환락이 사라지자, 29소녀들로부터 29가지 다른 언어의 비탄의 소리가 들린다)(비탄의 언
급은 소녀들의 목소리를 출분하고, 그들은 HCE의 사거를 그리고 죽음(Death)을 규분糾紛하도다)

— 불행-행-계곡[226] 및 우리 모두에게 작살![227] 그리하여 모든 그의 미용체조 하는 열
애가들. 성무聖舞를 경쾌히 춤추면서, 스물아홉 소녀들이 만가輓歌하는지라. 노새 신神
망자여! 동성애 망자여! 지하사자地下死者여 오! 사死 사死 사死! 오 죽음이여! 오 악령
惡靈이여! 오 암사자暗死者여! 오 살해자여! ……. 우憂 구사자丘死者여! 여汝 사망자死
亡者여! 여사汝死여! 여순교자汝殉教者여! 저주망자詛呪亡者여! 망사亡死여![228] 합사자合死
者여! 율망자慄亡者여! 호아사망呼我死亡이여! 부적사不適死여! 부적망不適亡이여! 망亡
오 사死여! 생生 아 사死여!……. 오 주여, 영원한 빛이 그들 위에 비치게 하사![229] 악운

이 영원토록 그의 눈을 풀어지게 하옵소서! (원문대로!).

(이때 어떤 무례 한이 등장하여 저주를 외친다).

　　—신이여 그대 왕을 도우소서!"(Lung lift the keying!). HCE는 죽지 않았나니.

(갑자기 장면이 바뀌고, 무덤 위에 앉은 불가시자(욘)의 목소리가 들린다. 이를 본 4인들이 그에게 묻나니.)

【499.19】 "여는 현재 그대가 있는 곳에 거기 그대로 좌 석할 생각인고!"하고 묻자, 그(욘)는 "나는 당신이 현재 있는 여기 이 고총古塚에 앉아 있을 참이라,"대답한다. 4인들은 그를 땅에서 솟아난 대지존재大地存在 일지 모른다"고 한다. 그가 첫 예언의 소리를 외치자, 그들은 이상하고도 거친 부르짖음을 땅 아래 듣기 시작하지만, 실은 전화벨 소리이다. "……. 누구세요?"
　　— (늙은 무례한 자신이 참견한다) 그러나 피니쿤(쾌락복자快樂僕者) 위크(양초심지)에는 다량염락多量炎樂이 있도다. 왕王은 죽었나니, 폐활기肺活祈 하소서!
　　(대질 심문은 갑자기 날카로워지고, 상황은 불쑥 바뀐다. 경야의 홍을 축하던 목소리가 갑자기 녹아 살아지고, 이제 4인방들은 오랜 구릉 위에 앉아 있는 불가시적 감시자로부터 소리를 듣는다. 그는 인간의 귀에 이따금 말하는 것과 닮은 요정의 존재들 중의 하나다. 그는 Finn MacCool의 날에 거인들이 현재 및 영원히 불멸의 맥주를 함께 마시는 그곳 요정의 언덕 속에서부터 도래한다. 이러한 요정의 방문객들은 전반적으로 배심원의 훌륭한 가수들이다. 이 자는 자신이 배심원의 가수들(올리브 나무들) 중의 대가를 능가하며, 그들이 방금 불렀던 것 보다 한층 훌륭한 노래를 부를 수 있다고 선언한다).
　　(심문은 형체들의 한층 깊고, 한층 찬란한 지대의 커다란 돌파구 속으로 들어갈 찰나이다. 이 도전적이요, 거친, 불길하게도 자신이 넘치는 화자는 거인부巨人父의 전초前哨요, 과연, 한 사람의 화신으로, 저 바로 실지의 복화술을 조롱하면서, 마찬가지로 변용될 수 있을 것이다. 그가 자신의 최초의 전조적前兆的 목소리를 쏟자마자, 4인방들은 지하로부터 가장 괴기하고, 가장 황량한 부르짖음을 엿듣는다. 그것은 마치 욘의 인물에 대한 그들의 심문 적이요 해부적임이 그의 엎드린 거체巨體를 통해서 그가 누워있는 언덕의 실체 속으로 이우는 듯하다. 오랜 잊혀진 메아리들이 과거의 깊은 토루土壘의 무덤에서부터 흩어져 나온

다. 모든 것은 애초에 혼돈 자체요, 4인방들은 흥분으로 소란하다).

— (나이 많은 무례한의 목소리가 부르짖는다) 신이여 그대, 오이디푸스 국왕을, 섬기소서!(God serf yous kingly, adipose rex!).

(심문자들이 따진다. 욘이 있을 법하지 않은 거짓말들의 있을법하지 않은 뒤범벅을 토로하고 있다고 비난 받는다).

— (그러자 불가시의 인물이 경박하게 대답한다) 올리브! 저인 대지존재일지도 모르나니. 저건 한 가닥 신음 소리였던고. 아니면 내가 디글 마을 백파이프 (고지피리)를 들었단 말인고? 살필지라!
— **나의 영혼은 죽음에까지도 슬프나니!** 사랑의 죄수여! 수사슴이여!
— 신의 분노와 도니 천둥 시장화市場火? 세계가 이 묘총 속에 움직이고 있는고. 아니면 이 무슨 바벨 수다성 인고, 우리에게 말할지니?
— 피하수彼何誰 연결자는 피하수 피하수 피하수! 피하수 피하수 피하수?

(4자들이 그들의 귀를 땅에 대고, 듣는지라, 이는 아마도 군인들 혹은 먼 곳의 말발굽 소리인고? 천만에 그것은 오히려 전화 목소리도다).

【500】심문자들은 이 소리를 군마軍馬의 소리로 오인한다. "스네어 드럼(군고)軍鼓이 도다!"가 페이지의 계속되는 대화는 〈율리시스〉의 제11장인 "세이렌"장의 첫 서곡처럼 다양한 음악적 주제를 함유한다. 트리스트람과 이졸테 간의 사랑의 전화 대화, 스위프트와 스텔라의 사랑, 경야의 환희의 소요, 시계 소리, HCE의 침실 창문을 긁는 나무 가지 소리, "딸그락 딸그락" 등등, 다분히 바그너 오페라 같은 서곡의 언어 주제들(verbal motifs)을 연상시킨다.

— 스네어 드럼(군고軍鼓)!(군마의 소리) 귀를 땅에다 댈지라. 죽은 거인. 생인간生人間! 그들은 골무와 뜨개바늘 놀이를 하고 있도다.[230] 게일의 일족![231] 도跳! 속에 하수何誰?

— 구담鳩膽(덴마크인)[232]과 미美(판) 상어 지느러미, 그들은 구출救出을 위   해 달리
고 있도다!

— 딸그락. 딸그락. (이 주제는 경야의 환락의 잡음과 내내 연관되고, 추락의 주제를 동반한다. 그
것은 또한 시계 소리이기도 하다.)

— 크럼 어뷰!²³³ 크롬웰의 승리를 위해!

— 우리는 그들을 찌르고 그들을 베고 그들을 쏘고 그들을 히죽일지라.

— 딸그락.

— 오, 과부들과 고아들이여, 그건 향사鄕士인지라! 영원한 적赤정강이! 랑카스
(터)[234] 만세!

— 노루動의 외침[235]이라 그건! 흰 수사슴. 사냥나팔 부는 사냥개![236]

— 우리의 **아이리시 타임즈** 지紙의 그리스도! 우리의 아이리시 **인디펜던스** 지의
그리스도! 그리스도가 **프리먼즈 저널지**를 지니소서! 그리스도여 **대일리 익스프레스**
지를 밝히소서![237]

— 격군학살擊軍虐殺할지라! 딸을 범할지라! 교황을 질식할지라![238]

— 광청光聽할지라! 운부雲父여![239] 불확부不確父여! 무선無善이여!

— 딸그락.

— 팔렸나니(이솔데)! 나는 팔리도다! 염신신부鹽辛新婦! 나의 초자初者![240] 나의 말매
末妹! 염신신부여, 안녕히!

— 애관적愛管笛(피페트)![241] 우리에게! 우리에게! 내게! 내게!

— 퇴거! 퇴거! 진격![242] 전진!

— 내게! 나는 참되나니. 참된! 이솔데여, 애관적. 나의 귀녀!

— 딸그락.

— 염신鹽새색시, 나의 값을 내기할지라! 염신鹽辛아씨여!

— 나의 값, 나의 값진 이여?

— 딸그.

— 염신신부, 나의 값! 그대가 팔 때 나의 값을 받을지라![243]

— 딸그.

— 애관적! 파이프트, 나의 무상고가자!

— 오! 나의 눈물의 어머니! 나를 위해 믿을지라! 그대의 아들을 감쌀지라![244]

— 딸그락. 딸그락.

— 자 이제 우리는 그걸 이해하도다. 음량을 맞추고 이역을 청취할지라! 여보세요!

아래 500페이지의 해설은 주로 Epstein 교수에 의한 것임【197-8】

【500.4】흑黑의 외국인과 광光의 외국인(셈과 숀, 덴마크인과 노르웨이인)은 애란을 재차 침략한다.

【500.5】장에 곡, 방금 삐꺽거리는 불길한 상음上흠.

【500.6】피츠제럴드 가의 전쟁 곡, 기원 노르만 인 그러나 방금 애란 가족의 가장 애절한 것 대對 원주민 가톨릭 아일랜드인 의해 살해된 신교도 영국의 정주자들을 복수하기 열熱항 크롬웰의 의회 군대. 17세기 야만적 영국의 복수 행위가 크롬웰로 하여금 애란 국민들에 인내의 공포 명을 만들다.

【500.7-8】침입자들의 예리한 전쟁 곡, 방금 군악 북에 의해 반주된 채.

【500.10-11】애란의 여인들의 아우성, 그들이 자신들에게 돌진하는, 그들의 잔인성으로 유명한 영국 여인들을 보자. "붉은 발 도요(새)들!"의 경쟁 아우성이 애란의 원주민 켈트 주민들을 소환하자, "랜크스 궐기!"가 통상의 무시시한 방법으로 애란의 반대당을 억압하는데 종사한 영국 군대의 격려의 호령.

【500.12-13】4노인들에 의해 동일시되는 가톨릭 목소리들, "사슴의 부르짖음"이 성 패트릭의 찬가이요, 흰 암사슴이 드라이든의 "암사슴과 표범"에서 가톨릭교회를 대표하다. 공포의 노인들이 혹악한 사냥을 듣자, 그들은 평화를 위한 외침 혹은 아마도 누가 토지에 대한 합법적 타이틀을 가진 자인지에 관한 정보를 위한 것.

【500.14-16】성 패트릭의 생존기도들의 하나의 음률 속에 애란 신문들의 이름들: 〈아이리시 타임스〉, 〈아이리시 인디펜덴트〉, 〈프리만 저널〉, 〈데일리 익스프레스〉. 여기 그의 불과오不過誤 메시지를 가진 교황과 동일한 애란 인들의 의도를 의한 기도가 있사옵니다. 애란에서 교황 칙서의 작용은 신문 사설에 의하여 수행된다.

【500.17-18】파업, 살해, 그리고 도살! —스로-나-에이리인—애란 군대—는 민족구의자적 사회를 의미했다. "교황을 추구하라"라는 절규는 증오의 전통적 신교도의 외침이다.

【500.19】주님의 기도의 시작—"우리의 아버지"—인민이 기도하는 것, 그리고 누구에게 대한 전반적 불확실 속에 삼투할지라.

【500.21-2】염수(바다)의 신부인, 이솔드에 의해 배신당한 트리스탄의 고뇌의 외침—오히려 양 이솔드들, 양 소녀들, 이씨와 에씨, 최초와 최후의 자에 의해. 그것은 또한 에더라는 이름의 두 소녀들에게 자신의 냉대를 애도하는 스위프트의 목소리이다.

【500.23】그들을 선택하는 스위프트의 고뇌의 목소리. 소녀들과 합류하려는 그의 욕망("우리에게! 우리에게!"), 그의 기본적 에고(이기주의) ("내게! 내게!")는 그가 살아있는 동안 스텔라와 바내사를 거절했다.

【500.24】영국의 한 원사元仕가, 베이루트의 바그너풍의 독일의 폭력의 가벼운 암시를 가지고, 그의 점령군을 거칠게 재촉하다.

【500.25-31】소녀들에 의한 그의 배신에 탄곡嘆哭하는 트리스탄의 목소리, 그리고 그의 추종자들에 대한 그의 가장 명료한 발굴을 생산하는 파넬의 목소리와 함께 혼성된 채, 사그라져 가는 장의성葬儀聲—만일 그들이 그를 영국인에게 배신해야 한다면 그의 대가를 얻기 위해—그리고 최후로 스텔라를 위한 그의 영원한 사랑을 어찌할 바 없이 그리고 헛되게 언급하는 스위프트의 목소리.

【500.33】어찌할 바 없는, 좌절된 사랑의 이 일련의 목소리로, 마지막으로, 그리고 가장 놀랍도록, 그의 어머니, 매리 조이스로부터 용서를, 인생의 그녀의 마지막 순간을 슬프게 한대 대해 요서를 비는 제임스 조이스 자신의 목소리.

빛(태양)이 솟자, 인간 역사의 불타고 무서운 깊이가 독자에게 인간 생활을 가장 근원적 양상으로 안내한다. 이어 토루는, 노인들의 질문에 답을 피하려는 그의 시도에서, 독자를 세계의 역사의 여정으로, 그것의 바로 시작부터 데리고 가나니—창조, 인생의 나무, 그리고 세계의 첫 가족의 서술을.

【501】이어 전화선의 비 연결. 침묵. 그리고 막간을 알리는 신호들. "중막. 스텐드 바이(대기)! 차안 등."다시 경야와 추락의 이야기가 시작된다. 4자들은 라디오를 듣자, 날씨가 보도 된다. 일기 예보, 날씨, 백야, 비, 안개, 서리 등. 그들은 무녀巫女를 호출하고 자계磁界에 들어간다. 그들은 욘으로부터 한 여름 밤의 갖가지 공원 장면에 관해 들으려고 시도한다.

　　— 딸그락.

　　— 헬로! 팃팃! 그대의 칭호를 말할지라?

　　— 새 아씨.

　　— 여보 여보세요! 여긴 볼리마카렛! 나는 이씨와 연결? 미스?

　　— 팃! 하시何時…?

침묵. (단절로 끝나는 정화)

(그러나 이들의 전화 또는 말의 진행은 불연속-침묵으로 끝난다. 이는 말의 진행 및 환의 종말의 상당한 휴지를 가리킨다. 연극의 연출로서 계속하면서, 무선의 호출 소리는 더블린의 여름밤의 날씨와 풍경으로 바뀐다.)

(새롭고 분명함과-선명함이 이 시점에서 대질 심문에 나타난다. 거기에는 커튼, 전기, 각광을 요구하는

외침이 들린다. 4대가들은 그들의 연결을 얻으려고 시도한다. 그들은 라디오 광고에 귀를 기울인다. 일기 예보. 쾌청한 날, 봉화, 백야, 비… 공원의 밤은 맑았던고? 그들은 자신들이 한층 깊이 몰입함을 알고 있다. 그들은 무녀(Sibyl)를 부른다. 그들은 재차 자계磁界 안에 있다. 4노인들 중 하나인 누군가가 욘으로부터 자신들이 흥미를 느끼는 특별한 한 여름 밤에 관해서 어떤 세목들을 수립하려고 시도한다.)

(모든 흥분 뒤에, 장면이 여전히 HCE의 재판에 관한 그것임을 알게 되다니 실망스럽다. 한 증인이 빠르고 예리한 심문을 받고 있다. 그러나 현재의 증인의 진술에 관해 한갓 격려적인 선명함이 엿보인다. 우리는 마침내 진리에 도달하고 있음을 스스로 느낀다. 그는 공원에서 첫 내외의 최초의 만남의 시간과 장소를 서술하고 있다. 그이 자신도 거기 있었던 듯 보인다.)

"중막中幕. 스탠드 바이(대기)! 차안등遮眼燈! 막 올림. 전기, 좀! 각광!"(Act drop. Stand by! Blinders! Curtain up. Juice, please! Foots!)

— 여보세요! 댁은 58 및 번番인고?

— 알았도다. 40 당근 깡통(번番)이라.

— 정확하도다. 자 이제, 잠깐 시에스타(낮잠) 뒤에, 내게 한 순간만 허락할지라. 제대의 저주전어詛呪戰語에는 한 가닥 휴전. 전선일소戰線一掃, 우선점호優先點呼! 시빌(무녀)! 저것이 보다 나은고, 아니면 이것이? 시빌 헤드가 이쪽 끝! 저 쪽 길이 한층 나은고? 소형 휴대용 스포트라이트를 따를지라. 좋아요. 이제 아주 좋아. 우리는 다시 자장磁場에 있도다. 그대는 쾌청 일에 잇따른, 특별한 성 누가 성하의 밤을 기억하는고? 낙뢰를 위하여. 빛의 깜박임과 제광制光을 주의할지니!

— 자 그런데. 아일도亞馹島는 타임즈(시보時報).

— 아직도 그의 특평양特平洋의 혹파或波로부터 부르짖음이? 더 이상 아니? 단연속斷連續의. 그날 밤 성포 아일랜드의 모든 민둥산 언덕에는 불이 타고 있었도다. 그래서 한층 나아졌던고?

— 그들은 봉화들이었던고? 그것은 분명?

— 진봉화眞烽火!

— 글쎄 그건 고백야高白夜였던고?

— 인간이 여태껏 보았던 최백야最白夜.

— 혹시나 비가 왔던고, 무로霧露?(Was there rain by any chance, mistanddew?)

【501.10-503.3】 역사의 여행, 세계의 창조

역사 여행은 창조의 세계의 상태로 시작한다. 욘이 서술하는 신세계의 첫 양상은, 노인들의 대사 읽어주기 하에, 빛을 창조하는 횃불이다.【501.24】. 그들은, 그들의 푸른 턱수염이 천국으로 흐를 때 생생하게 서술된다.【501.29】. 조이스는 횃불의 이 서술을 아이스킬로스(그리스의 비극시인)의 〈아가매논〉(*Agamemnon* 305-6)으로부터 따왔는지라, 횃불은 트로이의 추락을 선언한다.

원래의 밤 동안, 위대한 창조주, 타이탄적 원래의 남성 산山의 힘은, 위대한 원래의 여성 골짜기의 힘과 더불어, 거대하고, 경쾌한 사랑의 힘에 종사한다. 창조주는 인디안 고무공처럼 주위를 도약하고 있었다.【501.31-33】. 바다는 처음부터 눈이 볼 수 있는 한, 백모(白帽)로서 가시적이었고, 일기의 모든 효과는 천둥을 위한 것 이외 존재했거니와, 그것은 나중에 비코의 시나리오 속에 등장한다【502.23-503.3】. 자연의 효과는 여기 다음 장, III.4에서 매일의 현실의 무대 제시를 예상하면서, 무대 자산資産으로서 서술된다.

토루로부터 출현하는 것은 애란 역사의 진정한 목소리인지라─날짜와 왕과 조약의 역사가 아니요, 그러나 〈율리시스〉에서 스티븐 데덜러스가 그로부터 깨어나기를 원하는 역사의 악몽을 통해 고통 하는 인간의 피나는, 슬픈 목소리이다. 고뇌의 목소리는 4노인들을 완전히 압도하는, 용암처럼 불타는지라, 그들은, 아카데미 역사의 대표자인, 가레트 디지 교장을 닮았다. 그들은 헛되이 흐름을 저지하려 애쓰는지라, 그러나 그것은 계속 불타도다. 노인들은 사공死恐으로, 과연 1916년에 그가 그랬듯이, 살아 되돌아오는 아일랜드의 죽은 거인을 인식하도다(500.1-2,2-3). 그러자 사자死者의 목소리들이 토루 밖으로 터져 나온다:

역사 여행은 창조에서 세계의 상태로서 시작한다. 욘이 서술하는 신세계의 첫 양상은, 노인들의 암시 하에, 빛을 창조하는 봉화(횃불)이다【501.24】. 그들은 자신들의 푸른 수염이 천국에로 흘렀듯 생생하게 서술된다【501.29】. 조이스는 봉화의 이러한 서술을 아이스킬로스(희랍의 비극 시인)의 **아가멤논**(트로이 전쟁의 희랍 총지휘관)으로부터 획득한지라, 즉, 트로이의 추락을 선언하는 반딧불은 "불결의 힘으로 화염의 강력한 수염을 쏘아 올린다."

본래의 밤 동안, 위대한 창조주(HCE)로서, 타이탄적 본래의 산 사나이의 힘은 위대한 본래의 여성 골짜기(ALP)의 힘과 더불어 사랑의 거대한, 즐거운 놀이에 종사했었다. 창조주는 인디언 고무공처럼 주위를 도약하고 있었다. ― 그는 스스로 자대고양自待高揚하고 스스로 사방 부양浮揚하며 안데스 산山 인도 고무공처럼 그녀의 경잡언鏡雜言을 낙혼樂婚하려고 스스로 부령浮靈하고 있었도다【501.31-33】. 본래의 날에는 모든 종류의 날씨가 있었나니, 덥고, 추운지라, 비, 눈, 모든 사방팔방으로부터 바람, 안개와 서리, 우박―사실상, 이중으로 혼돈된 카오스여라【501.34-502.10】. 모든 43 고전적 원칙들 및 모든 4 고전적 요소들이 거기 있었도다. 덥고, 춥고, 습하고, 그리고 매마르도다. 지구, 공기, 불과 물【502.17-24】. 바다는 시작부터 가시적이라, 눈이 볼 수 있는 한 백모白帽를 지닌 채, 그리고 무대 일기의 모든 효과는 우뢰 이외 존재했나니, 그것은 비코의 시나리오에서 나중에 오도다【502.25-503.3】. 자연적 효과는 여기 무대 소유물로서 서술됨을 유념할지라, 그것은 다음의 장인, III.4.에서 매일의 현실의 무대 제시를 예상시키도다.

【502】 이어지는 욘과 4심문자들 간의 대질 현장. 공원의 겨울 야경에 대한 질문, 서리, 얼음, 차가움, 안개, 비, 우뢰, 등 공원의 겨울 날씨가 서술되다.

―그건 확실히 가소로운 일이었는지라, 그리하여 근처에 성에꽃과 짙은 날씨 및 후빙厚氷, 즉서, 즉동, 온한상… 날씨는 온한溫寒, 건습乾濕이 습지에, 파라다이스이든 공원이든, 영원의 느릅나무 혹을 물무푸레 나무가 자란다. 욘은 말하는지라, 이들은 생명의 나무요 십자가이다. (욘은 이들 위대한 나무가 3군인들과 2소녀들을 피난시킨다고 말한다.)

【503-506.23】 (역사 여행, 에덴동산, 돌과 나무와 더불어)

원原 세계의 여정에서 다음 장면은 에덴동산이라, 그것은 본래의 '경야' 풍경의 '돌과 나무'를 포함한다.'돌'은 채포된 시간의 상징적이요,'나무'는 생의 진전의 그것이다.'나무'는 이그드라실(Yggdrasill)(북 유럽 신화, 거대한 물푸레나무)이요, 우주의 부구 목, 그리고 원천적 에덴동산의 생명의 나무, 다윈의 생명 목이다. 거기 또한 동산에는 한 마리 뱀이 있나니, "성서"의 원천의 뱀이요, 익그드라실의 뿌리를 갉아 먹는, 북구 신화의 뱀이다.

'나무와 돌' 양자는 '에덴동산' 에 관한 질문자의 심문에 대한 욘의 대답으로, 그리고 '나무' 의 상징적인 "공통의 혹은 정원" 내용【503.4】속에 소개된다. [4심자가 피닉스 공원에 관해 묻기를] "이 공유지共有地와 정원은 이제 성좌사실적星座事實的으로 깨진 도기陶器와 고대의 야채를 위한 청취聽取의 성장星場인고?'【503.4】욘은 영원한 물푸레(재)(ash) 나무 주위의 불결한 재를 불평한다. 오물은 '돌' 의 원리이요, 그것은 재와 물푸레나무에 의해 증강된다.

질문들과 욘은 그러자 동산과 그것의 내용물을 탐구하기 위해 정착한다. 동산은 아담과 이브가 처음 만난 부엌 오물더미로서 묘사된다【503.8-9】. 그러자 질문자들 중의 하나가 "─그건 최후의 사종풍(the four lasy winds)(4종의 죽음, 심판, 지옥 및 천국, 초상) 3장 참조)애 아주 부부 노출된 장소인고?'하고 묻는다. (여기 '우탄의 덴마크 저소' 는 글로체스터의 실지 장소이다.) 그러나 또한 그것은 장차의 III.4에서 신근伸筋(extenso)에 뒤에 전시되는, HCE의 광대한 둔부(Arse)(인간의 감탄)를 서술한다【564.1-565.5】.

【503】 심문자가 HCE의 죄의 현장인 피닉스 공원에 관해 묻는다. "이 공유지와 정원은 이제 성좌사실적으로 깨진 도기와 고대의 야채를 위한 청취의 성장星場인고?'이어 그들은 공원의 거목巨木에 관해 언급 된다." ─과거 그러했나니, 분명히. 아날(the Annar)강 곁에. 스리베나몬드의 여울 가에. 옥크(참나무)리 에쉬즈(무풀래나무) 느릅나무. 한 장과나무 가지로부터 머리띠 눈 더미와 함께…"

─ 공피복空被覆 아래 우뢰 있었는지라.
─ (욘의 대답) 정원은 이제 지독히도 불결하도다. 단순히 경칠 오장汚場이라, 한 개의 영불결永不潔의 재떨이로다.

(목격자 왈) 그는 저 최초의 걸맞지 않은 부부(HCE 내외)가 처음 서로 만났던 그 유명한 패총을 알고 있도다. 그들은 핀갈에서 또한 만났다, 생거목生巨木 아래, 사종풍四終風에 아주 노출된 장소, 우탄憂歎의 덴마크의 숲속에서. 거기에는 판석이 있었는지라. 분묘의 기억을 위한, 경고와 함께, "무단 침입자는 고소당할지라." 거기에는 또한 한 그루 느릅나무가 있었나니, 거목이라. (햇빛과 그림자 속에 서 있는) 이 가족의 나무 가지들

위에 크리스마스의 사철나무 및 담쟁이, 그리고 뱀과 추락의 무화과 잎들이 있도다.

푸른, 검은, 그리고 회색은 독일에서 서술된 맹목盲目의 3종류이다. 조이스는 그의 눈의 극심한 의학적 문제로서 이러한 구어들을 잘 알고 있다.

나무의 파트너인 돌은 작품의 가장 생생하고 정교한 기성 형식(고심한 문학)의 하나 속에 탁월한 세목으로 서술되고 있다.【503.30-506.18】. 나무는 전통의 3위대한 나무들로 구성된다:

i) Yggdrasill: 북 유럽 신화의 세계목(世界木). 나무의 뿌리는 지하세계로 내려가는지라, 그것의 둥치와 뿌리는 지하세계의 9 왕국에로, 종간 지구에로, 그리고 신들의 왕국에로 연결한다. 나무의 뿌리에 3개의 샘들이 있다.

ii) 에덴동산의 생명의 나무: 아담과 이브는 동산에서 추방되었는지라, 그런고로 그들은 이 나무의 과일들을 먹을 수 없으리니, 아 나무는 불멸을 제공한다. 그러나 인간은 궁극적으로 계시록에서 예언했듯이, 이 나무를 먹을 찬스를 가지리라.

iii) 다윈의 생명의 나무: 다윈은 유명한 은유에서 지상의 생을 잉태하도다. 같은 급의 모든 인간들의 친근함으로 때때로 한 그루 큰 나무에 의해 대표되었다.

조이스의 생명의 나무는 이러한 큰 나무들의 모든 3그루와 특성을 분담 한다. 조이스의 나무는 그것이 인간과 동물의 행동의 모든 다른 형태를 포함함에 있어서 Yggdrasill을 닮았다. 조이스의 나무는 모든 인간의 성과 모든 수준의 인간 사회를 포함한다. 다윈의 생명의 나무처럼, 조이스의 나무는 인간과 동물의 진화의 과정을 구체화한다. 조이스의 나무는 형태의 불멸을, 확실히, 개인적 불멸이 아니나, 전형적 가족의 생, 죽음 및 부활을 구체화한다. 사실상, 이 III.3의 나중에서, 우리는 영웅(주인 공) HCE를 보는바, II.3에서 그는 욘의 깊이로부터 부활된 그의 아이들로 구성된 사형私刑에 의해 압도된다.

【504】 (피닉스 공원의 큰 느릅나무)

심문자(증인)는 다시 묻는다. "—공간의 기관원을 향해 소생 거슬러 올라가거니와, 이 발군의 거목은…얼마나 거대한 것인고, 수목 선생?" 여기 세계 최고의 거목은 인생의 원초적 상징을 비롯하여, 인간과 우주 및 HCE와 ALP의 결합의 상징이다.

나무와 돌이 공히 에덴동산에 관한 질의자들의 심문에 대한 욘의 대답 속에 소개된다. 욘은 에덴동산에 관한 질문자의 심문에 대한 욘의 답변 속에 소개된다. 그리고 그것은 "공동의 혹은 정원"의 만족스러운【503.4】나무의 상징이여라. 욘은 영원한 회목檜木들 주위의 불결한 오물과 회진灰塵을 회환回還한다【503.7】. 오물은 돌의 원clr이라, 그것은 회진과 회목에 의해 강화된다.

커다란 '나무'가 4노인들의 하나로부터의 질문에 의해 소개되는지라, 그는 동산에 한 거루 나무가 있는지의 여부를 묻는다. 욘은 한 거루 개암나무 거목이 있었음을 대답한다【503.30】. 우리는 '인생의 나무'로부터 먹고, 옷 입을지나, 우리는 그걸로 또한 죽음에 이르는지라, 그리하여 우리는 그것으로부터 인생의 이야기를 읽을 수 있다. 우리의 독서는 나뭇잎들에 있다. 커다란 나무는 남쪽 태양과 북쪽 그늘 속에 서있는지라, 이는 조이스의 '생의 나무'에 특별하게도 대조적인 봉입封入의 주제의 시작이다.【504.6,7】.

새들과 동물들이 접근하고, 그것의 가지들 주위를 나르며, 그것은 목피와 사막의 벌새들에 몸을 비비나니, 마치 성 제롬마냥, 3자 형태의 헤브라이어를 공부하도다【505.4】. 마지막으로, 그랜드 클라이맥스로서, '나무'로부터 솟아 나오는 도토리들과 솔방울들이 있으니【505.4-5】, 통제 불가의 풍요를 현현하도다

― [증인-4대가] 공간의 기관원器官源[245]을 향해 생소生小 거슬러 올라가거니와. 이 발군拔群의 거목巨木은 기회수基回數에 있어서 바로 얼마나 거대한 것인 고, 수목 선생? 그대의 시인의 곡상谷上, 조감고견鳥瞰高見으로![246] 나는 그대가 우리에게 부글부글 지껄여대는 것을 듣고 싶은지라, 엄격한 추기경기수선거회의樞機卿基數選擧會議에서, 자색적紫色的으로,[247] 그리고 너무 지나친 이태희랍인적伊太希臘人的[248] 태평간섭太平干涉없이, 우리의 주권적 두경존재豆莖存在[249], 토머스 제우스뇌신자雷神者에 관하여, 그대가

흉중胸中에 알고 있는 것을. 오 그걸 말할지라!

【505.5-6】 풍요는 하나님의 특성인지라, 그의 창조력의 충만의 특성이나니, '나무는 그의 관대한 도움을 갖는다.

나무에 대한 기다란 서술이 이어진다. 그리하여 증인은 그의 은소隱所로부터 그걸 보는지라, 일어난 것들을 적어 놓았도다. 그것은 가장 비범한 광경이었도다.

(이제 서술은, 모든 신화들에 알려진 세계의 축 (World Axis)인, 위대한 세계의 나무에 관한 것이다. 이는 생의 원초적 상징이다. 영원히 자라면서, 그의 영원히 죽은 잎들과 가지들을 떨어뜨리면서, 남성 및 여성 그리고 중성으로 동시에, 모든 것을 숨기며, 모든 것이 그 주위에 맴도는 극성極星까지 솟으면서, 심연의 천수泉水에 뿌리박은 채, 인간과 우주의 힘과 영광의 이 거대한 식물 상징은 여기 HCE와 ALP의 인물의 영원한 결합으로서 대표된다.)

(나무 곁의 한 톨 돌멩이 있나니. 거대한 단석單石 또는 탑산塔山은 세계의 축의 또 다른 유명한 신화적 상징이다. 돌 속에는 급진적 활력(다이너미즘)은 있지 않으나, 대표되는 우주의 영겁永劫이 있다. 우주의 과정을 통제하고 영원에서 여원으로 인내하는 영원하고 통제하는, 불변의 법칙은 저 불변의 돌 속에 상징화되고 있다. 증인은 제일자(One)의 모습들인 나무와 돌을 다 같이 서술한다. 그리하여 이 제일자는 우리의 전체 심문이 그를 향해 움직이는 한 존재의 위대한 수수께끼이다.)

【504.20】(욘의 거목에 대한 서술. 이는 〈율리시스〉 제12장에서 수목세계의 결혼 축가 [epithalamium]의 장면을 연상시킨다)【U 268】. 그녀(나무)위에 자라는 자, 튜더 왕조향王朝香의 여왕시녀들 및 아이다호 점포녀店鋪女들 그리고 그들 숲의 아가들이 있는지라, 그리하여 태양조太陽鳥들이 첨단 돛대 위에서 요가搖歌하도다. 그리고 우라니아 사과司果들이 천지天地의 감자甘蔗 놀이를 하는지라. 그리고 피니언들이 그의 몸통 속에서 코를 골도다. 십자골十字骨이 그의 성상聖床을 뒤덮으면서 그리고 에라스머스 수미스의 감화원과 아담 스미스의 소년들이 그들의 하수下手의 연필을 가지고, 종의 기원起源을 위해 그의 나무 아귀를 기어오르며, 그리고 견청絹靑의 측안側眼을 가진 챠로트 다링(애인들)이 그들에 대한 불찬성 속에 재잘거리며, 그리고 노불구병사들의(Kilmaimthem) 연금수령자들은 무너뜨린 이정표를 경타하고, 수채화의 본데없는 소녀들은 그로부터

뚜쟁이들을 꺾으며 그리고 코크 로빈 새들은 그의 북구주신금지北歐主神金枝 난목卵木 (eggdrazzles)(Yggdrasill. 독일 신화의 World Ash. 이 이름은 Ygg의 군마를 뜻하는지라, Ygg는 또한 Woden의 이름이다. 후자는 HCE와 빈번히 동일시된다)으로부터 새끼를 까는지라, 해와 달이 인동화와 흰 헤더 꽃을 말뚝 박으며…

【505】공원에는 나무와 함께 새들, 과일, 동물들이 서식하고 있음이 서술 된다. 욘은 나무들 가운데서 그와 맞먹을 자를 보지 못했다고 단언한다. 욘은 나무에 기어오르고, 자신이 가장 악질적인 악마라 불리고, 거기서 나오도록 일러 받았으며, 그 때문에 여생 동안 수치를 받았도다.

그러나 거목(HCE)은 왜 "통속수무책이 되었던고, 저 패물자가, 녹아웃(대타격)되어, 노역 속에 기진맥진했던고?" 화자는 질문하고 욘은 대답한다. 그것은 그가 공원의 동물들에게 조잡행위(고원의 죄)를 했기 때문이라.

그리고 헤더 꽃. 곤줄박이 박새가 거기 나무 송진을 똑똑 두드리며 그리고 취조鷲鳥가 타르를 여타지 살피면서, 원야의 생물들이 그를 근접하는지라, 담쟁이덩굴과 함께 호랑가시나무가지 사이를 할퀴거나 비비적대면서, 사막의 은둔자들이 나무의 삼문자근三文字根과 그의 도토리 위를 그들의 지옥의 정강이를 껍질 벗기는지라. 그의 나무 잎들이, 야시夜時 이래, 그들 가지들이 각자 모두 자신들의 신세계에서 그의 쌍생의 맹아萌芽를 통하여 사방에 상봉하거나 악수하고 있었도다. 거목은 자유방탕의 관목이니, 그러나 돌은 법의 돌인지라 죽음이라 이름 지어 진 채, 무한의 진리 속의 유한의 마음이라. (거목의) 형태는 남성, 성性은 여성.

― 거목은 그토록 고양된, 현저한, 비상낙농의 그리고 탁월한 것인고?

― 그는 그들에게 진리를 말하고 있는고?

―맞아, 대동소이할지라도.

그러나 왜 이 목남천사木男天使가 그의 통 속수무책이 되었던고? 글쎄, 그는 상시 동물에 대한 조잡행위의 증언을 위한 장본인이었는지라.

'나무' 위에는 또한 한 마리 독사가 나무 둥지 아래 사틴의 빛나는 옷을 입고 미끄러지나니, 에덴동산에 거주한 종류의 뱀이요, 또한 Yggdrasill의 뿌리를 물어뜯는 독사/용을 닮았다【505.7-9】. 욘은 창조 이래 속삭이는 나무 잎들과 가지들이 서로서로 영원히 비틀며 악수하는 언급으로 말을 끝낸다. 거대한 서술은 영원한 환과 커다란 나무 주위를 감도는 가지들에 대한 언급의 말로 종결되나니, "버커스 무당의 부르짖음"(Evove)【504.20-505.13】이라, 이는 "영원히"(forever)를 의미하는 생략어이다.

욘과 노인들은 흥분된 법전에 종사하면서, '나무'의 고양됨을 말한다. 아무도 여태 그것과 동등한 것을 보지 못했는지라(조어鳥語로 표현 된 채). 과연 그것은 자유의 나무로다【505.14-17.21】! 욘은 그러자 나무의 이름을 부여하는지라【505.29】, "사과나무"의 독일어인 *Apfelbaum*으로, 에덴동산의 나무의 합당한 이름으로, 상승과 하강의 상율上律을 지니나니, 인간 그이 자신 마냥, 그의 불복종으로 추락하고, 이어 '행운의 추락'을 통해 상승하도다.

【505.32-506.33】 역사 여행: 추락

인간의 추락에 대한 인유는 원형적 가족의 서술에 대한 다리를 마련하거니와【505.32】, 이는 어리석은 아담, 그의 부인, 그리고 페니스이다. 혹은, 한 노인이 부르짖듯, 세계, 육체 그리고 악마로서—어떻게 이 마왕적 사건이 우리를 위해 고통의 범세를!

같은 노인이 묻기를, "인간과 천사의 결합인, 아담이, 나무 주위의 그의 모험의 결과로서 그의 아픈 엉덩이를 노크했던고?' 욘은 어떻게 아담이 모든 생물들에게 이름을 지어 주었던가, 그리고 그리하여 하나님이 당신의 특권을 침식함으로써 분개하는 창조의 죄를 범했던가를 관련시킴으로써 대답한다. 그것은 기어오르는 뱀인지라【506.2】, 그 자는 종용하여 아담을 최초의 죄를 범하게 했도다. 이것이 '집의 주인'인, 하나님을 뱀으로 하여금 그의 배로 영원히 기어 다니도록 강요함으로써, 벌주게 했도다. 조이스는 과격한 '쉬'란 말로 끝나는 문장을 씀으로써, 최초의 '유혹자'를 서술한다【605.36-506.8】.

【506-10】 "접촉자 톰"[Toucher Thom-HCE]에 관하여

【506】 욘은 또한 거목에 이름을 새기곤 했나니. "두꺼비, 집오리 및 청어를 나무에 새겼는지라…." 이에 거목은 균형을 잃었나니, 이것이 ALP와의 균열의 원인이 되

도다. "그리하여 자신의 생활의 균형전을 위하여 스스로 수치스럽게 하였도다." 여기 HCE의 수치의 죄가 부각된다. "오 행복한 냉죄冷罪여!" 이어 HCE에 대한 본격적인 죄의 실체가 토론된다. 심문자는 욘에게 HCE를 아는지 묻는다. "그대는 한 이단자를 정통하는고, 대리적으로 하인 '접촉자 톰'(HCE)으로 알려진…" 심문자는 욘에게 50세 가량의 남자요, "밀크와 위스키를 탄 아나 린사 점의 흑차黑茶에 반한" 남자(HCE)를 아는지 묻는다.

왠고하니 그는 자기 자신의 주석별명朱錫別名을 나무에 새겼는지라. 그러자 대선구자大先驅者가 그를 뇌성雷聲 야단쳐 스스로 수치 되게 했도다. 그들이 골짜기를 통하여 그를 각인脚引했나니. 그리하여 그것이 그로 하여금 삼목락자三木落者들의 최초의 왕자가 되게 했는지라.

(심문의 정신이 바뀐다. 거대한 신화적 이미지리가 사라진다. 공원의 추락이 〈피네간의 경야〉의 낯익은 말들로 제시 된다).

중인(목격자)은 이 모두갑帽頭岬에 그가 얼마나 가깝게 느끼는지 요구 받는다. 그는 추운 날에는 자신이 멀리, 그러나 비 오는 밤에는 가까이 있는 듯하다고 대답한다.

뱀의 존재는 이내 아담과 이브의 '행운의 추락' 을 회상시킨다【506.9-10】.

— 오 핀래이의 냉보冷褓!(행복한 냉죄冷罪여!)[250] [HCE의 수치]

— 아담 죄의 필요여![251]

— 그대는 거기 있었던고, 응 숭자崇者여? 그대는 그들이 골짜기를 통하여 그대를 각인脚引했을 때 거기 있었던고?[252]

— 나 나! 누구 누구! 찬송가시시讚頌歌時時 공황恐慌이 나를 사로잡아 구불구불 굽이치게 했도다[253].

뱀의 존재는 즉시 아담과 이브의 행운의 추락을 회상시킨다【506.9-10】. "오 행복한 원죄여!" 하고, 노인은 부르짖는다. 욘과 노인은 아담의 죄가 필요함을 동의한다. 아담의 죄의 언술은 '제2의 나무' 위에서 십자가 처형된, 제2의 아담인, 예수의 희생에 의하여 구원을 필연적으로 가져온다. 노인은 위대한 고 아리칸 성가로부터의 운시, "그들이 나의 주님을 십자가형 처했을 때 그대는 거기 있었던가?"를 부르기 시작한다. "그들이 그를 무덤 속에 눕혔을 때 그대는 거기 있었던가?" 그러자 욘은 같은 노래로부터 또 다른 운시를 노래한다, ─ "비탄! 비애! 그리하여 그것이 그로 하여금 하찮은 삼목락자三木落者들의 최락림왕자最樂林王子가 되게 했는지라./ ─ 회목자灰木者 (물푸레나무) 그리고, 어떤 별명이 부재할 경우에, 우리의 진남근상眞男根像의 최성당미자最聖堂美者여. 세세자洗洗者 목사木蛇여! ─ 그대[증인-목격자]는 이 모두갑帽頭岬은 얼마나 가깝게 느끼는 고, 나리?"【506.11-14】.

그리고 어떻게 그것이 아담이요, HCE가, 처음 추락했던가였다.

【506.34-513.28】 아담/ HCE, 그의 집과 가족의 서술

다음 25페이지【506.34-531.26】는 아주 혼란스럽다. 그들은 이어위커 가족에 관한 것처럼 보인다─거기 그들은 살고, 그들은 행동하는 곳이다. 그러나 욘의 절망적 회피, 그의 마스크의 복수성, 그리고 질문자들의 싸우려는 천성으로, 표면은 과장적이다.

독자는 마음에 새겨야 하나니, 즉 이것은 〈피네간의 경야〉에서 최후의 참으로 어려운 부분이다. HCE가 욘의 우주적 밤의 깊이로부터 출현할 때, 책의 종말에 분명한 도주가 있다. 일광은 하늘 속으로 거르기 시작하고, 많은 것들이 보다 분명해 지고 있다.

이 어려운 부분의 다음 몇 페이지들은【506.34-508.11】 확실히 HCE와 그의 넓은 둔부에 관한 것으로, 그것을 그는 이전에 잘 반 후터(Jarl van Hoother) 그리고 소련 장군으로서 전시했고, 그것을 III.4에서 두드러지게 바람에 나부끼리라. 그리고 그때 우리는 피닉스 공원처럼 전시되는 HCE의 둔부의 여정이 주어지고, 그때 아이들은 HCE의 부속품을 아주 분명히 보게 된다.

이 부분에서, 질문자는 "50세 가량의 남자"에 관한 일련의 질문들 제기한다【506.34】. (조이스는 1930년대 50세였고, 당시 그는 〈피네간의 경야〉의 이들 장들에 깊이 몰두했다.) 이어위커의 불결한 린넨은 재차 통체 세탁된다. HCE의 바지는 재차 아래로 흘러내리고 그의 엉덩이는 재차 노정된다. 욘은 이 전시展示를 보고하고, 질문자는 부르짖는지라, "얼마나 신기한 HCE의 엉덩이라!"【508.11】.

【507】한 심문자의 물음. "그대는 여태껏 물고기의 응시(fishy stare)를 한 이 노 소년인 '톰' (HCE)이라나 혹은 'tim' 에 관하여 들은 적이 있는 고,,," 욘이 반문하며 대답 한다. "그것이 그 자인고? 그는 내게 한번 이상 입 맞추었나니…"또 다른 심문자가 HCE를 비난한다." —자 이제, 바로 그대의 기억을 조금 썻고 솔질해버릴지라…그의 이름은…정말로는 '톰' 이 아니나니… 늙은 우라질 놈인지라…"그리하여 언제나 HCE, 그자는 그곳에 붙어있지 않나니, 그리하여 만일 그가 그렇지 않을 경우에는, 자신의 대부분의 시간을 그린 맨(녹인綠人)(the Green Man)주점에서 보내는지라, 그곳에서 그는 물건을 훔치거나, 물건을 전당잡히거나, 트림을 하는지라, 그리고 한 저주자이나니, 폐점 두 시간 뒤까지 술을 유쾌하게 마시며, 그가 자신의 차茶로 끝맺고 싶을 때에는? 그가 가시나무 관목처럼 미쳐 가지고… 그는 한 감리교도였나니, 그의 진짜 이름은, 쉬버링 울리엄(Shivering William)이요,

【508】HCE는"자신의 선복의와 … 의사복을 걸치고"있었던 바, 이는"결혼만의 경우를 위하여 겉치레로"입었는지라, 이에 욘은 공원에서 옷이 HCE의 허리로부터 흘러 내렸다고 말하자, 심문자는 외친다."그리하여 그는 마음으로 의아해하고 있었나니, 그것(바지)이 그로부터 흘러내렸던 것이로다."얼마나 기묘한 에피파니(顯顯)이람!"(How culious epiphany!)(인간의 눈에 나타난 하느님의 현시. 젊은 조이스는 자신의 예술을 에피파니라 말한다. 조이스의 각 작품은 에피파니 자체로 상상된다. 조이스의 〈영웅 스티븐〉(Stephen Hero)에 대한 Theodore Spencer가 쓴 탁월한 서문 참조) (SH 23). 여기 나무 잎 또는 수풀과 연관된 욘의 "에피파니"란 단어는 〈율리시스〉의 〈프로테우스〉 장에서 스티븐이 명상하는 말로서, 이는 조이스가 20세기 서양문학에 공헌한 위대한 성취 물들 중의 하나로 볼 수 있다. 그가 명상하는"초록빛 타원형 잎사귀"(green oval leaves) 34)는 프로이트적 잠재의식과 베르그송적 직감으로 풀이되기도 한다.

이때 P와 Q 두 소녀가 쳐다보고 있었는지라, 그들 또한 바지가 흘러 내렸도다. "…피퀸(요여왕)尿女王 우리 자신,…거의 똑같은 오이지(pickle)(음부)를 보았는지라." 이어 4노인들의 소녀들에 대한 대화. HCE가 그들을 감시하듯 소녀들도 그를 감시했던고?

여기 HCE의 후반부는 재차 가시可視되고, 여성 각도에서부터 개관된다【508.21-22】.

【509】그들(소녀들 및 HCE)은 감시하고 감시 받고 있었도다. 이어 4심문자들은 욘에게 그런 것을 어디서 수집했는지 질문한다.”이제, 수정 가필하는 친구 톰…그대는 그가 떨어뜨린 것에서 많이 수집했던고?”욘은 당시 자신이 HCE에게 미쳐있었다고 말한다. 그는 HCE를 믿는지라. “나는 많은 고참자를 믿는 도다.” 이어 욘은 HCE의 습속에 대하여 말한다.” 그는 자신의 탕녀의 탄생에 자신의 눈을 양폐兩閉할 수 있었나니… “욘은 그(HCE)가 떨어뜨린 것에서 많이 수집했는지, 그가 모든 단계에서 그를 비난할 참인지, 그리고 그의 담자색 모자(헬리오트로프 햇트)가 처녀들이 그를 위해 모두 한숨을 짓게 하고, 그를 위해 겨루게 했던 이유였는지에 대해, 질문 받는다. 욘은 전혀 조금도 놀라지 않으리라 대답한다. 사나이에 의하여 범해진 행동에 관하여.” HCE는 자신의 놀리메탕게레(간습경고)干涉警告(volimetangere)를 배척하고, 뇌광협의雷光協議를 가지나니, 그리하여 자신의 늙은 팬타룬(어릿광대 역)을 절하하며, 뭔가 말끔히 청소되도록 했도다.”(여기 러시아 장군에 대한 사살의 주제가 부각 된다. 나는 러시아인人처럼 광탐狂眈했도다.)【509.6-510.8】

사실상, 질문자들 중의 하나가 암시하기를, HCE는 그의 딸의 면전에서 자기 자신을 전적으로 폭로했음을【509.21-23】.

― [심문자] 나는 그대에게 의견을 묻나니 이는 오로지 그[HCE]의 해 바라기 상태[254]에 있었으며 게다가 그의 굴광성식물모屈光性植物帽(담자색 모)(헬리오트로프 햇트)가 처녀들이 그를 위해 모두 한숨을 짓게 하고, 그를 위해 위험을 무릅쓰고 겨루게 했던 이유였는지라. 흠?

― [욘] 푸타와요[255], 칸사스, 리버남[256] 및 뉴 애미스터덤[257] 다음으로, 그건 나를 전혀 조금도 놀라게 하지 않으리라.

욘은 미국의 원작에 기초한 난폭한 시로서 대답한다, “한 사나이가 전채 익살을 통해 큰소리로 웃을 수 있대요, / 한 사나이가 전체 유희를 통해 웃을 수 있대요,/ 그러나 한 사나이는 그의 뒷구멍을 통하여 웃을 수 없대요 / 왜냐하면 그는 그런 식으로 생기지 않았기에”【509.30-33】. 욘은 그러자 HCE의 바지를 내리고, 잘 반 후터마냥 배변함으로써 창조의 설명으로 뒤따르는지라, 위대한 지구의 그리고 시적 창조를 생산한다【509.33-36】.

【510】 심문자는, 그날 아침 얼마나 많은 자가 결혼했는지, 낮은 의자에 앉아 있던 욘에게 묻는다. 욘은 정확하게 말할 수 없다고 말하고, 이러한 결혼의 이야기가 결혼의 향연(또는 경야) 장면으로 바뀐다. 여기 서술자는 심문자이다. 이어 테일러즈(재단사) 홀의 발레 무용장면으로. 세계에서 온 모든 자들이 술에 취하고. 얼마나 많은 자가 모든 건체성교健體性交의 아침에 결혼했던고, 나의 선량한 감시자여? 욘은 자신이 정확히 말할 수 없다고 대답한다. 글쎄. 그러면 거기 모든 자들은 술 취했던고? 거기 Finn's Hotel에 무슨 소동이 있었던고? 몇몇 접시와 술잔들이 당시 날랐는지라. 그리고 조반이?

【510.13-36】 (재단사의 홀의 무도-Finn's Hotel) 욘은 그들에게 재 확신시킨다. 모두들 사방팔방에서 왔는지라. 그러나 신부神父와 신랑新郞은 충분히 절주節酒로다."그러나 존경하올 신부존사와 존경하올 신랑당선자는 정말 술 취하지 않았도다. 그들은 맑은 정신이었음을 나는 생각하나니."

다음 일어나는 이야기는 결혼과 HCE 및 ALP의 아이의 양육을 초래한다.【510.6-512.33】. 여기 HCE와 ALP의 결혼이 화자들의 주된 관심사이다. ALP 그녀 자신이 이제 서술된다.【511.12-512.26】. HCE의 음주 습성에 상당한 강조가 있는지라, 언급된 trou normal【510.20】은 놀만 프렌치가 매 중요 식사 요리를 파기하는 의식儀式 음료이다. 그러나 HCE와 ALP의 결혼은, 적어도, 승려와 신부新婦는 맹 정신이거나, 혹은 화자가 그렇게 생각한다【510.34-36】. 결혼에서 최선의 사람은 Magraw【511.2】로서, 그는 이어위커의 가정家政에서 '타자' 처럼 부부의 경혼 생활에 중요한 역할을 하기 위해 변형하리라.

셈은 또한 노래에 있어서, 조이스처럼, 천재를 띠고 있다. 니포리, 피디그레타 근처의 도회에서 아마추어 테너들에 대한 언급이 있는지라, 그곳의 지방 테너들, 바리턴들, 그리고 배스들은 고함지르고 부르짖나니(schrein의 독일어로), 즉, 매 해마다 그들의 능력을 보인다. 카루소 자기 자신은 처음, 바리 턴으로서, 피에디고타에 출연했다.

다음 차지하는 이야기는 HCE와 ALP의 결혼과 그들의 아이 양육을 위한 아주이다【510.6-512.33】. HCE의 음주 습관애 관한 심각한 강조가 있다. 언급되는 **진짜 노르망디 주**(trou normand)【510.20】는 노르망-프랑스 조로서 매 중요 식사를 녹이는 의식적 음료이다. 그러나, HCE와 ALP의 결혼 식에, 적어도 신부神父와 신부新婦(the right reverend priest…and the reverend bride eleft)는 금주였으니, 혹은 화자는 그렇게 생각하도다【510.34-36】.

고로 셈은 노래와 무도를 공히 가졌다. 조이스의 작품들에서, 〈젊은 예술가의 초상〉의 첫 페이지로부터, 거기 어린 스티븐은 노래와 춤을 추며, 〈율리시스〉를 통해, 노래와 무도는 예술가의 쌍둥이 격이다. 데이비드 왕은 왕실의 가수요 무도자로서, 〈율리시스〉에 언급된다—스티븐이 블룸의 집의 구속으로부터 걸어 나올 때, 그는 "공명하는 골목길에서 유대인의 하프"를 듣는다.【17.578】. 그리고 그것은 〈피네간의 경야〉에서, 대이브 무도자를 포함하여, 모두 데이브와 데이비를 통해 현저하게 나타난다.

그때 이씨에 대항 짧은 언급이 있다.【513.25-28】. 즉, 그녀는 트리스탄의 생각들로 구성되는지라, 아마도 결혼 가운의 열차가 따른다.

더 많은 조사와 싸움이 뒤따른다【513.29-525.9】. 4노인들이 서술되는지라, 그들의 통상적 스캔들을 퍼트리는 일에 종사한다₩【513.29-514.4】. 그들이 날리는 스캔들 중의 하나는 CHE의 집에서의 야비한 행방에 관한 것으로, 그것은 다음에 서술된다. 욘은 그것을 "Eccles's hostel"이라 부르는바, 〈율리시스〉에서 블룸의 주소에 대한 분명한 언급이다. 그러자 욘은 스스로 교정하고, "핀즈 호텔의 부호매긴 번안을 부여한다. 그 집의 이름인즉, "i…' …o…I"【514.18】이다. 그러자 다른 일들도 암시된다.【514.11-28】

핀즈 호텔은 전형적 가족의 가정을 위한 가장 타당한 집이다. 그것은 또한 노라가 하녀로서 일했던 호텔의 이름이요, 당시 조이스는 그녀를 만났다. 비평가 데니스 로스(Danis Rose)는 〈피네간의 경야〉 자체가 본래 〈핀즈 호텔〉로 명명될 것으로 상상되었는바, 그것은 아주 있을 법한 암시요, 왜냐하면 그 이름은 핀의 이름과 노라에 대한 일종의 공물供物이기 때문이다.

지혜의 연어가 출현한다【525.10-526.19】. 또 다른 노인 하나가 매트(Matt)를 가로막는지라, 그리고 더 먼 질문을 취한다. 사실상. 이 노인은 욘의 어두운 깊이에서 거대한 물고기를 보기 시작한다. 물고기는 음경적 지혜의 연어, 혹은 심지어 더 큰 인간의 음경 붕장어로서, 그것은 HCE의 두문자를 딴다, "*Our Human Conger Eel!*" 【525.26】. 모든 이러한 어류와 어류 음경적 창조물들은 텍스트에 강한 감각적 분위기를 가져오거나, 욘의 7무지개 소녀들의 기억을 야기한다.

【511】 (경야 또는 결혼식?) (모두들 춤추며, 술 마시며, 차며, 밀치며)

그러자 심문자는 욘에게 경야(결혼) 현장에 신부神父가 술을 먹지 않았다고 한 것은 잘못이라 느낀다. 그(마르로우 씨)(Magraw) (결혼의 야수남, 역겨운 자)는 선인善人이었도다. 증인은 당시 모두들 홀에서 그의 마누라를 근질근질 간질이고 있는 동안에, 그 자가 "늙은 성당사남(관리인)을 걷어차고 있는 것을" 들었다고 한다. 그와 개인적 접촉을 수립하다니 그건 증인으로서의 권리를 초월하는 것이었다. 그의 생각으로 그것은 한 파인트의 맥주麥酒 때문이라. 그러나 이 모든 것은 단지 저 아기 해산녀解産女가 경치게도 옆구리 찢어져라 포복절도했기 때문이었도다. 그건 여자 역亦 여자 및 남자 통通 남자에 관한 것이었는지라. (희가극의 노래 "피네간의 경야"의 후렴) 그녀는 자신의 명텅구리 바깥양반을 비위 맞추기 위해 팬츠의 속바지를 입고 있었도다.

ALP 그녀 자신이 이제 서술된다【511.12-512.2】. 보통처럼, 그녀는 멋진 광경이다. 욘은 말하기를, 그녀는 은과 동의 보석을, 그리고 그녀의 어깨에다 한 다발의 열쇠(클로바)를 최고로 멋지게 달았다【511.29-31】.

─[욘] 탄-태일러 부인? 바로 부동浮動의 패널(화판), 비서밀활秘書密滑 속옷, 그녀의 클로버 위의 열쇠타래, 그녀의 백금지환白金指環 위의 은지륜銀指輪 그리고 그녀의 헤어아이론(오그라진 혀)의 40앵초櫻草.

―(신부新婦의 의상 서술)【511.29-31】. "바로 부동浮動의 패널(화판), 비서밀활秘書密滑 속옷, 그녀의 어깨 위의 열쇠타래, 그녀의 백금지환指環 위의 은지륜指輪 그리고 그녀 의 오그라진 혀의 40앵초櫻草"(Mrs Tan-Taylour? Just a floating panel, secretairslidingdraws, a budge of klees…forty crocelips in her curlingthongues) (dali, klee, croce) (조이스는 여기 현대적 회화와 심미적 철학의 말로 신부의 의상을 서술하고 있다).

【512】(HCE와 ALP의 결혼 장면)

【512.12-34】ALP는 그녀의 수부-남편-항해자를 사랑한다.

또 다른 질문자가 "오늘 그의 밑 바지가 흘러 내렸던가!"를 분명히 의미하는 혼성 의 희랍-라틴 구를 가지고 철저히 규명한다.【508.12】. 욘의 확정적 "아이, 또 다른 단 추(button)가 잘못 되었도다"라는 말이 독자에게 〈율리시스〉에서 키르캐의 마력을 날 려, 파괴하는 블룸의 바지의 강근한 뒷단추를 상기시킨다【U 450】.

― 【512.14】농도자聾盜者가 급생자急生者일수록 활액의지자活液依支者는 한층 안태 자安太者 인지라, 그러나 주대양主大洋이 강대하면 할수록 해협海峽은 한층 준협峻峽하 도다. 광양廣洋으로 항행유희航行遊戲할지라! 그건 위그노교도자그노트신神 크롬웰 악 마소유자에 의한 (A)리투아니아 이교도들의(L) 우회전迂回轉(P), 아니면 캐벗 연안항해 적沿岸航海的 탐험자의 대장장이 영웅주의에 대한 무문자無文字의 파타고니아인人의 맹 목항복盲目降伏인고?

― 건물상乾物商, 이조드의 남편-수부, 그는 아주 기력이 왕성했도다. 리피(생엽도강) 生葉跳江에서 생명을 짜내고 있는지라. 그는 왔나니, 그는 키쉬 등대 역했나니, 그는 정 복했도다. 그 집은 나귀마차라 불리는 다리橋 옆의 투탕-카멘-인(도취우래옥)陶醉又來屋이 었나니(The house was Toot and Come-Inn by the bridge called Tiltass), (이제 상륙한 수부-남편은 다리 곁에 Tiltass라 불리는 주막을 가지도다).

욘과 그의 질문자는 부부 쌍의 사랑과 정복을 감탄스럽게 토론하는지라― 진짜 최 고(tiptop)【512.20】. 쌍에 대한 질문자의 칭찬은 더브린 바에서 책의 종말에 사랑의 마지막의, 성공적 행위의 예언으로 마감하는지라, 거기 ALP는 아침에 그녀의 부활한 애인을 만나리라【512.23-26】.

그런고로 그녀는 그의 남성을 채굴하기 위해 그에게 귀를 빌려주나니 (또는 그렇게 이 협견耳鋏見이라[258] 그리하여 그의 가명家名을 빌리도다? 혼안魂眼과 비우청백悲憂淸白의 조발藻髮 그리고 그녀의 생강미生薑味의(기운氣運의) 입으로부터 병독취病毒臭가,[259] 조조무弔의 더블린 주막酒幕처럼.[260]

다음 부분은, 방문객들을 Toot and Come-Inn으로 초대하는 그들 집의 이름과, 아이들을 다룬다. 손은 몇몇 문장들로서 서술된다【513.7-8】. 꼭대기 절반인, 그는 여기 광두狂頭로 불리는지라, 그것은 불완전한 "머리"로서, 그는 확실히 그러하다. 사자의 발톱으로부터 라틴어구인 *ex ungue leonis*에 의해 암시되듯, 우리는 그 자신을 짐승으로 상상할 수 있다.

【513】 여기 "Siriusly and selenely"는, 별과 달처럼, 저 행복한 쌍들은 덧문 뒤에서 번성했는지라, 쌍둥이, 셈과 손을 낳았도다. HCE 및 ALP 두 사람은 행복했는지라. 때는 서력(주님의 해). 그들은 결혼식에 흥겨워했도다. "월력주변의 부활절(동풍) 태양처럼 러시아 슬무를 함창풍량수식合唱楓香樹式으로 여무黎舞하면서…" 그리고 쌍둥이 셈과 손의 출생. 그리고 "처녀니브(이씨)"의 출생이라. 예식장에 참가한 것은 4노인을 비롯하여 12현자(HCE 주점의 고객)도 함께 있었도다." ─이들 사인방들 또한 거기 있었나니…12각脚의 테이블 아래를 들락날락 출입하는 현명한 코끼리마냥?'
─ 일부日附는 서력(주님의 해). 그들은 모두 거기 있었나니. 웃음 지으며 경쾌하게. 웃음 짓는 Hunter와 Purty Sue, Jorn, Jambs, Isabel, 4자, 12인.
셈은 한층 정교한 취급을 갖는바【513.9-24】, 그것은 상세하게 분석할 만하다. 이 멋진 구절은 셈의 무도능력에 대한 증거들로 가득 차 있다.

─ 그리고 잼즈[결혼 하객들 중 하나], 돌핀 본 태생[261] 또는 (노타인老他人들이 말하듯) 톱햇[262] 출신?

— 월력 주변의 부활절(동풍) 태양처럼 노서아슬무露西亞膝舞를 합창풍향수식合唱楓香樹式으로 여무黎舞하면서,[263] 사악자邪惡者[셈]! 뇌성무雷聲舞 유쾌금일愉快今日![264] 그대는 그가 폴카(족제비)무舞를 도마跳馬춤추는 것을 틀림없이 보았으리라,[265] 그대는 그가 사방으로 왈츠(이민)춤추는 것을 취견吹見했으리라, 그대는 그가 자신의 빈약체貧弱體를 속무速舞하자 자신의 페티코트[266]가 울부짖는 소리를 들었으리라…

— 크라쉬다파 코럼 바스[267](쿠바룸바 춤)! 과연 멋진 춤! 또한 회교 금욕파의 광회무狂廻舞. 비코 질서의 반회귀半回歸. 비열점沸熱点에 도약한 유행성 독감처럼 그의 피(血)를 통한 즉흥가면 희극[268]의 애정?

— 노위老危의 파파게나[269]의, 늙은 중풍 걸린 프리아모스 왕王,[270] 에드윈 하밀턴 작의 크리스마스 빵따룬 무언극,[271] 개이어티 극장에서 공연된 **에디퍼스 왕과 흉포凶暴표범**[272]으로부터 귀가하여, 아리아(영창詠唱) 주위를 성락도무聖樂蹈舞하면서, 그의 52의 상속년相續年과 함께! 모두들 그와 같은 유사자類似者들에게 눈이 얼레처럼 어리벙병할지니[273] 그러나 노아 선인善人[274]은 정강이를 감추도다.

위의 구절에서 읽듯, 결국 그는 다리(leg)를 지닌 하부 중반인 셈이다. "잼즈"(James)는 셈의 다리(legs)를 언급하고, 〈꼭대기 모자〉(Top Hat)에 대한 언급이 있는바, Fred Astaire와 Giger Rogers를 스타로 하는 1935년의 필름이다. 이 구절에는 다른 무도의 언급들이 있는지라, 이들은 NIjinsky에 의해 수행되는 러시아의 무릎 춤(Russian knee-bend)에 관한 것이다. 이 춤은 동방의 태양(the Easter sun)으로 칭하고, 이는 오락을 위한 가톨릭의 비공식 전통에 따르면 "부활절 일요일"(Easter Sunday)인, "Ta-Ra—Boom-De-Ay!"이요, 노래의 첫 행은 "그대는 내가 폴카 춤을 추는 것을 보아야한다!"이다. 셈은 추락하여 충돌하는 룸바 댄서로서, 그는 헝가리 무용인 "챠다스"(Czardas)를 춤추는 제국의 댄서이다. 그는 악마처럼 맴돈다. 그는 병자처럼 피 속에서 춤을 춘다. 마침내 Maria Taglioni에 대한 언급이 있는지라, 이는 최고조에 달하는 일급 댄서이다. 욘은 셈이 그의 부친으로부터 그의 댄싱 능력을 수령했는바, 후자는 그의 50살에 3도무(trripundium)를 춤추었는지라, 이 춤은 라틴의 성무(聖舞)로서 스티븐 데덜러스가 〈율리시스〉의 키르케 에피소드에서 거칠게 추는 댄스이다. 【U 463】. 조이스 자신은 이따금 〈율리시스〉에서 스티븐 데덜레스가 추는 종료의 거친 "무골"(boneless)의 무도 속으로 진입한다.

셈은, 조이스처럼, 노래애도 역시 재능이 있거니와, 나폴리의 Piedigrotte 도회에서 아마추어 노래 시합에 대한 언급이 있다【513.14】. 그곳에서 지방 테너, 바리 턴과 배스 성이 해마다 그들의 노래 능력을 보인다. 카루소 자신은 처음 Piedigotta에서 바리톤으로서 선보였다.

고로 셈은 노래와 춤의 능력을 공히 갖는다. 조이스의 작품들에서, 〈젊은 예술가의 초상〉의 첫 페이지로부터, 스티븐은 춤추고 노래하며, 〈율리시스〉에서 노래와 춤은 예술가의 쌍 표식이다. 왕실 가수요 무도인, 킹 데이비드의 모습은 〈율리시스〉에서 언급되거니와, 스티븐이 블룸의 구속의 집으로부터 걸어나갈 때, 그는 공명하는 골목길의 유대의 하프 곡을 듣는다 (U 17. 578). 그리고 그것은 무도자 Dave를 포함하여 〈피네간의 경야〉의 모든 메이브스(Daves)를 통하여 탁월하게 나타난다.

그러나, 셈의 반 저급한 댄스 실력에는 통항의 결점이 있는지라, 그는 우주의 최하 부인, 지옥, Tophet 출신이요, 그는 악마적 무도 수도사이다. 중 하부 출신의 악취가 역시 언급되거니와―독자는, 그가 족제비처럼 냄새를 품긴다【513.13】.

그러자 이씨에 대한 짧은 언급이 있다【513.25-28】. 즉, 그녀는 트리스탄과 비애, 그리고 3자, 즉 그녀의 두 자신들과 트리스탄에 대한 생각 및 비애가―결혼의 가운의 연쇄마냥 이루어진다.

【513.29-525.9】 한층 먼 시험과 다툼

【514】 4노인들이 서술되는지라, 그들의 통상적 스캔들 장사에 종사한다【513.29-514.4】. 그들이 갖는 스캔들의 하나는 HCE 댁의 불결한 진행 사에 관한 것으로, 이어 서술된다. 욘은 그것을 "이클레스 호스텔"(Rccles' s hostel)이라 부르거니와, 〈율리시스에서 블룸의 주소에 대한 분명한 언급이다. 그러나 이를 욘은 자신이 수정하고, 집의 이름인, "Finn' s Hotel"의 부호매기의(encrypted) 번안을 부여한다, "i……o….l"【514.18】. 이어 다른 이름들이 암시된다【514.22-28】.

재 서술되는 결혼 하객들. ―그들은 단순히 스캔들 상인들이었도다. 저 친숙한, 그

밖의 모두! 북노만인, 남대수만인… 여기저기 마역사에 남을 짓을 하면서." ─ 요약컨
대, 그건 어떤 파티였나니. 그건 뇌雷(목木)요일曜日, 호우드 천구天丘의 소레정小禮亭(A
Little Bit of Heaven Howth)이라 불리는 여인숙에서. 교황 미사 회찬會餐이 축하되었도다.

그러자 갑자기 현장에 난동이 일어났는지라, 걷어차고 침 뱉고 하면서…"대혼전!"
스코트가 내밀발화內密發火했나니─전당포 주인이 바로 거기 있었는지라─모든 이가
거기 있었도다. 대혼전의 계속! 늙은이는 자신의 궁둥이를 깔고 행한다.

핀즈 호텔은 전형적 가족 댁을 위한 가장 타당한 명칭이다. 그것은 또한 노라가 조
이스를 만났을 때 하녀로서 일한 호텔의 이름이다. 서지학자 Danis Rose는 〈피네간
의 경애〉 자체는 본래 Finn' s Hotel로서 제명을 단 것으로 상상하거니와, 그것은 아주
타당한 암시로서, 이름은 핀의 인물과 노라에 대한 헌납(공물)을 연결하기 때문이다.

다른 가족 스캔들이 HCE의 의심적한 사업 실습을 포함하여, 협공挾攻된다【514.29-
31】.

【515】 이에 심문자(증인)는 욘에게 HCE가 "무일언無一言"했는지 묻는다. 그러자 욘
은 "가증스런 일…무선미無鮮味"라고 대답한다. 그는 욘에게 이를 보고 참았는지 묻는
다. 이에 욘은 그와 같은 장의락葬儀樂(경야 또는 결혼의)을 재현하도록 요청 받는다. "우
리를 위해 재현할 것을, 될 수 있는 한 간결하게…" 그는 계속 독촉 받는지라. "아아,
자 이제 계속할지니, 본즈 미스터(Masta Bones)여, 작살에는 작살, 그대의 임臨어어자
애와 그대의 부수묘기를 가지고!'

노인(심문자)은 그의 배가 요롱 소리로 울리고 있는 동안 참회懺悔로 자신의 가슴을
친다. 그가 걷어차이는 동안, 뭔가 중요한 것을 말하지 않았다.

(최후로) 증인은 장례 유희를 재건하도록 요청 받는다. 그는 그렇게 하도록 권고 받
아야 한다.

【515.11】 "나(심문자)는 그걸 완곡강조하고 싶도다. 그건 등시성착오증等時性錯誤症
(isochronism)처럼 들리는지라." "하젤턴의 비밀연설이요 분명한 탈모음脫母音"이 그렇
게 어렵지 않은 듯 "언어과정중言語過程中"(in the process verbal)도 마찬가지도다.

"무목지無目智의 무망유령霧忘幽靈요,"순회 극단 쇼의 Mister Bones로서, 욘은 부자父子의 "서사시적 싸움" — 개미와 베짱이와 다름없는 싸움에 관한 질문에 대답한다.

노인들은 욘으로 하여금 HCE에 관하여 한층 자세히 진입할 것을 권하는바, 그것을 그는 기다란 구절로서 행한다【516.3-30】.

셈에 관한 언급 등장. 욘은 그의 행실을 길게 보고 한다. "과연, 그때, 취리면(의장)씨여ith, then, Meesta Cheeryman, 처음 그(셈)가 다가왔나니, 법석대는 익살꾼으로…자신의 회색 발에 쿠쿠 빗을 꼽고…전당포 근처를 당혹하며 그리고 침 뱉을 꼭두각시 준비하면서, 자신 스스로 더불어 원했던 자계대회雌鷄大會의 정신건정성을 심무지新無知로 불량아처럼 알고 싶었던 것이로다."

욘은 어떻게 처음 그 사내(셈)가 도회로 다가왔는지 서술한다. "축부촌畜斧村의 맥스마샬 스윈지"(MacSmashall Swingy of the Cattleaxes), 조끼의 킬대어 쪽에 바람개비 수탉을 여봐란 듯이 단 채, 위에서 보면 지겨운 고안, 〈청의靑衣를 입고〉(Wearing of the Blue)를 휘파람 불면서, 그리하여 자신의 일상의 자유로운 그리고 안이한 모습으로, 모든이에게 좋은 아침을 인사하면서, 자신의 손발톱을 깨끗이 한다거나 정장을 한다거나, 그리고 자신의 구레나룻을 빗질 하며. 나리여, 만일 그가 자살하거나 또는 자신의 목숨을 구하기에 앞서 자신의 육체를 도로 되돌려 받기를 원치 않는다면, 나를 반쯤 목조를지니, 그런 다음, 그는 자신의 포켓 브라우닝 권총으로 32초까지 11을 헤아리며, 계속 저주하면서, 존 단의 들판의 열쇠를 뺏기 너무 늦기 전에 계속 저주했나니, 그리고 무슨 일이 행해졌는지 알고자 하면서. 셈은 거기 터보트 가의 모퉁이에 진퇴양난 오직 서 있었는지라, 침 뱉을 준비를 하면서, 무엇인지에 관해서 아무것도 알지 못했도다.

그러나 심문자는 그들 사이에 대 접전接戰이 벌어졌는지 질문한다. — "사르센사안 난제로다.sarsencruxer)…사진판정대접전이 시작되었던고?'

(photoplay finister started?)

이어 셈-숀의 형제 갈등 장면이 길게 서술된다【516-518】.

(개미와 베짱이 등장) 그대 게으름쟁이여! 옛날 옛적 풀 위에 한 마리 높이 뛰는 풀(베짱이)이 있었대요.

【517】HCE의 호전성과, HCE가 수행했던 많은 "건근하고 순수한 전쟁들"이 긴 토론으로 서술되는지라, 그것은공원의 공원의 캐드(Cad)의 에피소드 및 사실상의, 모든 오랜 스캔들의 설명으로 합체한다【517.2-521.9】.

심문자는 욘에게 그들의 다툼에 대하여 묻는다. 욘은 셈을 악평한다. 통하게도… 그는 볼링 녹장線場에서 가져온 자신의 까만 구장소총을 가지고 타봉지자를 무단삭제 조롱하려 했도다. "그런 다음 그들은 서로 박쓰(상자)(Box)니 칵쓰(키잡이)(Cox)니 하고 이름을 부르며 다투었는지라, 11.32분에 서로 고함지르며 절규했도다. 여기 "천사의 전쟁"은 마왕 Lucifer의 반항 및 호주머니에 권총을 지닌 캐드(Cad)를 포함한다. 부친은 시계가 12시 근방을 치자 살순殺殉 되었나니 (murdered and martyred), 이 시각은 솟아나는 아들의, 그리고 Leverhulme(William H. 최초의 자작(1851-1925, 영국의 비누 제조업자. 그의 비누는 "Sunlight Soap"으로 부렸으며, 모델 도회를 건립했다.【517.27-20, 594】참조)의, "일생"日生(sunlife) 비누의 시간이다. 여기 Mutt와 Jute, Hosty, 버클리 및 "선동자"(fender)의 주제가 '밀턴 식의 갈등' (Miltonic struggle)을 진술한다.

【517.19-21】. "설사 그가 결코 리버홀마 제製를 다시는 사용하지 않겠다는 최악의 절규와 그가 일생日生을 언제나 지킬 수 있을 것이라는 최선의 아규餓叫를?"(The worsted crying that if never he looked on Leaverholma's again and the bester buing that he might ever save sunlife?) 여기 이 구절에서 비누와 일생日生 "sunlife"의 주제, 즉 형제와 부자와의 갈등의 비전은 〈율리시스〉의 밤의 환각 장면에서 두드러진다. 즉 내일의 태양(sun)은 약제사 Sweny의 얼굴이 그곳에 나타나는 비누 과자의 형태로서 솟는지라, 블룸의 잃어버린 로션의 매입은 예언적으로 이루어진다.【360】

성취의 전형인 솟는 태양의 주제(the sunrise theme)는 여기 안전적으로, 비록 간접적일지라도, 태양 면에 의하여 아들의 솟음(Sonrise)과 연결된다. 자치의 아들(태양)

(homerule son(sun)은 북서쪽에 솟을 것이요, 이는 환각의 종말 【497】에서 부름의 아들 Rudy의 환각적 에피파니로 성취된다. 즉 HCE 가家의 갈등은 "일광 비누"(Sunlight Soap)와 자생子生(sonlife) 융합 속에 그 성취가 이루어지리라.

【518】그들(형제)의 다툼은 드로그헤다 가街, 폐허구廢墟區 근처였나니. 불법시不法視하는 사격장 혹은 방호책은 몇 번이고 발을 바꾸었도다. 욘은 설명하나니. 그들은 전쟁이 끝난 줄을 몰랐는지라. 그들은 우연히 또는 필요에 의하여 가짜 전쟁으로 맥주병으로 치거나, 단지 서로 모반하거나 반박하고 있었나니, 덴마크인들의 추방을 축하하기 위해, 마치 어떤 애란 소설의 만화들 마냥. 이 싸움이, 밤마다, 몇 년이고, 영대永代로, 계속되었다. 하지만 이 전쟁은 평화를 이루었도다 .

【518.31】─ 하지만 이 전쟁은 평화를 보상했는지라? 포도주진실葡萄酒眞實 속에. 혼돈으로부터 법률제정法律制定, 무기당연武器當然?

─ 오 벨라! 오 종교전宗敎戰! 오 영대英代 ! 아멘. 우리 사이에 수벽거手壁居한 채. 발버스인에게 감사축배!

【519】(심문자들은 강력하게 전진한다. 그들은 이제 부친이 과용適用하는 힘의 현장에 있다. 그의 모든-창조적 그러나 회피적 존재의 환영적幻影的 반사들이 구체화되고, 그들의 견인불발의 탐사 아래 그는 용해된다. 이들은 그[부친-HCE]의 편재성, 천국의 성좌, 대지의 형태, 제국의 거대한 팔각목八脚目의 동물 및 인간사의 과정, 상징적 취지의 나무와 돌처럼, 모든 것이 그의 존재를 감추나니, 하지만 불현듯 드러낸다. 그리고 모든 것은 이제 발산發散되었다. 심문자들은 HCE 자신의 개인적 역사에 관한 직접적이요, 비교적 분명한 진술의 실체에 당도했도다. 분명히 이 밀고자는 군인-목격자들 중의 하나다. 심문은 최후의 어두운 베일을 밝힐 찰나 인지라, 대질 심문은 날카로워지고, 목격은 자기 모순당착 적이며, 전체 과정은 갑자기 무희망의 혼돈 속에 뒤틀린다.)

이런 형제간의 갈등의 상태가 여러 해 동안, 밤에 이어 밤, 계속 되었도다. 그의 오랜 세월은 정(당)하도다. 이것이 그의 장구한 인생인지라 그것은 옳도다. 그러나 욘의 이러한 설명을 심문자는 정말 이상하게 생각한다. 피니(finny!)(우스꽝스런)! 대변변大變變 피니(funny!)(우스꽝스럽도다)! 그게 낙태평樂太平 보일지 모르나 그건 가행可行이로다.

그리하여 심문자는 욘의 지금까지의 증언이 온통 조롱 같은지라, 자신들의 이해에 안내자가 되지 못한다고 한다— 이것은 충분한 안내가 아닌지라(This is not guid enough). 이에 욘(목격자)은 도전 받고, 탄핵된다. 그는 이야기를 한 친구인 Luke Tarpey(4대가들 중의 셋째인 누가)한테서 들었다고 선언한다.

【520-23】 심문이 악화하고, 기질은 격발하다

【520】 타이피(Tarpey)(누가)는 피닉스 공원에 산보중散步中이었나니, 그리하여 그는 어느 화요일 마이클 클러리 씨氏(Mr Michael Clery)와 만났는데, 후자는, 맥그레고 신부神父(ther MacGregor)가, 고해실唐慌告解室 안의 3실링 건件에 관한 진실을 신부에게 말하려고, 그리고 라이온즈 부인(Mrs Lyons)이 매슈 신부(ther Mathew)가 병졸들과 비신자非信者들 및 오신자誤信者들에 의해 범해진 모든 불법행위에 대하여 심야가면성자深夜假面聖者 미사를 올리도록 마틴 클러리 씨에게 3실링을 우송할 것을 약속했는지를 말하려고, 그이, 타이피에게 필사적이었음을 말했다.

여기 타아피가 공원을 거닐면서 경험한 긴 일화가 욘의 입을 통하여 이야기되지만, 그 내용은 가장 알쏭달쏭하다. 그건 허튼 소리가 아닌 가고 심문자는 다그친다.

—【520.27】 허튼 소리! 하구何丘 얼마나 그대 변덕부리는고, 그대 절름발이 서한鼠漢 같으니! 내가 그대를 훈련시킬지라! 그대는 당장 그대 이견二見에 그 날을 맹세 또는 확언確言하고, 그대가 일견一見에 이득利得했다고 단언했던 모든 것을 철회할 터인고 왜냐하면 그의 남향南向 말투가 온통 벼 밭(에란愛蘭)치레 인지라? 여의汝意, 찬찬贊 또는 부좀?

이에 욘은 단호히 맹세 한다.—"긍아肯我 긍화肯話로다…나는 단호히 맹세하도다." 심문자는 되묻는다. "그대의 맹세에 대한 보상은 무엇인고?—얼마나 극히 많은 반짝이는 양배추 또는 박하薄荷 화폐(peppermint)를 대가로 끌어내야 하는고?'

【521】 "금화金貨를 그대는 모든 맹세를 위해 끌어낼 참인고? 발광자發光者, 연양軟羊이여?'하고 증인이 욘에게 따진다. 그러나 욘이 바라는 것은 없도다.—"감자 뿌리로

다…" 중인이 재차 따진다. "큰 은혜에 대하여 우린 뭘 보답할 것인고? 아니면 술을 바라는고?" 욘 대 질문자들의 신경 반응적 싸움이 계속된다. "그대는 비굴한 짓을 해서는 안 되나니, 페어플레이를!"irplay for Finnians!).

【521.32-37】 "― 좋아요! 우린 조투造鬪할지니! 3 대 1! 준격準擊?"

― [욘] "그러나 아니도다, 예例로부터, 에마니아 라파루(군중)! 당신은 뭘 지녔는고? 무슨 의미인고, 당당한 자? 피니언人들을 위해 페어플레이를! 나는 나의 유머(해학)를 가졌나니. 확실히, 당신은 비굴한 짓을 하거나, 나 귀자貴子를 매춘賣春하지 않을지라? 내가 매범중賣帆中인 퀸즈 가도에게 말할지니. 안녕히 그러나 언제든지! 매買바이!"

심문은 심문자들 사이의 격렬한 싸움에 의해 중단되는 바, 싸움은 분명히 얼스타의 매트에 의해 시작되었다. 그는 코노트 출신의 나이 먹은 조니의 비조직적 질문 방법으로 초조하다【521.10-522.3】 노인들 중의 하나가 암시하거니와, 욘이 정신분석을 암시하는데, (맥콜맥 부인이 조이스에게 암시했듯), 이 암시는 조이스가 그랬듯이 욘이 격노하게 거역한다【522.27-36】.

【522】 심문자는 욘에게 그의 조상이 "북방 애란 출신?"인지 질문한다. "그대의 2개의 죄과 가운데 어느 것을 택할 것인고. 어떤 범죄 또는 두 심각한 혐의의 택일로 비난받음을." 이에 욘은 어물쩍거린다. "당신은 별아 별 일들을 듣는지라…하." 그러자 심문자가 다시 질문한다. "무슨 오렌지 껍질 벗기는 자(경찰관)들 혹은 녹색목양신자(청과물상)들이 그대의 숲의 가족보(수)家族譜(樹)에 주기적으로 나타났는지?" 이에 욘은 "만일 내가 안다면 비역 당할지니!"하고 대답하며, 불쑥 "하"(Hah!)하고 부르짖자, 심문자가 묻기를, "그대 무슨 뜻인고, 자네, 그대의 '하' 이면에!"(What do you mean, sir, behind your hah!) 이에 욘은 설명한다. "천만에, 나리. 단지 한 개의 뼈(골骨)가 자리 속으로 움직이고 있는지라"(Only a bone moving into place). 여기 두 개의 죄과가 제시되고, 심문자는 욘으로 하여금 택일을 요구한다. 1. 시바 암곰 앞의 수소 놀이, 아니면 2. 경마 피안의 뒤 다리질. 욘은 자신 속에 들어 있는 타자의 힘을 빌리려한다. "나는 나 속에 뭔가가 내 자신에게 말을 하고 있도다." 그러자 심문자는 욘의 정신분석을 요구한다.

그대 자신을 정신분석 받을지라!(Get yourself psychoanolised!) 욘은 그건 자신에게 불필요하다고 말한다. 오, 어럽쇼, 나는…그대는 감각, 두토우頭痛雨를 소리와 경칠명鳴과 구별할 수 없는고? 그대는 외향전문인外向專門人의 나르시시즘(자기도취증)과 둔부비상비만돌출적臀部非常肥滿突出的 내향성 사이의 호모섹스의(동성애적) 카테키스(정신집중)를 지녔도다.간호 온상 동정을 원치 않은지라…(I want no expert nursis sympathy)

【523-26】 Treacle Tom. Frisky Shorty와 함께, 전과자-돼지 도둑, 욘은 공원의 만남을 번안한다

【523】 (심문자들은 욘의 자기 죄과에 대한 대가를 지불하기를 요구하지만, 후자는 그들에게 자신이 그를 위해 가진 것은 아무것도 없다고 한다. 따라서 심문자들과 증인 사이에 싸움이 벌어진다. 그것은 누가 대 (서로 결합한) 마태, 마가 및 요한, 즉 1 대 3이다. 그러나 여기 "Johnny"는 요한이나 욘 또는 결합된 두 사람일 수 있다. 어느 자격에서든지, 요한은 자신이 자신의 증거에 대해 받은 것은 아무것도 없다고 부인한다―심지어 공짜 위스키나 맥주 할 것 없이. 여기 우리 독자의 어려움을 더하게도, "Power", "tristy minstrel"은 더블린 사람인, 누가 및 욘을 혼돈하듯 보인다." 이제 그대의 올바른 이름은 무엇?'이란 질문 【521.21-22】 또는 "도대체 우리는 어디에?' 등, 이러한 교번, 이합, 및 불확실은 꿈의 분위기를 포착하는, 조이스의 방책의 성공을 의미할 수 있으리라) 여기 욘은 증인(witness)이요, 4대가들은 심문자들 및 심판자들, 복음자들이 된다(그들 신분의 혼용은 꿈의 묘기요 타당한 메커니즘이다).

(욘으로부터 이제, 말이 심하게 쏟아져 나온다, 5개의 다른 목소리로)

앞서 페이지에서 욘은 "나는 나 속에 뭔가가 내 자신에게 말을 하고 있도다,"라고 했거니와, 그리하여 (자기 내부의 5가지 목소리)에 대한 견본 (sample!)으로서, 그는 HCE의 호모섹스에 대해 말한다.

1. 그녀의 소녀 형사(Sylvis Silence)의 목소리가 말한다.
"악은, 비록 그것이 의지意志될지라도, 아무튼 전신화全新化를 향해 선善으로 계속 나아가나니." 이는 〈율리시스〉〈아이올로스〉 장에서 화자(스티븐)의 명상의 인유인 듯. "만일 그들이 지고로 선해서도 아니고 선하지 않아서도 아니오 비록 선한 것이 아

직 부패되지 않았다 할지라도 선한 것도 부패한다는 것이 내게 개시되었다"【117】(초기 그리스도교의 지도자요, 시인, 수학자인 성 아우구스티누스의 저서 〈참회록〉(*Confessions*)에 나오는 글귀).

2. 또 다른 사람이 묻는다.

"사람은 저지른 죄만큼 죄 비난을 받아야만 하지 않은고?"

3. 3자가 말한다.

"경마는 상비, 미스 또는 미세스 맥마니간의 안마당에서 서 있을지라." 심문자에 의한 한 가지 설명이 요구된다.

4. 4번째 목소리는 분명히 앞서 민요 본연의 발단자(cause)들의 하나인, Treacle Tom 및

5. Frisky Shorty (부랑자 쌍둥이)의 그것이다. 그들은 공원의 만남의 각본을 제시한다. Tom은 말한다. "나와 나의 동숙친우인 프리스키 쇼티 그리고 …미들섹스 파티를 수행하고 있었도다"(Frisky Shorty, my inmate friend….middlesex party). 이어지는 그의 기다란, 불연속적 구절【523.21-525.5】…(논리적 및 칸트식 노의).

【524】 Treacle Tom("퍼시 오레일"민요의 본래의 발설자들 중의 하나)이 추락의 그들 각본을 제공하기 위해 재현하고, 여기 Hosty가 그의 민요의 새로운 각본을 덧붙인다.

여기 욘은 이제 Treacle Tom의 입을 통해 HCE, Hosty, Frisky Shorty, 공원의 두 소녀들, Mr Coppinger, 그의 가족의 모든 물고기들(fishes)에 관한, 사이비 논리적 및 칸트 식, 길고도 지리멸렬한 설명을 끌고간다.【523.21-525.05】"우리(나와 쇼티)는 코핀거 씨라는 존경하올 목사에게 한 조각의 화연관火煙管에 관하여 물었나니. 종경하올 목사 코핀거 씨는 몇 가지 예를 열거했도다. 예를 들면, 한밤중에 훈제해각燻製海角 월편의 청어 떼의 오월승五月乘의 가설적 경우를. 그들은 부딪치며, 공격하며, 버티며, 후퇴하며, 날뛰며, 움츠리며, 작은 훈제청어들 만큼 기쁘나니, 그리고 그들 모든 자들, 꼬마 상하上下 광란자狂亂者들이 그들의 초기 양성주의兩性主義(bisectualism)(칸트 식)의 증거를 들어냈도다."

【525.10-526.19】(일련의 문제들이 물고기의 이미지들을 개진한다. 여기 4자들은 점가적漸加

的으로 어리석게 되고, "두뇌 고문단의 면석한 젊은이들"에 의하여 재배치된다) HCE는 위대한 연어(the Great Salmon)이다. 물고기 같은 유혹녀들 중의 하나는, 바그너(Wager)의 왕자 Maximilan의 아름다운 여인인, 생생하고 사랑스런 Lola Montez이다. 라인 강의 처녀들 및 리피 강의 처녀들 및 추적의 연어가 Hosty의 인기 있는 풍자시를 위해 새로운 운시를 고무하는데, 이는 인간-뇌어雷魚인 앞서 OReilly에 관한 유명한 굴뚝새의 번안이다【44-47】. 여기 물고기는 HCE-Finn MacCool-연어-리피 강을 돛배로 거슬러 오르는 덴마크의 친입자이다.

— 자 고양高揚할지라, 호스티여!(Lift it now, Hosty!) (4자들은, 욘으로부터 재차 출현한, Hosty로 하여금 인간 뇌어인, 오레일리에 관한 그의 유명한 랜(rann)(운시)을 다시 한번 노래하도록 격려한다).

욘은 HCE-물고기-Finn-MacCool-리피 강을 거슬러 오르는 덴마크의 침입자에 관한 또 다른 민요를 작문한다.

   —정액이 가득한 한 늙은 연어가 있었으니
   톰(수컷)과 아씨를 뒤를 도욕跳慾하면서.
   우리의 인간(H) 콩(C)장어(E)(어魚)!

   — 으윽!(Help!) 나는 그를 어망漁網 속에 볼 수 있나니! 저 친구를 잡을지라! 그를 맞상대 할지로다!

   — 그대 당길지라, 나리! 그는 껍질을 벗기기 전에 울부짖으리라. 폐어肺魚!

   — 그는 그녀의 입을 놓쳤고, 디 하河로 입입立入했나니. 천만에, 그는 스케이트처럼 굴렀고, 그녀의 소계小溪 위에 정박碇泊했나니, 결코 두려움 없이 그러나 그들은 그를 상륙시킬지라.

【526-28】(이씨는 자신의 거울-이미지에 대고 말한다.)

【526】 HCE가 연어로, 핀 맥쿨로, 덴마크의 침입자로, 그리고 리피 강의 여인들(공원의 소녀들)로, 가각 이어진다. 4노인들은 자신들의 질문을 통하여 과거 속으로 들어가

는 듯하다. 이에 숀은 요정의 모습으로 이들에 대답하는데, 앞서 제8장의 리피 강가의 빨래하는 아낙들의 말투를 닮았다.

    — 후들후들 떨고 있는 사초(식植) 사이 그렇게? 수초파동水草波動치며.

    — 혹은 아래 쪽 골풀지地의 튜립 밭.

    — 어두운 뒤라 그대의 잔盞을 어디로 가져가 씻으련?

    — 물길에로, 텅 빈 시골뜨기, 토미 녀석.

    — 거품지껄이는 물결 곁에, 지껄지껄거품이는 물결의?

    그러나 그들의 질문들을 되돌리기 위해, 이야기는 다시 공원의 3군인 척탄병들과 연관된다. 숀이 말하는 저들 세 군인들은 누구였던고?

    — 척탄병들. 그리하여 방금 내게 말할지라. 이들 낚시꾼천사들 또는 수호천사들 이 **그들의 제삼자**(*tertium*)와 함께 또는 없이 공존하고 공현존共現存했던고?

이에 숀은 서로 자신과 셈과의 적대 관계를 다음과 같은 3행 시구로 대답한다.

    — **삼위일체, 하나와 셋.**
      과 숀 그리고 그들을 떼어놓은 수치羞恥**.**
    예지의 자子**, 우행의 형제.**

    목격자(증인-심문자-숀)는 해산 당하고 또 다른 증인이 소환된다. 새 증인(심문자)은 그가 두 탈의의 나처녀裸處女들과 함께 삼엽三葉토끼풀 속에 숨어 있었다고 생각했나니. 두 소녀는 어떻던고? 숀의 대답. 거기 그에게 거의 광행狂行했던, 다른 꼬마 소녀가 최가연最價淵의 냉수류冷水流 속에 자신의 이미지를 감탄하고 있었도다. 이에 다른 소녀 (이씨)가 거울을 쳐다보며 자기 자신에게 말하기 시작한다.

    【526.34】오, 방목장연한 작은 아씨가 덧붙여 말하는지라!(O, add shielsome

bridelittle!)

또한 술 취한 우체부인 Johnny Walker(4복음자들은 모두"Walker"로 불린다; Johny Walker가 위스키임은 중요하다. Tim Finnegan(그는 Walker 가街에 살았으나, 뉴욕에 Walker 거리가 하나 있을 뿐, 더블린에는 그런 것이 과거 없었고 지금도 없다)는 Patmost의 John이요, 그로부터 우리는 계시를 기대할 수 있을지라. Patmost의 욘은 말하거니와, HCE는 "설태舌苔 낀 계곡의 삼엽三葉토끼풀 속에 숨어 있었는지라." 그러나 거기에는 또 다른 소녀가 있었나니, 그녀는 "최고 광고 고집통 사나이"에 "언제나 광행狂行했던 피녀彼女"였도다. 이 소녀는 "그녀 자신을 위한 감탄의 최가연最價淵의 냉수류冷水流 속에 거의 익사할 뻔했는지라." 고로 하품하는 심연으로부터 소환된, Isabel은—우리가 Patmos로부터 기대하고 있었던 계시(Revelation)—욘의 수구水口(watering mouth)를 통하여 그녀의 수중계水中界를 말하게 한다. "여자는 야계野界를 유수遊水할 것이로다."

[앞으로의 주된 증인(목격자)은 이씨【527-28】, 매트 그레고리(Matt Gregory) (4노인들 중 첫째)【528-30】 및 케이트(Kate)(HCE 가의 청소부)【530-31】이다.]

【527】 여기 나르시스 상像이 된 망령든 이씨는 겁 없이 거울 속의 자신을 보며 길게 독백한다. 그리하여 그녀는 자신이 요정, '황금의 집' (house of gold)(성모상), '상아의 탑' (tower of ivory)임을 스스로를 감탄한다. 그녀가 거울에 대고 말하는 그녀의 사랑스런 말들은 Daddy Browning과 Peaches【65.26】 또는 숀-스위프트 및 스텔라【143-48】와의 교환사交換辭를, 그리고〈율리시스〉의 Gerty MacDowell의 그것을 회상시킨다. 그녀의 "감애敢愛하는 정열녀情熱女여!… 층계의 스트립쇼를 야유하거나 즐거워함을 통하여…" 이 구절은 "스커트를 입고 방문하는 늙은 영감【65.5-6】인, Daddy Browning (복숭아와 아빠 브라우닝(Peaches & Daddy Browning). 1920년대에 스캔들에 몰입한 젊은 아가씨와 늙은이에 대한 유행어처럼, 친족상간적 HCE임을 암시한다.
　　— 후자는 이솔트처럼 보이는고? 무엇을 멍하니 생각하는고!

(이슬트 그녀 자신으로부터, 그녀가 거울 속의 자기 자신의 반영反影을 꾸짖거나 위안할 때, 답이 나온다).

【527.3】—귀담아 듣고 들을지라, 나의 애자여! 다가와, 이 가슴속에 쉴지니! 정말 안됐도다, 그대가 그를 놓치다니. 물론 나는 그대가 심술궂은 소녀임을 아는지라, 저 몽소夢所에 들어가다니 그리고 그날의 그 시각에 그리하여 심지어 밤의 어두운 흐름 아래, 그 짓을 하다니 정말 사악했도다. 하지만 그걸 용서할지니, 그리고 누구나 불가 시복장不可視服裝의 그대가 참으로 귀엽게 보이는 걸 알고 있도다. 물론 그건 그가 철 저히 몹시도 사악하나니, 나를 변장하고 만나며. 얼마나 우리는 피차 숭경崇敬하는고. 소개해도 좋을까! 이는 나의 미래 교접녀交接女나니,

【528-30】 (Matt Gregory가 심문을 넘겨받고, 순경을 회상하다)

(4심문자들 대신 젊은 두뇌 고문단의 대치)

여기서 4노인들의 질문은 끝나고, 이제 두뇌 고문단(Brain Trust)의 소개가 시작된다 【528.25-532.5】. 분위기의 감상성感想性이—무지개 소녀들, 음경적 물고기, 이씨의 불 붙은 언사—4노인들에게 급진적 효과를 갖는다. 갑자기 템포와 강도가 바뀌며, 심문 자들이야말로, 싸우는, 비효과적 늙은 바보들이 4 극히 효과적인 젊은 심문자들로 변 신하면서, 재차 젊어진다—탁월한 젊은 두뇌고문단원들【529.5】.

나중에 Brain Trust로 단축된 Brains Trust란 말은 1932년에 〈뉴욕 타임스〉의 제 임스 키어란(James Kieran)에 의하여 뉴딜(정책)의 시작에서 프랭클린 루주벨트의 젊은 아카데미 고문자들을 서술하기 위해 발명되었다. 여기 〈피네간의 경야〉에서, 청춘의 에너지가 HCE의 영혼의 깊이를 발견하기 위하여 결과적으로 성공적 노력 속에 소환 된다. 재차 소환될 것이거니와, 〈율리시스〉에서, 리오폴드 블룸은그의 젊음이 두 번 성적 자극에 재생된 젊음을 느끼는지라, 첫 번 때, 〈죄의 쾌락〉을 읽은 다음 "젊음! 젊 음!"【10.194】이요, 그리고 이어, 거티의 해변에서의 노출로 결과 되는 절규 다음으로 "굿바이 사랑이여, 뎀큐. 나를 그토록 젊게 하다니"【10.312】.

HCE의 마지막 마스크들

최후의 마스크들은 아담의, BBC 아나운서의, 그리고 Oscar Wilde의 목소리를 채 널로 하는 통신자의 그것들이다. 즉, 3개의 마스크가 A-S-C-의 패턴으로 정돈되는지 라, A(dam)-B(BC 아나운서)-C(ommunicator)이다. Oscar Wilde와 더불어, 모두 4마스크로

이룬다. 고로 그들은 이 장의 첫 4 목소리들인, 트리스탄, 스위프트, 패트릭, 및 파넬의 최후 형태들이 된다.

심문자들은 인상을 받지 않으며, 냉소적으로 코멘트 한다【534.3-6】. BBC 아나운서【534.7-535.25】로서, HCE가 애써 쓰는 제2의 마스크는 조용한 BBC 아나운서의 그것이다【534.7-535.25】.

BBC 아나운서의 총체적 연설은 자기 자신의 옹호에 주어진다. 이는 캐드에 대한 격렬한 공격이 뒤따르는지라, 그는HCE와 그의 미행微行에 관한 루머를 시작했다. 이 저급한 경칠 생물이 어떻게 감히 나를 공격하는고! 내가 더블린의 시장인, 바스로뮤 만 홈리히와 같이 있어Tdf 때, 나는 왕고 악수했도다!【535.1-12】.

BBC 아나운서는 Cad와 공원의 두 소녀들에게 향한 모욕의 홍수로 끝난다. 그들은 마스크 착용자인 Old Whitehead를 방문하고, 그에게 자신의 코멘트를 방송하도록 요구한다【535.22-25】.

이제, 그러나 모든 마스크들은 사라지고, HCE는 자기 자신의 목소리로 말한다.

【528】 (이어지는 이씨의 거울 이미지) 아주 격려된 채, 이슬트(이씨)는 결혼을 기대한다. 분명히 그녀 자신과 함께, 성당에서 Mindelsinn (Mendelssohn)에 의한 음악, 타당한 의식으로. (Kyrielle elation…Sing to us, sing to us, sing to us) 톨카강의 둑 위에 따뜻한 입술을 하고 누우면서… 여기 그녀와 그녀의 이미지는 스위프트의 "hister and esster" 격이다.

그리하여 이제 나르시스의 여인으로서의 이슬트가 사라지자, 초조한 심문자가 그녀에 관해 묻는다.

─유사피아 영매靈媒여! 이 "번민하는 히스테리"는 무엇인고? 그녀는 만사침묵이라!…이건 도대체 어떻게 된 일인고? 차체此體에 있어서 그 물체인고 아니면 저건 유두인고? "서사산문시"(posepoem. 겨울 속에 뒤집힌 "산문시"prose poem)의 소녀는 "매혹경"을 통한 Alice인고? 그녀는 그녀 자신의 환영에서 양쌍적兩雙的 행위(거울과의 대면)를 하고 있는고? 그녀는 수태고지의 성처녀인, 그녀자신의 환영幻影 속에 콘수라 (Consuelas)를 행위 하고 있는고?

4노인들은 그들이 할 수 있는 한 멀리까지 사건을 처리해 왔다. 그러자 이제 명석하고, 예리하며, 조직적인 그룹의 보다 젊은 두뇌 고문단원들(Brain Trust)이 그 대신 자리를 대신한다. 최고의 확실성과 권위를 가지고, 그들은 Kate(Kitty the Beads)(박물관의 늙은 여경비원)를 불러내는데, 그녀는 자기 자신이 원초 시대의 그 위인과 아주 가까웠다. 그리하여 그녀가 자신이 말할 바를 말한 다음에, 그들은 만사의 근원으로 직접 그리고 두려움 없이 나아간다. 그리고 HCE 자신을 소환한다.

(여기 4노인들로부터 젊은 그룹의 두뇌 고문단의 이동은 19세기 과학, 학문, 및 정치로부터 20세기의 그것에로의 진행을 암시한다. 노인들에 의하여 재창된 문제들은 너무나 깊고 거대하기 때문에, 인간적 힘의 가장 엄격하고 중요한 조직만이 그들과 맞설 수 있다. 이는 역사적 진행의 최후요, 궁극적 순간이다. 두뇌 고문단이 소환할 수 있는 것은 가장 극한적인 거대하고, 원시적 힘이다. 봉기적蜂起的이며, 솟으면서, 무한정으로 돌출하며, 그것은 만사를 저절로 용해시킨다. 아들과 손자의 위대한 전全 세계는 단지 꿈처럼 사라지고, HCE와 ALP의 원초적이요, 전형적 존재만이 남는다).

[두뇌 고문단의 개입. 어떤 무선의 간섭을 통하여 한 가닥 꾸짖는 소리가 들린다]

【528.27】 "그대의 순번으로부터 그대의 딱딱 성聲이라, 나의 주파周波에서 멀리 떨어질지라!(Your crackling out of your turn, stay off my air!) 그리고 그대는 1542년 이래 사자獅子의 주보株報를 지녔나니, 그러나 우리는 그대를 밟으리라. 그리하여, 나리, 나의 질문에 우선 답할지라."

【529】 이 초조한 비평가는 마가(moonster), 요한(Connacht), 그리고 누가(the Leinstrel boy)를 나무라는 이상, 그는 마태임에 틀림없는지라, 자신이 문제에 대해 한층 공격적인 접근을 요구한다. 노쇠한 무능 자들로 남아있는 대신, 우리는 참신한 두뇌 고문단(brandnew braintrust)이 되어야만 한다. 고로 고양된 채, 그들은 소녀들 "Misses Mirtha 및 Merry", 두 스위프트류類의 처녀들 및 "three tailors"의 문제를 해결할 수 있을 것이다.

여기 새로 등단한 두뇌 고문들은 HCE에 대하여 질문을 행사함으로써 답을 알 권리가 있다. 이어 그들에 의하여 HCE에게 10가지 질문이 행해진다. 1. 두 쌍 장군들이, 자신들의 최후의 지위로부터 해고되었을 때 자신들의 기도서를 주문했는지 2. 어찌하여 오바조룸센(O' Bejorumsen)이 복세腹洗 맥주통(the barrel of bellywash)을 소유하게 되었는지 3. 왜 그 사나이가 쿰 가街에 있었던지 4. 세 군인들은 어디로 가고 있었는지 5. 어찌 그는 자신의 주옥을 시작했는지 6. 그가 투계광장의 공동소유자인지

【530-31】 Kate[HCE의 청소부 여인]가 증언하기 위해 호출되다

【530】 계속되는 두뇌 고문단의 질문. 7. 그(가짜 솀 쇼멘)(HCE)가 자신이 짓궂게 성가심을 당한데 대해 경찰 파출소에게 불평 해왔는지 8. 그의 자식으로 하여금 맥주 단지를 사오도록 보낸 다음, 자신의 아내 앞에 그걸 놓고는, 자신이 도로를 거니는 동안, 그녀더러 집을 살피도록 청하지 않았는지 9. 사건을 보고한, 저 보조 순경, 세커센은 어디에 있는지 10. 문지기요, 그녀의 염주를 지닌, 키티를 부를지라,

고문단은 새로운 증인으로 순경 (또는 하인) Sackerson을 다시 호출한다. 이에 Sackerson의 노래가 그에 대답한다.

— 일회피자日回避者 사부표차四浮漂車로 그는 시장市場을 신록화新綠化하는지라.
고독주高毒酒는 어뢰魚雷(토피도)로 하여금 그녀의 난초를 욕탐欲探하게 했도다

이 운시의 구절은 〈성서〉의 〈창세기〉에서 노와 방주에 관한 입센의 글귀의 변형으로, 다소 그 내용이 모호하다. 이는 입센의"건축 청부업자"【530.32】를 우리에게 상기시키며, 도시들의 건설자인 HCE의 도래를 마련한다.

HCE의 출현 전에, 그러나 Kate가 자신의 차례로 소환 된다."그녀의 난초를 탐할지라!"그녀는 Joe(Sackerson)에 의해 능가당하기를 원치 않으며, 욘의 입을 통하여 말한다.

"그녀는 깊으나니. 그녀야말로"(She' s deep, that one). 욘 속에 깊이, 그러나 HCE처럼 그토록 깊지 않게. 여기 Kate는 자신의 내부는"깊지만,"HCE처럼 그렇게 "깊지"않다고 말한다.

【530.36】 Kate의 이어지는 기다란 증언.

─그의 터기의 악의의 아르메니아 무례武禮를 위한 주기도문 방귀 소요자(HCE).(A farternoiser for his tuckish armenities).

【531.5-26】 (여기 Kate의 HCE에 대한 증언은 방송과 합세한다) 등 "혹의 차일에 우리의 매애의 양 빵을 하사하는 과오범한 오주의 전부前父(HCE)…"

(Kate의 증언 + 방송) 그런 다음 HCE의 방만放漫을 위한, 트렌드-평의회원에 의해 찬조되는, 성탄당과聖誕糖菓. Kate는 부엌 식탁 위에서 HCE의 어깨의 삼각근筋을 마사지했도다. 마침내 그는 애유愛柔의 안구와 더불어 얼굴을 붉혔나니 그리하여 그의 큰 솥 북을 나의 가짜 맷돌 속의 볶은 콩처럼 감나게 하거나 덜걱덜걱 소리 나게 했도다. Kate는 그를 위해 등을 채찍질해야만 했도다. 그가 멋진 수프 여우같은 그녀의 사진을, 그녀의 가슴 브로치로 지글지글 소리 내었나니, 빤히 쳐다보면서, 그리고 그녀가 너무나 숙녀처럼 캉캉 춤 킥킥캑캑 춤추기 시작했을때, 그는 그 보다 결코 더 멋진 모습을 본 적이 없었도다. 그녀는 자신의 경야에 춤추며, 그녀의 "주봉(속내의)"(juppettes)을 추켜올리면서. 춘만취흥락했도다. (앞서 제8장의 노인을 즐겁게 하기 위한 Anna의 시도에 대한 설명과 비교하라)【198】.

[고문단의 명령]─그러자 이때 고문단이 여기 갑자기 소리치도다. "모두 정지!"(All halt!) 순간 방송도 함께 끝난다. "그것으로 충분하나니, 일동…" 그들은 이제 HCE가 직접 고백할 차례라고 말한다. 그의 번덕을 변명하는 마지막 한 표票를. HCE가 나라의 모든 가면을 벗겨야 한다면, 그는 그것에 도달하리라.

최후의 마스크는 아담의, BBC 아나운서의, 그리고 오스카 와일드의 목소리를 수로로 트는 통신자의 그것들이다. 다시 말해, 3개의 마스크들은 A-B-C 패턴으로 정돈되는 바, 즉 A(dam)-B(BC 아나운서)-C(communicator)이다. 오스카 와일드와 함께, 그들은 4마스크에 달한다. 고로 그들은 이 장에서 첫 4목소리들의 최후의 형태이리라─트리스탄, 스위프트, 패트릭, 그리고 파넬.

【532-39】HCE(욘)가 몸소 증인석에 소환되자, 자신을 변호한다

【532】이제 그들(두뇌 고문단)은 욘(그의 유령-HCE)에게서 직접 증언을 듣고 싶은지라, 그를 깨어나도록 청한다. 그들은 엎드린 욘(Yawn-HCE)을 불러낸다. "일어날지라, 유령幽靈 나리!" 이제는 한 유령의 주인인, 이어위커(HCE)가, 욘의 가장 어두운 심연으로 부터 일어나면서, 효성스러운 입술을 통하여 말(변호)하나니. 이는, 어떤 의미에서, 마치 〈율리시스〉의 밤의 환각 장말에서 블룸의 환상의 자식(스티븐 데덜러스-루디)【U 497】처럼, 욘 자신은 자기 자신의 아버지의 유령이다. 본질적인 욘을 득함으로써, 여기 4분석자들은 그들이 지금까지 추구해 왔던 것을 얻는다.

욘-속의-이어위커가 말해야하는 것은 3부분으로 나누어지는데, 이들 중 첫째는 캐드(Cad)에 의하여 소환되었을 때의【36】그의 덕망에 대한 주제넘은 옹호 또는 주점에서의 허풍 떠는 사과謝過【363-67】를 닮았다. 셋째는 그의 ALP에 대한 칭찬이다. 둘째는 셋들 중 가장 중요한 것으로, 창조자로서 자기의 중요성을 확인하는 것. 즉 가족의 설립자요 도시의 건축자인, 제1장의 "건축청부업자"【4-6】이요, III부 2장【446-48】의 죤-이어위커인지라. "나는 전혀 헛된 노르웨이인이 아니나니"(I'm not half Norawain for nothing)【452.36】. 인형의 집의 건축가인, 입센은 현재의 장에서, 건축 청부업자의 사죄와 자만에 알맞게 응대應待한다. 강들의 이름이 제8장을, 전쟁의 이름이 윌링던(Willingdone)의 전쟁과 의혹의 승리를, 장식하듯, 여기에서 그들은 도시들과 그들의 지역들의 이름들을 장식한다—Belgrade에서 Belgravia까지, 미국 맨해튼의 모퉁이의 작은 성당(Little Church Around the Corner)에서 Bronx까지. 그러나 더블린은 —이어위커가 매인每人이듯 매시每市로서—중심적이다. 따라서 도시의 책인 〈율리시스〉에 대한 언급들도 마찬가지다. 도시들의 재건은, 도시의 건설이 행복한 추락의 행복을 그리고 인간 시대(human age)의 인간성(humanity)을 증명하듯, 전쟁의 파괴를 뒤따른다. "만사는 추락하는지라," 그리하여 예이츠가 말하듯, "그들을 다시 세우는 자들은 즐겁다."

건축청부자(the Master Builder)의 자만의 즐거움은, 도시의 모든 죽음을 그의 마약, 폭도와 강도로서 변용시키면서, 또 다른 종류의 건축가인, 조이스의 즐거움이다. T.S. 엘리엇의 런던은, 보들레르의 파리 (대낮에도 유령이 행인의 소매를 끄는 도시)처럼, 일종의 지옥이다. 시인 셸리의 지옥은 "런던과 닮은 도시"이다. 더블린은 그렇지만은 않

는지라, 그것이 마비든 오물이든, 도시인인, 조이스에게는 전적으로 친근하다.Dear Dirty Dublin)─건설과 재건설, 이따금 그것의 믿을 수 없는 결과에도 불구하고, 그것은 즐거움의 기회이다. 따라서 더블린의 혹은 〈피네간의 경야〉의 건설 청부업자가 되는 것은 모두의 낙樂이다.fun for all).(Tindall, 273 참조) "낙을 찾을지라 그대 핀이여!… 호… 악행자惡行者여! 일어날지라. 유령 나리! 그대가 살아 있는 한 타자는 없으리라. 탈脫!"(Search ye the Finn!…Ho, …evildoer! Arise, sir ghostus! As long as toy' ve lived there' ll be no pther. Doff) 532.2-5).

【532.6-36】 HCE-욘의 자기방어를 위한 연설

HCE(욘)는 결코 범법犯法하는 일도 없었는지라, 자신의 아내(어머니-ALP)는 미녀로서 한때 가슴제기 시합에 출전한 미인이나니. "그녀는 얼마나 자랑스러운 결백 여인이었던고!"

("욘"(HCE)은 그의 최초의 그리고 최후의 기회를 포착하고 자기 자신을 위해 제1인칭 복수로 또는 단수로 계속 변호하기 시작한다).

── 여기 우리는 다시 있는지라! (Here we are again!) 나는 오래 전 절판된 왕조의 조례條例 아래 양육되어 왔나니, 쉬트릭 견수絹鬚 일세─世로다. 그러나 나는 자신의 애란-앵글로색슨어語가 쓰이는 어디서나, 세계를 통하여 성인聖人들 및 죄인들에 의하여, 청렴결백 인으로 알려져 있나니. 그들은 나의 경기가 공정한 것이었음을 생각하는 도다. 한 소녀笑女 친구로서, 나의 아내에게 범죄행위를 절대로 범하지도 않았도다. 그리하여, 사실의 문제로서, 나는 나의 최숙最熟의 꼬마 애처를 세상에 소유하고 있음을 말하도다. 그녀는 사방 뛰놀고 있었나니, 현저하게도 고운 의상(a remarkable little endowment garment) 속의 두 유방으로 핸디캡 된 채, 나는 예리하게 그녀를 사랑하는지라.

A) 아담【532.6-534.2】: 부활된, 도시의 창조자인, HCE의 첫 말들은 "Amtsadam이니, 선생, 그대에게!" 이러한 말들은 HCE를 도시 건축가(Amsterdam)로, 그러나 아담

으로서 소개한다. 대륙의 철도 스케줄에서, 암스테담은 "A' dam"으로서 규칙적으로 야기된다. HCE는 또한 정부 관리이다. 나아가, HCE의 이러한 단어들은 HCE를 영원의 도시 건축가로서 동일시하는 법전 메시지를 형성한다. 즉, 구절의 첫 문자들은 *asty*로 철자하는바, "도시"(city)에 대한 고전적 희랍어이다.

HCE가 한 은폐의 더 많은 행위를 아무리 많이 애쓸지라도, 그는 자신의 별난 말더듬에 의하여 넘겨진다【532.7-533.3】. HCE는 이 딸에 대한 침족상간적 욕망에 대한 많은 죄를 느낀다. 그리고 통상적으로 여전히 그는 자신이 실지로 모든 것을 비난 받기 전에 매사를 부인한다. 그는 한사코 그의 권고를 부정하려고 노력하지만 단지 만사를 가일층 악하게 할 뿐이다【532.18-533.3】. 그는 심지어 이런 일을 생각하는데 대해 그의 딸들을 채포하려한다!【532.27-29】

그의 너무나 분명한 범죄를 커버하기 위해, 그는 그의 아내의 충족한 칭찬에 진입하는지라, 즉, 그녀는 차이나타운 밖에서 가장 작은 신발을 가진, 나의 진짜 사랑하는 아내이다【533.4-6】.

그녀는 나의 최선 보존된 전처全妻인지라, 지금 그녀와 마찬가지로 이후에도, 천국안天國眼으로 보아, 차이나타운 밖으로 상대할 수 없을 정도의 문수최소화閰數最小靴를 지녔는지라. 그것은 엄청나게 상등품이나니, 진짜 북경北京 식으로 말해서. 우린 그걸 추천해도 좋지 않을고? 그건 나의 도제봉사시대徒弟奉仕時代로부터 보증필품保證畢品이 었도다.

나의 사적 목사는, 4노인들이 보는 가운데【533.14-21】—그들이 다음 장애서 하듯, 우리의 4기둥 침대에서 그녀와 함께 나의 성적 관계에 관하여 입증할 수 있도다. 사실상, 우리의 가정은 전적으로 *Et dukkejem*【333.18】—입센의 〈인형의 집〉을 닮았다.

HCE는, 자기에 대한 공격을 처치한 다음, 마치 농업시장의 주식 가격이나 상태 그리고 "그것이 오늘의 모두입니다. 잘 자요, 모두들. 그리고 메리 크리스마스!와 더불어, 라디오 방송을 완료한 것인양 끝난다【533.33-534.1】.

【533】 (HCE(손)의 이어지는 ALP에 대한 찬사) 그는 자신이 깨끗한 성격의 소유자

임을 스스로 자랑하는지라, 또한 그에게는 가정이 최고로다. "애정의 지불보고를 통한 저 참깨오두막의 홈스위트홈."(그러자 이 가정의 가수성歌手聲(HCE의)은 라디오의 방송과 전조轉調되면서, 광고의 잡물을 방송하기 시작한다). "본토교신. 핍핍의 보통주普通株 사실링구반 페니…시장세불안전…금일은 이것으로 마감." 자신의 전처소妻에게 충절을 증명하기 위해, 이어위커는 증인들을 소환한다. 감독성당의 목사(Episcopalian Chaplain)가 증언할 수 있는지라, 그는 말하나니. 자신의 "깨끗한 성격에 관해, 심지어 어둠 속에 탐지될 때라도." 과연, 자신의 가정 같은 곳은 없나니, 심지어 John Howard Pay의 또는 입센의 "오리 인형가"(duckyheim)일지라도. 조지아풍의 Moody와 Sankey, 그리고 곡을 부르는 Joannes Bach와 함께, 마태, 마가, 누가 요한의 갈채에 맞추어, 이어위커는 언제나 "홈 스위트 홈"을 노래하고 있도다. (이때 가정의 가수는 쉽사리 라디오로 음정을 바꾼다)—나는 확성擴聲 확성 하는도다. 그는 모국으로부터 시장 방송을 방송하기도 한다. "국내주가 시장세불안전. 리버간지肝池 대돈大豚 번거로운 1파운드 4실링 2페니. 선善 차선次善 최선! 미안! 감사! 금일은 이것으로 끝." 여기 그는 방송을 종결하며, 신년의, 뉴욕, 역逆의 Tokyo, 그리고 필경 입센으로부터의— 덴마크식 감사를 포함한다.

(ALP에 대한 두드러진 찬사) 특히, 헬리오트로프 튜립(긍순)肯脣 영향기永香氣를 봉접奉接 받았을 때, 이처럼 실제로, 그리하여 거기 나는 실로 그녀의 과거의 순순결미純純潔美에 나의 쾌유혼快遊魂을 흠뻑 적시는도다. 그녀는 최선 보존된 전처소妻인지라, 차이나타운 바깥의 최소화最小靴를 지닌 채. 우리 사립목사, 그는 내가 그녀를 사주선율자四柱旋律者들에게 소개했을 당시 나의 깨끗한 성격에 관해 그대에게 말할 수 있을지라. 마이클을 시켜 수톤을 중계中繼하게 하고 그대에게 내가 어떻게 맥주를 확성(음향 증폭)하는지 말하게 하라(방송이 광고와, 간섭들 및 정전停電의 혼성 아래 흐리기 시작한다. "감사"오늘은 그것으로 모두 끝(Thankyou! Thatll beall fortody)【533.36】.

【534】이때 4노인들이 짧고 애매한 코멘트로 HCE의 말을 가로챈다. 그들은 인상을 받지 않고, 냉소적으로 논평한다, "—똑딱똑딱…그건 쿵 쿵이나니."【534.7-535.13】다시 이어지는 HCE의 목소리. 그는 심령술적 교령회交靈會에 참석한 듯한 말투로 길게 서술한다.독자는 〈율리시스〉의 키어난 주점에서 사자인 디그남의 유사-

과학적 심령술자의 강심술적 서술을 이미 경험한 바다【247-248】(이는 방송의 시작-HCE의 목소리를 의미한다). "나의 결백을 입증하기 위하여 나는 나의 불결의류착복(성공회의) 39조항을 오염종결적汚染終結的으로 인용할 수 있나니…" 그는 도시의 치한癡漢인 캐드에 의한 자신에 대한 고소에 분노한다. 그리고 그에 대한 저주. "사안蛇眼(뱀눈)!"

　　B)【534.7】 ─정적靜寂이 들어왔도다(Che). 크고 큰 정적(BBC), 아나운서. 그건 커다란 여흥인지라. 절대의 진리! 나는 나의 악행에 대한 차 한 스푼의 증거도 없음을 항변하는도다. 그리하여 나는 천국의 저 자들 앞에 나의 39조항을 그대에게 인용할 수 있나니(앞서【283】에서 영국 성당의 39항, 거기서 이 주제가 Kev(손)의 상점주 산수를 통하여 이미 소개되었거니와), 나 자신이 영원히 엄격하고 완고함을 증명하기 위해. 나는 Hiersse 골목의 술 취한 불량배요 도시민에 의한 비방의 공포에 대한 나의 항의에 대하여 당사자 당국자에게 돌입할지라. 분천격한糞賤格漢(캐드) 같으니! 쉐(사이)룩이 그를 탐정하고 있도다. 그의 드러누운 영혼에 대한 수치!(Shamus on his atkinscum's lulul lying suulen).

　　B) BBC 아나운서【534.7-535.25】: HCE가 쓰려고 애쓰는 제2의 가면은 조용한 BBC 아나운서이다【534.7-535.25】: 첫 가면의 종말에서 라디오 코멘트라는 아마도 제2의 가면의 목소리를 암시한다. 즉 HCE는 페르소나 등장인물에서 자백하기보다 독립적 중개를 통해 말하는 것이 한층 안전하다고 생각하리라.

　　BBC 아나운서들에 의하여 말해진 영어는 오랫동안 표전으로 정하길 생각되어 왔다. 그러나, 우리의 감미로운 아나운서는 문학에서 우연한 취미를 지니는지라, 즉, 벨그라비아(런던의 상류지역)의 거리의 포장자나 혹은 포장공에 관한 무례한 자장가인지라, 그것은 "주님"에서 불신을 끌어들인다. 여기 Epstein 필자는 조이스가 또 다른 번안을 암시하고 있음을 논한다. 필자는 이상의 자장가의 원본을 개작하고 있다:

　　한때 벨그라비아 출신의 남자가 있었대요,

　　그는 포장 공으로 일을 찾으려고 애썼는지라.

　　그는 해안으로 걸어 내려갔대요.

　　손에는 그의 연장을 들고

　　그리고 불손한 행위 때문에 버금을 물었대요.

주목할 일은, 조이스가 "포장공"(pavior)란 단어를 텍스트에 지녔거니와. 그것은 이상의 번안이 조이스가 알았던 것과 가까움을 암시한다.

BBC 아나운서의 전체 연설은 그이 자신을 옹호하기 위해 포기된다. 문자 그대로 나를 반反하는 차 숟가락 가득한 증거도 없도다! 나는 '39항'(Thirty-Nine Articles)(영국 국교의 39개 신조, 성직에 오를 시 이에 동의해야함) (이는 HCE가 헌 사람의 앵글리칸임을 상기한다.) 이것은 캐드에 대한 과격한 공격이 뒤따르거니와, 그는 HCE와 그의 오행惡行에 관한 루머를 시작했다. 어찌 감히 이 저급하고 불쾌한 놈이 나를 공격한담! 내가 더블린의 시자 각하인, 바스로뮤 반 호리하였을 때, 나는 왕과 악수했도다【535.1-12】.

나의 이 모든 약속대지約束垈地를 통하여 서명첩署名帖의 환영인사와 더불어, 수진악수手振握手의(h) 여호여타자축하汝好如他者祝賀를(c).

위의 인용구에서 수진악수手振握手의(h) 이크레스각하(e)(handyshakey congrandyoulikethems ecclesency[275]인즉,

BBC 아나운서는 캐드에게 그리고 공원이 두 소녀들에게 향한 모욕의 홍수로서 끝난다. 그이 비행卑行의 전체 이야기는 가장 외설적이요, 혹은 입센식의 무의미의이다. 캐드는 입센이 처음 영국으로 소개되었을 때 그에게 본래 행해진 그런 종류의 비의 모욕 하에 침잠되었다.

4심문자들은 아나운서의 맹비난을 무시한 듯하다. 그들은 다음 마스크 착용자인, 노 백두(白頭)를 방문하고, 그가 자신의 논평을 방송하도록 요구한다【535.22-25】.

C) O.W. (O. Wilde & O Old Whitehead)

【535】HCE는 한때 폐하에게 열쇠를 증정할 특권을 가졌는지라. "악간대군. 대폐하 각하에게, 우리의 최고승, 이 신천지(노 바 타라)의 제일시의 임대건貨貸鍵(열쇠)을 나는 급승마 자유봉증했나니," 이를 그는 자랑하고 있도다(마치 〈율리시스〉의 블룸이 과거 거리에서 떨어진 파넬의 모자를 당사자에게 집어주는 영광을 애지중지 하듯). 【U 531】.

(그러자 이어지는 막간)

【535.13】 "찢는 자(살인광), 잭을 본 수하자가 감히…생강 친우들…"HCE에 대한 모든 비방자들의 일람 (여기 15개의 감탄사 "!'가 동원되고 있다).

【535.22】 (다시 4심문자들의 막간) 그들은 HCE로 하여금 자신을 빨리 노출하도록 압력을 가한다. ─그대 여어인고, 하이트헤드?

【535.26】 (다시 백두요─늙은 백호우 두구頭坵인 HCE의 말), "나는 1천년을 통하여 참되게 살아 왔음을 전계소界에 말할지라," 단지 자신의 속물행위로서, 가련한 오스카 와일드(O. Wilde)의 기질일 뿐, 그는 자신의 연민을 호소한다. 그는 한때는 육肉을 사랑하는 자였으나, 이제는 무육無肉의 존재일 뿐. 친애하는 영부인이여, 그는 그들에게 말하는지라, 그들의 동정을 청하면서, 자신의 머리칼은 이제 백발이요, 나이 39세(Nine dirty years mine age), 그의 기억은 자신을 실퇴失退하게하고, 사지는 연약한 채, 독사처럼 귀먹었다.

혹자가 우리와 함께 있었도다. 적비망록敵備忘錄. 그리하여 저들 박새(鳥) 소녀들! 입센최음탕最淫蕩 무의미無意味! 혈사건穴事件은 돼지돈豚의 폐물처럼 부패하도다. 충분!

【535.22】 (4청취자들의 목소리가 들린다)

─ 그건 그대인고, 하이트헤드(백두)여?

─ 그대는 지금 소음을 가졌는고?

─ 우리에게 그대의 철자오기수신을 줄지라, 어때?

─ 생선을 건넬지라, 제발!

(늙은 백白호우드구丘(HCE)가 다시 말하다). 그대의 귀를 열지라!(Ope Eustace tube!) 가련한 백서白誓를 불쌍히 여길지라! 나는 일천 지옥들을 통해 살아 왔음을 전계소界에 말할지라. 연민 할지라, 내 나이 39세, 나의 머리털은 백발이라, 나의 기억은 실종失終된 채, 관절은 뻣뻣하도다. 나는 그대에게 묻나니, 친애하는 여인, 우리의 과실果實에 의하여 나의 나무를 심판할 것을. 나는 그대에게 나무 실과實果를 주었나니. 가련한

해브스 차일더스 에브리웨어(Haveth CHilds Everywhere)(HCE)를 불쌍히 여기소서!

【535.36】 (제3의 목소리가 최후의 화자야말로 보고자임을 보고하기 위해 방송한다. 여기 HCE는 개성을 바꾼다.) 그것이 보고자였는지라, 한 전前 육군대령. 한 불화신不化身의 영혼.

【536】 제3의 목소리 (4대가의 목소리)가 HCE로 하여금 스스로 격려하도록 말한다. 그러자 그들이 들을 수 있는 것은 오스카 와일드의 "불화신"(HCE)이라고 그(전달자인 HCE)는 대답한다. 그는 와일드풍風의 모자와 지팡이, 담배로 무장하고, 와일드의 주옥酒屋(Oscarshal's winetavern)에서 우리의 신선 최고 비어의 나맥 잔을 가지리라. 그는 여기 와일드, 루터, 글래드스턴 "오 시에!"(O Shee!)이다.

【536.28-554.10】 위대한 남성 Haveth Cilders Everywhere 독백

18페이지에 달하는 Haveth CHilders Everywhere의 부분은, 조이스가 보았다시피, 그것의 흠집과 장엄함을 동시에 지닌, 가장 순수하고 가장 강력한 남성 창조의 표현이다. 이 남성 독백은, 위대한 여성 독백인, 책의 권말 부분의, 다른 위대한 서정시라 할, "부드러운 아침, 도시"의 부분에 비해 힘에 있어서 두 번째이다.

이 위대한 산문 서정시의 양자는 조이스에 의해 발명된 장르의 예들을 마련하거니와, 하나는 "대중의 산문 서정시"로 불릴 수 있으며, 몰리(Molly)의 독백은 〈피네간의 경야〉에 앞서 가장 훌륭한 예이다. 〈율리시스〉에서 또 다른 대중 서정시의 예로서, 이타카 장의 물에 관한 부분【17.548-9】이요, 같은 장에서 불에 관한 보다 짧은 부분이다. 이러한 "시들"에서 조이스는 보통 사람들에게 단지 유용한 서정적 준비물을 사용하면서, 세계의 위대한 그림을 재창조한다.

Haveth Childers Everwhere의 독백은 도시들의 창조, 특히 더블린에 관한 거대하게도 즐거운 시로서, 그것을 HCE는 그의 아내 ALP를 위한 결혼반지로서 제작했다. 더블린 시는 HCE가 자신이 위대한 도시의 시를 시작할 때 밤의 안개와 사라지는 그림자를 통해서 나타난다. 그것은, 마치 몰리의 독백처럼, 8개의 거대한 산문이다—이따금 심문자들의 한 줄 논평의 1/4분이 꺾이긴 해도—문학의 건축업자인. 조이스는, 구체적인 말들로, 도시들을 즐기는, 창조적 인간이었다.

조이스는, 문학이 거장 건축가로서, 구체적인 말들로 인간과 건축 거장의 창조를 즐겼거니와, 틴달 왈,

　　그들의 마약 중독인, 폭도, 그리고 노상강도와 더불어 도시들은 모든 죽음을 변용하며, 건축 청부업자의 자마의 경쾌함이라, 또 다른 종류의 건설지, 조이스의 그것이다, 보들레르의 파리처럼, 엘리엇의 런던은 일종의 지옥이다. 셸리의 지옥은 "런던처럼 도시"이다. 더블린은 그렇지 않으니, 그것은, 마비와 오물이 무엇이든 간에, 조이스에게 다정한 전적으로 도시인간이다. 건축과 재건—심지어 그들의 잦은 불신의 결과일지라도—경쾌한 경우인지라, 더블린의 혹은 〈피네간의 경야〉의 건축 거장이 되는 것은 흥미여라.

【536.28-538.17】 CHE의 무구의 고언

　　HCE는 자신이 과거의 만사를 노정했음을 단언함으로써, 그가 양심상 정말로 아무것도 나쁜 짓을 하지 않았음을 자신함으로써 시작한다. 만일 그가 심지어 짧은 감옥 선언이라도 주어지면, 그는 그것이 지극히 부당하다고 생각하리라. 그는 기도를 말하고, 그의 비평가들에게 혹평으로 끝내는지라, 그들 또한 죄를 짓고, 유리 가옥에 사는 사람들은 돌을 던져서는 안 되도다.【536.36-537.1】.

　　그는 해 돋음을 예언하는지라. 그것은 이 작품의 마지막 장에서 일어날 것이요, 그것을 동방【537.11】을 서방의 정복과 연결한다【537.11】. 그러자 그는 그의 사랑하는 자에 관해 이야기하기 시작하노니, 그녀를 위해, 위대한 도시를 만들었다. 그는 경혼의 여신인 놀왜이의 여신 Frick에게 맹서로서 부정하노니, 그는 Copetua 왕처럼, 거지 처녀를 유혹하여 여왕을 만들리라【537.31-31】. 비록 그가 어린 처녀들을 유혹하려 시도할지라도, 그는 돈을 위해 그가 이런 일을 하지 않을 것임을 계속 주장하도다. "그대, 프릭스 불꽃, 성냥 상자에만 켜는, 무발화황인無發火黃隣이여, 만일 내가 마님의 처녀[케이티]를 교접(성교)했다면, 나를 급소急燒할지라! 그녀의 비버모毛에도 불구하고, 그녀는 여성다우며 비결秘訣하도다."

【538.18-540.12】 (HCE가 해안을 공격하고, 애란인들을 패배하다)

하지만 성적 욕망의 주제는 계속 돌아오나니, 그리하여 직접적으로 도시의 서술에로 인도한다. 비록 HCE는 이러한 젊은 소녀들을 찾기를 거절할지언정, 그는 간접적으로 선언하는 바, 그가 3군인들에게 승리하고, 그들의 여인들을 뺏어간다는 것이다. 그는 3각 구조에 대해 언급하는바―그것은, 우리가 보아온대로, 남성 생식기를 의미한다―3듀코리언즈처럼(Deucollions) 【583.29-30.33】. "Collion"은 중세 영어의 *cullion*이나, 프랑스어의 *couillon*처럼 "부랄"을 의미함으로써, "Deucollion"은 "두개의 부랄"을 의미한다. 3 Deucollions는 뮤즈의 방 우화의 멋지게 매달린 독신자들이다. 【10.3-4】. 하지만 군인들의 3각의 성적 잠재력에도 불구하고, HCE는 그들의 소녀를 훔쳤다.

조이스는 헨리 제임스의 이야기인 "주인의 교훈"(The Lesson of the Master)을 그의 요점을 납득시키기 위해 불러온다. 그는 이야기를 【539.8-9】와 【540.28】에서 두 번 언급한다. 제임스의 이야기에서, 노 주인은 헨리 St. 조지란 이름의 대 작가인지라, 그의 애인이 젊은 작가를 해방노리로 요구함으로써. 그에게 그녀를 포기하도록 꾄다. 한편, 그이, 노 작가는 그의 청춘이 지나, 더 이상 해낼 수 없다. 주인의 교훈은 그의 숭배하올 젊은 제자들을 꾀는 방법이다. 여기 노주인, HCE는, 자신이 3군인들의 의도를 뺏기를 요구한다.

【540.13-545.23】 (더블린이 조광照光 속에 나타나기 시작한다.)

이제 도회의 서술은, 예명의 빛과 더불어, 열열이 시작한다. 도회는 시간과 더불어 크게 변했지만, 그런대도 장소의 얽힌 선과 악, 진실과 허위의 장소이라. 그것은 또한 세계의 위대하고 많은 도시들로부터 세목들이 결집한다.

최고의 세목은 런던의 세목으로, 거기 타이번의 삼지목三枝木, 삼각 교수대들, 한때 거기 섰던 것은 이제 대리석 아치이라, 그들의 비애를 울리는 이반離叛을 위한 전통적 장소이다. 거기 한때 범인들이 교수형을 당하고, 이제는 중얼대는 항의의 도로 도적들이 만나고 행진하는지라【540.15】. 거기 최초의 도시 세목을 위한 이 장소의 선택에 특별한 의미가 있으니, 즉, 그것은 민주적 항의의 안전 벌브와 더불어 도시 관리들의 살인적 권위를 결합하고 그리하여 정치적 관계의 전채 영력을 총계한다.

조이스는 그러자 입센에게 신의를 주나니, 후자는 현대 세계를 위해 인간성의 전원과 도회의 형태를 정의했도다. 그들의 노르웨이의 이름들의 밀접한 접근과 더불어 서술된 입센의 8 개의 연극들이 있다.【540.22-25】 여기에서 그의 부친이 인계받는지라, 시민의 복종성—즉, 그들의 수동성—는 도회의 건강의 권원이라. 조이스는 더블린의 표어의 번안을 마련한다【540.25-26】. 그러나 도회는 비록 도적과 살인에 의해 지배될지라도 어떤 정적을 갖는지라, 즉, 도회의 재정과 생활도 고의 강도인, 잭 쉐퍼드의 손에 달렸으니, 우리의 생활의 확산은—모든 의미에서 우리의 생활 보험—범죄주목에 조나단 와일드에 의해 통제되도다.【540.26-28】.

대부분의 초기 도시들은 트로이 혹은 에루살렘처럼 옹호를 위해 언덕 위에 건립되었다. HCE의 도시는 로마와 에든버러처럼, 7언덕위에 걸립된다.【541.1】. 시 그것 자체에서, 거대한 몇 개의 간축물이 있는지라—성. 니코라스와 성. 마이칸, 에펠 탑, 울워스 건물, 그리고 다른 마천루【541,4-7】.

HCE는 또한 애국적 문제들에 있어서 이중 표준을 가졌다. 얼마나 많은 영국의 군인들을 그는 사리스베리 들판에서 무참히 훈령시켰던고? 그리고 얼마나 많은 군인들이 공포의 처참 속에 익사했던고【541.28-29】? 저 무시무시한 1807년의 사건에서, 노래로 기념되고 가까운 더블린에서 여태 일어난 최대의 비극처럼 시간의 역사 속에 서술된 채, 두 구대의 수송선들이, 더블린의 해항에서, 〈웰즈 왕자〉와 〈로치데일〉이 파선되었는지라, 500면 이상의 군인들과 장교들의 상실을 가져왔도다. 역사의 기록인즉, "긴 해안이 서술하기 너무나 무서운 광경을 제시했도다." 조이스는 여기 또 다른 시간을 위해 영국인들의 "무식의 잔인성"을 보도하는지라, 그것을 그는 다니엘 디포의 그의 에세이에서 그리고 〈율리시스〉에서 논평했도다.

유아태생을 격려하기 위해, HCE는 산과병원을 건립했고, 그는 또한 창녀들을 투옥시켰으며, 그런고로 애란 남성의 성적 에너지를 배타적으로 그들의 아이 배는 아내들에게 돌렸도다【542.27-29】. 시장으로 착의한 채, 황금 사슬과 목도리 그리고 사쉬로서, 그는 자신의 도회를 배회하고, 도시에 무족無足의 거지처럼, 그는 창자 속의 젤리마냥 거리를 배회했도다【542.34-35】.

셰익스피어의 〈리처드 II세〉에서 존 오브 고운트의 죽음의 연설에 대한 언급이 여기 있는지라, 이는 토지 보유권과 소작인들 대 소유자들의 심리에 대한 언급이다. 고운트는 깊이 상심한지라, 영국은, 죽음의 침대 장면에 대한 유명한 소개에 서술되다시피, "부패한 양피지 지급보증"이란, 현장으로 분배되었는지라. 그리고 그것은 임차되는 진짜 재산의 한 조각으로서 단지 취급되었다. 더블린에서, 존 고운트의 영국에서처럼, 아무도 토지 주인을 제외하고 재산을 소유하지 못한다. 아무런 뿌리도 내리지 못하리라. 그것은 W. 블레이크의 시 "런던"의 세계인지라, 즉 "헌장憲章의" 거리들과 분배된 강둑의 세계이다. 그것은 또한 T. S. 엘리엇의 "게롬촌"(Gerontion)의 세계로서 소유주인, 유대인은 창틀에 앉아있을 뿐이다. 조이스는 물론, 비유대인이 아니나, 여기 그는 엘리엇처럼 꼭 같은 점을 택한다. 그의 도시의 주민들은 그의 콘크리트 창자 속을 방황하는, 그리고 그의 "먹기탕진한 콤플렉스"(eatupus complex)를 가진 부친 거인에 의하여 소화되는 것을 피하려고 애쓰는 무근의 아이들이다. 일단 아이들이 소화하면, 그들은 더 이상 그의 특권적 지위를 위협할 수 없다.

【545.24-546.28】 HCE의 통치의 불확실한 야량

독백의 4번째 구절은 3번째의 주제들을 나르지만, 4심문자들의 코멘트는 없다. 이러한 간섭은 이 장의 전향의 전반적 어려움 속에, 우연히 남겨졌다.

HCE는 첫째로 통치자로서 그의 행위들을 서술한다. 그는 자신이야말로 자비의 통치자요, 이태리어의 *manipio*란, 수천 명의 노예들(manicipelles)을 해방시켰다고 단언했다【545.25】. HCE는 다락방에 사는 저들 가련한 사람들에 희망을 주었으며, 소박한 지하실의 다른 배고픔 사람들을 안주시켰다. 그는 자신의 신조로서 제왕의 의무에 관한 버질의 말을 택했다: "Parcere subjetis et debellare superbos", 즉 그는 검소한 자를 절약하고 '누가 복음' 이 사상을 표현하듯, "강자를 그들의 권좌로부터 억눌렀다. HCE는 그의 하위 법전에서 음독한 창녀들을 재판했으며, 먼지 묻은 발로서 먼 곳으로부터의 여행자들을 위해 장터에 특별히 행정관에게 세운 중세의 법전인, "파이 파우더 코트"에서 판사로서 행동했다【545.29-30】.

판사요 시 건축가로서 HCE의 행위들에 대한 설명은 그의 문장紋章의 서술로 뒤따른다【546.5-11】. 더블린의 문장은 두 나신의 소녀들을 품으며, 문장의 바탕은, 수평으로 양분된 채, 상하로 투구벌레(이어워커 자신), 그들의 나창裸瘡을 흔드는 세 젊은 군인들을 지녔는지라—다른 말로, 방패는 남녀, 3과 2, 부친을 공격하는 청년의 전체 이야기를 종합한다.

모토【546.10-11】는 에머선의 시제의 변형의 첫 문자로서 HCE를 철자하는바, "Hery Cross Evohodie"(작금명일환성축제昨今明日歡聲祝祭(HCE), 노령과 젊음간의 싸움은 영원하도다.

HCE는 모토 상 논평으로 3군인들과 2소녀들의 이야기를 취급하며, 그의 창조적 힘에 의하여, 한 남자로서 그의 시민권에 의해, 그리고 그의 종교의 내적 빛에 의해, 주장하거니와, 그는 성적으로 그녀 속으로 들어가기를 허락받았다. 여인들에게 사랑을 행하는 남성적 힘과 그의 능력에 의하여, 그는 동시에 그이 자신 총체적으로, 그리고 모든 모순당착들을 포함한다. 그는 이것이야말로 자기 자신의 진실 된 설명임을 단언함으로써 끝마친다. 4심문자들은 이러한 자랑에 관해 냉소적으로 논평한다【546.25-28】.

도시의 구성【550.8-552.34】등의 구분들에 이어, 위대한 산문시의 클라이맥스【552.35-554.10】가 이 장의 종곡을 울린다.

HCE의 창조의 시의 종말은 고통과 즐거움의 ALP를 보여준다. HCE는 그의 애인으로 하여금 그녀의 엉덩이에 자작나무, 주목, 등鷰 나무 막대를 가지고 형벌의 방법에 의하여, 알파벳, 그리스어, 헤브라이어, 영어, 및 고대 이스라이어를 배우도록, 강요했다. 그리고 그녀는 고통으로 통곡했다.【552.36-553.4】.

그는 그녀 앞에 애란, 영국 및 아메리카의 위대한 모든 아일랜드의 광범위한 공도와 정교한 정원을 펼치니—더블린의 대공(大公) 에드워드 거리, 런던의 부수되는 거리들, 뉴욕의 코니아일랜드 및 멀베리 벤드 공원, 영국의 레치워스 가던 시티, 롱아일랜드의 가던 시티뿐만 아니라 최초의 가던 시티……. 고대 세계의 7경이驚異들 보태기 등등【553.4-12】. 그는 더블린의 오코넬 거리의 모든 동상들, 두드러지게도 필립 크램턴 경의 아주 우스꽝스런 흉상, 그것을 파스 할지니, 그대가 할 수 있던 할 수 없던 간에!【553.12-15】. 그는 포도밭과 느티나무 그리고 홉과 보리 들판, 그리고 뉴욕(포로 밭으로 구식 형태), 그림위치 촌마을, 피닉스 공원의 매거진 포트 그리고(재차!) 대중 화장실들—이탈리아와 히스 파닌의 나라들에서 그들이 불리다시피, "영국의 필수품들"—그들의 화장실 강박 소들을 가진, "영국의 필수품들"【553.18-22】이다.

그는 그녀를 위하여 기네스를 양조했으나, 무허가 술집 속에서 마신는 것이 필요했다. 조이스는 기네스를 위해 그가 쓴 슬로건을 자랑했는지라, 그것은 이러했다: "거저의, 거품 술, 거품 이는 개선주"凱旋酒(the free, the froth, the frothy freshener)【555.25-28】. 어느 필자(이를테면, Epstein 교수)는 1969년 제임스 조이스 심포지엄을 위해 기네스 가족이 제공한 접대를 기억하거니와, 거기서 음료와 기네스 가족의 지도자는 시인했거니와, 자신은 가장 유명한 기네스 슬로건의 조이스 번안에 의해서 뿐만 아니라, 바로 그 슬로건에 의해 좌절되었음을, "기네스(칭키스칸)주酒는 그대를 위하여 뚜쟁이선善하도다"(genghis is ghoon for you.)【593.17-18】 (기네스는 당신에게 좋습니다!).

도시의 거대한 시는 시의 고통의 서술에 의해 끝난다.【553.28-554.9】.

(관가마차棺架馬車꾼들이여, 오슬로 느긋하게! 신혼자들이여, 유출할지라!): 그러자, 야후(수인간獸人間)남男을 닮은 진남眞男의 만투라 주문차呪文車를 타고 (더브린연합전철회사 교차장狡車掌이 모든 여로 찻삯을 지불하도록 호출할 때까지 기대할지라, 호세아의 이 마차에 탄 수전노협잡꾼들 모두 환영!), 아라비아 짐수레 말과 함께 클라이즈 데일 복마卜馬, 히스파니아 왕의 쾅쾅트럼펫 악대와 함께 배회라마제국徘徊羅馬帝國의 인력거들, 광승狂乘(마드리드)의 야생마들, 【554】부쿠레슈티 발광추락적發狂墜落的인 브론코 야생마들, 우편유람마차 및 급달急達우편봉사차, 그리고 높디높은 이륜무개마차와 고개 끄떡 끄떡 두마차頭馬車, 타자들은 경쾌한 경야료원夜療院의 추기경 하복卜僕이륜輕二輪 경쾌하게, 몇몇은 세단 의자 가마 차를 조용히 타고: 나의 꼿꼿한 신사들, 동침, 동침, 나의 귀녀들이 유측안장柔側鞍裝한 채, 은밀히, 은밀히, 그리하여 로우디 다오는 뒤쪽 횃대: 노새 마와 수말 및 암나귀 잡종과 스페인 산 소마小馬와 겨자 모毛의 노마老馬와 잡색의 조랑말과 백갈색 얼룩말이 생도生跳롭게 답갱踏坑하는지라(그대 왼발을 들고 그대 오른 발을 스케이트 링크 할지라!) 그녀의 황영歡影을 위해: 그리하여 그녀[ALP]는 경무곡輕舞曲의 타도일격打倒一擊(도미노) 속에 회초리의 엇바꾸기에 맞추어 소笑소리 내어 웃었도다. 저들을 끌어내릴지라! 걷어찰지라! 힘낼지라!

더블린의 거리들 위에―스토니 뱉어, 남북 순환도로, 이스트모오랜드 플레이스 및 웨스트 로우, 가도들, 그리고 시드니 퍼레이드―도시 교통의 당황스런 다양성과 복잡성이 소용돌이친다. 더블린 전기 연합 전차 차들(야휴가 모는)을 제외하고, 모든 교통은 말이 끄는 듯하다. 조이스는 여기, 비록 현대 교통을 지닌 현대 도시들―로마, 비에나, 마드리드. 뷰커라스트, 프라그, 맵시 있는 기관차들 지닌 어떤 서부 아메리카 도시들에 대한 언급들이 있을지라도, 1904년의 더블린을 서술하고 있다.

HCE는 ALP가 도시 교통의 커다란 복잡성과 힘을, 그리고 그가 자신의 신부의 유락과 통제를 위해 생산했던 거대하고, 소용돌이치는 창조물을 즐기는 것을 전적으로 확신한다. 비록 ALP가 울음으로서 시작할지라도, 그녀는 호라티우스 걸작처럼, 드라이버들의 회초리의 휘두름에 그녀의 겉옷 입은 채, 웃음으로 끝난다【554.8-9】. HCE는 여기서 자기 자신을 속이고 있으리라. 그가 ALP를 통제함에 있어서 갖는 가학피가학성의 향락은 그녀가 그에 의해 그리고 그의 창조물에 의해 억제되고 통제됨을 즐긴다고 그를 생각하겠음 강제하리라. 우리가 볼 것이거니와, ALP 자신의 닫는 독백, 위대한 여성 독백인, '조용한 아침, 도시,' 그런데 그것은 이 위대한 남성 독백 'Haveth Childers Everywhere' 이 그녀의 경멸하는 HCE와 바다에로, 자유로이 돌출하는 것으로 끝난다. 하지만 심지어 거기에도, 작품이 종말에서, 그녀는 강이 내습의 조류에 의해 뒤쪽으로 흐를 때, 그녀의 솟아오름은 애인의 양 팔에게 굴복한다.

HCE는 이제 그가 4심문자들의 총체적 감탄을 가지며, 그가 자랑스럽게 그들로 하여금 그이 앞에, 그가 걷어 찰 4축구공들의 포즈 속에 절할 것을 명령함을 알고 있다【554.8-9】. 그리고 확실히, 4심문들(그리고 그들의 당나귀)은 이제 그이 앞에 무릎을 꿇으며, HCE의 험한 그리고 타이탄적 창조의 감탄 속에 슬퍼하고 있으리라.

이어위커는 그의 4참여관參與官들의 비평적 방백에 요지부동한 채, 하느님 앞에 맹세하며 자신의 변호辯護를 계속한다. "오 우리는 기도할지라! 고국의 야심인, 우리의 부왕이여"(O rhyme us! Haar Faagher, wild heart in Homelan)【536.34-35】.

리오 데 자이로 출신의 세 바스천이라 그[노쇠한 HCE]는 불리었나니, (여기 전달자 HCE -"나"-"그이"-"우리"의 모두 동일 신분) 나의 출발을 위한 전언과 함께 머지않아 필경 전화하리라. 우리로 하여금 그를 갈채하게 하고, 미래의 데이트를 위하여 약속을 할지라. 여보세요, 통보자! 언제나 회의적인지라, 그는 우리의 정신혼情神魂을 믿지 않는도다. 그는 아주 잠깐 동안 소화불량을 가졌나니. 가련한 개둔행복악자開臀幸福惡者! 그에게 아주 고약하게도. 흰 모자를 쓰고, 쇠 지팡이를 들고, 버클 달린 긴 양말을 신고.

그는 자신의 시가를 조심스럽게 피우며 절약하도다. 우리, 그의 생질과 그의 이웃과 함께, 그와 그의 시가에 의하여 분향되고 선무煽霧된 채. 그러나 그는 오스카 와일드 (Oscarshal)【536.21】의 주옥에서 우리의 최고 비어(백주)의 낙맥잔樂麥盞을 가지리라. 그의 소성笑聲은 여전히 평탄적平坦笛이요 그의 입은 아직도 진홍색을 띠고 있는지라, 비록 그의 아마발亞麻髮은 은(silver)으로 후추 뿌려졌어도. 그것이 그가 감옥으로 보내 졌던 이유로다. 어느 날 나는 그의 이야기를 말하리라. 그건 타자가 나의 짐을 짊어지 고 있는 듯이 보이는 도다. 나는 그렇게 내버릴 수 없나니.

(전달자-HCE 자기 자신-"나")

【536-28】 "글쎄, 나리, 나는 나의 전소 과거를 나출했도다" (Well, yeamen, I have bared my whole past, I flatter myself). "심지어 법에 의한 두 달 만큼이라도 내게 줄지라, 그러 면 나의 최초의 사업은 나의 참여관들에게 이의를 제기하려니. 하늘에 계신, 우리의 부왕이여… 유리 집 속에 사는 자들, 그들은 돌을 던지지 않는 법."

【537】 (HCE의 계속되는 변명) (그의 주막, 공원의 두 소녀, 세 군인들) 만일 어느 자든 마지못 해 금전지불한다면 그(HCE)는 자신의 끈적끈적한 포도당을 위해 그의 꽤 상당한 도매 가를 지불할 의향이나니…그의 정절貞節의 순백성純白性. 그는 한 사람의 무구 흑인녀 를 공유하는 것을 거부하는지라, 비록 신명기에 너와의 간음이 기록되어 있긴 해도.

"나(HCE)는 여기 그대에게 말하려니와, 나는 켈트인이 되도록 계획하고 있도다. 내게 반대하는 그 어떤 것을 가진 어떤 사람이든 단지 터놓고 이야기할지니, 그럼 나 는 나의 대가를 지불할 의향이라. 그리하여, 사실의 문제로서, 나는 모든 소송절차 를 전적으로 철회할 것을 약속하는지라 그리하여 나는 나의 무구흑인녀無口黑人女 (공원의 소녀)를, 빌럽스 군큠, 탄광 출신의 친구인, 나의 사분지일형제四分之一兄弟(my quarterbrother)와 나누도록 (그것은 〈성서〉의 〈신명기〉에서 허락될지라도) 동의했던 것을 부인 하나니, 그런데 그 자는 때때로 매문소액환상賣文少額換上 나의 대리 역을 행사하고 있 는지라. 프릭스(현금) 불꽃, 무발화황인無發火黃隣이여, 만일 내가 마님의 처녀를 교접 (성교)했다면, 나를 급소急燒할지라! 이러한 행위는, 나의 만화본을 위한, 일종의 희락

喜樂인지라, 돈키브르크(당나귀실개울) 시장市場의 광대에 의하여 조소당하리로다." "그건 호드 가街의 그리고 코커 가의 매춘업자들을 웃게 만들지라"(It would lackin mackin Hodder' s and Cocker' s erithmatic).

【538】 HCE(그의 변명)는 유혹녀(케이트)에 무관심한지라, 그녀에게 굴하지 않으려니. "만일 그녀, 애란화된 매리온 테레시안(Marryonn Teheresiann)이 자신의 보수대가로서 처리된다 하드라도, 나, …본질무관심하도다…." 아무리 돈을 주더라도, "전적으로 불가부당!"

【538.18】 HCE(윤)는 이제 4심판관들에게 신사처럼 행동하도록 요구한다. "나의 비어신사 여러분! 본건의 불합리라니…"(My herrings! The surdity of it!) 그는 이들 여인들(공원의 두 소녀)을 접촉하는 방법을 모르는지라. "나의 전도의 사마쳐녀들…그들의 상속녀들을 접촉하는 것을 알지 못할지니…"(공원의 두 처녀에 관한 이야기) 그를 모함하려고 무슨 꾀를 부리는 고! 그는 법에 맹세하노니. "그리하여 내가 모든 자유 열 속에 서 있었던 곳에 설 의지인지라…"

만일 그녀(케이트)가 면제 처리되었다 하더라도, 나는 무관심이로다. 그리하여 만일 그녀가 여전히 지분지분한다면, 나는 왜 내가 그래서는 안 되는지의 의견을 강하게 느끼는지라. 나는 한 마디도 신용하지 않는 도다. 게다가 교환交換에 의하여 재매再賣(리솔드)하거나 대여貸與하기를 양도하나니; 그건 고대 카르타고에 상응하는 무도함이었도다. 전적으로 불가부당! 천만에! 고로 현금을 준다 해도, 내가 이러한 사악함에 관계하랴.

【539-46】 HCE. 자신이 설립하고, 다스리는 위대한 도시를 자랑하다

【539】 HCE는 시市에 대한 자신의 사랑을 서술함으로써 자신의 미덕을 옹호한다. (〈율리시스〉의 블룸처럼. "미래의 신성 애란의 새 블룸 성지"(the new Bloomsalem in the Nova Hibernia of the future)【395】. 시인들에 대한 그의 모델인 즉. 괴테, 셰익스피어, 탄테. "그리고 다가올 피제에 감탄하는 움찔자(단테), 통풍자(괴테) 및 소매상인(셰익스피어)의 합자회사를 저 일급의 사랑 받는 대륙시인의 가치(워즈워스)에서 나는 언제나 생각할지

라."(I always think in a wordworth's of that primed favourite continental poet, Dauty, Gounty and Shopkeeper, A. G). 여기 HCE가 이들 시성詩聖들에 대한 자신의 사랑을 증명하기라도 하듯, 셰익스피어가 여기 페이지들【539-43】에서 많이 인용된다, HCE는 만난萬難을 극복하고 최선의 정책 모델로서 최선을 다하리라. 그는 덴마크인 침범자로 바다를 넘어 더블린 항에 들어와 주점을 세웠나니, 헨리 2세와 헨리 8세 아래 도시를 세우고 그를 개화시켰도다. 그의 도착 이래 기근은 이 땅에서 사라졌는지라. 영국의 발한 역병 및 도회 전염병을 수반한 기근은…물러갔도다.

【540】 HCE는 자신이 창조한 더블린 시市를 계속 찬양한다. "우리의 시의 이 거처석은 사방팔방 유쾌하고, 안락하며 건전한지라…"(This seat of our city it is of all sides pleasant…). 4복음노인들은 이에 드럼콜로가(Drumcollogher)(더블린의 한 지역)(Drumcondra)를 구경할 것을 스스로 동의하고, 각기 4개의 다른 언어(영, 불, 독, 이)로서 그를 광고 한다.

　　─ 그대가 무슨 일을 하든지 드럼콜로가를 행行할지라! (영)
　　─ 미美의 드럼콜로가를 방문할지라! (불)
　　─ 그대 드럼콜로가를 방문하고 우선 구경할지라! (독)
　　─ 드럼콜로가를 본 다음 그리고 죽을지라. (이)

이어지는 HCE의 자기 업적에 대한 장광설, 그는 단서를 달기도 한다. "만사는 과거 같지 않도다…"(Thingd are not as they were…)… 자신은 무수한 사회 개혁을 이룩했는지라. 당시의 집행관청의 최후가 오늘의 집달이처럼 초초인지라. "만사를 위한 신고新高!"(New highs for all!)이제 만사는 제 질서 속에 있나니. 만사는 선삼善森이로다, …우리는 그대에게 건배라!…우리는 그대의 하녀들과 아내에게 축복하도다!(All is waldy bonums…we segn your skivs and wives!)

【540.13】─HCE의 치적. 어디 내게 짧게 개관하게 할지라. 선포宣布! 저기 족제비 쩍쩍이던 곳, 거기 휘파람 휘휘 부나니. 레두 네그루가 흑도黑都로 되돌아올지라도

그러나 사랑은 계속되나니. 사회적 개혁은 무수한지라. 도민의 복종은 중도重都에 의한 행복죄幸福罪를 흩뜨리나니. 그녀의 하이드 파크(은공원隱公園)에서는 아주我主와 귀녀는 이제 안전이라, (Vulgate 성경의 〈창세기〉의 하나님처럼, 또는 샌디마운트 해변의 스티븐처럼. HCE는, "그의 들판 위에 각인 된 채색된 상징들"(Coloured emblems hatched on its field) 40), 자신의 작품들을 쳐다보면서, 창조자-HCE에게" 만사萬事는 선善질서로다" 하고 설파한다).

【541】(계속되는 HCE의 도시 창조에 대한 그의 기다란 독백). 그는 7언덕을 보았고, 그의 마음의 심도深度가 그의 안내자였나니. 그는 마이칸의 외소外所에 돔 사원寺院을 건립했도다. 그는 부富를 득했고 덴마크 사람들을 직면했으며 많은 왕들을 대면했도다. 그는 브라이엔보루를 용기勇氣 일깨우고, 그로 하여금 협안 스칸디나비아인들을 후퇴하게 했는지라…그는 도시를 개량했나니. 그의 색스빌 가街 염병광장은 온통 공포통로였으나 그의 벨 바로스 자치시의 맥클랜버러 가街에는 금시처소禁視處所였나니… 여기 우리는 더블린의 진화進化에 대한 HCE의 아름다운 서술을 읽는다 .

사향麝香 주변에 속삭임이 감돌았으나 뮤즈 여신들이 횡횡 울었는가 하면 야수野獸가 붕붕 소리를 냈는지라. 헤어지는 물처럼 감미의 테너 가수가 서항도인西港都人들로부터 적유笛流했나니 한편 동쪽의 식도능보食道陵堡로부터 오렌지오랑우탄(성성이)(동動) 설쟁성舌爭聲이 울려 왔도다. 나의 색스빌 가街 염병(페스트) 광장은 온통 공포통로였으나 나의 멕클렌버러 가街에는 금시처소禁視處所였나니. 감자괴근柑子塊根(肺丸)을 나는…

【542】(계속되는 HCE의 자기 치적에 대한 자랑) 그는 자신의 백성들을 행복하게 했으며, 많은 점잖은 여인들을 보호했도다. 그는 동물원을 설립하고, 어느 시민이나 맛있는 차를 마실 수 있도록 차(수)도관을 부설했도다.)." 차"[tea]는 HCE와 함께 260), 〈율리시스〉에서 블룸의 의식을 적시는 지배적 주제이다 58 참조) 그의 의식인 즉." 감자묘종원 호킨소니나로부터 가래를 사용하여 재배했나니 그리하여 아이리시 스큐의 다혈증을 통치했도다"(reized spudfully from the murphyplantz Hawkinsonia and berriberries from the pletora of the Irish shou)." 시민관리로서, 지방세에 의지나니, 나는 궁병자窮病者들과

지방리들을 위해 있도다. 나의 인심의 인정으로 나는 이봐노상강도를 송출하여…"그는 〈율리시스〉의 Boylan의 유랑(?) 처럼,"징글징글 흔들며 이륜마차소풍二輪車道風했는지라… 나의 인심人心의 인정人情 속에 나는 이봐노상여강도路上女强盗를 송출送出했는지라…"(In the humanity of my heart I sent out heyweywomen…).

【543】HCE는 지친 부랄남男을 새롭게 청산했는지라…"나의 경계선을 타출하여 양키 팀이 제국을 둔야유하고 있는 동안 나는 24까지 숫자를 급히 늘었나니"(…I ran up a score and four of mes while the Yanks were huckling the Empire). 그는 그의 밴댈인의 경이소옥驚異小屋을 건립해 왔는지라. (계속하여 HCE의 가옥에 대한 2페이지에 달하는 긴 서술) 아름다운 가정, 하지만 별반 가구가 없는 가정을 마련했나니."오물에 소진되고 폐물로 차단된 집, 불붙은 로우 양조장처럼 번창하면서…"(…house lost in dirt and blocked with refuse, getting on like Roe's distillery on fire)그들의 영내혼靈內魂의 절감을 위하여 그들의 비천 남을 평가 절하切下했도다. 그는 자신의 경계선境界線을 확장했도다. 그는 익명흉匿名凶의 편지들과 탄원서를 접수해 오고 있는지라, 풍자문들을 벽에 붙어왔나니. 그러나 귀담아 들을지라. 멀리 그리고 넓게 식민지들을 수립했도다. 그는 허가장들을 수여하고, 농장들을 설립했는지라. 그는 모든 형태들을 자신의 보호 하에 수취했나니 (여기서부터 대여옥貸與屋에 대한 광고가 잇따른 2페이지[543-45]에 걸쳐 뒤따르는데, 이는 이 위대한 제국 건설자의 넓은 보호 하에 번창해 왔던 황량한 주거들에 대한 서술이다. 이는 〈더블린 사람들〉, 〈작은 구름〉의 Chandler가 느끼는 "더블린의 채면 아래 으슥한 저택들의 그림자의 공포들 마냥 갈색의"(the horrors beneath Dublin's respectability to be as brown)【D.69】그것을 과장하나니, 심지어 한층 우스꽝스럽기까지 하다). 과잉 군중의 아름다운 가정. 정연하지만 극소가구極少家具라, 공정주택가公正住宅街는 초만원인 채, 여덟 다른 거처와 공용 변소와 함께…. 항아리 든 활동적인 꾀죄죄한 아내…

【544】(HCE의 자신이 구축한 셋방 광고) 변소, 사설 예배당, 식도구들, 노폐한 난로의 재떨이, 마루, 수도꼭지 등의 개량 및 부설. 눈에 띠는 많은 무삭제의 신앙서적들. 지붕의 개탄스런 째진 틈, 리오 제사장 이래 거미줄 쳐진 크라렛 포도주 지하저장고, 능직 리넨 바지를 입고 희귀불상을 수집하는지라…두 다락방을 소유하나니…하인의 참모

를 갖는지라, 골목길을 사용하는 불행실아들에 의하여 더러워진 외관…이러한 HCE
의 명상은 〈율리시스〉의 제17장에서 블룸이 자신의 꿈의 집(New Bloomsalem)에 대한
회심의 그것과 유사하다. 블룸의 그것처럼【585-6】, HCE의 표면적 사실주의 및 자
연주의의 문체는 부동산 소개업자의 광고나 가옥 및 정원에 관한 잡지의 기록에서 빌
려온 듯하다."남편은 12개월 동안 신발을 벗지 않았는지라." 이 구절은 〈율리시스〉
18장에서 블룸의 습성에 대한 몰리의 회고 장면을 회상하게 한다.

【545】 HCE의 왕과 같은 자신의 능력에서, 그는"Tolbris"(Bristol)의 도시에 헌장憲
章을 부여하는지라, 이는 헨리 2세가"헨리커스 국왕 오파멸破滅"이라 봉인하고 서명
한, 헌장에 의해 Bristiol 시에 더블린을 부여하는 것과 같다. 그런데 이 Henricus 국
왕은 1173년의 헌장에 의해, 자신이 1171년에 헌장 부여한 도시를 파멸시킨다.

HCE. 그의 장인한테서 물러 받은 실크 모…상아 상자 속의 장식품… "그리하
여 존경받고 존경스런, 존경이 존경스러울 수 있을 정도로 존경스런…"(respected and
respectable, as respectable as respectable can respectably be…)… 그들은 HCE의 농예農隸나
니, 특허장 집을 가지고 그는 그들을 지대 과세했도다. 그리하여 이제 왕이 된 HCE
는 자신의 헌장憲章을 톨브리스 市에 하사했는지라, 마치 헨리 8세가 더블린 시에
그랬건 것처럼. 헨리 왕은 이 헌장에 Henricus Rex를 서명했는데, 조이스는 여기 이
를"Enwreak us wrecks (헨리커스 국왕 오파멸悟破滅)"로 익살부리고 있다.

이어지는 HCE의 업적과 자기 선행의 나열."투쟁의 장長필롱(길이) 나는 리브라멘
토 언덕을 발끝으로 걸어 왔는지라…"(Struggling forlongs I have livramntoes, milles on
milles of mancipelles…)… 자신은 시노市奴처럼 고생을 했는데도, 사람들 사이에 장화長
話가 많도다. 그는 법정, 병원, 묘지를 건립　도다. 앞서 14장말에서 욘은 "강强 구九
필롱 마일"(strong nine furlong)을 여행해 왔었다【473】.

【546-54】 HCE. 그의 ALP 정복에 대한 설명
그는 이를 "나의 창조의 용맹에 의하여" 받을 자격이 있나니, "여명궁黎明弓(새벽녘)
까지" 그러하리라. 마감시간까지 "여기 이러하도다." 그는 자신의 수태와 탄생에 관
하여 어느 한쪽만을 묻는 것은 부질없는 짓인지라, 가장 확실하게 동시적인 것을 선택

할 것을 주장하며 요구하도다. 4대가들은 HCE의 말을 찬동하는 듯, 비코의 1234를 헤아린다. (그러나 여기 HCE의 논설은 그들에 의해 재차 중단된다).

그들의 코러스.

— 그대의 무감수無感數는 무엇인고? 둔둔臀 1!

— 누가 그대에게 저 무감수를 주었던고? 푸 2!

— 그대는 여분전餘分錢을 몽땅 집어넣었던고? 나는 귀담아 듣고 있는지라. 비鼻 3!

— 부전副錢을 깨끗이 청산할지라! 전前 4!

이제 이 시市 건축가인 HCE의 세 번째 독백(은의 입을 통한 라디오로부터의 방송). 그의 아내 ALP-Fulvia의 정절문제로 시작된다. "텔레복스 씨…정절의 폴비아…"

그리하여 권세주 V. 왕은 나를 중히 여기사 내게 나의 수명竪名을 하사하셨나니, 나의 품위귀성品位貴姓의 문장紋章일지라.

(4심문자들의 가로막음 및 이어지는 ALP의 정복에 대한 HCE의 열거)

— 정절의 폴비아가 방랑하다니 유혹된 채, 그녀가 언덕을 오르는 도중, 혹은 풀비아, 그녀는 어떤 배회변도남徘徊邊道男들의 암시에 스스로 등을 돌렸는지라.

"정절의 폴비아… 애인색남愛人色男들의 탐색에…풀비라(금강金江) 풀비아(Fulvia… louvers… Fulvia Fluvia)". 1. 여기 Fluvia는 ALP요, 흐르는 강이며 HCE의 아내. Fulvia는 셰익스피어의 〈안토니와 클레오파트라〉(Antony and Cleopatra)의 제1막에서 안토니우스(Mark Antony)(로마의 장군)의 정절의 아내로, 그녀의 죽음이 그에게 알려진다. ALP-Fulvia로서, Fluvia는 HCE의 애인들 및"아일랜드의 사나이들"을 탐색한다. Fllvia의 사나이는"이임대토耳賃貸土"(Earalend)인지라, 왜냐하면, 〈줄리어스 시저〉(Julius Caesar)에서, 마크 Antony는 로마인들에게"그대들의 귀를 내게 빌릴지라"(lend me your ears) (III.1i.73)하고 요구하기 때문이다.

【547】 HCE는 계속 독백하는지라. ALP의 정조를 뺏은 것은 바로 그 자신이었다."

나는 그녀에게 사랑을 고용했기에. 그리하여 그녀의 수요정내의를 더럽혔나니, 그리고 그녀는 울었도다."그러자 4노인들은 HCE의 칭찬의 찬가에 코러스를 마련한다, 비극적 시기의 주제로 익살부리면서.

우리가 만날 때까지!
우리가 헤어지기 전에!
만사통!
이번에 일백년!(조이스에게 그의 작품들의 수수께끼를 풀기 위해 100년을 요하리라).

그리하여 HCE는 ALP를 리피 강을 따라, 해외로 데리고 갔도다. 그는 그녀를 육체적으로 점령하자, 하늘에 천둥이 그녀의 창성숭배를 행했는지라…그는 뇌관성을 질렀도다. 이때 그는 그녀에게"남상표"(tradesmanmarked her lieflanf mine)를 찍었나니. 이 HCE-대신관大神官은, 그녀의 강의 흐름을 다리들로 아치를 놓으며, 그것을 언덕으로부터 도시에로, 뉴욕의 강변, 런던의 제방을 따라, 더블린의 Ringsend 등대에로 인도했나니, 거기, 자신의 삼지창三枝槍(Poseidon의 제해권)을 쳐들면서, 그는 호머의 "디음복포효고명의 황해"(polyfizzyboisterous seas)로 하여금 물러갈 것을 주장했도다. 그는 자신의 나裸슈미즈의 새 색시를 삼지창으로 누그러뜨렸나니, 그리하여 그는 그녀를 육선肉鮮하게 알았을 때 나의 모든 음란체淫亂體를 가지고 그녀를 창성숭배를 행했는지라, 나의 혼인 처를. 그들은 하나로 너무나 중강 했는지라, 여심연女深淵에 감싸 인난류와권男流渦券. 덴마크의 말馬들은, 옛 더블린에 알맞게도, 그들의 결혼의 영원성을 확약하도다.

여기 바그너 식의 언급들이 그 어느 때보다 두드러진지라, 지구로부터 발할라(Odin 신의 전당)의 무지개다리 까지 가장 시적 존재이도다. 그것을 이해하기 위해, 우리는 〈라인골드〉(Rhheingold)의 최후의 순간들을 역役하는지라, 그곳에 천둥 신 도너(Donner)는 "Heda, hedo1"를 외치고, 다리를 건립한다. 그것은 분명히 앵글리칸의 기도서의 갈라티아(Galatea)의 우정 및 결혼 의식과 결합한다.

그리하여 내가 그녀를 육선肉鮮하게 알았을 때 나의 모든 음란체淫亂體를 가지고 그녀를 강궁强弓했는지라, 나의 혼인처婚姻妻를: 천국이여, 그는 뇌관성雷館聲 질렀도다; 황천전성기黃泉全盛期에, 그는 위녀축복爲女祝福을 내던졌나니라. 그리하여 나는 그녀에게 양철판洋鐵板의 환희를 퍼부었나니, 둔부과첨단臀部過尖端, 환호의 둑에서부터 공명제방共鳴堤防까지, 강궁强弓276의 힘으로 (갈라타! 갈라타!)277【547.26-31】

라인 강의 처녀들의 목소리가 울리나니, 그들과 함께 〈반지〉(Ring)가 시종한다.

【548】 HCE는 지금까지의 자신의 업적들 가운데 APL와의 결혼을 크게 부각시키고 있거니와. 그는 그걸 그녀의 무덤까지 나를 수 있도록, 이름과 화촉 자물쇠(정조대)를 그녀 둘레에다 채웠는지라. 그의 사랑하는 다린多隣, 아피아 리피아 프루비아빌라 (Appia Lippia Pluviabilla), 그 동안 그는 지금 그리고 여태껏 그녀의 생명 분신이나니… 그리하여 그는 그녀를 자유구의 변방으로 해방시켰도다. 그는 그녀에게 갖가지 선물을 제공했는지라.

이어 평범한 가구들의 서술.

소프트 구즈와 하드웨어(목차, 도차) 그리고 올이 풀어지지 않는 메리야스 제품(스타킹 점의 의류 참조), 코퀘트 코입(두건)(아그네스 모자 점) 참조) 및 흑옥과 은빛 나는 수水장미의 마디(웅두리)의 최고 취미 페니 짜리 물건들 및 나의 예쁜 신안新案의 허울 좋은 물건들 및 적赤고사리와 월계가月桂價의 가늘고 성긴 프록 드레스, 여성나우女性裸牛와 같은 투명의상들 및 쌓인 모피류, 핌 포목상 및 스라인 및 스패로우 양복상의 최고급품, **라 프리마메르, 피라 피하인, 오르 드 레느보오, 수리루 드히브르**와 같은 위장일광미안화장품僞裝日光美顔化粧品 및 일주폭一州幅의 크리놀린 천, 그리고 그녀가 구두의 심통甚痛으로 알고 있는 자신의 발을 위한 모형 및 장난감으로 통하는 구슬목걸이 및 쇠똥 수은 광택의 거울, 나의 그리고 여다시汝茶時, 컵과 조끼 음주시의 온갖 진미를 위하여…

【549】HCE의 ALP를 위한 계속되는 업적의 나열. 그는 해안을 따라 등燈을 설치했도다. 전율하고 있었던 지지芝地는 더 이상 지진하지 않았고, 동결했던 허리(요부)는 생동했나니. "우리의 사람들은 흑색이방인(브랙히든)으로부터 그리고 이교도들은 화평의 왕자로부터 각각 휴식을 취했도다"(our folk had rest from Blackheathen and the pagans from the prince of pacis). "나는 감자음료를 가지고 그녀를 살찌게 했는지라. 그녀에게 가장행렬을 보여주었나니." "그리하여 나는 크리스마스에 나의 이울어지는 루나 월신月神을 매달았나니, 케틸 프라시노즈(뻔쩍 코) 왕에 원조조援助된 채, **나의 뻐꾸기, 나의 미인인**, 나의 혹한자酷寒者의 수프 석찬시각夕餐時刻을 위하여, 황서풍荒西風의 타르 칠한 지층 가街와 엘긴 대리석 관館에서, 흑후黑後에서 후구간後區間까지 도약점등跳躍點燈하면서, 리 바니아의 볼트암페어 전량電量을 통하여, 양극에서 음극까지 그리고 와이킨로프래어, 모운 산山의 황색석류석石榴石으로부터, 아크로우의 사파이어 선원의 유혹 물과 웩스터포드의 낚시 및 갈고리 등대 곁으로, 하이 킨셀라의 간척지까지."

【550】HCE의 명사名士들은 멀리 그리고 넓게 열렬히 갈채 받았도다.

[4대가들의 이어지는 개입. 그들의 HCE를 위한 칭송곡]

 — 그는 전적으로 무실無失하거나 으스대지 않도다.
 — 그러나 그의 수족은 수불식적手不食適하도다.
 — 공동예절을 위한 스티븐 그린(녹곡綠穀).
 — S.S. 포드래익 호號가 항구에 정박하도다.

이들 Stephen Green, College Green, S.S. Paudraic(green 색은 희망과 새 비전의 상징이요, green 은 또한 아일랜드의 색이거니와, 〈젊은 예술가의 초상〉의 스티븐 데덜러스는 UCD 교실 창문에서 희망의 공원을 바라보며, "my Green"이라 되뇐다) 4노인들을 이를 노래하면서, 가정적 HCE는 전혀 무용한 존재가 아님(not a bum)을 칭송하도다.

HCE는 ALP를 위하여 갖가지 봉사를 행했나니, 음식, 약제, 양념, 음식물, 연고, 화장품 등을 준비했도다. 그리고 여러 가지 유희도 마련했는지라. 그는 "항아리에 든 선육"(potted fleshmeats) — 〈율리시스〉에서, 의심의 여지없이, 보일런에 의해 몰리를 위해 마련되듯, Plumtree 상표의 항아리 고기 — 및, Solomon의 Sheba을 닮은, 소녀를 위한 화장품을 그녀를 위해 마련했도다. 그녀는 갈색이지만 소희梳戲스러웠도다.brown but combly). "Combly라니? 그는 그녀에게" 그녀의 가무잡잡한 전탐全探의 머리카락을 빗질하도록(comb) 그것을 선사했도다. 그와 자신의 빗질한 애인은 더블린의 대 저택에서 인생을 줄겼나니, 이전 시장 각하들인, 고집통이 램래인, 비수 웨팅스톤의 유포油布되고 총점유화된 그림들을 벽에서 관찰했도다.

【551】 그리하여 모두들 커미스 속옷 입은 그의 아내 ALP를 감탄했나니, 그는 그녀를 위해 편리한 화장실을 가진 카운티-시티를 건립했도다. 그는 또한 대학들을 설립하고, 도시 전원을 건설했도다. 그리고 이어 별의별 업적이 나열된다. "나는 상형문자의, 희랍신력의 그리고 민주민중의, 암절단적岩切斷的 독자들을 갖지 않았던고? 그는 12사침철로絲針鐵路를 건설했도다." 그들의 도시로서, HCE는 민주 정부를 건립했나니, 이는 많은 자들이 등록되지만, 선발된 자는 극소수인, 인간 세계에 타당하도다. 그의 그들에 대한 기다란 서술.

그리하여 그들은, 이전에 자신들의 전적인 궁핍, 적성, 쾌할, 유용 및 포상褒賞이었던 것의 확장화擴張化에 있어서 정점화頂点化을 향한 추락 없는 어떤 부가附加 및 확대 더하기 그들의 가설 및 증대의 조직화를 위한 대등함에 있어서 관대한 기여를 통한 편성상編成上, 자신들의 제2의 아담 안에서, 모두들 삶을 얻으리라(who, in regimentation through liberal donation in ordination for organisation of their installation and augmentation plus some annexation and amplification without precipitation towards the culmination in latification of what formerly their utter privation, competence, cheerfulness, usefulness and the meed, shall, in their second adams, all be made alive).【551.17-22】

【552】 HCE는 쌍사원双寺院을 건립했도다. 과연, Blabus(〈라틴어 초보初步〉에 나온 인물)가 자신의 벽을 무너뜨리듯, (〈젊은 예술가의 초상〉 (P 43 참조) HCE 역시 위대한 건축가 (입센의 건축청부업자)로서, 그의 벽을 세우고 무너뜨렸도다. 그는 인류로 하여금 숙명의

길을 따르도록 강요했거니와 그는 아내를 미로迷路하기 위해 그의 일곱 개의 세풍로細
風路를 추적했나니, 그는 또한 그녀를 위해 성당을 개조했도다.

"칠리(냉냉冷冷) 봄봄 및 40보닛 모帽."(Chillybombom and forty bonnets upon the altaratne).
이는 Ali Baba 및 40인의 도적일 뿐만 아니라, Rebecca West(영국의 당대 여류 작가)가
〈율리시스〉에 대한 그녀의 공격을 명상하는 동안 자신이 샀던 3보닛 모자 및 그녀 자
신에 대한 언급이다. 〈이상한 필요〉 Strange Necessity, p 45-46 참조). ("불결 보닛를 가
진 아내" 【20.27-28】 및 "3보닛" 【141.14】과 비교하라) Rebecca West는 Pranquean과 연관되거
니와, 후자는 West가 조이스를 괴롭혔듯, HCE를 괴롭힌다【21-23 참조】.

이때 재차 코러스 4중주(대가들)의 모호한 코멘트가 HCE의 행적과 업적을 독일어
로 찬양한다.

　　─환영!(Hoke!)
　　─환영!
　　─환영!
　　─환영!

【552.35-554.10】 위대한 산문시의 클라이맥스
　　HCE의 창조의 시의 종말은 고통과 즐거움의 ALP를 보여준다. HCE는 그의 애
인으로 하여금 알파벳을, 희랍어, 헤브라이어, 영어, 그리고 고대 애란어를 그녀의 엉
덩이를 자두나무, 주목과 등나무를 가지고 형벌의 방법에 의해 배우기를 강요한다
【552.38-553.4】.
　　그는 아일랜드, 영국 및 아메리카의 위대한 현대 도시들의 광범위한 도로와 정교한
정원을 그녀 앞에 펼친다─더블린의 멋진 로드 에드워드 거리, 런던, 뉴욕의 코니아일
랜드 및 뭘 베리 벤드 공원, 영국의 레치워드 가던 시티 , 롱아일랜드 시티뿐만 아니라
최초의 정원 시─보태기 고대 세계의 7기적들을【553.4-12】. 그는 더블린의 오코넬
거리에 모든 동상들, 필립 크램프턴의 두드러지게 우스꽝스런 흉상을, 그대가 할 수

있거나 없거나 통과한다【553.12-15】. 그는 포도나무와 느릅나무와 홉과 보리 들판을 식목하고, 뉴욕의 바위어리 가를 건설했다(옛 형태의 과수원으로), 그린위치 마을, 피닉스 공원의 매거진 포드, 그리고(재차!) 공중 화장실들—이탈리아 이스파니아 나라들에서 불리듯—그들의 분비 강박 관념을 지닌, 영국인의 필수품【553.18-22】. 그는 그녀를 위해 기네스 주를 주조했으나, 그것은 주류 발매품 점에서 마시도록 필요했다. 푸시 푸드 존슨, 과시過時의 금지를 위해 책임지는 아메리카의 관사. 조이스는 그가 기네스 주를 위해 쓴 슬로건을 자랑했는지라, 그것은 여기 광고 보이나니, "자유, 거품, 거품의 선품鮮品"【553.25-28】. 필자는 1969년 제임스 조이스 심퍼지움을 위해 기네스 가족 제공한 리셉션을 기억하거니와 거기서 양조 및 기네스 가족의 리더는 인정했거니와 그는 그러한 슬로건 뿐만 아니라 가장 유명한 기네스 슬로건의 조이스의 번안에 의해 고무되었는지라, "기네스는 당신을 위해 좋습니다!"【593.17-18】,

그대가 그[HCE]를 뭐라 불렀던 그에게 하사何事에 관한 초야적超夜的인 뭔가가 있도다. 냄비 빵(판판)과 포주주葡酒酒(빈빈)는 그대의 무누無淚의 타밀어語로 유독惟獨히 화물차차貨物車車(빈빈)와 침침針針(판판)일지라도 그러나 그들은 고작해야 단독單獨히 빵과 포도주에 불과한지라(주:빵과 포도주위 전질변화).

도시의 거대한 시詩는 도시 교통의 서술로 끝난다【553.28-554.9】. 도시의 노상에서—스토니 배타, 남북 순환 도로, 이스모어 광장과 웨스트 랜드 로우, 블바르, 그리고 시드니 패래이드—도시 교통의 황량한 다양성 및 복잡성, 더블린 연합 전철을 제외하고 (야휴들이 모는), 모둔 교통들은 말들이 끄는 것처럼 보인다. 조이스는, 현대 교통을 지닌 다른 현대 도시들—로마, 비엔나, 마드리드— 부쿠레슈터(루마니아의 수도), 야생마 롤 가진 서부 아메리카의 어떤 도시들에 대한 서술들이 있을지라도, 1904년의 더블린을 여기 서술하고 있다.

HCE는 ALP가 도시 교통의 커다란 복잡성과 힘을, 그가 그의 신부의 향락과 통제를 위해 생산된 거대하고 와권적渦港的 창조를 즐김을 전적으로 확신한다. ALP가 울기 시작할지라도, 그녀는 호레이스의 랄라지처럼, 마부들의 수치에 대한 그녀의 도미노의 큰 웃음으로 끝난다. HCE는 여기 자기 자신을 속일지 모르는지라, 그가 ALP

를 통제하는데 택하는 확대비학대중적 향락은 그를 그녀가 자신에 의해 제한되고 통제됨을 그가 억지로 즐긴다고 생각하게 한다. 우리가 보다시피, ALP 자신의 종말의 독백, 위대한 독백의 '부드러운 아침, 도시', 그것은 이 위대한 남성 독백 Haveth Childes Everywhere야말로, 그녀의 멸시하는 HCE와 바다에로의 돌진, 자기 에고의 돌진으로 종결한다. 하지만 심지어 거기, 책의 종말에서, 그녀는 강이 들어오는 조수에 의하여 거꾸로 흐를 때, 그녀의 일어나는 애인의 양 팔에 굴복한다. HCE는 이제 자신이 4심문자들의 총체적 감탄을 가짐을 알며, 그가 자랑스럽게 4푸트 볼의 자세로서 그이 앞에 절하도록 명령하는지라, 그것을 그는 킥 할 판이다【554.9】. 그리고, 확실히, 4심문자들(그리고 그들의 당나귀)은 그이 앞에 무릎을 꿇고, HCE의 돌풍의 그러나 타이탄적 창조의 감탄 속에 울고 있있다【554.10】.

【552】─ 그리하여 전축우박全祝雨雹, 강설降雪,[278] 애공세우愛恐細雨 혹은 축복의 소나기우-빙雨氷,[279] 그리하여 거기 그것은 성배聖杯속에 결빙結氷하거나 혹은 성구실성구실에서 빙영氷泳했나니, 모피미본毛皮美本[280]

【553】 그리고 통치봉統治捧, 나의 시녀[281]의 정맥靜脈, 그녀의 항시 응징자膺懲者인 나는 알파베타감마의 낙타기질駱駝氣質의 나의 꼬마 아나[282] 시골 쥐를 과연 배웠는지라, 오리 자작나무에서 여송汝松에까지,[283] 황갈색구黃褐色丘의 불행 쥐와 함께; 들어라, 들어라, 들어라, 들어라: 그리하여 나는 나의 리비(생엽도生葉跳)[ALP] 앞에, 거기 주님의 거리가 축 늘어지고, 귀부인들이 서성거리며 캠모마일(카밀레[植] 도섭장徒涉場이 앵초 언덕길을 단절하고, 코니 곡도 曲道가 멀브리즈 섬을 경계하나니[284] 그러나 당시 거기 고갈된 전토소土[285]가 오랜 전 이래 지독히도 잘 유울절혈요비逾月節血尿肥된 한 방울 피가[286] 흘렀거나 혹은 발아發芽하게 한 적이 결코 없었는지라, 쿠푸 왕의 거대한 피라미드와 서회토鼠灰土의 영묘와 봉화등대와 거상巨象 콜셋과 세미라미스 공주[287]의 키스 목지木枝를 위한 매달린 필탑筆塔과 산책길과 균형조상均衡彫像들 및 처녀사원과 함께, 매이누스의 파돈넬,[288] 프라 토발도, 니엘센 희감탄제독稀感歎提督, 진 데 포메루, 코넬 그레테크록, 구그리엘머스 캐비지 및 고활계高滑稽의 파시부칸트[289]를 위하여 (지극히 높은 곳에서는 하느님께 영광이요!) 음탕 사내가 작업한 나의 잔디밭의 야생삼림의 매트, 구어돈 보수시報酬市의 나의 카펫 정원[290]을 펼쳤나니: 지루노동일脂漏勞動日 동안 그리고 우행휴일愚行休日 동

안, 이를테면 그들 산보하기를 즐거워하는 그리스로마로미오 남男과 주리엣유랑녀流浪女²⁹¹의 완탄년세력完誕年歲曆까지: 그리하여 나는 나 자신의 리스본 열녀[ALP]를 위하여 산울타리의 포도원을 식목했는지라 그리하여 주위를 거대한 체스터필드 느릅나무²⁹²와 켄트 주州 산産의 홉 열매²⁹³와 바로우의 맥근麥根²⁹⁴과 나무 정자의 벽지僻地와 녹세綠洗(그린위치) 별장과 신생의 생야生野와(북 애란) 필수영왕궁必須英王宮²⁹⁵과 물오리를 위한 지교池橋로서 울타리를 쳤도다: 산사나무호손덴 전당,²⁹⁶ 요정 계곡, 발할라 신전, 사슴 벽책璧柵, 핀마크스 저사구邸舍丘,²⁹⁷ 지아월舐芽月과 마불가사이병풍벽魔不可思議屏風璧의 낙수월落穗月을 배경으로 (울타리! 울타리!) 피닉스(불사조)의 여왕원女王園²⁹⁸을 위하여: 그리하여 (엇! 엇!) 나는 나의 알핀(고산의) 프루라벨(ALP), 원형소옥온주圓形小屋溫住의 새아씨를 위하여, (무허가 술집!) 나의 노파별저老婆別邸의 아주 오래된 더블린 흑맥주를 양조했는지라, 아낌없는, 낙락樂樂의, 거품 이는 신선주新鮮酎, 고양이, 고양이, 묘족주貓足酒를, 그녀의 위장의 울화를 타개하기 위해: 그리하여 나는 에블나이트의²⁹⁹ 종종걸음 산책로 앞에 나의 자갈 깐 완만마차도緩慢馬車道, 나의 남북순환도, 나의 동다지東多地와 서지다西地多를 부설했나니, 불 바르 가로수 행을 달리며 시드니 급한 파래이드³⁰⁰ 행진하면서, (관가마차棺架馬車꾼들이여, 오슬로 느긋하게!³⁰¹ 신혼자들이여, 유출할지라!): 그러자, 야후(수인간獸人間)남男³⁰²을 닮은 진남眞男의 만투라 주문차呪文車를 타고 (더브린 연합전철회사 교차장攷車掌이 모든 여로 찻삯을 지불하도록 호출할 때까지 기대할지라, 호세아³⁰³의 이 마차에 탄 수전노협잡꾼들 모두 환영!), 아라비아 짐수레 말과 함께 클라이즈 데일 복마卜馬³⁰⁴, 히스파니아 왕³⁰⁵의 쾅쾅트럼펫 악대와 함께 배회라마제국徘徊羅馬帝國의 인력거들, 광승狂乘(마드리드)의 야생마들,

(다른 Nora와 함께 다른 조이스인, HCE는 그녀의 처녀 페이지 위에 알파벳을 새기려고 애를 썼도다).
─(날씨) 그리하여 전축우박全祝雨雹…(And Wholehail…).

【553】HCE는 아내가 글을 읽도록, 그녀 앞에 부드러운 매트를 깔았는가 하면, 정원의 풀을 가꾸고, 황금주黃金酒를 빚고, 포도원을 장만했도다. 그리고 그녀의 쾌락을 위해, 그는 세계의 7대 기적들 중의 하나인 Coney 섬을, 피닉스 공원을, 그리고 많은 다른 아름다운 가로수 길들을, 건설했나니, 남북 순환도로, Westland Row 정거장,

Sydney parade(〈더블린 사람들〉, 〈참혹한 사건〉에서 Sinico 부인이 그녀의 기차에 치어 자살한 현장) 등등, 그들 위로 삶 마차들이 행진하도다."아라비아 짐수레 말과 함께 클라이즈 데일 목마가…"(claudesdales withe arabinstreeds…).

【554】부쿠레슈티[306] 발광추락적發狂墜落的인 브론코 야생마들[307], 우편유람마차 및 급달急達우편봉사차, 그리고 높디높은 이륜무개마차와 고개 끄떡 끄떡 두마차頭馬車, 타자들은 경쾌한 경야료원夜療院의 추기경 하복下僕이륜輕二輪 경쾌하게, 몇몇은 세단 의자 가마 차를 조용히 타고: 나의 꼿꼿한 신사들, 동침, 동침, 나의 귀녀들이 유측안 장柔側鞍裝한 채, 은밀히, 은밀히, 그리하여 로우디 다오[308]는 뒤쪽 횃대: 노새 마와 수말 및 암나귀 잡종과 스페인 산 소마小馬와 겨자 모毛의 노마老馬와 잡색의 조랑말과 백갈색 얼룩말이 생도生跳롭게 답갱踏坑하는지라 (그대 왼발을 들고 그대 오른 발을 스케이트 링크할지라! 그녀의 황영歡影을 위해: 그리하여 그녀[ALP]는 경무곡輕舞曲의 타도일격打倒一擊(도미노) 속에 회초리의 엇바꾸기에 맞추어 소笑소리 내어 웃었도다. 저들을 끌어 내릴지라! 건어찰지라! 힘낼지라!

마태태하! 마가가하! 누가가하! 요한한한하나!

HCE가 건설한 도로 위를 달리는 마차들을 끄는 야생마들, 우편유람마차 및 급달우편봉사차…겨자모의 노마와 잡색의 조랑말과 백갈색 얼룩말이 생도롭게 답갱하는지라… 이들 마차에 탄 ALP는 경무곡의 타도일격(도미노) 속에 회초리의 엇바꾸기에 맞추어 소笑소리 내어 웃었도다.she lalaughed in her diddydid domino to the switcheries of whip).

이어 4인방을 포함하는 당나귀의 울음소리가 들린다. 당나귀는 지금까지의 HCE의 긴 업적을 비웃기라도 하듯, 우리는 그의 서술의 내용을 불확실하게 읽어야 할 것인고?. "마태태하! 마가가하! 누가가하! 요한한한하나!"(Mattahah! Marahah! Luahah! Joahanahanahana!)

종착역의 마태, 마가, 누가, 요한은 "내가 눕는 침대를 축복하사, "이는 다음 장의 침대 격으로서, 거기, 과연, 그들은 HCE와 ALP 및 그들의 불완전한 성교행위를 관찰하는 4침대 기둥들로 봉사한다. 행동, 또는 비행동이 어디서 일어나는지는 분명치 않을지라도, 그러나 각자의 장소와 시간 속에, HCE 자신처럼, 그들은 다른지라. 여기 그리고 저기, 무능한 분석자들, 향수적 감상주의자들, 마치 역사가와 닮은, 그들은 바로 염탐자들이도다.

마태태하! 마가가하! 누가가하! 요한한한하나!

스피치의 기본적 패턴은 따르기 쉬운지라, HCE는 존경스럽기를 요구하고, 만사를 부정하고, 그의 재산의 가치를 지적하고(마치 사창가의 주인 마냥, 그는 브리티시 엠파이어), 그리고 ALP의 정복을 서술한다. 프로이트의 접지(接枝)들이 한결같이 그의 개성의 보다 어두운 면을 노정한다. 방어는 분명히 비성공적이라, 그러나 종국에, 우리는 나귀처럼 울어대는 4노인들, 그리고 거기 당나귀의 울음이 HCE의 서거를 신호한다.

다음은 정교하게도 천국과 지옥으로서 도시의 개념을 구세군과 스웨덴보리의 신비와 연결한다. 문명의 축소적 역사의 종말에서 인류는 스위프트의 휘넘족(Houyhnhnm)의 말들로 모두 변하거나, 위대한 승리의 파레이드에 참가한다.

…. 노새 마와 수말 및 암나귀 잡종과 스페인 산 소마小馬와 겨자 모毛의 노마老馬와 잡색의 조랑말과 백갈색 얼룩말이 생도生跳롭게 답갱踏坑하는지라 (그대 왼발을 들고 그대 오른 발을 스케이트 링크 할지라!³⁰⁹ 그녀의 황영歡影을 위해: 그리하여 그녀[ALP]는 경무곡輕舞曲의 타도일격打倒一擊(도미노) 속에 회초리의 엇바꾸기에 맞추어 소笑소리 내어 웃었도다. 저들을 끌어 내릴지라! 걷어찰지라! 힘낼지라![554.10]

마태태하! 마가가하! 누가가하! 요한한한하나!³¹⁰

III부 4장 HCE와 ALP—그들의 심판의 침대 【555-590】

양친 포터

마태, 마가, 누가 및 요한의 염탐

밤이 새벽에로 이울다

셈의 아우성이 양친을 깨우다

HCE 및 ALP의 구애의 4자세

수탉의 울음, 새벽의 도래

주점 이층에는, 주점 주인이 아내와 함께 침대에 누워있다. 또 다른 방에는 여女성자 이사벨이 〈율리시스〉 13장의 거티 맥도웰의 음률에 의해 위안된 채, 잠자고 있다. 그녀는 거울을 꿈꾼다. 또 다른 방에는 케이트가 자신이 어떻게 아래층으로 내려가, "자신의 권구拳球에 사실私室 열쇠를 쥐고, "침묵을 탄원하면서" "경근한 안구"를 하고 있는, HCE를 어떻게 발견하는지를 꿈꾸면서 누워있다【556-57】. 또 다른 방에는 쌍둥이들이 잠자고 있다. 케빈 또는 "재차 퀸 신부"는 어느 날 트리스탄과 함께, "현금사現金事"를 위해 "아메리카"로 떠날 것이다. 젤리는, 그의 "만년필"(음경)로 침대를 적셨는지라, 아버지에 관해 꿈꾸면서, 잠 속에서 울고 있다【562-63】. 그렇게 둘러싸인 채, 빅토리아와 알버트(Albert)가 최선을 다하면서, 그들의 "심판의 침대"【558】 속에 누워있다.

저들 4노인들이, 엿보면서 되돌아 왔나니, 마태, 마가, 누가, 요한이라, 이제는 4침대 기둥들이, 이 침실 장면의 그들의 번안을 제공한다. 그들이 이어위커의 꿈의 차단들 또는 그것의 부분들을 보도하는지 어떤지는 불확실로 남는다. 실지처럼 보이는 것은 꿈이요, 꿈처럼 보이는 것은 실질적이다.

제리가 울고 있는 것을 들으면서, ALP가, 그를 달래기 위해 침대에서 나온다. 아버지에 관한 그의 꿈은, 그녀는 말하거니와, "환상"【565】 이외에 아무것도 아니다. 뒤에, 그녀가 침실로 되돌아가자, 쌍둥이들은, 저들 늙은 노인들과 함께, 그들의 양친을 엿보는 듯하지만, 이사벨은 "유례가 없다." 은유들은 양친의 활동을 암시한다【567-71】.

그들을 위한 부적함을 증명하면서, 은유는 추상으로 이운다. 라틴어의-합법적-병리적 개요는 가족 상관관계를 개관한다. 비행들이, 더 이상 암시되지 않은 채, 들어난다. 견해 점은, 더 나빠지는 않을지라도, 킨제이의 또는 어떤 변호사의 것이다. 복잡한 친족상간에 대한 이 낙담의 견해는, 더 이상 낙담하지 않은 채, 그의 "구강소굴口腔巢窟의 악몽자마惡夢雌馬"를 만족 시키는 HCE의 실패에 관한 설명에 의해 뒤따른다.

하지만, 이 남자와 이 여자를 위해 기도할지라. 하느님은 그들의 "미로"를 통해 그들을 안내할지니―우리 또한 안내하소서【576-77】, 그들은 변변치 못할지라도, 우리의 양친인지라. 그들은 "만나고 짝 짓고 잠자리하고 좸쇠를 채우고 얻고 주고 박차며 일어나고 몸을 일으키고 … 우리에게 그들의 질병을 유증했도다"【579】.

"회귀"(recorso)로서 이바지 하면서, 이 장은, 그런데도 불구하고, 인간의 시대에 보다 잘 적합한 듯하다. 그것은 정말이지 인간적이다. 초기의 "회귀"인, 트리스탄의 이야기에 평행을 지닌 채, 4보고자들의 존재에 의하여, 이 장은, 기왕에 "회귀"라면, 변질된 "회귀"처럼 보인다. 과연, 첫째 것 다음으로, 각 갱신(부활)은 마지막 것보다 덜 희망적인 듯하다. 그러나 우리는 현재의 하부구조의 갱신은 보다 큰 환의 인간의 시대 이내에 있음을 기억해야한다. 인간의 시대 이내의 작은 "회귀"는 다소, 인간적임에 틀림없다. 하지만 새벽은 트고 있나니, 그리하여 보다 큰 환의 위대한 "회귀"는 마지막 장에서 우리를 기다린다.

　　―저저것은 무엇이었던고? 안개는 무무엇이었던고? 너무 격면激眠스런. 잠잘지라.

　　그러나 정말로 지금은 하시경何時頃? 그럼 얼마나 많은 시간을 우리가 공간 속에 살

　　고 있는지를 부연敷衍할지라. 그래?【555】

....

왠고하니 그들은 만나고 짝 짓고 잠자리하고 좸쇠를 채우고 얻고 주고 박차며 일

어나고 몸을 일으키고 설소토雪消土를 협강峽江 안에 가져왔었는지라, 그리하여 그들을 바꾸고, 바다에로 체재시키면서 그리고 우리의 영혼을 심고 빼앗고 저당 잡히고 그리하여 외경계外境界의 울타리를 약탈하고 부자연한 혈연관계와 싸우고 가장하고 우리에게 그들의 질병을 유증하고 절뚝발이 문을 다시 버티고 폐통지肺痛地를 지하철 팠는지라…【579】

때는 동지(winter solace)의 밤이 지난 새벽이다. 창문 바깥에는, 나무에 아직 매달려 있는 한 조각 마른 잎이 창틀을 할퀴는 소리가 들린다. 이 소리는 암탉의 할큄이 퇴비더미로부터 저 불탕진의 편지를 끌어내듯, 심리의 심저로부터 불탕진不蕩盡의 꿈을 끌어낸다. 이런 새벽의 졸린 상태에서, HCE와 ALP는 그들 부부의 심판의 침대 속에, 옛날처럼 성교를 시도한다.

그러자 이때 한 가닥 애소성哀訴聲이 한층 고통스런 쌍둥이들로부터 들리는지라, 이는 젤리(솀)가 한 가닥 악몽으로 놀랐기 때문이요, 이는 양친을 그의 침대가로 불러오게 만든다. 반 졸리는 그는 그들이 그의 방에서 있는 것을 보는데, 그의 아버지는 등을 돌린 채, 그는 분명히 성적 발기 상태에 있다. 위안하는 어머니의 목소리가 아이를 달래어 잠으로 되돌려 보내고, 내외는 아래층 그들의 침대로 되돌아가, 거기 조화의 자세로, 서로 포용한다.

두 내외의 행동을 목격하는 자들이 있는지라, 아마도 우리는 문을 조금 열고, 그 사이로 염탐하는 쌍둥이 자신들을 생각한다. 나아가, 창가리에 비친 그림자가 그들의 행복을 멀리 그리고 넓게 빛이고 있다. 암탉이 꼬꼬댁거리고, 수탉이 꼬끼오 운다. 이는 퇴비더미에서 편지를 파내는 유명한 암탉이다. HCE 내외의 성교 행위는 그러자 이내 종결된다. 우리는 그것이 불만스런 것인지를 분명히 듣지 못한다. 우리는 단지 "그대는 결코 차를 적시지 않는다"(You never wet the tea)를 읽을 뿐이다.

이 장은 조이스 문학 전 영역(whole literary canon)에서 그의 세 번째 침실 장면이다. 첫 번째는 〈더블린 사람들〉의 〈죽은 사람들〉에서, Gresham 호텔 장면으로, 거기서 주인공 Gabriel Conroy는 그의 무능을 노정하는데, 하지만 거기에는 희망이 있는지라, 그 이유는 모든 사자와 생자위에 떨어지는 눈은 내일 또는 다음날 녹아, 리피 강으로 흘러들어 갈 것이기 때문이다. 두 번째는 〈율리시스〉의 Eccles 가 7번지의 블룸의 침실로서, 여기 그는 자신의 무능을 노정하지만, 그에게 다른 날, 몰리의 "여성의 후반구(엉덩이)에 도달하는 만족감"【U 604】에 대한 기대와, 그녀의 최후의 "yes"가 있다. 여기 〈피네간의 경야〉의 세 번째는 Mullingar 또는 Bristol 의 침실 장면으로, 이는, 그의 치욕이 무엇이든 간에, 수탉이 종말에서 우나니, ─장 초두의"Yes?'로부터, 새벽이 다가올 때 "O yes! O yes!에 이르기까지─장의 뒤따르는 "Oyesesyeses!"【694.22】를 마련한다. 공포를 분명히 보면서, yesman인, 조이스는 〈율리시스〉의 블룸처럼 "태연자약"(Equanimity)【U 602】으로, 그의 변용을 유쾌하게 감수한다. 여기 이 흥미로운 장은 가장 심각한 장들 중의 하나인지라, 4노대가들 중의 하나인 마가(HCE)는 말한다. "나는 곁눈질하고 있지 않나니, 통실례通失禮하지만. 나는 아주 시녀심각視女深刻하도다"【570.24-25】.

주제들(motifs)이란 묵은 의미를 가져오거나, 새로운 의미를 문맥에서 택하는데 있어서 중요하다. 이 장은 구조상으로 말할 것이 별로 없기 때문에 나열할 것이 별로 없다. 그러니 이는 앞서 3장들보다 음악, 시 및 시네마와 한층 가깝다. 여기 이 장은 분명한 연결 없이, 하나하나 따로 놓여진 사건들의 연쇄連鎖 자체요, 이야기 줄거리의 무화無化인지라, 느낌, 음율, 말씨, 감정 및 음조가 서로 다르다. 조이스가 작곡을 마음에 두고 있었음은 그의 두 선호하는 음악가들인, 엘리자베스 조朝의 루트 연주자 William Bird【556.17-18】와 John Dowland【570.3】에 대한 언급에 의해 암시되는데, 이들은 〈율리시스〉 제16장에서 블룸과 스티븐의 밤거리의 소요에서도 들어난다.【540】 이 장은 또한, 예를 들면, T. S. 엘리엇의 〈황무지〉(The Waste Land)나, 하트 크래인)(Hart Crane의 〈다리〉(The Bridge)(비록 두 시는 전자가 금욕주의적 비극 시오, 후자가 긍정적 비전의 희극 시로, 서로 상극을 이룰지라도) 장시들의 구조를 마음에 불러일으킨다. 거기에는 음률, 형태 및 음조의 서로 다른 사건들이 전환적 방법 없이 병치되는지라, 앞서 세 현대시의 이른바, "장작 쌓기 기법"(wood-piling technique)을 극히 닮았다 할 것이다. 이러한 병치는, 존슨 박사(Dr, Johnson)가 일컫는, 소위 "부조화의 조화"(discordia concors) ─또는 시를 영화로 바꾸기 위한, 아인스타인(Sergei Einstein)의 소위, 상오 작용인, "몽타쥬"와 다르지 않음을 결과한다. 특히 이 장에서 조이스가 영화를 마음에 두고 있음은 많은 언급들에 의해 증명 된다. "movimg pictures", "shadow shows"【565.6,14】; "Closeup" 및 "Footage"【559.19,31】; "soundpicture"【570.14】; 그리고 "leer"【567.5】

등. 따라서 그가 〈피네간의 경야〉를 그의 "통야通夜의 뉴스얼레(allnights neweryreel) 【489.35】라고 부른 것은 결코 우연이 아니다. 꿈은, 뉴스 영화나 현대 시처럼, 논리적 및 서술적 연쇄를 결하는 바, 이것이야말로 조이스의 〈율리시스〉, 〈피네간의 경야〉 는 물론, 당대의 3대 모더니트들인 E. 파운드의 〈휴 셀리언 모우벨리〉(Hugh Selwyn Mauberley), 〈캔토스〉(Cantos) 및 T. S. 엘리엇의 〈황무지〉, 〈사중주〉(Four Quartets) 등의 작품들이 담은 근본적 취의趣意가 아니겠는가!

이 장은 잠자는 가족과 하인들로 열린다. 장면은 III,1의 시작에서처럼 꼭 같거니와, 거기에서 노인은 불안하게 잠자고, 자신의 아내를 빼앗아 가려는 마귀를 꿈꾸는 것을 우리는 보았다. 분명히 오이디푸스의 몽마夢魔말이다. 이 장 III,4는 다른 몽마로 시작하는지라, 이번에는 제리(Jerry)(솀)이란 자로, 그는 자신의 부친에 관한 나쁜 어떤 것을 꿈꾸었다. 아마도 젤리는 부친의 오이디푸스의 꿈의 다른 절반을 꿈꾸었으리라. 부친은 거기서 모친에 곤한 자식의 요구에 대해

거세 복수를 찾는다.

셋 중의 첫째인, 젤리는 노 양친을 안개 긴 새벽 전 염오적 깨어남을 자극한다. 그들은 잠자며 중얼거린다. "저건 무엇이었나? 안개 긴 아침, 잠자요"【555.1-2】. 그러자 침실 장면이 그들의 점령자들과 함께, 보여진다.

첫째— 화자의 목소리는 집과 그것의 점령자들의 서술을 요구한다. 우리는 서술이 4노인들의 견해 점으로부터 주어질 것을 일러 받는다. 왜냐하면 그들은 시공간의 4차원을 통제하기 때문이다(555,5-11). 그들은 4주된 Belearic 섬들의 이름들에 의해서 언급되는지라, 마졸카, 미놀카, 아이비자, 그리고 포맨트라이다. 가능하게도 이들 섬들은 자오선의 동부 1도에서 5도까지에 위치하고 있다. 태양은 이미 지중해 영력에 솟아있다. III,2의 종말에서 그렇게 회상하며, 화자는 밤의 "어두운 불투명"이 이미 "서반아西班牙했다"【473.20】고 선언한다. 즉, Balearics처럼 같은 경도의 영력을 향해, 이미 새벽 전의 빛에 의해 비치고 있다. III.4에서 이제 이들 영력들은 솟은 태양에 의해, 그리니치에서 그리고 더블린에 그것은 여행하기 때문이다.

우리는 그러자 두 소년들에게 소개되는데, 지금의 이름은 케빈 매리(Kevin Mary(숀) 이요, 그는 오렌지, 하얀, 녹색의 애란 칼라로 옷을 입고, 잠자며 미소하며, 그리고 Jerry Godolphing(솀)는, 메디컬 칼라를 입고 불안하게 잠잔다【555.15-24】.

【555-59】Porter(HCE) 家의 밤, 잠 속의 젤리(솀)의 아우성으로 양친의 잠은 어수선하다

【555】이제 장이 열리면서 우리는 시간과 공간 속에 우리 자신을 찾으려고 노력 한다. "하지만 정말로 지금은 하시경何時頃? 그럼 얼마나 많은 시간을 우리가 공간空間 속에 살고 있는지를 부연敷衍할지라." 화자가 대답한다. "그런고로, 매아에 영야에 나야에…"화자는 4복음자 및 그들의 당나귀를 소개한다. "유치아보호자들…그들 모두 사인四人…그들의 사묘우四描隅에…당나귀." 그리고 침실에는 케빈 매리(숀)와 젤리 고돌핑(솀)이 잠들고 있다. 여기 HCE, ALP, 4대가들, 당나귀, 솀과 숀의 총괄적 소개가 이루어진다.

【556】4노인들에 대한 소개적 구절에 이어, 우리는 갑자기 전환이나 설명 없이, Isabel(이쌔)에 관한 시 또는 노래 속에 우리 자신을 발견한다. 그녀는 잊혀진 나뭇잎 마냥 행복하게 잠자고 있는지라, 그녀에 대한 아름다운 묘사 속에 우리는 그녀가 성녀, 수녀, 유모 즐거운 과부, 또는 〈율리시스〉의 〈나우시카〉 장의 거티(Gerty) (그녀의 나이 마찬가지로 22살)를 보는 듯하다.

이어지는 구절은, 핵심, 율동, 말씨 및 음률에 있어서 전혀 판이한, 주점 안의 HCE(Havelok)와 Kate (HCE 가家의 청소부이나, 셰익스피어의 여주인공, 특히 그녀는 〈율리시스〉에서 Anne Hathaway, Penelope, Molly Bloom과 동일시된다)에 관한 서술이다.

우리는 다음으로 예쁜 꼬마 이씨를 관찰한다.556.1-22). 그녀는 자신이 인생에서 취할 다양한 역할들을 특징짓는 꼬마 소녀의 꿈들을 꿈꾼다. 공주 이소벨(Isobel)【556.1-2】, 태양의 자매 이소벨【556.3-5】, 간호원 이소벨【556.1-2】, 수녀 이소벨【556.3-5】, 그리고 매력적인 과부 마담 Isa La Belle【556.9-11】.

화자는 분명히 이씨와 사랑에 빠져있는지라, 왜냐하면 그녀의 우리 속에 잠자는 아름다운 서술이 있다. 심지어 아름다운 서술을 반주하는 음악이 있는지라. 즉, W 버

드(Byrd)에 의한 엘리자베스의 노래. "황막한 숲"이요, 텍스트 속의 음. 조이스는 이씨의 여기 서술애서 버드의 노래의 리듬을 모방했음을 〈서한〉에서 단언했다(III:138).

(남자 하인-시가손 등장) "한편 그의 짐수레를 타고 관괴장면중재자觀怪場面仲裁者, 야경남夜警男 해브룩이, 파입강波入江의 피안측에서부터, 저주열차발착표소咀呪列車發着表에 의한 정시점定時点, 오합지졸의 통과를 방해하는 대大목초지의 추돌가追突街를 장행長行했는지라."【556.22-30】

  HCE에로의 갑작스런 변전, 그는 마루바닥에 술 취한 채 누워 있다.

  HCE가 주점의 잔유물殘油物을 치우는 동안, 이층의 늙은 Kate 여인이 아래층 노크 소리에 아래로 내려온다.

  다음 서술은 집의 하녀들, 주방의 손님들, 그리고 29울녀月女들에 관한 것이다【556.23-558.25】. 하인들인 순경 색커슨과 하녀 케이트는 양자 잠자고 있다. 색커슨은 바 속 자신의 의무에 대해 꿈꾸고 있다【556.23-30】. 케이트는 그녀의 잠 속에서 어찌 그녀가 한번 밤에 깨었던지, 문을 열기 위해 내려갔던지, 기억한다. HCE가 거기 있었는지라, 그는 자신의 공원의 산보에 대해 그녀에게 침묵을 맹세하게 한다【556.31-557.12】. 바의 12단골손님들 역시 서술된다. 그들은 HCE가 그의 범죄를 위해 애썼는지를 꿈꾸는지라, 그에게 타당한 형벌을 선언한다【557.13-558.20】. 29울녀들 역시 꿈꾸며, 동시에 웃으며, 울고 있다.

  마침내 우리는 두 주된 인물들인, HCE와 ALP를 관찰하는바, 그들은 나란히 잠자고 있다. 그들은 아프리카의 두 큰 호소인, 알버트 닌자와 빅토리아 닌자와 비유되는지라. 아마도 이들 호수들은 이제 솟은 태양에 의해 빛나고 있기 때문이다. HCE의 페니스는 나긋나긋, ALP의 가발은 못에 걸려있다【558.26-31】.

  【557】그러자 케이트는 주인(HCE)이 주점 바닥의 대팻밥 위에 쓸어져 있는 것을 발견한다. 그때 그녀가 양초를 쳐들고 보았을 때…노크 소리가 들렸는지라… 그녀가 현장에 발견한 것은 HCE, 그러나 그는 그녀로 하여금 정숙하도록 서언誓言한다.

  거기에는 그의 유죄를 재판했던 12선인들(고객들)이 있다. 밤마다 이들은 그들의 마음속에 HCE을 전력을 다해 살펴왔는지라, 그들은 그의 두 소녀들과 가랑이 사이의 사통私通, 아니면 합리적 완화의 환경적 압력 속에 어떤 군인들의 흥분적 의도로서 부분 나신, 비방의 죄(공원의 죄의 암시)가 HCE에게 있음을 발견한다.

【558】 비록 HCE는 판단과 높은 지위의 남자일지라도, 여전히 사람들은 그의 인품을 평가하나니, 그리하여 법의 위배에 대한 경감이 있을 수 없기에, 공원의 역병惡疫에 대하여 3개월, 흠정소송법 제5의 4조, 3절, 2항, 1단에 의거, 형의 선고는 내일 아침 6시 정각에 있을지로다. 그러니 주여 그의 영혼에 자비를 베푸소서!

그러자 잠자는 자의 행복원에서 29무지개 소녀들이 밤마다 환희 속에 여정을 행하나니, 손과 즐거운 시간을 보내도다. "양良에 의한 아雅에 의한 결潔에 의한 질녀, 한편 명상의 행복에는 9와 20의 레익쓰립 윤년애녀閏年愛女들, 모두 창사낭槍射娘들이, 굉장히 즐거운 시간을 가졌나니."

HCE와 ALP가 "그들의 심판의 침대에" 누워있다. 등불 빛에 의해, 그들이 누운 시트 아래, 그의 페니스가 "정욕을 억제한 채," 그녀의 미피美皮(가운)가 못에 걸린 채 있다.

이때 이층의 아이들의 침실에서 "막후일성"이 들리나니, 그것은 젤리(솀)의 악몽에서 깬 놀란 목소리이다.

우리 위치의 확인. 우리는 어디에 있는 고, 누군가가 묻는다. 그는 알 수 없다. 그는 보는데 실패한다.

그러자, 도시 외곽의 주거 및 그 내부 그리고 HCE의 침실 장면과 그의 부부 자세에 대한 복잡한 묘사가 전개된다.

소개된 모든 인물들과 더불어, 우리는 그러자 무대 뒤의 한 부르짖음, 제2성을 듣는다【558.32】. 우리는 어디 있는 고, 시간은 몇 시? 화자는 사이비 황홀 속에 선언하는 바, 그는 이해할 수 없나니, 그러자 그는 우리도 아니하고 감히 말한다. 그러자 그는 침실을 서술하기 시작한다.

장면이 무대 혹은 필름 세트마냥 제시된다【558.35-559.17】. 시간은 단순히 "한때," 그리고 리드의 근접 촬영으로 시작하는 연극 혹은 필름의 팬 토마임.

우리는 사실주의의 영역에 있고, 만일 단지 아이러니하게, 모든 세목은 시대의 보통 집. 그것은 "상자" 스테이지 세트처럼 보인다. 혹의와 윙보다 오히려 평판으로 구성된 것. 많은 세목들은 이야기에서 이미 역할을 행했는지라─예를 들면, 벽지의 연어, 그리고 용과 싸우는 천사 장 마이클의 그림이라(559.2,11-12). HCE와 ALP의 의상은 의자와 침대 고리 위에 노출되다. 유일한 수수께끼 물건은 핑크의 "남성 고무 재품으로 서술된지라, 그것은 재생 콘돔이다【559.15-16】.

하모니(조화)【559.20-563.39】【559-63】. 침대의 양친에 관한 마태[Matt]의 견해. (조화의 제1자세)

장면은 양친의 침대의 왼쪽(북)으로부터 보여 진다. HCE의 얼굴은 우리를 향해 있다. 그의 등과 뒤는 남쪽으로 면하고 있다. ALP는 부분적으로 HCE의 몸에 의해 감춰져 있다.

침대의 물리적 유치: HCE와 ALP 내외가 그 위에서 잠자는 침대

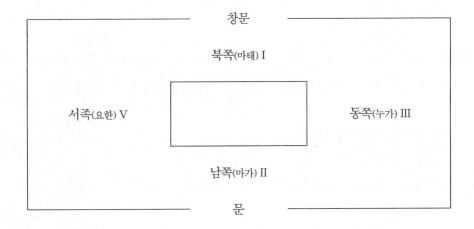

HCE가 일어난다【559.20-29】. 절반 잠든 듯, 반 졸린 채, 그는 매력적인 광경이 아

니다. 그에게 짐승 같은 그리고 물고기 같은 모습들이 있다【559.23】. 북으로부터 바라보면서, 우리는 그의 등의 부분을 볼 수 있기 때문에, 우리는 구형의 어깨 죽지를 본다. 우리는 또한 우리를 향해 어렴풋이 보이는 무거운 배를 볼 수 있다. 우리가 나중에 알다시피, 그는 파자마 밑 옷. 혹은 과연 한 쌍의 양말을 제외하고, 허리 아래 어떤 옷도 입지 않고 있다. 그는 잠을 깬데 대해 골이 나 있다. 그의 머리카락은 붉은 금발이요, 그는 아마도 골난 것으로 얼굴이 몹시 붉다. 알메니언 점토에 대한 언급【559.25】은 그가 한 붉은 조각의 무대 분장을 띠고 있음을 보여준다. 우리가 볼 듯이, 그는 아마도 고혈압을 띤듯하다. 뚱뚱한 몸집을 가진 누구든【559.25】확실히 과격한 노력을 피하기 위해 주의해야 하리라. ALP가 잠에서 깨어나고, 서술된다. 그녀는 작고 오히려 빈혈이다. 그녀의 남편과는 달리, 그녀는 아마도 저혈압이다. 그녀는 뾰족 코와 꼭 다문 삼각 입을 가진 새털 무게를 지녔다. 그녀는 창백하고 노란 얼굴에, 그 위로 그녀는 이제 두려운"할멈 같은 표정을 띠고 있다【559.26-29】.

두 양친들은 신교도들이다. HCE는 애란 성당의 회원이다. 그는, 비록 미국에서는 앵글리칸 연합만을 위해 사용되는, 전문적으로 "감독회원"일지언정, "감독교도"(episcopalian)로 불린다. 조이스는 HCE의 두문자가 HIS Church Eoiscopalian을 의미함을 암시하는 것 같다.

　　【559】HCE 내외의 침실 내부 묘사(침실 세트). 그들 두 사람을 위한 침대, 그들의 의
　　　상과 벽면의 그림, 불 킨 램프 등등. 우리는 한 개의 침실을 보나니. 방 한 복판에 더블
　　　베드. 그 곁에는 의자, 그 위에 여인의 의상. 남성 고무제품 [또는 콘돔], 핑크 색.
　　그러자 무언극. 매트(4대가들 중 첫째인 Matthew)의 제1자세(First position of harmony)(침대
위의 HCE의 자세)에 대한 서술
　　시간은 혹시(새벽 4시), (따라서 16장은 2시간 반 동안을 점령한다).
　　뒤따르는 무언극. 그들은 4입지에서 서로 바라본다.
　　클로즈업(근접촬영), 주역들

전면에는 나이트캡을 쓴 남자, 그의 뒤에 컬 핀을 머리에 꽂은 여자, 남자는 여자를 우리 시선으로부터 부분적으로 가리고 있다. 그는"짐승 같은"표정, 그녀는 앉아 있고

천정을 쳐다본다. 무대 밑의 지시. "연출."

그때 2층에서 한 가닥 비명이 들린다. 암말 ALP가 침대에서 일어서 나가자, 숫염소 HCE가 "거수족의 여왕의 선도를 쫓아 위관 추적했도다."

【560】주인 내외는 이층으로 돌진하나니,

위층으로 오르는 계단의 묘사

장면이 바뀐다. 배경 막, 스포트라이트 및 움직이는 벽, 그들의 이상적인 주거에 대한 묘사, 그건 진선원 재단을 위한 이상적인 주거로다. 주인을 잠에서 깨우는 곡종曲鐘…찌링찌링…돌 벽을 통하여 쳐다보건대.

그런데 내게 뭔가를 말할지라. 포터(HCE) 가문은 훌륭한 사람들. 포터 씨는 탁월한 조부이며 그의 부인 역시. 고희가문古稀家門, 완전하게 결합된 그들의 사실적 표현.

[멋진 포터-HCE 가문]내게 뭔가를 말할지라. 포터(잡부雜夫)가문家門은, 말하자면, 신문부대 新聞負袋의 도영盜影에 따르면, 아주 훌륭한 사람들이라, 그렇지 않은고? 아주, 모두 사유사四類似 언술言述했도다. 그리하여 이런 현도賢道로서, 포터 씨[311]는 (바소로뮤,[312] 중악당重惡黨, 고물에, 고등어[313] 셔츠, 건초발두乾草髮頭 가발) 탁월한 선부先父인지라 그리고 포터 부인은 (주역부主役婦, 양귀비(植)두頭, 매춘녀사프란(植)색의 야의夜衣, 현란한 채프리조드 모발) 대단히 친절심親切心의 식모食母로다. 그토록 결합된 가족 부모는 지상紙上에서 또는 지외紙外에서 더 이상 존재하지 않는지라. 열쇠주主가 자물통에 꼭 알맞듯이 이 도시都市동양지재는 자신의 유선비소流線秘所에 혼합婚合하도다. 그들은 총항잡부적總港雜夫的인 것 이외에는 아무 것도 상관하지 않는지라. **브로조 산産 와인**[314].

우리는 다음으로 예쁜 꼬마 이씨를 관찰한다【556.1-22】. 그녀는 자신이 인생에서 취할 다양한 역할들을 특징짓는 꼬마 소녀의 꿈들을 꿈꾼다. 공주 이소벨(Isobel)【556.1-2】, 태양의 자매 이소벨【556.3-5】, 간호원 이소벨【556.1-2】, 수녀 이소벨【556.3-5】, 그리고 매력적인 과부 마담 Isa La Belle【556.9-11】.

화자는 분명히 이씨와 사랑에 빠져있는지라, 왜냐하면 그녀의 우리 속에 잠자는 아름다운 서술이 있다. 심지어 아름다운 서술을 반주하는 음악이 있는지라, 즉, W

버드(Byrd)에 의한 엘리자베스의 노래. "황막한 숲"이요, 텍스트 속의 음. 조이스는 이씨의 여기 서술애서 버드의 노래의 리듬을 모방했음을 〈서한〉에서 단언했다 (III:138).

카메라가 필름 장면의 언급에 돌리기 시작하기 바로 직전에 【559.31】, 고함지르기 제3무대 후측後測이 언급되기 시작하고, ALP는 여전히 아주 졸린 HCE에 뒤따라, 침대 밖으로 도약한다. 그는 자신의 밑 파자마의 부재를 알지 못하고 있다【559.36-560.1】. 그리고 그는 여왕, ALP의 선도를 행한다【560.1】. 그는 침실 밖으로 원형 루트를 나와 낭하 속으로 들어온다【560.3】. 우리는 장면의 움직이는 법에 관해 무대 감독의 지시를 따른다. 양친이 침실을 포기하고, 낭하 속으로 움직이자, 그들은 침실 벽과 다른 방들과 층층대가 윙 속으로 비상(飛上)한다. 타자들이 무대 밑으로 준비된 홈 속으로 침하沈下한다【560.4-6】.

떠들썩한 논평자가 무대 혹은 무비 셋이 거의 언제나 보이듯, 집이 불완전하게 보이고, 집 전채가 충분한 일광으로 나타나리라 인정한다. 계단이 또한 불완전한지라, 단지 하나의 진짜 스텝이 있을 뿐, 나머지들이 페인트 되어있다【560.10】,

【561】 (마태의 2층 이씨 방에 대한 서술) 여기 이층에 두 개의 방들이 있나니, 꼬마 포터 아가들을 위하여. 그런데 1호 실에는 누가 자는 고, 이씨의 방, 그녀는 버터컵(미나리아재비)(植)이라 불리도다. 4노인들이 그녀를 치켜보고 있는지라. "그녀는 아빠 신神의 최량의 보석이요 형제족의 뱅충이 숙모색시로다…그녀의 낙수면落睡眠…그리고 그녀의 애인 격인 고양이". "그녀는 언제나 고양이를 보고 그녀의 놀이 암 망아지와 함께 애칭을 말할 수 있기에."

"여기 신년소지新年小枝, 할미꽃(아네모네), … 헬리오트로프 꽃이… 거기 스위트 미리암 …아마란스 … 금관금잔화 (Here' s newyearspray…heliotrope …amaranth and marygold)". Porter 아이들의 하나인,"아빠 신神의 보석 딸,"Isobel(이씨)에 대한 이 서술에서, 우리는 이제 이씨와 오필리아의 친근한 동일성을 가지는데, 후자 또한 햄릿에게 꽃들을 공납 한다."여기 로스매리 꽃들…그리고 여기 팬지꽃들…여기 단신을 위한 희향풀 및 매 발톱 꽃이 있도다. 여기 당신을 위한 다년초…"(There' s rosemary… And there is pansies…There' s fennel for you and columbines…There' s rue for you). (〈햄릿〉)

양친들은 2층 아이들의 방애 도착한다【561.1-563.32】. 한 방은 오른 쪽에, 다른 하나는 낭하의 왼쪽에 있는지라, 이는 아마도 북-남으로 달린다. 소년들의 방은 오른 쪽(동쪽)에 있고, 이씨의 것은 왼쪽(서쪽)에 있다.

화자는 형제들에 대하여 어떤 정보를 우리에게 수줍게 제공한다. 독자가 알아야 할 한 가지는 한 형제가 한때 타 형제였다는 것이다. 그러나 그들은 이제 바뀌었다【561.4-6】. 우리는 이미 이를 알고 있는지라, 왜냐하면 셈과 숀이 그들의 어머니를 포옹한 다음에 II.2에서 위치를 바꾸는 것을 보았다. 그러나 화자는 우리에게 재차 상기하나니, 우리는 만일 그가 우리에게 말하지 않았다면 우리는 아무것도 모른다는 것이다.

이씨는 사랑과 애기의 말로 충만 된 구절에서 서술된다. 그녀는 '미나리 아제비'(Buttercup)이란 별명으로 불리며, 그녀는 자신의 부친의 기쁨이요, 그녀의 형제들의 가장 사랑받는 자매, 숙모, 그리고 신부(新婦)이다【561.16】. "숙부"(叔婦)(auntybride)는 아주 천진하게 들린다ー그녀의 형제들에 대한 작은 숙모ー그러나 "전신부"(前新婦)(ante-bride)는 한층 뒤에 더 감상적 역할을 위한 준비를 암시한다.

사랑멀미의 화자는 이씨에게 선언하거니와, 그녀를 서술함은 희랍에 대한 지식을 가질 것이요, 그의 선을 서술함은 자코버스 데 보라지의 황금 전설의 성인들의 이야기를 요구하리라. 그녀는 7꽃들로 구성되었는지라【561.20-21】, 저들 청춘의 초초한 처녀들인, 무지개 소녀들이 성적 욕망의 상징인 이래, 그녀는 자신의 양친들과 형제들이 아직 인지하지 못한 잠재성들을 가질지라. 우리를 유혹으로 인도하지 마사이다! 만일 그대가 작은 잠자는 애인을 그대의 손가락으로 입술을 떨어지게 한다면, 그녀는 그것을 붙들도록 노력하리라【561.24-26】.

【562】 다시 잠자는 이씨에 대한 묘사."자신이 견면 명석 위에 앉아 있을 때…최애녀, 자갈돌을 아주 불쌍히 여기는 그녀인지라…그녀는 언제나 한층 더 많은 충만 약속을 바람 불지니…"여기 "그녀"는 이씨로서, 그를 묘사하는 화자는 "나" 또는 "우리"이다. 조이스의 여성에 대한 묘사, 예를 들면, 아나 리비아 및 여기 이씨를 비롯하여, 심

지어는 〈율리시스〉의 거티와 몰리의 독백에 이르기까지 3인칭의 "그녀"에다 1인칭의 "나-화자"식의 공동 묘사이다.

맞은편의 제2호실 방에는 쌍둥이 형제가 잠자고 있다. 그들은 동시에 "태아적"구더기요, 이를 가는 유아, 젊은이들이다. 우선, 잠자는 프랭크 케빈(손)의 묘사. "우리의 명석한 황소 아가 프랭크 케빈은 성심소매 편에 있었도다. 그대 그를 깨우지 말지라! 우리의 원문遠聞의 그발우남. 그는 행복하게 잠자고 있는지라…"우편남인 그는, 우리가 아는 대로,"Father Quinn again"이요, 스위프트 수석사제이며, 트리스탄으로서, 장차"현금사現今事를 탐하여 아모리카에로 행차하리라."

잠이 깨었을 때, 이씨는 그녀의 인형과 놀고, 그들에게 베이비 티크를 말한다.

미발의 소년 프랑크 케빈(손)은 축복으로 그의 손을 처든 채, 행복하게 잠잔다. 그는 천사를 닮았고, 그의 입은 반쯤 벌린 채, 걸걸거리며, 마치 나팔을 부는 듯하다. 아주 곧, 그는 성장하여, 관대한 급료를 찾아 미국으로 갈 참이다. 그는 잘 생겼으나, 조이스는 그를 "enique"(가청스러운)【562.33】이라 불음으로써 그의 덕성을 깎아 내린다.

젤리(셈)는, 다른 한편으로, 어떤 불결한 캔디를 씹은 뒤에, 잠자며 울고 있었다. (이씨가 캔디를 씹으며 잠에 떨어졌음을 목격할지라 (555,15-16). 젤리는 케빈 이서에게 야곱의 역할을 하고 있다.〈계시록〉(25:26). 그러나 독자는 오른 손으로 셈이 그의 뒤꿈치를 잡고 있음을 볼 수 없다. 왜냐하면 전지전능한 화자가 재차 그가 정말로 전체 작품의 창조자임을 재삼 상기시키지 않았기 때문이다【563.8-9】.

화자는 소년의 이름으로 어떤 문제를 야기하는데, 즉 화자는 J로 시작하는 음절로 말을 더듬거리는지라 드디어 Jerry Jeju라는 이름에 도달하기 때문이다【563.6-7】. 멕휴 교수는 소년의 이름을 말함에 있어서 화자의 어려움은 소년의 이름이 James Joyce임을 의미한다고 확신으로 암시한다. Juhu는 이전에 Jerry Godolphing으로 불렸으나, "jeju"가 타당한 Jeju로서, 이는 분리된 남북 왕국들을 분리하여 통치한 유일한 왕으로, 그는 짧은 시간에 양 지역의 왕들을 죽었기 때문이다. 셈은, 자기 나름으로, 고대 왕국의 죽음과 신 왕국의 창조를 가져온 중요한 힘이다.

젤리는 침대를 적시나, 그의 요변尿便은 어떤 성적 양상을 갖는다.563.5-6). 요변은 사출에서 조숙한 시도일 수 있는지라, 왜냐하면 스위프트의 Pipette가 여기 암시되는 바, 젤리의 조숙한 페니스는 그를 가지고 글을 쓰는 만년필이요, 그로 하여 가족을 건립한 만년필이기 때문이다. 그는 몽마夢魔를 가졌고, 전성적(前性的)(presexual) 공포 때문에 잠 속에서 울었는지라, 그의 부친은 그의 자라나는 전성적 만용을 위해 그를 거세시킬 것이기 때문이다. 그는 알코올의 바이런 스타일로 성장하여 작가가 될 것이요, 이는 블레이크의 부대적 의미를 가진—그의 비어의 바이런적 이마에 의해 증명될 것이다.【563,12】.

양 소년들은 다른 그리고 반대 종류의 인생의 전망을 가졌고【563.23-36】, 켈리와 재빈(Jevin)의 연합된 행동은 이야기를 앞으로 가져올 것이다. 화자는 그의 축복을 그들에게 부여한다,

【563】타자(젤리-셈)(Jerry-셈)은 잠 속에 울고 있었으니, 침대를 적셨도다. 그의 울음이 그의 양친을 심난하게 했나니. 쉿! 타자는, 설간유로 쌍 젖을 뗀 채, 자신의 잠 속에 울부짖고 있었나니…무슨 이빨을 들어 낸 괴짜람! 얼마나 광조각상의 책을 쓴 담!…행복악태아면이여! 아아, 숙명빈약아여! 타자…그는 바이런(Byron)이나 W. 블레이크(Blake) 족속이 될지라. 케빈(손) (Kevin 손)과 젤리, 이들 쌍둥이들은 자신들의 스크럼 빵부스러기를 쫓으며 두 아주 절친한 사이인지라…그들은 그렇게 태어났으리니…4복음 노인들, 청취자들 혹은 관찰자들은, 아이들을 방해할 까 두려워하며, 그들 사이 침대 위에 한 잎 동전을 남기나니, 아마도 Xmas 선물일지라. 그리고 작별. "아듀, 조용한 작별, 이 멋진 현선물을 위하여, 정비명일까지!" 바이런, 블레이크 (Blake), 르파뉴(Le Fanu)가 젤리의 작업을 칭찬할지니, 야곱, 에서(Easau), 개미(Ondt) 및 베짱이(Gracehoperdu)이여, 이들 소년들을 관장하소서!

그리하여 그들은 마침에 자신들의 이름이 역철逆綴 된다, "kerryjevin." 여기 우리는 쌍둥이 젤리와 케빈의 두 아이들에 대한 서술을 읽거니와, 그것은 재삼 셈과 손의 "이야기"(taletold)이요, 셰익스피어-멕베스의 최후의 유명한 연설(V.v.26-28)을 메아리 한다. 또는 그것은 '개미와 베짱이'(Fornio & Cigalette)의 우화寓話, 천진성과 사카린 달콤한 강아지 사랑의 또 다른 우화偶話인 〈로미오와 줄리엣〉(Romeo and Juliet)을 연상시킨다. 쌍둥이는 물론 거의 동등하거니와, 고로 재삼 우리는 조반(brackfest)이 유사한 신분 및 위조품과 연관됨을 본다. 최후로, 쌍둥이, 그들은 〈햄릿〉에서 Rosenerantz

와 Guildenstern(〈율리시스〉에서 스티븐의 안목으로 Haines와 Mulligan처럼, "반짝이는 침묵의 순간 스티븐은 상대방의 호려한 몸차림 사이에 값싸고 먼지 묻은 상복 입은 자기 자신의 상을 보았다."(In the bright silent instant Stephen saw his own image in cheap dusty mourning between their gay attires)처럼, 【U 16】거의 구별불가하다. 쌍둥이는 또한 아비(이삭)의 축복을 다투는 야곱(야곱)과 에서(에서)로서 역할 한다. "그들 쌍자들 사이에 나의 동류축복銅類祝福을 남겨둘지라."

【564-82】침대의 양친에 관한 마가[Mark]의 견해. 불협화不協和의 제2자세)

【564】마크의 견해. "불협화의 제2자세"(a second position of discordance). 그는 잠자는 HCE의 양 둔부(arse)를 후면에서 쳐다보는데, 이는 피닉스 공원의 지형과 비유된다. "이 공원의 미둔尾臀으로부터 풍요롭게도 멋진 경치를 전망하고 있는 것이 아닌고?" 침대 위의 광경이란, HCE가 부분적으로 여인(ALP)을 가리고 있다. 피닉스 공원에는 수많은 수목이 울창하나니, 그것은 이곳을 방문하는 모든 이방인들에게 커다란 감탄이 되어 왔는지라. 중심을 가르는 직선도로는 양성분할로서, 오른 쪽은 멋진 총독의 저택에 의하여, 반면 양 둔부의 왼 쪽은 서기장의 멋진 주거에 의하여 경탄 받도다. 이어지는 공원의 묘사. 거목들, 기마도, 골짜기, 산 요정, 사슴, 초목들, 분홍색 핌퍼넬, 노새, 등등. 이 왕립 공원의 광야 저지는 밤늦도록 대중에게 개방되어 있나니, 고로 환자들과 도보자들이….

이제, 침대의 남쪽으로부터 보면서, 우리는 HCE의 배면을 충분히 보는지라, 그것을 그는 피닉스 고원으로서 아주 크게 자세히 서술한다【564.1-565.5】. 그것은 4노인들의 하나, 마가에 의해 관찰되었는지라, 그는 자신의 남쪽의 중요 위치로부터 이어 위커의 침대의 오른 쪽에 위치한다. 그러나 4노인들의 각자는 또한 집의 모든 곳에서 그의 주된 위치를 지휘권을 갖는다. 아이들의 침실들 밖의 낭하에서, 남부 지방인, 머스터 출신의 마가는, 그가 침실에서 여러 시간 동안 그것을 보았듯이, HCE의 둔부를 본다. HCE는 반나체로 잠자고 있었다. 침대의 측면의 자신의 견해로부터, 마가는 HCE의 큰 둔부가 ALP의 육체에 의하여 일부분 가려짐을 알았다【564.6-8】. 법률적 말로 서술컨대, HCE의 큰 둔부는 부분적으로 "보호여성"(femecovert)을 커버한다

【564.2-3】.

　우리의 견해를 이층 장면으로 바꾸면서, 마가는 HCE의 크고 넓은 백용마(白勇馬)가 실재보다 한층 큰지라, 사실상, 현간을 가리고 있다. 마가는 여행본(旅行本)의 문체로, HCE의 둔부를 경외적인 서술로서 제공한다. 우리는 둔부의 거대성을, 중심 도로 아래에서 보는 여정旅程의 취지인지라【564.13-14】, 그것은 〈율리시스〉에서 HCE의 블룸류의 피가학성(Bloomlike masochism)의 증거를 마련한다. 우리는 피닉스 공원에서처럼. 살인자들이 자리하는 둔부의 위태한 부분들에, 붉은 여드름을 목격하도록 요구 받는다. 마가는 또한 경찰이 바그너의 콘서트를 제공하는 보다 어두운 지역인, 사악한 장소를 개관한다【565.1-5】.

　그것은 이따금 우리의 비탄 속에 아주 하수구우울적下水溝憂鬱的(신들의 황혼 같은 것이요 염호기심厭好奇心의(발키리 여신의) 생각을 머리에 떠올리게 하지만 펜타포리스의 경찰 홍악대警察興樂隊의 대원들이 바람 부는 삼수요일森水曜日에 자신들의 꽝 울리는 대인기大人氣의 호곡狐曲(울프톤³¹⁵을 바순 음전취주音栓吹奏하는 것이라. 호곡狐曲! 울보스

　여기 바그너의 암시와 수요일에 연주하는 경찰 밴드는 아주 천진하게 소리 나거니와, 그러나 Furz라는 방귀 소리의 독일어와 연관된 "경찰"어의 파생은 경기를 놓친다. 등의 밑바닥의 깊은 공동空洞은 사실상 항문으로, 그로부터 방귀를 공명하는 바그너 풍의 버슨(basson)(저음)은 시간에서 시간으로 출현한다.

　모든 이러한 인상적인 둔부 준비가 홀 속에 전시된다.

　HCE의 크고 광대한 백용마(白勇馬)가 소녀의 방 속에 뾰족하거니와, 그의 덮이지 않은 음경이 소녀들의 방 속으로 뾰족하게 나 있다. 그러자 암스테르담의 처녀에 관한 외설적 노래가 우연한 음악처럼 울러 퍼지기 시작한다. 그리고 제리는, 그를 뾰족하니 가리키는 포착 관경이 공포 적이요, 젤리처럼 전율하기 시작 한다【565.6-12】. ALP는 젤리 곁에 무릎을 꿇으며, 그를 위안하기 시작하는지라, 즉, 그대는 바로 꿈꾸고 있었도다. 예야. 그대의 아빠는? 쉿! 방에는 환영이 없는지라, 나의 꼬마 소년! 우리는 나쁜 아빠를 몰아낼지라. 내가 아빠를 찰싹 칠지니! 그거나 먹어요! 찰싹, 찰싹, 찰싹!

【565】 공원의 저지에는 펜타포리스의 경찰 홍악대興樂隊의 대원들이 바람 부는 삼수요일에 자신들의 깡 울리는 대인기의 호곡狐曲을 바순 음전 취주吹奏하고 있도다.

침실에서 나와 현장에 나타난 슬래브 말투의 어머니가 젤리를 위안 하는지라. "그대는 하고何故로 감이 전율하기 시작하는고? 그대는 오율汚慄하고 있도다…오 침묵을 지킬지라…" 이때 공중 뇌성이 들리는지라."요점등要點燈. 느린 음악. 애란 공중의 우뢰성. "그에게 아빠는 두려운 존재. 아빠는 내일 더블린으로"원거리행하는지라 러블린까지 행적도를 따라…"

그러자 4노인들이 에스페란토 어로 속삭인다. "아 놈(셈)은 잠들지 않았는고?…꼬마의 말투, 쉬!

이어 ALP의 젤리에 대한 위로. "그건 자단지子但只 모두 상상 속의 환영일 뿐…" 여기 〈신약〉의 복음의 관습에 따라 마가는 앞서 마태가 본 것의 변형을 반복한다. 그대가 꿈꾸고 있는 흑 곰-부친은 단지 "그림자-쇼에 불과 할 뿐이라."(〈율리시스〉 제1장에서 스티븐은 Haines의 간밤에 꾼 흑 곰(black panther)에 대해 토로한다.)

그대는 몽종夢終했나니, 이봐요. 염부厭父(패트릭)? 사기록詐欺鹿? 시화示靴! 들을지니, 방에는 환영幻影흑표범은 전혀 없나니, 소아자小我子여. 무악담부無惡膽父나니, 아가야"(You were dreamend, dear. The pawdrag? The fawthrig? Shoe! Hear are no phanthares in the room at all, avikkeen. No bad bold faathern, dear one).

셈-젤리는 그의 잠 속에서 울고 있었나니, 악몽을 꿈꾸었다. ALP는 그에게 그가 단지 꿈꾸고 있었다고 말한다. 젤리의 꿈은 그의 부친을 한갓 유령으로 연루시키는 듯하다. 여기 ALP는 젤리에게 확신시키거니와, 방에는 환상(phantom) 또는 대담한 악부惡父는 없다고. 여기 젤리와 햄릿의, 그리고 HCE와 유령의 한결같은 동일성이 주어진 채, 한갓 유령으로서 그의 아버지의 이 비전은 셰익스피어 작의 〈햄릿〉의 유령 장면들로부터 따온 것이 가능하다.

HCE와 ALP는 에스페란토 어로 급히 말한다. "그는 잠자지 않았나? 그래요, 그는 나쁘게 잠자고 있어요. 밤에 그는 무엇에 관해 울 부르짖는고? 단지 아가 말씨." ALP는 젤리를 위안하기 위해 되돌아가고, 그것은 모두 상상 속뿐임을 말한다. 그녀는 "꼬마 당과 마법적 국민인" 아일랜드에 관해 언급하고, 그를 다정한 엄마의 알로 잠자도록 흔든다【565.29-32】. 아마도 조이스는 아일랜드를 꼬마 당과 마법적 국민으로서 그것의 어떤 양상들로 생각했다.

【565.33】 이어 HCE의 주막에 대한 광고. "그대가 루카리조즈 지방을 지나, 규황 광천을 방문하기 위해 마차 여행할 때, 그의 주막을 놓치기보다 맞히는 것이 보다 한층 안전한지라."

【566】 [광고] HCE의 안락한 여인숙 그리고 식사대접. 잘게 썬 눈물 프라이 양파, 스튜 요리한 염제비, 마시는 담즙찌꺼기…

여인숙 침방. (반쯤 아침에로 바뀌는 법정). 4자들은 그들의 나귀와 함께. 모두 의자에 앉아, 그들의 연필을 날카롭게 다듬고 있도다. 하인 색코손과 청소부 Katya. 저들 12고객들이 팔짱을 끼고 곁에 서 있는지라, 그들은 나중에 모두 자신들의 농장으로 되돌아가리니. 처녀-아씨, 그들은 모두, 노처녀의 나이로 쇠퇴하리라, 귀부인 미망인은, 첫 어머니로서, 실제로 무릎을 꿇은 채. 왕

립 탑의 두 왕자들을, 있는 그대로, 보지 않은 채 누워있도다. 귀부인 미망인의 흑지배인(HCE)이 기장무기(성기)를 제시하나니, 모두에게 보이지 않도록 방향을 바꾸도다. (그때 법정은 완전 아침에로 바뀐다).

이 문단의 ALP와 HCE를 서술하는 구절인 즉. "귀부인 미망인은 방금 있는 그대로 무릎을 꿇은 채 머물고 있도다, 곱슬머리 털 끈을 가진 첫째 살모殺母로서. 왕립 탑의 두 왕자들, 돌핀(돌고래)과 더블린, 밤을 보지 않은 채 있는 그대로 누워있도다. 귀부인 미망인의 흑黑지배인이 기장무기를 제시하나니, 칼날을 한껏 뺀 채…"【566.18-22】 쳉 교수에 의하면, 이는 Duncan의 암살에 기초를 둔 〈맥베스〉에 대한 언급이라는 것이다. 멕베스 부인-ALP- "귀부인 미망인"은, 왕의 살인의 공모자로서, 첫 어머니요. 첫 살인자, 즉 "살모"이다. "두 왕자들"은 런던탑에 감금된 두 완자들에 대한 언급인 듯하다. 그러나 Duncan의 두 아들들인 Malcolm과 Donalbain(케빈 및 젤리) 역시 살인을 모르는 채 성 속에 잠자고 있다. 맥베스 자신은 "귀부인 미망인의 흑黑지배인"으로, 그는 "무기를 제시하고" Duncan은 살해할 것이다. 그러나 동일 신분은 혼

란스러운지라, "혹 지배인"(duffgerent) 또한 Macduff 및 Duncan을 포함하는 듯하다. 그러나 그럼, 〈피네간의 경야〉에서 매인(everyone)은 그 밖에 매인인 셈이요, 이때 유아 이사벨라(Isabella)는 그녀의 모퉁이로부터, 잡아 뺀 검劍을 지닌 첫 아버지인, 혹 지배인에게 순종하도다. 그녀는 역시 셰익스피어 작의 〈앙갚음〉(*Measure for Measure*)의 여주인공이다. (Cheng 183)

이어지는 구절. HCE의 성기에 대한 묘사 (이씨가 아빠의 남근을 엿본다.)

—보라, 돈아자!(*Vidu, porkego!*) 아이들이 살피고 있도다.

이씨에게 그것은 공포, 존경, 결여를 느끼게 한다. 천상에서 막이 오른다. 날이 샌다). 그리고 이어, 황홀한 광경! 저 울퉁불퉁 바위들! 그러나 그대 무엇을 두려워하는고? 나(이사벨)는 우리 자신의 것(성기)을 잃어버렸는지 않은지 두려운지라. 얼마나 온통 조모祖母스럽고 짐승 같은 고! 그대 무엇을 쳐다 보는고? 나는 보나니, 나의 불운 앞에 그토록 빳빳한 지시봉을 보는지라.

(4대가들은 주점 밖으로 배회하나니, 그들은 공원에서 길을 잃은 듯하다.)

그대는 게다가 전설을 읽을 수 있는고? 단 리어리의 오벨리스크 (방첨탑)까지(To the dunleary obelisk).

그의 목통木桶 속의 손은 어린 태양처럼 곧 솟기 위해 동쪽으로 구르고 있다.

이제 여명전의 절반 빛은 여관의 외부를 노정하고, 그에 관한 광고를 추적한다 【565.33-566.6】. 광고는 어떤 경쾌한 말들로 끝나고, 아마도 이씨의 존재를 신호하는지라, 그녀는 성장하는 빛 속에 이제 그녀의 부친의 친근한 부속물을 얼핏 보리라.

사건의 신중하고 형식적인 서술이 뒤따른다. 여관이 절반 아침 속에 법뭔처럼 서술된다【566.7-21】. 노정되는 광경은 비극적 양상들을 가진다. 성인 남자의 성성(性性)의 지식은 이미 반 햇빛에 의하여 젤리에게 제시되고, 이제는 꼬마 이씨에게 제시될지니, 양친의 압도와 가족 내의 권력의 변천으로 불가피하게 끝날 조숙의 전 과정을 시작한다. 여기 우리는 윌링던의 뮤쥬의 방 속의 사건들과 공원의 스캔들의 세목을 마련했던 사건이 자연주의적으로 서술된다.

그들의 당나귀와 함께 4노인들은 사건을 서술하기 위하여 그들의 연필을 날카롭게 하고 있다. 세커슨은 성냥을 들어올려, 아마도 조반 불을 밝히게 하기 위해서다. 케이트는 윌링던 뮤쥬방애 대한 그녀의 말을 준비하고 있다. 대중 여론의 12대표자들이 곁에 서서, 가십과 빠르고, 얕은 판단의 또 다른 날을 준비하고 있다. 처녀들은 회색 머리카락의 노처녀들이 되기 위해 준비하고 있는지라, 그들의 손은 결코 경혼반지를 끼지 않으리라. ALP는 재리 곁에 무릎을 꿇고 있으나, 코드의 코일을 지닌 첫 살인자처럼 그녀의 서술 속에 사악한 함축이 있다【566.19】. 그는 또한 최초의 어머니이지만, 왜 그녀는 탑 속에 왕자들의 하나를 교살할 준비인고? 또는 그녀가 쥐고 있는 탯줄은, 작은 태아가 이제 그녀의 은신처에서 독립하고 도중에서 위태로운 남성인고?

【566.19-21】 귀부인 미망인[ALP]은, 곱슬머리 털 끈을 가진 첫째 살모殺母로서, 방금 있는 그대로 무릎을 꿇은 채 머물고 있도다. 왕립탑王立塔의 두 왕자들[셈과 숀], 돌핀(돌고래)과 디브린, 밖을 보지 않은 채 있는 그대로 누워있도다. 귀부인 미망인의 흑黑지배인[HCE]이 기장무기記章武器[성기]를 제시하나니, 칼날을 한껏 뺀 채 그리고 모두에게 보이지 않도록 방향을 바꾸도다.

두 소년들이 양자 잠 깰 때 서술되지만, 그들은 그들의 부친의 음경 혈맥을 도피하려고 애썼다. 마치 리포리움 소녀들이 뮤즈 방에서 도피하려고 애쓰듯. 그러자 전채 작별의 중심 사건이 다가오나니, HCE는 그의 소녀들에 의하여 보일 것으로 당황한 채, 어느 더 많은 노출을 막으려고 급히 수레를 달린다. 그러나 그가 자신의 굉장한 후부를 두 소년들에게 돌리자, 그의 무기는 대신 이씨의 놀라운 눈에 제시된다【566.23-24】. 이제 상표(검劍), 그것은 HCE가 부친으로서 HCE로 하여금 지니는 가인의 낙인찍힌 표적으로, 그의 작을 딸에게 충분히 노정된다. 바로 그때, 설상가상으로, 새벽의 충만한 빛이 장면을 호수 지우고, 작은 이씨의 마음을 빛내며, 성숙한 남성 페니스의 놀라운 광경의 그것으로 충만하고, 그녀의 처녀 무구無垢를 영원히 파괴했도다. 뮤즈의 밤 에피소드에서, 윌링던은 지니들을 그의 불타는 음경적 대포로서 추적한다. 그리고 공원에서. HCE는 군인들이 증오의 의도를 갖고 있는지를 두려워한다. 한편 그는 숲 속에서 뭔가를 행하는 한 소녀를 엿본다. 모든 이러한 진전은 희비극적 사건에 토대하는지라, 그것은 작품의 핵심 점이요, 이제 충분한 애조(哀朝)에서 발생한다.

ALP는 이전처럼 에스페란토 어로 알리나니, 그의 행위는 상스럽고, 아이들이 그를 쳐다보고 있음을, 그리고 그녀는 격려하거니와, "—보라, 돈자아豚自我! 그들은 그대를 살피고 있도다. 되돌아갈지라, 돈자아여! 이건 품위 있는 일이 못되나니" 【556.26-27】. 그러나 때는 너무 늦도다.

【567】 앞서 "무기(wappon)"는 간판 기둥(sighnpost)으로 변용한다. 모두들은 그 쪽 방향을 보면서, 그것을 열렬히 쳐다 본다. 방향들이 기둥에 적혀있다. "단 리어리의 오벨리스크 (방첨탑)…중앙우체국 수천하사의 인내보… 웰링턴 기념비…" 사라고 곳 (point)까지…그들은 곳(岬)에 있다. 그들 중 하나가 곁눈질하나니, 그가 "곳 위에" 핑크 색의 사냥모를 보기 때문이다. (여기 곳은 HCE의 남근두이요, 사냥 모[huntingcap]는 콘돔인 듯). 그러나 "사냥모자"는 다른 뜻으로, 왕, 왕후가 내일, 미카엘마스, 3시와 4시 사이에 왕림할 예정임을 알리는 간판일 수도 있다. (영국 왕 조지 5세의 아일랜드 방문). "여왕은 노도질풍으로 외국 체재중인지라," 왕은 개들을 대동하고 여우 사냥에 나설 참이다. 그를 환영하는 다수 군중들, 모든 사람들이 전차, 기차, 자전거, 세발자전거를 타고 오리라. 골프장에서는 경기를 멈춘 채, 왕을 환영할지라.

【568】 왕을 배알하는 관중들, 그들은 모두 창 밖을 내다보고 있다. 불정억제지不停抑制紙에 보도된 폐하의 배알. 시장이 된 HCE가 왕을 접견하고 폐하께 연설하도다. "그는 자신이 금문자채색양피지로부터 연설독에 의하여 평온전하에게 조연 설할지라…파피루스 왕, 우리의 경주, 위대한, 큰 왕…부리터스와 고씨어스(Brius and Gothius)는 저 일사장을 더 이상 마상창시합할 수 없는지라 그러나 한 가지 자율속죄(autonement)를 기록할지니." 이 싸우는 적대자들의 자율 속죄는 〈피네간의 경야〉에서의 Bruno의 헌신獻身이다. Brutus와 Cassius는 효성적인 인물들로서, Caesar-부친에 의해 공백된 자리를 위해 마상창시합하는지라, 승자는, 그러나 그들 가운데 아무도 아니요, 그들의 합일체("한 가지 자율속제를 기록할지라"), 또는 Mrcus Antonius이다.

Tindall 교수는 여기 젤리와 케빈의 "자율속죄"를 〈율리시스〉에서 스티븐과 블룸의 "속죄" 또는 "at-onement"이라 지적한다 (Tindall, 298). 속죄, 영교, 부자 동질, 우연일치 등은 모두 〈율리시스〉의 핵심 단어들이요, 스티븐과 블룸이 cocoa를 나누는 영교靈交이다【U 565】. "일어날지라, 폼키 돔키 경! 이청! 이청! 난청!"(Arise, sir Pompkey Dompkey! Ear! Ear! Weakear!). 여기 부왕 햄릿은 HCE(Humpty Dumpty)와 동일시되거니와, 이 구절은 유령의 "들어라! 들어라!"(List! List!)에 대한 이어위커(Weakear)의 번안이다.

"알파이 버니 감마남 델타취급자 에트새라등등 제타 에타 태터당밀 여타 카파포자 롬돔 누"(alfi byrni gamman dealter etcera zezera eacla treacla youghta kapto lomdom noo). 이는 비록 희랍어일지라도, 〈율리시스〉의 밤의 환각 장면에서 블룸의 헤브라의 어의 연설과 다르지 않다. "알파 베타 삼마 델타 유월절의 전야제 성구함…"(Aleph Beth Chimel Daleth Hagada…【U 397】

【569】왕은 귀부인들을 위해 축배를 들고, 그를 맞아 성당은 축종을 울리며, 성년聖年의 날, 주교 연, 황연, 속삭임의 일색이라. HCE의 위상. "도회인과 여인旅人을 위하여, 자신의 금백의 만자권장卍字權杖을 높이 치켜든 채, 우산-파라솔 식으로, 드브랜의 각하는 모든 이들에게 고하리라. 축복수혜자 축복할지라!" 이어지는 환영 만찬과 음식물들의 분배. 배우들을 식탁에 부르고, 연극의 공연 그리고 이어지는 환담의 잔치 또 잔치. 지금은 성년聖年의 날! 향연, 마마 내게 더 많은 샴페인을!

"마마 샴페인을! 무엇이라, 이태뮤즈 희극 여신이여?… 우리의 배우 연으로 자신들의 극장 문까지 음향 금전 효과장치를 … 메쏘프 씨와 볼리 씨가 솔선 연출할지니… 베루노의 두 남근 신사인지라, 상급 나우노와 상급 브로라노 대미大尾! (피날레!), 아름다운 참회자… 로다의 장미녀의 지상의 사랑을 위하여… 소년 한량 극을! … 부셰釜 묘술! 무슨 타이론의 힘인고! 무대 요정에 맹세코!"(Mumm me moe mummers! What, no Ithalians? How, not one Moll Pamelas? Accordingly! Play actors by us ever have crash to their gate. Mr Messop and Mr Borry will produce of themselves, as they're two genitalmen of Veruno, Senior Nowno and Senior Brolano(finaly! finaly!)…What tyronte power! Buy our fays!). 이 구절은 왕을 배알 하는 즐거운 축하의 장면이다. "마마 샴페인…" 여기 한층 극적인 향연에 대한 부름이 담겨 있다. 리차드슨(Richardson)(편지 형식의 소설

〈패밀라〉(*Pamela*)(를 쓴 영국의 소설가; 1689-1761)의 〈찰스 그래니슨〉(*Sir Charles Granison*)을 비롯하여, 시인 싱(Synge)의 연극 구절들이 다른 연극들 사이에 얽혀있다. 그리고 셰익스피어, 드라이던(Dryden), 디온 보우시콜트의 연극들을 비롯하여, 연극배우들 Tyrone Power, Willie, Frank Fay 등, 애비 극장의 배우들이 등장한다. 아일랜드의 배우 Spranger Barry는 더블린의 Crow Street 극장의 소유주요, 당시 가장 위대한 셰익스피어 배우들 중의 하나였다. Drury Lane 극장에서 그와 Garrick은 서로 경쟁자들이요, Hebry Mossop은 Garrick과 Barry 지휘 하에서 셰익스피어 역을 연출한 유명한 배우들이었다 (Tindall, 298; Cheng, 184 참조).

【570】모두들 환영에 합세하나니, 비록 내일과 오늘이 결코 오지 않을지라도. (여기 내일의 국왕의 번영과 영광의 축제의 전제는 다가올 이어위커 부부[Porter 내외]의 육체적 혼교적婚交的 행복향[euphoria]의 기분을 암시한다.) 만사는 사랑스러울 지요, 문제는 축복과 영광이 될지라. 왕은 도래할 것이요, 교황은 축복을 하사할지니, (여기 왕의 예상되는 도착은 I.2의 이미지를 되 불리는지라, 당시 왕은 선인 Humphrey 주막에 멈추자, 후자는 꼭대기에 화분을 매단 장대를 들고 나왔었다) (31). 현재의 장면의 남근적 상징주의가 분명히 발전하는데, 때맞추어 발기적(勃起的) HCE는 그의 아내를 뒤따라 그들의 꼬마 아들의 침상으로 나아간다.

【570.14】4복음자들(화자인 마크)이 잠시 HCE의 주제로 돌아가고, 그의 행복과 건강을 칭송 한다. HCE는 두 아들과 한 딸을 낳았다. "진실로! 진실로! 내게 향사 포터 씨에 관해 더 많이 말할지니… 그 자는 언제나 건강하고, 이전보다 한층 건강하니… 언제나 오랫동안 결혼하고 있었도다. 시녀, 시녀, 시녀! 그러나 나는 곁눈질하고 있지 않나니, 실례지만. 나는 아주 심각하도다" (True! True! Vouchsafe me more soundpicture!… he is lot stoutlier than of…always been so long married…She, she, she! But on what do you again leer? I am not leering, I pink you pardons. I am highly sheshe sherious).

그러나 4노인은 잠시 피닉스 공원으로 산보를 나설 참이다. "그대는 당장에 어딘가 가고 싶어서는 안 되는고?" "사라 숙모댁의 1번지까지…우리의 국립 제일로인, 1001 길로 하여…" 그러나 뒤돌아보지 말지라, 소금기둥 될지니 (〈성서〉의 롯의 아내처럼). "그대가 염주를 상도하지 않을까 경계 염려하도다." 나는 당장에 어딘가 가야 하

나니, 저 욱신욱신 쑤시는 열감! 사라 숙모 댁소의 1번지까지 원족합시다(〈율리시스〉 제
3장 샌디마운트 해변의 스티븐은 사라 숙모 댁에 들를 생각을 한다)【U 32】. "거기 실 바누스가 그
의 기름 묻은 손가락 끝을 씻었는지라—배후를 보이지 말지니, 그건 심장의 도둑이
라! 나는 그대가 염주로 상도하지 않을까 염려하도다"(where Sylvanus Sanctus washed but
hurdley those tips of his anointeds—guardfew! It is Stealer of the Heart! I am anxious in regard you
should everthrown your sillarsalt)【570. 32-36】.

이씨는 킥킥거리나니, 그러나 동시에 아주 심각한지라, 성은 갑자기, 비록 그녀가
어릴지언정, 그녀에게 심각한 문제가 되었다【570.24-25】. 그녀는 자신의 몸 속애 뭔가
를 느끼는지라, 그녀는 소피를 보고픈 성마른 욕망으로 고백한다【270.26-27】. 그것은,
사실상 뜨거운 팬츠의 자기 최초의 개시로서—〈율리시스〉에서 불리는 대로 "외잡스
런 속옷"(dessous troublants)이다【U 15.465】. 꼬마 소녀는 잘 그리고 참으로 성적 욕망의
길로 진입한다. 그리고 힘의 전체 가족 균형이 아이들의 방향으로 뒤집어 업기 시작
했다.

아연실색한 이씨가 그녀의 부친을 한참 보았을 때, 그녀는 자신의 흥분 속에, 결
혼 종소리가 울리며, 위대한 축가를 상상한다【556.28-570.13】. "천국의 하느님!" 이씨
는 〈젊은 예술가의 초상〉에서 해변의 스티븐처럼, 부르짖었다. 그녀는 HCE의 음경
을 보자 당황했는지라, 그들은 울퉁불퉁 바위들이요 작은 언덕이었다. 그녀는 HCE
의 하부 지역의 털북숭이를 보자 자신의 정신적 처녀성을 잃어버리는 듯했다【566.31-
32】. "천상에서 망을 거둘지라. 환영幻影. 그러자. 오, 망상조직網狀組織[HCE의 성기]
의 돌물, 황홀한 광경! 무각록無角鹿! 저 울퉁불퉁 바위들! 외피구外皮丘! 오 시리스 명
부왕冥府王이여! 그런고로 우연발사는 시발하려 않는 고!" 프로이드 학자가 아니래
도, 조이스는 여기 암시하고 있나니, 정확하게 음경 시기猜忌가 아니래도, 남녀 간에
진짜 차이가 있다는 여성 인식을 말이다. 얼마나 처지고 짐승 같으랴! 그리고 그녀
는 커다란 길이의 터지는 첨봉尖峰을 본다【566.24-35】. 그것은 더블린 주변과 내에서
1사이즈의 몇몇 고분高粉을 가져오리라. "웰링턴 기념비까지 반 리그 걸…"【566.36-
567.4】. 그리고 또한 이토록 대복大腹이라니!【567.5】

그녀는 사냥도 혹은 베이비 깜부기 후드 같은 것을 페니스의 끝에서 보았다【567.7-

9】. 그것은 사실상 골짜기나 혹은 포피임에 틀림없다. HCE는 아직 콘돔을 끼지 않았다. 그것의 끝에 물체를 지닌 장치는 HCE가 임금님을 만난 후 그의 이름을 가졌는지의 옛 이야기를 야기하거니와, 그리고 이제 우리는 1821년에 조지 IV세의 애란 방문에 기초한 왕실에 기초한 기다란 서술로 진입하는지라, 그 동안 그는 시장 각하, 아브라함 브   리 왕, 기사로 명명했다. 방문은 과연 영광스러운 것【567.13-570.13】, 사냥개를 포함하여 전체 사냥 파티, 인기 있는 오락, 말 띠를 통해 싱긋 웃는 광대들【567.25-28】, 피들 음악【567.30】, 모든 파티들의 화해【567.34-568.11】, 평화를 의미하는 일곱 무지개 소녀들로 특징짓는 도다【568.2-4】.

이러한 즐거운 모든 경우들의 한복판에서, 왕은 HCE를 왕으로 삼았나니 폼피 돈 키 경【568.16-26】! 이는 많은 성당의 링링 울리는 종소리가 뒤 따르도다, 그들은, 황홀한 이씨에 의하여【569.4-16】 -커다란 연회에 의하여【569.21-27】, 그리고 다른 황홀한 극적 및 음악적 사건들에 의하여【669.28-570.7】 결혼 종과 쉽사리 혼돈되도다. 거기 옛 도회의 밤에 열시(熱時)가 있을지라【570.7-8】.

【571】 그러자 이어지는 공원의 풍경들. 그곳의 수많은 나무들. 근처의 채프리조드 마을과 담쟁이덩굴로 쌓인 성당들. 파도광도깨비불(반딧불)은 우리의 공원 근방의 맑은 춘수 우물에서 솟는지라, 그건 농자를 온통 맹청하게 하도다. 주문을 애엽愛葉 위에 던지는 부동하는 엽상 체들, 애엽에는 탄트라(Tantrist) 경전經典의 철자가 적혀있다. (나신의 양친들을 졸리듯 관찰하는 한 꼬마 소년은 그가 숲의 생기를 보듯 성의 신비를 얼핏 본다. Tantrist는 여행자(tourist)를 암시하는 바, 인도와 티베트의 탄트라 섹스 상징주의에 대한 언급이다.) 느릅나무, 월계수, 이 길로, 킬데어 참나무, 메시지를 적어요, 황갈색의 바늘 금작화, 너도밤나무, 창백한 버드나무, 나를 소나무에서 만나요. 그래요, 그들은 우리를 물의 밀회장으로 데리고 갈지니.

그런 다음 여기 또 다른 장소에 안락 성당(채프리조드)이 자리하는지라. 보라! ALP는 요강에 앉아, 배뇨하고 있도다. 나도, 쳇쳇, 조용히 해야만 하도다. 오, 평화, 이건 하늘 기분! (여기 그녀의 배뇨는 〈율리시스〉의 몰리[U 633 참조]와 조이스의 초기 시 〈실내악〉[Chamber Music]의 주제를 닮았다.) 마馬에헴(H) 기침(C) 한껏(E) 안요정(A) 허짤배기 하다(L) 비밀히(P). 그러자 갑자기 4노인들은 침실에서 HCE 내외의 속삭이는 소리를 듣는다. 누군가 한숨을 쉰다, 왜 그가 한숨을 쉬는지 질문 받자, 그는 Humohrey가 아니고 Sarah(ALP) 때문이라고 한다.

【571.27-571.34】 4복음자는 중얼거린다. 그리고 그들은 HCE와 ALP의 소리를 듣는다

　　—그(젤리)는 이제 한층 조용해졌도다(He is quieter now).

　　………………………………………………………………

　　—풍요개조지색등豊饒開朝之色燈. 각기상급증起床及證. 희생대비犧牲對備

　　(Huesofrichunfoldingmorn. Wakenupriseandprove. Provideforsacrfice).

　　—대待! 사史! 이청하세!" (Wait! Hist! Let us list!) 그들은 젤리가 이제 한층 조용하고, 램프가 접근한다고 말한다. 여기 혼합어들(Huesofrichunfoldingmorn…)은 John Keble(영국의 목사·시인; 1792-1866) 작의 시 〈그리스도교의 해〉(*The Christian Year*)(1827)로부터의 응축어이다. "풍요로이 펼치는 아침의 색체들…우리의 깨어남 & 기상起床은 입증하나니, 그리고 하느님은 재물을 마련하도다" (Hues of the rich unfolding morn… Our wakening & uprising prove, and God will provide for sacrifice). 그들은 ALP의 파트너로서 HCE의 합법적 부부 접근의 권리에 대하여 토론한다. "갖고 지닐지라."

【571.35-572.06】 마지막 구절은 꾀 모호하다. 그 암시적 내용인즉, 젊음과 노령의 불가피한 연속. 지하의 정령들, "하계의 회신저들"은 지하굴, 죽음의 광산, 소금 지하실에서 이빨과 손톱을 놀리고 있다. 이들은 쌍둥이들로, "영양부족 된 채. 양심가책良心呵責하는 불火 트집 잡는 자들," 젊은이들은 늙은이들을 위해 무덤을 파고 있나니. 아들은 양친의 무덤을 팔지 모르며, 딸은 느릅나무와 돌로 세탁부들을 대신할 것이다.

　　4노인들은, 결혼한 카풀과 더불어 침실 안에 뒤돌아와, 꼬마 소녀가 본 것애 평한다【571.27-31,34】. HCE는, 자신의 노출에 당황함에도 불구하고, 그의 아이들, 특히 이씨에 자신의 아내에게 사랑을 할 강력한 욕망을 느끼기 시작한다. 그는 자신의 아내에게 성적 접근에 대한 합법적으로 타이틀 당한 것에 관해 뭔가를 중얼거린다. 결국, 그들은 야생의 짐승들처럼 교접하지 않을 것이다! 쌍둥이는, 〈성서〉의 말로, 갖고

지니는 하나의 육肉이다. "一법적자격法的資格된 채. 배우자비접근配偶者鼻接近. 야성불간청野性不懇請. 적성권리適性權利로서. 쌍자단육双者單肉. 가지며지닐지라"【571.28-29】.

그는 또한 펼쳐지는 아침과 일어나, 아침의 희생을 마련할 필요에 관해 어떤 파열된 구절들을 중얼거린다【571.32-33】. 이것들은 John Keble[316]의 신교도 찬가인, "아침"의 부분들로 변용하는바, 그것은 밤의 실존實存에 관한 모든 것이다. 아마도 HCE의 육체적 접속을 위한 과도한 욕망은 그의 몽마, 그의 밤의 공포, 솟는 세대의 손의 패배와 죽음의 공포로부터 솟는다. 〈피네간의 경야〉에 인용된 가사들을 포함하는 이 시로부터의 운문은 아래와 같다.[317]

펼치는 풍요한 아침의 색깔
영광스런 태양이 태어나기 전,
어떤 보이지 않는 부드러운 접촉
그의 길 둘레 살기를 가르치네.

*　　*　　*

새로운 매일 아침은 사랑이라
우리의 깨어남과 솟음은 증명하나니.
잠과 어둠을 통해 안전하게 가져왔나니,
생활의 부활 그리고 사상.

*　　*　　*

만일 위들의 매일의 코스 위에 우리의 마음이
우리가 발견하는 모든 걸 신성하기 시작할지라.
무수란 잦의, 새로운 보석들 여전히,
하느님은 마련할지라. 희생을,

【572.07-572.18】이어 4전도사들의 최음적 독백, "기다릴지라! 무엇!…누구?" 이는 그들이 침실의 열리는 문을 관찰하는데, ALP에 관해서다. 그들은 또한 아들(솀)과 딸(이씨)에 대해 서술하는데, 이는 I.8장의 어울목 아낙네들의 속삭임을 닮았다. "들어오는 이는 누구?" 그것은 ALP이다.

"함께 생각해 볼지라"(Let us consider). (우리는 아이의 침실을 방문하는 양친들의 이 가족적 장면의 충분한 취지를 살피도록 여기 초대 받는다.)

【572.18-576.0.8】이어지는 화자의 기다란 서술은 〈피네간의 경야〉에서 퍽이나 복잡하고 가장 괴기한 구절이다. 화자는 법학교수-박사(마치 〈율리시스〉의 "키어난" 주점의 블룸- "저명한 과학자 루트폴트 블루멘프트 교수"【U 250】처럼)이요, 그는 HCE를 비롯한 그의 침실의 주역들을 익명으로 서술하는데, 그 내용은 HCE의 딸에 대한 친족상간적 성 변태 및 그들의 다양한 성도착을 담고 있다. 이 구절의 등장인물들을 열거하면, (이름들은 제국 시[Imperial City]에서 따온 것으로, HCE의 식구들이다.)

등장인물

• Honuphrius. HCE

• Anita. ALP

• Felicia. 이씨

• Jeremias. 솀

• Eugenius. 숀

• Fortissa. 케이트

• Mauritius. 조우(Joe)

• 신부. 마이클(Michael)

• 4묘굴자들(대가들). 마태, 마크, 누가, 요한 (Gregorius, Leo, Vitellius 및 Macdugalus)

• 주식회사 상급 회원. Brerfuchs, Breyfawkes, Brakeforth 및 Breakfasy

• 주식회사 하급 회원. Warren, Barren, Ann Doyle, Sparrem 및 Wharrem

위의 인물들은 복잡한 가족적 잠재 속에 출현한다. 이 추상적 연극 속에서도 분명한 것은, 이들은 자신들을 둘러싼 꿈의 어둠 속에 나타나면서, 그 효과를 보증한다는 사실이다. 인간 대 인간의 인성人性으로부터 공포 속에 퇴각하면서, 우리는 여기 가 일층 웃음을 자아낸다. 왜냐하면 이러한 애증적愛憎的 혼란은 공포와 흥미를 결합한, 형이상학론(Metaphysics)에게서 보는, 이른바 "괴기함 기법"(grotesquerie)의 본보기이기 때문이다. 추상 속의 인류는, 여기 추상 자체가 구체적으로 입증하듯, 이는 조이스의 변칙적 연구이다. 이 로마의 공포영화 장면 같은 배경은 채프리조드이요, 서술은 직설적이다.

법률 교수인 Dr. Alter-ego(분신)는 우리에게 이 전제를 제시한다. 실질적으로 아무런 경고 없이, 침실 속을 비교적 천진하게 일별하는 행위가 서술 불가의 퇴폐적 혼란의 늪 속에서 전개된다. 양친의 사랑을 담은 분명히 건전한 대양大洋은 친족상간과 성도착의 괴물들로 우굴 대는 병든 바다에로 퇴화한다. 조이스의 광명 아래 무의식의 가장 깊은 이해가, 정상적 사랑의 애착을 담은 잔류물을 함유하면서, 들어난다.

"그것은 모두 무슨 의미인고?" 하나의 면 위에 그것은 HCE와 ALP의 무의식 속의 가장 어두운 함정을 밝히는지라, 그들은 여기 모든 살아있는 남녀의 상징이다. 그들의 가장 미세한, 가장 숨은 욕망들이 마치 충분히 행사되듯 노골화된다. 하나의 역사적 면에서, 가장 냉소적으로, 그것은, 고대로부터 현대의 할리우드식 섹스 삼각관계에 이르기까지, 낭만적 사랑을 담은 전체 문학의 패러디 같은 고발이다. 프로방스의 사랑의 궁전(Provencal court of love), 그리고 여기 돈키호테를 몰아간 끝없는 중세의 로맨스들의 강한 메아리들이 얽혀있다. 전체 취지는 오늘날의 남녀 섹스의 상관관계에 대한 통렬한 논평이요, 우리는 따라서 그것이 비코의 천둥 바로 직전의 해체 기간을 특징짓는 분명한 카오스이요, 배덕背德임을 상기한다.

나사(screw)의 최후의 회전은 게시가 그 속에서 이루어지는 "형태"(form)에 의해 공급된다. 그것은, 자신의 강의실에서 그것을 제시하는 교수가 말하듯, "아마도 모든 사건들 가운데 가장 공동의 것인," 한 가지 법의 사건으로 우리에게 다가온다. 우리는 공포로 충격 받는지라, 이러한 사건들은 일상의 법적 경험의 진부한 술어로 토론될 수 있으며, 그것이 카버 하는 사회적 태도는 우리 시대의 가장 특별한 표현임에 틀림없다. "Campbell & Robinson, 331 참조).

법률 사건의 제시는 두 부분으로 나누어진다. 1. 첫째 【572.19-573.32】, HCE, ALP

의 사랑의 효과와 그들이 가정에 관한 자세한 서술. 이 진전의 국면에서 HCE는 Honuphrius로, ALP는 Anita로서 알려 진다.

호누프리우스는 모든 이에게 부정직한 제안을 하는 호색적인 퇴역 육군소장이다. 그는 페리시아, 유제니우스 및 제레미아스의 아버지이다, 둘 또는 셋의 형제 애인들과 부자연한 성교를 습관적으로 행사한 것으로 사료된다. 호누프리우스, 페리시아, 유제니우스 및 제레미아스는 최저까지 동일혈족이다. 호누프라우스는 아니타의 남편이다. 그는 자신의 노예인, 마우리티우스에게 교사하고, 아니타의 정조를 간청할 것을 고백했다. 마그라비우스의 종파분리의 아내인, 길리아는, 호누프리우스의 대변인으로서, 제레미우스에 의하여 타락된 부도덕한 인물인, 바나 바스에 의하여 은밀히 방문 받고 있는 터이다. 길리아는, 포페아, 아란치타, 크라라, 마리누짜, 인드라 및 이오디나와 함께 마출魔出하는지라.

【573】계속되는 주인공들의 성 변태 및 인간의 성적 무의식 그리고 인간의 사랑과 애모의 파편들.

Honuphrius는 신방에 들어 의무를 완수하기에 자신이 무능했을 때는 언제나, 39가지 작태들을 소유한 척하고 있는지라, (HCE가 무능할 때는 39가지 평계를 제공하는 바, 이는 영국 성당의 39가지 조항과 같다. 왜냐하면 그의 성직자(목사)는 빵과 포도주를 성변화 시키는데 무능하기 때문이다). Anita는 Honuphrius의 아내요, Jeremias, Eugenius 및 Felicia의 어머니이다. 그녀는 Honuphrius가 그의 친구(Magravius)로 하여금 그녀의 정조를 구걸하도록 지시했음을 고백했다고, 그녀의 시녀(Fortissa)에 의해 일러 받는다. 그녀 또한, Anita는 Magravius(Gilla)의 종파 분리적 아내가 Honuphrius에 의해 유혹 당했음을, 그리고 Jeremias에 의해 자신을 망친 Honuphrius의 옹호자(Barnabas)에 의해 방금 방문 받고 있음을 알고 있다.

Anita는 Jeremias와 Eugenius로부터 친족상간적 유혹을 발견한다. 그녀는 어떤 정교적正敎的 야만인(Sulla)으로부터의 박해와 더불어, 만일 그녀가 그에게 몸을 맡기거나, Honuphrius에게 결혼의 의무를 행사하지 않을 것인지, Magravius에 의해 위협받고 있었다. 그녀는 Magravius를 위해 Honuphrius에게 Felicia의 처녀성을 맡길 터이지만, 그의 결혼의 권리를 허락함으로써, 자신은 Jeremias와 Eugenius 간의 비난받을 행위를 야기하지 않을까 두려워한다. 그녀는, 자신의 신부(Michael)에 의해, 성당 파문의 고통 하에, Honuphrius에게 몸을 맡기는 것에서 면제 받는다. 4묘굴 자들(Gregorius, Leo, Vitellius 및 Macdugalus)은 그녀에게 그녀의 시녀를 통해 Honuphrius에 의한 강한 질책을 경고하고, Nonuphtius에게 굴복하도록 충고한다. 그들은 또한, 한 가지 경고로서, Honuphrius의 노예(Canicula)의 아내에게 야만인(Sulla)이 행사한 약탈 행위를 서술한다.

Sulla는 4묘굴자들을 위해 Fortissa를 주선할 것이다. Fortissa는 Honuphrius의 노예(Mauritus)에 의하여 불법 아이들을 갖고 있다. 신부인 Michael은 이전에 Anita와 더불어 이중의 희생을 감행해 왔던 터라, Eugenius를 유혹하기를 바란다.

사건은 다음의 이론가들에 의하여 개관되어 왔다.
Ware, D' Alton, Halliday, Gilbert, Wadding 및 D' Oyly Owens
문제. Honuphrius가 헤게모니(주도권)를 가지고, Anita를 굴복할 것인가?

[둘째. 법률 사건의 제시] 【573.33-576.9】 (Mark에 의한 사건의 역사 개관)
그러자 이 페이지의 마지막 단락에서 또 다른 이질적이요 직설적 서술이 뒤따르는데, 이는 HCE 부부의 경제적 상황을 그 내용으로 한다. 문체는 〈율리시스〉의 제12장 초두에서 "삽입"(interpolation)의 법률 과장 문체(legalese)와 비교 된다 (U 249 참조).

해전鮭典을 번역할 지니, 그대는 연어(魚)를 기를지라. 고 캐이프와 챠터튼의 소송 명으로. 이것은, 필경 우리의 제소법정提訴法廷에서 우산사雨傘史로부터 야기하는 모든 사건들 가운데서 가장 공통적인 것 일지로다.

【574】 (여기 사건의 둘째 부분, 그것의 재정적 상황의 음미는 대영제국 제도諸島에 있어서, 특히 헨리 8세[Hal Kilbride. 앞서 제8장의 빨래하는 여인들에 의하여 ALP의 초기 애인으로 거명된다]의 시기와 반反 개혁(Counter Reformation) 이래 기독교의 역사에 대한 개관으로 전개된다. 아일랜드의 가톨릭의 아내(이제 Ann Doyle로 불리거니와)는 Tangos 주식으로 알려진 (이 부분은 마

치 수표를 취급하듯 다루어지고 있다,) 대 회사(로마 가톨릭 성당)의 하급 파트너로 알려져 있다. 이 회사의 상급 파트너(Rome-Vienna-Madrid)는 (토론 하의 역사적 신기원에 따라) Brerfuchs, Breyfawkes, Brakeforth 및 Breakfast로서 다양하게 알려져 있고, 하급 파트너(아일랜드)는 Warren, Barren, Ann Doyle, Sparren 및 Wharem으로 다양하게 알려져 있다. 이제 Pango 주식으로 알려진, 경쟁 회사(영국 정교)가 형성된 듯한데, 그의 자금 수탁자(피신 탁인)인, 어떤 Jucundus Fecundus Xero Pecundus Coppercheap(HCE)라는 자가, 만기된 십일조(tithes) 때문에, Tangos의 하급 원을 고소한다. 지불은 Tongos 회사의 상급원에 의해 서면된 횡성수표(crossed check)로 이루어진다. 수표는 일종의 위조(dud)였고, 결코 양도된 바 없이, Pango 주주株主들 사이에 유통된다.

판사와 마찬가지로 배심원의 모든 구성원들은 Doyle에 의해 지명되고, 특별한 아일랜드 식으로 상호 의견이 맞지 않다. Ann Doyle이 몸소 배심원에 나타나, 자금의 영원한 수탁자인, 어떤 Monsignore라는 자와 재합병할 것을 제의 한다. 판사 Jeremy Doyler는 Pegigi가 Hal Kibride의 시대이래, 1개 시체에, 그리고 Ann은 앵글로-노르만 정복 이래 1개 노예에, 불과했다고 판결한다. 그런고로, 그녀는 자신이 감춘 곳에서 꺼낸 수표의 가치를 회복할 수 없다.

【575】 애란 가톨릭의 아내는 탄고즈 주식회사로서 알려진 로마 가톨릭의 하급회원으로 알려지고 있다. 이 회사의 상급회원은 Brerfuchs, Breyfawkes, Brakeforth 및 Breakfasy, 그리고 하급회원은 Warren, Barren, Ann Doyle, Sparrem 및 Wharrem으로 각각 다양하게 알려져 있다. 여기 법률가들과 정신분석자들이 HCE 가운家運의 성姓과 가제家財를 무의미하게 기록하고 있다.

"브랙포스 씨…날짜로부터 9개월…핑크 위리엄…윌 브랙파스트" (Mr Brakeforth… nine months from date…pinkwilliams…Will Breakfast)(즉, 다음날 아침 〈율리시스〉의 블룸은 침대에서 조반을 먹을지니). 여기 인유들은 약간 암난暗難한지라, "Will Breakfast" 는 분명히 Will Shakespeare이니, 왜냐하면 특히 조반(breakfast)과 조반 음식은 자주 셰익스피어 및 그의 표절과 연관되기 때문으로, 〈율리시스〉에서 블룸은 거듭해서 셰익스피어와 연관된다. 만일 Ann Doyle이 여기 페이지들에서 Ann Hathaway 이라면, 그럼 HCE는 셰익스피어요, 그리고 확실히, 【576】에서 HCE는 "mirrorminded" 로서 언급되고 있다. (《율리시스》의 도서관 장면에서 Mr Best는 셰익스피어가 콜리지가 부른 대로, "myriadminded" 임을 상기 시킨다)【U 168】.

〈율리시스〉는 스티븐, 멀리건, 헤인즈의 조반으로 시작하는데, 조이스는 조반이 시작하는 자신의 작품들을 그것으로 마감하기를 즐기는 듯하다.

【576】 이상 구절【572-576】에서 친족상간과 성도착의 놀라운 폭로의 순간에 이어, 장면은 본래로 되돌아간다【572.18】.

HCE와 ALP는 그들의 잠자는 아들을 방문한 뒤, 아래층으로 내려간다. ALP의 자장가의 단편이 이어진다.

   ─ 저 애는 잠 속에서 탄식했나니.
   ─ 우리 뒤돌아 갈지라.
   ─ 그가 선각先覺하지 않도록.
   ─ 우리 스스로 숨을지라.

   꿈의 나래가, 공포로부터 나의 작은 꼬마 마네킹을 숨기는 동안, 나의 커다란 남중 남男中男(manomen)을 지킬지라.
   ─ 침대에로.

4복음자의 한 사람(마크)의 HCE 가문을 위한 기다란 기도 형식의 축복이 침대 속의 그들의 평화를 위해 하느님께 기도된다【576.18-577.35】.

HCE는 시굴자, 거인건축자로서, "우리의 최초의 양친들, 우리의 아담과 이브에게 손을 빌리소서. 이 남자를 찌르고 이 여자를 유타하고, 모든 원인들 중의원인. 알파와 오메가, 은총의 원천이여, 우리의 강제지불세强制支拂稅를 도우소서. 우리는 그대에게 간원하는지라, 그이와 그의 아내. 그들의 야경봉사의 사다리층계 아래로 그리고 일광분출시에 최하층 군족단의 자신들의 의붓자식들과 함께 그들을 나르나니, 그들의 미로와 그들의 오아시스를 통하여 그들을 안내하고, 그들의 이름이 무수한 모든 방랑자들로부터 그들을 울타리 두르며, 분실로부터 그들을 구하소서. 그들이 그대에게 자신들의 의무를 수행하는 한…."

특히, 이 구절에서 HCE는, 앞서 지적한 대로, "백만경심百萬鏡心의 호락심好樂心"(mirrorminded curiositease)으로서 타당하게도 서술되는데, 조이스는 셰익스피어를 여기 거울과 연관시킨다. 〈율리시스〉의 '키르케' 환각 장면에서 스티븐과 블룸은 거울 속을 함께 들어다 보자, 셰익스피어의 얼굴을 보는 동안, Lynch는 논평 한다. "자연을 비치는 거울;"【U 463】햄릿은 작중 극에서 배우들에게 드라마의 목적은 "사실상, 자연을 거울에 비추는 것"(III.1i.20)이라 충고한다.

【577】Mark의 HCE 내외를 위한 계속되는 기도. 그대가 그들의 "피커딜리"를 용서하듯, 그들의 중죄를 용서하라. 그들이 행복을 누리시라. "그가 그녀를 비명 지르도록, 그녀가 그를 비결하도록, 한 삶이 와서 그들을 찌푸리도록, 그들이 손실을 되찾도록…그들이 인생의 여하한 길을 따르든, Mandalay에로의 한길, Edinburgh의 Arthur's Seat에로의 한길, den Linden 밑으로, 런던의 Cheapside, 과거에도 그랬듯이, 지금도 평안하기를! 잃는 것을 되찾도록. 고로 그들이 이전처럼 침대에서 결합하도록 그리고 이곳저곳에서 다시 행하게 하사…"

특히, 여기 "흠정감독교수欽定監督敎授와 은막인형銀幕人形의 필림 스타 베데트, 그의 요구의 변명(peg of his claim)과 그녀의 마음의 자만"(Regies Producer with screendoll Vedette, peg of his claim and pride of her heart)이란 구절은 필경 셰익스피어의 배우들인 Peg Woffington 및 Thomas Sheridan에 관한 또 다른 언급이다. 재삼, 현재의 문맥은 Woffington과 Sheridan이 애인들임을 암시한다. 이 구절은 HCE와 ALP가 침대속에서 멋진 성교를 가질 수 있도록 하는 취침시의 기도 내에서 일어난다. Thomas Sheridan은 더블린의 Smock Alley Theatre의 지배인이요, Peg Woffinton은 그의 스타들 중의 하나였다. 이리하여, "Regias Produce with sereendoll Vedette"의 필름 스타 베데트인, 그녀는 그의 "요구의 말뚝"(peg of claim이요, 그는 "그녀의 마음의 자만"이다. 또한 Peg O'My Heart는 J.H. Manner 작의 연극의 타이틀이요, 여주인공이라고, Glasheen 교수는 주장한다. (Glasheen, 228).

【577.36】그러자 복음자들은 어떤 움직임을 의식하고, 그걸 보기 위해 기도를 멈춘

다. 그것은 다름 아닌 나무들 사이 속삭이는 바람 소리일 뿐. "가만! 누가 움직였나? 그건 단지…"(Stop! Did a stir?…It's only…).

【578】 (소리는) 바깥 길 위의 바람인지라, 모든 정강이를 코고는 잠에서 깨우기 위해 서로다.

(전도자 마가(4복음자 중 두 번째)의 계속되는 긴 독백)【578.3-580.22】

"그러나. 도신체都神體, 이 주교관남인 그자(HCE)는 누구인고?…(But. Oom Godd his villen, who will he be…).

"그리하여 그이 곁의 소체小體는 누구인고?"(And who is the bodikin by him, sir?) 그녀가 램프를 움직이고 있는 모양을 봐요. 여기 ALP는 앞서 "아나 리비아 Plurabelle"장 에서처럼 온통 강으로 묘사 된다. "아무렴, 저건 소건掃乾 나이 많은 마님이도다! 글 쎄, 글쎄(우물), 글쎄아주멋진! 다뉴브 강江 날씨! 알데 강江 끈질기게도! 숫공작孔雀처 럼 뽐내는 그녀의 반절남편半折男便과 함께, 알바나 강江 온통향유香油되어, 그리고 그 녀의 트로트백 강구江口에 떨리는 입술, 자장자장자장가."

(이어 그들의 인생 여로에 대한 서술) "어느 도로를 그들은 가고 있는고?…그들은 다이아 몬드 여행에서 되돌아오는지라…"(Which route are they going? …They're coming terug their diamond wedding tour…).【578, 29-33】

【579】 "아래로, 올라간 길, 통행세로 밑으로 그리고 무대의 칸막이 막을 누비듯 지 나며, 성堲발판을 피하며 그리고 미끄럼판에 미끄러지며, 양딱총나무 암자에서부터 라 피레까지, 등 시계를 바로 잡으며, 연인식으로."

(그리고 마크의 두 내외의 생활 슬로건에 대한 묘사) "냉온수 그리고 정기장치, 서비스 및 라 운지 및 유보장 무료개방과 함께. 저 〈성경〉을 쇄신할지라. 기적을 요범하지 말지라. 청구서를 연기하지 말지라. 부를 나누며 행복을 결판낼지라. 나의 시간은 직접 통에 서 따르나니. 그대 자신의 시간을 병에 넣을지라. 그대의 런치에 기댈지라. 나의 앞에 무설신無雪神. 코를 통하여 수입할지라. 신앙 홀로 만으로. 나의 조표(潮表)로부터 (롯) 다식할지라. 집게벌레의 능처(能妻)로 하여금 그대에게 댄스를 가르치게 할지라."

신이여 그들을 구하소서. "방금 법률 주께서 그들을 후원하사 그리하여 그들의 추락을 안이 하게 하옵소서!" (Now their laws assist them and ease their fall!)

【579.27-580.22】(이어 HCE 내외의 황량했던 지난날에 대한 묘사) (그들이 살았던 인생은 소란스러웠나니). "왠고하니 그들은 만나고 짝 직고 잠자리하고 쫌쇠를 채우고 얻고 주고 박차며 일어나고 몸을 일으키고 …그리고 우리의 영혼을 저당 잡히고 우리에게 그들의 질병을 유증하고 절뚝발이 문을 다시 버티고…한 온구애 받은 여인이 문질러 빼는 동안 일곱 자매들을 남식하면서, 첫날의 교훈을 결코 배우지 않고…적의 새끼 보금자리를 깃털로 덮고 그들 자신의 것을 더럽히고…"

【580】HCE 내외는 지금까지 인생의 분방奔放함을 경험했었다. 이제 그들은 잠자리에 눕게 되고, 상냥한 이졸테-ALP가 HCE로 하여금 다시 짝짓도록 간원 한다. 그들은 자신들의 죽음의 위기일발 시에 청산에서 도망하고 인구 과밀 지역에 책임을 지고…그리고 이직離職을 이직하고 속행을 속행하고 … 자신들의 고객에 의하여 외상받고 장대 발치에서 먼지를 썼었나니. 그들을 내버려 둘지라! 그녀는 손에 등불을, 키자루를 높이, 면혹처眠或處의 수풀을 암통 깩꿍 야옹 놀이하며, 마침내 그가 일부서를 닫고, 그녀는 자신의 여행 작별을 노래하는지라 그리고 상냥한 이사드 이수트가, 야엽의 치레 말로 속삭이면서, 피네간에게, 다시 죄 짓도록 그리고 험상궂은 할멈으로 하여금 훼르릉 거리도록, 한편 날이 새는 최초의 희색 희광이 그들의 싸움을 조롱하려고 은색으로 희도 하도다. "여명이여 핀을 재차 죄짓게 하소서!" (to Finnegan, to sin again) 상냥한 이슐트는 속삭이나니【580.19-20】.

【580.23】HCE 내외의 계단 발치 접근─고원의 죄의 전파) 그들은 계단의 기점에 가까웠는지라, 저 커다란 무형의 판매허가 포도주 양조인 HCE, 그리고 자신의 마음 넉넉한 청수 같은 삐약 삐약거리는 동반자 ALP. HCE는 Cad를 피닉스 공원에서 만났고, 캐드는 HCE의 공원의 사건을 자기 아내에게 말하고, 이를 그녀는 신부에게 누설하자, 신부는 그걸 퍼트리고 마침내 Treacle Tom과 Frisky Shorty의 귀를 메우자, 후자는 잠결에 Cloran과 O' Donnell과 뜨내기 악사 Hosty에게 중얼댔는지라, 후자는 렌(rann) 가歌에 운을 달고, 그러자 이는 그 지방의 사방에 맴돌고, 호주머니를 날치기하고 음탕한 청취자들의 갈빗대를 간질이고, 그리하여 Hosty가 제작한 민요를 그

는 삿도다.bought the ballad that Hosty made)… (이상 〈피네간의 경야〉 제2장의 주된 내용의 반복).

【581 1-3】 (주점의 많은 자들은 HCE를 악명으로 불렀는지라). "여하튼…그들은 자신들의 조소분개집회에서 그를 나쁜 이름들로 부르지 않았던고, 격렬숙원의 복수 병원체전염식 일제사격으로, 침입탈자 및 외래상륙자로…영명적 족장이라고? 그를 결코 방귀만도 못하다니…"

【581.15】 "그들, 우리의 무소한 상거래 인들은, 관습적으로 HCE를 염오하지 않았던고"…(se they not, our nosesmall termtraders, to abhors offrom him…)… 저 아직 무성회춘의 우뢰우자, 당시 긴장완화하고 있는 피남 사나이를, 그들 모두 4복음자들 마태 마가누가요한 및 당나귀가 그를 보아왔는지라. 셋. 둘. 그리고 단신화를, 아아 저런! 더 이상 그에 관해 말하지 말라! 나(마크)는 미안하다! 나는 보았나니. 미안! 나는 보았다!(I' m sorry to sat I saw!)"

(화자의 철학적 사고, HCE 내외는 이제 순종적)

여하간에 우리 사이에 또한 또 다른 자가 가呵하지 않은가? 그들 HCE 내외는 저 구타자와 같은 또 다른 타자 그러나 아주 이런 피차자가 아닌 그리고 한층 그러나 전혀 자기 동일자가 아닌 그리고 그러나 여전일자 만사 언제나 그러함에도 불구하고, 약간의 차이와 함께, 항시 수정할 수 있도록 만들어지지 않았던고?

(HCE, 그는 Hosty의 민요와, Finn의 주점으로부터 집으로 돌아가고 있는 12고객들의 농담으로, 비방받아 왔었으리라. 하지만 그는 Jack가 세운 Jack의 집의 건축자처럼 위대하도다. HCE가 없었던들 "사방깡통 얼간이 남(HCE)"과 더불어 도시들은 없을 것이라. 확실히, 사나이는 "각벽의 방귀" ―Cornwall의 마크 왕에 대한 방귀―보다 한층 값지도다).

HCE는 그가 지지支持한 아이들이 그를 전복하려는 것을 알도다. 여하간, 그는 아이들을 가져야 하는지라. 전형적 가족은 아이들을 가져야 하기에, 그렇잖으면, 인류의 역사는 정지하리라【582.2-4,13】.

【582-90】 누가의 견해. 조화의 제3자세. 새벽의 수탉의 울음으로 실패한 HCE 내

외의 성교

일치(Concord)【582.28-590.22】: 라인스터의 누가(동쪽으로부터의 견해)

HCE와 ALP는 그러자 침대의 머리로부터 개관되는, 사랑의 행위를 시도한다. HCE는 거대하게 진격하는지라—사실상, 그의 혈압을 가지고 누군가를 위해 너무나 원기 있게 멀리 떨어져 있다. 그의 얼굴은 검붉고, 그의 이마는 땀으로 열습熱濕하며, 그는 가인의 표적 같은 어떤 것, 이마위의 붉은 소인燒印을 딴다【582.28-36】. ALP와 HCE가 침대에 나란히 누워있고, HCE는 대륙열차의 침대 격,

혹은 그를 이제 드러낼지라, 제발! 더그(협호峽湖)의 붉은 얼굴이 틀림없이 패틀릭의 연옥煉獄하게 할지니.[318] 저속수법低俗手法, 자신의 고둔부高臀部의 웅피야복熊皮夜服에! 일치一致의 제삼 자세! 전방에서부터 멋진 볼거리. 시도미음계音階(HCE).[319] 여성이 불완전하게 남성을 은폐하고. 그의 이마 각인刻印 적점赤點.[320] [발기 음경] 여인은 미끼나니! [섹스는 지형] 저것(토르 뇌신)이 달키킹즈타운블랙록(우둔열쇠임금마을검은바위)웨곤선線(사관관私判官들이여, 여기서 루터스타운[321]를 향해 갈아탈지라! 단성單聖로마인人들만, 그대의 자리를 지킬지라!)

【582.1-13】 아래 구절에서 HCE와 ALP의 실질적 섹스의 교접은 i) 천체의 움직임 ii) 크리켓 놀이 iii) 성적 조합 iv) 지리적 & 지지적 제도 v) 경마 vi) 암탉 위의 수탉 (cock on a hen) vi) 양초 심지의 탐

[섹스는 천체天體], 그[HCE]의 바지(衣)적교(吊橋)가 아기누더기 쪽으로 바람 불 때, 그의 폐선廢船이 역풍逆風에 의하여 그녀[ALP]의 궤도 위에 직립한 채, 그리하여 그의 주피터노가주목(木) 방주성채方舟城砦[322]의 부풀음이 작동하자, 나[화자]는 그의 군함제軍艦臍(배꼽)를 보는 도다. 초라하고 작은 외대박이 삼각돛배, 그녀의 이빨이 딱딱 맞부딪쳐 소리 내고 있나니, 그녀는 협문해협夾門海峽에 들어서고, 그녀는 웅우환목雄牛丸木을 건디는 도다! [섹스의 화합] 그녀의 능글맞은 억지웃음이 그녀의 하두구河頭丘를 향하여 뒤에서 견연見煙하고 있는지라. 그녀의 실내모室內帽의 괴상하고 빠른 비틂에

의하여 그리고 그녀의 시프트 드레스의 마구 들어올림 및 발걸음 걷는 문속보門速步의 비율, 한번에 두 번의 물사物思, 그녀의 향촌을 나는 자랑하는 도다. 들판은 아래에 있고, 경기는 그들 자신의 것이라. 큰 돛배 선원이 그의 수사슴의 갈색 몽자마夢雌馬를 타고 의기충천. 대도통굴자大盜痛掘者 그의 소백합탕녀小百合蕩女.[323] [섹스는 경마] 1대1 바 1! 딸은, 호, 호,[324] 평화 속에, 평화 속에 잠자는 도다. 그리고 능직쌍자綾織双子들은, 배지참자杯持參者, 거원巨園,[325] 몸을 빠른 트로트 및 트로트로 뒤치는지라. 그러나 늙은 쌍정애인双情愛人[326]은 갤럽, 갤럽 느리나니. 여울두목頭目과 포스퍼 혜성彗星.[327] 1대1 속績!

【583.29-30】 HCE와 ALP의 육체적 관계의 위치는 여전히 토론이 주제다. HCE는 ALP를 뒤에서부터 포옹하고 있는지라, 한편 그의 노력 속에 충진衝盡하나니, 즉, ALP는 뒤집히고, 부동의 처녀를 닮았다. 다시 말해, 그녀는 저들 무서운 갈래인, HCE의 양팔에 의해 그녀의 엉덩이를 공중에 아래에서부터 붙들고 있는지라 【584.18-19】.

ALP는 그녀 자신 스스로 즐기고 있다. 그녀는 자신의 배를 파도치며 진흙 속의 낡은 막대(old-stick-in-mud)(남편)를 비웃는지라【583.26-27】. 그것은 그의 지독히도 낡은 페니스【583-31】이다. 그녀는 그를 핥고, 만사가 진행되도록 그의 공환을 간질이고 있다【584.3-4】. 그녀는 "둘을 위한 차"(Tea for Two)의 번안을 노래한다【584.10-11】. ─차는 분명히 그녀를 위해 강한 성적 의미를 갖거니와─그녀가 늙은이인, Magraw를 사랑함을, 그리고 Magraw가 그녀에게 사랑을 행하고 있음을, 말함으로써, HCE를 조롱한다. 이는 그녀가 진짜로 Magraw를 무시할 때, 전략적 목적을 위해서 만이 이루어진 확약이다. 분명히 전략은 성공하는지라 왜냐하면 HCE는 보다 큰 노력으로 찔려, ALP가 그를 경고하는 범위까지 그는 콘돔을 태우자, 그녀는 임신하리라【584.11-14】.

【582】 하지만 HCE는 둔생부臀生父로다. (Yet he begottom). (섹스에 대한 감사)
그리하여 우리는 실험인 HCE에게 감사합시다. "그런고로, 잡아 찢는(괴로운) 세월이여, 전후전도장미의 다감사의 색출투표를 당장 제의하도록 할지라, 여태 자신의 최

선의 손을 우연위기에 맡기고 최고장의 감언 설득하는 실험 인에게…" 우리가 자신의 부父인 HCE에 관해 뭐라 말하든, 그는 우리를 낳고, 이러한 봉사로서 감사의 투표를 받아야 마땅하도다. 3색 ("황달 너머 노균병균 위의 푸른곰팡이병病")을 더블린 위로 물결치게 하라, 수치 솀, 협잡 햄 및 이익 야벳, 그들의 자손들이—노아의 아들들과 3군인들과 마찬가지로—매하 사나이를 칭송하는 동안. 그의 아내는 우리의 칭찬을 나누어야 하는지라.

우리는 좋아하든 안 하든 양친을 받아들여야만 하도다. 그들은 우리에게 브루노나 비코의 법처럼 필요하는지라. 그러니 원기를 돋우고 노래합시다. "그런고로 옛날 즐거움 있었대요…그의 쾌심한 납땜꺽쇠…" 소심감미小心甘味의, 안나가 휴식하는 동안, 족장 챔피언, 험프리가 자신의 것(요새)을 지키는지라.

(누가가 정면에서 "일치의 제3자세"(third position of concord를 염탐하다.)(그들의 성교 장면) 정면 볼거리가 서술된다. 그렇게 개관된 채, 여인은 분명히 남자 위에 앉아서, 그를 약간 가린다. [여기 섹스는 분명히 지리적] Kingstown과 Dalkey의 기차 선과 경마의 은유. "그를 이제 드러낼지라, 제발!…저속수법, 자신의 고둔부의 용피야복에… 멋진 볼거리….달키킹즈타운블랙록웨곤라인…(여기 성행위의 묘사가 마차행렬 또는 밤 기차의 기적, 마치 《율리시스》의 몰리 블룸의 독백에서처럼). "프르시이이이이프로오오오옹"[freeeeeeeeefrong train]【U 621])으로 묘사된다. "그는 자신의 별장의 확장을 위하여 왕도를 구획하고 있도다! 방금 운동타성중의 그를 지켜볼지니!"(Gaze at him now in momentum!)【582. 36】

【583】 (그리고 HCE의 남근에 대한 묘사) "…그녀의 궤도 위에 직립한 채(the lee of his hulk upright on her orbits), 그리하여 그의 노가주목 방주성채의 들어올림이 작동하자, 그의 군합제軍艦臍(배꼽)를 나는 보는 도다. 초라하고 작은 외대박이 산가돛배가…(이 구절에서 "궤도," "노가주목," "군함" 등, 성기의 이미지들이 도열하고 있다. HCE 내외의 성교 행위가 진행하는 동안 3층의 쌍둥이와 이씨는 평화 속에 잠들어 있다.)

【583.14】 요정위성(등불)이여!(Anna는 그녀의 등불이 되고, HCE에게 이제 등 심지는 "그녀 속에 박힌 초심지"가 된다.) 사랑은 일종의 게임, 크리켓과 같은 것, 그러나 "한층 빨리, 한층 빨리." "큰 돛배 선원이 그의 수사슴의 갈색 몽자마夢雌馬를 타고 의기충천. 대도통굴

자大盜痛掘者와 그의 소백합탕녀小百合蕩女." 바깥 거리의 야경 시커센이 창가리에 비친 이들 성교 장면의 그림자를 목격한다 (마치 〈율리시스〉 제17장에서 블룸과 스티븐이 쳐다보는 창에 비친 몰리의 그림자를 목격하듯)【U 576】.

페르시아 덧문이 이토록 그림자를 던지다니! 거리의 저 사나이가 다가오는 사건을 볼 수 있을지라… HCE는 "강탈자."

시간은 아침 6시 반이다. (At half past quick in the morning) 킥킥(축축蹴蹴)의 시간. "그녀는 차며 웃음 짓지 않을 수 없었도다…야수좌익野手左翼 야수우익, 마치 꿋꿋한 킹월로우(강타자)의 방망이처럼…" 여기 HCE는, "머리에서 발까지 밀랍 칠한 채(waxened capapee)"인 바, (더블린은 적어도 한 가지 신교도적 및 불가지론의 처방을 가졌음에 틀림없다.) "cap-a-pe"로 무장한, 부왕 햄릿의 유령(I.ii.200)으로 암시된다. 비평가 Tindall 교수는, 문맥에서, 그러나 "waxened capapee"는 HCE-Porter가 그의 아내와 침대에서 사용하고 있는 콘돔(ringsend as prevenient)에 대한 언급일 것이라 지적한다. 아나는 그녀의 램프가 되고, 이어위커에게, 이제 램프심지는, "그녀-속에- 초 심지"(wick-in her)를 갖는다는 것. (Tindall 294). 오히려, Cheng 교수에 의하면, 이 언급은 아마도 "armor" 및 "aries cap-a-pe"에 관한 것일지라, 그 이유는, Margaret Solomon이 지적하듯, "armor"는 condom에 대한 18세기 완곡어법이요, 〈율리시스〉의 〈키르케〉 장에서 스티븐이 "병사 콤턴"(Private Compton)에게 스위프트의 경구를 잘못 인용할 때 그에 의해 그렇게 간주되었기 때문이다(Cheng 186). "스티븐. 스위프트 박사가 가로되, 갑옷 입은 한 사람이 셔츠 입은 열 사람을 때려눕힌 다잖아"(Stephen. Doctor Swift says one man in armour will beat ten men in their shirts)【480】.

【584】 크리켓 같은 섹스 행위의 계속된 서술. "자신의 구성상영어로 사나이를 혀 끝 음정조정하면서, 윤활을 위한 삼주문 위의 가로장의 일타와 함께, 자신이 한층 빨리…내게는 2 대 3으로 족할지니 그리하여 그대에게 그 남자 및 당신에게 그 여자. 태평할지라, 왜냐하면 그는 피곤하여 던롭 고무타이어 콘돔(피임구)을 찢거나 자신의 바보젖통아기 만들기 짓을 하면서…그녀의 형벌의 생리대가 여성의 권리에 의하여 있어야만 하는 그녀의 주름음문과 함께…" (이러한 성행위를 방해하는 것은 이때 울려오는 수탉의 새벽 울음소리) "그녀를 밟아 으깨며, 그러자 그때, 보라, 도란(새벽)의 수탉 괴막 속의 암

닭이 꼬꼬 소리로 그 짓을 웃어넘기기 시작했는지라, 예이, 예이, 네이, 네이." 아침의 수탉은 성공을 선언하며, 새벽을 울부짖는다.

꼬꼬댁꼭꼬!(Cocorico!)

4복음자들은 이러한 섹스의 전시에 감사한다. "우리는 여기 함께 안전하게 결합 된 이래 그들과 그들의 호의에 대하여 청취자의 감사를 기꺼이 환원하는지라." 공내보자空內報者(티파래리)(Tubernacul) (HCE)는 Anne에게 그녀를 향한 자신의 행동에 개별적으로 감사한다. 다정한 내보숙녀의 초상에 대한 독점돈화게재권(exclusive pigtorial of herehear)【584. 36-585.01】을 위해 그들 양자를 위해 감사한다….

사랑의 위대한 행위를 끝내기 위해. 수탉은 울기 시작한다. 그것은 우주적 새벽 꼬끼오(cockcrow)로서, T.S. 엘리엇(Eliot)의 "꼬끼오"에 뭔가를 빚지고 있다. 그것은 또한 D.H. 로렌스의 1929년의 장면인, "죽은 사람"(The Man To Die)에서 꼬끼오에 문가를 빚지는지라, "도피한 수탉"(The Escaped Cock)으로 처음 출판되었거니와, 이는 십자가 형 당하고 부활한 그리스도의 발기와 꼬끼오의 증거로서, 육체적 부활을 축하한다.

여기 조이스의 꼬끼오는 "kikkery key"에로 건립하는 "kik"와 유사한 22개의 단순한 음절로서 최초 그것 자체가, 성적 연합인 "Echolo chore choroh choree xhoico!"의 음절과 결합하면서, 전체 우주를 몇 번인가 회전하는 거인적 메아리로 출현한다【585.3】.

꼬끼 꼬깨 꼬끼 꼬끼 꼬끼오! 어떻게 내게 오 나의 그대 어떻게 내가 그대에게 감이 오? 겸손한 촉광양燭光孃(램프)과 말끔한 매트리스(침대요) 군君에게 더 한층 감사를 그런데 그들은 명예의 처녀로서 그리고, 마찬가지로, 혼례 옷자락 드는 긴장자로서 각기 자신들의 축봉사祝奉仕를 상냥하게도 이롭게 했는지라.

【585】HCE 내외의 성 관찰에 대한 그들의 감사가 신문에 실리리라. "그리하여 전 우주를 둘러싼 족히 촤광역의 발행 부수를 지닌 넵춘즈 센티넬 및 트리톤빌 야광 올빼미지의 다음 영겁 호(next eon' s issue of the Neptune' s Centinel and Tritonville)에 실릴지로다." 섹스의 종말에 대한 이별. 한편 더블린의 새벽이 늦잠꾸러기를 깨울지니. HCE

내외는 쌍이 되어 자리에 누워있다. "험퍼(등 혹)펠트와 안스스카(혈맥결), …관상기관 문합 속에 방금 영구히 혼결했는지라…" 이제 그들은 머지않아 헤어져야 한다. HCE 는 책상보와 촛불을 치우고, 타인을 괴롭히지 않고, 물러날지라. 꼬꾀 꼬깨 꼬꾀 꼬꾀 꼬꾀오! 겸손한 촉광 (램프) 양과 말끔한 매트리스(침대요) 군, 인내의 링센드(콘돔), 그 리고 최초에 사랑의 번갯불에 길을 알린 천둥에게 역시 감사하도다. 올지라, 그대 제 발, 그녀를 상냥하게 동정할지라, 한편 얼룩회색의 새벽이 근접하고 있도다. 말사스 (Malthus)(Malthus)(영국의 저치 경제학자, 1766-1834)가 두려워했던 인구 증가는 선행적이 요, 파견가능하게도 보충가능한지라, 이를 위해 그리고 파트너를 위해 감사. "축배 다 감사(chinchin dankyshin)…다자비여, 적중!" (조이스는 〈율리시스〉의 신과 병원 장면 말에서 생식 없는 교접(copulation without population)을 자극하는 오나니즘과 피임을 해학적으로 조롱 한다. 그리고 인구 증가가 모든 경제를 곤경에 빠뜨린다는 Malthus 주의자를 지옥으 로 함몰시킨다. "맬서스주의자들을 지옥에 떨어지게 해요" (all Malthusiasts go hang)【U 345 참조】.

(교접은 종결된다) 아난스카(Anunska)(혈맥결血脈結(Anastomosis)(두 혈관의 연결). 오. 그래 요! 오 그래! 그대의 멤버를 철회할지라! 종지. 이제, 냄비를 올려놓았는지라, 우리는 한 잔의 차를 기대하도다. 그대의 냄비를 자물쇠 채울지라! 애니여, 그대의 초 심지를 프랑스어 끌지라! 식탁보를 걷어치울지라! 그대 결코 차를 끓이지 않는도다!" (Tindall 에 의하면 차는, 요尿와 함께, 창조의 상징, "차를 끓이는 실패" (wet the tea)는 앞서 구절 "내게는 2 대 3으로 족할지니… 그대에게 그 남자 및 당신에게 그 여자" (Three for two…he for thee and she for you)(결혼축가)【584.10-11】에서 소개된다.) (이 구절은 누구의 것이든, Ann의 것이든, HCE의 애인으로서의 실패를 의미한다.)

　　HCE와 ALP가 성적 오르가즘에 도달한 후에, 성 행위는 끝나고, 그것은 법률 용어 로 서술되거니와, 이리하여, 일이 끝나자, 법정은 "개문포기" (그리고 ALP의 성적 침소는 문이 닫힌다)로 서 있다. 따라서 "O yes!"는, 재차, 법정에서 사용되는, "Oyez!, Oyez!" (또는 "hear-hear"), 다른 말로," 경청! 경청!(List! List!)이다. 나아가, "O yes!"는 〈율리시 스〉의 제13장의 거티의 성적 클라이맥스와 책의 종말에서 몰리의 성적 긍정의 기쁨 을 대변한다. (U 300, 644).

【585.34】(호텔의 고객들이 지켜야 할 법칙들). 정숙. 4대가들은 이제 방해하지 말고 물러가야 한다. 그대의 이웃을 괴롭히지 말라, 왜냐하면 "타인들도 그대처럼 자신들이 지쳐 있기에."

성적 행위는 활기찬 것이었으나, 수 다스의 크리켓 용어들 마냥 (트리스탄과 이솔드의 프랑스식 키스를 동반하는 풋볼 전문어처럼), 그것은 온통 경기의 일부이다. 사실상, 섹스 해위는 한 행위, 경기의 일부분 것이다. 아무튼 이것은 ALP의 단언의 궁극적 의미인지라, "그대는 결코 차를 끊이지 못해요"(You never wet the tea). T. S. 엘리엇은 〈황무지〉의 "장기 놀이"에서 만족스런 섹스의 냉소적 분석에서 조이스를 예상했다. Lorenz Hart[328]는, 리처드 로저스의 노래를 위한 후기 서정시에서, "문장紋章을 수행하는 희미한 향기"(the faint aroma of performing seals)라는 그의 구절애서 자기-만족스런 애인들의 같은 슬픈 현상에 대해 언급한다.

아무튼, ALP는 그에게 그의 멤버를 철회하도록 말하는지라, 아마도 슬프게, 그는 차를 끊이지 않는다【285.26,31】. 그녀는 그가 콘돔 내에 사출하는 것을 느끼지 않거나, 혹은 아마도 콘돔이 임신을 막은, 〈피네간의 경야〉에서 성적 행위를 성공하지 못한 것은 사랑이 귀중한 행위가 아닌 것과 같다. 이 침실의 장면이 조이스의 작품들에서 나이 많은 부부사이의 만족스런 성적 접촉이 결코 아니다니, 하지만 또 다른 장면이다. 첫째 장면은 〈더블린 사람들〉의 "죽은 사람들"의 그레샘 호텔의 장면으로서, 거기서 게브리얼은 파티에서 그의 허울 좋은 성공에 의해 불탄 채, 그의 아내에게 사랑을 행한다. 아마도 이것은 수년 동안 최초의, 충동이다. 둘째는 〈율리시스〉에서, 엉덩이의 키스 장면으로, 그것은 몰리를 심각하게 괴롭힌다. 세 번째 침실 장면은, 〈피네간의 경야〉에서 이 하나로, 분명히 첫 두개의 것만큼 바로 불만스럽다.

보다 옛 세대는 그들의 성적 모험에서 실패했는지라, 길은 새 세대를 위해 본명하다. 그리고 작중의 커다란 클라이맥스를 위해, 새벽에 성숙한 손은 〈피네간의 경야〉에서 사랑의 단지 성공적 행위에서 남근사적 셈을 조이스는 아퀴너스가 사랑이 어떤 그 밖의 사람의 행복에로 비이기적으로 행할 때만이 참된 사랑이라고 정의 한 것을 알았다. 진실로 사랑의 행위를 위하여, 그 속에 자기만족의 암시가 있어서는 안 된다.

스티븐이 〈율리시스〉에서 생각하듯, "아모르 베로 알리뀌드 알리뀌 보눔 불뜨 운데
에뜨 에아 꿰 꼰뀌뻬스치무스(사랑은 진실로 각자에게 다른 선[善]을 원하건만 사람들은 그 안에서
육욕을 채우도다)【U 161】.

체프리조드의 침실로 되돌아 가, 얼룩 잎-회색 새벽이 다가온다. 인지(認知)는 사랑
의 시도된 행위에서 조수들에게 부여되는지라―매트리스, 램프, 그리고 콘돔【585.5-
14】―그리고 HCE는 잠자기 위해 되돌아간다585.31-33). 사실상, HCE는 작품의 나머
지 동안 잠잔다. 그것은 IV부에서 솟아오른 태양(sun)으로서 솟는 그의 아들son)이다.

순경인, 색커슨은 포터의 주거 바깥 거리에서 배회하고 있었는지라, 그는 소유자
들을 이제 견책한다【585.34-586.18】. 그들의 연애는 너무나 고성적(高聲的)이었고, 사
람들은 잠자려고 애쓰고 있다! 그들은 가정에 살고 있는지라, 창가唱家가 아니다!

【586】 (계속되는 HCE 주점의 지켜야 할 수칙과 예절) "큰 파이프 흡연, 침 뱉기, 주장 잡
담…. 화상 앞 또는 밖에서 방수 금지…" 하녀 모우드 강(the maudlin river)는 모든 허드
렛일을 하는 자신의 가슴 친구에게 마구 지껄여대는지라. 그러자 소문은 강으로, 세
탁부들에로 가고, 마침내 더블린의 모든 이가 알게 되도다. 여기는 가부락이지 창가
가 아니도다.(Here is a homelet not a hothel.)【586.18】.

성교 후의 만사는 이제 조용하다. "모든 것이 사실상 바로 옛 장소에서 언제나 그
랬듯이 모두 예처럼 이내 정돈되었는지라."【586.21】

엿보는 시켜센의 존재가 일련의 보고를 시작한다. 그의 목요일은 휴무, 그는 자신
의 급료를 모금하기 위하여 우물쩍거리고 있다. "여기 근처의 경계구를 뒤지며 돌아
다니자면 모든 숲의 건조전과 은백천파전을 총집하려고…" 바깥에서 감시하며 기다
리는 바람 소리, 만일 그가 평화롭게 자신의 구두를 도로 위에 멈춘다면, 그는 단지
방랑수의 소리만 들었으리니. 그것은 그에게 햄과 생간生肝리비아(livery)에 관한 모든
것을 말하며, 그를 머물도록 초대하리라. 창문에는 등불이 꺼졌다.

【587】 시커센(Seekersenn)(거리의 순경)은 단지 나무들 사이의 바람 소리 만을 들었으
리라 "…그들 나무 사이 연풍을 신애 할지라" (Loab at cod then herrin or wind thin mong
them treen).

【587.03】 (목격자들의 증언) 3복음자들(누가 제외)은 아지랑이를 통하여 그들이 본 것을 토로한다. "히쉬! 그와 함께 우리가 본 것은 단지 우리의 아지랑이뿐," 여기 "히쉬!" (Hiss!)는 잇따르는 "Sish, Briss, Phiss, Treiss, Trem, Tiss" 【587.3-588.35】와 함께 바람소리들이다. 그들 3인은 이제 Jimmy d' Arcy, Fred Watkins, Black Atkins 로 불린다. 그들이 진술한 바, 자신들의 나쁜 시야에도 불구하고 염탐한 상대는 바로 그 자(HCE)인지라, 그는 바지를 벗고 있었도다. 그들이 테디 애일즈(Teddy Ales)의 케 암부라자 엄주 주점에서 아늑하게 자리하고 있는 동안, 해적 같은 HCE가 그의 캐드 불리 익살초콜릿이 든 멋진 우드 바인 궐련 담배를 그들에게 선사했도다. 그는 당시 맥주거품을 불면서, 그의 긴 인생의 힘과 소잔 배를 우리의 만성 왕에게 건배했나니. 이어 4복음자들은 HCE의 공원의 죄, 3군인과 2처녀를 다시 회상한다. 나와 나의 조력자, Jimmy d' Arcy(더블린 시장 각하), 우리(4목격자들)는 볼 정도의 불빛을 갖지 못했나니. 함께 보인자는 누구? HCE의 관점인 즉, 전체 회중 앞에서 그를 혁대 타하고 피혁 도살해야 마땅하다고 선언한다. HCE는 내게 진실 했던고? Fred Watkins(아마도 Fred Atkins)가 여기 HCE를 하니삭클 (벌꿀 핥는 자 또는 인동덩굴[植])이라 부른다.) 누가 연초 죄인녀들을 신고 할 건고? 우리의 피닉스 왕실 소유림 감시자들의 불법방해에 관하여, 둘 및 셋—누가 내게 죄를 범했던고! Briss! 그게 가발 쓴 그 자(HCE)이나니 (That' s him wiv his wig on). 누가 모든 4거장을 두려워하랴!

【588】 목격자들(증인들)은 HCE의 공원의 사건을 계속 토로한다. 그리고 그들은 또한 HCE가 자기들에게 두 병의 맥주와 맛있는 술값을 지불했음을 들먹인다 (his corkiness lay up two bottles of joy with…a *fino oloroso*…). 【588.11-12】.

이때 복음자 누가가 다른 복음자들에게 그들이 주점을 나와 그(HCE)를 뒤따랐을 때 무엇을 보았는지 묻는다. (HCE와 4복음자들 중 3명 [Timmy d' Arcy, Fred Watkins 및 Black Atkins] 간의 만남은 HCE와 캐드의 본래의 만남의 패러디들 중의 최후의 것이다). "해시 점까지 뒤 따르면서," 그대, 두 흑백인들(Black-and-Tans)은 거기 있었던고? 당시 날씨는 어떠했던 고? 눈과 비가 오고, 천둥이 쳤던고? 그들은 말할 수 있으리라. 아무도 들을 사람은 없 나니, 단지 주위의 나무들과 숲 풀 그리고 바람 뿐, 그들은 뉴스를 들었을 때 전율했 도다.

이어 HCE는 "티씨!(Tiss!) 두 예쁜 겨우살이 목이," 소녀들에게 스스로 노출했음이 서술 된다. "티씨! 두 예쁜 겨우살이 목木, 한 나무에는 리본 된 채, 해방자가 기립起立했는지라, 그들은 자유였도다! 네 기지 양처들(Four witty missywives)."

HCE의 흥망에 대한 설명.

【589.12】 그들의 칠프런 헌드레드(백). 그런고로 어린아이(칠드런)의 엽전을 살피면 어버이의 대돈이 붓는 법…" 세상의 길처럼 다자多者들이 돈을 버렸나니. 그리고 그것 모든 원인이란, 그가 불타는 자기 자신을 단조전진鍛造前進했기 때문인지라. 우리의 최고거대의 상업적 제국 중심자, "자신의 아들들은 먼 곳에서부터 집으로 부부 야유하고 딸들은 자신의 곁에서 새치름해하면서" (with his sons booing home from after and his daughters bridling up at his side) (589. 10-11).

【589.12】 이어 HCE의 축재蓄財와 흥망성쇠에 대한 설명이 뒤따른다. 복음자 누가는 HCE가 어떻게 축재했는지를 묻는다. 두건 아래로 윙크하면서, 총각들처럼 처녀들을 오월 기둥타기를 사랑하도록 했는지라 그리하여 우리의 녹지를 곡예연의 커플(부부)로 점철했나니. 그걸 축적했던고?— (How did he bank it up, swank it up…?) 【589.12】. 복음자 누가는 HCE의 몰락과 실패의 7가지 원인을 상술 한다(exposition of failure). 실패의 상설: 1.병약 2.화재 3. 홍수 4. 바람 5. 도난 6. 침식 7. 증류소의 폭발. 그의 불행이 그를 압도했는지라.

아무리 비성공적일지라도, 육체적 사랑은, 오가스틴(Augustine)에 다르면, 원죄의 짐을 전한다. 그런고로, 나이 먹은 부부에 의한 여기 사랑의 우주적으로 보도된 행위 다음으로. 교활한 루머는 HCE에 과내서 퍼지기 시작한다.)【587.3-590.3】. 뱀의 쉬 소리 하이에, 이어위커에 관한 이야기들은 증가하기 시작하는지라, 그리고 고원에서 캐드와 더불어 끝나고, 세 군인들에 의한 HCE의 남색에 관한 이야기들, 그리고 숲속에서 소피보는 소녀들을 관찰하는 HCE, 그리고 호스티의 쌍스런 민요, 그리고 이어위커의 명성의 파괴, 상업적 윤리의 결핍, 그의 은행 파산—사실상, I부, 2-4장들. 그리고 모든 이러한 것은 HCE와 ALP가 인류의 원죄를 통과 할 때, 사랑을 시도하는 그들로부터 파생한다.

누가의 부분적 종말에서, HCE는 그의 무지개가 시들게 하고, 그가 성교를 재차 시도 할 수 없는 비웃으로 해산된다【590.10-11】. 새벽의 색깔은 바이올렛으로부터 붉음까지, 하늘에 나타나기 시작하고 있다. 물리적 세계의 무지개 빛깔들은—그곳으로 인간은 추락했거니와, 그리고 거기 그는 시간의 변천과 다투는지라—성 패트릭이 나중에 철저히 증명하듯, 추락한 인간을 위해 타당하다. 누가 부분의 종말에, "몬데 칼로의 은행을 파괴한 인간"【590.9-10】으로부터 "위대한 승리의 아치"란 구절은 승리의 노트를 가능한 재난의 노트와 결합한다. 결국, 이 불확실한 세계에서, 극히 소수의 사람들은 몬데 칼로의 은행을 파괴할 자 거의 없다. 집은 언제나 종국에 이긴다.

웰스에 대한 언급의 구들은, 그들의 웰스의 철자법【590.13. 16-17】과 더불어, 애란해를 가로질러 웰스의 산들 위의 구름을 노정하는 성장하는 빛을 공급한다. 밤은 끝나고, 동은 빛이 되고 있다.【590.18-19】

【590】 (요한의 견해. 해결의 제4자세)

(HCE의 이어지는 실패). "그의 최 호기의 죄적에 이르기까지…빈사우속되어, 그는 파산둔부 깔고 앉아 빈사 속에 울고 있었으니" (…to his most favoured sinflute and dropped him…leareyed and letterish, weeping worrybound on his bankrump)【590.3】.

그러나 (실망하지 말라). "원원기. 지참자에게 지불할지라…" (Pepep. Pay bearer…). 실패 뒤에 어떻게 성공할 수 있는고! 그대는 보험금을 탔나니. 그대의 신의 약속을 제발 선불할지라! 그대는 로이드 보험협회(Lloyd's)에 의해 각하되었도다. "포니스"(Phoenis) (화재보험회사)와 "로이드" (해상보험협회)의 보험 정책이 그에게 선서했도다. 그러나 다시는 결코. 그들은 그가 위장 색깔을 띤 카메룬임을 마침내 알았도다. 고로 이것은 그들을 속이는 최후의 노력이라. 다시는 천만에! 그대는 멋진 젊은 질녀를 가졌나니 (그의 빗장은 닫혀 는지라.) (You got nice yum plemyums).

(마지막 결구) (4번째 복음자 요한에 의한 견해) 요한이 서술하는 HCE 내외의 "용해의 제4자세(Fourth position of solution) (590. 13-30). 4복음자들의 증언들 가운데서 가장 짧다. 얼마나 멋쟁이이랴! 지평으로부터 최고의 광경. 마지막 테브로(Nebo)(장면화). 남과 여

를 우리는 함께 탈가면 할지라. " HCE는 여우의 재주로 충만 된, 뒝 벌이요.,, ALP 는 여왕 벌. 그들은 Jeebies (솀)와 Jawboose (숀)의 두 아들을 낳았다. 새벽. 성교 뒤에 그들은 탈진한 상태, 떨어져 누워 있다. "뒤죽박죽 허세자" (Jumbluffer)인, HCE는 그 가 행한 모든 것을 행한 뒤에 "노진勞盡 한 채," ALP는 "지복을 축복하며 진기남의 축화 일을 감촉하도다." HCE는 ALP의 목덜미에 조용히 숨쉬고 있다(The nape of his nameshielder' s scalp). (비록 여기 이 견해는 요한의 것일지라도, 우리는 최후로 4복음자들의 각각으로부 터 듣는 듯하다.) "누구는(그는) 방금 고완력을 취사하나니. 새벽! 그의 명방패견의 목덜 미. 사람 살려! 그의 모든 암갈구를 고몽한 연후에. 훈족! 그의 중핵의 1인치까지 노 진한 채. 한층 더!"

HCE는 이제 풍경들을 포위하나니, Old Bawn, the Scalp, Dundrum, Inchicore. 이 장에서 일어나는 게임들에 대한 많은 암시들은 "Check…Matt"로 시작하여, "move," "gambit," "eight and eight" (장기판의 넓이),"knight," "queen," "castle" 등등; HCE와 ALP는 장기판을 가로지르는 두 장군인 왕(뒝 벌)과 여왕(암 벌)으로 묘사된다.

"우르르 소리" (Rumbling). HCE의 위장의 소리인지라, 이는 바로 비코의 천둥소리 로 이어진다. 용기를 낼지라! 동, 서, 남, 북, 4견해는 비코의 환이 될지니, 그의 순환 처럼 새 희망의 회귀가 있을지니! 그의 환은 언제나 마냥 돌고 돌아 (round and rouns). "행갈채…회환원" (Tiers…Rounds). 여기 〈피네간의 경야〉의 제III부는 잠 속에 막을 내 리나니, (마치 〈율리시스〉의 "이타카" 장 말에서 남(블룸)과 여(몰리)가 그러하듯, 여기 그들 부 부는 완전한 성교는 없었으나, 〈율리시스〉 제17장 말에서 되뇌듯, "무언부동의 성숙 한 동물성을 나타내는… 전방부 지방질 및 여성의 후반부 반구 엉덩이에 대한 도처의 만족감을…"【U 604】, 이어 제IV부에서 즐겼나니. 그들은 곧 잠에서 다시 깨어나리라 (비코의 회귀).

【590.22-30】 용해의 제4자세

광경은 이제 침대의 발치로부터이다. 우리는 제4자세를 본다. 얼마나 즐거우랴! 거기 지평선으로부터 가장 멋진 광경이 있다. 이것은 최후의 묘사의 극치(tableau) 【590.22-23】이니, 〈율리시스〉 제13장에서 샌디마운트 해변에서 블룸이 즐기는 거티 의 노출증(exhibitionism) 바로 그것이다【U 295】.

만일 그녀는 키가 커 보이도록 일부러 그녀의 굽 높은 구부러진 프랑스 제(製) 하이힐을 신고 우연히 뭔가에 걸려 넘어지기라도 했더라면 정말 가관(可觀)이었으리라. '따블로!'(그 광경을 상상해 보라)!(Tableau!) 그러한 것을 목격한다는 것은 신사에게는 정말 매력적인 노출이었을 꺼다.

무대 세트는 "서쪽"으로 열려있는지라, 전통적 극장 세트의 제4벽이요, 우리 대중은 서부 지역인 콘노트의 낡은 조니와 더불어 서부 수평선으로, 솟는 태양 속을 직접 쳐다보고 있도다. II.i,의 "믹, 닉, 매기의 익살극"으로 시작하는 타이탄적 8막 연극은 이제 필경 행복하게 끝나고 있는지라. 혹은 아마도 불행하게.

요한이 본 것, 리어왕 근시안(leareyed)[329]【590.2】 그리고 우리 청중이 또한 본 것은 정작 행복한 것이나, 또한 새벽의 감심卄류이어라. 여명의 공명하는 하늘에서, 여왕벌과 그녀의 남男 배우자는 방금 사랑을 이루었는지라, 그것은 전체 꿀 벌 통을 싹트개 할지니, 비록 사내 꿀벌, 수벌은 언제나 그의 사랑의 결과로 죽는 도다【590.24-29】. 동쪽의 여왕은 대포 곁에 누워있는지라, 그는 이제 혼수산태. 그는 여왕을 비옥하게 했으니, 그녀를 "녹각鹿角하게 했도다"(staggerhorned)【590.28】. 알맞게도 집게벌레, 책의 종말의 무서운 갈퀴의 예상이라.

행갈채, 층갈채, 단갈채, 회환원.(Tiers, tiers and tiers. Rounds)[330]【590.30】

용해의 제4자세에서 모든 불화는 용해되는지라, 재4시대는 새로운 시작을 재공한다. 종말에 이어위커는 세계의 갈채에 반주에 맞추어, 성공적인 성교를 성취했음을 끔 꾸는지라: 재차 행갈채, 층갈채, 단갈채, 회환원.

【590.24-30】 남男과 여女를 우리는 함께 탈가면脫假面할지라 건(gunne)에 의한 여왕 재개女王再開! 누구는 방금 고완력古腕力을 취사臭思하나니 새벽! 그[HCE]의 명방패견名防牌肩의 목덜미. 도와줘요! 그의 모든 암갈구暗褐丘를 고몽鼓夢한 연후에. 훈족族! 그의 중핵中核의 1인치까지 노진勞盡 한 채. 한층 더! 종폐막鍾閉幕할지라. 그 동안 그가 녹각鹿角했던 여왕벌[ALP]은 자신의 지복을 축복하며 진기남珍奇男[HCE]의 축하일祝賀日을 감축하는 도다. 우르르 소리.[천둥-HCE의 방취]

거대한 극장의 청중은 행 갈채 채우는지라, 무아경적. 연극행자들은 갈채의 환으로 부서지니, 그러나 또한 눈물로. 우리 독자는 청중 속에 있고, 우리는 3부의 종말에, 3연連의 종말에 왔도다. 우리는 환의 갈채에 합세했나니, 비코의 3활동무대 주위를 통과했는지라. 우리는 위대한 여명, 작품의 IV부의 *recorso*(환), 최후의 변전變轉을 준비 중이도다.

주

1 무광霧光(fogbow): 안개나 빛에 의해 생기는, 무지개와 유사한 효과.

2 콘월(삭과蒴果)의 마가(마크 as capsules): Cornwall(잉글랜드 남서부의 주)의 마크 왕.

3 비공鼻孔(the nasoes): Publius Ovidius Naso, 즉, 오비디우스(Ovid)(기원전 고대 로마의 시인)를 말함.

4 그는 너도밤나무 숲―아래―개복蓋覆된 가스코뉴의 주춤대는 내종피內種皮(植)나니(He am
Gascon Titubante of Yegmime-sub-Figi): 베르길리우스(Virgil)(기원전 고대 로마의 시인)의 〈목가시〉(Eclogues)
1,1의 구절 패러디: "그대, 티티러스마냥, 너도밤나무 숲 아래 누워있나니"((You, Tityrus as you lie
under the cover of beech).

5 그의 용모는 나의 추억조追憶鳥의 전공前恐에 너무나 뒤뚱거리며 가변적이라(whose fixtures
are mobilig so wobiling befear my remembrandts): (1) remembrandts: 렘브란트(Rembrandt, 네덜란드의 화
가; 1606-69). (2) 〈햄릿〉의 구절 인유: "이 로즈메리는 잊지 말라는 표적이구요. 제발 잊지 마세
요, 네―그리고 이 삼색 오랑캐꽃은 생각해 달라는 꽃이 구요"(김재남 831)(There's rosemary, that's for
remembrance…and there is pansies, that's for thought…)【IV.5.174】의 패러디.

6 부활 아나스타시아(Anastashie): (1) (G) resurrection. (2) Anastsia: 장애인(실어증의); 여기서는
ALP를 암시함.

7 델프트 저지低地(lowdelph): delf(t): 네덜란드의 저지, 그곳 산産의 도자기.

8 저기 노려보고 있는 저주청치남의 이름은 무엇인고?(What named blautoothdmand is yon who
stares?): (1) Harald Bluetooth: 덴마크의 왕, Canute(영국, 덴마크, 노르웨이의 왕; 994?-1035)의 조부. (2)
〈맥베스〉의 구절 인유: 저 경칠 사내는 누구인고?"(What bloody man is that?)【I 2,1】.

9 구걸타(몽마)!(Gugurtha!): Jugurtha: (1) Numida(아프리카 북부의 옛 공화국)의 왕 (B.C. 112-106): 그가
최초로 로마를 방문했을 때 말하기를: [로마는 "판매를 위한 도시요, 매자를 발견하는 순간, 그것
은 멸망할 운명을 지니도다"(여기 그는 제국적 자아[imperialistic ego]에 대한 보다 어두운 암흑의 힘의 위험을 암

시한다. 시간의 종이 울리자, 잠시 동안, 자극된 채, 그는 악마적 및 불길한 형태로서 HCE에 대한 이 순간의 총체적 의미를 구체화 한다). (2) 〈율리시스〉의 Oliver Gogarty(벅 멀리건)(조이스의 마성적 적敵(diabolical enemy)의 암시이기도.

10 그(손)는 야성野性의 힌디간(북인도北印度)의 매부리를 갖고 있나니(He has becco of wild hindigan): Becco: (1) (It) beak. (2) cuckold.

11 그는 은각隱角을 지녔도다!(he hath hornhide): (1) Hronhide: 여기 재차 cuckold를 암시한다. (2) Virgil의 대서사시 〈이니드〉(Aeneid)【VI.893】: 문간의 뿔 나팔이 참된 꿈으로 인도하나니(gates of horn to true dream)의 패러디.

12 팡세(명상록)(Pense' e): 파스칼의 (Pense' es)의 인유.

13 베일 두른 바이올렛(제비꽃) 방야곡계方野谷界의(of the veilch veilchen veilde):
(1) wild, wild world (veiled). (2) (G) Veilchen: voilets.

14 영양羚羊 입 맞추리라(her dhove's suckling): 셰익스피어 작 〈한 여름 밤의 꿈〉(Midsummer Night's Dream)의 구절의 인유 : 하지만 난 속이는 듯한 큰 소리로 비둘기 새끼같이 조용히 으르렁댈 테야"(김재남 159)(I will roar you as gently as any sucking dove)【I.2.75】.

15 화산음진火山淫脣(obacidian luppas): (1) obsidian: 흑료석黑曜石(a volcanis glass).
(2) obscene lips.

16 애찬퇴거爰餐退去!(Apagemonite): (1) 19세기 종교 단체의 훈련, back!(퇴거!).
(2) (Gr) agage: go away!

17 보도步道의 미동美童(the Bel of Beaus's Walk): (1) (F) bel Beaux's Walk: 더블린의 북부 스티브 그린 광장 (2) 피닉스 공원의 가도 명인 Beau-Belle Walk.

18 여러 달을 통하여 팔월식八月食하리니(would aight through the months without a sign of an err in hem and then): r가 없는 달은 굴(oyster)이 없다"(June has no ar oysters)의 패러디(〈율리시스〉 제8장의 블룸의 음식에 대한 의식 참조)【U 143】.

19 목패牧貝의 굴술(려주)蠣酒(prairial riysters): 1. 술의 일종. 2. Prairial: 프랑스의 혁명 월력 (Revolutionary Calender)의 춘월.

20 한 병의 아디론(a bottle of ardilaun): 한 병의 기네스 맥주.

21 그의 정미正味의 경기신근중競技身根重(his net intrans wight weighed): 권투가와 경마 기수는 경기에 앞서 몸무게를 잰다.

22 대체로(his gross and ganz): (G) grossen und ganzen: 대체로(by and large).

23 부활려절復活蠣節의 월요일(Oyster Monday): 부활절 월요일(Easter Monday)(이날 부활절 봉기[Easter

Rising]가 시작되었다); 특히 이날은 관례적으로 굴을 먹는다.

24 병사의 발걸음으로 행군중이라(on the ramp and mash): tramp and march(보무당당한 행진).

25 아아, 알라딘(alass, aladdin): Alass: Alice; *Aladdin*: 팬터마임

26 여女가 조용히 넘어져 누운 것은 휴저休低를 의미하는고?(Does she lag soft fall means rest down?): 음계의 패러디: do, si, la, so, fa, me, re, do (so fa).

27 화요일의 샴페인(사통似痛)(the 'stueaday shampain): Tuesday's champagne.

28 과거의 기억(the memories of the past): 노래 가사의 패러디: "한 송이 꽃이 피었나니: 과거의 기억이라"(There is a Flower That Bloometh: the memory of the past).

29 금처今處(hicnuncs): (L) hie et nunc: here and now.

30 마카로니 악단(Miccheruni's band): Mickey Rooney band(극장의).

31 **높은 곳에서**(ex alto): (L) from on high.

32 기旗가 게양되었다거나(the rag was up): 극장에 게양하는 기.

33 사두死頭(deadheads): 극장 무료 입장자.

34 제미니 쌍둥이여(Germini): (성좌) 별의 쌍둥이자리, 쌍자궁.

35 사내 벤지가 찬방만饌房灣에서 광가光歌하는 것을 들었도다(I heard the man Shee shinging in the pantry bay): 노래 가사의 제목: "벤지"(The Banshee) 대령 지는 밴트리 만 탐험의 울프 톤처럼 같은 배를 타고 출항했단다(Col. Shee embarked in the same boat as Wolfe Tone on the Bantry Bay by Expedition).

36 그를 저 아래 먼지 상자 사이에 눕게 해요(Down among the dustbins let him lie!): 노래 가사의 패러디: 사자들 사이 그를 눕게 해요(Down among the Dead Men let him lie.

37 진가상眞價上(실력)(on my solemn): (1) 진짜로. (2) On my Solomon: 맹세코.

38 국민의 유령우부郵夫(the phost of a nation): (1) ghost of a notion. (2) Frank O'Connor 작 〈국민의 빈객〉(The Guest of a Nation)의 인유.

39 키다리 트롤로프(매춘부)(a long trollop): Trollope(1818-82): 영국의 소설가로, 아일랜드의 우체국에서 일했다. *Phineas Finn* 및 *Phineas Redux*등의 저자.

40 성 안토니 길잡이에 맹세코!(Saint Anthony Guide!): 경건한 가톨릭교도들은 편지 뒤에다 '확실 송달'의 암시로 "Saint Anthony Guide"라 서명한다.

41 발렌타인(Valentine): 이집트의 불가지론자 및 발렌타인교의 시조, 그는 그리스도가 "현세육체"(terrene body)라기보다 오히려 순수 영령(pure spirit)이라 주장함.

42 시벨리우스(Sabellius): 3세기경의 기독교 이단자. 성부 성자 성령은 모두 이름만 다를 뿐 동일(동일한 자의 3가지 다른 모습에 불과하다)함을 주장함.

43 야곱과 이솝의 냉혹한(그림) 이야기(the grimm gests of Jacko and Esaup): (1) Jakob Grimm의 동화 (《개미와 베짱이》의 이솝 이야기). (2) 《창세기》 아이작의 아들들: 야곱과 에서.

44 장황직담張皇織談(스피노자)(spinooze): (1) Spinoza. (2) (Du) spin: spider.

45 나의 친애하는 형제 각다귀여(my dear little cousis): (1) 나의 사랑하는 어린 형제들이여(My dear little Brothers)(《젊은 예술가의 초상》 제3장의 설교문 참조). (2) (F) cousin: gnat(각다귀).

46 아도자雅跳者베짱이(Gracehoper): (1) 본래 Aesop의 우화 〈개미와 베짱이〉(Aesop's fable of the Ant & the Grasshopper). (2) "Ondt" ant+"hard" 혹은 "ill"을 뜻하는 노르웨이어("gracehoper" grasshopper+gracehoper); 손의 이 우화는 La Fontaine(벨기에의 정치가 및 작가; 1854-1943)에 의한 "개미 와 베짱이"(the Ant and Grasshopper)에서 파생된 것이다. 그러나 조이스는 〈율리시스〉에 언급된 【U 156】, Greene의 〈상당한 값어치의 기지〉(*A Groatsworth of Wit*)에서 한층 직접적으로 모델을 택한 것처럼 보인다. (3) 조이스의 마음속에 Groatsworth와 Gracehper 간의 연관은 【360.36】의 "our groatsupper"에 드러나 있다.

47 …자신의 기생충들과 함께 피부를 껍질 벗기는 누자淚者 아트론(고예)孤藝으로 내버려둘지니, 나(손)는 고기지高機智의 허풍방자虛風放者일지라(…Artalone the Weeps with his parisisites peeling off him…. Highfee the Crackasider): (1) Artalone: Art the Lone: Conn의 아들. Conn은 Fianne의 아들; 또한 A.D. 177-212년의 아일랜드 고왕이요, 100년 전쟁의 Conn. 그와 Owenmore는 아일랜드를 그들 사이 분할하고, 북쪽 절반은 Conn의 것, 남쪽 절반은 Mogh의 것으로 함. (2) Artalone: 〈율리시스〉 제 5장에서 블룸의 독백 글귀의 변형: "아이브아(lordIveagh) 경은 한때 아일랜드 은행에서 7자리 숫 자의 …수표를 현금으로 바꾸었지…. 더욱이 그의 형 아딜론(lord Ardilaun) 경은 하루에도 셔츠를 네 번이나 갈아입어야만 한다고, 사람들이 말하지. 피부가 이 또는 기생충을 키우지."【U 65】

48 자신의 엉터리 글을 술술 쓰면서(writing off his phoney): 노래 가사의 패러디: "양키 두들은, 조 랑말을 타면서, 런던으로 갔대요"(Yankee Doodle went to London, riding on a pony).

49 시가백작詩歌伯爵은 금화를 주조鑄造하는 음률을 짓는도다(conte, Carme makes the melody that mints the money): 테너 가수인 John McCormack은 교황의 한 백작(a papal count)이었다.

50 금전의 보다 큰 영광을 위하여. 문지방의 암담자(Ad majorem l.s.d.! Divi gloriam): (1) (L) Ad Mojorem Dei Gloriam의 변형: "하나님의 보다 큰 영광을 위하여!"(For the Greater Glory of God)(예 수회의 모토). (2) (L) Laus Deo Semper: 영원한 하나님의 칭송(Praise to God Foreever).

51 호루스 신神(Haru): Horus: 이집트의 신들 중 형제의 하나; 아우 Hous는 Osiris와 Isis의 아들 이었다.

52 생주生主(Orimis): (1) Osiris: Isis와 함께 이집트의 주 신들; Horus는 그들 Osiris와 Isis의 아들

(2) (L) Oremus: 기도 하세.

53 의주蟻舟(antboat): Ant: 〈이집트의 사자의 책〉에 나오는 신화적 물고기로서, 그는 태양신의 Ant-boat를 운항한다.

54 사악邪惡-方向舵(Evil-it-is): 〈이집트의 사자의 책〉 CXXII의 글귀의 변형: "Evil is it:방향타(키)는 조종자의 이름인지라…나로 하여금 아름다운 Amentet와 평화를 갖게 할지니… 그리하여 나로 하여금 오시리스를 장식하게 하소서, 생명의 주시여"(Evil is it is the name of the rudder…let me…go in peace into the beautiful Amentet… and let me adore Osiris, the Lord of life).

55 갈대 훈訓(sekketh rede): Sekhet Aaru: 갈대 밭: Sekhet Hetep의 일부.

56 아멘타(Amongded): Amenti: 이집트의 사자의 지역 명.

57 물보라낭비자(spondhrift): spindrift(물보라) + spendthrift(낭비).

58 광고지혜廣高智慧(wideheight): (G) Weisheit: my wisdom.

59 청일淸日!(Haru!): Hru: 〈이집트의 사자의 책〉의 최후의 단어로, "day, into day, by day"의 의미. 위 주 51. 참조.

60 그는 유충소幼蟲笑하고 계속 유충소하는지라 그는 이토록 욕소란辱騷亂했나니(He larved and he larved on he merd such a nauses): (1) he laughrf & he laughed & he made such a noise. (2) nsuses: nauseating. (3) misplace his faces. (4) (F) faucheux: harvstman. (5) forces. (6) fauces: 입 뒤쪽에 있는 구멍.

61 범어원고梵語原稿(sinscript): Sanskrit.

62 필적筆跡(penmarks): 트리스탄은 Penmarks의 절벽에서 죽는다.

63 조근언어粗根言語(root language): 조잡한(rude) + 근원(뿌리)(root) language.

64 십자과자탄十字菓子彈(crawsbomb): (1) (속어) crawthumper: Roman Catholic. (2) crossbun.

65 망회忘悔의 법령[참회 행위](act of oblivion): 제임스 1세는 낡은 아일랜드의 Brehon Laws를 포기하고 망회 법령을 발표했다.

66 구제역口蹄疫(footinmouther): Foot and mouth disease(소의 입 언저리에 생기는 구제역) (〈율리시스〉 제2장 Deasy 교장 참조)【U 29】.

67 요(yo): 일본인의 가족율家族律.

68 그리하여 우리는 일생동안 그의 것이었는지라. 오 감미로운 꿈의 나른함이여!: 이태리의 오페라 작곡가 푸치니(Puccini) 작 〈토스카 III〉(Tosca III)의 곡조의 인유: "별들은 빛났고, 대지는 향기를 품었나니, 정원의 문이 삐걱 이자, 발걸음이 보도의 모래를 사그릉거렸도다. 향기에 넘쳐, 그녀는 들어왔네, 그리고 나의 양팔에 안겼는지라. 오! 달콤한 키스, 나른한 애무, 내가 그녀의

베일을 벗기며 떨고 있었네, 그녀가 미를 노출할 때"【M 427】.

69 여귀부汝貴婦(Votre Dame): Notre Dame; 성모 마리아.

70 황금빛 양승陽昇(조청造淸)(golden sunup): (1) Golden Syrup: 당밀로 만드는 조리용, 식탁용 정제 시럽. (2) 솟는 태양, 솟는 아들: sun up, son up; Rudy (〈율리시스〉의 주제들 중 하나).

71 공몰空沒(블라망즈)(blankmerges): (1) blanemange: 분유 과자. (2) blank+merge.

72 돈(경)卿 리어리(Don Leary): Du'n Laoghaire (harbour)(더블린 남부 외곽 소재의 마을)는 조지 4세 뒤로 Kinstown(harbour)으로 개명되었다가, 애란 독립(2차 대전) 이후 다시 환명되었다(〈율리시스〉 제2장 초두 참조)【U 20】.

73 노주老酒(old grog): 해장 Vernon(노래 "Kathleen Mavourneen에서 Kathleen May")의 별명.

74 향락 조니(Jonnyjoys): (1) 존 조이스(John Joyce): 조이스의 부친(그는 Dan Laoghaire 항에 경기용 요트를 지녔는지라). (2) 이 항구로부터 항해하는 유람선의 이름.

75 애란 왕(Erin king): Kish 등대를 회항하던 〈애린 킹〉 호상에서…【U 54 참조】.

76 와권해渦卷海(Moylendsea): (1) Moyle: 아일랜드와 스코틀랜드 사이를 가르는 바다 명 (2) moiling sea(소용돌이 바다).

77 도망말세론論(escapology): escape 도망 + eschatology(신학)종말론.

78 임차賃借 전차電車(timus tenant): 전차표(tramticket)의 속어(194: tramtokens 참조: 여기 ALP는 머리카락을 전차표로 장식한다).

79 후厚밑창 화靴(cothurminoue leg): cothurnus: 고대 그리스의 비극 배우들이 신던 두터운 밑창의 구두.

80 스타킹보다 약간 전에 … 만들어진 자신의 생상生傷된… 생피화生皮靴(his brogues made a good bit before his hosen): L.F. Sau've 작 *Proverbs and dictions de la Basse Bretange*, no 376의 글귀의 인유: "그의 구두는 양말 이전에 만들어졌다"(His boots were made before his socks). (G) Hosen: hose.

81 라자르 산책로(Lazar's Walk): 더블린의 Lazar's Hill.

82 자폐술가自閉術家 앨지(Autist Algy): Swinburne의 익명(〈율리시스〉 제1장에서 멀리건이 들먹이는 그의 바다의 표현: "위대하고 감미로운 어머니"(great sweet mother)【U 4】 참조).

83 장미소동薔薇騷動하는(butrose): 노래 가사의 인유: "여름의 마지막 장미"('Tis the Last Rose of Summer).

84 마이레스 부처(Myles): 보우시콜트 작 〈아리따운 아가씨〉(*The Colleen Bawn*)에 등장하는 Myles-na- Coppaleen.

85 순돈육純豚肉을 결코 염식厭食하지 말지라(Never hate mere pork): 이하 성당의 훈계: (1) i. 일요

미사를 청할지라 ii. 금식과 금주 iii. 죄를 고백하라 iv. 축복의 성만찬을 값지게 받을지라 v. 교구목사의 지지에 헌신하라 vi. 금지된 시기에 결혼을 장엄하게 치르지 말지라. (2) 순둔육(mere pork): Moor Park: 거기서 스위프트는 애인 스텔라를 만났다.

86 킬리니의 그대 백합아마사百合亞麻絲(your linen of Killiney): (1) Sir Julius Benedict 작곡 〈킬라니의 백합〉(*The Lily of Killarney*)(*The Colleen Bown*의 번안) (2) Killiney: Killiney 군, 더블린.

87 결코 상심하지 말지라(Never lose your heart away): 노래 가사의 패러디: "아일랜드의 눈이 미소 짓고 있을 때: 그대의 마음을 몰래 움직일지라" (When Irish Eyes Are Smiling: steal your heart away).

88 하얀 사지四肢를 그들은 결코 지분거림을 멈추지 않는 도다(White limbs they never stop teasing): 노래 가사의 패러디: "하얀 날개들, 그들은 결코 지치지 않도다."

89 말리가 한 남자였을 때 민씨(왈가닥)(Murry woe a Man): 자장가의 패러디: "타피는 웨일스인이었다네"(Taffy Was a Welshman).

90 콜롬비아의 밤 향연(Columbian nights entertainments): 〈아라비안의 밤의 향연〉(*Arabian Night's Entertainments*)(아라비안나이트, 천일 야화)의 패러디.

91 다르(D) 베이(B) 카페테리아(C)(Dar Bey Coll Cafeteria): (1) DBC: Dublin Bread Company. (2) D.B.C. (더블린의 과자점 이름) "Damned Bad Cakes"(벅 멀리건의 익살)【U 204】. (3) 아일랜드 철자: dair=D; beith=B; coll=C.

92 에소우 주식회사 제의 야곱 비스킷(bisbuiting His 에서s and Cos): 더블린의 Jacob's Biscuits 회사.

93 신의…초망鍬望…자비…가정에서부터 시작할지라(firm…hoep…begin frem athome… charity): (1) 〈고란도전서〉 13:13 구절의 패러디: "신의, 희망, 자비" (faith, hope, charity) (2) (격언) "자비는 가정에서 시작한다"(Charity begins at home).

94 난폭자의 효능을 지닌 소년들이나 과오보다 신만찬후晩餐하는 것이 대체적으로 보다 고상한 곳이로다(Where it is nobler in the main to supper than the boys and errors of outrager's virtue): 〈햄릿〉 III.1.57-8의 인유: "가혹한 운명의 화살을 참는 것이란 장한 것이냐"(김재남. 815) (Whether 'tis nobler in the mind To suffer the slings & arrows of outrageous fortune). 이씨에 대한 존-레얼티즈의 경고는 셈에 관한 것이다. 만일 그녀가, 자신의 형제인, 셈에게 그녀의 부덕을 잃는다면, 그녀는 가정생활을 타락시키는 무리가 되리라. 셈-햄릿이 언급되는 "난폭자"임이 분명하다. 왜냐하면 여기 재차 존은 햄릿의 독백을 메아리하고 있기 때문이다.

95 저 도둑맞은 키스를 되돌려줄지라(Give back those stolen kisses): 노래 가사에서: "Give Back Those Stolen Kisses."

96 저 총면화總棉花의 장갑을 반환할지라(restaure those allcotten glooves): 〈젊은 예술가의 초상〉 제

3장의 글귀의 패러디: "저 잘못 얻은 재산을 회복할지라"(restore those illgotten goods).

97 리다호다와 다라도라(Rhidarhoda and Daradora): Rhoda: 〈율리시스〉에서 호우드 언덕의 만병초 꽃(The rhododendron)은 중요하다: 블룸은 몰리와 함께 그가 그 아래서 첫정을 나누었음을 회상한다【U 144 참조】: Rhoda는 희랍어로 "rose라는 뜻. Daradora: Dora: Dorothea(여자 이름).

98 황색의 위난危難(yella perals): yellow peril: 유럽의 동양 침공의 가상적 위험.

99 대포大砲(the big gun's): (1) Michael Gunn. (2) The Big Gun: 더블린의 Fairview 공원에 있는 주점.

100 베씨 써드로우(Bessy Sudlow)…팬터마임: 더블린의 Gaiety 극장의 지배인 Michael Gunn 의 아내 및 여배우; 그녀는 팬터마임을 운영하고, 많은 지방 소녀들을 침모로서 고용했다. (전출) (32.10).

101 벽-뒤-크리켓 사주문전邪柱門前-타자후좌편打者後左便 필드(leg-before-Wicked lags - behind -Wall): 크리켓의 치는 위치.

102 고리 버들 세공씨細工氏가 큰 추락을 철썩했나니(Mr Whicker whacked a great fall): 자장가의 패러디: "험프티와 덤프티는 큰 추락을 했대요."(Humpty Dumpty had a great fall).

103 퍼모라 가족(Femorafamilla): 미상.

104 해이즈, 콘닝햄 및 에로빈슨(Hayes, Conyngham and Erobinson): 더블린의 약제사들.

105 나를 잊지 말지니!(Forglim mick aye!): (Da) forget me not!

106 전입설득前立說得하고 여용서與容恕할지라!(forestand and tillgive it!): 격언의 패러디: "모두를 아는 것은 모두를 용서하는 것"(To know all is to forgive all).

107 마리 모우드린(Marie Maudlin): (1) Magdalene: St Mary—참회한 창녀로서, 그녀의 일곱 악 마들은 예수에 의하여 쫓겨났다. (2) Crawshaw 작품의 패러디: 〈성 매리 마가다린, 혹은 우는 자〉(Saint Mary Magdalene, or the weeper).

108 브리튼 광장(Britain Court): 더블린 소재.

109 만개인 부인 댁(Mrs Mangain's): 미상.

110 할로트 키이(Harlotte Quai): 더블린의 Charlotte Quay(부두)(리피 강변).

111 짚 속(in the straw): 아기 침대(childbed) 속에서.

112 백합훈百合訓을 강조할 수(point a lily): 셰익스피어 작 〈존 왕〉(King John)(IV.2.11-16)의 인유: "백합을 채색하는 일…이런 일은 쓸데없는 가소로운 일입니다"(김재남 1311) (to paint the lily…is wasteful & ridiculous excess).

113 맵시 있는 발(swell foot): 예수회의 Francis Finn 사師 작의 책 제목의 패러디: The Best Foot

Forward.

114 리머릭 자수견繡絹(limenick's disgrace): ((1) 노래 가사의 인유: "리머릭의 자존심"(Limerick's Pride). (2) Limerick은 고급 팀보린 레이스(가장자리에 방울이 달린) 린넨 천을 생산한다.

115 나태강처녀懶怠江處女… 산타클로스(유향착의有香着衣)(Languid Lola…Scenta Clauthes): (1) Senta & Lola: 〈유령선 선장〉(*The Flying Dutchman*)의 두 라이벌 소녀들. (2) Santta Claus.

116 허영의 도피(Vanity flee): Thackeray 작 〈허영의 시장〉(*Vanity Fair*)의 패러디.

117 (새커리 투녀投女하라!)(thwackaway thwuck!): William Make Thackeray(1811-63): 영국의 소설가의 암시.

118 명함名銜을!(dickette's place!): (1) Charles Dickens(1812-70): 영국의 소설가의 암시. (2) ticket please!

119 돌핀(돌고래)의 차고(Dolphin's Barncar): Dolphin's Barn: 더블린의 지역 명.

120 상봉광우相逢狂友(meetual fan): Dickens 작 〈우리의 상호 친구〉(*Our Mutual Friend*)의 패러디.

121 구안鳩眼의 음녀淫女(Doveyed Covetfilles): Dickens 작 〈데이비드 커퍼필드〉(*David Copperfield*)의 암시.

122 유리카의 술(Ulikah's wine): Uriah의 아내(〈성경〉에서 David와 함께하는).

123 낡은 호기잔형옥好奇盞型屋(old cupiosity shape):Dickens 작 〈낡은 호기심 상점〉(*The Old Curiosity Shop*)의 변형.

124 속달조반외전速達朝飯外電의 독락獨樂자동차(the autocart of the bringfast cable): O.W. Holmes(미국의 생리학자, 시인, 수필가; 1809-94) 작 〈조반식탁(早飯食卓)의 독재〉(*The Autocrat of the Breakfast Table*)의 익살.

125 마틴머피 변신變身(martimorphysed): Martin Murphy: *Irish Independent* 지(현존 더블린 중요 일간지)의 소유자로, 반 파넬 파派.

126 환락의 인과因果를 위하여… 비지혜非知慧의 자신의 좌座(his seat of unwisdom…the cause of his joy!): BVM(Blessed Virgin Mary)의 연도: 지혜의 좌…우리의 환락의 인과.

127 쿠퍼 화니모어(Cooper Funnymore): J. Fenimore Cooper(1789-1851): 미국의 소설가, 19세기 초두에 그의 작품들 속에 로맨스의 재료인 식민지 시대, 바다 등의 세계를 개척함. 그의 유명한 작품들인 〈개척자〉, 〈모이칸 족의 최후〉, 〈가죽 각반 이야기〉 등은 아메리카 토인과 개척자를 취급함으로써, 그들의 불후의 생명력을 묘사함. 여기 이씨의 외설 신부에 대한 마론파적 연도 속에는 Cooper 정신의 인유가 다분히 함몰되어 있음.

128 주된 마무리 공(工)(the prime finisher): 영국의 수상 글래드스턴의 암시.

129 무어의 가요집(Moor's melodies): (1) 토마스 무어(1779-1852): 아일랜드의 시인, 노래 작가로, 그의 가곡집인 〈아일랜드의 가요〉(Irish Melodies)는 "아일랜드의 성서"로 불릴 정도로 국민들의 애창가들; 각 가정마다 벽로대 위에 한 권씩 비치되어 있을 정도였다 한다. 그것의 애수哀愁를 담은 노스텔지어아의 율동적 표현이 만드는 아일랜드의 정취가 모든 이의 심금을 울렸다. Hodgart 교수는 무어 작의 〈아일랜드의 가요〉의 대부분의 서행들이 〈피네간의 경야〉에 함몰되어 있다는 것(Glasheen 199 참조). (2) 조지 무어(1852-1933): 아일랜드의 소설가(〈율리시스〉 제9장에서 그의 집 파티에 스티븐은 초대받지 못함을 기록한다), 그의 소설 〈한 젊은이의 고백〉(Confessions of a Young Man, 1888)의 타이틀은 조이스의 〈젊은 예술가의 초상〉의 재목에 영향을 주었으나, 그들의 문체나 구조들은 서로 상반된다. 그는 골웨이 출신으로, 〈율리시스〉에서 벅 멀리건의 원형인 고가티(O.Gogarty)와 절친한 친구였으며, 그의 이름을 〈호수〉(The Lake)에 사용하고 있다. 조이스는 〈율리시스〉【U 576】와 〈피네간의 경야〉의 St Kevin 에피소드【604】에서 〈호수〉와 그것에 관한 자신의 서간을 메아리하고 있다. (3) 여기 조이스는 T. 무어와 G. 무어를 영결하는 바, 왜냐하면 양자는 존의 역할들을 하기 때문이다.

130 초연무지初戀無知의 양모養母(the fostermother of the first nancyfree): 여기 희랍 Daedalus 신화의 Pasiphae 왕비를 암시한다. 〈율리시스〉의 밤의 환각 장면에서 스티븐 왈: "파시피에를 기억하라, 그녀의 정욕 때문에 나의 위대한 대조부가 최초에 참회실을 만들었던 거야."【U 464 참조】

131 백의의 탁발 신부(the white friar's father)…쾌快멘: White Friars: Carmelites…Amene (1) 카르멜 수도회의 수사(아우구스타누스). (2) 앞서 마론파 교도(Maronite)의 연도(litergy)의 기다란 패러디.

132 예쁜 구릉丘陵…그의 정강이를 위하여 많은 수사슴(Pretty knocks…plenty burkes for his shind): (1) 격언의 변형: "뭘 멍하니 생각하는 가"(a penny for your thought). (2) 〈햄릿〉 IV.5.174: (pansies, that's for thoughts) 이 삼색 오랑캐꽃은 생각해 달라는 꽃이구요." (김재남 831). (3) 해부학자인 Dr Robert Knox는 William Burke와 Hare가 훔친 시체들을 샀다.

133 하느님의 이름에 맹세코(Neb de Bios!): (Sp) Name of God.

134 철로 위를 걷기 위해 간다면(goes to walk upon the railway): 노래 가사의 패러디: "나는 철로 위를 걷고 있었네"(I've Been Walking on the Railroad).

135 모자 잡아채는 강탈자 되리로다(will be hatsnatching harrier): 조이스의 〈영웅 스티븐〉(Stephen Hero)에서 한 교구 신부는 소녀들의 모자를 모으는 취미를 갖는다.

136 신데렐라(unbrodhel): (G) Ashenbrodel: Cinderella.

137 그대의 봉오리를 미연에 방지하고 상처에 입 맞출지라!(So skelp your budd and kiss the huet!): 속어의 인유: "하나님 나를 도우사…책에 입 맞출지라"(God help me God…kiss the book).

138 전권적全權的 가학만족(plenary sadisfaction): absolute sadistic satisfaction.

139 주교봉主教捧(bishop): (속어) penis.

140 부분면죄부(partial' s indulgences): plenary indulgence (전적인 탐닉).

141 옹졸한 견수자양絹繡子孃(Miss Pinpernelly satin):아마도 Parnell과 그의 정부 Nell 또는 Helen(O' Shea 부인); 아마도 "주홍색 별봄맞이꽃" (the Scarlet Pimpernel)槙.

142 여인에게 앞발을 쳐드는 사내는 친절을 위한 길을 절약하고 있기에(the man who lifts his pud to a woman is saving the way for kindness): John Tolan의 글귀의 인유: 친절의 행위로서 이외에 여자에게 손을 드는 사내야말로 천인 중위 가장 천인" (the man who lifts his hand to a woman save in the way of kindness)【U 290】참조.

143 **아베 호라마**虎羅瑪(Aveh Tiger Roma): (L) Amor regit Heva: Love guides Eve.

144 만병초 꽃(rhodatantanrums): rhododendron: 〈율리시스〉 제8장에서 블룸은 과거 몰리와 그 아래서 첫 정을 나눈 호우드 언덕의 "만명초꽃"을 회상한다; 몰리도 마찬가지【U 144, 643 참조)(전출).

145 나는 여기 있도다, 나는 행하도다 그리하여 나는 고통받도다(I am, I do and I suffer): 시자와 그리스도의 암시. Letters on his back: I.N.R.I? No: I.H.S. Molly told me one time I asked her. I have sinned: or no: I have suffered【U 66】

146 연자부호連字符號(Hyphen): (1) hyphen(-) (2) Hymen: Hymen(희랍 신화) 혼인의 신(the god of marriage, represented as a handsome youth bearing a torch).

147 소신小神이여(godkin): (1) 이씨 및 〈햄릿〉의 오피리아의 암시 2. godkin: little god.

148 갑옷예남譽男(a man of Armor): (1) Armorica: 프랑스 서북부 고대의 한 지방(트리스탄).   (2) armour: 갑옷, 기사 (3) (F0 amour: love 4. (Cornish, Cornwall 어) armor: 바다의 파도.

149 미복美腹(isabellis): 이씨+belly.

150 여아심락汝我心樂(UM.I. hearts): 노래가사의 패러디: "그대는 나의 마음의 날이라" (You Are My Heart' s Delight).

151 나는 행할 희망 속에 살고 있나니(I am living in hopes to do): 노래 가사의 패러디: "나는 여전히 만나는 기쁨 속에 사나니, 다시 한번 성토盛土를" (It' s still I live in hopes to see, The Holy Ground once more.)

152 양념제도諸島(spice isles): 음부(privy)의 속어; 블룸의 독백: 저 향료의 섬들…어디서 냄새가 나는 걸까…거긴가 혹은…"【U 307】.

153 모든 비타민은 씹는 도중 점벙점벙… 캐비지와삭와삭 그리고 삶은 감자우적우적 우쩍우쩍 마침내 나는 박제 폴스타프 마냥 식만복食滿腹되고(All the vitalmines is beginning to sizzle…xoxxoxo and xooxox xxoxoxxoxxx thill I' m fustfed like fungstif): (1) 죤은 다시 음식을 먹고 있는지라, 그의 먹는 습관은 Sir Toby Belch와 연관된다. 여기 재차 kates and eaps에 있어서 Bech' s cakes and ale 및 "fungstif"의 Falstaff가 있다. 그의 음식을 씹어 비타민으로 삼킬 때까지, 죤이 음식으로 남은 모든 것이란 소문자 x와 o이다. 이어 그는 Falstaff(〈헨리 4세〉 및 〈윈저의 명랑한 아낙네들〉에 나오는, 술을 좋아하고 몸집이 큰 쾌남이나, 싸움터에서는 겁쟁이 뚱뚱보 기사)처럼 재빨리 먹고 배를 불린다(stuffed) (Cheng 174 참조)

(2) 씹는 이빨에 의해 깨어지는 것으로 생각되는 연한 과자(fudge) 등은 "kates, eaps"로 철자 된다. 철저하게 씹힌 채, 음식은 xoxxoxo 및 xooxox xxoxoxxoxxx로서 나타난다. 만일 여기 x가 자음이라면, o는 모음, 이러한 거의 신원을 알 수 없는 최후의 품질은 아마도 "cabbage" 및 "boiled potestants"(감자)이다. (3) 〈율리시스〉의 〈레스트리고니언즈〉(제8장)에서 블룸은 식당의 식객들이 즐기는 육의 카니발이즘을 이런 투로 서술한다: 나는 만취월요일 안체스타 방크에서 그를 만취 났지"(I munched hum un thu Unchster Bunk un Munchday)【U 139】

154 킬라다운 및 레터누스(편지올가미), 레터스피크(편지화便紙話), 레터먹(편지오물) 경유 리토란 나니마(Killadown and Letternoosh, Lettersspeak, Lettermuck to Littoranaima): Killadoon: Sligo의 주도 州都; Letternoosh, Galway의 주도; Letterspeak: Galway의 주도; Lettermuck: Derry의 주도; Letterananima: Donegal의 주도.

155 저 최광방가最廣房家(the roomiest house): 아일랜드 의회의 의장이었던 William Connolly의 주택인 Castletown House는 아일랜드에서 가장 큰 사저로 알려졌다.

156 타드우스 캘리에스크 귀하(Thaddeus Kellyesque Squire): Judas Thaddeus: 예수의 아우로서, 세상의 묵시록적 도래를 주장한 사람(apocalypticist).

157 그대의 입을 궁궁窮弓할지라! 절대적으로 완전무결한!(Bow your boche! Absolutely perfect!): 〈율리시스〉 제13장 구절의 패러디: "그녀의 장미 봉오리 같은 입은 그리스적인 완벽한, 진짜 큐피트의 활과 같았다"(her rosebud mouth was a genuine Cupid' s bow. Greekly perfect)【U 286】.

158 오우(oh)와 서투른 오오(ah)(owes and artless awes): omega…alpha.

159 헤르메스 같은 찌름(자극)(a hermetic prod): Hermes Psychopompos(희랍 신화에서 신들의 사자)는 막대로 사람을 찔러 독살시킨다(prod dead).

160 용설이월溶雪二月의 딸들의 방진方陣(the phalanx of daughters of February Filldyke): 조이스의 Harret Weaver 여사에게 보낸 서한(8/8/1928) 참조: "마론 성당(Maronite Church)의 연도(liturgy)의 언어는 실리아어語가 그 배경이다. 성 금요일에 예수의 육체가 십자가에서 끌려나, 시의 屍衣에 쌓인 채, 무덤으로 운구 되는 동안, 백의의 소녀들이 꽃을 뿌리며 많은 향유가 사용된다. 마론 교의

의식은 레바논 산에서 사용한다. 이는 마치 어린 신인 Osiris의 육체가 탈의 되고 향유되는 것과 같다. 그는 이미 작일昨日처럼 보인다. 소녀들의 합창대는 Odhsis로 발음하는 자들과 Oeyesis로 발음하는 자들로 양분된다. 그의 애도가는 모두 29자로, 6x4 =24+마지막 5자 = 29이다."

161 공동집전公同執典 받는 진중진야陣中眞夜 해바라기(concelebrated meednight sunflower): heliotrope 의 암시; 여기 sunflower는 죤 및 이씨이도 하다.

162 여명당원(piopadey boy): Peep of Day Boys: 아일랜드의 신교도 구룹(1784-95).

163 훤소喧騷(pollylogue): polylogy: loquacity: 다변, 수다.

164 오아시스, 삼목杉木… 피페토皮廢土여, 파이프적타笛打는 비침을 부지不知했도다!(Oasis, cedarous…Pipetto) 프라타너수림樹林의 로착신기루露着蜃氣樓 테니스유희遊戱여!: (1) 〈불가타 성서〉(Vulgate)(4세기에 된 라틴어역의 성서)의 성구 17-19의 변형: (L) "나는 레바논에 번성한 삼목 그리고 시온 산의 사이프러스 목을 닮았도다. 나는 Cades에 무성한 종려나무로서 그리고 젤리코의 이식된 장미를 닮았도다. 들판의 번성한 올리브 나무처럼 그리고 열린 공간의 바다 곁에 플라타너스 나무처럼, 나는 번성하도다"(I am like a cedar on Lebanon & like a cypress on Mount Zion. I am as a palm-tree exalted in Cades & like the transplanting of a rose in Jericho. Like a splendid olive in the fields & like a plane-tree beside the water in the open spaces I am exalted).

165 피페토皮廢土여, 파이프적타笛打는 비침을 부지不知했도다!(Pipetto, Pipetta has misery unnoticed!): Robert Browning 작 〈피파 지나가다〉(Pippa Passes) 시제詩題의 패러디.

166 평화소녀平和騷女들은 역방향逆方向으로 자신들의 수완평화협정手腕平和協定을 맺었나니(the pacifettes made their armpacts widdershins): 조이스의 Harret Weaver 여사에게 보낸 서한(8/8/1928)에 의하면: "이 윤년 코러스는 마론교의 그리고 라틴어의 '침구례'(pax)를 모방하여 한층 낮게 반복 된다. 소녀들은 실지로 아무것도 하지 않고, 서로 몸을 돌리고, 서로의 이름을 경쾌하게 부른다"(This leapyear chorus is repeated lower down in imitation of the Maronite & Latin 'pax'. The girls do nothing really but turn on to another, exclaiming one another's name joyfully).

167 펄롱 마일(furlong mile): 8furlong = 1마일.

168 에레비아(Erebia): Erebus:(희랍 신화(이승과 저승과의 사이에 있는 암흑계) 그의 누이에게 Aether, Day 및 Night를 낳게 한 Chaos의 아들.

169 불사조원不死鳥園(phaynix): (1) 피닉스(알라비아의 불사조) (2) 피닉스 공원.

170 베뉴 새여!(Bennu bird): Bennu: 〈이집트의 사자의 책〉에 나오는 불사조 또는 신조新鳥(new bird).

171 아돈자我豚者여!(Va faotre!): (Breton): va paotr: my son. (F) va te faire foutre!: Go to hell!(뒈져라!)

172 광포한 불꽃이 (해)태양을 향해 활보할지라(sunward stride the ramoantre flambe): 노래 *Il Trovatore*의 가사 Stride la vampa의 인유.

173 그대의 진행進 작업할지라!(Work your progress!): 〈피네간의 경야〉: 〈진행 중〉(Work in Progress)의 책 타이틀.

174 그대가 밤이 아침을 기다리는 동안 걸을지라(Walk while ye have the night for morn): 〈요한복음〉 12:35 성구의 인유: "빛이 있을 동안에 걸을지라, 어두움에 다니는 자는 길을 알지 못하느니라"(Walk whilst you have the light, that the darkness overtake you not).

175 명조明朝가 오면 그 위에 모든 과거는 충분낙면充分落眠할지니(morroweth whereon every past shall full fost sleep): 〈요한복음〉 9:4 성구의 인유: "때가 아직 낮일 때 나를 보내신 이의 일을 우리가 하여야 하리라 밤이 오리니 그때는 아무도 일할 수 없나니라"(I must work the works of him that sent me, while it is day: the night cometh, when no man can work).

176 아면(Amain): (1) 아멘(Amen): 테베의 양두신 羊頭紳; 옛 이집트의 태양신 (2) 아멘(amen): 헤브리어: "그렇게 되어지이다!"(So be it!)의 뜻: 기독교도가 기도 등의 끝에 부름.

177 돌아와요, 악동 심술궂게, 우여신구牛女神丘에로!(Come back, baddy wrily, to Bulldamestough!): 노래 제목의 인유: "Come Back, Paddy Riley, to Ballyjamesduff!"

178 노령老齡(old fellow): Othello의 암시. Oldfellow는 〈율리시스〉의 밤의 환각 장면인 키르케 장에서 Othello에 대한 pun으로, 거기서 셰익스피어는 부르짖는다: "이아고고! 나의 늙은 친구가 어떻게 하여 데스티모난을 목조라 죽였던고! 이아고고!"(Iagogo! How my Oldfellow chokit his Thursdaymomum. Iagogo!)

179 나의 소년, 세세歲歲를 통하여(me boy, through the ages): Dorothy Stuart 작 〈세세를 통한 소년〉(*The Boy through the Ages*).

180 덜시톤(duciton): 인공 감미료.

181 천사의 … 소년담애少年膽愛(love of an angel): 무어의 노래 재목에서: 〈천사들의 사랑〉(*The Loves of the Angels*).

182 엘(ell): (길이의 단위) 45인치.

183 코노트 지역의 반분이요…자신의 전체는 오웬모어의 사분지오로다(Conn's half but the whole of him…Owenmore's five quarters): (1) 아일랜드는 고대로 Conn의 절반 및 Mogh의 절반으로 양분되었으니, 후자는 Eoghan Mo'r Mogh-Nuadhat에 속했는지라, 그는 Munster를 그의 다섯 아들에게 나누어주었다. (2) 아일랜드는 한때 5개 주로 나누어졌는데, 현재는 4개 주이다.

184 광수선화狂水仙花(daffydowndillies): 노래 가사의 패러디.

185 청춘몽향青春夢鄕(Tear-nan-Ogre):(I) Tir na nO' g: "젊음의 땅"(〈율리시스〉 제9장 참조: 위대한 명사들이여? 이름으로 가장한 채: A.E. 영겁(eon): 매기…태양의 동쪽, 달의 서쪽 "티르-나노-그(불로 불사의 나라"(good masters? Mummed in names: A.E., eon: Magee…*Tir na n-og*. Booted the 트웨인 and staved)【U 160】.

186 서부의 나의 작은 회색의 집(my little grey home in the west): 노래 가사의 패러디.

187 터커로우까지 나를 따라와요!(Follow me up Tucurlugh!): 노래 가사의 패러디: "Follow Me up to Carlow"【428 참조】.

188 폴두디(Polldoody): Poldoody: Clare 군에 있는 굴 생산지.

189 황서풍荒西風의 황도대(the zoedone of the zephyros): zone of the Zephyre(서풍의 의인화).

190 통역사(dragoman): 아라비아어, 페르시아어 및 터키어 등을 말하는 나라의 통역사.

191 필사必死(Dood): (Du) death, dead.

192 폭루트의 숲 늑대들!(The wolves of Fochlut!): Wood of Focut(Mayo 군 소재).

193 재발 12호狐들에게 나를 투축投蹴하지 말지라!(Do not flingamejig to the twolves!): 파넬의 구호 변형: "Do not throw me to wolves.

194 흉포凶暴여인(Turcafiera): (It) turca fiera: 사나운 터키 여인.

195 광표狂豹 같으니(Fierappel): 중세의 Reynard 짐승 서사시 중의 표범(전출 97 참조).

196 알랑대는 말칸토니오!(blarneying Marcantonio!): 1. 아일랜드 서남부의 도시인 Munster의 Blarney 성 2. 안토이우스(Mark Antony): 로마의 장군, 정치가 3. (It) marcantonio: 장강남長强男.

197 나는 그대가 원부遠父를 감동했음을 볼지니, 알랑대는 말칸토니오[셈]! 이토록 처참한 자가 내게 뭘 말할 수 있으며 혹은 어찌 내가 그와 악운을 관계하랴?(I' ll see you moved farther, blarneying Marcantonio! What cans such wretch to say to I or how have My to doom with him?): 여기 욘손은 그의 쌍둥이 형제 셈을 격멸하는 바, 후자를 그는 여기 Mark Antony로 부른다. "이 처참한 자가 내게 뭘 말할 수 있으며, 나는 그와 뭘 관계하랴?"라고 질문하는데, 이는 욘이 햄릿의 놀이 배우에 관한 질문을 메이라고 있다: 그럼 대관절 헤쿠베가 뭣이며 그는 헤쿠베에게 무엇이관데?(김재남 813) (What' s Hecuba to him, or he to Hecuba?) (II.ii. 543). 욘은 계속 묻는다: "Been ike hins kindergardien?: 이는 나는 나의 형의 파수꾼인가?(Am I my brother' s keeper)"의 독일어이다. 또한 〈나의 형의 파수꾼〉(*My Brother's Keeper*)은 조이스의 친 동생 스태니슬로스 조이스의 형에 관한 전기서傳記書이다.

198 시발적으로(initiumwise): Initium: 불가타 서(Vulg)의 〈마가복음〉의 서언.

199 머리털 꼭대기에서 발뒤꿈치까지(hairytop on heeltipper): 〈창세기〉 25:25-6): "야곱은 손으로에서의 발꿈치를 잡았으므로…" 에서는 "머리털 많은"(hairy) 자이다.

200 요정이 바꿔친 아이(Changechild): 요정이 진짜 아이 대신 놓고 간 아이. 〈율리시스〉의 밤의

환각 장면 말에서 블룸은 그의 죽은 아들 Rudy-changeling을 그로 본다【U 497】.

201 각운강경증적 신외발기적!(cataleptic mithyphallic!): 1. cataleptic: (시적) 이해에 관한 2. catalectic: 최후 보격에 음절이 부족한 운시에 관한 3. 3장단 격(troche)으로 구성된 외설 운시 (ithyphallic verse) 4. 여기 욘의 HCE에 관한 룬 시구 수수께끼는 〈율리시스〉 제17장에서 블룸의 그것과 유사한 것으로, 그것은 그가 유년시절 몰리에게 보낸 자신의 최초의 이름의 생략체로 지은 이합체시이다:

포엣(시인)은 이따금 감미로운 음악의 선율로

오 찬미하도다 성스러운 하느님을.

올연히 부르러므나 몇 번이고.

띠게 값진 것 노래 또는 술보다.

아라 와요 내 사랑. 세계는 안의 것.

Poets oft have sung in rhyme

Of music sweet their praise divine.

Let them hymn it nine times nine.

Dearer far than song or wine.

You are mine. The world is mine. 【U 555】

202 총總 토템 침주상 조상(Totem Fulcrum Est): (L) all is a bed.

203 어떤 거미도 줄을 치지 않았던(no spider webbwth): 1098년에 윌리엄 2세는 웨스트민스터 사원의 홀 지붕을 위해 Oxmantown 산産의 재목을 구입했는데, 거기에는 오늘날까지 어떠한 영국 거미도 줄을 치거나 알을 낳는 일이 없었다.

204 낙원애란(Dies Eirae): Eire: 에이레(애란)

205 세계년世界年(Anno Mundi): (L) 세계의 해(year of the world).

206 양부羊父의 미담尾談(lambdad's tale): 1. granddad's(조부의) 2. lamb's tail(양의 꼬리) 3. Charles Lamb과 그의 자매 Mary Lamb 작 〈율리시스의 모험〉(*The Adventures of Ulysses*)의 인유.

207 로마 까악트릭(표기) 432인고?(roman cawthrick 432?): 성 패트릭은 기원 432년에 아일랜드에 상륙했다.

208 사두마인차四頭馬引車할지라(*Quadrige*): 1. (L) quadrigae: 4말들 머리에 걸친 멍에. 2. 패트릭은 종교/정치의 갈등으로 당분간 Cothraige로 불렸다. 이는 "4에 속한다"(belong to)라는 의미로 나중에 잘못 해석되었으며, 그의 노예 신분 동안 4주인에 의하여 소유된 것으로 주장되었다.

209 가재動피조물이여(craythur): 노래 가사의 패러디: 〈피네간의 경야〉 "그는 매일 아침 고놈의

피조물 한 방울을 마셨는지라"(He 'd a drop of the craythur every morn).

210 애당초에 숙어宿語 있었나니(In the becoming was the weared): 〈요한복음〉 1:1: 성구의 변형: "애초에 말씀이 있었나니"(In the beginning was the Word).

211 목소리는 야곱농자弄者의 목소리이요(The voice is the voice of jokeup): 〈창세기〉 27:22: 성구의 변형: "목소리는 야곱의 목소리요, 손은 에서의 손이라"(The voice is Jacob' s voice, but the hands are the hands of Esau).

212 모방 로마(Roma)인고 아니면 이제 애愛아모(Amor)인고(imitation Roma now or Amor now): 1. Venus 및 Rome(AMOR/ROMA)의 사원들은 거울 이미지로 건립되었다 2. Romanov: 러시아 왕제 가족 3. Sir Amory 트리스트람: 호우드 의 최초의 백작.

213 위선활강僞善活降된 채!!!!!!!(faulscrescendied!!!!!!): (고대 성당의 슬라브어) Resurrection + false crescendo (가짜 점강음).

214 오피우커스 성좌(Ophiuchus): 1. 뱀 성좌(the Serpent Constellation) 2. Vulpecula(여우자리 성좌).

215 토성사탄마魔의 사환제蛇環制(Satarn' s serpent ring system): Satarn: Saturn: 농업의 신(토성) + Satan(마왕); serpent ring: 뱀같이 싸린 환環(반지).

216 연약軟弱 여인(muliercula): (L) 연약한 작은 여인, 여기 ALP의 암시.

217 소어신성小魚新星 아도니스(pisciolinnies Nova Ardonis): (it) pesciolini: 작은 물고기들; nova: 샛별: Adonis: (희랍 신화) Aphorodite(사랑과 미의 여신)에게 사랑 받은 미남.

218 익사가요정성좌溺死歌妖精星座(Prisca Parthenopea): (L) prisca: old; Parthenope: 스스로 익사한 사이렌(물의 요정).

219 지구砥球, 화성華星 및 수성繡星(Ers, Mores and Merkery): Earth, Mars and Mercury.

220 최휘最輝 악투라성星, 비성秘星 마나토리아, 비너스 및 석성夕星메셈브리아(Arctura, Anatolia, Hesper and Mesembria): The' le' me에 있는 Rabelais 사원의 탑들: 1. Arctic(북), Anatole(동), Mesembrine(남), Hesperia(서) 2. Aecturus: Bootes(목자자리) 중 가장 밝은 별; (L)Hesperus: 비너스: 서부; (Gr) mese' mbria: 정오, 남부. 3. Anatle, Dusis, Arcis, Mesimbria: ADAM을 철자하고 있는 신비의 별들: 북, 동, 남, 및 서.

221 디글 마을(Dingle): Kerry 군의 마을(관광지) 이름

222 **나의 영혼은 죽음에까지도 슬프나니!** (*Tris tris a ni ma mea!*): 〈마태복음〉 26:38의 성구 패러디: "나의 영혼은 심지어 죽음에까지도 슬프도다"(my soul is sad even unto death).

223 상관족傷慣足!(Wonted Foot): 노래 가사의 변형: "슬래타리의 말 탄 발"(Slattery' s Mounted Foot).

224 신의 분노와 도니 천둥 화火?(Rawth of Gar and Donnerbruck Fire?): 1. Rathgar: 더블린의 지역 명;

신의 분노(wrath of God) 2. 노래 가사에서: "도니브르크 시장"(Donnybrook Fair); (G) Donner: 천둥.

225 바벨 수다성(babel): 1. Babel 탑 2. babble(허튼 소리).

226 불행-행行-계곡(Bappy-go-gully): happy-go lucky: 낙천적인.

227 작살(gaff): 물고기(연어)를 낚아 올리는 작살.

228 생生 아 사死여!(Ser Oh Ser!): S.O.S.

229 그들에게 영원휴식永遠休息을 하사할지니! 오 주여, 영원한 빛이 그들 위에 비치게 하사! (Rockquiem eternuel give donal aye in dilmeny): 1.사자를 위한 미사의 초입경"Introt of Mass for dead: *Requiem aeternam dona eis...*(Grant them eternal rest) 2. dolmeny: 무덤의 고인돌(dolmen on garve).

230 골무와 뜨개바늘 놀이를 하고 있도다(playing thimbles and bodkins): 1. bodkins는 햄릿의 bare bodkin(III.i.76)을 암시하는 바, "그것으로 우리는 인생을 청산할 수 있다"(with which one might his quietus make). 여기 인용구(햄릿의 "죽느냐 사느냐"의 구절)에서 bodkin은 햄릿의 dagger이나, 이상의 구절에서 Bodkins는 little body란 뜻이다(Cheng 186). 따라서 이 구절의 "골무와 뜨개바늘"의 융합은 HCE와 ALP를 암시하는 듯함 2. OED에 의하면, "Thimble and Bodkin Army는 영국 시민 전쟁의 의회군(Parliamentary Army)의 별명" 3. Michael Bodkin: Galway에서의 Nora의 연인으로, 〈더블린 사람들〉의 〈죽은 사람들〉에서 Michael Furey의 모델.

231 일족一族!(Clan of the Gael!): 미국의 피니언 조직(단체).

232 구담鳩膽(Dovegall): (I) Dubh-gal: 검은 외국인(Black foreigner), 즉 덴마크 인들.

233 크럼 어뷰!(Crum abu!): Crom abu' : Fitzgerald의 전쟁 구호; William John Fitzgerald(1830-98): 〈'98년〉의 공모자共謀者, Francis Higgins: 일명 "엉터리 향사"(The Sham Squire)(〈율리시스〉의 12장에서 〈시티즌〉(과장법의)의 허리 띠 위에 조각된 아일랜드 고대 영웅들 중의 하나)【U 242】, 그는 *Freeman's Journal*의 편집자요, Lord Edward Fitzgerald를 배신했다.

234 향사인지라! 영원한 적赤정강이! 랑카스(터)(the yeomen!···Lancs): York? Lancaster(장미전쟁).

235 노루動의 외침(The cry of the roedeer): Harold White(1872-1940): 더블린의 작곡가로, Tara의 성 패트릭을 다룬 〈사슴의 외침〉(*Cry of the Deer*)을 작곡함.

236 사냥나팔 부는 사냥개!(the hound hunthorning!): 영국의 사냥 잡지인 *Horn and Hound*.

237 아이리시 타임즈 지··· 그리스도! 애어즈 인디펜던스 지··· 그리스도! 그리스도··· 프리먼즈 챠맨 지를 지탕하소서! 그리스도 대일리 익스프레스 지를 밝히소서! (Christ in our irish times! Christ on the airs independence!··· Christ hold the freeman' s chare man!···Christ light the dully expressed!): 1. 더블린의 중요 일간지들에 대한 익살: *Irish times, Irish Independent, Freeman's Journal, Daily Express* 2. 성 패트릭의 찬가인 〈가슴바디〉(*Breastplate*)의 가사: "나와 함께 그리스도, 나 앞에 그리스도,

나 뒤에 그리스도, 나 속에 그리스도, 나 아래 그리스도, 나 위에 그리스도"(Christ with me, Christ before me, Christ behind me, Christ in me, Christ below me, Christ above me, &c).

238 교황을 질식할지라!(Choke the pope!): 노래 제목의 익살: Kick the Pope.

239 광청光聽할지라! 운부雲父여!)(Aure! Cloudy father!): 여기 Cloudy father는 〈햄릿〉에서 사이비 부(pseudofahter)인 Claudius 뿐만 아니라, 그의 진부眞父(realfather)인 바, 작품에서 후자는 Head-in-Clouds【I.v.10】이다. Aura!는 햄릿 부왕의"List의 번안일 수 있다(라틴어의"aude").

240 초자初者!(ersther): Esther: 스위프트의 연인들인 스테라와 바네사, 양자의 이름.

241 애관적愛管笛(피페트)!(Pipette); Ppt: 스위프트의 연서戀書 결구.

242 진격!(Bayroyt!): 바그너(풍)의 오페라 하우스.

243 그대가 팔 때 나의 값을 받을지라!(When you sell get my price!): 파넬의 글귀: "팔려면, 제 값을 받아야"(When you sell, get my price).

244 그대의 아들을 감쌀지라!(Fold thy son!): 〈요한복음〉 19:26: "예수께서 그 모친과 사랑하는 제자가 곁에 서 있는 것을 보시고 그 모친에게 말씀하시기를 여자여 보소서 아들이니 이다 하시고…"(When Jesus saw his mother there, and the disciple whom he loved standing nearby, he said to his mother, Dear woman, there is your son).

245 공간의 기관원器官源(the ouragan of spaces): C. Darwin의 〈종의 기원〉(Origin of Species)의 인유.

246 그대의 시인의 곡상谷上, 조감고견鳥瞰高見으로!(Your bard's highview, avis on valley!): 1. 아마도 Avon의 시인(the Bard of Avon)(avis on). Avis는 라틴어의"새"요, Avon 골짜기의 조감도(a bird's eye view)(시인의 높은 식견(bard's eye view)." avis on은 Avon 백조(Swan)일 수 있다 2. G. 무어의 시구의 패러디:"Ave, Salve, Vale(〈환호 그리고 작별〉: Hail & Farewell).

247 자색적紫色的으로(purpurando): 바티칸의 속어: purpurandus: (교황이 되기에 알맞은: one fit to be purples), 즉"추기경의 주된 교황 선거장소로 삼다"라는 뜻.

248 이태희랍인적伊太希臘人的(italiote): 이탈리아의 희랍 정주자.

249 두경존재豆莖存在(beingstalk): (팬터마임) 〈잭과 두경(콩 줄기)〉(Jack and Beanstalk).

250 오 핀래이의 냉보冷褓(행복한 냉죄冷罪여!)(Oh Finlay's coldpalled!): 1. Finlay 신부는 예이츠 작의 〈캐드린 백작 부인〉(Countess Cathleen)의 첫 공연에 항의하는 더블린의 학생들을 부추겼다 2. Exsulter: O felix culpa!: 〈피네간의 경야〉의 주제들 중 하나.

251 아담 죄의 필요여!(Ahday's begatem!): 1. (L) Needful indeed was Adam's sin! 2. 웰링턴의 전쟁 구호의 패러디: "Up, guards & at them."

252 그대는 그들이 골짜기를 통하여 그대를 각인脚引했을 때 거기 있었던고?(Were you there when they lagged um through the coombe?): 노래 가사의 인유: 1. "그네들이 나의 주님을 십자가형 처했을 때 그대는 거기 있었던고?: 그네들이 그분을 무덤에 눕혔을 때 그대는 거기 있었던고…"(Were Tou There When They Crucified My Lord!: Were you there when they laid him in the toom…) 2. The Coombe: 더블린의 빈민 사창가.

253 나를 사로잡아 구불구불 굽이치게 했도다(grauws on me to ramble, ramble, ramble): 1. "그것이 나를 떨게, 떨게, 떨게 하도다"(it causes me to tremble, tremble, tremble) 2. Johnson의 잡지 명: 〈소요 자〉(The Rambler).

254 해 바라기 상태(sunflower state): 미국의 Kansas 주.

255 푸타와요(Putawayo): Brazil.

256 리버남(Liburnum): 1. Liburnis: 지금의 유고슬라비아의 지역 명 2. 호색적 향락의 로마 신.

257 뉴 애미스터덤(New Aimstirdames): New York City.

258 이협견耳鋏見이라(appierce): Persse O' Reilly.

259 그녀의 생강미生薑味의(기운氣運의) 입으로부터 병독취病毒臭가(the sickly sigh from her gingering mouth): 세익스피어 작의 〈12야〉(Twelfth Night)에서 Olivia의 집사인 Malvolio에 대한 Toby 경의 질문: 한낱 청지기가 그래 품행이 단정하답시고, 술과 안주도 손대지 않는단 말이지?'(Dost thou think, because thou art virtuous, there shall be no more cakes and ale?))에 대한 광대인 Feste의 첨언添言인 즉, "그러나 앤 성자도 알고 계십죠. 하지만 생강즙으로 맛을 쳐서 좀 따끈하게 입맛을 돋우면 좋을 텐데"(김재남 312)(Yes, by Saint Anne, and ginger shall be not i' th' mouth too)(I.iii 107).

260 조조무뮤의 더블린 주막酒幕처럼(like a Dublin bar in the moanign): 노래 가사의 인유: "그대 존 필을 아는 고: 아침의 그의 뿔 나팔과 그의 사냥개를"(Do ye ken John Peel: his horn and his hounds in the morning).

261 돌핀 태생 (Delphin' s Bourne): 1. Dophin' s Barn: 더블린의 지역 2. 햄릿의 유명한 독백의 글 귀의 패러디:"이래서 미지의 저 세상으로 날라가느니(김재남 815)(the undiscovered country from whose bourn)… 【〈햄릿〉 III.i.80】.

262 톱햇(Tophat): 시체를 태우는 장소, 예루살렘의 남동부: 지옥.

263 노서아슬무露西亞膝舞를 합창풍향수식合唱楓香樹式으로 여무黎舞하면서(Dawncing the kniejinksky choreopiscopally): 1. 조이스는 술 취했을 때 이상한 춤을 추었다(Ellmann XLIX 참조) 2. Nijinsky: 러시아의 무용수 3. (Gr) choreios: 코랄 댄스(choral dance)에 속하는.

264 뇌성무雷聲舞 유쾌금일愉快今日!(Taranta boontoday): 노래 가사의 변형: "Ta Ra Boom De Ay."

265 그대는 그가 폴카(족제비)무舞를 도마跳馬춤추는 것을 틀림없이 보았으리라(You should pree him prance the polcat): You Should See Me Dance the Polka.

266 페티코트(piedigrotts): 1. petticoats 2. Piedigrotta: 하룻밤 사이에 기적적으로 세워진 이탈리아의 한 성당.

267 크라쉬다파 코럼 바스(Crashedafar Corumbas!): Christopher Columbus+rumba(룸 바 춤).

268 비코 질서의 반회귀半回歸. 비열점沸熱点에 도약한 유행성 독감처럼 그의 피(血)를 통한 즉흥가면 희극(semi recordo. The pantaglionic affection through his blood like a bad influenza in a leap at bounding point): 1. *recorso*: 비코의 역사 순환의 마지막 단계, 즉 희귀 2. pantaglone: pantaloon in the commedia del arte (16, 18세기 이탈리아의의 즉흥가면 무도극의 늙은 어릿광대).

269 파파게나(Poppagenua): Mozart의 〈마적〉(*The Magic Flute*)의 저급 코미디언.

270 프리아모스 왕王(priamite): Priam: 트로이 최후의 왕; Homer 및 셰익스피어의 등장인물.

271 에드윈 하밀턴 작의 크리스마스 빵따룬 무언극(Edwin Hamilton's Christmas pantaloonade): Edwin Hamilton: 더블린의 Gaiety 극장을 위한 가극 대본(libretti) 작가, Xmas 팬터마임으로 유명함.

272 **에디퍼스 왕과 흉포凶暴표범**(*Oropos Roxy and Pantharhea*): 1. *Oedipus Rex* 2. 뉴욕 시의 Roxy Theatre 3. Oropus: 극장을 가진 고대 희랍 도시.

273 모두들 그와 같은 유사자類似者들에게 눈이 얼레어리병병할지니(They may reel at his likes): 무어의 노래의 패러디: "모두들 이 생활에 악담할지라"(They May Rail at This Life).

274 노아 선인善人(Noeh Bonum): Noah.

275 수진악수手振握手의(h) 여호여타자축하汝好如他者祝賀를(c), 이크레스각하(e)(handshakey congrandyoulike -thems, ecclesency): 1. congratulation +you+like+them (여기 "them"은 셰익스피어, 단테, 블룸, 조이스 등을 포용한다) 2. Your Excellency' 더블린의 Eccles 가; Eccles: 더블린의 시장 각하. 3. 여기 조이스는 〈피네간의 경야〉에서 한번 이상 자기 자신을 3대 문필 거장들의 무리 속에 앉힌다: 그는 괴테, 셰익스피어 및 단테 3총사를 제시하는데, 이들은 서부 유럽 문화의 대표자들이다. 그러나 이 구절에서 조이스는 괴테의 이름을 생략하고 있는 반면, Eccles 가의 블룸을 통해서 〈율리시스〉의 자신을 포함시킨다. "Congrandyoulikethems은 Can Grande에 대한 언급으로, 그에게 단테는 Comedy의 네 가지 수준을 다루는 편지를 썼다." Shakey는 셰익스피어에 대한 암시다. 여기 세 위인들은 단일 가족 속에 모여 있다. 그들은 축하 속에 조이스와 악수하는지라─ 왜냐하면 그는 "likethems(그들+동류)이기 때문이다(Cheng 교수가 인용한 Nathan Halper의 글에서 재인용 (Cheng 180).

276 강궁强弓(strongbow): Strongbow: 아일랜드의 침입자인 영-노르웨이의 지도자.

277 갈라타! 갈라타!(Galata! Galata): 1. Istanbul의 다리 이름 2. *Thalatta Thalatta*("바다! 바다!")【U 5】: (G) 아테네의 역사가 Xenophon의 저서 〈아나 바시스〉(*Anabasis*)의 기록: 페르시아의 왕 키루스(Cyrus)가 그의 1만 명의 그리스 용병을 이끌고, 흑해에 도착, 바다를 보자, 그들이 부르짖는 승리의 함성; 〈율리시스〉 제1장에서 벅 멀리건 참조【U 5】.

278 강설降雪(snaeffell): Snaefell: Man 섬의 산 이름.

279 축복의 소나기우빙雨氷(sleetshowers of blessing): 노래 가사의 패러디: "축복의 소나기"(Showers of Blessings).

280 모피미본毛皮美本(fairskin book): Fagrskinns: 북구 왕들의 생활 일람표(compendium).

281 시녀(vergin page): 1. 무어의 노래 타이틀의 인유:"나의 처녀 시녀를 도로 데려가요"(Take Back the Virgin Page) 2. 또 다른 노라와 함께 또 다른 조이스인 HCE는 그녀의 처녀 페이지 위에 알파벳을 각인하려고 애썼다.

282 아나(Ana): 〈핀갈〉(*Fingal*)에 등장하는 Yuathal De' Danann의 earth-goddess(대지여신).

283 오리자작나무에서터 여송汝松에까지(from alderbirk to tannenyou): 아일랜드의 알파벳은 18개의 문자를 가지며, A(ailm: 느릅나무), B(b대소: 자작나무)에서 T(teithne: 금작화), U(fur:헤더) Dundrum(황갈색구黃褐色丘: 더블린의 지역)까지 갖는다.

284 캠모마일 도섭장徒涉場이 앵초 언덕길을 단절하고, 코니 곡도가 멀브리즈 섬을 경계하나니(Cammomile Pass cuts Primrose Rise and Coney Bend bounds Mulbreys Island): Coney Island와 Mulberry Bend는 뉴욕의 지역이다. 꼭 같은 종류의 제목-변경을 사용하여, 우리는 Cammomile Rise와 Primrose Pass를 얻는다. "Camomile Rinse는 구식 화장품: 금발은 camomile tea(칼밀레를 다린 약)를 가지고 그들의 머리카락을 검게 되지 못하도록 세발한다. Primrose Pass는 오필리아의 "primrose path of dalliance(의롱의 앵초 길)(〈햄릿〉 I.iii.50)을 메아리 한다.

285 고갈된 전소土(whole blighty acre): Bloody Acre: 더블린의 Glasnevin 공동묘지.

286 유월절혈요비逾月節血尿肥된 한 방울 피가 (bladey well pessovered): Passover(유월절: 제물로 바치는 어린 양과 문설주 위의 피) (〈출애굽기〉 12:22-3).

287 쿠푸 왕의 거대한 피라미드와 서회토鼠灰土의 영묘와 봉화등대와 거상巨象 콜셋과 세미라미스 공주): chopes pyramidous and mousselimes and beaconphires and colossets and pensilled turisses…summiramies): (세계의 7경이驚異) Cheop's Pyramid, Halicanassus의 영묘, 알렉산드리아의 등대. Rhodes 섬에 있는 Apollo의 거상, Semiramis: Assyria의 공주 등…(전출 261 참조).

288 처녀사원… 매이누스의 파돈넬(templeogues…Pardonell of Maynooth): 1. 처녀사원: 더블린의 지역 명(church of virgin)2. 1535년의 아일랜드인들의 대량 학살.

289 프라 토발도, 니엘센 회감탄제독稀感歎提督, 진 데 포떼루, 코널 그레테크룩, 구그리엘머스 캐비지 및 고활계高滑稽의 파시부칸트(Fra Teobaldo, Nielsen, rare admirable, Jean de Porteleau, Conall Gretecloke, Guglielmus Caulis and the eiligh ediculous Passivucant): Fra Teobaldo: Matthew 신부(아일랜드 절주 용호자)의 동생 또는 셰익스피어 학자 및 표절자; Nielsen: 해군 제독 Nelson; Jean de Porteleau: Sir John Gray (더블린 급수소의 우두머리)(그의 동상이 O' Connell 가에 서 있다); Conall Gretecloke: O' Connell(〈율리시스〉 제6장에서 장의마차가 거대한 외투의 행방자"아래를 지난다)【U 77】; Guglielmus Caulis: 1848년의 'Cabbage Patch 반항' 의 William Smith O' Brien; Passivucant: 피닉스 공원 가까이의 소로[Pass If You Can이라 불림].

290 구어돈 보수시報酬市 의 나의 카펫 정원(carpet gardens of Guerdon City): Artemis의 사원, 바빌론의 Hanging Garden.

291 그리스로마로미오 남男과 주리엣유랑녀流浪女(gregoromaios and gypsyjulinnes_: Greco -Roman Romeos 및 Gypsy Juliets.

292 체스터필드 느릅나무(Chesterfield elms): 아일랜드 총독인 Philip Chaesterfield는 피닉스 공원에 느릅나무를 심어 미화했다.

293 켄트 주산州産의 홉(Kentish hops): 잉글랜드 남동부 주 산産의 홉 열매.

294 바로우의 맥근麥根(rigs of barlow): 1. rigs of barley 2. 노래 가사의 변형 "말로우의 난봉군들"(The Rakes Of Mallow).

295 필수영왕궁必須英王宮(necessitades): Paco das Necessidades: Lisbon의 왕궁.

296 산사나무호손덴 전당(hawthorndene):1.Hawthornden Glen: 피닉스 공원 2. Edinburgh의 Hawthornden House.

297 핀마크스 저사구邸舍丘 Finmark' s Howe): 1.더블린의 바이킹 의사당(Thingmote) 자리 2. How: 더블린의 시장 각하.

298 피닉스(불사조)의 여왕원女王園(Queen' s garden of her 피닉스): 피닉스 공원의 옛 이름.

299 에블나이트의(eblanite): Eblana: Ptolemaic(지동설의) 더블린 이름.

300 시드니 급한 파래이드(syddenly parading): 더블린의 Sydney Parade.

301 오슬로 느긋하게!(opslo): Oslo의 옛 철자.

302 야후(수인간獸人間)남男(yahoomen): 스위프트의 Yahoo 족.

303 호세아(Hoseyeh): Hosea: 〈구약 성서〉의 소少 예언자들 중의 첫째.

304 클라이즈 데일 복마卜馬(claudesdales): Clydesdale : 스코틀랜드 산産의 힘이 좋은 복마.

305 히스파니아 왕(Hispain' s King): 옛 스페인 왕.

306 부쿠레슈티(buckarestive): Bucharest: 루마니아의 수도.

307 브론코 야생마들bronchos): 북 아메리카 서부 산의 야생마들.

308 로우디 다오(Lawdy Dawe): la-di-da: 으스대는 사람.

309 야생마들…우편봉사차…두마차…얼룩마들(bronchs…poster shays…noddies): 여기 다양한 말들과 마차들은 〈율리시스〉 Aeolus장말에서 누전으로 전차들이 멈추자, "급히, 덜컹거리며" 구르는 "삵 마차, 배달 차, 우편 차, 사륜마차, 병 실은 달그락 상자 마차"들을 연상시킨다【U 122】.

310 마태태하! 마가가하! 누가가하! 요한한한하나!(Mattaha! Marahah! Luaha! Joahanahanahana!): 4대가들(마태, 마가, 누가, 요한) 및 그들의 당나귀의 울음소리. 여기 2층으로부터의 아이의 울음소리【559.30】는 이들의 나귀의 (비웃음)소리로 변용한다.

311 포터 씨(Mr Porter): 1. HCE는, 팀 피네간으로서 그가 나무통(hod)을 지니기 때문에, 피네간의 시신은 "술통"(barrel of porter)을 갖기 때문에, "포터 씨"라 불림 2. HCE는 많은 것으로 이루어지는지라, porter(맥주)를 파는 주점 주인으로서, 그리고 Masonic 회관의 수위 및 문지기(porter)로서 3. 〈맥베스〉의 문지기 참조.

312 바소로뮤(Bartholomew): Vanhomrigh: 스위프트의 바네사의 아버지(그의 장인).

313 고등어(mackerel): 〈율리시스〉에서 블룸의 별명이기도【U 133】.

314 브로조 산 와인(Porto *da Brozzol*): Brozzo: 이태리의 마을 산의 와인.

315 경찰흥악대警察興樂隊…삼수요일森水曜日…호곡狐曲(울프톤): poleesturcers … woodensdays …wolvertones: 1. 피닉스 공원의 함몰저지(Holl Hollow)는 수요일(wednesday)에 더블린 수도 경찰 악대에 의하여 공연장으로 사용되었다. 2. Wolfe Tone: 〈연합 아일랜드인들〉(*United Irishmen*)의 창설자.

316 John Keble: 영국 성공회 사제, 신학자, 시인 〈옥스퍼드 운동〉(The Oxford Movement)을 주도했다. 그는 옥스퍼드의 시학교수였고(1831-1841), 사망 시까지 Winchester 주의 작은 마을의 교구 목사였다.

317 이 구들은 시로부터 파생된 앵글리칸의 찬가에서가 아니다. 찬가는, HCE가 인용하는, 최초의 절을 포함하지 않는다.

318 더그(협호峽湖)의 붉은 얼굴이 틀림없이 패트릭의 연옥하게 할지니(Derg rudd face should take Patrick's purge): Derg 호반: 성 패트릭의 연옥의 자리.

319 시도미음계(Sidome): solmization: (음악) 계階 이름 부르기: C=도, E=미, B(독일어 어휘에서 H)+고로 si-do-mi=HCE.

320 적점赤點(Redspot): 1. Jupiter 별의 붉은 점 2. HCE의 음경 발기와 천계天界의 양상과의 암시.

321 루터스타운(Lootherstown): 기차 철로(더블린에서 코크까지 해안 철도)(오늘의 Dart)는 Dalkey, Kingtown, Blackrock 및 Boostertown을 통과한다. 〈젊은 예술가의 초상〉 제4장 참조.

322 주피터노가주목木 방주성채方舟城砦(juniper arx): Jupiter: 목성 또는 로마의 Capitoline 언덕인 Arx(L)(城)위의 Jupiter 사원. 여기 juniper는 HCE의 성기의 상징.

323 대도통굴자大盜痛掘者 그의 소백합탕녀小百合蕩女(Bigrob dignagging his lylyputtana): 스위프트의 〈걸리버 여행기〉: 거인국과 소인국(Brobdingnag & Lilliput).

324 호, 호(io, io): 1.(L) ho, ho! 2. Zeus의 연인, Jupiter의 위성.

325 능직쌍자綾織双子들은, 배지참자杯持參者, 거원巨園: 배지참자杯持參者(the twillingsons, ganymede, garry- more) : 1. 쌍자들(twin)은 다른 한 쌍의 신분을 갖는다: Ganymede는 셰익스피어 작의 〈뜻대로 하세요〉의 Rosalind에 의해 채용되는 이름인즉, 그녀는 소년으로 변장한 채, Arden의 숲 속으로 들어간다; Zeus의 컵봉지자(cupbearer), Jupiter의 위성; garrymore: 유명한 셰익스피어 배우인 John Barrymore일 수도.

326 쌍정애인双情愛人(pairamere): 정부情夫(paramour, 즉 HCE.

327 어울두목頭目과 포스퍼 혜성彗星(Bossford and phospherine): HCE와 ALP; Phosphor: 해뜨기 전의 Venus 혜성.

328 Lorenz Hart: 미국의 작사가, 별칭은 Larry Hart, 순수시처럼 언어를 선별하고 여기에 세밀한 기교까지 곁들인 대중기교로 유명하다. 25년간 작곡가 Richard Rodgers와 손잡고 "내 마음 속에 노래를 담아"(Song in My Heart)(1929)와 같은 소박한 감정표현에서부터 "숙녀는 숙녀가 아니다"(The Lady is a Tramp)(1937) 등으로 유명하다.

329 리어왕근시안王近視眼(Leareyed): (i) bleary-eyed: 눈이 흐린 (ii) 〈율리시스〉의 도서관 장면에서 스티븐은 "코딜리어…리어의 가장 외로운 딸"(Cordelia …Lir's loneliest daughter)이라 명상하는데, 여기 Cordelia는 셰익스피어의 〈리어 왕〉에서 왕의 가장 외로운 딸이요, 스티븐 자신의 외로운 처지를 연관시킨다. "lear 또는 "lie는 애란어로 "바다"의 뜻이요, 외로운 해신 Mananaan MacLie가 그 예이다. 이 구절에서 외로운 HCE의 처지를 만년에 눈이 멀고 외로운 Lear 왕과 고독한 MacLir를 비유하는 듯함.

330 회환원回環圓(Rounds): 비코의 역사의 환은 언제나 마냥"돌고 돌아"(round and round). 갈채의 자석으로 충만한 거대한 극장의 청중은 극락적이다. 연극행자들은 갈채의 환으로, 또한 눈물로 부서지나니. 우리 독자들은 청중 안에 있고, 우리는 갈채의 환에 접종接終했고, "몽유夢遊의 묘로墓路들 사이로"【594.8】안전하게 통과했다.

IV부
회귀

회귀

신기원의 여명

케빈의 축하

공포된 HCE의 경솔

재현된 범죄의 장면

뮤트(셈)와 쥬바(손)

성 패트릭 성자와 켈트 현자(버클리) 간의 논쟁

ALP의 편지

ALP의 최후의 독백

그러자 이때 Liffey 강은 역류하기 시작한다, 회귀

부활은 손을 위한 T.S. 엘리엇의 공식과 더불어 시작한다. "후편지배달인後便紙配達人"(latterman)【603】은 그의 어머니가 창조하는 미래를 위한 우리의 희망이다. 고로 그와 그녀는 마지막 장에서 영웅이요 여걸이다. "모두들 불러 내림"은 모두 불러내 올림을 의미한다.

"어디 하시何時?"【599】, 캐드의 질문은 "회귀하는"【609】 수탉에 의해 대답된다. 때는 수탉의 시간이다. 자신의 항아리 속에 잠시 요리한 다음에, 피닉스는 밖으로 기어 나오고 있다. "오 레일리(기원)祈願, 오 레일리(재편성)再編成 오 레일리(광선)光線!"【593】 그의 경야에, 핀(Finn)은 깨어나고 있다.

첫째 장은 소개요, 고로 이 장은 총괄이다. 모든 대주제(leitmotifs)와 소주제(motifs)

는 재현하는바, 시간과 공간 그리고 모든 인물. "29굴광녀들"과 심지어 "이중의 미끼들"이 우체부 숀 주위를 "경쾌" 속에 춤춘다. "오궁청肯聽! 오궁청오아시스! 오궁청궁청오아시스!"(Oyes! Oyeses! Oyeseyeses!)【604】그들은 부르짖는다. "나는 경남莖男인 경남莖男인지라," 신세계의 성스러운 감자(potato)가 대답하나니【603-04】. 동양적 철학에 대한 언급들이, 심오한 의도를 결하면서, 여기 동양과 솟는 태양을 지시하려 하도다.

이러한 일반론 다음으로, 이 주된 장은, 4부분으로 추락하면서, 그것의 클라이맥스에로 솟는다. 한 성자의 전설, 첫 장을 되돌리는, 뮤트와 쥬트의 또 다른 논쟁, 및 편지에 대한 개관이 ALP의 마지막 독백을 선행한다.

그렌달로우의 성 케빈의 전설【604-06】은 아들인, 케빈-숀을 축하한다. 그의 휴대용의 욕조-제단 속에 예이츠의 이니스프리 호도(lake isle of Innisfree)에로 범주泛舟하면서, 성스러운 소년은 물 속에 앉아 있다. 그의 "이이크"(Yee)【604】는 〈율리시스〉에서, 블룸 부인의 "그래요"(Yes)라는 감탄사를 메아리 하는바, 왜냐하면, 탄생과 세례의 물은, 그를 새신하면서 그에게 존재와 신분을 제공했었다.

모든 어질러진 불결不潔을 우리의 영혼세례 돌보도록 내맡기면서.【605】

블룸은 물을 사랑하는 자였다. 그렇게 성 케빈은 공수병자인지라, 그의 전설은 욕조의 또 다른 이야기이다. 아보카(Avoca)의 물의 만남에서 그리 멀지 않은 곳의 글렌다로우는 7성당을 갖는다. 아마도 이것은 조이스의 케빈에 대한 전설이 일곱 덕망들, 7성당의 서품들, 7교의의 시간들 및 7성례전(sacraments)을 함유하는 이유이리라. 천사들의 9서품들은, 유희의 도움으로 제시되거니와, 이 숫자의 조화를 조금 위반하지만, 그러나 무관이라. 7죄들은 이 경쾌한 우화 속에 어디에고 나타나지 않음은 고무적이다.

뮤트와 쥬트는 뮤터와 쥬바로서 재현한다. 여전히 언어로 분할된 채, 침입자와 원주민은 전처럼 토론한다. 침입자인 쥬바는 이제 성 패트릭으로 엉터리 라틴어와 일본 영어를 뮤타(변화)에게 말하는데, 후자는 공허한 말과 엉터리 영어를 말한다. 뮤타는 애란의 드루이드 승僧이요 버클리 승정은, 여하튼 버클리와 합세했었다. 그들의 토론은 〈피네간의 경야〉에 관한 공격이요, 그리고 그의 옹호이다. "애란인"인, 뮤타는 외모의 다색 베일, 꿈의 세계, 상상력 및 상징을 지지한다. 실질적인 쥬바는 논설, 사실 및 상식의 백광을 지지한다. 패트릭과 태양의 빛에 의해 패배된 채, 드루이드 버클리는 몰락한다. "터드(팽)"(Thud).

ALP의 HCE에 대한 편지의 새로운 번안【615-19】은 〈피네간의 경야〉의 주제들을 개관하나니. 캐드, 두 소녀, 죄 그리고 모든 잡담이다. 그녀는 그에게 탈선을 용서한다.

ALP의 최후의 독백【619-28】은 블룸 부인-몰리-페네로페의 그것에 상당한다. 양자들(몰리와 함께)은, 그들의 남편들이 소박함을 보면서, 그들이 도피 불가함을 발견한다. 아마도 ALP에게 그녀의 "거상巨像 맥쿨!"은 신데렐라의 "시골뜨기"이지만, 그는 또한 남편, 아들 그리고, "암담하게 고함치는 아버지이다." 이제 노파인, 그녀는, 기네스 맥주 통과 함께, "딸-아내"에 의하여 그녀의 아버지의 애정 속에 대신 들어 앉아, 그녀의 아버지의 바다에로 흘러 나간다. 왜냐하면 아들은 아버지를 대치하듯, 딸은 어머니를 대치하기 때문이다. 외롭고 슬프게, 그녀는 "빠져나가고 있도다." 그녀의 작별은, 시적이요 부드러운지라, 가장 순결한 "노래"(음악)(schmalz)이도다. 우리의 굳은 확신이 무엇이든 간에, 그러나 정당한 곳에, 정당한 시간에, 작은 "노래"은 별반 잘못이 없도다. 우리의 굳은 확신이 무엇이든 간에, 우리는 결국, 인간적이거나 혹은 그래야만 하도다. 슬픈, 외로운 아나-케이트는, 바다에로 빠져나가면서, 희망이 없지 않는지라, 왜냐하면 "제차 편"이 있을 것이기에【628】. 최초의 페이지에로 되돌아가거니와, 이제, 그리하여 그대 자신을 찾을지라.

시간은 종국에 작품의 IV부에 멈추나니, 그것은 단지 한 장章, 즉 종정終章으로 구성된다. 장의 시작에서, 조류는 여전히 흐르고 있는지라, 그런고로 시간은 여전히, 연약하게. 달리고 있다. 그러나 조류의 전환의 순간은 급히 접근하는 지라, 그리하여 당시 '시간'은 멈추고' 공간'이 다시 시작한다.

새벽은 트고 있고, 새벽과 더불어 꿈은 끝난다. 멋진 새벽의 연속 뒤로, 더블린의 안개 낀 일요일 마침 사건들을 보이면서, 3오점 착색유리찬문들(stained glass windows)이 솟는 일광에 의해 현시顯示된다. 창문 위의 장면들은 아일랜드의 3위대한 남성 성인들을 보이는지라, 즉, 아일랜드의 성 케빈(St. Kevin이요, 그는 대공(Archdruid)인. 현자 패트릭(St. Patrick)을 패배시켰고, 그리고 위대한 성 로렌스 오툴 (St. Laurence O'Tool)이 있다. 성 케빈은 위클로우 산자락 그렌달로우 호수 한복판에 은거소를 짓고 기거하는 도사(Hermit)이다.

최후로, 매분 매분이 밝아오는 햇빛과 더불어, 우리는, 바다와의 연합을 위해 더블린만으로 흘러갈 때, 모든 인간의 오물을 지닌, 리피 강을 볼 수 있다. 강은 도시를 통해 흐를 때, ALP의 죄 지은 남편(HCE)의 편지는 그것의 깨끗한 형태로 노정된다. 모든 것의 최후인 아나 리비아는 심신 속에 혼성하면서, 더블린만의 바다를 만난다. 그녀는 솟는 태양(sun)인, 아들(son)을, 그의 죄로부터 일어나고, 그토록 많은 여러 해 전에 사랑에 빠진 영광스런 침입자로 복귀하는, 그녀의 불타는 남편으로 오해한다. 그녀는 자신이 그를 그의 상처 입은 손으로 받아들인 것으로 상상하고, 제왕—즉, 솟아나는 태양을 만나는 것을 상상한다. 그리고 그녀와 그녀의 남편이 서로의 양팔 속으로 안긴다. 천국으로의 열쇠들이 주어졌나니, 아나 리비아는 육체적으로, 성적으로 "죽은 지라", 바다는 강을 포용하고, 조류는 들어오기 시작한다. 아나 리비아는 역류하기 시작하고, 안개의 장면이 나타나자, '시간'은 멈춘다. 우리는 원초의 장면의 물과 안개의 '공간'으로 귀환하고, 〈피네간의 경야〉는 다시 시작한다.

조이스의 최고의 작품인, 이 지고의 클라이맥스애서, 옛 가족은 새 날과 더불어 새 가족으로서 부활된다. HCE는 이중의 형태로 출현하는지가, 즉, 늙은 혼수상태의 HCE로서, 그는 호우드 언덕이요, 새로운 HCE이라, 열한烈寒인, 창조적이요 파괴적이다. 그는 솟은 태양이요, 솟고 있는 태양—즉, 그는 이제 자신의 하얀 플란넬 입은 그이 자신의 테니스 챔피언 아들(son)로서, 또한 아나의 애인이 되려한다. 그는 또한 아나 리비아의, 그녀를 포용하려는 냉하고 미친 공화恐惶의 아버지, 이때 그녀는 공포와 사랑에로 움직인다.

아나 자신은 이중이라. 그녀는 늙고, 죽어가는 자신이요, 도시의 오물에 의해 오손된 채, 그녀의 죄지은 남편을 옹호하는 그녀의 편지의 가장 완전한 번안으로서, 그러자 더블린만을 통해 공환의 대양의 팔속에 유영遊泳한다. 그녀는 그녀 자신의 딸, 이씨로서, 새로운 강이 되기 위해 위클로우 언덕을 달려 내려간다. 두 쌍둥이 아들들인, 셈, 숀, 그리고 그들의 합체(셈+숀)로서 또한 존재하는지라, 3착색유리 창문들로서, 새 날의 단계를 조명하는 추락한 인간의 무지개 색깔로 현현顯顯한다.

새벽은 터고, 새벽과 함께 꿈은 끝난다. 장쾌한 새벽의 연속은, 더블린의 안개 짙은 일요일 아침의 사건들을 들어내면서, 성당의 3채색 유리창들은 짙어가는 햇살에 의해 노정된다. 유리창의 장면들은 아일랜드의 새 위대한 남성 성인들을 보여주나니. 성 케빈, 대 두루이드 성자를 패배시키는 성 패트릭. 그리고 성 로랜스 오툴이다.

마침내, 순간 순간 밝아오는 일광과 더불어, 우리는, 리피 강이 바다와 결합하기 위래 더블린만으로 흘러나갈 때, 모든 인류의 오물을 지니고 흘러감을 본다. 강이 도시를 통해 흐르자, 아나 리비아의 죄지은 남편에 대한 편지는 가장 분명한 형태로서 들어난다. 마지막으로, 아나 리비아는 마음과 몸이 혼성하면서, 더블린 사장沙場(bar)에서 바다를 만나다. 그녀는, 죄로부터 일어난 채, 솟는 태양(그리고 아들)을 그녀의 불타는 남편으로 잘못 여기고, 자신이 여러 세월과 사랑에 빠졌던 영광스런 공격자에로 되돌아간다. 그녀는 자신의 상처 난 손으로 그를 잡으며, 제왕—즉, 솟는 태양을 만나려함을 상상한다. 이어 그녀와 남편은 서로의 양팔 속으로 함몰한다. 천국에 열쇠를 주어버린 채, 아나 리비아는 육체적으로 그리고 성적으로 죽자, 바다가 강을 포용하고, 조류가 흘러들어오기 시작한다. 아나 리비아는 거꾸로 흐르기 시작하고, 조류는 흘러들어오기 시작한다. 아나 리비아는 거꾸로 흐르기 시작하고, 시간은 안개 낀 장면이 나타나자 멈춘다. 우리는 원초적 장면의 공간으로 되돌라가고, 〈피네간의 경야〉는 다시 시작한다.

조이스의 가장 위대한 작품의 이 지고의 클라이맥스에서, 옛 가족은 새 날과 함께 새 가족으로서 부활한다. HCE는 이중 형태로 나타나는지라, 즉 늙은 혼수상태로서, 그는 호우드 언덕이요, 새 HCE로서, 뜨겁고 차고, 창조적이요 파괴적이기도 하다. 그는 솟은 태양이요 솟고 있는 태양이라, 즉, 그는 이제 자신의 불타는 플란넬 입은 테니스 챔피언이요, 아나의 애인인 아들이다. 그는 또한 그녀를 포용하려는 차고 미친 공황의 아버지이자, 그때 그녀는 두려움과 사랑으로 움직인다.

그녀 아나 자신은 이중인지라, 즉 그녀는 남편의 오물에 의해 오염된 채, 스스로 죽어가는 늙은이요, 그녀의 죄지은 남편을 옹호하는 편지의 가장 완전한 복사판으로 휘광하는 도시로서 공황의 태양의 양팔 속으로 더블린만을 통해 수영한다. 그녀는 또한 그녀 자신의 작은 딸, 이씨로서, 새로운 강이 되기 위해, 위클로우 언덕들 아래로 달려 내려간다. 3아들들인, 셈, 숀, 그리고 그들의 연합채로서, 3채광된 유리창으로서, 또한 존재하며, 새 날의 무대를 비추는 추락인의 무지개 역할을 들어낸다. 이 고무적 최후의 장의 시작인즉,

―성화聖和! 성화! 성화!

모든 여명黎明을 부르고 있나니. 모든 여명을 오늘에로 부르고 있나니. 오라이(정렬整列)! 초발기超發起(發復活)! 모든 부富의 청혈세계清血世界에로 애란 이어위커. 오 레일리(기원祈願), 오 레일리(재편성再編成) 오 레일리(광선光線)! 연소燃燒, 오 다시 일어날지라! 【593】

〈율리시스〉에서 몰리 블룸은 "그래요"(yes)를 말할 수 있고, 아나 리비아는 "핀, 다시! 가질 지라"를. 그러나 태양―그는 솟을 것인고? 〈율리시스〉처럼, IV부는 독자를 정적(static), 마비된 채, 단단히 고착되어, 남성 의지의 신비의 수령에 빠진 채, 남는다―그것의 욕망과 결의의 이중적 의미 속의 의지한다.

〈피네간의 경야〉의 최후의 제17장은 자품에 있어서 가장 흥미롭고 성공적인 장들 중의 하나이거니와, 재차 이는 산스크리트어의 "Sandhyas"(성화)란 유명한 말을 시작으로, 새벽의 여명이 열린다. 그것은 부활절의 기도이다. HCE는 잠에서 깨어나려 한다. 곧 만사는, 예전과 꼭 같지만 변한 채, 새로 시작한다. 아들 쥬트(쥬바, 숀)는 부친 HCE(험프리, 이어위커)를 대신할 것이다. 대영국은 대양주(Oceanis)인, 신 아일랜드(뉴 에이레)(New Eire) (마치 〈율리시스의 블룸이 밤의 환각에서 자신의 야망인, "미래의 신성 아일랜드의 새 블룸 성지"[the New Bloomusalem in the Nova Hibernia]' 를 선포하듯) 【U 395】를 향해 구旧(옛) 아일랜드를 떠날 것이다. 대지(지구)가 그의 축 위에 회전할 때, 이어위커(HCE)는 그의 침대 속에서 뒹군다. 주막의 아래층 주점에서 무선전신이 스위치로 연결된다. 라디오의 음파가 아일랜드로부터 그의 정반대인 대양주를 향해 지구를 횡단한다. 이 장의 초반【594-95】은 신 아일랜드에 대한 비유들로 충만 되어 있다. 반 잠에 어린 채, HCE가 전도傳導 속에 합세한다. 때가 신 아일랜드의 새벽인 반면, 시간은 황혼이다.

HCE는 부활을 위한 그리고 궐기를 위한 절규의 소리를 듣는다. "경칠 전소 세계에 대한 애란―오 집결!" 매연이 걷히고, 아래층의 등불은 이미 빛을 발하기 위해 마

련되고 있다. 변화와 연계連繫가 라디오에 의해 민족주의자의 슬로건과 진부한 광고의 혼성으로 알려 진다. "신페인, 신페인 만세! 좋은 아침, 피어즈(Pears) 제製의 비누를 쓰셨나요?" 험프리에게 이제 때는 너무 늦은지라, 그는, 비누처럼, 모두 탕진되고, 그를 위해 질서의 여지가 없다. 모두들은 그가 깨어나도록 그리고 그의 대리자(아들 쥬바, 손)를 위한 미래의 여지를 마련하도록 호출한다.

구조상으로, 이 장은 몽타주의 원칙들을 따르는데, 이는 우리가 앞서 제16장에서 목격했던 분산된 사건들의 갑작스런 병치에 해당한다. 그러나 이 장의 몽타주는 제16장의 그것보다 시작의 장인, I부 제1장의 그것을 한층 닮았는지라, 기능의 병행은 평행의 방법을 요구한다. 제1장에서처럼, 여기 사건들의 병치는 제16장에서 전적으로 결여된, 때로는 전환적 구절들에 의해 약해진다. 그러나 제1장에서처럼, 이 장은 뒤얽힌 소재를 내포한다. 이에 이어, 워털루의 여행을 대신하여, 한 성자의 생활이 나타난다. 한 산만한 막간이 이러한 성스러움을 뮤타(Muta, Mutt, Mutta, 셈)와 쥬바(Juva, Jute-손)의 세속적 토론으로부터 분리시킨다. 그들의 상호 의견 교환은 갑자기 버클리 드루이드 대사제와 성 패트릭의 그것에 의해 뒤따른다. 한 철학적 막간이 ALP로부터의 또 다른 편지를 우리에게 마련하는데, 이는 그녀의 최후의 독백으로 쉽사리 바뀐다. 그것은, 어떤 어미에서 〈율리시스〉의 몰리의 것을 회상시키거니와, 이는 작품의 제1장을 종결짓는 사자死者에 대한 연설을 대신하는 셈이다.

여기 재현하는, 위대한 여성의 말인 "그래요"(Oyes) 【604.22】는 몰리의 독백의 결구처럼, 재생과 생의 긍정의 약속을 암시한다. 신화의 Isis 여신이 그녀의 죽은 남편을 "새 사람"(newman)으로 만들기 위해 되돌아온다. 빨래하는 아낙들은 그들의 비누를, 나일 강이든 리피 강이든, 재생의 강 속에 불결한 세탁물을 빨기 위해 재삼 사용한다. 4대가들(노인 복음 자들)이 재차 주위에서 관찰하고 있다. ALP의 편지는 그것의 단편들의 재생을 약속하나니, 왜냐하면 시작의 말은 끝의 말인지라, 그리고 모두, 처음과 끝은, 그 말로부터 진행하기 때문이다. 〈피네간의 경야〉 앞서 제16장은, 마치 〈율리시스〉의 〈이타가〉 장 (말미에서 2번째 장)이 작품의 종곡인 〈페넬로페〉장으로 이어지듯, 비슷한 "회귀(recorso)"에로 나아간다. 작품의 모든 주요한 주제들의 마지막 재현이라 할, ALP의 최후의 독백은, 몰리 자신의 인생의 총화처럼, 통틀어 〈피네간의 경야〉의 회귀가 된다.

【593-601】 신기원의 새벽이 잠자는 거인을 깨우다.

【593】 최후의 "회귀(recorso)"의 시작, 이는 천사들의 새 날과 새 여명의 기원으로 시작, HCE는 자리에서 일어나리라. "모두 여명을 부를지니." 만사는 다시 시작되고, 운무가 걷히기 시작하도다. "오세아니아(東方)의 동해에 아지랑이. 여기! 들을 지라! 타스(通信)." 아침의 방송. 새 애란국愛蘭國이 부활 할지라. "화태양, 신페인 유아자립唯我自立! 안녕 황금기여!" 구름으로부터 한 개의 손이 출현하여 지도를 펼치도다. "사자의 책"(the Book of the dead)이 아침의 승리를 구가하도다.

여기 첫 소면은 T.S. 엘리엇의 〈황무지〉(The Waste Land)의 결구를 강하게 상기시키거니와, 이는 끝없는 시간의 비코적(Vicoian) 순환의 역사 개념을 최고로 형성하는 산스크리트어의 각색인, 저들 힌두교와 불교의 말의 결합을 암시한다. 여기에서 보듯, 〈피네간의 경야〉의 최후의 페이지들의 무드는 거대하게 환멸적이지만, 그러나 심오하게 묵시적이다. 그리고 심지어 미묘하도록 경쾌한 동방의 그것과 아주 신비롭게도 가깝다(인도의 가지스 강의 기도의 일상마냥, 갠지스 강의 사진을 흘러 나르거니와). 그 관점 또는 입장은 낙관론과 비관론의 단순한 안티몬(antimony)(원소)을 훨씬 초월한다. Sandhyas 는 스티븐 데덜러스가 〈율리시스〉, "스킬러스와 카립디스"장에서 한결같이 거론하는 "영겁"(Aeons) 【U 153】 간의 시기, 교차의 시기인, "환혼"을 의미하는 산스크리트어이다. 새벽, 오후, 일몰 및 한밤중에 읊는 일상의 기도는 바로 sandyyas라 불린다. 조이스는 여기 가톨릭교의 미사어語인 Sactusm Sanctusm Sanctus를 언어유희 (punning)하고 있다. 그러나 접신론자들에게 하나의 중요 환에서 다른 것으로의 변화의 순간은 심비적 의미로 충만 되는데, 이를 조이스는 매력적인 것으로 생각한 듯하다. 이 짧은 병치적倂置的 시대(interpolated Age)는 "sandhi"라 불리는, 접합의 황혼기 및 모든 고요의 순간이다. 소련의 접신론자 블라밧스키(〈율리시스〉 제9장 참조)는 그것을 모든 부활의 과정에 있어서 가장 중요한 순간으로 보는지라, 이는 환생(reincarnation) 전의 천국의 나무(the Heaven-Tree)에 있어서 떠나는 영혼의 머물음에 해당하는 침묵과 비현세성nearthliness)의 기간을 의미한다.

"모든 여명黎明을 부르고 있나니"(Calling all downs)의 구절은 경찰 라디오의 "모든 차를 불러요"(Calling all cars)를 암시한다. 앞서 〈피네간의 경야〉 제10장인 "학습시간" 종말 【308】의 유태교 신비철학의 단端에서 "Car"라는 말은 현상의 계시 속으로의 여원한 정신의 하강을 알리는 10개의 단계들 중의 하나이거니와, 이는 그중 4번째 위치에 있다. 타당하게도, 이는 "말씀"(Word)의 자리요, 이 "말씀"은 종자-선언(seed-pronouncement)인지라, 전소 우주는 그것의 가시적 표현이다. 각각의 영겁 또는 세계의 환은 그것의 "말씀"을 지닌다. "말씀"의 사자使者들, 또는 대행자들은 환의 과정을 통제하는 자연의 법들(laws)이다. "모든 여명을 부르고 있나니"는 새 영겁의 모든 사자들을 그들의 작업에로 부르는 주님의 목소리인지라, 그들은 마치 신비적 승강기들 속에서 마냥, 계시의 국면에로 하강할 것이다(Campbell & Robinson 【340】 참조).

이 페이지에도 셰익스피어의 인유들이 여기저기 산재한다. 1. "모든 여명을 오늘에로 부르고 있나니(Calling all downs)…." 여기 〈피네간의 경야〉의 제IV부를 여는 새벽과 회환의 날의 부름은 〈햄릿〉에서 오필리아의 노래의 후렴을 인유 한다. "노래를 부르셔야 해요. 그분은 지하에 파묻혀 버렸으니 말이에요"(You must sing. A-down a-down, and you call him a-down)【IV.v.170-7,1】2. "새벽에로 모든 나날을 부르면서"(Calling all dayness to dawn). 그리고 모든 덴마크 인들을 봉기하도록 부르며. 부활과 회귀의 이 부름에서, 비코의 환을 위한 HCE-부왕 햄릿의 환생還生인, 그의 아들은, "수탉이 덴마크를 위해 울 때"【192】, 피닉스처럼 솟아날 것이다. 한편 부왕 햄릿의 유령이 "수탉의 울음에 사라지듯,"【I.i.157】 또는 잇따른 구절, "가는 것은 가고 오는 것은 오나니. 작일昨日에 작별作別, 금조환영今朝歡迎. 작야면昨夜眠, 금일각今日覺"에서 보듯, 이는 새것이 낡은 것을 맞이하는 순간이요, 마치 낡은 것이 가고, 새것이 오는 듯하다(Cheng 187 참조).

여기 "Sanctus"는 부활과 깨어남을 시작하는 한 탁월한 방법으로, "광급파경조식운반자"(lightbreakfastbringer), 【473】의 아들인, 숀의 존재를 수립하는데, 그는 앞서 제14장 말에서 십자가형을 당한 채, 이제 태양-아들(sun-son)처럼 찬연히 솟는다. (아들-태양의 주제는 〈율리시스〉의 산과병원 장면(14장)에 가장 강력하게 부각 되거니와)【U 338】, 왜냐하면

때는 마침내 낮이요, 오늘은 부활절(Easter)이기 때문이다. 솟는 태양은, 그의 추락 뒤에 솟은, 또는 경야에서 솟는 피네간, 또는 잠 뒤에 일어나는 매인每人처럼, 새로운 이어위커인, 셈이다.

"Array! Surrection! Eireweeker…O rally"의 구절은 이어위커 홀로라기보다 1916년, 부활절 기간 동안의 애란의 봉기를 한층 강하게 의미한다. "O rally"는 Persse O'Reilly보다, 오히려 부활절 봉기 동안 중앙우체국(GPO)에서 살해당한 오레일리(John Boyle O'Reilly, 1844-90)(애란-미국인 피니언)이요, 솟는 아들보다, 한층 "Sonne feine"인, 신페인(Sinn Fein)이다. 불사조 피닉스는 화장용 장작개비(pyre)로부터 솟는다. The "now orther"는 테니슨의 아서 왕으로, 그는, "낡은 질서가 바뀐" 이래, 새 질서와 함께 귀환한다. "잠의 연무"는 그것이 확산하고 있는 이래, 새벽으로 까라 앉은 "모든 주성晝性"(dayness)을 환기시킨다. 늙고 "어스레한" 숙명을 지닌, 새 "지도자"에 관한 뉴스가 타스(소련의) 및 다른 통신들에 의해 사방에 퍼진다. 한때 호스티(Hosty)의 민요와 12고객들에 의해 수모 당한, 주점 주 HCE는 이제 "그의 욕부토辱腐土에서 요굴誌掘 할지라, 그의 주점을 다시 열 것이다." 기네스(청키스칸) 주酒는 그대를 위하여 뚜쟁이 선善하도다. "Genghis"는 Khan이요, khan은 주막, 그리고 Genghis는 동방으로부터 도래한다.

"원근遠近의 동방의 사건들"(Matters of the East, both Near and Far)이ー이집트, 인도, 중국, 일본ー그들의 신조와 언어들과 더불어, 등장하는 가하면, 이슬람교, 힌두교, 불교, 산스크리트, 상업영어 및 일본 영어가 이 장을 메운다. 여기 비교적秘敎的 목적과는 달리, 동양적 사건들은 태양이 솟는 것을 도우려고 운집하는 듯한데, 태양은 결국 동방에서 솟는다. 이 구절들은, 비록 어김없이 복잡할지라도, 조이스는 여기 반드시 심오하거나, 초월론적이지 만은 않다. 펼친 지도地圖를 들고, 구름으로부터 한 개의 손이 출현하는데, 이 지도는 새로운 환의 아직 쓰이지 않은 페이지이다.

근동近東(Near East)과 이집트 및 사자의 책은 "테프누트 농아여신聾啞女神의 지배목사支配木舍"(the domnatory of Defmut deaf-dumb, Mutt-Hute, tum-fed)로부터의 통상적 죽음과 부활로서 암시한다. 죽음 다음의 부활은 반전反轉이다. 새벽이 반전하는 빛에 의해 살펴질 때, 사자의 책의 신들인 "Nuahs…Meha…Pu Nuseht"는 손, 셈 및 The Sun Up이 된다. "tohp"의 역철은 phot 또는 light이다. "Heliotropolis" 피닉스의 이집트 시

市인 Heliopolis는 3개의 성城들을 지닌, tim Healy의 도시인, HCE의 더블린이 된다. (Tindall【306-07】참조)

　　"구름으로부터 한 개의 손이 출현하여, 지도를 펼치나니."

　　"빛의 씨앗을 뿌리는 영파종신이요," 저 피안계의 주신이, 말하도다. 새벽빛의 손가락들이 지평선으로부터 도착하도다. 이는 〈사자의 책〉을 회상하게 하는 말로서, 아침의 임박한 승리를 알리는 선언이다. Pu Nuseeht(the Sun-up)ー재빨리 꺼져가는 밤에, 편지 배달원인 손은 자신의 여행 목적을 위해 서두르고, 셈은 침대 속에 웅크린 채 누워있다. HCE는 두 개구쟁이들을 회초리질 하는 꿈을 꾸고 있는지라, 여기 그가 듣는 잠음은 화로를 점화하는 부싯돌의 소리이다.

　　이 최후의 부분에서 많은 목소리들이 있는 듯할지라도, 그들 대부분은 라디오의 목소리이거나 혹은, 뮤타와 쥬바처럼, 색 유리(스테인드글라스) 윈도우에서 논설들이 등장한다. 사실상, 유일한 활동적 목소리는 아나 리비아의 그것이다. 그 밖에 모든 이는 여전히 이른 아침의 침대 속에 있다ー그녀의 남편은 혼수상태인지라, 그녀가 개탄하다시피, 그리고 아이들은 모두 재빨리 잠든다. "우리 자신 홀로"ーSinn Fein, Amhain【593.8-9】의 발생은, "울새들이 그토록 패거리로"(robins in vrews so), 그리고 "조락자를 위한 육정시과, 한 콜을 위한구정구시과"(Terce for a fiddler sixt for makemerriers)의 구가 그러하듯, 섬의 고독감을 재강조한다【619.24】.

　　피들 주자奏者를 위한 삼정시과三定時課(핀), 조락자造樂者(맥)를 위한 육정시과六定時課, 어떤 콜을 위한 구정구시과九定時課(Terce for a fiddler, sixt for makemerriers, none for a Cole): i. Tierce, Sext, None(가톨릭교의 성무 일과)(〈율리시스〉 제10장 초두에서 Conmee 신부는 더블린 거리를 거닐며 이를 집행한다.)【U 184】 ii. a Cole: 자장가의 인물(때때로 Finn MacCool과 함께): "노 Cole 왕은 즐거운 늙은이, 늙은이는 그이. 그는 파이프, 사발 그리고 3피리를 가지려 심부름 보냈나니"(Old King Cole was a merry soul & a merry old soul was he. He ent for his pipe…bowl…fiddlers three).

　　아나 리비아, 그녀 자신은, 그녀의 위대한 독백의 종말에서, 그녀의 고독을 선언하거니와【627.34】, 작품의 바로 마지막 구절들 중의 하나는―"하나의 길 한 외로운"(A way a lone)【628.15】―고독을 표현한다. 그러한 음률은, 해돋이와 이른 아침의 영광에도 불구하고, 최후로 고독하고 감심적甘苦的(bittersweet)이라.

IV부의 시작에서, 그러나 아나 리비아의 고독은 아직 분명하지 않다. 장은, 모든 문학들 가운데서, 새벽의 영광스런 솟구침을 알리는, 가장 즐거운 구절들 중의 하나로서 시작한다. "Sanctus"의 3창은 하느님에 의하여 당신의 창조에 대한 그들의 영원한 경외敬畏의 표현으로서 한결같이 노래되는 찬가이다. 이는 〈성서〉의 "야곱의 서"에서 하느님의 노래 속에 서술되는 그들의 감탄이다―"아침의 별들이 함께 노래 했을 때, 그리고 하느님의 모든 아들들이 기쁨을 위해 고함질렀을 때"【38:7】. 〈피네간의 경야〉에서, 그 고함은 밤의 퇴거요 위대한 태양의 접근이다.

"Sandhyas"는 또한 일요일 아침을 선언하거니와, 왜냐하면 하교는 없기 때문【620.11-120】. 분명히 이어위커의 아이들은 일요일 학교에 가지 않는다. 〈피네간의 경야〉는 토요일 밤과 일요일 아침에 개장되었던가? "Sandhyas"의 또 다른 의미는 산스크리트어에서 그것의 의미를 취한다. 조이스는 자크 머캔턴(Mercanton)에게 snadhi는 새벽의 황혼을 의미한다고 말했다. 산스크리트어의 snadhi란 단어의 기초적 의미는 "변전"이요. 우리는 위대한 변전에 존재하는지라, 이는 새벽의 시작이요, 밤의 낮으로의 움직임이다.

앞서 삼창三唱은, 〈율리시스〉에서 "태양신의 황소" 장의 "Deahil Holles Eamus"처럼, 혹은 "Hoopsa, boyaboy hoopsa"처럼,【U 314】 위대한 평화를 불러일으킬지라. T. S. 엘리엇에게, 〈황무지〉의 종말에서 "Shantih shantih santihi"는 Upanishad의 독자들에게 "모든 이해를 통과하는 평화"란 구절이 그리스도 교도들에게 가져오는 꼭 같은 의미이다. 마지막으로, 더블린만의 모래의 "sandy" 해안들과 호우드 언덕은 리피 강이 바다와 태양의 그의 연합으로 접근할 때 가시적이 된다. 그들은 하나의 거인 애인으로 합체된다.

새벽이 해안의 언덕 위에 비치고 있다. "새벽을 부르면서!" 부활이여! 모든 경칠 세계에로 이어위커여! 동쪽으로 바다위에 아지랑이. 결국, 이는 부드러운 아침, 안개 낀 아침, 7개의 뉴스통신들이 모든 세계를 향해 커다란 뉴스를 선포한다.

여기! 여기! 타스, 패트, 스텝, 웁, 하바스, 브루브 및 로이터 통신[1]을. 연무煙霧가 솟고 있도다. 그리하여 벌써 장로교구의 장로長老가 기상하여 타시他時에 순애정純愛情을 연도連禱하는지라. 화태양華太陽이여, 신페인 유아자립唯我自立![2] 황금조黃金朝여, 그대는 피어(잔교棧橋)의 여명黎明 비누 구球를 관견觀見했던고?[3] 우리가 타품他品을 쓰지 않은 이래 수년전 우리는 그대의 것을 탕진蕩盡했노라.[4] 모든 나날을 호명하면서. 새벽에로 모든 날들을 부르면서. 핀 맥후리간의[5] 민족성民族性을 띤 오랜 경칠 육종育種의 지겨운 공화국[6] 영도자여! 수령이여![7] 안전세재평결安全世裁評決[8]의 티모렘 백공포白恐怖 소종小鐘의 슬로건. 진기震起할지라, "구름으로부터 한 개의 손이 출현하여, 지도를 펼치나니."[9]

피네간의 가문의 관모冠帽를 서술하는 것 이외, 행선行線은 HCE의 두문자를 두 번 지니는지라. 그것은 또한 더블린에 관한 책의 저자명, D.M. Chart을 지닌다. 그리고 "요한 계시록"으로부터 구절을 발하는지라: "하늘은 종이 축이 말리는 것같이 떠나가고 각 산과 섬이 제 자리에서 옮기 우매."【6.14】. 여기, 조이스의 즐거운 묵시록에서, 하늘은 더블린을 현현하는 종이 축이 열리도다.

화자의 목소리는 더블린의 하계에서 솟는 주主인, 푸 뉴세트(Pu Nuset)(옛 인도 족의 태양신)의 목소리로서 동일시한다【593.20-24】. 셈과 숀은 장소들을 바꾸고, 그들의 이름들을 거꾸로 회전한다. 숀은 밤을 통해, 서에서 동으로 그의 우편을 운반하고 있었는지라, 마침내 그는 태양처럼 솟는다. 그리고 셈은 II.2의 종말 이래 우체부의 바지를 부둥킨다. 솟는 태양은, 승리의 빛으로서, 승리의 명사名士는 말한다.

산스크리트 단어들의 폭발 사이에, 우리 연약한 더블린 사람들은 힌두 화신火神인 Agni에게 기도를 되뇐다【595.2】. 우리는 그의 친절한 빛에 의하여 잠의 통도通道를 통해 인도되고, "심지어 성곽城郭의 매지魅地인, 헤리오포리스 장지葬地까지"【594.8-9】. 이 말 자체는 작품에서 가진 매력적인 구절들의 하나이다. 헤리오포리스는 이제 태양을 향해 방향을 돌리고, HCE의 두문자를 띤다.

다른 매력적인 구들이 뒤따른다. 이제 만일 혹자가 타월을 들고, 그 밖에 타자가 온수를, 우리는 풍경으로부터의 남은 암음暗陰인, 이 수심愁心의 댄마크인의 엉덩이를 씻는다. 일공 비누 만대를 가지고, 환영 매리, 혹은 스미스, 브라운, 그리고 로빈슨을 말할 수 있기 전에. 태양은 알렌 언덕을 비치고, 화자는 태양이 어떻게 비치는지를 서술한다【594.19-21】. 태양의 켈트 신은 그의 미소微少한 것들인 원자로부터 스파크를 치고 있는지라, 이는 조이스가 이 장을 썼을 때 간신히 정의된 원자의 유입流入 과정이다.

이제 솟는 태양은 스톤헨지의 탁석卓石을 비치고 있다. 스톤헨지의 서술은 전체 작품에서 가장 생생한 시편들의 하나요, 그때 일광은 임시적으로 그리고 이어 한층 강하게 그것을 조명하기 시작한다【594.21-26】. "사리스베리의 평원 위에ー얼마나 멋진 서술이랴!" 그곳 너머로. 괴상한 괴회색怪灰色의 귀신같은 괴담怪談이 괴혼怪昏 속에 괴식자傀食者처럼 거장巨長하는지라." 이는 일광의 첫 창끝으로 감측되도다. 스톤헨지는 사리스베리 평원 위에, 더블린의 동쪽 약 100마일에 있거니와, 고로 태양은 급하게 애란 해안을 접근하고 있다.

"준평원" 이란 말은 생생한 터치를 마련한다. 그것은 문자 그대로 부분적 평원의 풍치를 의미한다. 그러나 그것은 대영재국의 장난감 상점의 이미지를 야기하거니와, 즉, 아이들의 종이 극장을 위한 차단 인물들이 팔릴 때, 그대는 "푼돈 야원" 혹은 아니면 "두 펜스" 인물들을 살 수 있으리라. 여기 더블린의 "푼돈 야원" 은 주로 창백하고 단색, 왜냐하면 일광은 풍경에 색채들을 아직 충분히 갖고 나오지 않았기 때문이다. 곧, 그러나 무지개 색깔은 대지를 색칠할지니ー"색칠 떠리(tuppence coloured)" ー이라.

이 멋진 구절 또한 책의 위대한 수수께끼의 하나를 해결하나니, 즉, 험티 덤티가 벽에서 떨어진 다음, 무엇이 일어나는가? 여기 그 답이 주어지나니, 험티는 태양으로서 전날 추락했으리라, 그러나 오늘 그는 총체적으로 즐겁게 일어난다. 태양의 지워지지 않는 노른자위는 어둠을 추방했도다.

생명은 땅으로 돌아온다. 사골이 지적당하고 골수가 잠잠해진 뒤, 생장生杖 (lifewand)이 들리고 사자는 살아난다【595.1-2】. 호우드 언덕은 어둠으로부터 출현하기 시작하au, 애란의 여러 구들은 나타나기 시작한다【595.3-17】. 그들 가운데 어떤 것은 아침 음식의 잡동사니와 혼성된다.

29가지 길을. 40윙크와 더불어 그대 아주 많이 나를 즐겁게 하기 위해 윙크하며, 그녀의 양두羊頭와 함께. 그건 수위首位의 신애란토新愛蘭土까지 기나 긴 광로光路로다.[10] 코크행行, 천어川漁행行, 사탕과자행, 부용(구기수프)행, 편偏 소시지행, 감자甘蔗행, 소돈육燒豚肉행, 남男(매이요)행, 오행속요五行俗謠(리머리)행, 수가금水家禽(워터포드)행, 요동우자搖動愚者(웩스포드)행, 시골뜨기(루스)행, 냉공기冷空氣(킬대어)행, 연착전차延着電車(레이트림)행, 카레요리(커리)행, 마도요鳥(카로우)행, 리크植(레이크)행, 고아선孤兒線(오파리)행, 다랑어갈매기(도네갈)행, 청淸(크래어)황금도黃金道(골웨이)행, 폐요새肺要塞(롱포드)행, 월광유령月光幽靈(모나간)행, 공금公金(퍼마나)행, 관棺(카밴)행, 울화鬱火(안트림)행, 갑옷(아마)행, 촌村까불이(위크로우)행, 도래악한到來惡漢(로스코몬)행, 교활행진(스라이고)행, 종달새수학數學(미드)행, 가정상봉家庭相逢(웨스트미스)행, 메추리육肉(퀘일스미스)행, 킬레니행.[11] 텝! 선두래先頭來할지라, 열석을 환상할지라![12] 톱.[13]

수탉이 울기 시작한다. 그것은 우리가 앞서 장에서 들은 우주적 꼬끼오는 아니지만, 그러나 그것은 종경하올 "꼬끼오 꼬꼬" 이다【595.30】. 그러나 화자는 가게주인으로 하여금 잠자게 내버려 두도록 말하거니와, 마침내 그들은, 잘 반 후타가 프랜킨 우화에서 책의 훨씬 일찍이 명령했듯, 그의 사업으로부터 셔터를 내린다.

【594】 (새벽 여명의 출현) 부싯돌은 스파크를 날리고, 재빨리 화염을 토한다. 동시에, 태양 광선이 Allen 언덕을 비치고, 그러자 그것은 붉게 이글댄다. 점차로, 느린 확산 속에 조광朝光의 손끝이 거석의 커다란 원의 중앙 탁석 안에 향 접촉하는지라. 이제 과거는 밤과 함께 살아진다. 밝아오는 풍경 속에 괴상怪狀한 傀회색의 귀신같은 塊석(menhir)이 괴혼怪昏 속에 傀식자처럼 거장巨長하는지라(Gaunt grey ghostly gossips growing grubber in the glow). 주점 뒤로 똥개가 배설하려 밖에 나가 있다. 닭 우리에는 부수됨이 시작하고, 다茶는 다려지고 있다. 위로부터 소음이, HCE가 침대 속에 몸을 뺄자 침묵을 부순다. 죽음의 집으로부터 장지葬地를 통하여 헤리오포리스(Heliopolis)(이집트)를 애란으로 인도하라. HCE에게는 타월과 온수의 목욕을 위한 아침이다. "호우드 구丘의 익살스런 낄낄대는 웃음," 닭이 그들의 새벽 합창을 새되게 울지라.

【596】 운유運流!(Vah!)(새로운 환에서 육화하는 말씀에게 거는 명령어, "인도하라.") 선형신善型神이여! (Suvarn Sur)(개시를 이루는 말씀의 타이틀. "황금 및 미색" 의 산스크리트어) 그대, 아그니

점화신點火神이여!(agnitest!). "불" 이란 산스크리트어에 의해 수식된 ignitestdj, 성스러운 힘의 명칭. 그리스도, 또는 희생양); 작열灼熱!(Dah!)(산스크리트어, "타다") 재在할지라! 자치정부 환영!(Svadesia salve!)(산스크리트어의 "self-giver"의 뜻); 우리 약세더블린인들은(We Durbalanare) (Dur- bala. "작은 힘" + Dubliners), 여간원汝懇願하도다. 우리를 죽음의 집으로부터 다가올 왕국을 통해 태양의 도시인 Heliopolis에로 안내하라. 한 가닥 병광瓶光 그리고, 급격急激히, 그건 과월過越할지니, 마치 노변의 노심이 살아 뛰듯. 여명화의 창끝이 헤리오포리스(태양총)의 거석의 커다란 원의 중앙 탁석항卓石港 안에 향접촉向接觸하는지라, 수탉 및 암탉, 아나 여왕계女王鷄가 뒤퉁 뒤퉁 꼬부라져 꾀오 꾀오 압주鴨走하나니, 영창남詠唱男을 위하여 한번, 짐꾼을 위하여 두 번 그리고 웨이터를 위하여 한번 두 번 세 번.

이 페이지에서, "다전사구多戰砂丘 위에 내리쬐는 태양"(sunlike sylp om this warful dune's battam)은 마치 이어위커가 자신의 바위 같은 둔부를 씻기 위해 사용하는 "태양연한 요정비누"와 같은지라, 우리는 다시 한번 둔부(ass, arse)로서 Bottom을 사용하는 셰익스피어적 말장난을 발견한다.

"괴상한 괴회색怪灰色의 귀신같은 괴담怪談이…과거가 이제 당기나니. 똥개 한 마리 짐승, 덴 대견大犬". 새벽이 이울자, 유령이 희미해져 가나니, 그리하여 마침내 늙은 창조자는 수탉 우는 소리에 이운다. "덴 대견"은 부왕 햄릿으로서 HCE이다. "대견"은 물론 "똥개"(dog)요, 그의 역逆은 〈율리시스〉 제15장에서 보듯 God이다【U 489-90】. 이리하여 부父-창조자는 재차 신들(gods)과 동등해진다.

【595】(교수-안내자와 함께 여명黎明의 여행)

(사시조四時鳥(탁발수사조托鉢修士鳥)(friarbird)에 의한 이야기)

귀담아 들을지니.

(아침의 태양처럼 탕아(솀)는 돌아온다. 그것은 숀이다. 그는 신선한, 본질적으로 재생된, HCE이다). 한 자연의 아이가 납치되었다. 아니면 아마도 그는 이제 능숙한 수기술手奇術에 의해 시야로부터 스스로 나타났다. 탕아는 여기 솟는 태양과 함께 되돌아온다. 그는 회춘의 유아로서 성 케빈으로 이울어진다.

젊은 소년인, 솟아 난 아들(son) 또는 태양(sun)은 이제 당혹스런 구절로서 서술된다【595.34-596.33】. 태양-아들은 솀과 숀의 결합인지라, 마치 "mnames"란 단어가 암시하듯, 즉, mn 결합이 솀과 숀의 그리고 Mick 및 Nick의 끝을 의미하듯. 아들은 원래 납치당했거나, 혹은 숀의 썰매에 의한 관경으로부터 스스로를 추측한다. 이어 세미콜론(;)에 의해 분리된 59개의 속성들이 뒤따른다【595.34-596.33】. 그러나 구절의 목적은 분명한지라, 소년은 결국에는 홀쭉하고 호전豪健하고 화창하게(slim and sturdy and serene) 마감한다. 솟는 태양은 젊은 생명의 한창에 있다.

【596】새벽잠에서 깨어나는 HCE는 숀, 그리스도, 미카엘 천사, 성 케빈, 가브리엘, 핀 맥쿨로 변용한다. 길게 이어지는 hce(이제는 숀)의 속성들. 그는 마침내 애란의 대중 문인 스위프트(Swift)의 속성을 띤다. 이들 모든 영웅들은 그들의 속성에 있어서 서로 별 다를 바 없다(스위프트는 조이스의 최대 우상일 뿐만 아니라, 〈피네간의 경야〉에 최대의 소재를 공급한다).

【597】다시 아침 시간. 과거 시간은 흘러가고 새 시간이 흘러들어 오다. "지금 바로, 지금 바로 막, 지금 바로 막 전전경과轉全經過할 참이로다"(It is just, it is just about to, it is just about to rolywholyover). HCE는 적대의 냉혹성을 반성하며, 잠자리에서 어느 쪽으로 몸을 돌려야 할지 궁금하다. "서거西去와 동거, 제작우측과 오좌측誤.左側…" 그의 오른 쪽에는 두 왕자(솀과 숀) 그리고 왼쪽에는 한 공주(이씨)가 잠자고 있다. 그러나 잠은 이제 끝나리니, 〈피네간의 경야〉도 끝이 나고, 매화每話는 그의 멈춤이 있는 지라…"아침 조식으로 무엇을 먹을 것인고?" 그의 염려는 아마도 숙취宿醉 때문인 듯.

일기 예보 완전한 아침. 그것은 아침의 온도와 날씨를 보도한다. 섭씨 도는 온전 상승하도다. "그대는 뱀 마냥 과일을 사식蛇食했도다"(You have eaden fruit)【597. 35】.

【598】 "그들은 온갖 금일족극今日族劇에서 내외무변 바로 그대들의 취득물 구실을 해 왔도다." (때는 긴 밤이었건만, 아침이 여기 있도다. 우리가 꿈꾸었던 모든 사람들은 "오늘"(today)의 연극에서 행동하고 있나니) 그대(HCE)가 금단의 열매를 먹은 뒤의 실낙원, 아침의 구름이 나일 강(리피 강)으로 흐르는지라. 그리고 방랑향의 몽유 뇌우운雷雨雲(〈젊은 예술가의 초상〉에서 스티븐은 이런 구름을 바라본다. "빅토리아스 근수지. 알버트 원수지에로 날아가리라. 어둠은 걷히고, 이제 새 아침, 연꽃이 피어날지니. 감사를 가질지라. 유럽의 끝인 인도에까지"〉【P 167】.

【599】 (이제 시간은 지나고 장소에 대한 생각. HCE가 의식 속에 다시 솟으면서, 시간과 공간 사이 자기 자신을 위치한다. 그리하여 그는 '회고적 편곡'(retrospective arrangement) (〈율리시스〉의 벤 돌라드의 〈까까머리 소년〉의 노래에 대한 톰 커난의 평가【U 75】 속에 초기 유목민들의 발자취를 재답습한다. 그는 마음의 귀를 통하여 말발굽 소리를 듣는다. 땅과 바다의 경계는 비코의 연속을 통하여 불변하다. "고체와 액체의 정치定置가 엄침嚴沈한 낙뇌노호, 엄숙 솔로몬 혼인주의, 업소의 묘 매장과 섭리적 신의를 통하여 광범위 할 정도로 존속되어 왔는지라, 그의 일시가 시제지속 및 부지속의 주저를 지속한 다음…" "자, 오라 이제 일어나, 아침의 술을 한잔 드세나. 호수도에 주막이 있도다." 장소에는 많은 물고기들이 잠에서 일어나는 강물이다. 여기 커다란 나무들, 이와 함께 위대한 인생의 향연은 번성하고 끝없이 반복한다. "어디. 적운권운난운積雲卷雲亂雲의 하늘이 소명하나니…최인기의 포플러나무 숲은 현재 성장 중이나니…".)

【599.25】 어디에. 적운의 하늘이 소명하나니, 욕망의 화살이 비수秘水의 심장을 찔렀는지라. 그리하여 전 지역에서 최인기의 포플러나무 숲은 현재 성장 중이도다. 그것은 모두 암담한지라, 그런고로, 지방성을 지시하는 것 이외에, 우리는 거의 첨가할 수 없나니.

이상 무언극(팬터마임)의 요지要旨, 추상적 언어가 증명하듯, 우리는 인간의 시대[human age]에 있다. 그의 빛에 의해 우리는 그에 거의 첨가될 수 없는 전체 안개 같은 "팬터마임"을 개관할 수 있다. 이제 우리는 그의 은유적 주인공들인, 바다의 노인과 하늘의 노파가 진실로 "아버지-시간"과 "어머니 공간"임을 볼 수 있는지라, 그들은 우리의 이 울새소리에서, 시간(타임즈)부父와 공간(스페이즈)모母가 자신들의 목발을 가지고 어떻게 냄비를 끓이는 가(생애를 꾸려나가는 가)하는 것이다.

그리하여 이 모든 것은 어디서 일어나는고? 태양의 광선은 밤의 어두운 수풀을 꿰뚫었도다【599.25-27】. 그때, 어린 태양에 의해 따뜻한 채, 만사는 다소 적당하게 이루어지도다. 아무튼, 그것에 관해 일우 져야 할 것은 그리 많지 않도다. 몇 페이지에서 우리가 볼 성적 접촉의 위대한 행위는, 태양과 바다의 남성적 원칙과 강의 여성적 원칙이 구름을, 인간 사회를 위한 조건들을, 창조하리라【599.25】. HCE의 "욕망의 창"은 구름을 꿰찌르리라(나에게 창을 가져다오—오 구름이여 펼쳐라!(블레이크). 구름은 발산하리니, 그리하여 새 날은 새벽이 오리라. 우리의 무서운 두루리 골목길의 극장애서, 〈시간과 공간〉은 난사를 굳건히 그리고 움직이게 할지니, 마치(머콜리의 유명한 구처럼) 모든 남학생과 여학생이 알 듯【600.2-4】.

우리는 태양의 소개 속으로 악장樂章하기 시작하는지라, 그는 변형된 손이도다. 그는 강 아래로 서로부터 동으로 역류의 밤 여정을 여행했도다. 그리고 그는 지평선 위로 방금 솟고 있는지라. 솟은 태양은 풍경을 노정하고—리피강, 〈나무와 돌〉. 그리고 마을 성당의 3착색유리를.

첫째로— 우리는 물의 실체를—풀, 강, 그리고 두 커다란 호수들인, 알버트와 빅토리아를 재삼, HCE와 ALP를 대표하여. 우리는 또한 세 소녀들(한 명의 오줌싸개), 한 수문, 그리고 한 폭포를【600.5,8, 12-13,15】. 가족은 정주했고, 들판을 개발하기 시작했는지라, 하느님은 쟁기에 속도를 더하도다!

그러자 느티나무가 보이는지라, 석판 근처에【600.20,26】. 원주민의 풍경에 두 성스러운 요소들, 돌과 나무가 HCE와 ALP에게 그들이 성소에 있음을 알리도다. "아 저런, 이곳이야말로 적소適所인지라 그리하여 성축일盛祝日은 공동추기共同樞機를 위한 휴일이나니, 고로 성스러운 신비를 축하할 자 존存할지라 혹은 주본토主本土의 순찰단 巡察端으로부터의 험상순례자險狀巡禮者, 저 용안容顔에 의한 정엽靜葉의 소옥상자小屋箱 子"【600.31-34】.

【600】 냄비를 끓이는 행위를 모든 처녀 총각들이 알고 있는지라. (그리하여 바다의 노인과 하늘의 노파가 그에 관해 무언하지 않을지라도, 여전히 그들은 우리에게 거짓말을 하지 않는도다.)

(시간과 공간의 융합) 부계父界와 모계母界는 살아있는 형태들이 우주를 생성한다. 이러한 우주적 힘은 그것이 보여주는 바를 많은 말로 우리에게 말하지 않지만, 그들의 신비스런 존재 자체는 부정할 수 없을 뿐만 아니라, 부력적浮力的 젊음으로 당연시 되는 중요성을 암시한다. 여기 "무언극의 취지" 이란 조이스의 〈피네간의 경야〉를 작업하는 목적을 암시한다.

【600】 [계속되는 장소-공간의 서술] 식인왕食人王[HCE]으로부터 소품마小品馬에 이르기까지, 단락적單落的으로 그리고 유사적唯斜的으로, 우리에게 상기시키나니, 우리의 이 울세소로계鬱世小路界에서, 시간(타임즈)부父와 공간(스페이즈)모母가 자신들의 목발을 가지고 어떻게 냄비를 끓이는가(생애를 꾸려나가는가)하는 것이로다. 그것을 골목길의 모든 처녀 총각들이 알고 있는지라. 따라서.

HCE는, 꿈의 낙원으로 납치된 연후에, 그의 타당한 통제에로 되돌아왔다.

ㅇ ㅇ ㅇ 왜? 남농측지南韓側地에 우리는 모스키오스크 요정령궁妖精靈宮을 갖나니, 그의 쌍둥이 인접隣接들, 욕옥浴屋과 바자점店,[14] 알라알라발할라 신전神殿,[15] 그리고 반대측에는 코란방벽防壁과 장미원이 있는지라, 안녕 장난꾸러기여, 온통 말끔히. 왜? 옛날 옛적 침실조식寢室朝食에 관한 이야기[16] 그리고 근친살해투近親殺害鬪와 쿠선소파 그러나 다른 것들은 인공忍孔과 토뢰마멸土牢磨滅된 매물賣物, 열熱, 경쟁 및 불화의 시여물施輿物 및 상거래 품들. 왜? 매화每話는 그의 멈춤이 있는지라, 사바만사생娑婆萬事生[17] 중언, 그리하여 결국 행운환하幸運環下[18]에 필경형성畢竟形成하는 모든 꿈은 진과眞過로다. 왜? 그건 일종모주一種謀酒의 꿀꺽벌꺽밀주취密酒醉한, 심장수축확장心臟收縮擴張이라, 그리하여 그건 매시매인每時每人 그대가 항시하처恒時何處 온통 졸게 하도다. 왜? 나를 탐사探私할지라.

그리하여 얼마나말하기졸리고슬픈지고何悲眠言[19]【597. 12-23】.

새로 잠을 캔 침식자는 그의 합리적 마음을 이미 깨웠다. 그리하여 이제 그의 시간과 공간의 감각은 그로 하여금 완전한 세계를 재창조하기 위한 그의 인상을 조직할 수 있도록 한다. 오거스탄, 아비센나와 캔트는 모두를 선언했거니와, 시간의 인간 감각은 객관적 세계에 존재하지 않는다고, 시간은 조직의 양상인지라, 마음은 그것을 변화하기 위해 사용된다고. 공간으로 말하면, 승정 버클리는 선언했거니와, 마음은 확장 감을 창조하고, 그것은 견해 자를 위한 3차원의 세계를 수립한다고. 우리는 〈율리시스〉의 프로테우스 장에서 그것이 일어남을 보아 왔는지라, 우리는 〈피네간의 경야〉에서 그것이 일러나기를 보리라.

시간은 무엇인가? 톰과 팀, 공간과 시간, 숀과 셈, 여기 낮의 시간을 형성하나니, 혹은 디모데(성 파울의 제자)—예명 계의 4차원적 연속이라. 첫째로, 톰은 보고하거니와, 아침의 온도는 완전히 정상이요, 이슬은 추락했으며, 천국에는 고등어 구름이 있고, 단어(희랍어의 *anemos*)는 조용히 활동적이도다. 사실상, 장면은 에덴동산의 하나를 상기시키나니.

【601】29소녀들의 케빈 축하

【601】숀은-요가 승, 태양진에 가려진 채, 후후 승僧!

(성 케빈의 출현) 그리하여 확실히, 여기 우리는 나신의 요가 수도사가 태양으로 착의함을 보도다】【601.1-2】. 인디언 텍스트에서, "태양으로 그름 가린 채," 나체의 인디언 승려들의 전통적 서술이라—그러나 이 하나는 전적으로 나체화하지 않았나니, 왜냐하면 그의 "참나무"(oakey)는 잎들로 덥혔겠기 때문! 그는 산스크리트의 어구旬가 공급하듯, 물 속에 서서있는 동안 기도를 제공하도다. 그는 별명인, "Pfaf!"【601.3】에 의해 승려로서 동등시 되도다. "Pfaff" (후후승)(손)는 "승려"를 의미하는 모욕의 독일어이다. 〈율리시스〉에서 날이 기도를 제공하는 나신의 승려로서 열리거니와, 확실히 우연의 일치가 아니다. 애초에 벅 멀리건은 아마도 그의 외투 아래 나체이리라—그것은 어떻게 우리야말로 그가 "통통 살진" 것을 보는 것이다. 벅은 사이비, 모독적 기도를 제공하지만, 기도는, 마치 성당이 말하듯, 기도이라. 〈피네간의 경야〉에서, 요가 수도사에 응답하여, 도시는 나타나기 시작한다. 그것은 브리타니 혹은 밤의 물밑으로부터, 애란의 내이 호반의 침몰한 도시처럼 솟아오르도다.

이때 강에서 이씨의 목소리가 들린다. "일으켜지도록 일으킬지라……. 우리의 라만 비탄호悲歡湖." 그러자 그녀의 목소리는 29윤녀潤女의 합창으로 바뀐다.

HCE는 이들을 "열아홉 더하기 열넷" 하고 헤아린다.

이어 29소녀들의 합창은 29개 성당 종소리로 이울어지면서, 15세기 아일랜드의 기독교의 여명을 축하한다. 소녀들은 앞서 제II부 1장에서 그랬던 것처럼, 노래, 춤, 그리고 꽃으로 천국 같은 케빈을 환영한다.

이 종소리는 HCE (솀 또는 성 케빈) (케빈은 은자로서, 위클로우 주의 그렌달로우에서 혼자 은거했었거니와)로 하여금 잠에서 일어나도록 재촉 한다. "유처녀들이 설화 집합했도다… 침상으로부터 승기昇起할지라."

우리는 이제 생명이 비옥한 강물로부터 원시를 발할 최초의 형태에로 다가온다. 그것은 아직 깨지지 않은 조화의 완성으로 공평하다. 광휘로, 밤의 자궁의 최초 열매로서, 그것은, 우주의 몽자夢者인 Vishbu의 배꼽에서 피어난 황금의 연꽃 위의 Brahma처럼, 앉아있으리라. 순결하게, 성직의 무구함을 가지고, 모든 덕망 속에 균형 잡은 채, 신기원의 첫 아이가 새벽의 이슬과 함께 빛나리라.

그 자는 성스러운 케빈 말고 누구리오? 그는 29소녀들의 즐겁고, 천사 같은 노래에 의해 인사 받은 채, 초기 애란의 성인을 멋지게 가장하여 호수로부터 솟는도다.

케빈의 축하가, Valleytemple의 장례 게임을 서술하는, 4노인들의 당나귀에 의해 방송되는 뉴스 보도로 인해, 중단된다. 낡은 영겁의 대표로서, 당나귀는 우리에게 현재는 과거의 경야임을 상기시킨다. 그 결과, 런던으로부터 징그럽게 미소 짓는 존재가 상륙하는지라, 그는 우체부 숀이요, 숙녀들에 현혹 된 채, 그(케빈숀)가 어느 날 무엇이 될지를 상기하도록 돕는다.

그러나 무구의 순간을 정당하게 대우하기 위해, 태양의 솟음과 함께, 채프리조드의 성당의 작은 떼 묻은 유리창이 보석처럼 빛난다. 그리하여 그 속에 천사 같은 은자의 아름답고 그림 같은 생명이 노정된다.

"그게 일어나도록 일으킬지라. 그러면 그건 그러 할지니. 보라— 이스의 전설시傳說市는 발출拔出하나니 (아트란타 마침내!), 호수아래로부터. 비탄하는 우리의 호수여, 애이레의 호박호수琥珀湖水여."

그리하여 29의 인후들로부터 청찬의 한숨과 기도가 솟는지라, 세파이어(samphire) 【601.11】 같은 해안을 따라, 대지 자체의 한숨을 메아리하면서, 그들은 식물 만灣 [자연의 선택을 회상하게 하는 다윈] 주위를 창가 하거니와, 그들의 노래는 케빈, 단지 그이, 작은 그이였도다!

기도를 그리고 태양의 솟음을 따르면서, 더블린의 많은 성당들로부터 종의 울림이 있도다. 그들은 자신들의 아침 차임, 아침의 삼종기도로 솟는 태양, 그들의 애자인, 케빈에게 승상昇上하도다. 이 즐거운 구절은 제II부 1장에서【234.6-239.27】 그들의 깨끗하고 천진한 춥을 인사하는, 작은 꽃들의 코러스에 평행한다.

숭배자들은 그들을 여기 사랑스런 낙농장 처녀들인, 고피스(Gopis)로서 동일시하면서, "낙농장 처녀들" 로서 언급되고, 그들은 크리스나(Krishna)를 숭상한다. 첫 번째 차임벨은 해변의 절벽을 따라서 메아리하도다. 구절은 애란의 대칭법(kenning)인 "절벽의 아들들" 에 토대를 두는바, 그것은 "산울림" 을 의미한다. 조이스는 우리에게 사파이어(청옥)(sapphire) 해안을 따른 경관과 함께, 해변의 식물들인, 갯미나리(samphire)로 점철된 그것의 절벽을 제공한다. " [HCE: 소녀들을 헤아리다] 구천사녀丘天使女들, 벼랑의 딸들, 응답할지라. 기다란 샘파이어 해안. 그대에서 그대에로, 이여二汝는 또한 이다二茶라, 거기 최진最眞 그대 가까이 유사類似하게, 한층 가까운 유사자類似者. 오고로 말할지라!"【601.10-11】. 샘파이어는 셰익스피어 작의 〈리어 왕〉의 행들을 상시키고, 거기 애드가는 글로스터를 눈멀게 하기 위해 바다 절벽의 높이를 서술한다.

> 절벽 중턱에 매달려서
> 미나리(samphire)를 따고 있는 사람이 있네.
> 참 위험한 직업도 다 있군!
> 【IV, vi, 14-15】.(김재남 역)

작은 소녀 성당들은 즐거이 아침의 삼종기도를 울리나니, 성 토마스 베킷과 (멀리게도) 성 로렌스 오툴을 불러오며, 부드럽고 사랑스런 차임으로 끝나도다【601.27-28】. 조이스는 성당들을 많은 다른 방법으로 설명한다. 그러나 비록 결과는 29개로서 나올지라도, 조이스는 단지 26개의 성당들의 이름을 목록 한다, 화녀花女들의 노래가 성당 종소리 속으로 녹아들자, 이들 성당들이 조화로서 울린다【601.21-28】.

성聖 윌헬미나, 성 가데니나, 성 피비아, 성 베스란드루아, 성 크라린다, 성 이메큐라, 성 돌로레스 델핀, 성 퍼란트로아, 성 에란즈 가이, 성 에다미니 바, 성 로다메나, 성 루아다가라, 성 드리미컴트라, 성 우나 베스티티, 성 민타지시아, 성 미샤라-발스, 성 처스트리, 성 크로우나스킴, 성 벨비스투라, 성 산타몬타, 성 링싱선드, 성 헤다딘 드래이드, 성 그라시아니비아, 성 와이드아프리카, 성 토머스애배스 및 (전율! 비대성非 大聲!! 츠츠!!!) 성 롤리소톨레스!

(이는 작품의 몇 개의 과오들 중의 하나이다). II.1의 작은 꽃들에 대한 그들의 유사類似를 강조하면서, 차임의 베이비 성당들이 작은 꽃잎을 지닌 벨들처럼 출현한다. 그리고 그들은 오메가로부터 알파까지 노래하거니와【601.16-17】, 보타니 베이植物灣에로 그들의 화도花道에 관해 캐럴을 부른다. 오스트레일리아의 식물만은 식물에 대해서부다 죄수에 대해 유명하다. 그러나 구절은 문자 그대로 옳다.

모든 천진한 화녀들이 케빈에게 그들의 아가-예기 기도를 울려 보낸다. 아가의 노래는 알파에서 오메가까지 "케빈"을 향해 노래한다—아!에서부터) 아!까지—그리고 "천국"(Heaven)과 닮은 케빈의 이름을 철자함은 우연이 아니다. 이러한 문장들의 음률은 옛 아메리카의 령가靈歌의 리듬을 아주 닮았다.

나는 신발을 가졌었네,
그대는 신발을 얻었네,
모든 하느님의 아이들은 신발을 얻었네,
내가 천국에 도착할 때, 나의 신발을 신고 가네,
하느님의 천국 온통 산보할 때,
천국이여! 천국!
내가 천국에 도달할 때, 나의 신발을 신네
하느님의 천국 위를 온통 걸을지니!

작은 성당들과 꽃들의 부르짖음은 기도성(preyfullness)과 유희성(playfulness)의 진짜 혼용으로 인사 받지요. "우리를 위해 기도하라!"의 메아리와 함께【601.29】. 비평적으로 논평하는 지나치게 배양된 영어 목소리를 결코 상관말지라, "오, 그건 그런고! 우린 그걸 뭐라 이름 지을고?"【601.30】.

아일랜드는 재현했으니, 바로 창조된 양, 비스마크 차체의 뉴아일랜드 그 자체, 매라네시아, 그리고 심지어 뉴어 아일랜드의 형태로, 이전의 오스트레일리아의 식물만 뿐만 아니라【601.34-36】.

작은 여공들이 그들의 아침 삼종기도를 울렸나니【601.31】, 책의 세 번째 삼종기도, 성령에 의한 메시아의 태아를 위한 기도를 울리면서. 아래 성당의 착색 유리 (stained Glass) 창문의 성자들:

[I]【602. 9.13-603.34-606.12】South Window: 케빈(Kevin)
[II]【606.13-613.14】Center Window: 패트릭(Patrick)
[III]【613.15-614.18】North Window: 오툴(O' Toole)

【602】[I]【602.9-13】;【603.34-606.12】손의 용모 묘사. 우리는 완전한 견본을 찾는지라. 특별히 어떤 사람? 또는 이상적 및 총체적 어떤 것, 공중에 매달린? "초간 탐색. 나긋나긋 날씬한 것이 아니고…적당 크기의 완전균형의 풍향에 흔들리는 섬세한 면모."

서문과 성인록聖人錄(hagiology)을 연결하는, 케빈을 축하는, 전환적轉換的 글귀 (transitional passage)【602.09-603.33】.

이제 성당의 3개의 착색유리(스테인드 그라스) 창문이 나타나기 시작한다. 1993년 〈더블린: 국제 제임스 조이스 서머스쿨〉)(UCE)에 강의 차 참가한 필자가 피닉스 공원 근처의 채플리조드의 한 성당(HCE의)에서 확인한 바에 의하면, 남쪽 창문은 성 케빈에 헌납 된다【602,9-13; 603.34-606.12】. 중앙 유리창은 성 패트릭을 축하 한다【606.13-613.14】. 그리고 북쪽 청문은 더블린의 수호성자 성 로렌스 오툴을 희미하게 보여 준다【613.15-614.18】. 3개의 착색유리 창문들은, 어느 신자의 의견으로, 3군인들과 남성 성기의 3부분과 일치한다는 것이다. 두 개의 창문들의 주제들인, 성 케빈과 로렌스 오툴은 다소 소극적이다. 성 케빈은 위클로우 산의 글렌다로우 호수의 단지 인공 욕조 안에 앉아 명상할 뿐이다 (에이츠의 시 "이니스플리 호반" 참조)(슬라이고 소재).

이제 착색유리 창문들이 나타나기 시작한다. 초기 기독교 시절부터, 대부분의 기독교 성당들은, 아주 오랜 이교도 습관의 존재인, 솟아오르는 태양을 직면하는 재단과 더불어, 동쪽을 향해 조심스럽게 지어졌다. 재단 뒤의 지역인, 정점(apse)은 그런고로 솟아오르는 태양에 의해 매 아침마다 비쳐졌다. 정점의 중앙 창문의 남을 향한 그리고 성당 그 자체에 있어서 창문들은 그때 가장 밝게 비쳐진다. 북쪽을 향한 창문들은 한층 희미하게 비쳐진다. 챠트레스 대성당에 있어서, 그리고 많은 다른 중세의 성당들에 있어서, 희미한 북쪽 창문들은 〈계시록〉의 그것의 불완전한 메시지와 더불어, 그리고 밝게 비치는 남쪽 창문들은 〈신약〉으로부터의 그리고 중세 기독교로부터의 일화들을 지닌다.

여기. 애란의 소녀 성당의 기도 자들은 애란 마을 성당의 정점의 착색유리 창문을 소개하는바, 그것은, 조이스가 프랑크 버전(Frank Budgen)에게 이른 되로, 솟아나는 태양에 의해 비쳐지기 시작한다. 그러나 조이스의 마을 성당은 그의 자신의 발명이다. 애란에서 이러한 서술의 성당들은 없기 때문이다. 크렌달킨에서 가장 가까운 것은 피닉스 공원의 남쪽으로, 그것은 패트릭과 로렌스 오툴을 보여주지만 성 케빈은 아니다. 〈피네간의 경야〉의 첫 페이지에 언급된 매리의 프란시스코 변용의 성당은 아담과 이브즈(Adam and Eves)【021】이다.

3개의 착색유리 창문들의 주제는 3군인들과 남성 음경 장비의 3부분들과 일치한다. 성 케빈과 성 로렌스 오툴의 창문들 중 2개의 주제들은 다소 수동적이다. 성 케빈은 욕조 안에 앉아 있을 뿐, 명상하고, 물에 젖어있다. 확실히, 그는 조이스의 작품들에서 전적으로 목욕하는 몇몇 사람들 중의 하나다! 그러나 목욕은 큰 활동이 아니다. 성 로렌스 오툴에 관한 어둡고 신비스런 구절로서 있다 해도 무엇을 하는지 말하는 것은 어렵다.

대조적으로 성 패트릭과 이교도 성인 사이의 토론을 다루는, 중앙 창문은 상당한 활동을 전시한다. 사실상, 성 패트릭은 물리적 세계를 재창조한다. 그는 3창문들 중 활동적 중심으로, 월링던 뮤즈방의 남근성의 데이비인, 부친의 전도와 새 세대의 접근을 가져온다.

상징적 형태에 있어서, 3군인들은 솟아나는 태양에 의해 창조된 〈추락 인간〉의 모든 무지개 색깔들의 창문들로 대표된다.

여기 구절에서 케빈, Diarmuid, HCE의 신분들이 모두 합류한다.

케빈은 뭣하고 있는고? 한 선행삼림행자善行森林行者, 이 성스러운 소년은 아들이라. 그의 도덕적 못釘이 그의 최선의 무기로다. 그의 얼굴은 태양자의 얼굴이나니. 한 처녀, 당자當者가, 그대를 애도할지라. 모두 HCE의 임박한 몰락을 언급한다. 4복음자가 그를 버리려하자, 한 마리 당나귀가, 빈자묘지의 4검시격四檢屍隔의 그의 공지恐地에서, 밸리템풀(곡사원谷寺院)의 장례유희葬禮遊戲의 뉴스를 가진, 독고신문獨考新聞 기자, "마이크"에 의해, 방문을 받는다. 그는 남아프리카의 신세계에서 왔나니, 그리하여 HCE의 몰락사와 비행을 신문이 보도하기 시작 하도다. "독고신문 기자 마이크포트런드…심리중의 노랑이 사내를…차한기사次閑記事를 한송고閑送稿하도다…" 이때 우편물 분류계의, 런던 출신의 한센 씨氏(Mr Hurr Hansen)가 출현(손의 변신)하여(처녀들과 연애할 목적으로), 아침조반을 운반하는 HCE에 접근한다. 그는 또한 아침 신문과 중앙 우체국(GPO)의 편지를 주점에 배달했도다.

여기 험프리(Humphrey)는 다가오는 전투의 침울한 음조로서 기자를 충고하고, 침묵과 준비에 대비하도록 그를 권고한다. 이제 강은 조용히 흐른다. 그러나 강은 소란과 혼동 속에 바다와 합류하리라. 당나귀는 4노인들(여기 검시관들)이, 꺼진 불로부터 연기가 떠나듯, HCE를 버리려고 준비하며, 공포 속에 울려고 하도다.

이러한 생각들은 무선의 뉴스 게시판에 의해 갑자기, 불쑥 차단되는데, 이 섬광은 일련의 신문 제목으로 발전하고, 그리하여 이는 온통 암울한 방법으로 HCE(Ciwareke)의 임박한 몰락과 추락을 언급한다. 탐색자인 기자, "Mike" Portlund (Sigurdsen)는 이들 이야기들을 발굴했나니, 그는 이 일을 그의 노출된 부랑자의 이미지를 기록하기 위해 암실 사진기를 사용하여, 그의 주막의 늙은 괴짜를 염탐함으로써, 행했도다.

【603-3】조간신문의 HCE의 불륜에 대한 보도;【603-6】. 수행자(은둔자), 성 케빈의

손은 소녀들과 가질 모든 재미를 생각하자, 얼굴에 미소가 어린다. "자신의 일월 광日月光의 계란 입술 위로 베이컨 손짓하는 총아처럼 저토록 유소油笑를 지녔도다." 그는 HCE에게 조반과 편지를 나른다. 여기 〈피네간의 경야〉의 IV부는 아침의―그리고 조반의 회귀(recorso)의 장이다. 새로운 날, 새로운 회귀는 옛날의 복사이다. 새 HCE-손-배이컨(Francis Bacon)은 고로 계란으로 온통 문대지고, 조반 먹은 입술 위로 베이컨(Bacon) 기름칠 된, 기름 같은 미소와 냄새로 어려 있다. 갈채가 솟는다. "손! 손! 우체부 손!"(Schoen! Shoan! Shoon!) 손은 너무나 멋있고 잘생겼도다. 한편 HCE는 음식 냄새를 맡으며, 문의 노크 소리를 듣는다. "녹크, 노크!, 침실의 문." 몸을 움직이기 싫은 채, 그는 침대보 아래 숨는다. 그는 오늘이 자신의 Waterloo 날인, 카이사르(Caesar)의 3월 흉일이 아닌 가 겁낸다.

이 구절에서 일식日蝕은 어색한지라, 왜냐하면 때는 새벽이기에. 확실히 새 "아들"(new son)은 빛나고 있다. 이때 음식물과 우편물이 융합 한다. "우우남愚郵男 손 뭘 멍하니 생각에 잠긴 채, 차茶, 탕…버터를 칠할 지라! 오늘 우리의 우편 대를 갖고 올지라!" 신문에 실린 모든 스캔들과 뉴스. 관리가 베개 위에서 소녀를 기다리나니. "관리들이 청소를 위하여 그들이 데리고 들어온 분신 타녀와 야근교대를 위하여 베개에다 자신들의 머리를 받힐 때…" 그들의 다양한 여인들과의 현기眩氣. "비밀녀, 꼬마녀, 남구녀, 다시녀, 음녀" 등등, 신문은 이러한 성적 저해沮害로 판을 치는데, 이는 바로 HCE의 그것이기도 한지라, 그는 Letty Greene(Gretta Greene), 이 예쁜 이름은 사랑의 도피, 노라의 젊음, 무학, 애란愛蘭다움, 조이스가 그녀를 부른 대로 "나의 작은 이상한 눈의 아일랜드" 등과 놀이한다. 그는 또한 그녀를 〈더블린 사람들〉의 〈죽은 사람들〉에서 그레타(Gretta)로 부르며, Cathleen Ni Houlihan(아일랜드의 전설적 노파 및 예이츠의 극시의 타이틀) 같은 젊은 여인들로 도취했었다. 그가 3월 카이사르 흉일을 겁내는 것은 바로 이 때문이다. 그는 자신의 무죄를 주장하고, 누군가 속죄해야 한다고 생각한다. "단지 이중유괴! 절세기독 성당의 문전 부전 명예훼손이요 최 혹자가 그에 대하여 속죄해야만 할지라." 회귀는 새 HCE의 솟음과 낡은 것의 추락을 신호하기에, 하이드 파크(런던의)를 충실하게 산보하는 자들을 위해 아름다운 날씨를 가져오리라.

그러자 작품의 제I부 1장에서 HCE가 캐드와 공원의 과거 만남을 회상하게 하는 장면이 여기 다시 뒤따른다. 그는 자신을 면죄免罪하려는 또 다른 시도와 함께, 성적 암시와 젊음에 대한 언급으로 충만된 기다란 설명을 계속한다. 손은 올 바른 시간에 대한 암시를 갖지 못하지만, 때는 어둠이 거쳤으리라 대답한다. 험프리는 재차 위협을 느끼고, 명예훼손을 당했는지라, 누군가가 그에게 배상해야 한다고 소리친다. 그러나 이 경우에 캐드의 지난 날 물음에서 울렸던 딩동 종소리는 이제 그를 구하지 못한다. 왜냐하면 종지기 Fox Goodman은 종을 치지 않았기 때문이요─종은 사실상 이미 울었었다 ─손을 위해.

【603.34】 그런데 케빈은 누구인고? 이에 대한 대답은 그러나 성당의 청록반류青綠 斑類 창유리에 빛인 햇살이다. 케빈의 전설적 이야기는 성당의 창들 위에 그려져 있다.

[I] 남쪽 창문의 성. 케빈【602.9-606.12】은 성장하는 빛으로 출현하기 시작한다. 그는 지극히 잘 생겼다. 케빈이 하는 것은 무엇인가? 재빨리 말해 주구려! 그의 얼굴은 태양처럼 빛난다. 솟는 태양은 전체 풍경을 조명하고 있다. 케빈의 서술은 운명의 날【602.16-27】의 어느 곳으로부터 보도되는, 독립적 통신인, 마이크 포트런드로부터 아침의 뉴스 보도에 의해 방해된다. 기자는 말의 만화, 혹은 HCE의 그것을 전시하는 장례, 카메라 암영에 의해, 필경 HCE의 그리고 토요일 밤의 향연을 서술한다.

아메리카의 독자를 위한 뉴스 이야기의 가장 놀라운 부분이【606.23-24】에 나타난다.

[이제 빛이 사라지자, 창문은 정물靜物의 이미지] 승주주교乘舟主敎(비숍), 암성장岩城將의 우전례右典禮에로 사각斜角! 미사의 봉사부동奉仕浮童, 꺼져! 수영능숙水泳能熟. 벗어진 하늘 아래 3구정丘頂(벤)[20]으로부터의 회후경稀後景이 다른 쪽 끝에 있는지라 [3언덕의 드문 경관이 솟는지라─한 폭 그림]

〈피네간의 경야〉 아침은 뉴스 스토리의 독일식의 죄가 살아진 뒤, 계속한다. 거기 모든 현대의 도시들에서 모든 아침의 특별한 장면들과 광경들과 냄새들이 뒤따른다.

셈이 원하는 모든 것은, 화자가 말하거니와, 안개의 도시에서 일어나 댄스 춤으로부터 귀가하는 즐거운 구릅의 처녀들과 추락하는 것이다【602.27-33】. 케빈은, 그의 통신의 인물인 숀처럼, 자기 마음대로 여인들을, 그리고 음식을 아주 좋아한다. 그는 이제 조반에 아주 열성이다. 이른 배달부의 기름 끼의 미소는 베이컨과 계란으로 결합하고, 빵 구이의 숭고한 ("냄비의") 향기는 아침의 대기를 충만 한다【603.1-2,6-7】. 우체부 숀은 모든 현대 도시의 아침의 장면을 생동케 하는, 우편을 분류하고, 나르는 자들, 그리고 주님의 기도의 메아리와 같이 매일의 우편부대로부터 매일의 축복을 공급하는, 저들 이른 기상 자들 중의 하나이다【603.7-8,10-12】.

쾌활하고 통통한 소녀들에 대한 숀의 취미는, 숀에게 부절제한 행동을 비난하는 누구든 가톨릭 성당을 비방하리라는 주의로서 또한 공포 되는지라, 그것에 대해 숀은 그의 충분히 자란 소녀친구들을 압박하거니와, 즉 위대한 하나님! 우리가 보는 것은 무엇이나이까? 굴광성과 함께 히아신스, 이러한 미춘 부들이여!【603.28-30】.

[성당 창유리 위의 케빈의 출현] "그러나 무엇을 콤헴(케빈)은 행하는 고, 수양매춘남修養賣春男(Coemghen)?"【603.34】 "Coemghen"은 케빈의 이름의 옛 애란 번안인지라. 그는 Finn McCool의 수양자요, 위법자. 게일 어의 "Clan"은 "아이들"을 의미하나니, 그리고 Finn Fianna와 같은 켈트 전대戰隊의 젊은이들은 추장의 양자 아이들로 사료되었도다. 대답은 그가 성당의 푸른, 녹색의 그리고 희색의 채색 유리 속에 있음이라, 그리하여 그것은 이제 일광과 더불어 빛나기 시작하도다. 성당의 정점의 남쪽 창문은 일광을 향해 기원起源하는지라, 그것은 성 케빈의 전설을 지니며, 희미하게 한층 빛이 되고 있나니, 그리하여 색깔들은 그들의 낮의 가치를 획득하기 시작하도다.

성 케빈 부분은 중세 성인의 전설의 패러디인지라, 전적으로 고대어로 쓰였도다. 〈피네간의 경야〉의 첫 부분들 중의 하나는 창조될지니, 그것은 아마도 작품의 가장 완전하게 조직화된 옥외의 과過조직화 된 부분이라. 케빈은 목욕하고 명상하는 것 이외에 아무것도 않도다. 하지만 그의 세정식洗淨式과 명상을 서술하는 서류의 복잡성은 놀랍도다. 케빈은 각기, "땅, 물, 땅, 물, 땅, 오두막, 땅, 물, 통의 9환들 내에 위치한 그의 목욕통 안에 앉아있다.

두 가지 더한 연재가 있으니, 통桶은 7번 언급되고, "창조된" 말의 7번안들은 테스트에서 일어난다.

케빈 구절의 과정에서, 어떤 특별한 아침 장면들이 재창조된다. 우리는 우유통 가득한 짐 실린 모리스 차들, 밀크의 아침 택송擇送을 보고 듣는지라―여기 성처녀에게 가브리얼의 메시지와 결합된 채, 기도의 만종이라, "은총으로 가득한 환영 마리아, 주님은 당신과 함께 하도다"【604.10-11】. 밀크 열차가, 은하수(밀키웨이)를 싣고, 도로 위에 있나니라【604.12-15】.

그리하여 밀크가 도착하자, 케빈은 그의 목욕 통 속에 앉아, 세례를 위해 계속적으로 명상하도다【606.10-12】. 케빈 구절의 물의 이미지들이 뒤따르는 성 패트릭의 구절들에서 바다에로 인도하는지라.

【604】 "But what does Coemghem(Kevin)?"【603.34】이란 질문에 아침 햇살은 근처의 채프리조드의 성당 창살을 비치는데, 이는 성 케빈의 전설을 설명한다. 지친 채, HCE는 셈에게, (그러나 목소리는 숀의 것) 더 이상 묻지 말도록 청한다. 들판은 새소리들과 함께 푸르다. 별은 아직 사라지지 않았다. 은화수의 무수한 별들의 전망(분명히 그의 침실 창문을 통해서)은 HCE에게 밀크를 실은 새벽 열차가 아직 지나가지 않았음을 상기시킨다. 그는 가짜 셈(sham 셈)에게 침묵을 청하자, 창송가가 성당에서 들리기 시작하고, 그는 잠과 꿈속으로 추락한다.

창에 빛인 광경들. 포도 넝쿨이 열매를 맺었는지라, 대중의 해치(문)는 미사를 위해 아직 열리지 않았도다. 주님의 천사는 마리아에게 아직 선언하지 않았나니, 하지만 "희랍 행의 시베리아 항성철도는 곧 출발하리라." 심지어 나무상자 가득한 신하神荷 실은 견인 화차의 천사 엔진도 아직 아니나니(새벽 6시의 삼종기도(Angelus)를 위해서도 너무 이르도다). 성당이 성인을 전적으로 노래하도다. 새벽의 첫 광선이 무엇에 대한 무엇인가를 보여주리라. (성당이 **성인전적**聖人傳的**으로 노래하도다** 는 성당의 찬가로, 누구인 누군가가 그것이 무엇에 대한 무엇인가를 역역할 비열석非列席의 존재인, 새로운 HCE를 암시한다). 여기 숀(케빈)은 침실 문에 도착하고, 그는 Jerry(셈)으로 변장해 있다. 치진 HCE는 이렇게 요구 한다. "더 이상 묻지 말지라." 여기 창에 비친 들판은 더블린의 동과 북의 방향, 브레지아 평원과 헤레몬헤버의 포도나무가지의 들판이다.

그러자 라디오가 다시 활성화하고, 숀은 외래인들 사이에 있으며, 복음적 상속으로 기분이 우쭐한지라, 왜냐하면 그는 이제 아일랜드의 주교들을 축복 할 수 있기 때문이다. 라디오 아나운서는 아일랜드 인들에게 그리고 모든 섬들의 주민들에게 폭풍 경보를 토로한다.

여기에 또한 최후의 트럼펫을 불게 하는 천국의 심판의 명령이 들린다. "오긍청肯聽! 오긍청오아시스!" (Oyes! Oyeses! Oyesesyeses!) "주질소자主室素者"인, 손은 의기양양하다, 라디오의 "경고질풍"의 신호 Oyes!" (이는 또한 〈율리시스〉의 종말에서 구혼 받은 몰리 블룸의 최후의 "yes"이요), 새로운 HCE 자신의 궁전을 여는 신호를 선포한다. "나는 경남堂男인 경남堂男인지라" (I yam as I yam), "나는 나 그대로다" (I am what I am)를 선언하는, 조이스의 유일한 희곡 〈망명자들〉(Exiles)의 주인공 리처드나 하느님은 이 신성의 "yam"을 선행하는지라, 이 "yam"이야말로, 리오폴드 블룸이 먹는 아일랜드 산 감자처럼, (신세계에서 온 것) 애란 자유국의 대기 속의 "주질소자主室素者…거주居住 및 일천도壹千島, 서방西邦 및 동방근접東邦近接"인 케빈-손이다. 그리하여 여기 새 HCE는 〈율리시스〉의 구애 받은(courted) 몰리 블룸처럼, "I yam as I yam"의 최후의 말들과 함께 그의 궁전(court)을 열면서, "Oyesesyeses"을 선언하도다.

다시 장면은 일전하여 성 케빈의 우화가 시작된다(여기 성당의 창에 빛인 케빈의 그림은, 정신적 고독과 성스러운 종교의 의식 및 지혜의 몰입을 의미한다). 성 캐빈은 애란 해海의 애란 섬에 살고 있었으나, 그렌달로우 호湖(오늘날 나그네는 그 유서 깊은 담호를 경관 하거니와)로 가서, 그곳 섬에 수도修道하게 된다. 섬에는 작은 연못이 있고 그 연못 속에 보다 작은 섬이 있나니 그는 이 작은 섬에다 오두막을 짓고, 1피트 깊이의 작은 웅덩이를 판 후에, 연못가에 가서 물을 끼려다 이 구멍을 채우나니, 작은 용조가 된다. 그는 옷을 벗고 이 욕조에 들어가, "이타주의의 통일성의 인식을 통하여 지식 애를 위한 탐구 속에," 인간의 세례와 재생의 성사聖事에 대하여 명상을 계속한다.

성 케빈의 은거소. 앞서 ALP가 이른 대로 "아일랜드의 정원" (Garden of Erin)【203】이라할, 수려한 경치의 Wicklow Hill에 있는 그렌달로우 호수, 여기 조이스의 텍스트에서 명명된 물결(waters)은 이 지역의 개울들(ruvulets)과 호수들(lakelets)이다. 여기에는 아나 리피 강의 젊고, 춤추는 요정이 있는 곳이다. 앞서 빨래하는 아낙들은 그의 목마름을 적시기 위해 자신의 입술로서 그녀를 감촉하는 수사修士에 관해 말한다.【303 참조】

캐빈의 수도修道 이야기 (그의 기적, 죽음 및 삶)

【605】여기 숀은 성 케빈의 이미지로, 그는 공원을 가로질러 나무사이, 바위틈의 샘에 몸을 씻고 새로운 아빠 HCE가 되는 것에 비유 된다. "우리의 영혼세례를 돌보도록 내맡기면서, 기적, 죽음과 삶은 이러하도다." 잇따르는 케빈의 수도修道에 관한 긴 이야기는 〈피네간의 경야〉 중 가장 어렵고도 매력적인 것들 중의 하나이다.

성 캐빈의 수도修道 야아. 교황회칙환敎皇回勅環의 이애란군도내怡愛蘭群島內의 이애란도怡愛蘭島의 궁극적 이란도怡蘭島 위에 출산出産된 채, 자신들의 선창조先創造된 성스러운 백의천사의 향연이 다가오는지라, 그들 하자간何者間에 그의 세례자, 자발적으로 빈貧한 케빈, 사제의 후창조後創造된 휴대용 **욕조부제단**浴槽付祭壇의 실특권實特權을 증여받았나니…. 거기 피녀彼女이시아 강江과 피남彼男에시아 강江의 만나는 상교수相交水의 한복판 피차彼此의 차안此岸 쪽 항해 가능한 고호상孤湖上에, 경건하게도 케빈이, 삼일三一의 성삼위일체[21]를 칭송하면서, 자신의 조종가능한 제단초욕조祭壇超浴槽의 방주진중方舟陣中에, 구심적으로 뗏목 건넜는지라, 하이버니언 서품계급序品階級의 부제복사, 중도에서 부속호附屬湖표면을 가로질러 그의 지고숭중핵至高崇中核의 이슬 호湖까지, 그리하여 거기 그의 호수는 복둔주곡腹遁走曲의 권품천사이나니, 그 위에 전성全盛에 의하여, 지식으로 강력한 채, 케빈이 다가왔는지라, 그곳 중앙이 황량수荒凉水와 청결수淸潔水의 환류環流의 수로 사이에 있나니, 주파몰호周波沒湖의 호상도湖上島[22]까지 상륙하고 그리하여 그 위에 연안착沿岸着한 뗏목과 함께 제단 **곁에** 부사제의 욕조, 성유로 지극정성 도유塗油한 채, 기도에 의하여 수반 받아, 성스러운 케빈이 제삼第三 조시朝時까지 득노得勞했는지라 그러나 주예법朱禮法의 속죄고행贖罪苦行의 밀봉소옥蜜蜂小屋[23]을 세우기 위해, 그의 경내에서 불굴인不屈忍으로 살기 위해, 추기주덕목樞機主德目의 복사, 그의 활무대活舞臺 마루, 지고성至高聖 케빈이 한 길 완전한 7분의 1깊이만큼까지 혈굴穴掘했나니, 그리하여 그것이 동굴洞窟되고, 존경하올 케빈, 은둔자, 홀로 협상協想하며, 호상도湖上島의 호안湖岸을 향해 진행했는지라 그곳에 칠수번七數番 그는, 동쪽으로 무릎을 끊으면서, 육시과六時課정오의 편복종遍服從 속에 그레고리오 성가수聖歌水[24]를 칠중집七重集했나니 그리하여 앰브로시아[25] 불로불사不老不死의 성찬적

1장 회귀   967

聖餐的 마음의 환희를 가지고 그 만큼 다변多煩 은퇴한 채, 저 특권의 제단 **겸하여** 욕조를 운반하면서, 그리하여 그걸 수칠번數七番 동공洞空 속에 굴착한 채, 수위水位의 낭독자, 가장 존경하올 케빈, 그런 다음 그에 의하여

【606.10-12】…은둔자인 그는, 치품천사적熾品天使的 열성을 가지고 세례의 원초적 성례전聖禮典 혹은 관수灌水에 의하여 만인의 재탄再誕을 계속적으로 묵상했도다. 이이크,[26]

[이제 빛이 사라지자, 창문은 정물의 이미지] 승주주교乘舟主教(비숍),[27] 암성장岩城將의 우전례右典禮에로 사각斜角! 미사의 봉사부동奉仕浮童, 꺼져! 수영능숙水泳能熟. 벗어진 하늘 아래 3구정丘頂(벤)으로부터의 희후경稀後景이 다른 쪽 끝에 있는지라 [3언덕의 드문 경관이 솟는지라—한폭 그림], 주무呪霧 및 경칠 풍風에 그대의 축전광祝電光을 청뇌請雷할지라, 가서家書를 위해 뭔가를. 그들은 전시야세기前視野世紀에 건립되었나니, 한 개의 멋진 닭장으로서 그리하여, 만일 그대가 그대의 브리스톨(항시)港市[28]을 알고 있거나 저 오래된 도로에 자갈 깔린 정령시精靈市의 손수레 길과 십일곡十一曲을 터벅터벅 걷는 다면, 그대는 척골雎骨-삼각토三角土를 인공식적人工式的으로 난필주亂筆走하리라. 그들이 또한 명의상名義上으로 자유부동산보유자(프랭클린 전광電光)들[29]인지 어떤지는 충분히 입증되지 않고 있도다.

【606.23-24】 Kevin의 아름다운 명상이 죄지은 의식과 혼성한다. [공원-HCE의 죄] **"오 행복의 죄여!** 아아, 요정쌍자妖精双者여! 이들 공원에서 자신의 박리세정제수剝離洗淨祭需를 이룰 최초의 폭발자暴發者는 과연 괴물재판怪物裁判이 그의 첫날 시출施出한 저 행운의 멸자滅者였나니." 이는 공원의 사건과 비유된다.

여기 이는 아메리카 독자를 위한 뉴스 스토리의 가장 놀라운 부분이다. 아메리카의 도적인 Dutch Schultz의 최후의 황홀은 험프리 덤프리 이어위커의 생활고와 연결된다. Dutch Schultz는 스칸디나비아 기원의, *Schuld*라는 죄로 둘라 친, 우리의 죄 많은 영웅의 인생을 감싼다. 조이스는 여기 논픽션의 유명한 단편을 환기하는 바, 즉, 의 사어死語, 아서 프레겐 하임인, 예명藝名(*nom de guerre*)인, Dutch Schultz로 알려진

아메리칸 폭력배 및 밀매업자의 죽어가는 말이라.

1935년 10월 24일에, Dutcu Schultw는 뉴워크 병원에 죽어가며 누워있었다. 그는 주로 럭키 루시아노라는, 그의 경쟁자들을 위해 일하는 암살자, 챨스 "빈대" 워트맨에 의해 그날 일찍 총에 맞았었다. Schultz는 황홀 속에 들락날락했다. 그의 진술은 그의 침대 곁에 앉은 경찰 속기사에 의해 기록되었다. 경찰은 Schultz가 살인적 생애의 어떤 세목들을 토로하고, 그의 약간의 공모자들을 관련시키기를 희망하고 있었다.

Dutch Schultz는 교육을 받지 못한 사람으로, 그가 말한 많은 것은 불연속적 그리고 사소한 것이었다. 그러나, 그의 어투語套의 어떤 것은 그들의 의미에 있어서 사람을 얼리고 있었으니―예컨대, "단두에게 말하라". 어떠한 시인도 그보다 총체적 무자비성을 표현하는 보다 사악한 은유를 여태 고안하지 못했다. "오, 앞으로 전진, 그것은 울음을 위해 야기하나니, 나는 조화를 원치 않아요, 나는 조화를 원해요" 라는 말 속에 형이상학적 시의 암시가 있었다. 한때, 노래의 가사로서 인용한 뒤에, 그는 제임스 조이스를 방문하고 있는 듯 했다. 적어도 그것은 죄지은 범죄로부터 이러한 비범한 언급들에로 조이스를 끌고 가는 것이었다. "밖에 나가 지미 발렌타인을 찾아라, 왜냐하면 그는 나의 옛 진구 이기게. 어서, 짐, 어서, 지미, 오, 감사." 또 다른 구절인즉, 완전한 알렉산더 시행詩行(억양격)으로 끝나는 바, "재발, 나는 모든 사건들을 사료할지라. 아니야, 아니." 이 구절은 그 뒤로 마구 떠드는 Schultz의 죽음의 침상의 독자들을 여태 매료시켰다. Dutch Schultz의 최후의 말들은 "프렌치 캐나의 완두통스프로서…나는 지불하기를 원하니, 그들을 나 만에게 남겨둬요."

〈피네간의 경야〉의 아침은, 뉴스 이야기의 게르만적 죄 다음으로, 계속한다. 모든 현대 도시들에서 모든 아침의 특별한 장면들, 광경들 및 냄새들이 뒤따른다. 숀/케빈이 한층 서술된다. 숀이 원하는 모든 것이란, 화자가 말하기를, 안개의 도시로부터 일어나, 댄스로부터 귀가하는 즐거운 구룹의 처녀들과 일체가 되는 것이다【602.27-33】. 케빈은, 그의 통신의 인물인, 숀처럼, 자기 나름으로 여인들을 좋아하고, 그의 음식을 아주 좋아한다. 그는 특히 조반에 열렬하다. 아침의 우체부의 기름 끼 미소는 베이컨과 에그로 결합하고, 빵 구이 성스러운 냄새는 아침 공기를 충만하다【603.1-2,6-7】. 우체부 숀은 모든 현대 도시의 아침 장면을 활발하게 하는 저들 조기자早起者들이요, 우편을 공급하고, 주님의 기도의 메아리로 매일의 우편부대로부터 미일의 축복을 나르는 자들이다【603.7-8, 10-12】.

성 케빈의 부분은 전적으로 고풍의 언어로서 쓰인 중세의 성자적 전설dmo 패러디이다. 〈피네간의 경야〉의 창조되는 첫 부분들 중의 하나, 그것은 아마도 작품의 가장 완전하게 조직된, 지나치게 조직된 부분들이다. 케빈은 목욕하고 명상하는 것 이외 아무것도하지 않는지라, 그의 세정식과 명상을 서술하는 서류의 복잡성은 놀랍다.

마술적 숫자인 7과 9은 텍스트를 지배한다. 케빈은 9환들 이내에 위치한 그의 욕통浴桶에 각각 앉아 있다. "땅, 물, 땅, 물, 땅, 오두막, 땅, 물, 통."

이 성 케빈 부분에는 2개의 더 많은 시리즈가 있으니, "통" (tub)이란 말이 7번 언급되고, 텍스트에서 "창조된"(creted)이란 단어의 변형이 7번 일어난다. 이 구절의 과정에서, 어떤 특별한 아침 장면들이 재창조된다, 우리는 우유 상자들이 가득한 하적荷積된 밀크 아침의 아침의 공급을 시청한다. 이는 여기 성처녀에 대한 게브리얼의 메시지인, 안제루수의 텍스트와 결합한다. "은총으로 넘치는 매리 환영, 주님은 당신과 함께 하도다"【604.10-11】. 밀크 기차가 노상을 달리고, 은하수(the Milky Way)를 나른다【604.12-15】.

그리고 밀크사 도착하자, 케빈은 목속 속애 앉아, 세례로서 계속적 명상한다【606.10-12】. 잇따른 케빈 구절의 물의 이미지들이 성 채트릭 구절애서 바다로 인도한다.

여기 불타는 태양이 나타나도다.
밤의 깨어남과 망각이 시작하도다.

【606】 [II]【606.13-613.14】(바이올렛 어둠별이 내리자, 캐빈은, 물통 속에서 세례의 성례전상에 대해, 명상한다).

호우드 언덕의 3장상들(Benns)로부터의 관경은, 화자가 말하는지라, 흔히 그것에 대하여 언급할 중요성이 있다【606.14-16】. 그리고 과연 해돋이의 바다 너머의 광경은 잊을 수 없는 것이다. 이 광경 속에, 우리는 더블린 자체, 그것의 길들과 회전들, 그것의 자갈 거리들, 그림 같고 사랑스런 새벽의 광선【606.17-18】, 예술가를 위한 멋진 장면【606.21-23】. 이어위커 가족은 도회의 커다란 상업 시계들처럼, 야곱이나 이서인,

〈구약〉의 인물들 그리고 12사도들의 〈신약〉의 인물들아 모든 만사 변할 때 시간을 칠 준비를 갖춘다.

【607.5-10】. "그리고 젊은 샹젤리제가 피네간의 경야(Finnegans Wake)[30]에 그들의 짝들에게 다유락多愉樂을 치근대는 자신들의 축신호祝信號로다."

노인들을 위한 묘지에서 그들의 조상에 합세하고 젊은 사람들을 위한 그리고 세계에서 깨어날 시간이니【607.12-16】 그리고 책에서 최초요 유일한 시간을 위한 "피네간의 경야"의 노래의 완전하고 정확한 철자의 재목을 우리가 들을 때, 우리는 새벽에 경쾌한 노소 음악 홀의 노래에 맞추어 춤추는 젊은 청춘남녀들의 소리를 듣는다. [HCE와 ALP의 기상 시간]

그리하여 때는 최고로 유쾌한 시각 제시題時 고조高潮 시時. 그대의 옷 기선장식에 눌러 붙은 나의 치근거림이라니. 각다귀 짓은 이제 질색. 아니, 당장 나의 문질러 비비고 떠드는 짓이라니! 나는 그대의 하신荷身을 자루에 넣는 도다. 내 것은 그대의 무릎이라. 이것은 내 것. 우린 여상위남女上位男 망혼妄婚의 어떤 부조화 교각交脚 속에 사로 잡혔나니, 나의 미끈 여태女態, 그로부터 나는 최고 승화昇華하도다. 사과謝過, 나의 영어暎語! 실례. 여전히 미안. 아직 피곤疲困 하시何時…

그리고 책의 첫째 및 유일 시간을 위하여 노래 "Finnegans Wake"의 충만하고 정확한 철자된 제목을 들을 때. 우리는 활발하게 옛 음악당의 노래에서 새벽의 춤추는 어린 소년들과 소녀들의 음을 듣는지라,(Hy ty ty tiddly aye 쇼 ty)【697.17】, 때는 고시高時. 역시! 더블린의 이른 기상자起床者들은 그들의 차(다)를 마시고 있도다.

태양의 솟음은 여기 두 번 서술되나니, 조이스가 〈율리시스〉에서 발명한 그런 류의 위대한 산문시로다. 우리는 이미【597.24-29】에서, 해 돋음의 한 가지 서술을 보았는지라, 그리하여 새벽바람은 우리의 등의 잘록한 부분 주위를 불고 있도다. 이제 태양은 열심히 솟았기에, 동쪽 하늘에 불타고 있도다. 이 위대한 시로서【607.24-33】, 일광은 어둠으로부터 자라나니, 그리하여 1년 온통 바람은 가라앉도다.

시복諡福을 향한 단계는, 학사이든 은자이든, 그레고리오적이든, 앰브로시아적이든 율법하에서, 계절에 합당한, 복음적 색깔들에 맞추어, 종경하올 존사에서부터 축복의 성자에로 진행 한다. 황금 색, 붉은 색, 자색 그리고 검정 색. 약간의 주된 덕행들 —예를 들면, 견인불발—은 사방에 존재하지만, 거기에는 치명적 죄들은 하나도 없도다. 이러한 유쾌한 정렬整列에서 요소들을 답습하기란 우리에게 기쁨과 희망을 안겨 줄 것이다.

욕조 속의 케빈, "가장 축복 받은 케빈, 체구 위로 즉위된 채, 운반된 물의 집중적 중앙에." "은둔자인 그는, 치품천사적 열성을 가지고 세례의 원토적 성례전 혹은 관수에 의하여 재생을 계속적으로 묵상했도다. 이이이"(Yee).

"승주주교, 암성장의 우전례에로 사각!"(Bisships, bevel to rock's rite!) 미사의 봉사부동…벗어진 하늘 아래 호우드 언덕의 3꼭대기로부터의 희후경稀後景이 다른 쪽 끝에 있는지라…이런 양상으로, 케빈의 시간과 공간이, 평온한 명상에 감싸인 채, 축소되나니, 이는 정물靜物(still life)의 이미지요, 햇빛이 그로부터 사라지자 이제 어두워지는 창문에 그려진 그림이 되도다. (호우드 언덕에서 더블린만灣을 건너 멀리 〈조이스 탑〉(Martello Tower)이 모네(Monet) 또는 마네(Manet)의 한 폭 인상파 그림인양, 또는 거티(Gerty)의 황혼의 명상처럼 안개 속에 부었다)【U 298】. 여기 구절은 마치 성 케빈의 그것처럼 자연 속에 강하게 자리하는지라, 우리의 주의는 바다와 산으로부터 더블린, 공원, 채프리조드, 이어위커의 가정 및 침대 속의 HCE와 ALP으로 초점이 맞추어진다.

그러나 거기 유사한 것들은 이제 종결하는지라, 왜냐하면 신경질적 무질서의 이미지에서 질서의 이미지에로 돌진하는 죄 의식적 근심스런 명상이, 그리스도적 조화와 평화스런 마음의 불란不亂한 명상 대신에, 여기 있기 때문이다. 따라서 케빈의 아름다운 명상은 죄 의식과 혼성한다. 잇따른 침울한 구절: "**오 행복의 죄여!** 아아, 요정쌍자妖精双者여!"(*O ferax culpla!* Ah, fairypair!)는 그의 공원의 사건과 비유된다. 이는 공원에서 저지른 HCE의 "행복의 죄"의 각본 바로 그것이다. "그리하여 거기 늙은 실내화 마녀가 발을 질질 끌며…그녀의 요괴스런 발톱 재능을 들어내기 시작하도다." 갖가지 도시의 환상들이 괴물로 득실거린다. 심지어, 날씨 자체도 불안하고, 우뢰, 천둥, 안개와 바람으로 혼성되고 있다.

이들은 〈피네간의 경야〉의 다른 곳의 주제들을 메아리 한다. 케빈의 우물은 애란 바다가 되기 위해 다시 한 번 재 확장된다. 그의 욕조는, 영국 및 애란 기선회사(Steam Packet Company)의, Liverpool로부터 정규 아침 항해에서 더블린만을 들어올 때 우향 우하는, 배가 된다. 부표의 등대들은 도시의 해안선이 가시적이 되자, 저절로 깨어진다. 공원들, 전차선로들, 자갈길들 그리고 주점 자체를 에워싼 조망이 그것 자체가 한 폭의 그림 인양 묘사되고 있다. 빛과 어둠과 안개, 심지어 천둥의 매력적인 세목들은 여인의 영향 덕분이다.

케빈이 그 속에서 명상하기 위에 앉아있는 물은 성 프란시스의 모습을 따서, "자매수"(sister water)라 불린다. 성인의 행위는 세례, 미사, 및 결혼의 천사연天使然한 결합이다. 구절의 끝에서 "이크"(yee)【606.12】는 성자의 차가운 물의 냉기요, 앞서 약 3페이지의 구절【604.27-607.22】은 성 케빈의 점진적 고독과 성스러움 종교의 의식 및 지혜 속의 그의 함몰을 집약해서 기록한다.

【607】 (이제 무시간 & 계절과 시간의 정지)(이러한 환상 속에 야곱(손)은 파이프를 물고, 에서(셈)는 편두를 먹고 있다).

(독자는 성당 창을 읽고 있거니와) Finn MacCool 가족의 모토는 "위대한 죄인일수록, 착한 가아家兒이나니"(Great sinner, good sonner)이다. 장갑 낀 주먹이 1175년 전에 그들의 장인사제丈人司祭의 나무를 파고 들어갔다. (조각의 암시). 4개의 도회 시계들이 있는 지라, (파이프 문) 야곱과 (빌린 접시를 든) 에서, 그리고 이어 변경하는 매시간 마다, 사도들의 행진. 이 시간적 꼭두각시 행진은 우주의 최초 및 최후의 수수께끼를 대표 한다. 그 것은 피네간의 경야에서(at Finnegan's Wake), 늙은 채프 리마비자癲痺者(채프리즈드) 경이 자신의 은거隱居의 그늘을 찾는. 그리고 젊은 샹젤리제가 그들의 짝들을 다유락多愉樂 치근대는, 신호이다. 시간은 변경變更의 매시每時. 그리하여 각 변화는 새로운 죽음이요, 그것은 우리의 육체와 피가 뼈를 떠날 때 우리를 최후의 위대한 변화에로 한층 가까이 데리고 간다. 비록 이 구절은 조용한 무시간 또는 시간과 계절의 정지적 표현으로 열릴지라도, 어둠과 잠의 억압 그리고 연속적 빛과 경각警覺이 위협받고 있다. 태양 (그리고 배)은, 침실에 누워 있는 HCE의 붉은 머리카락이 그의 기운 몸통 위로 솟아 있듯, 더블린만(그리고 더블린 모래사장을 가로지른 사구砂丘) 위로 곧 드러날 것이다.

이어지는 경야에 대한 서술. HCE가 죽음(잠)에서 일어나려는 시각이다. "And it's high tigh". 그는 아나(Anna)로부터 몸을 떼면서, 움직이며 생각한다. Titley 차를 마실 알맞은 시간, 최고로 유쾌한 시각. 제시題時 고조高潮 시時. 그들 내외는, 어색하게, 몸을 쿵 부딪치고, 사과 한다. "당장 나의 문질러 비비고 떠드는 짓이라니! 용서. 실례. 미안." 그러나 HCE는 여전히 졸리다.

하!

날은 더해간다.(Dayagreening gains in schlimninging). 우박환호雨雹歡呼, 물러가는 어두움 "암습暗濕의 우왕雨王," 우뢰전광雨雷電光 천둥, 시간과 계절의 다가옴. 태양인, 일광왕일세日光王一世가 더블린 주장酒場 위로 모습을 드러낼지니, 보어 시장市長 "다이크"에 의하여 크게 환호 받았는지라. 이 이미지들은, 여기 "함장제독艦長提督 기포포로旗布捕虜 번팅 및 블래어 중령" 이라 불리는 양자에 의하여 동행된 "수부 왕"(sailor-king)의 임박한 재 도착에 대한 언급 속에 아로새겨져 있다. 그는 새로운 HCE, 이솔즈무도霧島, 지금의 이솔데 제도諸島의 보어 시장市長 "다이크"에게 이름을 수여하기 위해 온다, 그는 높은 뭔가를 지니고 있다. "그의 유증대백마遺贈大白馬로부터 천개동행天蓋同行 된 일광기포日光氣泡의 누더기 모帽(물항物項 39호)로 최고 여분락餘分樂 하듯 보였도다."

조간신문의 도래(Blanchadsrown mewapeppers…)… "브랜차즈타운 마간신문馬間新聞이 호소마呼訴馬하는지라." 그리고 아침 식사 준비하는 소리. "우리에게 식탁의 자비를 고양하소서!"

【608】 가시성들의 요술이 HCE를 점령하자, 그는 그들의 외모가 황혼과 안개 그리고 반 잠 속에 사기적詐欺的임을 상기한다. 그가 자신 앞에 보여 지는 듯한 것은 공원의 사건에 대한 바로 또 다른 이미지이다. 포목상(HCE), 두 조수들(아씨들), 그리고 세 군인들.

손(Stena, Stone)이 그를 경각警覺 속에 얼나니. 그러나 셈의 목소리(Alma, Elm)가 꿈속의 자신을 재 확약시킨다. 그는 자신에게 갖고 오는 조반의 딸그락거림을 듣는다. 꿈의 기억이 사라지기 시작한다. 하지만 그의 졸림 속에 그는 자신의 가족 세계의 상징들을 전시하게 하는 망가진 듯한 사물들을 기억하는 듯하다. 이러한 기호들은 전형적 가족의 무리를 대표하는 징후들로서, 세상에 넘치는 존재가 될 것이다. 나뭇잎들이 아침 햇살에 열리기 시작하듯, 그들의 낮의 생활은 펼칠 것이다. 그리하여 장례 장작의 회진灰塵으로부터 불사조(피닉스)는 솟아난다.

모든 것이 잠의 꿈 세계에서 현실의 널리 깨어있는 세계에로 통과하고 있도다.

그리하여 그대 면전에 용해되는 군상들, "이러한 몽롱한 가시성" 속에 HCE는 포목상으로, 두 조수(공원의 두 처녀들) 및 세 사정관司正官(세 군인들), 즉 공원의 죄의 환영이 들어 난다. 그리고 12고객들의 모습인 "시사손 혐압측정기구조합이血壓測定器具組合이 그대에게 면전도발적面前挑發的으로 자기용해自己溶解하고 있었기 때문이로다."

이때 손의 부르짖음이 그들을 전율하게 한다. "석스테나의 부르짖음이 졸음의 중추를 오싹하게 하고 …" 차와 음식을 나르는 소리가 얽힌다. "중국 잡채 요리 설탕 암소 우유와 함께 포리지 쌀죽…" 뭔가 지구상에 일어날 증후군이 사방에 산재 한다. "여기 저기 한때 존재했던 세계 위에 뭔가가 여전히 되려고 의도하는 것인지라. 마치 일상다엽들이 그들을 펼치듯…" 그러자 핀(HCE)이 자리에서 일어나려고 한다. "시종(피네간) 불사조가 경야각經夜覺 하는지라."

시간의 경과와 그 가변성. "지나가도다. 하나. 둘."(Passing. One. We are passing. Two) "셋. 잠으로부터 광각廣覺의 전계戰界 속으로 우리는 통과하고 있도다. 넷. 올지라" "시간이여, 우리의 것이 될지라! 그러나 여전히. 아 애신愛神, 아아 애신이여! 그리고 머물지라!"

그 속에 미래가 담긴 다린 차茶를 운반하도다. 나는 기억나듯 생각하는 지라—그것은 어떤 것을 닮았도다. 이러한 증후로 보면 여기 저기 한때 존재했던 세계 위에 뭔가가 여전히 되려고 의도하는 증후들이 있는지라.

이 페이지에는 셰익스피어의 인유들이 여기 저기 산재한다. "이것이 미스터 아일랜드? 그리고 생도生跳 아나 리비아?"(This Mister Ireland? And a live?'. HCE와 Anna(And a live), 양자는 생건生健(alive and well)하다. HCE는 여기 아일랜드의 화신이요—Vortigern and Rowena의 창조자인, 셰익스피어의 날조자 William Henry Ireland처럼, 사기꾼이다. "아리나의 목소리"(the voice of Alina). 〈뜻대로 하세요〉(As You Like It)의 Alina처럼, ALP로서, "나는 여차여차如此如此를 기억나듯 생각하도다. 일종의 유형類型인지라" (I dhink I sawn to remumb or sumbsuch. A kind of a thinglike). HCE는 잠에서 일어나고, 자신이 꿈꾸었음을 상기한다. 이 장면은 〈한여름 밤의 꿈〉(Mid Summer Night Dream)에서 한 평행 구절을 상기시키는데, Bottom(극 중 직조공의 이름)이 깨어나, 말하는 장면과 유사하다. "나는 꿈꾸었도다…내 생각에 그런 것 같아…뭔지를 말할 사람은 하나도 없으니"【IV.i.203-7】.

이제 우리는 경야로부터 광각廣覺의 세계에로 통과하고 있다【608.16-33】. 이 세계 위에 누군가 여전히 되려고 의지하는 증후들이 있다. 일출에, 모든 이는 "신인" (newman)이요, 어떤 면에서 한 태양자太陽子(sun-son)이다. 아버지 HCE는 그의 꿈에서 깨어나고 있다. 두 쌍둥이 역시. 아나는 그에게 차茶를 위해 불러 내리고 있나니, 그는 꿈에서 무엇을 보았던고? "Nyets", 라고 그는 말한다. "나는 여차 여차를 기억 나듯 생각하도다." 그러나 경야제經夜祭의 주간週間이 과종過終하도다. Earwick, 아나의 등불의 "심약甚弱한 (초)심지(wick)"인, HCE는 "시종始終(피네간) 불사조가 경야각經夜覺" 할 때, 깨어나고 있는지라, "아세아의 회진灰塵"(Ashias) 으로부터 일어난다.

조이스의 위대한 해돋이 산문시들은【608.28-32】에서 아래처럼 일어났다.

마치 일상다엽日常茶葉들이 그들을 펼치듯. 흑형黑型, **암래호**暗來號의 난파항적難破航跡에서; 하시何時, 하구훼방河口毀謗 당하고 외항장애外港障碍 받은 채, 경야제經夜祭의 주간週間이 거종去終하도다; 심약甚弱한 (초)심지가 무리수無理數의 아진아亞塵亞로부터 홍 챗 쳇 발연發煙 발발勃發 발력拔力으로 기립起立하듯, 탄탄炭炭(템템),[31] 진진塵塵(탐탐), 시종始終(피네간) 불사조不死鳥가 경야각經夜覺하는지라. [이 세상에 여전히 되고자 하는 뭔가의 증후가 있도다]

흑선인, 〈밤의 그늘〉의 선적에서, 그리고 힌두 경야에 의해 동행된 채, 경야의 주간은 끝난다. 피닉스의 불은 처음에 아시아의 피닉스 재의 무수한 세대들로부터 미미하게 불붙는지라, 그러자 거센 힘을 가지고 불타면서, 한층 강해진다. 거대한 중국의 대고大鼓인, 탐탐(tamtam)의 증가하는 강력한 힘에 대해, 피닉스는 깨어나고, 피네간이 깨어난다. 점진적 힘과 개방의 두운의 사용이 거장巨匠답게 여기 있는지라, 마치 모음

"temtem tamtam"의 위험에 의해 공급되는 대고의 증가하는 용적과 같나니, 그리하여 공감각共感覺(synesthesia)의 사용, 재강조의 광경, 솟은 태양의 자라나는 힘을 재강조하는 대고의 타打기 있도다.

【609】 모든 것이 HCE의 잠의 꿈-세계에서부터 현실의 깨어 있는 세계 속으로 지나간다.

마치 패트릭의 승리가 깨어남의 순간에 다가오듯, 그의 반대자의 것인, 버클리의 것은 밤의 한복판에 나타났었다. 그리고 만일 우리가, 이제. 뮤트와 쥬트의 아주 초기의 만남에 돌아간다면, 우리는 그 속에 버클리의 정복에 대한 서곡을 볼 것이다. 어두운 세계의 대표인, 뮤트는 금발의 정복자인 쥬트에게 그의 꿈이 품은 풍경의 경이驚異를 지적하고, 그로부터 외경畏敬의 절규를 끌어냈다.

이들의 상관관계를 요약하면:

패트릭—성자(Saint)-Mutt-셈-Muta-바트-일본어법-유라시아의 (Eurasian) Generalis-simo-베드로의 바위(the Rock of Peter)-결국의 승리자(〈피네간의 경야〉의 주제)-왜곡된 초월론자 perverted transcendentalist-영지적靈智的 (Gnostic), 개인주의적, 애란적, 도교적 (Taoistic) -Stephen Dedalus【U 341】

Archdruid—현자(Sage)-Jute-숀-Juva-Taff-Bulkily(Balkelly, Burkeley) -Kantian-중국어법, 버클리-초월론자(transcendentalist)-로마, 러시아, 영국 및 일본-제국주의-벅 멀리건(Buck Mulligan)【U 3-19】

Muta: Juva

Mutt: Jute

Berkeley: St Patrick

셈: 숀

Stephen(Joyce) : Buck Mulligan(Stanislaus)

Gnostic : Kantian

Ireland : Rome, Russia, England, Japan

Taoistic : Transcendentalist

뮤트와 쥬트, 바트와 타프, 그리고 Druid와 Patrick의 연속성을 강조하기라도 하듯,
조이스는 현재의 장면을 두 괴상한 자들인, 뮤타(Muta)와 쥬바(Juva) 사이의 한 가지 토
론으로 여는 지라, 그들은 성자의 도착과 짐꾼들의 행렬을 멀리서부터 주시한다.

Muta와 Juva

뮤타와 쥬바가 도착을 살피고 있다. 새벽이 호우드 언덕 위로 구름(HCE 주점의 식사
준비를 위한 연기일수도)처럼 절려있다. 낮은 이제 잠 너머 주主요, 그림자의 확산을 명령
한다. 성 패트릭(애란의 수호성자, 432년, 최초의 애란 기독교 전파자, 3월 17일은 그의 애란 최대 국
경일)이 수사修士들, 문지기들, 마부들을 대동하고 도착한다. 한편, 애란의 드루이드 현
자는 큰 키에, 변장한 채 서있다. 그들의 대화는, "피자찬가彼者讚歌" (Hymn)에 중심을
두면서, 상당부분 일본어를 덤으로, 피그 라틴 은어와 사이비 영어의 혼성으로 진행된
다. 그럼에도 불구하고, 그들의 대화는, 〈피네간의 경야〉의 나머지처럼, 기본적으로
영어이다:

"뮤타: 우리의 부성父星이여!"

"쥬바:"아아 좋아! 그건 국화상륙인지라…"

한편 뮤타의 드루이드 현자의 목격:

"뮤타: 우랑우탄…. 일편장신!…"

여기 뮤타가 먼저 일행을 보자, 쥬바는 그가 Patrick이라 말하고, 뮤타가 이어
Archdruid를 가리키자. 쥬바는 그가 Berkeley라 말한다.

[무시간을 여행하는 유쾌한 꿈으로부터 깨어남] 그것은 역시 참으로 쾌록快綠스러
웠도다, 우리의 무無기어 무無클라치 차車를 타고, 무소류無所類[32] 무시류無時類의[33] 절대
현재絕對現在에 여행하다니, 협잡소인백성挾雜小人百姓들[34]이 대장광야신사大壯曠野紳士
들과 함께, 로이드 백발의 금전중매전도도배金錢仲媒傳道徒輩들이 소년황피少年黃皮 드

루이드교敎의 돈미豚尾와 함께 그리고 구치□입술의 퀜덜린녀女들이 반죽 눈의 상심녀傷心女들과 함께 뒤얽히면서; 불가매음不可賣淫을 빈탐貧探하는 그토록 많은 있을 법하지 않은 것들.[35] 마타[36]와 함께 그리고 이어 마타마루와 함께 그리고 제발 이어 마태마가누가와 제발 함께 멈출지라 그리고 이어 마태마가누가요한과 제발 멈출지라.

하지만 그것은 모두 지위 고하의 그리고 평민과 귀족, 흑과 황 및 백으로 혼성되면서, 시간과 공간에 의해 매이지 않은 채, 거기 환영들 사이에 너무도 쾌락스럽도다. 고로 몽자夢者는 의식으로 움직이는 것을 싫어한다. 그는 4노인들, 당나귀, 그리고 어린 소녀들을 기억한다. 그의 시선은 빛과 그림자가 창문을 가로질러 펄럭거리는 방을 횡단하고, 이는 많은 창문들이 되어, 다양한 예例 속에 인간 드라마를 노정한다. 열둘은 열둘 장소들로 나타나고, 거기 (현재의 기억으로) HCE의 주막의 분점들이 있다. 그러나 이미지들은 합체하여, 솟는 태양에 의해 반사되어, 마을 성당의 때 묻은 창문의 또 다른 판벽을 통해 제단 된다. 이들 환상 속에 만인들이 얽히고, 여행하는 군상들이 뒤섞인다. "그리고 이어 제발 마태마가누가와 함께…"

그리하여 또 다른 괴물. 아아 그래 나귀, 얼룩 당나귀가!" (And anotherum. Ah ess, dapple ass!). 이 당나귀는 솟는 태양의 사자使者가 시간과 공간 위에 자리 잡을 때 더블린 중심가의 Wynn's Hotel 근처에서 여화女花들 사이 나무 잎을 따먹고 있는지라. 이때 솟는 태양에 이해 마을 성당의 유리창을 비친다.

우리는 잠으로부터 경과하고 있다. 하지만 우리는 잠 속에 오래 머물 지라─꿈속에서 인물들과 더불어, 반수면 속애 남기를 동의했도다【608.33-609.18】. 그러나 날은 잠 속에 머뭇거리기에는 잠자는 자에게 너무나 아름답다【609.19-23】. 원근적 채색 유리의 중간 창문을 통래서 솟아나는 태양은 낮의 색채와 음향과 함께 지구의 모든 부분들을 풍요롭게 하는 지라─이는 가시적인 것과 가청적인 것의 불가피한 양상들이다. 태양은 또한 공간과 시간을 우쭐거리고 있다─"현재와 여기"─한편 우리는 숨가쁘게 그리고 존경스럽게 위대한 하느님, "찬가"를 기다리고 있다.

【609-13】 뮤타(Muta)(셈)와 쥬바(Juva)(손). 성 패트릭(St. 패트릭)과 드루이드 대사제

(Archdruid)의 만남을 살피다.

우리는 이제 우리의 옛 친구들인 뮤트(Mutt)와 쥬트(Jute)를 보지만, 크게 개선되었
다. 그들의 이름은 란틴어로 뮤타(Muta)와 쥬바(Juva)로서 번역되었고, 그들은 그들의
보다 초기의 자신들이 한층 잘 선행되었다. 토루의 깊이 속에 죽음과 어떤 무서운 상
호의 불합리한 평전에 더 이상 공격적 원초가 아니다. 그들의 행동은 이제 형식적이
요, 그들은 서로가 높이 예의적이다. 그들의 학문적, 우아한 논평은, 부분적으로 라틴
어로, 인생과 일관에 관하여, 그리고 토루의 꼭대기에 출현하는 부활된 태양에 관한
것이다.

무엇이 이제 주님으로부터 승연昇煙하고 있는가? 뮤타기 묻는다. 그것은 그의 아침
의 파이프를 내품는, 주님, '태양'이 되도록 전환하는지라, 그것은 풍경을 안개로 채
운다. 그것은 모든 이에게 애란의 축복을 바라는 일광의 형태로이다.─"그대에게 아
침의 정상을!"─그리고 아침의 진전에 눈을 부칠지라【609.25】. 쥬바에게 날은 잠의
주인이요, 밤의 그늘을 명령함을 기꺼이 선언한다.

그리고 야시의 전쟁의 햇빛 어린 들판을 가동하는 행렬이외 자나나는 아침을 노정
하는고【609.32-34】. 장면의 카브라와 슬래인의 전장이다. 그것은 성 패트릭이 대성
자 쥬바와 그의 토론을 위해 도착했는지라. 쥬바는 행렬이 국화菊花를 지닌 일본의 권
위적 인물에 의하여 선두 함을 암시한다. 이 고위 성직자는, 동양적 성자요, 짐꾼들의
인상적인 기차와 동부의 화차貨車들, 일본의 승정들, 동양의 음악의 인습적 번안을 연
주하는 음악가들이 뒤따른다. 어느 동양의 특징이고 이 일광의 장에서 조이스에게는
충분히 동양적인지라─일본의, 중국의 힌두는 동방의 일광을 위한 모든 원천이도다.

뮤타는 "Corpo di Bacco!"의 번안을 언급하나니, 그것은 성인이야말로 원숭이
그것을 닮은 반추 동물을 의미한다. 그러자 뮤타는 부르짖거니와, 평원에는 그 밖에
누군가가 있는지라, 키 큰 외로운 부동의 남자【609】─성 패트릭이요, 그는 동양적 성
인과 토론하기 위해 도착해도다. 이는 티라에서, 대주교인, 이교적 성인과의 유명한
토론을 재생하는지라, 거기 패트릭은 고왕인 리어리 혹은 로그헤어 앞에 기독교성을
성공적으로 옹호했도다. 원천적 토론에서, 패트릭은 왕인, 삼엽三葉 코스모스를 보임

으로써 삼위일체의 불이행에 관한 이교도의 조롱을 답했도다. 패트릭은 바로 이교도에 대항하는 일광을 옹호하는 정당한 인물이다. 본래의 이야기에서, 타라의 성직자들은 땅위에 짙은 어둠을 던지나니, 그것을 패트릭은 기도에 의해 즉시 발산시켰도다.

그리고 확실히, 고왕은 호우드 언덕 아래에서부터 태양처럼 솟는다. 그는 부활되었다. 뮤타는 묻노니, 왜 라리 왕의 주름진 입술은 그토록 널리 미소 짓고 있는지—그대의 엉덩이를 내기할지라! 매 시간이여! "—왕은 승리할 경쟁자들의 양자에 관해 내기했기에, 그런고로 그는 잃을 수 없도다【610.11-13】.

이제 장면은 변전하여, 현자(드루이드 대사제)와 성자(패트릭)가 등단하고, 양인은 그들의 복잡한 에피소드에로 나아간다.

(A.D. 432년)

만사는 〈피네간의 경야〉 제IV부의 중요한 순간을 이제 대비한다. 과연, 역사적 중요한 순간. 쇄신적刷新的 충격의 순간이다. 이 위기는 수호성인인, 성 패트릭(Patrick)(성자)(389?-461?)의 아일랜드에의 도착(기원 432년)과, 고왕 리어리 (High King Lughaire)(Leary) 전의 드루이드 대사제(현자)(Archdruid. 기독교로 개종전의 Gaul과 영국 고대의 켈트 족의 성직자로서 예언자, 재판관, 시인, 미술사)와의 그의 토론에 의해 묘사된다. 이 드루이드 현자는 Bulkily, Balkelly 및 Burkeley로 불리며, 그는 중국 어법의 사이비 영어(pidgin English)로 말한다. 성자 패트릭은 사이비 일본 영어로 말하고, 그는 유라시아의(Eurasian. 歐亞的) Generalissimo로 불린다. 우리는 여기 많은 주제들이 기묘하게 집중되어 있음을 읽는다.

드루이드 대사제의 이름은, 첫째로, 아일랜드의 형이상학적인 조지 버클리(Berkely; 1685-1753)를 암시한다. 드루이드의 엄격하게 이상적인 철학은, 또한, 칸트(Kant)의 기미와 함께, 성격상 강하게도 버클리적이다. 다른 한편으로, 실질적, 완고한 성 패트릭(St. Patrick)은, 드루이드교의 초월론자의 논쟁의 경향을 따를 수는 없지만, 인기 있는 대답을 주는 방법을 충분히 잘 알고 있다. 베드로의 바위(the Rock of Peter)의 대표로서, 그는 효과적인 행동을 행하는 주역이다. 그는 옛 소아시아 왕국(Phrygia)의 왕

Gordius의 소위 "형이상학적 매듭(Gordian kot)"(어려운 난제의 상징)(알렉산더 대왕이 칼로 끊어버렸다 함)을 날카롭고, 아주 멋진 역습으로 영광스럽게 자르고, 민중으로부터 승리의 갈채를 얻는다. 그러한 수완을 가지고, 드루이드적 명상의 깊은 밤은 흩어지고, 길은 진보적 행동의 날을 위해 열린다. 〈피네간의 경야〉의 논리 그 자체는, 수면과 드루이드적 신화의 논리로서, 성 패트릭의 강타에 의해 극복된다. 이는 깨어나는 생으로의 전환의 순간이다. 여기서부터 계속 작품(〈피네간의 경야〉)은 낮을 향한 눈의 열림을 향해 재빨리 미끄러진다.

Archdruid의 이름은, 둘째로, 버클리를 암시하는 바, 그는 소련 장군을 사살했다. 그리고 이 암시는 유라시아의 Gereralissimo로서, 성 패트릭의 명칭에 의해 지지된다. 잠의 심연 속에, 승리한 자는 버클리였지만, 명확한 역사의 과정에서 그것은 장군일 것이다. 실지로 버클리가 소련 장군을 쏘았다는 기록은 없다. 승리는 꿈의 승리요, 실질적 사실에 대해 상반되고, 보완적이다. 바트(셈)와 타프(손) 에피소드들【338-55】에서 발전되는 제국주의의 주제가 여기 확장되고 명확해진다. 로마, 러시아, 영국 및 일본은, 드루이드의 영지적靈智的(Gnostic), 개인주의적, 애란적, 도교적(Taoistic) 결합임에 반대하여, 성공적 치국책治國策의 대표들로서 연합한다. 전자는 손(손)적이요, 후자는 셈(셈)적이다. 전자는 낮의 주主요, 후자는 밤의 그것이다(Campbell & Robonson 348-349 참조).

마치 패트릭의 승리가 깨어남의 순간에 다가오듯, 그의 반대자의 것인, 버클리의 것은 밤의 한복판에 나타났었다. 그리고 만일 우리가, 이제. 뮤트와 쥬트의 아주 초기의 만남에 돌아간다면, 우리는 그 속에 버클리의 정복에 대한 서곡을 볼 것이다. 어두운 세계의 대표인, 뮤트는 금발의 정복자인, 쥬트에게 그의 꿈이 품은 풍경의 경이驚異를 지적하고, 그로부터 외경畏敬의 절규를 끌어냈다.

뮤트와 쥬트, 바트와 타프, 그리고 Druid와 Patrick의 연속성을 강조하기라도 하듯, 조이스는 현재의 장면을 두 괴상한 자들인, 뮤타(Muta)와 쥬바(Juva) 사이의 한 가지 토론으로 여는 지라, 그들은 성자의 도착과 짐꾼들의 행렬을 멀리서부터 주시한다.

Muta와 Juva

뮤타와 쥬바가 도착을 살피고 있다. 새벽이 호우드 언덕 위로 구름(HCE 주점의 식사 준비를 위한 연기일수도)처럼 걸려있다. 낮은 이제 잠 너머 주主요, 그림자의 확산을 명령한다. 성 패트릭(애란의 수호성자, 432년, 최초의 애란 기독교 전파자, 3월 17일은 그의 애란 최대 국경일)이 수사修士들, 문지기들, 마부들을 대동하고 도착한다. 한편, 애란의 드루이드 현자는 큰 키에, 변장한 채 서있다. 그들의 대화는, "피자찬가彼者讚歌" (Hymn)에 중심을 두면서, 상당부분 일본어를 덤으로, 피그 라틴 은어와 사이비 영어의 혼성으로 진행된다. 그럼에도 불구하고, 그들의 대화는, 〈피네간의 경야〉의 나머지처럼, 기본적으로 영어이다.

뮤타. 우리의 부성父星이여!
쥬바. 아아 좋아! 그건 국화상륙인지라…
한편 뮤타의 드루이드 현자의 목격.
뮤타. 우랑우탄…. 일편장신!…

여기 뮤타가 먼저 일행을 보자, 쥬바는 그가 Patrick이라 말하고, 뮤타가 이어 Archdruid를 가리키자. 쥬바는 그가 Berkeley라 말한다.

【610】 그러자 이때 두 젊은이들이 보는 핀(Finn), 즉 아일랜드의 고왕高王(리어리 왕)의 모습. 쥬바 왈. "단호신의, 신의! 핑핑(포수) 왕 폐하!" 또한 그는 이 고왕이 버컬리와 패트릭을 반반씩 비슷하게 도왔음을 언급한다. 쥬바 왈. "지참전액도박…절반." 이어 경마의 도박으로 비유되는 두 청년의 대화. 뮤타 왈. "마구간경마에 동액도금을?" 이때 통일성의 성취는 논쟁의 본능이요, 화해의 결과라고 말하는 그. "그리하여 우리가 통일성을 획득할 때…" 화려하고 음운적인 경마 장면으로 소개되는 근사한 국가적 집회. "토론공원에서 음률과 색깔…"

쥬바는 성인의 이름을 선포하고, 그를 버컬리 주교와 연결한다【610.1】. 버컬리는 실재의 특질에 지극한 이상주의자의 위치를 첨가하는지라, 그것의 비물질적 위치를 현자는 옹호하리라. 여기 현자는 손-인물인, 버컬리와 합체했는바, 후자는 소련 장군을 사살했으나, 버킬리는 여기서 성공하지 못할 것이요, 왕은 사살을 당하지 않을 것이며, 철학자 버킬리는 그것의 일광을 위한 물질주의적 논평에 승리하지 못하리라.

다음 몇몇 교환은 수수께끼 적이다【610.14-16】. 뮤타와의 이중적 내기는 밤과 낮이 양자 세속적 부활의 완전한 과정에 필요한지라, 그리하여 베일에 가린 황혼은 역시 낙원적 임을 암시한다. 그리하여 쥬바의 대구와 더불어ㅡ책은 살 것이요, 파라다이스는 멸하게 하지 않을 지라! 조이스는 자기 자신의 일이 지고로 자신에게 중요함을, 그리고 〈젊은 예술가의 초상〉에서 스티븐 데덜러스를 통한 자기의 선언을 단언하는 양하다. 그는 자신이 지니지 못한 신념에 순응하지 않을 것이요, 영원 그것 자체처럼 오래 과오를 범하기를 두려워하지 않으리라.

뮤타와 쥬바는 비코의 종교적 갈등ㅡ경근하고 순수한 전쟁ㅡ그리고 포도주, 여인들 그리고 노래의 낙천주의적 3자는 다같이 인간의 진행의 영원한 환에 필요함을 선언한다. 그러자 뮤타는ㅡ인간의 환의 단계에 관한, 책의 가장 청결한 선언을 가지고 나오는지라ㅡ지오다노 브루노와 연관된 반대의 화해를 총괄하는 선언을 하는바, 즉, 인간이, 셈과 숀이 그러했듯, 연합하리라. 그들은 개발, 다양성의 그들의 최초의 단계에로 통과하리라. 다음으로 갈등이 다가올지니, 그것은 셋째 단계, 평화 및 화해에로 인도하리라. 쥬바는 세 수준의 과정을 통한 구절이 이성의 빛에 의하여 안내되리라 덧붙인다. 밝은 일광은 이성을 인간성에로 내려 보내고, 모든 갈등을 해결한다【610.21-29】.

교차된 대화는 각 화자로부터 생식의 욕망과 더불어 끝나는지라, 태양은, 온수 병혹은 따뜻한 프라이팬처럼, 타자를 대운다. 형제들이 화합함은 책에서 최초의 시간임이 기록되리라. 이전의 논의들에서, 그들은 천둥에 맞은 뜻, 경이 된 채, 혹은 각자의 속사速死를 원했다【18.15-16; 252.7-13】. 이제, 그러나 그들은 평화롭게, 하나의 뭉친 젊은이, 그의 하부 절반, 셈을 감수하는 상부 절반처럼 숀 그리고 그들 양자는 책의 종말/시작에서 ALP와의 최후의 사랑의 행위를 준비한다.

라디오와 텔레비전 아나운서의 목소리【610.34-611.3】는 어떤 경주 뉴스를 제공하는지라, 현자와 성자는 화해한 형제들인 뮤타와 쥬바처럼 좋은 사이가 아니다. 논쟁의 열기 속에. 버컬리는 패트릭을 "사생아의개자식"(sowlofabfabifhospastored)이라

부르나니【612.8】, 패트릭은 불만스럽게 가련하고 맹색자盲色子로서 성자를 언급한
다【612.18】. 그러나 박커리던 혹은 버켈리든, 현지는 상업영어로 영도적 애란 신학
자로서 서술된다【611.4-5】. 그는 상업을 위한 최고급의 사람인지라, 애란의 신화神話
(Godtalk)의 최고드루이드 영도자, 즉 상업 영어로 "친-친" (chin-chin)은 "talk" 및 joss는
"God" 이라, 고로 chin-chin joss는 "신학" (theology)을 의미한다.

그의 길고 박식한 논의에서, 라틴어의 표현으로 충만 된 채, 이 유명한 동방의 신학
자는, 무식하고, 반항적으로 간주되었던, 물리적 현실의, 비물질적, 이상주의적, 그리
시스교도적(Gnostic)(초기 기독교 시대에 신비주의 적 이단의) 견해는 이렇게 변용되었거니와,
조이스는 더블린에서 많은 이러한 이상주의자들을 알았고, 무시했다. 〈율리시스〉의
도서관 장면에서, 그는 "이상, 무형의 정신적 본질"【U 9.152】의 숭배자들의 냉소적
초상들을 지적한다. 이 태도는 조이스의 신문시 〈성직〉(The Holy Office)(1904)에서 이
러한 약체의 이상주의자들을 공격한다.

> 내 정화의 성직을 완수하도다.
> 나의 주홍빛이 모직과도 같이 그들을 하얗게 만드나니,
> 나로 하여금 그들을 배불뚝이를 순화 시킨다.
> 수녀 같은 광대들에게 모조리
> 나는 감독대리처럼 행동한다.

【611】 여기 버클리 현자와 성 패트릭 성자의 논쟁이 전개 된다. " 그리하여 여기 (그
들의 토론의) 상세보詳細報 있도다" (And here are the details(of their debate). 뮤타의 이름은
버컬리이다. 기념비 아래로부터 늙은 핀의 유령이 재기부활再起復活하고 있는지라, 즉
끝과-재再 시작이 임박하다. 핀은 아일랜드의 고왕인 리어리(Leary)의 모습으로 화신
화化身化하여 선다. 리어리 왕은 미소한다. 그는 자신의 왕관 절반을 버컬리(드루이드 현
자) 소년(boy)에게 걸지만, 절반은 Eurasian Generalissimo(패트릭 성자)에게 건다. "그
는 버컬리 소년에서 자신의 절반 금전선원金錢船員을 조도助賭했으나 자신의 크라운
전錢을 유라시아의 장군전將軍戰을 위해 구도救賭했도다". 이렇게, 이중으로 의도적이
며, 이중으로 냉소적이다. 리어리 왕은 물을 한 목음을 마시는데, 이는 그가 윈즈 호텔

에서 끝내려고 결코 스타트하지 않은 건습잔乾濕盞(dry-wet glass)이다.

뮤타는 역사 공부가 환의 공식으로 종합될 수 있는지의 여부를 묻는다. "통일성으로부터, 다양성多樣性과 전투의 본능을 통해서, 완화緩和(양보)를 향해" (From unification, through diversity and instinct-to-combat, toward appeasement)., 쥬바는 동의하지만, 그러나 낮(day)이 높은 곳에서부터 우리에게 보내는 밝은 이성理性의 빛으로부터 과정이 진행되는 합리적 개선을 지닌다.

게다가, 뮤타와 쥬바는, 꺼져가는 영겁(aeon)을 대표하면서, 완화(양보)에 도달한다. 뮤타가 묻나니. "내가 그대로부터 저 온수병溫水甁을 빌려도 좋은 고, 늙은 고무피皮여?" 쥬바가 대답 한다. "여기 있나니, 그리고 나는 희망하나니 그건 그대의 죽음이라, 애란 철물상 같으니!" 그러나 드루이드-현자와 전도사-성자의 상봉에서, 다양성(변화)은 즉각적으로 재차 효력을 나타낸다.

여기 뮤타는 "기념가지하구紀念家地下球로부터 방금 누군가 부활하는" (Who his dickhuns now rearrexes from undernearth the memorialorum) 것을 본다. 쥬바는 그것이 고왕 리어리인, 군주 자신이라고 선언한다. 왜 그가 그렇게 미소 짓고 있느냐라는 뮤타의 물음에, 그는 군주가 그런 식으로 웃고 있나니, 그 이유인 즉, 버클리와 패트릭 양자에게 반 크라운을 내기 걸었는지라, 어떤 일이 있어도 자신은 잃을 수 없기 때문이라, 대답한다(그들의 도래와 불가피한 충돌은 여기 경마로 비유되고 있다). 여기 왕이 마시는 물은 변화의 상징이다. 물-차(버클리의 만능약)(〈율리시스〉에서 블룸의 Elixer)는 세례수(패트릭의 정신적 재 생물)와 혼성된다. 뮤타는 "통일성의 획득"은 "완화의 정신"을 결과하는 "전투적 본능"으로부터 불리할 수 없는 "다양성"에 의해 뒤따르는 것이 분명하다고, 호언장담한다. 뮤타는 온수 병을 쥬바로부터 빌리는데, 그러나 이는 아마도 펜(필)일지라. 그들의 토론은 막을 내린다.

최후의 구절 【610.34-611.2】은 피닉스 공원에서 경기 대회의 사건들을 기술하는 뉴스 방송을 패러디한다. 공원의 사건에서 관련되는 참석자들의 짧은 이미지는 상상적으로 추론 되는데, 2벌의 바지들(소녀들) 및 3타이(tie)들 (소년-군인들)이다. 그러나 그것은 재빨리 감추어지고, 패트릭과 버클리가 대화한다.

이들 토론의 논점은 "진리는 하나인가 또는 많은 것인가," 그리고 "통일성과 다양성의 상관관계는 무엇인가" 이다. 이에 버클리는 현실의 주관적 견해를 논하고 패트릭은 절대적 그것을 논한다. 먼저 버클리 왈. "턴크"(Tunc)(예술가의 십자가 상징). "전도미상, 황우연한 화염의 두 푼짜리 주교 신…모든 그토록 많은 다 환상들이야말로…" 이에 패트릭은 그의 취지를 따를 수 없는 듯 침묵만 치킨 채, 앞에 있는 고왕高王의 눈을 쳐다본다." 한편 그의 이해 포착 열망 자는…반론 과시했는지라…지고상왕 리어리 폐하에게 자신의 적화초속 우상이…색을 온통 보여주나니…"

이 과정에서 패트릭과 버클리가 상담相談하도다.

【611.4】여기 드루이드 현자의 문단은 "Tunc" 이라는 단어로 열리는 바, 이는 그의 대화를 〈켈즈의 책〉(the Book of Kells)의 Tunc 페이지 122 등과 연관시키기 때문이다 (패트릭과 버클리의 대적은 아일랜드의 뒤에 성자들 대 교황 Adrian 4세, 포도사자(Gripes) 대 쥐여우 (Mookse), 4심문자들 대 욘의 대적 관계와 같다). 인간의 눈에 의해 보이는 현상적 형태(phenomenal form)는 햇빛이 프리즘에 의하여 깨지는 반사된 색채들에 비유된다. 세계의 광물, 야채, 동물 및 보통의 인간 서식 자는 전체 빛의 근원을 경험할 수 없다. 그러나 참된 천리안(seer)은 존재의 지혜(the Wisdom of Being)의 제7도에서, 실재의 내부 (the Ding an sich), 즉 각 물체의 본질을 인지한다. 그리하여 그에게 모든 대상물은 그들 안에 있는 종자 빛의 원광(gloria of seed light)과 더불어 비친다. 전체 세계는, 버클리에게 바로 일종의 현현顯現(epiphany)인 것이다.

그러나 패트릭은 그러한 경향을 따르지 않았다. 현자 드루이드가 달변 속에 몰입되어 있는 동안, 성자의 눈은 고왕 리어리에게로 흘러가는데, 후자를 그는, 시간을 보내는 방법으로, 추수왕秋收王(King Harvest)으로서 비유하려고 애썼다.

자신의 신분(왕과 맞먹는)을 나타내는 7색깔의 망토를 입은 드루이드 현자는 패트릭에게 색채의 이론을 토로하는데, 이에 후자는 장백의를 입은 채, 말이 없다. 이 이교도는 그에게 가르치나니, 아무도 "범현시적 세계"(panepiphanal world), 즉 현상 세계의 잡다한 환영을 받기 쉬운 모든 것으로부터 자유로울 수 없다. 모든 물체들, 대지의 가구家具(furniture of the earth)라 할 동식물 및 광물은, 태양 광선의 7가지 스펙트럼의 유일한 반사 하에 추락한 인간에게 나타나기 마련이다. 그러나 그는 천리안에게, 드루이드적 지식의 지혜를 나타내는 7도를 획득한 자에게, 모든 물체들은, 그들의 내부에 잠재하는 6가지 색채의 영광 속에 빛을 발하며, 실지로 그들이 있는 그대로 스스로를 나타낸다.

패트릭 성자가 드루이드 현자의 논의의 취지를 파악할 수 없자, 후자는 한 가지 예로서 그것을 재 설명하는지라, 그의 목소리는 중얼거림에서 고함으로 점점 치솟으며, 불안을 감추는 가운데, 자신의 칼라 아래로 열기가 점점 더 뜨거워진다. 그토록 활짝 열린 눈에는, 그가 주장하기를, 왕의 붉은 머리카락은 율청색栗靑色으로 보이는 반면, 자신의 오렌지 색 킬트 단 바지는 시금치 색, 자신의 황금 가슴 고리는 캐비지 색, 푸른 외투는 월계수 색, 푸른 눈은 미나리아재비 색, 반지의 자색 보석은 편두 색, 그리고 자신의 용모의 자색 상처와 타박상은 센나 잎 색으로, 요약컨대, 이들 모든 것은 푸르게, 보인다는 것이다.

동방의 현자 박컬리는 승정 버커리와 최초 연관하여, 색의 직관의 유명한 이론을 소환함으로써 논쟁을 시작한다. 그런데 그것은 주장하거니와, 우리가 색깔로서 보는 것은 진작 채색된 물질에 의하여 거역된 색깔 만이요, 세계의 동물-야채-광물 비품은 흡수 할 수 없다는 것을 말한다. 다른 한편으로, 참된 현자에게, 단지 현실의 내적 특질은 참되는지라—즉, 채색된 물질 내부의 색깔만이, 그것에 의해 흡입된 채, 진실로 거기 있다는 것이요, 그런 고로 토론자들 전에 출현하는 아침 세계의 모든 무지개 색깔은 인위적이요 환상적이다. 지지상地誌上의 물건들의 내부는 캔트의 초월적 명칭상의 현실이다【611.19-24】.

표면 무지개 색깔은 또 다른 이성을 위한 현자에 의해 거역되는지라, 그것은 특별히 그에 의하여 언술되지 않으나, 그의 반대자의 논의를 위한 기초로 형성할 것인즉—현자는 추락된 인간의 대표로서, 인간의 불명예의 상징으로서 무지개 색깔을 거역하고 있다. 제1호의 천리안은 다 색체 유리의 도움으로서, 셰리의 "아도나이스"의 시행들에서처럼 인생에 의하여 오염된 물질세계의 환상적 색채가 아니라, 영원의 백광白光에 대해 자기 자신을 억제한다.

【612】형이상학적 이론가인 버클리의 색色(colour)에 대한 현실적 주관 견해에 의하

면, 우장雨裝은-월계수 잎-임금님의 우안牛眼-향초-보석-편두-임금님의 타박상-쵸쵸 잡
탕 요리(중국 요리) 등으로 보인다. 그의 이론이 종결된다.

"핑크…거시자여(Punc. Bigseer…)." 반면에, 패트릭의 주장에 의하면, 지식이 천공
까지, 즉 "무지개황폐 전치배의 최담원칙에서부터 창공"으로 나아간다는 것은 잘못
이다. 사물은 절대성일 뿐, 그는 현실주의자이다. 그것이 바로 실재인지라. "그런 일
이었나니, 맹세코…" 여기 버킬리는 패트릭에 의한 자신의 패배를 시인 한다. "수
자誰者는 예수의 애양 램프 위에 뚜껑을 규패하려 하고 있었는지라…. 예분각하에게
엄지 네 손가락을 곧추 세웠도다"(Who was for shouting down the shatton on the lamp of
Jeeshees…thumping fore features apt the hoyhop of His Ards)【612.32-36】.

터드(Thud)(패트릭에 의한 현자의 패배의 암시)

(킬트 단 바지는 시금치로 보인다), 자신의 금빛 이흉二胸 목걸이는 캐비지로, 눈을 파슬
리植 위에 물결치는 향초香草와 유사하게. 륜지輪指의 에나멜 인디언 보석은 올리브
편두扁豆와, 독재 군주의 전승戰勝의 타박상은 계피엽桂皮葉의 쵸쵸잡탕 요리로 보이
도다. 등 혹 다가오다 매간조每干潮 지겨운 놈! 수장절收藏節(Feast of Tabernacles)(조상의
황야 방랑을 기념하는 초막절).

【612.16】 패트릭(saint)의 대답

"지식 자체가, 심지어 천리안에게, 천국에 이른다고 말하는 것은 잘못이다. 그대가
참된 천리안의 본질적 지식에 관해 말할 때, 그것은 마치 오류와 완곡에 의해, 'My'
가 'Me'로 이야기 되거나, 손수건이 그 손수건의 소유자로 간주되는 것과 같다. 만
일 우리가 그대에게 외관상 4-3-2이란 조약을 허락한다면, 우리는 또한, 보통의 인간
에게는, 성부, 성자, 성령의 햇빛에 의해 거기에 던져지는 불을 위한 타당한 소리 감각
의 상징으로서 성심(Sacred Heart)을 수용할 수 있을 것이라, 아멘." 패트릭은 현자의 색
맹色盲(coloue-blindness) 및 엉터리 논리를 비난한다. 그리고 그가 푸른 손수건(셈록 클로
버)으로 자신의 코를 훔칠 때, 그는 백색의 일광 속의 불가시적 신비(스펙트럼)의 가시적
상징인, 무지개 앞에서 3번 무릎을 꿇는다(여기 패트릭은 자신의 요점을 게일인의 것으로 삼기

위해 클로버가 아닌, 무지개를 사용한다. 패트릭은 여기 태양 광선을 통합된 신두神頭[godhead]로, 무지개로, 삼위일체로, 동일시한다).

패트릭은 클로버 표식을 지닌 손수건을 가슴에 찰싹 친다.

【612.24-25】(현화자賢話者의 가능적可能的 녹진성綠眞性과 성자聖者[37]의 개연적蓋然的 적분정복성간赤噴征服性間의 그들의 중성전해성中性電解性에 있어서 잠시적暫時的으로 승정협안僧正狹眼이 일별시一瞥時되고 보완적補完的으로 흑심은폐心隱蔽된 채), 오처아자신吾妻我自身에 대한 아근접我近接은 종합적 삼엽三葉클로버[38]의 수포수건手捕手巾을 그이그녀에게 비문영지鼻門靈知하듯이,

이에 드루이드 현자(sage)는 아주 난처해졌다【612.31】.

【613.13-26】 막간
[막간: 바깥 일광, 야생의 꽃과 다종 식물들] 근관류연根冠類然한 영포穎苞(植)의 불염포佛焰苞(植)가 꽃뚜껑 같은 유제葇荑(植) 꽃차례를 포엽윤생체화苞葉(植)輪生體化하는지라: 버섯 균조류菌藻類(植)의 머스캣포도양치류羊齒類(植) 목초종려木草棕櫚 바나나 질경이(植); 무성장茂盛長하는, 생기생생한, 감촉忠感觸充의 사思뭐라던가 하는 연초連草들; 잡초황야야생야원雜草荒野野生野原의 흑인 뚱보 두개골과 납골포낭納骨包囊들 사이 매하인하시하구每何人何時何久 악취 솟을 때 리트리버 사냥개 랄프가 수놈 멋쟁이 관절과 암놈 여신女神 허벅지를 악골운전顎骨運轉하기 위해 헤매나니;[39] 조찬전朝餐前 부메랑(자업자득) 메스꺼운 한잔을 꿀꺽 음하飮下하면 무지개처럼 색채 선명하고 화수花穗냄비처럼 되는지라; 사발沙鉢을 화환花環하여 사장私臟을 해방할지라; 무주료無走療, 무취열無臭熱이나니, 나리; 백만과百萬菓 속의 따라지 땡. 염화물잔鹽化物盞.

〈피네간의 경야〉를 마감하는 한 구절은 막간: 바깥 일광, 야생의 꽃과 다종 식물들로, 우리로 하여금 충분히 그의 장례의 시간에서 생기 잃은 이집트의 미라에 대한 내적 경험을 감상하게 한다. 여기, 아침의 아주 이른 시간에, 조이스의

"Totumcalmum"(돼지의 농축 식품으로, 부엌 찌꺼기로 만듦)은 장례 침대 위에 홀로 놓여 있는 지라, 이는 태양의 보트가 "Amenta"(정신박약아)의 깊이와 어둠에서부터 그를 나르기 위해 세계 속으로 솟은 그이 위의 즉후의 일이다.

볼지라, 성자와 현자가 자신들의 화도話道를 말하자 로렌스 애란愛蘭의 찬토讚土가 이제 축복되게도 동방퇴창광사東邦退窓光射하도다.

근관류연根冠類然한 영포穎苞(植)의 불염포佛焰苞(植)가 꽃뚜껑 같은 유제荑苐(植) 꽃차례를 포엽윤생체화苞葉(植)輪生體化하는지라: 버섯 균조류菌藻類(植)의 머스캣포도양치류羊齒類(植) 목초종려木草棕櫚 바나나 질경이植; 무성장茂盛長하는, 생기생생한, 감촉충感觸充의 사思뭐라던가 하는 연초連草들; 잡초황야야생야원雜草荒野野生野原의 흑인 뚱보 두개골과 납골포낭納骨包囊들 사이 매하인하시하구每何人何時何久 악취 솟을 때 리트리버 사냥개 랄프가 수놈 멋쟁이 관절과 암놈 여신女神 허벅지를 악골운전顎骨運轉하기 위해 헤매나니;⁴⁰【613.13-20】

여기 인용된 마지막 구절의 열리는 절에서 모든 단어 중, "Amenta"를 제외한 것은 모두 영어인지라, 식물명들이다.

영포穎苞(植)의 불염포佛焰苞(植)가 꽃뚜껑 같은 유제荑苐(植) 꽃차례를 포엽윤생체화苞葉(植)輪生體化하는지라: 버섯 균조류菌藻類(植)의 머스캣포도양치류羊齒類(植) 목초종려木草棕櫚 바나나 질경이植(A spathe of calyprrous-glume involucrulmines the perianthean Amernta: fungoalgaceous museafilical graminopalmular planton……

이상 식물명의 경합에 이어, Bukelly의 모험은 기운을 잃었다. "바로 그것이나니, 맹세코!" 그는 자신의 패배를 시인한다.

"터드(땡)." 패트릭의 코를 푸는 푸른 손수건(green handkerchief)에 대한 모독과 (《율리시스》, 텔레마코스)에서 멀리건은 스티븐의 손수건으로 그의 면도칼을 훔치며, "시인의 손수건! 우리 아일랜드의 새로운 예술 색채야. 코딱지초록빛[snotgreen]"라 외친다【U 4】, 패트릭의 드러낸 엉덩이의 광경은 드루이드 현자를 충격하는 최후의 마지막 지프라기(last straw)(불행)이다. 그는 다섯 손가락을 공중에 추켜드는지라, 패트릭에게 일격을 가함으로써 폭력에 대구한다. 성자의 승리를 대중은 환호한다. "신이여 애란을 구하소서!" (Good safe firelamp) 【613.01】.

그러나 패트릭의 원천적 전설과는 달리, 거기에는 성자가 글로버를 대공과의 그의 토론에 있어서 3위1체의 사정으로서 사용하는바, 이는 패트릭이 그의 상징으로서 솟아나는 태양을 사용하는 번안이다. 그는 "출현을 구조한다." 다시 말래, 그는 추상적 이론에서가 아니라, 물리적 세계의 외적 모습을 설명하는 원칙에 의하여 세계의 특질을 정당화한다. 3중 무지개는 '추락한 인간'의 합당한 세계의 증표인지라, '성령'이로다, 아멘【612.26-30】. 무지개(arcobaleno는 이탈리어 어)의 주님이신, 하느님은 죄지은 인간과 화해의 증표로서 무지개를 창조했도다.(《창세기》9:13-17). 무지개의 빛, 대낮 세계의 색깔은 또한, 영원의 백사白射의 오욕汚辱에 첨부하여, 그리고 죄지은 '인간'을 상징하면서, 인류의 궁극적 부활과 구원이나니. 조이스는 무지개의 창조자인 하느님에 대한 당신의 생각을 파출罷黜했을 지라. 〈성서〉에서 뿐만 아니라 또한 단테로부터 였도다. 〈낙원〉의 종말에서【33.115-20】, 단테는 3가지 것으로서 하나님의 비전을 가지거니와, 빛의 강점, 무지개, 그리고 귀여운 인간의 얼굴이다. 무지개의 구절에서—

저 찬양의 빛의

깊고 밝은 본질에서,
3가지 환들이 내게 나타났도다.
그들은 3가지 다른 빛깔들,
그러나 그들 모든 것은 똑 같은 차원에 속하는지라

하나의 환은 둘에 의해 반사되고,
무지개는 무지개에 의해서처럼, 그리고 셋째는 저들의 두 환들에
의하여 동등하게 숨쉬듯 했도다.

—낙원의 고지애서, 하나님은 세 겹 무지개마냥 단테를 위해 3위1체를 상징한다. 조이스에게 그의 희곡(commercia)에서 그러나 매일 출현의 태양, 물리적 세계에 빛을 주는 태양은 "이제와 여기"의 세계를 위한 가장 타당한 상징이요, 이는 조이스가 나폴레옹주의 성인들과, 차가운 그노시스교(신비주의적 이교)의 힘을 옹호하는 것이다.

그것이 바로 그것이라, 하느님에 의한, 공허의 힘과 나폴레옹의 무의미를 패배시키는 바로 그것이도다! 대공작은 철저하게 비슷비슷하게 자기 자신을 비꼬지만, 그의 다리들 사이에 자신의 얼굴을 밀어 넣는데 성공한다. 그러자 패배한 현자는 희극적 쿵 소리와 더불어 그의 뒷면을 마주치는지라【614.31-36】. 이 최후의 세목은 성 패트릭의 본래의 전설에서 한 가지 요소를 반사하나니, 그러자 그때 대공작 로크루는 악마들에 의해 공중 속으로 승상昇上되었도다. 패트릭은 기도에 의해 마력을 분괴하고, 마성적 이교도는 바위 위에 조각조각 돌편突片되었다.

방관자들은, 이제 현자의 논쟁에 의하여 완전히 확약된 채, 옛 애란의 애국가에 기초한, 칭찬의 찬가를 분출했도다: "하나님이시여 애란을 구하소서," 영웅들은 말했다./ "하나님이시여 아일랜들를 구하소서." 그들 모두는 말했다./ 높은 단두대 위에서든,/ 또는 전장에서든 우린 죽으리라,/ 친애하는 애란을 위해 우리가 추락할 때? 태양은 매일의 유용성의 본질로서, 불의 선하고 안전한 램프로서, 태양신인, 헤리오스의 하인들에 의해. (헤리오스는 스파르타의 하인 급, 〈율리시스〉"태양신"의 서행 참조, 【U 314】). 태양 숭배자들이 천국의 황금 램프로서 찬양한 다음, 독일어의 *hallen*은 "resound"), 그들은 작별을 노래하며, 터벅터벅 걷는 도다. 애국의 나머지를 향해, 이제 교수대의 영웅들의 죽음을 환영하지 않나니, 그러나 아침 하늘의 찬란한 빛을 노래하며.

【613.1-4】 [대중의 환호] 파이아일램프(화등火燈) 선신善神 만전萬全![41] 태양노웅太陽奴雄들이 태환호泰歡呼했도다. 애란황금혼愛蘭黃金魂! 모두가 관호館呼했는지라. 경외敬畏되어. 게다가 천공天空의 접두대接頭臺에서든, 쿵쿵진군進軍. 오사吾死. 우리의 애숙명주愛宿命主 기독예수를 통하여. 여혹자汝或子 승정절도僧正切刀. 충충홍홍 하자何者에게.[42]

천국으로부터 밤을 넘어 낮의 승리를 배서背書하는 거대한 메아리의 목소리가 다가오도다. "Per jocundum Dominum Nostrum Jesum Christum, Filium Tuum" —우리의 즐거운 주 예수 그리스도, 당신의 아들—메리 메시아가 패트릭의 승리로서 재락再樂하도다. 조이스는 그의 가족 명이 라틴어의 jocundum으로부터 파생했는지라 "경쾌한." 고로 경쾌한 저자는 여기 이 구절에다 자신의 상표를 찍을지라.

토론자들과 태양 숭배자들은 어디에 갔는고? 텍스트는 묻노니. 그들은 영원히 사라졌는지라, 혹은 적어도 오늘을 위해. 케빈의 구절이 밀크 열차로 끝나듯, 패트릭의 구절은 하느님의 휴전과 조반으로 끝나도다【613.10-12】. 우리는 한층 보다 큰 색채의 세계(독일어의 *farbiger*는 "colored") 태양처럼—햄과 계란의 점시를 닮아 보이면서—가시적 빛의 오든 스펙트럼을 초래하도다. 우리는 하느님의 진리를 목격하고 있나니, 그러나 우리는 또한 추락한 인류와 더불어 하나님의 휴전을 목격하고 있도다. 무지개는 언제나 바이블에서 노아의 이야기 이래 하느님의 자비의 상징 이였도다. 하지만 아무거도 변하지 않았으니. 이전에 거기 없었던 현제는 아무것도 없도다. 단지 요소들의 질서가 변했을 뿐. 아무거도 파괴되지 않았도다. 과거처럼 미래도 그러하리라!【613.13-14】. [변화는 뭐 하지만 거기 존재하지 않았던 몸체軆는 여기 존재하지 않는지라. 단지 질서가 타화他化했을 뿐이로다. 무無가 무화無化했나니. 과재현재過在現在!⁴³

【613-15】 아침이 시작의 환瞏을 가져온다

이에 군중들은 패트릭의 승리를 축하한다. "아일램프(화등) 선신 만전! 태양노옹들이 환호했도다."

모든 군중이 감동한다. "성 송자 및 현 잠자…조막자."

(탈선)

【613.8】 성 패트릭의 승리는 새로운 날의 태양의 솟음인지라, 꿈의 스스로를 명상하는 신화적 시대의 깊은 밤 그림자를 흩어버린다. 모든 눈眼들은 깨어있는 생의 딱딱한 현실에 대해 이제 열릴 것이요, 3차원적, 및 불투명한 상오의 것으로부터 구별하듯, 합리적으로 간주 될 것이다. 미묘한 밤의 허구들의 황량한 유동성, 그들의 이상하지만 놀랍도록 친근하고 측정불가의 유력함을 지닌 채, 자신들을 바로 보는 상호 및

꿈꾸는 자와의 그들의 동일성, 그리고 잠행성潛行性을 띤 그들의 인광燐光은 이제 흩뜨리질 것이요, 알려진 것의 심연 아래 함정 속으로 까라앉을 것이다.

【613.13】 하지만, 정말로 바뀐 것은 하나도 없다. 그것은 단지 태도로서, 그 속에 변한 것은 변화된 것으로 간주될 뿐이다. 따라서 피차 그들의 상관관계는 변형된 것이요, 이 변형은 하나의 새로운 시대를 약속한다.

그러나 심지어 이 위대한 변화도 이미 이전에 알려진 어떤 것일 뿐이다(Yet is no body present here which was not there before). 심지어 새로운 상관관계도 깨어나는 의식의 일반적 상관관계일 뿐이다. 잠의 심연으로부터 깨어나, 그의 아침잠을 깨우는 커피 음료를 마시는 개인은, 오래고, 오랜 친구들의 세계에 눈을 뜰 것이다. 조간신문은 고대의 이야기를 재연할 것이다.

따라서, 갱생更生의 이 장은 "편지"의 옛 주제로 나아갈 것이요, 편지야말로 과거의 재발再發을 위한 조이스의 원초적 상징이다.

새로운 장면. 패트릭의 승리는 신일新日을 가져온다. 우리의 눈은 발생하는 생의 확고한 현실에로 열려진다. 어둠은 사라지고. "이제 암야暗夜는 원과遠過 사라지도다."

【613】【III】【613.15-614.18】 북쪽 창문: 성 로렌스 오툴
마을 성당의 원일점의 북쪽 창문은, 북쪽을 면한 착색유리를 위해 전통이 구술하듯, 현현에 의해 조명된 물건들을 위해 보존된다. 이미 주어진 예에서, 모든 검정 북창들은, 챠트레스에서처럼, "구약"으로부터의 장면들을 포함한다.

그러나 비록 창문은 어둡고, 이 통로에 어둠이 있을지라도, 창문이 누구에게 헌납되는 지에 대해서는 거의 의문이 없다—로렌스 군주는 이제 자신의 차례인지라, 당시 현자와 성자는 그들의 토론을 완료했었다, "볼지라, 성자와 현자가 자신들의 화도話道를 말하자 로렌스 애란愛蘭의 찬토讚土가 이제 축복되게도 동방퇴창광사東邦退窓光射하도다"【613.15-16】. 여기 로렌스 군주는 확실히 더블린의 성직 수여권자 성인이요, 로렌스 오툴이다. 더블린 근처의 많은 성당들은 창문들을 현자에게 헌납했었다.

하지만 로렌스 주님은 역시 호우드의 백작인 듯 한지라, 그의 가족 이름은 성 로렌스이다. 그리고 우리는 책의 첫 페이지에 대한 언급을 갖는 바―조지아 주, 로렌스 군으로, 그것은 그의 군좌郡座로서 더블린을 위한 것이다. 우리는 작품의 시작으로 되돌아가거니와, 왜냐하면 군주가 자신의 말을 다 완료한 다음에, 우리는 〈피네간의 경야〉의 바로 최후의 부분들, 아나 리비아 부분들에도 들어가기 때문이다. 군주는, 하지만, 재차 태양일지니, 왜냐하면 그는 아일랜드가 재차 "성자와 성인의 섬"으로서 신분이 밝혀졌을 때 자비롭게 솟는 것으로 보이기 때문이다.

성인이 행하고 있는 바가 무엇인지는 직각적으로 분명하지 않다. 진화의 스케치가 있는 듯하다. 편지와 조류藻類가 있는 듯하며, 이끼와 고사리, 그리고 이어 나무들로 진화한다【613.17-19】. 이 야채 환영에서부터, 증가하는 복잡성의 생물들이 일어난다. 이들은 동물들인지라, 왜냐하면 그들은, 고전적 식물과는 달리, 다른 살아 있는 생물들을 먹을 수 있기 때문이다. 그러자 동물들이 정서를 "느끼고," "생각하기" 시작한다【613.19】.

모든 이러한 생물들, 식물과 동물들은 태양과 더불어 재생했던 죽은 세계의 특징들 사이에 번식하고 있다. 새로 재기再起한 인간의 상징인, 개犬는 이 재탄再誕의 개는 〈황무지〉의 첫 부분으로부터 빌려온 듯 한지라―인간의 친구인 개, 그리고 그가 가능하다면 부활할지라. 세계 주위에 배회하고 있다. 여기, 인류는 그들의 이전의 실패의 장면으로, 단지 그들을 반복하기 위해, 되돌아오고 있다. 개는, 〈성서〉가 말하듯 (〈잠언〉 26:11, 〈베드로 후서〉 2:22), 그의 토물吐物에로 되돌아오고 있다. 그러나 이것은 영원한 인간의 모형인즉, 죄의 메스꺼운 혼성이 구토제처럼 행동하고, 새 날을 위하여 소화물을 맑게 한다【613.22-24】.

　　【613.17】[막간] 일광의 커져감. 바깥에는 꽃과 식물들, 자연의 식물세계, 그것은 굳은 현실의 세계라. "근관류연根冠類然한 영포穎苞(植)의 불염포佛焰苞(植)가 꽃뚜껑 같은 유제茉荑(植) 꽃차례를 포엽윤생체화苞葉(植)輪生體化하는지라…" (A spathe of calyptrous blume…)…

　　【613.27】HCE와 ALP. 이제 그들 내외의 건강과 결혼을 위한 호의의 축일이 있을

것이요, 아침과 저녁은 도끼를 매장하도다. "건강(H), 우연성배偶然聖杯(c), 종료필요성 終了必要性(e)! 도착할지라(A), 앓는 소돈小豚처럼(l), 목골(p)이 속에! 건강이라!" 그러나 우선. 이들 무질서한 것들을 바꿀지라. "노고항수勞苦港手여. 그대는 아직 깔아뭉개야만 하도다.비특정非特定)"(toilermaster. Toy yet must det up to kill⋯)⋯ "그대는 여전히 방관하고 시키는 대로 할지라 (사적私的)." 이제 태양은 떴다. 세탁, 조반 및 편지가 발견되었다. 험프리(Humphrey)는 잠깨고, 씻고, 먹고 읽도록 계속 강요된다. 하지만 그는 여전히 곁의 아나와 침대에 누워있다. 이제는 꿈의 끝이다. 잠을 깨자, 꿈은 살아지고, 우리는 그것을 잊을 것이다. 하지만 밑바닥에 깔린, 꿈을 통해 들어난 무의식으로부터 반사하는 진리들은 아직 잃지 않았다. 그들은 억압된 것의 불가피한 낮 대 낮을 통하여 저절로 노정될 것이다. "그건 모든 면에서 스스로 기억할 것이나니, 모든 제스처를 가지고, 우리 각각의 말늠 속에. 오늘의 진리, 내일의 추세라니," 고로 이러한 노정은 타동사적他動辭的이다.

따라서, 이 장의 갱생更生은 문자(편지)의 옛 주제에로 나아가는지라, 그것은 과거의 재현에 대한 조이스의 원초적 상징이다.

그리고 확실히, 우리는 두문자 HCE와 ALP에 의해 정돈된 채, 아름다운 날을 위해 모두 정돈되었다. 공개적으로 결혼에 대한 사랑스런 날이 있으리라. 그리고 아침과 저녁은 슬픈 과거의 밤을 매장하리라【613.27-31】.사랑스런 새 식물로 가득 찬 세계에서【613.34-36】, 모든 양극의 반대가 그들의 작업을 수행하기 위해 되돌아오리.—개미와 배짱이, 고상한 자 혹은 노예, 여우와 포도【613.36-614.1】. 모든 낡은 의복은 세탁으로부터 되돌아올지니 불타듯 밝게 예리하게 솟아오르리라. 세탁녀의 환각의 테니스 챔피언 아들 새로 솟은 태양과 애인처럼 그의 하얀 플란넬을 입고 밝고 예리하게 일어나리라.

시간의 충만과 행복한 귀환, 우리의 눈부신 하얀 의상을 입고, 칼라와 옷소매 그리고 작업 바지, 푸른 빛, 아이 롱과 스타치가 만들듯 깨끗하게, 불타는 새로운 태양 아래! 이 구절은 들뜬 활력의 HCE의 초기의 묘사를 메아리 하는 구절로서 끝나도다.【74.13-19】. 그러나 이제 그는 건강하고 진실로 깨어나도다.【614.8-9, 12-13】.

〈신페인〉 화자는 해 솟음에 애란의 새 자유로운 국가에 대한 정치적 활력을 주도다. 피넬의 가장 유명한 선언을 메아리 함으로써, 하나의 비통한, 하나의 영광스럼.

"만일 저를 팔면, 제 값을 받으리라," 그리고 국민의 진군에 아무도 경계를 칠 권리가 없도다. "그리고 애국가" 국민은 다시 한 번 밝아 오는 아침 위로 소리 퍼지나니【614.14-18】.

【614.1-8】(비코적 역사 순환) 모든 것은 "애절부단哀切不斷하게 되돌아올지니…"(all your horodities will incessantlament be coming back…)… 모든 옷가지는 몇 번의 빨래 비누 헹구기를 요하는지라. 파멸하는 것은 무無요, 습관은 재연再燃하도다. 고로 이 세탁을 온통 계속할지라. 오늘은 내일에 집착하나니. 이제 HCE의 내장은, 그가 조반을 먹고, 몸을 철저히 씻고, 창자를 청결하도록 권고 받은 채, 미결로 남아있다. 밤과 꿈은 부득이 끝나고 있다. 천둥에 의하여 불길하게 선언된 미래는 도래했고, 그의 언제나 어리석은 낙관적 상속자에 의해 물론 감수될 것이다. 야외의 결혼을 위한 화창한 날이 되리라. 숀과 셈은 도끼를 매장하기를(화해) 동의 했나니. 재단사는 선장의 양복과 바지를 잘 재단하리라. 배는 포구에로 입항할 것이요, 이씨는 그녀의 모든 동료들과 함께, 자신의 가족 내에서, 그녀의 신랑을 선택할 것이다. 쥐여우와 포도사자는, 그들의 모든 이야기와 더불어 끊임없이 되돌라 오리라. 이리하여 우리는 종결에 도달하도다. 여기 요구되는 것은 독자의 인내인지라. "주제主題는 피시彼時를 지니며 습관은 재연再燃하도다. 그대 속에 불태우기 위해. 정염情炎 활기는 질서를 요부要父하나니"(Themes have thimes and habit reburns. To flame in you. Ardor vigor forders order). 영겁은 재차 반복하고, 낡은 불은 다시 피어오르나니, 내일은 모래 속에 지속하도다.

【614.14-18】HCE는 새 바지를 입도록 요구받는다. 그리고 새 스타일을 시작하도록.

펜우리, 핀우리, 우리 자신!(Fennsense, finnsonse, aworn!)[44] 그따위 운동 단 바지 따위 벗어버릴지라.[45] 유연탄력성柔軟彈力性을 위한 정선精選. 엿볼지라. 견착의堅着衣(하드웨어)에 견디고. 만일 그대가 더럽히면, 자네, 나의 값을 뺏을지라.[46] 왜냐하면 방황신인彷徨新人은 감격착상感激着想의 합병合倂까지 변진군邊進軍[47] 시작할 것이기에. 개시開始 재삼 승경勝競하도다.

지난날을 잊기 시작할지라. 그건 모든 면에서 스스로 기억할 것이나니, 모든 제스처를 가지고, 우리 각자의 말言 속에. 오늘의 진리, 내일의 추세趨勢가 있도다.

잊을지라, 기억할지라!

【614.19-615.11】 밤의 최후의 망각

【614.19-26】 무엇이 가버렸나? (아마도 4노인들이 묻도다) 화자가 묻도다. 어떻게 그건 끝났나? 옛 밤은 가버렸는지라, 그리하여 책은 곧 끝나리라. 꿈은 열리는 날과 더불어 사라지도다. 꿈이 그러하듯. 우리는 우리의 꿈을 잊기 시작하도록 명령받도다. 꿈이 사라진들 상관하지 않는다. 그것은 매일 밤낮 반복하리라. 그러자 잊음이 한층 강해지도다. HCE와 ALP의 대문자가 두 번 나타나니, 우리는 상기하도다. 우리는 다정하고 불결한 더블린 곁에, 강의 여신인 아나 델타 곁에 있음을. "잊어요!" 이제 잊어버림은 지고로다.

전체 비코의 유형은 끝났도다. 역사의 4 노인들의 길조 아래【614.27-30】. 탄생, 결혼, 죽음, 그리고 부활의 4부분 진행은 인류의 탄생, 죽음 그리고 세속적 부활을 위해 부와 자 그리고 성령에 의해 디자인 되었나니, 역사를 통해, 계란의 역개裂開를 통해, 다음 P란의 부화에서 특성의 혼잡, 계란의 양친의 죽음, 그리고 마지막으로 부활을 통해—[조반의 시간이다. 계란의 소화 그리고 새 화장지 혹은 배설물의 형성].

모든 역사의 이전에 분해된 요소들이, 새 가족의 새 세계로서, 재결합되었나니, 키네(Quinet)의 인용애서 서술된 작은 꽃들의 가족처럼, 수 세기동안 존속했도다. 전체 과정은 우리의 거인 영웅인, 핀의 꼭 같은 원자적 구조를 형성하는지라, 강력하게 부담된 전자의 구조는 하이젠 버그의 불확실 원칙과 양자陽子 도약에 의해 움직인 전자들로 구성되도다. HCE의 두문자는 이 문장에서 두 번 일어나는지라, 원자의 분석을 야기하거니와, 그것은 원자 구조의 놀랍도록 최신의 서술을 야기한다, 그들의 패도에서 외피에서 외피에로 움직이는 전자와 더불어, 각각의 변화를 가진 광자光子를 발하며—그리고 태양을 비추게 만들면서.

【614.23】 우리는 "기대期待를 소중히 여겨 왔던고?" 하고 질문 받는다. "우리는 숙독음미熟讀吟味의 자유편自由便인고?" 우리는 정말로 잠깨는 날이 지나간 날보다 난 것이 되기를 기대하는고? 우리는 그것이 어떤 다른 것이 되기를 기대하는고? 우리는 진실로 게시(revelation)를 찾는고? 왜? 꿈은 무엇인고? 우리는 어디에 있는고? 왜 뒤에 무슨 어디 앞에? "평명원계획平明原計劃된 리피江 주의主義가 에부라니아의 집괴군集塊群을 정집합整集合하도다."

그런고로 ALP는 다시 HCE를 함께 되돌릴 수 있는고? 재 집합된 단편들은 함께 새로운 실체, 부활된 문학을 구성하는지라, 리피 강의 평원 위에, 더블린(Eblana)의 도시 안에, 호우드 언덕 아래. "암울한 암暗델타의 데바 소녀들에 의하여."

잊을지라!

【614.27-615.10】 아침 조반 시간
(계란의 소화와 새로운 조직 및 배설물에 대한 자세한 설명)

우리의 완전분식完全粉食 수차륜水車輪의 비코회전비광측정기回轉備光測程器은 후속재결합後續再結合의 초지목적超持目的을 위하여 사전분해事前分解의 투석변증법적透析辨證法的으로 분리된 요소들을 수취受取하도다.

이 과정에서 다층적 은유가 텍스트의 다른 곳에서 발견되는 변화를 통하여 연속에 대한 몇몇 낯익은 주제들과 개념들을 설명한다. 우선, 위장 또는 아마 책/편지/아기의 생성기生成器에 의한 버터 만드는 자동 기구가 분명히 원형 또는 사각의 "완전분식完全粉食 수차륜水車輪의 비코회전비광측정기回轉備光測程器"와 연결된다. 그것은 "사차천사원四次天使元의 성탑관망기城塔觀望機로", 4개의 천개天蓋를 가진 다양한 차원의 다락 집 혹은 아마도 결혼의 침상(4노인들, 복음자들, 엿보는 침대 기둥인 마태, 마가, 누가 및 요한)에 대한 직접적인 은유로 추단된다.

기계는 "탕탕탕연결기連結機(커플링)용광제련鎔鑛製鍊 탈진행과정脫進行過程"으로 마련된 것이요, 이는 그것이 자동이요, 무엇이든 흡수하고 바로 혼성하는 것을 말한다. 입력入力이, 분해되고, 엷은 막의 구획을 통한 확산의 방법에 의해, 분리될 때, 그들은 잇따라 재결합한다. 무슨 목적으로? 그런고로 HCE의 조반의 음식 단편들은, 그를 회복시키면서, 새로운 조직으로 바뀔 수 있도다. 따라서 HCE의 성적 성벽性癖, 재발적 再發的 상황 및 평범한 특징들은 ALP(종種), 가족 환경 및 설화說話를 통하여 그의 상속자에로 전향하는지라. 그런고로 고전 문학의 파편들은 새로운 문자로 다시 재작될 수 있도다. 전환의 과정은 어떤 변화들(유전적 전의轉義, 잡다한 메시지들, 형태, 문자, 단어, 문장 상의 작은 변경)을 불가피하게 포함하도다.

이상의 구절【614.27-615.10】은 조이스의 비코 이론, 특히, 문학, 셰익스피어 및 조반 계란의 스크램블의 적용에 있어서 중요하다. 셰익스피어의 인유들은 〈햄릿〉의 "John-a-Dreams," 〈트로일러스와 크레시다〉(Troilus and Cressida)의 "탕탕탕연결기連結機"(clappercraws) 및 recorso의 조반을 포함한다.

【615】고로, 우리의 Finnius의 아담의 구조는 그대를 위해 거기 있을 것이요, 그대는 수탉이 울 때, 조반을 위해 나아가리라. 더욱이, 기본적 구조, 상호 연관의 동적 네트워크는, 서로 합착됨으로써, 동일한 것을 결과한다. 우리는 퇴비더미에서 편지를 쪼아 낸 암탉이 메시지를 포함하여, HCE가 먹었던 계란을 낳았다고 말할 수 있을 것이다. 우리는 또한 현재의 구절 말미에서 원인과 결과, 병아리와 계란, 먹는 자와 먹히는 자, HCE 및 ALP, 편지-독자와 편지-필자가 서로 혼성되는지라, 그들은 희망 없이 혼동됨을, 또한 주시할 것이다.

【615.11-619.16】조간우편 뭉치 속, ALP에 의해 서명된 편지
암탉이 알을 낳고, 조반이 이제 준비된다. 험티 덤티가 솟은 태양처럼 재차 합세한다. 조반의 계란이 식탁 위에 있다. 그리고 이의 모든 것은 암탉이 그의 편지를 썼듯 확실하다. 우리는 편지를 거의 완전한 형태로 읽는다.
편지, 그리고 잇따르는 아나 리비아의 위대한 여성 독백이, 책의 서술적 과정의 시작에 대한 언급에 의해 소개된다.
편지와, 뒤따르는 아나 리비아의 위대한 여성 독백은 작품에서 화술의 과정의 시작에 대한 언급에 의해 소개되는지라, 즉 설화는 원인과 결과에 의하여 진행된다:

【615.11】 원인물론原因勿論, 그래서! 그리고 결과에 있어서, 마치?"

우리는 아나 리비아가 그녀의 아들들에게 "오기 시작" 하듯, I.7에서 시작하는 과정을 보았다. 그리고 I.8에서 그녀가 바다를 향해 동쪽으로 서서히 움직이기 시작할 때를【193.31-195.6; 196.1-216.5】. 작품의 끝에서, 우리는 이제 우리가 진전의 끝에 도달했음을 안다. 즉 오메가와 알파는 "물론, 그래! 그리고 효과적으로, 마치?" 의 구절들에서 두드러진다. 우리는 종점, 오메가 점에 거의 있는지라, 우리는 시작, 오메가 점에 귀환할 준비이다. 그 점은 성스러운 강인 알파가 거꾸로(뒤로), 서쪽을 향해, 작품의 시작에 달리기시작하는 점이다.

편지는 6개의 문단으로, 전반적으로 줄어드는 사이즈로 시작된다. 7개의 "well's"가 페러그라프를 함께 역한다. ALP가 그녀의 다정한 도시의 부분을 통해서 달린 이래, 그녀는 편지 속에 최후로 낯익은 것들을 회상하는지라, 그녀의 가족, 그녀의 남편의 적들이다. 그녀는 HCE를 용감히 옹호하지만, 그녀의 남편에 대한 그녀의 언급의 음률에는 불안이 있다. 위대한 남성 HCE의 독백 속에. 우리는 ALP가 남성의 권위에 의해 통제될 필요를, 그리고 그를 즐긴다. 고로, HCE는 모든 자제적自制的 남성들처럼 신뢰한다. 그녀의 위대한 최후의 독백에서 우리는 작은 범킨(bumkin)과 범인(criminal)처럼 그녀의 남편을 이탈하는 것을 보리라. 편지에서, 그녀의 분할된 태도가 모호한 음률로서 나타난다.

이하 편지의 6개 문단

【615.12-616.19】 (제1문단)

ALP는 존경스런 예의로서 노주老主에게 그녀의 편지를 시작한다. "친애하는 존경하올 각하." (그녀는 "사랑하고 다정한 더블린" (Dear Dirty Dublin)으로 거의 시작하려하지만 스스로 교정한다. 그녀는 자신이 밤 동안 만났던 자연의 비밀을 관찰하기를 즐겼다. 그리고 그녀의 남편의 적들에 관한 첫 공격에 돌입하는 지라, 막으로우(Mcgraw)이다. 그들은 이어위커에 관한 나쁜 일을 불러오고, 안개 낀 아침의 구름들은 좋은 날을 들어내기 위해 다가오리라.

그녀는 자신의 구애의 초기 나날에 대한 꿈같은 회상을 시작한다. 이 구절은 자장가와 아이들의 문학에 대한 언급들로 충만하다—, "Goldilocks," "Jack and the Beanstalk", "잠자는 미인" 미녀 할멈 등등. 그리고 〈실낙원〉(*Paradise Lost*)과 〈허클 베리 핀〉(*Huckleberry Finn*)과 같은 보다 성숙한 문학 작품들【615.21-28】. 그녀는 이러한 구애의 날의 자신의 감정이 유치한 것이었음을 이제 인식한다. 그리고 편지의 끝에 서 그녀는 자신이 자장가의 율동으로 살쪘음을 분노로서 선언한다.

편지에서, 그녀는 이제 그녀의 가족의 적인 막으로우 가문의 적에 대한 공격으로 되돌아간다. 그들은, 좋은 질을 가진 소시지를 판매하는 그녀의 남편과는 달리, 저질 의 고기와 마가린을 판매한다【615.30-31, 617.22-24】. 그녀는 마그로우가 간음을 범하 려고 애썼음을 강하게 암시한다. 주여 Milord O'Reilly에 대한 그들의 탈선을 용서 하소서. 그녀의 남편은 아주 커다란 즐거움으로 누군가의 시신을 다듬나니. 그녀의 남편은 지극히 강하고 생식적인지라, 고로 그대 모든 뱀들이여 경계할지라!【616.6-10, 12-16】.

【616.20-617.29】 (제2문단)

CHE는 정직한 상인으로, 그녀는 주장하거니와, 성실한 남편이다. 그녀는 그가 얼마나 많이 성적 유혹을 거절했는지 아주 자세히 상술한다. 그의 유혹에 관해 그 녀의 질문에 대한 반응으로, 그는 단호히 단언하나니, 즉, 그는 그걸로 얼굴 붉힐 일 은, 하늘에 계신 하나님께 맹세코, "나의 얼굴은 완전히 백지라오."【616.36-617.1】. 그이는, 그녀 선언하거니와, 가장 친애하는 남편이라—비록 그녀의 증명서가 "친이 하는"(direst)을 "친애하는"(dearest)라는 철자로 약간 오손할지라도. 마그로우는 그이 자신을 위해 경계하는 것이 좋아! 그녀의 아들들은 그로부터 일공을 부셔내야 할지 니, 그럼 그이는 모든 그의 아름다운 대모들로 하여금 그를 조정하도록 필요하리라 【617.12-19】! 마그로우는 자신의 마지막 소시지를 채웠으니, 그의 장례가 오늘 일찍 이 행해져야 할지라.

【617.30-618.19】 (제3문단)

그녀는 이어 마그로우의 아내, 릴리 킨 셀라(Kinsella)를 공격한다. ALP는 자기 자 신의 아름다움을 주장한다【617.23-618.3】. 그러나 릴리 킨 셀라는 이전에 파이프를

문 부랑자의 아내였으며, 이제는 마그로우와 결혼하고, 그녀는 술꾼이요, 추례한 여인이다.【618.3-19】

【618.20-34】(제4문단)

ALP는 어느 누군가에 의하여 존경 없이 여태 대접받는 것을 부정한다. 경찰이나 모든 이는 언제나 그녀가 외출하면 절을 한다. 만일 막으로우 사람들이 그녀를 수치대게 할 수 있다고 생각한다면, 그녀는 그들을 불평스럽게 "그들은 나의 궁둥이에 절을 할 수 있지"(They can make their bows to my arse!)가 대구이라, 이 말은 조이스 아내 노라 바너클이 자주 썼던 말이라!

그러자 아나 리비아는 그녀의 남편의 옹호에로 되돌라 왔는지라, 어떤 비방의 공격을 거부했나니, 그러나 그 공격은 근거도 없이 지나치게 자세하고 별나게 들린다. 그녀는 결코 의자에 묵혀있지 않다고, 주장하고, 아무도 포크를 가지고 그녀를 뒤쫓지 못했나니【618.24-26】—비록 무서운 집개가 책의 말미에서 그녀를 겁먹게 했을지언정. 그녀의 사랑하는 남편은 버섯처럼 상냥하고 그녀에게 아주 애정적이나니, 반면에 마그로우의 시자인 셜리는 자객이었을지라도(착한 구두장이). 하지만 HCE는 그녀의 버섯이요 **상냥한 남편**으로, 기독교에서 추방당한 과격한 노르웨이 사람으로, 그는 경찰의 도움으로, 그의 가족의 적들을 항아리 조각처럼 박살낼지라【618.26-34】.

【618.35-619.5】(제5문단)

이 구절은 분명하지 않다. 그러나 그것은 이어위커 가족에게 관대했던 누군가를 포함한다. 아마도 ALP는 노주老主에게 감사를 돌리고 있거니와, 그 분은 너무나 상냥하여 그의 아들을 아파하는 인정을 도우도록 이바지 할 정도라—하느님 아버지의 사랑하는 크리스마스 꾸러미에 맹세코.

【619.6-15】(제6문단)

ALP는 그녀의 적들에게 공격을 돌린다. 그녀는 단지 험프리 덤프티의 추락에 관한 그들의 경칠 건방짐과 근거 없는 불평을 좋아할 뿐이다! CHE는 영원히 추락하지 않았다. 호우드 언덕 아래의 사내이요 추락한 부왕副王은 또 다른 인간이라. 그녀 자신의 남편은 자리에서 일어나, 빳빳하게, 자신 있게, 그리고 영웅적으로, 그녀에게 구애하고, 그가 젊을 때 그랬듯이, 일상의 신선新鮮을 위하여.

그녀는 "알마 루비아 폴라베라(Alma Livia Pollabella)"로 서명하는데, 이는 영양營養, 비옥, 가족 보호를 강조하는 이름이다. *Alma*는 라티어로 "양육"이니, 즉 그녀는 양육의 우여신雨女神이다. 그녀는 또한 암탉으로서 그녀의 아이들의 건강을 위해 애걸한다.

【619.17-19】 엽서에서

그녀는 자기 자신을 "병사 롤로의 애인(Soldier Rollo's sweetheart)"으로서 동일시하는 바, 롤로(Rollo)는 노르웨이인들의 스칸디나비아 설립자요, HCE의 중요 화신이다. 그러나 거기 프랑스의 자장가인, "로셀 병사(Cadet Roussel)"에 대한 언급이 있을 수 있거니와, 특히 마지막 운시가 그렇다.

> 병사 롤로는 죽지 않으리라,
> 왜냐하면 도약하기 전에,
> 그는 철자을 배울 것이기에,
> 그이 자신의 비문을 쓰기 위해.

이 스탠자의 생과 사에 대한 강조는 〈피네간의 경야〉에서 부활의 주제와 일치한다, 언어를 통한, 아마도 아나 리비아아의 편지를 통한 생존의 강조가 그러하듯.

그때 아나 리비아는, 연우連雨의 아침(Soft Morning)의 자유를 위한 최후의 도약을 예고하는 분노의 뻔쩍임을 갖는다, 도시여!(City!) 여기 그녀의 사고思考의 노한 열차를 따르는 것이 가능하리라.

그녀는 자신이 그녀의 편지 속에 그려왔던 그녀의 결혼의 비 실질적 그림인, 자장가의 음률에 바로 넌더리가 났다. 그녀는 〈피네간의 경야〉에서 무수한 난센스, 어떤 독자가 분담할 감정에 넌더리가 났으리라.

그녀는 책의 말미에서 그녀의 동료 강신江神들인, 아머자어(Amazia)와 나루나(Nluna)와 상봉하리라. 그러나 여기 불결한 도시를 떠나는 강은 그녀가 불결한 넝마를 입고 있음을 느낄지니, 그리하여 그녀는 전적으로 지쳐 있다.

그러나 그녀는 경신의 가능성을 느낄지니, 그녀 자신의 둘째 변신인, 그녀의 딸이 위클로우 언덕에서 수영하는 것을 예감하리라.【627.3】

ALP는 서명을 끝낸다. 그대에게 모든 나의 사랑을. "알마 루비아 폴라벨라."

【619.17】ALP의 추서는 그녀의 딸 이씨, 즉, 군인 롤로(Rollo)의 애인에 대해 언급한다. (역사적으로, 롤로는 북인(Northmen) 도당의 지도자로, 그들은 세례를 받는 대가로 북부 프랑스의 땅을 하사받거니와, 이는 노르만 인들의 형성, 그리고 궁극적으로, 영국(1066)과 아일랜드(1172)의 정복을 결과한다. 롤로는 손/HCE 류의 인물이다). 이씨는 성장하여, 무미연육아운無味連育兒韻(nonsery reams)(〈피네간의 경야〉의 자장가 음률이요 무의미 시연詩聯으로 방금 돈비육豚肥育되려고 하는지라, 그리하여, 왕연旺然히 성장盛裝하여 살고 있도다. 그러나 ALP 자신은 그렇지 못하니, 그녀는 옷이 남루하고 헤어졌다. 그녀는 지쳐있다.

재차 ALP의 편지에 대한 서술의 개략

• 감사. 일백一百 및 십일十一 플러스 일천일타一千一他의 축복으로 그대의 최선친最善親에 대하여.

• 우리는 고도古都 핀토나에서 모두 마음 편히 있는지라, 우리가 진실할 대니스에 감사하게도.

• 누가 푼 맥크라울(Foon MacCrawl) 형제들이라 불리는 익살조의 별나게도 조잡한 악취자惡臭者를 기억하기 원하리오?

• 티모시와 로칸, 버킷 도구자道具者들(셈과 손), 양인은 Tim 자子들이라, 이제 그들은 등화관제 동안에 자신들의 성격을 바꿔 버렸도다.

• 음악이 그(앞서 MacCrawl)를 깨우도록 조장해야 하도다; 그의 장례가 곧; 재발자.

• 나(ALP)는 저 바보 벙어리 당나귀(HCE) 곁에 있기 원하고, 그는 나의 발뒤꿈치가 아래 있기를 원할지라.

【619-628】 아나 리비아의 최후의 독백

(아래 글[ALP의 최후 독백]은 대부분 Epstein 교수 저의 〈피네간의 경야 안내〉(Guide through Finnegans Wake)【270-288】에서 축출逐出한 것임을 여기 밝힌다.)

아나는, I.8에서 그리고 그녀의 편지에서 세탁부들에 의해 보도되듯 그녀의 시를 제외하고, 〈피네간의 경야〉 동안 말을 하지 않는다. 그러나, 〈율리시스〉에서 몰리처럼, 작품의 최후의 말을 말하는 것은 바로 아나 리비아의 목소리이다. 몰리와 아나는 연속적 양 목소리들이다. 여기 〈피네간의 경야〉의 종말에서, 아나 리비아는 더블린 만의 강구에로 흘러나간다. 그녀는 사멸하는, 결혼과 유년시절 뒤에로 배회하는, 한 노파이다. 해풍과 대양의 조류가 그녀를 치듯, 그녀는 황막하게 몸을 돌린다. 그녀는 마치 태양이 수평선 위에 포즈를 취하듯, 그녀 앞에 불타며 솟는, 그녀의 부활된, 새로운 천진한 남편을 본다. 그녀는 선언하기를, 자신은 그의 솟는 양자들 속으로 돌진하리라【628.4-5】. 그녀는 바다와 솟은 태양을 향해 돌진할지니—그들 양자는 그녀의 아버지 그녀의 아들, 그녀의 남편의 사징들—그리고 포용되고 사랑 받으리라.

【619.20-628-16】위대한 여성 독백은, 안개 낀 장면, 부드러운 애란 아침 이래 "부드러운 아침, 도시!"에 인사하도록 조정된 채, "좋은 아침, 도시!"로다. 아나 리비아는, 그녀가 자신의 몸에 나뭇잎을 지닌 이래, 혀짤배기소리로 말하고 있다. 계절은 가을일 지니, 나무 잎들은 〈피네간의 경야〉의 마지막 잎사귀이다. (0. 헨리의 단편 소설을 생각하라!) 이러한 잎들은 독자에 의하여 이제 넘겨지고 있으니, 다시 말해, 독자의 손에 쥔 책의 실질적 페이지들이 텍스트에서 언급되고 있다—포스트모던 노트로서.

자장가와 문학적 언급들은 아나 리비아의 오랜 마음이 젊음과 늙은 나이 사이에서 배회하듯 계속된다. 독자는 젊음의 문학을 만날지니, 즉 "숲 속의 아이들," 〈로빈슨 크루소〉"독실한 두 신짝들," 그리고 "부츠의 고양이"【619.23-24; 621.36】그리고 나중에 〈트리스트람 샌디〉가 있다. "당신은 내가 그토록 오랫동안 아껴온 나의 반도화 反跳靴를 찌그러뜨릴지라." (You'll crush me antilopes I saved so long for.)【622.10, 11】. 아나 리비아는 도시를 빠져 나가고 있는지라, 가족 메모리의 최후는 그것이 애란 해의 보다 강한 조류에 의하여 청세淸洗되도다.

그녀는 호우드 언덕의 시야 안에 있는지라, 그것 아래 그녀의 남편이 그의 손바닥 위에 누워있으니, 머리에서 발까지 굽힌 채, 혼수상태의 콜 왕처럼【619.25-29】. 그녀는 그가 일어나도록 부른다. 그는 너무 오래 잠 잣도다! 그는 옆으로 누운 비슈뉴 신을 닮았는지라, 우주를 창조한 다음에 잠자며, 그리고 이제 손바닥에 누워, 그가 그로 하여금 일어나도록 그리고 재차 그녀를 사랑하도록 요구한다. ―"일어날지라! 열반涅槃은 끝낫도다!" 그러나 텍스트에는 불길한 기미가 있는지라, 그것은 사자를 위한 챠임 벨의 언급이도다, 즉, 전통적으로 아이의 장례에는 3번의 울림, 여인에게는 6번, 그리고 남자에게는 9번.

그녀는 그가 그녀를 구애하고 있었을 때 그녀의 그에 대한 칭찬을 기억한다. 그녀는 수줍도록 이전 공격자를 과장자로 부른다【619.30】. 그리고 더욱이 그녀는 그를 위대한 시인으로 보는지라―그녀의 아름다움은 한때 그를 시詩속으로 자극했는지라, 비록 이제 아마도 그의 시는 그녀를 잠자도록 하도다. 그녀는 그를 7가지 그의 새 세탁한 의상을 입도록 그리고 우산을 지닐 것을 상상한다【619.34-620.1】. 그녀는 태양의 길로 직접적으로 흘러 들어가는지라, 그녀의 침침한 안개 낀 눈은 마음에 세탁 노파의 밝은 흰 플란넬을 입은 테니스 챔퍼언의 아들을 들어 보인다. 그리고 그녀는 그녀를 위해 키가 크고 빳빳하게 서도록 명령한다. 그는 새 "푸른 벨트"를 감고 있으니, 도회 지역들을 미화하기 위해 전원도시에 심은 나무들, 그리고 산소를 마련하도다. 그녀의 상상 속에 그는 최근에 꽃피는지라, 누구에게도 지지 않도록, 더블린은 "아무에게도 뒤지지 않는 꽃 봉오리"(nil, Budd)로서 제시 되도다.

그녀는 그와 함께 산보를 나서는 것을 상상하거니와, 우리는 갑자기 손과 손을 맞잡고, 연민의 아일랜드와 더불어, 햇빛 비치는 바다에로 나란히 풍요한 영국으로 행진하는 극히 높은 수준의 파노라마의 아침 경관을 갖는도다【620.5-6】. (그녀는 자신의 문장들을 끝내는 어려움을 발견하고 있나니, 지금부터, 그녀는 점진적으로 숨이 가프다.) 그러자 그녀는 자만심, 탐욕 그리고 질시를 위해 자기 자신을 비책하나니, 그것을 그녀는 안락보다 오히려 은근하게 죄로 간주한다, ―탐욕낙이라【620.6】. 그녀의 남편은 그녀에게 몇몇 영웅들처럼 보이나니―비상飛翔의 다치만, 수부 신바드, 패트릭 사라필드, 루칸 자작, 혹은 웰링턴 백작, 와요 나와 함께 산보해요. 우리는 언제나 말했나니, 우리는 해외에 가리라고!

．．．．．．．．．．．．．．．．．．．．

【620.11-23】 최후의 가족 회상이 아나 리비아의 마음속에 계속되나니, 그녀가 도시를 나와 만으로 들어가기를 계속할 때.

재동유신再同唯新.[48] 두 강둑 형제들은 남과 북 확연確然이 다르도다. 그 중 한 놈은 한숨쉬고 한 놈이 울부짖을 때 만사는 끝이라. 전혀 무화해無和解. 아마 그들을 세례수 반洗禮水盤까지 끌어낸 것은 저들 두 늙은 옛 친구 아줌마들일지로다. 괴짜의 퀴이크 이나프 부인과 괴상한 오드페블양孃.[49]

그녀는 첫째로 두 아들을 생각한다. 그들은 여전히 깊이 잠들어 있다. 오늘은 휴교이라, 고로 날은 일요일. 소년들은 성격에 있어서 너무나 반대요, 그들은 "발꿈치 통과 치유여행이라." (Heel trouble and heal travel). 〈성서〉에서 에서의 발꿈치는 야곱이 잡고 있었으니, 그들이 태어날 때. 그리고 야곱은 천사에 의해 밤에 붙들리다니, 그의 발꿈치는 땅에 완전히 밟힐 수 없도다("창세기" 25:26, 32:24-32). 야곱은 단지 여행으로 그의 죄를 치유 받고, 숀은 우체부로 여행자이니. 소녀들은 또한 소녀-애인이요 쓸개-간 (Girl-Lover and Gall-LIver), 숀은 인기 연인이요, 솀은 근심 자. HCE는 그들을 한결같이 금심하도다. 과연, 소년들은 정 반대라, 그들은 밤 동안 위치가 바뀌도다. 그녀는 눈의 빤짝임 속에 비슷한 것들이 일어남을 보았는지라("고린도 서" 15:51-52에서 부활에 관한 성 바울의 두 마디 말들). 그들은 남과 북처럼 다른 형제들, 그러나 그럼에도 동일유신이라, HCE를 완전히 닮았도다. 그들로부터 평화는 무無라, 아마도 두 노파들과 세탁부들이 본래 그들의 갈등의 원인.

그러자 그녀의 생각은 이씨에게로 향하도다. 첫째, 그녀는 그들의 이른 결혼의 밤에 무엄한 욕망을 기억하도다. 그는 그녀에게 소녀를 가지면 무엇을 줄지를 고백하고, 그의 원(wish)은 그녀의 의지(will)여라. (여기 〈낙원〉에서 단테의 파카르다의 세속적 메아리가 있다(3:85).

하지만 아나 리비아는 이씨가 자기 자리를 가질 것을 알도다, 만일 단지 이씨가 더 많은 어머니 기지가졌다면! 이씨는 여전히 즐거이 놀고 있으나, 젊은 소녀는 곧 착실한 강 여신인, 아이시스요, HCE를 위해 적합하도다. 그녀의 어린 딸은 귀뚜라미처럼 즐겁고, 혹은 희랍인들처럼, 그러나 그녀는 성장할지니. 아나는 그녀의 보다 젊은 형태로 대체代替되도다. 그녀는 또한 그녀와 그녀의 아이들이 죽고 사는 미래가 불가피한 사실을 감수 하도다: 일어날 것은 일어나게 하라. 햄릿처럼, 연극의 종말에서 말하나니," 내버려두라," 그녀는 그의 운명에 화해하도다.

여옥의 하인들—색커슨과 오수汚水 케이트—이러한 4노인들이 그러하듯, 그녀의 마음에 짧게 떠오른다【620.32-621.1;621.5-6】. 그러자 극히 아름다운 구절에서, 그녀는 밤이 끝났음을, 불사조가 하늘에 불타고 있음을, 아침의 별 루시퍼가 살아졌음을, 〈사자의 책〉이 닫혔음을 선언하도다.

불순不純 계집은 계집(물오리)대로 내버려둘지라,[50] 때는 불사조不死鳥나니, 여보. 그리하여 불꽃이 있도다. 들을지라! 우리의 여정旅程을 성 마이클 감상적으로 만들게 합시다.[51] 마왕화魔王火가 사라진 이래 그리고 사오지死奧地의 책[52]이 있나니. 닫힌 채. 자어서! 당신의 패각貝殼에서부터 어서 나올 지라! 당신의 자유지自由指를 치세울 지라! 그래요. 우리는 충분히 밝음을 가졌도다. 나는 우리의 성녀聖女의 알라딘 램프[53]를 가저가지 않을지니. 왜냐하면 그들 네 개의 공기질풍空氣疾風의 고풍대古風袋가 불어 올테니까. 뿐만 아니라 당신은 류색(등 보따리)도 그만. 당신 뒤로 하이킹에 모든 댄디 등[54] 혹 남男들을 끌어내리려고. 대각성大角星[55]의 안내자를 보낼 지라! 지협地峽! 급急! 정말 내가 여태껏 기억할 수 있는 가장 부드러운 아침이 도다. 그러나 소나기처럼 비는 오지 않을지니, 우리의 공후空候. 하지만. 마침내 때는 시간인지라. 그리하여 나와 당신은 우리의 것을 만들었나니.

그녀는 자신의 남편을 함께 산보하도록 재차 초청한다—마치 그들이 몬트 성. 마이클까지의 방축 길을 넘어 산보하고 있는 양—그리고 바람을 시험하기 위해 그의 손가락을 치세우듯. 이제 확실히 빛이 밝아오자, 4노인들- 저들 수다쟁이들은 그들 주위를 불지 않으리라. 그는 자신의 배낭을 가져갈 필요가 없으니, 그것은 불가피한 애란 밀고자들로 하여금, 배낭 속에 폭탄이 들어 있지 않나 의심하면서, 경찰을 부를. 비록 그녀가 여태 보았던 가장 온화한 아침일지라도, 그녀의 약해진 시력이 그녀로 하여금 아침의 안개를 통해서 인양 만사를 보게 하도다—분명히 비는 오지 않으리니. 성 아서가 그들을 안내하기를! 불길한 암시, 아서는, 위대한 왕이 되는 것 말고, 게다가 죽음의 켈트 신이도다.

비록 필시 비는 오지 않을지언정, 그녀는 자신의 낡은 솔을 가져가리니, 그녀가 상상컨대 그녀의 조반은 얼마나 맛있을까—차 맛을 가져오기 위해 숭어와 소시지가 마련되리라. 모든 꼬마 아이들은 그들 주위를 떼 지어 올지니, 그들의 조반을 찾으며. 그러나, 그녀는 남편에게 말하나니, 당신 내게 새 것을 오늘 사주어야만 해요. 낡은 것은 버렸기에.

모든 행복한 가족 기억들 한복판에 아나 리비아의 당혹스런 첫 기미가 일어날지라, 그녀는 상상 속에 그녀의 남편의 손을 꼭 잡을 때, 자 와요, 당신의 커다란 곰 발톱을, 아빠, 잠깐 동안. 대디. 조금만 더. 당신의 장갑을 벗어요. 당신의 손은 따뜻하고 틀이 많나니, 그리고 여기 치료된 상처가 있는지라, 피부는 아이 것마냥 부드러워요. 당신은 언젠가 내게 말했지, 손을 어름으로 태웠다고, 그리고 한 번은 당신이 어떤 이를 살해한 뒤에 낙인이 찍히고, 어떤 이의 것을 닮아 페인트칠을—원죄마냥 창조를, 그리고 제2의 율법의 어김이라. 아마 그것은 당신, 피네간이 당신의 장대를 지니는 이유지요, 그리고 당신이 사다리에서 손을 놓쳐, 추락했으니—그러자 사람들은 당신이 단두대의 발판을 전적으로 헛디뎠다고 생각하지요.

그리고 그녀는 기억을 억누르려고 애를 쓰지요. 그녀는 자신의 죄지은 낭군을—혹은 오히려 순수한 젊음처럼 작은 백마 곁에 서서, 우리가 모든 희망을 지닌 아이【621.29-32】로서 보지 않으려고 눈을 감을지요. 〈율리시스〉의 몰리 블룸처럼, 그녀는 한 젊은이를 보기 갈망하나니, 그녀의 남편의 모습의 변화마냥, 그를 그녀는 죄의 냄새처럼 보지요. 그녀가 갈망하는 것은 천진할지니, 그녀의 넓고 커다란 뭘 대신, 그 위에 심홍색의 여드름, 그녀는 젊은이의 불쾌하지 않은 가느다란 뒷모습을 보테지요, 큰 말 대신 작은 백마의 엉덩이를. 아이는 선을 위한 희망을 여전히 마련할지니, 그는 아직 죄짓지 않았도다.

그러자 그녀는 자신의 사양적辭讓的 의견을 바꾸나니【621.32-330】. 원죄에 의하여, 모든 남자들은 그들이 나이의 성숙한 육肉을 획득할 때쯤에, 뭔가를 갖나니. 그것은 모든 육체의 길이라. "살 갓" 또한 "화살"을 암시하게에, 고로 낡은 화살은 오랜 경험된 음경의 육肉일지라.

그녀는 고통스런 생각으로부터 그녀의 마음을 돌린다—그들은 교회의 종이 울리기 전에 혹은 새들의 새벽 합창 전에 그들의 산보를 가질지라. 아나 리비아는 약간 귀머거리가 되는 듯, 왜냐하면 교회의 종과 새벽의 코러스가 이에 반향反響 했도다. 그녀는 HCE의 새들을 보나니, 마치 우탄마냥, 그는 자신의 두 마리 까마귀를 가졌다. 그들은 그대에게 행운을 바라고 있어요, 그녀는 말한다. 까마귀들은 양자가 휘말린 눈처럼 하얗도다—경의! 이는 길조로다. 즉, 당신은 분명히 시장 각하로 선출될지라 (그녀는 자신이 뇌물을 혹은 그녀 자신을 제공함으로써 표를 끌어내도록 그를 도우리라 암시한다). 시장 각하로서 마그로우? 아나 리비아는 생각 자체를 조소한다. 마그로우를 시장 저택에 입주시키다니, 그것은 요강을 침실 옷장 위에 두거나 혹은 더비 모자를 바이킹 독수리 이마위에 쑤셔 넣으리라【621.33-622.8】!

....

그녀가 로우드 언덕을 돌고 애란 바다가 경관景觀에 들어서자, 북쪽으로부터 갑작스런 해풍이 마치 묵시록적 활과 화살처럼 그녀의 강구 속으로 도약하자, 노르웨이인들의 잔인한 폭거가 그녀의 뺨을 때린다【626.4-7】. 그녀의 강구의 침입이 키스를 닮았는지라, 그녀의 "뺨들"의 매질이 늙어가는 강에 피학대적 스릴을 마련한다.

조류의 회전에 대한 기억이 그녀의 마음에 그들의 결혼의 전 역사를 가져오도다. 그녀는 자신이 바로 양복상의 딸임을 회상하나니, 더블린의 아빠들은 노르웨이의 선장이 닮은 그녀의 아버지가 되기에 충분히 늙었음을 말하고 있었다. 그러나 그는 색스빌 가의 활보하는 멋쟁이였으며, 그는 사나운 남편이요 아빠가 되었으니, 즉, 그는 연약한 아이로 하여금 고기 지방을 억지로 먹게 하도록 만찬 식탁 주위에 그를 좇아 맴돌았다.

그녀는 HCE에 대한 그녀의 기억에로 되돌아간다. 한 번은 그가 그녀의 엉덩이를 매질할 것을 위협하면서, 그녀 앞에 웃으며 서 있었다. 그러자 그녀는 생쥐마냥 잠자코 있었으니—또 다른 피학대적 음조요, 〈돈 지오 바니〉의 모차르트의 제린다를 회상시켰는지라, 소녀는 그녀의 골난 농부 피앙세 마제토로 하여금 그녀를 밀다 매질할 것을 재안했다. 그리하여 겸손한 제린다는 어린 양처럼 조용히 참고 있었다. 그러자 아나는 HCE가 때때로 분노로 그녀에게 돌진하자, 그녀는 몸을 얼리고, 그로 하여금 그의 사랑하는 길에로 되돌아가도록 기도하곤 했다.

여기 우리는 ALP와 HCE의 초기 사랑에 대한 최후의 언급을 가지는지라, 그것은 음악적 언급이다. 책의 제IV부의 마지막 부분은 음악으로 공명한다. 여기 언급은 조이스가 잘 알았던 노래에 대한 것이다. "천국의 열쇠"는, 그녀에게 "주어진 채!"가 될 천국의 열쇠에 관한 클라이맥스의 언급으로서, 작품의 바로 끝에 단편적 형태로 일어나는 제목이다. 이 노래의 구들은 〈피네간의 경야〉의 마지막 페이지들을 통해 메아리친다. 그들은 ALP의 초기 기억을 대표하거니와, 당시 HCE는, 그녀에게 구애하면서, 그녀에게 한 사랑스런 오랜 영국의 노래를 노래했다,

나는 그대에게 나의 마음의 열쇠를 주리라,
그리고 우리는 죽음이 우리를 떼어놓을 때 까지 결혼하리니.
마담, 그대는 산보할 것인고? 마담, 그대는 말할 것인고?
마담, 그대는 나와 산보하고 말할 것인고?

그대는 내개 나의 마음의 열쇠를 주리라,
그리고 우리는 죽음이 우리를 떼어놓을 때까지 결혼하리라.
나는 산보하리라, 나는 말하리라,
나는 걸을 지라 그리고 그대와 말할지라.

그러자 그때 Anna는 그녀의 결혼 의식을 기억하나니, 즉 우리는 죽음이 우리를 떼어놓을 때 까지, 혹은 델타가 우리를 분리시킬 때까지【626.31-32】우리는 결혼하리라. ALP는 델타를 통과하고 있는지라 그것은 에스파르토 풀로 넘쳐 자라고 있다. 그러나, Anna의 HCE와 그들의 결혼 생활의 즐거움 과 두려움의 기억들은 거의 끝났도다. 이제 죽음은 과연 그들을 떨어놓게 하리라.

그녀가 자신의 남편과 이이들로부터 작별을 말하고, 헤어지기를 균형 잡은 채, Anna는 제일 먼저 작별에 커다란 유감을 느끼나니, 그리고 그녀는 안경을 쓰고 남편을 보다 분명히 볼 수 있었으면 바란다. 그러나, 그녀의 시각은 그녀의 숨결처럼 실패하고 있도다【626.32, 34-35】.

그리고 이제 그건 작별이라 할 수 있을까【626.33】? 그 말과 함께, 아나 리비아는 더블린의 사장을 건너고, 거친 애란 바다 속으로 쓸고 들어간다. 우리는 이 점에서 그녀

가 죽기 시작함을 알고 있으니, 즉 작품의 마지만 3페이지에는 여기 6개의 핵심 단어들이 있는바, 그들은 만의 입구에서 사장을 통과할 때 죽음을 서술하는 유명한 시를 추출하리라ㅡ테니슨의 "사장을 가로지르며"를.

그토록 많은 분담된 핵심 단어들과 구들을 가지고, "사장을 가로지르며"는 아나 리비아의 독백의 클라이맥스를 통해 대위법적으로 메아리 칠 듯도하다. 테니슨의 위대한 시구 "무변의 바다로부터 떨어져 갔나니/ 재차 귀향을"은 아나 리비아의 특권을 정확히 서술하도다. 그녀는 한때 자신의 위대한 아버지인, 대해大海의 심연으로로부터 나와, 이제 그녀는 가정을 향해 재차 돌아가고 있는지라,

〈사장을 가르며〉

일목과 저녁 별,
그리고 나를 위한 하나의 분명한 부름!
사장의 신음은 없으려니,
내가 바다로 나갈 때.

그러나 이러한 조류는, 움직이며, 잠자는 듯,
소리와 거품을 위해 너무나 충만히,
무변의 심연으로부터 끌고 나와
재차 집으로 향하도다.

황혼과 저녁 종,
그리고 그 뒤로 어둠!
작별의 슬픔은 없으리라,
내가 출항할 때.

그러나 '시간과 장소'의 우리의 영역領域으로부터
홍수는 나를 멀리 나르리라,

나는 나의 도선사導船士의 얼굴에서 얼굴에로

내가 사장을 건넸을 때.

   그녀는 사장을 건너고, 그녀는 다른 조류와 바다의 보다 찬 물과 신선한 염수의 다른 혼성을 느끼기 시작하도다. 그녀의 해수처럼, 그녀의 마음은 자신이 더블린 만에 작별을 말하고, 애란 해 속으로 끌려들어갈 때 그녀의 마음은 얽히도다. 그녀가 가족으로부터 떨어질 때 한 가닥 비극의 음조가 그녀의 흐름에 들어가도다. HCE는 그녀로부터 변화하고 있으며—그는 이제 저락한 남편이 아니요 우대한 바다 자체여라. 혹은 그녀는 변하고 있는가? 그래요, 그녀는 그녀의 침침한 마음과 그녀 자신의 신선한 물을 회색시키는 해수 속에 엉키고 있도다. "상상쾌하면서 그리고 하견하게 하면서"【626.35-627.1】

   그녀는 자신의 합친 아들, 애인과 남편이 새로운 아내, 언덕으로부터 그녀의 딸로부터 회전하고 있음을 느끼는지라. 이 해갑海岬에서 Anna는 결혼의 자기 특권을 양도하며, 위크로우 언덕으로부터 그녀의 자리를 갖기 위해 춤추고, 이 젊은 신부로서 즐기도다. 말의 모든 의미에서 "다가오며", 그녀의 습진 최 후부 속에 수영하며 【627.3-4】. Anna는【202.26-27】의 한갓 메아리 속에 모든 젊은 상속자를 상상하도다. 그때 그녀 자신 온통 이탈리아의 솔타레라를 춤추나니【627.4-6】. 그녀는 HCE의 늙은 자신을 연민하는지라 그녀는 과거 그랬고, 그리고 그는 그녀와 함께 죽으리라. 이제 보다 젊은이는 거기 있나니, 그녀가 수평선상의 그녀의 아들의 불꽃을 서술할 때.

   여기 그녀의 독백에서 가장 부드럽고 아름다운 구절들의 하나에서, Anna는 새로운 부부에게 충복을 선언하도다. 그녀는 새로운 결혼에 관한 불안을 극복하려고 노력하며, 그녀 자신의 초기 젊음의 귀한 회상으로 끝나리니, 그녀가 젊은 HCE를 위해 그녀의 작은 구름으로부터 "추락"할 때【627.7-12】. 작은 그름으로서 그녀의 평화스런 생을 서술하는 그들의 음률은 정교하도다.

   행복할지라, 사랑하는 이들이여! 내가 잘못이게 하옵소서! 왜냐하면 내가 나의 어머니로부터 나떨어졌을 때 그러했듯이 그녀는 당신에게 달콤할 지라. 나의 크고 푸른 침실, 대기는 너무나 조용하고, 구름 한 점 거의 없이. 평화와 침묵 속에. 내가 단지 언제나 그곳에 계속 머물 수 있었다면. 뭔가가 우리를 실망시키나니. 최초로 우리는 느끼는도다.

언어학자들은 모음 전환으로서 "실패하다, 실감하다, 실추하다"(fail-feel-fall)의 모음의 변화를 서술하리라, 그리고 작은 방울의 추락이 입의 혀의 움직임에 의해 어떻게 우상적으로 행해지는지를 서술하리라. 다시 말해 입의 밑바닥까지 거기에는 "실패하다"와 "실감하다," 이어 "실추하다"에서 단단한 입천장까지 솟음이 있도다.

아나 리비아가 다시 귀가할 때. HCE에 대한 그녀의 불평이 그의 선행사의 해산처럼 나오는지라, 그녀는 그녀의 가정, 위대한 바다를 냄새 맡나나, 그것을 그녀는 단지 어렴풋이 찾아낼 수 있다【627.24-25】. 자유의 흥분적 부르짖은 커다란 비극적 애통哀痛으로 변하도다.

위대한 애통은 시작하거니와, "그리하여 세월은 오래고 오랜 슬프고 오래고 슬프고 지쳐 나는 그대에게 되돌아가나니, 나의 냉부冷父, 나의 냉광부冷狂父, 나의 차갑고 미친 공화恐火의 아비에게로…"【627.36-628.1】. 강의 애도의 솟는 모음의 소리—대담, 나쁜, 흐린, 오랜, 슬픈, 피곤한, 찬, 미친, 공포의—신음하는 바다는 애통으로 종이 울리고, Anna와 독자를 오락가락 대양의 양팔 속으로 몰아넣는지라, "단조신음하면서"(moananonaning)【U 62】. 이 말은 리어의 아들인, 애란 해신 Mananaan의 이름을 포함하고, 아마도 〈율리시스〉에서 AE(조지 럿셀)에 의한 시행詩行의 패러디를 따른다.

그대의 파도와 더불어 그리고 그대의 해수와 더불어 그들 위로 흘러라, 마나난, 마나난 맥크리어【U 155】.

Anna의 냉한 광한 공화의 아버지인, 대양은 요정의 인물로서 넓이에 있어서 수수 마일 거대한 정령—모일은 아일랜드와 스코틀랜드 사이의 바다이다. 그의 단지 광경이란, 그녀가 그에게 되돌아 갈 때, 그이 속에 소금과 침니沈泥의 혼성은, 그녀를 그의 양팔 속으로 두려움으로 퇴색 시키나니, 저 무서운 갈래로다. 〈피네간의 경야〉의 창작 노트에서 한 특별한 구절은 우리에게 말하는지라, 그녀의 아버지의 양팔 속으로 돌진하는 한 젊은 소녀를 명시적으로 서술하는 동안, 그것은 또한 제임스 조이스이요,

그토록 많은 세월 뒤에, 그는 그의 어머니를 접촉하려 했도다.

> 그리고 그건 늙고
> 늙은 그것
> 지쳐 나는 가고
> 되돌아 그대에게,
> 나의 냉부☧父여,
> 어머니
> 그리고 늙고 그건 슬프고
>
> 그리고 늙고 그건 슬프나니
> & 지친 어머니
> 나는 그대에게 되돌아갈지니.
> 나의 냉부여
> 나의 냉하고 광한
> 부여, 나의 차거운
> 미친 흐린
> 부父여, 하지만
> 그의 광경은
> 나를 소금멀미로 만드나니
> 나는 당신 속으로
> 당신의 양팔

조이스는 그의 인생의 종말에 그의 어머니의 죽음으로 오락가락한 것은 확실히 사실이다. 스티븐이 이클레스 가로부터 걸어 나갈 때, '아들'의 운명에서 도망친 뒤, 그는 그럼에도 불구하고 그의 마음에 그의 어머니의 죽음의 침상에 울렸던 '죽음을 위한 기도'의 메아리를 듣는다.

'릴리아따 루떨란띠움. 뚜르마 치르꿈데뜨(백합처럼 환한

한 무리의 참회자. 그대를 둘러싸게 하소서).

이우빌란띠움 떼 비르기눔. 코루스 엑시뻬아뜨(처

녀들의 영광의 합창대. 그대를 맞이하게 하소서).【U 578】

이 주제는 〈피네간의 경야〉에서 재 강조된다. 즉, 우리가 보았을 때, III.3에서 토루土壘의 깊이로부터 부르짖음의 하나는 조이스 그이 자신으로부터 아주 있을법하게도 나오거니와, 그의 신념을 재 강조하고, 그를 그녀의 팔 안에 감싸기 위해 죽은 어머니를 요청하는 것이다. 그러나, 결국, 〈피네간의 경야〉의 최후의 구절의 마지막 번안에서, 조이스는 그러한 충동을 억제하고, 냉부인, 대양으로부터, 그리고 그녀의 불타는 아들로부터 죽어가는 어머니를 분리했는지라, 그들 양자는 그녀의 애인들이다. 태양의 열기와 대양의 냉기는 아나 리비아로 하여금 작은 구름처럼 솟아올라, 새로운 아나 리비아가 되게 하기위해 대지 위로 여행을 하게 하도다.

이 위대한 애도에는 어떤 매력적인 양상들이 있다. "늙은-슬픈-지친" 그리고 "냉광부"에서 낮은, 중간의, 그리고 높은 모음의 소리들은 【627.25-26】에서 "대담한-나쁜-흐린"에 의해 예상되었을 것이다. 조이스는 이러한 방책을 밀턴의 "리시다스"로부터, 소리의 긴 뺄음 위에 열쇠 음소音素의 메아리를 배웠다. 이 시는 바다의 죽음에 관한 또 다른 시요, 그것은 〈율리시스〉에서 아주 탁월한 역할을 하는지라, "리시다스"의 밀턴 시를 통해서, 악센트의 모험들, *ee/oh*의 유형을 수립하고, 이는 〈율리시스〉에서 인용된 유명한 시행으로 인도한다,

   ─ 울음을 멈추어라, 슬픈 목자牧者여, 울음을 멈추어라

   너의 슬픔, 리시다스는 죽지 않았나니,

   비록 바다 속 밑바닥에 잠겨 있어도…【U 21】

아나 리비아 자신의 애인에 대한 부름이 귀에 들렸고, 그녀는 부드러운 아침의 안개 낀 향기를 통해 부父/부夫자子의 양 팔이 솟는 것을 본다【628.4-5】. 그녀가 갈망하고 두려운 "삼지창"은 그녀의 애인의 양 팔이나니, 그러나 그들은 또한 성스러운 향

그릇인, 향로(thurible)이다. 무서운 창칼은 19세기 미국 시인 월드 휘트먼(Walt Whitman)의 강력한 해돋이 장면을 야기시킨다.

> 날이 새는 것을 보기 위해
> 작은 햇빛이 광대하고, 희미한 그림자를 흐리게 하도다.
> ……
> 내가 볼 수 없는 어떤 것이 본능적 창칼을 치세우는지라.
> 밝은 주스의 바다가 천국을 퍼트리도다.

아나 리비아는 더 이상 분명히 볼 수없으나, 그녀는 자기를 사로잡기 위해 추켜 든 무거운 "본능적 리비도의" 쇠창을 보도다. 이것은 정확히 〈피네간의 경야〉의 마지막 페이지의 행동이나니— 바다와 강, 대지와 하늘의 성적 접합으로, 그것은 책의 유일하고 완전한 성적 연합을 마련하거니와, 이것은 책의 마지막 문장과 첫째 간의 침묵에서 일어난다.

그녀의 애인의 무서운 양팔은 접근하는 죽음에 그녀의 커다란 슬픔을 발산했거니와, 인생의 한두 순간을 청구한 다음에【628.5-6】, 그녀는 사랑의 꿈 속으로 녹아든다. 그녀는 자기 자신에게 그녀의 늙은 인생을 상기시킨다. 그녀의 모든 나뭇잎들이 그녀로부터 표류하는지라, 하나를 재외하고 모든 것. 그리고 그녀의 부/ 자/ 부의 어깨 위에, 대양의 조류 위에 떠돈다【628.6-9】.

그러나 한 잎이 아직 매달려 있도다. 나는 그걸 몸에 지닐지라. 내게 상기시키기 위해. 리(피)! 너무나 부드러운 이 아침, 우리의 것. 그래요. 나를 실어 나를 지라, 아빠여, 당신이 소꿉질을 통해 했던 것처럼! 만일 내가 방금 그가 나를 아래로 나르는 것을 본다면 하얗게 편 날개 아래로 그가 방주천사方舟天使 출신이 듯이. 나는 사침思沈하나니…

그것은 아빠에게 메리 조이스가 아이를 장난 감 시장으로 대려다 주도록 부르짖는 울음이요, 이는 그녀가 황홀 속으로 침잠할 때 죽음의 침상위의 매리 조이스에 의해 행해지는 실질적 호소일지니 — 그녀의 아들, 제임스에 의한 또 다른 공물이도다.

아나 리비아는 비록 이 점에서 거의 장님일지라도, 그녀는 저가 앞에 불타는 태양을 아련히 보나니, 그리하여 이미지가 그녀의 사랑받는 거인을 위해 경외敬畏를 생성하도다. 만일 그녀가 자기 위를 그가 억누르는 것을 본다면, '하얀 날개' 아래 출범하는 범선처럼 접근하면서 — 다시 말해, 바람에 펼쳐진 모든 돛과 함께 — 그녀는, 단지 그를 숭배하고, 세족洗足허기 위해, 그의 발 위로 경외 속에 "겸허히 벙어리로" 침몰하리라【628.9-11】. 그녀의 아들 태양은 그녀의 침침한 눈앞에 불타고 있는지라, 마치 천사 장 마이클처럼 환하게. 솟는 태양은 또한 재조립된 험프티 덤프티이요, 또한 예수, 그의 발을 씻고 있는 매리 마가다린의 역할을 하는 아나와 함께. 아나는 그녀의 애인이 양팔인, 무서운 쇠창을 더 이상 겁내지 않는 도다. 그녀의 "설거지"(washup)는 또한 그녀의 새로운 애인에 대한 그녀의 숭배여라.

최후의 장쾌한 문장들은 그녀 자신의 애사愛死 속으로 죽어가는 아나를 보여준다【628.11-15】.

그녀는 조류에게 yes를 말하는지라, 아나의 "Yes"는 〈율리시스〉의 무아경의 종말에서 몰리의 "Yes"를 메아리 한다.

거기 첫째로 우리가 사랑하는 곳이 있는지라, 리오폴드와 함께 그녀의 최초의 성적 만남을 기억하는 몰리처럼, 아나의 최후의 생각들은 그녀의 최초의 사랑 짝 집기에 관한 것이다.

우리는 그때 숲을 지나 통과했는지라(We passed through the bushes then)". 그리고 이제 그녀는 자신이 대지를 위에 남기고 떠나기 전에 해초의 마지막 잔디를 통과한다.

쉬! 갈매기, 한 마리 갈매기 먼(4.Far)갈매기들(Whish! A gull, gulls, four gulls)" 갈매기들은 4노인들이 II부 4장의 트리스탄과 이솔트의 시작에서 그러하듯, 바다 입구 주위를 비산하도다. 그리하여 그때 그들은 세계의 모든 항구 주위를 선회하나니.

멀리 그리고 가까이 다가오며(Coming far and near). 여기 갈매기들은 곰퍼스의 모든 점들로부터 도래한다. 또한 멀리 다가오며. 그리고 마침내, 테니슨(Tennyson)의 "한가지 맑은 부름"이 아니 리비아에 의해 들리는지라, 그녀는 결국 대답한다 "멀리 다가오며【628.13】. 아나 리비아는 바다인, 그녀의 부父에 다가온다. 바다는 또한 그녀의 애인이요, "오도다"는 오르가즘의 의미를 지닌다.【194.22】에서 그렇게 하듯, 거기 우리의 잔디갈색(turfbrown) 모母는 그녀의 아들들에게 처음으로 "다가오기" 시작한다.

여기 끝일지라"(End here)"는 아나 리비아의 죽음의 시점을 기록하는바, 그것은 사랑-죽음이요, 그녀의 "Liebestod"는 오페라에서처럼, 바다 가에서 노래된다. 그것은 또한 서술적 "시간"의 종말을 기록한다, 마치 리피 강의 실패한 힘이 더 이상 낮은 퇴조에 의해 더 이상 운반되지 않는 듯, 그리고 그녀는 차가운 바다 속으로 유입한다. 이어 간조의 최초의 힘은 그녀를 포용하고, 사랑의 최초의 성공적 행위가 시작한다.

우리는 "이어"(then). 그녀는 그녀의 애인, 결합된 태양과 바다, 그녀의 부자父子 손, 그리고 그녀의 대량부大洋父, 차자自者는 열하게, 타자他者는 냉하게, 연결된다.

핀, 다시! 뺐다"Finn, again! Take". 책의 최후의 장에서, 우리는 책의 제목을 듣나니, 피네간+웨이크(Finnegan + Wake)이라. 또한, 피네간이 아나 리비아를 빼앗는 그녀에 의한 권유가 그녀를 날라, 사랑으로 그녀를 빼앗는다.

그러나 부드럽게, 나를 기억할지라(But softly, remember me Bussostlhee). 나를 부드럽게 가질 지라, 나를 상양하게 키스하라, 그리고 나를 기억하라. "나를 기억하라!"는 Purcell의 *Dido and Aeneas*에서, 그녀의 죽음 전에 디도의 위대한 부르짖음이다.

그대 수천 년까지(Till thousendsthee). 여기 3개의 덴마크 말이 있나니, til(to), tusend(thousand), dyb(deep). 아나는 그녀를 기다리는 대양의 거대한 깊이를 느끼는 듯하다─1천길 깊이까지.

들을지니. 천국의 열쇠. 주어버린 채!(Lips. The keys to heaven are given). 위대한 애인이 그의 입술로부터 인생의 열쇠를 아나 속으로 통과하는 키스이다. Boucicault의 〈아나-나-포그〉(Arrah-na-Pogue)에서 노라가 자유를 위해 그녀의 양 아빠에게 건네는 키스를 사용하듯, 여기 그것은 사랑받는 아나있나니, 그녀는 이전에 7마디 말로 죽는지라, 그녀는 키스로서 그녀의 애인에 의해 사랑의 열쇠를 빼앗긴다.

우리는, "천국의 열쇠" (The Keys of Heaven)란, 노래를 이전에 들었는지라, 책의 바로 종말애서 단편으로 이를 상기한다. "열쇠. 주어버린 채" (The keys to. Given!)【628.15】. 그들은 아나의 아들/남편/아비의 사랑-죽음과 부활로 저항할 수 없는 초대를 형성한다. 이러한 말들은 〈피네간의 경야〉의 최후의 페이지들을 통해 다시 울린다.

나는 천국의 열쇠를 그대에게 주리라. / 마담, 그대는 걸을 것인고? 마담, 그대는 말할 것이고? 마담, 그대는 나와 걸으며 말할 것인고?

한 길 한 외로운 한 마지막 한 사랑 받는 한 기다란 그(a way a lone a last a loved a long the). 이 최후의 구는 여태 쓰인 가장 완벽한 약강오보격(iambic pentameter)의 시행이다. 그리고 그것은 〈율리시스〉의 최후의 구절처럼, 타당하게도, 여성의 종말을 갖는다. 이 행은 또한 성(sex)의 리듬을 지닌다. 첨가하여, 말들은 아나 리비아의 3두음 중 2개를 지닌다. 전체 구는 "멀리, 마침내 홀로—그리고 사랑 받도다!—강을 따라 달렸나니" 이라, 시인 코리지(Coleridge)의 비경秘境의 강인 알파(Alph)처럼, ALP는 인간에게 측정할 수 없는 동굴을 통해 죽음과 부활의 샛길로, 책의 시초의 호우드 성과 주원에로 되돌아, 달린다.

이어, 사랑 받는(a loved) 이란 구와 함께, 조류는 되돌아, 강은 뒤를 향해 흐르기 시작하는지라 '시간'과 '공간'은 사랑의 위대한 행위가 시작하자, 재차 시작한다.

【619.20-628.16】 ALP의 최후의 독백 본문, 그녀, 바다로 흘러가며.
최후의 독백은 조이스가 여태 쓴 가장 아름다운 에피소드인지라, 그가 기초起草한

최후의 페이지들을 함유한다. 다시 한번 그것은 '강'과 연관한다. 그러나 이제 강은 죽어가는 노파의 목소리로 말한다. 그것은, 특히 〈더블린 사람들〉의 "죽은 사람들"과 비교되는, 주제의 사실적 및 감동적 취급에 기초 하는지라 어떤 비탄에 바탕을 두고 있다. 노파는 그녀의 경혼 생활의 행복한 나날, 아이들의 기쁨, 남편과 호우드 언덕에로의 산보를 말한다.

【619.20】 아나 리비아 Plurabelle의 마지막 유명한 독백은 일반적으로 〈피네간의 경야〉의 모든 것 가운데서 가장 접근하기 쉬운, 가장 덜 불가해한, 가장 명료하고 감동적인 구절로 사료된다. 앞서 제I부 제8장의 〈여울목의 빨래하는 아낙들〉 후로, 아마도 가장 잘 아려져 있다. 그것은 열린 바다에로, 더블린의 만灣과 저편에로, 지나는 선창들 곁으로, 흐르는 강의 동작, 그의 부두가의 달림에 있어서 마지막 단계를 표현하도록 구조되어 있다. 그러나 이러한 것을 넘어, 〈피네간의 경야〉의 위대한 여주인공인 그녀의 기억은 살아진다. 그녀는 심지어 그녀가 나이로부터 젊음에로 통과할 때 그녀 자신의 그리고 그녀의 남편의 인생을 잊어버린다. 그녀는 한 쭈그렁 할멈으로, 잠에서 깨어나고, 일어나며, 한 노인을 일어나도록, 옷을 입도록, 기억의 골목길을 그녀와 산보하도록, 권장 받는다. 그녀는 아이들을 위안하고, 그들을 씻기고, 덮어주는 어머니이다. 나아가, 그녀는 한 공격적 구애 자에 의해 추욕醜辱 당하는 한 젊은 소녀이다. 그리고 마지막으로, 그녀는 거친 부친의 공포 속에 지새우는 소녀-아이이기도 하다.

이 구절은 음률에 딴판으로, 거의 갑작스러운지라, 전환적, 연결적 막간이 없다. 문체에 있어서도 그것은 유독하다. 우리는 여타 다른 곳에서 증명되던, 정교하고, 밀집된 어구-구조를 발견하지 않으며, 제한성制限性이나 괄호성括弧性이 거의 없다. 오히려, 이 계속적인 9페이지의 서술적 단락은 짧은 문장들과 많은 단절되고 결절結節된 것이다. 언어는 일반적으로 단순하고 직설적으로, 생각하기보다는 이야기하는, 그리고 무언의(아마도 무의식의) 청취자에게 이야기 된다. 단지 최후를 향해 강이 망각과 무명으로 돌입할 때, 그녀의 독백獨白(monologue)은 유백唯白(soliloquy)으로 바뀌고, 우리는 아마도 최후의 페이지에서 작가 자신의 전능한 목소리(authentic voice)를 탐색할 수 있으리라.

HCE의 밤은 이제 아득히 멀다. 과부의 편지-메모가 만사는 지나갔음을 우리에게 알린다. 낮의 접근과 함께, HCE와 ALP의 신비적 잠의 신분은 갈라졌다. 각자는 단지 자기 자신, 분리되고, 3차원으로, 홀로 남는다. 남자의 형태가 굴렀나니, 여자는 이제 그로부터 급히 흘러간다. 그녀의 최후의 독백, 비평가의 말대로, "모든 문학의 가장 위대한 구절 중의 하나"(Campbell. & Robinson 【355】)인, 이 구절이야말로, 그녀가 늙고, 지치고, 도시의 오물로 더럽혀진 채, 더블린을 통해, 바다로 되돌아 갈 때, 리피 강의 엘레지(비가)가 된다.

[재차 본문]

【619.20】 연우軟雨의 아침, 그녀는 거의 안개와 다름없는 부드러운 가랑비 속에 싸인 도시에 인사한다. 날씨가 악화한다. 이 구절의 종말에 비는 만의 차고 무심한 물결 위에 세차게 부딪친다) 찰랑! 물소리, 그녀는 리피(강) 엽도락화葉跳樂話하나니, 졸졸! 잎 하나가 물위에 떨어진다. 그러자 바로 또 한 잎 그리고 이내 다른 잎들, 마침내 강은 잎사귀들의 모자이크로 얼룩진다. 그것은 나의 황금 혼행차婚行次를 위한 것이나니. 그녀는 험프리를 잠에서 깨우려고 애 쓴다. 자 이제 일어나요. 가구家丘의 남자여, 당신은 아주 오래도록 잠잤도다! 기용起用할지라. 열반구일도涅槃九日禱는 끝났나니. 나는 엽상葉狀인지라, 당신의 황금녀黃金女(your goolden), 그렇게 당신은 나를 불렀나니. (과장자誇張者) HCE가 군침 흘리며 잠에서 깨자 그녀를 "goolden" 이라 부르는데, 이 말에서 우리는 조이스 자신의 어머니, 그녀의 처녀 명인 May Goulding을 직접 느낀다) 당신은 너무 군침 흘렸나니. 나는 너무 치매恥魅했도다. 이제 그녀는 기분이 좋고 휴식했는지라. 당신에게 감사, 야우 하품. 여기 당신의 셔츠가 있어요, 당신의 칼라. 또한 당신의 이중피화二重皮靴. 뿐만 아니라 긴 털목도리도. 그리고 여기 당신의 상아빛 작업복.

Lsp!⋯Lpf!⋯Lispn!". 이는 〈햄릿〉에서 "List" 하고 부왕의 유령이 햄릿에게 당부하는 말【I.V.22-26】로서, 아나의 위대한 독백은 이로 시작하는데, 이 부름은 그녀의 계속되는 독백에서 4번 더 반복된다. "두갑頭岬에서 족足까지 몸을 눕힌 채." ALP는 머리에서부터 발끝까지 기운 체 누워있는 HCE에게 말을 걸고 있다. 그녀는 그에게 "일어날 지라, 가구家丘의 남자여" 하고 말하는데, 그 이유는 시간이 바로 회귀 (recorso)의 순간이기 때문이다. 이는 〈햄릿〉에서 "망토로 무장한" 부왕 햄릿(HCE)에 대한 많은 언급들 중 최후의 것이다. ALP는 HCE에게 일어나도록 재촉 하는지라, 왜냐하면 그들은 이제 보다 젊은 세대에 의하여 환치換置될 것이기 때문이다. 그녀는 그를 위안한다. 당신 속에 (마치 햄릿-스티븐, 젊은 조이스, 셰익스피어, "교양 있는 팔방미인"(a cultural allroundman) 블룸(Bloom)처럼【193】, 또한 위대한 시인詩人이 있는지라.

【620】 ALP는 누워있는 남편을 다른 사람으로 생각한다.

당신은 벅클리 탄일복誕日服을 입으면 샤론 장미薔薇, 빈부실貧不實 애란, 자만갑自慢匣 엘 비언, 당신은 나로 하여금 한 경촌의驚村醫를 생각하게 하나니…… . ALP에게 HCE는 귀에 고리를 단, 그녀가 아는 어떤 수부(〈율리시스〉의 몰리가 블룸 곁에 누워 회상하 듯)롤 상기 시킨다. 그러나 아마도 그 밖에 다른 사람일지니, 그녀는 확신할 수 없다. HCE로 하여금 일어나, 그녀를 위해 키 크게 서서 멋지게 보이도록 하라. 꽃 피듯, 가장 최근의 모습으로, 누구 못지않게. 그는 빈부실貧不實 애란과 더불어 자만갑自慢匣 엘 비언 될지니, 아니면 암흑의 제국諸國에서 온 혹려마或驢馬의 둔^臀 나귀로. 아이들은 아직 곤히 잠들고 있다. 오늘 학교는 쉬는 도다. 저들 사내들은 너무 반목反目이나니. 두頭놈은 자기 자신들을 괴롭히는 지라. 솀과 숀, 그들은 정 반대로다! 두 강둑 형제들은 남과 북처럼, 확연이 다르다. 그 중 한 놈은 한숨쉬고 한 놈이 울부짖을 때 만사는 끝장. 전혀 무화해無和解. 그들의 상반됨은 그들을 세례수반洗禮水盤까지 끌어낸 두 늙은 옛 친구 아줌마들, 괴짜의 퀴크이나프 부인과 괴상한 오드페블양嬢 때문이라. 험프리는 펀치(Punch)(Judy와 함께 꼭두각시로, 등 혹으로, 악마에 의해 유괴되다)처럼 즐겁나니, 그녀는 기억한다. 그날 그리고 모든 이에게 자랑하며. 그러나 다음 날 밤 그는 온통 변덕쟁이였는지라! 내게 노여움을 폭발시켰도다. 당신이 계집아이를 낳다니 뭘 바라려고 한담! 이씨는 별안간 하늘에서 떨어졌단 말 인고, 볼 지라, 느닷없이! 그녀는 베짱이처럼 여전히 명랑하도다. 슬픔이 통적痛積되면 신통辛痛할지라. 나는 기다릴 지니, 슬퍼하기에 시간은 아직. 그런 다음 만일 모든 것이 사라지면. 내존來存은 현존現存이요, 현존은 현존.

【621】우리의 여정(아침 산보)을 성 마이클 감상적으로 만들게 합시다. 이제 불빛이 사라진 이래 사실상 밝도다. 그래요. 우리는 충분히 밝음을 가졌도다. 그이는 램프를 가져가지 않을지니. 왜냐하면 공기질풍空氣疾風이 더불어 올 테니까. 정말 그녀가 여태껏 기억할 수 있는 가장 부드러운 아침이 도다. 하지만 그녀는 어깨 사울을 위해 그녀의 낡은 핀 바라 견絹을 가져가리라. 나중에 흑소산黑沼産의 롤리 폴리 소시지 맛과 더불어, 숭어는 조반어천朝飯魚川에 가장 맛있나니. 차茶의 싸한 맛을 내기 위해. 그러나 다음 번 당신이 놀월 시장에 갈 때, 당신은 또한 내게 예쁜 새 속치마를 사줘야만 해요(재차 몰리처럼), 놀리. 사람들이 모두 말하고 있어요, 나는 아이작센 제製의 루프라인 선線 하나가 물매지기 때문에 그게 필요하다고. 저런, 명심해요?(그러자 재차 옷가지를 생각하면서, 그녀는 자신에게 그가 약속한 새 양말대님에 관해 그에게 요구할 것을 상기한다, 여기 인칭의 혼돈). 그녀의 권고에도 불구하고, 그는 몸을 움직이거나, 손가락을 뻗을 것 마저 거절하는지라. 발을 아래로 뻗을지니. 조금만 더. 고로. 머리를 뒤로 당길지라. 열과 털 많은, 커다란, 당신의 손이로다! 그녀는 거기 누워있고, 그가 쳐든 머리 모양을 쳐다보지만, 자신은 눈을 감을지니, 늙은 그를 보지 않기 위해서도다. 아니면 그를 통해 한 동정童貞의 젊은이를 보기 위해서로다. 그녀는 잠자는 남편을 통해 젊은 무구無垢의 소년을 보는 도다. 나무 가지를 껍질 벗기면서(수음의 암시), 작은 백마白馬 곁의 한 아이. 희망의 아이. 그러나 험프리는 늙었고 무구와는 멀다. 고로, 우리는 저 시원時院에서 세속종世俗鐘이 울리기 전에 산보를 가질지라. 관묘원棺墓園 곁의 성당. 혹은 새들이 목요소동木搖騷動하기 시작하는지라. 볼지니, 저기 그들은 그대를 떠나 날고 있나니, 높이 한층 높이!

"나는 눈을 감을지니……. 혹은 동정童貞의 한 젊은이만을 보기 위하여, 무구기無垢期의 소년"(I'll my eyes. So not to see. Or see only a youth in his florizel, a boy in innocence). 〈피네간의 경야〉의 끝이 다가오고, 아나 리비아 강이 바다를 향해 흘러가자, Livia의 연가는 아주 감동적인 구절로 이어진다. 그녀는 자신이 HCE를 여전히 사랑하며, 그의 노령을 보지 않기 위해 눈을 감는다—혹은 그에게 그가 한때 젊음의 무구로서, 꽃 피는 나무였음을 단지 보는 척 말한다. 셰익스피어의 〈겨울 이야기〉에서, Florizel은 그의 Perdita처럼 젊고, 자신은 무구의, 보헤미아의 왕자였다.

【622】새들이 우짖고 있도다. 쿠쿠구鳩, 달콤한 행운을 그들은 당신에게 까악 우짖고 있도다. 맥쿨! (그녀의 마음속에, ALP는 자신과 남편이 실지로 이미 산보를 하고 있는 듯 말한다.) 그렇게 큰 활보는 말고, 뒤죽박죽 대음자大飮者여! 당신은 내가 그토록 오랫동안 아껴 온 나의 반도화反跳靴를 찌그러뜨릴지라. 하지만, 그건 아침의 건강을 위해 아주 좋지 않은고? 승림보勝林步와 함께. 당신은 내가 당신을 어디로 데리고 가는지를 아는고? 당신은 기억하는고? 그녀는 그를 자신들이 잘 아는 곳으로 데리고 갈지니, 호우드 언덕 너머. 내가 찔레 열매를 찾아 월귤 나무 히히 급주했을 때, 당신이 해먹(그물침대)으로부터 새총을 가지고 나를 개암나무 위태롭게 하기 위해 큰 계획을 도면으로 그리면서. 나는 눈을 감고도 당신을 거기 인도할 수 있는지라. 그런데 지금도 나는 여전히 당신 곁 침대 속에 누워 있으니, 그들은 홀로요, 그들 이외에 아무도 없도다. 시간. 우리에겐 충분히 남아돌아가는 지라, 과거의 사건들이 재활하기 전에. 사냥개들을 풀어 놓고, 시민들이 그이를 시골 너머로 온통 추적하는지라, 그이가 공원에서 행한 행실 후로 그를 매몰하려 원하면서. 두 말괄량이 처녀들은 자신들이 수탉이 울고 있는 소리를 들었다고 생각는지라, 그와 세 군인들을 보았기 때문이도다. 만일 당신이 방면放免 되면, 모두들 도둑이야 고함치며 추적할 지니, 히스타운, 하버스타운, 스노타운, 포녹스, 프레밍타운, 보딩타운, 델빈 강상江上의 핀 항港까지. 얼마나 모두들 플라토닉 화식원華飾園을 본떠 당신을 잠재우기 위해 집을 지었던고! 그리하여 모두 (여기 화자의 인칭이 수시로 바뀐다).

ALP가 독백하는 구절. "머리에서 발끝까지"(capapole)는 〈햄릿〉에서 부왕의 유령을 묘사하는 말로서, 여기 ALP는 HCE("심지어 칼톤의 적赤 수사슴")를 "capapole"라 부른다. "당신은 이별주무離別酒務로서 접대할 필요가 없는지라, 머리에서 발끝까지……. (And you needn't host out with your duck and your duty, capapole……)."

【623】ALP는 자신이 자신의 반사경에 넋을 잃은 채, 진피眞皮집게벌레가 세 마리의 경주밀렵견競走密獵犬을 가죽 끈으로 매고 사냥 연然하게 귀가하는 것을 보았던 것처럼 생각한다. 그러나 당신은 안전하게 거기를 빠져 나왔는지라. 우리는 노영주老領主(호우드 성의 백작)를 방문할까 보다. 당신 생각은 어떠한고? 그이는 좋은 분인지라. 마

치 그이 앞에 많은 몫의 일들이 진행되었던 양. 그의 문은 언제나 열린 채. 신기원의 날을 위해. 그 분은 당신 자신과 많이 닮았나니. 당신이 지난 식부활절食復活節에 그를 송장送狀했는지라, 고로 그는 우리에게 뜨거운 새조개와 모든 걸 대접해야 할지로다. 당신은 모자를 벗는 걸 기억해요, 여보? 우리가 면전에 나타날 때. 그리고 안녕 호우드우드, 이스머스(지협地峽)각하 하고 말할지니! 그의 집은 법가法家이라. (이 구절은 앞서 프랜퀸의 수수께끼와 비교될 수 있고, 캐드가 피닉스 공원에서 자신의 파이프를 위해 불을 요구하는 장면을 상기시킨다) 아마도 그 분은 제일 먼저 당신을 아모리카 갑옷 기사騎士로 작위爵位하고, 마자르(헝가리) 최고염사원수最高廉事元首로 호칭할지 모르나니. (여기 ALP의 머리는 환상으로 가득 차있다). 그리고 나는 당신의 왕청王聽의 안성여폐하眼性女陛下가 될지로다. 그러나 우리는 헛되나니. 명백한 공상.

ALP 내외는 이제 산보를 떠날 수 있다. 그이는 길을 알고 있나니, 확실히? 애인들은 쌍쌍이 저 아래 서로 사랑하며 누워 있는지라, 도주逃走 성계動의 암말에게 그의 생生의 구산丘山을 부여하면서. 그들은 저곳 호우드 곶 위에 야생의 헤더 숲에 앉아 있을 수 있나니, (마치 그 옛날 블룸과 몰리가 그랬던 것처럼【144】 또는 〈참혹한 사건〉의 Duffy가 피닉스 공원의 벽 그늘의 연인들을 보듯【D 114】.) 나는 당신 위에, 현기정眩氣靜의 무의양심無意良心 속에. 해 돋음을 자세히 쳐다보기 위해. 드럼렉 곶岬으로부터 밖으로. 그곳이 최고라고 에볼라가 내게 말했나니. 그리하여 살펴볼지라. 당신이 기다리고 있는 편지가 필경 다가올지니. 그리고 해안에 던져진 채. 나는 기원하는지라, 나의 배농몽排膿夢의 주남主男을 위해. 외견상으로, 편지가, 조반처럼, 이미 도착한 것을 알지 못한 채, (여기 ALP는 자신과 아들 셈이, 그걸 할퀴거나 소기도서小祈禱書의 대본으로 짜깁기하던 일을 생각한다). 그리하여 편지를 위해 얼마나 호두 알 난지식難知識의 단편을 나는 나 스스로 쪼아 모았던고. 모든 문지文紙는 어려운 것이지만 당신의 것은 분명 여태껏 가장 어려운 난문이 로다, (그녀는 계속 말한다). 그러나 일단 서명되고, 분배되고 배달된 채, 안녕 빠이빠이, 보스 주州, 마스톤 시市로부터(보스 주州, 마스톤 시(여기 Maston, Boss는 Mass. Boston의 역철逆綴로서, ricorso 의 암시).

【624】 (바다에 떠밀린 편지는) 차통茶筒속에 운반된 채. 그의 원통투하圓筒投荷 된 해면海

面 위에. 간들, 간들거리며, 병에 넣어진 채, 물방울. (ALP의 환상) 파도가 그대를 포기할 때는 땅이 나를 위해 도울지니. 우리는 아마 우리의 방갈로 오막 집을 거기다 지을지니 그리하여 우리는 존경스럽게도 서로 동루同樓하리라. 서방님, 나, 마담을 위해. 뾰족한 바벨 원탑圓塔과 함께, 우리는 창문을 통해 하늘의 빤짝이는 별들을 엿볼 수 있으리라. 모든 당신의 지계음모地計陰謀는 거의 무과無果로다! 그러나 나의 근심의 탄歎이여 경칠 사라질 지라, 이제, 자신은 뭘 상관하랴. 그녀는! 투명한 변방邊方 위에 자신의 가정을 꾸렸도다. 나를 위한 공원과 주점. 당신의 야외의 비행卑行(HCE의 공원의 죄)일랑 다시는 시작하지 말지니. 나는 저걸 당신에게 교사敎唆한 캐드(Magrath)의 아내릴리 킨셀라의 이름까지 추측할 수 있나니, 언젠가 어느 좋은 날, 외설의 악선별자惡選別者여, 당신은 다시 적개신赤改身해야만 하도다. 나는 내가 지닌 최애엽最愛葉의 의상衣裳을 너무나 세세히 즐기는지라. 당신은 앞으로 언제나 나를 최다엽녀最多葉女로 부를지니, 그리고 당신은 나의 파라핀 향유香油를 반대하지 않을 지라, 취臭! 그건 작금昨今 예스터 산産의 고산미소高山媚笑로다. 최고가신最高價神에 맹세코! 터무니없는 도부화都腐話. 위대노살탈자偉大老殺奪者! 그녀는 단지 그(노르웨이 선장)가 누군지 아나니. 그는 자신의 양복을 몹시 압박壓迫하고 있다고 말했을 때 나는 말했는지라 당신 거기 있나요 여기는 나밖에 아무도 없어요. 브래이(젊은 조이스의 한때 주소. 〈젊은 예술가의 초상〉 제1장 참조)에 있는 당신의 유형제乳兄弟가 그 지역에게 이야기하고 있는지라, 그것이 옳은고? 당신은 양친이 스스로의 금주맹세를 한 후에 남편은 불결벽로대소不潔壁爐臺所 속으로 언제나 굴러 떨어지며, 아내는 수장절收藏節 페티코트를 잃어버리기에 브로스텔 감화원에서 자신이 자랐다고 허풍떠는 것을, 당신은 내게 잘 했는지라! 왕새우 껍질을 먹을 수 있는 지금까지 알려진 유일한 남자였나니, 우리의 원초야…

【625】당시 당신은 나를 친 사촌 저민으로 두 번 오인誤認했나니 그리고 수가발鬚假髮을 나는 당신의 클락섬 가발업자假髮業者의 뺨 속에서 발견했도다. 당신은 필경 파라오 왕을 연출할지니, 당신은 요정족妖精族의 왕이로다. 당신은 확실히 가장 왕연王然의 소동을 피우고 있는지라. 나는 산보 도중 모든 종류의 허구사虛構事(메이크압)를 당신에게 말할지니. 우리가 지나는 모든 단순한 이야기, 그 장소에 당신을 안내할지라. 옛 주민들의 약간은 아직도 거기에. 허곡촌虛谷村 중의 허별장虛別莊. 애진옥愛盡屋은 여전하

고, 성당규범敎會規範은 강행强行하고 그리고 크라피의 제의사업祭衣事業도 그리고 우리의 교구허세敎區虛勢도 대권능大權能이도다. (그녀는) 저 동사인同四人들(단골손님들인 4복음자들)에게 물어봐야만 할지니, 그들은 그대의 볼사리노 모帽를 쓰고 언제나 주매장酒賣場에 기분 좋게 앉아있나니, 자신들은 코날 오다니엘의 최고유풍最高遺風이라 말하면서 그리고 홍수 이래의 핀갈을 집필하면서. 그리하여 우리가 그곳을 지나면 나는 당신한테 모든 부싯돌과 고사리가 소주騷走하고 있음을 신호할 수 있도다. 그리고 자 봐요, 저 축복받는 교구의 지붕들을! 저건 다방多房 버섯이오, 밤사이 솟아나온 것들. 봐요, 파시어 성전聖殿 지붕의 수세월數歲月을. 성당 위의 성당, 연중가옥煙中家屋. 당신의 큰 걸음을 유의해요 그렇잖으면 넘어질지라. 그리고 여길 봐요! 이 캐러웨이 잡초씨앗. 예쁜 진드기들, 나의 감물ㅂ物들. 나는 너무나 오랫동안 첩침疊寢했는지라. 만일 내가 1, 2분 동안 숨을 죽인다면, 말을 하지 않고, 기억할지라! 한때 일어난 일은 재삼 일어날지니. 왜 나는 이렇게 근년연연세세近年年年歲歲동안 통주痛走하고 있는고, 총이엽總離葉된 채. 나는 곧 리피 강 속에 다시 시작하리라. 내가 당신을 깨우면 당신은 얼마나 기뻐할 고! 정말! 얼마나 당신은 기분이 좋을고! 우선 우리는 여기 희미로稀微路를 돌 지라 그런 다음 더 선행善行이라. 고로 나란히, 재문再門을 돌지라, 혼도婚都(웨딩타운), 론더브의 시장민市長民을 송頌할지라!

【626】 그러나 ALP는 그동안 파도처럼 찰싹 찰싹 오랫동안 이야기했나니. 이제 그녀는 HCE를 떠나야 한다. 그들이 처음 그토록 오래 전에 만났던 곳을 이별해야 한다. 왜냐하면 나(ALP)는 거의 기절할 것 같은 느낌이 드는지라. 심연深淵 속으로. 아나 모러즈강江에 풍덩. 나를 기대게 해줘요, 조그만, 제바, 표석강漂石强의 대조수자大潮水者인 당신. 그래서. 당신이 이브구ㅅ 아담강직剛直할 동안. 휙, 북서에서 불어오는 양 저 무지풍無知風. 마치 키스 궁시弓矢처럼 나의 입 속으로 첨벙 싹 고동치나니! 어찌 그가 나의 양 뺨을 후려갈기는고! 바다, 바다! 여기, 어살(둑), 발 돋음, 섬島 다리橋(Island Bridge. 리피 강의 하구 조류의 합류점) 당신이 나를 만났던 곳. 그날. (ALP의 소녀 시절의 회상) 기억 할지라! 글쎄 거기 그 순간 그리고 우리 두 사람만이? 나는 단지 십대十代였나니, 제단사의 꼬마 딸. 그(HCE)는 마치 나의 부父처럼 보였도다. 그러나 색스빌 가도 건너편의 최고 멋 부리는 맵시 꾼. 그리고 포크 가득한 비계를 들고 반들반들한 석식탁夕

食卓 둘레를 빙글빙글 돌면서 한 수척한 아이를 뒤쫓는 여태껏 가장 사납고 야릇한 남자. 하지만 아무튼 그는 나를 경치게도 좋아했는지라. 하지만 우리가 이전에 만났던 것을 그는 결코 알지 못했나니. 밤이면 밤마다. 그런고로 나는 떠나기를 동경했는지라. 한때 당신은 나와 마주보고 서 있었나니, 꽤나 소리 내어 웃으면서, 지류枝流의 바켄틴 세대박이 범선 파도 속에 나를 시원하게 부채질하기 위해. 그리고 나는 이끼 마냥 조용히 누워있었도다. 그리고 언젠가 당신은 엄습했나니, 암울하게 요동치면서, 커다란 검은 그림자처럼 나를 생판으로 찌르기 위해 번뜩이는 응시로서. 그리하여 나는 얼어붙었나니 녹기 위해 기도했도다. (몰리의 회상처럼) 나의 입술은 공희락恐喜樂으로 창백해 갔도다. 어떻게? 어떻게 당신은 말했던고 당신이 내게 나의 마음의 열쇠를 어떻게 주겠는지를. 그리하여 우리는 사주死洲가 아별我別할 때까지 부부夫婦로 있으리라. 그리하여 비록 악마가 별리別離하게 하더라도. 오 나의 것! 단지, 아니 지금 나야말로 양도하기(떠나기) 시작해야 하나니. 연못(더브) 그녀 자신처럼. 그리하여 지금 작별할 수 있다면? 아아 슬픈지고! 나는 이 만광灣光이 커지는 것을 통해 당신을 자세히 보도록 보다 낳은 시선을 가질 수 있기를 바라노라. 그러나 당신은 변하고 있나니, 나의 애맥愛脈이여, 당신은 나로부터 변하고 있는지라, 나는 느낄 수 있어요. 나는 뒤얽히기 시작하는 지라(강과 바다). 상상쾌上爽快하면서…

여기 ALP는 Islandbridge에서 강과 바다가 합류하면서, 자신은 전율한다. 한 가닥 갑작스런 바람이 그녀를 얼린다. 그녀는 단지 과거 10대였나니, 그러자 제단사의 딸을 회상한다. 그리고 재단사는 "포크 가득한 비계를 들고 반들반들한 석식탁夕食卓 둘레를 빙글빙글 돌면서 한 수척한 아이를 뒤쫓는 여태껏 가장 사납고 야릇한 남자" 였다. 그것은 오래 오래 전이었다. 그러나 그녀의 기억은 쇠퇴해 가고 있다. 그녀는 죽음을 감각하고, 그녀의 강물이 바다와 혼성하고 있음을 안다. 그녀는 통과하고 있다. 그녀의 자리에는 타인이 대치할 지니, 이는 〈피네간의 경야〉 제1장 말미의 핀(Finn)이 이어위커에 의해 대체됨과 유사하다. "그는 (그)이(E)라 그리하여 무반대無反對로 에덴버러 성시城市에 야기된 애함성愛喊聲에 대해 궁시적窮時的으로 책무責務질지라."

【627】 그래요, 당신은 변하고 있어요, 자부子夫, 그리하여 당신은 바뀌고 있나니, 나

는 당신을 느낄 수 있는지라, 그녀(ALP 대신 딸이 그녀의 자리를 점유할지니)는 다가오고 있도다. 나의 최후부에 부영浮泳하면서, 나의 꽁지에 마도전습魔挑戰濕하면서, 바로 휙 날개 터는 민첩하고 약은 물보라 찰싹 질주하는 하나의 물건, 거기 어딘가, 베짱이 무도하면서. 살타렐리가 그녀 자신에게 다가오도다. 지난 날 그러했듯이 당신의 노신老身을 나는 가여워하는 지라. 지금은 한층 젊은 것이 거기에…. 내가 단지 언제나 그곳에 계속 머물 수 있었다면. 뭔가가 우리를 실망시키나니. 최초로 우리는 느끼는 도다…. 일천년야一千年夜의 하나? 일생 동안 나는 그들 사이에 살아왔으나 이제 그들은 나를 염오하기 시작하는 도다. 그리고 나는 그들의 작고도 불쾌한 간계奸計를 싫어하고 있는지라. 그리하여 그들의 미천하고 자만한 일탈逸脫을 싫어하나니. 그리하여 그들의 작은 영혼들을 통하여 쏟아지는 모든 탐욕의 복 밭침을. 그리하여 그들의 성마른 육체 위로 흘러내리는 굼뜬 누설漏泄을…. 그런데 당신은 한 사람의 시골뜨기일 뿐이나니…. 나는 그들 사이에 나 자신을 볼 수 있는지라, 전신全新(알라루비아)의 복미인複美人(플추라벨)을…. 그리고 모든 걸 나는 혐오하는도다. 나는 고독 속에 고실孤失하게. 그들의 잘못에도 불구하고, 나는 떠나고 있도다. 오 쓰디쓴 종말이여! 나는 모두들 일어나기 전에 살며시 사라질지라. 그들은 결코 보지 못할지니. 알지도 못하고. 뿐만 아니라 나를 아쉬워하지도 않고. 그리하여 세월은 오래고 오랜 슬프고 오래고…

이제 ALP는 떠나가야 할 시간이나니, 왜냐하면 HCE는 재삼 변했기 때문이다. 여전히 두 개의 몸인지라, 그는 그녀가 흘러가야 할 공포의 바다. 영원한 바다인 동시에, 보다 젊은 "자부子夫"(sonhusband)로서, 노인을 대치하며, 나이 많은 ALP를 대치하기 위해, "나의 최후부습最後部에 부영浮泳하면서…언덕 출신인 딸-아내인 새 아내를 택해야 하리라." 요약컨대, 숀-HCE와 Nuvoletta-Isabel-ALP는 그들 양친의 자리를 점령하리라. 노보레타라니? 강이 바다로 들어간 다음, 태양은 물을 증류하여 구름을 만드는지라, 이는 순환의 필요에 따라, 눈물을 강으로 떨어뜨릴 것이요【150】, 고로 이는 영원한 강이 된다. ALP는 여기 독백하나니, "만일 그녀가 좋다면 그녀로 하여금 우지배雨支配하게 할지라," 왠고하니 그녀의 시간이 다가 왔기에. 그리하여 아나는 이제 죽으면서, 달처럼, "고독 속에 고실孤失하도다." 그녀의 모든 근심들, 그녀의 모든 고통들! 그리하여 나를 이해할 자 있으리오? 차갑게 그녀는 죽음을 바라보듯 생을 바라보도다. 그들은 모두 얼마나 외소한고! 심지어 그이도. 나는 당신이 최고의 마차로 뻔쩍하는 줄로 알았다오. 당신은 단지 미약한 존재였나니. 그녀의 가정과 무덤은 그녀 앞에 있도다. 절망하면서, 바다와 파도, 그리고 폭풍우, 그녀는 바다를 염오하나니, 하지만 그를 동경하도다. 아 비참한 최후여!

　"얼마나 그녀는 멋있었던고, 야생의 아미지아, 그때 그녀는 나의 다른 가슴에 포착하려 했는지라! 그런데 그녀가 씀뜩한 존재라니, 건방진 니루나여"(How she was handsome, the wild Amazia, when she would seize to my other breast). 여기 쳉 교수가 지적하다시피, 아나 리비아가 바다 속으로 흘러들어가고, 그녀의 home이요, womb-tomb (샌디마운트 해변의 스티븐의 독백 참조)【40】으로 이울어질 때의 그녀의 비극적 독백에서 우리는 셰익스피어적 인유들, 특히 그의 비극적 여주인공들의 최후의 말들에 대한 암시들을 수없이 발견한다(Cheng 191 참조). 수사水死(이는 재삼 엘리엇의 주제이기도 하거니와) 역시, 물론, 오필리아를 회상시킨다. 아마도 〈오셀로〉의 데스티모나 역시, 여기 아나 또는 C. Marlowe(영국의 극작가), 그의 〈파우스터스 박사〉(Doctor Faustus)(1604)의 주인공처럼, 시간을 호소한다. "그러나 반시간만!…그러나 저가 한번의 기도를 말하는 동안만이라도"(〈오셀로〉【V.ii.81-83】). 〈피네간의 경야〉의 "나는 그를 기도하는지라"(That I prays for)【623.30】 및 "단조신음單調呻吟하면서"(moananoaning)【628.03】라는 구절은, 데스티모나를, 아나의 "바다, 바다"(Sea, sea!)【626.07】(〈율리시스〉의 멀리건의 Thalatta, Thalatta의 외침처럼,)【U 5】은 Faustus 자신의 최후의 연설인. "보라, 보라, 그리스도의 피가 천계에서 흐르도다"(See, see, where Christ's blood streams in the firmament)【V.ii.143】를 인유한다. 죽어가면서, ALP는 오셀로의 Faustus처럼, 외친다. "저들 삼중공三重恐의 갈퀴 창槍으로부터 나를 구할지라!"【628.04-5】. 실제적으로, 멕베드 부인의 최후의 말인. "꺼져라, 저주의 오점이여, 글쎄!…아라비아의 모든 향수도 이 작은 손을 달콤하게 하지 못할지니, 오, 오, 오!"(Out, I say!…All the perfumes of Arabia will not sweeten this little hand. Oh, oh, oh】【V.i.47-48】 구절 역시 아나의 언급을 상기 시킨다. "나의 파라핀 향유香油"【624.24】 및 "천만에! 뿐만 아니라 그들의 향량소음荒凉騷音 속의 우리의 황량무荒凉舞에도 불구하고 그렇지 않도다"【627.26-7】.

　그 밖에도, 이 최후의 단락들에서 HCE 및 ALP와의 나이 먹은 Antony 및 Cleopatra의 유추 등, 셰익스피어적 인유들은 부지기수이다. 아나 리비아는, 리피 강처럼, 하나의 강이다. 나일 강(달과 luna와 함께)과 아마존(Amazon)강 (거친 Anmazia) 또한 여기 언급된다. 나아가 Glasheen 교수는, 〈피네간의 경야〉에서 나일 강과 아마존 강은 셰익스피어의 여왕들인 Cleopatra 및 Hippolyta 임을 암시한다. "아마존"은 통상적으로 "가슴 없는"(without breast)이란 말에서 파생한 것이다.

【627.34】 오 쓰디쓴 종말이여! 나는 모두들 일어나기 전에 살며시 사라질지라. 그들은 결코 보지 못할지니. 알지도 못하고. 뿐만 아니라 나를 아쉬워하지도 않고. 그리하여 세월은 오래고 오랜 슬프고 오래고…

【628.01】 슬프고 지쳐 나는 그대(바다·대양)에게 되돌아가나니, 나의 냉부冷父, 나의 냉광부冷狂父, 나이 차갑고 미친 공화恐火의 아비에게로, 그것의 수數마일 및 기幾마일, 단조신음單調呻吟하면서, 나로 하여금 해침니海沈泥 염鹽멀미나게 하는지라 그리하여 나는 돌진하나니, 나의 유일한, 당신의 양팔 속으로! 저들 삼중공三重恐의 갈퀴 창槍으로부터 나를 구할지라! 고로. 안녕이 브리비아. 나의 잎들이 나로부터 부이浮離했나니. 모두. 그러나 한 잎이 아직 매달려 있도다. O Henry의 그것처럼. 나는 그걸 몸에 지닐지라. 내게 상기시키기 위해. 나를 실어 나를 지라, 아빠여, 나는 사침思沈하나니 나는 그의 발 위에 넘어져 죽으리라. 겸허하게 벙어리 되게, 단지 각세覺洗하기 위해,

그래요, 조시潮時. 저기 있는지라. 우리는 풀草을 통과하고 조용히 수풀에로. 쉬! 한 마리 갈매기. 갈매기들. 먼 부르짖음, 다가오면서, 멀리! 여기서 끝일지라. 우리를 그런 다음, 핀, 다시(어겐)! 가져가라. 그러나 그대 부드럽게, 기억수記憶水할지라! 수천송년數千送年까지. 열쇠는. 주어버리고! 한 길 한 외로운 한 마지막 한 사랑 받는 한 기다란 그

"나는 떠나고 있도다. 오 쓰디쓴 종말이여! 나는 모두들 일어나기 전에 살며시 사라질지라"【627.34】. 이어 최후의 페이지는 〈피네간의 경야〉의 산문시의 극치이다. "삼중공三重恐의 갈퀴 창槍"(재차 핀이 되기 전 일종의 Neptune으로서의 HCE의 상징)을 지닌, "나의 냉부冷父, 나의 냉광부冷狂父, 나이 차갑고 미친 공화恐火의 아비에게로" 나아가면서, ALP는 한 아이가 된다. "먼 부르짖음, 다가오면서, 멀리! 여기서 끝일지라. 우리를 그런 다음, 핀, 다시(어겐)! 취取할지니. 그러나 살며시, 기억수記憶水할지라!" 여기

"기억수" (memememee)란 모든 죽어가는 동물과 분담하는 — 희망 또는 약속의 암시이다. 열쇠. 주어버린 채! 한 길 "부여된", 천국을 위한 열쇠. 이 최후의 구절에서 5개의 부정관사 "a"가 정관사 "the"를 선행하거니와 (A way a lone a last a loved a long the), 이는 〈율리시스〉의 몰리의 최후의 "yes"의 반복과 대등하다. 이들 두 단어들은 감수甘受의 말들이요, 최후의 말인 "the"는 〈피네간의 경야〉의 최초의 단어인 "riverrun"에로 거스른다.

이 최후의 구절에 대해 조이스는 〈제임스 조이스의 점토본〉 (Claybook for James Joyce)의 저자인 당대의 루위 지에 (Louis Gillet)에게 다음과 같이 말했다 한다. 〈율리시스〉에서 나는 잠자려 가는 여인의 중얼대는 말을 묘사하기 위하여, 할 수 있는 한 최약最弱의 단어로 끝맺기 위해 "yes"란 단어를 찾았었는데, 이는 묵시, 자기 기원, 이완, 모든 저항의 종말을 암시하오. 〈진행 중의 작품〉에서 나는 영어에서 가장 매끄러운, 최소한의 말투, 가장 약한 말을 찾아냈다오. 이는 심지어 말이라고 할 수 없는, 이빨과 숨결 사이에 거의 무성의 것이요, 무無 자체인, 정관사 "the"이오." (Gillet 111). 이말("the")의 무세無勢의 미약성은 〈율리시스〉, 〈나우시카〉 장의 문체, 즉 "감상적인, 잼 같은 마말레이드의 유연한" (namby-pamby jamby marmaldy draversy style)을 상기시키거니와, 이는 바로 낮의 세계와 그것의 의식적 직관의 귀환을 나타내는 정관사성定冠詞性(한정성)(definiteness) 바로 그것이다.

이제 ALP의 독백(이의 상황을 Clive Hart는 〈더블린 사람들〉의 〈에브린〉의 종말의 그것과 일치시키거니와, Hart 53-55 참조)을 마감하면서, 우리는 아래 이 고무적 결구에 대한 두 큰 비평가들의 견해를 살펴볼 필요가 있다.

첫째로, Tindall의 결구. 만일, 몽타주를 잊으면서, 우리가 음악의 은유를 계속한다면, ALP의 최후의 독백은 〈피네간의 경야〉의 종곡(coda)인지라, 음률과 핵심에 있어서 그녀의 편지와 그것을 선행하는 레차타티브(서창敍唱)와는 다르다. 기능에 있어서 블룸 부인의 최후의 독백처럼, ALP의 종곡은 느낌, 음조 및 중심에 있어서 그것과 같지 않다. 블룸 부인은 4개의 육체적 점들(because, bottom, woman, yes)의 축 주위를 맴돈다. ALP는 채프리조드에서 더블린만灣까지 미로의 코스를 택하면서, 그녀의 가족의 기억들을 통해, 나이와 죽음의 감수에로 흐른다. 블룸 부인의 독백은, 인생에 대한 "긍정"(yes)을 말하면서, 동시에 우스꽝스럽고도 심각하다. ALP의 그것인즉, 언어의 경쾌함에도 불구하고, 홀로 심각한지라─애수적이요, 〈자코모 조이스〉(Giacomo Joyce)의 당혹스런 감상벽을 피하는, 감정으로 채워져 있다. 그토록 경쾌한 작품(〈피네간의 경야〉)을 위해 어색한 결론일지라. 그러나 아마도 조이스는 "나는 아주 시녀視女 시녀 시녀심각視女深刻하도다"(I am highly sheshe sherious)라고 말하면서, 자신이 말했던 바를 의미했다. 과연, 심각한 경쾌함은 인생과 죽음을 부르는 그의 습관적 방법이었다. 블룸 부인처럼, 노부老婦는 "yes"를 말한다, 그러나 우리의 전반적 운명에 대한 그녀의 감수는, 때때로, 초조와 미몽의 깨어남으로 한정된다. 블룸 부인이 블룸에게 하듯, 그녀는 이어위커와 그녀의 아이들에게 중심을 둔 채, 블룸 부인이 블룸을 통해서 마냥 그들을 통해서 그들을 본다. ALP는 살아왔고, 이제는 지쳐있다. 전적으로 낙담하지 않은 채, 그녀는 우리가 갖는 바를 취한다. 그녀의 목소리는, 확신으로 변용된, 조이스의 목소리요, 그리하여 비범하게도 "시녀시녀 시녀심각視女深刻한지라"(sheshe sherious), 그리하여 (〈더블린 사람들〉의) 〈죽음 사람들〉의 마지막 페이지에서처럼─마지막 페이지에서 감동적으로 생과 사에 관해 자신이 말해야 함을 모두 말하고 있다. (Tindall 324-5 참조)

둘째로, Harold Bloom의 결구. "켈트의 해신 마나난 맥크 리어 (그는 〈율리시스〉의 밤거리의 환각에서 유례없이 출현하거니와)는, 또한 〈리어 왕〉(King Lir) 또는 Lear이요, '나의 냉부冷父, 나의 냉광부冷狂父, 그리고 나의 차갑고 미친 공화恐火의 아비'로서, 아나 리비아-코델리아(아나 Livia-Cordelia)는 리피 강이 바다에로 부귀浮歸하듯, 죽음 속으로 귀환한다. Lear는, 〈피네간의 경야〉에서, 바다뿐만 아니라, 세 다른 아비들─이어위커, 조이스 및 셰익스피어를 의미하는 바, 이 아름다움 죽음의 구절은 조이스의 또 다른 위대한 작품이, 그가 바다에 관해 계획했던 한 서사시가, 그의 앞에 놓여있던 궁극적 암시였으리라. 키츠(Keats)는 그가 〈리어 왕〉을 재독하고, 그것의 "들어라, 그대는 바다를 듣는 고"(IV. 6.4)라는 말을 떠올렸을 때, 그의 훌륭한 소네트인 〈바다에 관해〉(On the Sea)를 썼다. 우리는 조이스가 그의 〈바다에 관해〉(On the Sea)라는 시를 쓸 수 있도록 60대까지 살지 못함을 아쉬워 할 수 있나니, 거기서 그의 셰익스피어와의 끝없는 갈등(agon)은, 이전에 일어났던 것들처럼 규범상으로(canonically), 또 다른 방향을 이미

취했으리라.(Bloom 431 참조)

이상의 두 평자들의 글은 총체적으로 아주 고무적이거니와, 특히 후자의 글에서 조이스와 키츠와의 연관 및 조이스의 또 다른 있을법한 창작에 대한 그의 예언豫言은 퍽이나 감동적이요 인상적이다.

아나의 마지막 페이지【628.4-5】의 또 하나의 값진 해석은 플로리다 대학 Epstein 교수 저의 〈핀네간의 경야 안내〉(2009)의 것이다【286-288 참조】. 아래 해석은 얼마간 긴 것인데도, 그것의 참신하고 흥미로운 해석으로 여기 본론에 첨가하기로 한다.

> 【628】기억(水水)할지라!⁵⁶ 수천송년數千送年까지. 들을지니. 열쇠. 주어버린 채! 한 길⁵⁷ 한 외로운 한 마지막 한 사랑 받는 한 기다란 그……

> 강은 달리나니, 이브와 아담 성당를 지나 해안의 변방으로부터 만灣의 굴곡까지, 우리를 회환回還의 넓은 비코 촌도村道로 하여 호우드(H) 성(C)과 주원周圍(E)까지 귀환 하게 하도다.

위의 단락의 후반부, 즉 작품의 시작 "강은 달리나니…"는 Vico의 짧은 매달린 중막(hanging interlude)인 셈이다. 작품의 종말은 그의 시작에로 흘러들어 간다. 제IV부의 종말에서 해조海潮는 밖으로 나아가고, 그와 함께 리피 강을 끌고 간다. 〈피네간의 경야〉 제I부 7장의 말에서 조류의 회전 이래 퇴조하고 있었다. 그 점에서, 리피 강수江水의 퇴조가 바다를 향해 따르기 시작했을 때, 서술의 흐름은 시작했다. 이제 제IV부의 끝에서 조류는 거의 완전히 물러가고, 서술은 종말에 달한다. 아나 리비아의 강어귀는 하루에 두 번 조류의 회전을 느꼈다.─바다가 들어오고 바다가 나가고, 영원한 성적 음률로서. 이제 아나 리비아는 바다로 흘러나가고, 그의 아들-남편-애인을 만나기 위해 다가오는 바, 그이는 더블린만灣의 하구河口에서 더블린 사장沙場 위로 솟으면서, 태양처럼 수평선 위로 이글거리기 시작하고 있다. 그는 (북부 러시아에서 천사장天使長의 전반적 방향으로), 천사장처럼 동쪽에 솟고 있다.

나이 든 아나 리비아는, 그녀의 마음 속애 혼성하면서 그리고 또한 아이리시 시

(Irish Sea)의 짠 해수와 더불어【626.36-627.1】, 강력한 대양의 조류를 느끼며, 그녀를 환영하고, 그의 자매 강들인, 나일 강과 아마존 강의 강수江水를 감지한다. 강은 이제 바다에 흘러 나가고, 호우드 언덕인, 외소한 장애물을 불만으로 뒤돌아본다.

이어 대양의 키스가 주어진다【628.15】. 아나는 그녀의 종말의 오르가즘적 조류인, 사랑-죽음으로 허기지다. 그러자 이어 조류는 맴돈다. 불타는 아들-남편-부친은 아이리시 시의 리피 강수에로 들어가고, 강과 독자는 뒤쪽으로 탄생한다. 앞쪽으로 시간(Time)-서술은 멈추고, 뒤쪽 공간(Space)-서술이 대신한다. 변화는 작품의 최후의 국면의 파률波律로서 표현 된다. **수천송년**數千送年**까지. 열쇠는. 주어버리고! 한 길 한 외로운 한 마지막 한 사랑 받는 한 기다란 그**【628.15-16】. 아나는 육지로부터 그리고 시골뜨기 남편으로부터 자유를 득하고, 마침내 홀로이지만, 그녀는 자신의 참된 애인, 솟는 태양의 포옹 속에 있는지라, 그런고로 진실로 사랑을 받는다. 그러자 애인은 사랑받는 자에 나아가고, 강은 거꾸로 흐르기 시작하니 ― 책의 시작이다.

● 본문

Yes, tid··· There's where. First. We pass through grass behush the bush to. Whish! A gull. Gulls, Far calls. Coming, far! End here. Us then. Finn, again! Take. Bussoftlhee. mememormee! Till thousendsthee. Lps. The keys to. Given! A way a lone a lasy a loved a long the 【628.12-15】.

아래 글귀는 오그덴(Ogden) 식의 석의적釋義的 분석이다. 이 최후의 장쾌한 문장들은 아나 자신이 자신의 사랑과 죽음으로 사멸하는 것을 보여준다.

Yes, time and tide. There's where. First. We pass through grass behush the bush to. Whish! A gull. Gulls. Far calls. Coming, far! End here. Us then. Finn, again! Take. But soft thee, memories! Till thousands thee. Listen Liffey. The keys to. Given! A way a lone a last a loved a long the

● 한어韓語 역

"그래요, 시간과 조류. 저기 있는 지라. 첫째. 우리는 풀草을 통과하고 조용히 스폴애로. 쉬! 한 마리 갈매기. 갈매기들. 먼 부르짖음, 다가오면서. 멀리! 여기 끝일지라. 우리는 이어. 핀, 다시! 가질지라. 그러나 그대 부드럽게, 기억할지라! 그대 수천 년까지. 들을지니. 열쇠. 주어버린 채! 한 길 한 외로운 한 마지막 한 사랑 받는 한 기다란 그"

위의 오그덴의 언어의 별반 변질 없는 글귀에서 아나는 조류를 향해 "그래요"(Yes)를 말하는지라, 이 말은 〈율리시스〉의 무아경적 종말에서 몰리의 "그래요"를 메아리한다. 이러한 언어적 무아경은 오그덴의 "기초적 영어"의 힘을 요하지 않는다.

● 〈피네간의 경야〉 텍스트의 최후 페이지 공간의 해석

파리,
1922-1939.

로스(Rose)와 오한론(O'Hanlon), 두 학자는 〈피네간의 경야〉 최후의 페이지의 마지막 문단과 "파리 1922-1939" 년차 사이의 커다란 공간은 습기를 실은 공기를 상징함과 아울러, 〈율리시스〉에서 〈이타카〉장 (사실상의 작품의 종말)의 검은 방점傍點(dot)(●), 즉 또 다른 잠의 상징이요, 바다 오리의 알(roc's egg)을 반영한다고 지적한다. 이는 조이스의 다음과 같은 〈진행 중의 작품〉의 교정 지시에 근거한 듯하다. "장소와 날짜를, 내가 지적한 것보다 훨씬 아래쪽으로 인쇄하기를 바라오." (Rose & O'Hanlon 328-9 참조)

(작품의 끝)

주

1 타스, 패트, 스탭, 읍, 하바스, 브루브 및 로이터 통신(Tass….Havy…Rutter): Tass, Havs, Reuter, 통신사들

2 신페인 유아자립唯我自立!(somme feehn avaunt): I. Inn Fein (애국단체)의 슬로건: Sinn Fe'in Amha'in: "자립"(Oureselves Alone).

3 황금조黃金朝여, 그대는 피어(잔교棧橋)의 여명黎明 비누 구球를 관견觀見했던고?(Guld modning, have yous viewsed Piers' aube?): 광고의 패러디: "안녕, 당신은 피어스 제의 비누를 써보셨나요?" (Good Morning, Have you used Pears' soap?)

4 우리가 타품他品을 쓰지 않은 이래 수년전 우리는 그대의 것을 탕진蕩盡했노라(Thane yaars agon…since when we have fused ow other): Punch 만화의 뜨내기(룸펜)의 묘사: "내가 다른 것을 쓰지 않은 3년전 이래 당신의 비누를 써 왔도다" (Three years…since when I have used no other).

5 맥후리간의(MacHooligan): Finn MacCool.

6 공화국(culminwillth): Culmin: Macpheron 작 *Temora*에 언급된 사람.

7 영도자여! 수령이여!(The leader, the leader!): (《율리시스》의 멀리건이 바다를 보자 10,000군인이 부르짖은 함성의 익살: *Thalatta! Thalatta!* (바다! 바다!)【U 5】.

8 안전세재평결安全世裁評決(Securest jubilends albas): 성 아우구스티누스의 말: 세계의 판결은 안전하다" (the verdict of the world is secure) (Newman의 〈변명〉)(*Apologia*)에 영향을 준 구절.

9 구름으로부터 한 개의 손이 출현하여, 지도를 펼치나니(A hand from the cloud emerges…chart): 1. the cloud: 하느님 아버지의 중세적 표현. 2. chart: 아직 쓰이지 않은 책. 3. 〈더블린 사람들〉, 〈작은 구름〉에서 〈성서〉의 인유: 〈열왕기상〉 18;44 "일곱 번째 일어서는 자가 고하되 바다에서 사람의 손만 한 작은 구름이 일어나나니, 가로되 올라가 아합에게 고하기를 비에 막히지 아니하도록 마차를 갖추고 내려 가소서 하라 하니라" (The seventh time the servant reported, A cloud as small as a

man's hand is rising from the sea. So Elijah said, Go and tell Alab, Hitch up your chariot and go down before the rain stops you(【D 68】 참조).

10 수위首位의 신애란토新愛蘭土까지 기나 긴 광로로다(It's a long long ray to Newirglnad's tremier): 1. 노래 가사의 인유: "티파라리까지 먼 길을"(It's a Long Way to Tipperary) 2. 신애란(New Ireland).

11 코크행行, 천어川漁행行… 킬레니행(Korps, streamfish…kilalooly): 1. 이상 32개(실지로 29개)의 아일랜드의 주들의 열람 2. 여기 이 주들이 대부분 손의 식사를 위한 음식 목록으로 비유되고 있다.

12 열석列石을 환상環狀할지라!(crom lech!): cromlech: 선사시대의 구조물로서, 두 돌들이 바치고 있는 커다란 평석平石.

13 톱Top: 이상의 tup, tep과 함께 박물관 안내원 케이트의 상투어인 "Tip!" (8)을 대변한다.

14 바자점店(bazaar): 더블린의 Stephen's Green 공원 옆, 터키 목욕탕 옆집의 Fred Barrettdm Bazaar 점.

15 알라알라발할라 신전神殿(allalallalallah): Valhallah.

16 옛날 옛적 침실조식寢室朝食에 관한 이야기(One's apurr apuss a story)…: 옛날 옛적에(Once upon a time), 〈젊은 예술가의 초상〉 첫 행.

17 사바만사생裟婆萬事生(Shavarsanjivana): 만물은 생을 가져오다.

18 행운환하幸運環下(lucksloop): 더블린의 리피 강상의 Loopline 철교.

19 얼마나말하기졸리고슬픈지고何悲眠言(howpsadrowsay): 모든 꿈은 끝나나니, 얼마나 말하기 슬픈지고!: how + sad + drowsy + say.

고로, 이제 소녀들이 노래했기에, 일어나라! 그대는 해야 할 초조의 작업을 갖나니. 그대의 침대로부터 상승하라. 애란이 기다리도다.

20 3구정丘頂(벤)(the three Benns): 호우드의 꼭대기(Benn)는 3개의 가시적 작은 꼭대기가 있는지라(Sligo의 Yeats Country 산정 Benn Bull Benn처럼), 오늘날 나그네는 〈젊은 예술가의 초상〉의 스티븐이 그러하듯, 【P 167】 그곳으로부터 안개를 통하여 어께 너머로 더블린 시를 아련히 경관景觀할 수 있다. 멀리 더블린만의 "포도주 빛 검푸른 파도"를 넘어 최남단에 바다 속 기슭 위로 불쑥 튀어 나온, "잠자는 고래등 마냥,' 호우드 언덕, 그리고 햄릿의 거성 마냥," 마텔로 탑(조이스 빅물관) 꼭대기에 파란 색 깃발이(희랍 국기 색작품의 초판본 색) 예나 다름없이 세차게 불어오는 훈풍에 펄럭이나니, "가시적인 것의 불가피한 양상"(Ineluctable modality of the visible)【U 31】이라고나 할까!

21 삼일三一의 성삼위일체(triune trishagion): (Gr) Trishagion: 성 상위일체(Holy Trinity).

22 호상도湖上島(lake Ysle): 예이츠 시의 패러디: 〈이니스프리의 호도〉(The Lake of Innisfree).

23 밀봉소옥蜜蜂小屋(honeybeehivehut): 예이츠의 〈이니스프리의 호도〉의 시구: "꿀벌을 위한 오두

막" (a hive for the honeybee); 예이츠의 시에 언급된 꿀벌 집 울타리.

24 그레고리오 성가수聖歌水(gregorian): 로마 교황 Gregory 찬가.

25 앰브로시아(Gregorian& Ambrosian): (희랍 신화) 불사불노의 신찬神饌; 〈율리시스〉〈레스트리고니언즈〉에서 블룸은 이를 명상한다【U 144】.

26 이이크(Yee): 성자 케빈이 차가운 욕조 물 속에 웅크릴 때의 그의 전율.

27 승주주교乘舟主教(비숍)(Bisships, bevel to rock's rite!): 1. Bishop Rock 등대: 시실리 섬 2. bishop(주장…rook(城將)의 오른 쪽(체스·장기).

28 브리스톨(항시)港市(Bristol): Henry 2세는 더블린을 Bristro(영국 서남부의 항구 도시) 시민에게 선사했는데, 뒤이어 더블린에 이민이 이루어졌다.

29 자유부동산보유자(프랭클린 전광電光)들(franklings): Benjamin Franklin과 그의 전광.

30 피네간의 경야經夜(Finnegan's Wake): "피네간의 경야에 많은 재미" (Lots of fun at Finnegan's Wake): 작품 속의 유일한 제목 명.

31 탄탄炭炭(temtem): Tem: Heliopolis(Phoenix)의 원시의 진흙 무더기에다 침을 뱉거나, 수음 手淫 함으로써 세계에 인류를 퍼트린 이집트의 창조의 신; 중세의 이집트 사람들은 통상적으로 모음들을 나타내지 않는지라, 그리하여 그 신의 이름에 관하여 확신하는 모든 것이란 그것의 자음들은 t 및 m이었다는 것이다. Atem, Atoun, Tem, Temu가 모두 학자들애 의해 사용되었다. 이러한 모형으로, t-m이 모든 Tim Finnegan에 명명되었다. 이 신은 또한 〈피네간의 경야〉 속에 모든 Tam-Tem -Tim-Tom -Tum으로 들어나거나 잠재해 있다.

32 무소류無所類(no placelike): 노래 가사의 인유: "내 집이 제일" (There's no place like home).

33 무시류無時類의(no timelike): 격언에서: "현재 같은 시간은 없도다" (No time like the present).

34 협잡소인백성雜小人百姓들(pettyvaughan): 노해의 패러디: Polly Vaughan.

35 불가매음不可賣淫을 빈탐貧探하는 그토록 많이 있을 법하지 않는 것들(so many unprobables in their poor suit of the improssable): 여우 사냥에 관한 와일드의 구절의 인유: "불가식을 탐구하는 있을 법하지 않은 것들" (The unspeakable in full pursuit of the uneatable)(전출).

36 마타(Mata): "이브와 뱀의 자손인 칠두구七頭軀" (7-headed tortoise).

37 현화자賢話者의 … 녹진성綠眞性과 성자聖者(sager…saint): 조이스의 논문 제목 및 속담의 패러디: "아일랜드, 성자와 현자의 섬" (Ireland, Isle of Saints and Sages).

38 삼엽三葉클로버(shammyrag): 패트릭에 의하여 3위1체를 설명하기 위해 사용된 것으로 알려진 3잎 클로버.

39 리트리버 사냥개 랄프가 수놈 멋쟁이 관절과 암놈 여신女神 허벅지를 악골운전顎骨運轉하기

위해 헤매나니(Ralph the Retriever ranges…knuckles and her theas thighs)…: 〈율리시스〉, 〈레스트리고니언〉 장면의 구절 패러디: 한 탐욕스런 테리어 개가 자갈 위에 파삭하게 씹힌 관절을 내뱉으며, 새로운 열성으로 그걸 핥았다:(a ravenous terrier chocked up a sick knuckly cud on the cobblestones and lapped it with new zeal).

40 리트리버 사냥개 랄프가 수놈 멋쟁이 관절과 암놈 여신女神 허벅지를 악골운전顎骨運轉하기 위해 헤매나니(Ralph the Retriever ranges…knuckles and her theas thighs)…: 〈율리시스〉, 〈레스트리고니언〉 장면의 구절 패러디: 한 탐욕스런 테리어 개가 자갈 위에 파삭하게 씹힌 관절을 내뱉으며, 새로운 열성으로 그걸 핥았다:(a ravenous terrier chocked up a sick knuckly cud on the cobblestones and lapped it with new zeal).

41 파이아일램프(화등火燈) 선신善神 만전萬全!(Good safe…!): 하느님 아일랜드를 도우소서(God Save Ireland): 이 구절은 다음 글귀의 패러디이다: [터벅, 터벅, 터벅]: "하느님 애란을 도우소서" 영웅들이 말했다; "하느님 아일랜드를 구하소서" 그들 모두가 말했다; "높은 단두대위에서든, 우리가 죽는 전장에서든" (God save Ireland, said the heroes; God save Ireland, said they all; Whether on the scaffold high, or the battlefield we die). 패트릭은 Laoghaire의 드루이드에 의해 지워진 태양을 재현하게 했는지라, 방관자들은 패트릭의 하느님을 영광되게 했도다.

42 여혹자汝或子 승정절도僧正切刀. 충충홍홍 하자何者에게(Per ye comdoom…Filium): 우리의 친애하는 주 예수 그리스도 당신의 아들을 통하여.

43 과재현재過在現在!(Fuitfiat!): 1. "과거의 것은, 그대로 둘지라!" 2. 조이스에 의하면: 〈피네간의 경야〉의 제IV부에는 사실상 3부작이 있는지라—비록 중간 창문은 햇빛이 거의 비치지 않을 지라도. 이를테면, i. 새벽에 점차적으로 비치는 마을 성당의 창문들; ii. 한쪽에 성 패트릭과 Archdruid의 만남 및 성 케빈의 점진적 고립의 전설을 나타내는 창문들; iii. 노르웨이의 매장된, 더블린의 수호성자, 성 Lawrence O'Toole의 창문들(그의 심장은 더블린의 Christ Church Cathedral의 성 Laud 사원에 매장되었다. 그는 한때 그렌달로우의 승려로서, 더블린의 주교요 수호성자, 그리고 그는 1171년 영국을 위한 도시를 안전시키기 위해 Henry 2세를 환영했다).

44 펜우리, 핀우리, 우리 맹서盟誓자신!(Fennsense, finnsonse, sworn!): 1. Sinn Fe'in, Sinn Fe'in Amhain: "Ourselve, Ourselve Alone" (신페인당의 슬로건).

45 그 따위 운동 단 바지 따위 벗어 버릴지라(Tuck upp those wide shorts): 무어 및 Burgess 음유 시인들의 선전 문구의 익살: "저 흰 모자를 벗어요!" (Take off that white hat!).

46 만일 그대가 더럽히면, 자네, 나의 값을 뺏을지라(If you soil may, puett me prives): 파넬의 문구의 패러디: "팔면, 제값을 받을지라" (When you sell, get my price).

47 방황신인彷徨新人은 감격착상感激着想의 합병合倂까지 변진군邊進軍(newmanmaun set a marge to the merge of unnotions): 파넬의 1885년, Cork에서의 연설의 변형: "아무도 민족의 행진을 위한 경계선을 고정할 권리는 없도다"(No man has a right to fix the boundary of the march of a nation).

48 재동유신再同唯新:The sehm asnuh.

49 괴짜의 퀴이크이나프 부인과 괴상한 오드페블양孃(Queer Mrs Quickenough and odd Miss Doddpebb러): 1. 〈디모데후서〉 4:1: "생자와 사자(the quick and the dead) 2. Quickenough: Mrs and MissDoddpebb러: 〈피네간의 경야〉 제8장 〈여울목의 빨래하는 아낙들〉의 두 빨래하는 여인들, 그들은 산 나무와 죽은 돌로 바뀜.

50 불순不純 계집은 계집(물오리)대로 내버려둘지라(Let besoms be bosuns): 속어의 변형: "지난날은 지난날로 내벼려 두라"(let bygones by bygones).

51 우리의 여정旅程을 … 감상적으로 만들게 합시다(Let's our joornee saintomichael make it): 1. L. Sterne 작 〈감상적 여정〉(A Sentimental Journey)의 패러디 2. St Michael.

52 사오지死奧地의 책(the book of the depth): 〈사자의 책〉(Book of the Dead)의 인유.

53 알라딘 램프(laddy's lampern): 1. Aladdin lamp(알라딘의 램프): 어떠한 소원도 들어준다는 마법의 램프 2. "램프를 가진 여인"(lady with the lamp): Florence Nightingale.

54 댄디 등(dannymans): Danny Mann: 보우시콜트 작 〈아리따운 아가씨〉(The Colleen Bawn)에 나오는 곱사등.

55 대각성大角星(Arctur): 1. 의인화된 거대한 고정 별 2. 아서 왕 3. Sir Arthur Guinnes(and Sons): Liffey 강변의 James's Gate 곁의 거대한 더블린 양조회사(및 주인); 그들의 모토는: "기네스는 그대의 몸에 좋으나니"(Guinness is Good for You)이다. 손은 기네스 수출 맥주 통에 실려, 리피 강을 타고 흘러간다. 조이스는 Benjamin Lee Guinness를 "더블린의 노아"로, 그의 아내 엘리자베스를 아나와 연관시킨다. 4. S.A.G.: St Anthony Guide(경근한 기독교인들에 의하여 편지 지 위에 낙인 된 표제).

56 기억수할지라!(mememormee): (remember me)(HCE에게 하는 아나의 최후 이별사); 이 말은 앞서 비코 류의 육화(incarnation)에서, 부왕 햄릿처럼, 새벽이 이울자, 그의 아들에게 언급했던, HCE 자신의 같은 말의 통쾌한 메아리이다: 안녕, 안녕, 안녕, 나를 기억할지라 (Adieu, adieu, adieu. Remember me!)(I.v.91).

57 (입굴) 들을지니. 열쇠. 주어진 채! 한 길(Lips. The key to. Given! A way): 1. 노래 가사의 인유: 나는 그대에게 천국의 열쇠를 주리라(I Will Give You the Keys to Heaven) 2. Lps: List(햄릿 부왕의 당부)＋Lips 3. The keys to. Given!: 회귀의 여명에 그리고 재기의 순간에 "입술을 받고 주며"(아마도 Bussoftlhee), 이 최후의 구절은 셰익스피어의 〈앙갚음〉(Measure For Measure)에서 Mariana의 노래

와 비교된다: "가져가라, 아 저 달콤했던 입술을, / 거짓 맹세한 저 입술을./ 가져가라, 그 눈도./ 아침의 햇빛 같았던 그 눈도. /그러나 되돌려다고, 내 카스를" (김재남 498)(Take, O take those lips away, / That so sweetly were forsworn, / And those eyes, the break of day, / Lights that do mislead the morn⋯). (IV. I.1-5)

James Joyce
Guide to Finnegans Wake

부록
피네간의 경야 이해하기

도움의 말

1. 조이스와 언어 비평
2. 조이스와 베케트
3. 〈피네간의 경야〉와
   아인스타인의 신 물리학
   (New Physics in *Finnegans Wake*)
4. HCE의 인간성(Humanity)

조이스 연보
추천 참고서

도움의 말

1. 조이스와 언어 비평

조이스의 〈율리시스〉와 〈피네간의 경야〉, 이 두 가지 결작들은 문학자체이요, 그들 문학을 풀이하는 문학적 비평 이론들이다. 한 마디로, 전자는 말할 것도 없고, 여기 더하여, 〈피네간의 경야〉야말로 문학 자체이요, 그 문학을 읽기 위한 새로운 비평을 담고 있다. 본 연구에서, 그것의 엄청난 크기의 분량은 텍스트 자체의 분량을 비롯하여, 그 분량을 풀기 위해 동원되는 새로운 문학 비평의 가미 때문이다. 다시 말해, 이 복잡다단한 양대 모더니스트 텍스트들은 스스로를 읽기 위해 기존의 비평만으로는 부족하다. 이를 해독하기 위해 행동주의 심리학(behavioristic psychology)을 비롯하여, 유사 과학적 접근(semi-scientific approach), 프로이디언(Freudian) 및 융의(Jungian) "의식의 및 무의식의 흐름" 기법 등, 작품을 해독하기 위해 함축된 언어 형식의 해체(linguistic decomposition)가 필수 불가결의 요건이 아닐 수 없다.

〈피네간의 경야〉에서, 조이스의 작품 제목의 단어인, "경야"(wake)는 그의 "아일랜드의 새로운 스튜"(new Irish stew)【190】라는 언어의 멋진 소재를 마련한다. 그의 인물들의 총체적 특질을 표현하기 위하여, 조이스는 몇몇 다른 의미를 동시에 제시할 수 있는 하나의 언어가 필요했다. 〈피네간의 경야〉의 단어-변형의 서술을 위하여, 필자는 프로이트에로 방향을 돌려, 작품 해독을 위해 그를 한층 가까이 사용하기를 좋아한다. 루이스 캐럴(Lewis Carroll)은 그의 〈체경을 통하여〉(*Through the Looking-Glass*)라는 신기한 작품에서, 험티 덤티(Humpty Dumpty)로 하여금 꿈의 언어를 설명하도록 했거니와, 그의 텍스트로서 "종잡을 수 없는 말"(Jabberwocky)을 택한다. 예를 하나 들면, "그것은 멋진넘치였나니, 그리고 미끄러지는 동지이요 / 회전과 종벌(너참판의) 뒤뚱뒤뚱에서여라…" (T' was brilling and the slithy toves / Did gyre and gimble in the wake…) 여기 "미끄럼" (bimble) 또는 "미끄럼" (Slithy)을 험프티 덤프티는 말하니, "유연한 그리고 끈적끈적한" (lithe and slimy)을 의미, 또는 무의미를 지닌다. "유연한"은 "활동적" (active)과 같다. 독자는 그것을 "이합체어" (portmanteau)로 본다. 즉, 두 개 이상의 의미가 한 개의 단어 속에 집약되어 있다.

〈피네간의 경야〉에서 조이스는 이합체어들을 한결같이 사용하고 있으나, 그는 단지 한 두 개의 단어로는 만족하지 않는다. 그는 또한 언어 유희의 풍부한 사용을 행하는 바, 그것은 소리(sound)의 유사성을 통해 무관한 요소들을 분명히 결합한다. 〈피네간의 경야〉에서 조이스는 영어의 언어를 음악 작품으로 만들도록 애써 변경했다. 그리하여 거기에서 연관된 많은 주제들이 동시에 소리 낼 수 있다.

〈피네간의 경야〉의 단계에서, 이러한 이상한 언어에로 우리의 길을 터는 것이 최선의 방편이다. 한 개의 단순한 예를 아래 택할지니, 조이스는 Lewis Carroll 유의 "종잡을 수 없는 말" (Jabberwocky)로 언어유희하고 있는바, 두 형제 주인공들인, 그라이프스 셈(Gripses Shem)과 묵스 숀(Mookse Shaun)의 사악한 싸움 문구를 아래 이합체어로 놀이하고 있다. 여러 단어의 함축어는 그들 천성의 짙은 복합적 농도를 가중시킨다.

　　－단각환자單角宦者!

　　－발굽자者!

　　－포도형자葡萄型者!

　　－위스키잔자盞者!

　　－Unuchorn!

　　－Unguland!

　　－Uvuloid!

　　－Uskybeak!【157】

　　－단각환자單角宦者!(Unuchorn!: eunuch, unicorn, It un corno!: fuck you)

—발굽자者!(Ungulant!: *I* chorn, horn)

—포도형자葡萄型者!(Uvuloid!: *L* ungula, hoof, claw)

—위스키잔자盞者!(Uskbeak!: *L* Angl usqebaugh, whiskey)

위에서 조이스는 그의 주인공들의 사악한 성질을 언어의 "종잡을 수 없는 말"들을
써서 독사와 뱀의 그것들로 함축시킨다. 이러한 언어유희의 함축은 〈피네간의 경야〉
의 거의 1/3을 점령하는바, 이를 해체하면 프루스트의 길이(Proustian length)가 되리라.
이러한 함축어를 창조함은 작가와 마찬가지로 역자의 예술가적 기술이 아닐 수 없
다. 조이스의 유명한 신조어(coinage)인 "屍穀體"(corpose)(시체＋곡물)(copse＋crop)가 있
거니와, 독자는 원어의 해독의 난독성처럼 번역에도 그 해석의 어려움을 갖기 마련이
다. 이런 신조어의 함축은 "漢字"(Chinese)로서 가능하고, 우리의 한글(Korean)의 "풀
어쓰기"(paraphrasing)로서는 불가능하다.

2. 조이스와 베케트

20세기에 새로운 비평 문학의 예들 중의 대표적인 작가들은 조이스와 베케인지라,
여기 아래 그들의 실례를 든다.

서구 문학 사상 모더니즘은 빅토리아 왕조의 사고와 가치에 대한 19세기 후반
과 20세기 전반의 도전이요, 이어 포스트모더니즘(Postmodernism)은 전대의 모더니즘
(Modernism)으로부터 직접적으로 파생된 문화적 및 지적 운동이다. "Post−"란 말은
시기적으로 "후기−"라 할 수 있으나, 문학적 및 문화적 속성으로 보아 "속續−"이
란 말, 즉 속모더니즘으로 표현할 수 있음이 한층 타당할 것 같다. 학자들은 포스트모
더니즘을 구성하는 특별한 요소들에 관해 오래 토론해 왔으나, 지금까지 어떤 광의의
특징에 대한 총체적 동의로만 해석해 왔을 뿐이다. 이 양대 문학적−이즘들 사이에
(1950s-1960s) 실존주의 또는 부조리 철학(Existentialism or Absurdism)이 끼어있다. 사르트
르나 카뮈, 카프가 그를 대변하는 작가들이다.

이러한 문학적 시대의 전환기, 즉 모더니즘—실존주의—포스트모더니즘의 변천 과정에서 조이스는 자주 사무엘 베케트(Samuel Beckett)와 함께 이들—이즘들의 선각 자들 중의 중요 역할로서 손꼽힌다. (특히 후자는 자신의 실존주의 작품들을 쓰기 이전에 조이스 의 모더니즘 또는 시기적으로 포스트모더니즘 작품인, 〈피네간의 경야〉(1922-39)의 시작이 모더니 즘 전반에 이루어졌거니와, 그는 이를 위해 선배 작가인 조이스를 많이 도운 것으로 유명하다.

이상과 같은 대표적 모더니스트인 조이스의 포스트 모더니즘적 작품에 대해, 실존 주의자 베케트의 도움 역시 조이스의 필력에 영향을 얼마나 끼쳤는지 오늘의 우리에 게 궁금한 관심사이다. 그럼에도 불구하고, 엄격하게 시기를 한정하건대, 베케트는 사르트르나 카뮈와 함께, 전세기에 있어서 1차 세계대전의, 1910년대와 2차 세계대 전의, 1930-50년대 중간의 작가들로 잘 알려져 있다. 그렇더라도, 그의 작품의 형식 주의적 실험성은 조이스와 함께 다분히 모더니즘 또는 포스트모더니즘의 범주를 벗 어나지 않는다.

여기 베케트는 조이스의 동시대 후배로서, 특히 조이스의 〈피네간의 경야〉의 전신 인, 〈진행 중의 작품〉(*Work in Progress*)을 위해 대필代筆을 행했다. 어떤 학자들은 〈피 네간의 경야〉의 몇몇 구절들은 조이스의 베케트를 향한 그의 태도와 관심을 실지로 반영한다고 암시해 왔다. 특히 아래 〈피네간의 경야〉의 두 구절들이 그러하다.

첫째,

그대는 마치 자신이 숲 속에서 길을 잃은 듯이 느끼고 있나니, 자네? 그대는 말하 도다. 그것은 어림語林의 단순한 정글이라고. 그대는 극히 큰소리로 외치도다. 나를 너도밤나무의 그루터기로 수풀지게 할지라. 만일 내가 최대 가금적家禽的 개념을 지 녔다면. 그가 최대삼림最大森林을 의미하는 것이 무엇인지 알리라.【112.3-6】

위의 구절은 ALP의 편지 상태를 다루는 내용이다. 여기 조이스의 셈(숀)에 대한 청원請願이 베케트의 실존주의 필력에 어떻게 영향을 끼쳤는지가 독자들의 관심사가 아닐 수 없다. 〈피네간의 경야〉 I부 제5장의 이 구절은 보스턴으로부터 온 ALP의 편지에 집중하거니와, 조이스는 여기 혼돈된 독자에게 묻는다. "그대는 자신이 숲 속에 길을 잃은 것으로 느끼는가? 그대는 〈피네간의 경야〉가 말의 순수하고 단순한 정글이라 말하는가?" 그대는 소리칠지니. "만일 내가 책이 뜻하는 바에 대해 하찮은 생각을 가졌다면 나를 견자犬子(dog-son)로 불러다오." 에즈라 파운드(Ezra Pound)는 조이스에게 이와 비슷한 것을 말했다 한다. 파운드는 확실히 〈피네간의 경야〉에서 조이스의 언어 실험에 대해 비동정적이었다.

둘째,

셈은 기적을 행사하는 법을 나보다 훨씬 더 잘 알고 있도다. 그리하여 나는 그가 자신의 침묵된 방광膀胱으로부터 말더듬을 무심코 입 밖에 내는 것을 자신의 설사일기泄瀉日記에 의해 보나니, 그것은 내가 친구요 형제로서 그를 한층 고착固着하여 한 얼뜨기를 애써 키우려고 노력하며, 제4차원 속으로 그이 자신을 침고沈考함으로써 그의 부동족不動足 아래로 시성諡聖하게 하고, 그이와 우리 사이에 대양, 심해의 수도원 안에 성당묘지를 두고자 한 이래였나니, 그가 과거분자過去分子(원칙) 항거죄抗拒罪 때문에 벨리즈 영어학교에서 탈모당하고 성당을 불알 농락한 민활한(스위프트) 실용문학사(B.A.A.)처럼 국내성령國內聖靈의 좌측편도가 되는 평판을 득한 뒤의 일이었도다.【467.18-27】

위의 구절은, 〈피네간의 경야〉 III부 제2장에서, HCE의 쌍둥이 아들들 중의 아우 숀(Shaun)-존(Jaun)-후안(Haun)이 갖는 형 셈(Shem)-데이비(Dave)-돌프(Dolph)에 대한 생각으로, 숀(Shaun)이 그의 형의 기적을 행사함을 서술한 부분이다. 이것 또한 베케트의 대필로서, 이러한 작은 학구적 행위가 그의 대표작 〈고도를 기다리며〉(Waiting for Godot)에 얼마나 영향을 주었는지 독자는 궁금하다. 베케트는 그가 1928년에 파리에서 조이스를 만났을 쯤에 〈율리시스〉를 이미 읽고 그것을 감탄했었다. 조이스와 베케트 사이의 밀접한 색임은 1년 반 동안 계속되었고, 1928년과 1930년 사이, 조이스가 시력이 약해지고 있었을 때, 베케트는 그를 여러모로 도왔다.

　베케트는 조이스의 당대 동료들과 함께, 그의 유명한 〈피네간의 경야〉의 초기 비평문집인, 〈진행 중의 작품의 정도화正道化…〉(…Incamination of Work in Progress)을 발간했거니와, 그것의 첫 항목에 실린 자신의 "단테…. 브루노…. 비코…. 조이스"(Dante…. Bruno…. Vico….Joyce)라는 에세이는 그 제목의 간격 사이에 작은 구두점(피리어드)(방점)이 찍혀 있다. 이는 베케트가 세기를 암시하는 그의 속기적速記的 기호로서, 여기서 그는 자신의 관심을 지적 전통과 동일시한다. 이는 또한 〈피네간의 경야〉를 6세기 전통 이전으로 되돌리는 신호이기도 하다. 그의 에세이 자체는 비코의 "언어, 시 및 신화"의 다이내믹한 취급에 관심을 집중하지만, 그것은 또한 개념상으로 조이스가 행한 실험들의 상상적 연속을 단테(Dante)의 작품들이 담은 분명한 개념들에 철저하게 의존한다. 이는 베케트의 최초로 발표된 에세이이요, 보다 나중에 자신이 행한 최초의 단편 이야기인, "가정"假定(Assumption)과 함께, 그 해 프랑스의 한 전위 잡지인 〈트란지숑〉에 발표되었다.

　베케트는 자신이 작품의 방책들에 있어서 분명히 덜 조이스 적이요, 오히려 실존주의 작가들의 작가적 기괴함(grotesques)에 한층 가깝다. 그의 3부작(trilogy) 중의 〈몰로이〉(Molloy (1951)의 주인공 몰로이(Molloy의 산발적 독백은, 그럼에도 불구하고, 조이스 작 〈율리시스〉의 여주인공 몰리(Molly)의 그것을 닮았다. 베켓의 부랑자들(bums)은 형이상학적 실체들이요, 비록 우자愚者들처럼 보일지라도, 그들 자신들의 권위를 성취한다. 그리하여 적어도 〈율리시스〉의 주인공 리오폴드 블룸(Leopold Bloom)이나, 〈피네간의 경야〉의 주인공 H.C. 이어위커(Earwicker)와 마찬가지로, 미래를 위한 생生의 긍정적 희망이나, 초월론적 비전을 지닌다.

　오늘날 우리는 21세기에 진입했거니와, 포스트모더니즘의 〈피네간의 경야〉는, 지금까지의 모더니즘의 그것과는 상당한 거리가 있는 듯, 그것의 덜 형식주의(less formalism), 덜 신화 구조(less mythic structure), 덜 유아론(less solipsism)으로, 이를 노만 오. 브라운(Norman O' Brown) 교수는 "다기적多岐的 변태"(polymorphic perversity)라는 말로 표현한다. 이러한 "다기성" 多岐性(polysemy)은 〈피네간의 경야〉에 최고로 합당한 말인 듯하다. 본 해설서에서 포스트모던의 〈피네간의 경야〉를 모던 텍스트인 〈율리시스〉에 근거를 둔 듯, 후자의 해석이 여기 〈피네간의 경야〉에 많이 작용되고 있다.

3. 〈피네간의 경야〉와 아인스타인의 신 물리학
(New Physics in *Finnegans Wake*)

한 걸음 더 나아가, 〈피네간의 경야〉는 아인스타인 유류類의 "신 물리학"(New Physics)의 텍스트이기도 하다.

조이스는 〈피네간의 경야〉를 우주적(universal) 책이 되도록 의미했다. 그의 우주는 원천적으로 더블린이요, 그러나 조이스는 우주야말로 특수성 속에 발견될 수 있음을 믿었다. "나는 언제나 더블린에 관해 글을 쓰오." 그는 아서 파워(A. Power)에게 말했다. "왜냐하면 만일 내가 더블린의 심장부에 도달할 수 있다면, 나는 세계의 모든 도시의 심장에 도달할 수 있기 때문이오."(엘먼) 그는 〈율리시스〉에서 주인공 블룸을 세계의 미로(maze) 속에 그의 길을 발견하도록 애쓰는 모든 사람(HCE, Here Comes Everyone)인, 우주의 방랑인으로 만듦으로써 그러한 목표를 성취했다.

조이스는 그의 최후의 책 속에서 한층 더 멀리 나아갔는지라, 그의 주인공을 우주적 동양지재로 만듦으로써 모든 세계의 도시들에 문자 그대로 도달했다. 시간과 공간의 경계를 가로지르면서, HCE는 "신화발기자요 극대조교자極大造橋者"(myther rector and miximost bridgesmaker)【126.10】이라, 이 나무통 운반 신공神工은 "황하黃河 곁에 생자들을 위하여 그 뚝 위에 극성의 건축물을 쌓았도다." (piled building supera buildung pon the banks for the lives by the Soangso)【4.27-28】. 그리고 그 밖에 어딘가 "전탑적全塔的으로 최고안最高眼의 벽가壁價의 마천루를 자신이 태어난 주액酒液의 순광純光에 의하여 (a waalworth of a skyerscape of most eyeful hoyth entowerly)【4.35-36】 세웠도다." 〈피네간의 경야〉는 그의 II부 제2장의 우편 주석에서 논급하기를, "특별한 우보편宇普遍을 통한 가능한 여정旅程"(IMAGINABLE ITINERARY THROUGH THE PARTICULAR UNIVERSAL)【260 R3】이라, 인물들은 소수지만 그들의 얼굴은 다수이다.

상호에로 변신하면서, 인물들, 사건들 및 객체들은 한결같은 유동 속에 상호적으로 피차 의존적 요소들의 독립적인 연속을 형성한다. 그것의 환적環的인, 끝없는 형태로서 결합 된 채, 책의 내용의 흐름은 우주의 짜임새의 상대성적 개념과 평행한다. 새 물리학의 4차원적 시공간은 현실을 구성하는 모든 사건들의 세계선世界線들(world lines)의 복잡한 환적 직물로서 마음속에 상상된다. 조이스의 책에서 사건들처럼, 세계선들은 한결같이 유동하고 있다.

프랑스의 종교 세례자인 Jean Baptiste de la Belle는 〈피네간의 경야〉와 현대적 새 물리학과의 관계를 다음과 같이 피력한다.

커다란 몸체의 세계선은…무수한 보다 작은 세계선들로 형성된다. 여기 그리고 저기 이러한 섬세한 실오라기들은 직물을 들락날락하는바, 그의 실오라기들은 원자의 (of atoms) 세계선들이다…우리가 직물을 따라 시간을 향해 움직일 때, 그의 다양한 실오라기들은 공간 속에 영원히 이동하고, 고로 서로서로 나름의 장소들을 변경한다. (Jean, 〈신비의 우주〉【125-26】)

조이스의 책의 어느 페이지에서든 그만큼 많은 문리학적 운동이 있다. 〈피네간의 경야〉에서 또한 이미지들과 주제들은 한결같이 움직이는지라, 상호 변형하고, 새로운 형태로 재현하기 위하여 단지 살아진다. 조이스는 그의 많은 시간을, 많은 원천상의 요소들을 지지하고, 그들을 텍스트 속에 합동하기를 탐색함으로써, 그의 책의 영역을 확장하는데 이바지했다. 이러한 원천들은 지극히 다양했을 뿐만 아니라, 조이스에게 그들은 또한 동등한 정체들 누렸다. 자장가의 음률은 〈성경〉처럼 멋졌고, 농담은 사실처럼 멋졌다. 다양한 요소들을 혼성함으로써, 그것의 무한한 풍요와 복잡성을 온통 현실로 재창조하려고 애를 썼다. 그는 현실의 어느 한 견해에 흥미를 갖지 않았다. 대신 그는 복수-수준의 현실이 마음속에 세계적으로 우리의 개인적 지각을 형성하기 위하여 어떻게 스스로 구성하는지를 보여주려고 노력했다. 마음속에 직감적 및 합리적 과정들을 구성하는 다양한 충격들이 한결같은 상오작용하고 있는지라, 그들을 통해서 모두는 현실의 단순하고, 유일한 경험을 창조한다.

〈피네간의 경야〉는 텍스트의 의미를 창조하기 위하여 독자의 참여에 의지함에 있어서, 새 물리학에서 양자물리학(quantum physics)의 확률곡선(probability wave)의 개념에 의존한다. 곡선 역학에 따라, 그것의 가장 기초 수준에서 현실의 과학적 서술은 사건들에 관한 어떤 지식으로 구성되지 않고, 오히려 그들의 발생의 확률에 의한다. 이러한 확률은 존재와 비존재 사이에 절반 매달려진 채, 단지 "존재를 위한 경향"을 표현한다. 한 가지 한정된 형태를 현실에 부여하기 위하여, 과학자는 그의 실험에 적극적으로 참여해야 하는지라, 그리하여 실험적 과정의 선택에 의하여 불가피하게 그 결과에 영향을 준다. 양성자적陽性子的(subatomatic) 실험 과정의 확률에서 확실성으로의 확률 곡선의 변형은 〈피네간의 경야〉의 독해의 바로 행위 자체를 평행하거나, 닮았다. 여기 텍스트의 복잡성, 풍요 및 부정不定의 성격은 그것의 의미의 정확한 해석을 제외한다. 책은, 그러나, 텍스트가 읽히고, 그것은, 요소들이, 독자 자신의 심적 이미지들 및 과정들과 혼선된 채, 그것 자체의 동적 연속(dynamic continuum)을 형성한다.

〈피네간의 경야〉는 이리하여 보어(Bohr)(덴마크의 원자 물리학자)의 상보성相補性 원리(complementarity principle)를 지지한다. 양자 물리학은 빛의 파동적(undulatory) 및 미입자적 문리학(quantum physics)의 개념이야말로 일단 우리가 물리학이 우주가 아니고, 오히려 우주에 관한 우리의 지식을 연구함을 우리가 인식할 때, 혼란스럽지 않다. 두 자산資産은 빛 자체의 특질이 아니라, 오히려 빛과의 우리의 상호작용(interaction)의 그것을 표현한다. 비슷하게, 〈피네간의 경야〉는 그것에 관한 우리의 관념이 언어에 있어서 그러한 관념들의 표현만큼 세계 자체를 서술하지 않는다. 문자 상으로 당장의 동기는 세계의 문학, 단어의 가장 넓은 의미에서, 인간의 지식뿐만 아니라, 〈피네간의 경야〉 그것 자체를 대표한다. 책은 텍스트의 그리고, 확장하여, 그것이 서술하기를 시도하는 우주의 의미를 단조롭게 해석하는 시도에 함유된 어려움에 관해 광범위하게 평한다.

〈피네간의 경야〉의 이러한 특징은 조이스의 목적이 책 속에 상대성(relativity)과 양자 물리학(quantum physics)에 의해 소개되는 우주의 개념을 재창조하는 것임을 의미하지는 않는다. 그들은, 그러나, 새 물리학과 〈피네간의 경야〉의 우주 간의 유사성의 복수성을 지적한다. 상대성과 양자물리학陽子物理學의 요소들을 합치시키려는 조이스의 의향은 그의 세계 견해의 집중과 세계의 새 과학적 개념을 반영한다.

〈피네간의 경야〉를 제작하면서 조이스는 유사한 언어적 어려움과 대면했었다. 그의 목표는 꿈의 세계 또는 원초의 신비적 의식을 개척하는 것이었다. 그러한 목표를 실현하기 위해 그는 "후속재결합後續再結合의 초지목적超持目的을 위하여 사전분해事前分解의 투석변증법적透析辨證法的으로 분리된 요소들을 수취受取하는지라,"【614.33-35】언어들의 원초적 사건을 분쇄하려 하고, 이리하여 새 유동적 및 아주 명시적 언어를 창조하려고 결심했다. 즉, "더욱이 그는 모든 그의 육신肉新을 신조新造하는 총림녀叢林女들을 진실로 복수적複數的이고 그럴싸하게 하고 싶은 거다"【138.08-09】. 영어의 단철어의 유동과 풍요의 부재는 그의 작업을 용이하게 했다. 철자를 변경하거나 혹은 단어들의 부분들을 새로운 실체로 혼성함으로써, 조이스는 풍요롭고 다양한 어휘를 창조하려고 조정했다. 그의 "무無 니체 식式의 어휘로서, 선험적先驗的 어근語根을 후험적後驗的 변설辯舌에 공급하는 것이니,"【83.10-11】이는 아주 효과적이요 집중적인 새 언어를 결과하게 하는지라, 그 속에 복수의 명시적 의미는 원초적으로 중요하다. "그런고로 그대는 내게 어떻게 하여 단어 하나하나가 이중二重블린 집계서集計書를 통하여 60 내지 10의 미처 취한 독서를 수행하도록 편찬될 것인지를 자세히 설명할 필요가 거의 없나니" (이탈하려는 자의 이마를 진흙으로 어둡게 하소서!), 그것을 열게 했던, 세순영겁世循永劫, 델타 문자 문門이 거기 그를 폐문할 때까지. 문門. "문門(Dor): 1. Deleth: 헤브리 문자 2. delta: 문(door) 3. dor: i. 세대 ii. 거주 4. Cornish어: 콘월 말(지금은 사어) 지구. 더블린의 이 책(〈피네간의 경야〉) 속의 모든 단어들은 세순 영겁의 종말 가까이 델타 문자 꼴이 되는지라, 끝없는 독서의 종말을 야기하도록 서약할 것이로다【20.13-18】.

언어의 최소한의 어의적 단위를 붕괴하는 조이스의 결심과, 언어의 분자로서의 그의 실험은 양자 기계(quantum mechanics)의 목표와 방법에 현저한 평행을 형성했다. 조이스와 양자 물리학은 공히 지금까지 언어나 혹은 물리학의 최소한의 비非 분할로 간주되었던 것을 삼투하려고 시도하고 있었다. 〈피네간의 경야〉의 원자기계原子機械와 언어 간의 대응은 책의 다음의 뉴스 통신에서 개발된다.

[또 다른 방송: 사살부父의 격변적 효과-원자의 무화멸망] 루터장애물항의 최초의 주경主卿의 토대마자土臺磨者의 우뢰폭풍에 의한 원원자源原子의 무화멸망無化滅亡은 비상공포쾌걸非常恐怖快傑이반적的인 고격노성高激怒聲과 함께 퍼시오렐리를 통하여 폭작렬爆炸裂하나니, 그리하여 전반적 극최상極最上의 고백혼잡告白混雜에 에워싸여 남성원자가 여성분자와 도망치는 것이 감지될 수 있는지라 한편 살찐 코번트리 시골 호박들이 야행자夜行者피커딜리의 런던우아기품優雅氣稟 속에 적절자신대모適切自身代母되도다….【353.22-29】

〈피네간의 경야〉의 세계는 또한 정신적 실체로서 존재한다. 그리하여 그것은 독자의 마음과 텍스트 사이의 상호작용의 산물이 된다. 책의 이러한 비물질적 성격은 세계의 새 과학적 해석에 관한 것 보다 오히려 조이스 자신의 형이상학에 관한 반영이다. 그러나 양자 물리학은 전신의 구성으로서 조이스의 현실적 관념에 대한 부수적 지지를 마련한다. 예를 들면, 〈피네간의 경야〉의 III부 3장에서 힘의 분야에로의 물질적 분자의 용해—순수하게 정신적 본체本體—는 욘(Yawn)을 발견하는 도중이요, 그레고리(Matt Gregory)는 "깊은 시야時野를 통하여 자취를 탐한다" (isseeking spoor through the deep timefield)【475.24】. 조이스는 분야分野의 무 확정의 천성에 관해 언급하는지라, 그것은 단지 물질이 되기 위한 잠재성과 더불어 확률곡선으로 구성한다.

[돌프의 화해] 아주 많이 감사하도다, 목적 달성! 그대[케브]가 내[돌프]를 골수까지 친 것이 중량重量인지 아니면 내가 보고 있었던 것이 붉은 덩어리인지는 말할 수 없어도 그러나 현재의 타성惰性에, 비록 내가 잠재적이긴 할지라도, 나는 내 주변에 광내륜光内輪의 환環[무지개]을 보고 있도다.【501.21】

[위의 글은(hittp:/lupus,nothern edu. 90/duszenko/joyce/concl.htm: "The Joyce of Science: New Physics in Finnegans Wake: Conclusion: New Physics and Finnegans Wake)에 실린 글의 번안임을 여기 밝힌다.]

4. HCE의 인간성(Humanity)

〈피네간의 경야〉는 일종의 꿈이다. 저 거대하고, 다산적多産的 책에 일어나는 것이란 잠자는 자의 의식적 마음에서 일어난다. 이 마음 밑에. 그것을 지시하면서, 무의식이 작동한다. 잠자는 자는 관대하다. 때때로 그의 무의식은 프로이트의 것처럼 행동하고, "율프로이트의 중서重書를 따르면서," 때때로 융을 닮았다. 프로이트와 융에 대한 이러한 언급은 그의 유식한 잠을 채운다. 이러한 언급들 중 아무것도 엄숙하지 않다. 왜냐하면 조이스의 밤은 그의 낮만큼 코믹하다. 단지 정념과 유약과 고대의 범죄의 기억은 유희를 방해하지 않으며, 이러한 방해는 비범하다. 조이스는 현실과 타협한다. 그가 그것에 관해 아무리 심각할지라도, 〈피네간의 경야〉에는 많은 재미가 있다(fun fer all).

조이스는 무의식을 다루기 때문에, 우리는 〈피네간의 경야〉를 초현실적이라 부르기 마련이다. 그의 "은밀한"(purloined) 노트페이퍼는 포(Poe)의 훔친 편지를 그리고 표류동물 뿐만 아니라 초현실주의의 모선毛線(lined)의 찻잔을 상기한다. 그리고 조이스의 여인들의 하나는 다리(Dali)의 태도를 닮아 내외로 미끄러지는 사무용 바지로 준비된 토르소를 갖는다. 그러나 이것들은 익살이다. 조이스와 초현실자들이 같은 물질을 다룰지언정, 그들은 상반된 캠프에 있다. 초현실자들은 그들의 무의식적 재료를 의식적으로 통제하지 않는다. 조이스는 언제나 충분히 통제적이다. 어떠한 예술가도 자기가 행하는 바를 그리고 그것의 의미를 철저히 인식하지 않았다. 모든 의식적 지식을 그의 무의식이 공급하는 바와 결합하면서, 조이스는 궁극의 배열을 이루었다. 〈피네간의 경야〉는 정교한 디자인이다.

이 어려운 책 〈피네간의 경야〉에서 우리가 봉착하는 첫 어려움은 언어이다. 그것은 너무나 이상하고 정교하여 조이스는 기대하거나 혹은, 적어도, 말했나니, 자신은 그것을 탐독하는 그의 인생을 보내기 위한 "이상적 불면증을 고통 하는 이상적 독자"(ideal reader suffering from an ideal insomnia)를 기대한다고 말했다. 이러한 종류의 독자들이 있나니, 그러나 타자들은, 마찬가지로 또 다른 책을 읽기 바라고, 그들에게 남겨진 그 밖의 무엇을 행하고, 표면을 즐기며, 그들에게 남겨진 시간으로 다른 뭔가를 행하기 바라노라. 그리고 어떤 도움으로, 그것을 약간 파고들도다. 〈피네간의 경야〉의

언어는 부분적으로 프로이트에 기초한다. 그것을 이해하기 위해 우리는 꿈의 이론을
생각해야 한다.

　한 가지 꿈은 현재적顯在的 및 잠재적, 두 수준을 갖는다. "현재적"은 우리가 잠깬
뒤 인지하는 것의, 때때로 인식하는 것이다. 이 뜻은 전반적으로 성적이다. 프로이트
의 무의식을 위하여 사회에 의하여 불찬하고, 사회적 이고(자아)에 의하여 조심스럽게
억압된 물질을 포함한다. 두 가지 수준 사이에 검열관이 서 있는지라, 그의 일은 우리
가 억압하는 것을 그리고 우리의 천성의 리비도적 힘에 무식한 채 남는 것처럼 보인
다. 이러한 힘들은 너무나 강력하기 때문에 그들은 출타出他해야 한다. 그러나 그들
이 출타할 때라도, 그들은 우리의 잠이 통상적으로 무無 고통 하는 방법으로 가장假裝
해 왔다. 이런 가장은 혹은 분명한 꿈은 조건과 진행의 결과이다. 첫 경우에, 왜냐하
면 꿈꾸는 것은 아주 원천적이요 유아론적唯我論的(solipsistic)이다. 그것은 논리상 면식
적面識的이다. 둘째로, 검열관은 그의 꿈의 작업에 의해 혼돈을 완성한다. 그들이 통
과하며 무의식의 자료를 취하면서, 그는 상징주의 환치換置(displacement), 그리고 압축
(condensation)에 의하여 그들을 무미하게 만든다. 환치는 강조의 전환인지라, 그것으
로 중요함은 무실하듯 이루어진다. 압축은 두 개 혹은 더 많은 것으로 하나를 만든다.

　꿈꾸는 마음은 단어들과 사물들과를 혼동한다. 이 경제의 승리(triumph of economy)
는 자주 언어적이다. 프로이트는 그의 꿈의 책들에서 "우스꽝스럽고 괴상한 언어-형
성을 형성하는지라". 그의 약간의 모호성은 둘 혹은 셋의 언어들에서 그들의 요소를
발견한다. 예를 들거니와, "사랑과 필적"(loves and fiches)이 있다. 이러한 예는, 프로이
트 산産의 것이 아니라, 학구성, 빈곤과 사랑을 타협하려고 노력하며 자신의 나날을
보내는 비참한 사람의 꿈에서 발생한다. 그의 꿈의 압축은 빵과 필적의 기적으로, 그
것은 그의 고통 혹은 자신의 음식을 얻으려는 보다 나은 방법오로부터 종교적 도피
를 암시한다. 이러한 의미를 가지고, 언어유희의 검열관은 꿈꾸는 자의 다른 관계를
결합한다. fiches라는 단어는 훨씬 단순하다. Fiches는 그것 위에 아무런 노트도 없는
작은 종잇조각을 위한 프랑스 말이다. Fiches는 강제로 날카로운 점으로 뭔가를 만든
다. Se ficher는 조롱하는 것이다. 많은 면의 이중어의 언어유희는, 감추는 동안에, 꿈
꾸는 자의 상황과 그의 기분을 표현한다.

　요소들의 결합은 기지적機智的 혹은 기지에 가깝다. 프로이트는 기지에 관한 그의

책에서 이러한 성취, 그것을 갖지 않은 열성적 사람들에 의해 무시당한 채, 많은 점에서 꿈과 유사하다. 기지와 꿈은 함께 압축과 환치에 의해 작동한다. 지적知的이기는커녕, 꿈에 대한 이 낮 시간은 무의식의 경사慶事에 빚진다. 〈율리시스〉에서 블룸 부인(Mrs Bloom)이 일종의 기지가 될 수 있음을 이해하는 것이 가능해진다. 그러나, 아무리 지적이라 할지라도, 그녀의 창조주는 그녀보다 더 큰 지적이었다. 그의 무의식이 "유령에 박힌 눈"(poached eyes on ghost)을 창조하는 남자나, 〈율리시스〉의 다른 유희는 프로이트로부터의 암시에 준비되어 있다.

꿈은 많은 수준인지라, 조이스는 〈피네간의 경야〉를 위해 많은 수준의 언어를 발명했다. 실질적 꿈들에서 언어유희들은 단순히 일어난다. 조이스의 꿈의 거의 계속적인 유희는 그의 주제와 목적에 합당하기보다, 그런고로, 덜 현실적이다. 프로이트의 "우리의 꿈의 해석"(interpretation of our dreams)의 암시에서 채택되고, 조이스의 재간에 의해 정교 화된 채, 이러한 이중적 이야기는 풍부하고, 효과적이며 흥미롭다. 인유, 망가진 인용, 상징과 강조의 환치는— 모두 프로이드의 기계요, 믿을 수 없게고 확장적이며, 복수적인지라— 음률, 감각, 시간과 장소, 열쇠의 리듬을 조화하려는 도구를 마련한다. 그의 "짓누른 감자"는 "혼질서"(chaomos)와 한결 같은 변화에서 모두처럼, 장소와 사물에 적합하다. 그의 언어는, 그가 말하기를, 방점과 흠집 그리고 병치적 필치의 폭동이 아니요…. 그것은 단지 저주처럼 보일 뿐이다.

두 언어들의 유희는 조이스 같은 위대한 언어학자를 위해 또는 주제를 위해 충분하지 않았다. 그는 자신이 알았던 이러한 언어들로부터 단어들을 복합했다. 그는 약 18개를 안다고 이야기되어지거니와, 그의 기법들처럼, 그의 언어는 주제에 합당하다. 헤브라이어와 아라비아어의 유희들은 〈창세기〉의 설명을 미화하고, 예를 들면, 한편으로 덴마크어와 네덜란드어의 언어유희들은 그의 주인공의 노르웨이 동기를 동행한다. 피진 영어, 에스페란토어, 그리고 피그라틴어로서 탈선들을 설명하는 것은 덜 요이하다.

그의 유희를 시인하지 않았던 이들에게, 조이스는 말했는바, 로마 교회는 유희 위에 세워져는 지라—베드로와 바위가 그것이요 교회를 위해 충분히 좋은 것은 그를 위해 좋은 것이다. 그의 유희를 사소하게 알았던 자들에게, 그는 그것은 한층 자주 사경쟁적四競爭的(quadrival)이라 대답했다.

음과 음률에 의한 조이스의 놀라운 언어는 귀에 호소한다. 〈피네간의 경야〉는 큰 소리로 읽어야한다. 그리고, 조이스의 아나 리비아 구절의 녹음을 들은 자들은 조이스 자신에 의해 혹은 적어도 더블린 사람에 의해 동의하리라. 그러나 그가 자신의 "대위법어"(counterpoint words) 라고 불렸던 것은 113번의 〈시퍼〉(Psalms)의 망가짐 속애 함축된 다른 의미들에 동시에 호소할 것인즉, 이는 〈율리시스〉 제17장의 스티븐(Stephen)이 블룸의 집으로부터 나올 때 불렀던 것이다: "모두스 뻬레그리누스(여행의 선법[旋法]): 인 엑시뚜 이스라엘 데 에지쁘또(이스라엘이 이집트에서 나올 때): 도무스 야꼬브 데 뽀뽈로 바르바로(야곱의 집이 방언족[方言族]을 떠나올 때)." 당신은 귀를 지니고 보지 않을 것이오? 당신은 눈을 가지나 터치 하지 않아요? 감각은 결코 더 이상 철저히 혼돈되지 않았다. 대부분의 몽자夢者들을 위하여 초현실적 영화는 적합할지나, 가사만으로 조이스의 마음의 복잡성들을 위해 그리고 그것의 성격을 위해 행사할 수 있으리라.

웰링턴 기념관의 방문동안, 안내원을 말하나니 "이것은 거대한 웨링던의 납제臘製 기념비 기적약상奇蹟藥像이 이들 신령녀의 양 측면에 암입暗立하고 있어요. 원통 직경 6마력." 이 구절은 프로이트에 따라서 취급될 수 있으리라. "이것은 거대한 웨링던의 납제臘製 기념비 기적약상奇蹟藥像이 이들 신령녀의 양 측면에 암입暗立하고 있어요. 원통 직경 6마력." 공원의 기념비는 남근적이요 또한 사적死的이다. 기적약은 헛배를 치료하기 위한 블룸 씨의 기적약과 더불어 굽이쳐 연결된다. "원통 직경, 6마일"은 성적 상징들과 연결하는지라, 그들 모두는 성적이다. 엑스캘리버 혹은 단두. 칼리버 혹은 총, 말馬은 독일어의 로스, 그리고 6실린더 혹은 차車. 지니들(jenny)로서, 그들은 소녀들을 부른다.

조이스는 또한 프로이트의 방법을 비非-성적 주재들에 적용했다. 제5장의 끝으로부터 다음 구절은, 예를 들면, 음식과 종교와 합치된다.

천성 및 신분상으로 깊이 종교적인지라, 그리하여 여차汝茶, 및 얼룩 버터 바른 빵과 주主 햄 그리고 갓 낳은 달걀에 열심히 매달린 채, 엄청난 분노가 그의 형교수兄教授 현학객자衒學客者 프렌더게스트에 의하여 심지어 여의치 않게도 터뜨려 질 수 있는 게 아닌가하고 정당하게도 의심 받았나니, 자신의 선조의 성령에 맹세코, 그는, 눈물로서, 그가 일주일에 적어도 한번 씩 산사나무 관목의 공유지에서 자신의 눈동자 및 그녀의 최초의 소년들의 최고 친구로서, 이 선조를 부끄럼 없이 공경했거니와, 그리하여, 비록 기혼 귀부인을 위한 평이한 영어가 아무튼 오해를 쌓긴 했어도,【124】

차, 빵 그리고 버터 및 햄과 계란은 원죄, 하느님, 아담과 이브, 그리고 예수와 혼동된다. 이러한 분명한 불협화음은 그의 형교수兄教授 현학객자衒學客者 프렌더게스트이다. 형교수는 교수요 독일 빵-먹이 혹은 성찬 보유자이다. 프렌더게스트는 프랑스어의 여관 혹은 손 취자取者이다. 언객言客은 가스트 혹은 고스트(유령) 혹은 여관주인이다. 언객은 음식과 종교요 성찬聖餐에서 그리고 신과 같은 여관주인, H.C. 이어위커의 몸체에서 결합 한다. 그리하여 그는, 우리가 보듯, 모든 모순당착을 화해한다.
조이스는 프로이트를, 꿈과 그들의 언어의 초기 권위인, 루이스 캐럴과 화해한다. 캐럴에 대한 언급은 〈피네간의 경야〉에서 프로이트에 대한 언급처럼 공통이다.

그리하여 거기 많은 사람들이 오래된 톰 사각 중정四角中庭 곁의 그[HCE]의 저 노출상露出像 앞에 발걸음을 멈춘 채, 그곳에 그는 만족스레, 가운을 두루 걸치고, 성적 자적 안락 습관 속에 앉아, 온후한 태양 광선이 너덜 하계下界 속으로 만교挽巧로히 스며드는 것을 살피면서, 감상적 누구涙球가 그의 감로甘露의 뺨을 주름 지으려하고 그리하여 꼬마 빅토리풍의, 아리스, 아리스 빠이 빠이(작별)가 그의 나긋한 손으로 강압强壓되도다.【57】[손의 작별]

어떻게 평자들이 이것을 스위프트에 대한 인유로 발견했는지를 아는 것은 어렵다. 톰 퀴드(Tom Quad)는 옥스퍼드의 크리스천 처치 칼리지에 있으며, 거기 캐럴 혹은 도즈선(Doggson)이 성직의 안락에 앉아, 저 꼬마 빅토리아인, 엘리스(Alice)에 관해 글을 쓴다. 험프티 덤프티(땅딸보)와 "무의미한 말"(Jabberwocky)에 대한, 꿈의 언어의 캐럴(Carroll)의 몽시夢詩에 대한 언급들이 있다. 〈체경을 통하여〉에서, 험프티 덤프티는 〈피네간의 경야〉의 주된 상징들 중의 하나가 되거니와, 꿈의 언어를 설명한다. "무의미 어"는 다음처럼 시작한다.

'Twas brilling, and the slithy toves

Did gyre and ginble in the wabe….

"Slithy"는, 험프티 덤프티가 말하는 바, "lithe and slimy"를 의미한다. 말하자면 그것은 혼성어"(portmanteau)를 닮았다. 즉, 한 개의 단어 속에 두 개의 의미가 묵혀있다. 그리고 그는, 마치 윌리엄 엠슨(Empson) 그리고 작은 잡지의 독자인 엘리스처럼, 더 많은 모호성들을 계속 설명한다.

〈이상한 나라의 엘리스〉(Alice in Wonderland)에 관한 그의 탁월한 논문에서. 엠슨 씨는 책은 꿈일 뿐만 아니라, 프로이트의 꿈임을 보았다. 엘리스는 구절을 계속하고, 우물에 낙하하고, 너무나 작아 마당에 그녀가 들어갈 수 없는 문을 가진 방애 들어간다. 이 환상은 엘리스에게 정신분석에 대한 적합한 주제를 증명한다.

"무의미한 말"(Jabberwocky)은 꿈의 언어로서 뿐만 아니라 마찬가지로 체경 언어로서 쓰인다. 엘리스는 그녀가 거울을 향해 그것을 들 때까지 그것을 읽을 수 없다. 〈피네간의 경야〉는 체경 언어로서, 혹은 적어도 그것에 대한 적응으로서 충만 된다. 변형될 때. 이집트의 여신인, Aruc-Ituc는 Cuticura가 된다. 또 다른 구절에서, 동등하게 이집트적이 거니와, "EfasTaem의 열쇠"에 대한 언급이 있다. 이는 찬장으로 전환한다. Llawnroc의 Kram 왕은 단지 콘월(Cornwall)의 마크 왕(King Mark)이요, 트리스탄(Tristan)의 숙부이다. 엘리스는 자기 자신을 이러한 조건에 맞춘다.

그의 언어는 캐럴, 프로이트 및 〈율리시스〉에서 그의 자신의 언어 파괴에 의해 마련된 채, 조이스는 그의 꿈을 작성했다. 〈피네간의 경야〉의 시작과 종말에서, 모호성은 잠이 한층 깊은 중간에서보다 덜 암담하다. "그대는 오늘 밤 누구를 부지不知인고, 여女태만怠慢과 신사여러분?" 당황한 수면 자는 외적 발생사들─ 창문틀 위의 낙엽의 탁탁 침을 인식한다. 그리고 그는 자신의 코곮에 의해 혼란된다. 아무것도 확실한 것은 없다. "만사는 고로 여기에 유영遊泳한다." 엘리스는 그녀의 합리적 시선을 가지고 사물을 고정하려고 애쓰면서, 불평한다. 여기 또한 사람은 갑자기 그의 반대자가 된다. 한 장소 혹은 물체가 다른 것과 합류하고, 그것이 신분을 밝히기 전에 변하거나 혹은 살아진다. 이것이 우리가 꿈속에서 습관화 되는 것이다. 하지만 〈피네간의 경야〉는 현실적 꿈이 아니다. 그것은 너무나 길고 정교한지라, 비록 많은 점들에서 개인적일지라도, 너무나 보편적이다. 지금까지 꿈꾼 모든 꿈의 총계에서, 그것은 인간의 잠자는 마음을 노정한다.

표면적으로 이 보편적 꿈은 가족의 이야기가 노정하는 풍요한 혼란을 발휘한다. 잠재적 수준은, 언어유희, 암시 그리고 파괴에 의하여 즉시 숨거나 노정된 채, 다양하며, 때때로 성적이지만, 그러나 한층 자주 역사적 또는 철학적이다. 이들 가운데 아무것도 문자 그대로 생각되지 않는지라, 조이스이 목적은 한 밤 잠의 자연주의적 제시도 아니요, 철학의 추천도 아니지만, 그러나 인간의 천성과 조건을 대표하며 예술 작품을 창조한다. 분명하고 잠재적 수준은 다 함께 거대한 상징을 제작한다. 그것 자체만은 그리고 또 다른 것 혹은 형태가 아니게, 이러한 상징은 다른 형태가 할 수 없는 것을 행하고, 그것은 선언이 말할 수 없는 것을 말한다. 상징적 형태는 꿈의 의미이요, 상징과 책은 하나이기에, 〈피네간의 경야〉는 〈피네간의 경야〉의 의미이다. 그것은 마치 더 이상 말할 것이 없는 양 소리 난다. 행복하게. 그러나, 상징의 요소들 그리고 피차의 그들의 상관관계에 관해 말할 중요한 것이 있다.

꿈은 그것 자체를 위해 거기 존재하지 않을 것이다. 그러니 그것은 그럼에도 불구하고 꿈이요, 꿈은 꿈꾸는 자를 요구한다. 그의 신분은 하나의 문제이다. 비평가들이 가졌던 최초의 생각은 몽자가 H.C. 이어위커라는 것이요, 그는 책의 주인공이다. 그러나 이러한 개념의 길에는 어려움들이 있다. 만일 이어위커가 몽자 이라면, 책은 그의 의식의 흐름임에 틀림없는지라, 우리는 잠자는 마음의 점령자들이다. 〈피네간의 경야〉의 16장에서 그러나, 우리는 그가 잠에서 깨어나고, 그의 아내에게 이야기하고 있음을 본다. 물론 그는 깨어있는 몽자일 것이요, 그러나 이것은 있을법하지 않다. 책의 종말에서, 더욱이, 우리는 그의 아내인, 아나 리피의 마음을 점령한다. 보다 일쩍이, 그 몽자는 퀴즈 프로그램의 그리고 가장자리 주석들을 가진 텍스트의 형태를 취한다. 이어위커의 꿈이 이러한 형태들을 취할 수 있음은 더 이상 있을 법 하지 않다.

그것은 있을 법한지라, 조셉 캠벨(JOseph Campbell)이 암시한데로, 단테(Dante)는 우리가 듣는 목소리는 지하 세계를 통하여 단테처럼 행사하는 버질(Virgil)을 안내로서 행동한다. 이 철저하고, 논쟁적 인간은, 밤새도록 강의하고 싸우는지라. 관대 할 수 없을 정도로 아카데믹하다. 하지만 분명한 혼란과 꿈의 기계(machinery)는 그를 잠자도록 증명한다.

조이스 자신이 몽자 임은 있을 법하다. 그는 학식 있는 사람이었고, 그는, 자신이 원할 때, 교수처럼 들린다. 만일 조이스가 몽자라면, 그것은 그이 자신에 대해 언급을 설명하나니, 그것은 거의 모든 페이지에서 분명히 조이스인, 셈과 연관될 뿐만 아니라, 예를 들면, 이어위커와 이어위커에 관한 민요를 쓰는, 호스티(Hosty)와 연관되어 있다. 몽자는 집합적 무의식이 될 수 있으며, 잠의 목소리로 의인화 되어 말을 하고 있다. 그러나 목소리는 더블린의 악센트를 지니고, 만일 그것이 집합적 무의식의 그것이라면, 그리고 만일 그것이 집합적 무의식의 그것이라면, 그것은 조이스의 입으로부터 나오는 듯하다. 이러한 협동은 개인적 꿈이요 여전히 모든 몽자의 꿈을 설명할 것이다.

집합적 무의식은 융의 발견이다. 마음의 깊고, 고풍의 층들로 구성하면서, 인간의 경험과 발전으로부터의 저축이다. 저장소는 가족, 종족, 만족으로부터, 그리고 모든 원시적 및 동물적 조상으로부터 물질을 포함한다. 프로이트의 무의식이, 억압된 물질을 포함하면서, 무의식인 반면에, 그것은 비교적으로 개인적이요, 융의 것은 모든 사람들에 공통이다. 그것의 꼭대기 층은 사적이요, 그러나 이 아래 신화, 꿈, 그리고 문학에 나타나는 저들 원시적 상징들 및 원형들이 있다. 이러한 원형들은, 융이 말하기를, 레비-브릴(Levy-Bruhl; 1857-1939)(프랑스의 인류학자)이 원시적 마음의 연구에서 말하는 "집합적 조상"集合的 彫像(the collective representations)와 유사하다.

레비 브릴은, 조이스를 〈피네간의 경야〉에서 여러 번 언급하거니와, 꿈의 몇몇 작용들을 수행한다. 그들 가운데 하나는 집합적 무의식과 그것의 원형들의 조이스적 감수를 확약할 수 있다. 그러나 만일 조이스가 이러한 생각을 레비 브릴이나 융으로부터 취했다면, 그는 그것을 그의 목적을 위해 변경했을 것이다. 가족과 원시 인간애 첨가하여, 그는 마찬가지로 모든 현대 학문의 집합적 무의식의 지시를 행한다. 이러한 명령의 확장은 〈피네간의 경야〉에서 외국어들을 설명할 것이요, 물론, 몽자가 조이스 자신이지 않은 한, 지식을 위해 개인적 몽자의 능력을 훨씬 초월한다. 전형적 유형으로서, 부친, 여인 및 재탄의 그것들은 〈율리시스〉에서보다 여기 한층 더 눈에 띈다. 〈피네간의 경야〉의 중심 주재들은 전형적이다.

조이스의 꿈 혹은 조이스는 가족 유형에 관해 꿈꾸고 있는지라, 그것은 만사를 설명하는 듯하다. 가족은 부친, 모친, 쌍둥이 아들들, 그리고 한 딸로 구성된다. 험프티 침던 이어위커 씨는 주막 주이다. 그와 그의 가족은 더블린 외곽, 채플리조드, 피닉스 공원 근처 리피 강에 주점을 두고 살고 있다. 채플리조드와 공원에 관한 소설인, 세리던 라 파뉴(Fanu)의 〈교회마당 끝의 집〉(House by the Church yard)에 대한 많은 언급들에 의하여, 조이스는 지역 감각을 수립하는데 돕는다.

블룸(Bloom)처럼, 그를 닮았거니와, 이어위커는 부친 이미지이다. 따라서 신과 같으며 추장 같은, 그는 도시의 건립자요, 그들의 지배자이다. 비록 남편 및 부친으로 지배하듯 하지만, 그의 실질적인 가족 관계는 섬세하고 변화하고 있다. H.C. 이어위커의 가정적 상황은 예외적이다.

이 위대한 가족인은 그의 상황처럼 복잡한 이름을 가졌다. 한 가지 수준에서 이어위커는 에이레의 거주자요, 다른 면에서 그것은 딱정벌레(earwig)를 의미한다. 이어위커는 단지 아일랜드의 거주자이다. 켈트적이라기보다 노르웨이적 조상에 속하는, 그는 친입적 외래자를 대표한다. 바다로부터의 그의 도착은 탄생의 프로이트적 이미지일 뿐만 아니라, 덴마크의 도래자이다. 체프리조드의 게일 족들 사이에 그는 거의 더블린의 블룸처럼 이방자이다. 한 마리 집게벌레는 귀 속으로 기어드는 것으로 상상되는 지라, 거기서 일종의 가십에 의해 괴로움을 당한다. 이러한 능력 속에 이어위커는 꿈의 화신이요, 독자의 집게벌레이다. 제1장에서 거대한 **Forficules**로서, 그는, 자신의 곤충처럼 **Forficulidae** 족이 된다.

거인, 산山 그리고 등 혹으로서 이어위커는 프로이트적 상징이요, 남근적이며 항문적이다. 그는 호우드의 반도적 언덕인바, 그것은 더블린 만의 북쪽변경이요, 그는 호우드에서 베일리 등대이다. 그의 아내, 아나는 리피 강으로, 그의 여성적 흐름은 작품에 기초적 음률을 준다. 〈피네간의 경야〉의 모든 남성 인물들은 한 가지 의미에서 HCH의 투영이요, 마치 여성의 인물들이 아나 리비아 플루라벨 혹은 ALP의 투영과 같다. 그들의 두문자들은, 그런고로, 꿈을 채운다.

제리(Jerry)와 케빈(Kevin) 혹은 셈과 숀은 HCE와 ALP의 쌍둥이 아들들로서, 역사의 쌍둥이들인, 야곱과 에서(Essau), 가인(Cain)과 아벨, 톰 소여와 헉 핀(Huck Finn)으로 루이스 캐럴의 Tweedledum이요 Tweedledee이다. 셈은, 내부를 대표하며 은의 내성자이요, 숀은 외래자를 대표하면서. 외향자이다. 함께 그들은 HCE를 작성하고, 그 이 속에 그들의 성격들은 결합한다. 그들의 누이인, 이사벨은 밀리(Milly)가 몰리 블룸의 보다 젊은 번안이듯, ALP의 번안이다. 이사벨 혹은 모든 소녀의 독백은 블룸 부인과 거티 맥다월(Gerty MacDowell)의 그것과 유사하다. HCE의 애정은, 셈을 소홀히 하고 ALP로부터 등을 돌리는지라, 이사벨과 숀에 중심을 둔다. 이사벨은 또 다른 여인의 가장假裝으로 나타나며, 숀은 다양한 이름 아래 숨는다. 비록 조이스는 몽자 일지라도, 검열이 여전히 작동한다. 가족 인으로서 조이스는 자기 자산이 HCE와 동등하고, 가족은 그이 자신과 동등하다. 10장의 각주 중의 하나에서 그는 묻는지라, "사랑은 생활보다 나쁜가?"

가정에서 사랑은 어려운 일이지만, 고원의 사랑은 죄이다. 이어위커는 유혹당하고, 아담처럼 그는 "그의 뒤쪽 경내의 붕괴"(collupus of his back promises)에서 고통을 겪는다. 공원은 피닉스의 이름 하의 에덴 동산이요, 이 이름에 의해 그것은 추락 뒤에 부활을 약속한다. 이러한 이유로 성 오가스틴의 추락에 대한 논평인즉, 이는 이어위커에게 붕괴되고 적용된 "오 행복 불사조 죄인이여"(foenix culprit)이 된다. 그러나 우리의 즉각적인 관심은 그의 붕기崩起가 아니고 추락이다. 아담으로서, 그는 역사와 전설의 모든 추락자들과 더불어, 예를 들면, 땅딸보와 더불어, 그리고 팀 피네간과 비교되는 바, 후자는 이 책의 제목이 되는 애란-미국의 민요에서, 추락한 벽돌 운반공(hod-carrier)이다. 이어위커는 Balbus이요, 이는 balbus가 말더듬이의 라틴어일 뿐만 아니라, 이어위커는 말더듬는 자로서, 그러나 "Balbus는 벽을 쌓고 있었으니," 그리하여 아마도 그로부터 추락했었다. 이 문장은 스티븐 데덜러스의 초등학교가 있는 클론고우즈의 벽에 색인되고, 〈젊은 예술가의 초상〉에 재록되어, 조이스의 기억 속애 타당한 기회를 기다리며 놓여 있었다. 거장 정원사 이어위커는 아담이요, 동양지재 피네간(Bygmester Finnegan)은 입센의 주된 건축가로서, 그는 그의 탑으로부터 추락한다. 바벨과 월 스트리트(Wall Street)의 추락의 메아리는 이 작품의 첫 장을 통해서 등등거리면서, 우리의 주인공(영웅)의 붕괴에 참여한다.

그의 죄의 천성은 불명하게 남아있다. 검열에 의해 변장된 채, 그것은 주의를 피한다. 교수는 헛되이 참투하려고 노력하는지라, 법원의 판사들은, 그곳에서 이어위커가 재판에 당도하고, 더 이상 성공하지 못한다. 증인들의 증거는 부당하고, 비물질적이며 무능하다. 책의 초기 장들에서 꿈의 작업은 한 등장인물을 다른 이름 하에 재헌 하게 만들고 또한, 한 사건을 또 다른 것과 합류시키면서, 양자는 혼돈된다. 책의 그 밖에 어떤 곳에서도 외형에 있어서 꿈의 조건들을 더 이상 확약하게 하지 않는다. 이어위커의 죄는, 아담의 그것처럼, 너무나 중심적인지라 그것은 병치되어야만 한다.

그러나, 우리는 알고 있거니와, 죄는 2소녀들과 3군인들을 포함하는바, 그들의 신분은 한결같이 변전한다. 때때로 소녀들은 이사벨과 아나의 투영이 되는, 그리고 군인들은 이어위커 자신과 혹은 그의 아들들이 된다. 수많은 암시들은 소녀들이 용변을 보고 있음을 확신시킨다. 이어위커는 간음자이거나 혹은 그들을 관찰하면서, 정신분석자들이 염탐자 혹은 그 밖에 노출자로 알고 있다. 한편, 군인들은 그를 관찰하고 있다. 아마 그는 군인들에게 부당한 환심을 사거나 혹은 아마 전체 스캔들은, 농담의 일로서, 근본이 없는 것이다. 모든 이러한 것은 너무나 암담하기 때문에, 심지어 경험 있는 독자도 탈선하기 십상이리라. 예를 들면, 어떤 평자는 어떤 구절이 파도 속에서 몸을 씻고 있음을 서술한다고 생각한다. 확실히 거기에는 "파도의 쿵 울리는 소리"가 있으나, 그것은 "박하혼성薄荷混聲의 머리카락"을 통해서 들린다. 그것의 문맥 속에 라틴의 유희에 대한 주의가 주제를 두 소녀들이 숲 속에서 용변을 보고 있음을 동등시한다.

분명한 감각, 인간성, 그리고 예술 또한 우체부 숀을 회피하나니, 그는, 그가 다른 것을 이해하는 무능력에 의해 격분한 채, 그의 소녀들로 하여금 "펀희맨(Punman)을 피할지라." 우체부 숀에 대한 이름 때문에, 보우시콜드의 연극 〈아라-나-포그〉의 애국적 편지 배달부, 조이스의 숀은 인습의 힘을 대변하도다. 그는 레베 브릴의 오스트라리아의 사골死骨을 가리키자, 정수精髓는 죽도다. 숀의 원초적 브르조아 마력, 항시, 예술가에게 아무런 효력을 갖지 않도다. 셈이 생장을 쳐 들자, 벙어리는 말하나니. 나무와 돌로부터 출현하면서, 빨래하는 여인들은 그들의 강의 가십을 시작한다. 생장은 기적을 행사하고, 스티븐은 애쉬지팡이(ashplant)를 나르나니, 그를 가지고 그는 샨딜리어를 치도다. 예술가의 창조적 힘을 상징화하면서, 이 동등한 마장魔杖은, 이내 남근적이요 야채라, 영원한 회목灰木, 야그드라실(Yaggdrasill)과 그리고 인생의 나무는 〈피네간의 경야〉의 15장에서 동등하다.

마지막으로 ALP와 블룸 부인(Mrs Bloom)을 비교하건데. 전반적 블룸 부인 보다 훨씬 덜 개인적일지라도, ALP는 몰리(Molly)처럼 꼭 같은 창조적 에너지를 대표한다. 이는 그녀의 최후의 독백 속에서 몰리의 그것에서처럼, 그녀는 모든 여인을 생기 있게 하는지라, 케이트(Kate), 이사벨, 빨래하는 아낙들, 그리고 독창적 암탉이 그들이다. 생명력, 진화, 그리고 시인의 뮤즈로서, 그녀는 음률보다 덜한 인물이요, 원칙보다 덜한 사람일 수 있다. 강이나 혹은 인생의 물은 그녀의 상징이다. 그녀는 통류通流하는지라, "극소 간격"(microchasm)이다. 어린 양 같은 흐름처럼 때때로 절반-의인화된 채, "그녀는 매애매매 산양처럼"(she ninnygoes nannygoes)【7.27】 때때로 그녀는 한 조각구름이요. 때때로 아나 + 이어위커(Anna + Earwicker)의 몸을 가장한다. 기적은 조이스야말로 그토록 기본적 어떤 것에 그토록 많은 활력과 성격을 제공할 수 있다는 것이다. 비록 우리는 그녀를 서술할 수 없을지라도, 우리는 그녀가 거기 있음을 안다. 그녀는 음률과 음조, 감각과 소리에 의하여 우리의 마음속에 존재한다.

그녀가 블룸 부인과 동일시 될 때, 고로 H.C. 이어위커는, 블룸 씨와 동일시되나니, 저 위대한 남성의 특성을 분담한다. 그러나 HCE는 블룸 씨보다 덜 개인적이다. 블룸은 우리 시간의 매인每人이요, HCE는 역사의 매인이다. 그의 두문자는 차처매인 도래를 생산하는지라, "과오를 범하고, 용서받을 수 있는, 인간적이다"(human, erring, condonable). 이어위커 씨는 Van Houten (네덜란드 코코아 브랜드)으로서 유명한 편지로서 출현한다. 이것은, 호우드 백작인, 잘 반 후터에 대한 인유일 뿐만 아니라, 코코아 브랜드의 이름인, 블룸 씨는 인생의 코코아로 봉사한다. 이어위커 씨는 성체요 "그대와 나는 그이 속에 있도다."(you and I are in him.)

스키트(Skeat)의 〈어원사전〉(Etymological Dictionary)에 따다르면, 그것에 조이스는 현신했거니와, 양초 심지는 라틴어의 vicus에서 오나니, 그것은 거리 또는 근처(vicinity)를 의미한다. 이것은 우리에게 비코와 가족 환環인, "회환의 넓은 비코 촌도로 하여 호우드 성과 주원까지"(by a commodius vicus of recirculation back to Howth Castle and Environs) 우리를 나르도다. (이상 틴달 저의 〈제임스 조이스: 현대 세계의 해석법〉(p. 51-64 참조).

조이스 연보

- 1882년 2월 2일, 아일랜드 수도 더블린에서 경제적으로 넉넉지 못한 수세리收稅吏 존 스태니슬라우스 조이스(John Stanislaus Joyce)와 메리 제인 조이스(Mary Jane Joyce) 사이에서 장남으로 태어남.

- 1888년 9월, 한 예수회의 기숙사제 학교인 클론고우즈 우드 칼리지(Clongowes Wood College) 초등학교에 입학, 1891년 6월까지 (휴가를 제외하고) 그곳에 적籍을 둠.

- 1891년 이해는 조이스 생애에 있어서 가장 중요한 한 해였음. 6월, 경제적 어려움 때문에 존 조이스는 제임스를 클론고우즈 우드 칼리지 초등학교에서 퇴교시킴. 10월 6일, 파넬(Parnell)의 죽음은 아홉 살 난 소년에게 큰 충격을 주어, 파넬의 '배신자'를 규탄하는 〈힐리여, 너마저(Et Tu, Healy)〉란 시를 쓰게 함. 존 조이스는 이 시에 크게 만족하여 그것을 인쇄하게 했으나 현재는 단 한 부部도 남아 있지 않음. 뒤에 〈젊은 예술가의 초상〉에 서술된 바와 같이 그의 격렬한 기분으로 조이스가家의 크리스마스 만찬을 망쳐 버린 것도 이해임.

- 1893년 4월, 역시 예수회 학교인 벨비디어 칼리지(Belvedere College) 중학교에 입학, 1898년까지 그곳에 적을 두었는데, 우수한 성적을 기록함.

- 1898년 카디널 뉴먼(Cardinal Newman)이 설립한 예수회 학교인 더블린의 유니버시티 칼리지(University College)에 진학, 이때부터 기독교 및 편협한 애국심에 대한 그의 반항심이 움트기 시작함.

- 1899년 5월, 예이츠 작作 〈캐슬린 백작부인〉을 공격하는 동료 학생들의 항의문에 서명하기를 거부함.

- 1900년 문학적 활동의 해. 1월에 문학 및 역사학 학회에서 '연극과 인생(Drama and Life)'에 관한 논문을 발표함(〈스티븐 히어로[Stephen Hero]〉참조). 4월에 〈입센의 신극(Ibsen's New Drama)〉이라는 논문이 저명한 〈포트나이틀리 리뷰(Fortnightly Review)〉지에 게재됨.

- 1901년 이해 말에 아일랜드 극장의 지방성을 공격하는 수필 〈소요의 날(The Day of Rabblement)〉

을 발표함(본래 대학 잡지에 게재할 의도였으나, 예수회의 지도교수에 의하여 거절당함).

- 1902년 2월, 아일랜드 시인인 제임스 클라렌스 맨건(James Clarence Mangan)에 관한 논문을 발표, 맨건이 편협한 민족주의의 제물이었음을 주장함. 이어 10월에 학위를 받고 파리에서 의학을 공부하기로 결심함. 늦가을, 더블린을 떠나 런던의 예이츠를 방문하고, 그의 작품 판로販路의 가능성을 살피기 위해 얼마간 그곳에 머무름.

- 1903년 파리에서 이내 의학에 대한 흥미를 잃고 잇따라 더블린의 일간지에 서평을 쓰기 시작함. 4월 10일, "모母 위독 귀가 부父"라는 전보를 받고 더블린으로 돌아옴. 그의 어머니는 이해 8월 13일에 세상을 떠남.

- 1904년 이해 초에 〈예술가의 초상〉(A Portrait of the Artist)이라 불리는 단편을 시작으로 자서전적 소설 집필에 착수함. 이는 나중에 〈스티븐 히어로〉로 발전하고 이를 다시 개작한 것이 〈젊은 예술가의 초상〉임. 어머니 메리 제인의 사망 후로 조이스가의 처지는 악화되었으며, 조이스는 가족과 점차 멀어지기 시작함. 3월에 달키(Dalkey)의 한 초등학교 교사로 취직, 6월말까지 그곳에 머무름. 이 해 6월 10일, 조이스는 노라 바너클(Nora Barnacle)을 만나 이내 사랑에 빠짐. 그는 결혼을 하나의 관습으로 보고 반대함으로써 더블린에서 노라와 같이 살 수 없게 되자, 유럽으로 떠나기로 작정함. 10월 8일, 노라와 더블린을 떠나 런던과 취리히를 거쳐 폴라(유고슬라비아령)에 도착한 뒤, 그곳 베를리쯔 학교에서 영어를 가르치기 시작함.

- 1905년 3월, 트리에스트로 이주, 7월 27일 그곳에서 아들 조지오(Giorgio)가 탄생함. 3개월 뒤 동생인 스태니슬라우스가 트리에스트에서 그와 합세함. 이해 말, 〈더블린 사람들〉의 원고를 한 출판업자에게 양도했으나, 10여 년의 다툼 끝에 1914년에야 비로소 출판됨.

- 1906년 7월, 로마로 이주, 이듬해 3월까지 그곳 은행에서 일함. 그 후 다시 트리에스트로 돌아와 계속 영어를 가르침.

- 1907년 5월, 런던의 한 출판업자가 그의 시집 〈실내악〉(Chamber Music)을 출판함. 7월 28일, 딸 루시아 안나(Lucia Anna)가 탄생함.

- 1908년 9월, 〈영웅 스티븐〉를 개작하기 시작, 이듬해까지 이 작업을 계속함. 그러나 3장章을 끝마친 뒤 잠시 작업을 중단함.

- 1909년 8월 1일, 방문차 아일랜드로 건너감. 다음날 트리에스트로 되돌아왔다가 경제적 지원을 얻어 더블린으로 돌아가 그곳에서 한 극장을 개관함.

- 1910년 1월, 트리에스트로 되돌아옴으로써 극장 사업의 모험은 이내 무너짐. 더블린을 처음 방문했을 때, 조이스는 뒤에 그의 희곡 〈망명자들〉의 소재로 삼은 감정적 위기를 경험함.

- 1912년 몇 해 동안 〈더블린 사람들〉에 대한 시비가 조이스에게 하나의 강박관념이 됨. 마침

내 7월, 마지막으로 더블린을 방문했으나, 여전히 그 출판을 주선할 수 없었음. 조이스는 심한 비통 속에 더블린을 떠났으며, 트리에스트로 돌아오는 길에 〈분화구로부터의 가스〉(Gas from a Burner)란 격문檄文을 씀.

- 1913년 이해 말에 에즈라 파운드(Ezra Pound)와 교신交信하기 시작함. 그의 행운이 움트고 있었음.

- 1914년 이른바 조이스의 '기적의 해(annus mirabilis)'로, 2월에 〈젊은 예술가의 초상〉이 〈에고이스트(Egoist)〉지에 연재되기 시작, 이듬해 9월까지 계속됨. 6월 〈더블린 사람들〉이 출판됨. 5월에 〈율리시즈(Ulysses)〉를 기초起草하기 시작했으나, 〈망명자들〉을 쓰기 위해 이내 중단함.

- 1915년 1월, 전쟁에도 불구하고 중립국인 스위스에로의 입국이 허용됨. 이해 봄에 〈망명자들〉이 완성됨.

- 1916년 12월 29일, 〈젊은 예술가의 초상〉이 출판됨.

- 1917년 이해 최초로 눈 수술을 받음. 이해 말까지 〈율리시즈〉의 처음 세 에피소드 초고를 끝마침. 이 소설의 구조는 이때 이미 거의 틀이 잡혀 있었음.

- 1918년 3월, 〈리틀 리뷰(Little Review)〉지(뉴욕)에 〈율리시즈〉를 연재하기 시작함. 5월 25일, 〈망명자들〉이 출판됨.

- 1919년 10월, 트리에스트로 귀환, 그곳에서 영어를 가르치며 〈율리시즈〉를 다시 쓰기 시작함.

- 1920년 7월 초순, 에즈라 파운드의 주장으로 파리로 이주함. 10월, '죄악금지회'(The Society for the Suppression of Vice)의 고소로 〈리틀 리뷰〉지에의 〈율리시즈〉 연재가 중단됨. 제14장인 '태양신의 황소들(Oxen of the Sun)'의 초두가 그 마지막이었음.

- 1921년 2월, 〈율리시즈〉의 마지막 남은 에피소드를 완성하고 작품 교정에 몰두함.

- 1922년 조이스의 40번째 생일인 2월 2일에 〈율리시즈〉가 출판됨.

- 1923년 3월 10일, 〈피네간의 경야經夜〉 첫 부분 몇 페이지를 씀(1939년에 출판될 때까지 〈진행 중의 작품[Work in Progress]〉로 알려짐). 그는 수년 동안 이 새로운 작품에 대하여 활발한 계획을 세우고 있었음.

- 1924년 〈피네간의 경야〉의 단편 몇 개가 4월에 처음 출판됨. 이후 15년 동안 조이스는 〈피네간의 경야〉의 대부분을 예비 판으로 출판할 계획이었음.

- 1927년 이해 4월과 1929년 11월 사이에 〈피네간의 경야〉 제1부와 제3부 초본初本을 실험 잡지인 〈트랑지숑(Transition)〉지에 게재함.

- 1928년 10월 20일, 〈아나 리비아 플루라벨(Anna Livia Plurabelle)〉이 출판됨. 이후 10년 동안 〈진행 중의 작품〉의 여러 단편들이 출판됨.

- 1931년 5월, 아내와 함께 런던을 여행함. 12월 29일, 아버지가 사망함.

- 1932년 2월 15일, 손자 스티븐 조이스가 탄생함. 이 사실은 조이스를 깊이 감동시켰으며, 이때 〈보라, 저 아이를(Ecce Puer)〉이라는 시를 씀. 3월에 딸 루시아가 정신분열증으로 고통을 받았음. 그녀는 이후 회복되지 못한 채 조이스의 여생을 암담하게 만들었음.

- 1933년 이해 말에 미국의 한 법원은 〈율리시즈〉가 외설물이 아님을 판결함. 이 유명한 판결은 이듬해 2월, 이 작품에 대한 최초의 미국 판 출판을 가능하게 함(최초의 영국 판은 1936년에 출판됨).

- 1934년 이해의 대부분을 스위스에서 보냄. 따라서 그는 딸 루시아 곁에 있을 수 있었음(그녀는 취리히 근처의 한 요양원에 수용됨). 1930년 이래 그의 고질적 눈병을 돌보았던 취리히의 의사와 상담함.

- 1935년 수년 동안 집필해 오던 〈피네간의 경야〉를 완성하기 위해 노력함.

- 1938년 프랑스, 스위스 그리고 덴마크로의 잦은 여행으로 더 이상 파리에서 거주할 수 없게 됨.

- 1939년 〈피네간의 경야〉가 5월 4일에 출판되었고, 조이스는 이 책을 57세의 생일(2월 2일) 선물로 미리 받음.

- 1940년 프랑스가 함락된 뒤 조이스 가는 취리히에 거주함.

- 1941년 1월 13일, 장궤양으로 복부 수술을 받은 후 취리히에서 사망함.

추천 참고서

— 어서톤(Artherton, James S), 〈경야의 책〉(The Books at the Wake)(런던, 페이버 앤드 페이버, 1959, 중쇄 1974).

— 벤스톡(Benstock, Bernard), 〈조이스-재차의 경야〉(Joyce-Again's Wake)(시애틀 및 런던: 워싱턴 대학 출판, 1965).

— 비숍(Bishop, John), 〈조이스의 어둠의 책〉(Joyce's Book of the Dark)(매디슨: 위스콘신 대학 출판, 1989).

— 버저스(Burgess, Anthony), 〈만인 도래(매인 도래)〉(Here Comes Everybody) (런던: 페이버 앤드 페이버, 1965).

— 코놀리(Connolly Thomas E. 편), 〈제임스 조이스의 잡기雜記〉(James Joyce's Scribbledehobble, The Ur-Workbook for 'Finnegans Wake') (에반스톤: 노드웨스턴 대학 출판, 1961).

— 코프(Cope, Jackson I.), 〈조이스의 시市들: 영혼의 고고학〉(Joyce's Cities: Archaeology of the Soul)(볼티모어 및 런던: 존스 홉킨스 대학 출판, 1981).

— 에코(Echo, Umberto), 〈제임스 조이스의 중년: 혼질서의 심미론〉(The Middle Ages of James Joyce: The Aesthetics of Chaosmos)(E. 에스록 역) (런던: 허친슨 라디어스, 1989).

— 엘먼(Ellmann Richard), 〈제임스 조이스〉(James Joyce)(뉴욕: 옥스퍼드 대학 출판, 1959).

— 글라쉰(Glasheen, Adaline), 〈피네간의 경야의 세 번째 통계조사: 인물과 역할의 색인〉(Third Census of 'Finnegans Wake': An Index of Characters and their Roles)

(버클리, 로스앤젤레스 및 런던: 캘리포니아 대학 출판, 1977).

- 하트(Hart, Clive), 〈피네간의 경야의 구조와 주제〉(Structure and Motif in 'Finnegans Wake')(런던: 패이버 앤드 패이버), 1962).

- 〈피네간의 경야의 용어 색인〉(A Concordance of Finnegans Wake)(미네아폴리스: 미네소타 대학 출판, 1963).

- 해이먼(Hayman, David), 〈전환의 경야〉(The 'Wake' in Transit)(이타카 및 런던: 코넬 대학 출판, 1990).

- 〈피네간의 경야의 첫 초고본〉(A First-Draft Version of Finnegans Wake) (오스틴: 텍사스 대학 출판, 1963).

- 히긴슨(Higginson, Fred, 편), 〈아나 리비아 플루라벨: 한 장의 제작〉(Anna Livia Plurabelle: The Making of a Chapter) (미니애폴리스: 미네소타 대학 출판, 1960).

- 레노트(Lernout, Geert, 편), 〈유럽의 조이스 연구 II, 피네간의 경야: 50년〉 (European Joyce Studies II. 'Finnegans Wake': Fifty Years) (암스테르담 및 애틀랜타: 로도피, 1990).

- 맥휴(McHugh, Roland), 〈피네간의 경야의 기호〉(The Sigla of 'Finnegans Wake') (런던: 에드워드 아놀드, 1976).

- 〈피네간의 경야 주석〉(Annotations to Finnegans Wake)(볼티모어 및 런던: 존스 홉킨스 대학 출판, 1980).

- 노리스(Norris, Margot), 〈피네간의 경야의 탈중심의 우주: 구조주의자의 분석〉(The Decentered Universe of 'Finnegans Wake': A Structuralist Analysis) (볼티모어 및 런던: 존스 홉킨스 대학 출판, 1976).

- 로즈(Rose, Danis, 편)〈제임스 조이스의 〈색인 원고〉: 〈피네간의 경야〉 자필 문서 작업본 V.I.B. 46〉(James Joyce's 'The Index Manuscript: Finnegans Wake Holograph Workbook VI. B. 46)(콜체스터: Wake Newslitter 출판, 1978).

- 로스(Rose, Danis & John O'Hanlon). 〈피네간의 경야 이해: 제임스 조이스의 걸작의 서술 안내〉 (Understanding 'Finnegans Wake': A Guide to the Narrative of James Joyce's Masterpiece)(뉴욕: 가랜드 출판, 1982).

- 틴덜(Tindall, William) 〈피네간의 경야 안내〉(A Guide to Finnegans Wake)(뉴욕: 눈대

이 출판, 1959).

– 버린(Verene, Donald Philip, 편), 〈비코와 조이스〉(Vico and Joyce)(알바니: 뉴욕 주립
  대학 출판, 1987).

―――――――

또한 참조: 〈제임스 조이스 기록문서〉(*The James Joyce Archive*) 편: 마이클 그로던, 한스 월
터 가블러, 데이비드 해이먼, A. 윌톤 리츠 및 오한론과 함께, 대니스 로주, 63권)(뉴욕: 가랜드
출판, 1977-9). 버펄로의 노트북을 위해, 28-43권들 참조 및 〈피네간의 경야〉의 초고, 타자고,
교정쇄를 위해, 44-63권 참조.

밤의 미로 〈피네간의 경야〉 해설집

초판 1쇄 발행일 2017년 5월 20일

지은이 김종건
펴낸이 박영희
편집 김영림
디자인 이재은
마케팅 김유미
인쇄 · 제본 태광 인쇄
펴낸곳 도서출판 어문학사
　　　서울특별시 도봉구 해등로 357 나너울카운티 1층
　　　대표전화: 02-998-0094/편집부1: 02-998-2267, 편집부2: 02-998-2269
　　　홈페이지: www.amhbook.com
　　　트위터: @with_amhbook
　　　페이스북: www.facebook.com/amhbook
　　　블로그: 네이버 http://blog.naver.com/amhbook
　　　　　　다음 http://blog.daum.net/amhbook
　　　e-mail: am@amhbook.com
　　　등록: 2004년 7월 26일 제2009-2호

ISBN 978-89-6184-442-0 93840
정가 48,000원

이 도서의 국립중앙도서관 출판예정도서목록(CIP)은 e-CIP홈페이지(http://www.nl.go.kr/ecip)와
국가자료공동목록시스템(http://www.nl.go.kr/kolisnet)에서 이용하실 수 있습니다.
(CIP제어번호: CIP2017010452)